DIE GRÜNE INSEL

KIERA BRENNAN

DIE HERREN DER GRÜNEN INSEL

Roman

blanvalet

Verlagsgruppe Random House FSC® N001967

1. Auflage
© der Originalausgabe 2016 by Blanvalet Verlag, München,
in der Verlagsgruppe Random House GmbH
Dieses Werk wurde vermittelt durch die Literarische Agentur
Thomas Schlück GmbH, 30827 Garbsen
© 2016 by Kiera Brennan
Redaktion: Margit von Cossart
Umschlaggestaltung: www.buerosued.de
Umschlagmotiv: plainpicture/Günther Philipp; www.buerosued.de
Karte und Illustration: © Tina Strube, books & infographics
Satz: Buch-Werkstatt GmbH, Bad Aibling
Druck und Bindung: GGP Media GmbH, Pößneck
Printed in Gemany
ISBN 978-3-7645-0559-2

www.blanvalet.de

Vorbemerkung

Das Irland des 12. Jahrhunderts, in das ich Sie entführe, war ein Mosaik aus Provinzen und sehr kleinen Reichen. Nicht immer konnte der Hochkönig – die übergeordnete Instanz – die vielen Könige unter sich vereinen und für Frieden sorgen. Oft kam es unter den Klein- und Großkönigtümern zu blutigen Fehden. Freie Männer wurden als Söldner angeworben und in die vielen Schlachten geschickt, die die Erde der Insel mit Blut düngten. Kriegszüge, in deren Verlauf Geiseln genommen und Unterlegene versklavt wurden, dauerten oft jahrelang.

Die damalige Umgangssprache war irisches Gälisch, eine Sprache, in der viele Silben nur gehaucht werden – also Buchstabenkombinationen wie »bh«, »dh«, »fh« oder »gh« wie ein stummes H oder gar nicht ausgesprochen werden. Zum anderen gibt es viele Doppel- und Dreiervokale wie ai, ao, ea, oi oder aoi, eoi, iai, die nur mit einem bestimmten Vokal oder Umlaut wiedergegeben werden. So ist bei ai das I stumm oder das E wird in Kombination mit einem O oder A zum J.

Bei den Namen der historischen Persönlichkeiten stand ich vor der Wahl, entweder die anglisierte Schreibweise zu benutzen, die dem Leser die richtige Aussprache erleichtert, oder die gälische, die historisch authentischer ist. Ich habe mich für folgenden Kompromiss entschieden: Immer wenn die gälische Namensform relativ leicht zu lesen beziehungsweise auszusprechen ist, zum Beispiel bei Diarmait (englisch Dermot), Aoife (englisch Eva) oder Tigernán (englisch Tiernán), habe ich diese benutzt. Bei komplizierteren Namen habe ich mich der Einfachheit halber für die anglisierte Form wie Ruari O'Connor statt Ruaidrí Ua Conchobair oder Murtagh statt Muirchertach entschieden. Gleiches gilt für die Ortsnamen im Roman – bei bekannten Orten, sei es Dublin oder der Fluss Liffey, habe ich den Namen verwendet, der heute in Gebrauch ist.

Bei Orten, die im Roman bedeutsam, die unsereins aber kaum vertraut sind, habe ich den ursprünglichen gälischen Namen angewandt.

Wie man die gälischen Eigennamen, die ich in diesem Buch verwende, korrekt ausspricht, können Sie dem Personenverzeichnis im Anhang entnehmen.

Prolog

1151

Ascall war sechs Jahre alt, als er zum ersten Mal tötete. Nichts in dieser Nacht hatte ihn darauf vorbereitet.

Es war eine lange Nacht, ebenso schwarz wie kalt, eine Nacht, wie sein Bruder Ailillán sie fürchtete. Er vermutete hinter den grauen Nebelschwaden Geister und hinter dem Wald, der die Burg Dún Fionn umgab, ein Heer verwunschener Söldner, die nicht wussten, dass sie längst dem Tode geweiht waren, und immer noch drohend ihre Waffen erhoben.

Ascall lachte den ein Jahr jüngeren Ailillán aus. »Ich zeige dir einen Ort, der zu warm ist, als dass sich Geister dort wohlfühlten.«

»Woher weißt du denn, dass Geister Wärme hassen?«, fragte Ailillán erstaunt.

Ascall gab keine Antwort, aber Ailillán folgte ihm trotzdem vom Haupthaus ins Freie. Der Nachthimmel schien aus Pech zu sein – zu zäh, um jemals wieder freundliches Sonnenlicht durchzulassen. Weiß hingegen war der Hauch vor ihren Mündern, als sie über den Hof rannten. Sobald sie den rötlichen Lichtschein der Fackeln zurückgelassen hatten, sahen sie nicht einmal mehr ihn. Ailillán stolperte immer wieder, Ascall nicht. Er kannte jeden Stein und jede Furche im Boden. Es gab kein Loch, in das er noch nicht gelugt, keine Ritze, in die er nicht seine Hand gesteckt, keinen Winkel, den er unerforscht gelassen hatte. Noch nie hatte er die Ringburg, auf der er geboren worden war, verlassen, erst recht nicht, seit ihr Vater Jahre zuvor in den Krieg gezogen war. Er, Ascall, sei nun der Herr, bis er wiederkomme, hatte dieser beim Abschied erklärt.

Bis jetzt gab es kein Lebenszeichen von Ultan von Toora, doch das hatte nichts zu bedeuten. Ascall war sicher, dass der Vater einfach noch nicht genügend Feinde getötet hatte. Kriegszüge dauerten schließlich nicht nur Wochen wie früher, sondern manchmal mehrere Jahre, und in dieser Zeit musste er Dún Fionn und die Menschen, die hier lebten, beschützen.

Immer weiter ließen sie das Haupthaus mit der großen Halle zurück, den Anbau an der nördlichen Längsseite, in dem ihre Mutter und ihre Tante schliefen, außerdem die Vorratskammern, die Grubenhäuser, Stall und Schmiede, Werkstätten, in denen Bronze und Blei verarbeitet wurden, und die Scheune, wo man im Sommer das Getreide drosch. Ascall hatte ein anderes Ziel, ein kleines Gebäude in der Nähe der kreisrunden Mauer, die einst auf der Spitze einer großen Kalksteinerhebung gebaut worden war und schon den Attacken der gefürchteten Wikinger standgehalten hatte. Die Wände dieser Hütte waren aus Flechtwerk errichtet und sorgfältig mit Lehm ausgestopft worden, sein Dach dick mit Reet gedeckt, sodass der kalte Odem der Nacht keinen Einlass fand.

Ailillán scheute die Dunkelheit, die sie im Inneren erwartete, mehr, als dass er die Wärme herbeisehnte. »Was willst du denn ausgerechnet hier?«, fragte er zweifelnd und versteifte sich.

Ascall gab ihm einen Stoß. »Nun geh schon hinein.«

»Dürfen wir das überhaupt?«

»Ich bin der Herr von Dún Fionn, ich darf alles.«

»Die alte Úna hat gesagt, dass den O'Neills jetzt die Burg gehört, weil Vater ihr Gefangener ist. Sie hat auch gesagt, dass alle mächtigen Männer Geiseln halten, sonst wären sie schließlich nicht mächtig, und dass die Geiseln oft getötet oder geblendet werden.«

Ascall packte Aililláns Hand so fest, dass sich seine Nägel ins weiche Fleisch des Daumenballens gruben. Der Bruder wimmerte.

»Sag nie wieder so einen Unsinn über Vater!«, zischte Ascall.

»Dann sag du mir, wo wir hier sind!«

Ascall erklärte ihm, dass die Ernte meist feucht vom vielen Regen sei. Dass man das Getreide vor dem Dreschen und Mahlen erst in einem mit Lehm und Steinen ausgekleideten und mit Torf beheizten Ofen, den man *sorn* nenne, trocknen und härten müsse. Und dass sich dieser im Holzhaus befinde.

Als sie endlich eintraten, brannte kein Feuer darin, noch nicht einmal die roten Augen der Glut blickten ihnen entgegen, aber die Wände des Ofens waren noch warm, und die Balken, die das Dach stützten, knackten, als würden sie sich wohlig strecken. Ungleich furchterregender klang das Geräusch, das dem Knacken folgte – ein Röcheln, nein, ein Knurren, tief und bedrohlich.

»Und es gibt sie doch!«, rief Ailillán angstvoll. »Geister, Feen, Götter, Elfen ...«

»Selbst wenn es sie gäbe, sie würden niemals einen Schritt auf die Burg setzen! Sie wohnen auf Bäumen und unter Felsen, in Flüssen und Mooren. Und bei Mondschein tanzen sie auf den Lichtungen.«

»Aber heute scheint kein Mond.«

»Wenn sein Licht auf die Welt fiele, dann würdest du sehen, dass hier kein Geist sein Unwesen treibt, jedoch ein ... Kätzchen schläft.«

Aililláns Atem beruhigte sich. »Wo ist es denn?«, fragte er neugierig.

Ascall zog den Bruder noch näher zum Ofen. Er wusste, dass er Kätzchen liebte. Manchmal schnitzte er ihm eins aus abgelagertem Buchen- oder Ebenholz. Seine Mutter Almaith behauptete, dass auch sein Vater gut schnitzen könne. Die alte Úna hingegen sagte, dass das nichts Besonderes sei. Es liege nun mal in der Natur eines jeden Mannes, mit dem Messer umgehen zu können. Vermöchte er das nicht, sei er eben kein Mann, sondern ein Mönch.

Ob dieses dumme alte Weib wirklich Geschichten vom Vater herumerzählte, die nicht stimmten? Falls es so wäre, würde Ascall sie zur Rede stellen, er war immerhin der Herr von Dún Fionn, Ultan von Tooras Stellvertreter, aber jetzt schlief Úna wohl tief und fest, und die Angelegenheit konnte bis zum kommenden Morgen warten.

Ascall griff in den Ofen, tastete sich immer weiter vor, stieß schließlich auf ein wohlig schnurrendes Fellbündel und zog es heraus. Vorsichtig reichte er es Ailillán. »Hier ... hier ist das Kätzchen. Du kannst es halten.«

»Wo ist seine Mutter? Warum schläft es hier ohne seine Geschwister?«

»Es ist groß genug, um allein zu leben. Die Mutter mag es nicht mehr und gibt ihm Ohrfeigen, wenn es ihr zu nahe kommt.«

»Das ist grausam.«

»Grausam sind Krieger, keine Katzen. Die folgen nur ihrer Natur.«

»Krieger etwa nicht?«

»Ein Held wird, wer über sich hinauswächst.«

Sein Vater war ohne Zweifel ein Held. Gewiss sehnte er sich nach seiner Heimat, dem Weib und den Söhnen, aber er folgte beharrlich der Pflicht, Feinde zu besiegen.

Die beiden Knaben hockten sich vor den warmen Ofen, streichelten das Kätzchen und spürten, wie es mit den Pfoten sanft gegen ihre Hände trat. Bis eben hatten Ascalls Zähne vor Kälte geklappert, doch als er sich an den Körper des Bruders schmiegte und dem Schnurren des Tierchens lauschte, war ihm, als würden ihn nach langem Regen Sonnenstrahlen kitzeln. Er schloss die Augen und wähnte sich nicht länger von dunkelster Nacht verschluckt, sondern an jenen strohgoldenen Tag zurückversetzt, da sein Vater von Dún Fionn fortgeritten war ...

Er nickte ein, träumte davon, dass der Vater wiederkam und an seinem Gürtel die Köpfe der Besiegten trug. Der brachte gewiss nicht nur Köpfe mit, auch goldene Fibeln und kupferne Gürtelschnallen für die Mutter, Stoffe so weich wie das Fell des Kätzchens und frische rote, süße Äpfel, deren Saft über das Kinn lief, wenn man hineinbiss.

Ascall schmatzte genussvoll, und dieses Geräusch riss ihn aus dem Schlaf – das und noch ein anderes.

Ailillán schlief tief und fest, das Kätzchen hatte sich auf seinem Schoß zusammengerollt und zu schnurren aufgehört, Ascall aber konnte nicht einfach wieder die Augen schließen und so tun, als hätte er es nicht vernommen.

Er spitzte die Ohren, und da! Da war es wieder! Ein Ächzen, als würde einer gequält seinen letzten Atemzug tun. Ein

Poltern, als würde einer schwer auf den Boden fallen. Ein Klirren, als würde einer sein Schwert ziehen oder es wieder in die Scheide stecken – sicher mit blutiger Klinge.

Ascall sprang auf. Jetzt, da er konzentriert lauschend den Atem anhielt, war nichts mehr zu hören als sein eigener dröhnender Herzschlag, doch das beruhigte ihn mitnichten. Die Stille hatte nichts Tröstliches, war schwer und schwarz wie die Nacht, verhieß nicht Schlaf, sondern ... Tod.

Trostsuchend streichelte er das Kätzchen, aber das schien von Mäusen zu träumen, fuhr jäh seine Krallen aus und kratzte ihn. Der stechende Schmerz ließ Ascall kurz seine Furcht vergessen und das warme Blut, das über seinen Handballen floss, doch das Unbehagen wurde alsbald von einem neuen Laut genährt. Dieses Mal war es ein panischer Schrei, der so abrupt endete, dass er schwören konnte, hier war jemand zum Verstummen gebracht worden.

Ascall stürzte hinaus, spürte weder Kälte noch Dunkelheit, nahm nur die unsichtbare Bedrohung wahr. Ein salziger Geruch lag in der Luft, von dem sich nicht sagen ließ, ob er von verschwitzten Pferde- oder Menschenleibern kam. So oder so kündete er davon, dass jemand die Burg betreten hatte.

Ein Verbündeter seines Vaters.

Oder ein Feind.

Ascall griff nach seinem Gürtel, wo das kleine Messer hing, mit dem er seine Holzfiguren schnitzte. Nicht, dass er hoffte, er könnte feindlichen Kriegern tiefere Wunden zufügen als einen Kratzer, doch kämpfen würde er gleichwohl – würde jedem zeigen, dass er der Herr von Dún Fionn war, würde den Namen seines Vaters ehren.

Der Boden war nass vom letzten Regen. Obwohl er schlich, ertönte bei jedem seiner Schritte ein Schmatzen. Lauter als dieses, obwohl aus weiter Ferne und von Holz- und Lehmwänden gedämpft, waren aufgeregte Stimmen zu vernehmen. Ascall vermutete, dass sie aus der Halle des Haupthauses kamen oder von den Gemächern der Mutter unmittelbar dahinter, und ging entschlossen darauf zu.

Der Mond versteckte sich, die Sterne dagegen lugten neugierig hinter den Wolken hervor – tausend gleichgültigen Augen gleich, die ihn anstarrten, ohne seinen Mut zu befeuern oder ihn vor Gefahr zu warnen. Immerhin ließ ihr Licht ihn die Fußspuren im aufgeweichten Boden erkennen – große Fußspuren, viel tiefer als die, die er selbst hinterließ.

Ascall blickte hoch zum Wehrgang auf der Mauer, aber da war kein Krieger. Er lugte zum Tor, auch dort hielt niemand Wache. Sie konnten doch nicht alle davongelaufen sein, ohne dass er es bemerkt hatte!

Nun, da beim Eingang saß jemand – der alte Bran, der nur mehr zwei Zähne hatte und einen Buckel und der so wacklig auf seinen Beinen stand, dass die anderen Männer höhnten, er müsse im Sitzen pissen wie ein Weib. Trotzdem konnte er immer noch mit der bloßen Hand Mäuse fangen, und diese aß er dann – noch lebend und roh.

»Bran?«

Bran saß vornübergebeugt. Er hatte kaum mehr Haare auf dem Kopf, doch die wenigen dünnen Strähnen reichten, um sie zu packen und seinen Kopf zurückzuzerren. Obwohl dunkle Wolkenfäden das Licht der Sterne verschluckten, konnte Ascall erkennen, dass sie weit offen standen … und blind und leer waren. Bran würde nie mehr Mäuse fangen und sie verspeisen.

»B… Bran …«, stammelte Ascall.

Das Haar des Alten starrte vor Dreck, sein Wams war blutbesudelt. Schwarz und zäh sickerte es aus der Brust, aus der der Griff eines Messers ragte.

Wenn ich es herausziehe, hätte ich zwei …

Aber Ascall hatte Angst vor dem Toten, zog einen weiten Kreis um ihn und betrat den kleinen Vorraum, der in die Halle führte. Hier erleuchteten zwei unruhig flackernde Fackeln die Wände, die, als er mit Ailillán vorbeigeschlichen war, noch nicht in der Verankerung gesteckt hatten. Ascall erschrak vor seinem eigenen bebenden Schatten, als er sich umblickte.

Ich bin der Herr von Dún Fionn, ich kämpfe wie mein Vater, ich darf mich von der Angst nicht besiegen lassen.

Die Willensanstrengung, sich diese Worte wieder und wieder zu sagen, war so groß, dass kein Platz für Panik blieb – was indes nicht verhinderte, dass sich seine Eingeweide zusammenzogen, als er einen weiteren reglosen Leib entdeckte. Dieser saß nicht, sondern lag auf dem Bauch, sodass Ascall nicht in blicklose Augen sah, nur auf eine riesige offene Wunde am Rücken. Dennoch erkannte er, dass es die alte Úna war.

Tot, tot, tot ...

Nicht nur Bran, auch Úna, die behauptet hatte, dass sein Vater womöglich als Geisel gefangen gehalten wurde. Der Gedanke empörte ihn natürlich auch jetzt noch, doch in einem musste er der Alten recht geben: Wären alle Feinde seines Vaters tot, würden sie nicht in die Burg eindringen, um ihre Bewohner zu töten.

Ascall stieg über Úna hinweg. Er wollte sie so wenig berühren wie Bran, aber hier in dem schmalen Vorraum war zu wenig Platz, um einen weiten Kreis um sie zu ziehen. Úna war bekannt dafür gewesen, den besten Käse von Irland zuzubereiten. Goldgelb war er und würzig und ließ an Rinder denken, die nur sattgrünes Gras fraßen, nie schlammig braunes, und die nur unter wohligem Sonnenschein wiederkäuten, nicht unter regenschwerem Himmel. Selbst jetzt roch sie nach diesem Käse und nach Milch, nicht nach Tod. Der Geruch begleitete Ascall die nächsten Schritte über.

Ailillán ... Hoffentlich schläft Ailillán und folgt mir nicht ... Ich hole ihn später, wenn ich die Feinde verjagt habe ...

Als Ascall wieder ins Freie trat und das Langhaus umrundete, um durch den Hintereingang die Schlafgemächer auf der Nordseite zu erreichen, bemerkte er, dass die Stimmen, die er zuvor wahrgenommen hatte, verstummt waren. Ein anderes Geräusch wurde hingegen lauter. Kein Klirren von Waffen war es, kein Ächzen von Sterbenden, kein erschrockener Schrei, sondern ein Stöhnen, wohlig wie das Grunzen der Schweine, wenn er sie mit Eicheln, Molke und den Schalen von Rüben fütterte. Den Ferkeln, von denen er manchmal eines in den Händen gehalten hatte, hatte er immer besonders gutes Futter verschafft.

Sie haben so weiche Haut wie Säuglinge, hatte die alte Úna oft behauptet. Aber viele werden von der Mutter zerquetscht oder totgebissen, hatte der alte Bran dagegengehalten. Vielleicht hatte er zu Lebzeiten auch Ferkel roh gegessen ...

Selbst wenn Ascalls Mutter weder so grausam wie Bran noch wie die Säue war, die sich auf ihre Ferkel legten, kam das Stöhnen doch von der Kammer, die sie sich mit der jüngeren Schwester und drei Mägden teilte, und als Ascall darauf zuschritt, vermischte sich ein Wimmern damit, das kläglicher klang, als jedes Ferkel quietschen konnte. Er biss sich auf die Lippen, um einen Aufschrei zu unterdrücken.

Ich muss die Mutter retten!

Dies war ihm Gewissheit – wenn er auch keine Ahnung hatte, vor wem und was dieser Eindringling ihr antat.

Ascall zog den Kopf ein, schob leise die Holztür auf, betrat jenen kleinen Raum, der durch eine Wand aus Korbgeflecht von der Schlafkammer getrennt war. Duftende Kräuter hingen hier, die Mugain, die Schwester seiner Mutter, trocknete, vor allem Schwarzdorn, dessen Stacheln so spitz, aber dessen Geruch so süß war. Die Süße passte nicht zu dem Stöhnen und noch weniger zu dem Wimmern, das mit jedem Atemzug erbärmlicher klang.

Ascall umklammerte sein Messer, lugte an der Trennwand vorbei, sah mehrere Kerzen in der Kammer brennen – solche, die aus Binsen und Ochsentalg gemacht waren und immer stark qualmten – und erblickte inmitten der grauen Schwaden seine Tante. Bleich und mit vor Angst geweiteten Augen kauerte Mugain in der Ecke. Wahrscheinlich war sie im Schlaf von dem Fremden überrascht worden, der jäh in das Gemach gestürzt war, doch auf sie hatte er es nicht abgesehen ... Er störte sich noch nicht mal daran, dass sie zur Zeugin seiner grausamen Tat wurde. Nein, die Mutter hatte er in seine Gewalt gebracht!

Sie kniete vornübergebeugt auf der Schlafstatt, hatte ihr Gesicht fast in einem der Felle vergraben, mit denen sie sich sonst zudeckte. Ihr Haar klebte auf der verschwitzten Haut, einige Strähnen fielen ihr in den leicht geöffneten Mund, konnten das Wimmern aber nicht dämpfen. Sie trug noch ihr Kleid, nur den Gürtel hatte sie abgelegt – den Gürtel, an dem sie nicht nur die

Schlüssel für das Haupthaus und alle Vorratskammern, auch eine kleine Schere, einen Zahnstocher und eine Pinzette aus Bronze trug.

Warum hat sie sich nicht damit gewehrt?

Gewehrt gegen den Mann, der hinter ihr stand, ihr das Kleid bis zu den Hüften hochgeschoben und ihre Beine gespreizt hatte, sodass Ascall die rötliche Scham sah, die bläulichen Adern unter der Haut, das gekräuselte feuchte Schamhaar. Feucht wovon? Von Blut? Er sah keines über die Schenkel fließen, gleichwohl der Mann ihr wehtun musste, schrecklich weh, wie er da sein Gemächt hervorzog, um es wieder und wieder in ihren Leib zu stoßen, immer schneller, immer zügelloser, gleich einer Waffe, mit der man auf sein wehrloses Opfer einsticht. Das Stöhnen des Fremden wurde lauter, ein triumphierender Aufschrei entfuhr seiner Kehle. Er warf den Kopf in den Nacken und schloss die Augen.

Ascall löste sich aus seiner Starre. Dies war sein Moment.

Ich werde Mutter rächen, ich werde Dún Fionn schützen, ich werde den Namen meines Vaters von der Schande reinwaschen, die du über uns brachtest.

Als er mit dem kleinen Messer auf den Mann zustürzte, schrie Ascall. Schrie, wie man im Krieg schreit, rau und wild und dunkel wie ein Mann. Aber egal ob Mann oder Knabe – in jedem Fall war Ascall viel kleiner als sein Feind. Der ließ sich weder von der Lust besiegen noch von ihm. Ein Spaltbreit mussten die Lider offen geblieben sein und gesehen haben, wer da schattengleich auf ihn zustürzte, denn ehe Ascall ihm das Messer in den Oberschenkel rammen konnte, hatte der Mann ihn am Handgelenk gepackt und es umgedreht, bis der Knochen knackte. Die Waffe entglitt Ascall, der Schmerz höhlte ihn aus. Und dann schleuderte der Mann ihn durch den Raum, und er prallte mit dem Kopf gegen die Trennwand. Sie hielt seinem Gewicht nicht stand, sondern brach ein, und mit dem Stroh und Geäst regnete Mugains getrockneter Schwarzdorn samt seinen Stacheln auf ihn herab.

Der Mann lachte, lachte dröhnend und spöttisch und demütigte ihn damit noch mehr als mit seinem heftigen Stoß. Ascall ahnte, was er dachte ... Du kannst nichts dagegen tun, dass ich deine Mutter schände und hinterher töte, dass danach Mugain dran ist und am Ende du mein Opfer bist ...

Trotz der Schmerzen versuchte Ascall, sich hochzukämpfen. Wenn er schon sterben musste, wollte er dabei nicht liegen, sondern stehen. Langsam klärte sich das Bild vor seinen Augen, doch bevor er den Blick der Mutter suchen konnte, die Verzweiflung darin lesen und die Hoffnungslosigkeit, vernahm er noch mehr Gelächter. Und dieses kam nicht aus der Kehle eines Mannes, nein, aus der einer Frau. Der seiner Mutter.

»Was für ein aufmüpfiges Bürschchen du bist!«, rief der Mann, trat auf ihn zu und zog ihn hoch. »Wenn du noch einmal auf mich losgehst, hacke ich dir die Hand ab. Heute will ich noch mal ein Nachsehen haben.«

Ascall hatte das Gefühl, dass er ihm den Arm ausriss. »Mutter ...«

Seine Tante Mugain drehte sich um und floh, seine Mutter richtete sich indes lachend weiter auf und strich sich das Haar aus der Stirn.

»Das ist dein Vater, Dummkopf! Er ist nach all den Jahren endlich heimgekehrt!«

»So ist es!«, rief Ultan von Toora. »Und es konnte mir nicht schnell genug gehen, mein prächtiges Weib zu besteigen!«

Als er ihn losließ, wäre Ascall fast wieder in sich zusammengesackt, doch er hielt sich aufrecht.

Sein Vater ... heimgekehrt ... Er ist keine Geisel ... kein Sklave ... Aber er ist auch kein Held.

Ascall musterte ihn genauer. Ultans Haar war lang wie das der Könige – ob die der Provinzen oder der kleinen Reiche –, jedoch schütter. Ungleich dichter, auch struppiger wuchs der Bart. Die fleischigen Lippen waren deutlich zu sehen, nicht hingegen, ob die Wangen einfach nur schmutzig oder vernarbt waren. Ebenso wenig ließ sich sagen, ob die Kleidung – ein silbern glänzendes Kettenhemd und ein Umhang, von einer Fibel gehalten – vor Schlamm oder getrocknetem Blut starrten.

»B... Bran«, stammelte Ascall. »Und die alte ... die alte Úna. Warum sind sie tot?«

Sein Vater kniff die Augen zusammen, als müsste er sich erst mühsam besinnen, was nach seiner Heimkehr geschehen war. Schließlich zuckte er gleichgültig mit den Schultern.

»Bran hat mich nicht erkannt und wollte mir mein eigenes Heim verwehren. Nach so vielen Jahren in der Fremde habe ich meine Geduld verloren. Wer mag's mir nachsehen? Und diese alte Vettel, deren Namen ich nie wieder hören will, wagte es, mich dafür zur Rede zu stellen.« Er schüttelte den Kopf. Offenbar bedauerte er die Dummheit seiner Opfer, nicht die eigenen Taten. »Und nun verschwinde, Bürschchen. Morgen werde ich mir dich genauer anschauen, jetzt haben deine Mutter und ich einiges nachzuholen.«

Er stieß seine Frau auf die Bettstatt, wo sie dieses Mal auf dem Rücken zu liegen kam, und ließ sich auf sie fallen. Wieder gab Almaith dieses Wimmern von sich, doch es verhieß nicht länger Furcht, sondern Lust. Ascall konnte nicht entscheiden, ob der Laut von Herzen kam oder ob die Mutter sich verstellte, um ihn und sich selbst vor der Wut des Vaters zu schützen. So oder so war es der grässlichste Laut, der je in seine Ohren gedrungen war.

Vater ist kein Sklave, keine Geisel, kein Held. Vater ist ein Mörder.

Als er nach draußen floh und am Haupthaus vorbeilief, hörte er, wie das Gemurmel in der Halle zu einem Grölen angewachsen war. Mittlerweile taten sich die Männer seines Vaters wohl am Met gütlich und – wie die spitzen Schreie bekundeten – auch an den Mägden, die ihnen den Trunk auftischten. Er hoffte, dass Mugain sich irgendwo in Sicherheit gebracht hatte und keinem Krieger in die Hände fiel, doch die Kraft, sie zu suchen und mit ihr das Entsetzen zu teilen, hatte er nicht.

Mugain würde schon damit fertigwerden, er musste zu Ailillán!

Als Ascall sich wenig später wieder an den warmen Ofen lehnte, schlief sein Bruder immer noch. Er tastete nach seiner Hand, berührte aber statt seiner Finger unverhofft das Kätzchen. Es erwachte und drehte sich wohlig auf den Rücken, um sich den Bauch streicheln zu lassen. Ascall nahm es an sich, kraulte seinen Nacken, bis es schnurrte, fühlte plötzlich wieder die Kratzspuren an der Hand und noch heftiger den Schmerz an Schulter und Stirn, wo er auf den Boden geprallt war. Auch das Handgelenk, das sein Vater gepackt und umgedreht hatte, pochte.

Er beugte sich vor, küsste den kleinen Kopf des Tierchens sanft. »Es tut mir leid«, flüsterte er erstickt. »Es tut mir so leid. Aber ... aber ich muss dich doch vor ihm beschützen ...« Bran und Úna waren gewiss nicht die Letzten gewesen, die sterben mussten, weil es seinem Vater an Geduld fehlte.

Als er sicher war, dass das Kätzchen tief und fest schlief, nahm Ascall das Köpfchen, umschloss es ganz fest mit den Fingern und drehte es blitzschnell, bis das Genick brach. So schnell, wie er dabei vorging, hatte das Kätzchen keine Schmerzen zu leiden. Danach war es immer noch warm und weich, es schnurrte nur nicht mehr.

Ascall betrachtete seinen Bruder, der immer noch schlief. Wie sollte er ihm erklären, was der Vater getan hatte? Wie ihm begreiflich machen, dass dieser ein Mörder war und ihre Mutter sich ihm nicht entgegenstellen würde, wenn er mordete – ob aus Ungeduld oder Zorn, einfach nur aus Langeweile oder Spaß? Und dass er selbst das Kätzchen getötet hatte, weil er es liebte und weil etwas zu besitzen, das man liebte, die Furcht vor einem Vater, der es nehmen könnte, noch größer machte.

Ascall hielt das tote Kätzchen auf seinem Schoß und streichelte es, als er sich an Ailillán schmiegte, die Augen schloss, die Schmerzen ebenso zu verdrängen versuchte wie das Blut, das auf seinem Gesicht verkrustete.

Ascall war sechs Jahre alt, als er zum ersten Mal tötete. Er weinte, bis er einschlief.

1166

RIACÁN

Der Strick zog sich immer fester um den Hals des Mannes. Erst berührten seine Fersen den Boden nicht mehr, und als die Krieger das Seil höher zogen, wurde es auch unmöglich, mit den Zehen festen Stand zu finden. Der Mann ächzte, sein Gesicht lief erst rot, dann bläulich an, seine Lippen bebten, als er nach Luft schnappte. Immerhin fand er noch genug, um zu lachen, heiser zwar und grässlich gurgelnd, aber voller Hass.

»Schluss!«, rief Riacán O'Bjólan.

Die drei Krieger, die an dem Seil gezogen hatten, folgten widerwillig dem Befehl ihres jungen Herrn, bis die Füße des Mannes wieder den Boden berührten. Obwohl sich der Strick immer noch in seinen Hals schnitt, wurde das Lachen lauter, und der Blick, der sich auf Riacán richtete, so verächtlich, dass er sich jäh – obwohl er doch groß gewachsen und breitschultrig war – wie ein unsicherer kleiner Knabe fühlte.

»Wie kam er hierher?«, fragte Riacán und versuchte sich seine Gefühle nicht anmerken zu lassen.

»Auf einem Pferd«, knurrte Gljómall und wickelte sich das Seil mehrmals um die Hand, um zu zeigen, wie sehr es ihm in den Fingern zuckte, wieder zuzuziehen. Mit einem Nicken wies er auf den Gaul. »Sollen wir dem verfluchten Vieh die Kehle durchschneiden?«

Riacán schüttelte den Kopf. »Nein, führt es in den Stall zu den anderen und gebt ihm Hafer.«

»Aber ...«

»Tut, was ich sage! Sonst könnt ihr selbst die nächsten Jahre über Hafer fressen.«

Dúngal und Fiacc, die Gljómall geholfen hatten, den Mann zu fesseln, den Strick um den Hals zu knoten und das Seil über den Holzbalken des Langhauses zu werfen, trollten sich, Gljómall hingegen starrte seinen Herrn trotzig an.

»Trug er Waffen?«, fragte Riacán.

»Keine. Das Einzige, was er mitgebracht hat, ist seine Botschaft.«

»Und diese Botschaft ist so schlimm, dass ihr ihn gleich aufhängen wolltet?«, fragte Riacán kopfschüttelnd.

»Nein, ich habe nur eine Vermutung, von wem die Botschaft stammt, und wenn ich damit richtigliege, hätte dieser Mann es verdient, dass man ihn enthauptet und seinen blutigen Kopf auf einen Ast spießt. Seine Augen wären ein Festschmaus für die Raben, seine Zunge eines für die Schnecken, und sein …«

Riacán hob die Hand, um Gljómall zum Schweigen zu bringen. Er trat zu dem Mann, über dessen aufgeplatzte Lippen Speichel floss. Sein Lachen war verstummt, sein Atem ging röchelnd. Riacán wartete einen Augenblick, dann hob er die Hand und lockerte den Strick. Prompt wurden die Atemzüge tiefer und die riesig anmutenden Augen traten in ihre Höhlen zurück. An dem verschlagenen Blick, der auf Riacán gerichtet war, änderte das aber nichts.

»Dein Name!«, verlangte Riacán zu wissen.

»Mein Name ist nicht von Bedeutung«, flüsterte der Mann, »nur der, für den ich spreche.«

»Sag ihn trotzdem!« Der Bote schwieg, und prompt machte Gljómall Anstalten, wieder am Seil zu ziehen. »Lass es!«, brüllte Riacán ihn an. »Ich will wissen, was er zu sagen hat. Und ich will einen Boten nicht für die Taten seines Herrn büßen lassen.«

»Dein Vater hätte genau das getan!«, knurrte Gljómall.

»Mein Vater ist lange genug tot, dass ihn die Würmer aufgefressen haben. Jetzt bin ich dein Herr, jetzt bestimme ich, was auf dem Land der O'Bjólans geschieht.«

Der Bote begann, mit den Füßen im Sand zu scharren, als wollte er zeigen, wie ungeduldig ihn das Geplänkel stimmte. »Nun, dafür erscheinst du mir ziemlich jung, Bürschchen«, höhnte er.

Gljómall ballte die Hand zur Faust, wagte es offenbar aber nicht, auf ihn einzudreschen.

»Ich mag noch jung sein«, antwortete Riacán ruhig, »doch

das bedeutet nichts. Auf dieser Insel sind schon Knaben zu Helden geworden.«

»Ach ja?«, spottete der Mann. »Ich kenne keine jungen Helden, im Krieg wird man so schnell alt wie im Reich der Elfen, wo man ein Jahr für einen Tag hält. Und ich kenne schon gar keine Helden, die von der Ostküste stammen. Ihr seid keine echten Iren. Ihr bildet euch viel auf euren Reichtum ein, doch ihr verdankt diesen Reichtum dem Silber, das die Nordmänner einst den Mönchen unter ihrem Arsch weggestohlen haben. Wenn das eure Helden sind, was tun dann die, die ihr Feiglinge heißt? Vor kopflosen Hühnern davonrennen?«

Sein Blick blieb unverwandt auf Riacán gerichtet. Erst jetzt fiel diesem auf, dass die Augäpfel des Boten gelblich verfärbt waren – eine Folge der rüden Behandlung oder Zeichen einer Krankheit. Der Fäulnisgestank, der sich mit dem beißenden Atem vermischte, sprach für Letzteres. Vielleicht hatte man ihn als Boten auserkoren, weil er ohnehin sterben würde und Männer wie er einen schnellen Tod am Strick dem langsamen Verwesen im Dreck vorzogen.

»Mein Großvater Eiric O'Bjólan hat keinen Mönch bestohlen«, erklärte Riacán stolz. »Er hat Schiffe gebaut, die schnell wie Blitze das Meer durchpflügten, Schiffe, mit denen Könige ganze Reiche eroberten. Und mein Vater Tadc O'Bjólan hat sein Geld vermehrt und dieses Land gekauft. Unsere Viehherden sind so groß, dass sie fast so schwer zu zählen sind wie die Sterne am Himmel, und seit sie mir gehören, ist kein Tier von Wölfen oder Bären gerissen oder mit aufgeschwemmtem Leib und roten Augen gestorben. Noch die reichsten Dubliner bieten mir für meine Häute und Felle, meinen Käse und Honig ihr bestes Walrosselfenbein, feine Wollstoffe, fränkisches Glas, selbst Brokate aus Byzanz.«

Der Bote räusperte sich und spuckte aus, aber er verfehlte knapp Riacáns Umhang. Gljómall knurrte Unverständliches, sein junger Herr schüttelte nur kaum merklich den Kopf.

»Ja, ja«, sagte der Bote, »dass die O'Bjólans reich sind, will ich nicht leugnen. Aber können sie auch kämpfen?«

»Nicht ein Mann meiner Familie ist ohne Schwert in der

Hand groß geworden. Und keines dieser Schwerter ist bis zu seinem Tod unbefleckt geblieben.«

Wieder folgte ein Räuspern, gleichwohl der Bote dieses Mal nicht spuckte. »Ich wollte nicht wissen, wie viel Blut ihr vergossen, sondern ob ihr gekämpft habt. Zu kämpfen heißt, für *einen* König zu töten. Tut man es mal für den einen, mal für den anderen, je nachdem, wer am meisten Lohn bietet, dann ist das nicht kämpfen, dann ist das huren.«

Wieder knurrte Gljómall etwas, wieder schüttelte Riacán den Kopf. »Sag mir, was du zu sagen hast!«, befahl er. »Und vor allem, wem du deine Zunge leihst.«

Kurz grinste der Bote, dann wurde er schlagartig ernst. »Ascall von Toora«, zischte er, als dürfte man diesen Namen nur durch schmale Lippen hindurchpressen. Seit Riacán erfahren hatte, dass ein Bote in den Hof geritten war, dort das Bier, das man ihm gereicht, auf den Boden geschüttet und wüste Beleidigungen ausgestoßen hatte, hatte er sich davor gewappnet, diesen Namen zu hören. Doch jetzt, da er endlich ausgesprochen war, konnte er nicht verhindern, zu erbleichen und unwillkürlich zurückzuweichen. Dem Boten entging das nicht. »Wie ich schon sagte ... Ihr an der Ostküste seid keine echten Iren. Euer Blut ist dünner als Winterbier, das man mit zu viel Wasser streckte.«

Riacán kämpfte um seine Beherrschung. »Als Ascall von Toora das letzte Mal hier war, hat er nicht gerade einen bleibenden Eindruck hinterlassen. Ich weiß noch, dass sein Bart nur spärlich wuchs.«

»Oh, ich kann dir versprechen, sein Bart ist gewachsen. Und dieses Mal kommt er nicht allein, sondern mit einem großen Heer. Wenn die Sonne den höchsten Stand erreicht, steht er vor deinen Palisaden, und anders als dein Vater kannst du dich nicht im Arsch deines Königs verkriechen. Weil dein König nämlich geflohen ist wie ein Weib.«

»Ich verkrieche mich nirgendwo. Wenn Ascall meinen Kopf will, muss er ihn allerdings selbst abschlagen.«

»Ascall will deinen Kopf nicht, er will noch nicht einmal deine Eier.«

»Was will er dann?«, fragte Riacán, obwohl er es wusste. Jetzt spuckte der Bote wieder – gelben Speichel und zähes Blut. Wie zuvor grinste er breit, wurde aber rasch wieder ernst, als er Ascall von Tooras Botschaft überbrachte.

Riacán betrat den schmalen Wehrgang hinter den Palisaden, um das Umland zu überblicken. Die Umzäunung war auf rötlicher Erde errichtet worden, dem Aushub aus dem Graben unmittelbar davor. Außerdem schützte eine kleine Steinmauer die Siedlung.

Die Ländereien der O'Bjólans lagen zwischen dem Fluss Liffey im Norden, dem Fluss Slaney im Süden und dem Meer im Osten. Obwohl keines der Gewässer nahe genug war, um die Fluten glitzern zu sehen und ihr Rauschen zu vernehmen, machte ihre Umarmung die Erde feucht und fruchtbar. Das Getreide wuchs golden, die Wiesen dunkelgrün, Wollgras tanzte wie Schneeflocken über den Sümpfen, und die farbenprächtigen Blütenblätter von Fingerhut und Trollblumen, Löwenzahn und Fuchsien erzitterten im Wind. Einer alten Legende nach waren die sanften Hügel des Landes die Brüste von Ériu, der Göttin, die der Insel ihren Namen gegeben hatte, und obwohl die Wikinger Irland daraus gemacht hatten und die Bewohner der Insel sie mittlerweile auch so nannten, rühmte ein jeder diese Brüste – nicht vertrocknet wie die eines alten Weibes, das nur tote oder kranke Kinder geboren hatte, waren sie, sondern eine üppige, nährende, vermeintlich unerschöpfliche Quelle neuen Lebens.

Selbst auf der höchsten Erhebung der Hügel gab es Sümpfe, und der Schatten der Bäume, die das freie Land umgrenzten, war nicht schwarz, sondern dunkelgrün. Die Äste verschränkten sich ebenso miteinander wie die Kronen, doch wer sich hindurchkämpfte, geriet in kein undurchdringliches Labyrinth, eher in einen heiligen Garten, in dem die Bäume der Götter, Eiche, Weißdorn und Eibe, von ihrem Alter, ihrer Unzerstörbarkeit und Güte kündeten, nicht von ihrer Bosheit und List. Aus diesem Reich der Schattenkühle und der Sonnensprenkel auf dem feuchten Boden kehrte man mit reicher Beute heim – mit saftigen, süßen roten Beeren und mit duftendem Moos, das in die Ritzen der Hauswände gefüllt den Wind abhalten konnte. Wenn im Herbst die Schweine in den Wald getrieben wurden, auf dass sie dort Eicheln, Bucheckern und Kastanien fraßen, grunzten sie später fett und glücklich, zumindest für einige Wochen, ehe sie rund um das Weihnachtsfest geschlachtet wurden. Eines war letztes Jahr vor dem Messer seines Schlächters davongelaufen und hatte so durchdringend gequiekt, dass man die erbärmlichen Laute selbst dann noch zu hören vermeinte, als es bereits kopfüber über einem Trog hing.

Während Riacán auf den Wald starrte, glaubte er zu ahnen, wie sich das Schwein gefühlt hatte. Eine Weile seufzte nur der Wind mit Riacán, dann ertönte ein weiterer Laut – eine Stimme, leise und besorgt.

»Wollen dich die heranrückenden Krieger töten?«

Es war der Sohn des Hufschmieds Cú Caille, der kleine Éamonn, der das fragte, der, der die Sprache der Pferde verstand, das verstörteste Tier beschwichtigen und das von schlimmen Koliken gequälte trösten konnte. Noch lieber als die Sprache der Pferde wollte er die der Schwerter beherrschen, und auf seinen Wunsch hin hatte Riacán kürzlich dafür gesorgt, dass Éamonn statt im Haus seines Vaters bei seiner Leibgarde lebte. Er hatte zwar kein gutes Gefühl, den sanften Knaben in der Nähe von Fiacc, Gljómall und Dúngal zu wissen – rohen Kerlen, die mit ihrer Muskelkraft kämpften, nicht mit ihrem Verstand und schon gar nicht mit Ehre –, aber Éamonn hatte es bislang geschafft, ihren Faustschlägen auszuweichen, ja, war sogar sauberer als sie, obwohl er ihr Lager teilte.

»Nein, sie wollen mich nicht töten«, sagte Riacán leise. »Sie wollen nicht meinen Leib, sie … sie wollen meine Ehre …«

Éamonn drehte sich um und deutete mit dem Kinn in Richtung des Boten. »Mein Vater behauptet, der Mann habe dich beleidigt. Warum hast du ihn nicht hängen lassen?«

»Dann hätte ich besagte Ehre bereits verloren.«

Eine Weile blickten sie beide angestrengt in die Weite. Kürzlich hatte man das Getreide beschnitten und nur die Halme für das Vieh stehen lassen, doch dieses war noch nicht so hungrig wie in den feuchtkalten Tagen, wenn aus der Insel, die ansonsten grüner war als die Wiesen von Andernwelt, eine schlammig braune wurde.

»Die Krieger werden von Ascall von Toora angeführt, nicht wahr?«, fragte Éamonn.

Der Klang seiner Stimme verriet das Entsetzen, doch es hielt ihn nicht davon ab, die Wahrheit unumwunden zu benennen. Vielleicht konnte er so gut mit Pferden umgehen, weil ihm Verstellung und Lüge fremd waren.

»Ja«, bekannte Riacán tonlos.

»Was genau will er von dir? Und ... und darf er dich überhaupt bedrohen?«

Riacán wandte sich ab und ging in die Knie, um dem Jungen direkt in die Augen zu schauen. Für seine zwölf Jahre war Éamonn sehr schmächtig, doch sein verständiger Blick schien der eines weisen alten Mannes zu sein.

»Kannst du dich daran erinnern, was ich dir über Irland erzählt habe?«

Éamonn nickte. »Du hast einmal gesagt, dass die Insel so grün wie die Krone eines Baumes ist, der aus dem Meer wächst. Die vielen Blätter, die aus dem Geäst sprießen, stehen für die Herren der *tuatha*, der einzelnen Stämme. Früher trugen diese Herren den Titel des *rí tuaithe*, des Kleinkönigs, heute werden sie nur *dux* genannt. Die einzelnen Zweige wiederum stehen für den *ruirí*, den Großkönig, der mehrere Stämme unter sich vereinigt.«

»Genau«, sagte Riacán, »und der Ast, auf dem die Zweige wachsen, ist gleichsam der *rí ruireg*, der König der großen Provinzen. Er steht über den Großkönigen.«

»Und der Stamm des Baumes steht für den *ard rí*, für Irlands Hochkönig«, fuhr Éamonn eifrig fort.

Riacán fuhr ihm durch das Haar. Die Locken waren so weich, wie sie aussahen.

»Du hast einen wachen Geist«, murmelte er. »Gewiss weißt du auch, dass Leinster, die Provinz, in der wir leben, von König Diarmait MacMurchada regiert wird ... oder vielmehr wurde. Denn nach dem Tod des alten Hochkönigs kam mit Ruari O'Connor ein Mann an die Macht, der Diarmait hasst. Er sammelte Verbündete hinter sich, und gegen diese Übermacht konnte Diarmait sich nicht behaupten, er musste fliehen. Sein Ast wurde einfach vom Baum gesägt. Wir O'Bjólans wiederum sind als Landbesitzer das Fleckchen Erde, das Diarmaits Ast bislang vor allzu beißender Sonne und allzu kaltem Winter schützte – und nun sind wir beidem schutzlos ausgeliefert. Wir haben nichts falsch gemacht, wir ... wir haben nur das Pech, dass sich unser Land an der falschen Stelle befindet. Und auch wenn der mächtige Baum von uns und unseresgleichen genährt wird – in welche Richtung er wächst, können wir nicht bestimmen ...«

Nicht länger stand Riacán das Bild eines geschlachteten Schweins vor Augen und wie es erbärmlich quiekte, ehe man ihm die Kehle aufschlitzte, sondern ein kahler Ast, der von unsichtbaren Flammen verzehrt und am Ende so schwarz und brüchig wurde, dass er beim kleinsten Luftzug zu Asche zerfiel. Zugleich vernahm er die höhnische Stimme seines Vaters.

Was stehst du da herum und redest mit Kindern über Bäume und Äste? Warum gebärdest du dich als armseliges kleines Pflänzchen, das andere zu Recht mit ihrer Scheiße düngen wollen?

Éamonn schien nicht zu entgehen, wie Riacán die Stirn runzelte. »Du wirst Ascall besiegen«, sagte er entschlossen, »du wirst stark sein wie Cú Chulainn ...«

»Niemand ist so stark wie der größte Held Irlands.«

»Die Götter liehen ihm seine Stärke. Vor jedem Kampf schwollen seine Muskeln an, der Körper zitterte, ein Auge trat aus dem Kopf heraus, während das andere im Schädel versank. Und da war ein goldener Schein, der um sein Haupt erstrahlte, das Heldenlicht!« Der Blick des Jungen erstrahlte auch, je länger er sprach.

Riacán packte seine Schultern und sah ihn eindringlich an. »Éamonn, versprich mir eines! Wenn Ascalls Männer kommen und unsere Siedlung stürmen, dann bring dich in Sicherheit! Versteck dich!«

Nicht, dass er damit rechnete, den Jungen zur Vernunft bringen zu können, aber er begnügte sich damit, dass Éamonn zumindest nicht widersprach.

Ein lang gezogenes Stöhnen drang zu ihnen. Dass er seinen Männern verboten hatte, Ascalls Boten zu töten, hielt diese nicht davon ab, ihn zu quälen. Zwar hatten sie ihm keine Schlinge um den Hals gezogen, aber Beine und Arme noch fester gefesselt, und sie schleiften ihn über den Boden, wohl in der Hoffnung, dass kleine spitze Steine Gesicht und Brust aufschürften.

Riacán kletterte vom Wehrgang und ging wütenden Schrittes auf seine Leibgarde zu, doch ehe er befehlen konnte, sofort aufzuhören, trat ihm ein Mann aus den Schatten der Palisaden entgegen, weißbärtig, faltig und mit müdem Blick. Colum war schon der *brethem* seines Vaters gewesen, ein Mann, der die wichtigsten Gesetzestrakte kannte, darunter das *Senchus Mor* und das *Buch von Acaill*, doch Tadc O'Bjólan hatte nie auf ihn gehört. Jetzt stand er treu zu Riacán, und der hätte seinen Rat gern vernommen, doch Colum war seit einigen Monaten ständig müde, schlief entweder mitten am Tag ein oder wurde morgens erst gar nicht wach, wenn der Hahn krähte. Entsprechend verspätet hatte er deshalb erfahren, was vorgefallen war und was der Bote verkündet hatte.

Sein Schritt war erstaunlich schnell. »Ascall von Toora!«, stieß er aus. »Gott stehe uns bei!«

»Ich ... ich habe es befürchtet«, sagte Riacán verstört. »Ich habe versucht, nicht daran zu denken, aber ich ahnte, dass dieser Tag kommen würde.«

Colums weißes Haar wehte im Wind. »Wenigstens ist er nicht auf Zerstörung aus!«, rief er zu Riacáns Erstaunen erleichtert. »Du hast damals mit eigenen Augen gesehen, wie schlimm dein Vater ihn gedemütigt hat. Dennoch will er nur Genugtuung und nicht deine Vernichtung, Riacán. Wenn er bekommt, was er will, wird er sich wieder zurückziehen. Ascall mag der grausamste Mensch sein, der auf dieser Insel lebt, er ist hingegen nicht wahnsinnig.«

Riacán sah ihn missbilligend an. Ja, Ascall war nicht auf Zerstörung aus, sondern auf ...

Nein, nicht einmal denken wollte er es!

»Vielleicht ist Ascall nicht wahnsinnig«, fuhr er Colum wütend an. »Du musst es allerdings sein, wenn du vorschlägst, ich sollte seiner Forderung nachgeben.«

Träge hingen die Lider über Colums Augen. »Ach Riacán«, erwiderte er seufzend, »es gibt in diesen Tagen Menschen, die würden für dich kämpfen, aber niemanden, der sich gegen Ascall stellt. Er ist Tigernán von Breifnes engster Verbündeter, und Tigernán ist wiederum der engste Verbündete des Hochkönigs, und der hat soeben unseren König Diarmait aus Leinster vertrieben. Gegen Ruari, Tigernán oder Ascall zu kämpfen, hieße, laut den schmählich flüchtenden Diarmait zu preisen, und niemand ist so dumm, auch du nicht. Außerdem kannst du gegen Ascall unmöglich gewinnen! Er führt nicht nur seine eigenen Männer für den Hochkönig in den Krieg, er hat unter sich etliche *suartleach* vereint – gewissenlose Männer, die für Geld kämpfen.«

»Ich werde niemals meine Familie verraten.«

»Deine Familie hat viele Mitglieder, nicht nur eines. Ich habe gehört, was du dem Jungen über Äste und Blätter und Zweige erzählt hast. Nicht nur Irland gleicht einem Baum, sondern jede Sippe, und du … du bist nach dem Tod deines Vaters der Stamm, der alle trägt. Manchmal muss man einen Ast abschlagen, um den Baum zu retten – auch wenn es schmerzt. Und selbst wenn dieser Ast nie wieder nachwächst, werden an anderer Stelle doch grüne und kräftige Triebe sprießen.«

Dass Colum die Wahrheit sagte und man seinen Rat nicht als Irrsinn abtun konnte, machte es Riacán nicht leichter, seine Wut zu drosseln. Warum konnte der Alte nicht einfach schnarchend in der Ecke liegen!

Doch da war kein Schnarchen zu hören, nur erstickte Schmerzensschreie konnte man vernehmen. Zum dritten Mal hatten Gljómall, Dúngal und Fiacc den Boten nun durch den Hof gezerrt, vorbei am großen Langhaus, den Hütten der Sklaven, den Ställen und der Scheune, um ihn jetzt, da sein Gesicht voller Schrammen und sein Hemd blutgetränkt war, am Balken des Langhauses festzubinden, so, dass die Hanfstricke tief in seine Hände und Füße schnitten.

Riacán ließ Colum stehen.

»Hört auf, ihn zu quälen!«, brüllte er. Obwohl sein Befehl unüberhörbar war, rammte Fiacc, der bekannt dafür war, gern Zielübungen mit kleinen Dolchen zu machen – am liebsten an Menschen, notfalls an Katzen –, dem Boten die Faust in den Bauch. Und Dúngal mit den schnellen Händen, der Fische ohne eine Angel fing und mit Vergnügen zusah, wie sie im warmen Sonnenlicht japsend vertrockneten, anstatt ihnen gnädig den Kopf abzuschlagen, warf zwar einen vorsichtigen Blick in Riacáns Richtung, riss dem Geschundenen aber noch schnell ein Büschel Haare aus.

»Hört endlich auf!«, forderte Riacán wieder. Schließlich traten die beiden zurück, und selbst Gljómall, von allen dreien der Schlimmste, weil er jede Grausamkeit noch mehr genoss als die anderen, ließ seine erhobene Hand sinken – was immer er dem Unglückseligen hatte antun wollen. Enttäuschung stand in den Blicken der Männer seiner Leibgarde, wohl auch Sehnsucht nach Riacáns Vater, der ihnen diesen Spaß nicht verdorben hätte. »Lasst ihn hier liegen und schenkt ihm nicht weiter Beachtung«, befahl Riacán. »Wer noch einmal seine Hand an ihn legt, den hänge ich an seiner statt auf.«

Er hätte gern mit weniger als mit dem Tod gedroht, wusste jedoch, dass er damit die Wirkung verfehlt hätte. Schläge und Hungern war nichts, was Kreaturen wie diesen Angst machte.

Schweren Herzens wandte er sich ab und ging zum Langhaus. Bis eben hatte seine größte Angst dem Moment gegolten, da auf den grünen Hügeln Ascalls Heer erscheinen würde. Nun ahnte er, dass es die größere Herausforderung war, ins Innere zu gehen, ins Gesicht der Frau zu blicken, die er am meisten liebte, und ihr zu sagen, was Ascall von Toora von ihm verlangte.

Im Langhaus war es dunkel. Die Torfscheite spuckten nur mehr rot glühende Funken, sie entzündeten kein prasselndes Feuer. Ihr eigentümlich süßer Geruch lag über allem, konnte aber nicht den Gestank vertreiben. Vom Unrat, der auf den Boden gefallen war und dort verfaulte, stammte er gewiss nicht, denn erst am Tag zuvor hatte Ceara, eine der Sklavinnen, frisches Stroh und zwei neue Teppiche aus Kalbsleder darübergelegt. Riacán blickte sich schnüffelnd um, ehe er zum Kupferkessel schritt, der über der Feuerstelle in der Mitte des Raumes hing. Angewidert verzog er den Blick, als er hineinlugte.

»Was soll denn das?«, rief er. Erst jetzt hatten sich seine Augen ausreichend an das düstere Licht gewöhnt, um die drei Menschen wahrzunehmen, die auf den Bänken hockten – zwei Frauen und ein Mann, wobei man auch den Mann ob seiner blonden Lockenpracht, der schmalen Gestalt und der feinen Züge auf den ersten Blick für ein Weib hätte halten können. Riacán nahm den Kessel vom Haken, schleuderte ihn auf den Boden und trat mit dem Fuß dagegen. »Wer ist auf die Idee gekommen, eine Ratte zu braten?«, wütete er weiter. »Und das noch dazu so lange, bis sie anbrennt?«

Der Mann mit den blonden Locken erhob sich. Wie so oft hielt er eine kleine Harfe in der Hand, *ceis* genannt. Sie war aus dem Holz des Ahornbaums geschnitzt und glänzend poliert, die Saiten waren aus Schweinedarm. Riacán hatte noch nie jemanden so geschickt die Saiten einer Harfe zupfen sehen wie seinen jüngeren Bruder, doch obwohl er dessen Liedern ansonsten gern lauschte, war er jetzt entschlossen, ihm den Kupferkessel samt Ratte über den Schädel zu ziehen, falls er zu singen begänne.

Faolán feixte nur. »Nun lass doch unserer alten Tante Kraka ihren Spaß.«

»Will sie die Ratte etwa *essen?*«, fragte Riacán fassungslos.

Faolán zuckte mit den Schultern. »Es heißt, die Druiden hätten in alten Zeiten Hunde geschlachtet, ihr rohes Fleisch gekaut und an den Bissen, die sie ausspuckten, die Zukunft abgelesen. Kraka wollte das auch tun, sie fand nur keinen Hund, an dem sie sich vergreifen konnte, und hat deshalb eine Ratte genommen. Wirf der lieben Kraka keine Barbarei vor! Anders als die Druiden gedenkt sie schließlich kein rohes, sondern gebratenes Fleisch zu benutzen, um die Zukunft zu deuten.«

Riacán seufzte. »Und wo ist dieses verrückte Weib jetzt?«, fragte er überdrüssig.

»Mit einer zweiten Ratte, die noch lebte, hinaus«, erwiderte Faolán. »Aber nicht, um sie zu essen«, fügte er schnell hinzu. »Ich glaube, sie will sie irgendwelchen Göttern opfern, während die andere brät. Vielleicht dem Kriegsgott Lugh oder der Kriegsgöttin Morrighan. Vielleicht auch Nuada, Ogma oder Danu und wie sie eben heißen. Was allen Göttern gemein ist, ist ihre Gier auf das Lebendige.«

Faolán lächelte schief und zupfte nun doch an den Saiten. Wie immer trafen die sanften Laute Riacáns Herz, und der Wunsch, Kraka zur Rede zu stellen, schwand. Nur Faolán und er nannten sie bei ihrem richtigen Namen, die anderen bezeichneten sie als Krähenweib, sie selbst sah sich als Druidin oder Priesterin. Manchmal schnitzte sie Zeichen in Holz, auf dass ein Schauer aus Blut über ihre Feinde herabgehe, erreichte aber meist nichts anderes, als am eigenen Finger zu bluten. Dann wiederum ließ sie Hühnerfedern auf den Boden fallen, um das Wetter vorherzusagen, was den alten Colum einmal zwischen zwei seiner Schläfchen zu der Bemerkung veranlasste, der Himmel könne ja nur weinen, wenn die Hühner, auf die sie Jagd mache, so laut und närrisch gackerten.

Riacán setzte sich und wagte erst jetzt, in die Gesichter der beiden Frauen zu schauen, die noch immer auf den Bänken hockten. Er hatte gehofft, dass sie nichts von dem Boten wussten, doch ihre Mienen waren angespannt – die von Caitlín, seiner jüngeren Schwester, ebenso wie die von Éilís, seiner Frau. Éilís war nicht hässlich, doch in Gegenwart von Caitlín mit ihren ebenmäßigen Zügen, dem schwarzen Haar und den blauen Augen, den rosigen Wangen und den weißen Zähnen fielen die vielen kleinen Unvollkommenheiten noch deutlicher auf und ließen sie älter wirken, obwohl sie im selben Jahr wie Caitlín geboren worden war. Ihre Augen standen sehr dicht beisammen, die Oberlippe war schmaler als die untere, und das bläuliche Zahnfleisch sah man besonders deutlich, wenn sie lächelte. Jetzt lächelte sie natürlich nicht.

»Wer hat den Boten geschickt?«, fragte Éilís so nüchtern, als wäre Angst ein ihr völlig fremdes Gefühl.

Es gab nicht viel, was Riacán an seiner Frau bewunderte,

doch ihre Unerschrockenheit gehörte dazu. Die Wahrheit wollte er gleichwohl nicht aussprechen, aber bevor ihm eine Lüge einfiel, zupfte Faolán wieder die Harfe.

»Oh, lasst mich ein Lied von jenem grimmigen Krieger anstimmen. Schwarz wie die Nacht ist sein Helm, kalt wie der Mond ist sein Schwert, verkommen wie ranziger Käse seine Seele.«

»Ranziger Käse, also wirklich!«, rief Riacán erbost. »Das ist das dümmste Lied, das du je gesungen hast.«

»Mag sein«, entgegnete Faolán, »es stimmt jedoch, dass Ascall von Toora gekommen ist, um sich das zu holen, was man ihm einst verweigert hat, nicht wahr?« Er summte eine hübsche Melodie.

»Es ist wirklich Ascall von Toora?«

Caitlín sprang auf. Sie suchte den Blick ihres Bruders, starrte ihn entsetzt an, formte tonlos die Frage: Ist es wahr? Und er, der ihr doch so viel lieber anderes gesagt hatte, konnte nur stumm nicken.

»Fällt euch ein besseres Bild als das vom ranzigen Käse ein?«, fragte Faolán nahezu vergnügt.

»Halt deinen Mund!«, fuhr Riacán ihn an und ließ seine Faust auf den Tisch donnern. »Wärest du ein echter Mann, kein nutzloser Barde, würdest du kaum Scherze über Ascall von Toora machen, sondern gemeinsam mit mir gegen ihn kämpfen.«

Er bereute seine heftigen Worte sofort, war es doch für gewöhnlich er, der Faolán vor anderen Männern verteidigte und ihn für seine Gesangskünste bewunderte, doch dieser schien ohnehin nicht gekränkt. Er hob seine Harfe.

»Auch das ist eine Art Waffe.«

Riacán unterdrückte ein Seufzen. »Aber damit kann man niemanden töten.«

»Na, als ob du Ascall von Toora töten könntest. Lieber sterbe ich, während ich singe, als während ich kämpfe.«

»Ich will einfach nicht, dass du Angst und Schrecken säst.«

Schulterzuckend kam Faolán seinem Befehl nach und legte die Harfe ab, während Caitlín sich wieder auf die Bank fallen ließ. »Er will mich«, stieß sie aus.

»Nein«, sagte Éilís, »nein, er will Rache. Er will aller Welt zeigen, dass ein Ascall von Toora eine Demütigung nicht zulässt.«

»Und nachdem König Diarmait besiegt und vertrieben wurde, wird niemand uns schützen«, fügte Caitlín mit zitternder Stimme hinzu. »Die Menschen von Leinster sind froh, wenn sie nicht für die Taten ihres Königs zur Rechenschaft gezogen werden. Von ihnen ist keine Hilfe zu erwarten, sie werden uns unserem Schicksal überlassen. Das bedeutet, dass Ascall dieses Mal bekommen wird, was er will.«

»Nein!« Riacán merkte erst, dass er schrie, als sein Ruf in der Halle verklungen war. »Nein, er wird dich nicht bekommen, Schwester! Nicht solange ich atme. Ich weine unserem Vater keine Träne nach, aber zu den wenigen Dingen, die er richtig machte, gehörte es, Ascall deine Hand zu verweigern, als er damals zu uns kam und um dich warb. Ascall ist ein Mann ohne Ehre. Jeder weiß, dass er seinen Vater Ultan getötet hat. Man ahnt, dass er seine Hände im Spiel hatte, als seine Mutter diesem wenige Wochen später folgte. Und dann gibt es die Geschichte von einem Dorf, über das er einst mit seinen Männern herfiel wie ein Rudel hungriger Wölfe über ein einsames Rind. Hinterher waren alle tot – alle Frauen, alle Kinder, selbst die, die noch nicht laufen konnten.« Riacán sprach immer gehetzter. »Ein einziger Laut nur erklang noch, als er endlich abgezogen war«, fuhr er fort. »Das Meckern eines Lämmchens. Doch die, die das Dorf nach der Heimsuchung wieder betraten, sahen sogleich, dass er dem Tierchen keine Gnade erwiesen hatte, im Gegenteil. Alle seine vier Beinchen waren abgehackt. Mit blutendem Rumpf lag es im Dreck, mähte erbärmlich und versuchte verzweifelt, aber vergebens zum toten Muttertier zu kriechen.«

Caitlín wurde blass, und selbst der beherrschten Éilís schien unbehaglich zumute zu sein. Sie rutschte unruhig auf der Bank hin und her.

Faoláns Grinsen brachte Riacán zum Verstummen. »Und mir verbietest du, den Frauen Angst zu machen?«, fragte er. Riacán biss sich auf die Lippen. »Ich hoffe ja nur«, fuhr Faolán gleichmütig fort, »dass man das Lämmchen später schnell getötet, kross und würzig gebraten und mit gutem Appetit verspeist hat, sonst wäre das arme Tier ja ganz umsonst gestorben. Im Übrigen glaube ich nicht, dass es stimmt, was man sich erzählt. Wenn Krieg herrscht, hört man viele Geschichten. Die der Verlierer sind nie wahr und die der Sieger nur selten.«

»Genug jetzt!« Riacán wandte sich an die beiden Frauen. »Ihr habt doch gewiss etwas zu tun, oder? Die Menschen sollen nicht merken, dass Furcht in unserem Herzen wohnt. Beaufsichtigt die Sklavinnen, wenn sie melken, spinnen, Seetang verbrennen oder leere Butterfässer säubern! Tut, was ihr immer tun würdet. Und sprecht Ascalls Namen nicht aus, nicht in euren Gedanken und schon gar nicht laut. Wir wollen ihm nicht noch mehr Macht zugestehen, als ihm gebührt.«

Caitlín stand erneut auf, nahm kurz die Hand ihres Bruders und drückte sie, ehe sie sich zum Gehen wandte. Éilís hingegen erhob sich erst nach längerem Zögern. Es bedurfte eines kühlen Blickes von Riacán, bis sie ihm gehorchte – und das tat sie nicht, ohne trotzig die Schultern hochzuziehen und damit einmal mehr zu bekunden: Was schert mich, was mein Mann von mir denkt?

Riacán sah ihr nicht nach, doch Faolán tat es, bis sie das Langhaus verlassen hatte. Wie immer wurde sein spöttischer Blick warm und sehnsüchtig, sobald Éilís ihm den Rücken zugewandt hatte und nicht mehr in seiner Miene lesen konnte.

»Vater hätte sie dir geben sollen«, murmelte Riacán.

»Ach was«, gab Faolán vermeintlich leichtfertig zurück. »Sie hätte sich mit Händen und Füßen dagegen gewehrt. Lieber lebt sie an der Seite eines schlechten Kriegers, der sie hasst, als an der eines guten Barden, der sie liebt.«

»Ich hasse sie nicht. Und zum schlechten Krieger würdest du auch taugen.«

Faolán lächelte nun traurig. »Nicht einmal für sie würde ich ein Schwert in die Hand nehmen. Éilís mag der süße Honig sein, nach dem ich mich verzehre, die Musik dagegen ist die Luft, die ich zum Atmen brauche. Und mit schwieligen, blutigen Fingern kann man die Harfe nun mal nicht zupfen.« Riacán verstand nicht, wie man ausgerechnet Éilís mit Honig vergleichen konnte. Was wiederum das Atmen anbelangte, so fiel ihm das ob der schweren, stickigen Luft immer schwerer. »Was wirst du denn jetzt tun?«, fragte Faolán.

Riacán wich dem forschen Blick des Bruders aus, starrte auf den Boden, sah eine zerquetschte Brombeere und eines der Schilfrohre, die er am Vortag beschnitten hatte, um das Dach der Vorratskammer zu decken. Wann würde er wieder Brombeeren essen? Wann wieder Schilf schneiden?

Ehe er eine Antwort geben konnte, nahten leise Schritte. Die Sklavin Ceara erschien mit einem scheuen Lächeln und einem Krug Bier, und als sie ihn vor Riacán abstellte, wurde ihr Lächeln strahlend.

»Danke«, murmelte Riacán.

Er nickte ihr zu, konnte ihr Lächeln jedoch nicht erwidern. Cearas Wangen überzog auch so leichte Röte.

Faolán hob vielsagend die Brauen, zog schweigend den Krug an sich, nahm einen tiefen Schluck und dann noch einen. Erst als er ausgetrunken hatte, sprach er. »Ich nehme an, du willst vor der Schlacht nüchtern bleiben.«

Riacán gönnte ihm das Bier. Er wusste, wie es schmeckte, auch ohne davon gekostet zu haben. Süß wie Cearas Haar, erfrischend wie Cearas gerötete Wangen, auch etwas bitter wie die Kerben auf ihren Wangen, die man sah, wenn sie nicht lächelte.

»Welche Schlacht?«, murmelte Riacán. »Du hast recht. Ich kann jemanden wie Ascall nicht besiegen oder gar töten.«

»Aber dich ihm beugen willst du auch nicht!«

Während Riacán sein Gesicht in den aufgestützten Händen vergrub, nahm Faolán die Harfe, strich über die Saiten und begann ein Lied zu singen.

»*Der Sohn wollte anders als der Vater sein. Doch kaum war der vertrocknet, fielen die Feinde ein. Die Zeche zahlt nicht immer, wer am gierigsten säuft. Und den Feinden entkommt nicht immer, wer am schnellsten läuft.*«

Riacán hob den Kopf. »Du hast schon mal schöner gesungen«, sagte er sichtlich überdrüssig.

»Doch selten wahrer. Ich weiß, du willst es nicht hören. Ich nehme an, auch Diarmait hat nicht hören wollen, dass er plötzlich keine Verbündete mehr hatte und sein Reich verloren war. Nun ist er aus Leinster vertrieben, und du wirst Caitlín Ascall von Toora geben müssen, was immer er mit ihr machen wird.«

»Niemals! Ich werde ihm unsere Schwester niemals überlassen!«

»Ich liebe Caitlín doch auch. Aber wir werden alle sterben, wenn …«

»Genug!« Riacán erhob sich so schwungvoll, dass der leere Bierkrug umfiel. Ein Tropfen versickerte im rauen Holz. »Du, Caitlín, Ceara, Kraka und selbst Éilís – ihr seid meine Familie, und ich werde jedes Mitglied dieser Familie beschützen. Ich werde nicht eines für die anderen opfern.«

Faoláns süße Melodie vermochte nicht über die bissige Botschaft seiner Worte hinwegzutäuschen. Sie verfolgten Riacán, als er hinaushastete.

»Da geht er nun hin, dieser strahlende Held. Und ist viel zu gut für die schreckliche Welt, wo man Menschen mit Ehre für Dummköpfe hält und der stolzeste Kopf stets am schnellsten fällt.«

Nachdem er so lange im trüben Licht des Langhauses zugebracht hatte, schien die Sonne noch greller auf Riacán herunterzubrennen. Er schirmte seine Augen ab, blickte gen Himmel.

Nicht mehr lange, dann hat sie ihren höchsten Stand erreicht …

Warum konnte es gerade an diesem Tag nicht regnen? Warum fühlte er mit jedem Tropfen Schweiß, der sich auf Stirn und Nacken bildete, dass Ascall näher kam und nicht genügend Zeit blieb, eine Entscheidung zu treffen?

Er wischte sich über das Gesicht, nahm endlich die Blicke wahr, die auf ihn gerichtet waren. Fiacc, Dúngal und Gljómall starrten ihn vorwurfsvoll an, Colum nachdenklich und Éamonn gespannt.

»Mein Pferd!«, befahl Riacán dem Jungen knapp. »Und bring mir auch meinen Schild und mein Schwert.«

Éamonn hastete über den Hof. Die drei Krieger, die eben noch herumgelungert hatten, reckten ihre Köpfe.

»Du willst doch nicht ...«, setzte Colum an.

Warum ist der Alte immer noch wach?

»Ascall ist die Ratte, nicht ich«, sagte Riacán und versuchte nicht an den Inhalt des Kupferkessels zu denken, den er auf den Boden gestoßen hatte. »Ich verkrieche mich nicht in ein Loch.«

»Ascall führt über siebenhundert Krieger an, allesamt gefürchteter als die legendären *fíana*, die wie Wölfe kämpften. Du kannst doch nicht ernsthaft glauben, dass du ...«

»Schweig, Alter! Sonst trage ich dich anstelle eines Schildes vor mir her.«

Fiacc und Gljómall lachten. Wahrscheinlich war es das erste Mal, dass sie in ihm seinen Vater erkannten.

Es war dessen Schwert, das Éamonn ihm wenig später reichte, eine ebenso schwere wie prächtige Waffe, die nur ein kunstfertiger Schmied herzustellen vermochte. Bänder aus verschiedenen Eisenarten hatte dieser zu einem Kern gedreht und deshalb eine Schnittkante aus härterem und schärferem Stahl geschweißt. Der kreuzförmige Griff und der runde Knauf waren gedrechselt und mit Steinen besetzt.

Edelsteine, hatte sein Vater geprahlt.

Glas, hatte Riacán insgeheim gedacht.

So oder so war das Schwert eine Waffe, mit der man töten konnte – und sie war schwer. Als Kind hätte er sich die Klinge einmal beinahe in den Bauch gerammt, als er darüber gestolpert war. Jetzt war er stark genug, um sie zu heben – ob auch mutig genug, sie zu benutzen, wusste er noch nicht. In jedem Fall stieg er mit dem Schwert in der Hand auf das Pferd und ließ sich den Schild reichen. Nun hatte er zwar keine Hand mehr frei, um auch den Stock zu tragen, mit dem gewöhnlich die Pferde angetrieben wurden, doch Tuiren, sein Apfelschimmel, spürte auch so, was er von ihr wollte. Wie immer ritt er ohne Sattel und fühlte, wie sich jeder Muskel des Tieres anspannte. Tuiren hatte oft blutunterlaufene Augen, was, wie Éamonn sagte, von Eiern rührte, die eine Fliege dort ablegte, und was Riacán den Eindruck gab, die Stute würde ständig weinen. Doch als er sie jetzt mit dem Druck seiner Schenkel antrieb und sie lustvoll wieherte, zweifelte Riacán nicht daran, dass der Schimmel heute über die Feinde lachen würde.

»Öffnet das Tor!«, brüllte er, und wieder war es Éamonn, der seinen Befehl ausführte.

Dessen bewundernder Blick war das Letzte, was Riacán sah, als er durch das Tor ritt, und das Quietschen des Tores das Letzte, was er hörte. Danach war da nur mehr ein Rauschen in seinen Ohren. Er sah, aber vernahm es nicht, wie die Halme unter Tuirens Galopp brachen, wie ein Vogel dicht an seinem Kopf vorbeischoss, wie die Hufe tiefe Spuren in der nackten Erde hinterließen. Er ritt nicht sehr weit weg – gerade weit genug, um zu zeigen, dass er Herr dieses Besitzes war, kein Gefangener –, und hielt dann inne, um seinen Blick schweifen zu lassen.

Er sah nur das Grün der Wälder und Wiesen und blauen Himmel, kein Silber von Rüstungen, kein Schwarz von Rappen, kein Leder von Wämsern. Dennoch vermeinte Riacán zu spüren, dass er von unsichtbaren Feinden umgeben war. Er blickte hoch, die Sonne stand hoch am Firmament, Ascall von Toora würde nicht zu spät kommen.

Als er den Blick senkte, tränten seine Augen, und kurz beschmutzten gleißende Flecken das Grün, aber seine Stimme war kräftig, als er rief: »Ascall von Toora! Ascall von Toora!«

Mit seinem Schwert durchschnitt er die Luft. »Ascall von Toora! Ich verstecke mich nicht vor dir. Zeig also auch du dein Gesicht. Lass uns kämpfen! Wenn ich unterliege, bekommst du meine Schwester. Wenn ich dich schlage, setzt du nie wieder deinen Fuß auf O'Bjólan-Land.«

Mit jedem Wort war Riacáns Angst, seine Stimme könnte brechen, gewachsen, doch er hatte es geschafft, hatte die Rede laut und fest beendet.

Ein Schweigen blieb lange Zeit die einzige Antwort. Selbst der Wind schien den Atem anzuhalten, und die Grashalme neigten sich nicht im Luftzug, sondern standen so stramm, als wäre nie ein Wesen über diese Wiese geschritten. Ob jener Stille war das Zischen, das jäh ertönte, noch lauter. Etwas Schwarzes schoss über den Himmel, zu schmal und zu schnell für einen

Vogel. Nur knapp verfehlte es Riacáns Kopf, ehe es sich wenige Schritte hinter ihm in die Erde bohrte.

Ein Pfeil.

Ascalls Antwort.

Tuiren wieherte erneut, doch nun begann das Tier auch nervös zu tänzeln, und Riacán brauchte eine Weile, es mit Worten und Beinbewegungen zu beschwichtigen. Als der Apfelschimmel endlich stillstand, zischte ein zweiter Pfeil durch die Luft. Er blieb ein paar Schritte vor ihm stecken, ihm folgte ein dritter und vierter, die rechts und links zu Boden gingen.

Obwohl die Grenze unsichtbar war, schien Riacán gefangen zu sein, auf einem winzigen Fleckchen Erde, auf dem Ascall ihm noch zu herrschen, zu reiten, zu atmen und zu brüllen zugestand.

Zu unbedeutend bist du, als dass wir dich mit unseren Pfeilen treffen wollten, lautete seine Botschaft. Zu unbedeutend, als dass ich für dich mein Schwert zöge. Ich bin gekommen, um mir Caitlín zu holen. Nicht, weil ich um sie zu kämpfen gedenke.

Riacán unterdrückte seine Wut und sah angestrengt in Richtung Wald. Erstmals glaubte er, eine Bewegung wahrzunehmen, desgleichen das Holz von Bögen zu erkennen, das heller und glatter war als das gefurchte der alten Bäume. Noch trat niemand aus den Schatten, aber er war sich plötzlich sicher – würde ein fünfter Pfeil auf ihn abgeschossen, würde der ihn treffen.

Und wenn es so wäre ... Ich fliehe nicht, ich ducke mich nicht!

Er stieß einen Schrei aus, schnitt wieder mit dem Schwert durch die Luft und trieb Tuiren auf den Wald zu. Während Erdbrocken hochstoben und ihm die Mähne des Pferdes ins Gesicht peitschte, war er nicht länger unschlüssig, ob er einem Held oder einem Narren glich.

Wahre Helden sind wohl immer Narren ...

Der Apfelschimmel schien zu fliegen, schneller als Vögel, schneller als die Pfeile, als er direkt auf die Grenze zuritt, die sich plötzlich zwischen seiner Welt und dem restlichen Irland erhob – eine Kette aus poliertem Eisen, zu der kein schwaches

Glied gehörte, das er durchbrechen konnte. Die Männer, die aus dem Wald traten, wirkten älter als die Bäume, ihre Gesichter noch rauer als die Rinden. Die schweren Füße schienen fester auf Erden zu stehen, als je eine Wurzel sich ans Reich der Erdgöttin zu klammern vermocht hatte, und ihre Leiber so schwer zu Fall zu bringen wie ein Steinkoloss von einer Frauenhand. Speere und Helme blitzten im Sonnenlicht, Streitäxte waren bereit, Glieder und Schädel abzuschlagen und zu zertrümmern, Lanzen ragten bedrohlich in den Himmel. Nur die Schwerter hatten sie noch nicht gezogen. Offenbar warteten sie auf den Befehl dazu, und der, der ihn diesen erteilen würde, war nicht zu sehen, sondern im Dickicht versteckt.

Ascall will mir nicht einmal gönnen, in sein Gesicht zu schauen, wenn ich falle ...

So närrisch, ihm diesen Gefallen zu tun, war er denn doch nicht. Kurz bevor er die stählerne Grenze erreichte, trieb Riacán Tuiren erneut die Fersen in die Flanken, und ein weiteres Mal wieherte das Pferd. Es verstand ihn, machte einen Sprung, wie er eigentlich nur wendigen Hasen gelang, und erreichte das Stück Wald, wo sich die Bogenschützen verschanzt hatten. Wie die anderen Krieger scheuten auch sie nicht länger die Sonne, sondern waren aus ihrem Versteck hervorgetreten, hatten ihre Pfeile in die biegsamen, mannsgroßen Langbögen eingelegt, den Bogen gespannt und die Spitzen auf ihn gerichtet. Noch griff niemand ihn an, sie warteten auf einen Befehl, und ehe dieser ertönte, hatte Riacán sein Schwert niedersausen lassen. Holz zersplitterte unter Eisen, und dieses Geräusch war wohltönender als das süßeste Lied der Vögel. Der Apfelschimmel vollführte eine weitere Drehung, dann hatte Riacán den zweiten Schützen seiner Waffe beraubt und den Pfeil in Stücke gehackt, ehe er ihn treffen konnte. Auch damit war der Hunger des Schwertes nicht gestillt. Es wollte mehr fressen als Holz, es wollte Fleisch, Blut, warme Haut!

Riacán hob zum dritten Mal das Schwert ... und erstarrte, als er in die Gesichter der beiden Angreifer sah, die nunmehr schutzlos vor ihm standen.

Sie sind ja noch Knaben ...

Knaben, die stark und geschickt genug waren, um mit Pfeil und Bogen umzugehen, aber nicht darin geübt, auf ein Schwert zu sehen, ohne die Augen aufzureißen und zu erbeben. Knaben, die bislang mehr süße Milch aus ihrer Mutter Brust gekostet hatten als Blut und Verwesungsgeruch. Knaben wie Éamonn … Zu jung, um zu ahnen, dass viele Helden Narren waren … Zu unschuldig, um zu begreifen, dass alle Helden Mörder waren.

Riacán war kein Held. Er ließ das Schwert sinken.

Die Münder der Knaben standen offen, doch aus ihren Kehlen drang kein Schrei. Hinter ihm hingegen brach der Sturm los, unter Gebrüll stürmten Ascalls Krieger auf die Palisaden zu. Er zweifelte nicht daran, dass sie das Holz ebenso niederreißen würden wie die Menschen, die sich nun ihren Feinden entgegenstellten – nicht nur Gljómall, Dúngal und Fiacc, sondern alle Männer, die innerhalb der Palisaden lebten, auch die, die noch nie ein Schwert gehalten hatten. Sie waren mit Mistgabeln und Sensen bewaffnet. Éamonn zählte zu ihnen, er hielt eine Axt in den Händen, die ihn noch schmächtiger wirken ließ.

Nicht!, wollte Riacán schreien, doch jeder Laut erstarb, als die Bogenschützen einen immer engeren Kreis um ihn zogen und Tuiren zu steigen begann. Einer der Knaben, die er eben noch verschont hatte, ließ sich einen neuen Bogen reichen, richtete einen Pfeil auf ihn, und er glaubte schon zu spüren, wie dessen Spitze seine Kleidung zerfetzte und in sein Fleisch drang. Doch was immer die Hände des Knaben zum Zittern brachte – Skrupel oder nur fehlende Erfahrung –, am Ende spürte er keinen Pfeil, sondern nur, wie Hände, so viele Hände, ihn packten und an ihm zerrten. Noch klammerte er sich an Tuirens Mähne, doch anstatt festen Halt zu finden, riss er ihr das weiße Fell in Büscheln aus. Tuiren scheute, stieg erneut, machte es den Bogenschützen leicht, ihn endgültig vom Rücken des Tieres zu ziehen. Er prallte auf seine Schulter und fühlte einen grässlichen Schmerz, rollte um die eigene Achse und spürte, wie sein Bein sich verdrehte. Erde drang in seinen Mund, er hustete. Die Kraft, den Kopf zu heben, hatte er nicht – vielleicht war ihm jemand in den Nacken gestiegen –, doch die

Augen aufreißen, das konnte er noch, zumindest kurz. Ehe er Zeuge des purpurroten Kampfgetümmels wurde, ehe Ascalls Männer die Seinen niedermähten und die Langhäuser anzündeten, Kinder ermordeten und die Vorräte vernichteten, ehe sie die Frauen schändeten und Caitlín gewaltsam entführten, wurde Riacán ohnmächtig.

Das Tuch, das sich über seine Augen senkte, war erst rot, dann braun, dann schwarz.

Ein heißer Atem weckte ihn, warme Lippen, die seine Wangen leckten, ein Schmatzen, gefolgt von dem Gefühl, seine Haut würde platzen.

Ein Dämon aus der dunkelsten Hölle musste über ihm knien ... Nein, einer von Ascalls Kriegern, die als Dämonen verschrien wurden ... Nein, ein Troll, der aus einem Erdloch lugte. Aber Trolle scheuten den Krieg ...

Riacán schlug die Augen auf. Da war kein Krieg, nur Stille. Und da war kein Wesen aus einer anderen Welt, nur sein Apfelschimmel, der ihn anstupste und ihn treu anblickte. Seine Augen waren nicht gerötet, so schien es ihm zumindest. Vielleicht hatte Riacán auch verlernt, Farben wahrzunehmen.

Doch nein, die Wiese war noch grün, nicht blutgetränkt, die Erde noch braun, nicht von abgehauenen Gliedmaßen überhäuft, und an den Ästen hingen satte grüne Blätter, nicht seine Männer.

Riacán stützte sich ab, richtete sich auf, blinzelte. Seine Glieder waren noch heil, sein Umhang nicht gerissen, und ... und auch die Palisaden standen noch. Was immer in den Augenblicken der Schwärze – vielleicht Stunden, vielleicht Tage – über das Land der O'Bjólans hereingebrochen war, ein blutiger Kampf konnte es nicht gewesen sein ... zumindest keiner, der viele Opfer gefordert hatte.

Als er sich an Tuiren hochzog und das Pferd aus dem Schatten der Bäume zog, um sein Gleichgewicht kämpfte, gegen Kopfschmerz und Funken vor den Augen, sah er, dass das hochstehende Gras von einem halben Dutzend Leichnamen niedergedrückt wurde. Er konnte nicht erkennen, wovon sie getroffen worden waren – von Äxten, Schwertern, Lanzen oder Pfeilen –, nur hoffen, dass es schnell gegangen war und sie nicht gelitten hatten.

Langsam drehte er sich um, wappnete sich instinktiv gegen den Anblick von Ascalls Heer, das nach dem ersten Häppchen nach noch mehr Tod gierte, doch da war niemand, nur Wiese und Wald. Das Einzige, was an die Krieger gemahnte, war die Stille, weil alle Vögel fortgeflogen waren – zumindest die, die gern Lieder sangen. Andere, die den Geruch von Leichen mochten, würden bald kommen und gierig am Himmel kreisen.

»Riacán, du lebst!«

Colum kam auf ihn zugelaufen, und so heftig, wie er keuchte, musste er den ganzen Weg gerannt sein.

»Was ist geschehen?«, fragte Riacán. »Warum …«

»Ascall ist abgezogen.«

»Abgezogen?«

»Komm mit mir. Deine Wunde am Kopf sieht übel aus.«

Riacán tastete seine Stirn ab, stieß aber auf keine Beule. Erst als er sich über den Nacken strich, fühlte er getrocknetes Blut. Es ist nicht so schlimm, wollte er sagen, die Worte indes blieben ihm im Halse stecken.

Drei Schritte hatte er auf Colum zugemacht, ehe er hinter den sechs Toten einen siebten entdeckte. Sein Leichnam war der kleinste. Ein Schluchzen brach aus Riacáns Mund, als er auf den Leblosen zulief, sich zu ihm kniete, ihn auf den Rücken wälzte und erkannte, wie grausam entstellt das Gesicht war.

Nein! Nicht er! Nicht dieses … Kind! Er selbst hatte nicht lange zuvor doch zwei Kinder verschont! Wie konnte das Leben auf diese Barmherzigkeit mit so viel Grausamkeit antworten?

Das eine Auge blickte starr auf ihn, im anderen steckte ein Pfeil. Beide waren ein grausam verzerrtes Abbild vom großen Helden Irlands, Cú Chulainn, dessen eines Auge in der Schlacht riesengroß geworden und dessen anderes in einer Höhle versunken war.

Éamonn …

Riacán fuhr sich mit der Faust zum Mund. Seine Knöchel

wurden ganz weiß, als er die Zähne darauf drückte, hineinbiss. Er schmeckte Erde, Schweiß und Tränen – nur kein Blut. Das Blut von anderen war an diesem Tag überreich geflossen, nicht seines.

Éamonn ...

»Nein!«, heulte er auf, ehe er den Knaben an sich zog, sein Gesicht an der Brust barg, seine Wärme noch spürte, aber auch diese eigentümliche Starre. Holz splitterte, als wegen seiner ungestümen Regung der Pfeil brach, dessen Spitze auf der anderen Seite mit einer rotgrauen Masse bedeckt herausragte. »Nein!«, klagte er wieder. Éamonn durfte nicht tot sein. Und er selbst durfte nicht leben! Éamonn sollte Geschichten von Cú Chulainn lauschen, anstatt sein Zerrbild zu sein. Und Blut ... Blut sollte nicht rot sein, sondern schwarz. Rot war doch die Farbe der Könige, der Liebe, der abendlichen Sonne. Warum war Gott so gnadenlos, etwas so Schrecklichem die schönste aller Farben zu schenken? »Nein ...«

Colum trat zu ihm. »Es tut mir leid«, murmelte er. »Niemand konnte den Jungen aufhalten. Als die Männer dir folgten, lief auch er hinterdrein.«

»Warum habt ihr ihn nicht festgehalten?«

»Wer denn? Alle mit kräftigen Händen sind deinem Vorbild gefolgt und wollten mit dir kämpfen. Du hast keine Angst vor deinen Feinden gezeigt, hast dich nicht vor ihnen verkrochen. Du ... du warst für sie alle ein Held.«

»Ich war vor allem dumm. Und ich lag ohnmächtig auf der Erde, als Éamonn starb.«

»Er tat es für dich ... für seine Heimat ... für seine Familie. Das ist ein heldenhafter Tod.«

Riacán legte den toten Knaben sanft auf das Lager aus Gras. Seine Brust wurde ihm so schwer, als stünde Tuiren mit einem Huf darauf. Auch das Pferd beugte sich nun über den toten Knaben, der ihm so oft beruhigend zugeflüstert hatte.

Wärest du doch beim Flüstern geblieben ... hättest du bloß nicht geschrien wie die Krieger.

Ihm selbst war, als könnte er nie wieder schreien. »Warum ist Ascall abgezogen?«, fragte er heiser.

Colum senkte den Blick und wirkte plötzlich unendlich müde.

»Als du dieser Übermacht entgegengeritten bist, hast du deiner Angst getrotzt«, sagte Colum. »Und als deine Männer es sahen, haben sie ihre eigene Furcht geleugnet und sind dir gefolgt. Doch am heutigen Tag haben nicht nur Männer ihren Mut bewiesen.«

Riacán starrte den weisen Mann atemlos an. »Was …? Wie …?«

Nicht nur Männer …? Auch Kinder und … Frauen?

»Nun sag schon!«, flehte Riacán.

Colum hielt den Kopf ebenso gesenkt wie seine Stimme, als er antwortete, doch Riacán ahnte die Wahrheit, bevor das erste Wort aus der Kehle seines alten Ratgebers kroch.

CAITLÍN

Caitlín lag flach auf dem Rücken. Obwohl sie alle Muskeln anspannte und sich mit ihren Händen an den Seitenwänden des Ochsenwagens abstützte, spürte sie jede Umdrehung der Räder. Wann immer diese sich über Wurzeln und Steine quälten, wurde sie hochgeworfen und stieß mit dem Kopf an die hölzerne Decke des niedrigen, sargähnlichen Gefährts, in dem für gewöhnlich Waren oder Waffen transportiert wurden. Ihre Kleidung war durchnässt, denn durch die Ritzen sickerte der Regen, der unaufhörlich auf das Gefährt einprasselte, und von unten spritzte Schlamm hoch.

Immerhin, dachte Caitlín, wird das Blut sofort abgewaschen, und es bleibt nur ein blauer Fleck, falls ich mir die Stirn aufschlage.

Ihre Mutter wäre stolz darauf gewesen, dass sie so dachte. Íde O'Bjólan war eine Meisterin darin gewesen, sich an kleinen Siegen zu erfreuen. Selbst als sie schon schwer krank und abgemagert gewesen war und auch Krakas bittere Säfte keine Linderung mehr geschenkt hatten, hatte sie danach gelebt. Wenn jemand wie ich hofft, bis zum nächsten Beltane, dem Fest, mit dem der Sommeranfang gefeiert wird, zu leben, hatte Íde einmal gesagt, bringt jeder Tag, da es ihm schlechter geht, neue Enttäuschung und Gram. Wenn er aber all sein Trachten darauf ausrichtet, bis zum nächsten Morgen durchzuhalten, ist das Erwachen ein Triumph. Lieber will ich mich an jedem neuen Tag erfreuen, als den baldigen Verlust meines Lebens zu beklagen.

Leider errang Caitlín nicht viele dieser kleinen Siege. Bald schmerzte jeder Muskel, schrie ihr Körper nach Essen und Wärme und schien kein Fleckchen Haut mehr trocken zu sein. Doch obwohl sie sich bei jeder Umdrehung der Räder danach sehnte, dass sie endlich stehen blieben und sie aus diesem hölzernen Sarg befreit wurde, verging sie zugleich vor Furcht, wenn sie bedachte, was ihr dann bevorstand – Ascall von Toora gegenüberzutreten.

Als er drei Jahre zuvor bei ihrem Vater um ihre Hand angehalten hatte, war sie ihm nicht begegnet. Ihre Mutter hatte noch gelebt und ihr befohlen, in der Backstube zu warten, wo es so heiß war wie heute nasskalt. Sie hatte sich nicht viele Gedanken darüber gemacht, dass Ascall um sie warb. Gewiss, ihr Vater hätte sie in eine Bärengrube geworfen, wenn es ihm Nutzen erbracht hätte, aber für Tadc O'Bjólan hatte Ascall von Toora diesen Nutzen damals nicht gehabt. An der Ostküste war der Zwanzigjährige als Bauer, dem man bestenfalls zutraute, eine Sense zu halten, beschimpft worden. »Großkönig nennt er sich, dabei flicht man sich in dem kargen Breifne die Kronen aus Stroh, anstatt sie aus Gold zu formen, und herrscht über Schafe, nicht über Krieger«, hatte Caitlíns Vater gespottet. »Der muss erst noch beweisen, dass er das Dutzend Rinder, das er meiner Tochter mindestens als Brautpreis zahlen muss, heil über die Berge treiben kann, ohne dass sie ihm auf die Füße scheißen.« Und als Zeichen dafür, dass er ihn für nichts anderes als einen Bauern hielt, hatte Tadc O'Bjólan Ascall das noch blutige Fell eines Lämmchens vor die Füße geworfen.

Erst etliche Monate später – ihre Mutter war damals schon verstorben – war hinter vorgehaltener Hand geflüstert worden, dass kaum ein Krieger so furchtlos und grausam war wie er, dass die Krone, die er trug, zwar immer noch nicht aus Gold sein mochte, aber aus Eisen, dass er zwar keine Rinder über Berge trieb, doch etliche Gefangene, die sich vor Angst in die Hose machten. Und wieder ein paar Monate später – ihr Vater hatte mittlerweile siech darniedergelegen –, hatte jeder offen erklärt, dass kein König der Insel einen anderen besiegen könnte, hätte er nicht Ascall und dessen Söldnerheer an seiner Seite – grausam wie einst die *fíana*, von denen man nicht recht wusste, ob sie Mensch oder Wolf waren, die jedenfalls aber im Mensch wie auch im Wolf eine Beute sahen. Bei seinem letzten Atemzug hatte Tadc O'Bjólan sich eingestehen müssen, dass Ascall weit mehr als ein Bauer war, aber immerhin war er mit der Überzeugung gestorben, dass er die Tochter nicht bekommen würde. Die O'Bjólans standen schließlich unter dem Schutz von König Diarmait von Leinster, und der war ebenso grausam wie Ascall und ebenso unbesiegbar.

Leider hatte sich ihr Vater geirrt.

Wenn es wenigstens nicht das Fell eines Lämmchens, sondern das eines Schafes gewesen wäre, das Vater ihm damals vor die Füße geworfen hat, dachte Caitlín jetzt. Ascall hätte sich vielleicht nicht ganz so gedemütigt gefühlt und müsste keinem unschuldigen Tier die Beine abhacken, um seinen Feinden zu bekunden, wozu er fähig ist ...

Bei jeder Rast wappnete sie sich davor, dass er sie aus dem Gefährt zerrte, doch als der Verschlag des Wagens zum ersten Mal geöffnet wurde, stand statt eines furchterregenden Kriegers nur ein Knabe vor ihr. Er brachte ihr etwas zu essen ... oder etwas, das Essen hätte sein können, falls Ascall für Gnade bekannt gewesen wäre. Der Brocken, den der Knabe ihr in den Schoß warf, war hart wie Stein, schwarz wie Kohle und schmeckte wie beides. Sie konnte die bitteren Bissen nicht kauen, nur so lange im Mund aufweichen, bis sie irgendwann kleiner wurden. Vielleicht war es ein Stück Brot, das man im Ofen vergessen hatte, vielleicht ein Stück verbranntes Holz. Hoffentlich ist es kein Gift, das die Eingeweide zerfrisst, dachte Caitlín. Diese schmerzten zwar nach der Mahlzeit, aber rissen nicht, und dass sie weder Blut spuckte noch Blut ausscheiden musste, war in ihrer Lage bereits ein Triumph. Zu trinken brachte der Knabe nichts, doch wenn es etwas reichlich gab, so war es Regenwasser, das sie von den hölzernen Wänden leckte.

Am zweiten Tag war der Brocken, den der Knabe brachte, noch größer, indes genauso hart, und er schmeckte nach verwestem Hammel, wobei Caitlín nicht sicher war, ob sie dessen Fleisch oder dessen Knochen aß. Als der Holzverschlag ein drittes Mal geöffnet wurde, hatte es wiederum zu regnen aufgehört, und der Himmel spannte ein graues Zelt über sie. Caitlín wusste nicht, ob sich Morgen- oder Abenddämmerung über das Land gesenkt hatte. Sie hatte sich fest vorgenommen, dieses Mal nicht auf ihrem Rücken liegen zu bleiben wie bisher, sondern sich aufzurichten, sich umzusehen und zu versuchen, einen Blick auf Ascall zu erhaschen, doch jetzt konnte sie nicht anders, als sich angstvoll gegen das morsche Holz zu pressen und ein leises Wimmern auszustoßen.

Nicht das Gesicht eines Knaben beugte sich über sie, nein, das eines Mannes, und so wie er aussah, stellte man sich einen Krieger vor, der ein feindliches Heer so unerbittlich niedermäht wie der eisige Nordwestwind im Winter die Wiesen. Das eine Auge hatte wohl so viele Schläge abbekommen, dass sich das Lid nur mehr bis zur Hälfte öffnen ließ. Die Nase schien, so breit, wie sie war, ebenfalls mehrmals gebrochen worden zu sein, und die Zähne glichen einem alten Kamm – einem, der statt aus edlem Hirschgeweih aus Hasenknochen geschnitzt worden war und dem etliche Zinken fehlten.

Sehen konnte Caitlín diese Zähne und die vielen Lücken dazwischen im Übrigen nur, weil der Mann grinste. War dieses Grinsen hasserfüllt? Oder spöttisch? Oder lüstern?

Caitlín richtete sich entschlossen auf. Vor ihrem schlimmsten Feind wollte sie nicht liegen. Und vor allem wollte sie ihm zeigen, dass sie sich nicht fürchtete, ihn mit seinem Namen anzureden, obwohl die Mär ging, dass jüngere Krieger allein beim Klang dieses Namens vor Angst schlotterten.

»Nun, Ascall von Toora …«

Sie kam nicht weiter, weil der andere lachte – viel weibischer, als sein finsteres Gesicht vermuten ließ. Es klang wie das Winseln eines Hundes, nicht wie dessen Knurren.

»Du hältst mich für … ihn?«, rief er und lachte wieder.

»Natürlich nicht«, sagte Caitlín schnell. Es war zu kalt, als dass die Lüge ihre Wangen hätte rot färben können. »Ich wollte sagen: Ascall von Toora scheint kein großes Interesse an seiner Beute zu haben, wenn er sie im Regen liegen lässt.«

Das Lachen erstarb. Der Mann warf ihr etwas in den Schoß, das grau wie Schimmel war.

Was für ein Festmahl, dachte Caitlín.

»Ascall ist kein Mann, der sich nach seiner Beute bückt«, erklärte der Krieger, und Caitlín war nicht sicher, ob der Stolz in seiner Stimme das schiefe Gesicht noch einfältiger wirken ließ oder etwas erhabener. »Er wird dich zu sich rufen lassen, wenn er es für richtig hält, nicht wenn du meinst, dass es Zeit wäre.«

Caitlín kaute gierig an der grauen Masse, von der sich nicht sagen ließ, ob es Fleisch, Brot oder ein Apfel war. Nun ja, dachte sie, die Küsse dieses Mannes würden grässlicher schmecken.

Ebenso angenehm, wie sich den Magen zu füllen, war es, aufrecht zu sitzen und den steifen Nacken zu massieren, und das gab ihr Kraft und Mut, sich nach Ascall umzublicken. Sie zählte kaum ein Dutzend Männer, die entweder ihre Pferde fütterten oder selbst aßen und hartnäckig an ihr vorbeistarrten, anstatt ihr auch nur einen vorsichtigen Blick zuzuwerfen. Wahrscheinlich war das die Nachhut, die ihr Tempo dem langsamen Trotten der Ochsen anzupassen und sie ans Ziel zu bringen hatte, während Ascall mit dem restlichen Heer vorangeritten war. Sobald sie Leinster hinter sich gelassen hatten, würde schließlich niemand wagen, sich an seiner Beute zu vergreifen.

Sie wandte sich wieder dem hässlichen Mann zu. »Wie ... wie heißt du?«

Seine Zungenspitze wirkte eher blau als rot, als er sich über die Zähne und die Lücken dazwischen fuhr, aber das konnte auch am fahlen Licht liegen.

»Cormac.«

»Das ist der Name eines großen Königs«, schmeichelte Caitlín ihm.

Er machte eine wegwerfende Bewegung. »Ascall wird eines Tages ein noch größerer sein.«

»Seine Burg Dún Fionn mag mächtig sein, das Land, das dazugehört, Toora, ist hingegen nur ein winziger Flecken Erde.«

Cormac kratzte sich am Kopf. »Sei froh, Mädchen, dass ich nicht Ascall bin. Spitze Zungen lässt er gern aus den Mäulern reißen.«

Caitlín fühlte ein Grummeln im Magen, war sich aber nicht sicher, ob es vom schimmligen Essen oder von der Furcht rührte. Letztere wollte sie jedenfalls nicht zeigen.

»Das habe ich gehört«, sagte sie gelassen. »Und noch lieber, als Zungen aus dem Maul reißen zu lassen, spaltet er Köpfe.«

»So ist es«, Cormac wirkte noch stolzer. »Manchmal trinkt er aus den Schädeln der Menschen, die er getötet hat.«

»Nun, wenn er sie aber gespalten hat, ist es unmöglich, daraus zu trinken, ohne sich dabei zu beflecken.«

Noch deutlicher wurde der Unterschied zwischen Cormacs beiden Augen. Das eine schien sich zu amüsieren, das andere wirkte verärgert. Er überlegte eine Weile, wie er ihr antworten sollte.

»Ich gebe eigentlich jeden Rat nur einmal«, knurrte er dann, »doch weil du ein hübsches Mädchen bist und mir deine blauen Augen gefallen, will ich es gern wiederholen: Reize ihn nie, sonst wirst du es bereuen. Und jetzt leg dich wieder hin, es geht weiter.«

Erst als sie wieder im Wagen lag, spürte Caitlín den unangenehmen Druck zwischen ihren Beinen. Auch das noch. Wie sollte sie sich erleichtern, ohne sich mit ihrem eigenen Urin zu beschmutzen?

Unter Stöhnen und Ächzen gelang es ihr, in der Enge des Wagens den Umhang und ihr Kleid hochzuziehen, bis ihre Scham nackt war. Sie konnte nur hoffen, dass der Urin durch die Ritzen fließen würde und sie nicht in der Lache liegen blieb.

Wenigstens ist Pisse warm – noch schlimmer wäre es, wenn sie so kalt wie der Regen flösse.

Und der prasselte alsbald wieder auf das hölzerne Dach.

Die Stunden versickerten im Schlamm, selbst die Sterne schienen von ihm beschmutzt zu werden, denn als Caitlín einmal durch die Ritzen lugte, standen sie nicht silbrig, sondern fahl am Himmel. Jede Wagenumdrehung hörte sich wie ein Schmatzen an, als wollte der weiche Boden den Wagen verschlingen.

Mit etwas Glück versinke ich im Moor, bevor ich Ascall in die Hände gerate, dachte Caitlín.

Sie nickte ein, erwachte später mit dumpfen Kopfschmerzen und fühlte, dass der Boden nun wieder härter war und dass es zudem steil bergauf ging. Drei Gebiete gab es in Irland, wo der Wind noch rauer wehte als anderswo, die Seen tiefer und schwärzer waren als überall sonst, die Wälder finsterer und verwunschener, die Hügel steiler und die Berge schroffer – Bairenn, Bérre und das Königreich Breifne, wo die Provinz Toora lag. Ein Händler, der diese Gebiete durchqueren wollte, musste gute Führer haben, um seine Ware heil ans Ziel zu bringen, ein Mönch, der in menschenleerer Einöde Gott ehren wollte, fand hier unzählige Höhlen, gluckernde Moore und außerdem Heiden, die noch zu bekehren waren, und ein König, der sein Heer von Norden nach Süden befehligen wollte oder umgekehrt, tat gut daran, sich mit den Herren dieser Gebiete zu verbünden. Nicht nur mehr Regen und Kälte gab es hier, auch mehr steinerne Festen. Anderswo in Irland galt es nicht als lohnenswert, Steine aufeinanderzuschichten, solange auch Holzstämme dem Wind standhielten – ein Vorfahre von Ascall hatte sich jedoch einst mit gestohlenen Rindern hinter einer Mauer verschanzt, die der legendäre Kriegerkönig Fionn mac Cumhaill einer Legende nach mit bloßen Händen und nur in einer Nacht errichtet hatte, bis der rechtmäßige Besitzer der Tiere verhungert war.

Es hieß, die Burg Dún Fionn sei kreisrund gebaut und gleiche aus der Ferne einem riesigen Kessel. Es hieß auch, dass von den Mauern die Leichen der Menschen hingen, die sich gegen Ascall erhoben oder ihn einfach nur gestört hatten.

Der Wagen rumpelte, und Caitlín schlug mit dem Kopf das letzte Mal gegen das Holz, ehe ihr Verschlag abrupt geöffnet wurde. Unwillkürlich krallte sie sich an die Latten, doch viel mehr, als dass sich etliche Splitter in ihre Haut gruben, brachte ihr das nicht ein. Unmöglich, dass sie sich festhalten könnte, wenn der Mann, der sich nun über den Wagen beugte, sie herauszerren würde.

Es war nicht Cormac, sondern ein groß gewachsener Fremder mit schulterlangem rotbraunem Haar und dunklen traurigen Augen, die auf Caitlín gerichtet waren. Sein Mantel war pelzverbrämt und nicht etwa mit einfachem Biber- oder Maulwurfpelz, nein, mit dem glänzenden des Fuchses, dessen Farbton mit dem eines Seidentuchs harmonierte, das der Mann um den Hals trug. Die Nordmänner hatten Tücher wie diese einst ins Land gebracht und getragen, damit der raue Stoff nicht auf empfindlicher Haut scheuerte, es waren auch ihre Schmiede gewesen, die als Erste solch kunstvolle Bronze- und Goldfibeln angefertigt hatten, wie eine den Mantel des Mannes zusammenhielt. Nicht jeder konnte sich solche Fibeln leisten, nicht jeder edle Seide. Doch machte ihn das schon zum Herrn dieser Burg?

»Du ... du bist Caitlín O'Bjólan?«, fragte er mit rauer Stimme, um sich gleich selbst eine Antwort zu geben. »Du ... du musst es sein. Du bist so schön, wie alle behaupten.«

Bis zu diesem Augenblick hatte sie gefühlt, dass der andere nicht Ascall war, doch erst jetzt wusste Caitlín es. Schön fühlte sie sich allerdings mitnichten, sondern schmutzig wie nie, und ihre Zunge war so trocken, dass sie am Gaumen klebte.

»Ascall hat mich entführt ... mich wie ein Stück Vieh durchs Land geschleift ...«

In den Zügen des Mannes breitete sich Fassungslosigkeit aus. Er zuckte zurück, als hätte er sich verbrannt. »Er ... er hat es also wirklich getan«, stammelte er.

Schon zuvor hatte sie ehrlichen Kummer gewittert, nun kam noch Mitleid hinzu, und plötzlich fiel es Caitlín leicht, trotz der steifen Glieder aus dem Wagen zu klettern. Sie war auch beweglich genug, um auf die Knie zu sinken.

»Wer ... wer seid Ihr?«, fragte sie. »Habt Ihr die Macht, mich zu retten?«

Noch mehr Mitleid las sie in den traurigen Augen, vor allem aber ... Resignation.

»Ich bin sein Bruder«, sagte er leise. »Ailillán. Und nein, ich habe nicht die Macht, dich zu retten. Bete zu Gott.«

Obwohl die Enttäuschung schwer auf ihren Schultern lastete, gelang es Caitlín, aufzustehen und sich umzublicken. Die Mauern, die sie umgaben, waren schwarz wie die Nacht. Weder ließ sich sagen, ob sie tatsächlich rund waren noch ob sie geradewegs in den Himmel wuchsen. Unüberwindlich waren sie in jedem Fall, und das einzige Tor war eben wieder verschlossen worden. Innerhalb der Burg gab es mehrere Gebäude. Eines war aus Stein errichtet und riesig, die kleineren kaum mehr als wacklige Hütten, die beim kleinsten Windstoß in sich zusammenzufallen drohten. Doch der Wind wehte nicht durch die Außenmauer, er schien vielmehr ängstlich den Atem anzuhalten.

»Zu Gott soll ich beten?«, fragte Caitlín leise. »Ich habe viele Leute sagen hören, dieser Ort sei verflucht ... Und dass im Umkreis von Dún Fionn kein Grashalm aus der Erde dringe, kein Blatt an den Bäumen hänge und das Getreide verfaule. Auch wenn das eine Lüge ist – ich sehe keine Kapelle. Wo soll Gott hier also wohnen?«

Ailillán hatte sich ein paar Schritte entfernt, blieb nun aber stehen. Die dunklen, buschigen Brauen wirkten schwer, als wäre es ein steter Kampf, die Augen offen zu halten.

»Das weiß ich nicht«, bekannte er. »Ich bete dennoch jeden Tag. Ich bete für die Seele meines Bruders.«

So müde, wie es klang, war der Glaube an die Macht dieser Gebete nicht sehr groß. Caitlín musste an ihre Tante Kraka denken, das Krähenweib, das den heidnischen Göttern diente und den Gott der Christen verlachte. »Wie er da am Kreuz hängt!«, höhnte sie oft. »Schlaff wie das Gemächt eines Greises. Wer kommt auf die Idee, einen Gott zu verehren, der nicht kämpfen kann?«

In der Mitte des Hofes war ein Feuer entzündet worden. Funken stoben in den Nachthimmel und tanzten sich ihre Seele aus dem rasch verglühenden Leib. Die Männer, die sich darum scharten, brieten etwas, das mehr wie eine Maus als ein Schwein aussah. Caitlín glaubte Cormac zu erkennen, aber eigentlich sahen sie alle gleich aus – verroht, vom Krieg gezeichnet, stolz auf ihre Narben. Sie war sicher, dass Ascall nicht unter ihnen war, bestimmt hatte er sich schon ins Haupthaus mit der großen Halle zurückgezogen, und tatsächlich deutete Ailillán mit dem Kinn in diese Richtung.

»Komm mit«, sagte er. »Wahrscheinlich kann ich die Seele meines Bruders nicht retten und dich nicht vor ihm, ich kann dich jedoch mit etwas Essen und Wärme versorgen.«

Gleichwohl er wenig mit ihnen gemein hatte, wichen etliche der Krieger respektvoll, nahezu ängstlich vor Ailillán zurück oder senkten zumindest den Blick. Sie konnte nicht ergründen, woran das lag, zumal sie alle Kräfte brauchte, um Fuß vor Fuß zu setzen. Ihre Knochen schienen weich wie Wachs, und sie fürchtete, sie würden endgültig schmelzen, sobald sie Ascall gegenübertrat, doch auch in der Halle konnte sie ihn nicht sehen. Zu viele Männer, deren Rang höher war als der der Krieger im Hof, saßen am Tisch, und ihre Köpfe verstellten den Blick auf das obere Ende der Tafel. Rasch trat Caitlín zum Kamin, streckte die Hände aus, und als die Wärme die steifen Glieder traf, erzitterten diese wohlig. Kurz war da kein Platz für Angst, nur für Neugier.

Gottlos und grausam mochte Ascall sein, aber sein Heim glich dem der reichen Dubliner. An den Wänden hingen Felle, der Boden war mit Leder ausgelegt. Die Decke wurde von schweren Holzsäulen gestützt, und obwohl sie vom Ruß verdunkelt waren, konnte man kunstvolle Schnitzereien in Form von Drachen- und Hundeköpfen erkennen. Der Kamin war breit und gemauert, und Caitlín presste Kopf und Oberköper an den heißen Stein, sodass noch mehr willkommene Wärme den durchfrorenen, klammen Leib durchströmte. Sie schloss die Augen, vergaß, wo sie war, und vor allem … in wessen Nähe.

Aililláns Stimme holte sie in die Wirklichkeit zurück. Sanft und traurig hatte sie geklungen, als er mit ihr Augenblicke zuvor gesprochen hatte, jetzt bewies er, dass er auch befehlen konnte.

»Bringt ihr Brot und Bier!«

Caitlín konnte nicht erkennen, an wen er den Befehl gerichtet hatte – nur dass niemand gehorchte. Stille breitete sich in der Halle aus, die eben noch von Gegröle, Gelächter und Geschmatz erfüllt gewesen war.

Erst richteten sich aller Augen auf Aililláns, dann auf sie, zuletzt in die Richtung, aus der eine andere Stimme kam. Die Wärme verließ Caitlíns Körper, kaum dass sie ertönte.

»Sie ist kein Gast. Sie wird auch nicht als solcher behandelt.«

Die Männer, die sich eben noch auf ihren Stühlen geflätzt hatten, setzten sich auf und gewährten Caitlín einen ersten Blick auf Ascall von Toora. Sie hielt ihren Atem an, ließ ihn wieder entweichen. Größer, breiter und furchterregender hatte sie sich ihn vorgestellt, hatte etwas Verstörendes an ihm vermutet – Krätze, ein fehlendes Auge oder eine schreckliche Narbe –, das ihn als Mann offenbarte, der oft und gern tötete. Doch das Einzige, was seinen Blutdurst ein wenig verriet, waren seine Fingernägel und -kuppen. Caitlín hatte schon manchen Krieger gesehen, der sie sich nach einer alten Sitte leuchtend rot färbte, Ascalls waren schwarz. Wahrscheinlich hatte er sie mit dem Sud von Erlenästen gefärbt, was den Eindruck erweckte, er hätte nicht nur in den Gedärmen der von ihm Besiegten gewühlt, auch im Staub verbrannter Knochen.

Anders als sie erwartet hatte, war er zwar sehnig, aber schmächtig. Das Haar war farblos wie der ungewöhnlich kurz gestutzte Bart – in einem verwaschenen Ton zwischen Blond und Braun und Rot –, die Lippen füllig für einen Mann, der Blick wachsam. Er blieb nicht lange auf seinen Bruder gerichtet und glitt gar nicht erst auf sie, sondern konzentrierte sich bald wieder auf das Essen, das vor ihm stand. In der Schale befand sich wohl Eintopf – dem Geruch nach zu schließen mit Kerbel gewürzt –, auf der Platte lagen ein halber Brotlaib und ein Stück Fleisch, sein Met trank Ascall statt aus einem gespaltenen Kopf aus einem schlichten Tonkrug. Mit einem kleinen Messer schabte er das Fleisch vom Knochen, ehe er die Stücke, auf das gleiche Messer gespießt, zum Mund führte. Da er mit gebeugtem Rücken am Tisch lungerte, war der Weg von der Platte zum Mund nicht weit, und obwohl er schnell aß, wirkte er nicht hungrig, schon gar nicht gierig, eher wie einer, für den es mehr Pflicht als Vergnügen war, eine Mahlzeit zu sich zu nehmen. Um sie hinter sich zu bringen, ließ er sich weder von Getuschel noch von Blicken stören, ebenso wenig von seinem Bruder. Noch nicht einmal, als er einen besonders zähen Bissen mit einem Schluck aus dem Krug hinunterspülte, sah er diesen wieder an, lehnte sich lediglich so weit zurück, dass Caitlín seine Kleidung mustern konnte. Das Leder des Wamses war speckig, der Wollstoff darunter grob und voller Flicken, die Nadel, die den Umhang hielt, aus Blei, nicht aus Bronze, der Gürtel breit, aber gleichfalls aus altem Leder – dieses nicht speckig, sondern rissig.

Ailillán war erstarrt, fand nun jedoch die Fassung wieder und schritt auf Ascall zu. »Ich bitte dich, Bruder. Es liegt ein langer Weg hinter ihr. Ich verlange von dir nicht die gebührende Gastfreundschaft, nur … Gnade. Lass sie sich stärken und waschen, gib ihr zu essen und neue Kleidung, und gönn ihr eine Nacht, in der sie ausruhen kann. Mehr verlange ich doch nicht.«

Ascall aß schweigend weiter, als hätte er nicht zugehört. Dass er nicht sofort widersprach, ließ Caitlín aufatmen, Ailillán anscheinend nicht. Er schien angespannt – genau wie die anderen Männer.

Ascall schluckte, trank wieder, blickte nun doch auf seinen Bruder. Die vollen Lippen wurden schmal, als er ihn anlächelte.

»Was für einen guten, barmherzigen Bruder ich doch habe. Wie sehr er sich um geschundene Frauen sorgt. Niemals würde er selbst ihnen ein Haar krümmen, nicht wahr?«

Ascall lehnte sich zurück und krallte sich mit den Händen an die gedrechselten Lehnen des Stuhles, während er seine Füße hochzog und auf den Tisch legte. Kurz, ganz kurz glitt sein Blick zu Caitlín, dann wieder zurück auf seine Mahlzeit. Noch war Fleisch am Knochen – er nahm ihn und schleuderte ihn wortlos auf den Boden.

Ein Hund, der nicht weit von Caitlín in der Ecke schlief, eine riesige Wolfsdogge, deren feuchtes Fell stank, hob träge den Kopf, schnarchte aber bald weiter. Selbst wenn er hungrig gewesen wäre, hätte er nicht fressen können – war ihm doch ein Lederstreifen in den Mund gebunden, wohl um zu verhindern, dass er Jagd auf Lämmer und anderes Kleingetier machte. Ailillán starrte eine Weile reglos auf das Fleisch, ehe er einen jungen Mann herbeiwinkte und ihm ein Zeichen gab, es aufzuheben und Caitlín zu bringen. Doch sobald der junge Mann sich bückte und nach dem Fleisch greifen wollte, wirbelte etwas Blitzendes durch die Luft.

Es war das Messer, mit dem Ascall eben noch das Fleisch abgeschabt hatte. Blitzschnell und geschickt hatte er es nach dem jungen Mann geworfen, und zielsicher traf es die Hand, die sich nach dem Fleisch ausstreckte. Der Mann heulte vor Schmerz auf, zuckte zurück, als Blut aus der Wunde spritzte, doch sogleich unterdrückte er jedes Stöhnen, und nur die Grimasse, die er zog, kündete von seinem Schmerz.

»Ich habe niemandem gestattet, das Fleisch aufzuheben«, flüsterte Ascall in Richtung des zitternden Mannes. »Heute hast du nur eine Fingerkuppe verloren. Wenn du erneut ohne meinen Befehl handelst, wird es die ganze Hand sein.«

Caitlín hörte zwar noch das Prasseln des Feuers, spürte die Wärme jedoch nicht mehr. Sie wagte einen Blick auf Ailillán zu werfen, erwartete, ihn bleich und entsetzt zu sehen, doch seine Miene zeugte eher von Müdigkeit und Überdruss anstatt von Empörung.

»Es geht doch nur um eine Nacht, Bruder ... um ein wenig Essen, um ein wenig Wärme.«

Er ging, das Messer aufzuheben, um es vor Ascall in den Tisch zu rammen. Der war aus schweren Eichenbohlen gezimmert, jetzt nahm Caitlín auch die vielen Kratzer und Schnitte auf seiner Oberfläche wahr.

Wie oft haben die Brüder hier wohl schon gestritten? Wie oft flog ein Messer durch die Luft, um zu verletzen oder zu töten?

Ascall erhob sich langsam. »Meinetwegen kann sie das Fleisch haben«, sagte er, »aber das hat nichts mit Barmherzigkeit zu tun. Ich esse es nicht auf, weil es zäh ist. Und was die Nacht angeht, um die du mich bittest – nun, wenn ich heimkehre, habe ich Wichtigeres zu tun, als mich mit einer Sklavin zu befassen.«

Er nahm das Messer, strich erst mit seinen Fingerspitzen über den Knauf, dann mit der Klinge über seinen Ärmel, um es zu säubern. Die Männer duckten sich unwillkürlich, als er an ihnen vorbeischritt und die Halle verließ, ohne Caitlín auch nur eines weiteren Blickes zu würdigen.

Ailillán sah ebenfalls an ihr vorbei, als er nun auch den Knochen mit dem Fleisch aufhob, ihn auf eine Platte legte und damit zu ihr trat. Ekel überkam Caitlín, doch sie wusste, dass sie sich nicht erlauben konnte, ihm nachzugeben. Sie würde sich zum Essen zwingen, und sie würde sich beim Kauen nicht fragen, ob das Fleisch nach dem Blut des verletzten jungen Mannes schmeckte.

Nachdem sie hastig ein paar Bissen hinuntergewürgt hatte, führte Ailillán Caitlín ins Freie. Sie konnte nicht mehr von ihrer Umgebung erkennen, als dass es in Strömen regnete und dass sich in den Schlaglöchern knöcheltief Wasser gesammelt hatte. Nach wenigen Schritten begann sie zu frieren, und in ihrem Magen grummelte es, vielleicht, weil sie zu viel, vielleicht, weil sie zu wenig vom Fleisch gegessen hatte. Erst jetzt, da alles geschluckt war, nahm sie den Geschmack von fremden Kräutern wahr. Ähnlich roch es in dem Haus, das sie wenig später erreichten, nachdem sie an Ställen, Molkerei, Schmiede und Vorratskammern vorbeigekommen waren – einem Rundbau aus Holz, lehmgedichtetem Flechtwerk und einem Dach aus weizenfarbenem Stroh, dessen Ritzen mit Moos und Farnen abgedichtet worden waren. Beides hielt den Rauch, aber nicht unbedingt die Wärme im Haus. So dicht stiegen die schwarzen Schwaden von der Feuerstelle hoch, dass Caitlíns Augen tränten und sie zunächst nichts sehen konnte. Erst als sie näher trat, nahm sie Bänke wahr – ohne Felle oder Strohsäcke –, den Unrat auf dem Boden und besagte Kräuter, die an Schnüren befestigt von der Decke hingen. Auch diverses Werkzeug erkannte sie – Wollkämme und Webbrettchen, Spinnwirteln und kleine Gewichte, Messer mit Bernsteinknäufen und Scheren aus Blei. Auf dem Boden standen Wetzsteine, Bronzebecken und Bottiche mit Metallbeschlägen.

Caitlín zwinkerte die Tränen aus ihren Augen, dankbar, dass die frische Luft von der geöffneten Tür den Rauch ein wenig vertrieb. Jetzt erkannte sie auch Webstühle, eine Spindel und jene Kämme, mit denen man nach dem Ernten des Flachses die Samenkapseln entfernte und die Fasern vom Stängel trennte, und sie nahm neben Rauch und Kräutergeruch auch den beißenden Gestank von abgestandenem Urin wahr, in dem die frisch geschorene Wolle der Schafe gewaschen wurde. Nicht, dass sie ihn mochte, doch war er … vertraut. All diese Werkzeuge zeugten von einem Alltag, wie sie ihn kannte, von einem Leben, das nicht aus Kriegen, Eroberungen und Entführungen bestand, sondern aus Säen und Ernten, Füttern und Schlachten, Weben und Nähen, von einer Welt schließlich, in der Frauenhände einen ebenso wichtigen Beitrag leisteten wie die der Männer.

In der Halle hatte sie kein Weib gesehen, jetzt erhob sich eines von einer der Bänke und trat auf sie zu.

»Das ist Muireann«, sagte Ailillán. »Sie ist auf Dún Fionn fürs Weben und Spinnen zuständig und wird sich deiner annehmen.«

Als Ailillán das Haus wieder verließ, schlug statt seiner der Wind die Holztür zu. Schweigend schob Muireann den Riegel davor, um Caitlín danach aufmerksam zu mustern, während diese ihrerseits der anderen forsch ins Gesicht starrte, um gleich zu zeigen, dass sie nicht freiwillig den Kopf einziehen würde. Ob Muireann davon beeindruckt war oder nicht, ließ sich nicht erkennen – desgleichen nicht, wie alt sie war. Sie war kein junges Mädchen und keine Greisin, aber ob sie nun fünfundzwanzig oder fünfunddreißig Lebensjahre zählte, konnte Caitlín nicht bestimmen.

Ihr Leib war füllig, was verriet, dass Ascall von Toora seine Mägde und Sklavinnen nicht hungern ließ, das gekräuselte Haar von einem hellen Rotton. Muireanns Wangen waren blutunterlaufen, die spitze Nase und das spitze Kinn standen so dicht beisammen, dass nicht viel Platz für den Mund blieb. Auch die Augen, wasserblau, lagen in solch tiefen Höhlen, dass man meinen konnte, jemand mit großen Pranken hätte einst diesen Kopf gepackt und zusammengedrückt. Rasselnd und schnell ging der Atem, was entweder Zeichen von Erregung war oder einfach nur dafür, dass diese Frau vor allem im Sitzen arbeitete und jede hastige Regung von Atemnot bestraft wurde.

»Du bist also Caitlín O'Bjólan.« Die Stimme klang kreischend, aber Caitlín hörte weder Verachtung noch Spott heraus.

Sie nickte. »Die bin ich.«

»Beim heiligen Brendan, du kannst einem leidtun.«

Brendan war ein Heiliger, dessen Irrfahrten länger gewährt hatten als ihr Weg hierher und der einmal auf einem Wal gestrandet war, dies allerdings erst merkte, als er aus Treibholz ein Feuer entzündete und der dunkle, ledrig anmutende Boden unter ihm erzitterte. Caitlín war nicht sicher, ob es Spott oder Dummheit war, ausgerechnet ihn zu beschwören, entschied jedoch, sich arglos zu geben.

»Warum das denn?«, fragte sie.

Muireanns Lachen klang so unangenehm wie ihre Stimme. »Ich habe miterlebt, wie Ascall einst zurückkehrte, nachdem dein Vater ihn als Freier abgewiesen hat. Ich kann mich nicht erinnern, ihn jemals so wütend gesehen zu haben. Er war damals erst seit Kurzem Großkönig von Toora, und nicht all seine Krieger gehorchten ihm so ergeben, wie sie's heute tun. König Tigernán selbst riet ihm, ein Bündnis mit einem reichen Landbesitzer in Dublins Umland einzugehen, weil das sein Ansehen heben würde, und dass man ein solches Bündnis am besten mit einer Ehe besiegle. Dass Tadc O'Bjólan ihm dieses Bündnis ausgeschlagen hat, hätte Ascall beinahe die Macht in Toora gekostet. Er musste ein halbes Dutzend Männer eigenhändig töten, um einen Aufruhr zu verhindern.«

Caitlín hatte schon vermutet, dass Ascall ihrer Familie nicht nur wegen des Lammfells grollte, das man ihm einst vor die Füße geworfen hatte. Dennoch erschauderte sie, als ihr aufging, wie tief sein Stolz damals verletzt worden war.

»Mein Vater ist mittlerweile tot«, sagte sie schnell, um davon abzulenken. »Ist es wahr, dass Ascall den seinen eigenhändig erschlagen hat?«

Muireann schnaufte schwer, als sie sich auf eine der Bänke fallen ließ. Sie lud Caitlín nicht ein, es ihr gleichzutun, aber als die ihre Hände nun über das Feuer hielt, das in der Mitte des Raums gloste, verbat sie es ihr nicht. Caitlín spürte, wie der Schlamm an ihren Füßen verkrustete.

»Du hast also viele schlimme Geschichten über Ascall gehört«, sagte Muireann, »und jetzt willst du von mir wissen, ob sie wahr sind.«

»Sind sie es denn?«

»Kommt darauf an. Seinen Vater hat er tatsächlich erschlagen, und wenn du mich fragst, hat es der Alte verdient. Man erzählt sich jedoch auch, dass er, um die Königswürde für sich zu beanspruchen, nach altem Brauch eine weiße Stute rammelte, um sie danach zu schlachten und zu essen. Und das stimmt nicht.«

»Weil die Stute sich wehrte?«

So weit wie sie es jetzt tat, hatte Muireann ihre Augen noch nicht geöffnet. »Du wirst das Spotten rasch verlernen. Wenn Ascall eine Stute wollte, würde sie sich ihm unterwerfen. So ein Mann ist er allerdings nicht. Einer, den die Wollust treibt, meine ich.«

»Er stellt also nicht den Sklavinnen nach.«

»Dann und wann lässt er eine zu sich kommen, aber es ist nie dieselbe. Er hält's mit der Lust so wie mit dem Hunger. Er stillt beides, damit es ihm nicht lästig wird, findet allerdings keinen Spaß daran.«

»Und woran findet er Spaß? Daran, Menschen zu töten?«

»Zeig mir einen Mann, der das nicht gern tut ...« Muireann seufzte, und ihre Augen versanken wieder in den Höhlen.

Meine beiden Brüder, dachte Caitlín, Riacán und Faolán.

»Nun, Ailillán scheint mir kein Mann zu sein, der Spaß beim Töten hat, oder?«, sagte sie nur.

Muireann starrte sie eine Weile nachdenklich an. Mehrmals setzte sie zu reden an, biss sich dann immer wieder auf die Lippen. »Ailillán steht treu zu seinem Bruder und folgt ihm in jede Schlacht, in die dieser zieht«, sagte sie schließlich. »Ascall wiederum steht treu zu König Tigernán von Breifne, aus Dank, dass der ihn nie für den Tod des Vaters zur Rechenschaft gezogen hat. Und wenn man König Tigernán kennt und um seinen Hass auf Diarmait weiß, dann kann man ahnen, von wie vielen Schlachten ich spreche.«

»Aber Diarmait ist besiegt. Gegen wen wird Tigernán jetzt in den Krieg ziehen?«

»Egal, gegen wen. Ascall kämpft für ihn, als wär's fürs eigene Land.«

Caitlíns Wangen glühten vom Feuer, und sie trat ein wenig zurück. »Dann steckt also Ehre in ihm.«

»Wenn du unter Ehre verstehst, dass er Männer schnell tötet, dann nicht. Eine Geschichte erzählt man sich so oft, dass ich mir sicher bin, sie ist wahr: dass er Flüchtende nämlich gern auf Baumkronen treibt, diese mit Bewaffneten umstellt und ihnen die Entscheidung lässt, ob sie an Hunger und Durst sterben oder sich in das Schwert stürzen. Eine dritte Möglichkeit gibt es nicht. Er nimmt keine Gefangenen.«

Muireann hielt sich die Hand vor den Mund, als sie hustete. Es klang heiser und schmerzhaft, danach war ihr Gesicht noch eine Spur röter. »Genug geschwatzt, Mädchen. Der Tag war lang, die Nacht ist schon alt. Such dir einen Platz, der dir gefällt, ich werde dir keinen verweigern.«

»Und sonst schläft niemand hier?«

»Auf Dún Fionn leben nicht viele Frauen. Die meisten arbeiten und leben in der Küche, aber das hier ist mein Reich.«

Caitlín trat zum Webrahmen. »Das ist ein sehr schöner Stoff«, murmelte sie.

Muireann hustete wieder, ehe sie einen Klumpen gelben Schleims ausspuckte. Caitlín versuchte sich die Stelle zu merken, um später nicht hineinzusteigen, doch so verschmutzt, wie der Boden, und so hartnäckig, wie ihr Husten war, hatte Muireann wohl schon auf jedes Fleckchen gespuckt.

»Kleider aus meinen Stoffen werden gern getragen, wenn auch nicht so gern wie die von Pól aus Dublin.«

»Pól?«

Caitlíns Herzschlag beschleunigte sich, weil sie diesen Namen kannte, doch das wollte sie Muireann nicht zeigen, weswegen sie sie nur fragend anblickte.

»Ein fahrender Händler«, erklärte die bereitwillig. »Er beliefert Ascall ebenso mit Schwertern und Schilden wie König Tigernán, und wenn er, so wie erst gestern, kommt, hat er meist auch Seide dabei. Sie stammt aus einem fernen Land, wo die Menschen eine schwarze Haut haben, weil die Sonne sie verbrannte, und eine Sprache sprechen, die wie das Fauchen einer Katze klingt. Die Seide ihrer Raupen ist hingegen weich wie der Flügel eines Schmetterlings, und der Wein, den sie aus ihren Trauben keltern, noch süßer als Met. Wobei mir Met noch nie geschmeckt hat. Viel lieber wäre mir ein Ballen Seide. Es heißt, eine Frau, die Kleider aus diesem Stoff trägt, ist wunderschön, selbst wenn sie eine Greisin wäre.«

Du wärest nicht schön, dachte Caitlín. Du bliebest hässlich.

»Du kannst dir die Seide nicht kaufen, richtig?«, fragte sie ruhig, und in ihren Gedanken begann ein Plan zu reifen.

Muireann schüttelte traurig den Kopf. »Pól hat mir gestern nicht einmal erlaubt, sie zu berühren, geschweige denn, sie vor meinen Leib zu halten.«

Dein Glück, dachte Caitlín. Von Schönheit träumen kann man ohne Silber. Um mit schiefem Gesicht schön zu werden, reicht bedauerlicherweise kein Silber der Welt.

»Das tut mir leid«, sagte sie.

Eine Weile hustete Muireann vor sich hin, ehe sie sich ohne ein weiteres Wort mit einem Ächzen auf der Bank ausstreckte, den Kopf auf die Arme legte und die Augen schloss.

Caitlín war nicht sicher, ob sie sich so weit wie möglich von ihr entfernt niederlassen sollte, damit sie den Husten nicht hörte und nicht mit dem Schleim besudelt wurde, oder lieber ganz dicht bei ihr, um noch im Traumreich jemanden neben sich schnarchen zu wissen, der nicht voller Hass und Rachsucht war.

Bevor sie sich für einen Platz entschied, legte sie ihren Umhang ab. Er war aus einem Stück grobem Leinen gefertigt und mit einem Fell aus Fischotter verbrämt, das sich während der langen Fahrt mit Schlamm vollgesogen hatte. Noch sauber war die Fibel, mit der sie den Umhang an der Schulter zusammenhielt – ein aus Silber gefertigtes Schmuckstück, an dessen stumpfem Ende ein Glasknopf eingearbeitet war. Dieser wiederum wurde von einem Ring aus Bernstein umrahmt und einem weiteren aus Gold, in dem winzig kleine Disteln eingraviert waren.

Muireann fuhr ruckartig hoch. »Was für eine schöne Fibel«, rief sie schwärmerisch.

Caitlín blickte auf das Schmuckstück. Im Licht des flackernden Feuers schien der Glasknopf langsam zu schmelzen. Kurz legte sie ihre Hand darum und spürte einen vagen Schmerz, als sich die Spitze in ihre Haut bohrte.

»Einst hat die Fibel meiner Mutter gehört ...«, murmelte sie. »Sie ist mehr als ein Schmuckstück ... eine Reliquie nämlich. Der Glasstein, so sagt man, ist eine getrocknete Träne der heiligen Brigid, die sich ein Auge ausgestochen hat, um nicht gegen ihren Willen verheiratet zu werden. Ich habe meine Mutter einmal gefragt, ob man tatsächlich mit nur einem Auge weinen kann. Sie meinte, dass es sogar Frauen gebe, die weinten, ohne dass Tränen fließen ...«

Muireann hustete. »Darf ich die Fibel einmal halten?«, fragte sie mit Ehrfurcht in der Stimme.

Caitlín überlegte kurz, schloss die Augen, öffnete sie wieder. »Mehr als das.« Sie reichte Muireann die Fibel. »Welche Geschichten, die man sich über Ascall erzählt, auch wahr sind, meine eigene Geschichte hier wird nicht gut enden. Ich weiß nicht, was genau er mit antun wird. Aber ob er mir nun die Kleider vom Leib reißt und mich schändet, mich den Abort putzen oder Torf stechen lässt ... ich will diese Fibel nicht bei mir tragen. Es würde sich anfühlen, als müsste meine Mutter mit ansehen, was mir geschieht.«

Muireanns Augen weiteten sich. »Du schenkst sie mir?«

»Dich würde ihr Anblick erfreuen, nicht wahr? Mich hingegen stimmt er nur unendlich traurig.«

Der Rauch trieb neue Tränen in Caitlíns Augen. Sie sah nicht mehr, wie Muireanns leuchteten, als sie das Schmuckstück nahm, und auch nicht, wo sie es versteckte. Kraftlos ließ sie sich neben den Webstuhl fallen. Es war ein schöner Gedanke, mit dem Blick auf ein Stück Stoff zu erwachen, das nicht zerrissen war ...

Muireann nahm ein Ledersäckchen von ihrem Gürtel, kramte darin und zog dann ein Döschen hervor, um es stumm neben Caitlíns Umhang zu stellen.

»Was ist das?«

»Schweineschmalz.« Caitlín sah sie fragend an. »Ich habe nie Póls Stoffe getragen«, erklärte Muireann, »und das bedeutet, dass ich nie schön gewesen bin. Doch vielen Männern ist es

69

egal, ob du schön bist. Sie nehmen dich, als wärest du ein Vieh, dabei sind sie selbst die Tiere. Mit dem Schweineschmalz zwischen den Beinen tut's weniger weh, verstehst du? Auch ein Stück Leder wird schließlich nicht so schnell brüchig, wenn man es damit einreibt.«

Sie erwartete keinen Dank, sondern drehte sich gleich um, ließ sich ächzend auf die Bank zurückfallen, röchelte noch eine Weile und begann dann zu schnarchen. Die Laute klangen tief und brummend, als stammten sie aus der Kehle eines Mannes.

Caitlín hielt sich die Ohren zu und zog die Beine ganz dicht an ihren Körper heran. Sie starrte auf das Döschen mit dem Schweineschmalz, aber sie dachte nicht daran, es an sich zu nehmen.

Der erste Abend. Ich habe den ersten Abend auf Dún Fionn überlebt. Und wenn mein Plan aufgeht, überstehe ich auch die nächsten Tage.

PÓL

Fünf Straßen, die ihren Ausgang in Tara nahmen, waren einst durch die dichten Forste der Insel geschlagen worden. Die längste von ihnen, die Slige Mhor, verband den Süden und den Norden, und sie war so breit, dass ein großes Fuhrwerk mühelos darauf fahren konnte. Nur jetzt würde dieses kein Durchkommen finden, denn die Straße wurde von mehreren starken Männern abgesperrt. In der einen Hand trugen sie ein Schwert, in der anderen eine Lanze, und schon aus weiter Ferne boten sie einen so furchterregenden Anblick, dass jeder mit kleinem Herzen sofort vor diesem Hindernis zurückgewichen und ins feuchte Unterholz geflüchtet wäre.

Noch kam niemand die Straße entlang. Der letzte Regenguss hatte den Himmel reingewaschen, sodass sich die rot glühenden Fäden der Abendsonne nicht in schmutzigen Wolken verfingen, sondern den Wald streichelten. Ihre Macht schwand bald, schon hatten sie sämtliche Wärme ausgehaucht und dem kalten Licht von Mond und Sternen Platz gemacht, doch die bewaffneten Männer standen weiterhin da, obwohl die Straße vor ihnen leer blieb. Pól, der sich unweit der Männer im Dickicht versteckt hielt, starrte hartnäckig in Richtung Süden.

»Und wenn er nicht kommt?«, fragte der alte Mann an seiner Seite, der ihn stets auf seinen Handelsreisen begleitete.

Pól trat unruhig von einem Bein aufs andere. Sein Bauch war so rund, dass zu langes Stehen in den Knien schmerzte. »Er wird kommen«, erklärte er energisch.

»Was macht dich so sicher?«, fragte der alte Mann.

»Ich kenne jede Straße und jeden Weg. Es gibt keine andere Möglichkeit, von Dublin nach Dangan zu kommen, wo er seine Siege am liebsten feiert.«

Die bewaffneten Männer warfen mittlerweile lange, breite Schatten auf die mondgraue Straße. Dunkler als sie war nur der Wald. Zu den üblichen Geräuschen, dem fernen Schreien eines Kauzes, dem schrillen Pfeifen von Fledermäusen und dem Heulen der Wölfe, kam ein stetes Tropfen. Nach dem vielen Regen der letzten Stunden stand Pól knöcheltief in der nassen Erde, und von den Eschen und Buchen rann es kalt in seinen Nacken. Doch auch das konnte seine Vorfreude auf das Kommende nicht mindern. Sogar als ihm vor Kälte die Zähne klapperten, weigerte er sich in Erwartung eines baldigen Spektakels, dem alten Mann zur Lichtung zu folgen, wo sie eine Weile zuvor ein Zelt aufgebaut hatten – und er tat gut daran.

Just als der Himmel, der sich binnen kürzester Zeit wieder bewölkt hatte, seine Pforten öffnete und ein neuer Schauer auf den Wald niederging, erklangen das Trappeln von Hufen, das Wiehern von Pferden und die Schritte der einfachen Kämpfer.

Pól rieb sich die Hände und pustete dagegen. Es war so weit. Nun musste er nichts weiter tun, als aus dem Dickicht hervorzutreten und den freien Blick auf die Straße zu genießen. Dass es mittlerweile stockdunkel war, war natürlich schade. Einige Stunden zuvor hätte er deutlich verfolgen können, wie Tigernán O'Rourke, der seinem Heer voranritt, das Hindernis erspähte und den Befehl gab, stehen zu bleiben. So sah er die vielen Krieger in der Ferne bloß zu einer schwarzen Wand verschmelzen und hörte nur, wie jeder Schritt erstarb.

Dennoch konnte Pól Tigernáns Misstrauen förmlich riechen, und er gluckste in sich hinein. Nun mach schon, dachte er und verschluckte sich vor Ungeduld. Schick ein paar Männer! Du wirst doch nicht vor diesem Hindernis fliehen!

Niemand regte sich. Nur eine Stimme ließ sich vernehmen, die da schrie: »Wer seid ihr?«

Sie verhallte im schweigenden Wald, während sich die fünf Bewaffneten, die die Straße verstellten, immer noch kein Jota bewegten und ihre Schwerter und Lanzen in den nächtlichen Himmel ragten.

Pól rieb sich wieder die Hände. Er wusste, König Tigernán war keiner, der solch eine Frage wiederholen würde, und tatsächlich lösten sich aus der schwarzen Wand drei Reiter.

Enttäuschend, dachte Pól. Drei Männer zu fünfen zu schicken, ist doch langweilig. Besser, Tigernán hätte nur einem den Befehl gegeben, sich den Bewaffneten zu stellen. Und noch besser, er wäre selbst geritten! Aber nun gut, man konnte nicht alles haben, und immerhin enttäuschten die drei Reiter Pól nicht. Da die fünf, die die Straße verstellten, ihre Waffen nicht sinken ließen, zogen sie ihrerseits ihre Schwerter.

Wunderbar, dachte Pól.

Der Boden erzitterte, als sie näher kamen, selbst die Äste schienen sich angstvoll zu ducken, nur die fünf Bewaffneten wichen nicht zurück ...

Sie konnten es nicht, selbst wenn sie es gewollt hätten.

Mit den Füßen waren sie aneinandergefesselt, mit den Händen an Schwert und Lanze, und in ihre Münder war Moos gestopft, sodass sie nicht zu schreien vermochten. Hilflos mussten sie zusehen, wie die Reiter immer näher kamen und ihre Schwerter bedrohlich die Luft zerschnitten. Angstschweiß glänzte auf ihren Gesichtern, doch die Reiter starrten nur auf die Waffen, nicht in ihre aufgerissenen Augen und die zugestopften Mäuler, die, wie Pól erahnte, japsende Bewegungen machten. Dann ein Klirren. Ein Schwert traf ein Schwert, und obwohl dieses fest an der Hand eines der Männer gebunden war, fiel es auf den Boden. Im nächsten Moment barst die Lanze eines anderen, schließlich die eines dritten. Erst dann richtete einer von Tigernáns Kriegern eine Fackel auf das Gesicht der vermeintlichen Feinde, und es wurde offenbar, dass sie nicht solche waren, sondern ... Gefesselte.

Die Pferde schnaubten, als sie tänzelnd zurückwichen.

»Was soll denn das?«

Pól konnte sein Lachen nicht länger unterdrücken. Zugegeben, er hatte gehofft, dass Tigernáns Kriegern mindestens einen der Männer erschlagen würden, doch es war ihm Entschädigung genug, dass die dumm glotzenden Augen förmlich aus ihren Höhlen quollen und wenig später der König selbst aufschloss und gleichfalls begriffsstutzig auf die Gefesselten starrte.

Nun war die Zeit für Póls großen Auftritt gekommen. Er trat auf die Straße und verneigte sich so tief, dass seine Nasenspitze beinahe den Boden berührt hätte.

»Ein kleines Geschenk für dich, lieber König von Breifne«, sagte er hüstelnd. »Fünf Sklaven ... und, was noch wertvoller ist, fünf Schwerter und fünf Lanzen ... äh ... eigentlich nur drei Lanzen, zwei sind ja nun zertrümmert worden.«

Tigernáns Gesicht wirkte im fahlen Mondlicht grauer und furchiger als sonst, seine schmalen Lippen bläulicher und sein weißer Bart noch schütterer. Die schwarze Klappe, die er über der leeren Höhle des rechten Auges trug, das er einst in einer Schlacht verloren hatte, glich einem tiefen Loch. Nach all den Jahren schmerzte die Narbe gewiss nicht mehr, doch Pól konnte sich nie des Eindrucks erwehren, dass er an anderer Pein litt – ob nun beim Kauen, beim Gehen oder beim Pissen.

Tigernán blickte von seinen Reitern zu den gefesselten Sklaven, schließlich zu den Waffen, die sie unfreiwillig trugen, und zuletzt zu Pól.

»Hast du den Verstand verloren?«, brüllte er. »Meine Männer hätten sie beinahe niedergemetzelt!«

»Nun ja, diese armseligen Sklaven hier sind nicht sehr wertvoll. Es sind keine jungen, kräftigen Männer, sondern lahme Alte, die ebenso gehen, wie sie rammeln – nämlich mit wackligen Gliedern. Es wäre also kein großer Verlust gewesen. Eine Unze rechne ich für jeden von ihnen, also nur ein Drittel dessen, was man für einen Ochsen zahlt, wobei ein Ochse gar nicht rammeln kann.« Er verschluckte sich wieder vor Lachen. »Was wiederum die Schwerter anbelangt, nehmen die so schnell keinen Schaden. Sie blieben rostfrei, selbst wenn sie die ganze Nacht in Regenpfützen ersöffen. Beste Qualität – wie immer.« Pól breitete seine Arme aus. »An niemanden habe ich in den letzten Jahren so viele Waffen verkauft wie an dich. Da wollte ich mich erkenntlich zeigen und dir meine Treue beweisen.«

»Schweig!«, fiel Tigernán ihm wütend ins Wort. »Wie konntest du mich auf diese teuflische Art irreführen und ...«

Pól war jemand, dem es nichts ausmachte, unterbrochen zu werden, der sich aber auch nicht scheute, einem anderen das Wort abzuschneiden, selbst wenn der ein König war.

»Wir wollen den Teufel lieber aus dem Spiel lassen, solange es hier nur nach Angstschweiß stinkt, nicht nach Schwefel«, sagte er schnell. »Es war doch nur ein kleiner ... Spaß. Deine Krieger waren monatelang unterwegs, sie haben es verdient, einmal zu lachen.«

»Hörst du irgendjemanden lachen?«

Pól gluckste vor sich hin. »Nun, zumindest der Himmel weint nicht mehr. Sieh nur, es hat aufgehört zu regnen.«

Tigernán schwang sich vom Pferd und trat auf Pól zu. »Wir werden hier unser Nachtlager aufschlagen, dann werden wir miteinander reden. Doch eins sage ich dir jetzt schon: Spar dir künftig deine Späße. Sie mögen lustig sein, vielleicht aber auch nicht. Und ich bin kein Mann, der das *Vielleicht* schätzt. Auf dem Schlachtfeld siegt und unterliegt man, stirbt oder lebt man, es gibt nichts dazwischen.«

Siehst du, dachte Pól, genau das ist dein Problem, alter König. Wer nur zum Keuchen des Todes tanzt, kriegt davon steife Beine. Wer nur dem Klirren von Schwertern lauscht, wird taub für das süße Klingen von Münzen im Geldbeutel. Und wem das Misstrauen das Leben vergällt, dem schmeckt der beste Wein bitter.

Nicht, dass er sich scheute, dem König dennoch diesen Wein anzubieten. »Sei mein Gast«, lud Pól Tigernán ein und machte eine elegante Handbewegung. »Ich handle zwar am liebsten mit Waffen, führe jedoch immer ein paar Güter mit mir, die das Leben bequemer machen – weiche Felle, auf denen man nach langem Ritt genüsslich die Beine ausstrecken kann, Rinderbraten, den zu kauen man keine Zähne braucht, weil er wie Butter im Mund zerfällt, und überdies ein Gewürz, das man in Wein mischen kann und von dem ein Beutel teurer ist als einer dieser fünf Sklaven. Vielleicht sollte ich besser sagen dieser *vier*. Schau, der eine ist umgefallen. Die Aufregung war zu viel für ihn.«

»Ein Spaß wäre es, wenn du an seiner statt wärest«, knurrte Tigernán, »aber dein Gewürz ...«

»Ich rede von Zimt. Und wenn dir der nicht behagt, habe ich noch mehr anzubieten: Muskat und Pfeffer, Gewürznelke und Ingwer oder *poudre douce* und *poudre fort* – fertig gemischte Gewürzpulver. Es gibt nichts, das man auf dem Markt in Dublin nicht kaufen könnte.«

»Wie du weißt, komme ich von dort und habe nichts von dem unnützen Zeugs gekauft. Schieb dir deine Gewürze in den Arsch, bis deine Scheiße staubt. Ich will keine verzierten Schwerter. Ich will keinen gesüßten Wein. Und wenn ich es mir recht überlege, will ich vor allem heute Abend essen, ohne in dein Gesicht schauen zu müssen.«

Er schnaubte, stieg über den Sklaven, der auf dem Boden lag, hinweg und stieß ihn dabei mit der Fußspitze an. Zu Póls Erstaunen war der Mann nicht tot, sondern nur ohnmächtig gewesen. Nun kämpfte er sich stöhnend wieder auf die Beine.

Der Tod hat mehr Gefallen an dem Vielleicht, als du denkst, alter Mann.

Trotz Tigernáns rüder Worte grinste Pól weiterhin in sich hinein, als die Krieger des Königs begannen, sich um die Schwerter und Lanzen zu prügeln. Wenig später zog er seinen Vorteil daraus, dass der Kampf um die Waffen immer noch anhielt, die Männer deshalb abgelenkt waren und er ungebeten in Tigernáns Zelt schlüpfen konnte.

Er selbst hätte seine Diener dafür gerügt, wenn sie ihn so hätten hausen lassen: Das Leder der Wände war brüchig, zwischen den Ritzen regnete es herein, und den schlammigen Boden bedeckten nicht Felle und Polster, nur grobes Leinen, das schnell den Schmutz aufgesogen hatte. Tigernán hingegen schien es gleich, wie er die Nacht zubringen würde. Er kaute an etwas, das sich nicht erkennen ließ, seiner Miene zufolge jedoch grässlich schmeckte.

Gut, dass ich schon gegessen habe ...

Pól hatte sich seinen Kelch mitgebracht, sah über den finsteren Blick hinweg, den der König von Breifne ihm zuwarf, und prostete ihm zu.

»Sieh doch nur, ich trinke meinen Wein auch ohne Zimt. Im Grunde ist mir das Pure, Einfache am liebsten.«

Tigernán musterte ihn mit seinem einen heilen Auge argwöhnisch. »Warum trägst du dann kein schlichtes Lederwams, sondern läufst mit einer Pluderhose in der Farbe von Pisse herum? Und diese Distelbrosche an deiner Brust sieht aus wie die eines Weibes!«

Pól blickte an sich hinunter. »Meine Hose hat nicht die Farbe von Pisse, sie hat die von Safran, und jeder Wikinger würde sie mit Stolz tragen. Diese Brosche wiederum ist mehr als nur ein Schmuckstück. Aber lassen wir das. Warum bist du so schlecht gelaunt, König von Breifne? Eigentlich müsstest du doch glücklich sein. Du hast einen Widersacher besiegt, dem du seit vierzehn Jahren zürnst.«

So lange war es her, dass König Diarmait von Leinster Tigernáns Frau entführt und zu seiner Geliebten gemacht hatte, während der vor dem Grab des heiligen Patrick gebetet hatte. Es hieß, dass Derbforgaill nicht unfreiwillig mit ihm gegangen war, dass sie Diarmait regelrecht angefleht hatte, sie zu holen, dass sie all ihren Hausrat und die Rinderherden mitgenommen hatte und dass die Schreie aus ihrem Zelt, die später über die blauen Ausläufer der Berge von Na Staighrí Dubha geschallt waren, nach Lust statt Empörung geklungen hatten.

Kein Wunder, dachte Pól. Unter Tigernán zu liegen muss sich anfühlen, als kaute man an einem Knochen, an dem kein Stück Fleisch mehr haftet. Man ahnt, wie es schmecken könnte, aber man wird einfach nicht satt. Diarmait hingegen hatte sich schon lange vor Derbforgaills Entführung Hauptfrau und Nebenfrau gehalten und war nicht einer die gebührende Aufmerksamkeit schuldig geblieben. Ohne Zweifel war er ein grausamer Mann, doch mit gleicher Inbrunst, wie er Schädel zerschmetterte, Gliedmaßen abhackte und Herzen aus der Brust riss, feierte, soff und fickte er. Gerüchteweise riss er seine Weiber wie ein Sturm in die Höhe, sodass sie sich weit über den Wipfeln des Waldes zu fliegen wähnten.

Arme Derbforgaill. Der damalige Hochkönig hatte sich über die Entführung zwar prächtig amüsiert, wollte Diarmait aber nicht zu viel Macht zugestehen und zwang ihn, Derbforgaill wieder zu ihrem Mann zu schicken – zwar mit Hausrat und Rinderherden, allerdings ohne Ehrenpreis, der Tigernán eigentlich zugestanden hätte. Jemand wie Diarmait hätte sein treuloses Weib zu Tode gerammelt, doch Tigernán hatte Derbforgaill nur mit gleichem schmollendem Schweigen bestraft, das nun auch Pól mürbe stimmen sollte.

»Ach lieber König, zürne mir nicht länger. Ich bin doch nicht dein Feind.«

Tigernán ließ das gammlige Stück Fleisch, das er in seinen Händen hielt, sinken. Er rülpste laut, aber nicht genüsslich. »Das stimmt«, sagte er, »du bist nicht mein Feind. Meine Feinde treten mit Schwert und Schild in den Händen vor mich – sie lassen es keine Sklaven für sich tun. Und meine Feinde töte ich. Dich würde ich bestenfalls wie einen Wurm zertreten.«

»Soso«, sagte Pól und nahm schlürfend einen Schluck Wein. Er grinste noch, als er Tigernáns Blick erwiderte, doch seine Mundwinkel zuckten gekränkt. »Du würdest einen Wurm jedoch nicht mit nacktem Fuß zertreten wollen, sodass seine Eingeweide an deinen Fersen haften bleiben. Nein, du tätest es besser mit Schuhen – nämlich solchen aus Ziegenleder, das du bei mir gekauft hast. Genau wie das Eibenholz für die Bögen, das Lindenholz für die Schilde, den Stahl für Schwert und Äxte, die Bronze für Speere, das Silber für deren Schäfte und die Schmucksteine für den runden Knauf eines Dolches.« Er beugte sich vor. »Du hast Diarmait dank meiner Waffen geschlagen.«

Tigernán fuhr sich über den stoppligen Bart, in dem nässende, rote, haarlose Flecken klafften. Wenn er sich kratzte, wurde aus dem Jucken wahrscheinlich ein unangenehmes Brennen.

»Gewiss. Du hast mir und dem Hochkönig in den letzten Jahren regelmäßig deine Ware verkauft – aber nur, weil wir mehr boten als Diarmait. Wie ich schon sagte, du bist ein Wurm. Du hast kein Rückgrat.«

»Auch einer Schlange fehlt das Rückgrat, sie hat dafür giftige Zähne.«

»In Irland gibt es keine giftigen Schlangen, weil der heilige Patrick sie einst vertrieben hat. Aber gut, wenn du eine Schlange bist, dann husch jetzt ins Unterholz und friss Mäuse und Hasen. Ich weiß, dass du nicht in mein Zelt gekrochen kommst, um Wein mit mir zu trinken, und dass du mir keine Sklaven schenkst, weil du ein freundlicher Mann bist. Nein, du bist gekommen, um mir neue Waffen zu verkaufen. Daraus wird leider nichts. Diarmait ist endlich besiegt. Das Blutvergießen hat ein Ende.«

Pól legte den Kopf in den Nacken und lachte schallend. »Das Blutvergießen hat ein Ende? Auf dieser Insel wüchse das Gras nicht grün, wenn es nicht ständig mit Blut gedüngt würde.«

»Und dieses Blut fließt nur, weil du für immer neue Waffen sorgst!«, brüllte Tigernán und schleuderte das Fleischstück von sich. Es dauerte eine Weile, bis sich sein heftiger Atem etwas beruhigt hatte. »Als junger Mann liebt man es zu kämpfen«, fuhr er ruhiger fort, »später muss man es. Und wenn man so alt ist wie ich, hasst man es. Ich habe lange auf den Triumph über Diarmait warten müssen, nun ist dieser verfluchte Krieg vorbei, und es soll der letzte bleiben, den ich jemals führte.«

Pól riss die Augen auf. »Dann gönnst du den O'Faeláins und den O'Neills, den O'Caellaighes und den O'Brians und wie all die anderen lieben Familien heißen, die sich seit Jahrhunderten gegenseitig abschlachten, nicht dasselbe wie dir, nämlich die Möglichkeit, sich zu rächen, wenn man auf ihre Ehre spuckt?«

»Ich gönne den Aasgeiern nicht, an den Leichen satt zu werden, die nur existieren, weil andere für sie mordeten.«

»Lieber bin ich ein Aasgeier als ein Wurm. Vom Himmel aus sieht man mehr als von der Erde.«

»Nun, dann wirst du sehen, dass auch Ruari O'Connor, unser Hochkönig, diese ständigen Kleinkriege satthat und sie nicht länger dulden wird. Ja, er hat mich dabei unterstützt, Diarmait aus Leinster zu vertreiben, weil er wusste, dass der stets für Unruhe sorgen und irgendwann selbst nach der Hochkönigswürde greifen würde. Doch nun ist Ruaris Macht gesichert. Und er wird diese Macht nutzen, um die Provinzen miteinander auszusöhnen. Connacht soll wieder für seine gelehrten Männer gerühmt werden, nicht für seine grausamen. In Leinster sollen die Felder golden stehen, nicht blutig rot. Durch Ulster soll der Wind den Geruch von Meer wehen, nicht den nach Verwesung, und in Munster ...«

»Munster wurde stets für die Waffen gerühmt, die dort angefertigt wurden.«

»Dann soll Munster aus diesen Waffen nun Pflugscharen machen. Unter dem großen Brian Boru konnte eine Frau mit einem goldenen Ring von Roach nach Cliodhna gehen, ohne dass ein

Unhold wagte, sie aufzuhalten, sie zu schänden und zu bestehlen. Ruari will, dass solche friedlichen Zeiten jetzt wieder anbrechen, und ich will es auch. Wir brauchen deine Waffen nicht länger.«

Póls Augen wurden schmal. »Nun gut«, sagte er halb grimmig, halb trotzig. »Dann werde ich eben andere Käufer finden.« Er erhob sich, um das Zelt zu verlassen.

»Bleib!«, befahl Tigernán hart. »So wenig wie Waffen brauchen wir einen Mann, der für Unruhe sorgt. Der Hochkönig veranstaltet jährlich die Messe von Tailtenn. Sie bringt dir doch immer hohe Gewinne, oder? Nun, wenn du dich unserer Aufforderung, Frieden zu halten, widersetzt, weiterhin Feindschaften schürst und Waffen vom Festland hierherschaffst, werde ich dafür sorgen, dass du nie wieder deinen Fuß nach Tailtenn setzt.« Zum ersten Mal verschlug es Pól die Sprache. Die Messe von Tailtenn, die stets am ersten August begann und drei Tage währte, war neben denen von Ushnagh, Cruachan und Tlachtga die größte des Landes. Nicht nur Iren besuchten sie, auch Normannen, Waliser und gar Schotten, die um Waren feilschten und die tollkühnen Reiter, die sich Wettkämpfe lieferten, ebenso anfeuerten wie die schnellen Männer, die zu Fuß von Tailtenn nach Mullach Aiti und wieder zurück rannten. Den Namen hatte Tailtenn von Tailtiu erhalten, der Ziehmutter des Gottes Lug, und Pól pflegte zu sagen, dass diese feiste Brüste gehabt haben musste, da er in ihrer Stadt so viel Geld verdiente. »Tja, Pól«, fuhr Tigernán bedrohlich flüsternd fort. »Wenn du künftig Toten die Augen auspicken willst, dann musst du über ein anderes Leichenfeld kreisen als diese Insel. So reich, wie du dank der vielen Fehden und Kriege der letzten Jahre geworden bist, kannst du es dir allerdings in deinem Nest gemütlich machen. Geh in dein schönes Haus nach Dublin, sei deinem hübschen Töchterlein ein guter Vater. Schenke ihm eine Bernsteinkette oder ein nettes Kleid und würze meinetwegen seine Speisen mit Zimt. Treibe künftig mit ebendiesen Waren Handel, auch mit Elfenbein oder Tierhäuten oder Wein, aber verkaufe nicht länger Schwerter. Falls du es trotzdem tust, das schwöre ich dir, wirst du über eines stolpern und deinen fetten Leib darauf aufspießen.«

Mit jedem Wort, das Tigernán sagte, schwanden der Zorn und die Verbitterung aus seiner Stimme. Am Ende der ruhigen, fast bedächtigen Rede war er nicht missmutig, sondern eher amüsiert. Pól hingegen hatte nicht verhindern können, dass ihm die Züge entglitten, und als Tigernán endlich schwieg, war ihm die Kehle zu trocken, um zu lachen oder zu spotten. Er trank schweigend seinen Wein, doch der schmeckte plötzlich gallig – so, als wäre er aus Trauben gekeltert, die man noch grün und winzig klein von den Reben gepflückt hatte.

»Das ist dein letztes Wort?«, fragte Pól.

Tigernán nickte. »Für heute habe ich wahrlich genug geredet. Schließlich bist du der Meister der Worte, schmeichelnder, werbender, feilschender, lügnerischer Worte – nicht ich. Hab trotzdem Dank für deine ... Geschenke.« In Tigernáns Blick, der sich nun auf Pól richtete, loderte es.

Verspotte mich nur! Morgen wird dir doch wieder das Pissen wehtun, und wenn du daheim dein Weib besteigst, wird es steif und stumm unter dir liegen.

Pól hob die Hand, als würde er das Leder zur Seite schieben und hinaustreten. Er blieb jedoch stehen und ignorierte Tigernáns ungeduldiges Schnauben.

»Eine Sache gibt es noch«, sagte er so fröhlich, als wäre er nicht eben aufs Schlimmste gedemütigt worden. »Wenn dir und Hochkönig Ruari wirklich so viel am Frieden liegt, solltet ihr verhindern, dass einer eurer engsten Verbündeten eine weitere dieser unzähligen Blutfehden beginnt.«

Nicht, dass es seine Kränkung wieder wettmachen konnte, aber es befriedigte Pól durchaus zu sehen, wie Tigernán erstarrte und nicht länger nur griesgrämig wirkte, sondern regelrecht begriffsstutzig.

»Was meinst du?«, blaffte er.

»Ach«, sagte Pól versonnen. »Mir hat ein Vögelchen gezwitschert, dass ein anderes Vögelchen aus seinem Nest gefallen ist. Oder genauer gesagt, dass jemand so lange an seinem Nest gerüttelt hat, bis es auf den Boden plumpste. Und dort wird ihm wohl jedes Federchen einzeln ausgerissen.«

Tigernán erhob sich nun auch. Da er groß war, stieß sein

Kopf an die Zeltwand. »Kannst du auch in klaren Worten reden?«

»Oh, wenn du willst, kann ich ein paar Namen nennen. Den von Tadc O'Bjólan, der den Großkönig Toora einst schlimm gedemütigt hat, als der noch jung und unerfahren war. Den von Riacán O'Bjólan, der seinem Vater nachgefolgt ist, der aber nicht dessen Eier hat. Und den von Caitlín O'Bjólan, die soeben von niemand anderem als Ascall von Toora entführt wurde. Da er sie damals als Braut nicht bekam, soll sie ihm nun offenbar als Sklavin dienen.« Pól grinste in sich hinein. »Was geschieht nun als Nächstes? Könnte es sein, dass es einigen mächtigen Familien aus Nord-Leinster, die sich mit dir und Ruari gegen Diarmait verbündet haben, nicht gefällt, wenn man einem von ihnen das Schwesterchen stiehlt? Und dass die Dubliner, die von den O'Bjólans gern Häute und Leder kaufen, womöglich bereuen werden, dass sie Ruari so schnell die Treue geschworen haben?« Tigernán holte Atem, doch ehe der Zornausbruch des anderen ihn traf, hob Pól beschwichtigend die Hand. »Aber jetzt gehe ich ... ich habe durchaus verstanden ... Du brauchst meine Waffen nicht, es soll ja kein Blut vergossen werden auf dieser fruchtbaren Insel. Hat Ascall dir eigentlich anvertraut, was er plante, oder hat er hinter deinem Rücken gehandelt?

Tigernáns Gesicht war rot angelaufen, doch ehe er zu brüllen begann, floh Pól eilig aus dem Zelt.

Pól lächelte nicht lange. Diese kleine Rache mochte süß geschmeckt haben, aber alsbald erreichte er sein Lager, und der beißende Rauch, der ihm dort in die Nase stieg, brachte die Erinnerung an seine Demütigung zurück. Das Holz und die Zapfen, die seine Leibwache, die Lastenträger und die zwei Boten, die schneller als Tauben waren, ins Feuer warfen, waren feucht und die Flammen deshalb bläulich. Wärme spendeten sie gleichwohl, doch Pól spürte sie kaum, als er sich auf den nassen Waldboden sacken ließ.

Nur einer aus seinem Gefolge wagte, zu ihm zu treten – der Älteste von allen und der mit dem gekrümmtesten Rücken. »Und?«, fragte er.

»Er schickt mich nach Dublin zurück«, murmelte Pól. »Nicht nur, dass er und der Hochkönig keine Waffen mehr von mir kaufen wollen. Sie verbieten mir, überhaupt noch damit Handel zu treiben. Stoffe soll ich stattdessen anpreisen, Schmuck, Gewürze. Es ist, als ob man von einer Königin verlangt, die Fetzen einer Sklavin zu tragen.«

Der Alte sagte nichts. Er sagte meistens nichts, wenn man ihn nicht ausdrücklich nach seiner Meinung fragte. Bruder Abél war ein blinder Mönch, der einst von seinem Abt aus dem Kloster vertrieben worden war. Pól wusste nicht, was diesen Streit entfacht hatte. Als sie sich damals, auf einem Markt in der Nähe des Klosters, erstmals begegnet waren, hatte er ihm trotzdem angeboten, mit ihm zu kommen. Seine Gefolgsleute glaubten, dass er Bruder Abél nur so wohlgesinnt war, weil er ganz ohne Waage, allein dank seiner Feinfühligkeit bestimmen konnte, wie schwer das Gewicht einer Münze und wie gut die Qualität von Leinen oder Leder war, desgleichen, ob das Silber rein oder mit billigerem Blei vermischt worden war. Für welchen Zweck Pól Bruder Abél in Wahrheit brauchte, wussten nur sie beide.

»Was willst du dagegen tun?«, fragte Bruder Abél. »Tigernán ist der König von Breifne und zugleich der engste Verbündete des Hochkönigs.«

»Na und?«, fuhr Pól auf, und in seiner Stimme schwang jener mürrische Unterton mit, der eigentlich Tigernán zu eigen war. »Aus seinem Arsch kommt auch nur Scheiße und kein Gold.«

»Nun, an Gold ist Männern wie ihm nicht so viel gelegen. Nicht so viel wie dir zumindest.«

Pól atmete schwer aus. »Ich lasse mir nicht mein Geschäft ruinieren und vorschreiben, womit ich Handel treibe und womit nicht. Ich bin ein freier Mann, weder ein Sklave noch der Staub unter den Füßen der Mächtigen.«

»Aber was willst du dagegen tun?«, fragte Bruder Abél wieder.

Er war einige Schritte vom Feuer entfernt stehen geblieben, und da sein Gesicht von der Kapuze verborgen wurde, konnte man die graue Binde nicht sehen, unter der seine Augen verborgen lagen. Pól hatte nur einmal erlebt, dass Bruder Abél sie abgenommen hatte, und erkannt, dass die Augen nicht einfach nur ihre Kraft verloren hatten wie die von alten Menschen, sondern gar nicht mehr da waren. Die vernarbte Haut wurde nicht einmal von Brauen umkränzt. Auch darüber, wann und warum er geblendet worden war, hatten sie nie gesprochen.

»Die Frage ist, was ich denn tun *kann*«, gab Pól zurück. »Das Schwert gegen Tigernán erheben? Nein. Vor dem Hochkönig buckeln und ihn um Hilfe bitten? Nein. Nach Dublin gehen und mit Wein und Stoffen handeln, wie er's mir rät? Darauf habe ich keine Lust.«

»Was bleibt dir denn anderes übrig?«

Bruder Abél war nicht sehr neugierig. Was immer er sagte, brachte er mit größter Gelassenheit hervor, und nichts, weder Póls größter Triumph noch seine schmählichste Niederlage, sorgten je für eine Anteilnahme. Eigentlich ein Wunder, dass ausgerechnet er von seinem Abt des Klosters verwiesen worden war. Schließlich war der Mönch ganz offensichtlich kein rebellischer Geist, der eine Beleidigung nicht auf sich sitzen ließ. So wie er, Pól.

»Nun, ich bin kein Mann, der selbst etwas tut«, sagte Pól. »Ich *lasse* tun. Und dann warte ich, bis die Sonne scheint und Tigernán gekrümmt unter ihren gleißenden Strahlen vertrocknet. Denn *er* ist der Wurm, nicht ich.« Pól lachte grimmig auf. »Die Könige denken, sie haben die Macht über diese Insel. Aber ich ... ich bin genauso ein König wie sie. Der König der Händler, der durchtriebenste und gewitzteste von allen, der am liebsten mit den wertvollsten und den tödlichsten aller Waren Geschäfte macht.«

Bruder Abél fragte kein weiteres Mal nach Póls Plänen, er wandte sich ab.

»Tigernán hat vierzehn Jahre warten müssen, bis er an Diarmait Rache nahm«, sagte Pól mehr zu den Flammen als zu dem blinden Mönch. »Ich werde es ihn viel früher bereuen lassen, dass er sich mit mir angelegt hat.«

RIACÁN

Sie trugen die Toten zwei Tage nach Caitlíns Entführung neben einer Kapelle, die dem heiligen Monan geweiht war, zu Grabe. Am Tag zuvor hatte es noch geregnet, doch die Sonne, die am Morgen die Wolkendecke durchbrochen hatte, hatte die oberste Schicht der Erde rasch so brüchig wie die Knochen eines alten Menschen werden lassen. Erst als sie tiefer gruben, wurde das Erdreich weicher.

Es ist eine Lüge, was die Priester erzählen, dachte Riacán, am Ende bleibt nicht Staub von uns, sondern Schlamm …

Nachdem er erfahren hatte, dass Caitlín sich freiwillig Ascall ausgeliefert hatte, hatte er vermeint, diesen Schlamm gefressen, mehr noch, ihn geatmet zu haben. Dennoch gelang es ihm heute zuzusehen, wie die Leichname so gebettet wurden, dass ihre Füße in Richtung Osten zeigten und ihre Köpfe in Richtung Westen, wie sie mit grünen Birkenblättern bedeckt wurden und wie man die Bahren, auf denen man sie hergeschafft hatte, zerbrach, damit die Geister sie nicht wieder von der ewigen Ruhestätte wegbringen konnten. In Gedanken sprach Riacán ihrer aller Namen aus und erinnerte sich daran, wie sie gelebt und was sie geleistet hatten, doch am längsten starrte er auf Éamonn, dessen rötliches Haar sich langsam mit dem Schlamm vollsog. Éamonn hatte ihm einst erzählt, dass bei Cú Chulainns Tod die Klagen der Feen und der Zwerge zu hören gewesen seien, doch hier und heute war nur der eigene Atem zu vernehmen, das scharrende Geräusch, als Erde zusammengekratzt wurde, und das dumpfe, als sie auf die Birkenblätter fiel.

Riacán blieb noch lange an den Gräbern stehen. Die Sonne versteckte sich, Regen fiel auf ihn, die Sonne blendete ihn wieder, wich schließlich der Dämmerung. Nicht mehr grünlich grau wirkte der aufgewühlte Boden, sondern schwarz.

Bete du für Éamonns Seele, heiliger Monan, ich kann es nicht.
Als er zurückkehrte zur Siedlung der O'Bjólans, huschte Ceara über den Hof, die Sklavin, die ihm stets zwei Dinge schenkte – ihr Lächeln und ihr Bier. Heute hielt sie in ihren Händen keinen Krug, doch eine Schüssel, in der ein Rest Haferbrei klebte. Sie, die ansonsten immer lächelte, senkte unbeholfen ihren Blick, und er erkannte sofort, warum.
»Du ... du hast ... *ihm* etwas zu essen gebracht?«
Ceara sah vorsichtig hoch. »Du hast ihn nicht töten lassen«, flüsterte sie mit ihrer rauen Stimme, die immer klang, als hätte sie in ihrem jungen Leben zu oft geschwiegen und zu wenig geschrien. »Wenn du willst, dass er lebt, musst du ihm auch etwas zu essen gewähren.«
Jemanden nicht töten zu lassen ist nicht das Gleiche, wie jemanden leben sehen zu wollen ...
Es schmeckte plötzlich gallig in seinem Mund, als sein Blick zu dem Gefangenen ging – Ascalls Boten, den dieser einfach zurückgelassen hatte. Sein Gesicht wies noch mehr Schrammen auf als am Tag zuvor, und ein Teil in ihm freute sich über jede einzelne diebisch. Trotzdem nickte er Ceara zu.
»Ich danke dir. Aber wie hat er denn Haferbrei gegessen, wenn seine Hände doch gefesselt waren?«
»Ich habe ihn gefüttert.«
»Das nächste Mal stopf ihm einen Laib Brot in den Mund und geh wieder. Ich will nicht, dass du allzu lange in seiner Nähe bist.«
Und noch weniger will ich, dass er deinen honigsüßen Atem riecht, dass dein silbrig blondes Haar ihn kitzelt, dass er die Wärme deiner weichen Glieder fühlt.
Riacán hielt Ceara nicht auf, als sie davonhuschte, er zog wie in den letzten Tagen Kreise im Hof. Am Anfang hatten die anderen versucht, ihn zum Innehalten zu bewegen, doch mittlerweile hatten sie sich damit abgefunden, dass er weder das Langhaus betrat noch zu jemandem sprach – Ceara ausgenommen. Wahrscheinlich dachten sie, dass er einen Plan aushecke, Caitlín zurückzubekommen, doch mit jeder Runde wurden seine Gedanken leerer und die Schritte schwerer. Um der Müdig-

keit Herr zu werden, ging er zum Trog, aus dem die Tiere tranken, tauchte seinen Kopf hinein und genoss die Kälte und die Stille, die ihn umfingen.

Nicht, dass Letztere lange währte. Er hielt den Kopf noch im Wasser, als er jäh die Stimme seines Vaters zu hören glaubte.

Das ist also deine Antwort auf Ascalls Überfall? Dass du fauliges Wasser schluckst?

Er hob den Kopf kurz hoch, schöpfte Atem, tauchte wieder unter. Die Stimme des Vaters wurde etwas leiser, die Erinnerungen, die hochstiegen, waren umso lauter – Erinnerungen an den Tag, da sie zur Jagd geritten waren und Riacán, damals sechs Jahre alt, auf ein Reh hätte schießen sollen, aber das Ziel verfehlt ... oder vielmehr absichtlich daneben geschossen hatte.

Als er prustend wieder auftauchte und der Windzug seine Wangen traf, musste er an die Ohrfeige denken, die der Vater ihm damals versetzt hatte.

»Wie konntest du nur absichtlich daneben schießen?«, hatte Tadc ihn angefahren. Und Riacán hatte erwidert: »Nun, weil es ein Kitz hatte. Ohne seine Mutter wäre es zugrunde gegangen. Wenn es aber weiterhin gesäugt wird, können wir irgendwann zwei Rehe jagen, nicht nur eins.«

Eine zweite Ohrfeige war gefolgt, doch keine Frage mehr. Der Vater war zwar grob, doch nicht argwöhnisch genug, um zu wittern, dass Riacáns Worte eine Lüge waren. Er hatte das Reh nicht aus Berechnung verschont, sondern aus Mitleid. Mitleid mit dem Kitz, Mitleid mit der Mutter. Seine Wange hatte noch gebrannt, als Caitlín auf ihn zugelaufen gekommen war und ihn umarmt hatte. Obwohl sie ein Jahr vor ihm geboren worden war, war sie kleiner und schmaler als er gewesen, sodass manch einer, wenn er sie beide sah, vermeint hatte, sie wären zur gleichen Stunde aus dem Mutterleib gekrochen.

»Das Rehkitz lebt«, hatte er ihr ins Ohr geflüstert.

»Schaut euch meine zwei Kinder an«, hatte der Vater indes über den Hof gebrüllt. »Sie gleichen sich wie ein Ei dem anderen. Dabei ist eines ein Junge und eines ein Mädchen. Das hier«, er hatte auf Riacán gedeutet, »das ist das Mädchen.«

Natürlich hatte er das nur gesagt, um ihn zu demütigen, nicht um anzuerkennen, wie mutig Caitlín war. Ein Mann wie Tadc O'Bjólan wusste von seiner Tochter bloß den Namen, die Höhe ihres Ehrenpreises, und dass er sie töten würde, wenn sie ihm Schande machte. Schon ihr Alter zu kennen, wäre zu viel verlangt gewesen, und um ihre Gedanken und ihre Gesinnung hatte er sich erst recht nicht geschert. Anders als sonst hatte niemand über Tadc' Spott gelacht. Cináed MacGoffraid war ebenfalls mit zur Jagd geritten, Riacáns und Caitlíns künftiger *aite* – der Ziehvater, bei dem sie die nächsten Jahre ihres Lebens verbringen sollten, um die Verbindung zwischen den beiden Familien zu stärken.

»Dein Sohn gefällt mir«, hatte Cináed gesagt und Caitlín angelächelt, »aber deine Tochter auch«, hatte er hinzugefügt und dieses Mal Riacán ein Lächeln geschenkt.

Und ja, es war ein Lächeln gewesen, kein Grinsen. Cináed war der Spott ebenso fremd wie die Bosheit und der Glaube, man machte aus einem Knaben einen Mann, wenn man ihn oft genug demütigte. Stattdessen sah er im Lob, in der Belehrung und darin, ein gutes Vorbild zu sein, die geeigneteren Werkzeuge, um Seele, Geist und Körper zu formen. Riacán hatte Cináed geachtet und geliebt. An diesem Tag allerdings fragte er sich, ob er von Cináed wirklich die entscheidenden Dinge des Lebens gelernt hatte, sonst müsste er die Demütigung, die er durch Ascall erfahren hatte, nicht tatenlos hinnehmen.

Er tauchte seinen Kopf ein letztes Mal unter, dieses Mal noch länger, öffnete die Lippen und schluckte das Wasser, das wie Schlamm schmeckte. Als er endlich wieder nach Luft schnappte, ertönte hinter ihm ein merkwürdiger Laut – mehr ein Zischen als ein Keuchen.

Riacán fuhr herum. Am grauen Himmel begann sich die Mondsichel abzuzeichnen, und kurz schien das Licht, das auf die Erde fiel, silbrig wie sie zu sein. Es ließ das dunkelrote Seidenkleid der alten und ebenso großen wie dürren Frau, die da nicht weit von ihm im Hof stand, ebenso leuchten wie ihre Fibel und den Mantel aus Ziegenfell. Auch das Blut war dunkelrot ... das Blut auf der Klinge des Dolches, den die Frau eben feierlich über ihren Kopf hielt. Ihr schwarzes Haar wehte im Wind.

»Was tust du denn da, Kraka?«, fragte Riacán, war aber ob des Anblicks seiner Tante zu verstört, um auf sie zuzutreten.

Kraka reagierte nicht, ließ nur jäh die Klinge erneut auf ihr Opfer sausen ... auf Ascalls Boten nämlich, der vor ihr auf dem staubigen Boden lag. Dieses Mal streckte sie die Klinge nicht wieder gen Abendhimmel, sondern hielt sie über eine bronzene Schüssel, in die das Blut nun tropfte.

Einen Augenblick lang hoffte Riacán, Kraka hätte den Mann getötet und ihm damit die Entscheidung abgenommen, was zu tun war, doch als er sich endlich aus der Starre löste und näher trat, gewahrte er, dass sie dem geschundenen Mann nur einen kleinen Schnitt zugefügt hatte.

»Was tust du da?«, fragte er wieder.

»Das fragst du?«, gab sie zurück. »Er wird doch sterben, oder? Unmöglich, dass du ihn nach allem, was geschehen ist, leben lässt. Und man kann nur verhindern, dass einen die Geister der Toten heimsuchen, wenn man vor ihrer Ermordung ihr Blut getrunken hat. Du solltest das auch tun.«

Auffordernd hielt sie ihm das Bronzegefäß mit dem Blut vors Gesicht, doch Riacán wich zurück.

Niemand wusste, wie alt Kraka – Tadc O'Bjólans Schwester – war. Ihr gefurchtes, schmallippiges und knöchernes Gesicht sprach dafür, dass sie etliche Jahrzehnte auf dem Buckel hatte, doch ihr Haar wuchs immer noch kräftig und bar einer weißen Strähne. Éilís behauptete, dass das verfluchte Krähenweib einen Zauber wüsste, wie man das Grau der Alten bannte. Caitlín hingegen meinte, dass sie sich ihr Haar mit Asche oder dem dunklen Holz der Erle färbte.

Caitlín ... starke, entschlossene, selbstlose Caitlín ... Wo bist du jetzt? Was macht dieser Unhold mit dir? Wie konntest du nur dieses Opfer bringen?

»Lass den Mann einfach in Ruhe«, befahl er. »Ich allein entscheide, was mit ihm geschieht.«

Er wollte sie stehen lassen, doch Kraka hielt ihn zurück.

»Warte!«, rief sie, und etwas lag in ihrer rauen Stimme, dem er sich nicht entziehen konnte.

Sie stellte das Gefäß ab, legte das Messer hinzu und begann an dem Beutel, der an ihrem Gürtel hing, zu nesteln.

Riacán graute vor seinem Inhalt. Wann immer sie ihn öffnete, stieg ihm der Geruch nach verdorbenem, nein, eigentlich schon verwestem Fleisch in die Nase. Nicht, dass er den Gerüchten traute, dass sie den Toten Finger abhackte, um sie als Talisman zu tragen. Lediglich einen toten Frosch hatte er einmal in ihrem Lederbeutel erspäht, aus dem sie sicher einen ihrer bitteren Säfte hatte brauen wollen.

Jetzt zog sie anstelle eines Frosches rote Bänder hervor.

»Was soll das?«, fragte Riacán, nicht mehr ganz so unwirsch.

»Das sind Schutzbänder«, erklärte Kraka. »Ich will dem heiligen Monan nicht zu nahe kommen, bring also du sie morgen zu den Gräbern der Toten. Eines schützt gegen den Tod durch Erschlagen, das andere gegen den Tod durch Ertrinken, dieses hier gegen Feuer und das letzte gegen Wölfe.«

»Wie sollen diese Bänder den Männern nützen? Sie sind doch schon tot!«

In Krakas Blick lag blanker Hohn, und ihr Lachen klang wie ein Meckern. »Sie sind nicht tot, sie sind in *síd*, in Andernwelt ... oder werden bald dorthin gehen. Immerhin hast du sie auf einem Hügel begraben lassen, was die Sache leichter macht. Noch besser wäre natürlich ein See gewesen, eine Felsspalte oder Tara. Von dort findet man den Eingang zu Andernwelt am schnellsten.«

Riacán trat noch dichter an die Tante heran. Er kannte niemanden, der Kraka nicht verspottete oder verlachte – auch er selbst hatte es oft getan –, aber er bewunderte, dass sie mit fester Stimme über den Tod sprach. Und er erinnerte sich gern daran, wie er als Kind auf ihrem Schoß gegessen, mit ihrem Haar gespielt und begeistert ihren Geschichten von Irlands Helden, den Wesen des Waldes, Druiden, Göttern und Dämonen gelauscht hatte.

»Erzähl mir von Andernwelt«, forderte er Kraka leise auf. »Was geschieht mit den Toten, wenn sie dorthin gelangen?«

Die Tante musterte ihn wohlwollend. »In Andernwelt wird gejagt, getrunken und gefeiert«, erklärte sie ernsthaft.
»Also ist es schön dort.«
»Alles gibt es im Überfluss: Die Vögel erfüllen die Luft mit ihrer Musik, und selbst die Steine singen. An den Bäumen hängt gebratenes Fleisch, und in den Bächen fließt so viel Wein, dass man darin ertrinken kann.«
»Éamonn hat sich nichts aus essen und saufen gemacht. Er wollte ein Held werden. Kann er in Andernwelt einer sein?«
Kraka runzelte die Stirn. »In Andernwelt ist es schöner als bei uns, aber auch dort gibt es Gewalt, Ungerechtigkeit und niedere Gefühle. Die Menschen bleiben die, die sie zu Lebzeiten waren. Nur wer auf Erden zum Helden wurde, kann es auch in Andernwelt sein, hat gar die Macht, sich zu verwandeln und in der Form eines Fuchses, eines Bären oder eines Wolfes zu den Lebenden zurückzukehren.« Mit der Fußspitze fuhr sie über den sandigen Boden, als gälte es, dem ihr hartes Urteil einzuprägen. »Ich fürchte, dein Éamonn taugt nur zum Lämmchen.«
»Er hat Cú Chulainn verehrt!«
»Und Cú Chulainn hatte ein so starkes Temperament, dass das Wasser, hätte man ihn hineingestoßen, wenn er wütend war, zu kochen begonnen und den Kessel zersprengt hätte. Éamonns Blut hingegen war bloß lau, und in Andernwelt wird es erst recht nicht köcheln.«
Ob der langen Rede hatte sich Speichel in ihrem Mundwinkel gesammelt, und als sie ihn ausspuckte, traf sie Riacán. Empört zuckte er zurück.
»Du böses Weib!«, entfuhr es ihm.
»Böse? Ich bin doch nicht böse! Verzweifelt bin ich, und als du ein Knabe warst, hast du mich verstanden. Ach Riacán, begreife doch! Meine Mutter, deine Großmutter, kannte einen der letzten Druiden, und die Weisheit, die er an sie weitergegeben hat, war klar und nährend wie eine unerschöpfliche Quelle. Doch nach dessen Tod brennt die Sonne unbarmherzig auf diese Quelle hinunter, und die Mönche schütten obendrein schwarze Erde darauf. Ich kann … ich werde nicht zulassen, dass sie vertrocknet oder versiegt!«

»Und deswegen musst du über tote Kinder lästern?«

Kraka kniff die Augen zusammen. »Zumindest weine ich nicht um tote Kinder. Die Götter tun das auch nicht – weder die der Kelten noch die der Nordmänner. Die Götter sind mutig und stark, sie sind listig und skrupellos, sie sind boshaft und neidisch, sie sind vergnügt und aufbrausend. Aber ganz sicher sind sie nicht *schwach*. Wenn du den Knaben rächen willst, dann sei nicht traurig, sondern wütend. Und wenn du Caitlín von Ascall befreien willst, dann denk nicht mit Tränen, sondern mit Feuer im Blick an sie.«

Das Feuer, das in ihrem Blick loderte, schien eiskalt zu sein. »Wenn du einmal gestorben bist, wird keiner an dich denken«, sagte er, um sie zu kränken.

Kraka zuckte gleichmütig mit den Schultern. »Nun, dann werde ich wohl von Andernwelt zurückkehren müssen, um die Lebenden an die große Vergangenheit unserer Insel zu erinnern.«

»Und in welcher Gestalt willst du zurückkehren? In der einer Krähe?«

Kraka gab ein ersticktes Lachen von sich. »Wenn ich als schwarzer Vogel am Himmel kreise, dann wird kochendes Blut auf die Welt regnen, und mein Schnabel und meine Krallen werden aus Eisen sein.«

»Ich fürchte mich nicht vor Krähen!«

»Und ich fürchte mich nicht vor dir!«, entgegnete Kraka selbstbewusst. »Wenn du die Krähe mit einem Stein bewerfen würdest, würdest du ja doch nicht treffen.«

»Würde ich nicht?« Riacán trat so dicht an seine Tante heran, dass er ihren Atem spüren konnte. »Nun, aber mit meiner Faust treffe ich sehr wohl.«

Kraka zuckte nicht mit der Wimper und wich erst recht nicht zurück. »Na also«, sagte sie zufrieden, »jetzt bist du endlich wütend, nicht länger nur traurig, beschämt und verzweifelt, und das ist gut so. Du musst diese Wut allerdings auf das rechte Ziel richten. Ich bin das nicht, und das weißt du auch. Das Feuer, das an Steinen leckt, erlischt. Holz braucht es, dunkles, schweres Holz.«

Sie bückte sich, um Dolch und Bronzeschüssel an sich zu nehmen. Der Abendhimmel war noch blasser, das Blut in der Schüssel schien schwarz wie ihr Kleid.

»Komm wieder zu dir und übe Rache«, murmelte sie, ehe sie ging. »Und dann komm zu mir und lerne alles über die Weisheit der Druiden.« Ihr Kleid raschelte im Wind, als sie im trüben Licht verschwand.

Riacán starrte ihr nach. *Holz, nicht Stein ... das rechte Ziel ...*

Ascall war ohne Zweifel das rechte Ziel für seinen Zorn, aber nicht nur er ließ diesen entflammen. Denn an Caitlíns Entführung ... nein, an ihrem Entschluss, sich selbst zu opfern, trug Ascall nicht allein die Schuld.

Riacán stürmte ins Langhaus.

Das Licht im Inneren war rötlicher als im Freien, doch genauso schwach.

»Wo ist sie?«, rief er, weil er niemanden erkennen konnte.

Eine Weile war auch niemand zu hören, doch dann erhob sich jemand von der Herdstelle und trat mit schlurfenden Schritten auf ihn zu.

»Ich bitte dich, Riacán. Mittlerweile solltest du erkannt haben, dass Éilís keine andere Wahl blieb als ...«

Er hörte Colums Stimme, machte sich aber nicht die Mühe, seinen Blick zu erwidern, zumal auch Éilís sich nun erhob – die Frau, die nicht sein geliebter *aite,* sondern sein verhasster Vater für ihn ausgewählt hatte.

»Hoffentlich verfehlst du in der Hochzeitsnacht nicht das richtige Loch«, hatte Tadc gesagt und gelacht.

Heute lachte niemand, schon gar nicht Éilís. In ihrem Gesicht stand Trotz, in dem von Faolán Bestürzung, und in denen von Gljómall, Dúngal und Fiacc, die Ascalls Überfall überlebt hatten und seitdem ungewohnt kleinlaut waren, ein gewisser Respekt.

»Caitlín hat getan, was sie tun musste«, sagte Éilís mit ihrer nüchternen Stimme.

»Nein, sie hat getan, was du ihr eingeredet hast! Du hast sie mit Drohen und Flehen dazu bewogen, sich Ascall auszuliefern – und zwar nicht, damit unser aller Leben gerettet wird, sondern weil dich der Neid auf Caitlín zerfressen hat. Du hast ihr nicht gegönnt, dass sie mir so nahestand. Du hast ihr nicht gegönnt, dass die Sklavinnen ihr bereitwilliger als dir gehorchten und lieber ihren Rat suchten als deinen. Vor allem hast du ihr nicht gegönnt, dass sie so schön ist, so klug, so stark …«

»Du sagst es selbst!«, fiel Éilís ihm kalt ins Wort. »Caitlín ist stark. Und das bedeutet, dass sie sich nie zu etwas hätte drängen lassen, das sie nicht selbst für richtig befunden hätte.«

Nicht so wie ich, der ich mich zur Heirat mit dir habe drängen lassen … der ich mich von meinem Vater so oft als Mädchen habe beleidigen lassen.

»Sie hätte es nicht getan, wenn du sie in Ruhe gelassen hättest!«

Éilís zuckte mit den Schultern. »Sie hätte es auch nicht getan, wenn du nicht befohlen hättest, das Tor zu öffnen. Nur so konnte sie dir folgen und zu Ascalls Männern gelangen. Und du hast es noch nicht einmal bemerkt, weil du ja damit beschäftigt warst, Bogenschützen niederzumetzeln. Oder nein – du hast es ja nur versucht, nicht wirklich getan. Éamonn war der Einzige, der sie zurückzuholen versuchte.«

»Also bist du auch für seinen Tod verantwortlich und nicht nur daran, dass Caitlín sich diesem Tier zum Fraß vorwarf!«, wütete Riacán. »Du hast gewiss gelächelt, als du ihr nachgeschaut hast.«

Jetzt lächelte sie nicht, sie wirkte verdrossen.

»Er wird sie nicht töten«, fuhr er fort, »das allein würde die einstige Demütigung nicht wettmachen. Er wird sie hungern und frieren, sie wie Sklaven Torf stechen und in Kuhscheiße schlafen lassen. Vielleicht zerfetzt er in diesem Augenblick ihr Kleid, schändet sie, schlägt sie, quält sie, bis sie …«

Jäh fehlte ihm die Stimme, um den Satz zu Ende zu bringen. Nur mehr vier Worte brachte er hervor: »Wie ich dich hasse!«

Nicht, dass er Éilís damit hätte treffen können. »Gewiss«, murmelte sie gleichgültig. »Du hasst mich, weil ich das Richtige tat und Caitlín in ihrer Entscheidung bestärkte. Aber hätte ich mich für das Falsche entschieden, würdest du mich trotzdem nicht lieben. Nicht so wie deine Schwester. Aber das ist jetzt ja vorbei, da du sie wohl nie wiedersehen wirst.«

»Du verdammtes ...«, setzte er an und hob die Hand, doch ehe er sie schlug, zupfte Faolán, der hinter ihm am Tisch saß, schwungvoll die Saiten seiner Harfe.

»Was soll das?«, rief Riacán erbost.

»Im Rhythmus der Musik schlägt es sich doch gleich besser, oder? Was meinst du, wie viele Strophen soll ich spielen?«

Faolán schlug wieder die Saiten an und begann mit kraftvoller Stimme zu singen.

»Ein echter Mann ist nur, wer Härte zeigt, also heb deine Faust und schlag dein Weib. Wenn es erst geschunden am Boden liegt, dann hat die Gerechtigkeit endlich gesiegt.«

Riacán wandte sich seinem Bruder drohend zu. »Ich lasse mich von Ascall demütigen, aber nicht von einem Barden.«

Wieder strich Faolán über die Saiten. *»Ist ein Verlierer etwa erst, wer nachdenklich schweigt? Und hat jeder Mann noch Ehre, solange er tobt und schreit? Macht es nichts aus, wenn der Feind viel verwüstet hat, solange genug heil ist, auf das man dreschen kann?«*

»Genug!«, stieß Riacán aus.

Das kann Kraka nicht gewollt haben, ging es ihm durch den Kopf. Dass die Wut keine Steine und schon gar kein Holz verbrennt, sondern mich selbst ... Dass nichts von mir übrig bleibt, außer dem Wunsch nach Zerstörung, blinder Zerstörung.

Er konnte sich gerade so weit beherrschen, Faolán zu verschonen, riss ihm jedoch die Harfe aus der Hand. Während er noch überlegte, ob er nur die Saiten zerreißen oder das ganze Instrument ins Feuer werfen sollte, rief jemand seinen Namen.

Es war nicht Éilís, nicht Faolán, nicht Colum. Es war Ceara, die das Langhaus betreten hatte, nun zu ihm schlich, ihre Hände – schwielig von der Arbeit und doch so schmal – auf seine legte, ihm behutsam die Harfe aus der Hand nahm und sie Faolán zurückgab.

»Hab Dank«, sagte Faolán und drückte das Instrument so liebevoll an sich wie eine Mutter ihr Kind, Éilís hingegen konnte selbst jetzt nicht aufhören zu lästern.

»Ist es nun also so, dass die Sklavinnen hier den Ton angeben?«, fragte sie.

Riacán warf ihr einen wütenden Blick zu, doch Ceara ließ seine Hand nicht los. »Nichts ... tu ihr nichts!«, rief sie und zog ihn hinaus.

Riacán widersetzte sich nicht.

Die Nacht hatte endgültig ihren Schild erhoben, die Pfeile der schwindenden Sonne waren nicht stark genug, ihn zu durchlöchern. In der Finsternis schienen seine heftigen Gefühle kurz zu ersticken. Eine Ahnung von Frieden überkam ihn, auch die Sehnsucht danach, in Cearas Armen einzuschlafen, doch noch war seine Wut zu laut. Anstatt der Sklavin weiterhin willig zu folgen, packte er sie jäh und zerrte sie in eines der Vorratshäuser.

Über seinem Kopf baumelte ein Laib Schinken, und der salzige Geruch gemahnte ihn daran, dass er lange nichts gegessen hatte. Aber eigentlich war er auf etwas anderes hungrig als auf Schinken, erst recht, als Ceara ihre Hand hob und besänftigend über seine Stirn streichelte.

Er stieß die Hand zurück. »Behandle mich nicht wie ein kleines Kindes!«, fuhr er sie an.

»Ich wollte dich eben nicht bloßstellen ... ich wollte nur verhindern, dass du etwas tust, das du später bereust.«

Ihr Haar wirkte wie so oft nicht blond, sondern silbrig wie der Mond. Sein Hunger wuchs.

»Wer weiß, ob ich es bereut hätte, wenn ich Éilís geschlagen und Faoláns Harfe zerstört hätte ... Wer weiß, ob ich das hier bereuen werde ...«

Er beugte sich vor und presste seine Lippen ungestüm auf ihre. Er hatte sich oft ausgemalt, wie sich Cearas Lippen anfühlten, doch nie hatte er Anstalten gemacht, sie zu küssen. Sein Vater war der Mann, der mit Sklavinnen gehurt hatte, seine Mutter damit gedemütigt, Bastarde gezeugt, sich ihre Namen nicht gemerkt, ja oft nicht einmal gewusst hatte, dass sie geboren worden waren – nicht er.

Er konnte selbst jetzt den Geruch nach Bier und Honig nur kurz genießen, ehe wieder der salzige des Schinkens in seine

Nase stieg und er zurückzuckte. Schon wollte er nach draußen stürmen, doch Ceara hielt ihn wieder fest.

»Riacán, bleib! Was immer du von mir willst, ich gebe es dir ...«

Ihr Körper war warm und weich. Sie roch nicht nur nach Honig, auch nach Wachs, nicht klebrig dieses, sondern biegsam ... ungemein biegsam.

»Ich ... ich bin nicht wie mein Vater ...«, stammelte Riacán.

»Natürlich nicht.«

Sie meinte es als Auszeichnung, doch er empfand es nicht so. *Natürlich nicht.* Wenn er sein Vater wäre, wäre Ascalls Bote schon tot. *Natürlich nicht.* Wenn er sein Vater wäre, hätte er keinen Knaben für sich sterben lassen und selbst keine Knaben verschont.

Riacán blieb, schloss die Augen, küsste Ceara wieder, dieses Mal länger und zärtlicher. Doch die Honigküsse genügten nicht, um seinen Verstand zu verkleben und blind für die Bilder zu werden, die in ihm hochstiegen. Er wollte mehr. Er brauchte mehr.

Heftig zerrte er an Cearas Tunika, die Haut darunter war weich wie ihr Haar. Er überhäufte sie mit Küssen, und sein rauer Bart hinterließ ebenso rote Flecken wie die Zähne, mit denen er gierig in ihr Fleisch biss. Die Angst davor, ihr wehzutun, blieb flüchtig. Er schob die Tunika erst bis zur Taille hinunter, bis die Brüste freilagen, ließ sie dann auf den Boden fallen, sodass Ceara gänzlich nackt vor ihm stand. Ihr Schamhaar war so hell wie die Strähnen, die ihr ins Gesicht fielen, und er fuhr so ungestüm hindurch, dass einzelne Härchen an seiner Hand kleben blieben, knetete die Innenseite ihrer Schenkel, packte ein Bein, um es anzuheben und ihre Scham zu spreizen. Er spürte ihren Blick, aber hielt selbst die Augen geschlossen, während er seine Beinkleider öffnete und sein Geschlecht hervorzog.

Riacán ahnte, dass sie noch Jungfrau war, ermahnte sich, vorsichtig und behutsam vorzugehen, wurde aber von Gier und Hast übermannt.

Er stieß mit seinem warmen Schwert zu, und falls er ihr

Schmerzen zufügte, zeigte Ceara es nicht, zumindest nicht mit einem Wimmern. Sie umfasste nur seinen Nacken mit ihren Fingern und drückte ihre Nägel in sein Fleisch.

Ja, halt mich, kratz mich, tu mir weh. Ich will selbst bluten, nicht bloß Unschuldige für mich bluten lassen.

Er krümmte sich und presste sein Gesicht in ihre Halsbeuge, als er wieder und wieder in sie stieß, so schnell und ungestüm, dass die Wand der Vorratskammer erbebte und zugleich seine Stirn auf das Holz schlug. Splitter gruben sich in seine Haut, aber das war ihm gleich. Als er sich in ihr ergoss, wurden die Erinnerungen von einem gnädigen Funkenregen verschüttet.

Nachdem Ceara in ihre Tunika geschlüpft war, huschte sie rasch fort. Er hielt sie nicht auf, genoss lediglich, dass er wieder frei atmen konnte, als er ihr ins Freie folgte. Seine Lippen verzogen sich zu einem schiefen Lächeln. Er hatte immer gedacht, er würde sich schuldig fühlen, wenn er je dem Begehren nach der Sklavin folgte, doch in diesem Augenblick schien es das Einzige zu sein, was frei von Ohnmacht, Tod und Beschämung war.

Das Lächeln schwand, als plötzlich höhnisches Gelächter ertönte, gefolgt von einer heiseren Stimme. »Gut, dass Ascall dir nur dein Schwesterlein genommen hat, nicht diese wollüstige Stute. Sonst hättest du auf das Vergnügen eben verzichten müssen.«

Ascalls gefesselter und geschundener Bote. Den er kurz vergessen hatte. Der wohl gesehen hatte, wie er Ceara mit sich in die Vorratskammer gezogen hatte.

»Mich wundert allerdings, dass sie kaum geschrien hat«, fuhr der Mann fort. »Nicht annähernd so laut zumindest, wie dein Schwesterlein wohl gerade schreit, wenn es unter Ascall liegt.«

Die Wut loderte wieder auf, aber nicht mehr laut und hungrig, sondern schwarz und leise. Riacán trat ganz langsam und nahezu lautlos auf den Boten zu. Er musste ihn gar nicht schlagen, bloß mit der Fußspitze anstoßen, auf dass ein Schmerzensschrei ertönte. Der Mann versuchte, die Augen zu öffnen, doch nur bei einem gelang es ihm, das andere blieb hinter geschwollenem, bläulich rotem Fleisch versteckt.

»Falls du mich aufhängen willst, musst du mich erst auf die Beine kriegen, und allein schaffst du das nicht«, spottete er. »Ich bin zu schwer, und du bist einer, der schmächtig bleibt, selbst wenn er jahrelang ein Schwert schwingt.«

Riacán lächelte kalt. »Selbst wenn ich dich an den höchsten Baum hängen würde, würde Ascall von Toora dich nicht sehen. Weil er hat, was er wollte. Weil er sich nicht nach dir umdreht. Sobald Caitlín sich ihm ausgeliefert hat, hat er sich zurückgezogen und dich im Stich gelassen. Wie kann man aber auch so dumm sein, einem Herrn zu dienen, der keine Ehre hat?«

Der andere war wenig erschüttert. »Ich bin nicht dumm, ich sterbe gern mit der Gewissheit, einem großen Mann gedient zu haben. Du hingegen musst mit der Gewissheit leben, ein kleiner Mann zu sein, der nicht auf sein Schwesterlein aufpassen konnte.«

Riacán schwieg eine Weile.

»Das stimmt«, gab er schließlich unumwunden zu. »Auf mein Schwesterlein aufpassen, das konnte ich nicht. Dafür kann ich etwas anderes.«

»Und was wäre das?« Erstmals klang Unsicherheit aus der Stimme des Mannes.

Riacán sagte nichts, er beugte sich über ihn. Kein wütender Aufschrei entwich seiner Kehle, keine übertriebene Hast lag in seinen Regungen. Ganz ruhig griff er nach dem Strick, den der Mann noch um den Hals trug. Er selbst hatte ihn erst am Tag zuvor gelockert, nun zog er ihn wieder zu, mit kaltem Herzen, ohne Ekel und Mitleid, nur mit dem nüchternen Gedanken, dass der andere nie wieder Cearas Haferbrei essen, dass er ihn nie wieder verspotten würde.

»Ich kann dich töten«, sagte Riacán.

»Meinen Namen wolltest du wissen«, keuchte der Bote erbleichend. »Aodh ist dieser.«

»Spar dir deine Worte. Ich werde ihn niemals aussprechen, ich werde ihn vergessen.«

Riacán zog immer weiter zu – nicht schnell, um es hinter sich zu bringen, sondern ganz langsam, um auszukosten, wie der andere litt. Wie ihm der Atem ausging. Wie er vergebens versuchte, sich zu entwinden. Wie der Hanfstrick schmerzhaft in seine Haut schnitt, wie sich das Blut im Kopf staute, wie er mit den Beinen strampelte, wie seine Hände an den Fesseln zerrten, wie das unverletzte Auge größer wurde, während das andere unter der Geschwulst zuckte, wie schließlich aus dem Stöhnen ein Japsen wurde, aus dem Japsen ein Gurgeln, aus dem Gurgeln Stille.

Als das, was vor ihm lag, kein Mensch mehr war, nur eine reglose Fleischmasse, war Riacán sicher, all die Zeit nicht geatmet zu haben. Nun sog er tief die Nachtluft ein und atmete sie mitsamt seinem Unbehagen wieder aus.

»Ich werde deinen Namen niemals aussprechen, ich werde ihn vergessen«, wiederholte er.

Und auch wenn das Feuer der Wut lieber Holz frisst als Steine, werde ich selbst kein Holz bleiben, das andere brechen können. Ich werde zum Stein, an dem man sich die Faust zertrümmert, wenn man daraufschlägt. Hart und kalt.

Ein letztes Mal trat Riacán gegen den Toten, der Geruch von Schweiß und Exkrementen stieg ihm in die Nase und verfolgte ihn die nächsten fünf Schritte. Dann sah er, dass mitten im Hof Ceara stand. In ihrem hellen Gewand wirkte sie vor den dunklen Häusern einsam und verloren wie die Sterne in der gnadenlosen Weite der Nacht.

Er wusste nicht, warum sie zurückgekehrt war, seinetwegen oder weil sie etwas vergessen hatte, eine Haarnadel vielleicht, er wusste nur, dass sie Zeugin davon geworden war, wie er einen wehrlosen Mann erdrosselt hatte. Wie er der Wut, die Kraka in ihm gesät hatte, nachgegeben hatte. Wie er zu seinem Vater geworden war. Wie er seinen *aite* und alles, was der ihn gelehrt hatte, verraten hatte.

Sein Mund wurde trocken. »Ich wollte nicht, dass du es siehst«, stieß er aus.

Ihre Augen waren weit aufgerissen, sie atmete keuchend, doch aus ihrer Stimme klang kein Entsetzen. »Und ich wollte nicht, dass du es tust. Nicht meinetwegen, sondern deinetwegen.«

Er trat auf sie zu. Er wollte sie nicht mit Händen berühren, die noch schmutzig vom Morden waren, doch er küsste sie auf die Stirn.

»Du bist ein guter Mensch, Ceara«, sagte er traurig. »Bevor Ascall meine Schwester raubte, wollte ich auch einer sein.«

»Das ... das kannst du doch immer noch. Wenn du diesen Mord bereust ... wenn du dafür Buße tust ... wenn du ...«

»Scht, scht«, machte er und küsste sie wieder auf die Stirn. »Das, was ich getan habe, schwärzt meine Seele nicht annähernd wie das, was ich noch tun werde.«

Sie wich nicht zurück, aber er vermeinte zu spüren, wie kalt und bleich ihre Haut wurde.

»Was ... was wirst du denn tun?«, fragte sie ängstlich.

Noch mehr wüten. Noch mehr morden. Lügen und verraten. »Ich werde mich an Ascall von Toora rächen«, sagte er, ehe er sich abwandte und ging.

CAITLÍN

Am Morgen nach Caitlíns Ankunft auf Dún Fionn erschien nicht Ascall, sondern Ailillán, um mit sanfter Stimme und zu Boden gerichteten Augen zu erklären, dass Ascall eben zur Jagd aufgebrochen sei. Nach längeren Kriegszügen sehne er sich nach dem Wald. Er liebe die Jagd.

Caitlín wusste nicht, was ihr ein größerer Trost sein sollte – dass es diesen Aufschub gab oder dass nicht nur Hass auf die O'Bjólans in Ascalls Brust wohnte. Jedenfalls erschien ihr der Aufschub als der gleiche, den die Katze der Maus gewährte, und war folglich nicht Ausdruck von Gnade, sondern von der Lust am Spiel. Die Katze wollte geradezu, dass die Maus weglief, weil die Flüchtige zu fangen die graue Mahlzeit erst richtig süß schmecken ließ.

Caitlín machte Ascall nicht die Freude, an Flucht auch nur zu denken. Sie blieb in Muireanns Haus, wechselte in den nächsten beiden Tagen aber nur halb so viele Worte mit ihr wie am ersten Abend. Nie wieder ging es um Ascall oder Schweineschmalz, vielmehr um Stoffe. Caitlín webte stundenlang, dankbar, ihre Hände beweglich halten zu können, während sie den Gedanken befahl stillzustehen. Nur für einen einzigen war Platz, derweil das Webschiffchen hin- und herglitt.

Ich bin keine Maus. Was auch immer er mir antun wird, ich bin keine Maus. Und wer weiß, vielleicht geht mein Plan tatsächlich auf ...

Allerdings geschah nichts, was dafür sprach. Am Abend des dritten Tages berichtete Muireann, dass Ascall von der Jagd zurückgekehrt sei.

»Ich musste gerade zwei Tiere ausweiden und ihnen das Fell abziehen«, fügte sie hinzu.

Caitlín nickte wie betäubt. Das Webschiffchen stand nach Stunden erstmals still, aber ihr Herz begann, unruhig zu pochen. Jeder Schlag tat weh, als würde ihre Brust von einer Faust getroffen werden.

Umsonst ... alles war umsonst. Mein Plan ist gescheitert.

»Ich hoffe, er hat nicht nur Hasen, sondern mindestens ein Wildschwein erlegt«, sagte sie.

Obwohl es ihr gelang, das Zittern in der Stimme zu unterdrücken, war Muireanns Blick erstmals voller Mitleid.

»Es waren sogar die stolzesten und edelsten Tiere, zwei Hirsche nämlich.«

Caitlín ließ das Webschiffchen fallen. »Und warum bist du hier, anstatt ihr Herz und ihre Leber zu braten?«

»Weil er mir befohlen hat, dich zu ihm zu bringen. Komm mit!«

Caitlín folgte ihr mit aufrechtem Rücken, wiewohl sich ihr Herz zu verknoten schien. Das Döschen mit dem Schweineschmalz ließ sie zurück.

Hinterher konnte sie sich nicht mehr erinnern, ob der Hof leer war oder ob sie von Blicken verfolgt wurde, als sie ihn überquerte, und ob im Kamin der Halle ein Feuer brannte oder nicht. Ailillán war jedenfalls nirgendwo zu sehen, und da es schwer genug war, Muireanns mitleidigen Blick zu ertragen, war sie dafür dankbar.

Zwei Mal stolperte sie, als sie die Halle durchquerte, doch als sie Ascalls Schlafkammer dahinter betrat, ging ihr Herz so gleichmäßig wie ihr Atem. Sie ließ die Hände gleichgültig zur Seite hängen.

Ich werde nicht laufen, wenn ich ein Knacken im Unterholz höre. Ich will nicht, dass der Pfeil nur meine Flanke trifft. Um mich zu töten, muss Ascall mir die Kehle durchschneiden, und während er es tut, werde ich ihm in die Augen schauen.

Das Erste, was Caitlín wahrnahm, war ein großer Tisch, auf dem Hirschgeweihe lagen und Tierknochen. Manche besaßen noch ihre ursprüngliche Form, aus anderen waren Kämme, Nadeln und Gürtelschnallen geschnitzt worden. Und Holz war da – von frisch gefällten Bäumen ebenso wie schon getrocknetes, in Stücke gespaltenes. Nicht weit von der Feuerstelle entfernt befand sich die Schlafstatt – ein Podest aus Lehm, das mit

Fellen und einem Strohsack bedeckt war und neben dem die unterschiedlichsten Tiere lagen. Keine aus Fleisch und Blut, sondern ebenfalls aus Knochen und Holz geschnitzte. Fast alle Wesen, die Gott erschaffen hatte, waren darunter, selbst Schlangen und Fabeltiere aus alten Legenden, die man sich erzählt hatte, ehe der heilige Patrick die Grüne Insel betreten und ihre Bewohner zu Christen bekehrt hatte.

Caitlín hörte ein Schaben und sah jetzt auch Ascall, der, den Oberkörper nach vorn gebeugt, die Ellbogen auf die Knie gestützt, auf einer Bank lungerte und ein Stück Holz bearbeitete. Er blickte weder auf, als sie den Raum betrat, noch als Muireann ihn wieder verließ.

Muireann hatte keinen Ton von sich gegeben, doch Caitlín war entschlossen, diesen kurzen Augenblick, da sie mit ruhigen Händen, geradem Rücken und regelmäßigem Herzschlag vor Ascall zu stehen vermochte, nicht nutzlos verstreichen zu lassen.

»Was schnitzt du?«, fragte sie beherzt. »Eine Maus oder ein Schwein?« Ascall hob den Kopf. Zum ersten Mal richteten sich seine Augen länger als einen Atemzug auf sie. Sein Blick war wach, glitt über ihre Gestalt, ohne an einer bestimmten Stelle hängen zu bleiben. Caitlín unterdrückte den Drang, die Arme vor die Brust zu schlagen und sich zu ducken. »Oder ist es eine Kuh, die Gras wiederkäut?«, fügte sie hinzu.

Ascall legte das Stück Holz zur Seite, das Messer jedoch nicht. Auch gut, dachte Caitlín, ich werde lieber erstochen als erschlagen.

Er machte jedoch keine Anstalten, sie zu töten, sondern befahl nur: »Zieh dich aus!«

Seine Stimme war kaum lauter als das Kratzen des Messers auf dem Holz. Caitlíns Lippen wurden taub. Selbst wenn sie es gewollt hätte, hätte sie nicht gehorchen können. Sie brauchte alle Kräfte, um gerade zu stehen und sich die Furcht nicht anmerken zu lassen.

Nachdem sie eine Weile reglos verharrt hatte, erhob Ascall sich wendig. Er ging viel leichtfüßiger als die Krieger, die sie kannte – Männer, deren Knochen aus gleichem Material wie ihre Schwerter zu bestehen schienen, aus Stahl, der rosten konnte, sich aber nicht verbiegen. Anstatt sie zu schlagen oder ihr die Kleidung selbst vom Leib zu reißen, wie sie erwartete, trat er zum Tisch, wo inmitten der Knochen und der Holzstücke ein Krug Wein stand. Er füllte ein kupfernes Gefäß damit, hob es an die Lippen, trank schnell und durstig und offenbar zum ersten Mal, seit er von der Jagd zurückgekehrt war. Danach schenkte er noch einmal ein und schob ihr den Becher zu.

»Trink!«, forderte er mit flackerndem Blick.

Er ist ja gar keine Katze ... Er hat ja gar keinen Spaß an der Jagd ... Sie erfreut ihn weit weniger, als Ailillán denkt ...

Caitlín starrte auf das Gefäß, und der rote Wein erinnerte sie an Blut.

... und er ist nicht voller Hass, nur voller Berechnung. Er wird mir die Ehre nehmen, weil Vater auf seine gespuckt hat, aber er will meine Sinne betäuben, damit ich mich nicht wehre und weine und damit es schnell vorbei ist.

»Trink!«, verlangte er wieder, und erstmals war sein Blick auf sie gerichtet.

Caitlín rührte sich nicht.

Ich bin keine Maus, kein Schwein, kein Hirsch und schon gar keine Fliege, die im Honigwasser ersäuft.

»Warum gehorchst du nicht?« Immer noch sprach er leise, doch nunmehr mit einem ärgerlichen Zischen.

»Ich würde ja gern gehorchen«, sagte sie, »aber ich weiß nicht, welchem Befehl zuerst. Schließlich kann ich mich nicht gleichzeitig ausziehen und Wein trinken.«

Seine fleischigen Lippen wurden ganz schmal.

Nun schlag mich, dann haben wir es hinter uns.

Doch als er die Hand hob, ballte er sie nicht zur Faust, sondern griff blitzschnell zum Wein und schüttete ihn ihr ins Gesicht. Gegen Schmerzen hatte sie sich gewappnet, nicht gegen dies. Vor Schreck schnappte sie nach Luft und wich einen Schritt zurück, doch ehe sie noch der nächsten Regung folgen und sich die feuchten Haare zurückstreichen konnte, fand sie die Fassung wieder. Vermeintlich gleichgültig ließ sie den Wein über ihr Gesicht perlen, streckte nur die Zungenspitze heraus und leckte sich über die Lippen.

»Der Wein ist gut«, stellte sie fest. »Die Dubliner trinken keinen besseren.«

Kurz war sie die Katze und er die Maus. Sein Gesicht verzerrte sich, und als er einen Satz auf sie zumachte, war sie überzeugt, dass er sie töten würde. Er packte ihr Kleid, setzte die Klinge des Messers, das er nicht aus der Hand gelegt hatte, an und begann zu schneiden – nicht in ihre Haut, doch in den Stoff, und der Wein tropfte auf ihre nackten Brüste. Ascall starrte nicht darauf, er suchte ihren Blick.

»Beim nächsten Mal schlitze ich *dich* auf, nicht bloß dein Kleid«, warnte er sie.

Ihre Hände verkrampften sich ineinander, jedoch hinter dem Rücken, sodass er es nicht sah.

»Nun gut«, sagte sie, »Blut lässt sich leichter aus Leinen waschen als Wein.«

»Dieses Kleid wirst du nie wieder tragen.«

Er schleuderte das Messer von sich, doch das Werk seiner Hände erwies sich als nicht minder zerstörerisch. Ascall riss ihr den Stoff vom Leib, als wäre er noch dünner als die Flügel eines Schmetterlings, packte sie am Genick und drückte ihr Gesicht auf den Tisch. Immerhin bin ich auf glattem Holz zu liegen gekommen, nicht auf spitzem Hirschgeweih, dachte sie, als er ihre Beine auseinanderzwängte.

Sie spürte seine schwieligen Hände auf ihrer nackten Haut, nicht sicher, warum sie so rau waren, ob vom Schnitzen oder vom Töten. Weh taten die rohen Berührungen auf jeden Fall, und sie war jäh überzeugt, dass ihre Haut überall dort, wo er sie anfasste, so schwarz wie seine Fingerkuppen und -nägel wurde. Sie biss sich auf die Lippen, um nicht aufzuschreien, schmeckte Wein und Blut. Wie aus weiter Ferne hörte sie, wie er ungeduldig an seiner Kleidung nestelte, doch lauter als das waren die Schritte, die plötzlich ertönten, gefolgt von einer Stimme, die Ascalls Namen rief. Abrupt ließ er sie los.

Caitlín wagte nicht, sich aufzurichten.

»Verschwinde, Bruder!«, polterte Ascall.

Aililláns Stimme klang gedämpft, weil er durch die geschlossene Tür sprach. »Ascall, du darfst nicht …«

»Warum nicht?«, fiel Ascall ihm barsch ins Wort. »Was geht sie dich an? Warum sorgst du dich um sie?«

»Ich bin nicht hier, weil ich mich um *sie* sorge, sondern um *dich*.«

Als Ascall die Tür aufriss, verbarg Caitlín sich schnell im Schatten des Tisches und bedeckte den nackten Körper mit ihrem zerfetzten Kleid.

Ailillán hatte ohnehin keinen Blick für sie. »König Tigernán …«, berichtete er, »… er ist hier. Er hat … er hat von *ihr* erfahren. Und jetzt will er mit dir sprechen. Sofort.«

Ascall erstarrte, sah seinen Bruder eine Weile nur schweigend an, ehe er zur Feuerstelle ging und sie mit gehetztem Schritt umkreiste.

»Ascall …«

»Ich hab dich gehört!«

Ascall bückte sich, nahm das Stück Holz, an dem er vorher geschnitzt hatte und das sie nun ganz deutlich als Kätzchen erkannte, und warf es wutentbrannt ins Feuer. Ohne sie noch einmal anzusehen, rannte er hinaus und folgte seinem Bruder.

Caitlín hockte wie versteinert unter dem Tisch. Noch lauter als das knackende Holz war das triumphierende Klopfen ihres Herzens.

Nach all den Geschichten, die sie von ihm gehört hatte, hätte Caitlín erwartet, dass Ascall ein lauter Mensch war, einer, der brüllte, wann immer er den Mund auftat. Jetzt erfuhr sie, wie es klang, wenn er außer sich war, tief nämlich und heiser, ein wenig wie das Röhren eines Hirsches.

Allerdings hatte er erst zu toben begonnen, als König Tigernán von Breifne die Burg wieder verließ. Solange dieser verweilt und Ascall deutlich gemacht hatte, was er von Caitlíns Entführung hielt und was er nun von ihm erwartete, hatte er die Fassung bewahrt. Jetzt konnte man den Eindruck gewinnen, er würde sie niemals wiedererlangen.

»Er hat jahrelang gegen Diarmait Krieg geführt«, donnerte er, »und jetzt schützt er dessen Verbündete? Die O'Bjólans hätten die Chance gehabt, sich dem Aufstand in Nord-Leinster anzuschließen, aber sie haben es nicht getan. Sie standen treu zu ihrem verfluchten König. Sollen sie doch selbst verflucht sein!«

Bislang war das Gebrüll lauter als Aililláns Stimme gewesen, als Ascall jedoch Atem schöpfte, war auch der Bruder zu hören.

»Bedenk doch, Diarmait wurde geschlagen und aus seinem Königreich vertrieben, damit hat Tigernán sein Ziel erreicht. Es ging ihm immer nur darum, seinen Feind zu demütigen, nicht die Menschen von Leinster. Und du weißt so gut wie ich, warum Diarmait Tigernáns Feind wurde. Weil der ihm einst die Frau gestohlen hat. Und weil das noch mehr schmerzte, als hätte er eine ganze Herde Rinder entführt. Er kann nicht zulassen, dass du den O'Bjólans das Gleiche zufügst, sonst wäre sein Kriegszug grausam statt gerecht.«

»Kriege sind immer grausam!«, wütete Ascall. »Und recht hat, wer der Stärkere ist. Das weißt du, das weißt du ganz genau.«

»Vor allem weiß ich, dass König Tigernán stärker ist als du und dass Toora nur ein recht kleiner Teil von Breifne ist. Du musst dich ihm fügen, du kannst dich nicht gegen den eigenen König erheben. Und du kannst Caitlín auch nicht wieder zu ihrer Sippe zurückschicken. Sie ist zu lange hier gewesen, als dass irgendjemand glauben könnte, du hättest sie noch nicht entehrt.«

Anstelle des Gebrülls ertönte Gelächter, genauso tief, rau und beängstigend. »Als ich sie damals heiraten wollte, gab man sie mir nicht. Jetzt will ich sie nicht mehr heiraten, und mein König drängt sie mir auf.«

»Nein, er drängt sie dir nicht auf. Du hast sie gestohlen, und jetzt kannst du sie nicht einfach wieder wegwerfen. Du musst mit ihr leben.«

Kurz herrschte Stille, und gleichwohl Caitlín nicht sehen konnte, was sich in der Halle zutrug, war sie überzeugt, dass die Brüder sich fixierten und einen lautlosen Zweikampf miteinander ausfochten.

Wenn Ailillán verliert, wird Ascall mit seinem Messer auf mich einstechen oder mich in die Flammen werfen wie die Holzfigur.
Allerdings brannte das Feuer nur schwach, es hatte noch nicht einmal das Holzkätzchen ganz verschlungen, und was sie wenig später hörte, waren auch keine näher kommenden Schritte, es war Hufgetrappel vom Hofe her. Vielleicht ritt Ascall erneut in den Wald, um zu jagen. Vielleicht genügte es ihm dieses Mal nicht, Tiere zu töten – vielleicht würde er dieses Mal einen Menschen erschlagen. In jedem Fall war sie sicher vor ihm. Zumindest fürs Erste.

Als Muireann wenig später das Gemach betrat, lächelte Caitlín stolz.

»Wie kannst du nur so gelassen sein?«, fragte Muireann. Sie hatte Ascall gewiss nicht zum ersten Mal so brüllen gehört, sie zitterte aber gleichwohl und war leichenblass. »Hast du es denn nicht gehört? König Tigernán befiehlt Ascall, dich zu heiraten! Das bedeutet, dass du niemals heimkehren wirst.«

Als ob die Aussicht darauf vorher größer gewesen wäre ...

»Ich habe erreicht, was ich wollte«, sagte Caitlín leise, »und du hast mir dabei geholfen.«

Muireann wurde noch bleicher, falls das überhaupt möglich war. »Was ... was redest du denn da?«

Caitlín stand auf, hielt sich das zerfetzte Kleid vor den nackten Leib und kümmerte sich nicht darum, dass ein Großteil der Haut entblößt blieb. »Glaubst du wirklich, ich habe dir die kostbare Reliquie meiner Mutter, das Einzige, was mich an sie und mein Zuhause erinnert, grundlos geschenkt?«

Endlich regte sich in den wasserblauen Augen Verstehen. »Du ... du hast mich an der Nase herumgeführt ...«

»Deine Nase hat damit nichts zu tun. Die willst du schließlich nicht mit Póls edler Seide bedecken, sondern deinen Leib. Du hast gar nicht erwarten können, meinen Schmuck gegen seinen Stoff einzutauschen und bist sofort zu ihm gerannt, nicht wahr? Zwei Dinge hast du dabei nicht bedacht: dass ich Pól kenne – und er die Fibel meiner Mutter. Vor Jahren wollte er sie ihr einmal abkaufen, für weitaus weniger Silber, als er sie später verkauft hätte, und obwohl meine Mutter ablehnte, ändert das nichts daran, dass Pól ein wahrer Meister seiner Zunft ist, ein listiger Fuchs, der ein Huhn erst dann frisst, wenn es zuvor ein Ei gelegt hat. Selbst wenn er Kuhscheiße verkaufen würde, würde am Ende eine Münze für ihn abfallen. Und falls er keine Waren mehr anzupreisen hätte, hätte er immer noch etwas, um es zu verkaufen ... Wissen nämlich.« Muireann gaffte sie mit offenem Mund an. »Du verstehst es noch immer nicht, oder?«, fuhr Caitlín fort. »Nun, ich setzte darauf, dass Pól mit dem Wissen, dass ich hier bin, Wucher treiben will. Und ich setzte darauf, dass er gleich zum Meistbietenden damit geht, nämlich zu König Tigernán.«

»Und du setztest auch darauf«, sagte Muireann gedehnt, »dass der König von Breifne Ascall nicht erlauben wird, dich wie eine Sklavin zu behandeln. Nicht nach der Schmach, die Diarmait von Leinster ihm einst selbst zugefügt hat.«

Caitlín nickte. »Die Träne der heiligen Brigid hat mir wahrlich Glück gebracht.«

Muireanns Augen versanken wieder in den Höhlen, der Mund verschloss sich, nur das Beben ihres schlaffen Kinns verriet ihre Erregung. »Du kommst dir sehr klug vor, Mädchen, nicht wahr?«

Caitlín zuckte mit den Schultern. »Man benutzt, was man hat. Der Bauer den Pflug, der Krieger das Schwert, ich meinen Verstand.«

»Nun«, sagte Muireann, und anstelle von Empörung war in ihrer Miene wieder nur Mitleid zu lesen, »mag sein, dass du künftig auf das Schmuckstück deiner Mutter verzichten kannst. Das Schweineschmalz, das ich dir gegeben habe, wirst du gleichwohl gut gebrauchen können.«

Caitlín straffte den Rücken. »Ich wusste von Anfang an, dass mein Verstand nicht reicht, um ihm zu entkommen.«

Muireann schüttelte den Kopf. »Hast du denn keine Angst, Mädchen? Er wird dich mehr hassen als je zuvor!«

»Aber er wird mich nicht töten«, gab Caitlín zurück. »Und wenn er mich nimmt, dann als seine Ehefrau, nicht als seine Hure. Bring mir den Stoff, gegen den du die Fibel eingetauscht hast, und mach mir ein Hochzeitskleid daraus. Worauf wartest du? Und warum siehst du mich so böse an? Wenn du glaubst, du könntest mir die Seide verweigern, werde ich Ascall erzählen, dass du es warst, die Tigernán hergelockt hat.«

Mit einem Fluch auf den Lippen stürmte Muireann aus dem Raum. Erst als sie allein war, sank Caitlín wieder auf die Knie.

Ich lebe noch, ich lebe noch, ich lebe noch.

Doch als ihre Mutter ihre kleinen Siege gefeiert hatte, hatte sie eines nicht bedacht: dass sterben oft gnädiger war, als zu leben. Und dass Angst, Hoffnungslosigkeit und Verzweiflung immer die Katze waren und der Mensch immer die Maus war.

Póls Seide würde gewiss schön sein, glatt und glänzend, aber nicht dick genug, um sie zu wärmen.

PÓL

Die Liffey war ein zorniger Fluss. Bevor sie sich in der Mitte der Ostküste in eine weite Meeresbucht ergoss, hatte sie in den dunklen Wicklow-Bergen Kraft gesammelt und überflutete manches Mal die bewaldeten Marschen und die grasgesäumte Wattlandschaft. Möwen schwärmten kreischend über dem Meer, Brachvögel brüteten in den Feuchtwiesen, Reiher stakten durchs Schilf – und die armen Leute sammelten Muscheln. Einige kochten sie zu Hause. Die ganz hungrigen fraßen sie roh und mit noch sandigen Füßen. Auf der Suche nach mehr stapften sie immer tiefer ins Meer, und manchmal ertranken sie.

Stiller und glatter als die Liffey war der kleine Nebenfluss, der von Süden kam und – kurz bevor er auf den lauten, stürmischen Bruder getroffen war – einen dunklen Teich gebildet hatte. Die Wikinger hatten hier einst eine Siedlung gegründet und sie nach dem dunklen Teich »Dublin« genannt. Sie trieben bis nach Skandinavien, Island und Britannien Handel.

Aus dem kleinen Ort ist, gleich einem Furunkel, das sich nach und nach mit Eiter füllt, eine riesige Stadt geworden, dachte Pól, als sie sich Dublin näherten. Und so wie der Arzt sein Geld verdient, weil er Furunkel aufsticht, habe ich aus der Stadt ein Vermögen herausgepresst.

Pól sog tief die Luft ein. Obwohl er die mächtigen Stadtmauern mit seinem Gefolge erst bei Dunkelheit erreichte und man diese im Mondschein für einen dichten, feindseligen Wald halten konnte, hätte er allein am Gestank erkannt, dass sie vor Dublin standen. Abfälle wurden von den Molen oder Landungsbrücken in das Hafenbecken gekippt, sie trieben im grauen Wasser und verrotteten langsam. Die ausgedienten Schiffe, die man benutzte, um die Erdwälle gegen den Fluss hin zu verstärken, rochen wie tote Wale. Und die Gerber, die außerhalb der Mauer arbeiteten, legten ihre Häute in jene übel riechende Lauge aus Eichenrinde und Gall-Eiche, Alaun und Salz, vor allem aber Tierkot und Urin.

Pól hasste den Gestank, und zugleich liebte er ihn, denn nichts verhieß mehr Lebendigkeit.

»Schön, dich wiederzusehen, Hure Dublin«, flüsterte er.

Die vier Stadttore waren verschlossen, doch Pól kannte einen anderen Eingang – einen versteckten, der nur von einem Wächter kontrolliert wurde. Schon mehr als einmal hatte er ihn mit Wein oder Weibern oder beidem bestochen, wenn er für seine mitgebrachten Waren keine Steuern zahlen wollte. Magnus hieß er, aber groß war nur der Vorfahr gewesen, von dem er diesen Namen hatte. Er selbst war ein dürrer, buckliger Alter. Für gewöhnlich interessierte er sich nicht für die Waren, die Pól mit sich führte – nicht für die Waffen, nicht für die beliebten Pferde aus Schottland, nicht für die Federn, aus denen die Menschen sich Kissen fertigten, und nicht für die Seidenkleider. Er wollte auch nie vom Bier aus Clondalkin kosten, das stärker schäumte als das Meer, nie von dem saftigen Schinken mit dem breiten Fettrand aus Ráth Cúil und nie von den gesalzenen Makrelen aus Sord. Als Pól jedoch einmal eine Herde Schafe in die Stadt gebracht hatte, hatte er ein Lämmchen verlangt. »Was willst du damit?«, hatte Pól gefragt. »Es schlachten?« Und der Alte hatte geantwortet: »Nein, ich will es mähen hören. Es ist so einsam hier, tagelang spricht niemand mit mir.«

An diesem Tag hatte auch Pól keine Lust, ein Wort mit ihm zu wechseln. Als seine Männer die Kisten durch das Tor bugsierten, drohte er flüsternd: »Darin ist Handelsware, nur Pferdescheiße. Und wenn du verlangst, die Kisten zu öffnen, tauche ich deinen Kopf hinein.«

Bruder Abél sprach ein paar mahnende Worte, Magnus hingegen glotzte ihn ebenso dumm an wie das Schaf, zu dem sich das Lamm mittlerweile ausgewachsen hatte. Wahrscheinlich hatte er in der Zwischenzeit so viel Zeit mit ihm verbracht, dass er selbst mähte, sobald er den Mund aufmachte.

Wenig später standen sie auf Dublins Straßen. Die Pflastersteine wirkten in der Finsternis schwarz, nur durch die Holzbalken vor den Fensterluken drangen Licht von Fackeln, Öllampen und Kerzen, außerdem Grölen und Weindunst. Es stank noch mehr als vor den Stadttoren, denn ob es das Stroh auf den Dächern war, die Pfähle aus Eschenholz, auf denen etliche der Häuser standen, oder ihre dünnen Wände aus mit Lehm verschmiertem Flechtwerk – es gab nichts, was mit der Zeit nicht zu verrotten begann. Schon mehr als einmal hatte Pól gesehen, wie Häuser über Ratten und verrotzten Kindern zusammenstürzten – die Ratten konnten meist hervorkriechen, die Kinder nicht immer. Und ungleich schneller als das Holz wurde das getrocknete Schilf, das man auf den Boden streute, feucht und modrig.

Erstaunlich, dass die Menschen, die hier lebten, noch nicht verschimmelt waren. Und noch erstaunlicher war, dass ausgerechnet eine Stadt, die nach einem schwarzen Tümpel benannt war, seine Lebensgeister zu wecken vermochte. Pól labte sich an dem Gestank, und als er mit seinem Gefolge sein stattliches Haus erreichte – nicht aus Holz, sondern aus dem gleichen dunkelgrauen Kalkstein wie die Kathedrale erbaut –, konnte er zum ersten Mal seit Tagen wieder frei atmen.

»Sagst du uns nun endlich, was du vorhast?«, fragte Bruder Abél.

Seit dem Treffen mit Tigernán hatte er ihn nicht mehr darauf angesprochen, und auch das Gefolge hatte keine Fragen zu stellen gewagt. Neugierig waren die Blicke, die sich jetzt auf Pól richteten, gleichwohl, und er entschied, seine Pläne nicht länger zu verheimlichen – desgleichen, dass er sie mit Entschlossenheit verfolgen wollte, nicht mit schlechter Laune.

Er nickte, winkte die Männer ins Haus, und sobald sie das große Warenlager im Erdgeschoss betraten, begann er sein Vorhaben zu erklären. Ehe sich danach erstaunte Fragen regten, gab er einen Befehl.

»Mongán, du kaufst neue Pferde. Wehe, wenn eines lahmt. Dann kannst du dich selbst in den Staub knien, und ich werde mich auf dich setzen. Néde, du sorgst für den Proviant. Trockenfleisch, Roggenbrot, gesalzene Makrelen, vielleicht ein paar Eier. Ímar und Labrás, ihr werdet in Dublin bleiben, um das Haus zu bewachen, nur Beollán kommt mit.« Pól zögerte kurz. Wenn er überlegte, was bevorstand, sollte er wohl mehr Augenmerk auf den Schutz der Lebenden richten, nicht auf den seiner Waren. »Nein, nur Ímar bleibt, Labrás kommt auch mit.« An Bruder Abél hatte er sich als Einzigen nicht gewandt, und erst als er die Treppe nach oben nehmen wollte, rief er ihm über die Schulter zu: »Du kannst selbst entscheiden, ob du mich begleitest oder nicht. Bis jetzt hast du keine meiner Reisen versäumt, diese ist jedoch ohne Zweifel die gefährlichste.«

Bruder Abél stützte sich schwer auf seinen Stock. »Wenn ich dich richtig verstanden habe, unternimmst du sie nicht, um Waren zu verkaufen.«

»O doch«, sagte Pól und grinste. »Ich werde etwas verkaufen … den Krieg … Aber den kann man in der Tat nicht in den Händen halten.«

»Ich nehme an, Róisín bleibt hier, wenn die Reise so gefährlich ist …«

Pól zögerte kurz. »Nein«, entschied er schließlich, »noch größere Gefahr droht ihr, wenn mein Plan auffliegt und sie allein in Dublin ist.«

»Ich kann nicht zulassen, dass du so viel Zeit mit ihr verbringst und …«

»Schweig!«, fiel Pól ihm heftig ins Wort, um schwer atmend fortzufahren: »Ich bin dir dankbar für das, was du in den letzten Jahren für mich getan hast. Unentbehrlich bist du jedoch nicht.«

»Trotzdem muss ich darauf bestehen, euch zu begleiten.«

»Wie du willst. Ich dachte nur ob deines Alters …«

»Mich muss niemand schonen«, erklärte der Mönch.

Ohne ein weiteres Wort nahm Pól die Treppe nach oben. Sein Haus war das höchste in Dublin, sah man von den vielen Kirchtürmen ab. Neben dem Warenlager im Erdgeschoss befand sich die Küche, im Stockwerk darüber gab es eine große Halle mit dunklen Holzbalken, wo auch die Dienstboten schliefen, und ganz oben unter dem Dach lagen die drei kleinen Kammern, in denen er selbst, Bruder Abél und seine Tochter Róisín wohnten. Eine Weile blieb er vor der wurmstichigen Tür ihres Schlafgemachs stehen, doch ehe er es betrat, besann er sich anders und ging in seines, um den Umhang, der schwer von Feuchtigkeit und Dreck war, abzulegen. Er öffnete die leinene Hose, um in einen Topf zu pissen, fühlte sich danach aber nicht so erleichtert, wie er es erhofft hatte. Wieder trat er vor Róisíns Tür, wieder zögerte er. Wenn er nur kurz ihre rosigen Wangen sehen, ihrem gleichmäßigen Atem lauschen, das eigene Herz pochen hören könnte – dann würde er das Abenteuer, in das er sie alle stürzte, als den gewitztesten Streich seines Lebens betrachten, nicht als Dummheit, die ihn vielleicht sein ganzes Vermögen und noch mehr kostete.

Er drückte die Tür auf, aber leider gab es keine rosigen Wangen zu schauen, denn Róisín lag auf dem Bauch, und ihr Haar mit jener eigentümlichen Farbe – zu hell für ein Kastanienrot, zu dunkel für ein Feuerrot, am ehesten den Blättern des Ahorns im Herbst gleichend – lag wie ein Kranz um ihren Kopf. Der Brustkorb hob und senkte sich kaum, viel unruhiger waren die Schatten, die die zuckende Lampe warf. Nur geübte Nordmänner konnten eine wie diese herstellen, indem sie einen dünnen Eisendraht zu einer Spirale bogen, die sie in einem Schälchen befestigten. Talg und Fischöl verbrannten darin, außerdem ein wenig Sumpfmyrte, um den ranzigen Geruch zu übertünchen.

Róisín hasste es, bei Dunkelheit zu schlafen. Ihre Mutter Rós war im Schlaf gestorben, als Róisín erst wenige Tage alt gewesen war.

Und deswegen denkt sie, dass der Tod finster ist, dachte Pól. Aber das stimmt nicht. Der Tod hat keine schwarzen Wangen, sondern so graue wie Tigernán, und er blickt wohl genauso verhärmt wie dieser, weil der König von Breifne ihm in den nächsten Jahren nur sieche Menschen gönnt, keine jungen Krieger mit frischem Blut ...

Pól trat näher. Nur drei Schritte, befahl er sich, und schon beim ersten atmete er schwer.

Wenn sie ihrer Mutter bloß nicht so ähnlich sähe ...

An jenem Morgen, nachdem diese gestorben war, hatte Pól nach ihr getastet. Sein Geist war zu träge gewesen, um zu bemerken, dass sie nicht mehr lebte, sein Schwanz zu hart, um sich darum zu scheren. Erst als er auf sie gerollt war und irritiert festgestellt hatte, dass das lustvolle Stöhnen ausblieb, das er so liebte, hatte er die Augen richtig geöffnet und die Wahrheit erkannt. Sein Schwanz war hart geblieben – und er hatte ihn dafür verflucht.

Jetzt verfluchte er sich dafür, dass er einen vierten Schritt machte, nunmehr nah genug an der Bettstatt stand, um der Tochter das Haar aus dem Gesicht zu streichen und ihre weiche Haut zu berühren. Wie diese Haut wohl schmecken würde, wenn er darüberleckte – salzig vom Schweiß, süß vor Unschuld oder bitter, weil sie so einsam war und er ihr verbot, das Haus allein zu verlassen?

Durch das milchige Weiß der rechten Wange zog sich ein Riss. Früher hatte die Narbe einem roten Wurm geglichen, mittlerweile war sie verblasst und hatte die Form eines Blitzes angenommen.

Mich hätte der Herr mit dem Zeichen des Sünders schlagen müssen, nicht sie …

Róisín war auf dem Markt in eine Prügelei geraten und hatte die Klinge eines Messers zu spüren bekommen, das für eine fremde Kehle bestimmt gewesen war. Pól hatte nie erfahren, wer sie verletzt hatte – er hätte dem Unglücklichen die Haut bis zum letzten Fleckchen abgezogen und das rohe Fleisch darunter in Stücke gerissen –, danach aber zu verhindern gewusst, dass sie jemals wieder auf den Markt ging. Er hatte es ihr schlichtweg verboten.

Ach, wie sehr reizte es ihn, mit seiner Fingerkuppe die Narbe entlangzufahren, über ihr Kinn zu streichen und den Hals, sich noch tiefer vorzuwagen, in jenes Tal zwischen den kleinen festen Brüsten!

Pól unterdrückte ein Stöhnen, zuckte zurück und stieß prompt an eine Truhe. Er solle seinem Töchterlein eine Bernsteinkette schenken, hatte Tigernán ihm geraten, der König von Breifne war jedoch ein Narr. Er ahnte nicht, dass Róisín keinen Schmuck tragen wollte und auch die anderen Geschenke, die Pól ihr von seinen Handelsreisen mitgebracht hatte, nutzlos auf der Truhe verstaubten – das Schachspiel mit einem Brett aus poliertem Holz und mit Silber beschlagenen Figuren, den Kamm aus Walrosselfenbein mit den kunstvollen Schnitzereien, das Schmuckkästchen aus Eibenholz, das mit dreifachen Spiralen und roter Emaille verziert war. Weder hatte er ihr damit eine Freude gemacht noch ihr den Wunsch austreiben können, das Haus erneut zu verlassen, selbst zum Preis, dass sie eine zweite Narbe riskierte oder gar Schlimmeres.

Du kriegst alles, was du brauchst, sagte er oft und verschwieg, dass die Freiheit nicht dazugehörte. Ich kann mir alles kaufen, was ich will, pflegte er zu sich selbst zu sagen und ließ offen, dass er das, wonach ihn am meisten verlangte, nicht bekam.

Póls Atem ging schneller, doch ehe er die Narbe berührte, wandte er sich ab und verließ den Raum. Er griff sich in die Hose, stellte fest, dass sie noch geöffnet war, weil er sie nach dem Pissen nicht geschlossen hatte, und berührte seinen Schwanz.

Warum hatte die Gesellschaft dieses schlaffen Königs nicht dafür gesorgt, dass sein eigenes Blut so zäh rann wie dessen? Warum war die Enttäuschung über Tigernáns Verrat nicht lähmend genug, damit seine Hand nun stillhielt? Warum umschloss er seinen Schwanz immer fester, obwohl der Schmerz noch größer war als die Lust?

Nun, im Grunde sind beide dasselbe.

Pól hielt inne. »Síbeal«, rief er die Magd, die in der Küche schlief.

Bis sie ihn hörte und die Treppe hochgewatschelt kam, hatte er sich ausgezogen und niedergelegt. Er starrte an ihr vorbei, sagte kein Wort. Sie wusste auch so, was zu tun war, wenngleich es eine Weile dauerte, bis sie ihre Kleider gerafft, ihre Scham entblößt und die schlaffe Hautfalte, die darüberhing, hochgezogen hatte. Seit dem letzten Mal war sie noch fetter geworden ... und noch weicher.

Als sie sich auf ihn setzte, vermeinte er, unter ihrem warmen Fleisch zu ersticken. Dieses war wohl nicht süß oder bitter oder salzig, sondern einfach nur ranzig, aber er wollte sie ohnehin nicht kosten, nur reglos liegen bleiben, während sie seinen Schwanz in sich versenkte und schnaufend auf ihm ritt.

»Ist es gut so? Geht es dir wohl?«
Hör auf zu fragen, Alte.
Er schwieg.
»Soll ich schneller machen?«
Du kannst nicht schneller.
Er schwieg.
»Oh, du starker, harter Mann! Oh, oh, oh!«
Hör auf, mir was vorzuspielen. Du bist nicht feucht vor Wollust, sondern weil du schwitzt.
Jetzt rührte er sich doch, hob die Hände und griff nach ihren Brüsten. Er war nicht sicher, ob sich seine Finger in diese oder nur in eine weitere Hautfalte krallten. Síbeal kreischte.
Wenn du Róisín weckst, stoß ich dich aus dem Fenster.
Ihr Leib zitterte vor Anstrengung, doch sein Körper blieb eigentümlich kalt. Sich von Síbeal zu erhoffen, sie könnte seine Lust befriedigen, war dasselbe, wie von einem Huhn zu erwarten, dass es flöge. Der Ton, der aus ihrem Mund kam, als er sich endlich in ihr ergoss, klang denn auch wie ein Gackern.
»Steh auf!«, befahl er, denn sie kletterte nicht gleich von ihm herunter.
Als sie sich ihre Tunika über die Scham zog, gackerte Síbeal wieder. »Du hast den dicksten und größten …« Sie grinste so breit, dass man die Zahnlücken zwischen den gelben und schwarzen Stumpen sah.
»Geh!«, befahl er.
Das Lachen, das sie ausstieß, als sie einen letzten Blick auf ihn warf, war anders als ihre Worte nicht erlogen. Sein Schwanz glich einem runzligen bläulichen Wurm und ließ ihn daran denken, dass Tigernán ihn als solchen beschimpft hatte.
Pól starrte eine Weile darauf, stand auf, pisste noch einmal in den Topf und war erleichtert, dass sich das müde Fleisch nicht mehr regte und ebenso wenig ein Gedanke. Weder das eine noch das andere wagte sich in den Raum nebenan.

Er schlief schlecht, vielleicht schlief er auch gar nicht. Als er am nächsten Morgen hochfuhr, war sein Kopf schwer, die Zunge war pelzig, und in seiner Hand kribbelte es, weil er darauf gelegen hatte. Das Licht, das durch die Fensterbalken drang, war müde wie er.

Verspätet gewahrte er, dass ihn ein gleichmäßiges Klopfen hatte aufschrecken lassen. Bruder Abél ging wie so oft auf und ab und rammte bei jedem Schritt seinen Stock in den Boden. Wahrscheinlich hatte er die ganze Nacht gebetet, schließlich gab es an zwei Dingen in Dublin keinen Mangel – an Gestank und an Kirchen. Die Norweger beteten in einer anderen als die Engländer, die Spanier in einer anderen als die Iren, nur in der Kathedrale, die der Heiligen Dreifaltigkeit geweiht war, von allen Christ Church genannt, beteten sie gemeinsam – vor einem Splitter des Kreuzes nämlich, auf den man mit dem Kopf nach unten den heiligen Petrus geschlagen hatte, und vor einer goldenen Amphore, in der ein Tropfen Milch aufbewahrt wurde, der einst aus den Brüsten der gesegneten Jungfrau gequollen war.

Die Milch ist sicher längst sauer, dachte Pól, in dessen Mund es so schmeckte, als hätte er davon getrunken. Nein danke, Jungfrau, so weiß und fest können deine Brüste gar nicht sein, dass ich freiwillig daran saugen würde.

Als Bruder Abél im Morgengrauen heimgekehrt war, hatte er wohl weitergebetet – wenn auch nicht in der Schlafkammer, sondern in der Schreibstube neben dem Warenlager. Dorthin ging Pól, und noch ehe er ein Wort sagte oder sich räuspern konnte, wusste Bruder Abél, wer hinter ihm stand.

»Ist es nicht zu früh, um aufzubrechen?«

»Ich ... ich habe gesündigt. Ich bin meiner Wollust erlegen.« Pól sagte nicht, wer diese Wollust erweckt hatte, und Bruder Abél fragte nicht nach. »Du musst für mich beten«, fügte er hinzu.

Bruder Abél ging unbeirrt auf und ab. Bei seinem Anblick kam Pól nicht umhin, sich vorzustellen, wie er dem Mönch den Stock aus der Hand riss, ihn vor dessen Füße warf und der Alte darüber stolperte. Noch besser, ihm liefe überraschend eine Maus oder eine Ratte vor die Füße.

»Warum betest du nicht selbst?«, fragte Bruder Abél.

»Du hast mir gesagt, dass man mit Gebeten, Messen und Bußübungen die Zeit im Fegefeuer verkürzt und dass Mönche es für die Sünder tun, die keine Zeit dafür haben. Deswegen lebst du doch unter meinem Dach und begleitest mich auf meinen Reisen!«

»Nur weil ich mich deines Seelenheils annehme, darf es dir nicht gleichgültig sein.«

»Ach, lass mich in Ruhe!«, herrschte Pól ihn an. »Wenn ich für meine Ware Silber kriege, ist's mir egal, wer es mir gibt. Warum sollte sich Gott darum scheren, ob du für mich betest und für meine Sünden büßt oder ich selbst es tue?«

Bruder Abél blieb stehen und lehnte sich auf den Stock.

Es wäre auch ein lustiger Streich, ihn heimlich anzusägen, sodass er plötzlich unter seinem Gewicht zusammenbräche ...

»Wenn du ihn aufrichtig bittest, befreit dich Gott vielleicht von deinem unseligen Verlangen.«

»Ach was! Er hat doch schon genug zu lachen, wenn er auf die anderen erbärmlichen Menschenkinder glotzt. Ich will ihm keinen weiteren Anlass dazu bieten.«

Gottlob hatte Bruder Abél keine Augen mehr, um ihn finster anzustarren. Lediglich sein Mund wurde schmal. »Spotte über die Menschen, nie über den Allmächtigen.«

»Ich spotte nicht!«, rief Pól heftig. »Ich sage die Wahrheit. Und dass sie wie ein schlechter Witz klingt, liegt an der Wahrheit, nicht an mir.«

Irgendwann muss der Alte doch schlafen ... dann kann ich ihm den Stock verstecken ... oder noch besser: Ich kann ihn ins Feuer werfen.

»Und du willst Róisín wirklich mitnehmen?«, fragte Bruder Abél. »Trotz ... letzter Nacht?«

»Ich habe keine andere Wahl. Schließlich weiß ich nicht, wann ich wiederkomme ... und was am Ende der Reise steht.«

»Einer anstrengenden Reise.«

»Pah! Aoife wird ihren Vater gewiss begleiten, und sie ist in Róisíns Alter. Vielleicht können die beiden Freundinnen werden.«

Schritte ertönten. Schnelle, leichtfüßige Schritte.

»Wer ist Aoife?« Róisíns Haar fiel ungekämmt über ihren Rücken. Sie kämmte sich fast nie, und falls sie es doch tat und sich Zöpfe flocht, lösten sich diese bald auf. Zu den kostbaren Dingen, die er ihr geschenkt hatte, gehörten Haarnadeln und Bänder, aber nichts davon trug sie. Auch ein Kleid aus dem safrangelben Tuch, aus dem seine eigenen Hosen gemacht waren, hatte sie verweigert. Sie trug stattdessen ein graues voller Flecken. »Aoife ... ich glaube, ich kenne diesen Namen«, sagte Róisín und gähnte. Die Reihe blitzender weißer Zähne erinnerten Pól daran, dass einer seiner Backenzähne schmerzte. »Sie ist doch die Tochter von ...«

»Sprich den Namen nicht aus!«, unterbrach Bruder Abél sie heftig. »Das ist zu gefährlich.«

Róisíns Blick ging neugierig vom Mönch zum Vater. Pól starrte auf den Boden, als er endlich zu reden begann und erklärte, wohin sie heute aufbrechen würden. Obwohl er sie nicht ansah, konnte er fühlen, wie ihre Wangen noch röter wurden, ihre Augen glitzerten und sie wieder ihre Zähne zeigte, dieses Mal, weil sie breit und glücklich lächelte.

»Wir werden Dublin verlassen?«, rief sie frohlockend.

Bruder Abél wandte sich missbilligend ab, und Pól nickte. »Pack alles ein, was du hast, wir haben nicht viel Zeit.«

Während Róisín mit noch schnelleren und leichtfüßigeren Schritten, als sie gekommen war, nach oben lief, stapfte Pól in die Küche. Síbeal rupfte ein Huhn, die Federn rieselten wie Schnee auf den Dreifuß, die Herdhaken, den Eisenkessel und die Bratpfanne.

»O mein Herr!«, säuselte sie und hielt ihm das tote Huhn vors Gesicht, sodass nun auch noch die Keramik aus dem Rheinland, die grün glasierten Krüge aus den Ardennen und die rot angemalten Vasen aus der Normandie bestäubt wurden. »Darf ich ... darf ich auch mit?«

Pól nahm einen Krug und trank daraus, obwohl ihm auf diese Weise Federn in den Mund gerieten.

»Nein«, sagte er. »Du kannst das Huhn allein fressen. Bis es kross ist, sind wir nicht mehr hier.«

Das Meer war grau und faltig wie der schlaffe Leib von Síbeal, doch selbst deren vorgetäuschte Seufzer klangen lustvoller als die Wellen. Sie spuckten den Wind an, woraufhin der noch lauter heulte. In der Höhle inmitten des schwarzen Gesteins klang er gewiss bedrohlich.

Gut so. In dieser Höhle sollte sich niemand behaglich fühlen.

»Und du bist sicher, dass es der richtige Ort ist?«, fragte Pól.

Cathal, einer seiner Boten, hatte das Versteck gefunden. Nach Corkeran mussten sie, genauer gesagt zu dem kleinen Fischerdorf Sankt Kieran, das an einem langen Fjord lag. Nicht weit davon versteckte sich der Eingang der Höhle.

»Siehst du den spitzen Stein da vorne?«, fragte Cathal jetzt. »Ich habe ihn mir gemerkt, weil er wie der Zahn einer Hexe aussieht.«

»Ich schlage dir einen deiner Zähne aus, wenn du dich irrst«, grummelte Pól. »Hier sind nirgends Spuren, der Sand ist glatt ...«

Allerdings hinterließen auch ihre Schuhe und Bruder Abéls Stock nicht lange Abdrücke. Der Boden war so nass, dass bei jedem Schritt ein Gluckern hörbar wurde, als gingen sie durch ein Moor, die Algen, die vom müden Wasser an den Strand gespült worden waren, waren glitschig wie Schnecken. Nur dort, wo sie auf den schwarzen Felsen klebten und der Wind sie getrocknet hatte, raschelten sie unter den Füßen.

»Deswegen ist es ja ein so gutes Versteck«, rief Cathal. »Der Wind und das Meer sind die letzten Verbündeten des Königs ...«

Wenn es so wäre, müsste er seinem Land auf ewig abschwören, dachte Pól. Der Wind ist so wankelmütig und das Meer kaum mehr als ein trostloser Fluss.

Róisín jedoch betrachtete das graue Wasser, als würde es türkisblau in der Sonne funkeln, und drehte sich so schnell im Wind, dass ihre Haare tanzten.

»Ist dir nicht kalt?«, fragte er.

Ihre Hände waren rot, aber sie schüttelte den Kopf energisch. »Es ist so schön hier! So wunderschön!«

Pól war nicht sicher, ob sie so blind wie Bruder Abél war, der sich eben auf einen Felsen gehockt hatte, oder er.

»Du wartest hier bei Bruder Abél«, erklärte er und befahl

Cathal und Labrás, bei ihnen zu bleiben, während Beollán, Néde und Ímar ihn in die Höhle begleiten, allerdings Abstand wahren sollten. »Und ihr zieht die Schwerter nur, wenn ich es befehle«, knurrte er.

Als er die Höhle betrat, gesellten sich zum Rauschen des Meeres Tropfen und Gluckern. Einst hatte das Meer den dunklen Stein ausgehöhlt, und bei Flut schenkte es ihm noch immer seinen feuchten Kuss. Die Wände waren von einem grünen Flaum überzogen, der nach toten Fischen stank, die Luft war so feucht, dass Holz gewiss nur schlecht brannte. Wo konnte man hier sein Nachtlager aufschlagen?

»Wer da?«

Pól kannte den Mann, der ihm entgegenkam. Maurice Regan hieß er und nannte sich selbst stolz einen *fer léighinn*, einen Mann, der nicht nur des Lesens mächtig war, sondern auf einer Klosterschule eine umfassende Bildung erhalten hatte. Noch stolzer war er darauf, König Diarmaits Berater zu sein. Er hatte ein schönes Gesicht, aber sein Kopf saß auf einem zu kleinen Körper. Wenn man ihn zum ersten Mal sah, fand man das schade, hätte er doch mit einem großen Leib zum stattlichen Helden getaugt. Wenn man ihn zum zweiten Mal sah, war man bereits blind für die Schönheit. Er war eben einer der Kleinen, die nie zu Helden wurden. Wie Pól hatte es jedoch auch Maurice verstanden, die fehlende Größe wettzumachen. Seine Waffe war die Sprache, beherrschte er doch nicht nur die sechs Dialekte der gälischen Sprache – Irisch und Schottisch, Kornisch und Walisisch, Armorikanisch und Manx –, auch Normannisch und Norwegisch, desgleichen Englisch, Okzitanisch und sogar ein wenig Arabisch. Letzteres, so behauptete er, habe er von einer Sklavin mit fast schwarzer Haut gelernt. Nur die Lippen zwischen ihren Beinen seien rosig gewesen, und ihr Schmatzen habe süßer als jedes Lied geklungen.

Gott, was muss er sich in diesem feuchten Loch nach ihr sehnen.

»Du?«, entfuhr es Regan, als er Pól erkannte.

Pól sagte nichts, hob nur einen Ledersack und öffnete ihn etwas, sodass man das Dörrfleisch, das Brot, den Käse und die Eier erkennen konnte.

»Ich bin gekommen, um deinem König ein nettes Mahl zu bereiten.«

Regan schmatzte lauter, als die rosigen Schamlippen der schwarzen Sklavin es vermocht hätten, aber er gab seiner Gier nicht nach. Anstatt Pól den Beutel aus den Händen zu reißen, hob er seine bedauernd.

»Das wird sein Misstrauen nicht vertreiben. In den letzten Wochen ist er von so vielen verraten worden … von nahezu allen.«

»Sein Vertrauen hatte ich noch nie«, gab Pól gleichmütig zurück. »Dennoch wird er mit mir sprechen wollen. Ich werde ihm ein Angebot machen.«

Just als Regan sich umdrehte, zeichneten sich auf den feuchten grauen Wänden schwarze Schatten ab. Jenes Klirren ertönte, das man hörte, wenn Schwerter gezogen werden, jenes Stampfen, wenn Krieger zum Kampf ansetzen, jener befehlende Ton, der nur der Stimme eines Königs zu eigen ist.

»Mit wem sprichst du, Regan?«

Regan huschte tiefer in die Höhle, ohne eine Antwort zu geben, und wenig später wurde Pól eine Fackel vors Gesicht gehalten.

Sieh an, in diesem Loch kann man doch ein Feuer entfachen, das nicht nur Rauch spuckt, sondern auch Wärme gibt.

Es war geradezu Hitze, die ihm ins Gesicht biss, aber er schreckte nicht zurück. Erst als Diarmait MacMurchada, der vertriebene König von Leinster, auf ihn zutrat, verbeugte Pól sich so tief, wie es sein dicker Bauch erlaubte.

Das gefällt dir, König, nicht wahr, wenn sich jemand so tief verneigt, als wollte er Schnecken fressen.

»Regan spricht mit einem Freund«, sagte er.

Diarmait gab seinen Kriegern den Befehl, die Schwerter einzustecken und die Fackel sinken zu lassen.

»Wie tief muss ich gefallen sein, dass man jetzt dich auf mich hetzt?«, fragte er heiser.

Er hatte sich seine Stimme in den vielen Schlachten ruiniert, da er stets laut wie ein Stier brüllte. Auch sein Leib, einst groß und stattlich, wirkte nunmehr eingefallen. Nur der strenge Zug um den Mund und der stechende Blick zeugten davon, dass er immer noch ein stolzer, grausamer und rachsüchtiger Mann war.

»Jemand wie du kann nicht so tief fallen, dass er nicht wieder aufzustehen vermag«, schmeichelte Pól.

»Spar dir deine Worte. Du bist nicht mein Freund.«

»Nun gut«, gab Pól zu, »das bin ich in der Tat nicht. Aber ich bin ein Feind deines Feindes. Das muss doch genügen, damit du meine Gaben entgegennimmst.«

Diarmaits Kleidung war klamm, seine Augen rot geädert, seine Haut schlaff und bläulich, sein Lachen dagegen klang spöttisch wie eh und je.

»Welche Gaben? Etwa Waffen? Ich habe kaum Männer mehr, die damit kämpfen könnten.«

»Ich habe etwas zu essen mitgebracht, was nicht verdorben ist und auch nicht nach Fisch schmeckt.«

Pól konnte den Hunger förmlich fühlen. Ein knurrendes, wütendes Tier war er, das im Magen von jedem Einzelnen hier hockte und – da er nicht mit Fleisch und Brot gestillt wurde – nach und nach alle Träume, Hoffnungen und Sehnsüchte auffraß.

Als Diarmait auf den Ledersack blickte, bildete sich in seinen Mundwinkeln Speichel. Das letzte Mal, da er sich richtig satt gegessen hatte, hatte er noch in seinem Steinhaus in Ferns gelebt und war überzeugt gewesen, nach fast vier Jahrzehnten an der Macht unbesiegbar zu sein – ob der neue Hochkönig Ruari O'Connor nun sein Feind war oder nicht. Doch Ruari und Tigernán war es gelungen, eine breite Allianz hinter sich zu vereinen, und Diarmait war lediglich die Erkenntnis geblieben, dass, wenn die Feinde von drei Seiten kamen, man die vierte nur mehr zur Flucht nutzen konnte.

»Woher weißt du überhaupt, dass ich hier bin?«

»Ein Vögelchen hat es mir gezwitschert.«

»Deinem Vögelchen reiße ich gleich sämtliche Federn aus.«

Pól zuckte bedauernd mit den Schultern. »Dann kann es aber nicht mehr fliegen ... und du kannst dich nicht an seinen Beinen festhalten, um diesem Loch zu entfliehen.«

»Kein Vogel ist stark genug, um Diarmait von Leinster zu tragen.«

»Nun, dann muss es wohl eher ein Fisch sein, der dich auf seinem Rücken nach England bringt.«

Diarmait nahm einem seiner Männer die Fackel weg und leuchtete Pól ins Gesicht. Die Schatten, die auf sein eigenes fielen, flackerten, seine Augen glichen Bruder Abéls dunklen Löchern.

»Spuck aus, was du zu sagen hast!«

Wieder wich Pól nicht vor der sengenden Hitze zurück. »Hier hat das Meer oft genug vor deine Füße gespuckt. Lass uns Platz nehmen, die Beine ausstrecken, etwas zusammen essen und uns am Feuer wärmen. Und dann will ich dir gern erklären, warum ich hier bin.«

Diarmaits Verzweiflung und Stolz stritten miteinander, und obwohl dieser Zweikampf bei einem König, dessen Regentschaft länger währte, als ein gewöhnlicher Mensch lebte, eine Weile dauerte, verlor am Ende der Stolz.

Wenn man ihn mit Fisch statt mit toten Feinden nährt, wird selbst ein stolzer König saftlos, dachte Pól zufrieden.

Diarmait griff nach Póls Lederbeutel, wühlte darin und zog ein Stück Brot hervor, das er sofort in den Mund stopfte. Außerdem nahm er ein Ei, aß es jedoch nicht, sondern reichte den Beutel weiter. »Gebt zuerst Mór und Aoife etwas davon.«

Pól versuchte in der Finsternis hinter Diarmait die zwei zitternden Gestalten, Königin und Tochter, zu erspähen. Er sah sie zwar nicht, vernahm aber wenig später ein hungriges Schmatzen. Diarmait hielt indes das Ei in der Hand und drückte so lange darauf, bis die Schale zerbrach und der gelbe Dotter hervorquoll. Erst jetzt steckte er es mitsamt der Schale in den Mund.

»Ein Feind meines Feindes bist du also«, sagte Diarmait, nachdem er geschluckt hatte. »Ich fürchte nur, ich habe so viele Feinde, dass man sie nicht zählen kann. Den Hochkönig samt Connacht, Tigernán samt Breifne, außerdem Dublin. Oriel natürlich und Osraige auch – MacGiolla Padraic konnte sich vor Ruari gar nicht tief genug bücken. Von den O'Faeláins und den

O'Failghes aus Nord-Leinster oder den Söhnen der O'Maoil Seachlainn gar nicht zu reden.«

Er klang nicht nur zornig, sondern auch zufrieden. Schließlich hatte er hart gekämpft, um sich so viele Feinde zu machen. Falsche Freunde bekam man umsonst – um echte Feinde zu erlangen, musste man mehr als nur blenden, nämlich brandschatzen, töten und schänden.

»Die meisten, die du nennst, würden morgen Ruari verraten, wenn du dich als stärker erwiesest«, sagte Pól unbeeindruckt. »Dein einziger wirklicher Feind ist Tigernán von Breifne.«

Weil er genauso alt und halsstarrig ist wie du. Weil er dich beschämt hat, kaum dass du an die Macht gekommen warst und dich gerächt hast, als du ihm Derbforgaill stahlst. Aber die eine Tat hat die andere nicht ausgeglichen, so wie ein Haufen Scheiße nicht weniger stinkt, wenn man daneben einen neuen macht.

»Nun, und seit wann ist Tigernán *dein* Feind?«

Diarmait sprach den Namen aus, als wollte er ihn mit den Zähnen zermalmen wie ein besonders zähes Stück Fleisch.

»Seit er Frieden will«, sagte Pól knapp.

»Frieden?«, höhnte Diarmait.

»Was sie Frieden nennen, ist in Wahrheit Faulheit«, sagte Pól rasch. »Ruari O'Connor war schon immer ein bequemer Mann, erst recht nach seinem Sieg über dich. Er hat sich mit seinem fetten Arsch auf die Grüne Insel fallen lassen und denkt nun, sie gehört ihm, solange er bloß sitzen bleibt. Tigernán wiederum ist auf seinen Schoß gekrochen, um es sich genauso gemütlich zu machen. Und die meisten anderen Könige sind so schlicht, dass sie sich nach der Wärme zwischen den Arschbacken sehnen und nicht daran denken, dass es dort auch stinkt. Du hingegen sitzt im Feuchten und Kalten, du wirst deine Vertreibung nicht einfach hinnehmen.«

Ungewohnt nachdenklich hatte Diarmait gelauscht. »Du hast von einem Fisch gesprochen, der mich nach England bringt. Doch wenn ich Irland verlasse, dann wird es heißen, dass ich nicht nur vertrieben worden, sondern geflohen sei. Wer besiegt wird, hat immer noch seine Ehre, wer davonläuft, lässt sie auf dem Schlachtfeld liegen.«

»Ach, irgendjemand wird sie schon finden, der sie aufhebt und sie dir nachträgt. Ich fürchte, ich kann das nicht sein, denn Ehre ist nichts, was man verkaufen kann. Ein Schiff will ich dir allerdings zur Verfügung stellen, das dich nach England bringt, genauer gesagt nach Wales. Die Normannen, die dort herrschen, hast du einst mit einer Flotte unterstützt, damit sie gegen die aufständischen Waliser kämpfen konnten. Jetzt werden sie dich aus Dank unterstützen, um Leinster zurückzuerobern. Robert FitzHarding, der Vogt von Bristol, ist sicher bereit, dir zu helfen.«

Diarmaits Lachen dröhnte durch die Höhle. Es klang so feucht wie ihre Wände. Pól spürte tatsächlich Speicheltröpfchen auf seinem Gesicht. Wahrscheinlich ist seine Spucke längst salzig geworden, so lange wie er hier hockt, dachte er und wischte sich ab.

»Und was erwartest du als Gegenleistung für dieses Schiff? Such dir aus, womit ich dich bezahlen soll – mit Schlick und Steinen, mit Gräten und mit Algen?«

»Du musst mich nicht jetzt bezahlen – erst wenn du es kannst. Ich werde auch so meinen Lohn erhalten. Der Hochkönig wollte mir tatsächlich verbieten, weiterhin Waffen zu verkaufen, doch wenn du mit einem Heer zurück auf die Insel kehrst, wirst du mit mir gern Geschäfte machen. Darauf zumindest vertraue ich, während du darauf vertrauen musst, dass ich dich nach Bristol bringen werde, nicht nach Breifne.«

Diarmait stierte ihn an, und erstmals spürte Pól die modrige Feuchtigkeit nicht mehr. Er hatte gesagt, was zu sagen war – jetzt kam der schönste Teil. Schon Stolz und Verzweiflung hatten sich einen wilden Kampf geliefert, aber er wurde nicht so hübsch blutig ausgefochten wie der von Stolz und Machtgier. Diarmait verachtete ihn fast noch mehr als Tigernán … doch er brauchte ihn.

Anstatt das zuzugeben, ließ der König von Leinster die Fackel fallen, zog stattdessen das Schwert und hielt die Spitze knapp vor Póls fleischiges Kinn.

Der zuckte nicht mit der Wimper.

»Dein Schwert mag taugen, mir die Kehle zu durchtrennen – aber es ist zu stumpf, um den Krieg um Irland zu gewinnen. Besser also, du lässt mich am Leben.«

Dass Diarmait nicht sofort zuschlug, war für die anderen ein Zeichen dafür, dass er Póls Angebot annahm.

Mehrere Gestalten kamen aus der Höhle – Diarmaits Rechtsgelehrter Aedh MacCriffan, der behauptete, viel schneller lesen zu können als Regan, sein blinder Kanzler Aedh O'Caellighe, der Pól an Bruder Abél erinnerte, Mór, die Frau des Königs, und schließlich seine Tochter Aoife. Nur von seinen drei Söhnen war nichts zu sehen – offenbar waren sie in Ferns geblieben, um die wenigen Ländereien zu bewachen, die der Hochkönig ihrer Familie noch zugestand.

Obwohl er dadurch der Schwertspitze bedrohlich nahe kam, verneigte Pól sich vor Mór. Sie erinnerte ihn stets an eine Ziege – und zwar an eine, die etwas Schlechtes gegessen hatte. Die Ehe mit Diarmait schmeckte ihr nicht, sie hatte ihr wohl noch nie geschmeckt, da er zu oft gegen ihre Familie, die O'Tooles, Kriege geführt, ihre Verwandten getötet und geblendet hatte. Das schmälerte ihre Hoffnung, er würde sein Königreich zurückgewinnen, dennoch nicht. Ein schlechter Ehemann mit Krone war so viel leichter zu ertragen als ein guter ohne.

Aoife, die jüngste der drei Töchter und als Einzige noch unverheiratet, schien es egal, ob ihr Vater die *mind* trug, wie die Krone hierzulande hieß, denn sie hielt ihren Blick starr zu Boden gerichtet. Ihr Haar war rot, aber nicht so, als hätte die Abendsonne sie geküsst wie Róisín. Eher glich ihr Farbton einer seltenen Frucht aus dem Süden. Wenn diese unreif war, war ihr Saft sauer, doch Aoife schien in ein Alter zu kommen, da sie langsam süß zu schmecken begann.

Pól lächelte sie an. »Meine Tochter hat mich begleitet. Sie wird dir gewiss eines ihrer Kleider schenken.«

Aoife hielt den Kopf weiterhin gesenkt, doch Mórs Blick glitt sehnsüchtig zu Diarmait. »Wir könnten alle neue Kleider gebrauchen.«

Nun lass das Schwert schon sinken. Hör auf, dich zu winden wie ein zartes Weiblein, das unter einem kräftigen Mann liegt. Gib zu, dass du längst feucht wirst, sobald er deine Beine spreizt, und dass deine Gegenwehr nur gespielt ist.

Endlich gab der König von Leinster nach. Er steckte sein Schwert in die Scheide.

»Hast du noch mehr zu essen?«, knurrte er.

Na also, dachte Pól. Ich weiß ja doch noch, wie man mit euch alten Männern spricht.

Eigentlich waren Diarmait und Tigernán vom gleichen Schlag. Nur weil es ihnen zu langweilig war, in ihren Betten zu sterben, führten sie ihre Kriege. Er lobte Gott, dass es solche Narren gab. Wenn sich junge Menschen ihre Sturschädel einschlugen, krachte es nicht annähernd so laut, und Pól wurde dabei nicht annähernd so reich.

AOIFE

Am ersten Tag des Augusts legte das Schiff von Corkeran ab. Das Meer war schon schwarz wie im Herbst, doch es tanzten saubere weiße Kronen darauf, und der milde Wind blähte zwar das Segel, das mittschiffs vom Mast hing, aber ließ es nicht so laut knattern, wie die grimmigen Stürme des Winters es taten. Der Mann, der sie sicher ans Ziel bringen sollte, stammte aus Wexford, hieß Amlaib O'Cináed, versteckte sein Gesicht hinter einer Kapuze und fürchtete außer der Kälte nichts und niemanden.

»Euch Iren, die ihr von euren heiligen Stätten Tara und Cashel nur Land sehen könnt, ist das Meer fremd«, höhnte er, »aber ich bin hier zu Hause. Auf dem Schiff tut ihr, was ich sage!«

Die Krieger ihres Vaters, knapp fünf Dutzend, nahmen seinen Befehl verdrossen auf. Zwar hatten sie alle auf der Kogge Platz gefunden, doch zu dem Preis, dass sie auf dem Schiff dicht gedrängt nebeneinanderhocken mussten. Aoife zog wie so oft den Kopf ein – ein sicheres Mittel, um nicht beachtet zu werden –, doch ihre Mutter Mór hörte nicht auf, die Enge zu beklagen.

»Keine Sorge, Königin«, tröstete Pól, der dicke Händler aus Dublin. »Die Reise währt nicht lange, höchstens einen Tag, vielleicht noch einen zweiten. Und dann sind wir in Bristol, einer reichen Stadt, deren Häuser fast sämtlich aus Stein erbaut sind.«

Mór rümpfte unwillig die Nase und folgte Aoife zu dem armseligen Verschlag in der Mitte des Schiffes, dessen Wände bei einem heftigen Sturm wohl lange vor dem Mast einstürzen würden. Sie setzte sich auf eine Truhe, Aoife fand auf einem Holzstamm Platz. Immerhin waren sie so ausreichend vor dem hochspritzenden Wasser geschützt, während an Bug und Heck selbst jene Männer nass wurden, die unter der Plattform lungerten.

»Das Dach ist nicht dicht«, murrte einer. »Wenn es regnet, sitzen wir in Pfützen.«

»Nun, falls wir von Piraten angegriffen werden, hält es zumindest die Pfeile ab«, sagte Amlaib.

Póls Tochter Róisín, die bis jetzt auf und ab gelaufen war, hob neugierig den Kopf.

»Gibt es denn Piraten?«, fragte sie neugierig.

Amlaib spuckte auf den Boden. »Natürlich! Die Keltische See zwischen England und Irland ist voll von diesem Dreckspack.«

»Aber sie haben keine Schwerter, nur primitive Knüppel«, mischte Pól sich ein. »Außerdem sind sie feige. Die meisten rauben nur die Schiffe aus, die Schiffbruch erlitten haben, und falls sich doch einer in unsere Nähe wagen würde, würde er sofort flüchten, sobald er anstelle von Wein, Gewürzen, Juwelen und Wachs nur Männer in stinkenden Fetzen sähe.«

Die Mutter seufzte besorgt, Róisín dagegen lief noch umher, als das Schiff an Fahrt gewann, ja sie beugte sich sogar vor, um die Ruder zu betrachten, die in der schwarzen Flut versanken.

Amlaib lachte, als er ihrem Blick folgte. »Meine Ruderer sind allesamt isländische Sklaven. Ich habe sie zu einem Spottpreis gekauft.« Er trat ganz nah an Róisín heran. »Das Steuerruder befindet sich immer auf der rechten Seite des Schiffes, da das Schiff mit der linken Seite anlegt.«

Róisín nickte aufgeregt. »In welche Richtung es gehen soll, lest ihr an einem Sonnenstein ab, oder?« Sie wartete Amlaibs Antwort nicht ab, sondern lief wieder in Richtung Heck, blieb zuvor allerdings neben Aoife stehen. »Es ist so herrlich, auf diesem Schiff zu reisen! Ich habe mir schon seit Langem so eine Fahrt gewünscht. Wie gern würde ich all die wundersamen Inseln im Westen Irlands sehen. Auf einer steht das Gras hüfthoch und ist weich wie Entendaunen, und selbst das dunkelste Moor riecht wie Rosenblüten. Kein weibliches Wesen, ob Mensch oder Tier, kann diese Insel betreten, ohne dass es nicht sofort stirbt.«

Mór starrte Róisín an, als hätte sie den Verstand verloren. »Das bedeutet ja, dass du auch sterben würdest.«

Róisín zuckte mit den Schultern. »Ich müsste ja nicht an Land gehen, ich könnte diese Insel aus der Ferne betrachten und mir vom Wind den Rosenduft ins Gesicht wehen lassen. Es gibt im Westen weitere Inseln. Auf denen stirbt niemand und falls doch, dann verwest der Körper nicht ...«

»Aber jetzt geht es in Richtung Osten.«

»Egal, wohin es geht. Ich will nur nicht dorthin zurück, wo ich schon einmal war.« Sie missachtete Mórs verständnislosen Blick und wandte sich an Aoife. »Und du?«, fragte sie und setzte sich neben sie. »Hast du jemals eine so lange Reise gemacht?«

Mór lachte. »Auf eine Antwort kannst du lange warten. Aoife spricht nicht viel, und wenn, dann nur mit Eirwen.«

»Eirwen?«, fragte Róisín. »Wer ist denn das?«

Mór verdrehte die Augen, Aoife hingegen las in Róisíns Blick nur Neugier und keinerlei Bosheit. Sie streckte deshalb ihren Arm aus, und aus dem weiten Ärmel ihrer Tunika kam ein Hermelin hervorgekrochen – ein kleines Tierchen mit schneeweißem Fell und kurzen Beinchen, einem etwas längerem Schwanz und glänzend schwarzen Augen. Aoife streichelte es vorsichtig und schob es dann in Róisíns Richtung – als Aufforderung, es ihr gleichzutun.

»Pass bloß auf!«, warnte Mór. »Eirwen kann beißen. Unsere Katze hat ihre Mutter einst mit einer Maus verwechselt, und diese hätte ihr beinahe die Pfote abgebissen. Eine Magd hat daraufhin beide erschlagen – die Katze, weil sie so laut schrie, und das Hermelin, weil es auch sie gebissen hat. Aoife hat später das Nest mit den Jungen gefunden. Fast alle waren tot, leider hat dieses eine hier überlebt.« Erneut verdrehte sie die Augen.

Aoife sah Róisín an, die das Tierchen ebenso fasziniert wie wohlwollend betrachtete. »Dich ... dich würde es nicht beißen«, murmelte sie.

Róisín lächelte und strich vorsichtig über Eirwens Köpfchen. »Du sprichst ja doch ... und das Tierchen ist ganz zahm.«

Aoife erwiderte das Lächeln, zumal ihre Mutter auf weitere schneidende Worte verzichtete – nicht, um die Tochter zu schonen, sondern weil sie auf einmal ganz grün im Gesicht wurde, nun, da der Schiffsrumpf sich zu beugen und zu strecken schien. Alsbald begann Mór zu würgen, und gerade noch rechtzeitig sprang sie auf, um sich ins Meer zu übergeben.

Sie zitterte am ganzen Leib, als sie sich wieder aufrichtete und über den Mund wischte. »Was müssen wir noch alles ertragen«, zischte sie. »Wochenlang schlafen wir auf nacktem Stein und jetzt auch noch das ...«

Diarmait, der bislang seine Frau missachtet hatte, kniff die Augen zusammen. »Am bequemsten wäre es allerdings, im Grab zu liegen.«

Aoife duckte sich, als ihre Mutter zu einer schnippischen Entgegnung ansetzte, sich stattdessen aber ein zweites Mal erbrach, und Eirwen verkroch sich wieder in ihrem Ärmel. Das Tierchen mochte es nicht, wenn die Eltern stritten.

»Keine Angst«, flüsterte Aoife ihm ins Ohr. »Du hast doch gehört, die Reise wird nicht lange dauern ... und Róisín scheint freundlich zu sein ...«

Sie hatten Irland verlassen, als die Sonne längst ihren höchsten Stand überschritten hatte, und sobald sie im dunklen Wasser zu versinken schien, nickte Aoife ein. Der Schlaf war tief wie die Nacht. Als sie erwachte, waren ihre Glieder steif, das Meer nicht länger schwarz, sondern grau und der Himmel bleiern. Sie war nicht sicher, was sie geweckt hatte – das Wiehern eines der Pferde, das Gemurmel des blinden Mönches, der Pól und Róisín begleitete und der ständig betete, oder die mürrische Stimme von Amlaib, der gerade einem isländischen Sklaven drohte, seinen Rücken blutig zu peitschen. Eirwen, die nachts eigentlich immer wach war, hatte wie sie geschlafen, begann ob der lauten Stimmen nun aber unruhig zu werden. Aoife holte das Tierchen aus ihrem Ärmel, flüsterte ihm beruhigend zu und fütterte es unauffällig mit getrockneten Würmern und Schnecken aus ihrem Lederbeutel, während sie lauschte.

Ihr Unbehagen wuchs, als sie erfuhr, was Amlaib dem Sklaven vorwarf. Der war offenbar keiner der Ruderer, sondern hatte über Nacht das Steuer geführt, sie zwar sicher nach Britannien gelotst, doch nicht zu einer reichen Stadt. Statt auf steinerne Häuser mit hölzernen Giebeln, auf geschäftige, mit Kopfstein gepflasterte Straßen und den breiten Severn, an dessen Mündung Bristol thronte, fiel Aoifes Blick auf einen unbesiedelten Küstenstreifen. Die schroffen Felsen hatten den Farbton von Rost, das Gras und Gebüsch wuchs trotz des matten Morgenlichts sattgrün, nur der Sandstreifen, auf den die Wellen klatschten, war bleich wie die Mondsichel, die sich noch am Himmelszelt abzeichnete.

»Hast du nicht gesagt, du wärest auf dem Meer zu Hause?«, fuhr Pól Amlaib an.

»Und wo man zu Hause ist, schläft man auch mal ein Stündchen«, gab dieser kleinlaut zurück, um umso erboster fortzufahren: »Dieser Dummkopf hier will wohl lieber heim nach Island statt nach Bristol. Nun denn, er kann gern dorthin schwimmen, sobald ich ihn in die Fluten geworfen habe.«

Der Mann mit den schrägen Augen und dem tiefschwarzen Haar hob abwehrend die Hände. »Bristol ist nahe, das schwöre ich. Seht ihr die Hügel dort? Gleich dahinter liegt die Stadt.«

»Nun gut«, gab Amlaib nach. »Bis wir sie erreicht haben, darfst du noch leben.«

»So lange bleibe ich nicht auf deinem verdammten Schiff«, verkündete Aoifes Vater grollend. Er sah nicht aus, als hätte er in der Nacht geschlafen. »Ich vertraue meinen Füßen eher als deinem Steuerruder. Bring uns sofort ans Ufer!«

Wenig später schob sich der Kiel des Schiffes knirschend auf den Sand. Als er stecken blieb, stand das Wasser noch hüfthoch. Die Krieger kostete es keine Überwindung, einfach hinunterzuspringen, auch Róisín kletterte über eine Strickleiter, als hätte sie nie anderes gemacht, und Aoife tat es ihr – sorgsam darauf achtend, dass Eirwen nicht nass wurde – gleich, nur Mór weigerte sich eisern.

»Dir bleiben nur drei Möglichkeiten«, sagte Diarmait kalt. »Du kannst mit uns kommen, auf dem Schiff bei Amlaib bleiben oder mit dem Isländer zu seiner Insel schwimmen.«

Die Mutter fügte sich widerwillig, während Aoife auf Eirwen einredete. »Keine Angst. Jetzt wird alles gut. Wenn wir erst mal in Bristol sind, werden sie bestimmt nicht mehr streiten.«

Ihr Vater wartete, bis alle Männer den Strand erreicht hatten, und bellte dann seine Befehle. Ein Teil sollte in die Richtung aufbrechen, wo vermutlich Bristol lag, ein anderer in die entgegengesetzte, falls der isländische Sklave sich irrte, ein dritter Teil schließlich ins Landesinnere, falls Bristol doch noch fern war und sie Ortskundige bitten mussten, ihnen den Weg zu weisen.

»Ob es klug ist, wenn wir uns in alle Windrichtungen zerstreuen?«, wandte Pól zweifelnd ein.

»Kein Wort, sonst schicke ich dich mit ihnen«, knurrte ihr Vater nur.

Pól sagte nichts mehr. Er war zu dick, um zu frieren, und ging unruhig am Strand auf und ab, der blinde Mönch kniete sich indes im Schutz der Klippen auf den feuchten Boden und betete schon wieder oder immer noch. Aoife trat ganz nah an das Feuer heran, das bald aus Treibholz, Buschwerk und getrockneten Algen entfacht wurde und dessen Rauch salzig roch.

»Mein Kleid … mein Kleid ist immer noch nass«, murrte Mór.

Ihr Vater warf der Mutter einen Blick zu, als wollte er sie schlagen, doch er sagte nur: »Die Sonne wird dich heute noch zum Schwitzen bringen.«

Tatsächlich zeichnete sich am Himmel ein milchig weißer Kreis ab, auf den zu schauen zunehmend in den Augen schmerzte.

»Und ich habe Hunger«, klagte Mór. »Deine Krieger könnten Fische fangen, dann hätten sie wenigstens irgendeinen Nutzen.«

Wieder traf sie der vernichtende Blick ihres Vaters, und dieses Mal hob er außerdem die Hand. Aoife zog den Kopf ein und kniff die Augen zu.

»Wenigstens schlägt er sie niemals fest«, flüsterte sie Eirwen zu, »und immer nur mit der flachen Hand, nicht mit der Faust.«

Doch das Klatschen blieb aus, stattdessen ertönte Hufgetrappel. Aoife öffnete die Augen wieder.

Ein Dutzend Reiter kam ihnen auf dem schmalen Sandstreifen entgegen – weit mehr als die, die bei ihnen zurückgeblieben waren. Ihre Kettenhemden schützten nicht nur ihren Oberkörper, sondern auch die Schenkel und Arme, der kegelförmige Eisenhelm nicht nur den Kopf, sondern auch den Nacken, die rechteckige Platte, die am Helm befestigt war, die Nase und ein Stück Leder, das gleichfalls mit ihm verbunden war, die Kehle. Obwohl Schwert, Pfeil oder Lanze es solcherart schwer haben würden, nacktes Fleisch zu treffen, trugen sie obendrein Schilde – oval und mit runden Kreisen geschmückt.

Der Vater hatte die erhobene Hand wieder sinken lassen. »Gott sei Dank, es sind Normannen«, raunte er Pól erleichtert zu.

»Normannen?«, fragte die Mutter. »Wie kannst du dir so sicher sein?«

»Nun, die Waliser tragen keine Helme.«

Mit stolz gerecktem Kopf trat Diarmait auf die Männer zu, die ihrerseits die Pferde angehalten hatten, ihre Helme jedoch nicht zurückschoben, um ihre Gesichter zu zeigen. Aoife war überzeugt, dass sie finster dreinblickten, doch das hielt ihren Vater nicht davon ab, sie grußlos anzusprechen. »Nach Bristol wollen wir! Zu Robert FitzHarding, dem dortigen Vogt. Weist ihr uns den Weg?«

Nur Schnauben und Wiehern ertönten zunächst als Antwort. Einer trieb sein Pferd so weit vor, dass es mit dem Huf beinahe auf ihres Vaters Fuß trat, doch anstatt zurückzuweichen, machte der einen drohenden Schritt auf das Tier zu, und dieses begann zu tänzeln und tiefe Spuren im blassen Sand zu hinterlassen.

Endlich begann auch einer der Krieger zu sprechen. »Es interessiert mich nicht, wohin ihr wollt, eher, woher ihr kommt!«

Er sprach tatsächlich Normannisch, und Aoife entging nicht, dass sowohl ihre Mutter als auch Pól hörbar ausatmeten.

»Von dort, wo die Göttin Ériu wohnt!«, blaffte der Vater.

Das Gelächter, das ihm antwortete, klang noch kehliger als

die Worte des Mannes. »Es heißt, Ériu habe riesige Titten, aber die Milch, die herauskommt, sei ranzig.«

»Nun«, mischte Pól sich hastig ein, während die Reiter einen immer engeren Kreis um sie zogen, »Milch haben wir nicht zu bieten, dafür roten Wein. Wollt ihr ihn nicht mit uns trinken?«

Auf gespannte Stille folgte ein Geräusch, das mehr wie ein Rülpsen klang als ein Lachen. »Ich weiß nicht, welchen Wein ihr Iren trinkt, mir ist er auf jeden Fall zu sauer«, sagte der Reiter und spuckte aus.

Obwohl sein Speichel ihren Vater nicht traf, sprang der zurück.

»Wie könnt ihr es wagen, so mit mir zu reden! Ich bin niemand anderer als ...«

Aoife hörte nicht mehr, wie ihr Vater seinen Namen nannte, zu laut tönte Póls Stimme dazwischen. Sie war nicht sicher, zu wem er sprach, vielleicht zum Vater, zu ihrer Mutter oder zu sich selbst. In jedem Fall stammelte er voller Furcht: »Mein Gott! Ihre Helme und ihre Rüstung ... sie sind normannisch ... aber schaut euch die Pfeile an, die sie in den Köchern auf dem Rücken tragen ... Es sind lange Pfeile, nicht aus dem Holz der Eibe, sondern aus dem der Ulme ... und nicht geschliffen und poliert ... Oh Diarmait! Sag nichts!«

Doch ihr Vater hatte bereits tief Atem geholt, seinen Satz erneut begonnen, und dieses Mal brachte er ihn zu Ende. »Ich bin niemand anderer als Diarmait MacMurchada, Herr von Hy Kinsella, König von Leinster und ...«

Weiter kam er nicht. Kein Gelächter ertönte mehr, nur ein dumpfes Poltern, als die Männer vom Pferd sprangen. Nicht irgendwelche Männer, sondern Waliser ... oder vielmehr Cymbrer, wie sie sich selbst nannten, gerüchteweise ein stolzes, starrsinniges Volk, das die Herrschaft der Normannen abschütteln wollte wie ein störrischer Esel seinen Reiter.

Esel mochte man bezwingen, nicht jedoch diese Übermacht. Aoife sah noch, wie ihr Vater sich schützend vor sie und ihre Mutter stellen wollte, doch da wurde er schon von zwei der Männer gepackt, und im nächsten Augenblick fühlte auch sie selbst, wie fremde Hände ihren Leib so gnadenlos umklammerten, dass ihr kurz die Luft wegblieb. Eirwen ... lieber Gott ... Eirwen durfte nichts geschehen! Ängstlich verkroch sich das Tier immer tiefer in ihren Ärmel, bis es die Achselhöhle erreicht hatte, und Aoife hielt ganz still, um es nicht zu zerquetschen.

»Diarmait von Leinster also«, sagte der Anführer der Männer, der sich nun keine Mühe mehr machte, seinen starken Akzent zu verbergen. »Du hast einst diese normannischen Köter im Kampf gegen uns unterstützt. Mehr als nur einen Knochen hast du ihnen hingeworfen, und jetzt halten sie sich für Wölfe und hören nicht auf, uns anzuknurren.«

Verspätet ging dem Vater sein Fehler auf, und Aoife erlebte einen der seltenen Momente, da er sprachlos war. Pól hingegen hatte seine Stimme nicht verloren.

»Ach Männer!«, sagte er. »Besser, ihr hättet unseren Wein getrunken, dann hättet ihr erkannt, wie süß er schmeckt. Lasst uns statt über die Vergangenheit über die Zukunft sprechen.«

Der Anführer der Waliser trat auf ihn zu. »Sag noch ein Wort, und ich schneide dir die Zunge aus dem Mund. Oder noch besser: Ich reiße deiner Tochter die Zunge heraus und lasse sie dich Stück für Stück essen. Und wenn du dich weigerst, schneide ich ihr auch noch die Nase ab.«

Aoife sah, wie Pól erblasste, während die Augen seiner freundlichen Tochter Róisín kalt und hart wurden. Gewiss fühlte auch sie Furcht, doch sie versuchte erbittert, sich gegen die Hände zu wehren, die nun nach ihr griffen. Aoife war sich nicht sicher, ob das bewundernswert oder dumm war. Sie selbst rührte sich nicht.

»Flieh!«, raunte sie Eirwen lediglich zu, und ihre Verzweiflung wuchs, weil das Tier wie sie reglos verharrte.

Der Anführer der Waliser wandte sich von Pól ab und trat auf Diarmait zu. »Am liebsten würde ich dich ins Meer werfen, aber die Fische zahlen nichts für dich. Bei deinem größten Feind sieht das schon anders aus. Wie hieß noch mal der Mann, dessen Weib du gefickt hast? Tigernán O'Rourke? Ich bin sicher, er wird mit dem Lösegeld nicht geizen. Was den Rest anbelangt ... In Britannien darf man keine Sklaven mehr verkaufen, doch in Dublin kann man mit euch sicher ein hübsches Sümmchen verdienen.« Sklaven? Er wollte sie alle versklaven? Was ... was würde dann mit Eirwen geschehen? »Was wiederum eure Weiber anbelangt«, fuhr der Mann fort und das Sklavenlos erschien Aoife nicht länger am schlimmsten, »nun, nachdem wir euren Wein ausgeschlagen haben, wäre es eine Beleidigung, wenn wir auch eure Weiber verschmähen würden. Wir wollen höflich sein und zumindest diese Gabe annehmen.«

Der Mund ihrer Mutter wurde schmallippiger denn je, Róisíns Augen noch härter und kälter. Aoife indes schaffte es, nach Eirwen zu tasten und ihm ins Füßchen zu kneifen. Nicht, dass ihr das nicht schwerfiel, aber es erzielte die erwünschte Wirkung. Das Tier quiekte auf, begann wild zu zappeln, und jetzt musste sie nur noch den Arm ausstrecken, damit es auf den Boden fiel und laut pfeifend davonrannte.

Aoife atmete erleichtert aus. Was immer ihr geschehen würde, Eirwen war in Sicherheit.

»Lauf!« Aoife hatte das Gefühl, aus einem langen Traum aufzuwachen. Zwar waren nur wenige Augenblicke vergangen, und doch vermeinte sie, in dieser kurzen Zeit erwachsen, nein, uralt geworden zu sein. »Lauf!«, rief Róisín.

Warum ... warum haben die Männer uns denn losgelassen? Wohin ist Eirwen geflohen?

So verspätet, wie sie Róisíns Rufen wahrnahm, ging ihr auf, dass sich ein Kampf entsponnen hatte. Ein Teil der Krieger ihres Vaters, die aufgebrochen waren, um Bristol zu suchen, waren vom Hufgetrappel zurückgelockt worden. Sechs Männer konnten die Waliser kaum besiegen, jedoch bewirken, dass diese die Frauen in den Sand stießen und nach ihren Schwertern griffen. Erst jetzt spürte Aoife, dass sie kniete und sich trockenes Seegras in ihre Hände grub.

»Nun lauf schon!«

Róisín packte sie und riss sie hoch, und obwohl Aoifes Geist lahmte, begannen ihre Beine so schnell zu rennen, dass ihr Sand ins Gesicht stob, dass ihre Augen zu tränen begannen und sie nur mehr Schatten sah. Umso lauter hörte sie das Klirren, das

Ächzen, das Stöhnen, das Heulen ... nur leider kein Pfeifen ... Wo war Eirwen? Verzweifelt sah sie sich um, glaubte beim Meer einen weißen Punkt zu sehen. Sie wollte darauf zulaufen, doch der Sand wurde immer feuchter. Erst schien sie auf dem Boden nur haften zu bleiben, dann zu versinken. Noch umklammerte Róisín ihr Handgelenk, doch plötzlich ließ sie sie los.

»Róisín!«

Es war das letzte Wort aus ihrem Mund, ehe sich eine schwielige Hand auf ihre Lippen legte. Der Gestank nach dem fauligen Leder, das mit der Haut des Mannes verwachsen schien, drang in ihre Nase, und sein triumphierendes Lachen – ein Zeichen dafür, dass die Waliser aus dem kurzen Scharmützel als Sieger hervorgegangen waren – klang, als würde ihr Sand in die Ohren rieseln. Bald gab er ihren Mund wieder frei, doch nur, um sie auf den Boden zu stoßen. Sie kam bäuchlings zu liegen, schluckte Sand. Erst als eine Welle sie traf, wurde er abgewaschen, zu dem Preis, dass ihre Augen nun vom Salzwasser brannten. Dem Mann war indes aufgegangen, dass sie falsch herum lag. Er zog sie an den Haaren hoch, zerrte sie ein Stück mit sich, rollte sie schließlich auf den Rücken. Eine neue Welle kam, traf nun nicht ihren Kopf, sondern ihre Füße, kroch an ihren Schenkeln hinauf, erreichte ihren Bauch ... ihren nackten Bauch, denn da war kein Stoff mehr. Der Mann hatte ihr das Kleid vom Leib gezerrt!

Und wieder lachte er. Aoife schloss den Mund, um kein Meerwasser zu schlucken, schloss die Augen, um diesen Unhold nicht anstarren zu müssen, nur ihr Herz dazu zu bewegen, zu schlagen aufzuhören, das gelang ihr nicht. Die schwieligen Hände spreizten ihre Beine, zerquetschten ihre Oberschenkel, krochen höher. Der Mann lachte nicht länger, er keuchte nun, keuchte so lange, bis eine neue Welle über ihrem Gesicht zusammenschlug und vielleicht auch noch danach – nur konnte sie es nicht mehr hören, weil das Wasser in ihre Ohren drang ... erstaunlich warmes Wasser, eben war es doch noch so eiskalt gewesen ...

Der Schlachtlärm war verstummt und auch das Keuchen. Nun konnte sie gar nicht anders, als den Mund zu öffnen und prustend nach Luft zu schnappen, die Augen aufzureißen und zu erkennen, warum das Wasser so warm war … und warum so rot. Es war ja gar kein Wasser, es war Blut!

Kurz war sie überzeugt, es wäre ihr eigenes, weil der Mann ihren Leib entzweigerissen hatte, doch dann gewahrte sie, dass er nicht länger über sie kniete und ihre Beine spreizte, sondern tot im roten Wasser lag. Und er war kein Mann mehr, nur ein Berg Gliedmaßen, dem der Kopf fehlte. Als die Wellen daran leckten, färbte sich der Schaum noch röter.

Aoife setzte sich auf, sah noch mehr Tote ohne Kopf, sah vor allem, wie Róisíns Vater seine Tochter an sich zog.

Warum lebte Pól noch … warum ihr eigener Vater? Wer hatte sie gerettet?

Nun wurde sie selbst hochgezogen und sank gegen die breite Brust eines Fremden. Auch er stank nach ranzigem Leder, aber er lachte nicht, und anstatt ihr die letzten Fetzen Stoff vom zitternden Leib zu zerren, nahm er seinen Mantel und legte ihn um ihre Schultern. Voller Flecken mochte er sein, rau und viel zu groß, doch er schützte ihre Blöße und wärmte sie.

»Aoife!« Als die Mutter ihr den Mantel wegziehen wollte, wehrte sie sich heftiger als zuvor gegen den Angreifer, wehrte sich mit Fäusten und Füßen, mit Zähnen und Fingernägeln. »Aoife, schau mich an!« Mór musste sie mit beiden Händen bändigen. »Ich will dir nichts wegnehmen, ich will doch nur, dass du das Blut abwäschst!«

Blut ist doch nicht so schlimm, wollte Aoife sagen, es ist zwar rot, aber es ist nicht kalt. Doch als sie den Mund aufmachte, brachte sie keine Worte hervor, sondern begann hemmungslos zu weinen.

»Aber … aber … du musst nicht weinen«, redete der fremde Mann auf sie ein. »Dein Tierchen ist doch wieder zurückgekommen.«

Verwundert fuhr sie herum. Tatsächlich, als sie die Tränen wegzwinkerte, sah sie, dass Eirwen ganz zutraulich auf dem Arm des Mannes saß und ihn ebenso wenig biss, wie sie Róisín gebissen hatte. Mit einem Aufschrei riss Aoife das Tierchen an sich und drückte sein Köpfchen an ihre Wangen.

Dann wusch sie sich freiwillig. Sie musste sich nur über das Wasser beugen, den Rest besorgten die Wellen, die wieder weiß schäumten. Als sie den Mantel erneut um sich geschlungen hatte, sah sie, dass der Kopf ihres Peinigers nicht vom Meer fortgespült worden war – der Mann, der sie gerettet hatte, hatte ihn mit seinem Schwert aufgespießt. Ein Würgen machte ihre Kehle eng, doch sie unterdrückte es, um nicht auf den Mantel zu speien, und sah schnell weg.

Pól presste seine Tochter immer noch an sich und strich ihr mit zitternder Hand über das rotbraune Haar, obwohl Róisín sich sichtlich versteift hatte. Erst als der blinde Mönch sie erreichte, der im Schatten der Klippen von den Walisern unbehelligt geblieben war und auf den Weg zu ihnen seinen Stab in etliche Leichname gerammt hatte, ließ Pól seine Tochter so abrupt los, als hätte er sich an ihrem Haar verbrannt.

Aoife dachte nicht lange über dieses sonderbare Verhalten nach, zumal Róisín sich nach ihr umblickte und auf sie zueilte.

»Aoife! Gott sei Dank ist dir nichts passiert.«

»Dieser ... dieser Krieger hat mich gerettet«, stammelte Aoife. »Wer ... wer ist er bloß?«

Róisín folgte ihrem Blick. »Einer der Waliser. Ich weiß nicht, warum er sich gegen die anderen gestellt hat. In jedem Fall griff er die eigenen Leute so überraschend an, dass er sie mithilfe der Männer deines Vaters überwältigen konnte. Sein Name ist Gwalchgwyn.«

Aoife war es egal, wie er hieß. Ihr Retter war er, ihr Held, der erste Mann, den Eirwen nicht gebissen hatte. Und er war nicht nur stark und grausam, auch schön mit seinem langen schwarzen Haar, den blauen Augen, der aufrechten Gestalt, den breiten Schultern. Während sie ihn anstarrte, hatte Gwalchgwyn keinen Blick für sie.

»Warum hast du deine eigenen Leute getötet?«, fragte König Diarmait den Waliser verwirrt.

Gwalchgwyn sagte nichts, er schwang nur sein Schwert, sodass der aufgespießte Kopf erzitterte. Zuletzt warf er ihn auf den Boden, direkt vor König Diarmaits Füße, und als der seinen Fuß daraufstellte, musste Aoife erschaudernd an Geschichten denken, wonach ihr Vater seinen Thron aus den Knochen und Augäpfeln der Besiegten errichtet hätte. Sie hatte sich das nie recht vorstellen können – bis jetzt.

»Die anderen Männer hatten nichts als Gold im Sinn, das sie mit euch machen könnten«, begann Gwalchgwyn endlich zu sprechen, »aber ich will etwas anderes. Ich will Frieden.«

»Du hast gerade etliche Männer getötet und sprichst von Frieden?«, wollte ihr Vater nun misstrauisch wissen und trat den Kopf in den Sand.

»Frieden verlangt Opfer ... manchmal sogar die eigenen Gefährten. Mein Herr wird das genauso sehen.«

»Und wer ist dein Herr?«

Gwalchgwyn reckte sein Kinn. »Rhys ap Gruffydd, Fürst von Deheubarth, der südwestlichen Provinz von Wales, Vasall von König Henry und von diesem zum Lord ernannt.«

»Was ihn nicht davon abgehalten hat, weiter gegen die Normannen Krieg zu führen ...«

Gwalchgwyn nickte ernsthaft. »Gewiss. Und ich gehörte zu denen, die in der ersten Reihe kämpften, weil ich wie er die Normannen loswerden will.«

»Und trotzdem sprichst du von Frieden?«

»Wir würden ihn erlangen, wenn die Normannen oder zumindest ein Teil von diesen unser Land verließen. Wenn ich es recht verstehe, braucht ihr die Normannen, um euer Land zurückzuerobern. Also können wir einander nützen.«

»Wir sind auf dem Weg nach Bristol«, sagte ihr Vater leise. »Zu Robert FitzHarding.«

»Die Stadt befindet sich nicht weit von hier, ich begleite euch gern dorthin, vorausgesetzt, wir schmieden einen gemeinsamen Plan, der uns allen einen Vorteil bringt. Damit uns auch FitzHarding unterstützt, übertreibt meine Heldentat!«

Ihr Vater tat, als müsste er lange nachdenken, erst Póls mahnender Blick bewog ihn zu nicken.

Bristol ... die Stadt aus Stein ... die Mutter würde sich freuen ... nicht länger mit dem Vater streiten ... sie würden endlich in Sicherheit sein ... warm ... sauber ... und gewiss würde sie dort auch neues Futter für Eirwen finden.

Aoife blickte auf Gwalchgwyns fleckigen, gleichwohl warmen und dicken Mantel hinunter, und als er sein Pferd besteigen wollte, stürzte sie ihm nach. Endlich schenkte er ihr einen Blick, und sie stellte fest, dass seine Augen nicht blau, sondern grau wie der Nebel waren.

»Euer Mantel ...«

»Behalte ihn!« Seine Stimme klang tief und dunkel wie das Meer.

Als er davonritt, zitterte Aoife so stark, dass ihr die Zähne klapperten. Sie war nicht sicher, ob wegen des ausgestandenen Schreckens oder wegen Gwalchgwyns Anblick. Zu ihrem Erstaunen zitterte auch Róisín, obwohl deren Kleid heil geblieben war.

»Ich ... ich habe noch nie so große Angst gehabt!«, stieß sie aus, doch in ihren Augen stand das gleiche Funkeln wie auf Amlaibs Schiff, als der Wind ihr Haar hatte tanzen lassen, und plötzlich brach sie in Gelächter aus.

»Warum lachst du denn?«, fragte Aoife verwirrt und presste Eirwen an sich.

»Wir leben doch noch! Darüber müssen wir uns freuen!«

Unvermittelt umfasste Róisín ihre Taille und wirbelte sie herum. Aoife wurde ganz schwindlig davon, erst recht, als sie sah, wie ihr Vater den Kopf wieder ins Wasser stieß und erneut die Wellen mit ihm spielten.

Der Tag starb rot und langsam.

Robert FitzHarding, Lord von Berkeley und Vogt von Bristol, außerdem ein Abkömmling des Königs von Dänemark und ein gewitzter Händler, lebte nicht auf einer Burg, wie Aoifes Mutter es sich erhofft hatte, er hatte sich mit seinen nunmehr achtzig Jahren in die Augustinerpriorei Sankt Peter zurückgezogen. Als sie diese erreichten, war es zu finster, um etwas von der nahen Stadt zu erkennen, doch wenigstens wirkten die Mauern des Klosters groß und dick, und im Refektorium roch es süß nach Bienenwachskerzen, wenngleich auch etwas ranzig nach Fett. Der Geruch kam vom nächstgelegenen Kalefaktorium, dem Wärmeraum, in dem sich die Mönche nach harter Arbeit ihre Finger mit Fett einrieben und ihre regennassen Kutten trockneten.

Während der blinde Bruder Abél darum bat, ihm den Weg in die Kapelle zu weisen – anscheinend sättigten und wärmten ihn das Gebet mehr als ein Stück Brot oder ein Feuer im Kamin –, wurden Aoife und die anderen wenig später ins Gästehaus geführt, das in der Nähe des Klosters lag. Früher hatte hier der Abt gelebt, erfuhren sie, mittlerweile war es Robert FitzHardings Wohnsitz. Die große Halle im Erdgeschoss war zwar kahl, doch die runden Bögen, die ebenfalls von Kerzen erhellt wurden, wirkten heimelig, und es gab einen langen Holztisch, der sich unter Speisen zu biegen schien. Aufgetischt wurden Aal mit Ei, Hecht mit schwarzem Pfeffer, Weizenbrot und dünne Fladen aus Roggenbrot, die außen kross und innen weich waren. Kurz vor ihrer Ankunft war ein Schwein geschlachtet worden, mit dessen fettigem Fleisch Aoife Eirwen unauffällig unter dem Tisch fütterte. Ein Mönch namens Alfred, der die Platten gebracht hatte, stierte neidisch darauf.

»Schweinebraten ist doch eigentlich nur für ganz besondere Gäste bestimmt«, grummelte er. »Nämlich solche, die das Kloster reich beschenken.«

Der Abt, der sie gemeinsam mit Robert FitzHarding empfangen hatte, fuhr ihn streng an: »Gib es doch zu! Du hast nicht das Wohl reicher Förderer im Sinn, du hättest gern selbst ein Stück Fleisch. Wenn du noch länger gierig daraufstarrst, wirst du drei Tage lang überhaupt nichts zu essen bekommen.«

Bruder Alfreds Blick wurde noch missgünstiger, und Aoife nahm rasch ein Stück Brot, um es ihm heimlich zuzustecken. Er sah verwundert darauf, anstatt es anzunehmen, und bevor er sich einen Ruck gab, hatte er Eirwen erblickt, die aus dem Ärmel hervorlugte.

»Jesus! Maria!«, rief er entsetzt. »Wir haben seit Jahren keine Ratten mehr im Kloster gehabt!« Schon nahm er eine der leeren Platten, hob sie hoch und wollte damit auf Eirwen einschlagen, doch ehe er sie traf, warf Aoife ihm wütend das Stück Brot ins Gesicht, das sie ihm eben noch hatte reichen wollen, und als er daraufhin erschrocken die Platte fallen ließ, nahm sie sie ihrerseits, um damit auf sein Knie zu dreschen. Bruder Alfred heulte auf, aber lauter noch war Eirwens Pfeifen. Sie schien regelrecht zu lachen. »Es ist ja gar keine Ratte!«, lamentierte Bruder Alfred. »Es ist der Teufel selbst!« Trotz sichtlicher Schmerzen suchte er nach einer neuen Waffe, des Hermelins Herr zu werden. »Hinfort, Satan, hinfort!«

»Nicht doch!«, rief Róisín. »Es ist nur ein harmloses Tierchen und tut nichts!«

Doch Bruder Alfred hörte nicht auf sie, hatte nunmehr ein Messer ergattert und hob es drohend. Aoife schützte Eirwen mit beiden Händen davor, und da sie deshalb nicht noch einmal auf Bruder Alfred einschlagen konnte, ließ sie den Kopf vorschnellen und biss ihn in die Hand, ehe er seinerseits mit dem Messer zustechen konnte.

Eirwen pfiff nicht länger, aber der Mönch brüllte noch lauter – dieses Mal vor Schmerz.

»Bist du verrückt geworden?«, herrschte Mór Aoife an. »Sorg dafür, dass dieses verfluchte Tier verschwindet, bevor wir aus dem Kloster verjagt werden!«

»Der Teufel!«, kreischte Bruder Alfred. »Es ist der Teufel selbst!«

»Nun ist es genug mit dem Geschrei!«, mischte der Abt sich mit strenger Miene ein. »Geh in die Kapelle und bete drei Psalmen, und wenn du noch weiter heulst, werden dreißig daraus.«

Bruder Alfred starrte ihn ebenso trotzig wie gekränkt an. »Und es ist doch der Teufel«, zischte er, ehe er sich bekreuzigte und den Raum verließ.

Aoife lächelte, wenn auch nicht lange.

»Musstest du unbedingt dieses verfluchte Tier mitschleppen?«, schalt der Vater sie. »Von Bord des Schiffes hätte ich es werfen sollen.« Rasch senkte Aoife den Blick, ja duckte den Kopf und ließ sich wieder auf die Bank fallen. Doch was ansonsten ausreichte, um sich gleichsam unsichtbar zu machen, verfehlte seine Wirkung. Immer noch deutete Diarmait drohend auf sie. »Eine Schande, dass ich heute mehrere Krieger verloren habe und dieses Vieh immer noch lebt!«

Aoife drückte Eirwen an ihre Brust. »Es ist doch nicht seine Schuld, dass wir angegriffen wurden!«, rief sie ängstlich.

»Vielleicht hat der Mönch recht, und es ist ein Teufelsvieh. Ich hätte dir nie erlauben sollen, es zu behalten. Besser ich hätte ...«

»Du würdest ihm doch nicht wirklich etwas tun!«, fiel Aoife dem Vater ins Wort – so laut, wie sie noch nie gesprochen hatte und voller Wut.

Diarmait ließ die Faust auf den Tisch krachen. »Du bist doch sonst immer so schweigsam!«, brüllte er. »Und ausgerechnet heute kannst du dein Maul nicht halten?«

Mór, die eben noch beschwichtigend die Hände heben wollte, kniff die Augen zusammen. »Nun sprich doch nicht in diesem Ton mit ihr.«

Diarmait fuhr zu ihr herum. »Ich spreche mit ihr so, wie ich will!«

Aoife wusste nicht, wohin mit ihrem Blick, selbst Róisín schien verlegen wie nie und Póls beschwichtigendes »Aber, aber!« wurde nicht gehört.

Doch da erhob sich abrupt der walisische Ritter Gwalchgwyn. »Schluss jetzt!«, rief er mit seiner dunklen Stimme. »Dieses Tier ist weder eine Ratte noch ein Teufelsvieh, sondern ein Hermelin. Und jeder von uns Männern hat gewiss weitaus gefährlicheren Feinden ins Auge geschaut!«

Ob es nun der Inhalt seiner Worte war oder der bestimmende Tonfall – keiner widersprach. Pól trank gierig einen Schluck Wein, Mór ließ sich überdrüssig zurücksinken, und ihr Vater nahm ein Stück vom Schweinebraten und hieb zornig die Zähne hinein.

Róisín schubste Aoife vertraulich an, doch die spürte das kaum, denn sie suchte Gwalchgwyns Blick, um ihm ein Lächeln zu schenken. Zu ihrem Bedauern hatte er sich jedoch gleich wieder gesetzt und beachtete sie nicht länger. Nur die sachte Röte in seinem Gesicht verriet, dass er vielleicht doch mehr Gedanken an das Tierchen und seine Besitzerin verschwendete, als er zeigen wollte.

Die Stunden vergingen, aber Aoife konnte keinen Bissen mehr hinunterbringen. Sie streichelte ihr verstörtes Tierchen und wagte nicht wieder, den Blick zu heben, nicht einmal, als Róisín ihrerseits Eirwen zu füttern begann. Obwohl sie ansonsten immer unauffällig lauschte, hörte sie kaum zu, wie aus dem höflichen Geplänkel ein ernsthaftes Gespräch wurde. Erst als Róisín ihr zuraunte, dass es um ihre Zukunft ging, hob sie ihren Blick wieder.

»Sei gewiss«, sagte Robert FitzHarding eben. »Du kannst hier im Kloster mein Gast sein, solange du willst, und wenn dir das nicht behagt, würde dich auch mein Sohn Nicholas willkommen heißen, der Herr von Tickenham in Somerset. Natürlich steht mein Haus in Bristol offen, und lass dir gesagt sein, Bristol ist eine Stadt, in der es sich leben lässt, schließlich wacht der heilige Brendan über sie. Von seiner Kapelle kann man nicht nur die Häuser überblicken, auch die Schiffe, die sie stets prall gefüllt mit Waren verlassen und die ebenso prall gefüllt wiederkommen. Wir waren nicht so dumm wie die Männer von Chester, die einst ihre Sklaven gegen Marderfelle eingetauscht haben und die, als der Sklavenhandel auf englischen Boden verboten worden war, nicht mehr wussten, wie man selbst Marder fing, und deswegen nicht annähernd so reich wie wir sind. Aber lasst uns nicht von der Feindschaft zwischen den beiden Städten sprechen, die fast so alt ist wie die Knochen des heiligen Brendan. Ich nehme an, du bist nicht nach Bristol gekommen, um zu bleiben, bis auch von dir nur mehr Knochen bleiben und von diesen nur mehr Staub, nicht wahr?«

Aoifes Vater schlug auf den Tisch, als wollte er beweisen, dass seine Knochen in jedem Fall noch härter als Holz waren. »Ich werde nicht wie Bran Mac Máel Mórda oder Briain Bóruma enden ... irische Könige, die im Exil verreckten. Ich will ein neuer Labraid Loingsech sein. Zwanzig Jahre lang blieb er Érius Insel fern, um dann mit Truppen aus Gallien sein Königreich zurückzugewinnen.«

»Ich verstehe. Ich fürchte nur, zwanzig Jahre sind für Männer, wie du und ich es sind, zu lange, und Truppen aus Gallien findest du hier nicht, nur normannische Ritter.«

»Ich verspreche ihnen eigenes Land, wenn sie mir helfen, Leinster zurückzuerobern. Denkst du, ich kann genügend von ihnen damit locken?«

FitzHarding lachte, doch rasch wurde ein Husten daraus. »Wenn ich noch jung wäre, würde ich dir sofort folgen. Jeder Mann mit Macht will dann und wann beweisen, dass er mit dem Schwert umgehen kann. Aber heute kann ich schon froh sein, wenn ich das Chorgebet durchhalte, ohne dass meine müden Gelenke …«

»Wir wollen jetzt nicht mehr über alte Knochen sprechen«, warf Pól ungeduldig ein.

»Nun«, fragte ihr Vater, »wer könnte für mich kämpfen?«

»Hier in Bristol?«, fragte FitzHarding und hustete wieder. »Ich fürchte, niemand. Die Stadt ist in normannischer Hand, und damit das so bleibt und Rhys ap Gruffydd sie nicht auch noch bekommt, wird niemand sie freiwillig verlassen.«

»Doch anderswo, so in Ceredigion, haben viele Normannen ihre Ländereien an Fürst Rhys verloren«, bemerkte Gwalchgwyn. »Seit Jahren versuchen sie vergebens, ihre Burgen zurückzuerobern und haben die Lust verloren, sich an den Walisern die Zähne auszubeißen. Irland erweist sich womöglich als weicherer Brocken, zumal die Normannen nicht an Wales hängen. Sie stammen schließlich von den Wikingern ab, und die fühlen sich auf dem Meer am wohlsten. Sie haben stets das Land besetzt, das am leichtesten zu erobern war. Wenn ihr uns von den Normannen befreit, würde mein Fürst sich gewiss dankbar erweisen und euch mit Waffen, vielleicht sogar eigenen Truppen unterstützen.«

»Aber dein Fürst wird die Normannen nicht dazu bewegen können, mit mir zu kommen«, erklärte König Diarmait. »Zu diesem Zweck brauche ich einen mächtigen Fürsprecher, der für mich und meine Sache eintritt.«

»Wenn du an mich denkst, muss ich dich enttäuschen«, sagte Robert FitzHarding. »Ich fürchte, ich bin zu alt, um ernst genommen zu werden, auch wenn ich mehr Mumm in meinen Knochen …«

»Nicht schon wieder die Knochen!« Pól stöhnte. »Und gib

nicht vor, du hättest sonderlich viel Mitleid mit König Diarmait! Die Normannen, die ihre Ländereien verloren haben, haben allesamt Schulden bei dir und könnten diese, wenn sie mit uns nach Irland gingen, womöglich viel schneller zurückzahlen.«

»Was hilft es, wenn ich sie dazu zwinge?«, erwiderte FitzHarding. »Du willst doch Ritter, die dir mit glühendem Herzen folgen. Meine Stimme ist längst zu schwach, um ein Herz zum Pochen zu bringen, und deine, König Diarmait, ist zu heiser. Es gibt allerdings jemanden, der hat eine laute, herrische Stimme, der sich niemand entziehen kann. Ich rede vom König der Normannen.«

Eine Weile herrschte Stille, und alle hoben kurz den Weinkelch, um den König zu ehren, König Henry II. aus dem Haus Plantagenet.

»König Henry«, fuhr Robert FitzHarding fort, »befindet sich in Nöten, weil er immer wieder Aufstände auf dem Festland niederschlagen muss. Er hat weder Zeit noch Geld, die Waliser unter seine Herrschaft zu bringen, und deshalb fürchtet er, dass die Normannen, die hier alles verloren haben, nach England oder Aquitanien ziehen, um noch mehr Unruhe zu stiften. Irland ist weit genug davon entfernt, sogar noch weiter als Wales. Wenn also König Henry bereit ist, dir zu helfen, und er selbst den Normannen befiehlt, dir zu folgen, werden sie es wohl ohne zu zögern tun.«

»Was bedeutet, dass wir zu Henry weiterreisen müssten«, sagte Diarmait nachdenklich.

Aoife entging nicht, dass ihre Mutter zusammenzuckte. »Es ist keine lange Reise, oder?«, rief sie widerstrebend. »Wales grenzt doch an England.«

Pól wiegte nachdenklich seinen Kopf. »Aber König Henrys Reich ist bedeutend größer als England. Er ist auch Herzog der Normandie, Graf von Anjou, Maine und der Touraine, Herr über Aquitanien, dem Poitou und der Auvergne ... Also werden wir wieder mit dem Schiff fahren.«

Mór unterdrückte mit sichtlicher Mühe ein Seufzen. »Nun, mitten in der Nacht werden wir wohl nicht aufbrechen. Es wäre schön, wenn wir uns jetzt zurückziehen und ein wenig Ruhe finden könnten.«

Der Abt winkte einen Mönch zu sich, damit dieser sie in den Schlafsaal brachte. Aoife hatte kurz Angst, erneut dem schrecklichen Bruder Alfred gegenübertreten zu müssen, doch der Bruder, der sie über eine Treppe in einen länglichen Raum voller Strohsäcke führte, war ihr fremd und beachtete weder sie noch Eirwen.

»Es ist ein wirklich guter Plan«, murmelte Róisín, die sich bei ihr untergehakt hatte. »Wenn er aufgeht, wären Gwalchgwyn und sein Fürst die Normannen los, König Henry müsste sich keine Sorgen über Unruhestifter mehr machen, und Robert FitzHarding bekäme seine Schulden zurückbezahlt. Ob dein Vater allerdings weiß, worauf er sich einlässt?« Aoife blickte sie fragend an. »Wenn du Katzen holst, um einer Mäuseplage Herr zu werden, hast du irgendwann zu viele Katzen«, sagte Róisín nachdenklich. »Wenn du Hunde holst, um die Katzen loszuwerden, hast du irgendwann zu viele Hunde. Und wenn du Wölfe holst, um die Hunde loszuwerden, beißen sie dir irgendwann im Schlaf die Kehle durch.«

Aoife ließ sich müde auf einen der Strohsäcke sinken. Selbst für sie war er zu kurz, und etliche Halme stachen durch den rauen Stoff, doch das nahm sie kaum wahr.

Mir beißt niemand die Kehle durch, dachte sie, ehe sie sich niederlegte und fast augenblicklich einschlief. Eirwen würde mich mit Zähnen und Klauen verteidigen, genauso wie ich sie.

1167

CAITLÍN

Caitlín war seit einem halben Jahr mit Ascall von Toora verheiratet, als sie ihn zum ersten Mal schlafen sah. Bis dahin war sie immer vor ihm von der Müdigkeit übermannt worden und später aufgewacht als er. Nicht, dass sie besonders viel schlief, vor allem nicht in der Nacht, nachdem sie seine Frau geworden war.

Neun Arten von Hochzeiten wurden in Irland gefeiert, doch die Kirche nannte nur eine gültig, nämlich die, bei der ein Priester anwesend war. Deswegen hatten sich nicht nur sie, Ascall und Ailillán, sondern auch ein Mönch in der Halle eingefunden. Der schnaufte laut und behauptete, er sei so schnell gerannt, dass er nun Blasen an den Füßen habe. Caitlín konnte sich ob seines dicken Leibes nicht vorstellen, dass er irgendetwas mit Hast tat.

»Lügner«, sagte Ascall prompt. »Ich habe dich auf einem Wagen herschaffen lassen, mit dem für gewöhnlich Fässer transportiert werden. Falls du noch länger klagst, schicke ich dich in einem Fass zu deinem Kloster zurück.« Er ließ offen, ob ganz oder in Stücke geschnitten.

Der Mönch verkniff sich weitere Klagen, schnaufte aber immer noch, als er sie zu Mann und Frau erklärte und den Segen über sie sprach. Hinterher beschrieb er mit kratzender Feder ein Stück Pergament – ein Geräusch, das Caitlín tagelang nicht aus den Ohren bekam. Zwei Mal fragte der Mönch nach dem Brautpreis, ohne eine Antwort zu erhalten, und bevor er es ein drittes Mal wagte, dachte er wohl an das Fass und schwieg. Ailillán starrte verlegen auf den Boden, Ascall ging unruhig auf und ab und hieb die Fersen bei jedem Schritt in den Boden, als wollte er ein Loch hineinschlagen.

Als das Kratzen endlich verstummte, kam Cormac in die Halle und fragte, wann es etwas zu essen gebe. Ihm folgten drei Krieger, Ascalls Leibwache – Fergal, Brotchú und Uallgarg. Wie viele ihresgleichen hatten sie einst ein Verbrechen begangen und waren unter der Voraussetzung begnadigt worden, künftig nur mehr im Auftrag ihres Herrn zu stehlen, zu morden oder andere unaussprechliche Abscheulichkeiten zu begehen. Neben ihnen gab es ein weiteres halbes Dutzend Krieger, die ständig auf Dún Fionn lebten, während Ascalls übrige Söldner zwischen den Kriegszügen nach Hause zurückkehrten, wo immer das auch war – vielleicht in den umliegenden Dörfern, vielleicht in den umliegenden Wäldern. Jedenfalls hatten sie zu Caitlíns Erleichterung auch die riesige Wolfsdogge mitgenommen, die am Abend der Ankunft in der Halle geschlafen hatte.

Die Mägen der Männer, die diese nun betraten, knurrten allerdings lauter als jeder noch so bösartige Hund es könnte. Caitlín war auch hungrig, doch ehe Muireann etwas zu essen auftischte, floh sie nach oben, um bis zum Morgen auf Ascall zu warten und sich mit jeder Stunde grässlichere Bilder dessen, was ihr bevorstand, auszumalen. Der Himmel graute, ohne dass er das Schlafgemach betrat, und die Bilder in ihrem Kopf verblassten.

Am nächsten Tag ritt Ascall wieder zur Jagd, und als er zurückkehrte, betrat er noch voller Schmutz und Blut das Gemach. Ästchen und Rindenstückchen fielen von seinem Haar, seine Arme waren bis zu den Ellbogen in Blut getaucht.

Hoffentlich hat er den armen Hirsch erst ausgeweidet, als der schon tot war ...

Seine Miene war grimmig entschlossen, die Lippen zusammengepresst. Wortlos warf er sie auf die Bettstatt, zwang mit seinen Beinen ihre Knie auseinander und schob ihr Kleid hoch. Caitlín beobachtete jede seiner Regungen wachsam, doch da fuhr er sie an: »Mach die Augen zu!«

Auch gut. Sie wollte die Faust nicht kommen sehen – und sie war sich sicher, dass er sie schlagen würde, seine Ohnmacht auf sie spucken, ihr zeigen, wie verhasst ihm diese erzwungene Ehefrau war.

Doch er schlug sie nicht, er spuckte bloß auf ihre Scham, um leichter eindringen zu können. Weh tat es trotzdem, vielleicht hätte sie nicht so stolz sein und Muireanns Schweineschmalz benutzen sollen, aber immerhin war es nach einigen wenigen Stößen zu Ende.

Er schlug sie auch weiterhin nicht und forderte bloß alle paar Nächte von ihr, sich auf den Rücken zu legen und die Augen zu schließen, damit sie nicht sehen konnte, wie die Lust ihn für einen Augenblick übermannte. Danach begann er stets zu schnitzen, worüber sie einschlief, und wenn sie erwachte, war er jedes Mal schon fort.

Erst als der Winter das Land heimsuchte, kalt, nass und grau, und der Tag von Christi Geburt, den hier niemand feierte, längst vorbei war, öffnete sie eines Morgens die Augen und blickte auf den schlafenden Ascall. Sie lag auf dem äußersten Rand der Bettstatt, er auf der anderen Seite. Sein Mund war leicht geöffnet, doch es kam kein Schnarchen über seine Lippen. Weich wie nie erschienen diese, so wie sein Gesicht entspannt, jung und mild wirkte. Caitlín erschauderte. Mittlerweile kannte sie viele seiner Gesichtsausdrücke – nicht nur den zornigen oder den vermeintlich gleichgültigen, der ohne Zweifel am bedrohlichsten war, auch den spöttischen, wie er ihn meist gegenüber Aililán zeigte, den gelangweilten, wenn er zu viel Zeit in geschlossenen Räumen verbrachte, und dann und wann auch den werbenden, wenn sich bedeutende Gäste auf Dún Fionn aufhielten. Diesen hier konnte sie von allen am wenigsten ertragen. Schlimm genug, dass er wie ein Mensch aussah ... Warum musste es dann auch noch ein sehr junger, nahezu knabenhafter Mensch sein?

Ist der Schlaf so freundlich zu seinem Gesicht, weil er der Bruder des Todes ist – und dieser Tod wiederum so reichlich von ihm gefüttert wurde?

Caitlín richtete sich auf. Vor dem erloschenen Feuer standen etliche der kleinen Holzfiguren. Mit einer war er nicht fertig geworden, doch als sie sich vorbeugen, nach ihr greifen und sie betrachten wollte, schnellte seine Hand vor und umfasste unerbittlich ihr Gelenk. Caitlín schrie auf. Nicht länger als einen Wimpernschlag hatte es gewährt, da Ascall erwacht war und sie gepackt hatte.

»Keine Angst, ich wollte dich nicht mit der Holzfigur erschlagen«, sagte sie. Es war das erste Mal in all den Monaten, dass sie direkt das Wort an ihn richtete.

Kurz ließ er ihre Hand los, doch nur um ebenso schnell, dass sie es nicht kommen sah, das Schnitzmesser zu ergreifen, das neben den Holzfiguren lag, und es an ihre Kehle zu führen.

»Denk nicht einmal daran!«, zischte er, und der Hass, den sie seit Monaten gewittert hatte, verzerrte sein Gesicht.

Als sie schon fürchtete, er würde ihr die Kehle durchschneiden, zog er das Messer zurück, und verspätet gewahrte sie, dass er nicht auf sie wütend war, sondern auf sich selbst, weil er das Messer achtlos hatte liegen lassen. Schweigend steckte er es an den Gürtel und verließ mit zornbebenden Schultern den Raum.

Caitlín brauchte lange, bis sie ihm in die Halle folgen konnte. Ihre Knie zitterten noch, die Hände waren schweißnass. Nicht nur der Schrecken setzte ihr zu, weil er sie so unvermittelt angegriffen hatte, auch die Frage, was sie getan hätte, hätte sie rechtzeitig das Messer gesehen und er ein wenig länger geschlafen.

Hätte ich mich selbst getötet oder ihn? Und was wäre mir eher gelungen?

In der Halle stank es wie immer nach Rauch, Schweiß, vergorenem Most und verdorbenem Essen. Der Burg fehlte eine Frauenhand ebenso wie ein *rechtair*, ein Majordomus, der über die Vorräte wachte und entschied, was auf die Tafel kam, doch weder Ascall noch Aillillán hatten ihr bislang befohlen, die Haushaltsführung zu übernehmen, und sie dachte nicht daran, es freiwillig anzubieten. Nicht, dass sie sich nicht trotzdem jeden Tag über die Vernachlässigung ärgerte und Ascall im Stillen verhöhnte.

Für einen großen Krieger hältst du dich, aber deine Bauern lassen das Getreide feucht werden, anstatt es in Gefäßen aus Speckstein aufzubewahren.

Töten kannst du, großer Kämpfer? Nun, vielleicht ausgewachsene Männer, Flöhe jedoch nicht. Überall treiben sie ihr Unwesen, weil deine Leute nicht wissen, wie man Flohfallen aus Harz und Honig macht.

Dein Leib mag gestählt sein, deine Butter ist dennoch fahl wie das Gesicht eines Alten und nicht weiß wie das einer erblühenden Jungfrau. Und anstatt frisch zu bleiben wie deine Mordlust, wird sie schnell ranzig, weil deine Sklaven nicht wissen, dass man sie salzen muss.

Auch die rußgeschwärzten Essgefäße reinigte hier niemand mit einer Lauge aus Holzasche und Nierenfett, weswegen die Schüssel mit dem Haferbrei, den Muireann ihr servierte, ebenso schmutzig war wie der Krug aus grauem Metall.

Ascall war nicht zu sehen, nur seine Leibwache und etliche seiner Krieger lungerten in der Halle herum, spuckten Rotz auf den Boden, kratzten sich den grindigen Kopf oder zertraten dicke schwarze Käfer. Die gelehrteren von ihnen taten es mit dem Fuß, die gleichgültigen mit der bloßen Hand.

Caitlín beugte sich über die Schüssel, wich aber sofort wieder zurück. Nicht nur, dass die Schüssel schwarz vor Ruß war – der Haferbrei war so verbrannt, dass es aussah, als ob einer der Käfer mit dem Getreide geröstet worden wäre. Bis jetzt hatte Caitlín stets alles hinuntergewürgt, was Muireann ihr vorgesetzt hatte, und sich nicht gefragt, ob es aus Absicht oder Unfähigkeit stets ein Fraß war, der bei den O'Bjólans nicht einmal Schweinen vor die Hufe geworfen worden wäre. Doch an diesem Morgen rebellierte ihr Magen.

»Das soll ich essen?«, rief sie, als Muireann schon wieder in die Küche schleichen wollte. Die Alte blieb stehen und musterte sie erstaunt. Die wasserblauen Augen wirkten im Morgenlicht grau, das Gesicht war rot wie immer. »Und was starrst du mich so an?«, fragte Caitlín mit barscher Stimme.

Nach dem Schrecken war ihr die Kehle eng, unmöglich hätte sie ein warmes, freundliches Wort herausbekommen.

Muireann zuckte mit den Schultern. »Es wundert mich nur ...«

»Was?«

»Seine Mutter ... sie ist immer mit blauen und grünen Flecken umhergelaufen, weil Ascalls Vater sie ständig verprügelt hat.«

»Und jetzt fragst du dich, warum Ascall gegen mich nie die Hand erhebt?«

Eigentlich hatte sie das bis jetzt selbst erstaunt.

»Du hast eben Glück«, murmelte Muireann und begann wieder einmal zu husten und gelben Schleim zu spucken.

Der Anblick war für Caitlín zu viel. Ihr Magen verkrampfte sich schmerzhaft, und mit einem Schwung fegte sie die Schüssel Haferbrei vom Tisch.

»Wag es nicht, mir noch einmal so einen verbrannten Fraß aufzutischen, sonst wirst künftig *du* grün und blau umherlaufen!«

Zum ersten Mal, seit Ascall sie am Handgelenk gepackt hatte, glaubte sie, wieder frei atmen zu können, wenngleich Muireanns Anblick nicht unbedingt leichter zu schlucken war als der verbrannte Brei. Erst reagierte diese mit Entsetzen und Angst, dann mit Trotz.

»Meinetwegen, dann bringe ich dir eben frisches Brot. Ich habe dir schließlich auch den Stoff überlassen, diesen wunderschönen Stoff. Aber eines Tages wirst du bereuen, wie du mit meinesgleichen umspringst.«

Vergebens rang Caitlín nach mäßigenden Worten, mit denen sie die harschen zurücknehmen konnte, doch es fielen ihr keine ein.

Muireanns Hände zitterten vor Schreck und Ärger, als sie die Holzschüssel hochhob und der zähflüssige Inhalt auf den lehmigen Boden platschte. Ein Käfer krabbelte darauf zu, und dieses Mal war es keiner der Männer, sondern Caitlín, die ihren Fuß hob und ihn zertrat.

Der Brei, den Muireann wenig später servierte, war nicht verbrannt, aber er schmeckte so, als wäre er aus zerstampften Muscheln gekocht worden. Allerdings gab es hier kein Meer und auch keinen Faolán, der – woran sie sich nun erinnerte – einst Muscheln für sie gesammelt und ihr diese geschenkt hatte.

»Was soll ich damit?«, hatte sie ihn gefragt.

»Das ist deine Sache«, hatte er erwidert, »ich dachte, du könntest eine Kette daraus machen.«

»Du schenkst mir etwas, das ich erst anfertigen muss?«

»Das ist immer noch besser, als wenn ich dir gar nichts schenken würde.«

»Und warum machst *du* mir die Kette nicht?«

»Als ich die Muscheln sammelte, ist mir eine Melodie eingefallen. Ich will sie auf der Harfe spielen.«

Und mit den sanften Klängen im Ohr, hatte Caitlín in jede Muschel ein Loch gebohrt und einen Flachsfaden durchgezogen. Was kann ich hier bloß machen, außer mich zu verkriechen und zu weben?, fragte sie sich nun.

Sie könnte Kerzen ziehen, weil das heiße Wachs, das auf ihre Hände fallen würde, so schmerzte, dass sie das Heimweh darüber vielleicht vergaß. Sie könnte auch in den Hof gehen und Ascall suchen, weil die Angst vor ihm noch größer war als jeder Schmerz und erst recht das Heimweh vertrieb. Als sie allerdings wenig später tatsächlich die Halle verließ, hatte das nichts mit Angst und Schmerz zu tun, sondern mit einem lauten Geschrei, das jäh erklang.

Auf dem matschigen Boden standen Fässer, in denen wohl Met oder getrockneter Fisch aufbewahrt wurden. Salziger Geruch hing in der Luft, aber der stammte nicht nur vom Inhalt der Fässer, auch vom ... Angstschweiß.

Caitlín war sich nicht sicher, wer hier im Hof mehr Angst hatte – der schmächtige Junge mit den roten Flecken auf der weißen Haut, den aufgerissenen dunklen Augen, die sie an Riacáns erinnerten, und dem struppigen Haar, das so aussah, als wäre es nicht mit einer Schere, sondern mit einer groben Sichel abgeschnitten worden, oder seine Mutter, deren Lumpen ebenso viele Flecken und Löcher aufwiesen wie die des Jungen. Zumindest vermutete Caitlín, dass jene Frau, die nicht weit von ihm entfernt auf den Boden gesunken war, seine Mutter war. Mit schlotterndem Leib flehte sie einen Krieger an – niemand anderer als Cormac, der sein Schwert gezogen hatte und es nun anklagend auf den Jungen richtete oder vielmehr auf das, was vor ihm stand: ein ganzer Korb voller Äpfel, deren dunkles Rot inmitten der trüben Farben ringsum noch kräftiger wirkte.

»Was ist passiert?«, fragte jemand dicht hinter Caitlín. Sie fuhr herum und hatte Mühe, dem Drang zu widerstehen, sogleich die Flucht zu ergreifen, als sie Ascall erblickte. Auch der war von dem Geschrei in den Hof gelockt worden und blickte nun drohend von einem zum anderen. Weder der Knabe noch seine Mutter brachten ein Wort hervor, auch Cormac tat nichts anderes, als auf die Äpfel zu deuten. Anstatt loszubrüllen, wie Caitlín es erwartete, nahm Ascall schweigend eines der Fässer, richtete es auf und setzte sich darauf. »Also«, wiederholte er. »Was ist passiert?«

So laut alle zuvor noch geschrien hatten, so lähmend war nun das Schweigen. Erst als Ascall begann, unruhig mit der Faust auf das Holz des Fasses zu schlagen, trat Cormac vor.

»Der Junge hier hält die Ställe sauber«, erklärte er. »Manchmal striegelt er die Pferde, und manchmal füttert er sie mit Äpfeln. Heute hat er einen dieser Äpfel selbst gegessen und etliche weitere in seine Taschen gesteckt.«

Ein Pferdeknecht ... wie Éamonn, von dem es hieß, dass er die Sprache der Pferde beherrschte ... Ob er den Tag überlebt hatte, da sie die Siedlung der O'Bjólans verlassen hatte?

»Mein Herr, habt Erbarmen!«, flehte die Mutter des Knaben. »Mein Mann ist vergangenen Herbst von einem Stier totgetrampelt worden. Seitdem mangelt es an allem. Fünf Kinder habe ich, und all ihre Bäuche sind vor Hunger noch dicker als ihre Köpfe. Ihre Arme sind wiederum dünner als meine Finger. Mein Sohn ... er ist kein Dieb ... er ist einfach nur hungrig ...«

Als Ascall noch lauter auf das Holz klopfte, verstummte die Frau sofort. »Es gibt auch hungrige Diebe«, murmelte er. »Diebe können vieles sein, erbärmlich, listig, dumm oder mitleiderregend. Das ändert allerdings nichts daran, dass sie Diebe sind.«

Er sprach langsam, bedächtig, ganz ohne gefährliches Zischen, beinahe mild.

Aber er ist nicht mild. Er ist Ascall von Toora.

Caitlín rang mit sich. Sie wollte fliehen und die Angst, die nicht ihre war, nicht schmecken, war doch die eigene bitter genug. Ehe sie in die Halle eilen konnte, betrat jedoch Ailillán den Hof. Anders als sein Bruder, den man nur mit fleckigem Wams und speckigem Leder sah, war er fein gekleidet. Er trug einen großen Umhang aus Luchspelz, für den gewiss etliche

Tiere hatten sterben müssen, und auf der Fibel, die ihn an der linken Schulter schloss, saß ein Stein, der so rot wie die gestohlenen Äpfel war.

Fast so rot wie Blut.

Ailillán trat zu seinem Bruder. »Er ist ein Kind«, sagte er leise.

»Wenn er nicht fähig ist, Hunger zu ertragen, wird er nie ein Mann werden«, gab Ascall zurück.

Er verschränkte seine Arme, während er ein Stück zurückrückte, um nun ganz auf dem Fass zu sitzen zu kommen. Nur seine Zehen berührten noch den Boden.

»Er hat es für seine Geschwister getan«, murmelte Ailillán, »für seine Schwestern ... seine Brüder.«

Dass er Nachdruck auf das letzte Wort legte, war eine gute Taktik, dass er die Augen dabei gesenkt hielt, hielt Caitlín für einen Fehler.

Such seinen Blick, tu etwas, um ihn von dem armen Jungen abzulenken, vielleicht vergisst er ihn darüber.

Da Ailillán aber nur angespannt wartete, stand Ascall schließlich auf, trat mit dem Fuß nach dem Fass, sodass es umkippte, und ging an seinem Bruder vorbei zu dem Jungen.

»Wie heißt du?«

»Paitín.«

Ein Name, der fast wie meiner klingt, dachte Caitlín.

»Weißt du, welche Strafe auf Diebstahl steht?«

»Dem Dieb wird die Hand abgeschlagen.«

»Und weißt du, für wen dieses Gesetz gilt?«

»Für alle.«

Ascall hob bedauernd beide Hände. »Du hast selbst dein Urteil gesprochen, was soll ich da noch sagen? Es heißt: Der König soll das Gesetz wahren, und es wird ihn wahren, er soll das Recht erhöhen, und es wird ihn erhöhen.«

Caitlín hatte keine Ahnung, von welchem Gesetz er sprach. Ihres Wissens war das brehonische Recht, an das man sich in Irland hielt, umfangreich und kompliziert und bot selten klare Antworten, weswegen sich jeder König von einem Rechtsgelehrten darüber belehren ließ – Männern wie Colum. Von ihm hatte Caitlín einst erfahren, dass in Irland Unrecht nicht einfach nur bestraft, sondern ausgeglichen werden musste, gleich so, als würde man etwas auf eine Waagschale legen, wenn sich die andere nach unten senkte. Als Entschädigung für einen Mord wurde der Mörder gefangen genommen und als Sklave verkauft, es sei denn, seine Familie kaufte ihn zuvor frei. Und einen Diebstahl machte man wieder gut, indem man das Diebesgut zurückgab oder den Schaden abbezahlte.

Allerdings war einer der Äpfel schon gegessen und Paitín schien ansonsten keinen Besitz zu haben. Ein Sklave wiederum war er bereits – zumindest trug seine Mutter den Sklavengürtel und nur einfarbige Kleidung, die sie von der einer Bäuerin unterschied, die zwar nur matte, aber zumindest zwei Farben tragen durfte. Außerdem war sie eine dumme Frau, denn nicht nur, dass sie eben gequält aufheulte – überdies stürzte sie mit grauem Gesicht auf Ascall zu. Bevor sie ihn erreichte, ging Ailillán dazwischen, hielt sie fest und schlug ihr, da sie beharrlich weiterschrie, die Hand vor den Mund.

Gut so, dachte Caitlín. Wenn Ailillán nicht abgelenkt gewesen wäre, wäre er vielleicht auf die gleichfalls dumme Idee verfallen, den Bruder erneut um Gnade anzuflehen. So blieb es ganz still im Hof, und es war deutlich zu hören, dass Caitlín laut und lange … gähnte.

Cormac, der mit erhobenem Schwert vor Paitín stand, erstarrte, Ascall, der das Fass unruhig mit einem Fuß hin und her stieß, auch. Caitlín versuchte ihre Blicke zu ignorieren, rieb sich die Augen und gähnte ein zweites Mal.

»Langweilst du dich etwa?«, fragte Ascall, immer noch bedächtig, ohne jedes Grollen und Zischen.

Nicht, dass sie einen Augenblick lang zweifelte, wie irrsinnig es war, sich mit ihm anzulegen. Aber sie wollte keine schwarzen Käfer mehr zertreten. Sie wollte lieber ihre Angst auf den matschigen Boden spucken. Also trotzte sie seinem Blick und gähnte ein drittes Mal.

»Vergib mir, ich bin nur müde. In der letzten Nacht habe ich nicht so viel geschlafen wie du.«

Kurz flackerte sein Blick, und ebenso unruhig wie die Augen bewegten sich wohl seine Gedanken, als er auszuloten versuchte, ob sie ihn verspottete, und falls ja, ob er darüber verärgert sein sollte oder amüsiert. Ein rätselhaftes Lächeln verzerrte seinen Mund, das man – wenn man ihn nicht kannte – für freundlich hätte halten können.

»Dann sieh zu, wie Cormac dem Jungen die Hand abhackt, das wird dich vielleicht wecken.«

Caitlín zuckte mit den Schultern. »Das macht mich doch erst recht müde«, sagte sie gleichgültig, »oder denkst du, ich habe so etwas noch nie gesehen? Mein Vater hat Diebe auf gleiche Art bestraft und würde es wohl gutheißen, dass du es ebenso hältst. Allerdings hat Tadc O'Bjólan dich für einen Bauern gehalten. Ich hingegen würde von einem Großkönig, der keine Schafe und Rinder, sondern ein Heer befehligt, ein anderes Urteil erwarten.«

Ascalls Blick wurde starr, gleichwohl die Augen kurz glitzerten, das Lächeln blieb, kälter allerdings. »Ein guter König hat das Gesetz sogar noch mehr zu achten als ein Bauer.«

»Nein, ein *guter* König beugt sich dem Gesetz, als ob es ein Holzbalken wäre, vor dem man den Kopf einzieht. Ein *weiser* König hingegen schnitzt sich das Holz zurecht, sodass er aufrechten Hauptes durch die Tür schreiten kann.«

Die Stille schmerzte.

»Und was wäre in diesem Fall weise?«, raunte Ascall.

Caitlín ließ ihren Blick über den Hof gleiten. Cormac schien erbost über die Verzögerung und durchschnitt mit dem Schwert die Luft, Paitíns Augen waren tot und leer wie die eines Menschen, der sich seinem Schicksal, und war es noch so grausam, längst gefügt hatte, seine Mutter schluchzte lautlos. Aillán hatte das arme Weib mittlerweile losgelassen und machte einen Schritt auf seinen Bruder zu – allerdings keinen weiteren, als Caitlín ihm einen warnenden Blick zuwarf. Zuletzt blickte sie auf die roten Äpfel. Gewiss schmeckten sie süßer als die Angst.

»Wenn du verhindern willst, dass der Knabe jemals wieder stiehlt, dann reicht es nicht, ihm nur eine Hand abzuhacken. Vielmehr müsste er beide verlieren. Was aber soll ein Sklave ohne Hände anfangen? Also schlag ihm besser den Kopf ab – wiewohl ein Kopf gemessen an einem Apfel nahezu riesig ist. Du könntest hingegen auch befehlen, dass er den Schaden wettmacht, indem er noch mehr Äpfel pflückt, einen Apfelbaum pflanzt oder aus den verbliebenen Äpfeln Apfelwein keltert.«

Caitlín war nicht sicher, ob sie nach ihrer Rede Ascalls Blick trotzen oder den eigenen senken sollte. Er sah sie ohnehin nicht länger an, sondern fixierte seine Fußspitzen. Immer noch stieß er das Fass hin und her, sodass die schweren Metallbeschläge sich in die schmatzende Erde gruben. Sie konnte nicht in seiner Miene lesen, noch nicht einmal erkennen, ob er noch lächelte. Er bekräftigte sein Urteil nicht, schritt aber auch nicht ein, als Cormac auf Paitín zutrat, dessen Hand packte, vom Körper wegzerrte und sein Schwert hob. Caitlín biss sich auf die Lippen, um nicht aufzuschreien. Die Mutter tat das auch, schrie jedoch trotzdem. Dieses Mal schlug Ailillán ihr nicht die Hand vor den Mund, sondern stürzte zu Paitín und stellte sich schützend vor ihn. Cormac ließ ihn widerwillig los.

Danach war Ailillán so klug, den Jungen in den Dreck zu stoßen. »Sag, was geschehen soll«, forderte er voller Überdruss, »sodass die leidige Sache endlich ausgestanden ist.«

Ascall hob langsam den Kopf. »Wie wär's, wenn *du* ihm die Hand abhackst?«, schlug er immer noch oder schon wieder lächelnd vor.

Ailillán erwiderte sein Lächeln, ging mit dem Mantel aus Luchsfell zu den roten Äpfeln, hob einige auf und ließ sie neben dem Fass auf den Boden fallen. Wenn Ascall es wieder mit den Fußspitzen angestoßen hätte, hätte es sie zerquetscht. Doch das Fass stand nun ruhig.

»Kannst du dich erinnern, wie du einst Äpfel aus der Vorratskammer gestohlen hast, während ich Wache stand? Unser Vater hat dich, als er's herausfand, mit Äpfeln beworfen und gedroht, dich umzubringen, wenn du es nicht schaffst, dabei ruhig zu stehen. Nun, du hast dich nicht geduckt, noch nicht einmal mit der Wimper gezuckt, nur unsere Mutter verging vor Angst – nicht weil sie um dein Leben fürchtete, sondern dass ein Apfel auch sie treffen könnte.«

Caitlín atmete schneller, Ascall presste die Lippen zusammen.

So dünn ist das Seil, auf dem wir balancieren ... schon ein zu hektischer Atemzug, ein Zittern, ein Stöhnen könnten uns zu Fall bringen.

Ailillán fixierte seinen Bruder, während er sich bückte, einen Apfel nahm, sich blitzschnell umdrehte und zielte.

Halt still, Junge!

Schon schleuderte Ailillán den Apfel auf Paitín, und der stand wie erstarrt da, obwohl der Apfel seine Stirn traf. Seine Augen blieben weit aufgerissen, der Mund leicht geöffnet.

Ailillán nahm einen weiteren Apfel und schmetterte ihn gegen Paitíns Brust, der dritte traf die rechte Schulter. Den vierten hob er langsamer auf und warf ihn nicht selbst, sondern reichte ihn Ascall. Dessen Mundwinkel zuckten, regungslos sah er auf die Frucht.

Caitlín hielt den Atem an, doch als sie vermeinte, gleich zu ersticken, nahm Ascall endlich den Apfel, zielte auf Paitín und traf ihn – ungleich schmerzhafter als Ailillán – in die Magengrube. Der Junge krümmte sich kurz, aber kein Ächzen kam ihm über die Lippen, und sein Gesicht blieb ausdruckslos. Der nächste Apfel traf ihn am Knie, ein weiterer am Ohr und der letzte am linken Auge.

»Geh!«, zischte Ascall.

Nichts weiter.

Caitlíns Blut rauschte so laut in ihren Ohren, dass sie nicht sicher war, ob sie ihn richtig verstanden hatte. Auch der Junge wusste nicht, was er tun sollte, denn er stand immer noch reglos da. Als Ailillán ihr zunickte, packte die Mutter ihn am Arm und zog ihn fort. Cormac stampfte enttäuscht auf den Boden, doch als Ascall ihm einen finsteren Blick zuwarf, steckte er das Schwert wortlos in die Scheide und ging. Caitlín konnte sich erst aus der Starre lösen, als Ascall zum Korb ging, einen der Äpfel aufhob und ihn ihr zuwarf. Sie fing ihn, ließ sich nicht anmerken, dass er in ihren Händen zu brennen schien, und biss kraftvoll hinein.

»So viel Aufsehen um diese Äpfel, dabei schmecken sie so wässrig.«

Ascall sah sie unverwandt an, und trotz ihrer Worte aß sie den Apfel Bissen für Bissen, samt Kernen und Gehäuse auf. Nur den Stiel spuckte sie ihm direkt vor die Füße. Als Ascall ging, trat er erst diesen Stiel in den Dreck, dann rammte er den Absatz seiner Stiefel in einen Apfel, sodass die Haut platzte und das gelbliche Fruchtfleisch hervorquoll.

Caitlín wusste nicht, wie lange sie daraufsah, mit säuerlichem Geschmack im Mund, aber Triumph im Herzen. Erst eine erstickte Stimme riss sie aus ihren Gedanken.

»Habt Dank, Herrin. Habt tausend Mal Dank!« Paitíns Mutter kniete vor ihr im Matsch. Immer tiefer beugte sie sich, sodass ihr graues Kleid den zerquetschten Apfel verbarg. »Danke ... habt Dank ...«

»Es ist schon gut.« Caitlín blickte sich um, sah, dass Paitín seiner Mutter gefolgt war und ihr ein schüchternes Lächeln schenkte und dass auch Ailillán noch im Hof stand und ebenfalls lächelte, so erlöst, so glücklich, wie sie es noch nie gesehen hatte. »Dank nicht nur mir, dank auch ihm«, sagte sie schnell zu Paitíns Mutter und deutete auf Ascalls Bruder. So erleichtert die Sklavin eben gewesen war, so unvermittelt zuckte sie nun zusammen. Kurz sah sie Caitlín angstvoll an, dann wagte sie es, auch Ailillán einen Blick zuzuwerfen. Anstatt jedoch Caitlíns Aufforderung zu folgen, zog sie sofort wieder den Kopf ein, stand hastig auf und zog Paitín mit sich. »Was ... was hat sie denn?«, fragte Caitlín verwirrt.

Ailillán zuckte mit den Schultern. »Was zählt das schon?«, gab er leise zurück.

Er ging so dicht an ihr vorbei, dass die Haare des Luchsfells ihre Wange kitzelten, und flüchtig nahm sie wahr, wie seine Fingerspitzen über ihre Hand strichen. Es war nicht unangenehm, Caitlín spürte vielmehr ein sachtes Kribbeln im Bauch. Aililláns Blick war jedoch starr auf den Boden gerichtet, und er lächelte nicht länger, als er in die Halle zurückging.

An diesem Abend schnitzte Ascall nicht. Eine Weile saß er vor dem Feuer, blickte in die Flammen und rieb seine dunklen Fingerkuppen aneinander. Später ging er mit leicht gebücktem

Kopf auf und ab. Caitlín hatte sich auf der Bettstatt niedergelassen, doch seine unruhigen Schritte machten es ihr unmöglich einzuschlafen. Schließlich richtete sie sich wieder auf und nahm allen Mut zusammen.

»Warum schnitzt du heute nichts?«, fragte sie.

Drei Schritte lang schien es, als hätte er sie nicht gehört. Vor dem vierten hielt er unvermittelt inne und sah sie so verwirrt an, als ginge ihm zum ersten Mal in all den Monaten auf, dass er nicht mehr allein auf seiner Bettstatt lag, sondern diese mit einer Frau ... seiner Ehefrau teilte. Nach einer Weile setzte er sich ans Feuer und griff nach einem Stück Holz und dem Messer. Sie hatte ihn schon oft beim Schnitzen beobachtet, aber nie hatte sie erlebt, dass das Messer so hungrig ins Holz fuhr. Schatten tanzten auf Ascalls Gesicht, machten aus den Augen große dunkle Löcher und ließen die Bewegungen noch hektischer wirken.

Als sie sich schon wieder hinlegen wollte, warf er unvermittelt etwas auf sie. Es war nicht das Messer, wie sie kurz befürchtete, es war die Holzfigur, die er eben vollendet hatte – kein Tier, sondern ein Apfel, ein hölzerner Apfel.

»Ich habe ihn verschont, weil ich es wollte«, begann er zu sprechen. »Glaub nicht, dass Ailillán und du mich überredet, gar übertölpelt hättet.« Mit der dunklen Fingerspitze fuhr er an der Klinge seines Messers entlang. »Trotzdem ... du hast es geschickt angestellt. Dein einziger Fehler war, dass deine Hand zitterte, als du gegähnt hast. Das hat deine Angst verraten.« Er blickte hoch, und seine Augen glichen nicht länger dunklen Löchern, sie blickten nahezu freundlich. »Nichts macht einen Menschen so schwach wie die Angst. Sieh zu, dass du sie loswirst.«

Caitlín erhob sich und trat zum Feuer. »Und wie schafft man das?«, fragte sie leise. »Wie wird man seine Angst los?«

»Setz dich! Dann zeig ich es dir.«

Sie begriff nicht recht, was er meinte, erst recht nicht, als er ihr erst ein Stück Holz reichte, dann das Messer.

»Was ... was soll ich damit?«

»Stell dir vor, das Holz wäre deine Angst.«

Anstatt ihr zu zeigen, wie man schnitzte, verschränkte er die Hände vor der Brust und starrte erneut in die Flammen. Kurz überlegte sie, das Holz einfach hineinzuwerfen, schließlich setzte sie doch die Klinge an. Entweder war das Holz weicher als gedacht oder die Klinge schärfer – jedenfalls gelang es ihr tatsächlich, in das Holz zu schneiden. Nicht, dass sie damit auch ihre Angst loswurde – im Gegenteil. Bei jeder Bewegung fürchtete sie sich davor, ins eigene Fleisch zu schneiden.

Paitíns Hand habe ich gerettet, nun hacke ich mir gleich meine ab, zumindest einen Finger ...

Doch je länger sie das Holz bearbeitete, desto sicherer wurden ihre Bewegungen. Sie lernte einzuschätzen, wie viel Druck sie ausüben musste, um nicht zu tief zu schneiden, sondern dem Holz die gewünschte Form zu geben. Gemessen an Ascalls Figuren sah ihre lächerlich aus, dennoch betrachtete sie das Ergebnis stolz von allen Seiten, als sie fertig war.

Ascall hob seinen Blick. »Was soll das sein?«, fragte er verächtlich.

Das wusste sie selbst nicht genau. »Vielleicht ein Drache«, schlug sie vor. Über das Schnitzen waren ihre Hände schweißnass geworden, und als sie sie prüfend hochhielt, zitterten sie. »Ich fürchte, es hat nicht gewirkt.«

Er blieb stehen. »Natürlich nicht«, rief er und klang noch verächtlicher. »Man wird die Angst nicht beim Schnitzen los.«

»Aber ...«

Er beugte sich vor, riss ihr das hölzerne Gebilde aus der Hand, warf den Drachen ins Feuer. Funken stoben hoch, fielen als schwarzer Regen zurück ins Feuer, das mit lautem, hungrigem Knacken das frische Holz verspeiste. Nur wenige Augenblicke genügten, das Werk einer Stunde zu zerstören.

»Was ... was soll das?«, rief Caitlín erbost.

Unwillkürlich war sie aufgesprungen, hatte sich über die Flammen gebeugt, wich nun vor ihrer Hitze zurück. Sie wollte auch vor Ascall zurückweichen, als er ganz dicht zu ihr trat, doch er erlaubte es ihr nicht, er packte sie an den Handgelenken und zog sie ganz nah an sich heran.

»Man muss zerstören, was einem wertvoll ist ... und töten, was man liebt ... dann hat man keine Angst mehr.«

Die Flammen wurden wieder kleiner, doch in seinem Blick stand ein eigentümliches Lodern, das sie erst noch mehr verstörte, dann mutiger machte.

»Ha!« Caitlín lachte trocken. »Dann muss ich wohl weiterhin Angst haben. Denn du hast mich meiner Familie entrissen, und hier auf Dún Fionn gibt es nichts, was mir wertvoll ist, und niemanden, den ich liebe. Nur mich selbst liebe ich. Aber ich denke nicht daran, mich zu töten, so leicht wirst du mich nicht los.«

Das Lodern schwand. Verwirrt sah er sie an, als hörte er von der Möglichkeit, sich selbst zu lieben, zum ersten Mal.

»Nun gut«, sagte er und ließ sie los. »Wenn du meinst. Übrigens hast du kein Talent zum Schnitzen. Besser, du führst künftig den Haushalt. Dann kannst du dafür sorgen, dass die Äpfel, die hier gelagert werden, nicht wässrig, sondern süß schmecken.«

Wortlos steckte er das Messer an seinen Gürtel, um sie danach wieder an den Handgelenken zu packen, zur Bettstatt zu ziehen und daraufzustoßen. Er hatte sie bislang zu selten genommen, als dass sie sich schon daran gewöhnt hätte, doch ausreichend oft, um sich Widerwille und Furcht nicht mehr anmerken zu lassen. Was ihn dazu trieb – ob echtes Verlangen, der Wunsch nach einem Sohn oder nur Pflichtgefühl, weil König Tigernán diese Ehe verlangte –, ließ sich an seiner Miene nicht ablesen. Für gewöhnlich war sie froh, diese nicht mustern zu müssen, nur heute drehte sie weder den Kopf zur Seite wie sonst noch schloss sie die Augen. Sie sah ihn unverwandt an, und zunächst bemerkte Ascall es nicht. Seine dunklen Fingerkuppen fuhren unruhig über ihren Körper, machten es ihr schwer, ein Schaudern zu unterdrücken. Schon spürte sie sein hartes Geschlecht zwischen ihren Schenkeln, doch ehe er eindrang, hielt er inne.

»Schließ die Augen!«

Sie sah ihn weiterhin an. »Warum?«, fragte sie. »Wenn du nicht willst, dass ich dich sehe, dann dreh mich auf den Bauch, und nimm mich wie ein Tier. Aber du verlangst ja von mir, dass ich künftig den Haushalt führe. Und ein Tier kann dir kein Brot backen, kann keinen Wein keltern und kein weiches, saftiges Rindfleisch kochen.«

Caitlín spürte, wie er erstarrte. Ob er mich wohl erwürgen oder erstechen wird?, fragte sie sich ganz nüchtern. Doch zu ihrem Erstaunen blieb er zwischen ihren gespreizten Schenkeln knien und wiederholte den Befehl kein weiteres Mal.

Sie schloss die Augen nicht, als er kurz darauf in sie eindrang, drehte aber ihren Kopf zur Seite, weil sie den Anblick seines Gesichts, so ausdruckslos erst, dann kurz ganz weich, als würde ihn eine warme Welle treffen, nicht länger ertragen konnte.

Als er später eine weitere Figur schnitzte, klang das Kratzen der Klinge auf dem Holz nicht mehr unruhig, und was er dieses Mal anfertigte, erkannte sie nicht.

RIACÁN

Der Winter ließ wunderschöne Blumen blühen. Während der letzten Nacht, frostig wie keine zuvor, war das Wasser im Trog gefroren, und auf der Oberfläche hatten sich winzige Eisblumen gebildet, die jetzt im schwachen Sonnenlicht glitzerten.

Riacán lehnte sich an den Trog und starrte darauf. Seit Stunden hatte er sich kaum gerührt. Seine Hände waren längst gefühllos, aber er rieb sie nicht aneinander, blickte nur teilnahmslos auf die Menschen, die rund um ihn ihrem Tagwerk nachgingen.

Die Frauen setzten mit Wintergerste Bier an, molken die Kühe, machten Butter und Käse. Die Männer schnitten die Halme, die bei der Ernte im Spätsommer stehen gelassen worden waren, um damit den Boden des Stalls auszulegen, wuchteten Steine auf einen Ochsenwagen, um später die Findlingsmauer damit auszubessern, oder schlugen Holzbretter zurecht, um diese auf einen besonders sumpfigen Teil der Wiese zu legen.

Nur Riacán selbst tat nichts, außer zu … warten.

In der Ferne huschte Ceara vorbei, und als er sah, dass sie auf dem Rücken einen Korb schleppte, schüttelte er mahnend den Kopf. Er wollte nicht, dass sie so schwer trug, doch Ceara lächelte ihn nur traurig an, ohne den Korb abzustellen.

Riacán unterdrückte ein Seufzen, rief sie aber nicht zu sich.

Ach tüchtige, fleißige Ceara. Du tust immer, was du tun musst. So wie ich tue, was ich tun muss.

Warten, warten, warten.

»Herr«, vernahm er jäh eine Stimme.

Riacáns Hände begannen zu kribbeln, als er sich erhob und sie schüttelte. Er fuhr herum und sah einen der Bauern, die das Land bewirtschafteten, auf ihn zukommen.

»Was willst du?«, fragte er schroff.

»Du weißt doch, Herr, der Winter kam dieses Jahr so früh.«
Ich weiß nur, dass der Winter wunderschöne Blumen blühen lässt.
»Die Schweine haben in den Wäldern nicht genug Bucheckern und Eicheln gefunden, und als man sie schlachtete, war kaum Speck an ihnen«, fuhr der Mann fort.
»Ja und?«, fragte Riacán.
Siehst du denn nicht, dass ich ... warte?
Der Mann hob voller Unbehagen seine Schultern und schien seinen Kopf dazwischen verstecken zu wollen. Der Kopf war zu groß oder vielmehr die Schultern zu klein, nein, regelrecht knöchrig. Knöchrig wie alles an ihm.

»Die Wölfe, die ihre Jungen sonst erst im Dezember werfen, haben sie dieses Jahr schon um Samhuinn zur Welt gebracht«, sagte er, »und letzte Nacht haben sie nicht nur Schafe gerissen, auch ein Rind.«

Riacán hörte nicht zum ersten Mal davon. Schon am Morgen hatte man ihm aufgeregt Bericht erstattet.

»Ein Wolf ist nicht stark genug, ein ganzes Rind wegzuschleifen«, murmelte er. »Also kann man sein Fleisch noch essen.«

Anders als erhofft, schlich der Mann nicht davon.

»Aber der Bauch des Rindes war merkwürdig aufgebläht«, sagte er. »Ich glaube, der Wolf hat ihm nur den Rest gegeben. Schon zuvor litt es ... litt es ... litt es ...«

Er brach ab.

»Woran litt es? An Kälte? An Hunger?«
Was zum Teufel ist so schlimm daran?
»An Rotlauf«, stieß der Mann aus und senkte den Kopf, als spräche er von einem bösen Fluch.

In seinem alten Leben hatte Riacán die gefürchtete Rinderkrankheit, die einige Jahre vor seiner Geburt fast alle Tiere der Insel ausgerottet hatte, auch dafür gehalten. »Rotlauf ...«, murmelte er jetzt nur gleichgültig.

»Und vier weitere Kühe haben diese dicken Leiber«, fuhr der Mann fort. »Sie schreien, als hockten Dämonen in ihrem Leib und piesackten ihre Gedärme mit spitzen Pfeilen. Was sollen wir nur tun?«

Gebt ihnen zu trinken. Aber nein, das Wasser im Trog ist ja gefroren. Der Wind lässt so schöne Blumen blühen.

»Tut, was ihr für das Beste haltet«, sagte Riacán und ließ den Mann stehen.

Er setzte sich nicht wieder auf den Boden und lehnte sich an den Trog, sondern betrat die Scheune. Auch dort konnte er warten. Einige Atemzüge lang hing er dem Glauben nach, dabei allein zu sein, doch als er sich schon in einer Ecke auf einen Strohballen fallen lassen wollte, vernahm er merkwürdige Laute und erblickte einen schwarzen Hund, der dort herumschnüffelte. Zumindest sah das Wesen wie ein Hund aus. Als sich seine Augen ans trübe Licht gewöhnt hatten, erkannte Riacán, dass es Kraka war und dass diese nicht den Boden nach einem Knochen absuchte, sondern Asche verstreute.

»Was tust du denn da?«, fragte Riacán erstaunt.

Sie drehte sich nicht zu ihm um. »Die Asche ist vom Vogelbeerholz, und ich verstreue sie hier, um böse Blicke abzuwehren«, erklärte sie lediglich.

»Böse Blicke? Wer kommt denn in die Scheune und glotzt ausgerechnet dich böse an?«

Erst jetzt richtete sie sich auf und straffte den Rücken. »Gegen die bösen Blicke, die mich treffen, trage ich ein Amulett aus Gewürzrinde, Pfefferminz und Raute. Die Asche hingegen, die ich hier und desgleichen vor allen Türen und den Werkstätten verstreue, schützt uns vor den Feinden.«

Riacán schnaubte verächtlich. »Die Feinde waren doch schon da ... noch schlimmere als Ascall von Toora können uns nicht heimsuchen.«

Kraka erhob sich langsam und ging auf ihn zu. Ihre Bewegungen waren geschmeidig wie die einer Katze und die Schritte so lautlos, als würde sie wie diese auf samtigen Pfoten schleichen.

»Ach Riacán, halt mich nicht für dumm!«, sagte sie mit rauer Stimme. »Alle anderen mögen denken, dass du in Trauer versunken bist. Doch ich weiß, dass du etwas planst, ich weiß es ganz genau. Und ... und ich bewundere dich dafür.«

Der ungewohnt respektvolle Unterton in ihrer Stimme

schmeichelte ihm, doch zugleich wurde ihm unbehaglich zumute. Nicht einmal Ceara hatte er seine Pläne anvertraut.

»Wie kommst du bloß darauf?«, fragte er unwirsch.

Sie hob ihre Hand und hielt sie ihm dicht vors Gesicht. »Sieh, ich habe mir den Finger verbrannt.«

»Na und? Dann spuck eben darauf, davon wird es besser.«

»Narr!«, schimpfte sie. »Ich habe den Finger absichtlich in das Feuer gehalten, als ich das Vogelbeerholz zur Asche verbrannte. Genauer gesagt habe ich den Finger nicht in das Feuer, sondern in den Lachs gehalten, den ich zuvor über dem Feuer briet.«

»Noch lebend?«, rief er.

Kraka lachte keuchend. »Nein, er war schon tot, aber der Kopf war noch dran, das war wichtig. Der Lachs lässt uns in die Zukunft sehen.«

Riacán starrte auf Krakas Hände, deren Haut bis auf die Brandblase so weiß, ja fast durchscheinend war, dass man die dunklen Adern darunter schimmern sehen konnte.

»Und der Lachs hat dir verraten, was ich vorhabe?«, fragte er spöttisch.

»Lach nicht!«, sagte sie streng. »Alle großen Druiden konnten in die Zukunft sehen, manche schon, indem sie nur an ihrem Daumen kauten.«

»Was wehtun muss, wenn man ihn sich vorher an einem gebratenen Lachs verbrannt hat«, warf Riacán ein.

Kraka beachtete seine Worte nicht. »Andere verwandelten sich wiederum in Raben«, fuhr sie fort.

»Nicht etwa in Lachse?«

»Raben beherrschen alle Sprachen. Sie können übersetzen, was der Lachs ihnen erzählt.«

Riacán versuchte, sich einen Lachs und einen Raben bei einem lauschigen Gespräch vorzustellen.

»Nun gut, also weißt du jetzt, dass ich nicht einfach aufgegeben habe. Dass ich Caitlín zurückholen werde. Dass ich mich an Ascall rächen werde.«

Krakas Augen weiteten sich anerkennend, als sie die Hand mit dem verbrannten Finger auf seine Schulter legte. »Und ich könnte dir helfen!«, rief sie eindringlich. »Ich habe dir doch erzählt, dass das Wissen der Druiden eine unerschöpfliche Quelle ist. Ein paar Tropfen und du wirst weise wie sie sein, stark wie die alten Helden Irlands, listig wie die Götter. Die Geister der Vergangenheit, sie werden immer bleicher und dünner, weil ihnen das frische Blut fehlt. Doch wenn du in ihrem Namen in den Kampf ziehst, werden sie dich begleiten und beschützen. Der Gekreuzigte wird dir bei deiner Rache nicht helfen, aber die Götter werden es, die Trolle und Elfen und Feen und Zwerge. Du willst doch so wenig wie ich, dass aus den gefährlichen Wölfen, die wir Iren einst waren, fiepende Welpen werden, aus den mächtigen Adlern graue Spatzen, aus den giftigen Schlangen winzige Regenwürmer.«

Mit jedem Wort sprach sie eindringlicher, und die blauen Flammen, die in ihren Augen zu flackern schienen, züngelten auch an seiner Seele hoch. Dennoch schüttelte er ihre Hand ab.

»Ich soll also ebenso all diese heidnischen Rituale vollziehen und mir den Daumen verbrennen?«, fragte er verächtlich. »Nein danke!«

Falls sie enttäuscht war, zeigte sie es nicht. Sie musterte ihn nur nachdenklich. »Wenn du nur ein Mörder sein willst, brauchst du mich nicht. Wenn du auch ein Held sein willst, ein Held wie in den alten Zeiten, dann zögere nicht, meinen Rat zu suchen.«

Erleichterung durchflutete ihn, als sie sich zum Gehen wandte. Leider folgten auf das Rascheln ihres Seidenkleids bald wieder Schritte und wenig später die Klänge einer Harfe, durchdringend, süß und ... traurig wie nie.

Wenn die Eisblumen, die im Trog blühen, einen Gesang anstimmen würden, dann würde er so klingen, so voller Sehnsucht nach der Sonne. Und wenn diese sie tatsächlich bescheint und ein letztes Mal zum Funkeln bringt, ehe sie mit kalten Tränen ihren eigenen Tod beweinen, dann auch voller Schmerz.

Riacán lauschte den Lauten kurz ergriffen, ertrug sie aber nicht lange, nicht jetzt, da er ... wartete.

»Still!«, rief er.

Faolán ließ die Harfe sinken und nahm seinen Bruder erst jetzt wahr.

»Was machst du denn hier?«, fragte er erstaunt. »Du siehst aus wie eine Katze, die auf ein Mäuseloch starrt.«

Riacán zuckte mit den Schultern. »So fangen die Katzen nun mal ihre Beute ... mit Geduld.«

Sein Bruder nahm einen leeren Hanfsack, legte ihn auf den Boden und strich ihn glatt. »Ich übe oft hier, wenn Éilís mich mal wieder aus dem Langhaus verjagt«, erklärte er. Riacán sah ihn kopfschüttelnd an. Er würde nie verstehen, warum der jüngere Bruder, der bei jedem Misston auf seiner Harfe schmerzlich das Gesicht verzog, sehnsüchtig lächelte, wenn er Éilís' schrille Stimme vernahm. Angespannt wartete er auf die nächsten Töne, doch Faolán legte seine Harfe neben sich und betrachtete ihn nachdenklich. »Wenn man uns beide in diesem Augenblick beobachtete, könnte man nicht erkennen, wer der Krieger und wer der Barde ist«, sagte er nach einer Weile.

Riacán ließ seinen Kopf auf seine Knie sinken. In den letzten Monaten hatte er kaum mit Faolán gesprochen, schon gar nicht über Caitlín, obwohl er ahnte, dass der Bruder sie nicht minder schmerzlich vermisste.

»Schämst du dich eigentlich nie?«, fragte er leise.

»Wofür denn?«, fragte Faolán leichtfertig.

»Die Welt ist ein grausamer Ort. Wir werden alle nicht verschont. Wir werden alle schmutzig ... sündig ... böse. Nur du ... du glaubst, du kannst mit deinen Liedern über Krieg und Tod hinwegsingen. Deine Musik ist eine einzige Lüge.«

Faolán lächelte eine Weile schief, ehe er doch die Harfe nahm. Er strich so vorsichtig über die Saiten, dass sie kaum vibrierten. Man hätte den Atem anhalten müssen, um einen Laut zu hören.

»Du vergisst etwas Wesentliches«, sagte er leise. »Vielleicht hast du recht, und die Welt ist ein grausamer Ort – dunkel, böse und hässlich. Aber woher weiß man, dass etwas dunkel ist? Richtig, weil es das Licht gibt. Woher weiß man, dass etwas hässlich ist? Richtig, weil es auch etwas Schönes gibt. Und woher weiß man, dass etwas böse ist? Weil es auch Güte gibt.«

Wieder strich er über die Saiten, dieses Mal etwas energischer. Die Laute glitten wie warme Wellen über Riacáns Seele. »Du denkst, ich bin feige und verlogen, ja blind für die Welt, weil ich lieber singe als kämpfe? Wisse: Das Ächzen von euch Kriegern und das Klirren eurer Schwerter mögen lauter sein als meine Lieder, doch ihr würdet nichts vom Krieg verstehen, wenn ich nicht dann und wann vom Frieden sänge.«

»Nun gut«, sagte Riacán. »Aber singst du wirklich vom Frieden, oder spottest du in deinen Liedern bloß über den Krieg?«

Darauf wusste Faolán nichts zu antworten – zumindest nicht mit Worten. Während Riacán starr hocken blieb und die Augen schloss, strich Faolán nicht länger nur über die Saiten, er begann zu singen. Selbst wenn er nicht gewusst hätte, wie sein Bruder aussah, hätte Riacán ihn allein ob seiner Stimme ganz deutlich vor sich gesehen – mit seinen feinen Händen, den blonden Locken, den ebenmäßigen Zügen.

Von den Sternen sang er, den Sternen, die so hoch oben am Himmel standen, dass niemand sie zu fassen bekam, selbst wenn er sich auf Zehenspitzen stellte. Ja, selbst wenn man das Schwert erhob und auf sie zielte, konnte man sie nicht mal mit der Spitze kitzeln. Doch die tausend Augen, die den Menschen gnädig von oben herab anblicken, besiegten die Schwärze der Nacht. Auch das, was einfach nur leuchtete, statt etwas zu tun, besaß eine unglaubliche Macht.

Noch eine Weile zuvor hatte Riacán gedacht, dass er Faoláns Musik nicht ertragen könnte, während er wartete. Nun fragte er sich, wie er jemals hatte warten können ohne diesen Trost, ohne diese vage Hoffnung, dass er nicht immer ein Rächer bleiben, sondern irgendwann wieder der Alte sein würde, Cináeds Ziehsohn, Caitlíns Bruder, vor allem auch Faoláns Bruder, der sich für ihn starkgemacht, der ihn mit der Leidenschaft, ein Barde sein zu wollen, immer bestärkt hatte.

Doch plötzlich brach Faolán ab und lauschte angestrengt. Ein Misston hatte sich in die wunderschöne Melodie gemischt, nicht wirklich durchdringend, doch laut genug, dass auch Riacán ihn vernahm. Obwohl er seit Stunden wartete, war er kurz überzeugt, dass Kraka einen neuen Fluch erprobte. Wer sonst sollte so abartig kreischen?

Als er aufsprang und aus der Scheune stürmte, wusste er

hingegen gleich, dass Kraka zwar ähnlich laut schreien konnte, aber es niemals so panisch tun würde, so voller Furcht. Er blickte sich um, traf auf viele ratlose Blicke, indes das Geschrei nicht abriss.

»Wer ... wer schreit hier so?«

Die Leibwächter, die ansonsten nur gelangweilt herumlungerten oder Sklaven schikanierten, stürzten herbei, die Hände auf dem Knauf ihrer Schwerter.

»Es müssen die Sklavinnen sein, die vorhin zum Bach gingen, um Wäsche zu waschen.«

Sklavinnen ... Sklavinnen ... es ging doch nie um Sklavinnen, sondern um ...

»Seht nach, was passiert ist, ich komme bald nach.«

Hektisch blickte Riacán sich um. Er konnte Gljómall, Dúngal und Fiacc nicht folgen, ehe er sich vergewissert hatte, dass Ceara in Sicherheit war. Doch er sah sie nirgendwo – weder bei den Frauen, die gerade Molke machten, noch bei jenen, die das Getreide in trockene Gefäße umschütteten, oder bei denen, die Stoffe färbten.

»Ceara!«, rief er, während ihm der durchdringende Gestank von Pisse in die Nase stieg, in dem Flechten und Moose gärten. »Wo ist Ceara?«

Faolán, der ihm aus der Scheune gefolgt war, gab ihm Antwort. »Sie ... sie ist mit den anderen zum Bach gegangen ...«

Riacán erbleichte. »Ich habe ihr doch verboten, schwere Arbeiten zu verrichten!«

Faolán zuckte mit den Schultern. »Das befiehlst du ihr andauernd, aber sie kann nicht anders. Auch ihre Eltern konnten nicht anders. Nicht bevor sie als Sklaven nach Irland verschleppt wurden. Und noch weniger danach.«

Riacáns Entsetzen wuchs. »Sie kann doch nicht ... sie darf doch nicht ... nicht heute ... nicht jetzt ... nicht, wenn *sie* kommen.«

Er spürte Faoláns Hände kaum, als der seinen Arm packte. »Wovon redest du? Was geht hier vor? Wer sind *sie*?«

Riacán antwortete nicht. Er riss sich los und stürmte durchs Tor.

Wie lieblich der Bach plätscherte. Das Ufer war zwar kahl, die Steine auf dem Grund dunkel und die Fische versteckt, doch dem Wasser war es egal, dass es eisig kalt dahinfloss. Es bahnte sich seinen Weg durch Wälder, Wiesen und Sümpfe, und was immer hineinfiel, nahm es mit in den breiten Shannon – hier ein kahles Zweiglein, da ein Blättchen, das Winter und Frost überlebt hatte, aber nun ertrank, dort einen hölzernen Knopf.

Und Blut.

Zuerst war es kaum mehr als ein Tropfen, und Riacán war überzeugt, dass ihn der erste Eindruck trog. Das Wasser war doch schwarz, nicht rot. Doch plötzlich wurde aus dem Tropfen ein Faden, dieser Faden wurde dicker, und bald war da kein Wasser mehr, nur noch Blut.

Er stieg vom Pferd, lief das Bächlein entlang, überholte nun Gljómall, Dúngal und Fiacc. Als er ausrutschte und auf die Knie fiel, erhob er sich, hastete weiter, rutschte wieder aus. Dies war der Moment, da er nicht länger auf das Wasser … nein, auf das Blut starrte, sondern langsam den Kopf hob.

Eine Frau lag da. Sie war mit dem Oberkörper voran in den Bach gefallen, ihr Haarknoten hatte sich aufgelöst, und die Strähnen umgaben ihr Gesicht wie ein dunkler Fächer. Auch wenn er sie nicht sehen konnte, war er sich plötzlich sicher, dass jemand ihre Kehle durchgeschnitten hatte.

Wie lieblich der Bach plätscherte …

Nicht Ceara, es darf nicht Ceara sein. Nicht … sie.

Das Haar wirkte dunkler als ihres, aber das musste an einem grauen Tag wie diesem nichts heißen. Und dass die Tote kein helles Leinenkleid trug, sondern ein fast schwarzes, konnte am Matsch liegen, mit dem es sich vollgesogen hatte. Der Korb mit der Wäsche, der neben der Toten stand, war jedenfalls derselbe, den Ceara zuvor getragen hatte.

Bitte nicht Ceara.

Riacán sprang auf und stapfte weiter durch den Bach. Das kalte Wasser schnitt ihm in die Glieder, das Leder seiner Stiefel würde sich rot färben, beides war ihm gleich. Schon hatte er die Tote erreicht, packte sie nach kurzem Zögern an den Haaren. Der Kopf war so schwer, dass er zunächst vergebens an den Strähnen zerrte. Erst als er mit noch mehr Kraft zog, bewegte sie sich.

Ceara ... Ceara ... nein, es ist nicht Ceara.

Die Erleichterung blieb aus. Die klaffende Wunde an der Kehle ... die blauen Lippen ... die aufgerissenen, starren Augen ... kein Mensch sollte so enden. Gern hätte er den Namen der Sklavin laut gesagt, aber er wusste ihn nicht. Gern hätte er sich auch hingekniet, den Kopf kurz auf seinen Schoß gebettet und ihrer Seele, die gewiss noch über ihnen schwebte, versprochen, dass er sie nicht achtlos im Bach liegen lassen, sondern bestatten würde. Doch das musste warten. Das blutrote Wasser spritzte ihm ins Gesicht, als er die Tote wieder ins Wasser fallen ließ.

Wie lieblich der Bach plätscherte ...

Überhaupt nicht lieblich klang die Stimme, die plötzlich ertönte.

»Wenn du die anderen suchst, die sind hier.«

Die Hände bekommen Schwielen, wenn man lange genug mit einem Hammer auf glühendes Eisen schlägt, aber die Seele wird nicht blind, wenn man oft genug Tote betrachtet.

Langsam hob er den Kopf. Nichts bewahrte ihn vor dem Entsetzen, als er Ceara und die andere Sklavin inmitten eines halben Dutzends Männer sah. Cearas Lippen waren so blau wie die der Toten, das Haar fiel ihr wirr ins Gesicht. Offenbar hatte sie vergebens gegen den Griff des Mannes, der hinter ihr stand, mit einer Hand besitzergreifend ihre Taille umschlungen hielt und mit der anderen ihre Brüste knetete, angekämpft.

Jetzt kämpfte sie nicht mehr, und der Bach plätscherte nicht länger lieblich. Er wurde aufgewühlt, als Riacáns Krieger ihn durchschritten und ihre Schwerter zogen, ohne dass er Anweisung gegeben hatte.

»Nicht!«, befahl er und hob seine Hand.

Dúngal beugte sich zu ihm. »Jeder von uns schafft mindestens zwei von ihnen. Wir sind stärker als sie.«

»Aber sie sind stärker als die Sklavinnen. Wenn wir uns wehren, sterben sie als Erstes.«

»Na und? Eine Sklavin kostet weniger als ein Ochse.«

»Und dich mache ich gleich zu einem Ochsen, wenn du nicht gehorchst.«

Die Fremden hatten dem Wortwechsel belustigt gelauscht, und als Riacán einen Schritt auf sie zumachte, ließ der Mann Ceara los. Leider war schon ein anderer zur Stelle, um sie nicht minder grob zu packen und ihr etwas ins Ohr zu raunen, was ihr das Blut aus dem Gesicht weichen ließ.

Noch ist dieses Blut nicht in den Bach geflossen. Noch kann ich sie retten. Ich muss nur meinen ursprünglichen Plan befolgen.

»Riacán O'Bjólan?«, fragte der Mann, der offenbar der Anführer der Schar war, Schwert und Streitaxt trug, außerdem dicke Stiefel, ein sauberes Lederwams und einen rötlichen Pelz.

»Der bin ich«, sagte Riacán, um gleich hinzuzufügen: »Deinen Namen will ich gar nicht erst wissen.«

»Warum nicht?«

»Weil auch meine Rinder keine Namen tragen. Wer mein Land nicht betritt, sondern darauf herumtrampelt, ist kein Mann.«

Der Leib des anderen war rund wie ein Fass, seine Beine allerdings dürr. Ein Wunder, dass sie das Gewicht stemmen konnten, desgleichen man dem kurzen Hals kaum zutraute, einen so breiten, schweren Kopf zu tragen. Er lächelte.

»Nun, den Namen deiner Sklavinnen muss ich auch nicht wissen, um mich mit ihnen zu vergnügen.«

Riacán riss sich zusammen, um keinen weiteren Blick auf Ceara zu werfen und sich stattdessen gleichgültig zu geben. Er deutete auf die Tote. »Das sieht mir aber nicht nach Vergnügen aus.«

»Die hat sich Swein Flachnase vorgenommen …«

»Ich sagte doch, dass ich keinen Namen hören will.«

»Das ist auch nicht sein richtiger Name. Man nennt ihn so, weil er wie ein Schwein frisst. Anstatt die Speisen mit der Hand zum Mund zu führen, wühlt er mit dem Gesicht in der Schüssel. Gottlob hat er eine kurze Nase, sonst würde er dabei ersticken. Sein Schwanz ist länger als die Nase, und sein Schwert ist länger als sein Schwanz. Er war heute Morgen nicht sicher, ob er es am Wetzstein schleifen sollte, wahrscheinlich wird er es nun tun müssen. Die Kehle deiner Sklavin hat es zwar ganz mühelos durchschnitten, aber als er auf einen Ast einschlug, hat das Schwert den nur geknickt.«

Er deutete nach oben. Von einem dürren Baum baumelte tatsächlich ein Ast.

»Im Übrigen wollen wir nicht nur deine Sklavinnen, wir wollen obendrein ... sechs Rinder.«

Hinter Riacán ertönte ein Grunzen, als wären auch seine Männer Schweine, die mit ihren Gesichtern in der Schüssel wühlten. Ohne Zweifel hatten sie nicht minder Lust zu erproben, ob ihre Schwerter geschliffen waren, doch Riacán hob wieder die Hand.

»Ihr könnt ein Rind haben«, beschied er den Fremden bestimmt. »Es liegt tot auf der Weide, nachdem es von einem Wolf angefallen wurde.«

Der Anführer schob wie ein gekränktes Weib die Unterlippe vor. »Wir haben ja schon die Sklavinnen zu tragen, da können wir unmöglich eine tote Kuh schleppen. Wir wollen lebendige, die selbst trotten können, und Stricke, um sie aneinanderzubinden.«

»Und wohin sollen sie trotten?«

»Ich dachte, du wolltest keinen Namen hören? Aber nun gut, wir kommen von den O'Faeláins und werden mit den Rindern wieder zu ihnen zurückkehren.«

Riacán entging nicht, dass die Männer seiner Leibwache unmerklich zusammenzuckten. Die O'Faeláins waren eine der mächtigen Familien Nord-Leinsters, deren Landbesitz um etliches größer war als das O'Bjólan-Land und die – anders als Riacán – König Diarmait nicht bis zum bitteren Ende die Treue gehalten hatten.

»Na, Bürschchen! Holst du nun deine Rinder? Wenn ich noch lange warten muss, will ich nicht sechs, sondern acht.«

Ich gebe euch zehn, wenn ihr mir dafür diese eine Sklavin lasst.

Doch er ahnte, dass sie dann zwölf verlangt und Ceara erst recht genommen hätten, nickte deswegen langsam und wandte sich der Leibwache zu.

»Fiacc und Dúngal, ihr holt die Rinder«, sagte Riacán so leise, dass nur sie es verstehen konnten. »Allerdings vier statt sechs, und zwar die mit den aufgeblähten Bäuchen.«

Gljómall schüttelte unmerklich den Kopf. »Du darfst ihm nicht einmal kranke Tiere geben. Und du darfst nicht zulassen, so beschämt zu werden! Entweder wir töten sie, oder wir sterben im Kampf. Wenn sie uns besiegen, werden sie uns dann zumindest achten.«

»Unsinn. Man lobt auch kein Schaf, wenn es beim Schlachten nicht schreit. Tut einfach, was ich sage! Geht! Nur Gljómall bleibt hier.«

Das Wasser spritzte hoch, als Fiacc und Dúngal durch den Bach stürmten, aber er maßregelte sie nicht. Dass sie ihren Zorn deutlich zeigten, machte es ihm leichter, den seinen zu schlucken.

»Kluges Bürschchen«, sagte der Anführer der Männer. »Du weißt ganz genau, dass uns noch mehr als Rinder und Sklavinnen zustünde, nachdem du zum Verräter geworden bist.«

»Und was genau macht mich zum Verräter?«

»Ja, glaubst du, wir wissen nicht, was du getan hast?«

»Was habe ich denn getan?«

»Jetzt spiel nicht das unschuldige Mädchen, das sich eine Jungfrau nennt und eine enge Spalte verspricht, obwohl es schon auf hundert Männern geritten ist.« Der Mann spuckte aus. »Ganz Leinster weiß, dass du Diarmait zur Flucht verholfen hast.«

»Flucht?«, entfuhr es Riacán überrascht.

»Tigernán hat ihn seinerzeit vergebens in Ferns gesucht. Nachdem er das eigene Haus dort hat verbrennen lassen, hat Diarmait Irland verlassen.«

»Das vermuten die meisten zumindest«, sagte Riacán. »In seinen letzten Tagen als König hat er sich von den Augustinern in Ferns eine Kutte ausgeliehen, um unbemerkt durchs Land zu gehen und um Verbündete zu werben, und manches Gerücht besagt, er habe diese Kutte gleich angelassen und sei damit nach Lough Derg oder zum Croagh Patrick gepilgert. Andere behaupten, er sei sogar nach Santiago de Compostela, vielleicht auch nach Rom oder gar ins Heilige Land aufgebrochen. So oder so ist es nicht meine Schuld, dass Diarmait nicht in Ferns geblieben ist und dort seelenruhig auf seine Feinde gewartet hat, damit die ihn blenden, entmannen oder töten.«

»Diarmait soll auf Pilgerreise sein?« Der Mann lachte finster. »Du magst dich vor ihm noch tiefer gebückt haben als eine Hure, aber kannst du dir Diarmait auf Knien vorstellen?«

Riacán zuckte mit den Schultern. »Kaum einer hat so viele Klöster gestiftet wie König Diarmait.«

»Gib dich nicht ahnungslos, wir wissen Bescheid. Diarmait ist nach Wales geflohen und von dort weiter nach Aquitanien, um König Henry um Hilfe anzubetteln. Und du hast ihn unterstützt.«

»Siehst du hier irgendwo Schiffe?«, fragte Riacán. »Oder denkst du, ich hätte Diarmait auf dem Rücken von Rindern nach Bristol gebracht?«

»Nun komm schon, Bürschchen. Ob du Diarmait geholfen hast oder nicht, ist doch eigentlich gleich. Wichtig ist nur, dass alle es glauben. Wir sind dir noch nicht einmal böse, wir wollen nur die Rinder und die Weiber.«

Es dauerte nicht lange, bis Fiacc und Dúngal zurückkehrten. Drei Kühe trotteten gleichgültig hinter Fiacc her, während Dúngal an einer zerren musste, die sich störrisch wie ein Esel erwies. Sie wollte nicht durch den Bach steigen, und als Dúngal mit einem Stock auf ihr Hinterteil drosch, schiss sie ins Wasser.

»Was soll das?«, schrie der Anführer der Männer wütend.

»Soll ich meinen Kühen etwa das Scheißen verbieten?«, entgegnete Riacán.

»Es sind nur vier, ich habe sechs verlangt.«

Riacán starrte kurz auf den Bach, dessen Wasser nunmehr bräunlich dahinplätscherte. Als Kind hatte er manchmal vom kalten Wasser getrunken, und seine folgenden Worte fühlten sich an, als würde er sich auch heute über die verdorbene Brühe beugen und sie schlucken.

»Vier Rinder sind mehr als genug. Und ihr kriegt statt drei Frauen nur eine. Dass ihr die, die da im Bach liegt, schon getötet habt, ist euer Pech. Geht zu den O'Faeláins und sagt ihnen, dass das keine Beute ist, sondern ein Geschenk. Das Geschenk eines Freundes. Ich bin nämlich kein Verräter, ich habe Diarmait nicht nach Wales gebracht.«

Der Hals des Mannes war immerhin lang genug, dass er empört den Kopf schütteln konnte. Und die dünnen Beine hatten nicht nur die Kraft, den fassförmigen Körper zu tragen, sie machten jetzt einen Satz auf ihn zu. Noch nicht einmal mit dem Messer, nein, mit den bloßen Händen ging er auf Riacán los und packte ihn am Hals.

»Du glaubst, du kannst mit mir feilschen wie ein Marktweib, dessen Hühner nur faule Eier legen?«

Zum dritten Mal wollten seine Leibwächter die Schwerter ziehen, zum dritten Mal verbot Riacán es ihnen. »Lasst es! Er wagt ja doch nicht, mir etwas zu tun.«

»Wage ich nicht?«, drohte der Mann, nahm zwar die Hände von seiner Kehle, aber ballte sie zu Fäusten.

Du hast ja nicht mal eine Ahnung davon, wie grässlich faule Eier stinken.

»Ihr denkt, ich bin euch schutzlos ausgeliefert? Ihr denkt, es gibt keinen, der für mich eintritt? Ihr denkt, mit einem O'Bjólan kann man machen, was man will? Es scheint, ihr verbringt zu viel Zeit mit Rindern oder mit Menschen, die wie Schweine fressen, und wisst deshalb nichts von meinem mächtigen Beschützer.«

Der Anführer lachte ungläubig. »Und wer soll das sein?«

Riacáns Körper zitterte nicht vor der Kälte und seine Stimme nicht vor der Lüge. »Wenn er hier wäre, würdet ihr an der Stelle dieses Weibes liegen, eure Köpfe wären nicht nur halb abgeschnitten, sondern ganz, und zuvor hätte man euch Zunge, Nase und Ohren abgehauen und die Augen ausgestochen.«

»Sag schon, wer ist dein geheimnisvoller Verbündeter?«, fragte der Mann.

»Nun, wer schon? Natürlich mein Schwager! Ascall von Toora!«

Jemand keuchte. Er wusste nicht, ob er selbst, einer der Fremden oder einer seiner Krieger. Das Lachen des Anführers klang jedenfalls wie ein ersticktes Husten.

»Ascall von Toora ist nicht hier«, sagte er unsicher.

»Oh, bis er käme, bliebe gewiss genügend Zeit, sechs Rinder oder acht oder sogar zwölf zu den O'Faeláins zu treiben. Aber ich weiß nicht, ob das Fleisch schon durchgebraten wäre, wenn er dort eintreffen würde, und das Leder schon lange genug in der Pisse gelegen hätte, um glatt zu sein. Ich denke, am Ende würde er das Fleisch selbst verschmausen. Noch weicheres Leder bekommt man zudem, wenn man statt Rindern Männern wie euch die Haut abzieht. Ascall wird sich als Erstes euch vornehmen, dann eure Weiber und dann die Schafe, mit denen ihr es treibt, wenn sich kein Weib findet. Nehmt also lieber die vier Rinder und die eine Sklavin und lebt – oder verlangt mehr und sterbt langsam.«

Unmerklich waren die Männer zurückgetreten, Riacán glaubte förmlich zu hören, wie ihre Gedanken im Kopf kreisten. Über Ascall wurden schließlich so viele Geschichten erzählt, dass man Wahrheit und Übertreibung so schwer voneinander trennen konnte wie Sand vom Mehl.

»Welche Sklavin willst du behalten?«, fragte der Anführer.

Riacán biss sich so fest auf seine Lippen, dass er Blut schmeckte. Nur so konnte er vermeiden, Cearas Namen zu rufen. Die andere hatte er bislang kaum wahrgenommen, und auch jetzt fiel ihm nur auf, dass sie braunes Haar und einen dicken Leib hatte. Die meisten Männer mochten dicke Frauen, zählten diese doch kaum mehr als Äpfel, die man vom Baum pflückte und lieber prall statt runzlig verzehrte.

»Die da«, sagte er und deutete auf die Dicke.

Ein angstvoller Augenblick verging, dann deutete der Anführer auf Ceara und knurrte: »Sei froh, wenn wir dir die Dürre lassen.«

Der Mann, der sie festgehalten hatte, stieß Ceara auf den Boden, während man die andere Sklavin mit dem Strick an eines der Rinder band. Swein Flachnase bekam den Befehl, sich um das störrische Tier zu kümmern, und Riacán hoffte, dass es ihm ins Gesicht schiss.

Als die Männer ihre Beute wegtrieben, muhten die Rinder, indes die Sklavin stumm blieb. Riacán sah ihnen nicht nach, er stieg über die tote Frau hinweg und ging hastig durch den Bach zurück zur Siedlung. Erst als er den Hof erreichte, wagte er es, sich nach Ceara umzusehen, auf sie zuzustürzen und sie an sich zu ziehen. Sie zitterte, und nun erlaubte er sich auch selbst zu beben und mit den Zähnen zu klappern.

»Es tut mir leid … es tut mir so leid … Warum bist du nur zum Bach gegangen … wenn ich gewusst hätte …«

Als er Cearas Wangen streichelte, vermeinte er, nur Eisblumen zu berühren, und anstatt ihren honigsüßen Geruch einzusaugen, ging ihm der Gestank nach Tod und Rinderscheiße nicht aus der Nase.

»Du … du hast das geplant«, stammelte sie. »Die Männer … sie waren deinetwegen hier.«

»Dass die Sklavin stirbt, habe ich nicht gewollt.« Ganz deutlich sah er die leeren Augen vor sich, die aufgeschlitzte Kehle, die bläulichen Lippen. »Ich habe sie dafür bezahlt, dass sie die Rinder stehlen, doch keine Frauen. Sie haben sich nicht an unsere Abmachung gehalten … Ich … ich konnte nichts tun … es musste doch echt aussehen.«

Ceara löste sich abrupt von ihm. »Du hättest durchaus etwas tun können, aber du *wolltest* nicht«, sagte sie leise. »Weil … weil das alles Teil deiner Rache ist. Und weil dir deine Rache wichtiger ist, als ich es bin.«

Er zog sie wieder an sich, doch erneut machte sie sich los und ging davon.

»Ceara!«

Er blieb erst stehen, als sich Gljómall vor ihm aufbaute.

»Hör auf, ihr nachzuwinseln!«, brüllte der. »Schlimm genug, dass du dich nur wegen einer Sklavin wie ein Köter vor ihnen geduckt hast.«

Riacán las in den Gesichtern seiner Leibwächter Scham und Wut.

»Ich tat es nicht nur wegen einer Sklavin, auch wegen des Kindes, das sie trägt«, sagte er. »Meines Kindes.«

Zum ersten Mal sprach er es laut aus. Als Ceara ihm einige Wochen zuvor erzählt hatte, dass sie schwanger war, hatte sie ihn gebeten zu schweigen, solange ihr Bauch sich nicht wölbte und die Seele des Kindes noch nicht in seinem Körper wohnte, sondern weit über den Wolken.

Ob es von dort gesehen hatte, dass ihm die Rache nicht nur wichtiger als Ceara, auch wichtiger als sein Fleisch und Blut war?

Gljómall schnaubte. »Vier Rinder für einen Bastard sind mindestens zwei zu viel. Und um wiedergutzumachen, dass du dich unter Ascalls Rock versteckt hast, müsstest du eine so große Herde hergeben, dass hier alles niedergetrampelt würde.«

Nun, meine Ehre habe ich längst selbst in den Dreck getreten ... dafür brauche ich keine Kuh.

Laut sagte Riacán dies aber nicht. Das Zittern wenigstens ließ langsam nach. Er ging zum Trog und drosch so lange auf die Eisschicht ein, bis er seine Hände nicht mehr fühlte und von den Eisblumen nur Splitter geblieben waren, die im dunklen Wasser langsam untergingen.

Der Winter bringt gar nichts zum Blühen, der Winter bringt nur den Tod, und ich habe mir geschworen, wie der Winter zu sein.

»Hört auf zu zetern!«, rief er. »Wenn man jemandem den Kopf abschlagen oder ein Messer ins Herz rammen will, darf man nicht so dicht an ihn gepresst stehen, dass man den warmen Atem spürt. Man muss einen Schritt zurücktreten.« Immer noch standen Zweifel in den Gesichtern der Krieger, wenn auch nicht mehr so tiefe Verachtung. »Ihr denkt, ich hätte klein beigegeben. Ihr denkt, ich wäre feige. Doch ich habe nichts anderes getan, als diesen einen Schritt zurückzutreten.« Etliche Menschen wurden von der lauten Stimme in den Hof gelockt, starrten ihn an, müde, frierend, hungrig. »Hört nur zu!«, fuhr Riacán fort. »Hört mir gut zu! Es stimmt. Wir wurden bestohlen, wir wurden erniedrigt. Die O'Bjólans scheinen ihren Feinden schutzlos ausgeliefert zu sein. Doch ich habe auch Neuigkeiten vernommen – Neuigkeiten, die alles verändern. König Diarmait hat nicht kampflos aufgegeben. Auch er, erniedrigt und bestohlen wie wir, ist einen Schritt zurückgetreten, auch er hat den Kopf eingezogen, auch er hat gelogen, um seine wahren Ziele zu verschleiern. Doch das tat er nur, um sein Reich zurückzugewinnen, seine Krone und seine Ehre. Und genau das werde auch ich ... das werden wir zusammen tun.«

Gljómall blickte verwirrt, Fiacc verschlagen, Dúngal überrascht, doch sie gehorchten ohne Murren, als er ihnen befahl, alle Männer der Siedlung zusammenzurufen. Während der Hof sich mit Menschen füllte, hielt Riacán nach dem Mann Ausschau, der zuvor mit ihm über das kranke Rind und die zu früh geborenen Wölfe hatte sprechen wollen.

»Wie heißt du?«, fragte er.

»Lugaid.«

»Und wie hießen die Sklavinnen, die ich heute verloren habe – die tote und die geraubte?«

»Fland und Asra.«

»Fland und Asra«, wiederholte Riacán. »Begrab die Tote neben Éamonn.«

Keine der eisigen Blumen war so schön wie die, die im Frühling auf den Gräbern blühen würden.

Bald hatten sich im Hof freie Bauern wie Sklaven, Handwerker wie Krieger, Greise wie kleine Kinder versammelt. Erst als es still war, keiner mehr Fragen stellte, ja noch nicht einmal mehr hustete oder mit den Füßen scharrte, verkündete Riacán, dass alle Männer in den nächsten Wochen kämpfen lernen sollten.

Gljómall ließ seinen Blick über die Menge schweifen. »Womit denn?«, fragte er gehässig. »Etwa mit Sensen?«

Riacán sah ihn finster an. »Auch das, wenn es notwendig ist. Aber zunächst dachte ich an Steinschleudern und Knüppel, Lanzen und Pfeile.«

Die Versammelten hatten einen Halbkreis um Riacán gezogen. Manche, wie der Schmied Cú Caille, der Éamonns Vater war und dem man nachsagte, glühende Nägel mit bloßen Händen ins Holz drücken zu können, standen mit breiten Schultern da und nickten zustimmend. Andere wie Bret, ein Sklave, den ein Norweger aus Waterford von der Isle of Man hierher verschleppt hatte, zog den Kopf ein.

»Und was ist mit Schwertern?«, fragte Gljómall nicht mehr ganz so spöttisch.

»Die, die stark genug sind, um eins zu halten, werden auch den Schwertkampf erlernen, die Sklaven natürlich ausgenommen.«

Bret atmete hörbar aus, der Schmied hingegen hob seine Hände, um zu zeigen, dass er nicht nur ein Schwert, sondern zwei gleichzeitig halten konnte.

»Und woher bekommen wir die Schwerter?«, fragte Fiacc und legte seine Hand schützend auf den Knauf der eigenen Waffe, um jedermann zu bekunden, dass er diese noch nicht einmal für Übungszwecke verleihen wollte.

»Lass das nur meine Sorge sein«, sagte Riacán knapp.

»Und wann ... wann werden die Schwerter ihr Futter bekommen?«, fragte Dúngal mit glitzernden Augen.

Als wären es Raubtiere mit einer Seele. Dabei können sie aus eigener Kraft nichts anderes als rosten ...

»Ich weiß es nicht«, gab Riacán zu. »Ich weiß nur, dass wir gerüstet sein müssen für den Tag, da wieder Männer kommen, um uns Rinder zu rauben. Und auch für den Tag, da König Diarmait nach Irland zurückkehrt. Alle Männer werden künftig jeden Tag zwei Stunden in der Waffenkunst unterwiesen.«

Gljómall nickte zufrieden, und Fiacc grinste nun auch. Wahrscheinlich freuten sie sich nicht nur auf den Krieg, sondern auch darauf, jemandem beim Training die Hand abzuschlagen. Wenn ihr das tut, dachte Riacán grimmig, seid ihr selbst eine los und könnt nur mehr von Faolán das Singen erlernen.

Sein Bruder ließ sich im Übrigen nirgendwo blicken, der alte Colum dagegen trat auf Riacán zu. »Von den freien Bauern kannst du das nicht einfach verlangen«, murmelte er, »das Gesetz will es, dass ein Landbesitzer nur dann zu den Waffen rufen darf, wenn bereits Krieg herrscht. Und seine Männer haben überdies drei Tage Zeit, diesem Aufruf zu folgen.«

Warum schlief der Alte nicht?

»Jeder Pächter ist verpflichtet, Kriegsdienst zu leisten.«

»Aber dann muss festgelegt werden, für wie viele Tage genau.«

»Wenn die Not groß ist, hat jeder sofort die Waffen zu ergreifen«, erklärte Riacán kalt. »Als ich ein Kind war und eine

Wolfsplage herrschte, hat mein Vater selbst Greise wie dich in den Wald geschickt. Und Nachbarn wie die O'Faeláins – sie sind sogar noch gefährlicher als hungrige Wölfe.«

»Aber bei der Wolfsjagd waren damals keine Kinder dabei«, sagte Colum und deutete auf Sitriuc, den Sohn eines Bauern, von dem es hieß, dass er allen Kühen Namen gab, mit Menschen dagegen niemals sprach.

»Wie alt bist du?«, fragte Riacán.

Sitriuc starrte auf seine verhornten Füße. Er trug wie die meisten Kinder und Männer keine Schuhe, und seine Nägel waren so lang, dass sie um die Zehen herumgewachsen waren. Nach langem Schweigen hob er erst beide Hände, dann zwei Finger. Auch die Fingernägel waren lang und spitz.

Wenn er die Kühe, die er beim Namen ruft, streichelt, kratzt er sie wohl blutig.

»Nun, mit zwölf ist man ein Mann«, sagte Riacán.

Dem konnte Colum nicht widersprechen, dennoch wackelte er nachdenklich mit seinem Kopf. »Éamonn war auch zwölf. Hättest du ihn ebenfalls für Diarmait kämpfen lassen? Und willst du sein Schicksal wirklich anderen aufbürden?«

Riacán zögerte nur kurz. »Eben nicht«, sagte er nachdrücklich. »Éamonn hat vom Kämpfen nur geträumt, es jedoch nicht beherrscht. Ich will, dass alle gerüstet sind, wenn wieder einer glaubt, man könnte die O'Bjólans ungestraft bestehlen. Wenn Diarmait Leinster zurückerobert.«

Und wenn ich Rache übe.

Colum zog sich zurück, und Riacán befahl, ein Fass Met aufzuschlagen und jedem einen Becher davon zu geben. Begeisterte Rufe wurden laut, nur eine wollte nichts von dem Met trinken, das weiß schäumte, als es in die dunklen Holzbecher gegossen wurde.

»Sie trägt also dein Kind.«

Éilís' Stimme hatte immer unangenehm in Riacáns Ohren geklungen, und seit er nicht mehr bei ihr lag, sondern Ceara auf sein Lager geholt hatte, triefte sie vor Bitterkeit. Ein wenig erinnerte sie ihn stets an den Laut, den man vernahm, wenn jemand Verbranntes aus einem Kupferkessel kratzte, und für gewöhnlich hatte Riacán Lust, ihr einen solchen aufzusetzen, wenn sie mit ihm sprach. Nun aber zog er sie mit sich.

»Komm mit mir, Weib.«

Wenig später hatten sie das Langhaus betreten, wo es erstaunlich gut roch. Von einer verbitterten Frau erwartete man zwar Speisen, die nach Asche schmeckten, Éilís dagegen kochte immer gut und reichlich, und während Riacán in den letzten Wochen nichts von dem, was sie zubereitet hatte, hatte kosten wollen, setzte er sich heute an den Tisch und forderte sie auf, ihm zu servieren. Wenig später standen Schinken und frisch gebackenes Haferbrot vor ihm, außerdem eine Schüssel mit Eintopf aus Bohnen, Kohl und Pastinaken.

Riacán aß schweigend und zum ersten Mal seit Langem mehr als nur drei, vier hektische Bissen. Der Eintopf war sämig, scharf gewürzt und so heiß, dass er sein Gesicht zum Glühen brachte.

Éilís stützte ein Knie auf der Bank ab, machte aber keine Anstalten, sich zu ihm zu setzen. »Dass du an den Tisch kommst – bedeutet das, dass auch die Bettstatt neben mir nicht länger leer bleibt? Dass auch ich endlich einen Sohn bekomme?«

Er schwieg, aß lediglich schneller, mit tief über die Schüssel gebeugtem Kopf, und schluckte, ohne zu kauen.

»Ich verstehe …«, murmelte sie und lachte.

Einige Tröpfchen Speichel trafen ihn. Sei's drum, wahrscheinlich hatte sie ohnehin in den Eintopf gespuckt.

»Ich … ich brauche einen Teil deines Brautpreises zurück«, erklärte er widerwillig.

Wieder ein Lachen, als wären ihre Kehle und ihre Zunge aus Blei. »Du meidest mich, du beschämst mich mit einer Sklavin, du schwängerst diese sogar, und jetzt willst du mir das Letzte nehmen, was ich besitze? Der Brautpreis, den du einst bezahlt hast, steht zur Hälfte meiner Familie und zur Hälfte mir zu.«

Voller Unbehagen schob Riacán die Schüssel von sich und wagte es endlich, ihr in die Augen zu schauen. »Deine Brautausstattung umfasst den ganzen Hausrat, mit dem kannst du machen, was du willst. Allerdings gehören auch zwölf Kühe dazu, und etwa die Hälfte davon brauche ich als Ersatz für die,

die ich heute verloren habe. Ich will sie gegen Waffen eintauschen, und ich weiß sehr wohl, dass ich dafür deiner Zustimmung bedarf. Deshalb frage ich. Deshalb *bitte* ich dich sogar.«

Éilís' Lachen klang mit einem Mal müde. Sie beugte sich vor und stützte ihre Hände auf der Tischplatte ab. »Nimm all meine Kühe und die Kälber dazu. Schlachte sie oder melk sie oder ersauf sie im nächsten Tümpel, es ist mir einerlei. Aber wisse, ich bin nicht so blind wie die Männer. Ich weiß, dass du seit Wochen Pläne schmiedest, und ich kann mir nicht vorstellen, dass die Krieger der O'Faeláins heute zufällig kamen.«

Er erwiderte ihren Blick. Kurz wollte er alles abstreiten, doch dann sagte er ruhig: »Dank ihrer wurde der Zusammenhalt unter allen Männern der Siedlung gestärkt. Es war wichtig, ihnen die Neuigkeiten von Diarmait in dem Moment zu überbringen, als sie von einem gemeinsamen Feind erniedrigt wurden. Gljómall, Dúngal und Fiacc wären sonst nie bereit gewesen, Bauern zu Kriegern auszubilden.«

Éilís lächelte schal. »Du hast also gemeinsame Sache mit den O'Faeláins gemacht.«

Er sah sie unverwandt ruhig an. »Wer sagt, dass sie wirklich von den O'Faeláins kamen?«

»Ach so, du hast nur irgendein Gesindel angeworben. Nun gut, mir kann das gleich sein. So oder so glaube ich nicht, dass sie dir von irgendeinem Nutzen sind. Selbst wenn deine Krieger hinter dir stehen und jeder Knabe ein Schwert zu schwingen lernt – einen Ascall von Toora kannst du ja doch nicht besiegen.«

Riacán erhob sich, unterdrückte aber den Drang, aus dem Langhaus zu fliehen, und ging stattdessen auf und ab. Auf dem Boden lag eine Haarnadel, lang, spitz, aus Kupfer, ein kleines bläuliches Steinchen war an einem Ende eingearbeitet. Vielleicht hatte Éilís sie verloren, vielleicht Ceara, vielleicht hatte sie einst in Caitlíns Haar gesteckt. Er drückte sie mit dem Fuß tief in den lehmigen Boden und schob mit den Zehenspitzen Binsen darüber.

»Ich werde Ascall nicht einfach nur besiegen. Ich werde Rache nehmen.«

»Herrgott, was ist das für ein Unsinn!«, rief Éilís erbost und schlug auf den Tisch. »Selbst für den Fall, dass Diarmait von Leinster tatsächlich nicht aufgegeben hat, er mit normannischen Rittern zurück nach Irland kommt, der Boden der Insel mit Blut gedüngt wird und alle sich gegenseitig den Schädel einschlagen – ja denkst du, du kannst den von Ascall dann umso leichter zertrümmern? Von wegen! In Friedenszeiten wird einer wie er dünn und blass wie sein eigener Schatten zur Mittagszeit. Wenn sich der Himmel ob der vielen Vögel verdunkelt, die über den Leichen schwirren, wirft er jedoch einen breiten, mächtigen und schwarzen. So lange kannst du dich gar nicht im Schwertkampf üben, um gegen ihn zu bestehen!«

Sie prustete allein ob der Vorstellung und verstummte erst, als Riacán stehen blieb und sie lange ansah.

»Du glaubst, dass ich Diarmaits Rückkehr abwarten will, um mich ihm anzuschließen und gegen seine Feinde, folglich Ascall ins Feld zu ziehen?«, fragte er.

»Ja, was denn sonst?«, höhnte sie.

Du bist schlau, Éilís, aber nicht schlau genug. Faolán und ich mögen nicht viel gemein haben, doch ich kämpfe so, wie er singt. Ich reize alle Töne aus, die hohen wie die dunklen, und mein Lied wird viele Strophen haben. Diese war nur die erste.

»Und du denkst, ich werde mein Schwert gegen Ascall erheben, werde ihn enthaupten oder erstechen?«, fuhr er fort.

»So tötet man doch Männer wie ihn. Man kann auch mit einer Lanze zustechen oder mit einem Knüppel auf ihre Schädel dreschen.«

Riacán ballte seine Hände zu Fäusten, bis die Fingerknochen weiß hervorstachen. »Nein«, sagte er. »Feiglinge wie Ascall, die sich im Wald verstecken, die einem Mann den Zweikampf verweigern und die die Beute nicht fangen, sondern sie nur ins Netz laufen lassen – solche Feiglinge tötet man, indem man sie *erwürgt*.«

Dieses Mal blieb Éilís das Lachen im Hals stecken. Obwohl er seine Fäuste wieder öffnete und sich die Hände rieb, fühlte sie wohl, dass Riacán es ernst meinte.

Anstatt etwas zu sagen, setzte sie sich an den Tisch. Er hatte etwas Eintopf übrig gelassen und sie aß davon, obwohl er längst kalt geworden war. Das Kratzen des Löffels auf dem Holz und ihr Kauen blieben eine Weile die einzigen Geräusche. Erst als er sich zum Gehen wandte, sah sie auf. »Sag mir nur eines. Wenn du Ascall erwürgt hast, kommst du dann zurück ins Ehebett, um auch mit mir ein Kind zu zeugen?«

»Nein«, sagte er kalt, um etwas gemäßigter hinzuzufügen: »Ich werde mit dir erst dann wieder auf einer Bettstatt schlafen, wenn ich Caitlín zurück nach Hause gebracht habe.«

»Nun denn«, sagte Éilís spöttisch, »ich nehme an, du erwürgst Ascall erst, wenn Diarmait von Leinster zurückkehrt nach Irland.« Sie nahm noch einen Löffel und kaute laut schmatzend. »Dann hoffe ich ja, dass der bald den englischen König findet. Wahrscheinlich wird er so tief vor ihm buckeln müssen, dass er Staub frisst – aber dann muss wenigstens ich keinen mehr schlucken.«

AOIFE

Der Wind, der vom Norden kam, war kalt. Der Wind vom Süden brachte eine Ahnung von Wärme. Der Wind vom Westen ließ die Kleidung klamm und starr vor Salz werden. Und der Wind vom Osten roch süß nach Wäldern, wo die Erde schwarz war und die Bäume so dicht wuchsen, dass ein aufrechter Mensch ohne Schwert nicht hindurchkam.

Das zumindest behauptete Bruder Abél, der blinde Mönch, der Pól begleitete. Aoifes Mutter widersprach. »In diesen Wäldern wohnen doch viele heilige Männer, und die tragen gewiss kein Schwert mit sich. Sie suchen die Einsamkeit wie die großen Kirchväter einst in der Wüste.«

»Wenn sie tatsächlich Einsamkeit suchen, dann haben sie eine gute Wahl getroffen. Das Gestrüpp ist so stachlig, dass es die Dämonen fernhält.«

In dieser Nacht träumte Aoife von Dämonen, in der nächsten war sie so erschöpft, dass der Schlaf tief und traumlos war. Sie fühlte sich dennoch kaum ausgeruht, als sie erwachte, und flüsterte Eirwen später ins Ohr, wie mühselig das tägliche Marschieren sei. Außer dem Hermelin hörte niemand sie klagen, während sich die Mutter laut über die brennenden Fußsohlen, die verkrampften Glieder und die rissigen Lippen beschwerte.

»Du bist die Frau eines Königs, reiß dich zusammen«, fuhr der Vater sie an. »Viele irische Könige gingen auf Pilgerfahrt bis nach Rom, und du schaffst nicht mal ein kleines Stück dieser Wegstrecke?«

»Aber du bist kein König mehr. Wenn man dich hier sieht, hält man dich für einen Bettler.«

»Wag es nicht, so mit mir zu reden!«

Aoife zog den Kopf ein und beugte sich wieder dicht zu Eirwen. »Sie werden nicht mehr lange streiten – irgendwann erreichen wir gewiss unser Ziel.«

Nachdem sie im Herbst in der Normandie angekommen waren, waren sie zunächst auf Pferden von Burg zu Burg und von Stadt zu Stadt geritten – immer dorthin, wo ihr Vater König Henry vermutete –, doch der war jedes Mal schon fort gewesen. Ein Bote hatte sie schließlich nach Aquitanien geschickt, durch das die Via Turonensis verlief, jene Straße, die Paris und Orléans, das Poitou und Bordeaux verband und bis nach Santiago de Compostela führte. Nicht, dass ihr Vater so weit gehen wollte. Aber solange sie sich den Pilgern anschlossen, die in großer Zahl dieselbe Richtung nahmen, und sich von Bauern, die das brachliegende Land neben der Straße trockenlegten, Brot erbetteln konnten, hielt Diarmait es für besser, kein Aufsehen zu erregen, sich von der Großzahl seiner Krieger zu trennen und fortan zu Fuß zu gehen. Gut möglich, dass hier auch Iren unterwegs waren und folglich König Tigernán oder gar der Hochkönig von seinen Plänen erfuhr.

Róisín bekam wie alle anderen Blasen an den Füßen, und doch verlangsamten sich ihre Schritte nie. Im Gegenteil, als sie die bretonischen Wälder hinter sich gelassen hatten und immer weiter in den Süden vordrangen, lief sie zunehmend schneller.

»Sieh nur die Schafherden!«, rief sie Aoife zu. »Das Buschwerk wächst hier spärlicher als in Irland, der Boden ist karstiger, und doch bekommen sie genug zu fressen. Welch bizarre Formen sie den Büschen geben, wenn sie lange genug daran nagen ... Man könnte glauben, das hier wäre ein Krug, das hier ein Fass und das dort hinten eine kleine Maus.«

Aoife zuckte mit den Schultern. »Eirwen würde das niemals fressen.«

»Und dort! Solche Bäume habe ich noch nie gesehen. Mein Vater sagt, sie heißen Zypressen, Oleander und Steinlorbeer.« Róisín sog tief den Atem ein. »Wie süß ihr Harz duftet.«

Aber davon wird mein Hermelinchen erst recht nicht satt werden.

»Und dieser Adler, der in den zerklüfteten Kalkbergen nistet. Wann immer er will, muss er nur die Flügel ausbreiten und darf fremdes Land erforschen. Oh, nicht zu wissen, was einen hinter der nächsten Biegung erwartet, ist herrlich.«

Lieber Himmel, nicht, dass der Adler Eirwen für eine gute Beute hält!

Aoife versteckte das Tierchen rasch unter ihrem Umhang und war froh, als sie wenig später eine Herberge erreichten. Manchmal nächtigten sie in aus Stein errichteten Gästehäusern von Klöstern, die am Wegesrand für die Wallfahrer errichtet worden waren und wo Benediktinermönche ihnen eine dünne Suppe auftischten. Oft betteten sie sich aber auch im Freien auf Nadeln und Zapfen, und am nächsten Morgen war nicht nur der Boden, sondern auch der eigene Leib von einer Schicht Raureif überzogen. Und dann gab es einfache Herbergen wie diese hier: Die Tische waren zwar etwas wacklig, aber breit, anstelle übel riechender Fackeln gab es Kerzen, wenn auch etliche heruntergebrannt waren und sich Essensreste in das gelbliche Wachs gegraben hatten, und auf dem Boden lagen Binsen, die dick genug waren, um das Ungeziefer zu verbergen, das dort sicher kroch.

Vielleicht konnte Eirwen später ein paar Käfer erbeuten.

Die Wirtin war ein Weib, dessen Schultern breit wie die eines Mannes waren und das mit ebenso knurrender Stimme sprach, obwohl das Gesicht, wenn man es lange genug studierte, eigentlich recht hübsch anzusehen war. Sie stellte sich als Pernelle vor und trug an dem Gürtel einen Ledersack, der randvoll mit Eicheln war.

»Kann man die essen?«, fragte Róisín.

»Nein, ich brauche sie für etwas anderes«, erwiderte die Frau, erstaunlicherweise des Irischen mächtig, was verriet, dass entweder sehr viele Menschen ihre Herberge passierten oder sie nicht immer hier gelebt hatte.

Bald erkannten sie, wozu die Eicheln dienten. Kurze Zeit nach ihnen kehrte eine Truppe Männer ein, die eine Muschel auf der Kapuze ebenso als Pilger verriet wie die graue Büßerkleidung. Ihre Füße waren nackt und verhornt, die Köpfe grindig. Ihre nächste Station auf dem Weg nach Santiago, so erzählten sie, sei ein Kloster, das Erasmus von Antiochia geweiht sei, einem Heiligen, der ein besonders grausames Martyrium erlitten hatte. Mit einer Seilwinde hatte man ihm die Gedärme aus dem Leib gezogen, nachdem ihm ein Kessel mit kochendem Öl nichts hatte anhaben können. In seinem Namen bettelten sie die Wirtin um Essen an, was diese bereits mürrisch stimmte. Endgültig die Geduld verlor sie, als sie auch noch zu beten anfingen.

»Wenn ihr schon esst, dann schweigend!«, murrte sie.

Ein Pilger konnte es dennoch nicht lassen, ein Dankesgebet für den sämigen Eintopf zu sprechen, der nach Wacholder, Thymian und Bohnenkraut duftete und in dem sogar ein paar Stücke weiches Hammelfleisch schwammen. Pernelle nahm eine Eichel und warf sie dem Armen treffsicher an den Kopf.

Der blinde Bruder Abél hob irritiert den Kopf, schien er doch nicht zu erkennen, wovon das dumpfe Geräusch verursacht worden war. Pól hingegen lachte.

»Du scheinst keine Angst vor dem heiligen Erasmus zu haben«, sagte er.

»Warum sollte ich?«, gab Pernelle unwirsch zurück. »Falls ich dem begegne, wird er beide Hände brauchen, um sich zu halten, damit er nicht über seine Gedärme stolpert. Was könnte er mir also antun?«

»Er könnte dich verfluchen!«

»Na, er würde auch nicht lauter schreien, als mein Gaidon, Gott hab ihn selig, geschnarcht hat.«

»Und wenn er dich in die Hölle verbannt?«

»Na, dort würde es auch nicht übler stinken, als wenn mein Gaidon, Gott hab ihn selig, gefurzt hätte.«

»Vielleicht spießt dich der Teufel auf und grillt dich.«

»Na, mein Gaidon hat mich oft aufgespießt. Das war das Einzige, was er gut konnte und was mir gefiel.«

Bruder Abél hob mahnend den Zeigefinger, während Pól noch lauter lachte.

»Ich spreche von meinem armen toten Mann, und du lachst?«, schimpfte Pernelle.

Zwei Eicheln trafen nun Pól, worauf er vor Prusten in den Eintopf spuckte.

»Jetzt ist es aber gut«, mahnte Aoifes Mutter, die vorgab, an schlimmen Kopfschmerzen zu leiden.

»Ich habe noch genügend Eicheln in meinem Beutel!«, drohte Pernelle.

»Wenn du wüsstest, mit wem du es zu tun hast ...«, fuhr Aoifes Vater auf.

Pól verstummte. »Sie weiß es nicht, und das ist gut so«, raunte er.

Einige Pilger reckten ihre Köpfe, doch bevor ihr Vater noch etwas sagen konnte, fragte die Mutter: »Gibt es eine Kammer, wo sich die Mädchen zurückziehen können? Ich will nicht, dass sie Wörter hören, die noch dreckiger als der Boden sind.«

»Oder noch dreckiger als eure Füße!« Pernelle schüttelte den Kopf. »Hier gibt es nur diese Stube. Sobald ihr gegessen habt, schieben wir die Tische zur Seite. Wenn es euch nicht passt, auf dem Boden zu schlafen, könnt ihr wieder gehen.«

Pernelle warf noch fünf Eicheln, ehe der Tag sich dem Ende neigte. Als alle Tische zur Seite geschoben waren und sie sich auf den Boden gelegt hatten, sammelte sie sie auf und kam dabei breitbeinig über Aoife zu stehen. Eirwen stieß einen schrillen Pfiff aus, woraufhin sich Pernelle misstrauisch umsah.

»Was war das?«

»Nichts«, sagte Aoife hastig.

Pól kicherte wie ein altes Weib.

»Ruhe!«, schimpfte Pernelle. »Sonst kriegst du noch eine ab.«

Obwohl Aoife müde war, musste sie lange auf den Schlaf warten. Róisín war sofort eingenickt, sobald sie die Augen geschlossen hatte, doch sie wälzte sich unruhig hin und her. Es machte die Sache nicht leichter, dass Pól ebenfalls keinen Schlaf zu finden schien, ächzend aufstand und zu seiner Tochter trat. Lange blieb er steif stehen und starrte auf Róisín hinunter – ohne zu merken, dass Aoife ihn aus den Augenwinkeln beobachtete und seinen Gesichtsausdruck zu deuten suchte. Sie wurde nicht schlau daraus, standen darin doch keine väterliche Liebe und Sorge, eher gleicher Hunger, mit dem Pól sich am Ende eines langen Tages über sein Essen hermachte. Ihre Verwirrung wuchs, als Bruder Abél sich aufrichtete, mit seinem Stab mehrmals auf den Boden klopfte und Pól ihn zwar kurz finster musterte, dann aber mit einem tiefen Seufzen von seiner Tochter wegtrat.

»Warum er wohl ausgerechnet einen blinden Mönch mit auf seine Reise genommen hat?«, flüsterte Aoife Eirwen ins Ohr.

Das Hermelinchen konnte diese Frage allerdings nicht beantworten, und Aoife dachte bald nicht länger darüber nach. Während sie Eirwen streichelte, wurden die Lider endlich schwerer und schwerer, und alsbald umfing sie gnädige Schwärze.

Lange bevor aus dieser Schwärze Konturen auftauchten, hörte sie etwas. Zuerst war das Geräusch ganz leise, kaum lauter als das Tropfen von Wasser oder Schritte auf dem Moos. Schließlich wurde Gemurmel daraus ... oder nein, es waren erstickte Schreie ... und dann schrille Schreie voller Panik. Aoifes Körper blieb schwer wie die Lider, doch ihre Gedanken liefen hektisch im Kreis.

Ein Überfall ... wir werden überfallen ... Pernelle schreit, weil man ihr ihr Geld nimmt oder ihre Ehre oder beides.

Obwohl Aoife ständig fror, brach ihr der Schweiß aus allen Poren. Sie tastete nach Eirwen, weckte das kleine Tier auf. »Lauf weg!«, flüsterte sie ihm zu. »Bring dich in Sicherheit!«

Etwas lag in ihrer Stimme, das das Tierchen alarmierte. Es huschte in die Dunkelheit, während Aoife noch angestrengter lauschte.

Nun wurde aus dem Schreien ein Stöhnen. Obwohl es nicht panisch klang, beschwor der Laut in Aoife eindringliche Bilder herauf – vom Strand, vom blutigen Meeresschaum, von dem Mann, der ihr Kleid zerfetzte, von Gwalchgwyn, der ihr seinen Mantel umgelegt hatte. Für gewöhnlich breitete sich Wärme in ihrer Brust aus, wenn sie an ihn dachte, meist kurz nach dem Aufwachen oder Einschlafen, doch in dieser Nacht vertrieb die Erinnerung an ihn nicht die Angst.

Aoife rappelte sich auf. Der Körper war immer noch träger als der Geist, doch ihre Augen hatten sich an das trübe Licht gewöhnt. Sie sah im rötlichen Lichtschein der Feuerstelle nun etwas, glaubte zumindest etwas zu sehen ... einen Mann, der sich über eine Frau beugte, sie erdrückte, sie ... erstach? Aoife wollte schreien, doch ehe sie den Mund öffnete und einen Laut hervorbrachte, legte sich eine Hand auf ihre Lippen.

»Still! So stör sie doch nicht!«

Es war nur Róisíns Hand, Gott sei Dank. Trotzdem war der Schreck so groß, dass Aoife jäh hellwach war, sich die Augen rieb und erkannte, dass der Mann kein heimtückischer Räuber war, sondern Pól. Die Frau, die gestöhnt hatte, war wiederum Pernelle. Eben richtete sie sich auf und zog ihren Kittel so hoch, dass ihre Brüste unter dem Stoff hervorlugten. Sie waren groß und weich und ihre Spitzen stießen aneinander, während sie auf Pól ritt.

»Sie ... sie tun es direkt neben meinen Eltern ...«, stammelte Aoife verlegen, sobald Róisín ihren Mund wieder freigab.

Róisín seufzte. »Du musst es ihm nachsehen«, murmelte sie. »Wenn er das tut, fühlt er sich hinterher besser ... Es ist gut für uns alle.«

Aoife wusste nicht, welchen Vorteil dieses widerliche Tun ihnen brachte, aber eben sackte Pól neben Pernelle zu Boden, und beide schliefen augenblicklich ein, wie ihr grunzendes Schnarchen verriet.

»Siehst du, es ist schon vorbei. Schlaf nun weiter!«, forderte Róisín sie auf.

Aoife war sicher, dass sie wieder lange auf Schlaf warten müsste, trotzdem gehorchte sie der jungen Frau und legte sich nieder. Doch nur wenige Augenblicke später fuhr sie erneut ruckartig hoch.

Eirwen! Als sie sich in Gefahr gewähnt hatte, hatte sie das Tierchen zur Flucht gemahnt!

»Eirwen«, raunte sie. Kein Rascheln antwortete ihr, kein Trippeln, kein Pfeifen. »Eirwen!«, rief sie lauter. Róisín richtete sich wieder auf. »Eirwen ist fort!«, rief Aoife verzweifelt.

»Wir finden dein Hermelinchen bestimmt, es kann doch nicht weit weg sein.«

Aoife sprang auf, stieg über schlafende Leiber und schimmlige Binsen, suchte bei der Feuerstelle, über der in einer Holzkohlenpfanne die Reste des Eintopfs zu einer zähen, dunklen Masse verkochten, schließlich hinter dem Regal, das von der

Decke hing und in dem getrocknete Wurzeln, Pilze und ein paar dunkelrote Äpfel mit runzeliger Schale aufbewahrt wurden.

Vom Hermelin fehlte jede Spur.

»Eirwen!«

Dieses Mal schrie sie so laut, dass zwei der Pilger erschrocken hochfuhren und mit ihren Köpfen zusammenstießen. Ihr Vater hörte zu schnarchen auf, wenngleich er nicht erwachte, während Maurice Regan ein knurrendes Geräusch von sich gab. »Was ist denn los?«, fragte ihre Mutter ungehalten.

Aoife sah sie nur hilflos und verzweifelt an.

»Ihr Tierchen ist weg«, erklärte Róisín Mór.

»Und deshalb weckst du uns alle auf?« Mór wollte sich wieder zusammenrollen, schrak aber zusammen, als plötzlich die Tür quietschte. Es war nur einer der Pilger mit grauer, regennasser Kutte. Er hatte austreten müssen und wirkte nun verlegen, weil sich so viele Blicke auf ihn richteten.

Aoife stürzte auf ihn zu. »Eirwen? Hast du Eirwen gesehen?«, rief sie flehentlich.

Der Mann strich sich die Regentropfen vom Gesicht. »Wer soll das denn sein?«, fragte er unwirsch, wartete ihre Antwort jedoch nicht ab, sondern trat zu seinem Platz.

Aoife folgte ihm und packte ihn am Ärmel der Kutte. »Bitte, du musst doch draußen irgendetwas gesehen haben …«

Er wollte sich von ihr losreißen, doch da sie den rauen Stoff so fest gepackt hielt, riss er auf. »Bist du nicht bei klarem Verstand? Lass mich los!«

»Nicht, bevor du mir gesagt hast, wo Eirwen ist! Eirwen ist mein Tierchen, mein kleines, liebes, sanftes …«

»Sanft?«, unterbrach der Pilger sie jäh. »Meinst du etwa die Ratte, die mich eben gebissen hat? Glaub mir, das wird sie nie wieder tun.«

Wie aus weiter Ferne ertönten noch mehr Stimmen. Róisín fragte, was er getan habe, ein anderer Pilger wollte wissen, ob schon Morgen war. Pernelle erwachte und fauchte, dass niemand etwas vom Eintopf nehmen dürfe. Prompt kramte sie in ihrem Beutel mit den Eicheln, doch bevor sie noch eine hervorgezogen hatte, meldete Mór sich zu Wort.

»Glaubst du, hier hat jemand Lust auf das angebrannte Zeug?« Und an Aoife gewandt befahl sie: »Jetzt leg dich hin und schlaf. Das Vieh kommt schon wieder.«

Selbst wenn dieser Satz nicht durch das Rauschen des eigenen Blutes gedämpft worden wäre, hätte Aoife ihn nicht geglaubt. Sie fühlte plötzlich, dass er nicht wahr war, fühlte auch, wie kalt es trotz des Herdfeuers war, dass der Boden klebte und die Binsen faulig waren. Fühlte, dass die Welt ein dreckiger, feindseliger, hässlicher Ort war.

Aoife trat einem Pilger in den Bauch, als sie über ihn hinweg nach draußen lief, stolperte über einen anderen. Ihr Vater war nun endgültig wach und fluchte. Aber da hatte sie schon die Tür erreicht, riss sie auf, spürte die kalte Nachtluft.

»He, mach gefälligst die Tür wieder zu!«

Aoifes nackte Füße versanken im Schlamm. »Eirwen!«, rief sie. Die Welt schien nur aus Grau-, Braun- und Schwarztönen zu bestehen, doch mittendrin, winzig klein und unendlich verloren, war ein weißer Punkt. Nein, er war nicht nur weiß. Da war auch Rot. Rot wie Blut. Der Pilger musste das Tierchen mit dem Kopf voran gegen die Wand geschmettert haben, ehe er es einfach in den Schlamm hatte fallen lassen. »Eirwen ...«

Aoife fiel neben dem toten Tierchen auf die Knie. Wieder kamen die Stimmen von weit her. Die Mutter schimpfte, dass sie sich in der Kälte den Tod hole, der Vater knurrte, warum sie so viel Aufsehen wegen des dummen Viehs mache, das hoffentlich wirklich tot sei. Bruder Abél mahnte, dass Gott die Tiere erschaffen habe, auf dass sie den Menschen sättigten und wärmten, nicht aber, weil sie dessen Gefährte sein sollten. Nur Róisín erklärte voller Bedauern, wie leid es ihr tue.

Aoife reagierte auf keine der Stimmen. Sie hob die Hand, wollte Eirwen berühren, schaffte es nicht. Sie wusste nicht, was schlimmer wäre – dass Eirwens kleiner Körper schon kalt und steif sein würde oder noch warm und sie fühlen musste, wie langsam das Leben aus ihm schwand. Die schwarzen Augen waren leer und hart und reflektierten das Mondlicht.

»Wie kann man nur freiwillig eine Ratte in seine Nähe lassen?«, fragte der Pilger, der das Tier einfach erschlagen hatte.

Aoife ließ ihre Hand sinken. Sie stand auf, ganz langsam, ging zurück zur Tür, immer noch wie erstarrt. Erst als sie den Pilger sah, der seine Kutte angehoben hatte und anklagend auf das Schienbein zeigte, von dem Blut troff, bewegte sie sich plötzlich so blitzschnell, wie ihr Tierchen es getan haben musste. Mit einem Schrei sprang sie auf ihn zu, trat gegen sein Schienbein, zerkratzte ihm mit ihren Fingernägeln das Gesicht, biss ihm in die Schulter. Sein Schreien, gleichwohl schrill und schmerzerfüllt, verschaffte ihre keine Genugtuung. Immer noch hatte er nicht genug gelitten. Die Augen wollte sie ihm auskratzen, auch das zweite Bein blutig schlagen, in einen der Finger beißen, bis der ihm abfiel. Und selbst das wäre zu wenig. Den Bauch wollte sie ihm aufschlitzen und ihm die Gedärme herausziehen, wie man es beim heiligen Erasmus gemacht hatte. Kurz war sie sicher, dass sie es könnte, dass genügend Kraft in ihren Armen wohnte, doch sie irrte sich. Sie konnte sich ja noch nicht einmal gegen die Hände wehren, die sie nun packten und von dem Pilger wegzerrten.

»Bist du verrückt geworden?«, brüllte ihr Vater sie an. »Du hast so viel Zeit mit ihm verbracht, dass du dich wild und ungebärdig wie dieses Vieh verhältst.«

Aoife sah in sein Gesicht, als nähme sie ihn zum ersten Mal wahr.

Ein alter Mann, er ist ja nur ein alter Mann.

Sie versuchte, sich seinem Griff zu entwinden, und auch wenn sie ihre Arme nicht freibekam, schnellte doch ihr Kopf vor, und sie biss ihn ebenso. Da sein Umhang so dick war, drangen ihre Zähne jedoch nicht bis zur nackten, warmen Haut vor.

An den Haaren riss er sie zurück. »Himmel, Aoife! Es war doch nur ein Tier!«

Sie hatte gedacht, nie wieder schreien zu können, brüllte nun aber nicht minder laut wie er. »Es war *mein* Tier, und dieser Tölpel hat es einfach getötet. Du kannst dir das nicht bieten lassen, du bist doch ein König, der König von Lein…«

Sie kam nicht weiter. Ehe sie mehr verriet, holte der Vater aus und schlug ihr ins Gesicht.

»Still!«

Sie hörte das Klatschen, spürte dennoch keinen Schmerz.

»Mutter! Sag du doch auch etwas! Du bist die Frau eines Königs, du bist doch so stolz darauf, du ...«

»Nun halt endlich den Mund!«, murrte Mór, und in ihren Zügen stand gleiche Verachtung wie in der Miene des Vaters.

Sie streiten sich doch sonst immer ... Sie sind doch sonst nie einer Meinung ...

Aoife riss sich los und stürzte zur Tür. Irgendjemand hatte sie geschlossen, doch sie trommelte so lange gegen das raue Holz, bis die Hände brannten und es nachgab. Eigentlich hatte sie zurück zu Eirwen eilen wollen, nun brachte sie es nicht einmal zustande, auch nur in die Richtung des weißen Fellbündels zu sehen.

Eirwen ist tot, Eirwen ist tot, Eirwen ist tot ... Meine Eltern werden immer weiter streiten ... Wir werden nie unser Ziel erreichen ... Es ist so kalt, ich werde nie wieder sauber werden, nie wieder glücklich ... Mir wird nie wieder warm werden ...

Aoife lief los, und eine Weile höhlte sie der stechende Schmerz in der Brust aus, doch dann vernahm sie Schritte.

»Aoife, bleib stehen!« Róisín holte sie ein. Erst jetzt spürte sie, dass der Nieselregen ihr Gesicht genässt hatte, dass an ihren Füßen Schlamm haftete. »Es tut mir leid«, rief Róisín atemlos, »deine Eirwen war putzig, du hast sie geliebt ... aber ... aber sie war doch kein Mensch.«

»Tiere sind so viel besser als Menschen!«, klagte Aoife.

Hilflos rang Róisín die Arme. »Du ... du kannst bestimmt irgendwann ein neues Hermelin haben.«

»Damit man es wieder tötet, weil man es für eine Ratte hält?«

Aus dem Nieseln wurde ein Prasseln, doch das hielt Aoife nicht davon ab, wieder loszulaufen. Sie kam nicht weit. Schon nach wenigen Schritten stolperte sie – vielleicht über einen Stein, eine Wurzel oder einfach nur eine Eichel, die Pernelle von sich geschleudert hatte – und fiel bäuchlings auf den Boden. Sie sah nicht, ob sie direkt in einer Pfütze liegen blieb oder nur in von Schritten aufgewühlter Erde. So oder so wurden ihr Kleid und ihr Haar schwer vom Schlamm. Sie schluckte ihn, als sie nach Luft japste.

»Aoife ...« Róisín hatte sie eingeholt und beugte sich über sie.

»Eirwen hat mich verstanden ... Eirwen war wie ich ... Sie war scheu ... scheu und misstrauisch. Aber nichts ist ihr je entgangen. Sie machte keine unnützen Worte. Wenn sie ein Pfeifen ausstieß, war es wichtig, und wenn jemand ihr zusetzte, dann biss sie ihn.«

Eine Weile standen sie reglos in der Dunkelheit. Aoife machte zwar keine Anstalten mehr wegzulaufen, doch nichts zog sie zurück in die Herberge. Róisín verzichtete darauf, sie erneut hineinzulocken.

Im Mondlicht glichen die Regentropfen silbernen Würmern. *Fallt nur ... fallt nur auf den Boden ... Ihr werdet ja doch bald erfrieren ...*

»Ich will nicht mehr frieren«, stieß Aoife plötzlich hervor, »ich will nicht mehr in diesen Herbergen schlafen. Ich will nicht mehr in diesem fremden Land umherirren. Ich will nicht hören, wie meine Eltern streiten.«

Róisín zuckte mit den Schultern. »Das verstehe ich«, murmelte sie nach langem Schweigen. »Aber etwas nicht zu wollen ist zu wenig. Etwas zu erhoffen, macht viel stärker, als etwas zu befürchten.«

Aoife unterdrückte ein Schluchzen. »Ich habe Eirwen verloren. Ich fürchte mich vor gar nichts mehr.«

»Jetzt ist nicht der rechte Zeitpunkt, darüber nachzudenken«, erwiderte Róisín, »ich ... ich könnte mir allerdings vorstellen, dass es sehr stark macht, sich vor nichts fürchten zu müssen.«

Stark?

Aoife fühlte sich schwach wie nie, nackt wie nie, einsam wie nie, als sie Róisín zurück zur Herberge folgte. Der Schlamm verkrustete auf ihrer Haut, doch sie schreckte nicht davor zurück, sich wieder auf den feuchten Boden zu knien, mit bloßen Händen in der Erde zu wühlen und ein tiefes Loch auszuheben. Als es tief genug war, brachte sie es allerdings nicht übers Herz, Eirwen selbst hineinzulegen – Róisín musste es für sie tun. Sie schaffte es auch nicht, Erde auf das Tierchen rieseln zu lassen, auch das tat Róisín.

In einem Wassertrog wusch sie sich später Schlamm und Erde ab, ehe sie die Herberge betrat. Tränen stiegen ihr in die Augen, aber sie schluckte sie und setzte sich direkt vor den Pilger, der Eirwen erschlagen hatte. Er war eingeschlafen, was Aoife nicht davon abhielt, ihn die ganze Nacht anzustarren.

Als er erwachte, erschrak er und hob abwehrend die Hände, rechnete er doch damit, dass sie wieder auf ihn losgehen würde. Doch Aoife tat nichts dergleichen, sie sah ihn nur weiter an. Ihr Blick schien schmerzhafter zu sein, als ihre Fingernägel und Zähne es gewesen waren, denn ohne die Morgenmahlzeit abzuwarten, scheuchte der Pilger die anderen auf, und sie verließen die Herberge in aller Frühe.

Der Winter war ein mürrischer alter Mann. Seine Stürme waren rau, seine Lieblingsfarbe war Grau, seine Waffe das langsame Ersticken. Wie bei einem Menschen das Haar zunehmend schütter wird, verloren die Wälder die letzten Blätter. Wie das Knacken müder Knochen klang es, wenn sie auf den vereisten Boden traten, und gleich dem Erschlaffen alternder Haut verschwand das schroffe Land unter einer Nebelsuppe. Einem verbitterten Alten konnte man kein Lächeln aufzwingen – und diesen nasskalten Tagen keinen Sonnenstrahl.

Gottlob, so munterte Pól sie auf, würden sie bald in Poitiers eintreffen, und wenn man Maurice Regan, den Diarmait mit einigen seiner Männer vorausgeschickt hatte, Glauben schenken konnte, weilte König Henry eben dort.

Sie erreichten die Stadt einige Tage später zur Mittagszeit, als das Tor weit offen stand, und sie durchschritten es, ohne inmitten des Gewühles von Mensch und Tier weiter aufzufallen. Aoife hielt den Blick auf den Boden gerichtet, und noch mehr als die vielen Gesichter und Stimmen und die Gerüche nach Schweiß, Pferdemist, aber auch exotischen Gewürzen setzte ihr das Gackern von Hühnern dicht an ihrem Ohr zu, da es sie an Eirwens Pfiffe erinnerte.

»Im gebratenen Zustand wären sie mir lieber«, sagte Pól.

Was alsbald in ihre Nase drang, war nicht der Geruch von krossem Fleisch, sondern der von Rauch. Ehe sie allerdings ihre

Hände über ein prasselndes Feuer halten konnte, hielt Pól, der die Reisegruppe anführte, inne. Aoife hob zögernd den Kopf. Sie hatten ein zweites Tor erreicht, das zum herzoglichen Palast, den Wirtschaftsgebäuden und den Turmbauten führte, und durch dieses konnten sie nicht so unbemerkt gelangen wie in die Stadt. Ein Trupp Wachleute war aufgesprungen, und einer fragte schnaubend, was sie hier verloren hätten. Sein Kinn war schlaff, die Nase knollig, doch sein Kettenhemd glänzte.

»Ich bin Diarmait MacMurchada«, verkündete ihr Vater mit seiner heiseren Stimme, »Herr über Hy Kinsella und König von Leinster, der reichsten Provinz Irlands.«

Die verkniffenen Augen glitten erst über den Körper des Vaters, dann über ihren. Aoife zog wie immer ihren Kopf ein, gleichwohl der Blick ihr nicht so zusetzte, wie er es früher getan hätte.

»Ist das auch wahr?«, fragte ein zweiter. Das Gelächter, das folgte, klang, als würde eine leere Rüstung in sich zusammenfallen, und lockte noch mehr Männer herbei, alle mit hässlichen Gesichtern, aber wertvollen Waffen und Kettenhemden.

»Wenn man dich sieht, könnte man dich eher für einen Schweinehirten halten«, wurde ihr Vater angeblafft.

»Das ist er doch, wenn er der König von Leinster ist«, höhnte der, der sie als Erstes erblickt hatte. »Iren fressen schließlich wie die Schweine und grunzen, anstatt zu reden.«

Ihre Mutter sog ob dieser Beleidigung entsetzt den Atem ein, während der Vater und zwei, drei seiner Männer nach ihren Schwertern griffen. Prompt taten es ihnen die Wachtposten gleich.

Hoffentlich ist es im Kerker, in den sie uns gleich werfen, so kalt, dass wir sofort erfrieren.

Doch schon schritt Pól ein. »Oh, die irischen Schweine sind ganz besonders schmackhaft«, sagte er und dienerte. »Das Fleisch ist saftig und die Haut kross. Ich kann mir nicht vorstellen, dass euer König so einen Leckerbissen ausschlagen würde.«

Er gab Diarmait ein Zeichen, und zu Aoifes Erstaunen befahl der seinen Männern, sich zurückzuhalten. Die Wachtposten hielten immer noch ihre Schwerter umklammert, schwangen sie aber nicht mehr bedrohlich über ihren Köpfen.

»Schweine brät man, indem man die Haxen zusammenbindet und über einen Rost hängt«, knurrte einer.

»Wenn ihr uns fesseln wollt ... bitte.« Pól verbeugte sich noch einmal. »Vielleicht wird euer König euch dafür danken, vielleicht macht es ihn auch so zornig, dass er unseren Schweinebauch mit euren Eiern stopft. Was genau habt ihr zu gewinnen, wenn ihr dieses Risiko eingeht? Wäre es nicht besser, uns einfach zu ihm zu bringen?«

Wieder wurden sie verächtlich gemustert, doch nach einer Weile stieß einer einen Pfiff aus und ein anderer trollte sich. Der Mann, mit dem er zurückkam, trug kein Kettenhemd, sondern einen dunklen Mantel, auf dem etliche seiner langen weißen Haare hafteten.

»Ihr wünscht, den König zu sprechen?«, fragte er grußlos. »Nun, ihr habt ihn knapp verpasst. König Henry hat den Jahresausklang in Poitiers verbracht, muss jetzt aber anderswo für Frieden sorgen. Nur weil der König nicht mehr hier ist, schicken wir allerdings keinen anderen König fort. Den Poitevinern sagt man vieles nach – dass sie verräterisch und wankelmütig seien, eitel und gierig, doch selbst ihre schlimmsten Feinde rühmen ihre Gastfreundschaft. Die Männer kommen mit mir.«

Aoife sah, wie ihre Mutter sich versteifte.

»Wir werden unsere Frauen nicht einfach ...«, setzte ihr Vater an, brach jedoch ab, als er erkannte, dass dem alten Mann eine Frau in den Hof gefolgt war, auch mit einem Mantel bekleidet, dunkelrot dieser und aus Samt.

»Ihr werdet eure Frauen nicht um das Vergnügen eines Bades bringen, oder?«, fiel sie dem Vater ins Wort. »Und sie sehen mir aus, als würden sie dringend eines bedürfen.«

Flehentlich sah Mór ihren Gatten an, und trotz seines Misstrauens nickte er, war es doch in Irland üblich, sich vor jedem Mahl zu baden und zu kämmen. Auf ihrem langen Marsch war es nicht möglich gewesen, dieser Gewohnheit treu zu bleiben, sodass es nun umso dringlicher schien, sie wieder aufzunehmen.

Aoife hielt immer noch den Kopf gesenkt und nahm nur aus den Augenwinkeln wahr, dass sie den Hof überquerten, an der Kapelle vorbeikamen, den mit Zinnen und Turmbauten bewehrten Wohntrakt erreichten und eine Halle mit einer Gewölbedecke aus Kastanienholz betraten. Am liebsten wäre sie auf den Boden gesunken, gleichfalls aus dunklem Holz und mit Woll- und Lederteppichen bedeckt, doch die Frau im roten Mantel winkte sie weiter.

Noch mehr Männer in Rüstungen lungerten im Saal herum, auch Mönche in dunkelbraunen oder grauen Kutten waren zu sehen, die allesamt einen geschäftigen Eindruck machten. Und da waren Frauen ... schöne Frauen ... elegante Frauen ... mit Kleidern, wie sie sie noch nie gesehen hatte. Wie eine zweite Haut schmiegten sie sich um den Oberkörper, die schmale Taille wurde von edelsteinbesetzten Gürteln betont. Vom Ellbogen bis zum Handgelenk hatten die glänzenden Stoffe die Form von Glockenblumen, und sie mündeten in Schlaufen, die den Boden berührten, desgleichen war der untere Teil der Kleider weit geschnitten und ging in eine ausladende Schleppe über.

Sicher ist dieser Stoff weich ... weich wie Eirwens Fell ...

Dass die Frau im roten Mantel ihre Mutter wenig später in eine Kammer führte, Róisín in die nächste und sie selbst in die dritte, machte Aoife nicht viel aus. In einem Kamin brannte ein behagliches, knackendes Feuer, und über einem Eisengerüst wurde ein Krug mit Wasser gewärmt, das alsbald in einen ovalen Holztrog mit Metallbeschlägen gegossen wurde – ungleich riesiger als die Waschzuber, die sie kannte. Der Boden war nicht lehmig wie der in Irlands Badehäusern, sondern aus einem hellen, glatten Stein, und das milde flackernde rötliche Licht spendeten goldene und bronzene Öllampen, die einen fremden, gleichwohl betörenden Duft verbreiteten. Vor dem Trog lag ein Teppich mit einem so schönen Muster, dass selbst die verwöhnten Dubliner Frauen begeistert aufgeschrien hätten, und die mit Schnitzereien versehenen Holzbänke waren mit bunten Seidenkissen geschmückt.

Die Frau deutete ihr an, die Kleidung abzulegen und in den Trog zu steigen, und Aoife fügte sich.

Das Wasser war viel heißer als das, in dem Aoife früher in Irland gebadet hatte, wurde es dort doch nur mit Steinen erwärmt, nicht über dem Feuer. Prompt schien die Haut zu brennen, Beine und Arme verkrampften sich, und unter den Achseln, zwischen den Beinen und im Nacken begann es zu jucken. Aber am schlimmsten war, dass ihr die Kehle wieder ganz eng wurde, Tränen hochstiegen und sie sich, obwohl sie zum ersten Mal seit einer Ewigkeit nicht fror, verloren wie nie fühlte. Sie weinte, als die Magd ein Öl ins Wasser goss, das nach Rosen und Honig duftete, als sie ihren Körper mit einem Krautstiel abrieb, bis der noch mehr brannte, wenn auch wieder rosig glänzte, und als sie ihr die Zähne mit einem merkwürdigen Pulver putzte – vom hellen Rot wie die Abendsonne und nahezu geschmacklos. Erst als die junge Dienerin ihren Kopf unter das Wasser tauchte und ihr Haar danach mit einem gelblichen Sud, der nach Kamille und Birken duftete, abspülte, versiegten die Tränen, und Aoife konnte etwas freier atmen. Ein Hunger erwachte, von dem sie gedacht hatte, sie würde ihn nie wieder fühlen.

»Kann ich ... kann ich etwas zu essen haben?«, fragte sie zögernd.

Leider hatte die Dame im roten Mantel die Badestube bereits verlassen, und die Magd verstand weder Irisch noch Normannisch und schon gar kein Norwegisch. Sie huschte hinaus, und eine Weile musste Aoife vergeblich warten. Erst dann hörte sie wieder Schritte, und als Aoife sich so weit aufrichtete, dass das Badewasser, nunmehr grau, gerade noch ihre Brustspitzen bedeckte, stockte ihr der Atem. Sie hatte noch nie eine so schöne Frau gesehen wie die Fremde, die dort stand. Ihre Augen hatten die Farbe von geschmolzenem Silber, die dichten Brauen die von Eichenholz und der liebliche Mund die von Rosen, während die Haut weiß wie die Blätter der Lilie war. Die Stirn war hoch, die Nase schmal, die Backenknochen wohlgeformt. Gewiss, ein wenig stachen sie hervor, unter den Augen sah man dunkle Ringe, und um den Mund lag ein melancholischer Zug, doch davon lenkten die langen Ohrgehänge und die Ketten ab, die rasselnden Armbänder und das Brokatkleid aus blassem Blau, das hinten zu einer Schleppe hin verlängert war und vorne knapp über den Knien endete, um den Blick auf ein Unterkleid aus dunkelroter Seide freizugeben.

Aoife fühlte sich im lauen Badewasser jäh unbehaglich. Am liebsten wäre sie sofort aus dem Trog gestiegen, doch die Leinentücher lagen zu weit von ihr entfernt, und die Fremde bemerkte zwar ihren verzweifelten Blick, machte aber keine Anstalten, ihr eines zu reichen. Unsicher ließ Aoife sich tiefer ins Wasser gleiten, und da es kühl geworden war, fröstelte sie.

Endlich öffnete die Fremde den Mund, sprach erst auf Okzitanisch zu ihr, danach in zwei, drei anderen Sprachen, die Aoife noch nie gehört hatte, und fragte schließlich auf Normannisch: »Was brauchst du am nötigsten?«

Aoife war nicht sicher, ob sie richtig verstanden hatte. Eirwen, dachte sie. Ich brauche Eirwen. Aber auch eine schöne, elegante Dame hatte nicht die Macht, ein totes Hermelin wieder lebendig zu machen.

»Ein Tuch, um mich abzutrocknen«, murmelte sie, »frische Kleidung ... etwas zu essen.«

Die Frau lachte, doch es klang nicht fröhlich. »Es ist ein Fehler, nach der Schüssel zu greifen, in der köstliches Essen schmort, denn dieses Essen macht nur einmal satt. Besser man sieht sich nach dem Koch um, auf dass dieser immer wieder solche Speisen zubereitet.« Aoife sah sie fragend an. »Ein Tuch, ein Kleid und Essen brauchst du also. Dann fordere nicht diese drei, sondern einen Übersetzer, der dafür sorgt, dass du dich verständlich machen kannst und selbst die hiesige Sprache erlernst.« Die Fremde trat zum Waschtrog und beugte sich so dicht über Aoife, dass die ihren heißen Atem spüren konnte und der feine Schleier sie kitzelte. Am meisten verwunderte es sie, wie sie plötzlich ihre Hand hob, zuerst mit den Fingerkuppen behutsam über ihr Gesicht fuhr, dann über den Hals bis zu ihrer Brust. »Wie jung du bist ... wie glatt und weich deine Haut ist ...« Die Hand tastete sich bis zu ihren Brustspitzen vor, und als Aoife sich verlegen tiefer ins Wasser gleiten lassen wollte, kniff die Fremde hinein. Aoife quiekte vor Schmerz, während die Dame wieder lachte, dann aber endlich die Hand zurückzog und sich aufrichtete. »Wahrscheinlich weißt du gar nicht, wie schön du bist ...«, sagte sie halb grimmig, halb sehnsuchtsvoll.

Schönheit ... was zählt das? Eirwens Fell war weicher als meine Haut ...

Obwohl Verlegenheit, gar Unbehagen wuchsen, zog Aoife ihren Kopf nicht tiefer ein, sondern folgte der ersten Regung und stand auf. Das Wasser perlte über ihren Leib, und so schmutzig die Tropfen auch waren – die Haut darunter war weiß wie Milch. Sie stützte sich am Rand des Holztroges ab, stieg hinaus und ging danach auf dem glatten Steinboden geradewegs an der Frau vorbei. Deren Blick blieb spöttisch und wohlwollend zugleich auf sie gerichtet, doch Aoife verkniff es sich, Brüste und Scham zu bedecken, und griff ruhig nach einem der Tücher, um sich einzuhüllen.

Die silbergrauen Augen wurden schmal, aber es stand kein Zorn über diese Anmaßung darin, nur ein gewisser Respekt.

»Ich verstehe. Nach einem Tuch, um dich abzutrocknen, musst du nun nicht mehr fragen. Wenn man sich nimmt, was man will, muss man nicht darum bitten.«

Die Dame klatschte in die Hände, und mehrere Dienstmägde erschienen, um erst ein neues Kleid für Aoife zu bringen und es ihr anzulegen, dann mit Köstlichkeiten gefüllte Schüsseln und Teller, wie sie sie noch nie gesehen hatte. Sie waren nicht aus Zinn, Holz oder Ton wie in Irland, sondern aus Silber und Gold, und außer Löffel und Messer gab es ein zweizinkiges Gebilde, mit dem man einzelne Bissen aufspießen konnte. Es würden viele Bissen sein, angesichts der Mengen an Speisen, die da aufgetischt wurden.

Da war Gebäck aus Mandeln, mit saftigem Fleisch gefüllte Pasteten und Eier in einer gelben Sauce, die süß schmeckte und, wie die Fremde ihr lächelnd erklärte, aus Schlüsselblumen gemacht worden war. Auch der Eintopf, in dem Datteln, kleine grüne Kerne, die Pistazien hießen, und Lammstücke schwammen, war von einem durchdringenden Safrangelb. Zudem gab es duftendes weiches Brot mit schwarzem Kümmel, kleine Küchlein, die die Form von Rosen hatten und auch wie

Rosen schmeckten, schließlich gelbliche Früchte, deren Fleisch zwar sauer war, die aber mit einer klebrigen Schicht überzogen waren. Zu allem trank Aoife süßen Wein aus einem schmalhalsigen, schimmernd grünen Krug, der mit kleinen Vögeln bemalt war.

Obwohl sie ihre Gier zu bezwingen suchte, warf Aoife der Fremden erst wieder einen Blick zu, als der größte Hunger ein wenig gestillt war. Wie sie selbst hatte diese sich an das runde Tischchen gesetzt und kostete eben von einer roten Frucht.

»Willst du auch davon probieren?«

Aoife starrte misstrauisch auf die vielen Kerne, die im Fruchtfleisch steckten. »Was ist das?«, fragte sie.

»Ein Granatapfel. Ich weiß nicht, warum, aber man sagt ihm nach, die Frucht der Gottesmutter zu sein, vielleicht weil sein Saft blutig rot ist und ihr Herz von sieben Schwertern durchbohrt wurde, als man den Sohn kreuzigte. Er wächst in dem Land, in dem sie gelebt hat, wenngleich ich, als ich dort war, leider nicht immer davon essen konnte. Gold, Silber und kostbare Stoffe gibt es im Heiligen Land im Überfluss, doch das Essen wurde manchmal knapp, vor allem in den belagerten Städten. Dann wurden Distelblätter gekaut, die ausgedörrten Häute von Pferden und Kamelen gekocht und unreife Feigen gebraten. Wie scheußlich das schmeckte!«

»Ihr … Ihr seid ins Heilige Land gereist?«

Die andere nickte.

Geschichten dieser wundersamen Pilgerreise waren bis nach Irland gedrungen. »Dann seid Ihr …«, setzte Aoife an.

»… Eleonore, ja.«

Sie fügte ihrem Namen nichts hinzu. Nicht dass sie Herzogin von Aquitanien war, einst Königin von Frankreich und nun Königin von England, und auch nicht, dass selbst die irischen Barden sie für ihre Schönheit rühmten, für ihre Eleganz und ihre Anmut.

Aoife erhob sich und sank auf die Knie, nicht nur aus Respekt, sondern weil ihre Glieder jäh so schwer wurden.

»Warum … warum seid Ihr hier in Poitiers?«, entfuhr es ihr. »König Henry ist doch …«

»Der König ist immer unterwegs, das wird von ihm erwartet«, fiel Eleonore ihr ins Wort. »Ich wiederum habe kürzlich einen Sohn geboren, das wird von mir erwartet. Wobei, eigentlich erwartet das nun, da ich vierundvierzig Jahre alt bin, niemand mehr. Ich glaube nicht, dass ich noch eine weitere Geburt überleben würde.« Sie verzog ihr Gesicht, und Aoife fiel erneut auf, dass sie trotz ihrer Schönheit einen kränklichen Eindruck machte. »Ich sollte in Oxford bleiben und mich dort erholen«, fuhr Eleonore fort, »aber ich konnte den grauen englischen Winter nicht länger ertragen. Kaum einer weiß, dass ich hier bin, es gibt allerdings keinen besseren Ort, um wieder zu neuen Kräften zu gelangen, als einen, den man von Kindheit an kennt.«

Sie trat zurück, zögerlich, als würden ihre Glieder genauso schmerzen wie die Aoifes.

»Ihr habt einfach entschieden hierherzukommen?«

»Wer sollte mich daran hindern? Nun komm, koste von dem Granatapfel.«

Aoife zögerte, aber Eleonore zog sie hoch, nahm ein Stück von der Frucht und drückte es an ihre Lippen. Aoife wollte keinen der Kerne schlucken, deshalb leckte sie nur darüber. Kurz dachte sie, der Granatapfel würde metallisch wie Blut schmecken, doch er war so herb und sauer, dass ihr die Zunge pelzig wurde.

»Schmeckt er dir nicht?«, fragte Eleonore. Ein roter Tropfen perlte über Aoifes Kinn, und wie zuvor hob Eleonore die Hand, berührte sie mit den Fingerkuppen und fing den Tropfen vorsichtig ein, ehe sie die eigenen Lippen mit dem Saft benetzte. »Nun«, fuhr sie fort, »du musst ihn nicht essen, wenn du nicht willst. Es heißt, der Granatapfel verleihe ewige Jugend und Schönheit, aber noch besitzt du beides in Fülle ...«

Als Aoife verlegen ihren Blick senkte, sah sie plötzlich etwas, das ihr bisher entgangen war. Königin Eleonores Kleid war am unteren Saum nicht nur golden bestickt, er war pelzverbrämt. Und es war nicht irgendein Pelz, sondern ein strahlend weißer. Ohne recht zu wissen, was sie tat, sank Aoife wieder auf die Knie, hob ihre rissigen Hände, berührte ihn, streichelte ihn.

Er sah nicht nur so aus wie Eirwens Fell, er fühlte sich auch so an ... so weich, so warm, so wohlig.

»Das ist der Pelz von einem Hermelin«, sagte Eleonore.

»Ich weiß«, murmelte Aoife, »ich ... ich hatte einst ein Hermelinchen.«

Und ich liebte es, wie ich nie wieder jemanden lieben werde.

Eleonore runzelte die Stirn. »Ich dachte, das wären bösartige Tiere.«

»Eirwen nicht.«

Aoife hörte nicht auf, den Pelz zu streicheln, und vermeinte, dass sich endlich nicht nur ihr Körper entspannte, auch ihre Seele.

Wie schön dieser Pelz ist ...

Eine Weile duldete Eleonore das seltsame Benehmen, ehe sie sichtlich befremdet zurücktrat. »Nun, da du gebadet und gegessen hast und neu gekleidet bist, hast du noch einen anderen Wunsch?«

Wahrscheinlich dachte sie, dass Aoife von einer weichen Bettstatt träumte, doch die Sehnsucht, die in ihr erwachte, lauter und herrschsüchtiger als alle Gefühle, die sie je durchlebt hatte, richtete sich auf etwas anderes.

Aoife starrte sie eine Weile schweigend an. »Ich möchte auch einen Hermelinpelz tragen«, brachte sie am Ende hervor.

Weil er genauso weich ist wie Eirwen, weil ich ihn immer bei mir tragen könnte wie sie und weil er von einem bereits toten Tier stammt – was bedeutet, dass niemand es noch töten kann.

Eleonore betrachtete sie abschätzend. Die Lippen schienen etwas blutleerer, die Ringe unter den Augen etwas dunkler zu werden. Schließlich schüttelte sie den Kopf.

»Ich fürchte, den wirst du nicht bekommen«, sagte sie eher stolz als mitleidig. »Nur Königinnen tragen Hermelinpelz. Komm jetzt, ich bringe dich zu deiner Mutter.«

Aoife erhob sich langsam. Anstatt ihrer Enttäuschung nachzugeben, dachte sie an Eleonores Rat, nicht nach der vollen Schüssel zu greifen, sondern die Dienste des Kochs einzufordern, wenn man hungrig war.

Dann will ich eben eine Königin sein. Eine Königin, die macht, was sie möchte, die bestimmt, wohin sie geht, die berührt, wer ihr gefällt, die in Rosenwasser badet, süßen Wein trinkt und Granatäpfel isst. Eine Königin, die alles bekommt, nur nicht ewige Jugend und Schönheit, aber das brauche ich nicht. Nicht solange ich den Pelz eines Hermelins tragen kann.

Aoife gab keinen ihrer Gedanken preis. Sie lächelte so ausdruckslos wie nunmehr die Königin, als sie dieser nach draußen folgte.

PÓL

Pól gähnte. Der Himmel war so dunkel wie die Ringe unter seinen Augen, die Wolken so zerknittert wie sein Kinn. Selten war er morgens so früh wach, und die Kälte, die ihm im Hof entgegenschlug, fachte die Sehnsucht nach einem warmen Lager noch mehr an.

Auch Diarmait fröstelte. Nicht, dass ein König wie er zitterte, aber sein Bart wirkte immer schütterer und die Haut darunter grau. Dennoch pflegte er zu sagen: »Es ist gut, dass wir frieren. Wenn wir es zu behaglich haben, drohe ich einzuschlafen und erst wieder aufzuwachen, wenn ich zu alt bin, um mein Königreich zurückzuerobern.«

Diese Gefahr bestand durchaus, denn die Burg von Saumur, auf der sie am Tag zuvor angekommen waren, bot jene Annehmlichkeiten, auf die sie lange hatten verzichten müssen. Das Wandgemälde im großen Saal gefiel Pól zwar nicht – es zeigte, wie die heilige Germaine gestohlenes Wasser in Blut verwandelte, und er fragte sich, warum sie es nicht zu Wein hatte werden lassen –, aber es war behaglich, auf weiche Teppiche zu treten, nicht auf matschigen Boden oder verfaultes Stroh, und sich vor dem breiten steinernen Kamin zu wärmen, ohne dass Feuerfunken die Stiefel verbrannten, war doch ein schmiedeeisernes Gitter davor angebracht. Gewiss, die Einrichtung war nicht so erlesen wie im Palast von Poitiers, den sie einige Tage zuvor verlassen hatten, doch auf Burg Saumur hatten sie endlich Henry Plantagenet getroffen – König von England, Herzog der Normandie und von Aquitanien, Graf von Anjou, der Maine und der Touraine, Herr über das Poitou und die Auvergne und somit einer der mächtigsten Männer des Abendlandes.

Wie in Poitiers war ihnen auch hier die Gastfreundschaft nicht verwehrt worden. Schon am ersten Abend hatte Henry ein reichhaltiges Mahl auftischen lassen: gebratene Gänse und Hühner, halbe Schweine, Speck und Schinken und so scharfe Eintöpfe, dass Pól vermeinte, seine Kehle brenne – zumindest so lange, bis dieses Feuer mit dunklem schwerem Wein aus der Guyenne gelöscht wurde. Doch Diarmait hatte vergebens versucht, das Wort an König Henry zu richten, der zwar überreichlich aß, nach jedem Bissen aber aufsprang und hin und her lief. Dann endlich, als der Nachtisch serviert worden war – es gab eingekochte Birnen, würzigen Käse und Nüsse –, war er gerade lange genug sitzen geblieben, um Diarmait zur Jagd einzuladen.

»Oh, ich freue mich so sehr«, rief Róisín nun dicht an Póls Ohr und lief in die Mitte des Hofes, um alles im Blick zu haben.

Pól folgte ihr nicht, sondern rieb sich den Schlaf aus den Augen. Der Lärm, der um ihn tobte, hätte Tote aufwecken können. Eben traten die Hundewärter zu den Hundeställen, die mit Eichenbohlen ausgelegt waren, durch deren Löcher im Boden jene Pisse abfloss, die nicht schon vom bleichen Stroh aufgesogen worden war. Ungerührt stiefelten sie durch die gelben Pfützen. Es waren Windhunde, Bracken und Saurüden, allesamt Höllentiere, die erst Anstalten machten, die Wärter anzuspringen, dann auf ein Pferd losgingen, das sich prompt auf die Hinterfüße stellte, und sich schließlich gegenseitig an die Kehle gingen. Doch bevor Pól begann, Wetten auf den möglichen Sieger abzuschließen – ihm hatte es der weiße, dicke mit dem schwarzen Fleck um das linke Auge am meisten angetan –, wurden sie an die Leine genommen, denn eben kamen die Falkner vorbei, die auf ihren ledergeschützten Unterarmen prächtige, sorgfältig verkappte Jagdvögel trugen – Habichte, Sperber und Falken.

»Welch schöne Vögel!«, rief Róisín begeistert. »Wie herrlich es für sie sein muss, wenn ihnen die Kappe endlich abgenommen wird und sie fliegen können.«

Ich für meinen Teil finde es im Käfig gemütlicher als hoch droben in den Lüften.

»Welches Pferd soll ich Euch bringen?«, traf Pól die Stimme eines Pferdeknechts.

»Ein Pferd?«, fragte er entgeistert.

Als Róisín eifrig nickte, erklärte, wie gern sie reiten würde, taten ihm die Knochen gleich noch mehr weh. Wie war es möglich, dass ihr helles Lachen das Gekläff der Köter mühelos übertönte, ihr Haar an diesem grauen Morgen so glänzte, die Augen nach so wenigen Stunden Schlaf funkelten?

Eben wurde der Blick allerdings etwas nachdenklich. »Schade, dass Aoife auf dieses Vergnügen verzichten muss«, sagte sie. »Ob sie auch jemals so eine Jagd miterleben wird?«

Aoife und Mór waren in Poitiers geblieben, nachdem Mór, dieses faule Weib, lange genug gezetert und Königin Eleonore selbst sie zum Bleiben aufgefordert hatte. Nun, es hatte sein Gutes, ihre nörgelnde Stimme nicht ständig im Ohr zu haben, und Aoife schien eher eine Vorliebe für kleine Tiere mit hässlichem Gesichtchen zu haben als für große Pferde.

Róisín lief indes auf einen Rappen zu.

»Du willst doch nicht wirklich reiten!«, rief Pól entsetzt.

»Aber gewiss!«

Der Rappe war riesig und schien Pól regelrecht bösartig anzuglotzen. Der Ritter dagegen, dem dieses Ross gehörte, lächelte strahlend, als er Róisíns ansichtig wurde. Pól wusste kurz nicht, welche Vorstellung erschreckender war – dass Róisín beim wilden Ritt über die Wiese vom Pferd fallen und sich das Genick brechen oder dass dieser Ritter sie auffangen würde. Rasch trat er zwischen sie und das Ross ... nein, zwischen sie und den Ritter.

Wehe, du beißt mich in den Nacken, Vieh! Und wehe, du gaffst meine Tochter weiterhin so wollüstig an, Krieger!

»Wir werden nicht reiten, sondern mit dem Wagen fahren«, erklärte er streng und zog Róisín zu einem der schweren Karren, die, mit derben Lederplanen überdacht und Maultieren bespannt, soeben mit Fässern, Kisten und Geschirr beladen wurden, damit sich die Jagdgesellschaft später unter freiem Himmel stärken konnte. Róisín fügte sich, fand sie eine Fahrt darauf doch wohl ebenso aufregend, während Pól ein Seufzen unterdrückte, als sich der Zug in Bewegung setzte.

Ganz vorn ritt König Henry, den die Filzkappe, die er stets

trug, verriet, und Diarmait hatte es geschafft, einen Platz in seiner Nähe zu ergattern. Er ritt so schnell, dass sein schütteres weißes Haar wie Spinnweben im Wind wehte.

Na dann, viel Glück, König, dachte Pól.

Die Wagen fuhren erst über die Zugbrücke, als die Reiter die Burg längst verlassen hatten. Im Schwarz des Wassergrabens ersoffen die milchig weißen Sonnenstrahlen, die Rüstungen der Wachtposten auf dem Wehrgang glänzten silbrig.

Bei jeder Radumdrehung wurde Pól kräftig durchgeschüttelt, was sehr schmerzvoll war, wenn er gegen die Holzwand krachte, und noch schlimmer, weil lustvoll, wenn Róisín auf ihn fiel oder er auf sie. Ihr rotbraunes Haar kitzelte sein Gesicht, ihr glockenhelles Lachen seine Seele. Hartnäckig starrte er an ihr vorbei und betrachtete die Landschaft, doch die sanften grünen Hügel, die sie von hier überschauen konnten, ließen ihn erst recht an die festen Brüste eines jungen Mädchens denken. Die Loire wiederum, die sich an ihnen vorbeischlängelte, glich einer silbernen Kette, die dieses schmückte.

Gerade fuhr der Wagen auf etwas breiterem, ebenerem Weg, und Pól konnte nicht nur ruhig sitzen, sondern auch ruhig atmen, da folgte das nächste Ungemach – in Form des Ritters auf dem glänzenden Rappen, der mit Absicht etwas zurückgefallen war, um nun neben ihrem Wagen herzureiten. Er wagte es, Róisín strahlend anzulächeln, und die erwiderte das Lächeln auch noch!

»Ihr seid Sir Hugh de Lacy, nicht wahr?«, fragte sie.

Der Ritter nickte. »Und Ihr seid die Irin, die ihren Vater König Diarmait begleitet!«

Róisín nickte. »Die meisten halten uns für Barbaren. Erst gestern habe ich jemanden tuscheln hören, dass unsere Krieger die eigenen Pferde schlachten und fressen, wenn die Kriegszüge zu lange dauern und der Proviant knapp wird.«

»Was natürlich Unsinn ist«, mischte Pól sich verdrossen ein. »Es sind nicht die eigenen Pferde, sondern die jungen Ritter, die in Notzeiten geschlachtet und gebraten werden.«

»Ach Vater!«, rief Róisín vorwurfsvoll.

»Doch, doch. Und wenn alle jungen Ritter gegessen sind,

dann machen sie sich über Knaben her. Über Mädchen natürlich nicht, denn sie glauben, dass deren Fleisch sie schwächen würde.«

Wieder blickte Róisín ihn streng an, obwohl Hugh auflachte. Pól wusste nicht, was seine Tochter an diesem Mann fand, dass sie sein Lächeln so eifrig erwiderte. Er war weder sonderlich groß gewachsen noch waren seine Glieder wohlproportioniert. Die Arme wirkten gemessen am langen Oberkörper viel zu kurz, und im Gesicht trug er eine hässliche Brandnarbe. Außerdem erinnerte ihn dessen Ausdruck ein wenig an Aoifes dummes Hermelinchen. Gottlob hatte dieser Pilger es erschlagen ... Wenn er jenen Knilch nur auch so leicht loswerden könnte ...

»Nun, diese Gerüchte habe ich auch gehört«, sagte Hugh, »die Priester meinen sogar, die Insel sei gottlos, weil die Männer zwei Frauen haben dürften.«

Sie können, wenn sie wollen, auch hundert haben – nur du bekommst nicht mal meine Tochter!

»Aber ich kann mir nicht vorstellen, dass Irland wirklich verflucht ist«, fuhr Hugh rasch fort. »Schließlich leben dort die Nachfahrinnen von Cesara. Die Enkeltochter von Noah war das, die mit einem Boot dorthin floh, nachdem sie von der drohenden Flut erfuhr. Sie bedurfte keiner Arche, um sich davor zu retten, weil Irland das einzige Stückchen Land war, das nicht unterging. So gottlos kann es also nicht sein.«

»Solltet Ihr nicht an der Seite Eures Königs reiten?«, fragte Pól angelegentlich.

»Oh, er ist stets von unzähligen Rittern umgeben, die um seine Gunst buhlen. Und so oft, wie er auf die Jagd geht, bieten sich genügend andere Gelegenheiten, ihm zu imponieren.«

»Euer König scheint niemals müde zu sein«, sagte Róisín. »Es heißt, er sei in der Morgendämmerung stets der Erste, der das Pferd besteigt. Er durchquert ganze Länder, dringt noch in die dichtesten Wälder ein und klettert auf die höchsten Bergspitzen.«

Hugh lächelte breit. »Und fast immer müssen wir mit ihm kommen!«, rief er, klang aber darob nicht zermürbt, sondern begeistert. »Er reitet übrigens so schnell«, fügte er hinzu, »dass manche behaupten, er würde fliegen.«

»Ach, wie gern ich ebenso reiten würde!« Róisín seufzte. »Ich habe auch gehört, dass man den König Alexander des Westens nennt, weil er stets unterwegs ist.«

Du glaubst doch nicht, Tochter, dass dieses Mausgesicht weiß, wer der Alexander des Ostens war?

»Nun ja«, sagte Hugh da aber, »ich glaube nicht, dass er sich so gern Alexander heißen ließe. Unser Papst trägt schließlich auch diesen Namen, und er ist weiß Gott kein Freund des Königs. Nicht so zumindest wie einer seiner Vorgänger, Hadrian IV., der selbst Engländer war.« Róisín nickte interessiert. »Wusstet Ihr eigentlich, dass dieser Papst Eure Insel einst König Henry zugesprochen hat?«, fragte er dann.

Nun gib nicht an, Bürschchen, und schwätz nicht klug von Päpsten, die geherrscht haben, als du noch als Page Ritterrüstungen poliert hast!

»Nein, das wusste ich nicht!«, sagte Róisín.

»Aber es ist so. In Hadrians Bulle *Laudabiliter* ist zu lesen, dass alle Inseln der Erde Eigentum der Kirche seien, nur Irland gehöre dem englischen König. Ausdrücklich hat er ihn zur Eroberung ermuntert, und tatsächlich hat der König überlegt, seinen jüngeren Bruder William dorthin zu schicken. Allerdings war seine Mutter Matilda dagegen, und William ist bald gestorben, weswegen König Henry die Idee verworfen hat.«

Eigentlich sah er doch nicht wie eine Maus aus, wie er da nach Zustimmung heischend glotzte – eher wie ein Frosch, dem die Fliege von der klebrigen Zunge gesprungen ist, um ihm nun munter im Kreise ums Gesicht zu schwirren.

Róisín wandte sich ihm zu. »War dir das bekannt, Vater?«

Pól zuckte verdrossen mit den Schultern. Er blieb eine Antwort schuldig, denn eben machten die Wagenräder ihre letzte quietschende Drehung, ehe sie endlich still standen. Róisín sprang leichtfüßig aus dem Gefährt, Pól indes hatte das Gefühl, seine Knochen wären wie das Geschirr in den Kisten durcheinandergeschüttelt worden. Unter Ächzen kletterte er vom Wagen und lehnte sich schwer gegen die hölzerne Wand.

Die Hunde kläfften immer noch oder schon wieder, die Knechte luden lautstark schwere Humpen und Bierfässer aus, und irgendjemand rief, einer der Jäger habe während der Hasenjagd, die dazu diente, die Hunde aufzuwärmen, einen Hirsch entdeckt, obwohl niemand zu hoffen gewagt hatte, an diesem Tag einen zu erlegen. Es waren lediglich Wetten darauf abgeschlossen worden, wer wohl einen Keiler erwischen und wer nur mit einem Rebhuhn zurückkehren würde.

Fiebrige Erregung erfasste die Jagdgesellschaft. Schon bildeten die Bogenschützen eine Kette um den Wald, um das Tier, falls es zu flüchten versuchte, nicht entkommen zu lassen. Immer mehr Treibleute drangen ins schwarzgrüne Dickicht vor, um an den richtigen Stellen Lärm zu machen. Der Jäger, der den Hirsch gesehen hatte, ging mit dem Leithund voran, während andere noch stritten, welche Hunde aus dem Rudel diesem folgen sollten. Der, der schließlich die Entscheidung traf, schien selbst mehr zu kläffen, als zu reden.

Hugh hatte nicht länger Augen für Róisín. »Ich werde wohl ebenfalls mein Jagdglück versuchen«, sagte er und eilte fort.

»Ich wünsche Euch das Beste!«, rief Róisín und sah ihm sehnsüchtig nach, als er sein Pferd in Richtung Wald trieb. »Oh, wie gern würde ich mit Euch jagen«, fügte sie leise hinzu.

Pól ertrug ihren Anblick nicht länger. Rasch wandte er sich ab und ließ sich einen Humpen mit Bier füllen. Der weiße Schaum kitzelte ihn in der Nase, das Gesöff darunter schmeckte säuerlich.

Da trinke ich ja lieber meine eigene Pisse.

Einem anderen war das Bier offenbar genauso vergällt wie ihm. Anstatt weiterhin der Filzkappe nachzureiten, war Diarmait vom Pferd gestiegen, hatte sich auch einen Humpen reichen lassen, ließ diesen aber gleich nach dem ersten Schluck fallen. Das Trinkgefäß blieb heil, das Gesöff versickerte in der vom Winter braunen Wiese.

»König Henry sagt, er kann mir unmöglich helfen«, erklärte er heiser, als Pól zu ihm trat. »Seit zwei Jahren befindet er sich auf Kriegszügen. Erst musste er die Bretagne befrieden, dann die Grafen von Angoulême und La Marche. Bald wird er in die

Auvergne ziehen, denn der dortige Graf hat sich mit dem König von Frankreich verschworen.«

Himmel, dieser Tag kann doch unmöglich noch grässlicher werden!

»Aber er braucht doch keine normannischen Ritter aus Wales, um diesen zu besiegen!«, rief Pól. »Er kann sich vielmehr glücklich heißen, wenn die nach Irland aufbrechen, um nicht hier auf dem Festland Unruhe zu stiften.«

»Gewiss. Doch ließe er zu, dass sie sein Reich verlassen, so sagt er, könnten seine Feinde darin ein Zeichen sehen, dass der Leithund sein Rudel nicht länger beherrscht. Lieber lässt er sie unnütz kläffen, anstatt die Leine locker zu halten.«

Pól starrte auf den leeren Humpen.

Irgendwo muss doch auch Wein zu bekommen sein ... sonst zerplatzt mir noch mein Schädel ...

Der von Diarmait wurde immer röter, als er auf den Boden stampfte. »FitzHarding hat uns den falschen Rat gegeben. Alles war umsonst ... Diese lange Reise, dieser mühselige Fußmarsch, dieser ...«

Pól unterdrückte ein Seufzen. Diarmait machte aber auch alles verkehrt. Warum war er bloß mit seinem Anliegen gleich herausgeplatzt, anstatt sorgsam zu taktieren?

»Lass uns doch einfach die Jagd genießen«, meinte er und versuchte, fröhlich zu klingen. »Und sieh zu, dass du dem König folgst und dich nicht zu weit von ihm entfernst.«

»Warum?«, fragte Diarmait mürrisch. »Seine Meinung steht fest.«

»Du sollst ja auch nicht mit ihm reden, sondern den Hirsch erlegen.«

»Den Hirsch?«

»Ja, hast du stattdessen einen Fischotter im Sinn?«, fragte Pól ungeduldig.

»Was soll ich denn mit einem Hirsch?«

»Der Hirsch gilt als König des Waldes. Und wenn du ihn erlegst, mag Henry das als Zeichen dafür werten, dass du ein König bist wie er, kein erbärmlicher Flüchtling. Vielleicht wird er dich dann auch so behandeln.«

Diarmait nickte verdrossen und stapfte schwerfällig zurück zu seinem Pferd.

Pól hingegen drehte sich suchend um. Wein ... Wein ... wo bekam er nur etwas Wein zu saufen, schweren, starken Wein, der ihn die Schmerzen in den Gliedern vergessen ließ ... Doch da war nirgendwo Wein ... und da war auch nirgendwo Róisín.

Gerade noch war sie neben dem Wagen stehen geblieben und hatte sich neugierig umgesehen, nun suchte er vergebens nach dem rotbraunen Haar. Oder war sie dort hinten beim Wald? Nein, das, worauf seine Augen fielen, war nicht rotbraun ... es war schwarz, schwarz wie der Rappe. Verflucht, Róisín würde doch nicht ... Hugh de Lacy würde doch nicht ...

Aber Róisín träumte nun mal, auf einem Pferd zu reiten, und dieser Nichtsnutz träumte wahrscheinlich, auf einer jungen Frau zu reiten.

Verflucht, verflucht, verflucht!

»Ein Pferd, ich brauche ein Pferd!« Verwunderte Blicke trafen ihn, nirgends gab es ein Pferd für ihn, zumindest kein edles Ross. Vor einen zweirädrigen Wagen, der mit grünen Zweigen und Ästen verhangen war und wohl dem Zweck diente, dem Hirsch den Weg abzuschneiden, war ein alter, ausgezehrter Zelter gespannt. »Ich brauche diesen Gaul.« Der Pferdeknecht sah ihn verwirrt an, während Pól in seinem Beutel kramte und zwei Münzen auf den Boden warf. »Nun binde es schon los!«

Endlich bückte sich der Mann, klaubte die Münzen auf und machte das Pferd los. Schwerfällig kletterte Pól erst auf den Wagen, dann auf den Rücken des Tieres. Zunächst blieb es reglos stehen, doch als er ihm die Fersen in die Flanken stieß, begann es so abrupt zu galoppieren, dass er sich mit beiden Händen an der Mähne festklammern musste. Wenn er den Kopf ein wenig hob, um nach rotbraunem Haar oder dem glänzenden Fell eines Rappen Ausschau zu halten, klatschten ihm nasse, kalte Blätter ins Gesicht, und ein dickerer Zweig traf ihn wie eine Faust. Wenn er sich wiederum duckte und das Gesicht in der Mähne vergrub, regnete ihm Tau in den Nacken.

Lieber Himmel ... irgendwann musste der Gaul doch müde werden, er selbst konnte schließlich seine Hände nicht mehr fühlen! Doch erst als Pól vermeinte, dass sie ihm endgültig abfielen, erreichten sie eine Lichtung, wo nicht nur Farne wuchsen, sondern fern vom Schatten der Bäume auch frische grüne Triebe aus der schwarzen Erde drängten, und hier konnte er das Pferd, das mittlerweile weißen Schaum spuckte, endlich verhalten. Pól ließ sich von seinem Rücken gleiten und auf den feuchten Boden fallen. Eine Weile blieb er keuchend liegen, vernahm nur aus weiter Ferne Hundegekläff und Getrappel. Um ihn herum herrschte Stille ... wohltuende Stille ... Nein, da war noch etwas ... ein sanftes Geräusch ... das Plätschern eines Bachs und eine Stimme, klar wie das Wasser, das über runde Steine floss. Jemand sang ein Lied.

Ächzend richtete Pól sich auf.

Der Bach floss am Rande der Lichtung, und über ihm gebeugt saß Róisín und wusch sich die Hände.

Sie ist ja allein, dachte er erleichtert. Sie muss sich ohne Hugh auf den Weg hierher gemacht haben. Ihre Tugend ist nicht in Gefahr.

Doch seine Erleichterung währte nicht lange. Wie sie sich da vorbeugte, sich unter dem grünen Samt ihres Kleides die wohlgeformten Brüste erahnen ließen, wie ihr eine Strähne in die Stirn fiel, wie sich die weiße Narbe rötlich färbte – da wusste er, dass ihr das größte Unheil nicht von einem Ritter drohte.

Er merkte erst, dass er stand, als er längst aufgesprungen war. Möglichst lautlos setzte er Schritt vor Schritt. Zwar keuchte er, aber die Baumkronen rauschten lauter. Versunken starrte Róisín auf den Bach. Ihre Mutter ... Rós ... sie hatte das Wasser auch geliebt, sich so gern darin gespiegelt, sich nie geschert, dass Priester das als Auswuchs von Eitelkeit verdammt hätten. Ihr Haar im gleichen Farbton wie Róisíns, hatte im Wasser schwarz gewirkt, es sei denn, die Abendsonne hatte es brennen lassen. Und ihre Haut, so weiß wie die der Tochter, war bläulich reflektiert worden, es sei denn, der Mond hatte sie silbrig schimmern lassen.

Ja ... einmal waren sie mitten in der Nacht an einem Bach entlanggelaufen. Pól hatte noch keinen Bauch gehabt, der ihn schwer atmen ließ, und keine platten Beine, die schmerzten.

Jung, schön und beweglich war er gewesen ... und voller Begehren. Jetzt war er alt, hässlich und dick, nur das Begehren war geblieben.

Durch dieses Haar wühlen ... das Kleid zerreißen ... sie auf den Waldboden werfen ... auf ihrem Leib zu liegen zu kommen ... und dann ...

Pól stand so dicht vor Róisín, dass er nur die Hand hätte ausstrecken müssen, um ihre Narbe zu berühren, doch plötzlich segelte ein Blatt in seinen Nacken, und es traf ihn wie ein Schlag. Er fühlte einen kalten Wassertropfen über seinen Rücken laufen, und das Feuer, das in ihm brannte, erlosch. Was zurückblieb, schmeckte so schal, als hätte er nicht nur einen Schluck vom schlechten Bier genommen, sondern ein ganzes Fass leer gesoffen.

Róisín blickte auf, und kurz durchzuckte etwas ihr Antlitz, das er noch nie wahrgenommen hatte. Entsetzen. Angst. Abscheu.

Sie weiß es, sie weiß es, mein Gott, sie weiß es.

Ob er nun vor ihr davonlief oder vor sich selbst – jedenfalls rannte er, rannte fast genauso schnell wie zuvor das Pferd, rannte über Erde und Moos und Wurzeln und Farne, wurde nass vom Schweiß, nass vom Tau, nass von Tränen, die ihm plötzlich über das Gesicht liefen.

Als er endlich verharrte, stand er wieder auf einer Lichtung, wo grüne Triebe aus der Erde schossen. Der Bach schlängelte sich durchs Dickicht, aber auf seiner gekräuselten Oberfläche spiegelte sich kein junges, singendes Mädchen, sondern ein ... Hirsch. Die Verfolger mussten ihm dicht auf den Fersen sein, so panisch, wie er um sich blickte.

Welch einen leichtfüßigen letzten Tanz das stolze Tier vollführte! Selbst das scheueste Pferd würde in größter Angst nicht solch meisterhafte Drehungen machen. Den Kopf hielt der Hirsch geduckt, und da er nicht sicher war, aus welcher Richtung die größte Gefahr drohte, ließ er das Geweih kreisen. Kurz sah er Pól aus seinen schwarzen Augen an, doch ehe er auch dessen Schweiß erschnüffelte, sprang der Leithund herbei – mit braunem Fell wie der Hirsch, gleichwohl es nicht so glänzte. Er verbellte das Tier, woraufhin sich das Geweih noch tiefer senkte, als wolle der Hirsch den Hund gleich aufspießen. Dann raschelte es wieder im Gebüsch, und Diarmait fiel auf die Lichtung mit wild nach allen Seiten abstehendem Haar. Von seinem Pferd keine Spur, in den Händen hielt er nur den Jagdspeer, und einzig auf den Hund fixiert, bemerkte der Hirsch nicht, wer sich heimlich anschlich. Diarmait hob den Speer ... zielte ...

Pól indes hatte sich heimlich zurückziehen wollen, doch seine Füße waren zu schwer. Er blieb an einer Wurzel hängen, ging zu Boden, und als sein Leib bäuchlings aufprallte, erklang ein lautes Klatschen.

In seinen Mund drang Erde, in die Augen auch, trotzdem sah er noch genug – sah, wie der Hirsch zusammenzuckte und Haken wie ein Hase schlug. Der Hund bellte, Diarmait fluchte, sie beide konnten den Hirsch nicht aufhalten, als er die Lichtung verlassen wollte. Doch da preschte ein Pferd aus dem Dickicht. König Henry, der Reiter, hielt keinen Jagdspeer in der Hand, sondern seine Lanze, und da ihm der Hirsch entgegensprang, musste er sie nur vor sich halten, sodass das Tier hineinlief.

Ein gurgelndes Geräusch folgte, dann trat am anderen Ende des Halses die Spitze heraus, gleich so, als würde dem majestätischen Tier ein drittes Geweih wachsen. Die letzten hektischen Drehungen waren nicht mehr elegant, doch für diesen hässlichen Tanz reichte die Kraft ohnehin nicht lange, sterben machte müde. Eine Fontäne von schaumigem Blut schoss aus der Wunde, dann sank das Tier auf den Waldboden, als würde es vor seinem König kriechen.

Nun war es Henrys Pferd, das tänzelte. Der König gab sich nicht damit ab, es zu beruhigen, sondern sprang eilig hinunter und lief um den Hirsch herum. Triumphierend riss er die Hände hoch, doch wenn die Geste auch an einen Knaben denken ließ – sein Äußeres tat es nicht. Henry war kaum vierunddreißig Jahre alt, sah aber ob des nach vorne gekrümmten Nackens, der seinen großen Kopf kaum halten konnte, viel älter aus. Die geschwollenen Beine wirkten zu dick für den ohnehin fleischigen Körper, und dass sein Gesicht gerötet und die Augen blutunterlaufen waren, machte ihn nicht schöner. Immerhin war an diesem Tag beides ein Zeichen von Freude, nicht von Zorn. Pól hatte mehrfach gehört, dass Henrys feuriges Temperament zu schrecklichen Ausbrüchen führte. Dann riss er sich die Kleidung vom Körper und musste auf einer Strohmatte kauern, um seiner Wildheit Herr zu werden.

Unvorstellbar, er zöge sich hier und heute nackt aus ...

An Henrys Stelle machte Diarmait Anstalten, sich vor Wut die Kleider vom Leib zu reißen. Wild fuchtelte er mit dem Jagdspeer, der schändlicherweise sauber geblieben war, durch die Luft, nein, schlimmer noch, zielte drohend in Póls Richtung.

Ehe der hinter einen Baum fliehen und Diarmait seinen Speer werfen konnte, legte jedoch König Henry beschwichtigend die Hand auf seinen Arm.

»Ach Diarmait MacMurchada, gräm dich doch nicht! Man nennt den Hirsch den König des Waldes, aber lass dir gesagt sein, er ist wohl eher eine Königin. Und niemand weiß besser als ich, wie launisch diese sein können. Mal laufen sie vor einem Speer davon, mal stürzen sie sich freiwillig hinein. Du hast keinen Fehler gemacht, es war einfach nur ... Pech.«

Diarmait rammte mit einem empörten Schnauben den Speer in die Erde. Kurz war Pól sicher, er würde ihn dort einfach stecken lassen und das Weite suchen, doch am Ende wagte er es nicht, dem König den Rücken zuzuwenden. Missmutig sah er zu, wie Henry sich ein Messer reichen ließ und damit auf den Hirsch zustapfte. Henry setzte einen gekonnten Schnitt quer über den Bauch, bis weißen, dicken Würmern gleich die Gedärme hervorquollen. Danach beugte der König sich vor, wühlte in den Gedärmen, bis er bis zu den Ellbogen im Blut steckte, riss sie schließlich mit seinen kräftigen Pranken aus dem Leib und warf sie direkt vor die kläffende Hundemeute, die eben die Lichtung erreichte. Als die hungrig hineinbissen, quoll eine schwarzgrüne, dickflüssige Masse heraus, sodass sich die spitzen Zähne der Tiere bald dunkel färbten.

Schwarz waren auch des Königs Hände, als er sich wieder Diarmait zuwandte.

»Trotz allem hast du dich wacker geschlagen«, erklärte er wohlwollend und reichte Diarmait das Messer. Der starrte verständnislos darauf. »Hab an meinem Jagdglück teil!«, rief Henry. »Du hast es verdient. Ich überlasse es dir, dem Tier den Kopf abzutrennen und den Leithund damit zu füttern, wie es üblich ist.«

Diarmait nahm den Dolch, beugte sich verdrossen über den Hirsch und begann zu schneiden. So leicht Haut und Gewebe sich ablösen ließen, so große Mühe bereiteten ihm Knorpel und Knochen. Immer wieder musste er neu ansetzen, gleich einem Holzfäller, der einen besonders dicken Baum fällt und sich an der harten Rinde Blasen holt, bis er endlich zum weißen, feuchten Holz vordringt. Als der Kopf zur Seite rollte, atmete Diarmait schwer. Widerwillig richtete er sich auf, packte ihn beim Geweih und schleuderte ihn in Richtung des Leithundes, den der Hundewärter an einer Buche festgebunden hatte. Der hatte sich schon gierig auf die Hinterfüße gestellt und machte sich nun schmatzend über die Wangen des Hirsches her, während dessen dunkle, feuchte Augen sie alle traurig anzuglotzen schienen.

Henry klopfte Diarmait auf die Schulter wobei er mit seinen blutverschmierten Händen Spuren auf Diarmaits Umhang hinterließ. »Und später«, tröstete er, »sollst du ein Stück der Leber haben.«

Erst als Henry sich wieder aufs Pferd schwang und davonritt, wandte Diarmait sich an Pól. Der hatte inzwischen mit feuchtem Moos sein Gesicht gereinigt und riss nun weiteres aus, um es dem König zu reichen.

»Hier, damit kannst du dich säubern.«

Diarmait machte einen wütenden Satz auf ihn zu und schlug ihm das Moos aus der Hand.

»Mein König, zürne mir nicht!«, rief Pól schnell. »Es ist alles genauso gekommen, wie ich es wollte.«

»Wie du *wolltest*?«, tobte Diarmait. »Hast du etwa von Anfang geplant, dass mir der Hirsch entwischen soll?«

Pól wiegte seinen Kopf, während er fieberhaft nachdachte.

»Es war wichtig, dass du die Jagd ernst genommen hast«, sagte Pól. »Auch für den König ist sie weit mehr als nur Vergnügen und Spiel. Er wäre tief gekränkt gewesen, wenn du den Hirsch erlegt hättest – und er ist einer, der nicht so schnell vergibt.«

»Ich dachte, ich sollte den Hirsch erlegen, damit Henry in mir den König sieht!«, blaffte Diarmait.

Pól wich nicht zurück, obwohl ihn heißer Speichel traf. Blitzartig kam ihm das Bild von Róisín vor Augen, wie sie am Bach gekniet hatte ... blitzartig auch das Bild von Hugh, wie er neben dem Wagen hergeritten war.

Der Alexander des Westens ... Papst Alexander ... Papst Hadrian ... die Bulle *Laudabiliter* ...

»Er sieht dich wohl erst dann als König, wenn du ihn nicht länger *bittest*, sondern ihm etwas *bietest*«, erklärte Pól ruhig. Seine Gedanken mussten sich nicht länger abhetzen. Jetzt galt es nur noch, sie in verständliche Worte zu fassen.

Nicht, dass Diarmait ihn verstehen wollte. »Wovon, zum Teufel, redest du?«, schrie er.

»Begreif doch!«, rief Pól eindringlich. »Der Triumph, den Hirsch erlegt zu haben, hat Henry großzügig gemacht. So großzügig, es dir zu überlassen, ihm den Kopf abzuschneiden.«

»Na und? Ich hab schon vielen Hirschen und noch mehr Männern den Kopf abgeschnitten!«, murrte Diarmait.

Pól deutete auf das tote Tier. Der kopflose Rumpf, aus dem zähes Blut rann, um nutzlos im Waldboden zu versickern, wirkte nicht länger erhaben, sondern erbärmlich. Längst hatten die Hunde die Gedärme aufgefressen. Die dümmeren machten sich nun über die blutige Erde her, die klügeren gingen aufeinander los.

»Stell dir vor, dieser blutige Kadaver ist Irland. Du musst doch nicht derjenige sein, der das Tier erlegt. Es genügt, den Kopf aufzuheben und ihn der eigenen Meute vorzuwerfen.« Pól trat noch dichter an Diarmait heran. »Wenn du König Henry um Unterstützung anflehst, dann nenn Érius Insel nicht *dein*, sondern *sein* Eigen. Lass ihn ruhig denken, dass ihm nicht nur jeder Hirsch zusteht, sondern auch ... Irland.«

»Ich ... ich soll ihm die Insel überlassen?« Vor lauter Verwirrung vergaß Diarmait zu brüllen.

Pól nickte. »Und das aus gleichem Grund, warum du ihm den Hirsch überlassen hast. Weil er dir danach ohnehin das Messer in die Hand drückt.«

Diarmaits Ausdruck wurde immer dümmlicher.

»Es gibt eine Bulle«, fuhr Pól fort, »eine päpstliche Bulle ... und darin steht, dass Irland Henry gehören soll. Bis jetzt bot sich ihm keine Gelegenheit, die Insel zu erobern, und auch künftig wird ihm die Zeit fehlen, er schafft es ja noch nicht einmal, sich Wales ganz und gar zu unterwerfen. Doch darum geht es auch nicht. Man hängt die Hörner des Hirsches auf, obwohl man sie nicht essen kann – schlichtweg, um aller Welt zu bekunden, dass man ihn erlegt hat. Und auch Irland wäre eine hervorragende Trophäe für einen Mann, den man Alexander des Westens nennt. Soll er doch glauben, dass er der wahre König von Irland ist, Hauptsache, er macht dich zu seinem Vasallen, und du schwörst ihm den Lehnseid. Damit sicherst du ihm deine Treue und zugleich dir selbst seinen Schutz.«

Diarmaits Gedanken waren noch schwerfälliger als Póls Beine. »Wie kann ich ihm den Lehnseid für eine Insel schwören, die mir nicht gehört?«, fragte er begriffsstutzig.

»Sie wird dir gehören, wenn Henry Plantagenet dir endlich hilft, und er hilft dir nur, wenn dein Kampf auch seiner ist.«

Aus dem dümmlichen Ausdruck wurde ein sturer. »Aber ... aber ich müsste lügen! Für mich wäre er nie der König von Irland.«

Herrgott, du hattest dein Leben lang einen so guten Magen, um ganze Länder samt der verwesenden Leichen zu schlucken, und ausgerechnet diesen vergifteten Happen spuckst du aus?

»In Wahrheit ist auch der Hirsch nicht der König des Waldes«, sagte Pól nachdrücklich. »Er ist nur zufällig das größte Tier. Jeder Kauz tötet mehr Tiere als der Hirsch, gleichwohl der König seine Lanze nie auf einen Vogel werfen würde.«

Diarmait sah ihn nachdenklich an. »Du meinst wirklich ... du denkst, ich sollte ... Darüber muss ich nachdenken ...«

»Entscheide dich bald!«, mahnte Pól. »So rastlos, wie König Henry ist, wird er nicht lange auf Burg Saumur bleiben.«

Er bückte sich noch einmal, um frisches Moos auszurupfen, und jetzt endlich wischte Diarmait sich die Hände ab. Pól fuhr sich hingegen noch einmal über sein verschwitztes Gesicht, fühlte sich hinterher aber nicht sauber. Und mit seinem Triumph, den König von Leinster gerade noch gnädig gestimmt, ja einen gar meisterhaften Plan ausgeheckt zu haben, verhielt es sich ebenso. Er war beschmutzt von der Erinnerung an Róisín und daran, wie er sich selbst zum Narren gemacht hatte. Er wusste nicht einmal, welcher Anblick wohl lächerlicher gewesen war – wie er auf dem Pferd oder zu Fuß durch den Wald gehetzt war. Er wusste nur, dass er zu fett, zu alt und zu faul war, um das noch einmal zu tun.

Diarmait zog den Speer aus dem Boden und ging davon, und Pól folgte ihm ächzend. Obwohl ihm jeder Schritt schwerfiel, wollte er so schnell wie möglich zur Burg zurück. Wollte so schnell wie möglich mit Bruder Abél sprechen, der dort irgendwo betete. Wollte ihm gestehen, dass es ein Fehler gewesen war, Róisín auf die Reise mitzunehmen, und wollte mit ihm darüber nachdenken, wie sich dieser Fehler ausmerzen ließ.

Wenige Tage später versammelten sich in der großen Halle die Männer von Rang. Der Kanzler und der Verwalter, der Kämmerer und der Kaplan, der Konstabler und der Provost von Saumur, außerdem etliche Notare und Mönche sowie Ritter mit ihren Pagen und Knappen. Alle mussten stehen, denn wie immer hielt es den ruhelosen König Henry nicht lange auf dem Stuhl. Während er auf und ab ging, war er in Gedanken wohl schon auf dem Pferderücken, würde er doch am kommenden Morgen in Richtung Auvergne aufbrechen. Einmal nur musste er kurz innehalten, in dem Moment, da Diarmait MacMurchada von Leinster vor ihn trat, seine Hände faltete und sie in die des Königs legte. Zwei Geistliche standen rechts und links von ihnen – der eine mit einem Kruzifix, der andere mit einer Kerze. Und dann ging Diarmait, der einst bei seiner Krönung einen weißen Stab in der einen Hand und ein Schwert in der anderen gehalten und beides stolz in alle Himmelsrichtungen erhoben hatte, vor einem Mann auf die Knie, der sein Enkelsohn hätte sein können.

Pól sah Diarmaits Gesicht nicht, als er den Lehnseid leistete, da er sich in der Nähe des Eingangs unbemerkt auf einen Stuhl hatte fallen lassen, und vernahm auch nur wenige der heiseren Worte.

»… lieben, was du liebst … will hassen, was du hasst … Wenn du mir hilfst … will ich dein Lehnsmann sein …«

Was er nicht mehr hörte, war der Treueschwur und alle Strafen, die Diarmait auf sich nehmen wollte, wenn er ihn brach, und von Henrys Antwort, wonach der seinen Lehnsmann künftig schützen wolle, erreichte ihn wieder nur jedes zweite Wort. In der Stille danach war allerdings das Kratzen der Feder auf der Urkunde, die den Lehnseid bestätigte, deutlich zu vernehmen, und Henrys Stimme schwoll an, als er aus jenem Brief vorlas, den er Diarmait mit auf seinen Weg geben würde.

»Ich, Henry, König von England, wende mich an all unsere Vasallen, ob Engländer, Normannen, Waliser oder Schotten. Wer innerhalb der Grenze unseres Herrschaftsgebiets bereit ist, dem König von Leinster, unserem Lehnsmann, bei der Rückeroberung seines Reiches zu helfen, mag unserer Gunst gewiss sein.«

Wäre das nicht eine gute Gelegenheit, einen Kelch Wein zu erheben?

Leider herrschte danach nur große Stille, und als Pól einen Dienstboten herbeiwinken wollte, trafen ihn misstrauische, nahezu anklagende Blicke, weil er sich zu stehen weigerte. Er trotzte ihnen und ließ sich sogar noch tiefer in den Stuhl sinken, als er erkannte, wer eben zu ihm trat – Bruder Abél, der heute auf seinen Stock verzichtete, weil ihn ein junger Mönch an die Hand genommen hatte.

Sie sehen beide nicht so aus, als würden sie sich gerade nach Wein sehnen. Für gewöhnlich netzen Mönche ihre Münder ja auch nur mit Tinte.

Bruder Abél beugte sich über ihn. »Es … es ist so weit«, erklärte er.

Nach der Jagd hatte Pól dem Mönch gebeichtet, was im

Wald geschehen war, und später mit ihm die Übereinkunft getroffen, dass Bruder Abél Róisín zurück nach Irland bringen sollte. In Dublin war sie nicht sicher, jedoch in einem Kloster – dem Kloster Sankt Brigid im Südosten der Insel. Hinter den Mauern würde sie sowohl vor normannischen Rittern als auch irischen Kriegern geschützt sein ... und vor ihm.

»Nun denn«, sagte Pól und trat hinaus in den Hof.

Rege Geschäftigkeit herrschte dort. Knappen, Pferdeknechte und Pagen liefen eifrig umher, um alles für den Aufbruch des Königs vorzubereiten. Mittendrin standen das Gefährt für den Mönch und das junge Mädchen bereit, außerdem zwei Krieger von Diarmait, die ihnen sicheres Geleit geben würden.

Róisín trug nicht das dunkelgrüne Samtkleid, das sie auf der Jagd getragen hatte, sondern einen schlichten schwarzen Kittel. Ihr Haar war zu zwei festen Zöpfen geflochten, die sich anders als sonst nicht auflösten. Die Lippen waren schmal, der Blick voller Wut, ja verächtlich.

»Wie kannst du nur!«, entfuhr es ihr.

Pól trat dicht wie nie an sie heran. Jetzt, da er wusste, dass er sie bald für lange Zeit nicht mehr sehen würde, wagte er es sogar, seine Hand zu heben und über ihre Narbe zu streicheln.

»Ich will, dass du in Sicherheit bist.«

»Ich könnte doch auch bei Aoife bleiben. Königin Eleonore hat angeboten, sie in ihren Hofstaat aufzunehmen.«

»Aoife ist die Tochter eines Königs, du bist das nicht.«

»Im Moment ist Diarmait kein König.«

»Aber mit König Henrys Brief werden wir zurückkehren nach Wales und dort Normannen anwerben. Uns steht eine gefahrvolle Reise bevor, und du hast bereits genug ausgestanden.«

»Habe ich mich jemals beklagt?«

»Nein, das hast du nicht. Weil du ein tapferes Mädchen bist und auch ein kluges. Du siehst doch ein, dass es sein muss.«

Sie schlug seine Hand weg und drehte sich um, doch anstatt ins Gefährt zu steigen, lief sie los. Ihn überkam die Furcht, sie würde fliehen wollen und er müsste ihr nachlaufen, sie packen und gewaltsam zum Wagen schleifen. Doch sie rannte nicht zur

Zugbrücke, nur zu einem der Pferde. Er war nicht sicher, ob es Hugh de Lacys Rappe war, in jedem Fall glänzte sein schwarzes Fell. Róisín wirkte so klein neben dem riesigen Ross, aber sie hatte keine Furcht. Mutig hob sie ihre Hand und streichelte ihm über die Stirn, ähnlich wie gerade noch er selbst ihre Wange gestreichelt hatte.

Du bist wie der Wind ... und der Wind schlägt sich an Klostermauern die Stirn nicht blutig ... Du wirst es überleben.

Ihren Anblick ertrug Pól gleichwohl nicht länger. Er hielt seinen Blick gesenkt, als sie vom Pferd zurücktrat und ins Gefährt stieg, als Bruder Abél ihr folgte, sich die Räder zu drehen begannen und tiefe Furchen in der braunen Erde hinterließen.

Er sah erst wieder hoch, als der Wagen die Burg längst verlassen hatte und Diarmait neben ihn trat.

»Wir sollten auch nicht lange warten mit dem Aufbruch nach Wales.«

Ich verlasse Saumur erst, wenn ich mich gründlich besoffen und irgendwo ein williges Weib gefunden habe, wenn ich mit einem Brummschädel erwache und den heutigen Tag ebenso vergessen habe wie die unselige Jagd.

Allerdings durfte der König nie wissen, dass ihm die Fäden kurz aus der Hand geglitten waren und er nicht planvoll und durchdacht, sondern mit schwitzenden Händen den entscheidenden Knoten geknüpft hatte. Dass er, anstatt sein wahres Ziel zu verfolgen – Krieg zu schüren, Waffen zu verkaufen und es dem Hochkönig heimzuzahlen –, erst Róisín nach- und dann vor ihr davongelaufen war.

»Gewiss«, sagte er deshalb. »Über eines aber lass uns gründlich nachdenken. Wenn wir die Normannen anwerben, sollten wir nicht Rebhühner und Hasen jagen, sondern es gleich auf den Hirsch absehen. Einen namhaften Ritter gilt es zu finden, der deine Sache zu seiner macht, dann folgt alles andere von allein. Und ich habe schon eine Idee, wer das sein könnte.«

RIACÁN

Das Weidekraut färbte sich in diesem Jahr schon im August dunkelrot, vor allem wenn die Sonne es morgens und abends küsste. Bei seinem Anblick musste Riacán an Blut denken, viel Blut, all das Blut, das er in seinen Träumen vergoss, das jedoch nicht Ascalls Blut war … noch nicht.

Eines Tages erreichten ihn Nachrichten von Dublin, und wenig später ließ er ein Dutzend jener Männer im Hof zusammenrufen, die in den letzten Monaten die schnellsten Fortschritte in der Kampfkunst gemacht hatten und sich dabei nicht die große Zehe abgeschlagen hatten wie der träge Niall, der hinterher vor Schmerz heulte, aber auch sagte, besser, es sei die Zehe als der Schwanz.

»Wir werden noch heute aufbrechen«, verkündete Riacán.

Colum sah ihn misstrauisch an. »Selbst wenn es stimmt, was der Bote sagt, Diarmait nicht einfach nur geflohen, sondern sich einen mächtigen Verbündeten gesucht hat, ist es nicht sicher, wann und ob er nach Ferns zurückkehrt. Willst du nicht lieber abwarten, was passieren wird? Später findet sich immer noch die Gelegenheit, um …«

»Jetzt ist die Stunde, aller Welt zu zeigen, ob man auf der Seite des Siegers steht oder auf der des Verlierers. Kein Wort mehr, Alter! Wenn du schon aufrecht stehst, anstatt irgendwo schnarchend zu liegen, kannst du mir auch aufs Pferd helfen.«

Als er auf Tuiren saß, blickte er sich um. Ceara lächelte ihn von ferne traurig an und streichelte nur den gewölbten Leib. Éilís lächelte nicht, aber spottete. »Warum nimmst du so viele Männer mit? Ich könnte ihre Hilfe bei der Schafschur gebrauchen. Und wenn du in Ferns vor Diarmaits Söhnen auf die Knie sinken willst, um dem vertriebenen König von Leinster deine Treue zu schwören, brauchst du kein Dutzend, das dich begleitet.«

Du hast ja immer noch keine Ahnung, was ich vorhabe.
Laut sagte er nichts, starrte sie nur durchdringend an, bis sie sich schulterzuckend abwandte. Auf dem Weg zum Langhaus kam sie an Faolán vorbei, der dieses erst jetzt verließ. Wie immer lächelte Faolán sie sehnsüchtig an, wie immer schien es Éilís gar nicht zu bemerken.

Faolán wurde wieder ernst. »Soll ich dir ein Abschiedslied singen?«, rief er Riacán zu.

Riacán führte sein Pferd ganz dicht an ihn heran. »Dazu singst du zu schön, Bruder«, flüsterte er ihm zu. »Das Lied der Rache, das ich selbst vor etlichen Monaten angestimmt habe, ist voller Misstöne. Dein Gesang passt nicht dazu.«

Faolán musterte ihn nachdenklich, und anders als alle anderen las er im Blick seines Bruders die Wahrheit.

»Du lieber Himmel!«, stieß er halb anerkennend, halb fassungslos aus. »Du willst ja gar nicht nach Ferns, du willst …«

»Schweig!«, herrschte Riacán ihn an. »Die anderen werden es erst erfahren, wenn wir unterwegs sind.«

»Nun denn, dann sollte ich wohl ein Lied auf deinen …«

»Schweig!«, befahl Riacán wieder.

Doch sein Bruder hob ungerührt seine Harfe und begann zu singen. »*Manche werden geboren, um Ränke zu schmieden, manche müssen das Spiel der Listigen erst üben. Und der, der in diesem Spiel den Sieg davonträgt, ist meist der, der sich selbst und seine Freunde verrät.*«

Faolán eilte davon, bevor Riacán nach der Harfe treten konnte.

Der Tag war noch jung, als sie die Siedlung verließen. Immer weiter entfernten sie sich von der Küste, und der salzige Geruch, den der Ostwind oft zu ihnen herüberwehte, wich dem erdigen. Feucht blieb es, weil sie stets an einem Fluss entlangritten, mal an der Liffey, mal am Shannon, die beide ins Herz Irlands führten. Die Pferdehufe gruben sich tief in den schlammigen Boden ein, und das Schilfrohr brach unter ihnen, während die weißen Fäden des Wollgrases in der Luft trieben wie Schneeflocken. Manchmal kamen sie an kleinen, eingezäunten Feldern vorbei, doch viel öfter durchritten sie ausgedehnte Moore und dichten Wald.

»Warum reiten wir denn immer weiter in den Westen und nicht in den Süden, nach Ferns?«, fragte Gljómall, als sie am Abend rasteten.

Riacán murmelte nur: »Hier in der Nähe muss sich der Nabel der Insel befinden, der einst nach einem Hagelschauer zwölf Flüsse hervorgebracht hat. Ein Druide hat hier vor langer Zeit das erste Feuer entzündet und zu jeder Hütte gebracht, und tief in einer Höhle troff das Wasser einer heiligen Quelle von den schwarzen Wänden, die das Wissen über alle Dinge enthüllte.«

Gljómall schnaubte. »Mir würde es schon genügen zu wissen, was in deinem Kopf vorgeht.«

Riacán starrte ihn an. »Ich denke, dass ein Nabel nur ein unnützes Loch im Bauch ist und keine Flüsse hervorbringt ...«

»Verdammt, nun sag schon! Wir reiten nicht nach Ferns, oder?«

Du hast einen Tag länger gebraucht als Faolán, das zu begreifen.

»Nein«, sagte er, sagte es nun ganz laut, ja brüllte die nächsten Worte, auf dass jeder ihn hören konnte. »Wir reiten zu Ascall nach Toora!«

Eine Weile war nur das Knacken von Holz zu hören. Manche staunten, andere erschraken, wieder andere freuten sich, aber keiner begehrte auf.

Als ein Raunen sich erhob, schlug Gljómall sich auf die Brust und donnerte: »Auf den Tag der Rache habe ich lange gewartet!«

Riacán gönnte den Männern den Met, der bald durch ihre Kehlen floss, und gönnte ihnen das hitzige Blut, das bald durch ihre Adern rann.

Er selbst trank nichts, und ihm blieb kalt.

Das Land wurde hügeliger, als sie am nächsten Tag in Richtung Norden ritten. Auf Grasland folgten erst dichte Wälder, später Wiesen, wo riesige Farne wuchsen, schließlich weite Flächen voller purpurrotem Heidekraut. Dieses Mal dachte Riacán nicht an Blut.

Wenn man diese Farbe hören könnte, würde ihr Lied so schön und traurig klingen, dass selbst ein Krieger weinen müsste.

Bald senkten sich graue Schwaden über das brennende Land. Der Nebel hockte fortan schwer auf ihren Schultern, und solange sie nichts von ihrem Ziel sehen konnten, vermeinte Riacán, sie kämen niemals an. Das Einzige, was ihn an seinen Plan erinnerte, war die kostbare Fracht, die sie am zweiten Tag der Reise von einem Dorf mitgenommen hatten. Unter großen Tüchern verborgen wurde sie auf einem der Pferde transportiert, dessen Reiter zu Fuß gehen musste. Was sich unter den Tüchern befand, wusste niemand, denn er hatte strikt verboten darunterzuschauen.

Die Männer gehorchten, obwohl ihre Neugier groß war, doch nach der nächsten Nacht behauptete einer, merkwürdige Geräusche gehört zu haben. »Ganz so, als hätte die Kriegsgöttin Morrighan mit ihren Raben zum krächzenden Geschrei angehoben.«

Riacán lachte nur, wenn auch nicht so fröhlich, wie er früher gelacht hatte, eher blechern und kalt wie ein Krieger.

Während die geheimnisvolle Fracht unter Tüchern verborgen blieb, löste sich am dritten Tag der Nebel auf und gewährte ihnen freien Blick auf grüne Wiesen und goldene Felder.

»Dún Fionn ist nun nicht mehr weit«, erklärte Gljómall.

»Keiner kann die Burg erstürmen«, sagte Fiacc ehrfurchtsvoll.

Riacán wusste, dass es auch noch nie jemand versucht hatte. Auf dem Festland belagerte man Burgen, bis die Bewohner ausgehungert waren. Hier in Irland zählte nur ein Kampf, der auf offenem Feld ausgefochten wurde.

»Ascall hat sich einmal vor dir im Wald versteckt. Was gibt dir die Gewissheit, dass er sich jetzt nicht hinter Stein verschanzt?«, fragte Dúngal.

»Haltet nach ihm Ausschau und berichtet mir, wenn er Dún Fionn verlässt.«

Sie schlugen in der Nähe ihr Lager auf, mussten dort aber nicht so viele verregnete Nächte verbringen, wie Riacán befürchtet hatte. Schon am nächsten Tag um die Mittagszeit kehrte der Spähtrupp zurück und brachte aufgeregt die Botschaft, dass etliche Männer in Richtung Wald zur Jagd geritten seien. Gut möglich, dass auch Ascall darunter war.

Riacán nickte grimmig, wählte ein halbes Dutzend Männer aus – darunter seine Leibgarde – und ritt mit ihnen auf Dún Fionn zu. Sobald die stattliche Mauer deutlich sichtbar in den grauen Himmel ragte, verhielt er Tuiren.

»Wir warten hier!«, erklärte er und wies auf eine Grasmulde, hinter der sie vor Blicken geschützt waren. »Und ihr zieht eure Schwerter nur, wenn ich es sage.«

Er selbst legte einen Pfeil auf den Bogen, ehe er sich auf den Boden kniete. Achtsam sah er sich um. Nicht weit entfernt grasten etliche Schafe, einige wenige hoben ängstlich den Kopf, die meisten fraßen unbeirrt das saftige Gras.

Jag nur, Ascall, fresst nur, Schafe.

Obwohl kein Nebel mehr waberte, färbte sich das Land grau, als die Dämmerung heraufzog. Zwischen den Bäumen des Waldes dampfte es, als würden die geheimnisvollen Wesen, die dort wohnten, ein Süppchen kochen.

»Will er denn noch bei Finsternis jagen?«, fragte Dúngal ungeduldig, als weiterhin nichts zu sehen war.

»Vielleicht hat er Augen wie ein Luchs«, murmelte Fiacc.

»Die hat er nicht«, sagte Riacán streng. »Er ist kein Tier, sondern ein Mensch.«

Die Männer tuschelten, um sich warm und wach zu halten, doch Riacán hob plötzlich die Hand. Noch ehe es zu hören war, spürte er das Hufgetrappel. Vögel stoben auf, bald kamen Pferde aus dem Wald. Es waren vier … nein, sechs … So viele also wie sie, wenngleich das nicht von Bedeutung war. Jeder dieser Reiter konnte wahrscheinlich drei Männer gleichzeitig töten. Einen Hirsch oder ein Wildschwein hatten sie allerdings nicht erlegt, nur Rebhühner und Hasen.

Fang am besten das nächste Mal einen Maulwurf, Ascall, das würde zu dir passen.

Riacán spannte den Bogen.

»Wir könnten sie besiegen«, flüsterte Gljómall aufgeregt.

Nein, das können wir nicht.

»Lasst eure Schwerter in der Scheide stecken!«, befahl er bestimmt.

Immer dichter kamen die Reiter an sie heran. Da! Das musste

Ascall sein! Der Mann mit dem kurzen Haar und dem Bart! Als er seinerzeit vor Tadc erschienen war, um um Caitlín zu werben, hatte er Riacán an einen trotzigen Knaben erinnert, und sehr viel älter sah er auch jetzt nicht aus. Täuschen ließ er sich davon nicht. Riacán spannte den Bogen immer weiter, hielt den Atem an, bis Ascall dicht an ihm vorbeiritt, doch als sie tatsächlich nur noch ein paar Schritte trennte, schoss Riacán seinen Pfeil nicht auf Ascall ab, sondern fuhr blitzschnell herum und schoss in die entgegengesetzte Richtung. Die Reiter hörten nichts, sie näherten sich der Burg, und bald erstarb das Hufgetrappel.

Gljómall starrte ihn bloß mit offenem Mund an, während Fiacc ihn wütend anherrschte: »Bist du verrückt geworden? Er war so nah, du hättest ihn treffen können!«

»Oder auch nicht.«

»Aber ...«

Riacán lächelte. »Wir sind doch nicht hergekommen, um Ascall von Toora zu töten.«

Ihre dummen Gesichter waren eine Entschädigung dafür, dass seine Glieder vom langen Hocken steif geworden waren.

»Ja, warum denn dann?«

Riacán deutete in die Richtung, wohin er seinen Pfeil abgeschossen hatte. Stolz darauf, dass er sein Ziel getroffen, sich das Training der letzten Wochen also gelohnt hatte, erhob er sich und ging auf seine Beute zu.

»Was ... was soll das?«, fragte Dúngal, als er sie erblickte.

»Das ist doch nur ein kleiner Spaß.« Und wieder lachte Riacán das seelenlose Lachen eines Kriegers.

Mit dem Fell eines Lämmchens um den Hals, das noch warm und voller Blut war, ritt Riacán mit seinen Männern auf Dún Fionn zu.

Als sie das Tor erreichten, Riacán tief Atem holte und brüllend Einlass verlangte, beugte sich ein Mann über die steinerne Mauer.

»Wer da?«

Sie ist gar nicht so hoch, wie man von Weitem denkt, ging es

Riacán durch den Kopf. Wer behauptet, dass sie in den Himmel wächst, hat den Himmel mit Nebel verwechselt.

»Der Schwager deines Herrn.«

Der Mann verschwand und kam nicht wieder. Riacán machte sich auf alles gefasst, auf einen Pfeilregen oder darauf, dass der Nächste, der dort oben erschien, auf sie pissen würde. Doch dann tat sich quietschend das Tor auf, dessen unterschiedlich große Balken vom Nebel feucht und dessen Eisenbeschläge von einer grünlichen Schicht überzogen waren. Riacán ritt in den Hof und musterte unauffällig seine Umgebung.

Was immer er erwartet hatte – hier lebte keiner, den allein der Gestank von Leichen sättigte und dessen Durst allein vom Blut der Geschlachteten gestillt wurde. Es gab hier wie in der Siedlung der O'Bjólans Vorratskammern für Getreide, einen Ofen, in dem Brot gebacken wurde, Werkstätten, in denen gerade Fässer für Met gezimmert wurden, und ein Brauhaus, in dem man in einer langstieligen Pfanne Gerste erhitzte. Nicht, dass dieser Anblick ihn sonderlich beruhigte. Sein Körper schmerzte, so stark spannte er sich an, und als in der Tür zum großen Wohnhaus eine Gestalt sichtbar wurde, stockte ihm kurz der Atem.

Heute versteckt er sich also nicht.

Ascall trug weder einen Schild noch ein Kettenhemd, er trat ihm in einem einfachen Lederwams entgegen. Bis auf die kniehoch geschnürten Stiefel aus festem Leder unterschied er sich nicht von seinen Sklaven. Das Einzige, was daran gemahnte, dass dies kein Mann war, mit dem er je abends Met saufen, Schach spielen und über derbe Späße lachen wollte, waren diese dunklen Fingerkuppen und -nägel, die aussahen, als hätte er die Hände ins Feuer gehalten, ohne vor der Hitze zurückzuzucken, und der stechende Blick. Riacán war ihm nie nahe genug gekommen, als dass er die Farbe seiner Augen hätte erkennen können, und jetzt war es zu dämmrig dafür, doch er hätte schwören können, dass sie grau wie die tiefhängenden Wolken waren.

Riacán lächelte – lächelte, weil er in den grauen Augen Misstrauen zu erkennen vermeinte, Angst davor, übertölpelt zu werden, und zugleich ein wenig Ratlosigkeit.

»Was führt dich zu mir?«, fragte Ascall.

Zu mir, zu mir, zu mir. Nicht *zu uns.*

Aber nein, er durfte nicht an Caitlín denken, nicht nach ihr Ausschau halten, sich nicht vorstellen, dass sie irgendwo in einer der Hütten oder Werkstätten schuftete.

Riacán schwang sich von Tuirens Rücken und zog das noch blutige Lammfell von den Schultern.

»Ich möchte dir ein Geschenk überreichen.«

Ascalls Augen wurden noch härter, sie schienen nunmehr aus gleichem Stahl gemacht wie der Dolch, der an seinem Gürtel hing. Blitzschnell fuhr seine Hand dorthin.

So schnell bist du bereit zu töten. So langsam begreifst du, dass ich dich gar nicht beleidigen will.

Noch bevor Ascall den Dolch ziehen konnte, ließ Riacán sich als Zeichen seiner Hochachtung auf das rechte Knie nieder. Mit beiden Händen hielt er das Fell, das sich nicht länger warm, sondern nur mehr klamm anfühlte, hoch.

»Ich weiß, ich weiß«, sagte er. »Mein Vater hat dir ein Lammfell vor die Füße geworfen, um zu bekunden, dass du in seinen Augen nichts weiter als ein Bauer bist. Du hast dich nicht gebückt, um es aufzuheben, aber ich tue es gleichsam an deiner statt – bin im Zweifelsfall doch ich der Bauer, nicht du – und reiche es dir, da weder ein Schaf zwischen uns stehen soll noch meine Schwester.« Riacán bettete das Fell auf dem lehmigen Boden und strich darüber. »Natürlich soll dies nicht das einzige Geschenk bleiben, das ich dir überreiche ...« Er erhob sich und winkte seinen Männern, woraufhin Dúngal zu dem Pferd ging, das die geheimnisvolle Last trug, und mit einem Ruck das Tuch wegzog. Ein hölzerner Käfig kam zum Vorschein, in dem ein Buntfalke saß. Selbst in der Dunkelheit, die nur von einigen Fackeln und einem Feuer in der Mitte des Hofes erhellt wurde, leuchteten die durchdringend roten Punkte auf dem weißen Gefieder. »Es heißt, Irland besitze die besten aller Falken«, erklärte Riacán. »Keinen einzigen Vogel wird man hier jemals finden, der einen krummen Schnabel, stumpfe Krallen oder schlechte Augen hat. Das Gleiche gilt für die Krieger von Toora, nicht wahr?«

Ascall trat näher und stellte sich auf die Zehenspitzen – vielleicht, weil er unruhig war, vielleicht auch, weil er zum etwas größeren Riacán nicht aufschauen wollte.
»Mit Falken jagt man in England, nicht hier«, sagte er eisig. Riacán hob beide Hände. »Was nicht heißt, dass solche stolzen Vögel nicht prächtig anzuschauen wären.«
»Ich will keine Vögel anschauen, sondern wissen, was du hier verloren hast!«
Riacán beugte sich vor. »Ich möchte mit König Tigernán sprechen, um ihm meine Treue zu versichern und meine Bereitschaft, für ihn zu kämpfen. Und ich würde ihm gern persönlich eine Nachricht aus Leinster überbringen ... eine beunruhigende Nachricht, wie ich fürchte. Es geht um Diarmait MacMurchada.«
Falls ihn die Worte überraschten, zeigte Ascall es nicht.
»Und warum bist du zu mir gekommen, nicht zu ihm?«, fragte er.
»Weil keines meiner Worte, die ich in sein Ohr schreie, nicht annähernd die Macht hat wie die, die du ihm zuflüsterst.«
Plötzlich erschien ein Lächeln auf Ascalls Lippen, sein Blick wurde dennoch stechender als der des Falken, der eben ein Kreischen ausstieß. »Willst du mich zum Narren halten? Du weißt, was es bedeutet, jemandem Geschenke darzubringen.«
Natürlich wusste Riacán das. In Irland beschenkte ein Kriegsherr seine Krieger mit Rindern oder Land, Waffen, Kleidung und Trinkhörnern, manchmal auch mit Sklavenmädchen, und dieses Geschenk anzunehmen bedeutete gleichsam die Unterwerfung.
»Nun gut«, sagte er lächelnd, »es ist vielleicht falsch, von Geschenken zu sprechen. Aber du hattest es so eilig, meine Schwester zu heiraten, dass du mein Einverständnis nicht einholen konntest ... was für eine gültige Ehe eigentlich vonnöten gewesen wäre. Betrachte meine Gaben als verspätete Zustimmung und als Zeichen dafür, dass ich in Caitlíns Namen auf den Brautpreis verzichte, der ihr eigentlich zustünde.«
Das Lächeln wurde kurz breiter. »Ein Falke und ein Lamm-

fell also. Und wo ist das Fleisch, das dazu gehört? Deine Schwester könnte es für uns braten.«

Riacán musste sich zusammenreißen, um nicht erleichtert auszuatmen.

Er lässt sie saftiges Fleisch braten ... nicht irgendwo in einem Verlies an Knochen nagen.

»Das habe ich liegen lassen. Ich hoffe, du kommst nicht auf die Idee, stattdessen den armen Falken zu rösten.«

»Ich würde nie einen Falken mit einer Taube verwechseln.«

»Dabei haben die beiden Vögel etwas gemein: Sie finden immer den Weg in ihre Heimat zurück, so wie ein Ire zu seinem Hochkönig zurückkehrt, wenn Feinde das Land bedrohen.«

Erneut sank er auf die Knie. »Das letzte Mal stand ich auf der falschen Seite, dieses Mal will ich von Anfang an auf der richtigen kämpfen. Neben Ruari O'Connor, dem Hochkönig, der Irland eint.«

Ascalls Blick wurde schmal, als er erst zum Falken, dann zu dem blutigen Fell ging. Er stupste es mit der Fußspitze an, überlegte wohl kurz, es aufzuheben, trat es dann aber in den Dreck.

»Bald wird der Hochkönig hier eintreffen, und Tigernán wird ihn begleiten«, knurrte er. »Er wird wie jedes Jahr von mir das Gastrecht einfordern, um sich meiner Treue zu vergewissern. Bleib meinetwegen so lange, bis er hier eintrifft.«

Riacán duckte sich noch tiefer. »Ich danke dir.«

Ascall nickte und verschwand im Inneren des Haupthauses. Riacán ließ vernehmbar seinen Atem entweichen. Als er sich erhob, nutzte er die Gelegenheit, sich umzublicken, doch Caitlín war nirgends zu sehen.

Bis zur Ankunft des Hochkönigs lebten Riacán und seine Männer in einer runden, soliden Hütte mit Wänden aus Flechtwerk und einem Dach aus Stroh. Man hatte ihnen Pferde und Waffen abgenommen, doch die behagliche Unterkunft – auf dem Lehmboden lagen Leder, Felle und wollene Kissen, außerdem gab es einen Tisch und eine Bank – versöhnte sie ein wenig. Zudem wurde köstliches Essen serviert: gekochter Schweinebauch, dessen gelbe Fettschicht so weich war, dass sie nur vom Anschauen zu schmelzen schien, Blaubeeren, die so prall waren, dass sie nur vom Anschauen zu platzen schienen, außerdem dicke, süße Milch und Bier, das fruchtig und ein wenig bitter wie Herbstluft schmeckte. In dem Brot, das sie hineintunkten, befanden sich kleine Nussstücke, die auch schon Riacáns Mutter in den Teig geknetet hatte. Ob Caitlín das Brot selbst gebacken oder nur eine Sklavin angeleitet hatte? Oder schmeckte er Nüsse, wo keine waren?

Gespannt lausche Riacán auf jedes Geräusch und zuckte bereits zusammen, wenn im fahlen Licht die Staubflocken schneller tanzten. Erst am Abend des nunmehr achten Tages, den sie auf Dún Fionn verbrachten und den er größtenteils verschlafen hatte, erschien ein fremder Mann und befahl Riacán mitzukommen.

»Und zwar nur du, die anderen nicht.«

Seine Leibgarde sprang auf und murrte, doch Riacán gab den Männern ein Zeichen zu schweigen, folgte dem Mann nach draußen und musterte ihn. Über einer engen Hose und grauen Lederstiefeln trug er einen Kittel mit Knöpfen und einen Umhang mit gold- und silberdurchwirkter Borte – sehr edle Kleidung, die ihn an die der reichen Kaufleute von Dublin, Wexford oder Limerick erinnerte.

»Wer bist du?«, fragte er.

»Ailillán. Sein Bruder.«

Riacán wusste, wen der andere meinte, konnte sich aber nicht verkneifen zu fragen: »Tigernán O'Rourkes oder Ruari O'Connors Bruder?«

Ailillán betrachtete ihn aus schmalen Augen. »Ruari O'Connor hat einst seine drei Brüder blenden lassen, damit sie ihm die Macht nicht streitig machen konnten. Ascall würde mir nie ein Haar krümmen.«

»Und was bedeutet das?«, gab Riacán unbeeindruckt zurück. »Dass Ascall gütig und großzügig ist oder so brutal und stark, dass er noch nicht einmal den eigenen Bruder fürchtet?«

Der andere sagte nichts mehr, führte ihn nur wortlos in die Halle, wo rotgesichtige Männer tafelten – wohl nicht nur

Ascalls und Tigernáns Krieger, auch das große Gefolge des Hochkönigs, bestehend aus Adligen, brehonischen Rechtsgelehrten, seinem Leibarzt, seinem Dichter und seinen drei persönlichen Dienstboten.

Die Luft war schwer von Dunst, Schweiß und Rauch, sodass kaum etwas zu sehen war und Riacán erst nach einer Weile am Ende der Tafel drei Männer, die stolz und unnahbar wirkten, wahrnahm. Falls ihnen ihre Frauen Gesellschaft geleistet hatten, hatten sie sich schon zurückgezogen. Keine Derbforgaill ... keine Caitlín ... keine ... Den Namen von Ruaris Frau kannte er gar nicht, hatte nur gehört, dass sie häufig kränklich war und keine weiten Reisen unternahm.

Tigernán O'Rourke, König von Breifne, war leicht zu erkennen, weil er nur ein Auge hatte. Einst wäre das zu wenig gewesen, um zu herrschen, schon ein Bienenstich hatte einen König zur Abdankung gezwungen. Doch seitdem ein O'Baoighill mit schiefem Hals und ein Conn Bacah mit lahmen Beinen erfolgreich regiert hatten, durfte sogar ein Körperglied fehlen, nur nicht derer zwei. Das eine Auge blieb blind für ihn, als Riacán auf die Männer zutrat, während der Hochkönig, hinter dem zwei Leibwächter mit Schwert und Streitaxt standen, ihn nun entdeckte und sich erhob. Er trug eine kurze gebauschte Kniehose, eine Tunika, die bis zur Mitte des Oberschenkels reichte und von einem breiten, glänzenden Ledergürtel gerafft wurde, außerdem einen weiten Umhang aus jener festen, rauen Wolle, die Männer mehrere Regentage im Freien überstehen ließ, ohne dass sie vor Kälte schlotterten. Nur der rechte Arm sah unter dem Umhang hervor, damit der jederzeit zum Schwert an der linken Seite des Gürtels greifen konnte. Der Knauf der Waffe war mit ungewöhnlich dunklen Steinen besetzt, die wohl nicht einmal im Sonnenlicht glitzerten und an die dunkle Erde denken ließen, wie sie in der Heimat von Ruari – Síol Muireadhaigh – zwischen den feuchten Wiesen klaffte.

Dass er Hochkönig war und dass jenes Amt mehr Last als Triumph mit sich brachte, sah man allerdings weniger der Kleidung an, die nicht annähernd so edel wie die Aillláns war, sondern seinem wachen, auch nachdenklichen Blick und der gerunzelten Stirn. Ruari O'Connor war bekannt dafür, dass er den rechten Arm häufiger dazu nutzte, sinnierend den Kopf aufzustützen, als zum Schwert zu greifen, und bevor er zur Schlacht rief, wollte er stets mindestens eine Nacht darüber schlafen – so tief im Übrigen, dass er selbst dann nicht erwachte, wenn bereits Schwerter auf Schilde droschen und Fäuste auf Köcher trommelten.

Kurz musterte er Riacán, um sich gleich darauf wieder grußlos zu setzen und sich dem Gespräch zu widmen, das er eben mit Ascall und Tigernán führte.

»Donnachadh O'Carroll ist von seinem eigenen Diener getötet worden?«, fragte er hörbar angewidert.

Donnachadh war der König von Oriel, einer Provinz im Osten von Connacht.

»Wie betrunken musste er gewesen sein, dass ihm das geschah?«, fragte Tigernán und klang selbst nüchtern, obwohl ein Kelch vor ihm stand.

»Wenn man den Gerüchten glaubt, ist es sogar kein Diener, sondern eine Dienerin gewesen, die ihm im Schlaf den Kopf abgehackt hat. Doch als ein Chronist das aufschreiben wollte, hat man ihm wiederum die Hand abgehackt, woraufhin der nächste schrieb, des Königs Mörder sei ein Mann von riesenhafter Statur und teuflischer Arglist gewesen«, warf Ascall ein.

»Nun, sein Sohn hat auf jeden Fall noch Kopf und Hand«, bemerkte der Hochkönig.

»Und eins davon ist womöglich zu viel. Dieser Hitzkopf hat es auf Krieg mit Connacht abgesehen«, fügte Tigernán hinzu.

Ascall aß als Einziger von ihnen, während er sprach, aber nicht gierig, sondern lustlos. Nun hob er den Kopf und deutete mit einem fast abgenagten Knochen auf Riacán. »Wir sollten nicht über Oriel sprechen, solange der da zuhört.« Das wenige Fleisch, das noch am Knochen hing, war blutig. Tigernáns Lächeln fiel so schmallippig aus, als hätte er noch nie in seinem Leben Fleisch – ob blutig oder nicht – gegessen. »Du gewährst ihm also ein Dach über dem Kopf, nicht jedoch dein Vertrauen?«, fragte er Ascall.

Der Hochkönig lachte. »Für ein Dach bedarf es nur Flechtwerk, Holzbalken, ein wenig Lehm und Stroh. Ascalls Vertrauen hingegen ist so schwer zu erringen, als wollte man eine Burg im tiefsten Sumpf Irlands errichten.«

»Er sagt, er stehe auf unserer Seite«, erklärte Ascall, ohne Riacán aus den Augen zu lassen, »aber er hat es durch nichts bewiesen.«

Dieses Mal betrachtete Ruari Riacán deutlich länger und ließ schließlich Tigernán für ihn sprechen.

»Du zählst zu den wenigen Familien Nord-Leinsters, die treu zu Diarmait standen.«

»Und dafür muss ich einen hohen Preis bezahlen«, sagte Riacán rasch. »Meine Nachbarn suchen mein Land heim und stehlen meine Rinder und Sklavinnen.«

Riacán hatte dafür gesorgt, dass sich die Geschichte vom Überfall der vermeintlich O'Faeláins auf die O'Bjólans weit verbreitet hatte, und tatsächlich schien sie Tigernán nicht neu zu sein. Leider hatte sie nicht die erwünschte Wirkung erzielt.

»Und nur weil er dich im Moment nicht schützen kann, verrätst du deinen König?«, fuhr Tigernán ihn an. »Ich hasse Diarmait, aber ich mag treue Männer, die nicht wie dünne Grashalme einknicken. Was also bist du? Ein Grashalm, ein Blümchen, ein Zweiglein? Oder vielleicht doch ein knorriger Ast?«

Riacán schluckte. Damit, dass Ascall ihm selbst dann nicht trauen würde, wenn er den tiefsten Sumpf mit eigenen Händen trockenlegte, hatte er gerechnet, jedoch gehofft, dass sich die anderen schneller überzeugen ließen. Nun gut, der Überfall war nur eine Sache, die er in die Waagschale werfen konnte. Anstatt sofort zu antworten, griff er nach einem Kelch und benetzte seine Kehle.

»Die O'Bjólans stammen, wie ihr Name sagt, von einem gewissen Bjólan ab. Er zählte zu den Dubhgall, den schwarzen Fremden, wie man die Dänen nannte, und er wurde für seine Kampfkunst gerühmt. Allerdings wählte er seine Gegner zunächst nicht immer mit Bedacht. So bekriegte er lange Zeit die Finngall, die weißen Fremden, wie die Norweger heißen, weswegen am Ende alle Männer aus dem Norden derart geschwächt waren, dass sie den Iren in der Schlacht von Clontarf unterlagen und vertrieben wurden. Nun ja, nicht alle. Bjólan blieb, weil er vor dem Sieger in die Knie ging.«

»Brian Boru war das, doch auch er ist in der Schlacht gestorben«, warf Tigernán ein.

»Aber seine Truppen waren siegreich und die Iren stark wie nie, und Bjólan hat das erkannt. Am Ende war er ein Mann, der mit seinem Schwert kämpfte, doch nicht damit dachte. Und das bin ich auch.«

»Nun, Däne ...«

»Ich bin kein Däne. Meine Vorfahren haben so viele Frühlinge lang ihr Land beackert und Kühe geschlachtet, dass ich mich mit Fug und Recht Ire heißen kann. Und ein Ire darf nicht zulassen, dass einer von ihnen mit fremden Söldnern ins Land eindringt.«

»Und wer behauptet, dass es so wäre?«

Riacán machte eine kunstvolle Pause. »In ganz Dublin spricht man davon, und Geschichten von dort dringen immer schnell zu uns O'Bjólans«, erklärte er danach. »Ihr wisst doch, die Kaufleute dort wuchern mit Wissen wie mit Waren. Was der eine nächtens in der Taverne in seinen Weinkelch murmelt, weiß am nächsten Tag die ganze Stadt. Ein Schiffsmann namens Amlaib hat sich gerühmt, Diarmait nach Bristol gebracht zu haben, ein Pferdehändler will ihn auf dem Weg nach Poitiers gesehen haben, und ein Mönch war dabei, als Diarmait König Henry auf der Burg Saumur traf. Diarmait ist vor ihm auf die Knie gegangen, hat Henry als den wahren König von Irland anerkannt und ihm als treuer Vasall den Lehnseid geschworen.«

Tigernán und Ruari warfen sich einen Blick zu. Ohne Zweifel standen Sorge und Hass darin, hingegen keine Überraschung. »Dieses Gerücht haben wir auch gehört«, sagte Ruari. »Aber selbst wenn es stimmt, muss König Henry um seine Besitzungen in Frankreich kämpfen. Diarmaits Flügel haben wir wiederum gründlich gestutzt. Mit dem Flaum, der geblieben ist, kann er nicht fliegen, selbst wenn ihm König Henry eine Feder liehe.«

»Und wenn es nicht eine Feder ist, sondern ein ganzes Federkleid? Besagter Mönch berichtete auch, dass Henry in einem

Brief alle Normannen in Wales auffordert, Diarmait bei der Rückeroberung seines Reiches zu unterstützen.«

Diese Nachricht war dem Hochkönig wohl neu, denn sein Körper spannte sich merklich an. »Und warum weiß das ganz Dublin, nur ich nicht?«, rief Ruari erbost. »Ich habe Dublin unterworfen!«

Nein, dachte Riacán, du hast Dublin nicht unterworfen, du hast Dublin lediglich gekauft – mit fünfhundert Kühen und dem Versprechen, dass es Hauptstadt deines Reiches werden würde.

»Jeder weiß doch, dass den Dublinern ein ferner König lieber ist als ein naher«, erklärte er. »Und am allerliebsten ist es ihnen, wenn die Könige sich bekriegen.«

»Und wenn alles eine Lüge ist?«, fragte Tigernán misstrauisch.

»Das ist natürlich möglich«, sagte Riacán schnell. »Vielleicht sucht Diarmait König Henry immer noch vergebens. Vielleicht ist ihm auf seiner Reise der heilige Colman samt der Vögel erschienen, die ihn ständig umschwirren und die man nicht kochen kann, selbst wenn man sie vom Himmel schießt, und er ist nun kein Krieger mehr, sondern ein Frömmler. Und vielleicht sind die Normannen, die er in Wales anzuwerben versucht, kein Rudel Wölfe, sondern Welpen, die beim ersten Schlachtlärm nach ihrer Mutter fiepen würden. Ich gebe weiter, was ich gehört habe, nicht, was ich mit eigenen Augen gesehen habe. Im Zweifelsfall möchte ich aber nicht auf der Seite von einem stehen, der dem englischen König unter den Kittel kriecht.«

Ruari O'Connor hob anerkennend die Brauen, und Tigernán stierte mit seinem einen Auge nicht mehr ganz so kalt auf ihn. Sie waren beide bekannt dafür, sich von geschliffenen Worten überzeugen zu lassen, während Ascall dagegen einen geschliffenen Dolch vorzog. Mit so einem bearbeitete er eben energisch seinen Knochen, als wollte er diesem eine Form geben.

»Und du kommst ausgerechnet nach Toora, um uns die Treue zu bekunden?«, fragte Tigernán. »Obwohl Ascall deine Schwester geraubt hat?«

Mach keinen Fehler.

Riacán atmete tief durch, trank noch einmal aus dem Kelch. »Mein Vater hat sie ihm damals verweigert, nicht ich. Für mich zählt nur, dass sie mit Ascall verheiratet ist – nicht, wie es dazu kam. Vor keinem Krieger auf dieser Insel fürchtet man sich mehr, und ich konnte mich bislang vor den Familien Nord-Leinsters nur schützen, weil ich mich auf ihn als meinen Schwager berief. Wie stolz wäre ich, könnte ich ihn auch meinen Verbündeten nennen!«

Ruari starrte erst auf ihn, dann auf Tigernán, zuletzt auf Ascall. Der hatte mittlerweile das eine Ende des Knochens spitz geschnitzt, und obwohl Riacán ihm zutraute, damit auf ihn loszugehen und ihn zu erstechen, spießte er nur langsam ein Fleischstück auf und führte es zum Mund. Er kaute nachdenklich, sagte aber nichts.

»Solange Diarmait nicht auf die Insel zurückkehrt, können wir nichts tun«, murmelte Ruari. »Und gerade weil von ihm Gefahr droht, müssen wir in Oriel für Ordnung sorgen.«

So widerwillig Tigernán auch das Gesicht verzog – er nickte. »Überdies kommen beunruhigende Nachrichten aus Thomond. Der König wurde von seinem Neffen Domhnall O'Brian verraten, der übrigens niemand anderer als Diarmaits Schwiegersohn ist.«

»Thomond wird stillhalten, wenn wir zeigen, wozu wir in Oriel fähig sind«, sagte Ruari. »Und Diarmait wird im fernen Wales vor Schreck nicht nur noch heiserer, sondern stumm werden, wenn sein Schwiegersohn vor uns buckelt.« Seine nächsten Worte flüsterte er in Tigernáns Ohr, und der wiederum beugte sich zu Ascall und raunte diesem etwas zu.

Ascall kaute, schluckte, stand schließlich auf. »Setz dich und iss«, sagte er barsch zu Riacán. »Bald kommt der Herbst mit seinen Stürmen, und im Winter sehen die Schwerter bloß den Wetzstein, kein Fleisch und keine Knochen. Doch wenn der Frühling naht, werden wir in den Norden ziehen und dafür sorgen, dass der neue König von Oriel treu zu uns steht. Damit er das tut, besetzen wir einen Teil seines Landes, Tír Eoghain, teilen es zwischen Niall MacLochlainn und Aedh O'Néill, die er beide hasst, und versprechen die Rückgabe erst, wenn er seine Treue bewiesen hat. Wir brauchen Hilfe, falls er sich wehrt, wir brauchen aber auch Hilfe, falls er stillhält, jedoch seine Feinde sich regen und seine Schwäche zum Aufstand nutzen. Wie viele Männer du hast, weiß ich nicht, und ich weiß auch nicht, ob sie kämpfen können. Falls ja, können sie es in Oriel beweisen. So wie du dort beweisen kannst, dass du es ehrlich meinst und nicht mit zwei Zungen redest.«

Ascall blieb steif stehen, als er geendet hatte, aber Ruari trat zu Riacán, reichte ihm die Hand und küsste ihn auf die Wange – ein Zeichen dafür, dass ihr Übereinkommen gültig war, wenn auch kein so starkes, als wenn er auf einem Reliquiar den Eid geschworen oder ein Geschenk angenommen hätte.

Riacán hatte auf diesen Handschlag gehofft, das änderte dennoch nichts daran, dass ihm vor dem Bevorstehenden graute. Nur mühsam ertrug er es, wie diese kalten, ledrigen Finger seine umschlossen, und noch schwerer fiel es ihm, seinen Kopf als Zeichen der Ehrerbietung auf Ruaris Brust zu legen.

Um Ascalls Vertrauen zu erringen, werde ich nicht irgendeinen Sumpf trockenlegen müssen, sondern einen aus Blut. Und erst wenn ich bis zu den Knien darin wate, wird er mich für einen der ihren halten.

CAITLÍN

Caitlín war den ganzen Tag beschäftigt, als der Hochkönig auf Dún Fionn weilte, aber es gab keinen Augenblick, da sie nicht an Riacán dachte. So nah war er ... und so fern.

Sie klopfte Rindfleisch weich und rieb es mit Honig und Salz ein, briet es erst an Spießen – geschälten Haselnusszweigen – und später noch einmal auf heißen Steinen, damit es auch wirklich weich wurde.

Soll ich einfach in die Hütte gehen, wo er und seine Männer schlafen?

Sie machte *ostr*, einen Käse, wie ihn die Wikinger einst liebten und der so lange in eine Form gepresst wurde, bis auf der Oberseite Rillen entstanden.

Soll ich Ailillán bitten, mich zu ihm zu bringen?

Das Weizenmehl siebte sie gründlich, bis sich keine Steinchen von der Mühle mehr darin befanden, verknetete es in einem hölzernen Trog mit Wasser und Nüssen und klopfte später kleine Stücke zu Fladen, um sie auf einem heißen Stein zu backen.

Und wenn ich mir von Cormac helfen lasse? Ihn könnte ich am leichtesten in die Irre führen.

Den Reis, den sie kürzlich von einem fahrenden Händler gekauft hatte, kochte sie in Kuhmilch und mischte ein wenig Honig darunter. Nun schmeckte er so süß wie Küsse – vorausgesetzt, man küsste keinen Mann wie Ascall –, und fast ebenso süß schmeckte der Wein, den sie aus dunkelroten Brombeeren gewann. An dornigem Gestrüpp waren sie gewachsen, doch ihr durchdringender Geschmack ließ eher an sattgrüne Blätter denken, die im Sonnenlicht wogten.

Muireann ... Muireann bringt Riacán doch das Essen. Ich könnte es an ihrer statt tun.

Doch als Caitlín sich ein Herz fasste und die rothaarige Dienerin tatsächlich fragte, lachte die befreit wie nie, anstatt daran fast zu ersticken wie sonst.

»Warum soll ich dir einen Gefallen tun?«, sagte sie matt, als sie endlich wieder reden konnte. »Wenn du willst, kann ich deinem Bruder natürlich einen Gruß von dir ausrichten, indem ich in seinen Eintopf spucke.«

»Wenn du das tust, koche ich den nächsten Eintopf aus dir«, drohte Caitlín.

»Dann würde ich, noch während ich koche, Ascall zurufen, dass du deinen Bruder hinter seinem Rücken besucht hast.«

Ohnmächtig blickte Caitlín ihr nach, als sie Riacán das Essen brachte. Als Muireann zurückkam, hatte Caitlín ihre Gesichtszüge wieder unter Kontrolle, nicht aber die Wut in ihrem Bauch.

»Ich will, dass du die großen Torfbrocken in ordentliche kleine Würfel schneidest«, befahl sie. »Staple sie zum Trocknen in der kleinen Mauernische neben dem Kamin auf und kehre hinterher den Boden mit dem Reisigbesen. Jedes Torfstück darf nicht länger als mein Fuß sein.«

»Du tust gerade so, als wäre das Feuer ein heikler Gast mit empfindlichem Magen, dem man das Fleisch in kleine Stücke schneiden muss, gleich wie's ein Ritter bei seiner Dame tut«, murrte Muireann. »Außerdem ist das Torfstapeln nicht meine Aufgabe.«

»Nun, die Latrinen zu leeren ist auch nicht deine Aufgabe, aber sie wird es sein, wenn du dich weiter auflehnst.«

Muireann sagte nichts mehr, hustete nur und griff zum Spaten, doch der Triumph darüber, sich als die Stärkere erwiesen zu erhaben, schmeckte schal.

Ungleich freundlicher als Muireann erwies sich Rún, die Sklavin mit den schrägen Augen, die aus Island stammte und die dankbar war, wenn Caitlín ihr zeigte, wie man Kräuter mit dem Mörser zerstampfte, oder wenn sie ihr beibrachte, wie man aus Asche Seife machte.

»Ich ... ich habe deinen Bruder gestern gesehen, als er mit dem Hochkönig und König Tigernán das Mahl einnahm«, sagte sie. »Es scheint ihm gut zu gehen. Er hat viel gegessen. Allerdings habe ich gehört, dass er morgen mit seinen Männern wieder fortreitet.«

Caitlín wurde das Herz schwer. Ein Tag ... ihr blieb nur mehr ein Tag.

Wieder ging sie in Gedanken alle Menschen durch, die sie um Hilfe bitten konnte, überlegte gar, Ascall selbst darum anzuflehen. Aber sie wusste, dass er ihr verbieten würde, den Bruder zu sprechen, ansonsten hätte er sie längst zur abendlichen Tafel hinzugebeten.

Nach einer langen Nacht fiel ihr jemand anderer ein.

Zeitig am Morgen trat Caitlín in den Hof. Obwohl es Ende August war, war das Licht so kalt, als wäre die Sonne gefroren wie die Wiesen. Die Wolken hockten träge am Himmelszelt, Fäusten gleich, die sich nicht lösen wollten, um kein schmerzhaftes Kribbeln zu spüren.

Nachdem sie sich vergewissert hatte, dass niemand sie beobachtete, trat sie entschlossen auf die Schmiede zu. Schon mehrmals hatte sie aus der Ferne dort Paitíns roten Haarschopf aufblitzen sehen. Sie wusste, dass er nicht den schweren Hammer schwang, sondern Gussformen herstellte – aus Horn waren diejenigen für Wachs, aus Speckstein solche, die man zum Formen von Edelmetallen und Blei nutzte. Konzentriert schob er seine Zunge über die Lippen, und als sie sich über seine Schultern beugte, erkannte sie, dass er mit großer Geschicklichkeit ans Werk ging.

Gottlob hat er noch beide Hände ...

»Ich dachte, du wärest der Pferdeknecht«, sagte sie, als sie ihn erreichte.

Er zuckte zusammen. »Wenn ich Zeit habe, mache ich das hier.«

»Und du machst es richtig gut.« Er errötete und trat kurz von einem Fuß auf den anderen, ehe er sich wieder einem Speckstein widmete, ihn mit einem Steinhammer und einem Meißel aus Bronze vorsichtig bearbeitete. Bereits ein halbes Dutzend Formen waren auf einem Tischchen neben ihm gestapelt.

»Ich ... ich habe eine Bitte ...«, setzte Caitlín an. »Du weißt doch ... es sind etliche Männer aus Leinster hier zu Gast ...

darunter auch mein Bruder ... Riacán O'Bjólan ...« Nur mühsam brachte sie die Worte hervor, schien ihre Zunge doch hart und schwer. »Ich ... ich will, dass du zu ihm gehst. Dass du ihm anbietest, ihn zum Abort zu begleiten. Dass du ihn stattdessen aber zum Backhaus bringst, du weißt schon, dem Haus mit dem großen Ofen.« Sie schluckte mühsam. »Tust du das für mich?«

Wieder schwieg er, doch die sanfte Röte, die sein Gesicht überzog, ließ sie hoffen.

Um das Backhaus wenig später nicht mit leeren Händen zu betreten, nahm Caitlín die Vliese der kürzlich geschorenen Schafe mit. Etliche von ihnen waren kaum zu verwenden, weil sie in der Kammer, in der sie gelagert wurden, nass geworden waren, und bevor man sie kämmen konnte, mussten sie getrocknet werden – am besten im Ofen. Dieser war noch warm, aber es brannte kein Feuer darin, also bückte sie sich, um eines zu machen. Just als sie nach dem Feuerstein greifen wollte, um einen Funken zu entzünden, nahm sie jedoch eine Bewegung hinter sich wahr, und noch bevor sie sich umdrehen konnte, hatte jemand sie von hinten gepackt, ihr schmerzhaft den Arm umgedreht und sie an den Ofen gepresst.

Kein Feuer ... kein Feuer ... er kann mich zumindest nicht ins Feuer werfen, ging ihr durch den Kopf, als die Panik etwas nachließ.

Allerdings, es gab viele Arten zu töten, und sie war sicher, dass Ascall genau das wollte.

Erst als sich der Griff lockerte, sie losgelassen wurde und sich umdrehte, erkannte sie, dass nicht er hinter ihr stand.

»Ailillán!«

»Was hast du dem armen Jungen aufgebürdet?«, fuhr er sie an. »Hast du ihm etwa die Hand gerettet, damit er nun den Kopf verliert?«

»Er ... er ist zu dir gekommen?«

Caitlín rieb sich den schmerzenden Arm, während Ailillán seine Hände unter dem Mantel verbarg. Heute trug er einen aus dunkelblauem Leinen, der mit Fuchspelz eingefasst war.

Ailillán beantwortete ihre Frage nicht, er herrschte sie nur wütend an. »Wie konntest du den armen Jungen nur in solche Gefahr bringen!«

Caitlín biss sich auf die bebenden Lippen. »Ich wollte nur meinen Bruder sehen«, presste sie mühsam hervor.

»Du wolltest Ascall hintergehen!«

Sie las nicht nur Vorwürfe in seiner Miene, auch Enttäuschung. Hilflos bückte sie sich, um ein Vlies aufzuheben und daran zu zupfen. Der Geruch des eigenen Angstschweißes war durchdringender als der nach Pisse, der dem Fell anhaftete.

»Was blieb mir anderes übrig? Ascall wollte es mir nicht gestatten...«

»Er vertraut deinem Bruder nun mal nicht. Wer kann ihm das verdenken... Dir vertraut er auch nicht, aber dabei muss es nicht bleiben. Wenn du dich richtig verhältst, wird er erkennen, was er an dir hat – so wie du erkennen wirst, dass er ein gerechter Mann ist, der einen solchen Verrat nicht verdient!«

Caitlín wusste nicht, ob sie schreien oder lachen sollte. Ganz gleich, welcher Ton aus ihrer Kehle käme – er wäre ja doch rußschwarz wie die Wände um sie herum. »Gerecht?«, stieß sie schließlich aus.

Ailillán ließ die Hände sinken. »Das Leben ist für ihn eine Waagschale, und sein Ziel ist es, das Gleichgewicht zu wahren. Wenn jemand auf die eine Schale einen Brocken Silber legt, dann sorgt er dafür, dass ein gerupftes Huhn es wieder aufwiegt.«

»Ich verstehe.« Caitlín grinste schwach. »Und ich bin das Huhn, das er rupft... Wobei, wenn man daran denkt, was mein Vater ihm vor die Füße geworfen hat, gleiche ich wohl eher einem Lamm, das man noch scheren muss.« Trotzig hielt sie ihm das verklebte, stinkende Vlies vors Gesicht.

Ailillán blickte mit gerunzelter Stirn darauf. »Du bist weder ein Lamm noch ein Huhn für ihn, du bist die Frau, die er nicht bekam und die er sich deshalb holte. Er hätte deinen Bruder töten können, deine Tante, deine Schwägerin, alle O'Bjólans und all ihre Sklaven, aber das hat er nicht getan.«

»Wie schön«, stieß Caitlín bitter aus. »Allerdings gab es andere, die er getötet hat. Ganze Dörfer samt Frauen und Kindern hat er ausgerottet. Und da wir gerade von Lämmern sprachen – es heißt, dass er einmal einem alle vier Füße abgehackt hat und es neben seiner toten Mutter hat liegen lassen. Ebenso erzählt man sich von Männern, die er in Baumkronen trieb und denen er die Wahl ließ, entweder zu verhungern oder sich in sein Schwert zu stürzen. Ich weiß nicht, wie sie sich entschieden. Ich hörte nur, dass er aus ihren Totenköpfen Wein trank.«

Während sie sprach, hatte Ailillán den Kopf gesenkt. Nun hob er ihn wieder, aber seine buschigen Brauen schienen die Augen förmlich zu erdrücken, seine Schultern ließ er hängen.

»Du magst viel über ihn gehört haben«, stellte Ailillán leise fest. »Aber das heißt nicht, dass du Ascall kennst.«

Caitlín wollte das Vlies nicht länger in den Händen halten, sie warf es in die Asche des Ofens. Dort konnte es trocken werden ... und noch schwärzer.

»Ich weiß, dass er beinahe zugelassen hätte, dass Paitín seine Hand verlor!«

»Nun, unser Vater hätte dem Jungen jeden Finger einzeln abgehackt und von seiner Mutter verlangt, dass sie diese aufisst. Und wenn sie sich übergeben hätte, dann hätte er auch ihr die Finger abgehackt.«

In seiner Miene stand kein Ekel, auch seine Stimme war frei davon, und doch konnte sie spüren, wie er von einer unsichtbaren Wolke umgeben war und immer noch die Asche längst verbrannter Kindertage schluckte. Und was er auch tat oder sagte – sie blieb ihm am Gaumen kleben und vergiftete seinen Atem.

Ihr Zorn versiegte. Caitlín trat zu Ailillán und hob ihre Hand, nicht sicher, was sie berühren würde, ob seine Finger, seine Brust oder seine Lippen, nicht sicher auch, ob diese Berührung ihm Trost schenken sollte oder ihr selbst.

»Ailillán ...« Ehe sie seine warme Haut fühlte, ließ sie die Hand wieder sinken.

»Ascall ist nicht wie unser Vater«, murmelte er. »Er ... er war ... er ist stärker als er. Was man von mir nicht sagen kann.«

Er starrte eine Weile zu Boden und ließ den Kopf tiefer als je hängen, um schließlich leise fortzufahren: »Ich war immer schwach, schon in Kindertagen. Unser Vater war lange auf Kriegszügen, war auch bei der Schlacht von Móin Mór dabei, als Diarmait von Leinster und Turlough O'Connor den damaligen Hochkönig besiegten. Es war die größte Schlacht, die je auf Irlands Boden ausgefochten wurde, noch blutiger als jene von Baile Átha Fhirdhia einige Jahre zuvor, als es auf der Insel keinen Grashalm gab, der nicht gezittert hätte. Nach Móin Mór konnte man die Toten ebenso wenig zählen wie den Sand am Meer und die Sterne am Himmel. Und als Vater heimkehrte, war er verrückt im Kopf. Ich weiß nicht, warum er es geworden ist – weil er in Móin Mór so viele Köpfe abgeschlagen hat, weil er zu lange Angst um den eigenen Kopf hatte oder weil er diese Angst auf dem Schlachtfeld für immer verloren hat. Ich weiß nur, dass das Leben zur Qual wurde. Mit der einen Hand hat er meine Mutter liebkost, während er ihr die andere in den Bauch rammte. Er hat sie nie geküsst, ohne ihr die Lippen blutig zu beißen, und einmal hat er ihr dabei sogar einen Zahn ausgeschlagen. Ich hab's gesehen, weil sie ihn hinterher heimlich ausgespuckt hat. Sie tat alles still, weinen, hadern, klagen. Wenn sie ihre Stimme erhob, dann nur, um ihren Mann zu rühmen oder ihre Söhne schlecht zu machen, damit wir einen Teil der Schläge abbekamen – Ascall immer mehr als ich.«

Das Bild von einem Knaben stieg vor Caitlíns Augen auf, von einem nackten Rücken voller Striemen, von Reisigbündeln, die durch die Luft fuhren und brachen, als sie noch mehr blutige Spuren auf der Haut hinterließen. Als er sich umdrehte, hatte dieser Knabe jedoch nicht Ascalls Gesicht, sondern das von Riacán, der wieder einmal Tadc O'Bjólan enttäuscht hatte.

»Hör auf«, murmelte sie.

Aillán hob den Blick. »Weißt du, warum Ascall mehr Schläge abbekam? Weil ich wie unsere Mutter war. Sie dachte, wenn sie nur laut genug über ihre Söhne lacht, hört Vater ihr Weinen nicht. Sobald uns nur ein kleiner Fehler unterlief, war sie die Erste, die zu ihm lief. Und er war einer, der selbst Menschen, die alles richtig machten, tötete.«

Caitlín schluckte. »Nun, ihr beide habt überlebt.«

»Und ich habe das nicht verdient. Wenn ich vom Pferd gefallen bin, behauptete ich, Ascall habe mich gestoßen. Vater hat ihn dann mit den Füßen ans Pferd gebunden und durch den Hof geschleift, bis Hände und Gesicht blutig waren. Wenn ich einen Becher Wein umstieß, behauptete ich, dass ich über Ascalls Fuß gestolpert sei. Vater hat Ascall daraufhin ins Weinfass gesteckt, bis er beinahe ersoffen wäre. Und wenn das Feuer, auf das ich hätte achten sollen, erlosch, habe ich Ascall angeklagt, feuchte Scheite unters Brennholz gemischt zu haben – woraufhin Vater ihm noch glühende Splitter in seinen Arm gerammt hat. Bis heute erinnert eine Narbe daran.«

»Ich ... ich habe sie nie gesehen.«

»Weil du nicht darauf geachtet hast und weil er sie dir nicht zeigen würde. Er hat sich nie verteidigt, er hat mir nie widersprochen, er hat die vielen Strafen auf sich genommen.«

»Du warst ein Kind ...«

»Aber ich war ein Mann, als ich zusah, wie er ihn tötete, anstatt ihm zu helfen.«

»Weil du nicht so roh bist wie er!«, rief sie.

So unvermittelt, wie er sie zuvor gepackt hatte, riss er sie wieder an sich. Erst hielt er nur die Handgelenke umklammert, später drückte er sie an den Ofen und nahm ihren Kopf zwischen seine Hände.

»Du kennst Ascall nicht, aber mich kennst du erst recht nicht«, stieß er aus, und sie spürte seinen warmen Speichel. »Du hast viele Geschichten über ihn gehört, und sie stimmen alle ... fast alle. Nur eine Geschichte erzählt niemand. Die Geschichte, wie ich ihm nach Vaters Tod endlich ein würdiger Bruder wurde.«

Ihr Unbehagen wuchs. Obwohl an den Stein gepresst, spürte sie die Wärme des Kamins nicht – wie auch, wenn doch in Aililláns Augen so viel Kälte stand, modrige graue Kälte.

»Ich zog mit ihm in den Kampf«, fuhr er fort. »Ich stand treu an seiner Seite. Und ich machte die Drecksarbeit für ihn. Er hat immer nur die Männer getötet, ich die Frauen und Kinder. Er hat die Dörfer stehen lassen, ich habe befohlen, sie niederzubrennen. Ich habe dem Lamm die Füße abgehackt, auf dass es anderen zu Warnung werde. Und ich habe die Gefangene getötet, die er bloß fesseln ließ, habe die Männer in die Baumkrone gejagt und ihnen die Wahl zwischen Schwert und Hungertod gelassen hat. Und aus einem Totenschädel habe ich einst Wein getrunken.«

Jetzt spürte Caitlín doch wieder Wärme – die Wärme seiner Hände, die ihr Gesicht so fest umklammert hielten. Jetzt spürte sie auch die Verzweiflung, den Überdruss, den Ekel hinter der Kälte.

»Das ... das glaube ich nicht ...«, stammelte sie.

Aililán lachte und schluchzte zugleich. »Und siehst du, fast niemand glaubt es!«, rief er. »Da Ascall stets in der ersten Reihe kämpft und bei jedem Krieg die Wahrheit als Erstes unter dem Schwert fällt, galt er irgendwann als der unerbittliche Krieger, der all die Gräuel selbst begangen hat. Kein Ruhmeslied ist lauter als das Schlottern und Zähneklappern eines Verängstigten. Und vor Ascall haben alle Angst. Sie wissen nicht, dass er zwar hart und grausam ist, aber doch stets berechenbar. So wie er einst die Furcht vor unserem Vater und seinen Strafen bezwungen hat, überlässt er sich heute nie der rohen Gier, die andere beim Töten überkommt. Ich hingegen, der vor Furcht verging, bin auch beim Blutvergießen maßlos.«

Sein Griff wurde immer fester, als wollte er die Bilder, die er eben in ihren Kopf gepflanzt hatte, sogleich wieder erdrücken. Es gelang ihm nicht. Sie vermischten sich auf absonderliche Weise miteinander und wurden so noch schwerer zu ertragen. Da waren ein blökendes Schaf in einem Baumwipfel, Männer ohne Füße, die aus Totenköpfen Feuer tranken, und Häuser voller weinender Frauen und Kinder, von deren Dächern Blut regnete. Da waren auch Erinnerungen an den Tag ihrer Ankunft, als Ascalls Krieger respektvoll vor ihm zurückgewichen waren. An Ascall, wie er mit rätselhaftem Lächeln gehöhnt hatte: »Was für einen guten, barmherzigen Bruder ich doch habe.« Und an Paitíns Mutter, die sich nicht bei Aililán bedankt hatte, sondern voller Furcht vor ihm geflohen war.

Sie hat es gewusst ... sie hat davon gehört, dass dieser Mann mit den edlen Pelzmänteln und den feinen Halstüchern, den buschigen Brauen und dem traurigen Blick grausam wüten kann.

Endlich ließ er ihren Kopf los, aber der schien immer noch zu brennen, erst recht, als sich seine Hände zu ihren Wangen vortasteten, darüberstreichelten. Sie wollte ihn schlagen und wagte es nicht, sie wollte ihn ebenfalls streicheln und verfluchte sich dafür, sie wollte ihn sogar küssen und schimpfte sich verrückt. Am Ende tat sie nichts davon, sondern blieb so lange bewegungslos stehen, bis er sich von ihr abwandte.

»Obwohl ich schwach war und obwohl ich ihn so oft verraten habe, hat Ascall mir verziehen. Ich bin bereit, für ihn zu sterben. Und ich bin bereit, für ihn zu töten.«

»Ich verstehe«, sagte sie und fügte leise hinzu: »Du würdest auch mich töten. Schließlich muss man töten, was man liebt.«

Kurz schien er mit seinen Worten zu hadern, denn er hob den Kopf und suchte ihren Blick, doch als er ihn gefunden hatte, las sie nur Entschlossenheit. Weder leugnete er, dass er sie liebte noch dass er sie töten würde. »So ist es«, sagte er schlicht.

Ihr Körper war ebenso ausgekühlt wie der Ofen.

»Am Tag meiner Ankunft hast du gesagt, du würdest für Ascalls Seele beten ...«

»Weil es sich für seine Seele noch lohnt. Für meine nicht. Und weil er ein großer Krieger ist und bleiben muss, während ich verrückt wie unser Vater bin.«

»Aber dass er mich entführt hat, hast du doch nicht gutgeheißen!«

»Weil etwas so Schmähliches zu tun meine Aufgabe gewesen wäre, nicht seine.«

»Aber ...«

»Sei still!«, fiel er ihr hart ins Wort. Mit der Stimme eines Fremden fuhr er fort: »Wir haben genug über meinen Bruder gesprochen. Hierher bist du gekommen, um deinen zu sehen. Das verstehe ich, verstehe es sogar gut. Warte hier, dann bringe ich ihn zu dir. Ascall muss nie davon erfahren.«

Ohne ihre Entgegnung abzuwarten, verließ er den Raum.

Wie benommen blieb Caitlín stehen, ehe sie sich nach dem Schafvlies bückte.

Und wenn ich es noch so lange im Ofen trocknen lasse, stinken wird es hinterher dennoch. Und wenn ich es noch so lange kämme und die Wolle hinterher einfette, weich wird der Stoff, der aus dieser gewebt wird, ja doch nicht.

In all der Zeit hatte sie nie geweint, doch jetzt spürte sie, wie eine Träne langsam über ihre Wange perlte. Sie wischte sie gerade noch rechtzeitig ab, ehe Riacán die Hütte betrat.

»Caitlín!« Riacán wäre beinahe in den Ofen gefallen, so schnell stürzte er auf sie zu und zog sie an sich. Das Licht war zu trübe, um ihn eingehend zu mustern, aber die Erinnerungen, die in ihr hochstiegen, waren klar und stark. Sie sah ganz deutlich, wie sie einst gemeinsam im Meer geschwommen waren, wie sie ihm beigebracht hatte auf der Hornflöte zu blasen und er ihr, wie man auf dem Pferd ritt. Vielleicht war es auch umgekehrt gewesen. Oder Faolán hatte ihnen beiden das Flötenspiel beigebracht und sie ihn hinterher vom Pferd geschubst. »Caitlín …« Nun waren es seine Augen, die Tränen spuckten, doch er schämte sich ihrer nicht. »Ach, Caitlín …«

»Seit … seit Tagen habe ich versucht, dich zu sehen«, brachte sie hervor.

So überstürzt er sie umarmt hatte, so abrupt löste er sich wieder, wich zurück, fixierte sie. »Wie … wie behandelt er dich?«

Caitlín trat in die Nähe der Tür, durch deren Ritzen ein schwacher Lichtschein vom Hoffeuer fiel. Er genügte wohl, um zu sehen, dass sie weder blaue Flecken noch Schürfwunden hatte und dass ihre Augen weder angstvoll aufgerissen waren noch leer wie die einer Toten blickten. Wahrscheinlich stachen ihre Backenknochen deutlicher hervor als früher, und ihre Haltung ließ wohl eher an eine alte Frau denken als an ein Mädchen, nichts deutete hingegen darauf hin, dass Ascall sie misshandelte.

Dennoch breitete sich in Riacáns Zügen keine Erleichterung aus, nur … Misstrauen.

»Er hasst mich nicht, obwohl Tigernán ihn zur Heirat gezwungen hat«, sagte Caitlín schnell. »Er hasst das Schwache, und dies ist nun mal keine Eigenschaft, die man mir nachsagt.«

»Ich weiß«, murmelte er. Nun trat er doch wieder auf sie zu, dieses Mal nicht, um sie zu umarmen, sondern an den Händen zu fassen. »Hör mir zu, wir haben nicht viel Zeit«, fuhr er rasch fort. »Ich habe einen Plan. Ich werde mit Ascall in den Krieg ziehen, um sein Vertrauen zu erringen, werde ihn besser kennenlernen und über jeden seiner Schritte Bescheid wissen, und ich werde mich im Kampf üben. Vielleicht bietet sich irgendwann eine Möglichkeit, ihn zu töten.«

Caitlín erstarrte. Vor einigen Monaten hätten sie diese Worte mit fiebriger Vorfreude erfüllt, vor einigen Wochen mit Unsicherheit, vor einigen Stunden mit Gleichgültigkeit. Jetzt vertrieben sie jegliche Wärme, die sich ob des Wiedersehens in ihr ausgebreitet hatte.

»Ihn töten?«, rief sie entsetzt. »Riacán, du …«

»Nein, sag nichts! Pass gut auf! Auch wenn ich mit ihm nach Oriel und Gott weiß an welchen verdammten Ort noch ziehen werde – du wirst stets mehr über ihn wissen als ich. Falls sich mir keine Gelegenheit bietet, ihn zu töten, du jedoch erfährst, dass er irgendwann mit nur wenigen Männern unterwegs ist, dann lass mir eine Nachricht zukommen.«

»Aber …«

»Dazu ist der Falke da, den ich mitgebracht habe, ich hoffe, Ascall lässt ihn leben. Er ist abgerichtet, zu seinem Herrn zurückzufliegen, ganz gleich von welchem Ort der Insel. Du kannst an seinem Fuß eine Nachricht anbringen.«

Immer eifriger redete er auf sie ein, immer dunkler wurde das Rot auf seinen Wangen. Sie ertrug seinen Anblick nicht länger, sondern wandte sich ab, merkte erst jetzt, dass sich ihre Zöpfe gelöst hatten und ihr das Haar über die Schultern hing.

»Du willst ihn töten … tatsächlich töten«, stieß sie aus.

Er hastete zu ihr, packte sie an den Schultern, drehte sie jedoch nicht zu sich herum, um ihr ins Gesicht zu sehen. Warum auch, er wollte darin ja doch nicht lesen. Er würde auch nicht hören wollen, was sie eben von Ailillán erfahren hatte.

»Du musst keine Angst um mich haben«, rief er. »Er mag ein erfahrener Krieger sein, aber unsterblich ist er nicht. Wenn ich Geduld habe … wenn ich auf den richtigen Augenblick warte … dann kann es mir gelingen. Selbstverständlich werde ich dich nicht in Gefahr bringen. Die Welt müsste nie erfahren, dass ich Rache geübt habe und du mir geholfen hast. Mir genügt es, es selbst zu wissen. Und ich verspreche dir, dass ich alle seine Männer, die die Wahrheit kennen, ebenfalls töten werde. Glaub mir, ich tue alles nur für dich, ich will dich von ihm befreien, ich will ...«, er zögerte kurz, »... ich will aus diesem dunklen Traum endlich erwachen.«

Wenn er als Kind schlecht geträumt hatte, war Caitlín zu ihm unter die Decke gekrochen, doch jetzt machte sie sich von ihm los, drehte sich um, blickte ihn zweifelnd an.

»Ach Riacán ...«

»Du willst doch auch, dass er stirbt!«, rief er halb bestürzt, halb verärgert.

»Ach Riacán«, wiederholte sie hilflos. »Er ist nicht so böse, wie du denkst. Er behandelt mich gut oder zumindest behandelt er mich nicht schlecht. Sein Vater ... er gleicht dem unseren ...«

Riacán ballte die Hände zu Fäusten. »Seinetwegen ist Éamonn tot!«, schrie er. »Seinetwegen wurde unsere ganze Sippe beschämt. Seinetwegen habe ich einen wehrlosen Mann getötet und eine unschuldige Sklavin sterben lassen!«

»Und werden alle wieder lebendig, wenn du auch Ascall vernichtest?«, fragte sie.

Sein Schweigen war kalt wie die Nacht, und als er es endlich brach, war es auch seine Stimme.

»Du hilfst mir doch«, sagte er eisig, und es klang nicht länger wie eine Bitte, sondern wie ein Befehl. »Du schickst mir eine Botschaft, wenn sich die Gelegenheit ergibt. Hier, ich habe ein Stück Pergament mitgebracht, du kannst aus Galläpfeln Tinte machen, unserem *aite* war es so wichtig, dass wir schreiben lernen.«

»Unserem *aite* war es auch wichtig, dass du ein gerechter Mann wirst und ich eine tugendhafte Frau ...«

»Das heißt, du hilfst mir nicht?«

Weder nickte sie noch schüttelte sie den Kopf. Immer noch war alles in ihr wie erstarrt. »Selbst wenn du Ascall tötest ... selbst wenn sein Bruder mich gehen lässt ... du bekommst nicht die zurück, die unsere Siedlung verlassen hat.«

Weil man auf Dún Fionn ein Stück seiner Seele lässt. Ascall hat sie verloren, weil er seinen Vater hasste. Ailillán hat sie verloren, weil er sich selbst hasst. Und ich verliere sie, weil ich keinen der beiden mehr hassen kann.

»Du bist immer noch meine Schwester.«

»Aber jedes Mal, wenn du mich siehst, wirst du an Ascall denken.«

»Ich ... ich werde ihn vergessen. Und du wirst es auch. Du trägst doch kein Kind von ihm, oder?«

»Nein«, murmelte sie. »Bislang hat es das Schicksal nicht gewollt ...«

»Und das ist ein Zeichen! Ein Zeichen, dass diese Ehe verflucht ist, dass sie ein Ende haben muss! Caitlín, hilf mir, Rache zu üben. Versprich mir, dass du mir eine Botschaft schicken wirst, bitte versprich es mir! Caitlín, Caitlín, Caitlín, du musst es mir versprechen!«

Die Luft schien immer modriger zu werden, ihr Kopf benebelter – und das Schlimmste war, ihr Geist und ihre Seele wurden es auch. Sie konnte nicht nur Ascall nicht mehr hassen. Sie konnte auch ihren Bruder nicht mehr lieben – zumindest nicht so wie früher.

»Wie geht es den anderen?«, fragte sie schnell. »Schläft Colum immer noch so viel? Singt Faolán immer noch so schön? Und Éilís, ist sie ...?«

Riacán versteifte sich. »Frag lieber nach Ceara.«

Caitlín seufzte. »Ceara ist nur eine Sklavin, nicht deine Frau.«

»Sie erwartet ein Kind von mir. Wenn du wieder bei uns bist, werde ich vielleicht auch eines mit Éilís haben, und dann können die beiden zusammen aufwachsen.«

Und plötzlich war da doch wieder Liebe, aber sie schmeckte nach Verzweiflung, und plötzlich war da doch wieder Hass, aber er schmeckte nach Trauer.

»Dann wird hoffentlich keines einem Lämmchen die Füße abhacken, weil es sein Geschwisterchen liebt«, sagte sie. »Und keines die Füßchen des anderen abhacken, weil es sein Geschwisterchen hasst.«

»Caitlín, was redest du denn da?«

»Sie werden sich hoffentlich gern haben, wie sich Geschwister gern haben, nicht wahr? Werden füreinander einstehen und alles für den anderen tun. Werden jedes Opfer bringen. Selbst wenn es ihnen das Herz bricht.«

Wahrscheinlich zweifelte er an ihrem Verstand, umso mehr, als sie plötzlich lachen musste, auf eine tiefe, rauchige Weise, wie sie noch nie gelacht hatte. Das Lachen riss ebenso abrupt ab, wie es begonnen hatte. »Aber gut«, fuhr sie fort. »Lass uns nicht von Lämmern reden, sondern von Falken.«

»Wenn du etwas in Erfahrung bringst, wirst du mir eine Botschaft zukommen lassen, ja?«, rief er gehetzt.

Caitlín nickte, obwohl es ihr die Kehle zuzuschnüren schien. »Ja«, sagte sie tonlos.

Riacán atmete erleichtert aus, ehe er sie an sich zog und über das dunkle Haar strich. Seine Hand war nicht schwielig wie die von Ascall, sondern weich und warm, zumindest das hatte sich nicht geändert, obwohl er einen wehrlosen Mann ermordet hatte.

»Womöglich dauert es monatelang, wenn nicht Jahre. Aber irgendwann ... irgendwann kommst du nach Hause ...«

Er küsste sie auf die Stirn, doch sie spürte seine Lippen kaum.

Was ist grausamer?, dachte sie. Zu töten, was man liebt, oder zu töten, *weil* man liebt?

PÓL

Essylt war sicher nicht ihr richtiger Name. Aber sie sah mit ihren rosa Wangen, den rotblonden Locken und den blauen Augen wie eine Essylt aus, fand Pól. Nicht, dass er in diesen Augen versank, dazu blickten sie viel zu dumm in die Welt. Dumme Menschen waren allerdings oft freundlich, und Essylt war die freundlichste Hure, die Pól je kennengelernt hatte. Zugleich war sie eine der geschwätzigsten, was ihm durchaus von Nutzen gewesen war – ihm nun jedoch Zeit raubte.

Nachdem er sie drei Mal genommen hatte, wollte sie tatsächlich mit ihm reden. »Hast du je eine Frau geliebt?«, fragte sie, und das flackernde Licht der Tranlampe warf Schatten auf ihr Gesicht.

Natürlich, wenn ein Weib sich Essylt nannte – nach Drystan und Essylt, die manchmal auch Tristan und Isolde genannt wurden –, sah es in der Liebe etwas Großes und im Tod, den die Liebe brachte, auch. Obwohl der Tod die Menschen immer klein machte ... ohnmächtig ... tieftraurig ... schwach.

»Erzähl mir lieber von dir«, sagte er schnell. »Warum bist du eine Hure geworden?«

Nicht, dass ihn das interessierte, aber eben wandte sie ihm das nackte Hinterteil zu, und das gefiel ihm. Noch war es fest wie ein Apfel, dem man nicht ansah, dass unter der glänzenden Schale die Würmer das Fruchtfleisch fraßen.

»Ich ... ich wollte keine Kinder«, stieß sie aus.

Er lachte auf. »Bist du sicher, dass du dann die richtige Wahl getroffen hast?«

Sie drehte sich um, und erstmals sah er in ihren blauen Augen nicht nur Dummheit, er witterte Verzweiflung.

»Ich habe erlebt, wie meine Mutter im Kindbett krepierte, auch meine Base und zwei Schwestern. Ich wollte ein anderes Schicksal ... ich wollte leben.«

Pól unterdrückte ein Seufzen. Leben wollten nur die schlichten Menschen, Käfern gleich, die auf dem Rücken lagen und strampelten, bis jemand sie zerquetschte. Die klugen wollten nicht leben, sondern *gut* leben oder sterben.

»Erzähl weiter!«, sagte er trotzdem.

»Da gibt es nicht viel zu erzählen. Hier im Hurenhaus kennt man ein Kraut, das die Empfängnis verhindert.«

Pól schnalzte mit der Zunge und zog das fleckige Laken über ihr Gesäß.

Als ob es so viel besser wäre, mit einem geilen Mann statt mit einem blutigen Säugling zwischen den Schenkeln zu sterben ...

Er zückte seine Börse und zog ein paar Münzen hervor. »Das ist für ... eben«, sagte er und gab ihr eine Münze. »Und das ist für diese andere Sache, du weißt schon«, fügte er hinzu und drückte ihr zwei weitere in die Hand.

Sie sah ihn ungläubig an. »Aber das ist zu viel!«, rief sie.

»Nun nimm es schon.«

Pól bezahlte Huren immer gut. Allen anderen, mit denen er Geschäfte schloss, gab er zu wenig, den Huren immer zu viel. Und Essylt hatte das Geld verdient – nach allem, was sie für ihn getan hatte und was er dank ihrer wusste.

»Du kannst wirklich nicht mehr bleiben?«, fragte sie.

Pól schüttelte bedauernd den Kopf. »Vielleicht später. Ich werde noch einige Zeit hier in Wales auf Burg Cilgerran verbringen.«

»Das wäre schön. Nette Männer findet man nicht oft in Wales. Die Flamen sind geizig, die Waliser grob, die Normannen ... oh, ich wollte nichts Schlechtes über Normannen sagen.«

»Hab keine Angst, ich bin keiner von ihnen, ich bin ein Ire.«

»Irische Männer kenne ich nicht ...«

Irische Männer sind genauso wie Männer überall, geil, lieblos und grob, wenn es um Frauen wie dich geht.

Aber das sagte er nicht, er lächelte nur.

»Jedenfalls werde ich auf dich warten«, versprach Essylt.

Sie schlang einen Umhang um ihre Schultern, was er ihr nicht verdenken konnte, war doch der Raum unbeheizt. In dem daneben gab es zwar eine offene Feuerstelle, aber dort häufte sich nur kalte graue Asche.

»Verbirg deine Brüste nicht!«, rief er dennoch. »Sie sind so schön. Vielleicht werden irgendwann Lieder darüber gesungen werden, die besagen, dass nur dank deiner Brüste König Diarmait Verbündete gewinnen und sein Reich zurückerobern konnte.«

Obwohl es nicht deine Brüste sind, es ist mein Hirn, welches das bewirken wird ... doch darauf singt man keine Lieder.

»Wenn du keinen Bedarf mehr an meiner Essylt hast, dann geh jetzt«, riss ihn eine schrille Stimme aus den Gedanken. »Es gibt andere Männer, die auf ihre Küsse warten.«

Arwen war nicht im Mindesten so nett anzuschauen wie Essylt. Ihr stechender Blick erinnerte Pól an ein Wiesel, wobei ihr Busch wahrscheinlich nicht weich wie das Fell eines solchen war.

»Wie kommt es, dass du dich ausgerechnet hier mit deinen Mädchen niedergelassen hast?«, fragte er und trat zu ihr an die kalte Feuerstelle. »Cilgerran ist eine stattliche Burg, aber sie liegt fern der großen walisischen Städte.«

Arwen glotzte ihn begriffsstutzig an. Sie erinnerte ihn nicht länger an ein verschlagenes Wiesel, sondern an eine Kuh. Wenn man erst mal an den Zitzen des Euters zog, bekam man sicher jede Menge Milch. Doch schon bevor er sich ein falsches Lob ausdenken konnte, um ihr ein paar wertvolle Informationen abzuluchsen, begann sie zu sprechen. »Du weißt bestimmt, dass Cilgerran einst den Normannen gehörte. Dann haben die Waliser die Burg erobert und noch besser befestigt. Zwei Mal haben die Normannen versucht, sie zurückzuerobern, und beide Male dauerten die Belagerungen wochenlang. Wir kamen mit dem normannischen Heer, denn Männern wird schnell langweilig, wenn sie den ganzen Tag auf unüberwindbare Steinmauern starren müssen. Als sie wieder abzogen, gab es erst recht viel für uns zu tun. Die Waliser haben während der Belagerung Ratten gefressen, aber mit den Ratten konnten sie es schließlich nicht treiben.«

»Und warum wohnt ihr hier in diesen Hütten?«

»Weil die Bauern, die früher in diesem Dorf gelebt haben, längst geflohen sind. Und da sie ihr Vieh mitnahmen, gibt es in den Ställen nun jede Menge Platz für neue grunzende Schweine.«

Pól grunzte nicht, er wieherte vor Lachen.

Sieh an, sieh an, sie spricht nicht ohne Wortwitz.

Er kramte in seinem Beutel und steckte auch Arwen zwei Münzen zu. »Dafür, dass eines deiner Mädchen so viel für mich getan und mir so Nützliches verraten hat.« Er wandte sich an Essylt. »Vergiss mich nicht sofort wieder. Und gib mir deinen Umhang. Ich bringe ihn später zurück.«

Das rote Cape war speckig und von Flecken übersät, aber es war groß genug, um seinen massigen Körper zu verhüllen, und unter der Kapuze konnte er sogar seinen Kopf verstecken.

Als Pól ins Freie trat, verblasste das Augustblau des Himmels bereits, und der schmale Fluss Teifi mit den steil herabfallenden Ufern war fast schwarz. Die Äste der Eichen, die ihn säumten, hingen im Wasser, ihre Wurzeln gruben sich in die weiche Erde, in der man knietief versank. Pól selbst war das erspart geblieben, denn er hatte für die letzte Wegstrecke ein Boot genommen, und in der Siedlung, wo nur noch die Huren lebten, war der Boden lediglich ein wenig aufgeweicht. Von hier aus konnte man die mächtige Burg Cilgerran mit ihren großen Rundtürmen, die einst auf einer zerklüfteten Landspitze errichtet worden war, gut sehen.

Pól erreichte sie rasch und besann sich Essylts Worten, als diese ihm die Burg beschrieben hatte. Zwei Gräben gab es und dahinter jeweils eine Mauer. Ein Tor befand sich in der Mitte der äußeren, ein anderes in der inneren neben dem Ostturm. Wenn sowohl die Zugbrücke, die über den äußeren Graben führte, hochgezogen war und das dreigeschossige Torhaus verschlossen, konnte man einen dritten Eingang nehmen – ein größeres Fenster in einem der beiden Türme nämlich.

Pól sah es sofort und ließ sich nicht davon entmutigen, dass es mit Holzbalken verschlossen war. Er bückte sich, um ein Steinchen aufzuheben und gegen das Holz zu werfen, und wenig später ertönte ein Knirschen. Der Holzbalken wurde zur

Seite geschoben, ein Wachtposten sah zu ihm, und als er den roten Mantel erblickte, ließ er prompt eine Leiter herunter. Jetzt konnte Pól nur darauf hoffen, dass keine Sprosse unter seinem Gewicht nachgab und dass er, sobald er das Fenster erreichte, nicht darin stecken blieb.

»Beeil dich!«, rief der Mann.

Gottlob hatte er in Wales an Gewicht verloren, denn hier gab es nur zähen Hammel und Bier, das so schmeckte wie die meisten Frauen, mal abgesehen von Essylt: herb und bitter. Er schaffte es tatsächlich, die Leiter hochzuklettern, und stieg, nachdem er sich die Kapuze erneut tief ins Gesicht gezogen hatte, in den niedrigen Raum. Der Wachtposten, ein untersetzter Mann mit rotem, aufgedunsenem Gesicht, musterte ihn nur flüchtig.

»Was kriege ich?«

Dies war ein gefahrvoller Moment, da der andere seine Hände nicht sehen durfte. Doch auf die Gier der Menschen war wie immer Verlass. Als Pól einige Münzen auf den Boden warf, bückte sich der Mann, und bis er sich wieder aufgerichtet hatte, hatte Pól sich schon an ihm vorbeigedrängt, den runden Turm verlassen und den länglichen Gang mit den kleinen Schlitzen, durch die man Pfeile abschießen konnte, betreten. Er verband die zwei runden Türme mit dem Torhaus. Schnaufend folgte ihm der Wachtposten.

»Besuchst du irgendwann auch mal mich statt ... *ihn*?«, fragte er, als sie das Ende des Ganges erreicht hatten.

Pól pfiff vielsagend, womit sich der Mann begnügte.

Schon nahmen sie eine unebene Treppe nach unten, wo sie auf eine Tür aus alten, schweren Holzbalken stießen. Sie war mit Eisen beschlagen, das rostig wirkte, die Holzritzen waren so breit, dass man den kleinen Finger hindurchstecken könnte – zumindest dort, wo kein Schimmel wucherte.

Es dauerte eine Weile, bis der Wachmann mit seinen dicken Fingern den richtigen Schlüssel vom Bund genommen hatte, und als er ihn ins Schloss zu stecken versuchte, blieb er mehrmals in den Holzritzen stecken. Nur mühsam konnte sich Pól seinen Spott verkneifen.

Wenn du mit deinem Schwanz so zielsicher wie mit dem Schlüssel bist, findest du nie den Weg in eine Spalte.
Doch endlich stieß der Mann die Tür auf und trabte davon, während Pól in den Raum huschte und sich neugierig umsah.

Das sollte ein Verlies sein? Oh, wenn in Wales alle Gefängnisse so ausgestattet waren, ließe er sich gern selbst mal gefangen nehmen, vor allem, wenn er regelmäßig Besuch von Huren bekäme ...

Gewiss, nach drei Jahren würde auch ihm langweilig werden, und so lange war Robert FitzStephen hier schon gefangen. Von Essylt, die diesem regelmäßig Lust verschaffte, hatte Pól alles über ihn erfahren. Sein Vater war Konstabler der Burg Cardigan gewesen, und kurz nachdem er gestorben war und Robert dessen Aufgabe übernommen hatte, war Cardigan – ebenso wie Cilgerran – Fürst Rhys ap Gruffydd in die Hände gefallen. Rhys war nicht so dumm, diesen Normannen aus einflussreicher Familie laufen zu lassen, aber er gönnte ihm nicht nur dann und wann den Besuch einer Hure, sondern auch mit Schnitzereien verzierte Holzbalken, gewebte und gestickte Teppiche, einen Stuhl mit Rückenlehne und etliche Truhen. In der Luft lag der süße Geruch von Bienenwachskerzen, und die breite Bettstatt war mit Laken aus feinem Leinen und Fellen bedeckt. Auf diesen lag Robert FitzStephen jetzt, bäuchlings und nackt.

Pól trat auf Zehenspitzen näher. Obwohl er das Gesicht des anderen nicht sehen konnte, verstand er, weshalb der als gut aussehend galt. Er war zwar nur mittelgroß, hatte aber schmale Hüften, einen festen Arsch und breite Schultern, die in sehnige, muskulöse Arme übergingen.

Wenn ich hier den ganzen Tag hocken würde und Essylts Besuch der Höhepunkt wäre, dachte Pól, während er den nackten Mann betrachtete, nähme ich mir die Zeit, erst sie und dann mich selbst genüsslich auszuziehen.

Pól beugte sich über Robert FitzStephen und atmete ihm heiß in den Nacken, woraufhin der wohlig schnaufte. Sanft streichelte er ihm den Rücken, fuhr schließlich immer tiefer bis zu den wohlgeformten Hinterbacken. Dort zog er die Hand abrupt zurück, um dem Ritter einen festen Schlag zu versetzen. Der andere fuhr herum und sprang entsetzt auf.

»Wer, zum Teufel, bist du?«

Pól trat zurück, kreuzte seine Arme vor der Brust und starrte aufdringlich zwischen Roberts Beine. »Wenn du dein Schwert beim Anblick des Feindes auch so schnell sinken lässt, ist es kein Wunder, dass du Fürst Rhys unterlegen bist.«

»Wer bist du?«, wiederholte Robert schnaubend.

Pól winkte ab. »Das tut nichts zur Sache. Viel wichtiger ist doch, wer *du* bist: Robert FitzStephen nämlich, ein normannischer Ritter, der erst das Land seiner Väter an Rhys verloren hat, dann seine Freiheit, zuletzt seine Manneskraft.«

Der andere zog ein Laken von der Bettstatt und hielt es sich vor die Lenden. »Ich werde dir gleich zeigen, wo meine Manneskraft steckt, nämlich in den Fäusten.«

»Tja, um mich zu schlagen, müsstest du aber das Laken loslassen«, erklärte Pól unbeeindruckt. »Verschon mich lieber mit dem Anblick deines Würmchens. Im Übrigen würdest du nicht zuschlagen, wenn du wüsstest, warum ich gekommen bin. Ich habe dir nämlich etwas anzubieten: Freiheit und Land.«

FitzStephen kniff misstrauisch die Augen zusammen. »Schickt dich etwa Rhys?«, fragte er unwirsch. Er wandte sich ab, ließ nun, da für Pól nur mehr die Kehrseite zu sehen war, das Laken fallen und zog sich ein Leinenhemd mit langen Ärmeln über. »Er bedrängt mich schon seit Langem damit, dass ich König Henry verrate. Du kannst ihm sagen, dass ich das niemals tun werde. Meine Freiheit kann man mir nehmen, nicht jedoch meine Ehre …«

Wie immer, wenn über Ehre geschwafelt wurde, wurde Pól durstig. Aber so edel das Gemach auch eingerichtet war – leider stand nirgends ein Krug mit Wein.

»Herrje …« Er seufzte. »Egal, wo man hinkommt, die Ehre ist überall die Währung von euch Rittern, nicht wahr? Ich mag sie nicht sonderlich. Man kann sie ebenso wenig abwiegen wie den Machthunger und den Stolz der Herrscher. Viel lieber ist mir Silber. Ich bin Händler, musst du wissen.«

Robert FitzStephen gab ein ärgerliches Zischen von sich.

»Mit Händlern spreche ich nicht über meine Freiheit. Und Silber ist nur vermeintlich hart – man kann es schmelzen.«

»Siehst du, genau das ist der Vorteil. Man kann es schmelzen, um ihm eine Form zu geben, welche auch immer man will.«

»Also soll ich doch Verräter werden.«

Pól unterdrückte ein Seufzen. »Du sollst König Henry nicht verraten, noch nicht einmal Fürst Rhys. Ich gebe dir stattdessen die Möglichkeit, Diener eines dritten Herrn zu werden – von König Diarmait von Leinster nämlich.«

Robert drehte sich um. Das Leinenhemd stand so weit offen, sodass Pól die schwarzen Haare sehen konnte, die sich auf der Brust kräuselten.

Ein wenig mehr davon zwischen deinen Beinen, dann wäre mir der Anblick deines Würmchens erspart geblieben …

»Ich habe gehört, Diarmait ziehe durch Wales und werbe bei den Normannen um Unterstützer für die Rückeroberung seines Königreichs«, sagte Robert. »Und das mit einem Brief König Henrys, dem Diarmait den Lehnseid geschworen hat.«

Woher er das wohl weiß? Ganz sicher nicht von der dummen Essylt … wohl eher vom Wachtposten, wobei der, so rotwangig, wie er ist, zwischen seinen Räuschen gewiss nicht klar denken kann … Ach, etwas zu saufen wäre schön …

FitzStephen schlüpfte in eine knöchellange Leinenhose. »Was genau hast du mir von Diarmait zu sagen?«, fragte er, sobald er sich wieder aufgerichtet hatte.

Pól wiegte den Kopf. »Es stimmt, dass Diarmait hier nach Verbündeten sucht. Zunächst hat er versucht, den Lord von Strigoil von seinem Vorhaben zu überzeugen, und tatsächlich hat der ihn auf seiner Burg in Chepstow empfangen und Interesse bekundet. Doch bevor er ihm das Versprechen gab, ihm bei der Rückeroberung Leinsters zu helfen, hat Henry ihn nach Winchester gerufen. Offenbar soll der Lord die Tochter des Königs zu ihrem Ehemann ins ferne Sachsen begleiten. Seitdem zieht Diarmait von Ort zu Ort und liest Henrys Brief vor. Ich weiß nicht, ob's an seiner heiseren Stimme liegt, seiner Verzweiflung oder seiner Ungeduld. Die meisten hören ihm jedenfalls nur kurz zu und gehen hernach wortlos von dannen, anstatt sich ihm anzuschließen.«

Robert schlüpfte in eine knielange Tunika, die bis zum Gürtel aufgeschlitzt war und an der Brust mit einer Brosche geschlossen wurde.

Na, Gott sei Dank muss ich das gekräuselte Brusthaar nicht länger sehen.

»Und da kommst du zu mir ... einem Gefangenen?«

Pól grinste. »Gib's zu! Du hast hier viel zu viel Zeit, um hübsche Mädchen mit deinem Schwanz spielen zu lassen. Viel lieber würdest du doch selbst spielen, und zwar mit deinem Schwert.«

Robert machte einen drohenden Schritt auf ihn zu. »Mit einem Mann, der wie eine Kugel aussieht, spreche ich nicht über Schwerter.«

»Auch eine Kugel kann dir vor die Füße rollen und dich zum Stolpern bringen.«

Pól entging nicht die deutliche Verachtung in den Zügen des anderen. Und auch nicht, wie die nüchterne Berechnung diese Verachtung besiegte.

»Wie soll ich nun also drei Herren dienen?«, fragte FitzStephen.

»Zunächst interessiert mich, warum du so treu zu Henry stehst. Du hast ihm einmal das Leben gerettet, doch anstatt dir das zu lohnen, lässt er dich hier versauern.«

»Er hat vor zwei Jahren versucht, mich zu befreien, aber der Winter kam so früh, dass er den Kriegszug abbrechen musste.«

»Also dienst du einem König, der vor Schneestürmen flieht? Das glaube ich nicht. Henry kam der Schneesturm vielmehr gut zupass. Er weiß genau, dass man sich manchmal den kleinen Finger abhacken muss, um die ganze Hand zu behalten. Solange Rhys seine Oberhoheit anerkennt, lässt er ihn gewähren – und opfert notfalls Männer wie dich. Ganz so, wie ein Weib die Untreue des Gatten erträgt, solange der es nicht verstößt.«

Robert kam ihm noch näher. »Wag es nicht, den König mit einem Weib zu vergleichen«, drohte er.

»Natürlich nicht!«, höhnte Pól. »Das Weib bist du, wenn du darauf hoffst, er würde dich hier rausholen.«
Robert ballte seine Hände zu Fäusten. »Ich brauche kein Schwert, um dich zu töten.«
»Und ich brauche nicht viel Verstand, um zu wissen, dass du das in deiner Lage nie tun würdest, also lass deine Fäuste wieder sinken. Henry wird dich nicht befreien, aber König Diarmait wäre dazu bereit. Er könnte dir Schwert und Freiheit geben und dir in Irland sogar zu eigenem Land verhelfen, vorausgesetzt, du wärest bereit, ihm so treu zu dienen, wie du Henry dienst. Bist du das?«
Eine Weile stierte Robert Pól nur wütend an, dann ging er hektisch auf und ab. Pól war nicht sicher, ob er so lange brauchte, um eine Entscheidung zu treffen oder um zuzugeben, dass er eine solche längst getroffen hatte. Endlich blieb er stehen.
»Wenn du unter Treue verstehst, dass seine Feinde auch meine sind, dann ja«, knurrte er widerwillig. »Falls er mich tatsächlich aus diesem verfluchten Kerker holt, werde ich für ihn kämpfen.«
»Nun ja«, sagte Pól und deutete eine Verbeugung an, »das ist vorerst alles, was ich wissen wollte.« Er wandte sich ab.
Als er zur Tür ging, stellte Robert sich ihm in den Weg. »Und wie geht es jetzt weiter?«, fragte er begierig.
Natürlich! Nun, da dir der Geruch von Freiheit in die Nase gestiegen ist, hast du gemerkt, wie sehr dein Magen bereits knurrt, und kannst den ersten Bissen gar nicht mehr abwarten.
Vielsagend zuckte Pól mit den Schultern, und wenn es nach ihm gegangen wäre, hätte er Robert gern noch länger schmoren lassen. Doch wie aufs Wort ertönten vom Gang her Schritte, gefolgt von einer lallenden Stimme. »Zieh deinen Prügel aus dem Mädchen, der Fürst will dich sehen.«
Ein Ruck ging durch Robert, und er starrte fragend auf Pól.
»Na bitte«, sagte der belustigt, als die Holztür aufging.
Der Wachtposten blickte herein und stieß sich vor Schreck den Kopf an der Tür, kaum dass er Pól ansichtig wurde. Seine Augen weiteten sich, aus dem offen stehenden Mund tropfte gelblicher Speichel.

»Wer bist du denn?«, fragte er verwirrt. »So viel habe ich heute doch gar nicht getrunken!«

»Ich bin eine Kugel, die dir zwischen die Füße gerollt ist«, sagte Pól und grinste. »Und nun bring uns in den Saal.«

Robert FitzStephen warf sich rasch einen Umhang über die Schultern. »Du kommst auch mit?«, fragte er verdrossen.

Pól grinste immer noch. »Vielleicht habe ich vergessen, es zu erwähnen: Genau genommen wird König Diarmait dir nicht Schwert und Freiheit geben, sondern nur das Schwert. Die Freiheit kriegst du nämlich von mir.«

Im Saal hatten sich bereits ein Dutzend Männer versammelt. Es gab zwar Wein, allerdings in schäbigen Kelchen aus billigem Blei, voller weißer und grünlicher Flecken, aus denen es so säuerlich roch, als hätte mindestens einer hineingespuckt. Auf etwas zu essen hatte Pól vergebens gehofft. Die Verhandlungen begannen, ohne dass zuvor Speisen aufgetragen wurden.

Wie schade.

Auch König Diarmait, dem Pól eben unmerklich zunickte, hätte es gutgetan, seinen Leib erst zu füllen, ehe er auf Rhys ap Gruffydd einredete. So tat er es mit der knurrenden Stimme eines hungrigen Wolfes ... nein, eines *alten* hungrigen Wolfes.

»Irland ist ein Land des Schwertes. Besitzen kann die Insel nur, wer darum kämpft. Irische Könige haben jahrhundertelang Krieger von der anderen Seite des Meeres angeheuert, Ostmänner, Waliser, Schotten ... und jetzt eben Normannen.«

Diarmait klang so, wie er schon auf den Marktplätzen geklungen hatte – als wollte er sein Gegenüber gleich erschlagen, anstatt es zu umwerben. Doch Pól schritt nicht ein, er lehnte sich seufzend zurück und ließ seinen Blick wandern. An den Wänden hingen Felle und Tierhäute, aber keine Bilder, die Deckenbalken waren schwer, aber ohne Schnitzereien, das Feuer warm, aber es brannte nicht in einem kunstvoll gemauerten Steinkamin, sondern in einer offenen Feuerstelle in der Mitte des Raums. Cilgerran war keine Burg, die Behaglichkeit ausstrahlte, man herrschte darin, und Rhys ap Gruffydd, Fürst von Deheubarth, sah denn auch wie ein Herrscher aus mit seinem wachen, misstrauischen Blick, dem geraden Rücken und der vorspringenden Nase.

Von Diarmait ließ sich nicht unbedingt Gleiches sagen. In den letzten Monaten war sein Leib dünner und sein Haupthaar grauer geworden.

»In den letzten Wochen habe ich an allen öffentlichen Plätzen den Brief von König Henry vorgelesen«, fuhr er eben fort. »Doch die mir zuhörten, waren zumeist Bauern und Handwerker. Ich brauche Ritter. Ritter wie Richard de Clare, den Lord von Strigoil, den man Strongbow nennt und den ich auf Chepstow besuchte. Er hat mir seine Hilfe zugesagt, wenn auch noch nicht sofort, da er zunächst eine Pflicht für König Henry erfüllen muss. Vorläufig bin ich also auf andere Ritter angewiesen – Ritter wie ... Robert FitzStephen.«

Erstmals sah Fürst Rhys flüchtig in FitzStephens Richtung. Obwohl dessen Umhang aus edlem Tuch war, wirkte er unter all den Männern in Rüstungen und Kettenhemden nahezu ärmlich.

Da kann er froh sein, dass ich mich neben ihn gesetzt habe, dachte Pól. An der Seite eines Kleinen, Dicken sieht er gleich viel stattlicher aus.

Auch so interessierte sich Fürst Rhys nicht lange für ihn. »König Henry wird es Strongbow auch später nicht erlauben, dir zu folgen«, sagte er gedehnt. »Er hält ihn von jeher an der kurzen Leine, um ihn dafür zu bestrafen, dass er einst auf König Stephans Seite stand.«

»Nun, aber Henry würde Robert FitzStephen nach Irland gehen lassen, und er ist ein Ritter, der Strongbow leicht das Wasser reichen kann«, erwiderte Diarmait. »Wenn er mir folgt, da bin ich sicher, werden sich ihm mehrere hundert Männer anschließen – Männer, die dann keine Bedrohung mehr für dich wären, weil sie nach geglückter Eroberung in Irland blieben und dort eigenes Land besitzen würden.«

Falls Rhys von Diarmaits Worten beeindruckt war, zeigte er das nicht. Gewiss hatte auch Gwalchgwyn, der sie am Tag zuvor nach Cilgerran begleitet hatte und den Pól soeben in seiner Nähe entdeckte, ihn von der einmaligen Gelegenheit, die

Normannen loszuwerden, zu überzeugen versucht, doch einen der wichtigsten Gefangenen freizulassen, war vielleicht selbst diesem ein zu hoher Preis.

»Und welches Land soll das sein?«, fragte Rhys vermeintlich gleichgültig.

Diarmait beugte sich eifrig vor. »Ich habe Robert FitzStephen und seinem Halbbruder Maurice den Hafen von Wexford versprochen, außerdem die angrenzenden Länder, die etwa hundert Landgüter umfassen, jedes tausend Morgen groß.«

Einer der Anwesenden, offenbar besagter Maurice, nickte bekräftigend. Er erinnerte Pól an Robert, waren doch seine Haare und Augen dunkel wie seine, wenngleich die Züge weicher und nahezu weibisch wirkten. Sein geduckter Kopf verriet, dass er ein höflicher Mann war, und sein Schweigen, dass er ungern viele Worte machte.

Pól musste unwillkürlich schmunzeln. Dass Diarmait den normannischen Rittern Wexford und die Umgebung anbot, war seine Idee gewesen. Wexford mochte zwar eine der wichtigsten Hafenstädte sein, aber das Land war voller Sümpfe, Moore und verfluchter Druidensteine. Die Tiere, die hier grasten, starben oft mit aufgequollenen Bäuchen, und die Getreidesaat trieb entweder gar nicht aus, oder aus den Keimen wuchsen braune, spröde Ähren, an denen Körner klein wie Flöhe hingen.

Póls Schmunzeln zog Rhys' Aufmerksamkeit auf sich, doch ehe der Fürst nach seinem Namen fragen konnte, erhob Pól sich und verbeugte sich.

»Ich bin Pól, ein Händler aus Dublin«, sagte er selbstbewusst, »genauer gesagt ein Waffenhändler. Wie die Wexforder stamme auch ich von den Wikingern aus Norwegen ab, und diese waren nicht nur für ihre Grausamkeit bekannt, sondern auch dafür, Gäste nie vor leeren Tischen sitzen zu lassen. Ich kann mir nicht vorstellen, dass ihr Waliser anders seid, dass ihr also eure Entscheidungen mit knurrenden Mägen trefft.«

Ein Raunen ging ob dieser Anmaßung durch den Raum. Erst richteten sich alle Blicke auf Pól, dann auf Rhys. Dessen vorstehende Nase begann zu beben, und er runzelte die Stirn, doch der Mund verzog sich zu einem Lächeln. Wortlos klatschte er in die Hände, sodass das Raunen verstummte und etliche Dienstboten erschienen, die Speisen auftischten.

Pól sah Robert herausfordernd an. »Das war doch gar nicht so schwer, oder?«, raunte er ihm zu.

»Satt zu werden ist etwas anderes, als frei zu werden«, sagte der finster, aber Pól entging nicht, dass er angespannt auf dem Stuhl hin und her rutschte.

Hungrig verschmauste Pól wenig später dunkles Roggenbrot mit cremigem Käse und spülte dieses mit Ale hinunter, das zwar etwa wässrig schmeckte, allerdings den Durst löschte. Danach wurde ein winziges Spanferkel serviert, das Pól an die Ratten denken ließ, von denen Arwen gesprochen hatte, doch Rhys aß selbst von dem Fleisch, und so biss auch Pól herzhaft hinein. Er nutzte die Gelegenheit, da alle schweigend kauten, die Anwesenden zu mustern.

Fürst Rhys war ihm von allen am ähnlichsten. Nicht, dass Pól sich oft mit großen Männern verglich, die breite Schultern und eine vorspringende Nase hatten. Doch Rhys war ein Mann, der öfter auf Geduld als auf Blutvergießen setzte. So war er nur Herrscher von Deheubarth geworden, weil er die Ausdauer hatte, den Tod der drei älteren Brüder abzuwarten. Nicht einen von ihnen hatte er selbst töten müssen – nein, er hatte sich ganz auf ihre Ungeschicklichkeit bei der Jagd oder ihre zahlreichen Feinde verlassen können. Sein eigener Feind war König Henry, doch Rhys war klug genug, sein Schwert nicht allzu drohend auf ihn zu richten, sondern damit nur Nadelstiche auszuteilen. Das mochte Henry reizen, brachte das Fass jedoch nicht zum Überlaufen.

Neben Rhys saß Fychan, sein ältester Sohn. Irgendwann würde er vielleicht ein großer Herrscher sein, doch noch war Fychan auf dem Weg zum edlen Wein nur Essig, oder nein, nicht einmal das, nur eine Traube, die am Weinstock hing – süß genug, um Frauenherzen zu erobern, aber so klein, dass Krieger sie im Ganzen schluckten. Als ihre Blicke sich trafen, hob Pól den Kelch und prostete ihm zu, woraufhin Fychan schnell wegsah.

Fychan und Rhys gegenüber hatten die Brüder von Robert FitzStephen Platz genommen – der langweilige Maurice FitzGerald und David, der kein Ritter, sondern ein Bischof war, komischerweise der von Sankt Davids. Seinen Namen konnte man sich also leicht merken, während man sein Gesicht, etwas schwammig und nichtssagend, schnell wieder vergaß. Er hielt sich für klug, war es hingegen nicht, sonst hätte er seinen Bruder längst zu befreien gewusst. Auch in dieser Runde hatte er noch kein Wort gesagt, obwohl Pól sicher war, dass er sich später ganz allein für Roberts Freilassung rühmen würde.

Mit David von Sankt David war Milo de Cogan gekommen, ein Ritter und Bastard des Bischofs, was bewies, dass der zwar nicht unbedingt seinen Kopf zum Denken benutzte, aber einst ein anderes Körperteil seiner wahren Bestimmung zugeführt hatte. Milo biss ebenso energisch ins Fleisch, als würde das Tier noch leben, doch ob das ein Zeichen für außergewöhnliche Kräfte oder lediglich für einen guten Appetit war, konnte Pól nicht recht entscheiden. Verglichen mit Milo aß der walisische Ritter Gwalchgwyn recht lustlos. Vielleicht hatte er Magenschmerzen ... oder Liebeskummer. Zumindest hatte er am Tag zuvor ein langes Gesicht gemacht, als er erfahren musste, dass Aoife ihren Vater nicht nach Wales begleitet hatte, sondern in der Obhut von Königin Eleonore geblieben war. Nun gut, ein Mann, dessen Augen die Farbe des Nebels hatten, folglich nie zeigten, was er dachte und fühlte, würde am Ende Liebe und Lust wohl nicht nachgeben, da diese jede Maske vom Gesicht eines Menschen fegten. Diarmait wiederum litt gewiss nicht darunter, dass Mór ihn zwar nach Wales begleitet, dort angekommen, aber vorgezogen hatte, in Bristol auf seine Rückkehr von Cilgerran zu warten.

Allerdings machte auch er ein Gesicht, als würde ihm etwas wehtun. Er aß keinen Bissen, wartete nur ungeduldig darauf, dass Rhys seine Mahlzeit verzehrt hatte, und fragte: »Willst du mir nun deinen Gefangenen überlassen, damit der mir helfen kann, mein Königreich Leinster zurückzuerobern?«

Pól hätte sich beinahe am Spanferkelfleisch verschluckt. Was für ein Narr! Die Worte waren ja so platt wie ein Apfel, auf dem David von Sankt David zu lange gehockt hatte!

»Geht es dir denn wirklich nur um Leinster?«, gab Rhys zurück. »Eben noch hast du Robert und Maurice Wexford versprochen, und das ist eine freie Stadt. Auch habe ich gehört, dass du König Henry einen Lehnseid für ganz Irland abgelegt hast, obwohl dir doch nur ein Bruchteil des Landes gehört. Du warst immer nur König von Leinster ... nicht der Hochkönig.«

»Das Hochkönigtum hat sich auf unserer Insel nie in den Händen einer bestimmten Dynastie befunden. Nicht nur der König von Meath oder Connacht darf es für sich fordern, auch die Könige von Leinster galten stets als würdig.«

»Das also strebst du an? Du willst nicht nur Leinster zurück, sondern ganz Irland?«

Jetzt tu nicht so, als hättest du einen kleinen Magen, nur weil du heute so wenig gegessen hast. Selbstverständlich willst du die ganze Insel samt ihres fetten Fleisches und ihrer Knochen verschlingen. Und das Geweih darf sich dann König Henry an die Wand hängen.

Doch ehe Diarmait etwas sagte, fuhr Rhys fort: »Wenn du tatsächlich Irland willst, so frage ich mich, wie du vorgehen wirst. Meines Wissens gibt es kein Byzanz oder Rom auf Ériu's Insel. Man erlangt die Herrschaft über sie nicht, wenn lediglich eine Stadt fällt. Provinz für Provinz muss man erobern – Osraige, Munster, Connacht, Ulster, Meath, Breifne. Es würde viel Blut fließen.«

»Ist es in Wales nicht auch so? Und willst du, dass das Blut hier fließt? Männer wie Robert haben nichts zu verlieren, wenn sie Wales verlassen, aber sie haben in Irland alles zu gewinnen.«

»Und was, wenn sie scheitern? Die Normannen sind mir unterlegen, warum sollten sie die Iren besiegen? Seid ihr etwa schwächer als ich?«

Gut pariert, Fürst.

Pól biss genüsslich in ein Stück Fleisch, anstatt Diarmait zu Hilfe zu kommen.

Strampel dich noch ein wenig ab, König. Mir schmeckt es gerade so gut.

»In den letzten Monaten hab ich mir oft die Westbrise von Irland ins Gesicht wehen lassen«, sagte Diarmait und beugte sich vor. »Wenn ich in die Ferne sah, konnte ich Wolken und Berge nicht unterscheiden. Ich sehne mich nach meiner Heimat, dass es schmerzt. Zumindest das solltest du verstehen.«

Herrje, Mitleid erfleht man, wenn man ein Weib ist!

»Natürlich verstehe ich das«, sagte Rhys und verzichtete auf eine weitere Demütigung. »Etwas anderes verstehe ich jedoch nicht. Dass Robert bislang stets auf die Freiheit verzichtet hat, obwohl ich sie ihm anbot.«

Ehe Pól ihn zurückhalten konnte, war Robert aufgesprungen. »Doch nur, weil du mir eine Bedingung stelltest – die Waffen gegen König Henry zu erheben.«

»Und wer gibt mir die Gewähr, dass du nicht sofort um Cardigan kämpfen würdest, sobald du frei bist?«, fragte Rhys, und seine Augen blitzten nahezu schelmisch.

Nun bekam endlich Bischof David von Sankt Davids Gelegenheit für seinen großen Auftritt. »Ich gebe dir mein Wort«, sagte er schnell. »Ich verspreche dir hoch und heilig, dass mein Bruder die Freiheit nicht nutzt, um die Waffen gegen dich zu erheben.«

Pól konnte sich beherrschen, Rhys nicht. Er lachte auf. »Und was soll ich mit deinem Wort machen? Es in den Stall stellen, um notfalls auf seinem Rücken in den Krieg zu ziehen? Es vom Schmied so lange zurechtschlagen lassen, bis eine Waffe daraus wird? Es dem Steinmetz geben, damit er mir eine Mauer baut?«

Jetzt wurde der Bischof auch noch rot! »Ich bin ein Mann Gottes, jedes meiner Worte hat Gewicht«, erklärte er empört.

»Ich fürchte, nicht genügend Gewicht, um einen Rebellen wie deinen Bruder auf ewig in die Knie zu zwingen.«

Auch Maurice sprang nun auf. »Ich gebe dir ebenfalls mein Wort darauf«, er deutete auf Milo de Cogan. »Desgleichen mein Neffe.«

Jetzt wird es lustig, dachte Pól und rieb sich die fettigen Hände. Wie sollen aus drei Wörtern von drei halben Männern ganze Sätze werden, noch dazu solche, die Rhys überzeugen können?

Der tat zwar so, als würde er das Gehörte sorgsam abwägen, aber als sein Blick auf Robert fiel, wusste Pól, wie die Entscheidung ausfallen würde, und auch Diarmait schien es zu ahnen, denn er sah ihn eben hilfesuchend an. Pól nahm seelenruhig ein weiteres Rippchen vom Spanferkel und schmatzte beim Kauen so laut, dass er Rhys' Aufmerksamkeit auf sich zog.

Kaum war der Knochen abgenagt – viel war ja nicht dran –, rülpste Pól. »Bevor du eine Entscheidung triffst, mein Fürst«, sagte er dann ruhig, »solltest du deinen Sohn nach seiner Meinung fragen. Er sitzt doch heute an Eurer Seite, damit er etwas lernt, nicht wahr? Aber als Kind lernt man das Gehen nicht, wenn man sich an der Hand der Mutter festklammert, und als Fürstensohn nicht, wie man herrscht, wenn man dem Vater nur dabei zusieht. Nun, lieber Fychan ap Rhys. Was würdest du denn entscheiden, wenn man dir Robert FitzStephens Anliegen vorlegte?«

Alle Blicke richteten sich auf den jungen Mann, und er schien regelrecht zu schrumpfen – vor allem unter den Augen seines Vaters.

»Also gut«, forderte Rhys ihn auf. »Was hast du dazu zu sagen?«

Fychan wurde noch kleiner und sein Gesicht ganz rot.

Was für ein Unsinn, dass ich ihn mit einer Weintraube verglichen habe, dachte Pól, eigentlich ist er nur der Kern, den man sofort ausspuckt.

Er selbst spuckte das letzte Stück Fleisch aus. Mit dem nunmehr nackten Knochen klopfte er kurz auf den Tisch, rieb ihn dann an seiner Hand und steckte ihn schließlich tief in den Mund. Den meisten entging, was er da trieb, doch Fychan ap Rhys war das absonderliche Schauspiel nicht entgangen, und auch FitzStephen starrte Pól angewidert an.

»Die Iren gelten als barbarisch, aber dass sie selbst Knochen fressen, hab ich noch nie gehört«, raunte FitzStephen Pól zu.

Pól zog den Knochen wieder aus dem Mund. »Oh, man will nicht glauben, was man aus einem dünnen Knochen alles pressen kann, nicht wahr?«

Pól sah herausfordernd in Fychans Richtung, und obwohl

er es nicht für möglich gehalten hatte, schoss dem noch mehr Blut ins Gesicht – mehr als in der vergangenen Nacht, als er sich keuchend und stöhnend auf Essylt abgearbeitet hatte.

»Nun, was hast du zu sagen, Sohn?«, schnaubte Rhys ungeduldig.

Fychan richtete sich auf. Er hatte sich nicht nur auf Essylt abgearbeitet und dabei seine Jungfräulichkeit verloren, er hatte auch ihren Worten gelauscht ... Worten, die Pól der Hure zuvor eingeträufelt hatte.

»Ich ... ich will auch nach Irland«, verkündete er nun. Pól genoss die Totenstille. Wie schön, wenn eine Überraschung gelang. Es fühlte sich gerade so an, als würde man in ein Stück Fleisch beißen, und zwar eines, das richtig gebraten war. Eigentlich hätte er gern noch ein Stück Fleisch. Ob Rhys noch eine Ratte ... äh ... noch ein Spanferkel auftischen lassen würde? Aber nein, der war ja damit beschäftigt, auf seinen Sohn zu starren. »Ja«, sagte der und reckte solz sein Kinn, »ich will nach Irland ... ich will dort kämpfen und eigenes Land erobern.«

»Du bist der Erbe von Deheubarth«, wandte Rhys ein.

»Eben«, erwiderte Fychan nun trotzig. »Es ist doch dein Land. Wo soll ich beweisen, wozu ich tauge, wenn nicht in Irland – einer Insel, die nah genug ist, dass man sich auch hierzulande von meinen Taten erzählen wird, und zugleich so fern, dass mich dort niemand bloß als deinen Sohn betrachten wird?«

Sieh an, sieh an, dein Knochen ist ja größer als gedacht.

Und wieder senkte sich jene Stille über den Raum, die Pól so genoss – fast so sehr wie das verräterische Funkeln in Rhys' Augen. In diesem Moment schien ihm eine Idee zu kommen, die Pól dank Essylt bereits in Fychans Kopf gepflanzt hatte – dass sich nicht nur die einmalige Gelegenheit bot, die Normannen loszuwerden, sondern Irland und Wales zu einem Reich zu vereinen.

»Wenn ich aber nach Irland gehe, brauche ich Ritter«, fuhr Fychan fort, »und Robert FitzStephen ist ein sehr erfahrener. Lass ihn schwören, dass er künftig keinen Anspruch auf Cardigan erhebt, und dann lass ihn frei. Im Übrigen wünsche ich mir, dass mich eine eigene Truppe unter Gwalchgwyns Führung nach Irland begleitet.«

Pól musste sich zusammenreißen, um nicht triumphierend aufzulachen. Eine walisische Truppe! Und er hatte gedacht, es würde viel schwieriger werden, diese nach Irland zu locken! Gwalchgwyn wiederum schien nicht verärgert über das Ansinnen, er witterte wohl eine Möglichkeit, die kleine rothaarige Prinzessin von Leinster wiederzusehen ...

Während David, Maurice und auch Diarmait erneut Rhys bestürmten, endlich zuzustimmen, lehnte sich Pól zufrieden zurück und warf den abgenagten Knochen in Roberts Schoß. Der sah ihn verdutzt an. »Lieber Himmel, was hast du bloß mit dem gemacht?«

»Mit dem Knochen? Ich hab ihn ...«

»Nein, Dummkopf, mit dem Jüngelchen!«

»Ach, das meinst du. Nun, ich habe Fychan zum Mann gemacht und ein paar Träume erweckt, wie er zum großen, ruhmreichen Ritter werden ... und wie viel mehr Frauen er dann gewinnen kann.«

Verständnislos starrte Robert ihn an.

Pól klopfte ihm auf die Schulter. »Na, eigentlich hab ich nur dafür gesorgt, dass er ein Stündchen mit Essylt verbringt. Du musst zugeben, sie ist das hübscheste Mädchen weit und breit ...«

Und dass es auch hohl im Kopf ist, fällt einem dummen Jüngling schließlich nicht auf.

Robert riss empört die Augen auf. »Du hast gewagt, sie ihm zu geben? Ausgerechnet sie? Obwohl du wusstest, dass ich ...«

»Ja, glaubst du, du bist der einzige Mann in ihrem Leben? Und willst du mir sagen, das Mädchen bedeutet dir etwas? Wenn es so wäre, würdest du ihr nicht deinen nackten Arsch zuwenden, wenn sie zu dir kommt. Ich habe im Übrigen ebenfalls von dieser Frucht gekostet. Nach dem Jüngelchen letzte Nacht hatte sie einen richtigen Mann verdient.«

»Du verdammter ...«

Einmal mehr ballte FitzStephen die Fäuste, einmal mehr schlug er nicht zu.

»Ein Mann ohne Hure ist immer noch ein Mann«, raunte Pól ihm zu. »Ein Mann ohne Schwert, der obendrein im Kerker sitzt, ist keiner. Du kannst mir auf ewig dankbar sein.«

Fürst Rhys von Deheubarth erhob sich. »Wenn du in Irland kämpfen willst, Sohn«, verkündete er, »dann komm als Held wieder oder gar nicht. Du hingegen«, er wandte sich an Robert, »du bleibst in Irland und stirbst dort. Ob schon in naher oder erst in ferner Zukunft, ob blutend auf dem Schlachtfeld oder verfaulend auf der warmen Bettstatt, ob mit oder ohne eigenes Land, ist mir einerlei. Hauptsache, ich muss dich nie wiedersehen.«

AOIFE

Am Tag des Turniers stand der Septemberhimmel in einem so sauberen, wolkenlosen Blau, als wäre er wie die Rüstungen der Ritter poliert worden. Die Sonne blendete Aoife ebenso wie das Silber, das über der Welt ausgegossen zu sein schien – in Form von polierten Kettenhemden aus doppeltem Ringgeflecht, die nahezu undurchdringlich waren, von Eisenstrümpfen, an denen goldene Sporen befestigt waren, von Helmen, auf denen blinkende Edelsteine prangten. Und da waren Schilde ... so viele Schilde, auf denen sich wundersame Tiere in allen Formen und Farben räkelten, duckten und umhersprangen – hier ein Einhorn in Purpur, dort ein Leopard in Blau, ganz hinten ein Adler in Weiß.

Trotz der Pracht, die sie umgab, fühlte Aoife sich ein wenig verloren, als sie die Tribüne betrat. Nach all den Monaten, die sie mittlerweile an der Seite von Königin Eleonore lebte, zunächst auf der Burg Sherborne in Dorset, später in Salisbury und mittlerweile in Winchester, vermisste sie Róisín immer noch und erst recht Eirwen. Manchmal erwachte sie in der Nacht mit Tränen in den Augen, weil sie in ihrem Herzen so große Einsamkeit fühlte und in ihrer Armbeuge so viel Leere. Sie ließ sich ihren Kummer aber nur selten anmerken, und auch jetzt kämpfte sie sich entschlossen durch das Gewirr an Brokat, Seide und Pelz zur Königin vor.

Eleonore saß auf dem größten, mit rotem Samt gepolsterten Stuhl, der Schleier auf ihrem Kopf glänzte noch silbriger als alle Rüstungen. Wie immer lächelte sie Aoife freundlich zu, als sie ihr über die Wange streichelte, war es jedoch nur kurz zärtlich – dann kniff sie sie schmerzhaft.

»Heute ist ein großer Tag. Wollen wir sehen, ob du deinem Traum näher kommst.«

Die Zuschauer auf der Tribüne deuteten aufgeregt auf den

weiten Turnierplatz vor ihnen, und das Tuscheln vermischte sich mit den lauten Rufen der Herolde, die in Begleitung der Ritter angereist waren und nun, da diese von der nahen Zeltstadt in Richtung Platz marschierten, ihre Namen nannten und sich mit ihren Ruhmestaten brüsteten. Auch ein Tross Pagen wieselte um die Ritter herum und nutzte die letzten Augenblicke vor dem Turnierbeginn, um die Rüstung zu befestigen, die Kettenpanzer ein letztes Mal zu putzen und den Griff an den Schilden zu überprüfen, desgleichen zu schauen, ob der Helm richtig saß und ob er gut mit dem Kinnreff verbunden war. Dann bestiegen die Männer die Pferde, und diese näherten sich tänzelnd dem Rand des Kampfplatzes. Sorgsam studierten ihn die Ritter und hielten nach Unebenheiten Ausschau, die später all jene zu Fall bringen würden, die jetzt lieber in Richtung Tribüne winkten und sich im kommenden Ruhm sonnten.

»Es ist dein erstes Turnier, nicht wahr?«, fragte Eleonore. Aoife senkte ihren Blick, als sie nickte. »Du siehst sehr hübsch aus«, lobte Eleonore mit wohlwollendem Blick auf Aoifes Kleid, das vom hellen Rot ihres Haares war und in starkem Kontrast zu der veilchenblauen Robe der Königin stand. »Aber etwas fehlt noch«, fuhr Eleonore fort, zog eine Rose aus ihrem Schleier und steckte sie Aoife ins Haar, nicht ohne zärtlich über ihre Strähnen zu fahren und am Ende abrupt an einer zu reißen.

Aoife ignorierte den Schmerz und betastete vorsichtig die Blütenblätter. Selbst die milchweiße Haut des schönsten aller Mädchen konnte nicht so zart sein.

»Ich habe gehört, dass die siegreichen Ritter nach dem Turnier von den Damen beschenkt werden«, sagte sie, »mit Schärpen oder Bändern oder eben solchen Blumen. Ich ... ich würde meine Rose gern auch verschenken.« Sie atmete tief durch. »Aber ... aber nur an den richtigen Ritter ... an den richtigen Mann.«

»Gewiss doch«, sagte Eleonore, doch ihr Lächeln war nun etwas abfällig. »Du hast mir gesagt, dass du eine Königin sein willst. Und dass du dafür den richtigen Mann brauchst.«

Seit Aoife ihr vor einiger Zeit ihren geheimen Wunsch anvertraut hatte, fragte sie sich, ob Eleonore diesen ernst nahm oder sich darüber lustig machte, doch so oder so war es eine Auszeichnung, an diesem Tag neben ihr zu sitzen – neben ihr und ihrer elfjährigen Tochter Mathilde, die das gleiche blonde Haar wie ihre Mutter hatte, aber viel pausbäckiger und gedrungener war.

Das Turnier fand Mathilde zu Ehren statt, würde sie doch demnächst für immer ihre Heimat verlassen, nach Sachsen aufbrechen und dort den mächtigen Fürsten Heinrich den Löwen heiraten. Seit Wochen waren die Damen damit beschäftigt, ihre Mitgift einzupacken – Kleidung aus Samt und Seide, vergoldete Sättel und Zügel, Taschen aus feinstem Leder und scharlachrote Kissen, die drei Schiffe füllen würden –, doch ungleich mehr als für solche Kostbarkeiten interessierte sich Mathilde fürs Essen. Auch jetzt balancierte sie auf ihrem Schoß eine Platte mit Gebäck, jenen dünnen, knusprigen Teigstücken, die mit Honigrohr gesüßt waren. In ihren Mundwinkeln klebten bereits etliche Krümel.

»Magst du auch etwas davon?«, fragte sie Aoife.

Die schüttelte den Kopf.

»Die Liebe schmeckt süßer, nicht wahr?«, scherzte Eleonore und beugte sich so dicht zu Aoife hinüber, dass diese kurz nicht nur ihren warmen Atem, sondern auch die Haut ihrer Wange spüren konnte. »Nun, dann wollen wir uns nach einem Bräutigam für dich umsehen. Wenn du ihm schon vor dem Kampf dein Lächeln schenkst, fällt es ihm gewiss leichter zu siegen.«

An wackeren Recken gab es keinen Mangel, so viel stand fest. Wiewohl Aoife ob der Gesänge, der Rufe, des Wieherns und Hufgetrappels nur die Hälfte dessen verstand, was Eleonore ihr zu sagen hatte, erkannte sie rasch, dass die versammelten Ritter in zwei Gruppen aufgeteilt worden waren. Manchmal kämpften Franzosen gegen Engländer, dann wieder Männer, die aus dem Süden kamen, gegen jene aus dem Norden, heute schlossen sich die Ritter vom fernen Sachsen, der Grafschaft Hennegau und von Flandern zu einer Mannschaft zusammen, während die aus dem Poitou, der Touraine, der Bretagne und der Normandie die zweite bildeten.

»Einen Tag lang haben sie Zeit, sich den Schädel einzuschlagen«, spottete Eleonore. »Und der, der ihn danach noch am Kopf trägt und gerade Schritte machen kann, zählt zu den Siegern.«

»Aber sie verletzen sich doch nicht ernsthaft!«, rief Aoife entsetzt. »Es ist ja nur ein Spiel ... kein Krieg.«

»Für die Männer ist jedes Spiel ein Krieg, wusstest du das nicht? Wenn wir Frauen klug sind, machen wir wiederum aus jedem Krieg ein Spiel.«

»Ein Spiel?«

Was Eleonore mit Letzterem meinte, begriff Aoife nicht, wie die Männer die Welt sahen, bewiesen hingegen eben eindrucksvoll die jüngeren unter ihnen, die erst kürzlich nach langen Jahren als Page und Knappe zum Ritter geschlagen worden waren. Beim Lanzenstechen maßen sie ihre Kräfte, und wem gelang, einen der Ringe vom Holzgerüst zu ergattern, jubelte nicht nur laut, sondern brüllte wie eines der absonderlichen Fabelwesen, die auf den Schilden dargestellt waren. Die älteren hingegen wollten bei solch unnützem Geplänkel nicht ihre Kräfte verbrauchen, sie inspizierten die Unebenheiten auf dem Kampfplatz und die Einfriedungen um die *recès* – jene Zufluchtsorte, an denen der Kampf verboten war, man kurz verschnaufen und die ausgedörrte Kehle mit einem Schluck Wein benetzen konnte.

»Manche erbrechen den Wein gleich wieder«, erklärte Eleonore verächtlich. Nicht nur die genaue Lage der *recès* galt es auszumachen, auch die der Hindernisse in Form von Hecken, kleinen Gräben und Strohhütten, die sich für einen Hinterhalt eigneten, und auf einen der Ritter, der diese gerade erkundete, deutete Eleonore. »Nun denn«, sagte sie, »hier ist einer der beiden Männer, auf die du heute achten solltest ... Richard de Clare.«

Aoife war enttäuscht, als sie dem Blick der Königin folgte. Der Mann, der den Gesichtsschutz noch hochgeschoben hatte und sich eben zu seinem Knappen neigte, sah grobschlächtig aus wie ein Pferdeknecht, nur dass die Haut nicht robust und ledrig war wie die eines solchen, sondern voller roter Flecken.

Das kleine Kinn und der herzförmige Mund wären im Gesicht einer Dame hübsch anzusehen gewesen, doch einen Mann ließen sie schwächlich wirken, sein gedrungener Nacken mochte den Eindruck ebenso wenig wettzumachen wie die schmalen Augen.

»Ihr habt von zwei Männern gesprochen«, sagte sie schnell. »Wer ist der andere?«

»Girard de Montfort, ein Franzose«, sagte Eleonore und deutete nun auf diesen Ritter. »Er stammt von einer Burg in der Nähe von Calais. Die Franzosen sind bekannt dafür, die Kälte zu hassen und noch mehr die Feuchtigkeit, die diese mit sich bringt, weil sie die Kettenhemden und Rüstungen leicht rosten lässt. Girard, so sagt man, poliere sie mit einem speziellen Öl, das seine Mutter Amalone hergestellt hat. Amalone stammt aus dem Süden, musst du wissen, und hasst die Kälte noch mehr als ihr Sohn, aber sie hat es geschafft, in der Nähe von Calais Olivenbäume zu pflanzen. Es heißt, sie sammele in den Amphoren nicht nur Öl, sondern auch ihre Tränen, und während das Öl die Rüstungen nur glänzen lässt, machen die Tränen sie undurchdringlich. Girard ist ihr einziger Sohn.«

Aoife starrte den jungen Ritter an und verstand die Angst der Mutter. Sie hatte zwar nicht die leiseste Ahnung, wie dieser Mann sie zur Königin machen sollte, doch kurz schien es ihr verführerischer, über seine blonden Locken zu streichen als über den Pelz eines Hermelins.

»Wie lang er sein Haar trägt«, unterbrach Mathilde ihre Gedanken und begann, mit den Füßen unruhig gegen den Stuhl zu schlagen, nachdem sie das süße Gebäck aufgegessen hatte. »Ein anderer Ritter mit solch langem Haar hat sich einst in der Schlacht erwürgt – deswegen haben es fast alle anderen abgeschoren.«

Oh, schneide es nicht, dachte Aoife mit Blick auf die langen blonden Locken, die einen starken Kontrast zur dunkleren Haut bildeten. Hübsch anzuschauen waren auch die hohe Stirn und das vorspringende Kinn. Sein Aussehen ließ ihn edel wie Gwalchgwyn wirken, aber nicht so furchterregend wie diesen. Und als Girard sie bemerkte und ihr strahlend zulächelte, konnte sie einen Blick auf die weiße Zahnreihe erhaschen.

Von Gwalchgwyn weiß ich gar nicht, ob er noch alle Zähne hat und ob sie weiß sind oder schwarz ...

Bald verlor Gwalchgwyn, an den sie ebenso wenig zu denken versuchte wie an Eirwen und an Róisín, sich wieder im Dunkel ihres Gedächtnisses, indes Girard ihr zuwinkte, ehe er seinen Helm aufsetzte. Wie ein Gehäuse umschloss er den Kopf und ließ nur einen schmalen Sehschlitz frei, doch dort, wo er mit dem Nackenschutz verbunden war, lugten noch ein paar goldene Locken hervor. Ein Knappe reichte ihm erst den Schild, den er an seinem linken Arm befestigte, danach die Lanze, die er fest unter die rechte Achsel klemmte und schräg neigte, und zuletzt das Schwert, das er keinen Augenblick zu früh in die Hand bekam, denn nun erstarb das Getuschel auf der Tribüne ebenso wie das Geschrei der Herolde und die Wortgefechte der jungen Ritter.

Die beiden Mannschaften versammelten sich hinter ihrem Anführer, der das Banner trug, und stellten sich einander gegenüber auf. Die Pferde schnaubten, und Beschimpfungen ertönten, die so schmutzig wie der Boden waren. Der erzitterte, als plötzlich die Formationen aufeinander losritten – ein Moment, da sich sämtliche Spannung entlud. Gleich so, wie ein Blitz in trockenes Holz fährt, Bäume spaltet und in Brand setzt, schien die Luft zu brennen, als die Ritter mit lautem Getöse aufeinanderprallten. Zwar züngelten keine Flammen hoch, doch Staub wirbelte auf und wurde bald zu einer dichten Wolke, sodass Aoife nicht länger sah, wo Girard de Montfort kämpfte.

Bald lösten sich die Ritter, die zu einem riesigen Leib verschmolzen waren, wieder voneinander, um erneut aufeinander loszugehen. Wer noch unversehrt war – und das waren erstaunlicherweise noch fast alle –, nahm sich beim nächsten Angriff nur mehr einen Gegner vor, um diesem entweder die Waffe aus der Hand zu schlagen, den Schild wegzureißen oder ihn gar mit der Lanze vom Pferd zu stoßen. Holz barst und Schwerter klirrten, Pferde schnaubten und spuckten Schaum, einer der Reiter erbeutete vom Gegner einen Fetzen des Waffenrocks, während ein anderer eine Strähne Haar in der Hand hielt. Doch es waren keine blonden Locken, sondern dunkelbraune. Wo war nur Girard? War er etwa der Krieger dort hinten, der von einem Holzsplitter getroffen worden war und aus dessen Rüstung eine Fontäne Blut spritzte? Als der Unglückliche vom Pferd fiel, kam er in einem Haufen Pferdemist zu liegen, doch das hielt seinen Kontrahenten nicht davon ab, ihm das Streitross und die Waffen abzunehmen. Erstaunlich, dass er nicht totgeritten wurde, bevor ihn die Knappen zur Seite zerren konnten.

Als man ihm den Helm vom Kopf nahm, kam eine blutende Verletzung zum Vorschein und gottlob schwarzes Haar, nicht blondes. Solches entdeckte Aoife gerade weiter hinten. Girard ging es gut, er winkte ihr sogar zu! Sie wollte selbst die Hand heben, aber schlug sie sich auf die Lippen, als sich plötzlich ein Ritter Girard näherte. Richard de Clare war es, der Mann, auf den Eleonore sie zuvor aufmerksam gemacht hatte. Aoife schrie auf, ihre Stimme war jedoch zu schwach, um von Girard gehört werden zu können. Zu ihrer Erleichterung hatte der mittlerweile selbst erkannt, was sich hinter seinem Rücken zutrug. Er gab seinem Pferd die Sporen, fuhr herum, und schon trafen sich die Lanzen. Noch vermochte es keiner, den anderen aus dem Sattel zu werfen, weswegen sie einen neuen Anlauf nahmen, wieder aufeinanderprallten und … wieder beide heil aus dem Scharmützel hervorgingen.

Aoife biss sich vor Aufregung auf die Fingerknöchel und schmeckte Blut, als sie zum dritten Zusammenstoß ansetzten. Dieses Mal trafen sich die Lanzen und gingen zu Bruch, und während die Holzsplitter von den Pferdehufen in die Erde getrampelt wurden, schlugen die Schwerter aufeinander. Eines traf den Schild, ein anderes den Helm, schon wurden sie erneut erhoben, dieses Mal mit dem Ziel, den Kopf oder die Flanke des gegnerischen Streitrosses zu treffen.

Er muss gewinnen, er muss gewinnen, er muss …

Aoife schloss die Augen, öffnete sie wieder. Ob der Staubwolken tränten diese, doch sobald sie wieder klar sah, sprang sie hoch und reckte beide Hände triumphierend zum Himmel.

Girard war es gelungen, de Clare aus dem Sattel zu stoßen, und der lag nun wie ein zappelnder Käfer auf dem Rücken.

Ein Mönch, der als Notar bei Hofe lebte, klatschte begeistert, indes Girard sich vorbeugte, um die Zügel von de Clares Pferd zu ergreifen.

»Aber, aber«, mahnte Eleonore belustigt. »Ist ein Kampf, der nur dem Vergnügen dient, nicht Sünde?«

»Warum denn?«, gab der Mönch zurück. »Ein Ritter, der sich wie ein Wurm im Staub wälzt, gemahnt doch besser als alles andere daran, was der Mensch war und was er dereinst wieder sein wird.«

Der Mönch klatschte erneut, Mathilde bekam neue Küchlein und aß sie gierig. Girards Sieg schmeckte in Aoifes Mund nicht minder süß. Eben führte er de Clares Schlachtross vom Feld, während der Alte vergebens darum kämpfte, trotz der schweren Rüstung aufzustehen. Zunächst ritt Girard unbeirrt auf jene Stelle hinter dem Kampfplatz zu, wo unter der Aufsicht der Schildknappen nicht nur die Pferde, sondern auch die erbeuteten Waffen und Rüstungen gesammelt wurden, doch auf halber Strecke hielt er inne, ließ sein Pferd im Kreis tänzeln und winkte in Aoifes Richtung. Dieses Mal zweifelte sie nicht daran, dass tatsächlich sie gemeint war. Doch wie zuvor kam sie nicht dazu, es ihm gleichzutun, sondern schrie wieder auf.

Richard de Clare hatte nicht aufgegeben. Irgendwie war es ihm gelungen, aufzustehen und sich zwischen den anderen Pferden hindurchzukämpfen. Als er Girard erreichte und ihn am Fuß zu fassen bekam, erinnerte er Aoife nicht länger an einen Käfer, sondern an einen kläffenden Hund, doch so lächerlich er auch aussah, wie er stolperte und etliche Schritte mitgezogen wurde – er ließ nicht locker und bewirkte, dass Girard den festen Halt verlor. Nicht nur, dass er die Zügel des erbeuteten Pferdes losließ, überdies musste er sich an der Mähne des eigenen klammern, um nicht zu Boden zu gehen.

Der Mönch lachte johlend. »Bald schluckt auch er Staub.«

Da Aoife ihm einen wütenden Blick zuwarf, hätte sie beinahe Girards Triumph verpasst. Der war inzwischen nämlich zur Einsicht gelangt, dass sein Heil nicht in der Pferdemähne zu suchen war. Er ließ sie zumindest mit einer Hand los, zog sein Schwert und versetzte dem Köter de Clare einen letzten entscheidenden Hieb auf den Kopf.

Nicht nur der Mönch, auch alle Zuschauer auf der Tribüne lachten, als der Girards Fuß losließ, auf die Knie sackte und schließlich wie ein Sack Mehl umkippte, und Aoife stimmte aus voller Kehle ein.

»Gesiegt!«, rief sie begeistert. »Montfort hat über de Clare gesiegt!«

Eleonore war während des gesamten Zweikampfes ruhig auf ihrem Stuhl sitzen geblieben. Erst jetzt beugte sie sich lächelnd vor und strich Aoife sanft über den Arm.

»Ich denke, nun kannst du deine Rose verschenken.«

Gottlob hatte die Königin ihr diese Rose ins Haar gesteckt. Hätte sie sie beim Kampf in den Händen gehalten, wären sämtliche Blütenblätter zerstört worden. Selbst jetzt noch zitterten ihre Finger vor Aufregung, als sie die Blüte aus dem Haar zog – just in dem Moment, als Girard sein Pferd in Richtung Tribüne lenkte. Er hatte seinen Helm abgenommen, und wiewohl sein Gesicht rot und verschwitzt war, hatten die Locken nicht gelitten, sie wehten im Wind. Er lächelte, und kurz war auf diesem riesigen Kampfplatz nur Platz für sie beide. Doch als Aoife einen Schritt auf Girard zu machen wollte, fühlte sie wieder Eleonores Hand, und dieses Mal umkrallte die Königin ihr Handgelenk so fest, dass sich ihre Fingernägel schmerzhaft tief in Aoifes Haut bohrten.

»Gib das Blümlein doch nicht ihm!«, raunte sie ihr zu.

Aoife war so verwirrt, dass sie den richtigen Moment verpasste, um Girard als Erste zu erreichen. Schon umkreisten ihn andere junge Mädchen und zerrten nicht nur Blumen, sondern auch rote, blaue und gelbe Seidenbänder aus den Haaren.

»Aber ...«, setzte sie an und versuchte, sich dem Griff zu entwinden.

Eleonore packte sie noch energischer und zerrte sie wieder auf die Bank. Aoife sah, dass die vermeintlich alabasterne Haut von einem dünnen Netz Falten überzogen war.

Als würde sie eine tönerne Maske tragen, die irgendwann rissig wird und von ihr fällt ...

»Honigrohr schmeckt süß, verdirbt dir jedoch den Magen«, zischte Eleonore ihr ins Ohr. »Und blonde Locken mögen hübsch anzusehen sein, aber auf ihnen wird nie eine Krone sitzen.«

Endlich ließ Eleonore sie los, Aoife hingegen vermochte keinen Schritt mehr zu gehen. Unsicher senkte sie den Kopf. »Warum habt Ihr mir denn gesagt, ich solle ein Auge auf Montfort halten?«

»Weil ich wusste, dass Richard de Clare ihn zu seinem Gegner auserkoren hat, und um diesen geht es heute.« Eleonore deutete auf den Verlierer, dessen Helm so zerbeult war, dass sein Knappe ihn nicht vom Kopf ziehen konnte. Ein Schmied kam herbei, befahl dem Unglücklichen, sich hinzuknien und den Kopf auf ein Stück Holz zu legen, und begann, den Helm mit seinem Hammer zu bearbeiten. Die Schläge prasselten derart unbarmherzig auf das Eisen, dass de Clare gewiss die Sinne schwanden. »Niemand wird ihm ein Band oder eine Blume schenken. Gewiss freut er sich, wenn wenigstens du es tust«, sagte Eleonore so dicht an ihrem Ohr, dass sie erneut ihren warmen Atem spürte.

Aoife fuhr herum. »Ihr wollt, dass ich Richard de Clare ...«, setzte sie an.

»Du denkst, er ist zu alt für dich? Oh, alte Männer erweisen sich für die Küsse eines Mädchens viel empfänglicher und vor allem dankbarer als die jungen. Wenn die eigene Haut runzlig wird, sehnt man sich umso mehr nach einer weichen, glatten. Wenn der eigene Atem säuerlich zu stinken beginnt, giert man umso mehr nach dem süßen Odem der Jugend. Er würde dir zu Füßen liegen.«

»Aber ...«

»Oder ist er dir zu hässlich? Glaub mir, wenn es an Charakterbildung und höfischen Sitten fehlt, macht es nicht lange Spaß, in das Gesicht eines Engels zu schauen.«

»Trotzdem ...«

»Ach so. Du willst ihn nicht, weil er verloren hat. Doch wisse:

Ein Sieger ist nicht, wer ständig gewinnt, sondern wer trotz steter Niederlagen wieder aufsteht. Wem alles zufällt, der nimmt das Leben leicht. Und wie soll so einer eine schwere Krone tragen? Das kann viel besser einer, dem man schon mal den Helm vom Kopf hämmern muss.«

Eben hatte der Schmied sein Werk beendet, nahm besagten Helm zwischen seine Pranken und zog ruckartig daran. Erstaunlich, dass de Clare danach überhaupt noch einen Kopf hatte. Schütteres rotes Haar klebte daran, die Glatze auf dem Hinterkopf erinnerte an die eines Mönches. Er brauchte drei Versuche, bis es ihm gelang, aufzustehen und wie ein Betrunkener davonzutorkeln.

»Dieser Mann wird doch nie ein König sein!«, stieß Aoife aus.

Eleonore musterte sie lange. Der Blick ihrer silbergrauen Augen war rätselhaft, das Lächeln trügerisch. Wieder nahm sie Aoifes Hand, um einmal mehr darüberzustreichen, dann aber grausam zu kneifen.

»Wenn du das denkst, dann taugst du zu vielem. Zum lieben Mädchen, zur vornehmen Dame, zur frommen Nonne, zur verdorbenen Hure. Ganz sicher verdienst du es aber in diesem Fall nicht, den Pelz eines Hermelins zu tragen.«

Und ohne ein weiteres Wort ließ sie Aoife, die sich befremdet und beschämt zugleich fühlte, stehen.

Bis zum Einbruch der Nacht wurde auf dem Feld gekämpft. Erst als der Mond erschien, in der Form einer Sichel, die schärfer war als jedes Schwert, oder vielmehr in der Form eines Lächelns, das über die verbogenen Schwerter spottete, erstarb der Schlachtlärm. Still wurde es auf der Burg gleichwohl nicht. Als Aoife in den Hof trat, hörte sie das Klimpern von Geld, das sich die Sieger verdient hatten, das Ächzen von Verwundeten, die von Ärzten versorgt wurden, das Klirren von Rüstungen, aus denen man die Ritter schälte. Einmal mehr schrien die Herolde laut durcheinander, und nicht minder durchdringend klangen die Stimmen der Gefangenen, die ihre Verwandten, Freunde und Lehnsherren um Geld anflehten, damit sie sich freikaufen oder das verlorene Schlachtross ersetzen konnten. Die Sieger erstanden indes bei den fahrenden Händlern Pelze, Schmuck und Wein, und deren Feilschen vermischte sich mit den Ruhmesliedern der Sänger. Auch Gaukler und Spaßmacher, die jonglierten, Feuer schluckten und Spottverse dichteten, trugen dazu bei, das Stimmengewirr am Brodeln zu halten.

Obwohl Aoife Menschenmengen wie diese Angst machten, mischte sie sich eine Weile ins rege Treiben. Sie überwand ihre Scheu, sprach mit diesem und jenem, zwinkerte den Menschen vertraulich zu oder lächelte lieblich, schenkte Wein ein, aber trank selbst keinen Schluck, fragte und lauschte bedächtig, wenn geantwortet wurde, aber sagte keinem, warum sie dies oder das wissen wollte.

Als der Dunst von Wein, Schweiß und Blut die Luft schwer machte und an manchen Ecken Scharmützel ausgeführt wurden, zog sie sich in den Wohnturm zurück.

Wenig später stand Aoife vor dem Gemach der Königin. Sie war erleichtert, es bis hierher geschafft zu haben, ohne von ihren Damen oder einem Ritter aufgehalten zu werden. Für gewöhnlich summten die gleich einem Bienenstock um Eleonore herum, doch an diesem Abend scharten sie sich um die Sieger des Turniers, die die glänzendere Krone trugen. Sie klopfte, und als niemand sie hineinbat, betrat sie schließlich unaufgefordert die Kemenate.

Eleonore wandte ihr den Rücken zu. Sie stand vor einem Möbelstück, wie Aoife es nie in Irland gesehen hatte, das in Frankreich aber weit verbreitet war – einer Truhe aus Eichenholz nämlich, die auf der schmalen Seite stand und Schrank genannt wurde. Eleonore legte ein paar Kleider hinein, zog sie wieder heraus, betrachtete sie prüfend und verstaute am Ende nur eines von ihnen. Nicht nur der Schrank war überaus edel, auch die übrige Einrichtung. Das Bett mit den gedrechselten Holzpfosten und dem scharlachroten Baldachin war so breit, dass ein halbes Dutzend Menschen darin hätten schlafen können, die Stühle mit den breiten Lehnen waren mit kunstvollen Schnitzereien versehen. Der süße Geruch, der in der Luft hing, kam von einem breiten steinernen Kamin, in dem nicht irgendein Holz verbrannt wurde, sondern das von Zypressen, das man zuvor mit ein wenig Rosenzucker bestäubt hatte.

Aoife räusperte sich.

Nichts.

Sie seufzte.

»Ich habe dich gehört, tritt näher.« Obwohl sie endlich mit ihr sprach, drehte sich Eleonore nicht um und schien, als sie fortfuhr, eher mit sich selbst zu reden. »Wir werden nicht mehr lange in Winchester bleiben. Wenn Mathilde in Richtung Sachsen reist, werde ich sie ein Stück begleiten, zumindest bis in die Normandie.« Sie ließ das Kleid sinken, das sie gerade in den Händen hielt. »Weihnachten werde ich mit meinem Gemahl in Argentan verbringen, danach werde ich nach Poitiers aufbrechen. Endlich, endlich! Henry wird der vielen Kriegshändel dort nicht mehr Herr, und er hofft, dass sich seine Vasallen unter einer streichelnden Hand eher ducken als unter einer schlagenden.« Ihre Stimme klang gleichgültig, und erst bei den nächsten Worten erkannte Aoife, dass sich Eleonore von Herzen freute. »Oh, köstliches Aquitanien! So reich bist du an saftigen Weiden und prächtigen Wäldern, quillst über von Früchten und wirst durch deine Weinberge süß wie Nektar.«

Das nächste Kleid wurde in den Schrank gelegt.

»Darf ich ... darf ich Euch nach Aquitanien begleiten?«

Langsam drehte Eleonore sich um. Der lange, warme Tag hatte Spuren in ihrem Gesicht hinterlassen und erinnerte an die Frau, der Aoife damals in Poitiers begegnet war – zwar schön und elegant, aber gezeichnet von der Geburt ihres jüngsten Sohnes. Doch trotz der dunklen Ringe funkelte es in ihren Augen.

»Warum?«

Aoife zuckte mit den Schultern. »In Irland wird es so bald keine Gelegenheit für mich geben, Richard de Clare wiederzusehen.«

»In Poitiers auch nicht.«

»Gewiss. Er und der Graf von Arundel werden Prinzessin Mathilde Geleit nach Sachsen geben und später bezeugen, dass sie im Dom zu Minden ihren Gatten geheiratet hat. Doch später wird er ...«

Eleonore hob die Augenbraue. »Woher weißt du das?«, fiel sie ihr ins Wort.

»Ich habe im Hof danach gefragt.«

»Und was hast du noch über Richard de Clare in Erfahrung gebracht?«

Aoife atmete tief durch. Sie war erleichtert, dass die Königin sie nicht sofort verjagte, und aufgeregt, weil sie nicht viel Zeit haben würde, um ihr Fehlverhalten vergessen zu machen. Gottlob hatte sie in den letzten Stunden viel erfahren.

»Sein Großvater war Richard de Bienfaite«, sagte sie, »und der wiederum war der Enkelsohn von Richard I. der Normandie. Sein Vater war der vermögendste Mann der Region und wurde sogar zum Earl von Pembroke ernannt, doch damit begann der Niedergang. Denn es war König Stephan, der Widersacher von König Henrys Mutter Matilda, der ihn dazu ernannte. Als Euer Gemahl an die Macht kam, hat er den Sohn dafür bestraft, dass sein Vater dem Falschen die Treue hielt. Er entzog ihm den Titel des Earl und die Ländereien auf dem Festland, sodass er nur noch Lord von Strigoil, einem Stück Land in Wales, ist. Er lebt auf einer Feste namens Chepstow. Von der Erhöhung aus kann er die Schiffe sehen, die in Richtung Bristol fahren und von dort weiter in die ganze Welt. Aber auf ihn wartet in dieser Welt niemand.«

Aoifes Stimme zitterte leicht, sie brachte ihre Rede dennoch zu Ende, und Eleonore nickte zustimmend. Allerdings verlor sie selbst kein Wort über Richard de Clare, sondern winkte sie einladend zu sich.

»Komm zu mir.« Aoife errötete. Eleonore berührte sie oft, nie wieder hingegen war sie ihr so nah gekommen wie damals, als sie das erste Mal am Hof gebadet hatte – wohl schlicht, weil Aoife sich seit damals nie mehr allein mit ihr in einem Raum aufgehalten hatte. Doch als sie nun tief durchatmete, auf sie zutrat und sich wappnete, erneut von den feinen, kalten Händen liebkost und zugleich gequält zu werden, hielt Eleonore Abstand. »Lass uns gemeinsam speisen«, erklärte sie nur.

Mit der Königin zu speisen war eine besondere Auszeichnung. Für gewöhnlich fand es im großen Saal statt, und während des Essens spielten Musiker das Tamburin mit den silbernen Schellen oder die Trommel aus Kalbsfell. Als Aoife und Eleonore nun an einem Tisch Platz nahmen – die Tischdecken waren mit Vögeln und Blumen bestickt, das Tafelsilber ließ Eleonore ebenso von Residenz zu Residenz mitführen wie die vergoldeten Öllampen –, herrschte jedoch Stille.

Speisen gab es reichlich. Hecht war mit Milch und roten Körnern, die Aoife nicht kannte, gekocht und Pfauenfleisch mit Mandeln und Pfeffer gebraten worden. Neben knusprigen Fladen und weichem Weizenbrot wurden Honigküchlein und Fruchtpasteten aufgetischt, außerdem Reis, den man mit Datteln in Rosenwasser gedünstet hatte.

»Du isst ja gar nichts«, stellte Eleonore nach einer Weile fest, obwohl sie bislang selbst keinen Bissen zu sich genommen hatte. »Bei unserer ersten Begegnung hast du sehr viel gegessen.« Aoife zuckte mit den Schultern. Eleonore schenkte aus einem großen Krug Honigwein in zwei Kelche und seufzte, als sie ihren an die Lippen führte. »Ohne Wein aus dem Poitou hätte ich in England nicht überlebt. Leider fällt die Traubenernte dort nicht immer reichlich aus. In den ersten Wochen meiner Ehe war sie so schlecht, dass in ganz Frankreich und Aquitanien Bier getrunken wurde.«

»Ich verstehe«, murmelte Aoife, obwohl sie aus den Worten nicht wirklich schlau wurde. Meinte Eleonore damit etwa, dass ihre Ehe von Beginn an unter einem schlechten Stern gestanden hatte?

Bei Hofe wurde gemunkelt, dass der König und die Königin sich entfremdet hätten. Henry verbringe kaum mehr Zeit mit Eleonore, er ziehe die Gesellschaft einer gewissen Rosamunde vor, die nicht nur wie die Rose heiße, sondern auch wie eine Rose dufte. Außerdem wurde behauptet, dass sie sich jedes Mal, wenn sie den König empfing, eine Rose zwischen die Beine stecke und dass der jedes Blütenblatt einzeln abreiße. »Hoffentlich hat man die Stacheln zuvor abgeschnitten«, hatte Aoife einmal eine Dame spotten hören.

311

»Nun«, sagte Eleonore unvermittelt, »was hast du noch über Richard de Clare herausgefunden?«

Aoife sammelte ihre Gedanken. »Mein Vater«, setzte sie an, »mein Vater hat Richard de Clare auf Chepstow besucht und ihm vorgeschlagen, mit ihm Leinster zurückzuerobern.«

Eleonore nickte. »Man trug mir zu, dass sie auf den Turm gestiegen sind. Dein Vater dachte, in der Ferne Irland zu sehen – es war nur eine Wolke. Ähnlich trügerisch war wohl auch Richard de Clares Versprechen, ihm zu helfen.«

Aoife hielt erstmals länger als die Dauer eines Wimpernschlags dem Blick der Königin stand. »Und dennoch ratet Ihr mir ...«

Mit einer gebieterischen Geste brachte Eleonore sie zum Schweigen. »Dein Vater handelte klug, als er sich an ihn wandte. Wegen des Verlustes seiner Besitzungen hat Strongbow, wie man Richard de Clare auch nennt, hohe Schulden bei einem jüdischen Händler, die er nur zurückzahlen könnte, wenn er in Irland eigenes Land eroberte. Allerdings hat es ihm mein Gemahl vorerst nicht erlaubt, mit Diarmait zu ziehen, und schickt ihn stattdessen mit Mathilde nach Sachsen. Aber wer weiß – vielleicht werde ich ein gutes Wort für ihn einlegen, und dann kann er sich in Irland doch noch beweisen, sobald er von Sachsen zurückkehrt. Schließlich gilt Strongbow als bedächtiger, überlegter Mann, was nicht die schlechtesten Eigenschaften für einen Heerführer sind.«

Diese Eigenschaften hat er heute beim Turnier aber nicht unter Beweis gestellt, dachte Aoife. Laut sagte sie nur: »Aber selbst wenn er Leinster für meinen Vater im Sturm erobern würde ... was nutzte das mir? Ich ... ich ...«

Ich will Hermelinpelz tragen. Und deswegen will ich ... muss ich eine Königin werden.

Eleonore lachte wieder. »Du willst einen Mann, der nicht für andere kämpft, sondern selbst Macht hat, nicht wahr?« Aoife starrte verlegen auf ihre Hände und nickte. »Nun, ich habe Macht«, sagte Eleonore.

»Gewiss, weil Ihr zwei Könige geheiratet habt – erst Louis von Frankreich, dann Henry.«

»Du denkst, deswegen hätte ich Macht?« Aoife hob verwirrt den Blick. »Steh auf!«, befahl die Königin. »Ich will dir heute Abend ein Spiel beibringen.« Ihr langes golddurchwirktes Kleid raschelte, als sich Eleonore erhob, und die Schleppen an den Ärmeln streiften den Boden. Am Hals war es so eng, dass man hätte vermeinen können, sie wäre kaum fähig zu atmen, und doch lachte sie in einem fort, als sie an ein kleines Tischchen trat. Die Holzstäbchen, die dort bereitlagen, waren nicht viel länger als eine Hand. »Wahrscheinlich kennst du das Spiel nicht«, sagte Eleonore. »Die Wikinger haben das Schachspiel nach Irland gebracht, dieses Spiel stammt von den Arabern. Ich habe es im Heiligen Land gelernt.«

»Und wie spielt man es?«

Eleonore setzte sich an das Tischchen und befahl Aoife, es ihr gleichzutun. »Schau zu! Man nimmt die Stäbchen alle in eine Hand, siehst du, und lässt sie dann unvermittelt los. Nun liegen sie auf dem Tisch verstreut, und es gilt, nach und nach ein Stäbchen hervorzuziehen, ohne dass sich die anderen bewegen. Denkst du, dass du es schaffst?«

Verdrossen starrte Aoife auf den Stäbchenhaufen. »Ich dachte, Ihr wolltet mit mir über Strongbow sprechen.«

»Nein, ich wollte mit dir über *dich* sprechen.« Nachdrücklich wiederholte sie: »Denkst du, dass du es schaffst?«

Schicksalsergeben nickte Aoife. Ehe sie versuchte, ein Stäbchen aus dem Haufen zu ziehen, blickte sie auf die Wände. Ihre Schatten flackerten unruhig, als wären sie nicht aus festem Fleisch, sondern aus Wasser, schlimmer noch, nur Rauch, der zwar aufgeregt wabern konnte, aber kein Gewicht hatte, um dieser Welt sein Siegel aufzudrücken.

Ein heftiger Lufthauch genügt, schon lösen wir uns im Nichts auf ...

Sie selbst hielt die Luft an, als sie sich über das Tischchen beugte und vorsichtig ein Stäbchen hervorzog. Ihre Hände zitterten zwar ein wenig, aber sie ging so langsam und bedächtig vor, dass sich keines der anderen bewegte.

Eleonore klatschte in die Hände. »Gut gemacht!« Aoife atmete hörbar aus. »Und jetzt ich«, sagte Eleonore. Anders als

Aoife hielt sie nicht den Atem an, als sie langsam ein Stäbchen hervorzog, sondern fuhr zu reden fort. »Mein Name wird aus zwei Wörtern gebildet. Aus ›alie‹, Adler, und ›or‹, Gold. Ein goldener Adler bin ich also, und ich denke, dieser Name passt zu mir. Ich wuchs inmitten von Gold auf, denn Aquitanien ist ein reiches Land, und ich wuchs inmitten spitzer Krallen und Schnäbel auf, denn die Menschen dort sind Raubtiere.« Triumphierend hielt sie das Stäbchen hoch. Auch bei ihr hatte sich kein anderes bewegt. »Wenn man jung ist«, fuhr sie nachdrücklich fort, »hat man die Neigung, sich unter den Flügeln eines anderen Adlers zu verkriechen. Wenn man älter wird, entdeckt man, dass man auch selbst die Flügel weit aufspannen kann.«

Warum soll ich meine Flügel aufspannen ... Eirwen hat sich so gern in meiner Achselhöhle versteckt ...

»Mein erster Mann war ein Schwächling«, fuhr Eleonore unvermittelt fort. »Und mein zweiter ... Nun gut, er war mir von großem Nutzen. Bevor ich mich mit ihm vermählte, haben etliche Männer versucht, mich zu entführen und zur Ehe zu zwingen. Wusstest du das?«

Aoife schüttelte den Kopf.

»Und du weißt auch nicht, was ich dir mit alldem sagen will?«

Aoife schüttelte wieder den Kopf, dieses Mal deutlich kleinlauter. »Nein.«

Eleonore drehte nachdenklich das Stäbchen in der Hand. »Ich bin über zehn Jahre älter als Henry. Warum hat er mich wohl trotzdem geheiratet?«

»Weil ... weil Ihr überaus schön seid! Man nennt Euch *perpulchra*.«

Eleonore zog die Brauen hoch. »Er hätte mich auch genommen, wenn ich einen schiefen Blick, schiefe Zähne und schiefe Knochen gehabt hätte. Denn dank der Heirat wurde er Graf von Poitou und Herzog von Aquitanien, und sein Reich umfasst das ganze Gebiet nördlich der Loire und reicht bis zu den Pyrenäen. Nicht ich verdanke ihm die Macht, sondern er mir.«

Aoife begann voller Unbehagen hin und her zu rutschen. »Ich verstehe nicht ...«

»Was gibt es da nicht zu verstehen?«, rief Eleonore ungeduldig. »Du willst also unbedingt eine Königin sein. Aber du bist doch schon die Tochter eines Königs, oder? Such dir keinen Mann, der Macht hat. Such dir einen, der deine festigt.«

»Ich …«

»Wer sagt denn, dass du die Krone deines Mannes tragen musst? Warum kann er nicht deine tragen?«

»Ich habe keine Krone!«

»Dein Vater ist doch dabei, sie zurückzugewinnen.«

»Selbst wenn ihm das gelänge … Ihr … Ihr hattet keine Brüder, aber ich habe drei. Sie werden meinen Vater beerben.«

Eleonore legte das Stäbchen auf den Tisch und lehnte sich zurück. »Erzähl mir von ihnen.«

Aoife fühlte sich immer unbehaglicher, sie zog den Kopf noch weiter ein. »Da gibt es nicht viel zu erzählen«, murmelte sie. »Nun gut, der älteste, Domhnall, ist ein Bastard von einer Sklavin, und deshalb ist es undenkbar, dass er meinen Vater beerbt. Doch dann gibt es Énna, den zweiten. Er ist der *tanaiste,* wie die Thronanwärter bei uns genannt werden, und wird auch als *rigdamhna* bezeichnet, als einer, der es wert ist, dem König nachzufolgen. Und da ist außerdem Connor.«

»Ich habe gehört, dass es in Irland möglich ist, zwei Frauen zu haben. Deine Mutter Mór ist die Erstfrau, die *cétmuinter.*«

»Gewiss.«

»Ist sie auch Énnas Mutter?«

»Nein, Énna ist der Sohn von Sadb, meines Vaters zweiter Frau. Sie ist schon lange tot.«

»Also ist Énna letztlich auch nicht mehr als ein Bastard.«

»In Irland sieht das keiner so.«

»Aber die Normannen würden es so sehen, und die werden schließlich deinem Vater helfen, sein Reich zurückzuerobern.«

»Selbst wenn Énna keinen Anspruch auf die Krone von Leinster hätte, wäre da wie gesagt immer noch Connor.«

Eleonore starrte sie lange an. Ein goldener Adler – das war sie wirklich. Schön, vornehm und stolz, und ihr Blick konnte wie jetzt jäh stechend und hart werden wie der eines Raubvogels. Kurz hatte Aoife Angst, sie würde mit spitzem Schnabel auf sie einhacken, doch Eleonore beugte sich nur erneut über die Stäbchen. Dieses Mal gab sie sich keine Mühe, eines hervorzuziehen, ohne dass ein anderes sich bewegte, sondern nahm eines von ganz unten, um zu bewirken, dass alle anderen zu rollen begannen und etliche gar vom Tisch fielen. Mit dem Stäbchen in der Hand beugte die Königin sich sogleich vor und fuhr damit erst die Form von Aoifes Lippen nach, dann die der Wangenbögen, zuletzt ihre Brauen.

Ob sie mir die Augen ausstechen will, damit ich nicht länger schön bin? Oder damit ich blind dafür werde, dass sie es bald nicht mehr ist?

Doch Eleonore stach nicht zu, sie lachte auf und ließ das Stäbchen fallen. »Ach kleine Aoife. Bei diesem Spiel mag es darum gehen, dass sich kein Stäbchen bewegt. Im wahren Leben musst du aber stets jenes aus dem Haufen ziehen, das die ganze Welt zum Wanken bringt.«

Noch mehr Holzstäbchen rollten vom Tisch auf den Boden. Aoife spürte den Drang, sich zu bücken und sie aufzuheben, sie beherrschte sich jedoch. Langsam hob sie den Fuß und stieg auf ein Stäbchen, bis das Holz knirschend brach.

Eleonore lächelte, wurde allerdings rasch wieder ernst. »Ich weiß nicht, ob du schon davon erfahren hast ... Im August hat dein Vater Sankt Davids verlassen – in Begleitung normannischer und flämischer Truppen sowie Fychan ap Rhys, dem Sohn des Fürsten von Wales und dessen Kriegern. Der Wind, der vom Osten wehte, war stark. Schon nach einem halben Tag sind die Schiffe an Irlands Küste gelandet. Ich war nie in Irland, aber ich denke, das Korn steht dort im August so bronzen wie in Aquitanien, und das Grün der Wiesen ist noch satter. Offenbar konnte dein Vater ohne Widerstand in sein Kernland vordringen, und dort haben sich ihm alle unterworfen. Er lebt nun bei den Mönchen von Ferns, weil er vor der Flucht sein Haus verbrannt hat, aber ich denke nicht, dass er den Tag mit Beten verbringt. Gewiss wird es eine Weile dauern, bis sich seine Rückkehr in ganz Irland herumgesprochen hat, doch dann wird der Hochkönig zur Schlacht rüsten.«

Aoife erschauderte. Ihr Vater … zurück in Leinster … Stand er wirklich kurz davor, die Krone zurückzuerobern? Eine Krone, von der Eleonore meinte, dass sie auch ihr zustünde?

»Was … was soll ich tun?«

Eleonore fegte mit Schwung die restlichen Stäbchen vom Tisch. »Ich fürchte, das kann ich dir nicht sagen. Ich kenne deine Brüder schließlich nicht. Manche Männer sind Rösser, manche nur die Fliegen um ihren Schweif. Letztere sterben schnell, und am schnellsten sterben sie im Krieg.«

Sie erhob sich, wohl ein Zeichen dafür, dass Aoife gehen sollte, diese blieb hingegen sitzen.

»Wenn mächtige Männer Rösser sind und Ihr ein goldener Adler … was soll dann ich sein?«

Eleonore beugte sich über sie. »Du hast mir einmal von deinem Hermelin erzählt«, sagte sie leise. »Nun, dessen Pelz ist weich, aber nimm dir trotzdem lieber andere Tiere zum Vorbild. Leih dir vom Pfau die Schönheit, nicht die hässliche Stimme. Vom Esel die Sturheit, nicht das Lastentragen, von der Katze die Freude, mit Mäusen zu spielen, nicht ihre Krallen. Die brauchst du nicht, denn die scharfen Zähne hast du ja von der Löwin. Brüll jedoch nicht wie sie, sondern gurr wie ein Täubchen. Nur lass dich bloß nicht mit Pfeffer würzen, braten und von anderen verspeisen.«

Während die Königin gesprochen hatte, war sie immer dichter an Aoife herangerückt. Gleich … gleich würden ihre Lippen ihre berühren, und sie war nicht sicher, ob Eleonore sie küssen oder beißen wollte.

Wenn, dann ist sie es, die mich verspeist.

Doch Eleonore zuckte jäh zurück.

»Warum … warum helft Ihr mir?«, stammelte Aoife.

Eleonore lachte spöttisch. »Nun, ich mag dich, weil du so jung, hübsch und klug bist.«

Nein, Ihr neidet es mir, dass ich jung und hübsch bin. Klug wiederum seid Ihr selbst.

Klug genug, nie etwas ohne Berechnung zu tun. Was wiederum bedeutete, dass die Königin ihre eigenen Ziele verfolgte. Doch ehe Aoife weiterbohren konnte, erhob Eleonore sich und schlang ihre Arme um den schmalen Leib, als müsste sie sich wärmen.

»Du kannst nun gehen«, sagte sie. »Und du kannst mich gern nächstes Jahr nach Aquitanien begleiten. Irland ist fürs Erste ein gefährlicher Ort, und Strongbow wird erst in einigen Monaten aus Sachsen zurückkehren. Überleg dir also in aller Ruhe, was du willst ... und wie du es am besten erreichst.« Aoife erhob sich. Gleichwohl sie nur wenig getrunken hatte, war ihr Gesicht brennend heiß. »Schlaf gut, meine Liebe«, endete Eleonore, »und träum schön. Wenngleich niemals Träume in Erfüllung gehen, sondern nur Pläne, die man wachen Geistes selbst schmiedet und beharrlich verfolgt.«

1168

CAITLÍN

Caitlín fuhr hoch. Jetzt im Spätsommer wurde es selbst in der tiefsten Nacht nie so schwarz, dass sie nicht zumindest ihre Hand vor den Augen sah, und diese Hand schmerzte. Selten war die Ernte so reich ausgefallen wie in diesem Sommer. Der Vorratsspeicher und die Gefäße reichten kaum, um das Getreide aufzubewahren, und das, das achtlos auf den Boden fiel, zog Mäuse an. Caitlín hatte dafür gesorgt, dass fortan eine Katze auf Dún Fionn lebte, doch als sie ihr heute ein Schälchen Milch hingestellt hatte, hatte die sie gekratzt.

Ihre Hand pochte, als sie neben sich tastete, fühlte, dass das Bett leer war. Natürlich … Ascall war nicht hier … Sonst hätte sie nie so tief geschlafen, dass sie beim Erwachen nicht wusste, wie spät es war. Sonst würde sie sich jetzt auch nicht hinlegen, den Schmerz in der Hand ignorieren und noch einmal die Augen schließen.

Sie schlief schon seit einigen Wochen gut – seit dem Tag, da ein Bote Neuigkeiten aus Leinster überbracht hatte. Nicht länger begnügte Diarmait sich damit, sich in Ferns zu verkriechen und den Wind über die goldenen Felder streichen zu sehen. Mitsamt der Fremden, die ihn im vergangenen Sommer begleitet hatten, und den Getreuen, die er in der Heimat wieder um sich scharte, war er nach Fid Dorcha gezogen, einem Ort inmitten eines dunklen Waldes, in dem gerüchteweise die Mná síde ihr Unwesen trieben. Frauen aus Andernwelt waren diese, die kostbare Tuniken und rasselnde Ketten trugen, deren Körper nicht aus Fleisch und Knochen gemacht waren und deren Seelen nichts von der Sünde wussten. Manchmal nahmen sie die Gestalt von Schwänen oder jungen Kühen an, um Krieger in die Irre zu führen, manchmal lockten sie die Männer mit ihrem Gesang ins Verderben. König Diarmait hatte in diesem schwarzen Wald wohl nicht auf die Gesänge der Mná síde gelauscht, sondern auf Schritte und Hufgetrappel und Kampflaute, und er hatte nicht lange warten müssen.

Ein knappes Jahr lang hatte der Hochkönig zu Geduld gemahnt und darauf bestanden, Diarmait nicht aus Ferns zu vertreiben, solange größere Gefahr aus dem Norden drohte, doch nun, da Diarmait den ersten Stein hob, würde er nicht zögern, einen Felsbrocken zurückzuschleudern. Er hatte seine Verbündeten um sich geschart – Tigernán O'Rourke, die Norweger von Dublin, die Söhne der O'Maoil Seachlainn von Meath, Ascall von Toora ... und Riacán O'Bjólan –, und mit ihnen hatte er sich auf den Weg zum dunklen Wald gemacht. Das war etwa zwei Wochen her, was bedeutete, dass die Schlacht wohl mittlerweile entschieden war.

Caitlín nickte ein, erwachte wieder, fuhr ruckartig hoch. Dieses Mal war sie von Stimmen geweckt worden – gedämpften Stimmen, denen man nicht anhörte, ob sie vor Hunger oder Blutdurst oder Belustigung zeugten. Ein, vielleicht zwei Dutzend waren es.

»Herrin?«

Das Licht war immer noch grau, und die Gestalt, die sich ihr näherte, war es auch, aber Caitlín erkannte Rúns Stimme sofort. »Sie ... sie sind zurückgekehrt ...«, flüsterte die isländische Sklavin.

Lebt wohl geruhsame, arbeitsreiche Tage, da ich mich nur vor den Krallen der Katzen fürchten musste.

Caitlín sprang auf. Im Gehen warf sie sich ein Kleid über, und ebenfalls im Gehen band Rún es ihr zu. Wie ein Schatten folgte sie ihr, nur dass sie zitterte. Caitlín selbst hatte verlernt, ihre Furcht zu zeigen, was nicht bedeutete, dass sie keine fühlte, als sie die Männer sah. Ihre Gesichter waren verdreckt, dort, wo kein Schmutz haftete, rann Blut aus klaffenden Wunden. Einige hatten sie mit Moos gestopft, das längst schwarz geworden war, und schwarz waren auch ihre Augen. Sie schienen in dem Wald, aus dem sie kamen, alle Farbe gelassen zu haben, und wer zu lange in diese hineinstarrte, wurde wohl selbst blind.

Euch wollen die Mná síde gewiss nicht haben ...

Kaum merklich begann nun auch Caitlín zu zittern. Sie befahl, Feuer zu machen, die Verwundeten zu versorgen und Fleisch zu braten. Zwei Sklaven sollten die Metfässer überwachen, denn sie wollte nicht, dass sich die Heimkehrer sogleich betranken. Erst danach hatte sie genügend Mut gesammelt, um sich umzublicken.

Kein Ascall ... kein Ailillán. Nur Cormac mit dem schiefen Gesicht betrat eben die Halle.

»Wie viele sind gefallen?«, rief sie.

»Von uns nur drei.«

Die Furcht wuchs. Sie wagte weder zu fragen, wer diese drei waren, noch ob er wusste, ob Riacán O'Bjólan noch lebte.

Ehe sie Cormac weitere Fragen stellte, zupfte Rún an ihrem Kleid. »Der Herr ist draußen.«

Caitlín lief in den Hof. Sie sah die Brüder nur von hinten, doch soweit sie erkennen konnte, waren sie wie die anderen nur verschmutzt und verschwitzt, aber nicht verwundet.

Vor Ascall stand ein Gefangener, der sich ob der gefesselten Beine und Hände kaum aufrecht halten konnte, aber Ascall unbeirrt anstarrte und nicht bereit war, seine Fragen zu beantworten. Als er die rissigen Lippen öffnete, kam nur Gelächter heraus.

Das Gesicht war Caitlín fremd, doch das Lachen klang vage vertraut, obwohl es, als sie es das letzte Mal gehört hatte, befreiter erschallt war.

»Nun schlag mich doch! Schlag mich so lange, bis ich nichts mehr sehe von diesem verfluchten Breifne!«

»Du willst also nichts mehr sehen?«, entgegnete Ascall. »Nun, wenn du willst, kann ich dir gern die Augen ausstechen.«

Caitlín trat näher. »Willst du die Enttäuschung über eine verlorene Schlacht im Blut deines Gefangenen ertränken? Ich habe Brombeerwein gekeltert, der hilft vielleicht auch.«

Ascall warf ihr einen wütenden Blick zu. »Wenn man die Zunge anstelle der Augen verliert, blutet es schlimmer«, knurrte er. »Also überleg dir gut, was du sagst. Dieser Mann darf im Übrigen Augen wie Zunge behalten, zumindest vorerst. Was

MacGiolla Padraic, der König von Osraige, später bestimmen wird, weiß ich nicht.« Während er sprach, trat er unruhig auf der Stelle, doch der Boden war so trocken, dass er kaum Spuren hinterließ. »Und nein, wir haben die Schlacht nicht verloren – wir haben in Cill Osna König Diarmait besiegt. Das hier ist sein Sohn Énna.«

Nachdem er der Erde einen letzten Tritt versetzt hatte, befahl er seinen Männern, den Gefangenen wegzubringen. Er selbst ging hinein, ohne sich noch einmal nach ihr umzudrehen.

Schön, dass du mir so viel erzählst. Schön, dass du fragst, wie es mir ergangen ist. Schön, dass du mir nach deiner Heimkehr als Erstes drohst, mir die Zunge abzuschneiden.

Das Lächeln, das Ascall ihr schuldig blieb, schenkte ihr Ailillán überreich. Als er zu ihr trat, leuchteten seine Augen voller Freude, sie wiederzusehen.

»Du lächelst«, stellte sie beklommen fest, »welch ein Wunder. Die anderen machen so ernste Gesichter, dass man nicht glauben kann, ihr kehrt als Sieger wieder.«

Er zuckte mit den Schultern. »Lachen und Töten gehören für Ascall nicht zusammen. In den letzten Monaten hast du doch manches Mal erlebt, dass er von siegreichen Schlachten wiederkehrte, aber nie ein großes Fest feierte. Er sagt, man dürfe den Tod nie vergessen ...«

Und meint in Wahrheit, man darf dem Leben nie vertrauen.

»Warum ist Diarmaits Sohn hier?«, fragte sie. »Énna ist sein Ältester, der *tanaiste*.«

»Komm mit, ich erzähl dir alles.«

Er winkte sie mit sich, und wenig später betraten sie eines der Grubenhäuschen, in denen Käse zubereitet wurde. Nicht zum ersten Mal waren sie hier allein. In den letzten Monaten war ihr Ailillán oft gefolgt, wenn sie irgendwo ihrer Arbeit nachging. Manchmal sah er ihr schweigend zu, manchmal sprachen sie über nichtige Dinge. Manchmal trat er so dicht an sie heran, dass sie seinen Pelz spüren konnte. *Lass dich nicht davon täuschen, dass sein Pelz weich und sauber ist*, sagte dann eine Stimme in ihr. *Und lass dich erst recht nicht davon berauschen, dass seine Seele beides nicht ist*, sagte eine andere.

Bis jetzt hatte sie auf diese Stimmen gehört, hatte die vage Angst, die sie seit seinem Bekenntnis fühlte, immer ernst genommen – die vage Erregung, die sie bei seinem Anblick stets befiel, hingegen nicht.

Heute wandte sie sich rasch von ihm ab. Etliche Käselaibe lagen in einer Salzlache und mussten einmal täglich gewendet werden. Andere lagen vor der Presse, mithilfe derer die Molke gewonnen wurde. Da Caitlín es nicht gewohnt war, dass ihre Hände ruhig hielten, hüllte sie die gallertige Masse in Nesselblätter und ein Leinentuch und begann die Presse zu betätigen.

Eine Weile sah Ailillán schweigend zu.

»Na?«, fragte sie. »Muss ich auch aus dir die Neuigkeiten so mühsam herausquetschen wie aus dem Käse die Molke? Erzähl mir!«

Wieder zuckte er mit den Schultern, das Lächeln war längst gestorben. »Was gibt es schon vom Krieg zu erzählen? Das Ächzen und Stöhnen und Keuchen und Klirren und Zischen und Dröhnen ist schwer in Worte zu fassen.«

Sie hielt inne und sah ihn an. »Dann erzähl mir nicht vom Krieg, sondern von meinem … Bruder.«

»Es geht ihm gut. Er hat tapfer gekämpft. Wobei ich mir nicht sicher bin, ob es wirklich tapfer ist, wenn eine Übermacht von mehreren hundert einige Dutzend besiegt.«

»Diarmait hat sich aus der Deckung gewagt, obwohl er nicht genügend Männer hinter sich versammelt hatte?«

Ailillán nickte. »Es waren weniger als erwartet. Ich dachte, er hätte in Wales viel mehr Normannen angeworben. Genau genommen hat er sich auch nicht aus der Deckung gewagt, er hat tagelang im dunklen Unterholz gesessen, bis er selbst Wurzeln schlug. Als unser Heer eintraf, bot er dem Hochkönig Verhandlungen an.«

»Welch ein Narr, den Hochkönig zu reizen und ihm dann nichts entgegensetzen zu können!«, entfuhr es ihr. »Gewiss hat der Hochkönig ihm die Verhandlungen verweigert.«

»Nun, eigentlich wollte Ruari O'Connor keine Schlacht – einige Krieger allerdings schon. Wie junge Triebe, die es ans Sonnenlicht drängt, schlugen sie ohne Befehl los. Aber helle

Triebe können im dunklen Wald nicht überdauern. Die Männer stolperten über die Wurzeln, und ehe sie sich wieder aufrappeln konnten, wurde ihnen der Kopf abgeschlagen – zumindest sechs von ihnen, einer war Ruari O'Connors Verwandter.«

»Der nunmehr Diarmait keine Gnade gewährte ...«

»Er selbst kämpfte nicht. Aber Tigernán ... und somit Ascall ... und somit dein Bruder ... und somit ich.«

Caitlín wendete einen der Käselaibe. Die Kratzer auf der Hand brannten in der salzigen Lauge.

»Zweihundert von Diarmaits Männern sind gefallen«, fügte Ailillán hinzu.

»Du sagtest vorhin, er habe nur wenige Dutzend angeführt.«

»Einige Dutzend Krieger ... der Rest waren Knaben, Kinder, Bauern.«

»Und Diarmait selbst?«

»Er zeigte sich weiterhin nicht, sondern schickte einen Boten. Offenbar hatte der Angst gehabt, sich aus dem Wald zu wagen, und Diarmait musste ihn dazu prügeln. Wie auch immer. Diarmait, so verkündete der Bote, wolle sich dem Hochkönig unterwerfen, Hy Kinsella behalten, aber auf Leinster verzichten. Außerdem sei er bereit, dem Hochkönig Geiseln zu geben und Tigernán nach all den Jahren einen Ehrenpreis zu zahlen – nämlich hundert Unzen Gold –, weil er einst dessen Frau entführte. Eigentlich ist das ein viel zu hoher Betrag, denn der Ehrenpreis einer Frau ist nur halb so hoch wie der eines Mannes.«

»Die Zahl der Toten ist auch zu hoch.«

Ailillán sah sie mit rätselhaftem Gesichtsausdruck an. »Es heißt, ein walisischer Prinz sei darunter gewesen ... der Sohn des Fürsten Rhys ... er hieß Fychan.«

»Woher weißt du das?«

»Als wir die Reihen der Toten abschritten, hat er noch gelebt.«

Sie erstarrte. »Und du hast ihn getötet?«

Das Schweigen währte so lange, dass sie Angst vor der Antwort bekam. Doch dann sagte Ailillán nur: »Nein ... nein, das tat dein Bruder.«

Oh, Riacán, was musstest du beweisen, als du einen jungen Prin-

zen getötet hast, Gnade oder Grausamkeit? Oder sind beides die Gesichter derselben Münze?

»Und dann?«, fragte sie leise.

»Ruari will keinen Krieg im Süden, solange der Norden nicht befriedet ist, für Rachsucht und Gnadenlosigkeit war er noch nie bekannt. Deswegen ging er auf Diarmaits Angebot ein. Er verlangte, dass, wenn auch nicht Diarmait selbst, so doch Énna als eine der geforderten Geiseln aus dem Wald kommen solle.«

»Und warum habt ihr ihn ausgerechnet hierhergebracht?«

»Weil niemand sicher ist, ob man Diarmait trauen kann. Ruari O'Connor wollte ihn nicht mit nach Connacht nehmen, wo jeder ihn vermutet. Und auch in Toora soll er nicht lange bleiben. Ascall wird ihn stattdessen nach Osraige in den Süden bringen. Der dortige König, MacGiolla Padraic, ist einer von Ruaris engsten Verbündeten.«

»Von Breifne nach Osraige ist es ein weiter Weg.«

Ein Weg, der durch mehr als einen Wald, mehr als einen Pass, mehr als ein Moor, mehr als einen Fluss führte.

»So ist es wohl«, murmelte Ailillán.

Caitlín versenkte die Hände tiefer in der Salzlauge. »Mit wie vielen Männern wird Ascall aufbrechen?«, fragte sie angelegentlich, um rasch hinzuzufügen: »Ich muss es wissen, um den Proviant vorzubereiten.«

»Mit so wenigen wie möglich. Wir wollen keine Aufmerksamkeit auf uns lenken.«

Auf *uns*. Also würde auch er dabei sein.

Caitlín trat wieder zur Presse.

Wie lange muss ich meine Seele auswringen, bis nur mehr Riacáns Schwester übrig bleibt, nichts von Ascalls Frau, nichts von der, die mit Ailillán gern allein ist, trotz oder gerade weil er mir die dunkelste Seite seiner Seele zeigte?

»Was denkst du?«, fragte er.

»Daran, dass Énna einmal Gast in unserem Haus war.«

»Dann bring ihm doch ein Stück Käse und Brot. Ascall muss nichts davon wissen.«

Die weiße Molke tropfte auf den irdenen Boden und wurde dort schwarz. Säuerlicher Geruch stieg ihr in die Nase.

Bis jetzt hatte sich Ailillán an die Tür gelehnt, doch nachdem sie ein Stück Käse abgeschnitten und sich umgedreht hatte, stand er dicht vor ihr. Einmal mehr kitzelte sie sein Pelz an der Wange, einmal mehr spürte sie, wie seine Fingerkuppen sachte über ihre Hand strichen. Und wie schon damals im Backhaus überkam sie das widersinnige Bedürfnis, ihn zu schlagen oder zu küssen oder beides. Nicht nur ihre Hände brannten von der Lauge, ihr ganzer Körper schien von einer beißenden Flüssigkeit überzogen zu sein, ein unangenehmes, aber zugleich willkommenes Gefühl.

Solange es brennt, ist man lebendig.

Sie sah ihn an, versank in seinem Blick, fast so tief, dass sie zu ertrinken drohte. Wieder verspürte sie ein Brennen, doch dieses Mal rührte es nicht von der beißenden Lauge, sondern von einem Feuer. Entweder umzüngelte es seine oder ihre Seele – wer wusste das schon, so nah wie sich diese Seelen kurz kamen? Ihre Körper bewegten sich aufeinander zu. Caitlín presste sich an Ailillán, ihr Haar berührte seines. Ehe auch sein Mund ihren erreichte, fuhr sie zurück, und sein Blick wurde hart und ausdruckslos. Unmöglich könnte sie nun darin untergehen.

Er denkt, dass ich ihn meide, weil ich von seinen vergangenen Taten weiß ... In Wahrheit meide ich ihn, weil er nichts von meinen zukünftigen Taten ahnt.

Doch das konnte sie ihm unmöglich anvertrauen. Sie starrte auf den weißen Käse, als er den Raum verließ.

In der nächsten Woche brachte Caitlín jeden Tag eine Schüssel Essen zu Énna. Er war in einem winzigen Loch unter der Mauer gefangen, wo ein großer Mann wie er nur knien konnte, und sein kräftiges blondes Haar, das er von seinem Vater geerbt hatte, bald grau wie der Stein wirkte. Sie achtete darauf, dass das Brot nicht zu hart war und immer etwas Käse, Räucherfleisch oder gesalzener Fisch dabei war, manchmal sogar Bier, aber weder dankte er ihr noch zeigte er, dass er sie erkannte. Sie wusste nicht, ob Stolz, Schmerz oder Angst sein Schweigen bedingten – so wie sie nicht wusste, was sie selbst tun sollte, nun, da Ascall bald mit einigen Männern nach Osraige aufbrechen würde.

Von Énnas Gefängnis ging sie stets zur Webkammer und betrachtete den Webstuhl, als sähe sie ein Gebilde wie dieses zum ersten Mal. Der Holzrahmen lehnte an der Wand, die Kettfäden waren durch Gewichte erschwert – einfache Steine, die durchlöchert worden waren.

Wie kann man Steine löchern, ohne dass sie zerbrechen? Wie soll ich ganz bleiben, wenn ich eine Entscheidung treffen muss, die spitzer ist als jeder Dolch?

Sie ergriff das Schiffchen aus Holz, ließ damit den Schussfaden durch die Kettfäden gleiten und klopfte energisch den Faden mit dem Webblatt fest, sodass ein glatter Stoff entstand, doch in ihrem Kopf verknoteten sich die Gedanken.

Schick Riacán eine Nachricht.
Tu es nicht. Benutze das Pergament für etwas anderes.
Warum soll ich es tun?
Warum soll ich es nicht tun?

Während sie auf eine Antwort wartete, schien sie in ein riesiges schwarzes Loch zu sehen.

Es war nicht schön, mit Ascall zu leben, aber auch nicht unerträglich. Im letzten Jahr war er selten freundlich zu ihr gewesen, aber noch seltener, eigentlich niemals, hasserfüllt. Wenn sie die Wahl hätte, würde sie nicht an seiner Seite leben wollen, das hieß dennoch nicht, dass er sterben sollte oder ein Leben ohne ihn besser wäre. Selbst wenn sie zu ihrer Familie heimkehren könnte ... Würde sie ein Zuhause vorfinden? Oder nicht vielmehr einen Ort, an dem jeder tuschelte, das ist die Frau, die auf Ascalls Bettstatt schlief, an dem man sich Geschichten erzählte von blökenden Lämmern und Totenköpfen, die als Trinkgefäße dienten, und an dem niemand ihr glauben würde, dass die Wahrheit nicht aus einem oder zwei Fäden gesponnen war, sondern deren unendlich viele, manche dünn wie ein Haar, andere dick wie ein Hanfstrick?

Und wenn sie hierbliebe ... als Ascalls Witwe ... gar als Aililláns Frau? In Irland war es schließlich nicht verboten, dass ein Mann die Frau seines Bruders heiratete. Oder würde ihr dies das eigene Ehrgefühl verbieten? Ailillán war doch ein Ungeheuer ... nein, ein verängstigter Knabe ... nein, ein feiger Knabe, der nicht für seinen Bruder einstand ... ein kleines Ungeheuer also ... Aber wenn in Wahrheit sie das Ungeheuer war, wenn sie nicht nur Riacán helfen würde, Ascall zu töten, sondern auch Aililláns Leben riskierte, da der ihn doch begleitete? Ailillán, der unschuldige Frauen und Kinder getötet hatte, um seinem Bruder zu gefallen ... Ailillán, den heimlich zu begehren, sich noch verbotener anfühlte, als seinen Bruder zu verraten oder den eigenen Bruder im Stich zu lassen ...

Sie zog das Stück Pergament aus der Brusttasche, das warm wie ihre Haut war. Mit dem Webschiffchen ritzte sie *Énna, Osraige* hinein. Das musste genügen. Riacán wusste schließlich, dass Diarmait seinen Sohn als Geisel gegeben hatte, und er wusste auch, dass es nicht viele Wege durch die Wicklow-Berge gab, die Ascall überwinden musste, wenn er vom Norden in den Süden ritt.

Nun war das Pergament nicht länger warm. Eine Weile starrte sie darauf, versteckte es wieder in ihrem Kleid und verließ das Webhaus, um in den Stall zu gehen. Der Käfig mit dem Falken stand ganz hinten. Sie schaffte es, entschlossen dorthin zu gehen, schaffte es auch, das Pergament einzurollen und es an den Fuß des Raubvogels zu binden. Sie schaffte es aber kaum, auf seine verbundenen Augen zu schauen, und vor allem schaffte sie es nicht, ihm die Binde abzunehmen und ihn fliegen zu lassen.

Warum?

Warum nicht?

Als sie den Käfig schloss, bebte der plötzlich, und das nicht, weil sie ihn so heftig zugeschlagen hatte, sondern weil jemand etwas danach geworfen hatte. Es war ein Dolch, und seine Klinge war im Holz stecken geblieben. Der blinde Falke flatterte aufgeregt, Caitlín fuhr herum.

Ascall hatte sich lautlos genähert und ebenfalls lautlos gezielt, nur der Griff des Dolches gab ein leises Summen von sich, weil er von der Wucht des Aufpralls erzitterte. Sein Gesicht war zu ausdruckslos, als dass man hätte erkennen können, ob er sie nur zufällig oder mit Absicht verfehlt hatte.

Er ... er weiß es.

Allerdings machte er keine Anstalten, den Dolch wieder aus dem Holz zu ziehen, um mit diesem auf ihre Kehle zu zielen, er sagte lediglich: »Ich reite jetzt fort.«

Er weiß es nicht.

Caitlín starrte eine Weile auf den Dolch. Der Knauf zitterte nicht mehr, während sie umso heftiger bebte, und um es zu verbergen, lachte sie.

»Was soll ich damit?«, fragte sie spöttisch. »Etwa wieder schnitzen üben?«

Die Andeutung eines Lächelns erschien auf seinen Lippen, doch der flackernde Blick blieb nicht lange auf ihr ruhen. Geistesabwesend war er auch in der letzten Nacht gewesen, als er sich auf sie gelegt hatte. Er hatte ein Gesicht gemacht, als würde er noch gegen Diarmaits Männer kämpfen und gleich jemanden töten, doch die Hände, die über ihren Körper gestrichen hatten, waren suchend gewesen, als könnte ihr Leib, pulsierend und warm, ihm zurückgeben, was die Toten, die in Cill Osna verrotteten, ihm genommen hatten.

»Falls du es tust, dann gib acht, dass du dir keinen Finger abhackst.«

Das Fingerabhacken überlasse ich dir ...

Schon drehte er sich um, ging mit gehetztem Schritt davon, den Rücken tiefer gekrümmt als sonst. Furcht fühlte er wohl nicht, gewiss aber Respekt vor seiner Aufgabe.

»Du gibst mir den Dolch und wendest mir den Rücken zu?«, rief sie ihm nach.

Er blieb stehen, ohne sich umzudrehen. »Ich würde es fühlen, wenn du ihn aus dem Holz zögest und auf mich schleudern würdest.«

Ja, ja, Raubtier, du bist immer auf der Hut.

»Aber warum gibst du ihn mir nun?«

»Ailillán wird mich begleiten. Vor uns liegt ein Weg, der gefahrvoller ist als jede Schlacht. Vielleicht kehren wir beide nicht wieder, und dann bist du von Männern umgeben, von denen ich nicht schwören kann, dass sie einem Toten die Treue halten. Als mein Vater starb, knieten selbst seine treuesten Krieger bereitwillig vor mir, obwohl ich ihn getötet hatte. Und falls nicht von meinen Männern Gefahr droht, dann von meinen Feinden.«

So lange hatte er noch nie zu ihr gesprochen, und noch nie hatte er ihr gegenüber seinen Vater erwähnt.

»Du befürchtest, ich könnte mir beim Schnitzen einen Finger abschneiden, doch gegen erfahrene Krieger soll ich mich mit einem Dolch zur Wehr setzen?«, fragte sie eher kleinlaut als spöttisch.

Erst jetzt drehte er sich zu ihr um. »Dumme Männer haben nur ihre Kraft, kluge Frauen ihre List.«

Der Blick war immer noch unruhig, ihr entging dennoch nicht, wie eine gewisse Anerkennung aufblitzte.

»Nun gut«, murmelte sie, »es kann nicht schaden, nicht nur mit List zu kämpfen, sondern auch mit dem hier ...«

Sie bückte sich, zog die Klinge aus dem Holz, was schwer genug war, und steckte den Dolch an ihren Gürtel, indes er den Stall verließ.

Obwohl Ascall auf einen Abschiedsgruß verzichtet hatte, waren zu viele Worte gefallen, um sich einfach an den Webstuhl zu setzen und weiterzuweben. Zu viele auch, um die Käfigtür zu öffnen, dem Falken die Augenbinde abzunehmen und ihn fliegen zu lassen.

Während andere Männer ihren Frauen duftende Heiderosen überreichten, hatte Ascall ihr nur einen Huflattich geschenkt, an dem noch Kuhscheiße klebte. Und während andere Männer auf Knien sanken, wenn sie die Liebsten beschenkten, hatte er die Blume auf den Boden geworfen. Aber den Fuß heben und darauf treten, das konnte sie nicht, nicht jetzt, da im Stall noch der Geruch nach dem ranzigen Leder seines Wamses hing.

Es tut mir leid, Bruder, ich schaffe es nicht. Ich kann nicht töten, was ich liebe, ich kann noch nicht einmal töten, was ich nicht liebe.

Sie starrte auf den Falken, wusste nicht, ob sie angesichts ihrer Entscheidung sogar blinder war als er, nahm die leuchtenden Punkte auf dem grauen Gefieder deutlicher als je zuvor wahr, desgleichen die zwei ineinander verschlungenen Kreise, die ins Holz des Käfigs geschnitzt waren und die sie daran erinnerten, wie eng Riacán und sie einst miteinander verbunden waren.

Es tut mir leid, Bruder, ich schaffe es nicht. Ich ...

Ihre Gedanken verflüchtigten sich, als vom Hof her Lärm ertönte. Jemand rief Aillláns Namen, nein, rief ihn nicht, er brüllte ihn.

Ascalls Männer stritten und prügelten sich oft, und wenn ihnen kein Grund für einen Streit einfiel, soffen sie so lange, bis sie den nicht mehr brauchten. Um diese Tageszeit aber wagte keiner zu trinken, vor allem würde sich niemand Ascall widersetzen, der nun schon zum zweiten Mal »Schluss jetzt!« rief, und das so laut, wie sie ihn nur einmal hatte schreien hören: an dem Tag nämlich, als Tigernán ihn zur Hochzeit gezwungen hatte. Doch damals hatte er sein Schicksal nicht ändern können, und heute konnte er nicht ändern, dass sich zwei Männer hasserfüllt gegenüberstanden – Ailillán und Cormac. Das Geschrei der beiden verstummte zwar, doch immer noch maßen sie sich mit finsteren Blicken. Cormac ließ der Ärger nur dümmer wirken, Ailillán gefährlicher.

»Was ... was ist denn passiert?«, raunte Caitlín Rún zu, die gerade einen Eimer schleppte.

Rún stellte den Eimer ab. »Cormac hat sich beschwert, dass er wieder hierbleiben und Dún Fionn bewachen muss. Schließlich hat er schon die Schlacht von Cill Osna versäumt.«

»Und das hat er zu Ascall gesagt?«

»Nein ... zu Ailillán. Und danach hat er sich über dessen feine Kleidung lustig gemacht. Ailillán hat so getan, als hätte er ihn nicht gehört, woraufhin Cormac ihm auf den Umhang gestiegen ist. Ein Stück Pelz ist dabei abgerissen. Als der Pelz im Dreck lag, konnte Ailillán seinen Zorn nicht länger im Zaum halten.«

Dabei geht es ihm gar nicht um den Pelz, dachte Caitlín, sondern darum, dass einer denken könnte, er wäre des Platzes an Ascalls Seite nicht würdig, weil nicht grausam genug.

Erst standen die beiden bewegungslos voreinander, dann begannen sie, mit ihren Fäusten aufeinander loszugehen. Caitlín konnte nicht erkennen, wer angefangen hatte, nur dass Cormacs wuchtiger Leib nicht so leicht zum Schwanken zu bringen war und Aililláns wendiger nicht so leicht zu treffen.

»Schluss jetzt!«, befahl Ascall ein drittes Mal. »Wenn ihr kämpfen wollt, dann tut es mit richtigen Waffen. Und begleiten wird mich der, der den Kampf überlebt.«

Caitlín erstarrte. Manchmal kämpften die Männer der Leibgarde gegeneinander, aber immer nur mit Holzschwertern. Nicht, dass diese auch ernsthafte Verletzungen nach sich ziehen konnten. Einige Wochen zuvor hatte Fergal, einer von Ascalls Leibgarde, einem anderen namens Brotchú ein Ohr mit einem solchen abgeschlagen. Der hatte sich daraufhin ein Stück Leinen auf die blutende Wunde gepresst und erklärt, dass ein Ohr ein Körperteil sei, auf das man gut verzichten könne, da man ja noch ein zweites habe.

Aber ein Zweikampf auf Leben und Tod? Den nicht nur irgendwelche seiner Krieger ausfochten, sondern Cormac und der eigene ... Bruder?

Der dumme Cormac grinste so breit, dass Caitlín all seine schiefen Zähne sehen konnte, trat zurück und deutete mit fiebrig rotem Gesicht eine Verbeugung vor Ascall an. Aillillán hingegen warf nur einen knappen Blick auf seinen Bruder, und Caitlín wusste nicht, ob die Verachtung, die darin lag, Ascall oder dem Tod galt.

»Du willst doch nicht wirklich ...«

Sie hätte nicht gewagt, die Worte an Ascall zu richten, doch auch Aililláns Reaktion war kaum weniger beängstigend. Als sein Blick nunmehr *sie* traf, konnte sie sich erstmals vorstellen, wie gnadenlos er manchmal wütete.

Er legte seinen Umhang zur Seite, riss die schmutzige Pelzverbrämung, auf die Cormac zuvor getreten war, mit einem Ruck ab und warf sie ihr vor die Füße. Der Pelz stammte von der Wildkatze, jenem gefährlichen, lautlosen, blitzschnellen Tier.

»Damit kannst du dich wärmen, wenn ich ihn nicht mehr

brauche. Und falls ich ihn doch noch tragen sollte, kannst du ihn für mich waschen.«

Jetzt sind Ascall und ich wahrlich Mann und Frau. Ihm wurde seinerzeit ein Lammfell vor die Füße geschleudert, mir nun dieser Pelz ...

Sie war erleichtert, sich danach bücken zu können. So musste sie nicht zuschauen, als die Männer ihre Schwerter zogen und der Kampf begann. Auch als sie sich wieder aufgerichtet hatte, starrte sie auf Ascall, der sich wie einst, als er über Paitín gerichtet hatte, auf ein Fass setzte. Nur die Zehenspitzen berührten den Boden, den Kopf hatte er auf seine Hände gestützt und die Augen zu Schlitzen geschlossen, als würde er schlafen. Dennoch konnte sie spüren, dass jede Faser seines Körpers angespannt war und dass seine Knie zuckten, als gälte es, dem Kampf den Rhythmus vorzugeben.

Es war eine kalte Melodie, die die Schwerter sangen. Die wütenden Hiebe, das Schnaufen aus den Mündern, die schnellen Schritte passten in ein Land, in dem die Harfe schnell und lebendig gespielt wurde und wo nicht immer nur süße Musik, sondern oft traurige Weisen erschallten.

Caitlíns Herz folgte keinem Takt. Es pochte schneller, dann wieder langsamer, schien schließlich ganz auszusetzen. Sie drückte den Pelz so fest in ihren Händen, dass er nass von ihrem Schweiß wurde, trieb die Fingernägel in die eigenen Daumenballen.

Es ist nicht möglich, dass das geschieht ... es ist nicht möglich, dass Ascall das zulässt ... es ist nicht möglich, dass sie auf Leben und Tod kämpfen, nur weil ihr Stolz verletzt wurde ...

Gern hätte sie den eigenen Stolz überwunden und Ascall angefleht, dem Kampf ein Ende zu machen, doch sie wusste, dass er ihr eher das Fell in den Mund stopfen würde, als ein viertes Mal »Schluss jetzt!« zu rufen.

Außerdem würde es ohnehin bald vorbei sein. Die Schwerthiebe kosteten Cormac zwar kaum Kraft, umso mehr aber, dass er sich ständig drehen und ducken musste, weil Ailillán ihn von der Seite angriff. Die zusammengepressten Augen und der geneigte Kopf verrieten, dass ihm schwindlig wurde, und seine eigenen Attacken wurden zunehmend unkonzentrierter. Anstatt das Schwert mit einer Hand zu führen, musste er den Knauf in beide Hände nehmen, doch so verbissen er auch auf Ailillán einschlug, er traf ihn nicht und würde ihn wohl auch nicht mehr treffen, während Ascalls Bruder durchaus die Möglichkeit hatte, ihm die eigene Klinge in den Leib zu rammen.

Tu es schon, dachte Caitlín anfangs, weil sie um Aililláns Leben fürchtete. Tu es schon, dachte sie später voller Überdruss, weil der Kampf einfach kein Ende nahm. Tu es doch, dachte sie zuletzt, weil sie sich ob der Anspannung regelrecht nach dem Anblick von Blut zu sehen begann.

Cormac hielt den Kopf immer schiefer, als würde er ihm zu schwer werden, und immer lauter klang sein Ächzen. Auf Aililláns Gesicht erschien indes ein Lächeln. Anstatt seine Überlegenheit auszuspielen, demütigte er den anderen noch mehr, indem er ihn mit leichtfüßigen, tänzelnden Bewegungen über den ganzen Hof lockte. Cormac war so erschöpft, dass er ihm kaum folgen konnte. Eben näherte sich Ailillán dem Eingang des Haupthauses, vor dem Torf und Brennholz zum Trocknen geschichtet waren. Die Schritte ließen das Holz vibrieren, und unvermittelt setzte sich ein Aststück in Bewegung und rollte Ailillán direkt vor die Füße. Er stolperte, schwankte, fiel. Der Sturz war nicht schlimm, schon wollte er sich wieder aufrichten. Doch da war bereits Cormac zur Stelle, ließ sich einfach auf ihn fallen und raubte ihm ob seines massigen Körpers den Atem. Er rammte ihm das Knie in den Bauch, schlug ihm dann die Faust ins Gesicht, bis die Lippe platzte, erhob das Schwert. Blut spritzte, und es war nicht Cormacs Blut.

Caitlín wusste nicht, ab wann sie den Blick gehoben hatte. Sie wusste nur, dass sie nicht wegschauen konnte, obwohl sie ahnte, was kam – dass nämlich nicht nur Torfscheite und weitere Äste über den Boden rollen würden, sondern auch Aililláns Kopf.

Er durfte doch nicht sterben!

Sie schrie auf, und ihr Schrei übertönte ein dumpfes Poltern. Etwas rollte ... nur war es kein Kopf, kein Holz, kein Torf, es war das Fass, das umfiel, weil Ascall so abrupt aufgesprungen war.

Caitlín ließ hörbar ihren Atem entweichen.

Er kann auch nicht töten, was er liebt ... er wird seinen Bruder nicht sterben lassen ... Nicht, dass Liebe und Fürsorge in seinem Blick standen, als er auf die beiden zuging, seinen Fuß hob und gegen Cormacs Knie trat, das dieser in Aililláns Bauch drückte. Cormac, dieser Esel, brauchte eine Weile, bis ihm aufging, dass er Ailillán doch nicht töten durfte. Er ließ sein Schwert sinken, und in seiner Miene stand die gleiche Enttäuschung wie damals, als Ascall ihn um das Vergnügen betrogen hatte, Paitín die Hand abzuschlagen.

»Aber, Herr, du sagtest ...«

»Steh auf!«

Sei doch froh, tumber Tor, Ascall würde dir nie verzeihen ...

Er verzieh noch nicht mal dem Bruder, dass der von einem Stück Holz zu Fall gebracht worden war. Wieder trat er zu, und dieses Mal traf sein Fuß nicht Cormacs Knie, sondern das Holz. Es war so hart, dass es nicht brach. Ascalls Hände wurden weiß, weil er sie so wütend zur Faust ballte, das Gesicht war blutleer, das Holz hingegen überstand auch die nächsten Tritte unversehrt. Von Ailillán konnte man Gleiches nicht sagen, als Ascall nun das Stück Holz packte und auf ihn einzuprügeln begann.

»Hast du nichts von mir gelernt? Ein Krieger schaut nicht in den Himmel, ein Krieger schaut auf den Boden!«

Immer heftiger drosch er auf ihn ein, um ihn für seine Unachtsamkeit zu bestrafen, und die dumpfen Schläge waren für Caitlín noch schwerer zu ertragen als zuvor das Klirren der Schwerter.

Sie wusste nicht, wie viel Zeit vergangen war, bis Ascall endlich von seinem Bruder abließ. Er trat ein letztes Mal auf Aililláns Brust, dann auf den Boden, hielt prüfend das Holzstück hoch und steckte es an den Gürtel. Auch das Fass bekam einen letzten Tritt ab. Sein Knirschen war lauter als Aililláns Stöhnen.

»Du begleitest mich, und Ailillán bleibt hier«, sagte er zu Cormac, und der grinste nun breit.

Caitlín wartete, bis Ascall im Haupthaus verschwunden und Cormac ihm gefolgt war, um den anderen Männern von seinem Triumph zu berichten, ehe sie zu Ailillán hastete. Es gab kaum eine Stelle seines Gesichts, das nicht blutig oder angeschwollen war.

Schnell riss sie ein Stück Stoff vom Saum ihres Kleides und tupfte vorsichtig sein Gesicht ab. »Soll ich die Wunde nähen?«, fragte sie, obwohl sie nicht sicher war, ob sie es konnte.

Entweder zerreiße ich den Faden oder mache einen Knoten hinein.
Ailillán stöhnte. »Ascall hatte früher schlimmere Wunden ... sie wurden nie genäht ... er hat trotzdem kaum Narben.«

»Doch, er hat sogar viele, nur sieht man sie ihm nicht an«, entfuhr es ihr.

Ailillán versuchte sich aufzurichten, er schaffte es nicht. Caitlín versuchte, ihn hochzuziehen, sie schaffte es nicht. Also blieb sie neben ihm knien, hörte seinen rasselnden Atem, tupfte ihm dann und wann das Gesicht ab oder streichelte darüber. Die Zeit verrann, Blut tropfte ihm von Stirn und Wangen, Speichel rann ihm aus dem Mund. Die Männer kamen aus der Halle, bestiegen die Pferde und brachen, die Geisel in ihrer Mitte, auf. Ascall warf weder seinem Bruder noch ihr einen letzten Blick zu.

Das Getrappel war längst verklungen, als Ailillán es doch noch gelang, sich aufzurichten. Der Tag war schon so alt, dass er einen breiten Schatten warf und das Abendrot sein braunes Haar brennen ließ.

Caitlín wollte ihn stützen, aber er hob abwehrend die Hand. »Du hast mir genug geholfen.«

Die Worte klangen so undeutlich, als hätte er mindestens einen Zahn verloren oder sich die Spitze der Zunge abgebissen, und er ächzte laut, doch ehe er in die Halle humpelte, lächelte er sie an. Lächelte mit schmerzverzerrtem und zugleich jungem, unschuldigem, beinahe glücklichem Gesicht. Lächelte vielleicht, weil sie ihm nah wie nie gekommen war oder weil er zum ersten Mal seit Langem damit leben konnte, dass er den Bruder enttäuscht hatte.

Caitlín blieb wie erstarrt im Hof stehen. Das matte Licht konnte sie nicht mehr wärmen. Sie blickte an sich hinunter, sah, dass ihr Kleid mit Aililláns Blut befleckt war, blickte unvermittelt wieder hoch. Obwohl sie allein im Hof war, fiel ein Schatten auf sie.

Sie kniff die Augen zusammen, öffnete sie wieder.

Über ihr flog, von seinen Fesseln befreit, der Falke.

Unmöglich, es konnte nicht *der* Falke sein! Ein anderer Raubvogel musste am ermattenden Himmel seine Kreise ziehen! Nur dass selbst aus der Ferne die roten und weißen Punkte auf dem Gefieder deutlich zu sehen waren.

Noch widersinniger, als sich der Wahrheit zu verweigern, war es, sich auf die Zehenspitzen zu stellen und vergebens die Hände auszustrecken. Und am sinnlosesten von allem war, zum Käfig in den Stall zu laufen.

Rún ... der Falke musste Rún entwischt sein. Sie fütterte das Tier regelmäßig mit Schnecken und Würmern, manchmal auch mit kleinen Vögeln, die aus dem Nest gefallen waren, oder mit leblosen Küken, die sie aus einem fast fertig ausgebrüteten Ei schälte. Doch wer da vor dem Käfig kniete, war nicht Rún.

»Suchst du etwa den Falken?«, fragte die Frau.

Sie war nicht so rot im Gesicht wie sonst, und anstatt zu husten, brach sie in Gelächter aus. Caitlín konnte sich nicht erinnern, wann Muireann das letzte Mal gelacht hatte. In den letzten Monaten hatte sie noch nicht einmal auf ihre Worte geachtet. Bei ihrem Anblick befiel sie zwar manchmal Unbehagen, doch gemessen an den vielen anderen zwiespältigen Gefühlen in ihrer Brust war es nie langlebig genug gewesen, als dass sie vor der Alten auf der Hut hätte sein müssen.

Nun zeigte sich, dass die Rachsucht der Frau sich zäher als der Schleim erwies, den sie, nachdem sie so lange gelacht hatte, auf den Boden spuckte.

»Du ... du hast ihn einfach fliegen lassen?«, stieß Caitlín aus.

»Armes Mädchen«, sagte Muireann spöttisch. »Jetzt ist dir gar nichts mehr von deinem Bruder geblieben.«

»Von ... meinem ... Bruder?« Caitlín war so entsetzt, dass sie sich nicht einmal dafür schämte, keinen ganzen Satz zustande zu bringen.

»Dieser Falke ... er war doch nicht wirklich als Geschenk für Ascall gedacht!«, rief Muireann triumphierend. »Dein Bruder hat ihn dir mitgebracht, damit du etwas hast, das dich an ihn erinnert. Du hast gerade in den letzten Tagen so viele Stunden im Stall verbracht, weil Ailillán dir erzählt hat, dass er deinen Bruder in Cill Osna getroffen hat, während du dich selbst schon so lange vergebens nach ihm verzehrst. Nun«, Muireann hob vermeintlich bedauernd die Schultern, »ich fürchte, dir ist nichts von deinem Bruder geblieben, rein gar nichts ... Der Falke wird nicht zurückkehren.«

Caitlín lehnte sich an die Stallwand.

Natürlich wird er nicht zurückkehren. Er wird zu Riacán fliegen ... und Riacán wird die Gelegenheit nutzen, um Ascall aufzulauern, und ihn töten.

»Weißt du, was du da getan hast, du dummes Weib?«, schrie sie.

Am liebsten wäre sie auf Muireann losgestürzt, hätte ihr eine schallende Ohrfeige versetzt, doch sie war nicht sicher, ob ihr das genug war, ob sie nicht vielmehr an ihren Gürtel greifen, Ascalls Dolch zücken und ihr die Kehle aufschlitzen würde. Entsetzt über sich selbst faltete sie die Hände hinter dem Rücken, schrie wieder und dieses Mal deutlich jämmerlicher. »Weißt du, was du getan hast?«

Muireann trat dicht an sie heran. »Ach Mädchen, du enttäuschst mich. Ich habe dich für klüger gehalten, für vorsichtiger. Du hast mir den schönsten Stoff genommen, den ich jemals hatte, und hast mich mehr als nur einmal gedemütigt, und doch hast du keinen Augenblick daran gedacht, dass ich mich rächen könnte.«

Rache ... Rache war doch etwas für Männer ... Männer wie Riacán ... Nichts, was ein kleinliches Weib anstrebte für nicht mehr als ein Stück Stoff ... feinen, seidigen Stoff zwar, Stoff aus Fäden, die so dünn waren wie die, an denen Ascalls Leben nun hing.

»Das hast du mir nicht zugetraut, was?«, spottete die rotgesichtige Magd. »Im Übrigen ist es nicht das erste Mal, dass ich dir den Diebstahl des Stoffes heimzahle. Warum erfuhr Ailillán wohl von der Botschaft, die du Paitín mit auf den Weg gegeben hast?« Caitlín räusperte sich gequält, aber brachte kein Wort hervor. »Wer ständig Angst vor dem hat, was auf seinen Kopf fallen könnte, sieht nicht das, was vor den eigenen Füßen lauert. Du dachtest, du müsstest dich vor Ascall hüten, vor Ailillán, vielleicht sogar vor Cormac. Nicht jedoch vor mir.«

Sie lachte wieder, lachte schallend und furchtlos und vor allem ... dumm und ahnungslos. Wie betäubt trat Caitlín vor und schloss den leeren Käfig. Als sie auf eine Eierschale trat, die auf dem Boden lag, knackte diese.

»Na? Hat es dir die Sprache verschlagen?«

»Geh mir aus den Augen.«

»Armes Mädchen«, höhnte Muireann erneut.

»Nenn mich nicht Mädchen, ich bin deine Herrin.«

»Wenn du willst, nenn ich dich sogar Königin. Doch selbst wenn du es von ganz Irland wärest – du wirst deine Familie niemals wiedersehen.«

»Geh mir aus den Augen«, wiederholte Caitlín.

Erst nachdem Muireann den Stall verlassen hatte, sank sie auf die Knie. Unter ihrem heftigen Atem erzitterten die Federn, die der Falke in den letzten Wochen verloren hatte, und erst jetzt zog sie den Dolch und hieb darauf ein, bis diese in der Luft tanzten. So sinnlos das Treiben war, es war das Einzige, was sie jetzt noch tun konnte.

Wenn sie Ailillán alles erzählte, könnte er Ascall nachreiten und ihn warnen. Aber sie würde sterben, weil einer der beiden Brüder sie gewiss für diesen Verrat töten würde. Wenn sie allerdings nichts tat, würde sie leben. Riacán hatte ihr schließlich versprochen, nicht nur Ascall zu töten, auch all seine Krieger wollte er beseitigen und sich später der Tat nicht rühmen. Niemand würde je ahnen, dass sie gemeinsame Sache mit dem Bruder gemacht hatte. Und falls Ascall Riacán doch besiegen würde, gab es keinen Beweis, dass sie Riacán den entscheidenden Hinweis gegeben hatte. Noch misstrauischer würde er sein, noch gefährlicher, vielleicht sogar grober, aber nicht ... todbringender.

Caitlín trat ins Freie. Im Hof war nichts mehr von dem Falken zu sehen und nichts mehr von dem Blut, das aus Aililláns Wunden geflossen war, nur Spuren von Fußtritten, dort, wo die Männer gekämpft und wo Ascall gewütet hatte. Als sie an sein wutverzerrtes Gesicht dachte, daran, wie er auf den Bruder eingeschlagen hatte, war es nicht sonderlich schwer, das schlechte Gewissen zu betäuben, weil sie ihn womöglich seinem Tod entgegenreiten ließ. Und als sie sich an Riacán erinnerte, der sie so inbrünstig auf seine Rachepläne eingeschworen hatte, ohne ihre Einwände auch nur hören zu wollen, spürte sie zwar Bedauern und Sorge, aber auch ein wenig ... Trotz.

Das Töten ist eure Sache, nicht meine.

Nein, sie musste nicht töten, was sie liebte, um keine Angst mehr zu haben, sondern einfach nur geschehen lassen. Und wenn Aililán nicht mehr im Schatten seines Bruders stünde, würde vielleicht auch er nicht mehr töten müssen, was er liebte, und nicht mehr lieben müssen, dass er tötete. Er würde frei sein.

RIACÁN

Riacán ließ seinen Blick über die Siedlung schweifen. Eine Frau stand in einem kniehohen Trog und stampfte auf etwas ein – entweder auf eingeweichten Stoff oder auf Kuhdung, um Seife zu machen, während eine andere Binsen schälte und büschelweise zusammenband. Später würden sie im Langhaus verstreut. Ein Mann deckte sein Strohdach neu, andere schnitten mit einer für diese Arbeit eigentlich viel zu kleinen Eisensichel Getreide, das selbst im schwindenden Abendlicht wie pures Gold glänzte. Drei Frauen gingen hinter ihnen her und sammelten die Ähren in Körbe, die sie auf dem Rücken in die Scheune trugen. Dort wiederum wurde das Korn in ein kleines Loch im Boden gefüllt, und die Männer begannen mit einer Schwinge darauf einzudreschen, um die Spreu vom Weizen zu trennen. Die weit ausholenden Bewegungen glichen jenen, denen sie nachgekommen waren, als sie im Frühjahr die Saat ausgestreut hatten, doch Riacán konnte bei ihrem Anblick nur an Schwerter denken, die Köpfe und Gliedmaßen trafen.

So eine reiche Ernte hatten wir noch nie. Überall strotzt es vor Leben – nur ich trage stets den Tod mit mir …

Als er Ceara erblickte, die den Säugling vor die Brust gebunden hatte und auf dem Rücken einen Korb trug, löste er sich aus seiner Starre und stürzte auf sie zu.

»Wie oft soll ich dir noch sagen, dass du keine schwere Arbeit mehr tun sollst! Du hast mein Kind geboren, und das bedeutet nach brehonischem Recht, dass du nicht mehr meine Sklavin bist.«

Sie lächelte auf jene freundliche, gleichwohl immer auch etwas trotzige Weise. »Nur weil ich ein Kind geboren habe und keine Sklavin mehr bin, bedeutet das nicht, dass mir meine Hände abfallen und meine Beine lahmen.«

Schon wenige Tage nach der Geburt des kleinen Sohnes, den

sie Cian genannt hatten, war sie aufgestanden, hatte sich ihn an den Körper gebunden und weitergearbeitet.

Riacán unterdrückte ein Seufzen, während Cearas Lächeln schwand. »Du ... du hast Nachricht von Caitlín, nicht wahr?«

Eine der Sicheln reflektierte das Sonnenlicht, und er hob die Hand vor die Augen, um sich davor zu schützen.

»Ich weiß nun, wo ich Ascall abpassen muss«, sagte er leise. »Wir brechen noch heute auf.«

Ceara streichelte gedankenverloren über Cians dunkles Haar, das Caitlíns glich und Riacán Tränen in die Augen getrieben hatte, als er das Neugeborene das erste Mal in seinen Armen gehalten hatte.

»Soll ... soll ich ihn wecken, bevor du gehst?«

»Es gibt keinen friedlicheren Anblick, als wenn er schläft.«

Nachdem Ceara ihn geboren hatte und das in so kurzer Zeit, dass Kraka zu spät mit dem Eisennagel kam, der die Elfen fernhalten sollte, hatte er kurz geglaubt, Frieden gefunden zu haben. Der Kleine hatte an der Brust geschmatzt, und Riacán war neben Ceara aufs Lager gesunken. Er hatte nie wieder aufstehen wollen – ja er hatte geglaubt, nie wieder aufstehen zu *müssen*, weil dieser Anblick ihm jeden Wunsch nach Rache auszutreiben schien.

Ich bin neidisch, hatte er Ceara gestanden. So gern würde ich einen Tropfen süße Milch kosten. Kosten und davon geheilt werden.

»Noch geben meine Brüste keine Milch«, hatte sie geantwortet. »Er muss ein paar Stunden, vielleicht ein, zwei Tage daran nuckeln, damit die Milch überhaupt kommt.« Da hatte er geahnt, dass er sich nicht vor der Rache davonstehlen konnte. Süße Milch floss nicht einfach so, selbst ein Säugling musste sie sich verdienen. Und das Blut der Feinde würde nur im Boden versickern, anstatt die Schmach von ihm abzuwaschen, wenn er es anderen überließ, es zu vergießen.

Er starrte Ceara an, und als er ihren Blick, ebenso traurig wie schicksalsergeben, nicht länger ertrug, blickte er auf die Ähre, die er eben aufgehoben hatte.

»Warum musst du ihn töten?«, fragte sie leise.

»Warum musst du ständig arbeiten?«, gab er zurück.

Er fürchtete schon, dass Ceara ihn stehen lassen würde, stattdessen begann sie zu erzählen. »Du weißt, dass meine Eltern rechtschaffene Bauern in England waren. Als ein Dubliner Händler kam, dachten sie, er würde ihre Hörner und ihr Leder gegen Stoff tauschen. Mein Vater ging Leder holen und machte einen Fehler, den man in Gegenwart eines gierigen Kaufmanns nicht machen darf. Er wandte ihm den Rücken zu und wurde niedergeschlagen. Die Männer des Kaufmanns fesselten erst ihn und dann meine Mutter. Nur uns Kinder fesselten sie nicht, denn wir folgten unseren Eltern freiwillig.«

»Ich dachte, du könntest dich nicht mehr daran erinnern, wie ihr in die Sklaverei geraten seid.«

»Das kann ich auch nicht. Meine Mutter hat es mir später erzählt, bevor sie verrückt geworden ist. Ihr Leben war nicht leicht, aber sie ertrug es, solange sie ihre Arbeit hatte, harte Arbeit, wie ein Mann sie tut. Doch dann kletterte sie einmal auf einen Baum und pflückte gelbe Birnen, und als sie ihre Hände nach einer besonders saftigen, süßen ausstreckte, fiel sie hinunter und brach sich etliche Knochen. Es waren zu wenige, um zu sterben, aber zu viele, um wieder gehen zu können. Sie ist verrückt geworden, weil sie nicht mehr arbeiten konnte und sich daran erinnerte, wie der Händler damals gedroht hatte, er werde sie nicht in Irland verkaufen, sondern in Island. Eine fürchterliche Insel sei das, sagte sie, wo auf den Wiesen Eiszapfen wüchsen und die Berge Feuer spuckten. Selbst im Sommer fror sie, weil sie sich auf einem Bett aus Eis wähnte, und zugleich glaubte sie, dass von der Decke Feuer regnete. Ihr Körper hat noch zehn Jahre gelebt, aber ihre Seele war tot.«

»Genau deswegen werde ich Ascall töten«, sagte Riacán leise. »Damit ich nicht auch ohne Seele leben muss.«

»Und wie genau willst du dir deine Seele zurückholen, wenn du vor Ascall stehst? Mit einer Wurfschlinge, mit der man ein Tier erlegt? Mit einem Speer, der ein Kettenhemd durchbohren kann? Mit einer Lanze, die noch schwerer ist als solcher und eine mehrschneidige Spitze hat? Ich weiß nicht, wie eine Seele aussieht. Der Priester, der mich taufte, behauptete, sie habe kleine Flügel, die dünn und zart seien und nicht sehr reißfest.«

Auch du bist dünn und zart und hast unseren Sohn geboren, ohne zu zerreißen. Und du lässt mich gehen, ohne in Tränen auszubrechen.

Er lächelte traurig. »Du hast also mehr Angst um meine Seele als um mein Leben.«

Sie sah ihn lange an. »Töte Ascall nicht hinterrücks«, sagte sie schließlich. »Töte ihn, wie Helden töten. Wenn du das nicht kannst, lass es lieber deine Krieger tun.«

Immer noch hielt Riacán die Reste der Ähre in der Hand. Er hatte sie zerrieben, bis die kleinen Körner hervortraten, nun warf er sie auf den Boden, damit sie dort verfaulten oder neue Früchte hervorbrachten. Wer wusste schon, welche Saat auf dieser Welt aufging und welche nicht? Er beugte sich vor, küsste den Kopf seines schlafenden Sohnes, nein, küsste ihn nicht, spürte nur, wie ihn das schwarze Haar kitzelte.

»Ich würde dich auch als Feigling lieben«, murmelte sie.

»Ich weiß.«

Weil dir kein Heuballen zu schwer ist und kein Trog mit Dung, in dem du watest, bis Lauge daraus wird, zu ekelhaft. Aber es genügt, dass dein Leben harte Arbeit ist – deine Liebe soll es nicht auch noch sein.

Hinter ihnen ertönte Lärm. Es klang so, als würden Sicheln aufeinanderschlagen, doch als Riacán sich umdrehte, sah er, dass es keine Sicheln, sondern Schwerter waren. Im Hof hatte sich die Leibgarde versammelt, und alle anderen Männer, die er ausgewählt hatte, ihn zu begleiten, scharten sich um sie. Pferde wurden gestriegelt, Waffen poliert und in der Anspannung kleine Wortgefechte provoziert, die rasch in Faustkämpfe übergingen.

Bei den Männern, die sich für den Aufbruch rüsteten, stand auch sein Bruder. Faolán streichelte über Tuirens Schnauze, gab ihr Äpfel und redete so vertraulich auf sie ein, wie einst Éamonn es getan hatte – ein Anblick, der Riacán schmerzte und tröstete zugleich.

»Soll ich dir wenigstens heute ein Abschiedslied singen, nachdem du es mir die letzten Male nicht gestattet hast?«, fragte Faolán.

Riacán dachte nach – nicht darüber, ob er in diesem Augenblick sanfte, schöne Klänge ertragen würde, sondern ob die Entscheidung, die er schon am Tag zuvor getroffen hatte, richtig war.

»Nein«, sagte er schließlich entschlossen, »du musst kein Abschiedslied singen. Weil wir keinen Abschied voneinander nehmen werden.« Faolán hob die Brauen. Im sanften Licht wirkten seine Haare bronzen. »Du wirst mich begleiten«, erklärte Riacán.

Faolán zuckte zusammen. »Warum das denn?«, rief er erschrocken.

»Nun, vielleicht stimmt es, dass ein Krieger nichts vom Krieg verstehen würde, wenn du nicht vom Frieden sängest. Zugleich denke ich, dass du wiederum nicht vom Frieden singen darfst, solange du den Krieg nicht gesehen hast.«

»Und deswegen …«

»Außerdem habe ich noch einen anderen Grund«, fiel Riacán ihm ins Wort, »aber den erkläre ich dir später.«

Obwohl er leise sprach, lag etwas in seiner Stimme, dem sich sein Bruder nicht entziehen konnte.

»Aber meine Harfe nehme ich mit«, erklärte Faolán lediglich trotzig. »Dann kann ich später entweder deinen Sieg oder deinen Tod besingen.«

Bevor sie wegritten, glitt sein Blick wehmütig über den Hof, den Palisadenzaun, die Ställe und das Langhaus. Éilís hatte sich dort verkrochen, anstatt ihm nachzuwinken, eben trat allerdings Kraka auf die Schwelle. Sie hatte ein dunkelrotes Kleid angelegt, und im Abendlicht glänzte ihr schwarzes Haar. Langsam hob sie die rechte Hand und formte mit den Fingern ein Zeichen. Riacán hatte es noch nie gesehen, er war sich dennoch sicher, was es bedeutete.

Kraka segnete ihn im Namen der alten Götter, die in der Sonne wohnten und im Mond, im Blitz und im Donner, in tief verwurzelten Bäumen und in den Vögeln, die über ihren sanft wogenden Kronen kreischten. Und sie wollte dasselbe wie Ceara: dass er als Held zurückkehrte oder gar nicht.

Als sie über die Passhöhen der Wicklow-Berge ins Landesinnere vordrangen, nieselte es, und als sie die Slige Dála, jene Straße, die von Tara südwestlich in Richtung Osraige führte, erreichten, begann es zu schütten. Aus Bächen wurden rasch Flüsse, und die Flüsse überfluteten die Wege. Kaum einen Schritt konnten sie machen, ohne knöcheltief zu versinken, und wenn sie sich durch Furten kämpften, wateten sie sogar bis zur Hüfte im Wasser. Vage erinnerte Riacán sich an eine von Krakas Geschichten, wonach alle Flüsse Irlands nichts anderes waren als die Pisse von Maeve. Er war nicht sicher, ob diese eine Zauberin, eine Königin oder eine Göttin gewesen war, doch wenn er auf das gelbliche Wasser starrte, glaubte er die Geschichte – und er glaubte auch, dass Maeve bösartig wie kein zweites Wesen war.

Die Männer fluchten.

»Ascall wird genauso nass wie wir«, erklärte Riacán. »Und er wird ebenfalls nicht schneller vorankommen. Unsere Wege werden sich kreuzen.«

Er sollte recht behalten.

Am Tag, als ein Späher mit der Nachricht wiederkehrte, er habe Ascalls Truppe nicht weit von hier entdeckt, regnete es nicht. Der Himmel war strahlend blau, doch etliche schwarze Wolken türmten sich. Sobald sich eine vor die Sonne schob, wehte der Wind schneidend kalt, und wenn die Strahlen sich wieder hervorkämpften, schnitten sie umso greller in die Augen, als wollten sie beweisen, wer im Spiel der Himmelsmächte am Ende der Sieger war.

Du irrst dich, Sonne, dachte Riacán und kniff die Augen zusammen. Sieger ist immer die Nacht ... Erst wenn es finster wird, bricht die Zeit der Raubtiere an, die Zeit der Rache, die Zeit der ... Überfälle.

Der Späher hieß Nuallán und war kein Mann, sondern ein Junge mit schnellen Beinen, dessen schlaksige Gestalt Riacán an Éamonn erinnerte. Allerdings war sein Blick unruhig, sein Haar farblos und die Haut voller Pickel, die umso röter glühten, wenn er so aufgeregt war wie jetzt.

»Sie sind zu fünft, wenn man die Geisel mitzählt. Énna Mac-

Murchada reitet in der Mitte. Einer schirmt ihn nach vorne ab, einer nach hinten, und rechts und links reiten zwei weitere. Welcher wohl Ascall ist?«

Er sprach mit bebender Stimme, so wie Éamonn gesprochen hatte, wenn er Geschichten von Cú Chulainn erzählte.

»Wir richten unser Augenmerk ganz auf die Geisel«, sagte Riacán und suchte Gljómalls Blick.

Gljómall grinste und schenkte dem Jungen, der glaubte, ein großes Abenteuer zu erleben, ein kurzes Lächeln, um ihm schon im nächsten Augenblick einen Nasenstüber zu versetzen, damit er nicht vergaß, dass bei jedem Abenteuer Blut floss.

Der Junge verbiss sich einen Schmerzenslaut, er schnaufte nur.

»Wenn du noch einmal so laut schnaufst, dass Ascall dich hören kann, schneide ich dir die Nase ab«, drohte Gljómall.

Doch Ascall hörte sie nicht, als sie ihm in dieser Nacht so nah wie nie kamen, und auch nicht am nächsten Tag, als sie weiterhin seinen Spuren folgten. Die schwarzen Wolken waren nun grau, aber so dick, dass sich kein Sonnenlicht mehr hindurchkämpfte, und der Wind traf die verschwitzte Haut weiterhin messerscharf. Riacán spürte die Kälte nicht, als er die Männer am Abend noch einmal auf den Plan einschwor, ehe sie sich in kleinere Gruppen aufteilten und Riacán mit seiner Leibwache Ascalls Lager umstellte, das dieser auf einer Lichtung hatte errichten lassen. Der letzte Sturm hatte hier etliche Bäume geknickt, und seine Krieger hatten ein paar störrische Äste abgeschlagen, damit Feuer gemacht und die Stämme darum herumgeschoben.

Nicht nur Gljómall, Dúngal und Fiacc waren bei der kleinen Vorhut dabei, auch Faolán, aber er fiel so wenig auf wie in den letzten Tagen, da er nie gesungen und kaum etwas gesagt hatte. Dass der Boden so nass war, war ein Segen, denn das Gluckern der sumpfigen Erde war nicht so verräterisch wie das Knacken von Ästen. Selbst als sie einen Baum passierten, auf dem ein Kauz hockte, flog der nicht von dannen, sondern fuhr fort, seine unheilvollen Lieder in die Welt zu krächzen.

Zum Gestank ihrer Stiefel mischte sich bald der Geruch nach

verbranntem Fleisch. Wahrscheinlich briet Ascall über dem Feuer einen Hasen, ein Eichhörnchen oder einen Marder.
Iss nur, Ascall, stärke dich.
Riacán hob die Hand, um anzudeuten, dass es nur mehr wenige Schritte waren, die sie von der Lichtung trennten. Bis jetzt hatten sie das Feuer und die unruhigen Schatten, die es warf, nur erahnen können – jetzt fiel ihr Blick erstmals auf die bläulich züngelnden Flammen. Zwei der Männer saßen ganz dicht am Feuer. Einer war vornübergebeugt, die Hände offenbar gefesselt, ein anderer lehnte an einem Baumstamm und schnarchte. Ein dritter stand an einem Baum und pisste, was Riacán erlaubte, noch ein paar Schritte näher zu kommen, war der Strahl doch lauter als seine Schritte. Als der Mann fertig war, spuckte er auf den Boden, schüttelte seinen Schwengel und steckte ihn in die Hose. Bald gesellte er sich zu den anderen ans Feuer. Ein vierter Krieger ging unruhig auf und ab und schlug zwei abgenagte Knochen aufeinander, und zu ihm gesellte sich der fünfte, der bis jetzt sein Schwert poliert hatte und ihm etwas zuraunte. Als Riacán schon näher schleichen wollte, um sie besser zu verstehen, hörte er eine weitere Stimme – die eines sechsten Mannes, der eben die Pferde fütterte.
Gerade noch rechtzeitig zog Riacán den Kopf ein. Er wartete einige Atemzüge lang, ehe er sich umdrehte und Gljómall andeutete, dass es nicht fünf Männer waren, wie Nuallán behauptet hatte, sondern sechs.
Gljómall nickte grimmig.
Hoffentlich wird er Nuallán keinen Finger abschneiden, um ihn das Zählen zu lehren.
Der Gedanke an das picklige Gesicht, und dass er den Knaben vor Gljómall schützen musste, war der letzte klare Gedanke, bevor sein Kopf ganz leer wurde und sein Leib mit dem sumpfigen, nach Moos riechenden Wald zu verschmelzen schien.
Wie erwartet blieb die gefesselte Geisel allein sitzen, als sie mit lautem Geheul auf die Lichtung stürmten. Der Mann, der an den Baum gelehnt geschnarcht hatte, hob den Kopf, doch bevor er auch die restlichen Glieder aufrichten konnte, war

Gljómall zu ihm gesprungen und hatte ihm mit dem Knauf seines Schwertes den Kopf zertrümmert. Ob er beim Zuhauen ächzte oder das Opfer beim Sterben, wusste Riacán nicht – nur dass dieser Laut grässlich und schön zugleich war.

Alle Laute waren das, die nun folgten – das Klirren der Schwerter, das Dröhnen der Schritte, das Zischen der Pfeile, die Riacáns übrige Männer von der anderen Seite der Lichtung abschossen, das Wiehern der Pferde. Fiacc hatte den Auftrag, sie loszubinden, um Ascall und seinen Kriegern die Flucht zu vereiteln, doch ehe es ihm gelang, stürzten zwei Krieger auf ihn los. Gut so. Auf diese Weise abgelenkt beschützten sie nicht länger die Geisel, die vor Schreck vom Baumstamm gefallen war und sich krümmte. Riacán ließ sie nicht aus den Augen, obwohl eben der Krieger auf ihn losstürmte, der gerade noch die Knochen aufeinandergeschlagen hatte. Als dessen Schwert auf seines traf, fühlte er sich kurz wie morsches Holz, das mühelos vom Sturm geknickt wird, doch er hielt sich so lange aufrecht, bis Dúngal dem Mann einen Dolch in die Wade trieb. Der schrie auf oder wollte es zumindest. Statt Gebrüll ertönte nur ein Gurgeln, als Riacán ihm die Kehle durchschnitt. Jetzt kam er Dúngal zu Hilfe, der seinerseits beinahe von einem Krieger überwältigt worden wäre. Bevor Riacán auch dessen Kehle durchtrennen konnte, wurde der Mann von einem Pfeil getroffen. Er steckte nicht tief genug, um ihn zu töten. Schon fuhr die Hand zur Brust, um ihn herauszuziehen, doch zuvor hatte Dúngal ihm den Bauch aufgeschlitzt, und die Därme quollen hervor.

Drei sind tot ... drei leben noch ... jetzt ... jetzt muss die Taktik aufgehen ...

Von den beiden Männern bei den Pferden hatte bislang nur einer gegen Fiacc gekämpft, der andere hatte seltsam lethargisch danebengestanden und Riacán in seiner Ahnung bestätigt. Er stieß ein Pfeifen aus, und Fiacc tat, was er tun musste – er ließ die beiden Männer entkommen, während Riacán auf die Geisel stürzte, die sich mit gefesselten Händen vor dem Feuer krümmte. Als der Mann sich nicht rührte, befielen ihn kurz Zweifel, aber dann geschah, worauf er gehofft hatte. Der Mann sprang auf, erhob seine Hände, und die waren nicht gefesselt, wie es den Anschein gehabt hatte, sie zogen ein Schwert.

Die vermeintliche Geisel war in Wahrheit Ascall, indes Énna durch den schwarzen Wald ritt!

Seine Schadenfreude machte Riacán leichtsinnig. Gerade als er Ascall mit Dúngal einkreiste, hörte er einen Schrei und nahm aus den Augenwinkeln einen Schatten wahr. Es war Faolán, der ihn warnte – nicht etwa vor Ascall, sondern vor dem Mann, der an den Baumstamm gelehnt geschlafen hatte. Sein Kopf musste aus Stein und seine Haut aus Eisen sein, denn anders als gedacht hatte Gljómall seinen Schädel nicht zertrümmert, er hatte den Riesen nur betäubt. Jetzt war er erwacht, und Riacán duckte sich gerade noch rechtzeitig, ehe ihm der andere den Kopf abschlagen konnte. Auch in den wenigen Augenblicken, da er sich einen Zweikampf mit dem Krieger lieferte, ließ er Ascall nicht aus den Augen. Nicht nur Dúngal kämpfte mittlerweile gegen diesen, auch seine übrigen Männer, die nun von allen Seiten kamen – eine eigentlich unbezwingbare Übermacht, die nun dennoch zu schrumpfen schien.

Während er einen Schlag des Riesen parierte, wurde der alte Fionbharr tödlich von Ascalls Schwert getroffen. Früher war der auf Märkten in der Nähe eines Klosters aufgetreten und hatte mit brennenden Fackeln jongliert, bis die Äbtissin ihn verjagt hatte, weil er angeblich Pferdehufe statt Füße hatte. Doch egal ob Haut oder Horn ... jetzt würde beides verrotten. Nuallán, der Narr, stürzte sich nur mit einer Wurfschlinge bewaffnet auf Ascall, und der musste sich noch nicht einmal umdrehen, um sie durchzuschneiden. Als Nächstes wollte er sich offenbar den Jungen selbst vornehmen, doch nun stürzten sich vier Männer gleichzeitig auf ihn, und diesen konnte er sich nicht entwinden – desgleichen der Riese nichts gegen Riacán und zwei weitere, die ihn nun packten, ausrichten konnte. Der Mann ließ sein Schwert fallen, während Ascall selbst dann noch weiterkämpfte, als er bereits am Boden lag. Doch die Klinge durchschnitt nur mehr die kalte Nacht, und irgendwann genügte ein Fußtritt, um ihn zu entwaffnen.

Höhnische Worte waren alles, womit er sich nun noch zur Wehr setzen konnte. »Ich bin nicht die Geisel aus Leinster«, triumphierte er.

Riacán gab sich ihm erst zu erkennen, nachdem seine Männer Ascall hochgezerrt hatten, denn er wollte ihm stehend gegenübertreten und ihm in das schweißnasse Gesicht sehen, das im Mondlicht fahl wirkte.

»Natürlich bist du nicht die Geisel«, sagte er ruhig. »Ich habe im letzten Jahr all deine Taktiken kennengelernt und deine Täuschung deshalb von Anfang an durchschaut. Wir waren nie auf Énna aus … sondern immer nur auf dich.«

Während der nächsten Atemzüge bekam Riacán eine Ahnung davon, wie sich das Leben anfühlte, wenn man frei atmen und frei lachen konnte, wenn man nicht von Schlachtfeld zu Schlachtfeld hetzte und keinen anderen Geruch mehr wahrzunehmen schien als den nach Scheiße und Blut.

Ascalls Augen hingegen wurden schmal wie Schlitze. Wenn ihn statt vier nur drei Männer festgehalten hätten, hätte er sich wohl befreit und ihre Gesichter zu Brei geschlagen. So aber war alles Aufbäumen vergebens, und das sah er schließlich ein.

»In all den Monaten, da du Seite an Seite mit dem Hochkönig gekämpft hast, hast du uns nur getäuscht«, sagte er. »Ich wusste, dass man dir nicht trauen darf.«

»Nein«, gab Riacán zurück, »du hast es nur geahnt. Wenn du es gewusst hättest, hättest du niemals meinen Falken leben lassen, mit dessen Hilfe mir Caitlín eine Botschaft zukommen ließ. Und du hättest diese Reise nie mit so wenigen Männern angetreten.«

Faolán trat zu ihnen. Sein Blick wanderte amüsiert von Riacán zu Ascall, ehe er sich gemütlich auf einem umgeknickten Baumstamm niederließ.

»Na?«, höhnte Riacán. »Hast du bis jetzt geschlafen?«

Faolán hielt ein Stück Fleisch in die Luft. »Über dem Feuer briet noch ein Hase.« Er kaute mit fett glänzenden Lippen, schluckte, wandte sich mit einem Lächeln an Ascall. »Es war doch Hase, oder?«

Ascall sah ihn finster an und trat dann so unvermittelt gegen Dúngal, dass der stolperte und mit einem Fuß ins Feuer stieg. Ein zischendes Geräusch erklang, als würde Fett in die Flammen tropfen, und obwohl Dúngal heftig auf den erdigen Boden stampfte, dauerte es eine Weile, bis die Flammen, die an seinem Bein hochzüngelten, erloschen. Nur mit Mühe verkniff er sich einen Schrei, desgleichen er den Drang bezwungen hatte, Ascall loszulassen. Der konnte sich deswegen immer noch nicht rühren, während Riacán sich bückte, sein Schwert aufhob und es schwang.

Du darfst jetzt keinen Fehler machen ... du musst ihn an der richtigen Stelle treffen ...

Die Nacht war wirklich stärker als die Sonne. Kein Gleißen ihrer Strahlen hätte auf den Stahl jenen blauen Glanz zaubern können, wie der Mond es tat, als er zustach.

Riacán starrte auf die Felsen, auf den moosigen Boden des Waldes, auf dornige Ranken, die an den Bäumen hochkletterten, auf Farne, die rötlich schimmerten, als zögen sie aus dem Boden nicht einfach nur Nässe, sondern Blut. Er musste an eine Geschichte über die Göttin Sín denken, die ganze Armeen erschuf, außerdem Steine in Schafe, Farne in Schweine und Holz in Silber verwandeln konnte.

Und wenn es umgekehrt ist?, dachte Riacán und wähnte sich von so vielen Augen belauert. Wenn dieser Stein ein Schaf war, das nun vergebens zu mähen versuchte? Wenn dieser Farn ein Schwein war, das um ein Grunzen kämpft? Und wenn er die Rinde des Baumes nur mit dem Schwert abschlagen müsste, um Silber darunter hervorquellen zu sehen?

Aber er musste sein Schwert schonen, und der Einzige, der ihn begaffte, war Faolán. Riacán ahnte, dass sein Bruder schon eine Weile hinter ihm stand, doch erst als die leisen Schritte ertönten, drehte er sich um.

Faolán setzte sich auf einen Stein.

Welch ein Spaß, wenn daraus plötzlich ein Schaf würde und mit ihm davongaloppierte.

»Warum hast du das getan?«, fragte Faolán knapp. »Warum hast du ihn nicht einfach getötet?«

Riacán zuckte mit den Schultern.

Weil Ceara mich darum gebeten hat ... Nein, weil Kraka es sich wünschte ... Nein, weil ich es Caitlín schuldig bin ... Nein, weil Tadc' Gelächter mich sonst bis in den Tod verfolgen würde ... oder vielmehr das Weinen meines aite.

»Es war vielleicht nicht klug. Auf jeden Fall war es nicht ... feige.«

»Und jetzt?«, fragte Faolán.

»Jetzt werde ich nachholen, was Ascall mir an dem Tag, da er Caitlín holte, verwehrt hat.«

Riacán ließ Faolán sitzen, ohne sich noch einmal nach ihm umzudrehen, ging tiefer in den Wald und erreichte einen alten, frei stehenden Ahornbaum. Auf den ersten Blick konnte man denken, dass die anderen Bäume respektvoll Abstand hielten, doch vermeintlicher Respekt war in Wahrheit Angst vor Krankheit und Tod. Die Blätter des Ahornbaums waren nämlich braun gesprenkelt, und der Stamm war so morsch, dass er bald vom Wind geknickt werden würde. Harz quoll bernsteinbraun aus der Rinde, als würde der Baum sein Schicksal beweinen, und er befleckte die Kleidung Ascalls. Der war an diesem Baum festgebunden, doch er stand nicht, er war in die Knie gesunken. An der rauen Rinde hatte er sich seine Hände aufgeschürft, aber das war eine harmlose Wunde gemessen an der, die Riacán ihm zugefügt hatte. Immer noch tropfte Blut aus seiner Brust. Sein Gesicht war bleich, schweißüberströmt – und voller Wut.

»Was? Du trittst mit bloßen Händen zu mir?«, höhnte er. Seine Stimme klang nicht menschlich, eher wie ein Fauchen und Knurren. »Wo ist das Messer, mit dem du ein zweites Mal zustoßen wirst und dieses Mal richtig? Vorhin hast du mir schließlich nur die Haut aufgeritzt.«

»Ich bin kein Tier wie du«, erwiderte Riacán gelassen, »sonst hätte ich dir längst die Kehle durchgebissen. Wenn ich wieder mein Schwert hebe, wirst du nicht wehrlos vor mir stehen, sondern gleichfalls bewaffnet sein.«

Ascall lachte. Vielleicht stöhnte er auch nur. Sein Körper verkrampfte sich, weil es ihn so viel Kraft kostete, den Kopf nicht zu senken.

»Du bist ein Narr«, stieß er aus.

»Nein, ein Narr wäre ich, wenn ich gegen dich kämpfen würde, solange du im Vollbesitz deiner Kräfte bist.«

»Wer bist du dann?«

Riacán beugte sich über ihn. Der Geruch nach blutgetränktem Leder und feuchtem Stoff stieg ihm in die Nase. Ascalls Tunika war offenbar aus *vadmál* hergestellt, einem besonders dicht gewebten Tuch aus Island. An den bestimmten Stellen war sie mit Metallriemen verstärkt, um Lanzen und Schwertspitzen abzuwehren. Darüber trug er einen Pelzumhang und auf dem Kopf eine Lederkappe mit rippenartiger Metallverstärkung, die am Hinterkopf auf eine bronzene Spitze zulief. Die Beine wurden vom Knie abwärts mit Metallschienen geschützt, die man *asán* nannte. Einstmals silbern, waren sie jetzt schwarz ob des gestockten Blutes.

So nah werde ich ihm nicht wieder kommen, noch nicht einmal, wenn ich ihn töte.

»Wer ich bin, willst du wissen? Ich bin Riacán O'Bjólan. Ich beschütze meine Familie. Du hast dich hinter einem Baum wie diesem versteckt, als du Caitlín eingefordert hast. Nun wirst du bis zum Morgengrauen an diesen Baum gebunden bleiben. Dann bist du entweder verblutet, oder wir werden einen Zweikampf ausfechten, einen *fir conilainn*.«

Als Ascall an seinen Fesseln rüttelte, stiegen Erinnerungen an seinen Boten Aodh auf und wie der vergeblich an den Stricken gezerrt hatte, als Riacán ihn erwürgte.

»Für den *fir conilainn* gelten strenge Regeln«, knurrte Ascall.

Riacán nickte. »Ich weiß, jede Seite hat einen Zeugen zu stellen, und das wird geschehen.«

»Aber zwischen Ankündigung und Beginn müssen fünf Tage liegen.«

Riacán beugte sich ganz dicht zu ihm. »Ich wollte diesen Kampf schon vor zwei Jahren ausfechten. Das war genug Zeit für die Vorbereitung.«

Ascall schwieg.

»Hast du noch was zu sagen?«, rief Riacán.

»Ich muss pissen.«

»Dann piss dir in die Hose. Was das anbelangt, scheinst du ja nicht zimperlich zu sein. Deine dunklen Fingernägel und -kuppen sehen auch aus, als würdest du ständig in der eigenen Scheiße stochern.«

Faolán saß noch immer auf dem Stein, als Riacán zu ihm zurückkehrte. In der einen Hand hielt er seine Harfe, mit der anderen hatte er ein Farnblatt ausgerissen und Regenwasser gesammelt, um sein Gesicht zu waschen.

Riacáns Haut fühlte sich gleich noch verdreckter an, aber er widerstand dem Bedürfnis, sich auch nur über die Stirn zu wischen. Es war ohnehin zu finster, um den Dreck zu sehen, und zu kalt, um zu schwitzen.

»Du solltest mich von allen eigentlich am besten verstehen«, sagte Riacán leise. »Du weigerst dich doch von jeher, deine Hände mit einem Mord zu beschmutzen.«

Faolán zuckte mit den Schultern. »Ich weigere mich, die Saiten meiner Harfe mit Blut zu beschmutzen, und das würde auch geschehen, wenn ich einen ehrenhaften Zweikampf ausföchte. Was wiederum deine Ehre anbelangt, so wollen wir hoffen, dass sie scharf und tödlich ist. Falls sie den Kampf überlebt und noch wichtiger, du auch, solltest du allerdings überlegen, wie du den da loswirst.« Er deutete in die Richtung des riesigen Kriegers, der bis zuletzt an Ascalls Seite gekämpft hatte. Als er gefesselt worden war, hatte er so laut gebrüllt, dass Gljómall ihm einen Stein auf den Kopf geschmettert hatte. Leider atmete er immer noch, und um das Versprechen einzulösen, das er Caitlín gegeben hatte – dass nämlich niemand von seiner Rache erfahren durfte –, würde er ihn später wohl selbst töten müssen. »Willst du ihm etwa weniger Gnade gewähren als dem gnadenlosen Ascall von Toora?«, fragte Faolán.

Riacán packte ihn hart an den Schultern und zog ihn hoch. »Ich gewähre Ascall keine Gnade. Es geht um Gerechtigkeit!«

»Gut, gut! Ich habe es verstanden! Aber nun lass mich los, oder willst du an mir üben, wie man einen Mann tötet?«

Riacán lockerte seinen Griff. »Das muss ich nicht üben, ich habe in den letzten Monaten oft genug gemordet. Unbesiegbar hat mich das natürlich nicht gemacht, und deswegen musst du mir etwas schwören.«

Faolán lachte spöttisch. »Auf was soll ich denn schwören? Zufällig trage ich keine Schreine, Reliquien oder Bibeln mit mir, noch nicht mal einen dieser Krummstäbe aus Gold und Silber wie die Bischöfe.«

»Schwör es mir auf deine Harfe!« Schützend presste Faolán das Instrument an sich. »Nun, stell dich nicht so an!«, knurrte Riacán. »Wenn deine Musik über die dreckige Welt erhaben ist, wie du es mich immer glauben machst, wird sie so ein Schwur schon nicht beflecken.«

»Nicht der Schwur … aber das, was ich vielleicht tun muss, um ihn zu halten. Was erwartest du denn von mir?« Riacán beugte sich vor und flüsterte es ihm ins Ohr. Unvermittelt drückte Faolán die Harfe noch fester an sich. Sein Gesicht wurde bleich, selbst die blonden Locken wirkten farblos. »Deshalb hast du also darauf bestanden, dass ich dich begleite.«

»Du musst es tun!«, rief Riacán eindringlich. »Du darfst nicht zögern! Meinen Männern kann ich nicht vertrauen … du hingegen … du wirst mich nicht im Stich lassen. Versprich es mir!«

Faolán senkte seinen Kopf so tief, dass sein Kinn die Saiten berührte.

»Bruder! Bitte!«, flehte Riacán.

Anstatt ihm eine Antwort zu geben, begann Faolán zu singen. »*Die Rache, sie ist ein hungriges Tier, die Zähne sind schwarz, die Augen voll Gier. Manchem beißt sie die Hand ab, die das Schwert hält. Manchem die Hand mit der Harfe, ehe er fällt. Das Schwert wird von der Rache gern verschluckt, wollen wir hoffen, dass sie zumindest die Harfe ausspuckt.*« Faolán hob den Kopf und starrte Riacán lange an. »Wollen wir auch hoffen, dass du Ascall besiegst. Dann muss ich mein Versprechen nicht einhalten, und du musst nicht mit dem dümmsten Lied im Ohr sterben, das ich je gesungen habe.«

Die Nacht wich dem Tag, doch das Licht im Schatten der Bäume blieb fahl. Solange es finster war, hatte der Wald nicht geschlafen – es war stets ein Tropfen, Gluckern, Kreischen und

Rauschen zu hören gewesen –, doch jetzt begann er träge zu werden. Die Bäume ließen lustlos die Blätter hängen, die Farne ihre Köpfe, und die Tiere verkrochen sich in ihren Löchern und Höhlen. Dúngal war es nicht geglückt, rechtzeitig Beute zu erlegen, was Fiacc mit lautstarkem Hohngelächter quittierte, und so aßen sie stattdessen aus einem Kupfertopf Haferbrei. Eine Weile blieb das Kratzen der Löffel das einzige Geräusch.

Riacán nahm keinen Bissen. So wie er in der Nacht der Müdigkeit getrotzt hatte, so entschlossen widerstand er jetzt dem Hunger, stapfte durchs knackende Geäst und gedachte der vielen Heldengeschichten, die Éamonn ihm erzählt hatte oder er dem Knaben. Erst als das Sonnenlicht eine Ahnung von Wärme schenkte, trat er zu Ascall, den er bis jetzt hartnäckig ignoriert hatte. Die Ringe unter den Augen waren tief, die Wangen eingefallen, wahrscheinlich hatte er so wenig geschlafen wie er, wenn auch nicht an Helden gedacht.

Das Kratzen der Holzlöffel erstarb. Zögernd kam seine Leibwache näher – die einzigen Männer, die, von Faolán abgesehen, bei ihm geblieben waren und den Kampf bezeugen würden. Alle anderen hatte Riacán dem fliehenden Krieger und Énna nachgeschickt – nicht, um die Geisel zu befreien, sondern um zu verhindern, dass Ascalls letzter Mann zurückkehrte und seinen Herrn zu retten versuchte. Gljómall zückte ein Messer, um Ascalls Fesseln zu durchschneiden, aber Riacán bestand darauf, es selbst zu tun. Er beging nicht den Fehler, Ascall aus den Augen zu lassen, doch der machte keine Anstalten, ihn anzugreifen, er stieß sich nur vom Baumstamm ab. Falls Ascall Schmerzen hatte, zeigte er es nicht. Er betastete noch nicht einmal seine Wunde, öffnete stattdessen seine Beinkleider, zog den Schwanz hervor und pisste Riacán vor die Füße. Kleine Tropfen spritzten hoch, Riacán wich dennoch kein Jota zurück und verzog nicht einmal sein Gesicht.

Die Männer waren nicht so langmütig und hoben drohend ihre Schwerter.

»Lasst ihn!«, rief Riacán. »Zeigt ihm alle Waffen, die wir haben, er soll eine wählen.«

Nachlässig musterte Ascall die Schwerter. »Womit kämpfst du?«, fragte er.

»Mit meines Vaters Schwert. Ein Vorfahre hat in der Schlacht von Clontarf damit gekämpft. Später ließ er die Klinge schmelzen, und aus dem Stahl wurden zwei neue Schwerter gemacht.«

»Und wo ist das andere dieser beiden Schwerter?«

Riacán nickte Gljómall zu, der Ascall daraufhin widerwillig seine Waffe reichte. Ascall prüfte erst, ob der Knauf auch gut mit der Klinge verbunden war, dann deren Gewicht und Flexibilität, indem er die Luft durchschnitt. Trotz der Verletzung waren seine Bewegungen bemerkenswert schnell, aber Riacán entging nicht, wie sich auf seiner Stirn ein Schweißfilm bildete, und die Haut blieb selbst dann grau, als durch die Baumkronen rosiges Sonnenlicht brach.

Deine einzige Chance ist, dass der Kampf schnell vorbei ist, denn für einige Augenblicke kannst du all deine Kräfte bündeln. Ich habe jedoch lange gewartet und dabei Geduld gelernt ...

Er nickte den Männern zu, und Gljómall, eben noch voller Grimm, weil er sein Schwert hatte abgeben müssen, schritt mit spöttischem Lächeln zur Tat. Er griff zu Pfeil und Bogen, um vier Pfeile in die Luft zu schießen – ähnlich denen, die am Tag von Ascalls Angriff an Riacáns Kopf vorbeigeschossen waren, um ihn zu demütigen. Jetzt grenzten sie den Bereich ein, in dem der Kampf stattfinden sollte. Ascall studierte konzentriert den Boden, um sich jede Unebenheit einzuprägen, und bemerkte deswegen nicht, dass Gljómall den Bogen ein fünftes Mal spannte. Diesen Pfeil schoss er eigenmächtig und nicht auf Riacáns Befehl hin ab, aber dem gefiel es trotzdem, wie er haarscharf an Ascalls Gesicht vorbeisauste und dieser zusammenzuckte. Ein einzelner Blutstropfen perlte wie eine rote Träne über seine Wange, doch er wischte ihn nicht ab.

»Cormac! Wach auf!«, brüllte er stattdessen.

Der Riese hatte wohl geschlafen, fuhr nun hoch und zog ruckartig, wenn auch vergebens, an den Fesseln. Jede Faser von Riacáns Körper spannte sich an. Auch er musste jetzt aufwachen, aus jenem Albtraum, der im Grunde schon lange vor Caitlíns Entführung begonnen hatte ... an jenem Tag nämlich, als die Zeit bei seinem *aite* geendet und Tadc O'Bjólan geprüft hatte, ob der Sohn in den vergangenen sieben Jahren im Schwertkampf unterwiesen worden war. Sein Vater hatte zugeben müssen, dass Riacán wendiger und muskulöser als erwartet war, aber er hatte vor Wut gebrüllt, weil der Sohn keine Freude am Kämpfen fand, seine Augen nicht glitzerten, kein Lachen aus der Kehle tönte.

Heute werde ich lachen.

Riacán starrte Ascall an. Seine Augen schienen hart wie ein Schild und zugleich blind zu sein. Ascall sah Cormac nicht länger, und Riacán sah Faolán und seine Männer nicht länger. Als Ascall das Schwert mit beiden Händen hob und auf ihn losging, waren da nur er und sein Gegner.

Zunächst waren es nur spröde Küsse, die sich die Schwerter schenkten. Ein widerspenstiges Paar waren sie, ein wenig so wie er und Éilís, für die Berührungen nie Vergnügen, sondern immer nur Pflicht gewesen waren. Doch wie die steifen Glieder eines Alten weniger schmerzten, wenn er nur lange genug in der Sonne saß, begann auch der Stahl zu glühen. Zunächst war es Ascall, der austeilte, und Riacán, der parierte, doch die Klingen berührten sich gleichwohl immer länger, das Stöhnen bei jedem Hieb wurde lauter, und der Boden furchte sich unter ihren Schritten.

Als die Sonne golden schien, klang das Klirren des Stahls wie Gelächter. Jedes Aufeinanderprallen tat nun weh, heißes Blut schoss durch Riacáns Glieder, und mit jedem seiner Muskeln schien das Schwert zum Leben zu erwachen, schien mit ihm zu verwachsen und immer größer zu werden.

So muss es sein, hörte Riacán seinen *aite* sagen. Solange du noch weißt, was du tust, ist es nur ein Geplänkel. Solange du noch darüber nachdenkst, wie du ihn besiegen könntest, ist es ein eitler Tanz. Erst wenn der Schmerz so unerträglich wird, dass alle Glieder taub werden und du vergisst zu fühlen, zu denken, zu hoffen und zu bangen, erst dann ist es ein Kampf, erst dann wirst du selbst zu einer Waffe, einer harten, kalten und gefühllosen Waffe.

Ein Schlag fiel nicht ganz so fest wie der vorangegangene

aus, und dieses Mal parierte Riacán nicht nur, er schlug selbst auf den Gegner ein, einmal, zweimal, bis Ascall zurückwich. Obwohl er die wenigen Schritte bald wieder wettgemacht hatte, hatte er gezeigt, dass er nicht unbesiegbar war.

Ich muss nur warten, ich muss nur kämpfen.

Heben, schwingen, sich ducken, sich strecken, ein Bein vor, das andere zurück, nie den festen Stand verlieren, nie den Griff loslassen, das Schwert ist deine Hand, streichle, kitzle, pikse, verwunde …

Da, ein Schrei! Und er kam nicht aus seiner Kehle, obwohl er das kurz dachte. Ascall hatte geschrien oder eigentlich nicht geschrien, nur geröhrt, dumpf und grollend. Blut tropfte auf den Boden, und obwohl es rasch in der Erde versickern würden, glaubte Riacán es zu schmecken. Salzig … belebend!

Die Schwerter schenkten sich neue Küsse, bissigere, gierigere, irgendwann auch erschöpftere. Die Zeit verging, nein, sie ging nicht mehr, dazu waren ihre Glieder zu steif, die Muskeln zu verkrampft, die Knochen zu morsch. Die Zeit schien mit geducktem Kopf zu schleichen – so wie Riacán Mühe hatte, seinen aufrecht zu halten. Er hatte auch Mühe, Ascall zu hassen.

Vorbei … es soll endlich vorbei sein.

Schweiß rann in seine Augen, machte ihn fast blind, doch selbst wenn sich schwärzeste Nacht über sie senkte – er würde fühlen, wo Ascall war, noch deutlicher, als er die eigenen Arme spürte. Die Nacht aber war noch fern, stattdessen stieg die Sonne höher und höher, und als sie den höchsten Stand erreichte, da war aus ihrem Kampf erneut ein eitler Tanz geworden und aus dem eitlen Tanz ein Geplänkel, und was jetzt kam, so hatte es ihn sein *aite* gelehrt, war kein Kampf mehr, nur noch das Siegen, das Töten. Mittlerweile war es Riacán, der die festen Hiebe austeilte und Ascall immer wieder zurückdrängte. Sein Ziel war es, ihn zwischen die Bäume zu treiben und ihm den Weg abzuschneiden, doch plötzlich vernahm er ein dumpfes Geräusch.

Ein Schwert … ein Schwert war auf den Boden gefallen.

Riacán riss die Augen auf, starrte auf seine Hand. Die hielt das Schwert noch – die von Ascall hingegen nicht. Nicht, weil

Riacán ihm das Schwert aus der Hand geschlagen hatte, sondern weil Ascall über eine Baumwurzel gestolpert war, sich zwar aufrecht halten konnte, aber seine Waffe hatte fallen lassen.

Eine Weile waren sie beide fassungslos, dass sich der Wald als der eigentliche Gegner erwies, doch Riacán gönnte jedem den Sieg, selbst den schweigsamen Bäumen, solange er es war, der an ihrer statt triumphieren konnte. Aufheulend stürzte er sich auf Ascall, ehe der seine Waffe aufheben konnte, und trat ihm in den Leib. Ohne die Verletzung hätte Ascall vielleicht seinem Fuß ausweichen können, so aber folgte auf Riacáns Siegesschrei ein Stöhnen, Ascall ging zu Boden.

Und dann berührte Riacáns Klinge auch schon Ascalls Kehle, dann kehrte das Gefühl in seine Hände zurück, dann hatte er endlich die Gewissheit, dass sich alles gelohnt hatte. Der Kampf von heute. Der Kampf der letzten Monate.

»Worauf wartest du?«, fragte Ascall heiser. »Bist du zu müde, um zuzustechen?«

Riacán beugte sich über ihn, rammte ihm das Knie in die Brust, labte sich erneut an dem Schmerzenslaut, den Ascall ausstieß. Sobald er auf ihm kniete, warf er das Schwert fort.

Ein fernes Raunen ertönte, doch Riacán nahm es kaum wahr. Er legte seine Hände um Ascalls Hals und begann zuzudrücken.

Ascalls Lippen verzerrten sich zu einem Grinsen. »Wolltest du nicht beweisen, dass du Ehre hast?«

»Ich habe sie ... aber du nicht. Und deshalb verdienst du keinen ehrenhaften Tod ...«

Die Kraft, die er aufs Reden verwendete, fehlte in den Händen. Kurz schaffte es Ascall, sich aufzubäumen, doch Riacán packte noch fester zu ... frohlockte ... bemerkte darob nicht, dass der andere nun eine Hand frei hatte und zu seinem Gürtel griff.

Als Riacán den Schmerz spürte, war er überzeugt, dass ihn ein Dolch getroffen hatte. Doch als er Ascall losließ, zurückfuhr und an sich hinunterstarrte, sah er nur ein Stück Holz, das aus seinem Bauch ragte – ein Zweig oder eine Wurzel, der Ascall eine Spitze geschnitzt hatte, um in durchwachten Nächten seine Hände beschäftigt zu halten.

Wie lächerlich, dachte Riacán. So etwas tötet doch keinen Mann, der gerade zu Stahl geworden ist ...

Aber er hatte sein Schwert ja fallen lassen, er war nicht länger aus Stahl, sondern aus Fleisch und Blut, und das Blut sprudelte hervor, sobald Ascall das Holzstück aus seiner Brust zog.

Riacán ging zu Boden, schmeckte Erde, Moos, Sand. Der Schmerz plänkelte, tanzte, kämpfte ... siegte. Kurz war er so gewaltig, dass er nichts mehr sah und hörte, nichts mehr dachte und fürchtete. Dann ein lauter, dunkler Schrei, der bis in das dunkle Reich vordrang. Faolán schrie ... oder nein ... Ascall ... oder nein, sie beide. Sobald er ihn mit dem gespitzten Holzstück getroffen hatte, hatte Ascall sich aufgerafft, Riacáns Schwert ergriffen und es erhoben, doch ehe er zustechen konnte, ging er erneut zu Boden.

Riacán öffnete die Augen gerade weit genug, um zu sehen, wie aus Ascalls Rücken ein Dolch ragte, und um zu erkennen, wer ihn in seinen Rücken getrieben hatte.

Ascalls Blick traf seinen, und dieses Mal glichen die Augen des Gegners keinem Schild, an dem alles abprallte, was man ihm entgegenwarf. Sie wurden zum Spiegel seines Schmerzes, seiner Ohnmacht, der Ahnung des Todes.

Wieder vibrierte der Boden, als nunmehr Faolán auf die Knie sank.

»Ach Bruder ...« Faolán seufzte, und seine Stimme brach.

»Du Narr«, keuchte Riacán. »Du ... hast ... es ... mir ... doch ... versprochen.«

FAOLÁN

Du musst mir versprechen, Ascall zu töten, wenn ich es nicht kann.

Und er hatte Riacán enttäuscht, hatte es nicht geschafft, obwohl er die Harfe schon abgelegt, den Dolch genommen hatte und hinterrücks auf Ascall losgegangen war. Doch im entscheidenden Moment hatte Fiacc ihm den Dolch aus der Hand gerissen und an seiner statt blind zugestoßen. Die Klinge war zwischen Schultern und Nacken eingedrungen, tief genug, sodass Ascall sofort zu Boden gegangen war. Im Schatten der Bäume war das Blut, das aus seiner Wunde quoll, ebenso dunkel wie das, das am Dolch klebte ... und auch das, das aus Riacáns Leib sickerte.

»O nein!«

Faolán stürzte zu seinem Bruder und drückte beide Hände auf seine Wunde. Den spitzen Holzzweig, das sah er erst jetzt, hielt immer noch Ascall mit seinen Händen umklammert.

»Du Narr!«, stieß Riacán erneut aus. »Du ... hast ... es ... mir ... doch ... versprochen ...«

Riacán lebte noch, er konnte sogar sprechen!

»So tut doch etwas!«, brüllte Faolán. Gljómalls und Dúngals Blicke gingen von Riacán zu Ascall, zurück zu Riacán, schließlich zu Fiacc. Keiner von ihnen schien fassen zu können, was geschehen war. »Deine Wunde ... wir müssen sie nähen ... wir müssen Moos hineinstopfen ... und dann ...«

Riacán verzog seinen Mund. »Du hast es mir versprochen ... du hast es nicht getan ... aber jetzt ... jetzt bleibt dir nichts anderes übrig ...« Obwohl Faolán weiterhin auf die Wunde drückte, hörte das Blut nicht zu fließen auf. »... jetzt bleibt dir nichts anderes übrig, als zu töten ...«

»Riacán!«

»... sonst töten sie nämlich dich ... nehmen dir unser Land ... nehmen dir Éilís.«

Riacáns Blick war erstaunlich klar, und seine Worte waren erstaunlich schonungslos. Seine Hände mochten vom eigenen Blut kleben, die letzten Worte hingegen waren von keiner gnädigen Lüge befleckt. Jäh fühlte sich Faolán so trostlos, dass er am liebsten über dem Bruder zusammengesunken wäre, doch der packte ihn am Handgelenk.

»Du … willst … es … nicht«, brachte Riacán keuchend hervor, »aber du musst es … du musst stark sein … du musst ein Krieger sein … du kannst es schaffen.«

»Bruder …«

»Hör zu weinen auf, ich werde ja ganz nass«, sagte Riacán, und sein Mund verzerrte sich noch mehr.

Faolán wischte sich die Tränen weg. »Ich weine doch nicht, das ist nur meine Spucke, die mir aus dem Mund tropft, weil ich mich über dich beuge.«

»Ach was, jemand, der seinen Mund so weit aufreißen kann wie du, wenn er singt, kann ihn auch wieder zuklappen.«

Die Worte kamen nun flüssiger über Riacáns Lippen, seine Stimme dagegen wurde leiser. Bald würde er selbst nur mehr spucken können … Blut.

»Es tut mir leid, dass ich dich enttäuscht habe …«, murmelte Faolán.

»Mein Leben … zu Ende … aber du … du musst … deines retten … Und jetzt hör endlich auf … zu spucken!«

Erneut wischte sich Faolán verstohlen über die Wangen. »Stell dir vor, dass Ceara dich küsst.«

»Mein Sohn …

»Ihm wird kein Haar gekrümmt, das verspreche ich dir.«

»Lieber … nicht … Hab doch gesehen … dass du … Versprechen nicht hältst.«

»Aber …«

»Sing lieber, sing … ein letztes Lied.«

Und Faolán sang, sang erst kaum hörbar, dann lauter, fester. Sang Töne, tief wie sein Kummer, sang Töne, hoch wie die Baumkronen. Deren Rauschen vermischte sich mit seiner Stimme, als Riacáns Blick immer starrer wurde. Es war, als schickte ihm die davoneilende Seele einen letzten sanften Gruß.

Faolán sang und sang, sang auch dann noch, als Riacán längst tot war. Er wusste, ihm blieb nur ein Lied. Dieses würden ihm die Männer gönnen, auf dass er von seinem Bruder Abschied nehmen konnte. Sie selbst traten indes auf Ascalls leblosen Körper ein, und das noch nicht einmal im Rhythmus der Strophen.

Bald werden sie auf meine Harfe treten, dieses nutzlose Ding ... dann auf mich, den nutzlosen Barden ...

Riacán war von Gljómall, Dúngal und Fiacc als ihr Herr akzeptiert worden, aber nur, solange er sich keine Schwäche erlaubt hatte. Faolán war in ihren Augen die Schwäche selbst, und wenn er tot war, würden sie sich so lange gegenseitig bekämpfen, bis nur mehr einer lebte, der dann das O'Bjólan-Land für sich beanspruchen konnte.

Jetzt bleibt dir nichts anderes übrig ...

Faoláns Blick fiel auf den Krieger in Ascalls Gefolge, der gefesselt an einem der Bäume stand. Er hieß Cormac und schien ein Mann von noch schlichterem Geist zu sein als Riacáns Leibwächter, stand in seinem Gesicht doch ein dümmlicher Ausdruck, als müsste das, was seine Augen eben beobachtet hatten, noch einen langen Weg bis zu seinem Kopf zurücklegen und dabei manches Hindernis überwinden.

Vielleicht gibt es doch eine Möglichkeit, im Kampf um das Land mitzumischen, ohne dass ich mir selbst die Hände schmutzig mache ...

Eben hörten Gljómall, Fiacc und Dúngal auf, auf Ascalls Leichnam einzutreten. Nicht mehr lange, und sie würden die Harfe entdecken, die nicht weit von ihm auf dem Boden lag, nicht mehr lange, und sie würden ihn als Feigling beschimpfen. Faolán brachte die letzte Strophe zu Ende, erhob sich und stellte sich unauffällig zwischen die Männer und sein geliebtes Instrument. Mit ganzer Willenskraft unterdrückte er Zittern und Ekel und beugte sich entschlossen über Ascall. Eine Weile stocherte er mit seinem Finger in dessen Wunde am Nacken, ehe er das Blut ableckte. Es schmeckte nach Moos, nach Erde, nach Rinde, auch nach Sand. Dieser knirschte zwischen seinen Zähnen, und Faolán musste sich überwinden, ihn nicht auszuspucken, sondern zu schlucken.

»Was tust du denn da?«, fragte Gljómall angewidert.
Meine Stimme ölen, damit ich euch belügen kann ...
»Wenn ich sein Blut koste, bleibe ich von seinem Geist verschont, und er kann mich nicht als Wiedergänger heimsuchen«, sagte Faolán laut vernehmlich. »Ihr solltet das auch tun ... vor allem Fiacc, der ihn ...«, *... der ihn getötet hat.* Aber nein, so durfte er es nicht ausdrücken, nicht, wenn sein Plan aufgehen sollte. »Fiacc, der ihn hinterrücks erschlagen hat.«

Misstrauen breitete sich in ihren Mienen aus, allerdings auch Unbehagen und Angst. Gut so ... diese Angst würde sie noch eine Weile vergessen lassen, dass er nur ein Barde war.

»Und jetzt schafft Ascalls Leichnam in den Wald!«, befahl Faolán. »Sollen sich doch die Würmer ihre Bäuche vollschlagen, bis sie platzen, und später die Vögel die toten Würmer aufpicken, bis sie nur mehr faule Eier legen.«

Keiner wollte länger als nötig in der Nähe eines Toten ausharren, also bückte sich Gljómall, um Ascall an den Füßen zu packen, während Dúngal seinen Kopf umfasste. Nur Fiacc stand mit leeren Händen da.

»Du kümmerst dich um Riacáns Leichnam«, sagte Faolán schnell. »Wirf ihn übers Pferd ... wir müssen ihn heimbringen ...«

Obwohl er es kaum zu hoffen wagte, befolgte auch Fiacc seinen Befehl. Derweil die einen mit dem toten Ascall in Richtung Wald verschwanden und der dritte sich ächzend an Riacáns Leichnam zu schaffen machte, trat Faolán zu seiner Harfe und strich sehnsüchtig darüber, ehe er sie unter einem Ledersack verbarg.

Meine Geliebte ... hab keine Angst ... ich kehre zu dir zurück ... ich betrüge dich nicht, auch wenn es kurz den Anschein geben mag ... Ich muss nicht töten, um zu leben, wie Riacán dachte ...

Das Schicksal schien es gut mit ihm zu meinen, denn Gljómall und Dúngal blieben im Wald verschwunden. Offenbar wollten sie ein Fleckchen suchen, das niemals die Sonne streichelte, während Fiacc sich damit plagte, Riacán auf Tuiren zu wuchten. Das Pferd hielt still, ganz anders als Ascalls Krieger Cormac, der nun laut fluchte und wieder an seinen Fesseln riss.

Genau so sollte es sein.

Faolán ließ die Harfe liegen und hob möglichst lautlos Riacáns Schwert auf. Er schlich damit zu Cormac und beugte sich trotz dessen wütendem Blick dicht zu ihm hinunter.

»Du kannst sterben wie Ascall. Oder leben, um ihn zu rächen und aller Welt von seinem Tod zu erzählen. Was ist dir lieber?«

Cormacs Flüche erstarben, was nicht gleich hieß, dass der Riese seine Worte verstanden hatte. Ruckartig stieß er seinen Kopf in Faoláns Richtung, und der hatte Mühe, rechtzeitig auszuweichen.

Gottlob, dass er kein Stier mit Hörnern ist.

»Ich fürchte, um dich von den Stricken zu befreien, brauchst du das da«, flüsterte Faolán und hielt das Schwert hoch. »Also ... entscheidest du dich für den Tod oder für das Leben?«

Cormac stierte ihn an. Aus dem Wald kam immer noch kein Laut, während Fiacc Riacán zwar auf den Pferderücken gewuchtet hatte, nun aber Tuiren frisches Wasser gab.

»Du Wurm ... du Schlange ... du Fliege ... du ...«

»Gemach, gemach! Wenn du alle Tiere des Waldes aufzählen willst, dauert das zu lange. Entweder jetzt oder nie. Ich kann dich mit diesem Schwert erstechen. Oder ich kann deine Fesseln durchschneiden. Vorausgesetzt, du versprichst mir, danach Ascalls Mörder zu töten und zu verschwinden.«

Cormac gaffte ihn verständnislos an. »Du ... du willst mir tatsächlich das Schwert geben?«, stammelte er.

»Irgendjemand muss doch in deiner Heimat erzählen, wie Ascall starb.«

»Aber ... aber ...«

»He!«, rief Fiacc misstrauisch. »Was hast du mit dem Gefangenen zu tuscheln?«

Mein Gott, wie langsam ihr seid! Die Fliegen wittern so viel schneller das Blut eines Toten als euer lahmer Geist die Gefahr!

Nun gut ...

Faolán wartete Cormacs Zustimmung nicht länger ab, er durchschnitt die Fesseln. Ritsch, schon hatte Cormac die eine Hand frei, ratsch, nun konnte er auch die andere frei bewegen und sich erheben. Faolán musste ihm nur den Schwertknauf in die Hand drücken und hoffen, dass der andere ihn nicht als Erstes erschlug.

»Du hast ihn losgebunden, du Verräter?«, brüllte Fiacc.

Faolán duckte sich wendig, ehe Cormac das Schwert in seine Richtung schwingen konnte. Dann floh er hinter einen der Bäume, tastete sich zum nächsten weiter, machte einen Satz – und war nun hinter Tuirens Leib versteckt. Das Gemetzel hinter sich hörte er nur, er sah es nicht. Erst brüllten beide Krieger, dann, nach einem lauten Klirren, einem gurgelnden Schrei und einem dumpfen Aufprall nur mehr einer.

Lass es Cormac sein, guter Gott, bitte lass es Cormac sein!

Faolán lugte hinter dem Pferd hervor, zog danach aber den Kopf noch tiefer ein. Cormac war tatsächlich als Sieger aus dem Gemetzel hervorgegangen, und wenn er versuchen würde, Tuiren samt dem toten Riacán zu stehlen, konnte er ihm nichts entgegensetzen. Doch die schweren Schritte, die nach dem triumphierenden Geheul ertönten, bewiesen, dass er es nicht riskieren wollte, von einem fremden Pferd abgeworfen zu werden. Als Faolán einen Moment später wieder hinter Tuiren hervorlugte, war Cormac fort, und Fiacc lag mit aufgeschlitztem Bauch auf dem Boden.

Er atmete tief durch, während er lauschte. Erst als er nicht nur seinen dröhnenden Herzschlag, sondern in der Ferne auch Dúngals und Gljómalls Stimmen vernahm, schrie er: »Sei auf ewig verflucht, du verdammter Verräter!«

Er sprang auf, rief es einmal, rief es noch einmal. »Verräter! Verräter! Verfluchter Verräter!«

Fliegen umsurrten Fiaccs Leichnam, und ihr Brummen wurde noch lauter, als Faolán den Dolch nahm, mit dem der Leibwächter Ascall getötet hatte.

Wartet, wartet, gleich tische ich euch ein noch vorzüglicheres Mahl auf.

Just als Gljómall und Dúngal aus dem Schatten der Bäume traten, beschimpfte er den Toten ein letztes Mal, hob dann den Dolch und ließ ihn auf Fiaccs Kopf niedersausen. Obwohl die aufgeschnittene Kehle bereits einen grauenhaften Anblick bot, hieb er ihm auch die Ohren ab und stach ihm die Augen aus – zumindest versuchte er das. Da seine Hand zitterte, traf er nur die Nase.

Auch gut.

»Was tust du denn da?«, brüllte Gljómall.

»Was schon? Das, was man mit Feiglingen und Verrätern macht!«

Anklagend deutete er auf die zerschnittenen Fesseln. »Kein Grashalm knickt im heftigsten Nordwind schneller ein als euer Gefährte. Er hat es mit der Angst zu tun gekriegt, weil er Ascall feige ermordet hat, und fürchtete die Rache des Hochkönigs. Deswegen hat er Cormac befreit, auf dass der für ihn lügt. Er soll aller Welt erzählen, dass ich es war, der Ascall tötete.«

Er sah in ungläubige Gesichter. »Was ... was redest du denn da?«, stammelte Gljómall.

Faolán schlug das Herz bis zum Hals. »Ich habe Fiaccs Plan vereitelt und ihn getötet. Leider konnte ich Cormac nicht rechtzeitig aufhalten.«

Eine Weile glotzten sie auf den toten Gefährten, von dessen Gesicht nur eine rote Masse geblieben war. Schließlich kamen sie näher und traten gegen den Leichnam wie zuvor gegen den Ascalls, als wollten sie prüfen, ob doch noch Leben darin wohnte.

»*Du* hast ihn getötet?«, rief Gljómall fassungslos.

»Ich hätte auch Ascall getötet«, sagte Faolán und versuchte so selbstbewusst wie möglich zu klingen, »weil ich genau das Riacán versprochen habe. Aber nie hätte ich ihn hinterrücks erschlagen. Ich mag bloß ein Barde sein, kein Krieger, ich verstehe dennoch, was echte Helden ausmacht, ich habe nämlich viele Lieder auf sie gesungen. Kein Einziger ist einer geworden, weil er seinem Gegner in den Rücken stach. Ich hätte so etwas nie getan, und ihr hättet es auch nicht getan, das weiß ich.« Er deutete auf den Leichnam. »Ich musste ihn so zurichten. Er hat nun keine Ohren und keinen Mund mehr. Also wird er sich in Andernwelt seines feigen Mordes nicht rühmen können und nie wieder den Einflüsterungen des Feindes lauschen.«

Stolz hob er den blutigen Dolch.

»Du ... du hast ... du hast wirklich ...«, stammelte Gljómall.

»Wer sonst soll es getan haben?«, schritt Dúngal ein, und aus seiner Stimme klang Anerkennung.

»Aber wie kann er nur ... Sieh ihn dir doch an, er ist doch ...«

»Vielleicht ist er mehr als ein Barde«, raunte Dúngal, »einer der *filidh* gar ... jener Seher, die früher gesungen haben ... und die die Macht haben, in die Zukunft zu sehen.«

»Auch die Macht, einen Krieger zu töten?«, fragte Gljómall zweifelnd.

»In jedem Fall sind sie die Nachfolger von Druiden!«

Als Faoláns Blick zwischen den beiden hin- und herging, konnte er sich nur mit Mühe ein triumphierendes Lächeln verkneifen.

»Nein«, schaltete er sich ein, »ich bin kein Nachfolger von Druiden. Aber ich bin der Nachfolger von Riacán. Niemand soll je erfahren, dass Fiacc Ascall hinterrücks getötet hat. Es muss unser Geheimnis bleiben, denn seine Tat könnte auch auf euch, seine Freunde und Gefährten, zurückfallen. Lasst uns stattdessen behaupten, dass ich selbst Ascall getötet habe – in einem fairen Zweikampf –, um gleichsam der ganzen Welt zu bekunden, dass man sich mit den O'Bjólans nicht ungestraft anlegt. Dass sie nicht vor ihren ärgsten Feinden buckeln. Dass selbst ein Barde aus ihrer Mitte mehr Macht hat als Irlands größter Krieger.« Er hielt feierlich inne, bevor er im Brustton der Überzeugung rief: »Mögen die O'Bjólans lange leben!«

Als die anderen den Ruf aufnahmen – erst zögerlich, dann zunehmend lauter –, warf Faolán einen letzten Blick auf Riacán. Er war voller Trauer, denn er würde seinen Bruder bis zu seinem letzten Atemzug vermissen, voller Mitleid, weil dessen Leben so früh und abrupt geendet hatte, aber auch voller Triumph.

Du dachtest, mir bliebe keine andere Wahl. Du hast dich geirrt. Ich werde nicht mit dem Singen aufhören und mit dem Töten anfangen.

Faolán ertrug es kaum, wenn Frauen weinten. Aber noch weniger ertrug er es, wenn sie es sollten, jedoch nicht taten.

Als sie mit Riacáns Leichnam heimkehrten, flossen keine Tränen. Kraka wurde so bleich, dass ihr schwarzes Haar noch dunkler wirkte. Ob aus Respekt oder Verachtung für den Toten murmelte sie lautlos einen Spruch und umschritt ihn drei Mal in Richtung Sonnenaufgang, anstatt ihre krächzende Stimme zu erheben.

Ceara stand indes ganz steif da. Sie trug den kleinen Cian, und obwohl kein Laut über ihre Lippen trat, entging es Faolán nicht, dass ihre Fingerknöchel weiß wurden, als sie die Hände schützend um den Säugling legte. Cian brüllte, bis er rot wurde. Ceara schwieg, bis sie blass wurde. Jemand bot ihr an, das Kind zu nehmen, aber sie schüttelte den Kopf und blieb aufrecht stehen. Geistesabwesend nestelte sie an ihrer Tunika, legte den Knaben an, und aus seinem Gebrüll wurde ein Schmatzen, als er neben seinem toten Vater ihre süße Milch trank.

Von Éilís hatte Faolán gar nicht erst Tränen erwartet, dennoch hoffte er kurz, er würde sich täuschen und sie Gefühle zeigen. Als er sich ihr zuwandte, fragte sie hingegen nur knapp: »Wie?«

Was zählte noch das Wie? Machte es denn einen Unterschied, ob jemand heldenhaft oder feige starb? Der Tod hatte viele Masken, aber keine verbarg seine Endgültigkeit. Aus schwarzen Löchern starrte sie aus seinem Gesicht und schüchterte die noch Lebenden ein. Ich kriege euch alle, vermeinte sie zu sagen …

»Lass es dir von den anderen erzählen«, murmelte er und flüchtete ins Langhaus.

Durch die Ritzen der Wände fiel das Abendlicht, und in seinem rötlichen Schein sah man die Rillen auf dem langen Tisch, an dem Riacán noch vor Kurzem gegessen und einen Eintopf aus Rüben und Hühnerfleisch verschlungen hatte. Faolán schluckte, der Hals wurde ihm trocken, doch das hielt ihn nicht davon ab, nach seiner Harfe zu greifen und mit rauer Stimme zu singen.

Erst als er nach etlichen Strophen verstummte, gewahrte er, dass er nicht allein war. Und erst als er in Éilís' Gesicht sah, merkte er, dass sie doch Gefühle kannte, wenn er sich auch nicht sicher war, ob diese mehr nach Trauer oder Triumph schmeckten.

»Er war dein Bruder, und du hast ihn geliebt«, stellte sie ruhig fest und setzte sich zu ihm auf die Bank.

»Du nicht«, gab er zurück.

Sie zuckte mit den Schultern. »Mit deinen Liedern hast du es gewiss nicht geschafft, die Männer unter deiner Führung zu einen. Wie ist es dir gelungen, dass Gljómall und Dúngal dich ihren neuen Herrn nennen?«

Faolán legte unschlüssig die Harfe weg. »Einst hat ein kluger Mann zu mir gesagt, dass man mit einem Schwert nicht nur töten, sondern mit seiner Klinge die Feinde spiegeln kann, die hinter einem stehen.«

»Was nutzt es, die Zahl seiner Feinde zu kennen, wenn man sie nicht besiegen kann?«

»Aber das kann man durchaus! Die Klinge spiegelt nicht nur die Feinde, sie bündelt auch das Sonnenlicht, und mit diesem kann man die Angreifer blenden. In gewisser Weise habe ich die Männer blind gemacht. Sie sehen nicht länger nur den Barden in mir.«

Sie verzog abschätzend ihr Gesicht.

Und was siehst du in mir?, dachte er. Dass ich die Musik liebe? Dass ich dich liebe? Und was von beidem widert dich mehr an?

Er wandte sich ab und begann wieder die Harfe zu zupfen.

Riacán hatte auch einmal von ihm wissen wollen, was er in Éilís sah. Sie sei doch mitnichten schön mit ihren hervorstehenden Zähnen und dem farblosen Haar, hatte er gesagt.

Als ob es darum ginge! Liebe machte noch blinder als das Sonnenlicht, das von Schwertern reflektiert wurde. »Ich ... ich bin wie sie ...«, hatte er geantwortet. »Wir benutzen beide unsere Zunge als Waffe.«

Für Krieger wie Riacáns Leibwächter hatten farblose Frauen und Barden den gleichen Rang. Die Männer, denen die Welt gehörte, oder nein, sie gehörte ihnen nicht, sonst würden sie nicht ständig darum kämpfen, diese Männer jedenfalls erwarteten von jenen, die die Welt nicht mit Blut düngten, dass sie das Blut aufwischten und dabei ihren Kopf gesenkt hielten. Das aber taten weder er noch Éilís. Sie teilte mit spitzer Zunge feine Hiebe aus, für die die Kraft in ihren Händen nicht reichte. Er versuchte mit süßer Zunge die Seelen zu liebkosen, die man mit Händen nicht fassen konnte.

Faolán setzte zu einem neuen Lied an. Er sang von einem Mann, der träumte, dass er fliegen könnte, der zu schlafwandeln begann, auf das Strohdach stieg und die Hände in die sternenklare Nacht streckte. Er streichelte den Mond, er umarmte ihn sogar, er wähnte sich als mächtigster Mensch auf Erden. Doch der Mond hielt ihn nicht sicher in seinen Armen geborgen. Als der Mann erwachte, bemerkte er, dass er weder fliegen konnte noch sich am Mond festhalten. Er stürzte in die Tiefe.

Faolán ließ Éilís nicht aus den Augen, während er sang. Er sah, dass ihre immer feuchter wurden, und bei der letzten Strophe lief ihr eine Träne über die Wangen.

»Um wen weinst du?«, fragte er leise.

»Um Riacán«, gestand sie. »Und um mich. Oder nein, ich weine um ... uns. Um das, was wir hätten sein können. Solange er nur seine Ehre im Kopf hatte, wollte ich ihn nicht. Und als er sich zum entschlossenen, starken, rachsüchtigen Mann wandelte, wollte er mich nicht mehr.« Sie wischte sich erst die Tränen vom Gesicht, dann die feuchte Hand an ihrem Kleid ab. »Ach Faolán«, seufzte sie und erhob sich abrupt, »du bist ein begnadeter Sänger. Schade, dass ich künftig deinen Liedern nicht mehr werde lauschen können.«

Vor Schreck hätte er beinahe die Harfe fallen lassen. »Aber ...«

»Ich weiß nicht, wie du den Männern hast vormachen können, du wärest einer wie sie, entschlossen, grausam und herrschsüchtig. Ich weiß nur, dass es eine Lüge war und dass sie über kurz oder lang aufgedeckt wird. Dann werden sie dich töten, und ich habe keine Lust, dabei zuzusehen.«

Ach, wenn ihre Waffe, die Zunge, nur etwas stumpfer wäre ...

Abrupt legte er die Harfe ab, als hätte er sich daran verbrannt. »Éilís, du kannst doch nicht ...«

»Mach dir keine Sorgen um mich. Ich gehe ins Kloster Sankt Brigid. Tadc O'Bjólan hat es schon vor seinem Tod reich bedacht, und wenn ich den Nonnen einen Teil meines Brautpreises überlasse, werden sie mich gern in ihrem Kreis aufnehmen.«

Jedes einzelne Wort klang wie ein übler Misston.

»Du warst doch niemals fromm«, brachte er hervor.

Éilís lachte auf ihre kalte Weise. »Ich war mit Riacán verheiratet, obwohl ich ihn nicht geliebt habe. Ich kann erst recht im Kloster leben, ohne Gott zu lieben.«

Sie drehte sich nicht einmal nach ihm um, als sie sich zum Gehen wandte. Hilflos starrte er ihr nach, während sie auf die Tür des Langhauses zuging. So schnell er ansonsten Verse dichten konnte – jetzt fielen ihm die richtigen Worte nicht ein.

Das Schwert ... die Klinge, die die Sonne reflektierte ... er hatte die Männer geblendet ... Wie könnte er Éilís blenden?

»Warte!«

Er sprang auf, ließ die Harfe achtlos liegen, fühlte sich zum ersten Mal nicht nackt ohne sie. »Warte!«, wiederholte er etwas ruhiger.

Endlich blieb sie stehen und drehte sich um. »Was willst du noch?«

Ich will der neue Herr der Sippe der O'Bjólans sein und niemanden enttäuschen, schon gar nicht dich. Ich will dir sagen, dass ich dich liebe. Ich will dir sagen, dass du meine Frau werden sollst.

»Ich will dir Genugtuung schenken«, erklärte er stattdessen.

Ihre Augen, die ansonsten immer so schmal waren, weiteten sich. »Genugtuung für ... was?«

Faolán klang ganz rau, als er antwortete. »Wie du vorhin sagtest – Riacán hat dich nicht mehr gewollt. Er hat dich gedemütigt, er hat an deiner statt eine Sklavin in sein Bett geholt ... Und er hat einen Sohn mit ihr gezeugt ...« So vertraut ihm ihr Stolz und ihr Trotz waren, so sehr befremdete ihn der Hass, der ihre Züge verzerrte. Doch wer weiß, dachte Faolán, wenn sie alle Bitterkeit erst einmal ausgespien hat, stimmt sie vielleicht in meine schönen Lieder ein. »Mach ... mach, was du willst«, sagte er schließlich.

»Was meinst du?«, fragte sie.

Er räusperte sich. »Als Witwe hast du das Recht, über jenen Teil des Besitzes zu entscheiden, den du als Brautpreis in die Ehe gebracht hast. Wenn ich mich richtig entsinne, waren das in deinem Fall etliche Rinder und Haushaltsgegenstände. Nun, ich gebe dir das Recht, auch über den Rest zu herrschen, über alles Vieh und alles Land der O'Bjólans. Cian darf kein Leid geschehen, das habe ich Riacán versprochen, doch tu mit Ceara, was du willst.«

Éilís' Körper wurde ganz steif, indes ihre Augen zu glänzen begannen. »Ich würde Cian nie ein Leid zufügen, darum musst du mich nicht erst bitten«, sagte sie leise. »Er ist der Sohn, den ich hätte gebären sollen. Ceara ... Ceara hat ihn mir gleichsam gestohlen.«

Sie schien kurz nachzudenken. Die Bitterkeit schwand aus ihrer Miene, und ihr Mund verzog sich zu einem Lächeln.

»Du gehst also nicht ins Kloster«, rief er atemlos. »Du wirst bleiben.«

Sie schwieg, und Faolán wusste nicht, vor welcher Antwort er sich mehr fürchtete.

»Nun gut«, sagte sie schließlich. »Ich bleibe.«

Als Éilís nach ihr rief, trug Ceara immer noch den Kleinen an sich gepresst, obwohl der nicht mehr an ihren Brüsten trank, sondern eingeschlafen war. Faolán musste bei diesem Anblick an einen Schild denken – wobei er nicht wusste, ob die Mutter den Sohn schützte oder der Sohn die Mutter. Er wusste nur, dass dieser Schild die Pfeile nicht abhalten würde, die Éilís auf Ceara zu schießen gedachte.

Der Triumph der meisten Menschen glich einem lodernden Feuer, das züngelte und zischte. Bei Éilís kleidete er sich in ein weit weniger hungriges Schweigen. Da sie nichts sagte, ergriff Ceara das Wort. »Was wird aus Cian ... was aus mir?«

Faolán schaffte es nicht, Ceara ins Gesicht zu sehen, aber er betrachtete ihre Hände, rote, rissige, kräftige Hände, die so viel gearbeitet hatten.

»Du bist ein fleißiges Mädchen«, lobte Éilís sie. »Eine gute Sklavin ... oder nein, von Rechts wegen bist du nach Cians Geburt keine Sklavin mehr, du bist eine Magd. So oder so schuftet keine so hart wie du. Ich denke, du hast es dir verdient, fortan zu rasten und in Ruhe und Stille um Riacán zu trauern.«

»Die Arbeit macht mir nichts aus, sie ... sie ist ...«

Éilís hob gebieterisch die Hand. »Ich weiß, ich weiß. Deine Eltern haben dir beigebracht zu schuften – die englischen Bauern, die gewaltsam hierherverschleppt wurden. Wie lange kennen wir uns, Ceara?«

Ceara straffte ihre Schultern. »Wir kennen uns gar nicht.«

Faolán kam nicht umhin, ihr für diese Antwort Respekt zu zollen. Er wagte es, in ihr Gesicht zu blicken, und begriff plötzlich, warum sie nicht weinte. Ihre Augen ... sie waren wie tot.

Éilís machte einen Schritt auf Ceara zu. Ihre Stimme klang noch freundlicher und gleichzeitig noch gefährlicher. »Ich fürchte, wir werden uns auch weiterhin nicht besser kennenlernen. Hier erinnert dich alles an Riacán, und diesen Schmerz will ich dir ersparen. Ich kenne solchen Schmerz nicht und weiß deshalb kaum, welches das größere Versäumnis ist – nie zu lieben oder nie zu trauern. Dennoch kann ich mir denken, dass beides, deine Trauer und deine Liebe, sehr groß sind.«

Nur ein Wort kam Ceara über die Lippen. Es war kaum hörbar, ihre Stimme schien noch toter als der Blick. »Wohin?«

»Oh, keine Angst, du wirst nicht darben, sondern ein gutes Leben führen. Du sollst im Kloster Sankt Brigid Obhut finden, die O'Bjólans haben es mehr als einmal mit großzügigen Spenden bedacht. Früher lebten Benediktinerinnen dort, jetzt sind es Zisterzienserinnen. Das ist ein neuer Orden aus Frankreich, dessen Schwestern dem Gebet mehr Zeit widmen als der Arbeit. Es steht dir frei, dort Laienschwester zu werden oder die Ewige Profess abzulegen und dein Leben dem Gebet für Riacáns Seele zu weihen.«

Ganz dicht trat Éilís an sie heran, und Faolán entging nicht, dass Ceara Cian regelrecht umklammerte, nicht länger als Schutzschild, mehr wie eine Waffe. Aber ein zartes Kind, wohlig warm an der Mutter Brust gebettet und im Schlafe glucksend, war nur eine stumpfe.

»Gib ihn mir!«

Ceara stieß ein Seufzen aus, das leiser klang als das Glucksen, doch nicht minder tief in Faoláns Seele schnitt.

»Das ist also deine Rache«, sagte sie.

Éilís lächelte schief. »Rache? O nein. Riacán wollte Rache, und dafür hat er sein Leben vergeudet. Ich will nur Gerechtigkeit. Du hast meinen Mann bekommen, und ich überlasse ihn dir als Toten gern. Du hast aber auch meinen Sohn bekommen, und den will ich zurück. Er wird es gut haben, das verspreche ich dir. Ich werde ihm nie ein Leid zufügen, ihn nicht als Sklaven behandeln oder gar verkaufen, wie es so oft mit Bastarden geschieht. Wie mein eigenes Kind werde ich ihn stattdessen umsorgen. Du kennst doch das Gesetz, dass eine Dienerin, wenn sie Schaden angerichtet hat, ihn wiedergutmachen muss. Nichts weiter als diese Wiedergutmachung verlange ich von dir. Dafür, dass du mir meinen Mann gestohlen hast, musst du mir deinen Sohn geben.«

Kurz dachte Faolán, dass Ceara nichts mehr hervorbringen würde, so wie er nach diesem Abend vielleicht nicht mehr würde singen können. Doch dann erklärte sie mit erstaunlich fester Stimme: »Ich trage ihn stets bei mir, weil er nirgends so gut schläft wie an meiner Brust. Er kennt meinen Geruch, meine Stimme, meinen Herzschlag. Du reißt ihn von mir und sagst, du tust ihm kein Leid an?«

»Er wird sich an meine Brust gewöhnen.«

»Kommt süße Milch daraus?«

Nein, bittere ...

Éilís antwortete nicht. »Gib ihn mir«, wiederholte sie.

Ceara rang mit sich, fragte sich wohl, was leichter war – den Sohn schlafen zu lassen oder ihn aufzuwecken.

Schließlich gab sie ihn Éilís, und wieder ertönte ein Glucksen. Die Fäustchen fuhren durch die Luft, aber Cian schlief so tief, dass er den Geruch der Mutter noch nicht vermisste, nicht ihren Herzschlag, nicht ihren Atem, nicht das Kitzeln des feinen silbrigen Haares, nicht die sanfte Stimme.

Ceara hob ihre Hände, als wollte sie ihn streicheln, tat es dann doch nicht. Noch nicht einmal anblicken konnte sie ihren

Sohn. Sie starrte stattdessen auf Éilís, nicht vorwurfsvoll, nicht wütend, nicht traurig, nur ... unendlich verloren.

Wie voller Hass muss man sein, um diesen Blick zu ertragen? Wie stark und entschlossen?

Nun spürte er, wie sich Cearas tränenloser, toter Blick auf ihn richtete.

Wie voller Liebe muss man sein, um diesen Blick zu ertragen? Wie schwach und getrieben?

Faolán sah zu Boden, und als er wieder hochblickte, war Ceara gegangen. Weder hatte er ihre Schritte gehört noch ein Schluchzen, es ertönte nur die ungehaltene Stimme einer anderen.

»Einer Mutter das Kind wegzunehmen, ist wider die Natur. So etwas tut man nicht. So wenig, wie man Saat in Sümpfe wirft, Rindern fauliges Gras gibt oder Schafen ihr Fell ausreißt, anstatt sie zu scheren.«

Kraka, das Krähenweib, stand in der Tür. Beim Anblick seiner Tante vermeinte Faolán oft, Flügel flattern zu hören, doch an diesem Tag kam ihm vor allem ein spitzer Schnabel in den Sinn.

»Was hast du denn je getan, was der Natur gefiele?«, gab Éilís kühl zurück. »Du hast doch nie deinen Buckel krumm gemacht, um den Boden mit Holzfeuerasche und Seetang zu düngen, hast nie Strohballen getragen, um damit das Dach auszubessern, oder Ähren im Mühlstein gerieben, sodass das Mehl hervorquillt. Und mir ist bislang entgangen, dass du Ceara sonderlich magst.«

Kraka rümpfte die Nase. »Das habe ich auch nicht gesagt. Ich mag sie mitnichten. Mir sind die Blumen mit Dornen lieber als die süß duftenden, denn ich will nicht an ihnen riechen, sondern mir die Finger aufstechen und mein Blut fließen lassen. In einem Blutstropfen kann man nämlich die Zukunft sehen, Blut ist etwas Kräftiges und Starkes. Dein Blut jedoch fließt nicht in dieses Kindes Adern.«

»Mir fällt es schwer zu glauben, dass in deinen rotes, frisches wohnt. Du bist niemals eine Blume gewesen, weder eine duftende noch eine dornige, du bist eine Pflaume, und zwar eine runzlige, die nur aus einer harten Schale und einem noch härteren Kern besteht.«

Faolán kicherte – ein Laut, in dem sich weniger seine Belustigung als seine Anspannung entlud.

Kraka fuhr zu ihm herum, musterte ihn, und ihr Blick war ebenso wissend wie verächtlich. »Und du lässt das alles zu?«, fragte sie. Faolán blieb das Lachen im Halse stecken. Statt seiner lachte Kraka und fuhr dann zu reden fort: »Weißt du, Neffe, ich mochte dich eigentlich immer. Die Barden sind diejenigen, die mit ihren Liedern die Erinnerung an die Götter und Helden am Leben erhalten. Die mit ihren Liedern die Krieger stark machen, wenn sie in den Kampf ziehen. Allerdings frage ich mich jetzt, welches Lied du Riacán wohl vorgesungen hast, ehe er starb. Ich denke nicht, dass du darin Helden und Götter beschworen hast, und vor allem nicht, dass es ihn stark machen sollte. Du hast doch nur darauf gewartet, dass er endlich stirbt und du Éilís haben kannst.«

Faolán lief glühend rot an. »Schweig!«, rief er beschämt und verärgert zugleich.

»Die Götter haben dir dein Talent gegeben. Wann hast du es jemals genutzt, um ihnen dafür zu danken?«

Nicht nur Krakas spöttischer Blick tat ihm weh, auch Éilís' verächtlicher, weil er es zuließ, von dieser närrischen Alten beschimpft zu werden.

Mühsam rang er um Fassung. »Ich glaube nicht an die Götter ... und wenn ich an sie glauben würde, so nicht daran, dass sie mir meine Musik gegeben haben. Du sammelst in Bronzeschalen Blut von Opfertieren, um es den Göttern darzubringen. Musik hingegen ist nichts, auf das du ein Messer richten kannst, damit sie in eine Schale tropft.«

Kraka stützte ihre Hände in die Hüften. »Du fühlst dich also erhaben, weil du kein sinnloses Blut vergießt. Bald wird Cearas Muttermilch ebenso sinnlos im Boden versickern. Ist das etwa besser?«

Jedes ihrer Worte traf ihn wie ein Schlag. Er wusste, Riacán würde ihm, wenn er noch lebte, dasselbe vorhalten ... dass Hände nicht nur beim Töten schmutzig wurden und dass er seine Musik und das, wofür sie stand, nicht nur mit einem Mord verriet. Doch einen Misston konnte man nicht zurücknehmen ... man konnte ihn nur vergessen ... durch schöne Klänge oder noch lautere Misstöne.

»Ich bin nun das Familienoberhaupt der O'Bjólans«, erklärte er entschlossen. »Ich werde nicht dulden, dass du respektlos zu mir sprichst.«

Kraka zuckte mit den Schultern. »Keine Angst, ich werde bald überhaupt nicht mehr mit dir sprechen. Jetzt, da Riacán tot ist, werde ich nicht bleiben.«

Verblüfft sah er sie an. »Wohin willst du denn gehen?«

»Willst du dich etwa in einem Erdloch verkriechen?«, spottete Éilís.

»Nein«, sagte Kraka. Sie war ohnehin eine groß gewachsene Frau, aber jetzt machte sie sich so steif, dass sie noch zu wachsen schien. Nicht länger dachte Faolán bei ihrem Anblick an Flügel oder einen spitzen Schnabel, sondern an Krallen, und kurz hatte er Angst um Éilís, um den kleinen Cian, sogar um sich selbst. Vielleicht lag in Krakas Flüchen, gleichwohl er so oft darüber gesprochen hatte, doch Macht. Kraka keckerte allerdings bloß – und das nur wie einer der bunten Vögel, die in einem fernen Land im Süden lebten, nicht wie eine Krähe.

»Nein«, wiederholte sie seelenruhig, »ich werde mich nicht in einem Erdloch verkriechen, ich werde Ceara ins Kloster Sankt Brigid begleiten und fortan selbst dort leben.«

Éilís schien so überrascht, dass sie fast den kleinen Cian hätte fallen lassen, und Faolán verschluckte sich vor Schreck und musste eine Weile husten. »Du ... du wirst ... *was*?«, stammelte er.

Kraka lächelte rätselhaft. »Du hast mich schon richtig verstanden, ich werde ins Kloster gehen. Mit Riacán starb meine Hoffnung auf einen Menschen, der an die Götter glaubt wie ich, der die Weisheit der Druiden am Leben erhält, der zum Helden wird. Dass er als gewöhnlicher Mann verschied, ist vielleicht ein Zeichen dafür, dass die Macht der Götter verblasst ist, wie die Sterne es am Morgen sind, und die Weisheit der Druiden verglüht wie die Sonne am Abend.«

Ob ein Gott oder die Götter die Welt beherrschten ... diese Welt musste verrückt geworden sein! Kraka ging ins Kloster. Éilís entriss einer Mutter ihr Kind. Und er selbst glaubte, sich zum Herrn einer Sippe erheben zu können. Doch bevor er etwas einwenden konnte, drehte Kraka sich langsam um und ging würdevoll hinaus. Wie immer raschelte ihr Seidenkleid bei jedem Schritt.

»Ich kann sie mir unmöglich in einer Kutte vorstellen«, sagte er wie betäubt und ließ sich auf die Bank sacken. »Das ... das ist doch alles nicht möglich.«

Éilís atmete hörbar aus. »Hauptsache, sie ist fort«, sagte sie. »Was schert es uns, welche Pläne sie damit verfolgt?«

Wie er setzte sie sich, nein, fiel auf die Bank, drückte den Säugling an sich, sog seinen Geruch ein, presste sein zartes Gesichtchen an ihres und ließ sich von den langen dunklen Wimpern kitzeln. Ungläubig sah Faolán, wie sie glückselig lächelte, als sie das Kind küsste.

Ihr Anblick bannte und verstörte ihn zugleich.

Cian erwachte, nachdem Ceara bereits eine Stunde fort war, und er brüllte, wie Faolán noch nie ein menschliches Wesen hatte brüllen hören. Niemand konnte ihn beruhigen, nicht Gljómall, der erst Grimassen schnitt und später verärgert meinte, man solle den Kleinen im eiskalten Wasser ertränken. Auch nicht Eireann, die sich früher mit Ceara ein Lager geteilt hatte und deren Gesicht Cian vertraut war – wenn auch leider nicht ihr Geruch. Und ebenso wenig die alte Muirne, die Cian auf die Welt geholfen hatte und zunächst meinte, dass es sein Gutes habe, wenn er so schreie. So würden die Elfen den Kleinen nicht holen und mit einem Wechselbalg austauschen.

»Allerdings ist es möglich, dass er bereits geraubt worden ist und der Wechselbalg so schreit«, gab sie nun zu bedenken. »Man muss ein paar Blätter des Fingerhuts pflücken, sie auskochen und ihm einträufeln. Wenn er das Gift überlebt, ist das ein Zeichen dafür, dass er nicht menschlich ist.«

»Und wenn er es nicht überlebt?«

»Dann wissen wir, dass es Cian war, der starb.«

Faolán taten von dem dummen Geschwätz die Ohren noch mehr weh als vom Gebrüll, und am meisten schmerzte die Hoffnung, dass Éilís sich diesem verzweifelten Laut unmöglich taub stellen konnte und sie ihn anflehen würde, Kraka und Ceara zurückzuholen. In der Tat war Éilís hilflos wie nie, seit der Kleine erwacht war und sich in den falschen Händen wiedergefunden hatte, aber sie sorgte nicht dafür, dass seine Mutter heimkehrte, sie nahm Muirne den brüllenden Knaben aus dem Arm.

»Er ist kein Wechselbalg, er ist mein Sohn«, erklärte sie mit gebieterischer Stimme, und zu Faoláns Erstaunen fügte sich auch der Säugling dem herrischen Tonfall. Er schrie fortan nicht mehr, er jammerte nur noch. Éilís begann, auf ihn einzureden – nicht länger herrisch, sondern säuselnd –, begann, ihn zu wiegen und auf und ab zu gehen, sie tat es stundenlang, die ganze Nacht über, bis ihr die Hände wehtaten, und selbst dann noch, als ihr die Arme regelrecht abfallen mussten. Irgendwann weinte er kaum noch. Éilís fütterte ihn mit Ziegenmilch, in die sie ein Tuch tauchte, um es über seinen Lippen auszupressen und ihn daran saugen zu lassen, sie streichelte über sein Haar, und sie wusch sein verschwitztes Köpfchen. Schließlich sang sie. Sang so, wie sie aussah, nicht schön, ein wenig schief, mit ebenso herber wie rauchiger Stimme, doch Faolán lauschte trotzdem hingerissen – und Cian anscheinend auch, denn nun verstummte er endgültig und schlief ein. Éilís ging weiter auf und ab.

Als der Morgen graute, trat Faolán zu ihr und bot an, ihr das Kind abzunehmen, aber sie schüttelte den Kopf. »Ich habe Angst, dass er dann wieder erwacht.« Ihre Stimme klang nicht länger herb und rauchig, sondern unsicher und kleinlaut.

»Dann setz dich wenigstens zu mir.«

Sie nahm tatsächlich Platz, steckte ihren Finger in den Mund des Kleinen, und der begann, daran zu nuckeln.

Am liebsten hätte Faolán seine Harfe gezupft, doch das wollte er nicht, um Cian nicht zu wecken, und ihm fiel auch nichts ein, was er sagen könnte.

Unvermittelt hob Éilís ihren Blick und sah ihn lange an. »Ich werde ihm eine gute Mutter sein, das verspreche ich. Ich werde für ihn sorgen, und ich werde ihn von ganzem Herzen lieben. Bis heute wusste ich nicht, ob ich lieben kann. Zum Hassen braucht man zwei, und zum Lieben braucht man zwei ... aber ich ... ich war immer allein. Nun gut, jetzt nicht mehr ... jetzt habe ich ihn, meinen Sohn.«

»Und du hast mich«, murmelte er. »Das heißt, du *könntest* mich haben.«

Sie senkte ihren Blick. »Ich bin dir dankbar für Cian, er braucht hingegen einen starken Vater. Und ich will erst sehen, ob du stark bist ... es sein kannst. Ich will sehen, ob dich alle auch weiterhin als Herrn anerkennen.« Sie deutete auf die Harfe. »Mit deinem Gesang allein wirst du das wohl nicht schaffen.«

Ganz deutlich glaubte Faolán Riacáns spöttische Stimme zu hören.

... jetzt bleibt dir nichts anderes übrig, als zu töten. Doch dann sagte er sich: nicht heute. An diesem Tag galt es nur die Stille zu genießen – die Stille, das Glosen des verbrannten Holzes, das Glucksen des Kindes und Éilís' gleichmäßigen Atem, als ihr die Augen zufielen. Noch im Schlaf hielt sie das Kind fest an sich gedrückt. Wenn Cian erwachte, würde ihm ihr Geruch vertraut sein, wenn er weinte, würde er bei ihr Trost finden, und wenn eine spröde Frau wie Éilís dieses Kind lieben konnte, warum sollte nicht er, der feinsinnige Barde, ihm der Vater sein, den sie sich vorstellte?

CAITLÍN

Caitlín hatte immer wenig geschlafen, seit sie in Toora lebte. Jetzt schlief sie fast gar nicht mehr. Sie war nicht sicher, worauf sie wartete, rannte jedoch immerzu vom Hof in die Halle, von der Halle zu den Werkstätten und von den Werkstätten wieder zurück in den Hof – gleich einem Webschiffchen, das von der Schicksalsmacht hin und her geschoben wurde.

Aber mein Faden wird nicht reißen, sagte sie sich trotzig, ich werde leben.

Obwohl sie nicht wusste, ob und wofür sie ihn eines Tages brauchen könnte, trug sie Ascalls Dolch nun ständig bei sich. Selbst in den kurzen Stunden, die sie auf der Bettstatt verbrachte, hielt sie ihn an sich gepresst wie andere Weiber ihre neugeborenen Kinder. Nie war der Schlaf tief genug, als dass sie sich daran hätte verletzen können, nur einmal nickte sie lange genug ein, um zu träumen. Von Muireann ... nein ... von Ascall ... nein, von Riacán ...

Als sie erwachte, in jenem grauen Zwischenreich gefangen und mit noch schwerem Leib, säuerlicher Zunge und trägen Gedanken, wusste sie plötzlich: Mein Bruder ist tot.

Sie fuhr hoch, rieb sich die Augen, flocht sich das Haar.

»Riacán«, murmelte sie, und ihre Stimme zitterte.

Sie sprach mehrmals seinen Namen aus, als könnte sie ihn, wenn sie ihn nur oft genug rief, wieder zum Leben erwecken oder zumindest ein klares Bild heraufbeschwören, wann und wie er gestorben war. Doch in ihr blieb es finster.

Ich täusche mich bestimmt ... Es sind nicht die Toten, die unsere Träume heimsuchen, es sind böse Geister, die uns verwirren wollen ... Riacán lebt! Er muss leben!

In Caitlíns Herz pochte weiterhin ein vager Schmerz, aber in ihrem Kopf war genug Platz für die Hoffnung, dass ihre dunkle Ahnung sie trog.

Schritte näherten sich dem Gemach. Sie erwartete Rún, die tüchtig und verlässlich war und dennoch bei allem nach ihrem Rat fragte, doch wer nun eintrat, war ... Muireann.

»Soll ich dir Haferbrei bringen?«, fragte sie vermeintlich freundlich.

Caitlín erinnerte sich daran, wie sie einst verbrannten Brei auf den Boden geschleudert hatte, und es entfuhr ihr: »Ja, bring mir welchen, aber wenn er mir nicht schmeckt, werfe ich ihn dir dieses Mal ins Gesicht.«

»Du trauerst ja immer noch um den Falken«, sagte Muireann zufrieden und lachte.

»Ist es nicht endlich genug?«, fragte Caitlín. »Du hast dich gerächt, jetzt kannst du doch wieder nachsichtig sein ... versöhnlich ... mitleidig.«

Sie war aufgestanden, auf sie zugetreten, doch Muireann wich zurück. »Ich zeigte Mitleid, als ich dir das Schweineschmalz gab. Und sieh, wie du mir das heimgezahlt hast!«

Caitlín rang hilflos ihre Hände. »Ich wollte dir doch nie etwas Böses antun, dich weder beschämen noch verletzen. Mein Leben und meine Ehre wollte ich retten, das ist alles.«

»Und mich hast du dazu benutzt. Für ein dummes Weib hast du mich gehalten.«

»Und denkst du, ich halte dich jetzt für klug, nur weil du mir den Falken genommen hast?«

»Es ist mir egal, wofür du mich hältst. Und es nützt dir auch nichts, wenn du selbst klug und schön bist. Vor allem bist du nämlich einsam ... schrecklich einsam.«

Riacán ... er ist tot ... und es ist auch meine Schuld ...

Ohne recht zu wissen, was sie tat, hob Caitlín die Hand und schlug Muireann ins Gesicht. Es war kein fester Schlag, es ertönte noch nicht einmal ein Klatschen, und Muireanns ohnehin schon gerötete Wangen wurden kaum röter. Umso erstaunter war Caitlín, dass Gebrüll losbrach, sobald sie die Hand senkte. Sie brauchte eine Weile, um zu begreifen, dass dieses Gebrüll nicht aus Muireanns Mund kam, dass die Magd vielmehr genauso verwirrt darüber war wie sie.

Verspätet presste Muireann ihre Hand an die Wange, doch in

ihrem Blick standen kein Schmerz und keine Scham ob der Demütigung, nur Fassungslosigkeit und wachsendes Entsetzen. Caitlín stürzte hinaus.

Cormac war es, der so brüllte, und obwohl seine Zunge zu schwer war, um deutlich zu sprechen, und sein Geist zu verwirrt, um ganze Sätze zu bilden, war seine Botschaft unmissverständlich.

Ascall war tot ... war von einem Krieger Riacán O'Bjólans feige ermordet worden ... und das war nur möglich, weil er zuvor verraten worden war ... von seinem eigenen Weib. Wenigstens konnte sich der verfluchte O'Bjólan nicht lange an seinem Tod weiden ... Er wurde nun ebenfalls von Würmern aufgefressen, aber das machte Ascall nicht wieder lebendig.

Der Schmerz um Riacán war zu groß, um ihn zu fühlen. Die Angst war auch groß, aber nicht ganz so übermächtig, denn gegen diese konnte sie etwas tun. Instinktiv griff Caitlín nach dem Dolch.

Natürlich wusste sie, dass das sinnlos war. Unmöglich könnte sie Cormac töten, und selbst wenn es ihr gelänge, hatten zu viele Zeugen seiner Rede gelauscht. Immer mehr Menschen strömten in den Hof, Krieger und Sklaven, Bauern und Handwerker. Nur Ailillán nicht. Ailillán hatte am Abend zuvor angekündigt, in den Wald zu reiten. Er jagte oft in diesen Tagen, zumindest behauptete er das, doch er verließ die Burg jedes Mal ohne Pfeil und Bogen, und Caitlín hatte nie gesehen, dass er mit einem erlegten Tier zurückkehrte. Was immer er in der Einsamkeit inmitten hoher dunkler Bäume suchte – es ließ sich nicht so leicht töten wie ein Hase oder ein Eichhörnchen. Auch nicht so leicht töten, wie Cormac nun sie töten würde.

Eben hatte der sie entdeckt und deutete anklagend auf sie. »Ja, sie hat Ascall verraten, sie hat ihrem Bruder eine Nachricht zukommen lassen. Nur deshalb wusste er, wohin Ascall unterwegs war, und konnte ihn in einen Hinterhalt locken. Ascall wurde hinterrücks erschlagen!«

Von wem wohl? Von Gljómall etwa? Von Fiacc? Von Dúngal?

Das Erstaunen darüber, welche Rolle Riacáns Leibwächter spielten, und die Bestürzung darüber, dass Riacán sein Versprechen nicht gehalten hatte, befreite sie kurz von Trauer und Furcht. Doch auf die Antwort zu warten würde wohl bedeuten, selbst erschlagen zu werden. Besser, sie nutzte die Zeit, um zu laufen ... davonzulaufen ... Vor Cormac, der drohend die Hände hob, einen Satz in ihre Richtung machte, gottlob zu schwerfällig war, sie zu erwischen.

Caitlín rannte nicht zum Tor, denn von dort würde sie nicht weit kommen, sie schaffte es hingegen bis zur Scheune, wo das Getreide aufbewahrt wurde. Erst kürzlich hatte sie wegen der Mäuseplage den Befehl gegeben, die Gefäße mit dem Getreide auf einem hölzernen Podest aufzubewahren. Caitlín hätte sich am liebsten darunter verkrochen, aber sie wusste, dass sie in dem Versteck nicht lange sicher sein würde. Und daraufzusteigen und sich hinter den Gefäßen zu ducken, war gleichfalls keine gute Idee. Wahrscheinlich würde es sofort unter ihrem Gewicht nachgeben – sie war ja so viel schwerer als die Katze, die es sich dort oben auf einem weichen Nest aus Holzspänen gemütlich gemacht hatte und durchdringend schnurrte.

Als hätte sie ihren Blick gespürt, hob die Katze kurz den Kopf, blickte sie schmaläugig an und räkelte sich wohlig. Caitlín hob die Hand, streichelte gedankenlos über ihr Fell, und anstatt sie zu kratzen wie schon einmal, schnurrte das Tier noch durchdringender.

Es ist nicht möglich, dass sie so schnurrt ... Riacán ist tot, tot, tot ... Ascall ist tot, tot, tot ...

Während zumindest Cormac, einer von Ascalls Kriegern, noch lebte. Und sie auch ... Noch ...

Ach, Katze. Leih mir deine Krallen, leih mir eines deiner Leben, man sagt dir nach, dass du deren viele hast, leih mir drei, vier, fünf ...

Sie war sich nicht sicher, wie viele notwendig waren, um diesen Tag zu überstehen.

Die Staubflocken tanzten ebenso in der Luft wie einzelne feine Katzenhärchen, doch so gemächlich ihre Drehungen zunächst ausfielen, so stürmisch wirbelten sie hoch, als das Scheunentor aufgerissen wurde. Caitlín betete. Betete nicht für sich oder für die Toten, nur darum, dass Cormac die Scheune allein betreten hatte.

Nicht, dass sie nicht trotzdem zusammenzuckte, als sie ihm ins Gesicht sah und er zu brüllen begann. »Du Verräterin! Glaub nicht, du kannst dich hier vor mir verstecken! Glaub nicht, du wirst deiner Strafe ...«

Verwirrt brach er ab, als Caitlín etwas tat, das er nicht erwartet hatte. Genau genommen hatte sie es selbst nicht erwartet. Instinktiv war sie ihrer ersten Regung gefolgt und auf Cormac zugetreten, um ihn zu ... umarmen.

»Was in Teufels Namen ...«, setzte er an, brachte aber auch diesen Satz nicht zu Ende.

Caitlín atmete erleichtert aus. Gottlob war er zu verwirrt, um sie sofort zu erwürgen. So blieb ihr Zeit, zitternd seine Hände zu nehmen, ihr Gesicht an seine Brust zu schmiegen, schließlich mit verzweifelter Miene zu ihm hochzublicken. »Er war es doch.«

Erst als sie es aussprach, ging ihr auf, dass sie sich längst entschieden hatte, was sie tun würde. Dass sie Ascalls Rat befolgen würde, wonach man töten musste, was man liebte.

Ja, es gab auf Dún Fionn jemanden, den sie liebte. Und ja, sie war bereit zu töten.

»Er war es doch«, wiederholte sie, obwohl es ihr das Herz brach. »Er, nicht ich ...« So wie in seinem Gesicht nichts zusammenpasste, wurde auch aus Cormacs Gedanken und Ahnungen nichts Ganzes. Sie hob die Hände, legte sie auf seine Wangen, konnte zwar seine schiefen Zähne nicht geraderücken, aber zumindest die Gedanken in eine bestimmte Bahn lenken. »Den Falken, meine ich ... Nicht ich war's, die ihn befreite, um meinem Bruder die Botschaft zukommen zu lassen, sondern ... sondern ... Ailillán ...«

Eine Weile starrte er sie nur schweigend an. »Warum sollte Ailillán ...«

Caitlín leckte sich über die Lippen. »Nun, warum wohl?«, fiel sie ihm ins Wort. »Um sich für die Demütigung zu rächen! Um es seinem Bruder heimzuzahlen! Du weißt doch noch, was am Tag, als ihr nach Osraige aufgebrochen seid, geschehen ist! Ihr beide habt darum gekämpft, wer Ascall begleiten durfte. Und da du so viel stärker und geschickter bist als er, ist Ailillán unterlegen. Ascall hat ihn verprügelt, weil er seine Schwäche verabscheute, doch anstatt sich zu schämen, hatAilillán die blanke Wut gepackt. Er ahnte wohl, dass du seinem Bruder viel näher standest als er.«

Drei hektische Atemzüge lang war sie überzeugt, dass alles Lügen vergebens war, dass Cormac einfach seine Hand heben und sie erschlagen würde. Doch als sie zum vierten Mal einatmete, wusste sie, dass sie es geschafft hatte, seine trägen, kümmerlichen Gedanken zu beherrschen.

»Warum ...«, setzte er an.

»Es war von langer Hand geplant«, fuhr Caitlín hastig fort. »Als mein Bruder hier war, hatte ich doch gar keine Gelegenheit, ihn zu sehen. Riacán hingegen muss mit Ailillán gesprochen haben, und bei ihm fielen seine finsteren Pläne wohl auf fruchtbaren Boden. Ailillán ... er wollte, dass Ascall stirbt ... er wollte seinen Bruder beerben ...«

»Ailillán hat Ascall verraten?«

Herr im Himmel, diese Erkenntnis kommt ihm erst jetzt?

Sie nickte. »Wir müssen jetzt rasch überlegen, was wir tun sollen ... für ... für Ascall!«

»Für Ascall?«, fragte er verständnislos.

Erneut packte sie die Angst, dass seine Hände schneller als seine Gedanken waren, aber sie hörte nicht auf, über sein Gesicht zu streicheln. Und ob es nun ihre Berührungen oder ihre Worte bewirkten – er stieß sie nicht zurück.

»Ascall, gewiss doch!«, rief sie. »Mein Herr und Gemahl. Wir müssen ihn über seinen schmählichen Tod hinaus ehren. Er ahnte schon länger, dass Ailillán seiner Liebe nicht würdig war. Einmal sagte er mir, dass er auf einen anderen weitaus größere Stücke halte.«

»Auf einen anderen?«

Wiederhol nur weiter brav meine Worte, dann bist du bald dort, wo ich dich haben will.

»Oh, Cormac! Er schätzte dich weit mehr als seinen Bruder, das hat er mir oft gesagt. Er wusste, dass er sich auf dich verlassen konnte, dass du für ihn sein Leben geben würdest ...«

»Dazu bin ich immer noch bereit.«

Ich nicht. Ich werde um Riacán den Rest meines Lebens trauern.

Um Ailillán und sogar um Ascall. Aber ich werde keinem der dreien dieses Leben opfern.

»Dann hör mich an! Wir können Ascall nicht dem Reich des Todes entreißen, uns jedoch seines Erbes würdig erweisen, indem wir nämlich dafür sorgen, dass man sich in ganz Irland immer noch vor den Männern aus Toora fürchtet, weil keine anderen grausamer, kampferprobter, entschlossener sind als sie. Dafür sorgen, dass das Klirren der Schwerter von Toora Ascalls verstummten Herzschlag ersetzt. Und dass sich auch künftig jeder Mann, der sich mit einem Krieger aus Toora vergleicht, für einen schwächlichen Knaben hält.«

Dies waren leider zu viele und zu verwirrende Worte für den wenigen Verstand. So inständig sie ihm auch über die Wangen streichelte – Cormac kniff die Augen misstrauisch zusammen.

»Wovon ... wovon redest du da? Was ... was meinst du?«

»Ailillán hat gewiss erwartet, dass du mit Ascall stirbst. Doch so schnell kommt der Tod einem starken Mann wie dir nicht bei. Nun kannst du zumindest einen Teil seiner Pläne vereiteln.« Sie zögerte einen Moment, schluckte schwer.

Töte ... töte ... töte, was du liebst!

»Ailillán ...«, stieß sie aus, »... er ist ganz allein im Wald ... Such ihn ... bring ihn um ... und dann greif nach Ascalls Nachfolge. Hierzulande zählt nicht, wie eng die Verwandtschaft mit einem verstorbenen König war, nur, für wen sich dessen Männer entscheiden.«

Die Augen wurden noch schmaler. »König Tigernán wird mich nie als Ascalls Nachfolger anerkennen. Und die anderen erst recht nicht.«

»Das müssen sie aber tun, sobald du mich geheiratet hast«, erklärte Caitlín energisch. »Wenn du den übrigen Kriegern erzählst, dass Ailillán zum Verräter wurde und Ascalls Tod verschuldet hat, wird es dir gelingen, sie hinter dir zu vereinen. König Tigernán wiederum braucht einen starken Mann in Toora, und dich, großer Cormac, hält keiner für schwach.«

Wieder hatte sie den Fehler gemacht, zu viel auf einmal zu sagen, sein Geist war beim ersten Satz verweilt.

»Dich ... dich heiraten?«, fragte er.

Ja, Tölpel!, dachte sie ungeduldig, wiederholte jedoch ihre Sätze langsam und bedächtig, bis Cormac sie endlich begriff und nickte.

»Der Herr von Toora ... Ascalls Erbe ...« Zumindest eines der beiden Augen begann zu glitzern, während das andere noch dümmlich glotzte. »Was ... was soll ich als Erstes tun? Ailillán töten? Zu Tigernán reiten? Mit den Männern sprechen?«

Caitlín zögerte. Bis jetzt hatte die grimmige Entschlossenheit jeglichen Schmerz und die Reue gebannt, doch das Schlimmste stand ihr noch bevor.

»Nichts von alledem«, murmelte sie.

Sie starrte auf die Katze, die sich wieder zusammengeringelt hatte und eingeschlafen war und die, wenn sie wieder erwachte, nicht zögern würde, die Maus zu fressen, auch wenn sie noch so jämmerlich piepste.

Töte ... töte ... töte den, den du liebst ... töte den, der dein Leben bedroht ... töte den, der dir im Weg steht.

»Mein verdammter Bruder hat sich nicht nur mit Ailillán verschworen«, sagte sie leise, »es gibt einen weiteren Verräter hier ... oder vielmehr eine Verräterin ... Ich ... ich habe sie mehr als einmal beim Käfig des Falken gesehen, ich glaube, sie hat den Vogel freigelassen.« Wieder schluckte sie schwer, piepste nun selbst wie eine Maus. »Ruf ... ruf Muireann herein!«

Caitlín hielt ihr den Rücken zugewandt, denn sie hätte nicht ertragen, in das rote Gesicht zu sehen. Es war schlimm genug zu hören, wie Muireann erst den keuchenden Atem anhielt, um dann jammernd zu fragen: »Was ... was ... ist denn los?«

Caitlín beobachtete immer noch die Katze – die Katze, die sich nicht schämte, wenn sie eine Maus quälte und fraß. Langsam drehte sie sich um.

Sterben musst du, das ist los. Weil du so dumm warst, dich an mir zu rächen und ich es nicht zulassen kann, dass du es noch einmal versuchst. Weil du gehört hast, wessen Cormac mich im Hof anklagte und als Einzige zu erahnen vermagst, wie meine Botschaft Riacán erreichte. Und weil das Netz meiner Lügen zu fadenscheinig ist, als dass es dem Zupfen deiner feisten Hände standhält.

Caitlín nickte dem Mann zu, der dümmer als ein Schaf war, genügsamer als eine Kuh, aber tödlicher als ein Wolf.

Muireann hatte nicht einmal Angst. Ehe ihr aufging, was geschehen würde, hatte Cormac sie schon am Hals gepackt und hochgezerrt. Ihre Füße strampelten verzweifelt, fanden sie doch keinen festen Halt mehr. Sie hatten noch nicht einmal die Macht, die Holzspäne aufzuwirbeln.

Gegen die grässlichen Geräusche, die aus Muireanns Mund kamen – ein Gurgeln, ein Fiepen, ein Keuchen –, war das stete Husten wie liebliche Musik gewesen.

»Mach schneller«, forderte Caitlín, weil die Füße nicht mit dem qualvollen Tanz aufhörten, immer heftiger strampelten, nun gar das Podest trafen. Schon neigte sich das Holzgerüst bedrohlich, und eines der Gefäße kippte um, rollte hinunter und zerbarst auf dem Boden.

Die Katze schreckte aus dem Schlaf, buckelte und richtete fauchend die grünen Augen auf Caitlín. Die von Muireann waren indes längst in ihren Augenhöhlen versunken.

Endlich war auch Cormac ihres Todeskampfes überdrüssig, und er drehte Muireann den Hals um. Das knackende Geräusch war schlimmer als alle anderen, die Caitlín zuvor vernommen hatte, aber zugleich das letzte, was Muireann jemals von sich geben würde.

Caitlín unterdrückte ein Würgen. Erst jetzt nahm sie das viele Mehl wahr, das aus dem zerbrochenen Gefäß staubte. Richtig, einen Teil des Getreides hatte Rún bereits mit dem Mahlstein gemahlen, schon wurden die roten Male an Muireanns Hals von einer weißen Schicht bedeckt.

Der Mehlstaub stieg Caitlín in die Nase und kitzelte sie.

Ich darf nicht niesen ... Wenn ich niese, weine ich, und wenn ich weine, überlebe ich das nicht.

»Warum hast du sie nicht einfach erstochen?«, fuhr sie Cormac an.

Der ließ die Tote fallen und trat mit dem Fuß verächtlich gegen sie. »Kein Weib kriegt meinen Stahl zu kosten. Wenn ich dich irgendwann töten muss, werde ich es auch mit meinen Händen tun.«

Mit diesen Händen zog er sie an sich. Er roch wie ein Schaf, schnaubte wie eine Kuh, nur heulte er nicht wie ein Wolf. Ein Wolf würde ihr Respekt einflößen, so wie Ascall es getan hatte, aber ihn würde sie immer nur verachten.

Bevor Cormac sie ins Freie zog, warf sie einen letzten Blick auf Muireann. Ihre Augen waren geöffnet, doch sie wirkten nicht länger wasserblau, sondern schwarz wie der Tod. Kein Vorwurf stand darin, kein Entsetzen, keine Angst, nur das dunkle, nackte Nichts. Und in ihren eigenen Augen, das fühlte Caitlín plötzlich, stand keine Abscheu, weil sie Muireann hatte töten lassen, keine Reue, weil sie Ailillán verraten hatte, oder Triumph, weil sie noch lebte, nur die gleiche Kälte und Hochmut wie in den schrägen Augen der Katze.

In der nächsten Stunde wagte es Caitlín nicht, Cormac auch nur einen Moment lang aus den Augen zu lassen. Zu sehr fürchtete sie, sein träger Gedankenfluss könnte auf ein Hindernis stoßen oder eine falsche Abzweigung nehmen, wenn sie nicht argwöhnisch darüber wachte. Doch er folgte ihren Einflüsterungen erstaunlich willig und schaffte es nicht nur, binnen kurzer Zeit alle Krieger aus den umliegenden Dörfern zusammenzurufen, sondern überdies, ihren Hass auf Ailillán, den schändlichen Brudermörder und Verräter, zu entfachen. Einem Mann, der stets mehr Sorgfalt auf seine Kleidung als aufs Polieren seines Schwertes verwendete und lieber nach den Schlachten als währenddessen wütete, war den Kriegern offenbar schon seit Langem verdächtig gewesen.

Erst wurden nur Flüche und Beleidigungen laut, dann begannen die Männer so energisch auf ihre Brust zu trommeln, dass es Caitlín allein vom Zuschauen schmerzte, und als Cormac fragte, wer sich ihm anschließen und Ailillán in den Wäldern aufstöbern wollte, schien der Boden zu erzittern, weil so viele gleichzeitig in Richtung Tor stürmten.

Derart wild und reißend habe ich den Fluss nicht haben wollen, ging es Caitlín durch den Kopf, aber sie wusste: Zu versuchen, die Männer aufzuhalten, würde bedeuten, selbst in den Fluten zu ersaufen.

Sie biss sich auf die Lippen, bis sie Blut schmeckte, und nickte Cormac ein letztes Mal zu, ehe er wenig später durchs Tor ritt. Erst als sich der Hof gelichtet hatte, stürzte Caitlín zum Abort, und anstatt dort wie üblicherweise ein Kreuzzeichen zu schlagen, um sich vor den Dämonen zu schützen, die an einem so stinkenden Ort lauerten, stützte sie sich an die hölzerne Wand, beugte sich vor und erbrach sich.

Noch lieber, als all ihren Ekel – vor sich selbst und den Männern – auszuspeien, hätte sie geweint, doch dann hätte sie es nicht geschafft, hinterher noch ein klares Wort auszusprechen. Das aber musste sie, als nämlich Rún zu ihr gehuscht kam und sie fragend anstarrte.

Du musst töten, was du liebst, wenn es denn sein muss, aber wenn es irgendeinen anderen Weg gibt, dann ist es besser, mit der Angst zu leben als mit der Schuld.

In Caitlíns Kehle brannte es, als hätte Cormac auch sie zu erwürgen versucht, doch es gelang ihr, ein paar Worte hervorzubringen. »Geh ... geh in den Wald ... zu Ailillán ... Vielleicht ist es schon zu spät ... aber vielleicht kannst du ihn noch warnen. Gib ihm das hier, damit er sich verteidigen kann ...« Mit zitternden Fingern nestelte sie an ihrem Gürtel und zog den Dolch hervor, den Ascall ihr überlassen hatte. »Und du musst ihm etwas sagen«, fuhr sie hastig fort. »Sag ihm ... sag ihm, dass ich Ascalls Tod nicht wollte. Und dass ich dennoch froh bin, dass er nicht wiederkehrt. Aber nicht um meinetwillen, sondern um Aililláns willen. Sag ihm, dass er ein wenig Achtung vor sich selbst verdient, ein wenig Hoffnung, dass seine Seele nicht durch und durch verkommen ist, und auch ein wenig Liebe ...«

Nein, sogar sehr viel Liebe. Obwohl das gefährlich ist, weil Liebe ja tödlich ist.

Rún sah sie nachdenklich an. Im schwindenden Tageslicht wirkte ihr schwarzes Haar fast bläulich.

»Ich will ihm all das gern ausrichten«, murmelte die isländische Sklavin. »Ich fürchte nur, ich finde mich im Wald nicht zurecht. Seit ich hier bin, habe ich Dún Fionn noch nie verlassen.«

Damit hatte Caitlín nicht gerechnet. Sie erblasste, doch ehe die Verzweiflung ihr endgültig die Kehle verätzte, ertönte aus dem Schatten des Aborts plötzlich eine Stimme.

»Aber ich kenne den Wald.«

Caitlín fuhr herum, sah erst nur, dass der Mensch, der dort stand, klein und krumm gewachsen war, und erkannte dann ob des langen weißen Haares, dass es eine Frau war. Als diese näher trat, Caitlín in ein runzliges Gesicht und warme, gleichwohl erloschene Augen blickte, fiel ihr auch der Name ein. Das war Bronagh ... Paitíns Mutter.

»Du ... du willst das wirklich tun?«, fragte sie. »Damals, als Ailillán Paitín gerettet hat, wolltest du ihm nicht einmal danken ... Du wusstest, was er Böses getan hatte.«

Bronagh nickte. »Das hier tue ich nicht für ihn, sondern für dich.«

»Aber die Gefahr ...«, stammelte Caitlín. »Du ... du hast doch mehrere Kinder ...«

Bronagh, die bei ihrer letzten Begegnung vor Angst gewimmert hatte, zeigte heute keine Furcht. »Du hast einem meiner Kinder die Hand gerettet, das werde ich dir nie vergessen. Rún und ich werden Ailillán vor dem Tod bewahren.«

Noch machten sie keine Anstalten aufzubrechen. Die drei Frauen blieben ganz steif nebeneinander stehen, reichten sich unwillkürlich die Hände, drückten sie, um sich gegenseitig Kraft und Mut zu geben. Rúns Hand war kalt und schweißnass, Bronaghs war rau und schwielig. Ihre eigenen Hände spürte Caitlín kaum, doch kurz konnte sie vergessen, dass Riacán und Ascall tot waren, dass sie Ailillán verraten hatte und die Schuld an Muireanns Tod trug. Kurz konnte sie sich einfach nur am Gefühl laben, nicht ganz allein auf dieser Welt zu sein.

Sie hob den Blick zum Abendhimmel. Die dunklen Wolken glichen schwarzen Löchern, in denen versank, wer zu lange hineinstarrte, doch ein paar Strahlen der verglühenden Sonne brachen hervor und färbten den Himmel feuerrot.

Aus dem feurigen Rot wurde ein kaltes Violett, als Rún und Bronagh forthuschten. Caitlín stützte sich wieder schwer gegen die Wand des Aborts. Sie beugte sich vor und begann endlich zu weinen.

RÓISÍN

Róisín setzte das kupferne Gefäß vorsichtig an ihre Lippen. Sie versuchte den scharfen Geruch, der ihr in die Nase stieg, zu ignorieren und benetzte wagemutig die Lippen mit dem Inhalt. Zugegeben, es kostete sie Überwindung, diese auch zu öffnen, aber es musste sein. Also schluckte sie den Urin der Kranken.

»Nun?«, fragte Schwester Áine mit einem Auflachen. Wer sie nicht kannte, hielt sie für freundlich, weil ihre Lippen stets zu einem Lächeln verzogen waren. Doch dieses war ein Zeichen der Herablassung, mit der sie allem und jedem begegnete – den Kranken ebenso wie den Gesunden, weil diese schließlich jederzeit krank werden konnten, ein Beweis, wie erbärmlich der Mensch gemessen an der Allmacht Gottes war.

»Nun?«, wiederholte sie.

Róisín atmete tief durch. Auf diesen Moment hatte sie seit Wochen gewartet. »Wie bei allen Krankheiten gilt, dass sie Folge von Sünden sind. Das beste Heilmittel ist deshalb, die Sünden zu gestehen und dafür Buße zu tun.«

Wieder ertönte ein Auflachen, und dieses Mal war es ein Zeichen von Ungeduld. »Und was wäre das zweitbeste?«

»Die Hände von Schwester Fainche sind sehr kalt«, erklärte Róisín eifrig, »und der Geschmack ihres Urins beweist es erst recht: Zwei ihrer vier Temperamente sind aus dem Gleichgewicht geraten.«

»Nämlich welche?«

»Nicht der Schleim und die gelbe Galle, sondern das Blut und die schwarze Galle. Ihre Leber kann deshalb nicht heiß genug werden, um die Speisen im Bauch zu kochen, ihr fehlt also auch der Appetit.« Schwester Áine schmatzte, als wollte sie zeigen, dass ihr eigener Appetit nicht gering war – nicht nur aufs Essen, aufs Wissen ebenso. Róisín wollte sie nicht enttäuschen. »Wir müssen das Gleichgewicht der Körpersäfte wiederherstellen«, fuhr sie rasch fort. »Ich empfehle, dass sie Fleischsaft und Wein trinkt und dass sie warme Bäder nimmt.«

Schwester Áine verzog abschätzend die Stirn, und Róisín ließ laut ihren Atem entweichen. Sie musste alles richtig gemacht haben, sonst würde Schwester Áine einmal mehr spöttisch auflachen.

»Wir Nonnen dürfen aber kein rotes Fleisch essen«, murrte sie stattdessen, »und hier im Kloster wird nur Bier gebraut, kein Wein gekeltert. Was also sollen wir tun?«

»Wir könnten ihr ein Heilmittel geben, das der Natur der Krankheit ähnelt«, schlug Róisín vor, »zum Beispiel Schwalbenkot, aus dem man mit geschmolzenem Geier- und Storchenfett und auch ein wenig Schwefel eine Salbe bereitet.«

Áine nickte knapp, nicht ohne verdrießlich hinzuzufügen: »Ich frage mich nur, wie wir hier an Geierfett kommen sollen.«

Sie entfernte sich vom Bett der Kranken und zupfte an ein paar Kräutern, die an den Wänden und von der Decke der Krankenstube des Klosters Sankt Brigid hingen. Ihr eigentümlicher Geruch vermischte sich mit dem Gestank der Latrinen gleich in der Nähe, die ausschließlich die Kranken benutzten. Für die gesunden Schwestern gab es – ausreichend entfernt vom Hauptgebäude und dem Haus der Äbtissin – einen weiteren Abort. Die Wände der Krankenstube waren aus gezimmerten Balken und Flechtwerk errichtet worden, und da es kein Fenster gab, war es immer dunkel.

Eigentlich hasste Róisín es, sich hier aufzuhalten, aber sie verfolgte ein klares Ziel – und an diesem Tag war sie dem Ziel nah wie nie.

Gespannt wartete sie auf Schwester Áines nächste Worte, doch stattdessen ertönte ein Keuchen. »Lasst mich sterben«, flüsterte Fainche, die alte Schwester, deren Urin Róisín gekostet hatte. »Bitte, lasst mich sterben!«

»Wann du stirbst, entscheidet Gott«, sagte Áine mit dem gefürchteten Auflachen.

»Und wenn Gott durch mich spricht?«

»Dann wärest du schon gestorben. Du trinkst jetzt Kräutersud, und wenn ich dir die Zähne dafür einschlagen muss.«

»Ha!« Die Alte lachte. »Ich habe gar keine Zähne mehr.«

Róisín half Áine wenig später, Fainche das Gebräu einzuflößen, ehe sie zur Tür trat und in den kleinen Garten neben der Krankenstube lugte.

»Wir haben noch Bohnenkraut, Liebstöckel und Fenchel«, sagte Róisín, »außerdem Salbei und Rosmarin. Und Kürbisse.«

»Ja, ja«, sagte Áine spöttisch. »Du bist ein kluges Mädchen. Willst du unbedingt hören, dass keine so schnell lernt wie du?«

»Viel lieber würde ich wissen, welche Kräuter und Heilpflanzen es noch gibt ... Nicht hier im Garten, sondern im ... Wald. Du ... du verlässt doch manchmal das Kloster, um welche zu sammeln, nicht wahr?«

Áine stützte ihre Hände in die Hüften und prustete los. »Ach, jetzt begreife ich, woher dein Eifer rührt. Du hältst es hier im Kloster nicht mehr aus!«

Róisín lag es auf den Lippen zu widersprechen, aber plötzlich ahnte sie, dass es die andere mehr beeindrucken würde, wenn sie die Wahrheit bekannte.

»Das stimmt«, gab sie zu. »Ich sehne mich danach, durch die Wälder zu streifen. Was nicht heißt, dass es mich nicht mächtig interessiert, was ich hier lernen kann.«

Áine trat zu ihr, jedoch nicht, um die Tür zuzuschlagen, wie Róisín kurz befürchtete, sondern um ihr Gesicht in die morgendliche Herbstsonne zu halten.

»Nun, jetzt ist es noch zu früh, um in den Wald zu gehen. Die Pflanzen müssen wach sein, was bedeutet, dass wir bis nach Mittag warten müssen.«

»Ich wusste nicht, dass Pflanzen wachen und schlafen.«

»Pflanzen sind wie wir. Es gibt giftige, süße und bittere. Solche, die selbst auf kargem Boden gut gedeihen, und andere, die auch in saftiger Erde verkümmern. Manche recken sich der Sonne entgegen, andere krümmen sich. Wenn du etwas über den Menschen wissen willst, lerne alles über die Pflanzen. Lerne vor allem, dass kein Baumstamm dick genug ist, um nicht doch durchsägt, und keine Blüte so hübsch und duftend, um nicht zertreten werden zu können.«

»Manche haben allerdings Dornen und stechen diejenige, die sie zertreten.«

»Ach, du gefällst mir, Mädchen ...« Unwillkürlich berührte Áine Róisíns Gesicht und fuhr an ihrer Narbe entlang. »Aber nicht jede Haut ist dünn genug, um Dornen zu spüren. Wie ... wie ist das passiert?«

»Ein Unfall. Ich bin mit einem Krug in der Hand gestolpert.«

»Bist du da sicher? Deine Narbe hat die Form eines Blitzes.« Sie streichelte sie weiter, ehe sie abrupt innehielt. »Es gibt ein Kraut, das Narben verblassen lässt.«

Róisín wich zurück. »Wozu? Hier im Kloster stört sich keiner daran.«

»Du sehnst dich doch fort aus dem Kloster.«

»Falls ich jemals wieder heimkehre nach Dublin, will ich erst recht eine hässliche Narbe tragen.«

»Nun«, sagte Áine, »dann wollen wir schauen, ob du im Wald an einer dornigen Ranke hängen bleibst und dir eine neue Wunde holst.«

Das Kloster Sankt Brigid hatte nach einem Wikingerüberfall lange Jahre leer gestanden, ehe sich vor einiger Zeit etliche Ordensschwestern, die nach den strengen Regeln der Zisterzienser lebten, hier niedergelassen hatten. Es lag auf einer Insel inmitten eines kleinen Sees, an dem, wie es hieß, einst die heilige Brigid von Kildare vorbeigekommen war und ihr Nachtlager aufgeschlagen hatte.

Mittlerweile führten zwei Stege zur Insel, und vom klaren Wasser des Sees, das einst Brigids Gesicht gespiegelt hatte, war nur eine von Schilf durchwachsene Brühe geblieben. Am Tag der Ankunft Róisíns war das Wasser so grau wie der dämmrige Himmel gewesen und ihr Herz so schwer, als hätte sie davon getrunken. Jetzt nutzte sie zum ersten Mal die Gelegenheit, das Kloster vom Land aus zu mustern. Das Hauptgebäude war aus Stein errichtet und strohgedeckt. Es beherbergte das Refektorium, wo gegessen wurde und wo die Kapitelversammlung stattfand, außerdem den Schlafsaal und die Schreibstube mit einer kleinen Bibliothek, auf die die Äbtissin Inghean so stolz war, da dort unter anderem die Bibelübersetzung von Columcille aufbewahrt wurde, die dieser in nur zwölf Tagen aufgeschrieben hatte.

Was Róisín der Äbtissin weitaus mehr neidete als alte Schriften, war ihr Haus unweit der Kapelle, in dem diese ganz allein schlafen durfte. Ein riesiger Turm warf seinen Schatten darauf, der in Zeiten errichtet worden war, als die Heiden aus dem Norden die Insel heimgesucht hatten. Unten war er fast so breit wie die Kapelle, nach oben hin wurde er jedoch immer schmaler, bis er in eine kegelförmige Spitze mündete.

»Von dort könnte man wohl in alle Himmelsrichtungen blicken und das ganze Land überschauen«, murmelte Róisín sehnsüchtig, als sie an dem Turm hochblickte.

Áine warf ihr einen verwunderten Blick zu. »Man erreicht das erste Stockwerk und somit auch die sechs weiteren nur mit einer Leiter, und die hält die Äbtissin streng verwahrt. Und nun komm! Wir haben nicht viel Zeit.«

Bald ließen sie den See hinter sich und gingen immer tiefer in den Wald hinein. Obwohl die Bäume dicht beieinanderstanden, sprenkelte das Sonnenlicht den Boden. Die mächtigen Baumkronen wogten im sanften Wind.

»Achte lieber darauf, wohin du trittst«, mahnte Áine, als Róisín gen Himmel starrte. »Wem die Natur helfen soll, der muss sich vor der Natur verneigen. Durch den Wald geht man am besten mit gebücktem Kopf.«

Dann hätte ich ja gleich in der Kapelle beten können ...

Es stellte sich aber bald heraus, dass es durchaus ein Vergnügen war, raschelnde Farne, weiches Moos und feuchte Erde, auf der etliche Schnecken krochen, zu betrachten.

Regenwasser, das sich auf handgroßen Blättern gesammelt hatte, tropfte auf den Boden, im Takt dieser silbrigen Töne klopfte ein Specht, über allem hing der betörende Duft des Waldes, ein wenig süß, ein wenig modrig, auf jeden Fall kräftig. Hier hatte die Spinne ein Netz geflochten, in dem sich noch keine Insekten, jedoch funkelnder Tau verfing, dort blieb ein Zweiglein in Róisíns Schleier hängen und riss ein Loch hinein, sodass die kalte Luft auf ihre Kopfhaut traf. Nur mit Mühe verkniff Róisín sich ein Juchzen.

»Der Wald folgt anderen Gesetzen als der Mensch«, erklärte Áine, und ihre Stimme klang nicht spöttisch, sondern ehrfürchtig. »Bei den Menschen werden die Alten immer hässlicher, der Wald wartet hingegen mit den schönsten, gar kostbarsten Farben auf, obwohl bald der Winter kommt und alles im Sterben liegt. Pflanzen, die uns zu heilen vermögen, wachsen eben in Hülle und Fülle. Wir müssen nur genau hinschauen.«

Róisín bückte sich und deutete auf eine weiße Beere. »Ist das vielleicht die Frucht des heiligen Kevin, die zwar scheußlich schmeckt, aber Entzündungen lindert?«

Áine kicherte erneut. »Wo denkst du hin? Hier steht doch weit und breit keine Trauerweide. Nein, das ist eine Vogelbeere, die allerdings abgestorben ist, ehe sie rot wurde.«

»Welche Pflanze suchst du denn?«

»Eine, die Brustmilch ersetzt.«

»Wie bitte?«

»Du hast mich richtig verstanden. Die Milch einer stillenden Frau ist das beste Lösungsmittel, um Salben herzustellen.«

»Ich fürchte, hier im Wald werden wir nicht auf eine Wöchnerin stoßen.«

»Nun gut, dann such eben Brennnesseln. Wenn man sie mit Knoblauch verkocht, erweisen sie einen ähnlichen Nutzen, und außerdem kann man damit rheumatische Knie einreiben. Vielleicht wachsen auf einer Lichtung überdies Weidenröschen. Wenn man sie im Herbst pflückt und die Blätter trocknet, kann man einen Sud daraus kochen, der Kopfschmerzen lindert. Und Johanniskraut hilft gegen die Melancholie. Schon der heilige Columba hat einen Viehhirten damit geheilt, der wegen seiner Einsamkeit ständig in Tränen ausbrach. Achte außerdem auf Haselnusssträucher.«

»Gegen welche Krankheiten hilft denn die Haselnuss?«

Áine wiegte ihren Kopf. »Das weiß ich nicht, aber Haselnüsse schmecken gut. Brombeeren und Blaubeeren übrigens auch. Pflück sie, damit die Cellerarin sie unter die Hafergrütze mischen kann. Den Schwestern wird das schmecken.«

Róisín war überrascht, dass dies ihr ein Anliegen war, aber bevor sie etwas sagen konnte, hatte Áine schon auf eine Lichtung gedeutet, wo die dunkelblauen Beeren wuchsen, und begann ihrerseits, sich einen Weg durchs Dickicht zu schlagen, um an anderer Stelle nach weiteren Pflanzen zu suchen.

Róisín genoss die Einsamkeit, als sie die überreifen Früchte sammelte. Wenn man zu fest an einer Beere zog, platzte sie, und das Fruchtfleisch quoll heraus. Obwohl sie eher sauer als süß schmeckten, aß Róisín gierig, und erst als ihr Magen schmerzte, hockte sie sich auf einen Baumstumpf, schloss die Augen und genoss die Geräusche des Waldes. Der Wind war der beste aller Barden, er konnte auf weit mehr Instrumenten spielen als nur der Harfe, auf Blättern und Ranken, Laub und Ästen nämlich. Wie herrlich es säuselte, raschelte, knisterte und flüsterte! Um wie viel süßer als die Beeren diese Klänge schmeckten! Doch just als sie begann, sich langsam im Takt der Weisen hin- und herzuwiegen, erstarrte sie. Ihre Haare stellten sich auf, noch ehe sie überhaupt erfasste, was sie gehört hatte.

Da! Da war es wieder! Dieses Geräusch stammte nicht vom Wind! Der Wind hatte schließlich keine Füße. Hier ging jemand über den Waldboden, machte sich noch nicht einmal die Mühe zu schleichen. Ein Tier ... ein Raubtier ...

Suchend blickte sie sich um. Dort hinten war ein Ast, der als Waffe taugte, doch womöglich war er zu schwer, um ihn aufzuheben.

Bevor sie allerdings irgendetwas tun konnte, wurde sie von hinten gepackt und spürte im nächsten Moment auch schon die Klinge eines Messers an ihrer Kehle – und die war sicher nicht weniger tödlich als die spitzen Zähne eines Raubtiers.

Sehr tief grub sie sich jedoch nicht in ihre Haut. Im Nacken spürte sie den heißen Atem ihres Angreifers, gefolgt von Speichel, als er trocken zu husten begann, und der Ekel, der darob in ihr erwachte, war größer als die Panik.

»Was willst du?«, rief sie.

In den wenigen Augenblicken, die vergingen, bis der unbekannte Angreifer antwortete, schloss Róisín mit ihrem Leben ab. Welch widersinnige Frage. Was wollte einer, der mitten im

Wald eine Novizin anfiel, wenn nicht sie ausrauben, schänden und töten?

Was das Ausrauben anbelangt, hast du schon mal Pech gehabt, ging es ihr durch den Kopf, doch da presste der Mann mit rauer Stimme hervor: »Ich will ... ich will, dass du meine Wunden versorgst ...« Sie war überzeugt, dass sie ihn falsch verstanden hatte, doch alsbald fügte er, dieses Mal mit etwas kräftigerer Stimme, hinzu: »Heil mich!«

»Dafür muss ich mich aber umdrehen.« Er nahm das Messer von ihrer Kehle, wobei sich, sobald sie sich umdrehte, herausstellte, dass es gar kein Messer war, nur ein Stück Holz, allerdings mit einer gefährlichen Spitze. Róisíns Blick erfasste das bärtige Gesicht des Mannes. Er hatte wohl mit sämtlichen Waffen dieser Welt, ob aus Holz oder Stahl, Erfahrungen gemacht, wovon Schürfwunden, blutige Kratzer und Narben zeugten. Eher wie Wurzeln denn wie Glieder aus Fleisch und Blut sahen seine Finger aus. Sie waren nicht nur dreckig, rissig, ja regelrecht verhornt – überdies waren die Kuppen und Nägel so dunkel, als wären sie abgestorben. Und die Verletzung auf der Brust entsetzte Róisín nicht minder. Es floss zwar kein Blut daraus, aber sie hatte die gleiche Farbe wie die überreifen Heidelbeeren, und so sah nur Fleisch aus, das bereits abgestorben war. Vorsichtig hob sie die Hand, um jenes Fleisch zu berühren, woraufhin sich prompt wieder die Holzspitze auf sie richtete. »Was soll das?«, fragte sie ungehalten. »Du bedrohst mich, damit ich deine Wunde versorge, und willst mich dann mit diesem Ding erstechen, bevor ich es tue? Du musst dich entscheiden!«

Er zog das Holz zurück, weil er schlicht keine Kraft mehr hatte, um sich aufrecht zu halten, und verdrehte seine Augen nach oben, sodass nur noch das Weiße zu sehen war, ehe er vor ihr zusammenbrach.

Welch ein Narr! Mit einer Waffe kann man Menschen bedrohen ... nicht den Tod.

Da die Brust des Mannes sich allerdings noch hob und senkte, ließ der auf sich warten, und wenn sie dafür sorgte, dass er weiterhin fernbliebe, wäre Áine gewiss beeindruckt.

Den Ohnmächtigen auf den Rücken zu wälzen, war eine schweißtreibende Arbeit, dagegen eine Erleichterung, sich die Kopfbedeckung herunterzureißen, um sie dem Verwundeten unter den Nacken zu schieben. Danach machte sie sich daran, die Brustverletzung zu untersuchen. Dass er auf dem Herbstlaub zu liegen gekommen war, machte es noch schwerer, die nackte Haut freizulegen, zumal diese mit dem leinenen Hemd verwachsen schien. Sie war nicht sicher, ob sie Blätter, Fetzen abgestorbener Haut oder verdreckten Stoff abzog, stellte aber bei genauerer Betrachtung fest, dass es sich nicht nur um eine Wunde handelte, sondern um zwei. Die auf der Brust war weniger tief als befürchtet, doch es gab eine zweite, die ihm zwischen Nacken und Schulter zugefügt worden war. Róisín tastete sich mit den Fingern vor, dann nahm sie den spitzen Ast zu Hilfe, mit dem der Fremde sie bedroht hatte, und stach vorsichtig ins schwarze Fleisch. Gleich sickerte gelblicher Eiter heraus.

Das ist immer ein ganz schlechtes Zeichen, hörte sie Áines Stimme in ihrem Ohr.

Nun ja, dachte sie. Die Wunden sind zumindest nicht mehr frisch. So wie er aussieht, hat er sich einige Tage, gar Wochen durch den Wald geschleppt. Und wenn sie bislang nicht brandig wurden, überlebt er vielleicht auch weiterhin.

Wenn denn seine Kräfte noch dafür reichen, vernahm sie wieder Áines spöttische Stimme im Geiste. Er scheint die meisten verbraucht zu haben.

Róisín ließ sich auf ihre Fersen sinken. »Schwester Áine!«, rief sie. Sie musste eine Weile schreien, bis sie die andere herbeigelockt hatte.

»Du schreist, als wolltest du Tote aufwecken!«, schimpfte diese vorwurfsvoll.

Róisín erhob sich und deutete auf den Verwundeten. »Nun … ihn konnte ich schon mal nicht aufwecken, und er schaut ziemlich tot aus.«

Falls Áine bestürzt war, dass Róisín statt Blaubeeren einen Verletzten gefunden hatte, oder neugierig, wer er denn war, ließ sie sich nichts anmerken. Der Blick, den sie auf ihn warf, war nur flüchtig, dann hob sie stolz ihren Korb.

»Gerade habe ich auf der Lichtung Sumpfmyrte gefunden, sie schützt gegen Mücken. Und wenn wir einen Sprössling in der Krankenstube aufhängen, säubert das die Luft.«

»Die Wunden dieses Mannes kann man nicht so leicht säubern«, gab Róisín kleinlaut zu, »es kommt kein frisches Blut heraus, und ich habe keinen Wein.«

Áine betrachtete ihn eine Weile. »Was willst du denn mit Wein? Er benetzt die trockene Kehle, aber er brennt nicht.«

»Du meinst, mit Feuer könnte ich …«

»So ist es. Eine Wunde, die bereits so stinkt wie diese, muss man ausbrennen. Wie es aussieht, hat das der Mann bereits selbst versucht.«

»Dann ist seine Haut deswegen schwarz und nicht, weil sie abgestorben ist?«

»Schwarz ist sie vor allem wegen des Torfmooses, das er in die Wunden gestopft hat, und das war eigentlich gar keine schlechte Idee. Im Moos wohnt eine Macht, die Entzündungen verhindert. In diesem Fall war es aber zu wenig. Und sich selbst die Wunde auszubrennen, schafft nicht einmal der verwegenste Krieger.«

Sie lachte, sah sie sich doch darin bestätigt, dass sogar die großen Menschen kleine Würmer waren, wenn Krankheit und Tod sie streiften. Róisín hingegen blickte fasziniert auf den Mann. Immerhin hatte er mit allen Mitteln, die ihm zur Verfügung standen, ums Überleben gekämpft.

»Nun gut, dann müssen wir die Wunde ausbrennen«, sagte sie. »Du trägst doch in der Gürteltasche einen Feuerstein, oder?«

»Nicht nur den«, erwiderte Schwester Áine zufrieden, »auch ein Säckchen mit den getrockneten Blättern des Huflattichs, die als Zunder dienen. Was bekomme ich, wenn ich dir beides leihe?«

Róisín sah sie verblüfft an. »Du bist die Schwester, die die Kranken pflegt! Es muss genauso dein Anliegen sein, ihn zu heilen, wie meines.«

»Ach was. Du willst ihn nicht einfach nur heilen, du willst mich beeindrucken. Nur zu! Zeig mir, wie viel du bereit bist für ihn zu tun. Wenn du ihn mir überlässt, gern, aber dann geh geradewegs heim ins Kloster und bleib dort.«

Róisín unterdrückte den Fluch, der ihr auf den Lippen lag. »Ich habe nicht viel zu bieten für den Feuerstein und die Huflattichblätter.«

»Wie wär's mit deinem Abendessen?«, fragte Áine.

»Warum brauchst du denn mein Abendessen? Die Cellerarin gibt dir doch immer so viel, wie du willst, schließlich kannst du behaupten, es sei für die Kranken.«

»Aber dann müsste ich lügen ...«

Als ob du noch nie gelogen hättest, dachte Róisín. Du bist nicht in ein Zisterzienserinnenkloster eingetreten, um enthaltsam zu leben, sondern um mehr über die Heilkunst zu erfahren ...

Sie sagte es nicht laut, versprach ihr das Abendessen und schwor sich insgeheim, dass sie es ihr verwehren würde, falls der Mann starb.

Als Áine ihr den Feuerstein und den Zunder reichte, packte Róisín ihren Arm. »Warte! Ich brauche mehr als das. Falls er das Ausbrennen der Wunden überlebt, muss ich sie verbinden. Und ich muss ihn irgendwohin schaffen, wo er genesen kann. Bis zum Kloster ist es zu weit.«

»Das Kloster dürfte er ohnehin niemals betreten. Der Papst selbst hat entschieden, dass in Klöstern ausschließlich kranke Mönche und Nonnen versorgt werden dürfen. Und Bernhard von Clairvaux sieht nicht einmal das gern ...«

»Ich weiß, weil die Hände, die Blut berührt haben, nicht mit dem Allerheiligsten in Berührung kommen dürfen«, murmelte Róisín und starrte auf ihre eigenen Hände, die längst schmutzig geworden waren.

»Und selbst wenn wir vergessen, was der Papst und Bernhard gesagt haben – unsere Äbtissin hasst und fürchtet alle Männer.«

»Warum?«

»Warum stellst du Fragen, anstatt dem Mann zu helfen? Mit jedem Atemzug schwindet ein bisschen seines Lebens. Los jetzt, wenn er die Prozedur übersteht, können wir immer noch überlegen, wohin wir ihn schaffen.«

Róisín begann hastig, Äste zusammenzutragen, und machte ein Feuer. Obwohl das Unterholz feucht war und viel Rauch erzeugte, brachte sie ein paar bläuliche Flammen zustande. Die sollten ausreichen, um ... ja, um was eigentlich heiß zu machen?

Áine stand auf und reichte ihr zwei Dinge. »Ich habe nur dies hier aus Metall bei mir. Eine Nadel, wie man sie auch zum Nähen verwendet und die man auf den Zahn drücken kann, wenn dieser schmerzt, und einen Löffel. Was, denkst du, ist zum Ausbrennen geeigneter?«

»Der Löffel«, sagte Róisín rasch, »weil er zwei Finger breit ist.«

Áine nickte zustimmend, Róisín hingegen zögerte, den Löffel in die Flammen zu halten.

»Nur Mut!«, forderte Áine sie auf.

»Sieh nur, wie sein Gesicht plötzlich glüht.«

»Hinterher kann ich ihm etwas Mädesüß geben, aber das werde ich erst an ihm verschwenden, wenn er das Ausbrennen überlebt.«

»Mädesüß?«

»Eine Pflanze, die selbst den hitzköpfigen Cú Chulainn vom Fieber befreit hat.«

Róisín runzelte die Stirn. »Cú Chulainn war ein heidnischer Krieger, und du sprichst seinen Namen aus?«

»Vielleicht ist der hier auch ein heidnischer Krieger, wer weiß ...«

»Und was willst du für die Kräuter haben? Und für den Löffel?«

»Es reicht mir, dass du ihn hinterher allein schleppst. Mir ist nämlich eingefallen, dass es hier in der Nähe eine kleine Hütte gibt, in der früher die Leprosen lebten. Mittlerweile sind sie alle bei lebendigem Leib verfault. Vielleicht ist die Luft dort noch giftig, und der hier kriegt darum auch die Lepra. Aber ich glaube, so lange wird er gar nicht leben.«

Sie lachte wieder, während Róisín entschlossen den Löffel in die Flammen hielt und wartete. Erstmals war die junge Frau für das Lachen der Nonne dankbar, denn wenig später übertönte es den schrecklichsten Laut, den sie je gehört hatte: das Zischen von Haut, als sie den heißen Löffel auf die Wunde presste. Das schwarze Fleisch runzelte sich wie ein Wurm in der Sonne. Da sie mit beiden Händen den Löffel hielt – eine allein hätte zu stark gezittert –, konnte Róisín den Mann nicht festhalten, als sein Rumpf ruckartig hochfuhr. Er wiegte seinen Kopf hin und her, griff jedoch nicht nach ihr. Schließlich sank er zurück auf die Erde und lag völlig still.

Irgendwann war alles schwarze Fleisch entfernt und nur mehr rotes übrig. Das Blut, das austrat, war fast so durchsichtig wie Speichel. Róisín riss ein Blatt von einer Eiche und hielt es dem Verwundeten vor den Mund. Zu ihrer Erleichterung sah sie, dass es sich noch bewegte.

»Das mit dem Blatt war ein guter Einfall«, lobte Schwester Áine unerwartet. »Unsere Ohren täuschen uns oft.«

»Und womit soll ich seine Wunden nun verbinden?«

»Hm«, machte Áine, »verschimmeltes Brot wäre gut, ebenso ein Spinnennetz oder noch mehr Torfmoos ...«

»Woher soll ich ...«

»Ja, ja, schimmliges Brot hast du keines, und die Spinnen sind von dem Gestank nach verbranntem Fleisch geflohen. Aber Torfmoos gibt es hier genug. Entscheide dich immer für das, was du in Fülle hast.«

Róisín erschien es falsch, von Fülle zu reden, wo es doch von allem zu wenig zu geben schien: Sie hatte zu wenig Wissen, Áine hatte zu wenig Mitleid und Güte und dieser Mann zu wenig Kraft. Trotzdem riss sie Moos aus und legte es auf die offenen Wunden.

»Und jetzt?«

Áine zuckte mit den Schultern »Einen Kranken zu heilen heißt, einen Turm zu besteigen. Ganz hinauf kommt nur, wer fliegen kann.«

»Kein Mensch kann fliegen.«

»Eben. Den Rest musst du den Engeln Gottes überlassen. Wenn der Kranke böse war, werden die Engel von seinen Dämonen abgelenkt werden. Wenn nicht, dann haben sie genug Zeit, sich um ihn zu kümmern.«

Róisín betrachtete den Mann. Seine Miene wirkte wächsern, strahlte aber nicht den Frieden aus, der manche Menschen im Schatten des Todes überkommt. Hinter der gerunzelten Stirn witterte sie vielmehr Grimm und hinter den geschlossenen Lippen einen lautlosen Schrei.

»Dort drüben«, riss Áine sie aus den Gedanken.

»Was?«

»Dort drüben ist die Leprosenhütte. Du schleppst ihn dorthin, machst ein Feuer und suchst einen Krug. Danach füllst du ihn mit Wasser und stellst ihn neben den Verwundeten. Mehr kannst du für heute nicht tun. Entweder überlebt er allein oder gar nicht.«

»Ich kann mir nicht vorstellen, dass er ohne Hilfe Wasser trinken kann.«

»Nein, aber wenn der Krug umgefallen ist, wenn du morgen nach ihm siehst, ist das ein Zeichen dafür, dass er aus seiner Ohnmacht erwacht ist und versucht hat, danach zu greifen.«

Róisíns Herz machte einen freudigen Satz.

Wenn du morgen nach ihm siehst …

Sie hatte erreicht, was sie wollte! Sie würde wieder in den Wald gehen dürfen! Blieb nur zu hoffen, dass der Mann überlebte und sie die schwer errungene Freiheit deshalb noch eine Weile auskosten konnte.

Als sie das Kloster fast erreicht hatten, senkte sich Dämmerung über das Land. Die Blätter waren nicht länger rostrot, sondern dunkel, was Róisín an gestocktes Blut, verkohltes Holz und Fäulnis denken ließ, nicht zuletzt, da der scheußliche Geruch nach verbrannter Haut an ihren Händen haftete. Dennoch bedauerte sie es zurückzumüssen. Je näher sie dem Kloster kamen, desto schwerer fiel ihr jeder Schritt.

»Nun beeil dich«, drängte Áine, als sie den Wald hinter sich gelassen hatten und die Brücke über den trüben See betraten. »Nicht nur, dass wir die Non versäumt haben. Ich fürchte, wir kommen sogar zur Vesper zu spät.«

Doch heute schien im Kloster niemand ans Beten zu denken. Als sie auf das Hauptgebäude zuschritten, sahen sie, dass sich das Dutzend Nonnen samt der Äbtissin Inghean im Hof vor dem achteckigen Brunnenhaus versammelt hatten.

Róisín musste beim Anblick der Klostervorsteherin immer an ein Vögelchen denken, und zwar keines, das munter den Himmel durchpflügte, nein, eines, das sein Schnäbelchen aufriss und hoffte, dass jemand es fütterte – besser mit trockenem Brot als mit lebendigen Würmern. Wobei die Äbtissin genau betrachtet oft nicht einmal das aß, sie begnügte sich meist mit Buchenlaubsuppe. Und so asketisch, wie sie beim Essen war, so streng erwies sie sich, wenn es darum ging, Gebetszeiten einzuhalten.

Als Inghean jetzt Áine und Róisín erblickte, wurden weder Vorwürfe laut, weil sie die Vesper verpasst hatten, noch kam die Frage, wo sie sich so lange herumgetrieben hätten, stattdessen wurde über zwei Frauen debattiert, die im Kloster Aufnahme finden sollten – Kraka und Ceara. Von keiner der beiden hatte Róisín je gehört, während die Äbtissin nun einen Namen nannte, der ihr durchaus vertraut war: O'Bjólan. Ihr Vater hatte diese Sippe, die im Umkreis von Dublin lebte, mehrfach erwähnt, und auch hier im Kloster war der Name oft gerühmt worden, weil der verstorbene Tadc O'Bjólan der heiligen Brigid viel vermacht hatte: etliche Unzen Gold, einen silbernen Kelch, ein Bronzefass und zwei wertvolle Reliquiare.

Diese beiden Frauen hatten wohl keine Spenden mitgebracht. Sie waren nur mit dem gekommen, was sie am Leib trugen – bei der einen war das ein safrangelbes Seidenkleid, bei der anderen ein Kittel aus rauer Schafwolle –, doch nicht nur ihre Kleidung unterschied sie. Die eine war alt und glich einem knorrigen Baum, die andere war jung und wirkte wie ein geknickter Grashalm.

»Wir … wir haben keine Kutten mehr«, meinte eine der jüngeren Schwestern namens Gráinne mit neidischem Blick auf das safrangelbe Kleid.

»Beten können sie auch in diesen Kleidern«, beschied die Äbtissin sie.

»Beten?« Kraka, die ältere, sprach mit einer Stimme, die dunkler war, als ihre kohlrabenschwarzen Augen und die

Haare es waren. »Wir sind einen Tag unterwegs gewesen, und das zu Fuß. Bevor wir auch nur ein Amen sprechen, müssen wir etwas in den Magen bekommen.«

Róisín sah Áine an, dass die sich nur mühsam das Lachen verkniff ob so viel Unverfrorenheit, und ihr erging es ähnlich.

»Ihr hattet doch gewiss Proviant dabei«, warf Gráinne ein.

»Nun, jetzt werden wir unser Mahl mit ihnen teilen«, sagte die Äbtissin. »Die Männer, die sie begleitet haben«, fügte sie hinzu, »berichteten mir übrigens nur das Notwendigste. Dass ihr nämlich künftig hier leben werdet.«

»Sie sagten vor allem, dass ihr hier leben *müsst*«, erklärte Gráinne voller Genugtuung. »Es hieß, wir dürften euch auf keinen Fall gehen lassen, selbst wenn ihr es wolltet.«

»Wer soll denn von hier freiwillig weggehen wollen, wenn er erst einmal Zuflucht gefunden hat?«, fragte die Äbtissin Inghean erstaunt.

»Und das derart mühelos«, grummelte Gráinne. »Früher musste man zehn Tage vor der Klosterpforte stehen, um seine Standhaftigkeit zu beweisen.«

Kraka verdrehte die Augen, was Róisín erheiterte. Mit der anderen hatte sie Mitleid, denn die wirkte so starr und betäubt.

»Können wir uns nun endlich den Magen füllen?«, fragte Kraka ungeduldig. »Ich bin genügsam, meinetwegen könnt ihr das Brot mit Sand vermischen, den Eintopf mit Gras und den Wein mit Schlamm, aber irgendetwas brauche ich.«

Inghean warf einen Blick zum fahlen Himmel. »In der Tat sollten wir das letzte Tageslicht zum Mahl nutzen«, erklärte sie.

»Auch im Finstern findet man den Weg von der Hand zum Mund«, sagte Kraka.

»Im Finstern ist es jedoch nicht möglich, aus dem Evangelium vorzulesen, wie wir es bei jeder Mahlzeit tun.« Ingheans Blick richtete sich auf die beiden Ankömmlinge. »Wir lesen nämlich aus dem Evangelium, während wir essen, und außerdem schweigen wir. Wir schweigen fast immer.«

Das Tuscheln der Schwestern strafte ihre Worte Lügen, doch als Inghean sie streng ansah, verstummten sie. Auch die beiden fremden Frauen erwiesen sich als fügsam. Als sie im Speisesaal

Platz genommen hatten, war tatsächlich nur das Benedicte zu hören, gefolgt vom Klang des Handglöckchens und der einschläfernden Lesung aus dem Markus-Evangelium.

Für gewöhnlich machte Róisín sich hungrig über das Essen her, doch an diesem Abend kam sie nicht umhin, immer wieder einen Blick auf die beiden Frauen zu werfen. Kraka saß mit so geradem Rücken am Tisch, als hätte sie einen Stock verschluckt, und obwohl sie zuvor geprahlt hatte, nahezu alles zu essen, starrte sie nun angeekelt auf die kargen Speisen. Róisín konnte ihr es nicht verdenken. Der heilige Benedikt hatte den Verzehr aller Tiere gestattet, die nur zwei Füße hatten – hier in einem Zisterzienserkloster gab es nicht einmal die. Wasser und Molke waren erlaubt, aber nur in kleinen Mengen, Milch wurde zwar manchmal aufgetischt, sie durfte allerdings nicht frisch sein, und Bier gab es nur an besonderen Feiertagen. Beim Essen mussten sie sich mit geschrotetem schwarzem Brot und Haferbrei begnügen, nur sonntags kam auch etwas Butter hinzu und mit ganz viel Glück Fisch oder Biber, der schließlich im Wasser lebte und deshalb als Fisch angesehen wurde.

Die Körner im Brei waren so hart, dass sie, obwohl Róisín eine Ewigkeit darauf kaute, eher größer als kleiner zu werden schienen, und beinahe hätte sie sie zudem vor Belustigung ausgespuckt, als Kraka nämlich plötzlich ihre Schüssel von sich schob und erklärte: »Das sieht aus, als hättet ihr es direkt aus der Latrine gefischt.«

»Dann wäre es ja wohl weicher«, konnte Áine sich nicht verkneifen zu bemerken.

Und nachdem erst mal eine der ihren das Schweigen gebrochen hatte, tat es schon die nächste, dieses Mal die Cellerarin. »Soll ich etwas Pitanz bringen?«, fragte sie.

Pitanz war die Kost, die die Kranken und Schwachen bekamen. Sie wurde aus Käse und Ei sowie Brot aus gut gesiebtem Mehl hergestellt.

Die Äbtissin schüttelte nur schweigend den Kopf, während eine andere unvermittelt die Stimme erhob – Schwester Adaliz, die nicht mehr so gut hörte und erst jetzt die Namen der Neuankömmlinge erfasst hatte.

»Kraka O'Bjólan heißt du also«, rief sie quer über den Tisch. »Ich habe mal von einer gewissen Kjolvor O'Bjólan gehört.«

Kraka blickte auf. Kurz huschte ein Ausdruck über ihr Gesicht, den Róisín nicht recht deuten konnte – von Trauer, Liebe, auch Entschlossenheit –, doch dann senkte sie rasch wieder ihren Kopf und murmelte: »Das war meine Mutter.«

»Lieber Himmel!«, entfuhr es Schwester Adaliz. Sie ließ vor Schreck den Löffel fallen. »Es ging das Gerücht, dass sie ... dass sie ... Druidenzauber betrieben habe.«

Während Adaliz sich bückte und nach dem Löffel tastete, erhob sich Geraune. Róisín hatte das Gefühl, ob des unterdrückten Lachens zu ersticken, die anderen, sogar die spöttische Áine, wurden hingegen ganz blass.

»Es war einst ein Druide, der gottlose Mog Ruith, der Johannes den Täufer enthauptete«, entfuhr es ihr. »Druidisches Wirken ist deshalb eine Sünde, die nicht vergeben wird. Keine noch so harte Buße hilft, weder Fasten noch Verbannung noch körperliche Züchtigung!«

Anders als Áine war die Äbtissin erstaunlich gefasst. Offenbar war ihr eine zaubernde Frau immer noch lieber als ein Mann.

»Es gibt keine Druiden mehr«, erklärte Inghean kühl. »Und wenn es sie geben würde, hätte ich keine Angst vor ihnen – genauso wenig wie der heilige Patrick. Im Streit mit den Druiden schickte er seinen Schüler in ein Holzhaus und zündete es an. Dem Mann wurde kein Haar gekrümmt, unterdes ein Druide, der wenig später Gleiches tat, bis zur Asche verbrannte. Nur seine Kleider blieben heil.«

Kraka hob den Kopf wieder. »Und was ist mit den Kleidern von Patricks Schüler passiert?«, fragte sie vermeintlich ahnungslos. »Verbrannten vielleicht diese, wenn auch nicht er, und verließ er die Hütte deshalb nackt?«

Róisín hörte ein verräterisches Prusten, aber die Äbtissin ging nicht darauf ein. »Patrick weckte Tote auf, herrschte über alle Elemente, ließ einen Druiden in die Luft wirbeln und auf der Erde zerschellen – so groß war seine Macht«, sagte sie, und in ihrem Blick stand ausnahmsweise keine Frucht, nur Verachtung. »Und als eine gewisse Cainech einst Druidenzauber praktizierte, wurde sie von der Erde verschluckt, sodass künftig Hunde auf ihren Kopf schissen.«

»Schön, schön«, sagte Kraka. »Allerdings sehe ich hier keine Hunde, nur einen Hühnerhaufen.«

»Willst du sagen, dass du auch die Druidenzauberei beherrschst?«, fragte die Äbtissin streng.

Kraka zögerte lange, und dieses Mal wurde ihr Gesichtsausdruck wehmütig. Doch dann glätteten sich die Züge, und sie richtete sich auf. »Was ihr von meiner Mutter behauptet, stimmt«, erklärte sie energisch. »Wenn sie hier an meiner Stelle sitzen würde, würde sie die Speisen nur kauen, aber sie nicht schlucken, sondern ausspucken und die Zukunft darin lesen. Meine Mutter ist jedoch lange tot und mit ihr ist auch ihr Glaube gestorben. Ich teile ihn nicht ... zumindest nicht mehr. Wenn ihr das Gebot der Gastfreundschaft achtet und mich in euren Kreis aufnehmt, möchte ich hier ein gottgefälliges Leben führen. Für die Sünden meiner Mutter kann ich nichts. Für meine eigenen Sünden werde ich Buße tun. Und neue Sünden möchte ich gar nicht erst auf mich laden.«

Das Tuscheln wurde lauter, obwohl die Äbtissin den Schwestern mahnende Blicke zuwarf. »Still jetzt!«, rief Inghean schließlich streng. »Das Stück der Hostie soll nicht zwischen die Backenzähne kommen, was bedeutet, dass es nicht richtig ist, Gottes Geheimnisse zu diskutieren. Und alle anderen Sachen sind so nichtig, dass es sich erst recht nicht darüber zu reden lohnt.« Sie wandte sich an Kraka. »Ich habe dich bereits im Kloster willkommen geheißen, und es gibt für mich keinen Grund, meine Worte zurückzunehmen. Ich werde ein Auge auf dich haben, und wenn dir wirklich an Umkehr und Buße liegt, so ist dies der rechte Ort für dich.«

Kurz blitzte es in den dunklen Augen auf, doch anstatt etwas hinzuzufügen, zog Kraka O'Bjólan den Kopf wieder ein und aß nicht nur das eigene Brot, sondern auch das der jungen Ceara, die zusammengesunken auf der Bank saß, bislang noch keinen Bissen zu sich genommen hatte und noch nicht einmal den Streit bemerkt zu haben schien. Ihr Anblick erweckte in

Róisín Erinnerungen an den Tag ihrer Ankunft, da sie vermeint hatte, grauen Stein zu atmen, grauen Stein zu schlucken und grauen Stein erbrechen zu müssen.

Heute im Wald ist nichts grau gewesen ... nicht das herbstliche Laub ... nicht die Farne ... nicht das Blut des Verletzten ...

Als sie das Mahl beendet hatten, begab sie sich unauffällig zu der jungen Frau.

»Es ist hier nicht so schlimm, wie du dir vielleicht denken magst«, flüsterte sie tröstend. »Man gewöhnt sich an vieles.«

Ceara hob den Kopf, starrte sie an und kam ihr plötzlich gar nicht mehr jung, sondern alt vor, uralt. »Es ist überall schlimm, wo ich von meinem Sohn getrennt bin«, sagte sie und schlug schon die Augen wieder nieder.

Róisín war neugierig und hoffte, dass die andere ihr bald mehr darüber erzählte. Vorerst nahm sie sich vor, beim Gebet neben ihr zu sitzen und im Dormitorium neben ihr zu schlafen, denn eine Frau, die von ihrem Kummer blind gemacht worden war, merkte nicht, was sie heimlich dachte und trieb ...

Schon zeitig am Morgen erlaubte ihr Schwester Áine, das Kloster zu verlassen und nach dem Verwundeten zu sehen.

Róisín lief noch schneller durch den Wald als am Tag zuvor, atmete noch gieriger den Duft nach feuchter Erde ein, labte sich noch mehr am Knacken im Gebüsch, dem Pfeifen des Windes, dem Kreischen der Vögel.

Mach, dass er noch lebt, Gott, mach, dass er noch lebt ... Mach, dass ich einen Grund habe, immer und immer wieder in den Wald zu gehen ...

Der Verwundete selbst hatte nicht gebetet, so viel stand fest. Als Róisín die Hütte betrat, lebte er zwar noch, sah aber so aus, als hätten ihn in der vergangenen Nacht die Dämonen der Hölle heimgesucht. Er warf sich wie von einer unsichtbaren Macht getrieben hin und her, stieß gegen die Wände aus Astwerk und Lehm und knirschte mit den Zähnen. Er glühte, als würde er von innen her verbrennen.

Róisín tastete nach ihrem Gürtel. Am Abend zuvor hatte sie sich heimlich in die Krankenstube geschlichen, um etwas

Kerbel einzustecken, weil der Blutungen stillte, Wermut, der wie Mädesüß Fieber senkte, und eine Salbe aus Schweinefett, Weizenmehl und Kräutern wie Wegerich, Käsepappel und Malven, die Wunden schneller heilen ließ. Sogar ein Ledersäckchen mit einem trockenen Pulver hatte sie dabei, von dem Schwester Áine sagte, es sei aus der Leber eines Kranichs gemacht worden. Die war so stark wie pures Eisen, was wiederum half, hohen Blutverlust auszugleichen und Geschwächte zu stärken.

Róisín hatte allerdings nicht die leiseste Ahnung, wie sie dem Verwundeten die Heilmittel verabreichen sollte, wenn es ihr noch nicht einmal gelang, ihm Wasser einzuträufeln. Der Krug war zwar noch voll und ganz – ein nicht geringeres Wunder, als dass er noch lebte –, doch als sie versuchte, ihn an seine Lippen zu setzen, bäumte er sich auf und stieß ihn weg. Als sie darauf ihre Finger benetzte und die Tropfen auf seine Lippen fallen ließ, blieben diese verschlossen, und das Wasser versickerte im Bart, an dem Spinnweben, Holzstaub und Erde hafteten.

Ich hätte nicht übel Lust, dich, statt dir nur Wasser einzuträufeln, ganz hineinzutauchen.

Allerdings würde sie den Mann nie allein zum nächsten Bach schleppen können, also versuchte sie erneut, ihn zum Trinken zu bewegen, indem sie den Saum ihres braunen Habits in den Krug tauchte und ihn hinterher an seinen Mund presste. Dieses Mal bäumte er sich nicht nur auf, er begann wild um sich zu schlagen. Kurz öffnete er seine glasigen Augen und warf ihr einen ebenso zornigen wie verwirrten Blick zu. Alsbald schlossen sich die Lider wieder, was nicht hieß, dass er endlich ruhig lag. Er begann auf seine Brust zu trommeln und alles Moos von seiner Verletzung zu kratzen, und als Róisín seine Hände packte und ihn davon abzuhalten versuchte, schlug er ihr mit der Faust ins Gesicht.

Róisín konnte sich nicht erinnern, je einen so heftigen Schlag bekommen zu haben. Ihr Kopf dröhnte, die Wange schmerzte, und vor Schreck hatte sie sich in die Zunge gebissen.

»Bist du verrückt?«, entfuhr es ihr, und sie versetzte ihm eine schallende Ohrfeige.

Erstaunt betrachtete sie danach ihre Hand, als gehörte diese ihr nicht, während der Verwundete reglos liegen blieb.

Nun gut, wenn er an meiner Ohrfeige stirbt, wäre er sowieso dem Tod geweiht gewesen.

Doch er atmete noch, wie sie deutlich sah. Leider strömte mit jedem Atemzug auch Blut aus der Nase, da sie ihn offenbar dort und nicht nur auf der Wange getroffen hatte.

Herrje, als ob er nicht schon genug Blessuren hat! Sie stopfte ihm Moos in die Nasenlöcher, und als er sich prompt wieder zu winden begann, weil er so keine Luft bekam, schrie sie ihn an: »Dann atme eben durch den Mund! Wenn du ihn öffnest, kann ich dir auch endlich Wasser einflößen.«

Dass er auf diese Weise ersticken könnte, riskierte sie gern. Und es lohnte sich, hatte er doch wenig später notgedrungen zwei Schluck Wasser getrunken und schlief wieder ruhig.

Róisín war hingegen schweißgebadet. Sie ließ sich auf die Fersen sinken und betrachtete ihn.

Wer war er? Wer hatte ihn verletzt? Vor wem war er auf der Flucht?

Das Haar war nicht so lang wie das von Sklaven und … Kriegern. Die Hände waren voller Schwielen wie die von Bauern und Handwerkern oder wiederum von … Kriegern.

»Du stirbst mir nicht«, murmelte sie und hob jäh die Faust. »Du stirbst mir nicht. Nicht bevor ich deinen Namen weiß und was dir zugestoßen ist.«

Alsbald ließ sie die Faust sinken, weil es lächerlich war, einem Ohnmächtigen zu drohen. Das änderte aber nichts an ihrer Überzeugung, dass er – wer immer er auch war – knappe Befehle und Schläge besser verstand als gutes Zureden und zärtliches Streicheln.

AOIFE

»Wohin gehst du?«, fragte Yolanthe.

Yolanthe war die illegitime Tochter von Königin Eleonores Verwalter und dafür bekannt, ihre Nase in sämtliche Angelegenheiten zu stecken, desgleichen ihre Finger in sämtliche Honigtöpfchen. Deshalb konnte man von ihr stets den neuesten Klatsch erfahren, und trotz ihrer Jugend war sie so füllig, dass gemunkelt wurde, sie sei ein Bastard von Königin Eleonores Vater Guillaume. Der war schließlich dafür bekannt gewesen, bei einer Mahlzeit Mengen zu verzehren, die sonst acht Männer sättigten.

Aoife hatte nicht vor, Yolanthe in ihr Vorhaben einzuweihen, und legte ihren Finger an die Lippen. »Das ist mein Geheimnis.«

»Wirklich?«, rief Yolanthe aufgeregt. »Gehst du etwa zu einem ... Verehrer?«

Aoife lächelte schüchtern. »Wer weiß.«

Tatsächlich würde sie heute einen Mann treffen. Doch es war undenkbar, dass der vor ihr auf die Knie fallen, seine Sätze mit allem Zierrat der Redekunst ausschmücken, gar schwülstige Verse über die Morgenröte, den Gesang von Vögeln oder die Fee Melusine dichten würde, die einen Fischschwanz hatte und sich in einen geflügelten Drachen verwandeln konnte. Nein, dort, wohin sie heute ging, würde sie keine Lieder hören.

»Wenn es wirklich ein Verehrer ist ... wirst du ihn küssen?«, fragte Yolanthe.

»Wer weiß ...«, sagte Aoife wieder.

»Aiglante hat Philippe geküsst«, wusste Yolanthe zu berichten. »Das heißt, sie hat sich von ihm küssen *lassen*. Und nicht nur das. Sie hat ... sie hat ...« Yolanthe lief brennend rot an.

»Sie hat ihre Unschuld verloren?«, rief Aoife.

»Nein ... aber ... aber sie hat sich ihm nackt gezeigt. Zumindest hat er das später den anderen Rittern gegenüber behauptet.«

Yolanthe kicherte nervös, Aoife lächelte flüchtig. Sie wusste, dass zwischen den jungen Männern ein steter Wettstreit herrschte. Die schönste der Frauen so lange anzuschmachten, bis sie alle Kleider fallen ließ und sich neben einen Mann in ein Bett legte, wenn sie sich auch nicht von ihm berühren ließ, galt als größerer Sieg, denn ein Turnier zu gewinnen. Die Mönche wetterten über den Sündenpfuhl, zu dem Eleonores Hof geworden war. Zu viele junge Ritter dichteten dort lieber schöne Verse, als ihr Schwert zu schwingen, und zu viele junge Mädchen frönten lieber der Eitelkeit als dem Gebet. Doch Aoife war dankbar dafür, dass lieber darüber getuschelt wurde, wer seinen Körper entblößte, als darüber, was sie in ihrem Herzen verbarg.

»Was immer ich auch vorhabe, ich muss dafür ungestört sein«, sagte sie jetzt. »Du sorgst doch dafür, dass mir keiner folgt, oder?« Und mit etwas Nachdruck fügte sie hinzu: »Dafür bekommst du meinen Honigkuchen.«

Yolanthe nickte. »Hinterher musst du mir alles erzählen«, flüsterte sie und blickte Aoife sehnsüchtig nach.

So farblos, wie sie war, hatte noch kein Ritter sie je zu küssen versucht ... und Königin Eleonore erst recht nicht. Allerdings hatte diese auch Aoife seit jenem Abend nach dem Turnier nicht wieder berührt, sich nur regelmäßig berichten lassen, wie weit ihre Pläne mittlerweile gediehen waren. Dann lauschte sie gelassen, lächelte rätselhaft, gab ein paar Ratschläge und schickte sie wieder fort, ohne zu erkennen zu geben, ob sie stolz auf ihren Zögling war oder lediglich über seinen Ehrgeiz belustigt.

Aoife hatte es längst aufgegeben zu ergründen, was hinter der hohen, blassen Stirn vorging, und auch an diesem Tag wollte sie nicht darüber nachdenken.

Die Burg von Poitiers hatte sich in dem knappen Jahr, da Eleonore die Herrschaft in ihren Erblanden persönlich ausübte, verändert. Obwohl Aoife sich schon bei ihrem ersten Besuch wie im Paradies gefühlt hatte, war der Wohnturm, den Eleonores Großvater für seine frivole Geliebte hatte errichten lassen, heute ungleich eleganter eingerichtet. Auf Möbeln aus exotischem Sandelholz lagen Tücher aus Seide, Rosen verströmten ihren süßen Duft, und Troubadoure sangen von der Harfe und dem Tamburin, von Trommeln und Zimbeln begleitet ihre Lieder auf Okzitanisch und Französisch, Bretonisch und gar Walisisch.

Aoife lauschte ihnen eigentlich gern, doch nun ließ sie die Wohlklänge hinter sich. Sie trat ins Freie, lief über den Hof, kam an den Wirtschaftsgebäuden vorbei, den Ställen und den Werkstätten, den Hütten der Diener und den Speichern. Nicht weit davon trainierten – fern der Blicke der Damen – die Ritter für den Schwertkampf, darunter auch Eleonores elfjähriger Lieblingssohn Richard, den sie Carissimus nannte und der anders als seine jüngeren Geschwister, die in einem Kloster erzogen wurden, bei Hofe leben durfte. Eben schlug er mit einem Holzschwert auf eine bewegliche Stechpuppe ein, deren Arme mal in die eine, mal in die andere Richtung schwenkten, jedes Mal ganz nah an Richards Gesicht vorbei. Aoife sah ihm nicht lange zu, sondern ging weiter, und bald war sie unbemerkt an einen Ort gelangt, wo man die Farbenpracht, mit der Eleonore die Räume ausgestattet hatte, vergeblich suchte: die Schmiede.

Die Luft stand zum Schneiden dick, und selbst als Aoifes Augen sich an das trübe Licht gewöhnten, vermeinte sie, dass eine Schicht Ruß ihre Augen überzöge und sie alles nur durch einen grauen Schleier sehen ließ. Wie ein Mann am Ofen stand, um die Flammen mit frischem Holz zu füttern, während ein anderer den Blasebalg betätigte, damit das Feuer stetig loderte. Wie der Schmied und sein Gehilfe abwechselnd auf einen Klumpen Eisen auf dem Amboss einschlugen, während ein Metallgießer Blei, Silber und Gold in tönernen Schmelztiegeln über dem Ofen schmolz. Und wie ein weiterer über einem kleineren Feuer Formen erwärmte, damit das flüssige Metall, das hineingegossen wurde, noch vor dem Abkühlen in jeden Winkel gelangen konnte.

Bei jedem Atemzug vermeinte Aoife, selbst flüssiges Eisen zu schlucken. Schweiß brach ihr aus und tropfte gemeinsam mit dem gelben Pulver aus gemahlenen Narzissen, das sie wie die anderen Damen jeden Morgen auf ihre Lider auftrug, auf ihr golddurchwirktes Kleid. Auch dessen Saum war längst schmutzig geworden, aber nun gut, das musste sie in Kauf nehmen. Vielleicht würde ihr Eleonore ohnehin ein neues Kleid schenken, wenn sie in wenigen Tagen Poitiers für immer verließ.

Der Junge am Blasebalg starrte neugierig auf sie, der Schmied hingegen, der von ihrem Kommen wusste, musterte sie nur flüchtig. Eben nahm er ein Stück Holz und warf es auf den Knaben.

»Wenn du sie weiter anglotzt, werfe ich als Nächstes einen Hammer, und wenn du den Blick dann immer noch nicht senkst, ein heißes Stück Eisen.«

Prompt wurde weitergearbeitet, und das Einzige, was zu hören war, waren das gequälte Fauchen und Zischen, das das Eisen und die Erze bei jedem Schlag ausstießen.

Aoife musste nicht lange warten. Wenig später erschien ein Mann in der Schmiede, dem der Dreck und die Hitze nichts anzuhaben schienen. Sein weißblondes Haar erzitterte, doch es blieb ebenso sauber wie das purpurne Gewand, das er über dem Leinenhemd trug, die seidenen Strümpfe und die verzierten Schuhe. Der Pelz, den er sich umgehängt hatte, wurde mit einer Schulterklammer aus Gold und Elfenbein zusammengehalten.

»Wo ist er?«, fragte er, nachdem er Aoife mit einem knappen Nicken gegrüßt hatte.

»Er wird gleich hier sein«, antwortete sie mit gesenktem Kopf. »Vorhin habe ich erfahren, dass er eben angekommen ist. Ich habe meine Zofe gebeten, ihn sofort hierherzuschicken.«

Die Augen des Mannes blitzten, dann richteten sie sich wohlwollend auf die Arbeit des Schmieds. Wieder hieß es, eine Weile zu warten, und Aoife nutzte sie, um sich hinter einem Holzgerüst zu verstecken, in dessen Fächern Nägel und Nieten, Schlösser und Kessel, Sägen, Äxte und Meißel aufbewahrt wurden.

Alsbald war ein Schnaufen zu hören, das nicht von den hart arbeitenden Männern oder dem geschmolzenen Eisen stammte, sondern von einem kleinen, dickleibigen Mann, der die Schmiede betrat und sich übellaunig umblickte – Pól. Während Aoife sich noch versteckt hielt, trat der Mann mit dem Pelz auf den Händler zu.

»Du suchst Aoife?«, fragte er freundlich.

»Man sagte mir, sie sei hier«, erwiderte Pól. »Aber diese Schmiede ist der einzige Ort in Poitiers, an dem man keine hübschen Mädchen findet, was schade ist, und auch keine hübschen Knaben, auf die ich allerdings verzichten kann. Kenne ich dich?«

»Nein, aber ich möchte ein wenig mit dir plaudern.«

Pól winkte ab. »Ich habe keine Zeit zu reden. Ich bin hier im Auftrag von Aoifes Vater. Mit einem Schiff, das in Bordeaux auf uns wartet, werde ich sie nach Irland zurückbringen.«

Der Mann trat unmerklich zwischen Pól und die Tür, sodass der andere ihm nicht entwischen konnte. »Ich weiß, ich weiß. Diarmait hat sich nach der Niederlage in Cill Osna vor zwei Monaten nach Ferns zurückgezogen und leckt dort seine Wunden. Erwartet er, dass die reizende Aoife sie mit ihren Tränen benetzt?«

Póls Mundwinkel zuckten amüsiert. »So tief sind die Wunden nicht ... Und falls Diarmait selbst Tränen vergießt, dann vor Lachen. Er amüsiert sich bis heute köstlich darüber, dass der Hochkönig dem Irrtum verfiel, er hätte in Cill Osna die Entscheidung gesucht. Diarmait wusste von Anfang an, dass er diese Schlacht nicht gewinnen durfte.«

Aoife hörte das nicht zum ersten Mal. Auch hier am Hof wurde gemunkelt, dass Diarmait absichtlich den Feinden unterlegen war, um diese in Sicherheit zu wiegen.

Der Mann klopfte Pól auf die Schultern. »Lass dein Schiff in Bordeaux noch ein wenig warten. Ich dachte, ein Händler wie du hat immer Zeit. Für einen Krieger mag es tödlich enden, wenn er zu lange zögert, bevor er angreift, ein Händler hingegen zieht seine Macht daraus, andere warten zu lassen, bis diese mürbe geklopft sind.«

Póls Lächeln verriet ein wenig Anerkennung. »Sagst du mir nun endlich, wer du bist?«

»Nickel.«

»Das ist kein französischer oder okzitanischer Name.«

»Nein, ein deutscher. Ich stamme aus der Nähe von Stade, lebe aber schon lange nicht mehr dort. Als junger Mann zog es mich ans Meer, weil ich dort Schiffe bauen wollte, eines Tages stieg dieses Meer jedoch über die Ufer, und nichts konnte es aufhalten, weder Holz noch Stein und auch nicht die Mehlsäcke, die wir aufschichteten. Ein Weib wollte gerade einen auf den anderen legen, als er von der Flut mitgerissen wurde, und ließ ihn selbst dann nicht los. Sie ertrank, während die anderen verhungerten, weil sie ja nun kein Mehl mehr hatten. Anstatt Schiffe zu bauen, bestieg ich das erstbeste, um von dort fortzukommen, und wurde Händler. Letzten Sommer kam ich in Gefolgschaft der Sachsen, die später die kleine Mathilde zu ihrem Bräutigam brachten, nach England, aber dort hat es mir zu viel geregnet, und ich bin in Richtung Aquitanien aufgebrochen. Hier gefällt es mir viel besser. Der Wein schmeckt nicht modrig, und die Weiber schmecken nicht nach Fisch.«

»Und hast du, wenn auch kein Weib, so einen Becher, damit ich mir die Kehle befeuchten kann? Die Hitze ist ja kaum auszuhalten.« Pól strich sich mit weibischer Geste über die Stirn.

»Oh, ich handle nicht mit Wein, jedoch mit einer Ware, die einem wie dir viel besser schmeckt.«

Nickel machte eine ausladende Geste, und Pól folgte seinem Blick zu den Lanzen- und Speerspitzen, Schilden und Wurfäxten – und zu den Schwertern, die hier in der Schmiede angefertigt wurden.

»Waffen«, stellte er fest.

Nickel trat zu dem Schmied. »Raimon ist ein wahrer Künstler. Hier am Hof von Poitiers werden so viele Lieder gesungen, allerdings klingt keines schöner als das Geräusch, das man hört, wenn das Raseneisenerz aus den fernen Rheinlanden mit sanftem Zischen auf der Holzkohle schmilzt. Es weiß, es fällt in einen tiefen Schlaf, und wenn es daraus erwacht, ist es kein formloser Klumpen mehr und schwer von Schlacketeilen, sondern rein, glänzend und bereit für seinen Brauttanz. Sein Geliebter ist das Poitou-Eisen, etwas dunkler, etwas härter. Oh, wie lustvoll sich das Harte und das Weiche umarmen. Ganz ohne Zögern, ganz ohne Zurückweichen, pressen sie ihre Leiber aneinander, bis daraus das vollkommene Schwert entsteht, leicht und biegsam und trotzdem stabil.« Sein Blick richtete sich auf die kräftigen Hände des Schmieds. »Nicht jeder ist ein geeigneter Kuppler. Manch einer vermischt Metalle, die nicht zusammenpassen. Doch Raimon ist eine Weile durch die Welt gereist und überall dort geblieben, wo er etwas lernen konnte. Und hier in Aquitanien hat er seine Kunst vollendet.« Der Schmied bückte sich und reichte Nickel ein Schwert. Eben hatte dieser über dessen Klinge geredet, nun pries er den mit allerlei glänzenden Steinen besetzten Griff. »Er ist lang genug, dass man das Schwert mit beiden Händen halten kann, aber auch mit Rillen ausgestattet, sodass ihn nur eine Hand fest umschließen kann. Auf diese Weise hat man genügend Schwung, um zuzustoßen.« Er machte eine Bewegung, als wollte er erst seinen Gegner aufspießen, um ihm danach den Kopf abzuschlagen. »Obwohl Messing leichter zu verarbeiten ist, verwendet Raimon nur Stahl, um den Knauf zu schmieden. Auch Griff und Knauf sind ein gar lustvolles Brautpaar, können gar nicht voneinander lassen und verhelfen ihrem Kind, der Klinge, zum leichtfüßigen Tanz.« Als Nickel das Schwert zwischen der rechten und linken Hand hin- und herreichte, blitzte besagte Klinge, doch Póls Blick darauf blieb flüchtig. »Die Größe, das Gewicht, das Material, die Kante, die Damasziertechnik – nichts von alldem wirst du in vollendeterer Form finden«, fuhr Nickel hastig fort, und als immer noch jegliches Lob ausblieb, ja nicht mal der gepresste Atem oder ein Lippenschnalzen Anerkennung verriet, fügte er ungehalten hinzu: »Du musst zugeben, dass sie prächtig ist!«

Pól wischte sich die verschwitzte Stirn mit dem Kragen seines Mantels ab. »*Sie?*«, fragte er verdrossen. »Seit wann ist ein Schwert eine Frau?«

Aoife runzelte die Stirn. Sie hatte von Pól gleiche Begeisterung erwartet, wie Nickel sie in jedes Wort legte, glänzende Augen, die sich habgierig auf die Handelsware richteten, die Bitte, so viele Schwerter wie nur möglich kaufen zu dürfen.

Stattdessen schien ihm das lange Stehen Schmerzen im Rücken zu bereiten, denn seine Miene wurde zunehmend verdrossen.

»Oh, ich weiß«, rief Nickel, »betrachtet man die zustechende Klinge, mag diese tatsächlich dem eindringenden Geschlecht gleichen. Meist werden Schwerter deshalb mit Männern verglichen, und wenn man sie tauft – mit Blut natürlich, nicht mit Wasser –, bekommen sie Namen von diesen. Aber jedes Schwert war irgendwann geschmolzener Stahl. Und so wollen wir doch die Weiber haben, biegsam und heiß.«

»Ach ja? Nun, ich kann gut auf einen Kuss von diesen verzichten …«, sagte Pól mit misstrauischem Blick auf die Klinge.

Nickel ließ das Schwert sinken. »Nicht alles, was man liebt, muss man auch küssen.«

Kurz hatte Aoife Angst, dass Pól sich einfach abwenden und Nickel stehen lassen würde, doch dann zog er einen Schemel unter einem Tisch hervor, setzte sich darauf und streckte ächzend die Beine.

»Ach guter Mann«, begann Pól und ein Rülpsen entfuhr seiner Kehle. »Wenn du mir Wein eingeschenkt hättest, hätte ich lieber mit dir geplaudert. Aber auch so habe ich noch genug Spucke, um dir zu sagen, dass du, Waffenhändler aus Stade, rein gar nichts von der Liebe verstehst. Sonst würdest du nicht auf die Idee kommen, ein Schwert oder das, woraus es gemacht wird, mit einem Weib zu vergleichen. Das Weib, das ich liebte, glich nicht dem Feuer, sondern dem Wind. Es hätte dieses heiße, stinkende, enge Loch gehasst.«

Aoifes Verblüffung wuchs. Undenkbar war, dass Pól ein Weib geliebt hatte. Männer, die Frauen liebten, waren schöne, starke, wortgewandte Ritter – wie konnte da ein kleiner dicker von der Liebe sprechen? Wie einer, der mit einer Herbergsmutter gehurt hatte, die Eicheln nach ihren Gästen warf?

Nickel wirkte jedoch nicht gekränkt, sondern amüsiert. »Nun gut, dann lass uns statt von Liebe von Lust reden. Kein Mann empfindet Lust, wenn er mit einem schlechten Schwert kämpft. Manchmal tut er es trotzdem, denn Männer schwängern schließlich auch trockene Frauen, wenn sie einen Erben brauchen. Notfalls nehmen sie sogar Huren, denen man alle

Zähne ausgeschlagen hat, Vetteln mit Barthaaren oder halb Verhungerte, von deren Hüftknochen man förmlich erstochen wird, aber insgeheim verzehren sie sich nach vollen Brüsten, weißer Haut, roten Lippen und einem saftigen Schoß. Wenn die Schlacht von Cill Osna wirklich nur ein Geplänkel war und der eigentliche Krieg noch kommt, dann brauchst du viele Schwerter und gute Schwerter, und ich werde sie dir verkaufen. Meine Waren sind keine Weiber, Vetteln und Huren – sie sind Königinnen, hoheitsvoll und erhaben. Um mit ihnen zu siegen, muss man sich ihrer würdig erweisen. Ein wenig Rohheit bedarf es, ein wenig Zärtlichkeit, vor allem aber Kraft und Geschick.«

Pól stand auf, erstaunlicherweise ohne ein Ächzen. Als Nickel ihm das Schwert reichen wollte, hob er jedoch abwehrend die Hände.

»Du liebst also, womit du Handel treibst?«, fragte er gedehnt.

»Du etwa nicht?«, fragte Nickel verdutzt und nahm ihm das Schwert ab.

»Wie gesagt, die Einzige, die ich je liebte, war meine Frau. Und die hat Schwerter gehasst.«

»Warum hast du dann damit zu handeln begonnen?«

Obwohl Póls Blick immer noch auf Nickel gerichtet war, hätte Aoife schwören können, dass er ihn in diesem Augenblick gar nicht sah, so wie er weder Hitze noch Gestank wahrnahm. Er versank ganz und gar in Erinnerungen – schöneren Erinnerungen, als man sie einem hässlichen Mann zutraute.

»Männer lieben Schwerter, und Frauen lieben Männer mit Schwertern – so ist das auf dieser Welt. Nur Rós und ich waren anders. Ich wollte nie kämpfen müssen, und Rós wollte nie einem Mann Blut und Schweiß von der Stirn tupfen. Viel lieber sind wir in ein kleines Boot gestiegen, sind die Liffey entlanggefahren und haben die Fische betrachtet, die im silbrig grünen Wasser schwammen, ohne je zu überlegen, wie wir einen fangen, braten und essen könnten. Wir waren beide nie hungrig.«

»Liebe macht nicht für immer satt«, sagte Nickel, »jeder noch so pralle Weinschlauch wird faltig, wenn man den letzten Tropfen daraus gepresst hat.«

»Nun, unsere Liebe blieb frisch und jung. Aber es stimmt, irgendwann wurden wir wieder hungrig. Und ich überlegte, wie sich Geld verdienen ließ und mir zugleich genug Zeit bliebe, um weiterhin Boot zu fahren. ›Nicht, indem du tötest‹, sagte Rós. ›Versprich mir, nie zu töten, noch nicht einmal zu kämpfen, ja eine Prügelei wäre schon zu viel. Ich will nie in dein Gesicht schauen und denken, er hat die Augen eines Fisches, und zwar eines toten.‹ Und ich versprach es ihr.«

Nickel schnaufte, und plötzlich fiel Aoife auf, dass sein Haar nicht länger weißblond war, sondern voller Staub und Ruß. »Eine rührselige Geschichte«, knurrte er. »Sag doch gleich, dass du ein Quacksalber bist, der nicht an die eigene Tinktur glaubt.«

Póls Erinnerungen schienen in der heißen, dunklen Luft zu verblassen. »Oh, ich glaube durchaus, dass Schwerter den Tod bringen – gute Schwerter sogar noch schneller. Weil ich selbst nicht töte, heißt es nicht, dass ich nicht den Tod verkaufe, und das sogar sehr gern. Ich hätte Diarmait nie zur Flucht nach Wales verholfen, wenn mir der Hochkönig nicht verboten hätte, mit Waffen zu handeln. Aber eines weiß ich ganz genau, Schwerter sind keine Frauen ... weder hässliche noch schöne, listige oder dumme, untreue oder tugendhafte. Schwerter sind einfach nur toter Stahl. Man mag ihnen Namen geben, deswegen haben sie noch lange keine Seele.«

Nun war es Nickel, der verdrossen wirkte. »Was ist mit deiner Frau geschehen?«

Wieder veränderte sich Póls Blick, und dieses Mal stand kein Misstrauen darin, nur Schmerz. »Sie ist vor vielen Jahren gestorben«, sagte er leise.

»Nun, da verschenke ich mein Herz lieber an etwas, das schon tot ist wie dieser Stahl. Nichts ist härter ... nichts ist stärker als er.«

»Hast du mir nicht vorhin erzählt, dass eine Flut dein Dorf vernichtet hat? Dieses Wasser war nicht hart. Es war weich ... und trotzdem stark.«

Eben bewies das Wasser seine Macht. Aus einer rot glühenden Masse wurde zischend eine graue, als der Schmied sie in einen Trog tauchte. Auch Nickels Begeisterung hatte sich deutlich abgekühlt.

»Ich glaube, man kann mit dir gute Geschäfte machen, aber man langweilt sich dabei. Ich habe jemand anderen erwartet, als Aoife mir von dir erzählte.«

»So oder so hätte ich dich enttäuschen müssen«, sagte Pól und setzte jenes verschlagene Grinsen auf, das Aoife schon die ganze Zeit erwartet hatte. »Ich habe bereits genug Waffen, um die grüne Insel zu einer roten zu machen, und brauche deine darum nicht.«

Pól stieß gegen den Schemel, auf dem er gehockt hatte. Das Poltern, als er umfiel, war ob des Klopfens des Schmiedes ebenso wenig zu hören wie die Schritte, als er grußlos ging.

Der Blick, den Nickel Aoife zuwarf, war vorwurfsvoll, doch sie zog ihren Kopf ein, folgte Pól ins Freie und sog dort gierig die frische Luft ein. Pól schien diese zu beflügeln, denn trotz seines Watschelgangs hatte er mittlerweile fast den Hof überquert.

»Wartet!«

Pól hielt inne und drehte sich um. Falls er überrascht war, dass sie hier plötzlich auftauchte, zeigte er es nicht. »Aoife«, sagte er knapp und grüßte sie mit einem Nicken. »Noch hübscher bist du geworden. Hübscher und erwachsen. Ich für meinen Teil werde noch hässlicher, wenn ich so viel schwitze wie eben. Ich brauche dringend etwas zu trinken. Und zu essen erst recht. Und du solltest auch etwas in den Magen bekommen, uns steht eine lange Fahrt bevor.«

»An der Tafel gibt es gewiss etwas zu essen«, murmelte sie und konnte ihre Enttäuschung kaum verhehlen.

Wenig später hatten sie am langen Tisch in der Halle Platz genommen, und Aoife winkte eine Dienerin herbei. Die Halle war selten leer. Allein Eleonores Hofstaat umfasste mehr als drei Dutzend Menschen, überdies hielten sich meist Gäste aus der Provinz auf der Burg auf, auch entfernte Familienmitglieder, Kleriker, Ritter und Prälaten. Irgendeiner hatte immer Hunger, und stets waren Artisten, Tänzer und Sänger zu Stelle, um die Gäste zu unterhalten.

Wenig später wurde ihnen eine Mahlzeit serviert. Das Brot hatte die Farbe der Milch, selbst an teuren Gewürzen wie dem Pfeffer wurde nicht gespart, die Wildschweinkeule und der Rehbraten waren weich und saftig. Während die Damen wie Eleonore mit Gabeln aßen, spießte Pól die Fleischstücke mit seinem Dolch auf und führte sie zum Mund.

»So lass ich mir Aquitanien schmecken«, schmatzte er zufrieden.

Aoife aß nichts, sondern blickte auf ihr Kleid. Wie befürchtet war es in der Schmiede schmutzig geworden, vom Saum hatten sich etliche Fäden gelöst – und das alles wegen nichts. Der Anblick von Póls Kinn, über das Bratensaft troff, war nicht erfreulicher.

»Warum«, setzte sie nach langem Zögern an, »warum wolltet Ihr Nickels Waffen nicht haben?«

Pól kaute eine Weile, spülte schließlich den Bissen mit Wein hinunter und nahm den nächsten.

»Die Waffen sind von ganz ausgezeichneter Qualität«, sagte er. »Und ich kann sie gut gebrauchen.«

»Aber ...«

»Aber kein Händler ist je reich geworden, weil er den anderen rühmte. Wenn man etwas begehrt, darf man das nicht zeigen ... nicht so deutlich zumindest, wie du gezeigt hast, dass du etwas von mir willst. Letztlich hast du mich nicht nur in die Schmiede geführt, um deinem Vater zu guten Waffen zu verhelfen.« Aoife senkte verlegen den Kopf. Warum schaffte sie es nicht wie Eleonore die Menschen mit wenigen Blicken und Worten zu lenken, ganz ohne Anstrengung, so wie ein Ritter nur den leichten Druck seiner Schenkel nutzte, um sein Pferd in eine bestimmte Richtung zu führen? Wobei Pól kein Pferd war – nur ein störrischer Maulesel. »Ach, ich verstehe das nicht«, spottete er nun. »Ihr Frauen habt doch so hübsche Gesichter. Anstatt mir deine Grübchen zu zeigen und zu lächeln, führst du mich in eine Schmiede?«

»Wenn Ihr Euch von einem Lächeln täuschen lasst, seid Ihr dumm. Wenn Ihr aber dumm seid, dann könnt Ihr mir nicht den Gefallen tun, den ich von Euch erwarte.«

Nun war er es, der lächelte. Er zupfte ein Stück Brot vom Laib und stopfte es sich in den Mund. »Womit kann ich dir denn helfen, liebste Aoife?«, fragte er, sobald er geschluckt hatte. »Sag schon!«

Obwohl sie ihn endlich dort hatte, wo sie ihn haben wollte, fiel es ihr schwer, die richtigen Worte zu finden.

»Ich will eine Königin sein«, sagte sie leise.

Pól hob die Brauen. »Um hübsche Kleider zu tragen und goldene Ketten? Und um Mandeln und Feigen zu essen? Man sagte mir, dergleichen werde hier oft serviert.«

»Zucker, Olivenöl und Safran ebenso. Und Wein, der auch ohne Honig so süß ist, dass man weint. Ich trinke ihn im Übrigen am liebsten mit Kardamom. Aber deshalb will ich keine Königin sein. Ich ... ich ...«

Ich will Hermelinpelz tragen. Ich will darüberstreicheln und an Eirwen denken, ohne weinen zu müssen. Sie räusperte sich.

»Ich will Macht haben.«

Pól nickte. »Soso. Und über wen willst du Macht haben?«

Sie zuckte mit den Schultern. »Niemand soll mir Befehle erteilen ... niemand über mein Leben bestimmen ... niemand mir wegnehmen, was ich liebe.«

»Soso«, wiederholte er. »Und du denkst, Macht zu haben, bedeutet, andere zu lenken, anstatt selbst gelenkt zu werden?«

»Ist es das etwa nicht?«

»Auch ... aber nicht nur.«

»Dann erklärt es mir.«

Pól fuhr mit der Klinge seines Dolches über den Teller, was ein kratzendes Geräusch machte. Seine Stimme war kaum lauter. »Du machst vieles falsch, allerdings eines richtig. Du weißt, was du willst. Das ist schon mal gut. Jeder Händler muss das als Erstes wissen. Was jedoch Macht ist, schätzt du falsch ein. Macht zu haben heißt, nicht nur die anderen, sondern auch sich selbst zu beherrschen.«

»Was ... was meint Ihr?«

»Vorhin in der Schmiede habe ich dich sofort gesehen. Die Ungeduld stand dir ebenso deutlich ins Gesicht geschrieben wie später, als ich nicht begeistert mit Nickel zu feilschen begann, die Enttäuschung. In diesem Augenblick kommt die Angst hinzu, dass ich dir nicht weiterhelfe, und obendrein Misstrauen, ich könnte dir den falschen Rat geben ... Ach Aoife ...« Er ließ den Dolch fallen. »Du hast dich heute nicht zum ersten Mal von deinen Gefühlen hinreißen lassen. Seinerzeit hast du getobt wie eine Verrückte und einen Mann blutig gebissen und gekratzt, nachdem er dein nutzloses, lästiges Vieh ...«

Sie erblasste. »Kein Wort über Eirwen!«, sagte sie scharf.

»Ich will keine unschönen Erinnerungen wecken, ich will dir nur helfen. Bevor man Macht über andere ausübt, muss man Macht über sich selbst erlangen. Dass du manche Schwächen hast, ist der Sache übrigens durchaus förderlich. Ein Mensch, der ohne Fehl und Tadel ist, muss sich nicht anstrengen, sich zu beherrschen. Wie will er dann Macht über andere haben? Meist sind die Menschen mit Schwächen und verbotenen Begierden viel mächtiger als die übrigen. Weil sie die härtesten Lehrjahre bereits hinter sich haben.«

»Aber mächtige Männer wie mein Vater beherrschen sich nicht.«

»Nun, du bist eine Frau, und ich bin ein Händler. Krieger müssen vor allem ihr Schwert beherrschen, wir etwas anderes ...«

»Genau. Ich will einen Mann beherrschen. *Meinen* Mann.«

Er nahm den Dolch und wischte ihn an seinem Wams ab, es war ihm gleichgültig, dass dieses schmutzig wurde. »So eifrig, wie du sprichst, hast du dir bereits einen Bräutigam auserkoren.«

Aoife zögerte kurz, ehe sie entschied, aufs Ganze zu gehen. Sie beugte sich vor und sagte klar: »Richard de Clare, Lord von Strigoil, den man Strongbow nennt.«

Falls Pól überrascht war, zeigte er es nicht. »Ich verstehe«, sagte er. »Ich kenne ihn.«

»Als er aus Sachsen zurückkehrte, wurde ich ihm persönlich vorgestellt. Die Königin hat das ermöglicht. Ich bin einmal mit ihm zur Jagd geritten und ... und ... und ...«

»Und ich nehme an, du hast die Beute erlegt«, sagte Pól, und sein Grinsen bewies, dass er nicht auf ein Reh oder ein Wildschwein anspielte.

Aoife nickte. Wie stockend jegliches Gespräch mit Strongbow verlaufen war, weil er ihr gegenüber so verlegen gewesen war, musste Pól nicht wissen. Auch nicht, dass es nach der Jagd noch einmal Eleonores Zureden bedurft hatte, um bei der Entscheidung zu bleiben, dass er ihr künftiger Ehemann sein sollte. Weinen und lachen kann man bei anderen Männern, einer Ehe ist es hingegen am förderlichsten, wenn man sich langweilt, hatte diese gesagt.

»Nun gut«, meinte Pól. »Strongbow ist nicht die schlechteste Wahl. Schon vor anderthalb Jahren hat er versprochen, mit deinem Vater in Irland zu kämpfen, wenngleich er dieses Versprechen bislang nicht gehalten hat. König Henry hat es ihm schließlich nicht gestattet.«

»Königin Eleonore will ein gutes Wort bei ihm einlegen.«

»Und deshalb glaubst du, dass dieser Mann dich zur Königin machen wird?«

»Nein, ich habe vor, *ihn* zum König zu machen. Aber das läuft auf dasselbe hinaus.«

Dass Pól kurz seine Stirn runzelte, wertete sie als Sieg, und dass er wenig später kreischend auflachte, als Kompliment. »Oh, oh, ich verstehe. Du hoffst, dein künftiger Ehemann wird irgendwann das Reich deines Vaters erben und vielleicht sogar die Hochkönigswürde von Irland erringen.«

Aoife zog wieder den Kopf ein, ließ dennoch endgültig die Maske fallen. »Ich habe drei Brüder. Domhnall zählt nicht – er ist nur ein Bastard. Énna und Connor hingegen sind die legitimen Erben meines Vaters. Ich habe nur Hoffnung auf Leinster, wenn sie tot oder verstümmelt sind.«

»Kann es sein, dass du mit dem Falschen sprichst?«

Laut ließ sie ihren Atem entweichen. »Habt Ihr etwa Skrupel?«

»Mitnichten. Weißt du, mir gefällt die Vorstellung, dass ein Händler stärker ist als ein König, und deswegen gefällt mir auch die Vorstellung, dass eine Frau stärker sein könnte als ein Mann.«

»Wie also soll ich vorgehen?«

»Siehst du, deswegen glaube ich, der Falsche zu sein. Ich töte nicht.«

»Weil Ihre einst Eurer Frau einen Schwur geleistet habt ...«

Ein flüchtiger Ausdruck von Schmerz huschte über sein Gesicht, und ebenso flüchtig streifte sie die Vorstellung, wie dieser Mann ausgesehen hatte, als er noch nicht fett und alt gewesen war, sein Haar fülliger, seine Haut straffer, sein Blick nicht so verschlagen.

»Einmal habe ich ihn gebrochen ... Aber ich werde es nicht wieder tun«, sagte er mit einer Stimme, die nicht die seine zu sein schien. Entschlossen steckte er den Dolch in die Scheide.

»Ihr habt getötet? Wen?«

»Das tut nichts zur Sache. Entscheidend ist, dass ich niemals selbst ein Schwert erheben würde – lediglich andere dazu bringe, es zu tun. So solltest du es auch halten. Du hast dir also einen Mann erwählt, den du heiraten willst, und einen Mann, der dir die Welt erklärt. Jetzt brauchst du noch einen, der für dich das Schwert führt und deine Brüder beseitigt.«

»Wer könnte das sein? Sollte ich Strongbow selbst ...«

»Es darf doch nicht Strongbow sein!«, fiel er ihr hart ins Wort. »Ein Ehemann sollte am allerwenigsten wissen, wer seine Frau wirklich ist. Besser, du erkörest einen zweiten Bräutigam ...«

»Ich kann doch nicht zwei Männer heiraten!«

»Nein, natürlich wirst du nur einen heiraten, nämlich Strongbow. Einem anderen sollst du nur Hoffnung machen – auf dich ebenso wie auf Leinster ...« Verwirrt starrte Aoife ihn an. »Wie?«, fragte Pól belustigt. »Dir fällt niemand ein? Ach, mir schon. Ein walisischer Ritter nämlich, der kürzlich an der Seite deines Vaters kämpfte.«

»Gwalchgwyn ...«

Sie hatte seinen Namen seit Monaten nicht ausgesprochen, auch jeden Gedanken an ihn verdrängt, doch jetzt glaubte sie plötzlich seinen warmen Mantel auf ihren Schultern zu spüren, den Geruch nach Leder und dem blutroten Meer einzuatmen.

»Ohne ihn wäre ich tot«, brachte sie tonlos hervor.

Und er hat Eirwen nicht für ein nutzloses, lästiges Vieh gehalten ...

Pól kicherte, und jetzt konnte sie sich nicht mehr vorstellen, dass er jemals schön und jung gewesen war. »Er hat in Cill Osna gekämpft und musste zusehen, wie sein Prinz starb. Danach ist er bei deinem Vater in Ferns geblieben und wartet nun auf die Gelegenheit, Fychans Tod zu rächen. Du wirst ihn bald wiedersehen und kannst bei ihm beweisen, was du hier bei Hofe gelernt hast – hübsch zu sein, lieb zu singen und ... Intrigen zu spinnen. Ich nehme an, wenn du mit ihm fertig bist, wird er bereuen, dass er dich damals nicht hat sterben lassen.«

»Aber ich kann doch nicht ...«

Pól beugte sich vor. »Weißt du, Mädchen, eine Krone ist niemals sauber. Sieh zu, dass du jemanden findest, der sich bückt, sie aus dem Schlamm hebt und sie wäscht, ehe er sie dir auf den Kopf setzt. Schwer ist sie dann natürlich immer noch. Du musst dir darüber im Klaren sein, dass sie dein feines Haar zerdrücken wird.«

Pól nahm einen Schluck aus dem Kelch und sah sie so durchdringend an, dass sie kurz vermeinte, seine feisten Finger in ihrem Haar zu spüren.

Die Krone kann meinetwegen dreckig sein, solange es der Hermelinpelz nicht ist.

»Ich habe dir nun genügend Ratschläge gegeben«, sagte er, nachdem er getrunken hatte. »Jetzt habe ich zu tun. Ich muss mit Nickel über den Preis der Schwerter feilschen.«

»Ich dachte, Ihr wolltet keine Geschäfte mit ihm machen.«

»Wann sagte ich das? Natürlich werde ich seine Schwerter kaufen, sie sind von bester Qualität! Aber das musste er ja nicht gleich wissen. Ich habe ihm meine Begeisterung nicht gezeigt, obwohl sie da war, wie du Gwalchgwyn deine Liebe vorspielen wirst, obwohl sie nicht da ist. Es gibt so viele Arten zu lügen, wie Raubtiere sie kennen, um ihre Beute zu stellen. Die einen laufen ihr nach, die anderen springen sie aus dem Versteck an, wieder andere warten, bis sie ihnen geradewegs in die Fänge läuft. Wichtig ist nur, dass die Beute erst von der Gefahr weiß, in der sie schwebt, wenn es zu spät ist. Ich denke, keiner wird sich je rühmen können, Nickels Schwerter so billig bekommen zu haben wie ich ...«

Aoife wurde nachdenklich. »Wie werdet Ihr denn die Schwerter zu meinem Vater bringen? Der Hochkönig wacht mit Argusaugen über ihn.«

»Das muss nicht deine Sorge sein. Im Übrigen brauche ich von Nickel nicht nur Schwerter, sondern noch etwas anderes.«

»Was?«

Er stellte den Pokal mit lautem Knall auf den Tisch. »Wenn du Königin von Irland bist, werde ich es dir sagen. Und nun pack deine hübschen Kleider ein und deinen funkelnden Schmuck, damit du Gwalchgwyn gefällst.«

Als Pól sich erhob und ging, sah sie, dass die zinnene Platte, von der Pól gegessen hatte, Kratzer aufwies. Wer sie nicht eingehend betrachtete, würde die Kratzer kaum wahrnehmen, dennoch bestürzte sie der Anblick eigentümlich.

Wie viele Kratzer werden auf meiner Seele zurückbleiben, wenn ich Gwalchgwyn hinters Licht geführt und für den Tod oder die Verstümmelung meiner Brüder gesorgt habe?

PÓL

Am Tag der Rückreise glichen die Wolken einem Gebirge, so riesig und zerklüftet, wie sich kein Berg in Irland gen Himmel reckte. Die Zacken wurden von der schüchternen Sonne bronzen gefärbt, und manchmal fiel ihr Licht auch auf das Wasser. Doch die Fluten, glatt wie die Haut eines blutjungen Mädchens, das noch von keinem Mann je belogen worden war, blieben schwarz und hatten keine Lust, dem Necken des Windes zu folgen.

Etwas unruhiger wurde die Fahrt, als sie die Liffey erreichten, was weniger am Wetter als an den heimtückischen Strömungen und Sandbänken lag. Manche der kleinen Inseln waren früher dicht bewaldet gewesen, doch nachdem die Wikinger sämtliche Eichen geschlagen hatten, um daraus ihre Schiffe zu bauen, waren daraus öde Fleckchen geworden, die man nicht früh genug ausmachen konnte.

Der Steuermann fluchte in einem fort: »Beim Schwanz des Teufels! Beim Schwanz des Teufels!«

»Warum beschwörst du ständig den Teufel?«, fragte Pól mürrisch. »Bring ihn lieber nicht auf die Idee, dir das Maul zu stopfen – zumal du ihm ja bereits einen Vorschlag gemacht hast, womit.«

Der Steuermann sah ihn finster an, verkniff sich aber weitere Flüche. Als sie den Hafen von Deilginis erreichten, wo ihre Fracht umgeladen wurde, wuchs Póls Anspannung. Bald waren sie am Ziel der Reise – und somit in größter Gefahr. Denn anders als die anderen Kaufleute brachte er aus Aquitanien keine Stoffe, Töpferware, Wein oder Wachs mit, sondern ... verbotene Ware.

Bevor sie das kleine Schiff bestiegen, das leichter im Hafen von Dublin würde anlegen können, scharte er seine Männer um sich. »Mongán, Néde, Ímar und Labrás! Ihr wisst, was bevorsteht. Und ihr wisst auch, was ihr zu tun habt.«

Dass die anderen verständig nickten, beruhigte ihn keineswegs.

Der Steuermann des kleinen Schiffes stieß keine Flüche aus, er kratzte stattdessen winzige Muscheln vom Holz ab und zerknackte sie mit bloßen Händen. Pól war zu unruhig, um das Geräusch zu ertragen, und warf ihm einen finsteren Blick zu.

»Das vertreibt die Geister«, erklärte der Mann, ohne in seinem Tun innezuhalten. »Sie glauben, dass Knochen zerbrechen.«

»Und warum sollten die Geister Angst vor brechenden Knochen haben, wenn sie doch selbst keine haben?«

Darauf wusste der Steuermann keine Antwort, erzählte nun allerdings davon, wie er einmal einen Wal gefangen habe – einen riesigen Fisch, der auch keine Knochen hatte und nur schwer ins Netz zu bekommen war. »Man muss ein Walkind zum Boot locken. Sobald ihm die Mutter folgt, bewirft man sie mit Knoblauch, es heißt, der Geruch verwirrt sie, und dann …«

»Halt jetzt dein Maul, beim Schwanz des … des … des Wales!«, wütete Pól.

Wenig später wurden Dublins hohe Mauern, die Türme der Kirchen und der große Sklavenmarkt in der Nähe des Ufers sichtbar. Den Engländern war es seit Jahrzehnten verboten, mit Sklaven zu handeln, doch das hielt sie ebenso wenig wie die Flamen und Waliser, Franzosen und Schotten davon ab, in Dublin entsprechende Ware zu verkaufen. Etliche Sklaven waren an Holzpfosten gebunden, anderen hatte man bereits die Seele aus dem Leib geprügelt, sodass sie nicht mehr auf die Idee kamen zu fliehen. Das Licht, das auf die erbärmliche Schar fiel, war nun dunkelrot, aber nicht wie das Blut eines kräftigen, jungen Mannes, sondern wie das eines müden, stinkenden Alten.

Pól atmete erleichtert aus. Er hatte geplant, Dublin am Abend zu erreichen, wenn sich die meisten Männer in ihre Häuser, die Tavernen oder Bordelle zurückgezogen hatten, und als das Schiff am Steg anlegte, er an Land ging und sich umblickte, war tatsächlich weit und breit niemand zu sehen.

»Sollen wir mit dem Ausladen beginnen?«, fragte Néde.

Pól nickte. »Je eher, desto besser.«

Die Männer beeilten sich, die schweren Kisten vom Schiff auf den Steg zu wuchten, doch Pól konnte es gar nicht schnell genug gehen. »Macht schon, macht schon!«, brüllte er und überlegte, was er ihnen androhen könnte, doch leider fiel ihm nichts ein. Stattdessen musste er daran denken, was ihm selbst blühte, wenn er aufflog.

Endlich stand die letzte Kiste auf dem Steg. Jetzt galt es nur noch ...

»Halt!« Pól zuckte zusammen. Wie aus dem Nichts erschienen mehrere Männer auf dem Steg. Er zählte ein halbes Dutzend, die meisten von ihnen waren zwei Köpfe größer als er, und sie alle trugen Waffen. Obwohl Pól genau das befürchtet hatte und sein Herz im Kopf zu dröhnen schien statt in der Brust, fühlte er auch Entschlossenheit. Jetzt musste er sich nicht länger vor diesem Augenblick fürchten, er konnte etwas tun. »Bleibt ruhig!«, presste er zwischen die Lippen hindurch und wandte sich mit einem breiten Lächeln an den Anführer der Männer. »Asculf MacTorkil! Ich fürchte, ich habe ganz vergessen, dir eine Jungfrau mitzubringen. So magst du die Frauen doch am liebsten, blutjung, schön und ... halb verrückt vor Angst.«

Der König von Dublin trat mit finsterem Gesicht näher. Er trug eine Tunika über einer weiten Hose, die um die Knie fest geschnürt war, eine mit Pelz verbrämte Kappe und einen Mantel, den die Wikinger wegen der langen Fransen, die dem Stoff ein fremdländisches Aussehen gaben, *röggvarfeldr* nannten. An der Schulter war er mit einer Fibel in der Form einer Dose verschlossen, und es ging das Gerücht, dass sich darin die Haarsträhne einer Sklavin befand, die MacTorkil sehr geliebt, jedoch im Rausch erschlagen hatte. Er selbst sprach nie von dieser Sklavin, erwähnte jedoch oft die Tatsache, dass er ein Nachkomme der Wikinger war.

Als ob man stolz darauf sein kann!, dachte Pól stets. Nordisches Blut fließt schließlich nicht langsamer aus dem Leib, wenn man tödlich getroffen wird, oder schneller durch den Schwengel, wenn man geil ist.

In jedem Fall machte das Blut MacTorkil rastlos. Anstatt mit seiner Dubliner Flotte die Handelsschiffe vor Piraten zu schützen, was eigentlich seine Aufgabe war, verließ er häufig die Stadt, um die Insel Man, die Hebriden oder die schottische Küste zu plündern.

Warum kann er nicht ausgerechnet jetzt Jagd auf neue Jungfrauen machen? Oder zumindest damit beschäftigt sein, eine zu erschlagen und ihr das Haar auszureißen?

MacTorkil baute sich wütend vor ihm auf. »Du wagst es tatsächlich, nach Dublin zurückzukommen!«, brüllte er. »Dabei weiß mittlerweile alle Welt, dass du derjenige warst, der Diarmait zur Flucht verhalf. Und jetzt … jetzt bringst du ihm auch noch Waffen? Obwohl der Hochkönig dir verboten hat, mit diesen zu handeln?«

MacTorkil trat verärgert gegen eine der Holzkisten, die Póls Männer ausgeladen hatten.

Pól lächelte unbeirrt. »Hast du Angst, dass ich dich um deine Steuern betrüge? Nicht doch, nicht doch! Ich kenne Dublins Gesetze. Der König bekommt eine Kapuze von jedem Handelsschiff. Und eine Silberunze für Waren, die man nicht in Kapuzen auffangen kann. Wobei das fast unmöglich ist. Da du so einen großen Kopf hast, sind die Kapuzen der Mäntel, die du trägst, gewiss auch riesig.«

»Wag es nicht zu scherzen! Ich werde nicht zulassen, dass hier einer dem Befehl des Hochkönigs zuwiderhandelt. Also werde ich als Erstes diese Waffen in die Liffey werfen und dann dich in einem Sack hinterher. Und da du wahrscheinlich nicht untergehst, weil du so fett bist, muss ich dir vorher wohl einen Stein um den Hals binden.«

Pól hatte mehr als nur einmal erlebt, wie einen Halunken dieses Schicksal ereilte. Schon wurde er von MacTorkils Männern umkreist, indes seine eigenen Leute unruhig mit den Füßen scharrten. Beollán wollte sich schützend vor eine der wuchtigen Kisten stellen, doch Pól gab ihm ein Zeichen, sich zurückzuhalten und tatenlos zuzusehen, wie ein Hüne von einem Mann diese mühelos hochhob.

»Aber, aber!«, rief Pól. »Warum glaubst du, dass sich in diesen Kisten Waffen befinden? Vielleicht sind nur Schuhe darin, silberne Gefäße oder Kämme aus Hirschgeweih mit kunstvollen Schnitzereien.«

MacTorkil machte einen drohenden Schritt auf ihn zu, doch Pól wich nicht zurück.

»Du hast doch kaum mehr Haare, die es sich zu kämmen lohnt«, knurrte der König von Dublin.

Na, als ob auf deinem Schädel mehr wüchsen.

Die wenigen Strähnen schienen grünlich, wohl weil MacTorkil so oft der Seewind um den Kopf wehte. Vielleicht steckten darin sogar ein paar kleine Muscheln.

»Lass uns doch einfach die Kisten öffnen und nachschauen«, schlug Pól freundlich vor.

Dafür, MacTorkils verblüfftes Gesicht zu sehen, lohnte sich die Anspannung der letzten Stunden, und Pól verkniff sich nur mühsam ein Lachen. Verdrossen starrte der König von Dublin eine Weile auf die Kisten, ehe er die Hand hob.

»Nun gut. Wir müssen sie nicht sofort versenken.«

Der Hüne ließ die Kiste fallen. Erstaunlich, dass das Holz nicht allein davon zu Bruch ging. In jedem Fall erklang ein lautes Scheppern, als würden Schwerter und Lanzenspitzen aufeinanderstoßen – und nun war es an MacTorkil zu lachen, so laut und dröhnend, dass die Dosenfibel erzitterte.

Gleich fällt die Haarsträhne der toten Sklavin heraus. Ob sie schwarz oder blond ist, glatt oder gelockt?

»Das klingt mir nicht nach Kämmen!«, rief MacTorkil.

Pól hob nur vielsagend die Schultern, indes einer von MacTorkils Männern eine Axt nahm und sie auf die Kiste hinunterkrachen ließ.

»Es war vom Öffnen die Rede, nicht vom Zerstören«, murrte Pól, aber niemand hörte auf ihn. MacTorkil grinste zufrieden, während der Mann so lange auf die Kiste einschlug, bis der Deckel in viele kleine Splitter zerborsten und der Inhalt zu sehen war. Der Mann wich erstaunt zurück, und als MacTorkil ihn zur Seite stieß, um ebenfalls hineinzublicken, entgleisten auch ihm die Züge.

»Stimmt«, sagte Pól, »es sind wirklich keine ... Kämme.«

In den Kisten befanden sich allerdings auch keine Waffen, sondern Geschirr: schwere Weinkrüge aus Frankreich, etliche gusseiserne Pfannen und Stieltöpfe, Holzbretter und Keramikteller. Kaum ein Stück hatte das Wüten der Axt heil überstanden.

»Was ... was soll das?«, fragte MacTorkil verwirrt.

Pól lächelte ihn an. »Ich habe mir überlegt, dass ich eine Taverne eröffnen könnte. Mit Brot kann man vielleicht bessere Geschäfte machen als mit dem Tod und mit Wein bessere als mit Blut. Also habe ich ...«

Asculf packte ihn am Pelzkragen. »Ich weiß nicht, was du planst, aber ich warne dich! Wenn du wieder zum Verräter wirst und Diarmait noch einmal hilfst, wirst du keinen Fuß mehr in die Stadt setzen!«

Das habe ich auch nicht vor, dachte Pól. Städte wie Dublin ziehen Normannen wie Scheiße die Fliegen an. Bald kommen sie, kommen in großen Scharen, und die Äxte deiner tumben Krieger, deren Köpfe so viel größer sind, als ihr Verstand es ist, werden sie nicht aufhalten. Doch das sagte er natürlich nicht laut. »Warum so böse Worte?«, fragte er dagegen unschuldig. »Du kränkst mich, wenn du mich einen Verräter heißt. Diarmait hat sich doch dem Hochkönig unterworfen und Tigernán den geforderten Ehrenpreis gezahlt. Du kannst übrigens einige Töpfe als Abgabe haben. Falls du keine Lust hast, dir dein Fleisch selbst zu braten, gebe ich dir auch gern zwei Silberunzen.«

Schon zückte Pól seine Geldbörse aus Kuhleder, die aus mehreren Fächern bestand, in denen er die Münzen aus aller Herren Länder sortierte. MacTorkil blitzte ihn raffgierig an, doch ehe er ihm die Münzen aus der Hand riss, begannen seine Männer zu tuscheln. Der König von Dublin fuhr herum, und Pól folgte seinem Blick. Seine Begleiter würden doch nicht so dumm sein ... Aber nein, es war Aoife, die alle Aufmerksamkeit auf sich zog, als sie jetzt aus dem Schiff kletterte.

Ja, konnte diese dumme Gans nicht etwas länger warten! Er hatte ihr doch eingebläut, während der Fahrt und erst recht nach der Ankunft versteckt zu bleiben. Nur weil sie irgendwann einmal Königin sein wollte, musste sie sich nicht jetzt wie eine solche gebärden.

MacTorkils Augen wurden schmal.

»Kannst du dich noch an meine Tochter Róisín erinnern?«, fragte Pól schnell.

»Beim letzten Mal hat deine Tochter aber anders ausgesehen. Sie hatte dunkleres Haar.«

»Die Sonne des Südens hat ihr Haar geküsst.«

»Lüg mich nicht an! Dort scheint dieselbe Sonne wie hier.«

»Das ist wohl wahr, im Süden färbt man sich jedoch die Haare mit Henna …«

MacTorkil starrte Aoife eine Weile nachdenklich an, blickte schließlich auf Pól und zuletzt auf das Geschirr. Er trat gegen eine weitere Kiste.

»Ich will den Inhalt von allen sehen«, befahl er, woraufhin der Hüne erneut seine Axt erhob. »Und du, Pól, gibst mir deine Silberunzen. Wenn ich in einer der Kisten doch Waffen finde, wäre es schade, wenn dein Geld mit dir in der Liffey versänke. Falls wir jedoch weiterhin nur Weiberkram finden, so stehen mir nicht nur Abgaben zu, sondern eine Entschädigung für all die Zeit, die ich mit Lumpen wie dir vergeude.«

Nachdem MacTorkil und seine Männer den Steg verlassen hatten, waren zumindest drei der Kisten halbwegs heil geblieben. Pól befahl Néde und Labrás, diese zu seinem Haus zu schleppen, während sie die Scherben in den Fluss werfen und sämtliches Geschirr zurück aufs Schiff laden sollten.

»Was soll ich damit?«, fragte der Steuermann, der die Muscheln mittlerweile mit seinen Zähnen zerknackte. Vielleicht war es sein Abendmahl.

»Knoblauch rösten, um ein Walweibchen zu verwirren?«, fuhr Pól ihn an.

Wenig später betraten sie Dublin durch das Stadttor im Norden und erreichten sein Haus. Erst als die Tür hinter ihnen ins Schloss fiel, gönnte sich Pól einen triumphierenden Schrei, der bald von einem anderen Laut übertönt wurde. Jubelnd kam Síbeal auf ihn zugestürzt und fiel ihm um den Hals.

»Nicht so schnell, nicht so schnell.«

Sonst fällt dir der Hintern noch ab, und die Brüste leiern so weit aus, bis sie über dem Bauchnabel hängen.

»Du bist da, du bist endlich wieder da!«

Irgendwie schaffte er es, sie abzuschütteln. »Stell auf den Tisch, was du hast«, befahl er. »Es gibt hier viele hungrige Männer satt zu machen und eine junge Frau.«

Síbeal musterte Aoife neugierig, aber ehe sie eine Frage stellen konnte, hatte Pól ihr einen Klaps versetzt. Der Tisch war voller Staub, Krumen und heruntergebrannten Kerzen, das Essen, das die Dienerin auftischte – gebratene Kapaune und Puten, Schweinepastete und gesalzene Aale –, sah hingegen köstlich aus.

»Ich habe jeden Tag gekocht«, sagte Síbeal bebend vor Stolz. »Ich wusste schließlich nicht, wann du zurückkehren würdest.«

»Wie aufmerksam.«

Und wie fett du geworden bist. Heute Nacht werde ich unter dir ersticken.

Aoife hatte bereits Platz genommen und sich ein Stück Fleisch in den Mund gesteckt, aber ehe sich auch seine Männer den Magen vollstopfen konnten, winkte er sie in den Hinterhof. In dem kleinen Garten, der sich hier befand, wuchsen Kohl, Erbsen und ein Apfelbaum, wobei an Letzterem nur noch ein paar verdorrte Früchte baumelten. Die einstmals rötliche Schale war dunkelbraun, Würmer und Wespen hatten Löcher hinterlassen. Zwischen Mauer und Wiese wuchsen Kräuter, die erstaunlicherweise nicht welk waren, nun allerdings die Beute der Schnecken wurden, die über die schwarze Erde krochen. Etliche von ihnen machten sich auch über den Müll her, den Síbeal hier ausgekippt hatte.

Pól stieg auf einen abgenagten Hühnerknochen, dass es knackte, ehe er prüfend seinen Blick über den Hof schweifen ließ. Von der Straße konnte man nicht hineinsehen, und die Fenster der umliegenden Häuser waren allesamt mit Balken vernagelt. Erst jetzt gab er seinen Männern ein Zeichen, woraufhin sie ihre Mäntel und Umhänge ablegten. Der König von Dublin wäre nie auf die Idee gekommen, dass die vermeintliche Leibesfülle nicht aus Fett bestand, sondern aus ... Stahl. Drei, vier Schwerter trug jeder von ihnen um den Bauch gebunden ... Schwerter, die man in Kisten vermutet hätte, nicht an denen, die diese Kisten schleppten. Nun legten sie sie ab.

Was für ein Tölpel Asculf aber auch war! Nun, da sein Plan geglückt war, wusste Pól, dass er künftig immer auf diese Weise Waffen ins Land schleusen könnte.

Pól lachte beim Anblick der Schwerter und noch mehr, als er sich über eine der noch unzerstörten Kisten beugte, das Geschirr zur Seite schob und eines der sonderlichen Gegenstände hervorzog, die sich ganz unten auf dem Boden derselben befanden.

»Was ist das?«, fragte Labrás.

Ehe Pól antworten konnte, ertönte ein vertrautes Klopfen – Bruder Abél nahte mit seinem Stock. Pól gefiel es, dass der alte Mönch ihn gar nicht erst begrüßte, und noch mehr gefiel es ihm, dass er mit seinem Stock auf die Männer einprügelte, bis sie zur Seite wichen. Nun hatte er Pól erreicht und befühlte jenes Ding, das dieser ihm hinhielt.

»Was ist das?«, fragte auch er.

Pól nickte den Männern zu, und da deren Hunger größer als ihre Neugier war, stürmten sie ins Haus, um sich den Bauch vollzuschlagen. Bruder Abél betastete indes weiterhin mit verkniffenem Mund das glänzende Teil in Póls Händen.

»Als du noch sehen konntest, gab es dergleichen so gut wie gar nicht in Irland«, erklärte Pól. »Wikinger haben sie früher manchmal benutzt, Iren eigentlich nie. Es sind metallene Steigbügel. Sie helfen den normannischen Rittern, ihre Pferde zu besteigen. Und beim Reiten stützen sie sich darauf ab.«

»Damit sie nicht vom Pferd fallen?«

»Nein, damit sie mehr Kraft haben, um mit der Lanze zustoßen zu können.«

»So also kämpfen die Normannen?«

»Nein, so *siegen* sie.«

Bruder Abél verstand ganz offensichtlich nicht, was Pól meinte, hakte aber nicht nach. »Wie weit sind die Vorbereitungen gediehen?«, wollte er dagegen wissen.

»Als ich nach Aquitanien reiste, um Aoife zurück nach Irland zu holen, setzte ich Diarmaits Schreiber Maurice Regan in Wales ab. Auch Richard FitzGodebert war dabei, du weißt, einer der normannischen Ritter, die als Erstes mit Diarmait die Insel betraten. Er wird Robert FitzStephen und Maurice Fitz-Gerald Bericht erstatten.«

»Ihre Namen interessieren mich nicht, nur, ob sie zu etwas taugen.«

»Es sind erfahrene Ritter und überaus ehrgeizig. Sie tun das, was man von den Iren selten hört – sie bereiten sich seit über einem Jahr auf die Invasion vor. Nicht, indem sie saufen und huren, sondern indem sie trainieren, Angriffstruppen bilden, Seewege und Landeplätze festlegen und Schiffe, Pferde, Waffen, Rüstungen sowie Proviant kaufen. Übrigens ist in der Zwischenzeit Richard de Clare aus Sachsen zurückgekehrt. Er hat ebenfalls versprochen, seine Truppen nun nach Irland zu führen – vorausgesetzt, dass König Henry es ihm gestattet. Dieser Strongbow ist am wankelmütigsten. Ich weiß, Namen interessieren dich nicht, aber den seinen verdankt er dem Ruf, ein guter Bogenschütze zu sein. Ich hoffe, sein Rückgrat ist weit mehr als ein hölzerner Pfeil und wird von Henry nicht in Stücke zerhackt. Nun gut, wenn erst mal die kleine Aoife ihr Netz gesponnen hat ...«

Bruder Abél hob seinen Stock, um ihn zum Schweigen zu bringen. »Ich will nur wissen, ob das gottlose Irland fallen wird.«

Pól hatte eigentlich keine Lust zu reden. Noch weniger gefiel ihm allerdings die Vorstellung, sich an den Tisch zu setzen und sich an Róisín zu erinnern.

»Warum bist du erpicht darauf?«

Pól hatte Bruder Abél in sämtliche seiner Pläne eingeweiht, weil er den anderen für zu gleichgültig hielt, als dass er von ihm Verrat befürchten musste. Doch als der alte Mönch plötzlich die Krücke fallen ließ und ein Schwert aufhob, über das er beinahe gestolpert wäre, stand in seinen Zügen Hass geschrieben.

Na, hoffentlich schlägst du nur einen wurmstichigen Apfel vom Baum, nicht deinen eigenen Kopf vom Leib.

»Hier im Garten stinken bloß die verfaulten Essensreste, doch im übrigen Irland stinkt es nach der Sünde«, sagte der Mönch und stützte sich schwer auf das Schwert. »Kein Käse kann je so ranzig werden wie diese Insel, kein Fleisch grauer als die einstmals grünen Wiesen, kein Fisch mehr verderben als hierzulande die Sitten.«

»Ein Mensch, der so dürr ist wie du, sollte eigentlich nicht in Gleichnissen reden, die mit Essen zu tun haben. Ich verstehe kein Wort.«

»Du bist doch nicht dumm. Du weißt so gut wie ich, dass Irland einst der geistige Nabel Europas war. Von hier aus zogen Mönche in die Welt und belehrten die Menschen in sämtlichen Wissenschaften. Bis Regensburg und Fulda kamen sie, um in vollendeter Baukunst Klöster zu errichten.«

Vage erinnerte Pól sich daran, den Namen dieser Orte gehört zu haben, nicht aber, ob er jemals teure Waren von dort gekauft hatte.

»Leider, leider«, fuhr Bruder Abél fort, »ist kein einziger Heiliger, der auf dieser Insel einst den Glauben verkündete, als Märtyrer gestorben. Und so glauben auch ihre Nachfahren, dass man um den rechten Glauben nicht bis aufs Blut kämpfen muss.«

Du hoffentlich ebenso nicht. Wenn du das Schwert hebst, wirst du dir mindestens die Hand abhauen.

Doch das Einzige, was Bruder Abél erhob, war seine rauchige Stimme. »Ja, die Sünden stinken zum Himmel! Ein Mann kann mehrere Frauen haben, die Priester riechen nichts. Ein Mann heiratet die Witwe seines Bruders, sie riechen nichts. Ein Bischof vererbt seine Diözese an seinen Sohn wie ein Bauer seine Rinder, die Priester riechen nichts. Selbst wenn ihnen der Zehnte verweigert und ihre Kirche ausgeraubt wird, verziehen sie nicht das Gesicht. Dort, wo sie einst Nasen hatten, sind nur Stümpfe!«

»Du wirst auch gleich so einen Stumpf haben, wenn du das Schwert nicht niederlegst.«

»Etliche der Bischöfe wurden in England ausgebildet, aber dort haben sie anscheinend nichts gelernt. Für sie zählt nur, wie sie ihre Amtsbrüder an Reichtum übertreffen können. So lechzen sie nach dem verdorbenen, schimmligen, ranzigen, vergorenen Essen, das sie gar nicht schnell genug fressen können.«

»Hm«, machte Pól. »Auch Diarmait, für den die Schwerter, die ich mitbrachte, bestimmt sind, hat keinen kleinen Magen. Er hat nicht nur Klöster gegründet, sondern einst auch eine Äbtissin schänden lassen, um ihre Familie zu strafen. Ohne Jungfrauenwürde konnte sie schließlich nicht Äbtissin bleiben.«

»Mir musst du nichts davon erzählen!«, fuhr Bruder Abél wütend auf.

»Warum? Warst du etwa dabei? Mich würde bis heute interessieren, ob die arme Äbtissin tatsächlich Mitleid verdient. Vielleicht gehörte sie zu jenen Frauen, denen ein Prügel zwischen den Beinen lieber ist als ein Betschemel unter den Knien.«

»Damals wurden über hundert Männer getötet, die sie zu schützen versuchten!«

»Na also, da hast du deine Märtyrer.« Bruder Abél ging nicht darauf ein, sondern faselte nun irgendetwas von einer großen Flut aus Feuer, die die Sünde ausmerzen würde, und so fuhr Pól fort: »Da wir von Äbtissinnen sprechen ... Deine Schwester Inghean ist ja auch eine ... Hat sie ... hat sie dir etwas von Róisín geschrieben?«

Bruder Abél zuckte mit den Schultern. »Nur dass sie sich schwer in die Gemeinschaft einfügt«, erklärte er knapp.

Das war keine Neuigkeit, die Pól sonderlich überraschte.

Der Wind lässt sich nicht in Ketten legen. Aber irgendwie wird sie sich abfinden, und wenn erst mal der Krieg um diese Insel vorbei ist ...

»Bald werden zahlreiche Normannen die Insel erstürmen. Im Kloster ist sie in Sicherheit«, sagte er leise.

Bruder Abél verzerrte spöttisch den Mund. »Du hast sie doch nicht ins Kloster gesteckt, damit sie in Sicherheit ist. Vielmehr wolltest *du* in Sicherheit sein ... vor ihr ... oder vor dir selbst.«

»Pass auf, dass ich nicht auch noch Lust verspüre, ein Schwert zu schwingen.«

»Du hast ganz richtig gehandelt«, sagte Bruder Abél unbeeindruckt.»Wenn dein Auge einem Weib unzüchtige Blicke zuwirft, dann reiß es dir aus.«

Pól schnaubte. »Wer gewaltsam geblendet wurde wie du, sollte den anderen ihre Augen gönnen.«

»Wer sagt, dass es gewaltsam war?«

»Ich kann mir nicht vorstellen, dass man sie nur sacht gestreichelt hat und schon plumpsten die Augäpfel auf den Boden. Es haben dich wohl mindestens zwei Männer festgehalten, während ein dritter sein Messer zückte. Es muss höllisch geschmerzt haben.«

»Du hast keine Ahnung davon, was man erduldet, wenn man es will.«

Gott, der Alte war nicht nur blind, sondern verrückt! »Aber du wolltest doch sicher nicht, dass du ...«

»Es zählt nur, was ich jetzt will«, fiel Bruder Abél ihm ins Wort. »Dass nämlich dieses Irland der Barbaren untergeht. Ob mit Steigbügeln oder ohne, ist mir einerlei.«

Bruder Abél warf die Waffe mit lautem Klirren zu Boden. Nicht, dass Pól sich nicht über diese Unachtsamkeit ärgerte. Wenn allerdings jemand auf der Straße diesen Lärm hörte, würde er kaum an ein Schwert denken, dagegen an einen Kessel, der zu Bruch gegangen war, ehe ein leckeres Süppchen mit frischen Fischen darin über dem Feuer brodeln konnte.

1169

RÓISÍN

Immer wieder schoben sich Wolken vor den Mond. Sein Licht flackerte, als wäre der ferne Himmelskörper, der seit Ewigkeiten die schwarze Welt bestaunte, nur eine Kerze, die ein ungestümer Luftzug ausblasen konnte. Es war gerade hell genug, die eigene Hand vor dem Gesicht zu sehen – um zu wissen, wie weit sich die anderen von ihr entfernt hatten, musste Róisín sich hingegen auf ihre Ohren verlassen.

»Hier! Ich habe eine gefunden!«, rief Kraka. Róisín folgte ihr unauffällig.

Gleich nach der Komplet war eine kleine Gruppe Ordensschwestern in den Wald aufgebrochen. Die Äbtissin hatte gefordert, dass sich stets zwei zusammentaten, um aufeinander zu achten, und zunächst hatte Róisín überlegt, sich der schwerhörigen Adaliz anzuschließen oder Ceara, die eingesponnen in der Trauer um ihr Kind stets gleichgültig befolgte, was man ihr auftrug. Keineswegs durfte es Gráinne sein, die erst letztens bemäkelt hatte, Róisín und Schwester Áine würden ungewöhnlich oft in den Wald gehen. Am Ende war ihre Wahl jedoch auf Kraka gefallen, zu der sie nun trat.

»Was hast du gefunden?«, fragte Róisín.

Kraka trug als Lichtquelle in Öl eingeweichte Binsen mit sich, die sie entzündet hatte. Bald würden sie bis zur Halterung aus Holz heruntergebrannt sein, und schon jetzt spendeten sie mehr Rauch als Licht. Immerhin reichte der rötliche Schein, um auf einen Baum zu deuten.

»Das ist eine Eibe«, sagte Kraka ehrfurchtsvoll. »Es heißt, kein Holz sei besser geeignet, um magische Wörter hineinzuschnitzen, es zu verbrennen und im Rauch die Zukunft zu lesen.«

Róisín starrte sie verwundert an, hatte Kraka doch seit dem denkwürdigen Abend ihrer Ankunft nie wieder von Druidenzauber gesprochen und schon gar nicht davon, dass sie ihn selbst bewirken wollte. Nun aber zückte sie einen Dolch und begann, einen dürren Ast abzuschneiden.

»Ich dachte ...«, setzte Róisín an.

»Du hast doch nicht so viel Angst vor Druidenzauber wie die anderen Nonnen, oder?«, fragte Kraka eher unwirsch als abschätzend.

Róisín zuckte mit den Schultern, während die Klinge des Dolches immer tiefer ins Holz schnitt. Die Äbtissin selbst hatte ihn ihnen ausgehändigt, denn so groß ihr Widerwille gegenüber Waffen wie dieser auch war – einmal im Jahr kamen auch friedliebende Nonnen nicht darum herum, eine solche zu verwenden.

In wenigen Tagen, am 2. Februar, würden sie *Féil Bhrígde* feiern, das Fest der heiligen Brigid, und zu diesem Anlass wurden Äste und Binsen geschnitten, um damit spezielle Kreuze zu fertigen. Den *bgoha Bhrígde* kam eine besondere Kraft zu, weswegen man sie erst in jeden Winkel des Klosters aufhängen und später an Gläubige verschenken würde – gleich so, als könnte das Holz den Odem der Heiligkeit aufsaugen und anderswo verbreiten. Dass die Schwestern wiederum das Kloster bei Nacht verlassen hatten, lag an einer Heiligen namens Moninne, die, als sie einst durch Irland wanderte und Menschen bekehrte, ebenfalls nur bei Dunkelheit unterwegs gewesen war, damit kein Mann jemals ihr Gesicht zu sehen bekam.

Kraka brach den angeschnittenen Ast ab und steckte ihn unauffällig an ihren Gürtel.

»Ich brauche den Dolch auch«, sagte Róisín ungeduldig.

Kraka ging nicht darauf ein. »Weißt du eigentlich, dass Brigid eine große Druidin hätte werden können?«, fragte sie.

»Stattdessen ist sie zur Bischöfin geweiht worden, und das auch nur, weil der dumme Bischof Mel irrtümlich die falschen Verse sprach, als sie vor ihm kniete. Später konnte er die Weihe nicht mehr zurücknehmen.«

»Vielleicht hat sie ihn mit Absicht getäuscht, indem sie ihre Haare kurz schnitt.«

Kraka lächelte flüchtig. »Aber was hat es ihr eingebracht?

Bischöfin hin oder her – als sie starb, wurde sie nicht unmittelbar neben dem heiligen Conláed begraben, sondern so, dass ihre Sarkophage durch einen Altar voneinander getrennt sind. Auf diese Weise können ihre Skelette keine Unzucht miteinander treiben.« Kraka schnaubte. »Als ob es für die Lust nicht saftigen Fleisches bedürfte anstatt Knochen, die beim ersten Kuss ja doch zu Staub zerfielen. Ganz abgesehen davon, dass nur die Zähne zusammenstoßen würden, nicht die Lippen.«

Róisín konnte sich ein Lachen nicht länger verbeißen, wurde aber rasch wieder ernst. »Lass mich dort hinten ein paar Zweige sammeln, ich komme gleich wieder zurück.«

Kraka hatte mittlerweile den zweiten Ast abgesäbelt und war danach endlich bereit, Róisín den Dolch zu überlassen. Nun galt es nur noch, den anderen auszuweichen. Gráinne und Adaliz machten ihr das leicht, weil sie ständig miteinander sprachen.

»Brigid wurde in einem Druidenhaushalt groß«, erklärte Gráinne eben ehrfürchtig, »sie lehnte jegliches Essen ab und nahm nur die Milch von einer weißen Kuh an, die von einer Jungfrau gemolken wurde.«

Und Adaliz, schwerhörig, wie sie war, rief: »Wo? Wo ist eine weiße Kuh? Ich hätte auch so gern ein wenig Milch.«

Róisín lief weiter und zog einen weiten Kreis um Schwester Áine und Ceara. Erstere schnitt keine Binsen, sondern ließ den geschmolzenen Raureif, der sich auf Farnblättern gesammelt hatte, in ein kleines bronzenes Gefäß tropfen. Raureif vom Sankt-Brigid-Tag, so hatte sie erklärt, sei ein gutes Mittel gegen Kopfschmerzen. Ceara half ihr. Sie hatte Vertrauen zu Áine gefasst, nachdem sich wenige Tage nach ihrer Ankunft im Kloster ihre Brust entzündet und diese ihr einen Verband aus Schmalz, Mehl, Bienenwachs, dem Weiß eines Hühnereis und starkem Ale gemacht hatte, der ihr augenblicklich die Schmerzen nahm. Damals hatte Ceara Róisín zum ersten Mal mehr von ihrem Sohn erzählt und vor einigen Tagen schließlich auch von den Ereignissen berichtet, die zur Trennung von ihm geführt hatten. Seitdem hegte Róisín eine vage Ahnung, wer der Mann sein konnte, den sie seit Wochen pflegte, und um Gewissheit zu bekommen, eilte sie nun zur Leprosenhütte, die sie rasch erreichte.

Róisín war erleichtert, als sie sah, dass in der Feuerstelle der Hütte noch etwas Holzkohle glühte. Diese hatte sie in den letzten Wochen ebenso herbeigeschafft wie Essen und Medizin: Schafgarbe, die schon der große Krieger Achilles zu sich genommen hatte, um sein Blut zu stärken, Beinwurz, dessen Blüten die Form von Glocken hatten und Blut stillten, Eberraute, deren Blätter dem Haar eines jungen Mädchens glichen und die das Fieber bannten.

Nach und nach waren die Wunden verheilt, doch der Mann blieb geschwächt, hatte Mühe, sich auch nur aufzurichten, geschweige denn aufzustehen, und sagte kaum ein Wort. Einmal hatte er sie um einen Dolch gebeten, jedoch hinnehmen müssen, dass sie eine Ordensschwester war und somit keinen besaß. Dass es in den Nächten vor dem Sankt-Brigid-Fest anders aussah, ahnte er nicht.

Róisín umklammerte den Dolch, als sie auf den schlafenden Mann zutrat. Eine Weile blieb sie steif stehen, ehe sie sich über ihn beugte. Er lag auf der Seite, hatte die Knie hoch zur Brust gezogen und die Hände darum geschlungen, als müsste er sich selbst gefangen nehmen. Von seinem Gesicht war nicht viel zu sehen, weil der Bart in den letzten Wochen ebenso gewachsen war wie sein Haar. Es fiel ihm mittlerweile über die Stirn, und während es bei Tageslicht stumpf, beinahe grau wirkte, schien es im rötlichen Schein zu brennen. Das Gesicht, das im Fieberwahn immer geglüht hatte, glänzte nun gelblich, die vielen Schürfwunden waren zwar verheilt, aber die Haut war ledrig und voller Furchen. In den wenigen Wochen, da er um sein Leben gekämpft hatte, schien er um Jahre gealtert zu sein, gleich so, als hätte der Tod ihm aus Ärger, dass er ihm nicht die Seele rauben konnte, zumindest alle Kraft entzogen.

Doch auch wenn er nur ein Schatten seines früheren Selbst war – er lebte noch, und das nur ihretwegen.

Zögernd leckte sie sich über die Lippen, ehe sie laut den Namen aussprach, den Ceara ihr gegenüber erwähnt und den sie schon früher oft gehört hatte – meist, wenn ihr Vater über Krieger spottete.

»Ascall von Toora!« Nichts regte sich. Róisín wartete ein wenig, wiederholte den Namen lauter. Beim dritten Mal legte sie all ihre Kraft in die Stimme. »Ascall von Toora!«

Sein Schlaf schien tiefer und dunkler als der Wald. Ihre Hoffnung, dass er hochschreckte und auf diese Weise ihre Ahnung zur Gewissheit machen würde, starb. Seufzend richtete sie sich auf, steckte den Dolch ein und wandte sich ab. Sie hatte jedoch kaum einen Schritt gemacht, als sie aus den Augenwinkeln eine Regung wahrnahm, und ehe sie herumfahren konnte, war der Verletzte aufgesprungen. Er fiel sie an wie ein wildes Tier, stieß sie gegen die Wand, begann sie zu würgen.

»Woher weißt du, wer ich bin?«, knurrte er.

Sie japste nach Luft und bekam gerade so viel, dass sie stammeln konnte: »Wenn du mich erwürgst, kann ich dir das nicht sagen.«

Der Griff wurde etwas lockerer, doch sein Körper blieb dicht an ihren gepresst. »Also, woher weißt du es?«, zischte er.

Vergebens versuchte sie, sich seinem Griff zu entwinden. Schließlich besann sie sich darauf, wo er am verletzlichsten war, rammte ihm einen Ellbogen in die Brust und den anderen in den Bauch. Augenblicklich stöhnte er vor Schmerzen, doch leider waren diese nicht überwältigend genug, um sie loszulassen. Das tat er erst, als sie den Dolch zog, bedrohlich durch die Luft schnitt und die Klinge dann an seine Kehle führte.

»Ich dachte, Nonnen hätten keinen Dolch«, spie er verächtlich aus.

Sie deutete auf seine Narben, die ob der heftigen Bewegungen und ihres Angriffs wieder nässten. »Und ich dachte, in deinen Adern flösse kaum noch Blut.«

Seine Augen wurden ganz schmal, als er zum ersten Mal länger als nur für die Dauer eines Wimpernschlags ihr Gesicht studierte. Es bedurfte all ihrer Willensanstrengung, den Dolch nicht zurückzuziehen und dem eisigen, gnadenlosen Blick standzuhalten. Doch sie schaffte es, und am Ende verzogen sich seine Lippen. Das heisere Lachen, das er ausstieß, klang zwar nicht sonderlich freundlich, aber es war auch nicht frei von gutmütigem Spott.

»Was willst du jetzt eigentlich tun, Nonne? Wenn du mich tötest, war alle Mühe, die du dir mit mir gemacht hast, umsonst. Wenn du dagegen den Dolch von meiner Kehle ziehst, werde ich ihn dir wegnehmen.«

»Das würde ich lieber nicht machen. Du brauchst mich, weil ich dir regelmäßig zu essen bringe.«

»Wenn ich erst einen Dolch habe, kann ich Tiere erbeuten.«

»Und wenn die Tiere dich zuerst fressen?«

»Was würdest du denn vorschlagen?«

Sein Lächeln war etwas breiter geworden, aber es erreichte seine Augen nicht. Die Verachtung, die nunmehr in seinem Blick stand, schien hart und scharf wie die Klinge, und wieder beschwor Róisín all ihre Willenskraft herauf, um nicht zurückzuzucken, sondern die Klinge noch tiefer in seine Haut zu drücken.

»Ich überlasse dir den Dolch, vorausgesetzt, du tötest weder mich noch die Nonnen.«

»Warum solltest du einem Versprechen von mir trauen?«

»Ich muss es wohl. Wenn du der bist, für den ich dich halte, bist du für den Hochkönig in den Krieg gezogen und hast weder ihn noch Tigernán von Breifne je verraten. Das bedeutet, dass du nicht ohne Ehre bist.«

Während sie sich eine Weile schweigend ansahen, begann Róisíns Hand so heftig zu zittern, dass sie Angst hatte, ihm ins Fleisch zu schneiden. Zögernd nahm sie den Dolch zurück, und obwohl sie kurz überzeugt war, er würde ihr wieder an die Kehle gehen oder zumindest ihr Handgelenk packen, um ihr den Dolch zu entreißen, blieb er starr stehen, bis sie ihm die Waffe reichte. Auch danach ging er nicht auf sie los, sondern ließ sich auf die Bettstatt sinken, die Róisín ihm einige Wochen zuvor aus Moos, dürren Zweiglein und welken Ahornblättern errichtet hatte. Er ergriff den dicksten der Äste, die sie herbeigeschafft hatte, um das Feuer zu nähren, und stieß ungeduldig die Klinge in das Holz – mit der Gier eines Hungernden, der seit Wochen nichts als dünne Brühe bekommen hatte und jetzt endlich in saftiges Fleisch beißen durfte.

Erst nach geraumer Zeit hob er den Kopf und warf ihr das Holz vor die Füße. Im fahlen Licht konnte sie erkennen, dass er eine Figur geschnitzt hatte, nicht aber, was diese darstellte.

»Du hast geschickte Hände«, stellte sie fest. »Könntest du mir auch ein Sankt-Brigid-Kreuz binden? Das hätte für mich deutlich größeren Nutzen als das da.«

Sie stieß die Figur mit ihrem Fuß an, und als sie keine Anstalten machte, sie aufzuheben, tat er es selbst und stellte sie in die Nähe des Feuers. Jetzt erkannte sie, dass es ein Tier war. Die Schatten tanzten so unruhig, dass es kurz schien, als würde dieses Tier – wohl eine Wildkatze oder ein Luchs – zum Leben erwachen und sich bewegen. Schon bohrte er die Klinge des Dolches in das nächste Stück Holz.

»Warum machst du das?«, fragte sie.

Eine Weile werkelte er unruhig vor sich hin ehe er seine Hände kurz still hielt. »Ich habe schon als Kind geschnitzt«, murmelte er. »Als mein Vater noch lebte, hat er mir die Figuren immer weggenommen und sie ins Feuer geworfen. Doch ich schnitzte schneller, als das Holz verbrennen konnte. Und am Ende war ich auch stärker als mein Vater ...«

Róisín erschauderte.

Was Ceara erzählte, ist keine Lüge. Er ist es wirklich ... Schließlich weiß ganz Irland, dass Ascall von Toora seinen Vater umgebracht hat.

Sie wandte sich ab, ging langsam zur Tür, hielt erst dort inne.

»Bringst du es mir bei?«, fragte sie leise.

In seinem Blick stand keine Kälte mehr, nur Erstaunen. »Wie man aus Holz kleine Katzen schnitzt?«

Die nächsten Worte auszusprechen bedurfte fast so viel Mut, wie ihn zuvor bei seinem Namen zu rufen. »Nein, ich will lernen, wie man jemanden mit diesem Dolch tötet.«

Als Róisín wieder in den Wald kam, wuchsen an den Ästen keine Eiszapfen mehr, und die Erde war weder von Schnee noch von Raureif bedeckt, sondern so schwarz wie die Vögel, die über den nackten Baumkronen kreisten.

Jedes Mal, wenn Róisín Schwester Áine in jüngster Zeit gebeten hatte, wieder in den Wald gehen zu dürfen, beschied sie sie, dass die Natur faste, alle Kräfte sammle und nichts hervorbringe, was dem Heilen diene. Der Verletzte wiederum würde sie nicht mehr brauchen, wenn er bis jetzt überlebt hatte.

Róisín hatte sich ins Unvermeidliche gefügt, doch eines Tages Anfang April erklärte Schwester Áine, dass sie in den Wald gehen und nach Schlüsselblumen Ausschau halten solle.

»Warum brauchst du denn Schlüsselblumen?«

»Ich will ihren Nektar Schwester Deirdriu geben. In jüngster Zeit leidet die Arme unter Versuchungen der Dämonen. Der Teufel, so sagt man, hasst das Süße, und vielleicht bleiben auch die Dämonen fern, wenn Deirdriu von etwas Süßem kostet.«

Róisín konnte den Teufel nicht verstehen. Allein beim Gedanken an etwas Süßes überkam sie eine kaum zu bändigende Gier, sie glaubte förmlich zu spüren, wie dunkelbrauner Honig auf ihre rauen Lippen troff. Doch als sie wenig später den grauen Mauern entkam und in den Wald lief, genügte es ihr, seinen erdigen, modrigen Geruch einzuatmen. Anstatt auf Schlüsselblumen zu achten, lief Róisín geradewegs zur Leprosenhütte.

Frei ... frei ... frei ... endlich war sie wieder frei. Und endlich würde sie Ascall wiedersehen ... Das würde sie doch, oder? Unmöglich, dass er nicht mehr da war, dass er längst das Weite gesucht hatte!

Bevor sie die Hütte betrat, lauschte sie, vernahm aber nur das unruhige Klopfen des eigenen Herzens.

Es hat nichts zu bedeuten, er hat ja kaum mit mir geredet, also wird er mit sich selbst erst recht keine Gespräche führen.

Ein viel schlechteres Zeichen war, dass der Luftzug wenig später beim Öffnen der Tür keine rotäugige Glut entflammte, sondern nur Asche hochstieben ließ. Wie ein grauer Regen fiel diese auf die vielen winzigen Holzfiguren, die davorstanden und die nunmehr die einzigen Bewohner der Leprosenhütte waren. Die Bettstatt nämlich war leer.

So schnell Róisín eben noch gerannt war – jetzt wurden die Beine steif und kraftlos. Mit einem Seufzen ließ sie sich neben den Holzfiguren auf die Knie sinken, und grau wie die Katzen, Hunde, Drachen und Fabelwesen wurde ihre Seele.

Ascall war fort, das Abenteuer war vorbei, sie würde nicht mehr in der Gegenwart eines Mannes erschaudern, dem Áine wohl auch am liebsten den Saft der Schlüsselblume eingeträufelt hätte.

Was für ein Unsinn, dass der Teufel das Süße verachtet ... Den grauen Stein will er nicht, weil dort selbst die Sünder erstarren.

Sie strich über die Figuren, bis die Asche an sämtlichen Fingern haftete, wollte sich schweren Herzens erheben und ohne Schlüsselblumen zurückkehren zum grauen Stein, weil entweder noch keine wuchsen, sie blind für ihr leuchtendes Gelb war oder sie nicht zusehen wollte, wie sie gleich wieder verwelkten. Doch ehe sie wieder aufstand, flog etwas auf sie zu und traf sie an der Schläfe. Ein brennender Schmerz durchzuckte sie, und als sie die Stelle ertastete, spürte sie klebrige Feuchtigkeit. Ihre Finger ... sie waren nicht mehr grau, sondern rot ... Sie sah ja doch noch Farben ... und sie sah, dass vor ihr in der Wand der Dolch steckte.

Ascall hatte ihn geworfen, von der Schwelle aus. Haare und Bart standen so wirr von seinem Kopf ab, dass sie einer Hecke glichen, an der Schafe gefressen hatten. Seine Wangen waren hohl wie ihre, was verriet, dass er in den letzten Wochen nicht viel Beute erlegt hatte, aber zumindest konnte er aufrecht stehen, während ihr die Knie bebten.

»Bist du verrückt geworden?«, schrie sie.

Er zuckte nur mit den Schultern. »Du wolltest doch lernen, wie man den Dolch benutzt. Bevor man mit ihm töten kann, muss man lernen zu überleben, also ihm auszuweichen.«

Ihre Knie bebten immer noch, die Hände auch, das hielt sie jedoch nicht davon ab, zum Dolch zu hasten, seinen Knauf zu umfassen und daran zu ziehen. Erst tat sie es ganz vorsichtig, als hätte sie Angst, sich daran zu verbrennen, doch dann fühlte sie, dass der Knauf kalt war ... Alles um sie her war kalt ... nur nicht ihre Seele. Diese begann regelrecht zu glühen, als sie die Waffe an sich nahm und von allen Seiten betrachtete.

»Zeig mir, wie du das gemacht hast ... wie du ihn geworfen hast!«

Eine Weile sah er sie nur nachdenklich an, ehe er mit dem Kinn nach draußen deutete, und bald folgte sie ihm in den Schatten einer Birke, deren feine weiße Haut sich zu schälen begann.

»Versuch den Baum zu treffen!«, forderte er sie auf. »Nimm den Dolch, wenn du ihn wirfst, nicht beim Knauf, sondern an der Spitze der Klinge. Und dann schmeiß ihn mit ganzer Kraft!«

Als Ascall ihn geworfen hatte, hatte sich der Dolch blitzschnell gedreht. Wie ein Vogel war er durch die Luft geschossen, während er bei ihrem Wurf eher einem gackernden Huhn glich. Anstatt die Birke auch nur annähernd zu treffen, fiel er etliche Schritte davon entfernt auf die dunkle Erde, und selbst der Wind verhöhnte sie, indem er ein Blatt vom Baum riss und es sanft zu Boden segeln ließ.

Mit einem verärgerten Aufschrei stürzte Róisín sich auf den Dolch, nahm ihn erneut an sich, warf ihn wieder. Dieses Mal verlieh ihr die Wut deutlich mehr Kraft, wenn auch nicht mehr Zielgenauigkeit. Sie verfehlte die Birke erneut um mehrere Armbreit.

Ascall hatte sich an den Stamm einer Eiche gelehnt, der dicker als ein groß gewachsener Mann war.

»Versuch es mit diesem Baum«, forderte er sie auf.

»Gut, tritt zur Seite!«

Ein Lächeln huschte über seine Lippen. »Wozu? Du triffst ja ohnehin nicht.«

Dass er einfach an die Eiche gelehnt stehen blieb, machte sie noch wütender. Der Schrei, den sie dieses Mal ausstieß, als sie den Dolch auf ihr Ziel schleuderte, war dunkel, doch der Wurf missriet erneut und auch der nächste, der ihr nicht leichterfiel, so höhnisch wie Ascall lachte.

»Verdammt, nun zeig mir, wie es geht! Was muss ich tun?«

Sein Lachen erstarb. Als er langsam auf sie zuschritt, entging ihr nicht, dass ein Arm tiefer als der andere hing und er so vorsichtig Fuß vor Fuß setzte, als wappne er sich bei jedem Schritt gegen Schmerzen.

Wahrscheinlich ist er deswegen noch hier ...

Er nahm den Dolch, doch anstatt ihr vorzumachen, wie man sein Ziel richtig traf, spiegelte er sein Gesicht in der Klinge.
»Es geht nicht darum, was du tust, sondern was du *denkst*!«
»Was ich denke?«
»Du wolltest doch lernen, wie man mit diesem Dolch tötet. Und ich nehme an, du hast schon einen Menschen auserkoren, den du töten willst. Denk an ihn!«

Róisín erstarrte und fühlte, dass sie bleich wurde. Sie biss die Zähne zusammen, damit er nicht merkte, wie sie erschauderte.
»Ich … ich will meinen Vater töten«, stieß sie keuchend hervor. »Das heißt, ich will es nicht … Es kann nur sein, dass ich es eines Tages tun *muss*.« Er zog eine Braue hoch. »Was glotzt du mich so an?«, rief sie. »Du hast deinen Vater doch auch getötet!« Er zuckte wieder mit den Schultern, ehe er ihr den Dolch zurückgab. Anstatt ihn erneut von sich zu schleudern, fuhr sie mit ihrer Fingerspitze die Klinge entlang. Sie fühlte keinen brennenden Schmerz, eher ein Kitzeln, und dennoch troff ein kleiner Blutstropfen von ihrer Hand. »War es schwer?«, fragte sie leise.

Er schüttelte den Kopf. »Ich habe gewartet, bis er schlief.«
»Du hast ihn im Schlaf gemeuchelt?«

In seinen Augen blitzte Verachtung auf. »Nein, natürlich nicht! Zuvor habe ich ihn geweckt. Allerdings wurde er im Schlaf oft von Träumen gepeinigt, und deswegen hielt er mich für einen Krieger, den er einst getötet hat. Das machte ihn hektisch und unvorsichtig …«

Ihr Unbehagen wuchs, aber sie gab ihm nicht nach – sie durfte keine Zeit mehr verlieren. Energisch packte sie den Dolch, fixierte mit schmalen Augen die Eiche, warf ihn und verfehlte das Ziel wieder. Gerade mal ein Farnblatt hatte sie getroffen, und nicht einmal das schnitt der Dolch entzwei.

Sie versuchte es wieder und wieder, versuchte es mit offenen Augen und geschlossenen, versuchte, an die Angst zu denken, wenn ihr Vater in der Nacht in ihre Schlafkammer kam, an den Ekel, wenn er im Nebenraum Síbeal nahm, an die Wut, als er sie damals von Saumur fortgeschickt und ins Kloster gesteckt hatte. Am Ende schnaufte sie, war ihrem Ziel aber nicht näher gekommen.

Ascall lehnte immer noch an der Eiche. »Warum hasst du deinen Vater eigentlich?«

»Weil er ... weil er mich begehrt.«

»Das ist kein Grund, jemanden zu töten.«

Sie trat auf ihn zu und deutete auf die Wange, über der blitzförmig die Narbe wucherte. »Diese Narbe habe ich mir selbst zugefügt. Ich habe ein Messer wie dieses genommen, mir damit in die Wange geschnitten und gehofft, dass er mich danach hässlich finden würde.«

Wieder hob Ascall eine Braue, dieses Mal anerkennend. »Sich selbst Schmerzen zuzufügen schafft nicht jeder.« Seine Miene wurde wieder ausdruckslos. »Warum hasst du ihn nun wirklich?«

Róisín atmete schwer. Ihr Gesicht war schweißüberströmt, die kühle Waldluft schmerzte beim Atmen.

»Ich ... ich bin für ihn nur ihr Schatten ... wobei man einen Schatten nicht berühren kann ... Er aber möchte mich berühren, mich halten und packen, sich auf mich legen, die Augen schließen und sich dem Trug hingeben, sie wäre noch am Leben. Er hat mich nie geliebt, immer nur sie ...«

»Du meinst deine Mutter?«

Róisín nickte, fuhr mit gesenktem Blick und noch hastiger zu reden fort: »Für meinen Vater bin ich ... Rós. Sie sah aus wie ich – oder nein, noch schlimmer, ich sehe aus wie sie. Mich ... mich gibt es gar nicht.«

Sie spürte die kühle Waldluft nicht mehr, spürte nur die Klinge, über die sie einmal mehr mit der Fingerkuppe fuhr. Nicht länger glänzte sie silbrig, sie war rot von ihrem Blut. Róisín packte sie fester, warf, traf den Stamm schon wieder nicht.

»Verdammt!«, fluchte sie. »Verdammt, verdammt, verdammt!«

Sie wollte sich erneut auf den Dolch stürzen, doch dieses Mal kam Ascall ihr zuvor. Er nahm ihn an sich, und als sie danach greifen wollte, hielt er ihn so hoch, dass sie ihn nicht erreichen konnte.

»Nun gib ihn mir schon!«

»Kann es sein, dass du den falschen hasst?«

Gerade hatte sie ihn schlagen wollen – nun trat sie verwirrt zurück. »Was meinst du?«

Jetzt war es Ascall, der die Klinge streichelte, und ob seine Haut nun dicker oder er vorsichtiger war – es floss kein Blut.

»Mein Vater war wahnsinnig, meine Mutter hingegen war schwach«, begann er leise zu erzählen. »Wahnsinn würde grässlich schmecken, wenn man ihn kosten könnte, scharf oder bitter oder ranzig oder sauer. Aber Schwäche schmeckt nach nichts. Am besten man spuckt sie aus.«

Er spuckte tatsächlich auf den Boden, und sie starrte auf den gelblichen Speichel, der langsam in der dunklen Erde versickerte.

»Du hast deine Mutter mehr gehasst als deinen Vater«, stellte sie fest.

»Genau wie du es tust.«

»Das ist doch Unsinn! Ich habe Rós gar nicht gekannt, sie ist kurz nach meiner Geburt gestorben.«

Er reichte ihr den Dolch. »Eben«, sagte er, »sie war zu schwach für diese Welt. Sie hat sich einfach davongestohlen und dich ihm überlassen.«

Eine Weile blickte sie ratlos auf die Waffe, vermeinte, dass ihre Hände jäh zu steif wären, sie auch nur zu halten. Doch dann lachte er wieder, lachte über das dumme Mädchen, das nicht kämpfen konnte, und sie nahm den Dolch und schleuderte ihn auf Ascall. Die Klinge schoss so dicht an seinem Kopf vorbei, dass einige der Haare, die länger als der Rest vom Kopf wegstanden, auf den Boden rieselten.

Róisín juchzte auf. Das Bad im Triumph wärmte die Glieder mehr, als eines im erhitzten Wasser es gekonnt hätte. Ascall hingegen hörte zu lachen auf.

»Du lernst es ja doch noch«, sagte er, ehe er den Dolch an sich nahm und grußlos zurück in die Leprosenhütte ging.

Drei Wochen vergingen, und so hungrig und übermütig, wie die jungen Triebe aus der schwarzen Erde drängten, atmete Róisín die süße Frühlingsluft ein. Schwester Áine schickte sie nun oft in den Wald, um nach Pflanzen zu suchen, doch die meiste Zeit übte sie dort, den Dolch zu werfen. Wenn sie ein Dutzend Mal auf einen Baumstamm zielte, traf sie zunächst nur ein einziges Mal, was allerdings so beglückend war, dass es den Ärger über alle Fehlversuche aufwog. Später traf sie zweimal und wenig später nicht nur die breite Eiche, sondern die dünne Birke.

»Als Nächstes will ich auf ein Tier zielen«, verkündete sie eines Tages nicht ohne Neid auf Ascalls Beute, hatte der es doch geschafft, ein Eichhörnchen zu erlegen und zu braten.

Noch neidischer war sie auf das krosse Fleisch, das er auf einem heißen Stein über den Flammen gebraten hatte. Allein bei dem Anblick lief ihr das Wasser im Mund zusammen.

»Du kriegst davon nur etwas, wenn du selbst ein Tier erlegst«, sagte er, nahm ein Stück und biss hinein.

Ihr Magen rebellierte. »Ich habe dich den ganzen Winter mit Essen versorgt und deine Wunden gepflegt, also habe ich ein Recht darauf, dein Essen mit dir zu teilen«, erklärte sie und nahm sich einfach. Prompt verbrannte sie sich die Hände, ebenso Zunge und Lippen.

Ascall hielt sie nicht vom Essen ab, grinste nur, als sie zu würgen begann, weil das Fleisch so zäh war und sie das Gefühl hatte, es würde trotz des Kauens immer größer statt kleiner werden. Irgendwann schluckte sie den Klumpen entschlossen und ignorierte, wie übel ihr davon wurde. Sie würde kein nährendes Fleisch ausspucken. Und sie würde morgen ganz allein die Beute erlegen.

Doch am kommenden Tag verlangte die Äbtissin, dass sie mit Ceara Farben fürs Skriptorium anfertigte, und als sie Áine hilfesuchend anblickte, zuckte diese nur mit den Schultern.

»Was ... was sollen wir tun?«, fragte Ceara leise.

Seufzend ergab Róisín sich ihrem Schicksal und zeigte Ceara, wie man gelbe Tinte herstellte, indem man die Galle vom Kalb mit Schwefel und Kreide vermischte. Um rote Tinte herzustellen galt es, von den getrockneten Zweigen des Dornbusches die Rinde zu lösen, diese einkochen zu lassen und schließlich mit Wein zu vermengen.

»Du musst allein weitermachen«, erklärte Róisín unvermittelt. Ceara sah sie fragend an. »Um auch rotbraune Tinte herzustellen, brauche ich Schlehenrinde«, erklärte Róisín schnell. »Die finde ich im Wald ... Ich ... ich bin bald zurück.«

Sie wartete Cearas Entgegnung nicht ab, sondern nahm das große Fass, in dem sie zuvor die Dornbuschzweige ausgekocht hatte, und tat so, als wollte sie es im See auswaschen. Stattdessen ließ sie es im Schilf liegen und lief mit geducktem Kopf über die Brücke. Sobald sie den Wald erreichte, tanzte sie mehr, als zu gehen, sprang leichtfüßig über knorrige Wurzeln, die aus der Erde ragten, und über hellgrünes Moos, das wohl süß schmecken würde, wenn man es kostete, labte sich am Summen und Brummen, das die Luft erfüllte, und an dem Lied des roten Vogels, der mit dem Bächlein um die Wette sang. Erst als sie die Leprosenhütte erreichte, verstummte das Frühlingslied abrupt, als würden alle Wesen des Waldes vor Schreck den Atem anhalten.

Stille erwartete Róisín gleichwohl nicht, denn ein Wesen des Waldes brach das Schweigen. Ganz steif stand er da und knurrte – der Wolf mit seinem räudigen Fell, den gelben Augen und den spitzen Zähnen.

Kurz war ihr Geist so leer, dass sie nicht einmal Angst fühlte. Selbst als das Knurren lauter wurde, bedrohlicher und dunkler, regte sich keine Panik in ihr.

Ich bin doch im Wald, wo alles lebt, nicht länger im grauen Stein gefangen.

Erst als der Wolf sich duckte und zum Sprung ansetzte, erkannte sie, dass sie nicht mehr lange leben würde, wenn das Tier sie erst mal anfiel.

»N... nein«, stammelte sie, »ich ... ich will nicht sterben.«

Die gelben Augen schienen größer zu werden und sie zu verschlingen, noch ehe sich die Zähne in ihr Fleisch gruben. Alle Sehnsüchte fraßen sie auf, nur nicht die zu überleben, alle Erinnerungen, nur nicht die an Síbeals Geschichten von mythischen Tieren mit vielen Köpfen, Zackenschwanz und Krallen, so lang wie eines Menschen Fuß, und auch an die Worte der Magd, dass keines von ihnen so gefährlich wie der *cu-allaidh* sei, der wahre König des Waldes, in dessen Adern

Silber flösse – die Farbe des Mondes, weil er den so häufig anheulte.

In meinen Adern fließt auch Silber, dachte Róisín, weil ihr so kalt wurde. Doch als das Tier einen Satz auf sie zu machte, sie sich unwillkürlich duckte, auswich, die Krallen trotzdem ihre Kutte nicht verfehlten, wusste sie, dass ihr Blut immer noch warm und rot war und sie nicht unverwundbar. Kalte Luft traf ihr nacktes Bein, doch dabei würde es nicht bleiben. Schon spuckte der Wolf den Fetzen aus, wollte sich nicht mit kratzendem Leinen als Mahl begnügen, wollte ihr Fleisch. Wieder setzte er zum Sprung an, schnappte nach ihrer Kehle. Róisín schlug um sich, spürte das raue Fell, den heißen Atem und etwas Feuchtes, von dem sie nicht wusste, ob es nur Speichel war oder schon ihr Blut. Ihre Kehle hatte das Tier nicht erwischt, aber die Kutte nunmehr ganz aufgerissen. Nicht nur Wind traf die nackte Haut darunter, auch Krallen, und diese Krallen wuchsen an Pfoten, die so viel stärker waren als sie.

Róisín fiel um, stieß mit dem Kopf an die Wand der Leprosenhütte, spürte den Schmerz nicht, spürte nur diesen fremden Leib auf ihrem, Fell und Klauen und Krallen. Sie versuchte das Tier mit den Händen zu packen, erwischte es jedoch nicht, versuchte, es zu treten, traf nur Luft. Ihr Schreien, zunächst laut und schrill, wurde zu einem Ächzen, das Ächzen zu einem Stöhnen. Dann war da nur mehr Stille, weil ihre Ohren wie tot waren. Allein sehen konnte sie noch … die Bestie, die wieder zuschnappte, und ein weiteres Tier … einen Dachs, der anders als der Wolf leblos war, tot. Er hing über Ascalls Schulter, und der war zwar nicht leblos, aber dennoch nicht bereit einzugreifen. Er lehnte, den Dolch in der Hand, an jener Eiche, an der sie so oft ihre Wurfübungen gemacht hatte und deren Rinde mit Schnitten übersät war.

»Ascall! Hilf mir doch!« Das graue Ungeheuer fetzte ihr die letzten Reste des Habits vom Leib. Keine schützende Hülle blieb mehr, nur nackte Haut. »Hilf mir!«

Róisín war nicht sicher, ob sie die Worte rief oder dachte. Sie hatte keine Kraft mehr, zumindest nicht in der Stimme –

in den Händen durchaus. Diese Hände waren nicht nur stark genug, das Ungeheuer von ihrer Kehle fernzuhalten, sondern nach dem Dolch zu tasten, den Ascall ihr eben zuwarf. Wenn er es gewollt hätte, hätte er das Tier gewiss treffen können, doch die Waffe lag dicht neben ihrem Kopf. Als sie danach griff, bekam sie zunächst nur die Klinge zu fassen, die ihr tief ins Fleisch schnitt. Sie zuckte zurück, tastete trotz des brennenden Schmerzes nach dem Knauf, hob den Dolch, schloss die Augen, stach zu. Róisín war nicht sicher, wo sie das Tier traf, nur dass sie nicht ins Leere zielte, dass sich die Spitze tief in weiches Fleisch grub. Immer noch hörte sie nichts, sah sie nichts, spürte nur Blut auf sie tropfen, heißes Blut.

Ich will mehr davon, mehr davon, mehr!

Sie stach zu, solange der Wolf sich regte, und hörte auch nicht auf, als der Leib leblos auf sie sackte. Sie hätte nicht einmal schwören können, dass sie nur das tote Tier und nicht auch sich selbst traf. Aber da war kein Schmerz, da war nur Blut … Trinken wollte sie es, darin baden, darin ersticken.

»Nun hör endlich auf«, drang Ascalls Stimme in den roten Rausch, »sonst können wir das Fell nicht mehr verwenden.«

Sie wälzte das Tier von sich, drehte sich auf den Bauch, erhob sich. Das Blut war nicht mehr heiß, nur klebrig.

»Warum, zum Teufel, hast du mir nicht geholfen?«, stieß sie aus.

»Das habe ich doch«, sagte er gelassen.

»Und wenn ich den Dolch nicht zu fassen bekommen hätte? Hättest du dann einfach zugesehen, wie mich diese Bestie zerfleischt, obwohl ich nur deinetwegen in den Wald gekommen bin?«

In seinen Adern schien auch nur silbriges Blut zu fließen, sonst wäre sein Blick nicht so eisig und mitleidlos.

»Du bist in den Wald gekommen, um das Töten zu lernen. Glaubst du, du schaffst es, deinen Vater umzubringen, wenn du nicht einmal eines Wolfes Herr wirst?«

Róisín ließ den Dolch fallen und zog den armseligen Stofffetzen, der von ihrer Kutte übrig geblieben war, über den schlotternden Leib.

»Du hättest wirklich zugesehen ... auch wie das Tier mich aufgefressen hätte ... Du hättest mich nicht einmal begraben.«

Er bückte sich, um den Dolch aufzuheben und den Dachs, den er erbeutet hatte, zu häuten. Erst jetzt fühlte sie den Schmerz in der Hand, dort, wo sie sich geschnitten hatte. Sie starrte darauf, und während sie sich am Blut des Wolfes gelabt hatte, verursachte der Anblick des eigenen nur Übelkeit. Sie war nicht sicher, ob sie sich gleich übergeben oder weinen würde, doch ehe ein Drang übermächtig wurde, stürzte sie sich mit einem Aufschrei auf Ascall, begann auf seine Brust einzuschlagen. Den ersten Schlag ließ er erstaunt über sich ergehen, beim zweiten verzerrten sich seine Züge, nach dem dritten packte er ihre Handgelenke und drückte sie an die Wand der Hütte, die prompt bedrohlich knarrte. Sie versteifte sich kurz, doch als er sie losließ, versetzte sie ihm eine Ohrfeige, und das Klatschen zu hören, war fast so eine große Wohltat, wie auf den Wolf einzustechen.

Wieder packte er sie und hielt sie fest. »Denk nicht, dass ich zögern würde, eine Frau zu schlagen«, knurrte er.

»Denk nicht, dass ich zögern würde, einen Mann zu töten«, gab sie eisig zurück.

Sie versuchte, sich seinem Griff zu entwinden, doch der wurde so unerbittlich, dass sie bald kaum mehr Gefühl in ihren Händen hatte. Nur den Kopf konnte sie noch bewegen, und der schnellte vor. Ihre Stirn schlug auf seine, die Nase ebenso, und als sie seine Lippen auf ihren fühlte, biss sie zu. Wieder floss Blut, und sie kostete davon, genoss den metallenen Geschmack. Ein Tropfen genügte nicht, einen ganzen Kelch wollte sie davon trinken, gierig fuhr sie mit der Zunge über die Lippen. Er wich zurück, sah sie überrascht an, doch als ihr Kopf wieder vorschnellte, leistete er keine Gegenwehr, als sie nun nicht nur in seine Lippen, auch in seine Zunge biss. Sie schmeckte kein Blut mehr, aber das eigene floss heiß und schnell wie nie durch den Körper.

Ich habe getötet. Ich habe überlebt.

Erst jetzt bemerkte sie, dass sich sein Griff gelockert hatte und dass ihre Hände wieder frei waren. Anstatt ihn zu schlagen, schlang sie sie um seinen Hals, um sein Gesicht noch enger an ihres heranzuziehen und ihn noch hungriger zu küssen. Sie ließ ihn erst los, als sie zu ersticken vermeinte.

Seine Lippen waren blutig, sein Gesicht gerötet, sein Blick nicht mehr eisig. Verlegen sah er an ihr vorbei.

Ich habe getötet. Ich habe überlebt. Für einen kurzen Augenblick war ich stärker als Irlands gefürchtetster Krieger.

Sie lächelte stolz und auch ein wenig abfällig. »Du scheinst noch nicht viele Frauen geküsst zu haben«, stellte sie fest.

Er leckte sich über seine blutenden Lippen, erwiderte dann ihren Blick. Seiner erschien ihr jung und knabenhaft wie nie.

»Hätte ich das getan und würden alle küssen wie du, hätte ich wohl kein Gesicht mehr.«

Seine Augen wanderten verstohlen über ihren Körper, und ihr fiel wieder ein, dass sie fast nackt war. Hastig schlang sie die Arme um sich, indes Ascall begann, dem Wolf das Fell abzuziehen.

»Das Fell steht dir zu, nicht mir«, sagte er.

Doch sie ging davon, ehe er fertig war. Sie wusste nicht, wie sie den Schwestern erklären sollte, dass ihre Kutte zerrissen und voller Blut war. Unmöglich, ihnen gar begreiflich zu machen, woher sie ein Wolfsfell hatte.

Nachdem sich Róisín im See gewaschen hatte, huschte sie in die Krankenstube, wo Gewänder zum Wechseln bereitlagen. Zu ihrer Erleichterung war die Stube leer, und mit etwas Glück würde niemand bemerken, dass die neue Kutte an ihrem Leib schlotterte.

So froh sie darüber gewesen war, auf dem Weg hierher niemandem begegnet zu sein – so stutzig machte sie die Stille, als sie wieder ins Freie trat.

Mit wachsendem Unbehagen ging Róisín auf das Hauptgebäude zu, betrat wenig später das Refektorium und nahm aus den Augenwinkeln wahr, dass sich zwar alle Schwestern versammelt hatten, aber der lange Tisch leer stand. Róisín huschte zu ihrem Platz, der wie alle anderen Plätze auch so angeordnet war, dass ihr Gegenüber etwas versetzt von ihr saß und sie ihm beim Essen deshalb nicht in die Augen sehen konnte. Nun allerdings richteten sich alle Blicke gleichzeitig auf sie, und sie wurde nicht schlau aus dem, was darin stand – Verachtung und Vorwürfe bei den einen, Neugier und Sensationslust bei den anderen.

Ehe sich ein Raunen erhob, begann die Äbtissin laut zu beten. Erst rief sie Gott und die Gottesmutter an, dann die Heiligen Irlands, schließlich die der ganzen Welt, und als diese größtenteils aufgezählt waren, kamen die Engel an die Reihe. Róisín nutzte die Gelegenheit, ihre Hände zu betrachten. Die Blutspuren unter den Fingernägeln hatte sie beseitigt, doch aus dem Schnitt an der Handfläche blutete sie noch. Unauffällig benetzte sie einen Finger mit Speichel, um das Blut abzuwischen, und darob entging ihr, dass Inghean jäh verstummt war. Erst nach einer Weile Stille hob sie den Blick, erkannte, dass der der Äbtissin auf sie gerichtet war, und las etwas in ihm, das die anderen nicht gezeigt hatten: nackte Panik.

»Stimmt es, dass du Ascall von Toora gepflegt hast?« Róisín hatte gedacht, dass sie nichts mehr erschüttern würde, nachdem sie einen Wolf getötet hatte. Doch nun konnte sie nicht verhindern, schuldbewusst zusammenzuzucken. Hilflos rang sie die Hände, sodass die Verletzung an der einen sichtbar wurde, doch während alle Schwestern erschrocken aufschrien, fragte die Äbtissin erneut: »Stimmt es?« Ihre Stimme klang schneidend wie ein Dolch.

Róisín verlor die Gewalt über ihre Zunge. Anstatt sich zu verteidigen oder den Vorwurf abzustreiten, ließ sie lediglich den Blick kreisen.

Wer hatte sie verraten? Wer hatte herausgefunden, dass ein gefährlicher Krieger in ihrer Nähe lebte? Gráinne? Sie wäre verschlagen und schadenfroh genug, aber sie hatte das Kloster in den vergangenen Wochen gewiss nicht verlassen. Kraka? Nun, was diese hinter ihrer Stirn verbarg, konnte niemand auch nur ahnen, jetzt blickte sie Róisín mitleidig an. Und Schwester Áine? Nein, die würde nicht zugeben, davon gewusst zu haben, müsste sie doch dann eingestehen, dass sie ihr anfangs geholfen hatte.

»Das ... das ist eine Lüge«, sagte Róisín. »Ascall von Toora ist doch tot. Fragt Ceara!«

Noch während sie den Namen sagte, ging ihr auf, dass sie diese bis jetzt nicht beachtet hatte. Warum auch? Ceara war nur ein stiller Schatten, der an nichts Anteil nahm. Sogar jetzt war ihr Gesicht ausdruckslos, doch anders als sonst starrte sie nicht auf den Boden, sondern erwiderte Róisíns Blick. Sie senkte die Augen auch dann nicht, als sie zu sprechen begann. »Ich habe dich im Wald gesehen ... dich und Ascall von Toora ... Ich habe gehört, wie du seinen Namen gerufen hast, und dass er es tatsächlich war, weiß ich so genau, weil ich ihn kenne. Als er einst um Caitlín O'Bjólans Hand anhielt, habe ich ihm Met serviert. Er hat es nicht getrunken, denn kurz darauf hat Tadc O'Bjólan ihn verjagt.«

... gehört, wie du seinen Namen gerufen hast ...

Richtig, das hatte sie getan ... als sie mit dem Wolf gerungen hatte ... dem Wolf, der sie hätte töten können. Ceara hätte sie wie Ascall sterben lassen. Während der ihr immerhin den Dolch zugeworfen hatte, rammte die junge Frau ihr diesen gleichsam in den Rücken.

Neue Wut erwachte in Róisín, und mit erhobenen Händen ging sie auf sie zu, um sie zu schlagen, wie sie zuvor Ascall geschlagen hatte. Ceara indes blieb steif stehen, sah sie unverwandt an, weder herausfordernd noch mit schlechtem Gewissen, vielmehr so gleichgültig, wie sie sich immer gab, und ehe Róisín ihr eine Ohrfeige versetzen konnte, ging Áine dazwischen und hielt sie fest.

»Mach es nicht noch schlimmer.«

Róisín wusste, dass sie stärker als Áine war, aber sie fühlte ebenso, dass es keinen Sinn ergab, auch auf sie einzuschlagen. Als sie sich wieder an Ceara wandte, war jeder Zorn geschwunden.

»Warum?«, fragte sie nur erstickt. »Warum du? Ich war doch freundlich zu dir ... du hast mir so leidgetan.«

Cearas Gesichtsausdruck blieb gleichgültig, die Stimme hingegen klang ebenso gepresst wie Róisíns, als sie erklärte: »Weil ich zurück zu meinem Sohn will.«

Róisín verstand es nicht ... noch nicht ... die Worte ergaben erst einen Sinn, als Inghean wieder die Stimme erhob, erklärte, dass es zwar nicht die Aufgabe einer Ordensschwester sei, sich in die Geschicke der Welt einzumischen, sondern nur, deren Lauf zu beweinen, dass sie aber ein Geheimnis wie dieses nicht für sich behalten könne. Mithilfe einer Taube wollte sie die O'Bjólans benachrichtigen, dass Ascall von Toora noch lebte.

Ceara zuckte hilflos mit den Schultern.

»Ich verstehe«, murmelte Róisín. »Die O'Bjólans hassen Ascall ... Wenn sie erfahren, dass er noch lebt, werden sie ihn töten, und du denkst, sie werden dich für diesen Verrat belohnen ...«

Róisíns Knie bebten jäh so heftig, dass sie wohl niedergesunken wäre, wenn Áine sie nicht immer noch festgehalten hätte. Ihre Stimme klang jedoch entschlossen, als sie verkündete: »Gewiss wollt ihr mich nicht länger im Kloster dulden. Ich werde akzeptieren, wenn ihr mir noch heute die Tür weist.«

Doch als die Äbtissin auf sie zutrat, standen in ihrem Blick keine Furcht und keine Panik mehr, nicht einmal ein leiser Vorwurf. Weich und mild wurde ihre Miene.

»Ich werfe dich doch nicht aus dem Kloster, das könnte ich mir nie verzeihen. Es wäre gewiss nicht im Sinne meines Bruders Abél. Ich gebe dir stattdessen die Möglichkeit, den Irrweg zu verlassen, deine Taten zu bereuen und Buße dafür zu tun, getreu des Gebotes, dass wir in Liebe aufeinander zu achten haben.« Sie nickte Áine zu. »Bring sie in den Rundturm.«

Róisíns Knie bebten nicht länger, ganz taub fühlten sich ihre Beine an. Unmöglich, dass sie mit diesen vor nicht allzu langer Zeit gegen eine Bestie getreten hatte. Und jetzt sollte sie in den Rundturm ... von dessen oberstem Geschoss man ins Umland schauen konnte.

Ja, man konnte schauen, aber nicht schreien, zumindest nicht laut genug, um Ascall nicht nur vor einem Wolf, sondern vor Schlimmerem zu warnen. Und die Leiter, die man brauchte, um den Turm zu besteigen, blieb wohl nur so lange angelehnt, bis Róisín das erste Stockwerk erreicht hatte. Danach würde sie wieder in ihr Versteck geschafft werden und sie selbst für lange, lange Zeit gefangen sein.

ASCALL

Ascall kniete über dem Bach. Anstatt munter zu plätschern, sammelte sich das Wasser am grasigen Ufer in einem dunklen Tümpel. Nur die vagen Umrisse seines Gesichtes spiegelten sich darin, doch das genügte, um einmal mehr mit dem Dolch Bart und Haare abzusäbeln. Sie rieselten auf die Oberfläche, ohne unterzugehen – ganz anders das Blut, das ins Wasser tropfte, als er sich schnitt.

Ascall fluchte. So oft er sich sagte, dass seine Wunden endgültig geheilt waren – sein rechter Arm war nicht mehr so beweglich wie früher. Wenn er nachts ruhig dalag, fühlte er keinen Schmerz, doch wenn er morgens prüfend die Hand ausstreckte, schien sich ein Pfeil zwischen die Schulterblätter zu bohren. Und so hartnäckig er ihn auch ignorierte, sein Körper gehorchte dem Schmerz weit mehr als seinem Willen. Jede Bewegung fiel langsamer und vorsichtiger aus als vor seiner Verwundung.

Das Eichhörnchen dort hinten hätte er wenige Monate zuvor nahezu blind getroffen! Nicht einmal aufrichten hätte er sich müssen, um den Dolch auf das Tier zu schleudern. Nun tat er es ächzend, und bis er den Dolch in der Hand hielt, war das Tierchen auf den höchsten Ast geklettert und knabberte an einem Tannenzapfen. Trotz der Entfernung warf er den Dolch, doch der glich keinem Blitz mehr, den man nicht kommen sah. Schon sprang das Eichhörnchen hurtig zum nächsten Ast und ließ noch nicht einmal den Zapfen fallen, während der Dolch auf den Waldboden fiel.

»Verdammtes Ding!«, brüllte Ascall, nicht sicher, ob er das Eichhörnchen, den Dolch oder seinen Arm meinte.

Er bückte sich, um den Dolch aufzuheben, als ihn plötzlich der Zapfen des Eichhörnchens traf. Bis er nach oben blickte, war es schon verschwunden … nein, geflohen … Vor dem Rascheln im Gebüsch nämlich, das zu laut war, um von einem kleinen, ungefährlichen Tier zu stammen.

Ascall erstarrte, lauschte angestrengt, hörte nichts mehr. Der Stille traute er gleichwohl nicht. Mit dem Dolch in der Hand beugte er sich wieder über den Bach und musterte sein Spiegelbild. Und wie erwartet war auf der glatten dunklen Oberfläche plötzlich dicht hinter ihm eine weitere Gestalt zu erkennen. Noch hielt er den Atem an, zwang sich zu warten. Erst als die Gestalt einen Schritt auf ihn zumachte, fuhr er herum und warf den Dolch. Wieder traf die Klinge nicht, denn der Mensch, der sich neben ihm gespiegelt hatte, stand nun etliche Schritte entfernt unter einem Baum, als würde er wie ein weiterer Ast gleichsam aus dem Stamm wachsen. Nicht, dass diese Frau ansonsten viel mit einem Baum gemein hatte. Statt bräunlicher Blätter wuchs ihr tiefschwarzes Haar, ihr Gesicht war nicht rau wie die Rinde, sondern bleich. Alt wirkte sie trotzdem ... Oder nein, nicht einmal das schien sie zu sein, vielmehr wie ... tot.

Ihr Gelächter indes klang höchst lebendig.

»Wie bist du mir ausgewichen?«, rief Ascall.

»Ich habe es wie das Eichhörnchen gemacht. Ich war einfach schneller, du großer Krieger.« Endlich konnte er die Wut über seinen lahmen Arm auf jemanden richten. Er stürzte auf die Alte zu, umschloss mit beiden Händen ihre Kehle und schüttelte sie. Sie versuchte gar nicht erst, ihm auszuweichen, schien den festen Griff nicht mal zu fühlen. Kein Schmerz verzerrte ihr Gesicht, nur ihre Stimme klang rau, als sie sagte: »Du kannst mich erwürgen, aber ich bin zäh. Es wird also eine Weile dauern, bis ich tot bin ... Und diese Zeit wird dir für die Flucht fehlen.«

Er ließ sie los. Seine Hände hatten kaum Abdrücke auf dem Hals hinterlassen, während seine Finger zu brennen schienen. »Für die Flucht?«

Sie lächelte freundlich. »Just da wir miteinander plaudern, durchforstet eine Gruppe Krieger diesen Wald ... Krieger, die den O'Bjólans dienen.«

Ascall fühlte keine Wut mehr, auch keine Angst. Dies war einer der Momente, da sein Inneres zum großen, leeren Loch wurde, in dem versickerte, was immer ihn am Überleben hinderte. Er drehte sich um, und seine Sinne wurden zu einem Schwamm, der alles aufsog. Kein Rascheln … keine Schritte … die Vögel über den Baumkronen zogen ruhige Kreise … nichts hatte sie aufgeschreckt … noch nicht.

»Woher weißt du das?«, fragte er flüsternd.

Ihr Lächeln wurde breiter. »Nun, weil ich selbst eine O'Bjólan bin.«

So wie die Sinne die Umgebung abgetastet hatten, erforschten die Gedanken seine Erinnerungen. »Hat mich die junge Frau mit der Narbe etwa verraten?«

Das Lachen, das nun ertönte, klang nicht spöttisch, sondern verächtlich. »Sie hat dich wochenlang gepflegt, und du kennst nicht einmal ihren Namen? Was für ein Narr du bist! Es ist wichtig, dass man den Namen des anderen kennt. Nichts verleiht mehr Macht. Denn dann kann man ihn in Holz schnitzen, das Holz entzweibrechen und es verbrennen.«

Am liebsten hätte er sie wieder gepackt, aber irgendetwas hielt ihn davon ab, die schlaffe Haut zu berühren, und er hob bloß drohend die Faust. »Nicht nur Holz kann man entzweibrechen, auch Knochen.«

»Lass meine Knochen in Ruhe, großer Krieger. Schließlich bin ich die einzige O'Bjólan, die deinen Tod nicht will.«

»Warum nicht?«, fragte er misstrauisch.

»Das würde ich dir gern erzählen. Aber bis die Worte gesagt sind und du mir glaubst, haben uns die Männer gefunden. Lass uns lieber von hier fortgehen.«

Ascall ließ unschlüssig die Faust sinken, und wieder lachte sie, dieses Mal keckernd wie ein Vogel – einer der graubraunen mit spitzem Schnabel. Nur wegen dieses Lachens traute er ihr, denn Menschen, die logen, lachten nicht. Und selbst wenn sie es taten, ließ ihr Blick ihr Gegenüber nicht los. Nie würden sie sich einfach abwenden, mit gestrafftem Rücken davongehen wie die schwarze Alte und sich nicht einmal nach ihm umsehen. Erst als er auf die Leprosenhütte zugehen wollte, hielt sie kurz inne, wandte sich zu ihm um und deutete mit dem Kopf in die entgegengesetzte Richtung.

»In der Hütte werden sie dich als Erstes suchen.«
»Aber meine Holzfiguren ...«
»Wenn du deinen Namen nicht hineingeschnitzt hast, kann dir doch nichts passieren, selbst wenn sie sie verbrennen.«
Bedauern regte sich, es war schmerzhafter als die kaum verheilten Wunden, doch dann sagte er sich, dass er zumindest den Dolch bei sich hatte und das Fell des Wolfes, den die junge Nonne getötet hatte, um seine Schultern trug, und alsbald versickerte auch das Bedauern im schwarzen Loch. Ein Dutzend Schritte folgte er ihr, ehe er an ihr vorbeidrängte, um selbst die Richtung zu bestimmen.
»Also, warum hilfst du mir?«, fragte er.
Obwohl sie hastig gingen, schien sie nicht erschöpft zu sein, sie grinste. »Nun, weil du ein Krieger bist. Und weil ich Krieger mag, zumindest solche, die siegreich sind. Du teilst die Welt nicht in Gut und Böse, sondern in Stark und Schwach – genau wie ich. Nie würde ich zulassen, dass ein Barde, der nichts von den Göttern hält, dich tötet.« Plötzlich schwand ihr Grinsen. »Früher haben die Frauen auf Ériu noch selbst gekämpft. *Bantrachta* nannte man ihre Banden. Auf dem Schlachtfeld haben sie nur selten gewütet, doch in den Wäldern waren sie überall, denn der Schatten der Bäume verlieh ihnen mehr Kraft als das Licht der Sonne. Sie wären nie so dumm gewesen, blind loszuschlagen, aber wenn sich einer an ihnen vergriff, dann zahlten sie es ihm heim – nicht nur mit Waffen aus Stahl, sondern mit List, Klugheit und Geduld. Dann jedoch ...«, die Alte spuckte auf den Waldboden, »... dann trafen sich vor einigen hundert Jahren die Könige in Tara, ließen sich von einem Mönchlein namens Adamnan Gift in die Ohren träufeln und verbaten es den Frauen, je wieder selbst zu kämpfen. Seit damals können wir nur darauf hoffen, dass Männer es für uns tun ... und einer dieser Männer bist du.«
Jäh ging sie auf ihn zu und packte ihn an den Schultern. Ihr Griff war fest, und doch fühlte er zum ersten Mal seit Langem keinen Schmerz in seinem Arm. Wenn sie eine Druidin war, welchen Preis würde er bezahlen, um für immer geheilt zu sein?

»Für dich kämpfen soll ich also?«, fragte er und war bereit, es zu tun, wenn er es denn könnte, doch als sie ihn losließ, kam der Schmerz zurück.

»Du sollst nicht für mich, du sollst für Érius Insel kämpfen«, sagte sie. »Und das bedeutet, dass sich unsere Wege nun trennen. Du wirst nach Toora heimkehren, und für diese weite Reise brauchst du eine bessere Waffe als nur einen Dolch. Um an die Waffe zu kommen, wirst du wohl einige Menschen töten müssen, und dabei wäre ich dir nur eine Last, was bedeutet, dass du mich als Erstes töten würdest, ich bin nun mal schwächer als du. Also werde ich zurück ins Kloster kehren. Ich habe meine Pflicht getan, als ich dich warnte – vor den Feinden, die dein Leben bedrohen, aber auch vor den Feinden, die die ganze Insel heimsuchen werden.«

»Von wem sprichst du?«

»Von den Kriegern, die ich in den Flammen gesehen habe.«

Sie trat von ihm zurück. »Übrigens hat dich Róisín nicht verraten«, sagte sie. »Sie wurde eingesperrt, weil sie dich heimlich pflegte, und wird wohl bis an ihr Lebensende Buße tun müssen. Denk aber nicht länger an sie. Sie wird es überleben. Es gibt Menschen, die sind wie Holz und brechen, wenn man sie knickt. Und es gibt Menschen wie Wasser, die die verschiedenen Formen füllen können, ohne ihr Wesen aufzugeben. Und auch aus mir wird keine andere werden, wenn ich für ein paar Jährchen eine Nonne spiele.«

Die Alte deutete auf einen schmalen Weg oder vielmehr einen von Wurzeln, Buschwerk und Moos überwucherten Pfad. »Schlag diese Richtung ein«, befahl sie mit ihrer rauen Stimme, »dann erreichst du irgendwann die Küste. Und an der Küste befinden sich wiederum Dörfer. Ob die Menschen dort Schwerter haben, weiß ich nicht, nur dass du hier im Wald gewiss keines findest.«

Sie ging, ohne sich seiner Zustimmung zu vergewissern oder Abschied zu nehmen. Ihr Haar wehte im sachten Wind, und statt kleiner und kleiner zu werden, schien sie regelrecht mit den Bäumen zu verschmelzen. Wie erstarrt blickte Ascall ihr nach, nicht sicher, ob die Begegnung vielleicht nur ein Fiebertraum gewesen war. Aber dann fiel ihm ein, dass sie ihm etwas gesagt hatte, das er selbst nicht gewusst hatte.

Róisín. Die junge Frau mit der Narbe heißt Róisín ...

Kurz kam ihm der Gedanke, der Alten ins Kloster zu folgen, Róisín zu befreien und zu ihrem Vater zu bringen, der ihm, bevor sie ihn tötete, vielleicht nützlich sein konnte.

Wäre sie allerdings ein Mann, würde sie zu jenen Kriegern zählen, die sich als Erstes in Scharmützel stürzten – ohne Todesangst und ohne nachzudenken. Und Männer wie diese, eher tollkühn als tapfer, lebten meist nicht lange genug, dass man sich an ihren Namen erinnerte. Wenn er sie mitnehmen würde, wäre sie ihm mehr Last als Hilfe.

Er fühlte gleiches Bedauern wie um seine Holzfiguren, die er ebenfalls zurücklassen musste, aber es währte nicht lange. Er hatte seinen Namen nicht hineingeschnitzt und die junge Frau mit der Narbe ihren Namen nicht in seine Seele.

Ascall ging weiter, beschleunigte den Schritt und ließ die Schultern kreisen. Der Schmerz kam, glühte, verging. Gut so. Er musste schnell, wendig und stark wie früher werden.

In den nächsten drei Tagen machte er vergebens Jagd auf Eichhörnchen, erwischte nur einmal einen Fischotter. Er hatte keine Lust und auch zu wenig trockene Blätter, um ein Feuer zu machen, zog dem Tier lediglich die Haut ab und aß das Fleisch roh. Es war kaum zu kauen, und hinterher schmerzten die Zähne, aber er lutschte es so lange, bis sein Magen nicht mehr knurrte und er durchhalten konnte, ohne dass ihm die Sinne schwanden.

Das Blut des Fischotters vermischte er mit etwas Erde und rieb sich damit das Gesicht ein – dem Vorbild von Ron Kerr folgend, jenem Krieger, der sich vor der Schlacht von Dunbolg mithilfe von Kalbsblut und Roggenmehl als Leprakranker getarnt und das Lager des Feindes ausspioniert hatte. Nicht, dass es vorerst Menschen zu täuschen galt – tagelang stieß Ascall auf keine Seele. Doch der Fischotter war in einem See geschwommen, von diesem See führte ein Bach fort, und als er dem Bach folgte, wurden die Bäume irgendwann lichter, ihre

Blätter gelblicher und der Geruch salziger. Nicht länger hinterließ er nur in schwarzer Erde Fußspuren, sondern auch in Sand und Schlick, und zwischen den Ästen war eines Tages ein schmaler Streifen vom blauen Himmel zu erkennen und ein noch schmalerer vom grauen Meer.

Die Schwarzhaarige hatte recht behalten. Er hatte die Küste erreicht, und hier lebten tatsächlich Menschen, in einem kleinen Dorf nämlich, das mit ein paar übereinandergeschichteten Steinen und einem verrotteten Holzzaun vom Strand abgegrenzt war. Erst stieg Ascall nur Rauch in die Nase, dann der Geruch von Fischen, denen eine Frau die Innereien durch die Kiemen presste, um sie danach auf einem Holzgerüst zum Trocknen aufzuhängen. Fische waren nicht das Einzige, von dem sich die Bewohner des Dorfes ernährten. Obwohl sich eben keine im Schlamm zwischen den mit halbierten Baumstämmen ausgelegten Wegen suhlten, mussten die Menschen Schweine halten, war eine weitere Frau doch damit beschäftigt, mit einem geschliffenen Stein die Borsten von einem Stück Haut zu schaben. Sie sang ein Lied dabei, das nur vom Gackern einiger Hühner übertönt wurde. Zwei Hähne stolzierten um diese herum, die – wie der blutige Kamm des einen und das gerupfte Gefieder des anderen verriet – sich wohl mehr als einmal wüste Zweikämpfe geliefert hatten. Eine dritte Frau fütterte die Hühner gerade, sie schien eines der Tiere besonders zu mögen. Vor seinen Schnabel streute sie viele Körner, die anderen verjagte sie kreischend. Eines der beiden Weiber, das in einem Trog Wäsche wusch, lachte darüber, während das andere schweigend die Wäsche auswrang und auf Holzbretter spannte, um zu verhindern, dass der Stoff schrumpfte.

Fünf Frauen, sechs Häuser, sieben Hühner, keine Männer, keine Kinder … Doch, dort hinten hockte ein Knabe, dessen Haar so grünlich wie trockene Algen glänzte. Wenn er es wusch, wäre er wahrscheinlich blond. Selbstvergessen spielte er mit einem Holzschiffchen, das zwar einen Mast, aber kein Segel hatte.

Ascall dachte nach. Wenn er sich recht orientierte, war es nicht weit bis zum Strand von Bannow, und dort gab es Minen, aus dessen Bleierz Silber hergestellt wurde. Gut möglich, dass die Männer des Dorfes dort für die reichen Wexforder schufteten. Stabile Wagen mit vier Rädern wiederum, wie dort einer neben einem Haus stand, besaßen nur reiche Händler. War ein solcher hier nur Gast, um seine Waren zu verkaufen, oder lebte er hier und holte Nachschub an getrockneten Fischen, um sie im Landesinneren feilzubieten?

Die Frau, die bis jetzt die Fische aufgehängt hatte, hörte zu singen auf und schlug anderen, frisch gefangenen, den Kopf ab.

Ein Messer ... sie benutzte ein Messer ... Nicht sonderlich groß, und so kräftig, wie sie zuhauen musste, wohl auch nicht sonderlich scharf, aber ein stumpfes Messer und ein Dolch waren besser als ein Dolch allein. Vielleicht würde er darum kämpfen müssen, mit fünf Frauen und einem Knaben gleichwohl schnell fertigzuwerden, vorausgesetzt, dass keine Männer aus den Häusern stürzten. Da er sich dessen nicht sicher sein konnte, beschloss Ascall zu warten, und um die Zeit nicht unnütz verstreichen zu lassen, begann er, den Arm zu kreisen und ruhte sich aus, wie er es früher auf Kriegszügen getan hatte – indem er mal das eine Auge, mal das andere schloss, um so nicht Gefahr zu laufen einzuschlafen, jedoch dem Körper vorzumachen, er fände etwas Ruhe.

Eine gelbliche Sonne kroch am Himmelszelt hoch, und als sie ihren höchsten Stand erreichte, hörte er etwas. Nein, er spürte es. Spürte, wie der Boden ganz leicht vibrierte. Kündeten höhere Wellen von einem aufziehenden Sturm? Kam jenes dumpfe Grollen überhaupt vom Meer? Aber nein, eben mischte sich etwas in das Grollen, das menschlich klang, ein Keuchen, ein Ächzen, ein Stöhnen. Und der Boden erzitterte nicht ob der Wellen, sondern ob vieler Schritte. Nicht von einem oder zwei Männern ... von mindestens einem halben Dutzend ... nein, einem Dutzend ... nein, zwei Dutzend ... Weit mehr Menschen jedenfalls, als hier im Dorf lebten!

Unwillkürlich duckte Ascall sich hinter einem der Steine, während der Knabe, der eben noch so versunken mit dem Holzschiff gespielt hatte, dieses in eine graue Lache fallen ließ, sodass nur mehr der Mast hervorsah. Er lief zu seiner Mutter, die nun sah, wer den Lärm verursachte, und die so abrupt zurückwich, dass das hölzerne Gerüst umkippte. Die Fische fielen mit den toten Augen voran in den Schlamm, und etliche Tannenzapfen barsten, doch ihr Knacken war nicht zu hören – zu laut war mittlerweile das Getrappel, zu laut das Gebrüll.

Dem Knaben fiel ein, dass er sein Schiff hatte fallen lassen, und er wollte zurück, doch die Mutter erlaubte es nicht, weswegen er erst zu schreien begann und ihr dann gegen das Schienbein trat. Sie achtete nicht darauf, packte das sich windende Bündel und warf es sich über den Rücken. Zunächst schien sie in eines der Häuser fliehen zu wollen, besann sich dann aber anders und rannte in Richtung Wald.

Kluge Frau.

Ascall folgte ihr einige Schritte, doch anstatt sich im Dickicht zu verkriechen, blieb er im Schatten einer dicken Eiche stehen. Die brüllende Schar hatte mittlerweile das Dorf erreicht, und nachdem ein schwerer Männerfuß das Holzschiff in den Schlamm getreten hatte, ragte nicht einmal mehr sein Mast aus der Lache. Der Hahn mit dem blutigen Kamm wurde geköpft, gleiches Schicksal traf auch den alten Mann, der eben aus einem der Häuser hinkte. Es war ihm nicht einmal genug Zeit geblieben, den Blick zu heben und ins Gesicht seines Mörders zu schauen. Nicht aus Fleisch und Blut schien die Horde zu bestehen, sondern aus Eisen ... nein, aus Silber, das in der Mittagssonne funkelte. Nie hatte Ascall Kettenhemden wie diese gesehen, nie auch so lange und scharfe Schwerter, die so mühelos Köpfe vom Rumpf trennten.

Ascall vergaß den Schmerz in der Schulter, und seine Finger juckten, doch sosehr er darauf brannte, eins dieser Schwerter zu halten und damit zu töten – leichtsinnig machte ihn das Verlangen nicht. Er wusste, dass er selbst ein Berg totes Fleisch sein würde, bevor er einem der Männer die Waffe entrissen hätte, dass ihm deshalb nichts anderes übrig blieb, als tatenlos zuzuschauen, wie ein Krieger die Frau packte, die gerade noch die Hühner gefüttert hatte. Die Närrin versuchte sich zu wehren und schlug um sich, zumindest, solange sie noch Arme hatte.

Ob sie vor oder nach den Armen den Kopf verlor, konnte Ascall nicht sagen. Sie schrie jedenfalls nicht – nicht so laut wie die Frau, die die Borsten von der Schweinehaut geschabt hatte. Auch diese wehrte sich, schlug mit dem scharfen Stein auf einen der Krieger ein, doch ihr Kleid war so viel leichter aufzureißen als ein Kettenhemd. Sie kreischte noch, als sie zu Boden fiel, unter dem Eisenberg zu liegen kam und dieser sie erwürgte oder schändete oder beides zugleich tat. Wenig später stand der Mann erstaunlich wendig auf und stürzte sich auf die nächste Beute – dieses Mal keine Frau, sondern ein paar Säcke mit Getreide oder Mehl.

Ascall sah nicht mehr, ob er sie aufschlitzte. Er löste sich von dem Baumstamm, hastete tiefer in den Wald hinein, stieß schon bald auf die Frau, die den Knaben über der Schulter trug. Der strampelte nicht mehr, brüllte aber. Das Weib war doch nicht klug, warum hielt sie ihm nicht den Mund zu? Und warum lief sie nicht weg, nicht vor den Männern und nicht vor ihm?

»Wo ist das Messer, mit dem du die Fische getötet hast?«, schrie er.

Sie rührte sich nicht.

Er packte sie an der Kehle, wiederholte die Frage, immer noch stand sie wie erstarrt da.

Dummes, dummes Weib.

Er hatte üble Lust, ihr den Hals umzudrehen, aber dabei hätte er zu viel Kraft vergeudet. Besser er nutzte sie, um tiefer in den Wald zu laufen, bis er weder das Meer roch noch das Blut und weder das Geschrei der Sterbenden vernahm noch das Gebrüll ihrer Mörder.

Schwerter, Schwerter, so schöne, scharfe Schwerter ... wie es ihm immer noch in den Fingern juckte! Unmöglich, dass sie still hielten! Sie verknoteten sich, als würden sie sich um den unsichtbaren Knauf legen, hungriger, als sein Magen je knurren konnte. Er musste zurück ... musste in der Nähe der Krieger bleiben ... konnte ihnen allen gleichzeitig zwar nie Herr werden, aber einem ein Schwert stehlen, sobald der sich von der Truppe entfernte!

Als er zurück in Richtung Meer schlich, war mehr Zeit vergangen als gedacht. Die Nacht erstarkte schon, jagte dem Tag alle Farben ab, zurück blieb nur ein Schwarz, wo der Wald stand, und ein Grau, wo das Meer toste. Noch war immerhin der schmale Streifen zu sehen, an dem sich der Himmel von den grauen Fluten abhob, und zwischen den dunklen Baumstämmen blitzte etwas silbrig auf.

Die Kettenhemden der Männer ... Männer, die keine Iren waren, sondern wohl der erbärmliche Rest jener Truppe, die Diarmait ins Land gelockt hatte. Die nun marodierend durch die Gegend zogen, um armen Menschen den mageren Besitz abzujagen ... was mit den Schwertern ein Leichtes war, oh, diesen langen, schönen, scharfen Schwerter ...

Dieses Mal bezwang Ascall den Drang, die Finger zu verknoten. Er verhielt sich ganz ruhig, schlich zu einem dicken Busch und versteckte sich dahinter. Eine Ranke verhedderte sich in seinem Haar, und Dornen stachen ihn, doch er achtete nicht darauf. Er umklammerte den Dolch ... wartete ... beobachtete ... wartete ... überlegte, wie man diese Männer am besten töten könnte.

Zwar waren ihre Körper fast gänzlich vom Eisen geschützt, doch eben schoben sie die Helme zurück. Er würde auf die Augen zielen müssen – und sofort treffen, damit sein Opfer nicht mehr um Hilfe schreien konnte.

Warten ... beobachten ... warten ... beobachten ...

Dann kam der entscheidende Moment: Nachdem er aus einem erbeuteten Fass gesoffen und erbeutete Fische samt ihrer Köpfe gefressen hatte, trat einer der Krieger ins Unterholz, um zu pissen. Ascall erhob sich, schlich sich mit angehaltenem Atem an, hoffte, dass der Strahl laut genug war, um seine Schritte zu übertönen. Es waren nur mehr drei, die ihn von dem Mann trennten. Ascall hob den Dolch, zielte, warf ... nein, er wollte werfen, hielt aber mitten in der Bewegung inne.

Denn erst jetzt sah er es. Sah das Zelt, das die Männer aus einem Stück Leinen und Lanzen errichtet hatten. Und sah, dass es bei Weitem nicht das einzige war. Ascall zählte ein zweites, ein drittes und noch mehr, ein halbes Dutzend, ein Dutzend, unzählige. Kein Fleckchen Erde hatten sie freigelassen. Dies war nicht nur der erbärmliche Rest einer besiegten Truppe ... dies war ein ganzes Heer.

Er hielt den Atem an. In der Ferne ragte eine Insel aus dem Wasser. Auf der einen Seite wurde sie vom Owenduff umarmt, auf der anderen vom Corock, und dort, wo die beiden Flüsse sich trafen, wartete schon das offene Meer. Ein kalter Wind wehte, der die wenigen Bäume der Insel knickte ... und die Segel blähte. Segel von so vielen Schiffen, wie Ascall sie noch nie auf einmal gesehen hatte, länger und breiter als die irischen, mit unzähligen Löchern, aus denen Ruder ragten, und über und über mit Schilden behängt. Wenn auf jeden Schild ein Krieger kam, dann waren es mehr Männer, als er je zählen konnte.

Ein Heer ... ein riesiges Heer ...

Die Schiffe ankerten nicht weit von den schroffen Klippen entfernt, weiße Gischt leckte am grauen Felsen, und erst dort, wohin das Meer nicht mehr spucken konnte, wuchs hohes Gras. Etliche Pferde grasten inmitten von Lanzen, die man in den Boden gerammt hatte – nicht nur, um weitere Zelte zu errichten, auch um Banner flattern zu lassen. Auf einem war ein Rabe abgebildet, und obwohl alle Vögel vor den Fremden geflohen waren, nicht einmal mehr Möwen kreischten, glaubte Ascall, sein unheilvolles Krächzen zu hören. Es vermischte sich mit der Stimme der schwarzhaarigen Frau, die vor den Feinden gewarnt hatte ... Feinden, die nicht nur ihn bedrohten, sondern die ganze Insel.

Eben wurden von Schiffen Fässer und Säcke geladen, Holz und Leinen, aber auch Köcher mit Pfeilen und Bögen, von denen etliche groß wie ein Mann waren. Je länger Ascall darauf blickte, desto gefühlloser wurden seine Hände. Da war kein Verlangen mehr nach den Schwertern. Selbst wenn er das längste und schärfste besäße – sich dieser Übermacht zu stellen wäre genau so dumm, wie ins riesige Meer zu spucken, um es zum Überlaufen zu bringen ...

Schon wollte er sich umdrehen und zurück in den Wald fliehen, als er ein Wiehern vernahm, das nicht von den mächtigen Schlachtrössern kam. Ascall fuhr herum, sah, wie sich Männer auf kräftigen kleinen Pferden, solchen, auf denen man in Irland ritt, dem feindlichen Heer näherten, doch während er den Trupp wegen seiner Leichtsinnigkeit zunächst als Narren beschimpfte, erkannte er bald, dass er selbst der Narr war, wenn er nur einen Augenblick geglaubt hatte, sie würden sich den Angreifern entgegenstellen. Nein, ihr Anführer stieg unbewaffnet von seinem Ross, breitete die Arme aus und ging auf einen der Krieger in der Rüstung zu, um ihm einen Kuss auf die Wange zu hauchen.

Obwohl der Himmel nur mehr am äußersten Rand rot war, konnte Ascall erkennen, dass dieser Mann langes weißes Haar hatte, das der Abendwind seinem Verbündeten ins Gesicht wehte.

Diarmait MacMurchada ... dieser Verräter ...

Die Schar, die den König von Leinster nach Cill Osna begleitet hatte, war nichts als die Vorhut gewesen ... und der Triumph, den der Hochkönig errungen hatte, nichts als eine Täuschung. Wie Ascall und seine Männer gelacht hatten, weil Diarmait sich im dunklen Wald von Fid Dorcha verkrochen hatte, und nun blieb ihm selbst nichts anderes übrig, als sich immer tiefer im Wald zu verkriechen. Ascall lief so schnell davon, dass die Zweige unter seinen Füßen brachen und die Blätter raschelten. Er kletterte über einen entwurzelten Baum, stieß auf einen Tümpel, stieg ins kalte Wasser und kämpfte sich durchs Schilf, ehe er sich inmitten der dicken Halme in die dunkle Flut sinken ließ, bis nur mehr sein Kopf herausragte. Der Grund war schlammig, und er klammerte sich ans Schilf. Jetzt war er in Sicherheit – zumindest fürs Erste.

Ascall biss die Zähne zusammen, damit sie nicht klapperten, verschränkte seine Arme, damit sie nicht schlotterten, fluchte auf Diarmait MacMurchada, damit er keine Furcht fühlte, und so begann die Nacht.

Beim ersten Tageslicht stieg Ascall aus dem Tümpel und rieb sich das Gesicht mit etwas Schlamm ein. Zwar überzog bald ein Netz aus hauchdünnen Rissen die graue Schicht, doch auch so schützte sie ihn vor dem beißenden Wind. Die ersten Schritte schlich er nur, doch als der Lärm hinter ihm seine Vermutung bestätigte, dass das Heer eben aufbrach und weiterzog, begann er in jene Richtung zu laufen, aus der er am Tag zuvor gekommen war. Bald ragten die Häuser des Fischerdorfs vor ihm auf, und da diese bereits zerstört und geplündert worden waren, würde er hier in Sicherheit sein.

Die Fische begannen zu verrotten, die toten Menschen, die herumlagen, waren aufgebläht, aber stanken noch nicht. Ascall ging von einem zum anderen und stieß ihn an, niemand regte sich, nur Lehm rieselte von seiner Haut. Erst dann sah er einen Wagen, der umgekippt war, und dass aus dem Berg Kuhfellen, die wohl auf der Ladefläche gelegen hatten, ein Hinterteil ragte. Offenbar hatte sich derjenige, dem der Wagen gehörte, unter den Fellen verkriechen wollen. Ascall erwartete kein Lebenszeichen, als er in das Gesäß boxte, doch zu seinem Erstaunen ließ sich ein lang gezogenes Stöhnen vernehmen. Als er die Kuhfelle zur Seite schob, starrte er in die weit aufgerissenen Augen eines Mannes. Er trug eine Kette aus Muscheln um den Hals, sein Gesicht war grau wie sein eigenes. Rot hingegen war der Fleck auf seinem Wams, floss doch aus einer Brustwunde frisches Blut.

Der Mann zitterte am ganzen Leib, aber in seinen Augen standen weder Angst noch Panik, nur ein Flehen.

»Töte mich!«, stieß er stimmlos aus. »Töte mich! Töte mich schnell, damit ich es hinter mir habe!«

Ascall nahm ein Stück Leder, rollte es ein und schob es dem Mann unter den Nacken. »Ich werde dich töten, das verspreche ich dir«, zischte er. »Erst musst du mir allerdings ein paar Fragen beantworten. Wenn das dein Wagen ist, hast du mehr von der Welt gesehen als bloß dieses Dorf. Diese Männer ... es waren Normannen und Waliser, nicht wahr?«

Eine Weile wartete er vergebens auf eine Antwort, und als er schon vermeinte, dass die Sehnsucht nach dem Tod das Denken des Verwundeten ganz und gar ausgehöhlt hatte, begann der doch gequält zu antworten.

»Dämonen aus der Hölle waren es ... in der Hölle ist es so kalt ... Sie haben mit Eiszapfen statt mit Schwertern gekämpft.

Selbst die Mittagssonne konnte sie nicht zum Schmelzen bringen ...«

»Hast du Schwerter? Oder irgendwelche anderen Waffen?«

Der Mann schloss die Augen. Erst als Ascall mit einem Finger in seiner Brustwunde bohrte, kehrte wieder Leben in den geschundenen Leib zurück, und der andere brüllte seinen Schmerz heraus.

»Nein ... nein ...«, stammelte er dann, »... keine Waffen ... keine Hoffnung mehr ... Der Hochkönig ... bis er da ist ... zu spät ... zu spät ... zu spät ...«

Erstaunlich, dass ein so gepeinigter Mensch derart klar denken konnte, aber der Tod liebte die Wahrheit, und Ascall hatte diese Wahrheit immer geahnt. Es war ein Fehler gewesen, mit Diarmait Frieden zu schließen. Er selbst hatte Ruari O'Connor davon abgeraten, doch wie so oft hatte der Hochkönig auf Tigernán gehört, und der hatte nur nach dem Ehrenpreis für Derbforgaill gegiert, anstatt zu bedenken, welcher Blutzoll die hundert Unzen Gold dereinst aufwiegen würde.

Er musste zu Ruari ... musste ihm berichten, was er gesehen hatte ... musste ihn dafür anklagen. Aber um nach Connacht zu gelangen, brauchte er Waffen, und es sah nicht so aus, als würde er diese Waffen inmitten stinkender Fische, Leichen und einem Sterbenden finden. Wütend stampfte Ascall auf, und noch mehr grauer Staub rieselte auf den Boden.

»Bitte ... bitte ...«, ächzte der Verwundete, »du hast versprochen, mich zu töten.«

Ascall blickte sich um. So viele tote Hühner, so viele tote Frauen. Niemand würde sie begraben, niemand ihrer Namen gedenken.

»Wie heißt du, Mann?«, fragte er leise, als er sich über ihn beugte.

»Sénan.«

»Sénan also«, wiederholte Ascall. »Ich bin nicht wie Diarmait MacMurchada ... Ascall von Toora hält seine Versprechen.«

Hellrote Bläschen traten aus den Mundwinkeln, als der Mann zu lachen begann. »Ascall von Toora ist doch tot, das wissen alle.«

Ascall wurde hellhörig. »Hast du noch mehr Neuigkeiten aus Toora vernommen?«

Der andere sagte nichts mehr und lachte auch nicht wieder. Viel bedurfte es wohl nicht, um ihm den Tod in die weit ausgebreiteten Arme zu stoßen. Anstatt seinen Dolch zu ziehen, zog Ascall lediglich an der Muschelkette, um ihn zu erwürgen, doch die Muscheln zersplitterten, bohrten sich zwar in den Hals, aber töteten ihn nicht. Ehe Ascall auch seine Hände zu Hilfe nahm, riss Sénan ein letztes Mal die Augen auf, öffnete den Mund ... und sagte doch noch etwas.

»Toora ist jetzt ...«, setzte er an.

Die folgenden Worte zu vernehmen, fühlte sich für Ascall so an, als würde ihm erneut jemand ein Schwert in den Rücken treiben.

»Was ... was sagst du da?«

»Nun töte mich ... töte mich endlich ...«

»Aber ... aber bist du dir sicher? Sag es noch mal!«

Ascall wollte ihn anschreien, konnte den Mund jedoch nicht weit genug öffnen. Unter der Lehmschicht war sein Gesicht wie erstarrt, ja, sein ganzer Körper schien es zu sein, denn plötzlich gaben die Knie nach, und er sank auf die Erde. Als er sich wieder erheben konnte, unendlich erschöpft, unendlich fassungslos, war Sénan von allein gestorben. Wie betäubt nahm Ascall ein Kuhfell und zog es ihm über den Kopf.

Nein ... nein ... nein ... er muss sich getäuscht haben ...

Gedankenverloren zog Ascall weitere Felle vom Wagen und bedeckte damit auch die anderen Leichen, die Alten, die Frauen, auch ein paar Kinder.

Er hat nicht die Wahrheit gesagt ... er hat sich das nur ausgedacht ... er hat ...

Sobald Ascall den letzten Leichnam bedeckt hatte, flog eine Möwe dicht an seinem Kopf vorbei, und da erst erkannte er, dass Sénan keinen Grund gehabt hatte, ihn anzulügen. Der Tod liebte schließlich die Wahrheit, so wie die Möwe verdorbenen Fisch liebte. Kreischend machte sie sich darüber her.

FAOLÁN

Die Männer waren wütend und hungrig, und Faolán wusste nicht, was gefährlicher war. Als es Gljómall misslang, eine der Holzfiguren, die sie in der Hütte gefunden hatten, mit der bloßen Hand zu zerstören, grinste er zwar noch, doch das Grinsen verging ihm bald, als er nämlich die Figur auf Sitriuc warf – den Sklavenjungen mit den nackten Füßen und den langen Fingernägeln, den sie mitgenommen hatten, damit er sich um die Pferde kümmerte. Er schrie vor Schmerz auf, als ihn der hölzerne Hund traf. Cú Caille, der Schmied, der sie ebenfalls begleitete, drohte Gljómall mit dem Hammer, der einzigen Waffe, die er bei sich trug. Da Sitriuc im selben Alter wie sein toter Sohn Éamonn war, fühlte er sich als dessen Beschützer.

»Willst du mich etwa mit deinem Hammer töten?«, fragte Gljómall verächtlich.

»Notfalls schaffe ich das auch mit meinen Händen.«

Gljómall knurrte Unverständiges, schmiss die nächste Holzfigur aber immerhin nur gegen einen Baum, nicht gegen den Schmied. Vor diesem hatten er und Dúngal ob seiner wuchtigen Gestalt, der tiefen Stimme und dem strengen Blick Respekt – vor ihm hingegen wohl nicht mehr lange. Faolán seufzte. Warum hatte er sich auch von Cearas Botschaft herlocken lassen? Selbst wenn Ascall von Toora wirklich noch lebte – spielte es für ihn eine Rolle?

Als sie aufgebrochen waren, hatte Faolán sich am meisten vor einer Begegnung mit diesem gefürchtet, mittlerweile aber eingesehen, dass ein toter Ascall noch bedrohlicher war als ein lebendiger. Denn vergeblich einen Geist zu jagen und nur das Rascheln von Blättern oder von aufstiebenden Vögeln zu hören, stimmte die Leibwache überdrüssig. Wenn sie wenigstens auf ein Wildschwein stoßen würden! Entweder könnten die Männer dieses töten und sich satt fressen oder das Wildschwein würde einen von ihnen mit den Keilern aufspießen, ehe der gegen Faolán rebellierte. Alle Tiere, denen sie begegneten, waren aber leider klein und mickrig.

»Du hast doch so gute Ohren, Barde«, schimpfte Gljómall, »und doch hörst du nicht, wenn eine Frau dich belügt?«

»Ich denke, Ceara hat uns nicht belogen«, sagte Faolán hastig. »Gewiss, sie will unbedingt heim zu ihrem Sohn, aber deswegen hat sie sich doch nicht all das ausgedacht. Wir sind einfach nur zu spät gekommen.«

Gljómall hob anklagend eine weitere Holzfigur. »Ich mache Ceara gleich einen zweiten Sohn und lasse sie später dabei zusehen, wie ich aus seinen Knochen solche Figuren schnitze. Wenn auch diese hier aus Knochen bestünden, würde ich ja glauben, dass sich Ascall von Toora wirklich in dieser Hütte verkrochen hat. Aber ein großer Krieger wie er würde niemals Holzspielzeug für Kinder anfertigen – das macht nur ein Lepröser, der nichts Besseres zu tun hat. Ascall ist tot, das haben wir alle gesehen. Diese verfluchte Ceara hat uns an der Nase herumgeführt!«

Dieses Mal warf er die Figur weder auf Sitriuc noch auf einen Baum, sondern auf Dúngal. Der heulte empört auf, sprang vom Pferd und stürmte auf den anderen zu. Gljómall fiel, und Dúngal schlug auf ihn ein. Drei Schläge ließ Gljómall über sich ergehen, ehe er Dúngal an die Kehle fuhr, zudrückte, bis der ächzte, und obendrein mit dem Kopf vorschnellte, um ihm in die Nase zu beißen. Die Pferde schnaubten nervös.

Wenn sie sich gegenseitig totschlagen, bin ich die größte Sorge los.

Leider hielten die beiden zu viel aus, überlebten die Rangelei und lagen später nur mit blauen Flecken und kleineren Blessuren, nicht schwer verwundet auf dem Waldboden.

Faolán entschied, seine Taktik zu ändern. »Selbst wenn wir uns von einem Weib in die Irre haben führen lassen, sollt ihr nicht um euer Vergnügen kommen«, sagte er schnell. »Wir sind kaum einen halben Tagesritt von Wexford entfernt.«

Gljómall spuckte aus – Faolán war nicht sicher, ob nur Blut oder ob auch ein Zahn dabei war. »Was sollen wir denn in Wexford?«, fragte er unwirsch.

»Oh, die Wexforder Frauen sind schöner als die Dublinerinnen. Die Dublinerinnen tragen zwar die feineren Kleider, weil sie gemusterte und leuchtende Stoffe herzustellen vermögen, aber die Wexforderinnen färben sich das Schamhaar. Meist tragen sie einen roten Busch als Zeichen dafür, dass zwischen ihren Schenkel stets ein Feuer lodert.«

»Und woher weißt du das?«, fragte Dúngal misstrauisch.

»Ich habe meinen Vater einmal zum *oenach* begleitet. Ihr wisst doch, alle drei Jahre treffen sich am 1. August die Stämme von Leinster in Wexford.« Zumindest das war keine Lüge.

»Jetzt ist Mai, nicht August.«

»Nun, im Mai waschen die Wexforderinnen ihr Haar mit einem Sud aus Birkenrinde, damit das Blond noch heller leuchtet. Vielleicht treffen wir ein paar vor der Stadt am Fluss Slaney.«

»Hast du nicht eben gesagt, ihr Haar sei feuerrot?«, fragte Dúngal

»Feuerrot färben sie sich nur zwischen den Beinen, du Dummkopf«, herrschte Gljómall ihn an.

Wieder machten sie kurz Anstalten, aufeinander loszugehen, aber das Glitzern in den Augen kam nicht nur von der Wut, auch von der Lust auf ein Weib.

Bleibt lieber in euren Häusern, Wexforderinnen.

An diesem Tag war es zu spät, dem Wald zu entkommen, doch schon am nächsten Morgen ließen sie ihn hinter sich und spürten wieder warme Sonnenstrahlen auf ihren Gesichtern tanzen. Trotz des blauen Himmels waren die Berge im Nordwesten von Dunst eingehüllt, sodass sich aus der Ferne nicht sagen ließ, ob ihre Gipfel aus Stein oder aus Nebel bestanden. Der Slaney, mancherorts mehr einem schlammigen Sumpf gleichend als einem rauschenden Fluss, glitzerte hier türkisfarben wie ein Bächlein. Das Lied der Wellen ließ sich nur erahnen und das Meer noch nicht sehen, doch sein salziger Geruch vermischte sich mit dem süßen der vielen gelben, roten und blauen Blumen, die die sattgrünen Wiesen sprenkelten. Der Boden war zwar so sumpfig, dass die Pferdehufe tief versanken, aber bis die Männer darob zu fluchen begannen, war in der Ferne die Stadt mit den mächtigen Mauern zu erahnen. Gljómall und

Dúngal lächelten breit, während Faolán nicht entging, dass Sitriuc plötzlich zu zittern begann. Am Morgen noch hatte er die Pferde mit Inbrunst gestriegelt, doch jetzt war sein Blick nach innen gerichtet, und just als eines der Tiere schnaubte, jaulte er noch qualvoller auf als am Vortag, da ihn der hölzerne Hund getroffen hatte.

»Was hast du?«, fragte Cú Caille und griff wie immer zu seinem Hammer.

Noch mehr als sein Aufjaulen erschreckte Faolán, wie bleich das Gesicht des Jungen wurde, wie er jäh seine bebenden Hände hob und mit den langen Fingernägeln nach oben deutete, wo schwarze Vögel kreisten.

»Das sind keine Raben, nur ein paar Spatzen«, sagte Gljómall, »die bringen kein Unglück.«

Die Vögel verschwanden so schnell, wie sie gekommen waren, hatten noch nicht einmal laut gekreischt, doch der Junge sprang vom Pferd und rannte in die Richtung zurück, aus der sie gekommen waren.

»Hiergeblieben!«, brüllte Cú Caille und wendete sein Ross.

Hoffentlich kommt er nicht auf die Idee, seinen Hammer zu werfen.

Doch schließlich hatte er Sitriuc erreicht, am Kragen gepackt und aufs Pferd gehoben, wo dieser immer noch angstschlotternd, aber nunmehr stumm kauerte. Faolán hatte keinen Blick mehr für ihn, denn eben hatte er in der Ferne eine Gestalt erblickt. Sie kam nur langsam voran, was nicht bloß an der sumpfigen Wiese lag, sondern an den zwei Fässern, die sie vor sich herrollte.

»Ein Weib!«, frohlockte Gljómall, als er das lange Kleid erblickte, das die Gestalt trug.

Die Arme ...

Gljómall ritt los, und Faolán folgte ihm, wenn er auch keine Ahnung hatte, wie er das junge Ding vor seinen Männern schützen sollte. Doch als sie sich der Gestalt näherten, erkannte er, dass diese statt eines Kleides eine Tunika trug und dass diese zerfetzt war. Die nackte Haut, die darunter hervorblitzte, war von Wunden und blauen Flecken übersät, während der Blick wie irr anmutete. Obwohl Faolán dem Mann kaum zutraute, sich noch lange auf den Beinen halten zu können, rollte der erstaunlich energisch die beiden Fässer weiter.

Gljómall sprang vom Pferd und stellte den Fuß auf eines, sodass es sich nun kein Jota mehr bewegen ließ. »Vor wem bringst du die Fässer in Sicherheit?«, schnaubte er.

Der Mann hob den Blick und sah sie an, als wäre er aus einem finsteren Traum erwacht. Erst jetzt schien er zu bemerken, dass er an Schmerzen litt. Hilfesuchend schlang er die Arme um den Leib und rannte dann ohne einen weiteren Blick auf die Fässer los. Schon wenig später war er im Wald verschwunden, aus dem sie gekommen waren.

»Sollen wir ihm nachreiten?«, fragte Gljómall missmutig. Faolán zuckte mit den Schultern, woraufhin der andere auf ein Fass eindrosch, bis es barst.

Noch ehe Faolán einen Blick auf den Inhalt erhaschen konnte, wurde das Knirschen von etwas anderem übertönt – einem Ächzen, nein, einem Schluchzen. Aus gleicher Richtung wie der Mann kamen noch mehr Gestalten – ein Greis mit schütterem weißem Haar, der ein junges Mädchen zu tragen versuchte, aber immer wieder auf die Knie sank, außerdem eine Frau, deren Kleid noch zerfetzter war als die Tunika des Mannes mit den Fässern, die sich allerdings nicht darum scherte, sondern auf einen Esel eindrosch. Der folgte immer nur drei Schritte lang, ehe er wieder störrisch stehen blieb, während zwei Kinder, die sich an den Händen hielten, ihr zwar leise schluchzend, aber willig nachliefen.

»Nun kommt schon! Beeilt euch!«, fuhr die Frau sie an und drosch auf den Esel ein. »Und dreht euch nicht um!«

Gljómall hatte die Menschen noch nicht bemerkt. »Das Fass ist ja leer!«, brummte er enttäuscht und trat ein letztes Mal mit seinem Fuß gegen das Holz. »Welcher Narr rollt leere Fässer durchs Land?«

Dúngal lief indes auf den Greis zu und riss ihm das junge Mädchen aus den Armen. »Lass es liegen, es ist ja schon tot.«

Der Alte weinte bitterlich.

»Kommt ihr aus Wexford?«, fragte Dúngal grimmig. »Was ist geschehen?«

Noch mehr Tränen schossen aus den Augen des Mannes, während die zwei Kinder nur verständnislos glotzten, als Dúngal den Greis stehen ließ und ihre Mutter an den Haaren packte.

»Nun rede wenigstens du!«

Die Frau öffnete den Mund, doch heraus kam nur ein Kreischen, das nicht menschlich klang. Als Dúngal sie an den Haaren hochzog, bis ihre Füße nicht mehr den Boden berührten, stieß der Esel ein schadenfrohes Wiehern aus.

»Jetzt lass sie doch!«, schritt Faolán ein und beugte sich zu einem der beiden Kinder hinunter. Er erkannte, dass zumindest eines ein Knabe war, wenn auch mit ungewöhnlich langen Wimpern. Eine Träne hatte sich dort verfangen. »Wollt ihr mir sagen, was passiert ist?«, fragte er leise.

Eine Weile kaute der Knabe auf den Lippen. »Unser Hündchen ist tot, es ist unter die Hufe geraten ...«

»Unter die Hufe des Esels?«, fragte Faolán verwirrt, und sein Unbehagen wuchs.

Der Junge sagte nichts mehr, doch das Mädchen, das schon etwas älter war, brachte wimmernd hervor: »Männer ... so viele Männer ... bewaffnet ... ein ganzes Heer ... über unser Dorf hergefallen ... bei Duncormick ... Norweger aus Wexford kamen ... wollten sie zurückschlagen ... unterlagen ... in ihre Stadt geflohen ... Tor geschlossen ... das Heer ... die Stadt angegriffen ...«

Faolán konnte kaum glauben, was er da hörte. »Wexford wird ... angegriffen?«, rief er entsetzt.

Gljómall ließ von den Fässern ab. »Ja, seid ihr alle irre geworden? Wexford kann man nicht angreifen. Die Mauer ist uneinnehmbar, und das mächtige Hafenbecken zur Meerseite kann erst recht niemand überwinden.«

Er ging wütend auf die Kinder los, doch die Frau, die sich aus Dúngals Griff befreit hatte, stellte sich vor sie. »Lass meine Kinder in Ruhe!«, kreischte sie, und ihre Stimme klang so bedrohlich, dass Gljómall sie ziehen ließ.

Jetzt kamen noch mehr Flüchtige aus Richtung Wexford und liefen auf den Wald zu – Frauen, Kinder, Männer, jung oder alt, heulend oder schweigsam oder voller Panik, jedenfalls allesamt verängstigt. Selbst der störrische Esel setzte sich wieder in Gang und trabte seiner Besitzerin nach.

Nicht nur die Häuser der Iren, die außerhalb von Wexfords Mauern lebten, waren wohl vom anrückenden Heer zerstört worden, sondern auch die fünf Kirchen, die sich dort befanden. Zumindest trug einer der Fliehenden eine Kutte, auch diese zerrissen, und das Haar zur Tonsur geschoren.

Faolán lief auf ihn zu. »Wird die Stadt wirklich angegriffen?«

Mit einer Hand bedeckte der Mönch seine Blöße, mit der anderen umklammerte er ein bronzenes Kästchen, in dem sich anscheinend eine Reliquie befand.

»Die Erde hat sich geöffnet ... die Hölle hat die wildesten Kreaturen ausgespuckt. So viele ... so viele ... viele ... viele ...«

Faolán nahm den eigenen Umhang ab und warf ihn um die Schultern des Mannes. Dankbar sank der auf die Knie und hob das Kästchen hoch. »Da drinnen ist ... der kleine Finger vom heiligen Ibar mac Lugna ... Du musst ihn in Sicherheit bringen, wenn ich es nicht mehr kann.«

Faolán nahm das Kästchen nicht an. »Du hast bis jetzt überlebt, weil du die Reliquie beschützen musst«, sagte er eindringlich. »Du bleibst nur am Leben, wenn du das auch weiterhin tust. Erzähl mir, was geschehen ist!«

Der Mann murmelte eine Weile Gebete. Erst als ihm Faolán einen Schlauch mit verdünntem Bier reichte und er durstig getrunken hatte, stieß er hervor: »Die Wexforder dachten zunächst, sie hätten es nur mit einem kleinen Heer zu tun und könnten es leicht besiegen. Sie schickten ihm Fußsoldaten entgegen, ohne Rüstung und Schwerter, nur mit Äxten und Speeren bewaffnet. Wie siegessicher sie waren ... Aber dann kamen so viele ... so viele ... so viele ... Alles glitzerte, man wurde blind davon. Die Pferde ... es sind keine normalen Tiere, sie haben ein Dutzend Beine ... Die Männer zündeten die Dörfer vor der Mauer an ... wateten durch den Graben, direkt auf die Mauer zu. Die einen machten sich klein, sodass die anderen auf ihre Rücken klettern konnten.«

»Auch so können sie es unmöglich geschafft haben, die Mauer zu erklimmen!«, rief Dúngal erbost. »Zuvor sind sie sicher von den Bogenschützen auf den Wachtürmen getroffen worden.«

»Gewiss«, der Mönch schnaufte und nahm noch einen Schluck Bier. »Sofort ging ein Hagel aus Balken und Steinen auf sie herunter. Einer der Männer, der die Wand erklomm, fiel auf die anderen, als er in den Graben stürzte. Aber wenig später erhob er sich unverletzt. Wie ich bereits sagte ... es sind Dämonen ... man ... man kann sie nicht töten ...«

Der Mönch ließ den Schlauch fallen, sprang, das Kästchen fest umklammernd, auf und lief davon. Schon nach wenigen Schritten rutschte ihm der Umhang von den Schultern, doch als Faolán ihm nachrief, hörte er es nicht. Auch der weinende Greis war geflohen, er hatte das leblose junge Mädchen einfach liegen lassen. Mit unnatürlich verrenkten Gliedern lag es auf der Wiese, das golden glänzende Haar hob sich deutlich vom dunklen Gras ab.

»Na also«, sagte Gljómall. »So kommen wir doch noch zu einem Weib.«

»Aber es ist tot!«, rief Faolán entsetzt.

»Weib ist Weib. Einen Schinken esse ich doch auch, wenn das Schwein bereits tot ist.«

Ehe er das junge Mädchen erreichte, hielt er jedoch inne. Nicht Skrupel bewogen ihn dazu, sondern ein Geräusch, das auch Faolán nun vernahm ... Pferdegetrappel ... Stimmengewirr ... Kampfgeheul ...

»Weg!«, schrie Faolán. »Wir müssen sofort weg!«

Eben noch hatte er sich nach dem Umhang bücken wollen, nun ließ er ihn auf der Blumenwiese liegen und zog sich an Tuirens Mähne hoch. Für gewöhnlich konnte er nur mit Cú Cailles Hilfe aufsteigen, doch irgendwie gelang es ihm, halbwegs festen Halt zu finden, ehe das Pferd losgaloppierte. Sie holten die Flüchtenden wieder ein, die schreckerstarrten Kinder, die kreischende Mutter, den sturen Esel, den heulenden Greis, auch den Mönch, der den Finger des heiligen Ibar mac Lugna bei sich trug, doch Faolán achtete nicht auf sie. Er klammerte sich verzweifelt an die Mähne des Pferdes. Als Tuiren in der sumpfigen Wiese einsank, glaubte er schon, mit dem Kopf voran in die Tiefe zu stürzen, doch irgendwie hielt er sich auf dem Pferderücken, und bald hatten sie festeren Boden erreicht.

Geschafft ... gleich haben wir es geschafft ...

Dort hinten bei den Felsen war ein gutes Versteck, und schon ritt Tuiren darauf zu. Faolán seufzte erleichtert, doch dann nahm er inmitten von weißen und grauen Steinen etwas Silbernes wahr ... einen Helm ... nein, eine Rüstung ... nein, einen Speer ...

Oder gaukelte das grelle Sonnenlicht ihm etwas vor? Aber die Sonne schien ja nicht mehr, eine dunkle Wolke schob sich vor sie ... nein, keine Wolke ... etwas anderes ... ein Schwarm Vögel ...

Doch die Vögel waren schon lange geflohen. Was auf ihn herabregnete, waren Pfeile ... Pfeile jener Krieger, die sich hinter den Felsen verschanzt hatten und nun auf die Flüchtigen zielten.

Wieder wusste sein gutes Pferd ganz allein, was zu tun war. Tuiren scheute, tänzelte, drehte sich, galoppierte in die andere Richtung. Dicht an Faolán schossen die Pfeile vorbei, und die Erleichterung, dass ihn keiner getroffen hatte, machte ihn unachtsam. Er lockerte den Griff nur kurz, und prompt entglitt die Mähne seinen verschwitzten Händen. Er verlor den Halt, fiel mit dem Kopf voran von seinem Pferd. Ein gleißender Schmerz durchzuckte seine Schulter, als er auf dem Boden aufprallte.

Hoffentlich trampelt mich Tuiren tot, ehe ich in die Hände des feindlichen Heeres falle, war sein letzter Gedanke.

Als Faolán zu sich kam, streichelte ihm Sitriuc über die Stirn. Kurz hatte er Angst vor den spitzen Fingernägeln, stellte dann aber fest, dass diese viel weicher als gedacht waren. Und der merkwürdige Singsang, den der Junge von sich gab, klang tröstlich und weckte die Sehnsucht nach seiner Harfe, die er zurückgelassen hatte. Was allerdings richtig war, sagte er sich schnell, sie wäre beim Sturz vom Pferd ja doch zerbrochen ...

Seine Glieder schienen heil zu sein, denn er konnte sich aufrichten. Allerdings schmerzte die Schulter, als er sich erhob, sich umblickte und feststellte, dass sie wieder im Wald waren – auf einer kleinen Lichtung, die von bemoosten Bäumen, vertrockneten Sträuchern und dicken, dornigen Büschen umgeben war. So uneinsehbar die Lichtung auch war, ganz deutlich übertönten ein Hämmern und ein Sägen Sitriucs Gesang.

»Schlägt das feindliche Heer den Wald nieder, damit wir uns nicht verstecken können?«, fragte Faolán verwirrt.

»Psst!«, fuhr Dúngal ihn an. »Nicht so laut ... sie sind doch gleich in der Nähe.«

Faolán sah, dass ihr kleines Grüppchen noch vollzählig war. Auch die Pferde waren ins Dickicht geflohen. Ihn schwindelte, also ließ er sich wieder auf das weiche Bett aus Nadeln und Blättern fallen, spürte aber ganz deutlich das Vibrieren des Bodens.

»Was geht hier vor?«, flüsterte er.

»Sie haben in den frühen Morgenstunden begonnen«, erklärte Gljómall. »Die Stadtmauer von Wexford hat dem Angriff standgehalten, weswegen die Normannen jetzt Leitern für einen neuerlichen Versuch bauen. Hier in der Nähe des Meeres ist das Holz mürbe. Ich hoffe, es bricht unter ihnen zusammen.«

Er war eine ganze Nacht lang ohnmächtig gewesen?

»Ich verstehe«, murmelte Faolán und fragte sich, wer ihn wohl vor den Pfeilen in Sicherheit gebracht hatte. Sitriuc war zu schwach, Gljómall und Dúngal waren zu selbstsüchtig. Wahrscheinlich hatte ihn Cú Caille wie einen Sack Mehl über die Schulter geworfen. »Solange sie mit den Leitern beschäftigt sind, können wir unbemerkt fliehen.«

Gljómall starrte ihn ungläubig an. »Fliehen?«, rief er.

»Ja, willst du, dass sie statt des mürben Holzes deine Leiche benutzen, um die Mauer zu erklimmen?«, hielt Faolán ihm entgegen.

Der Krieger schüttelte empört den Kopf. »Die Norweger von Wexford sind sehr stolz. Die Familien Maddock, Godkin und Kendrick stammen von den Wikingern ab, die O'Duibhginns und die O'Lorcains von den Kelten. Von ihnen allen heißt es, ihr

Blut fließe nicht rot, sondern schwarz wie die Rinde eines alten Baumes, dessen Wurzeln bis ins Reich der Trolle reichen. Ich bin sicher, sie werden sich lieber gegenseitig auffressen, als das Stadttor zu öffnen. Und wir werden nicht feiger sein als sie.«

»Nun ja, wenn du vorschlägst, dass auch wir uns gegenseitig auffressen sollten, wirst du wohl ziemlich hungrig bleiben. Weder an mir noch an Sitriuc hängt sonderlich viel Fleisch.«

Noch während er sprach, wusste er, dass es ein Fehler gewesen war, einen Krieger zu reizen, der müde, hungrig und vor allem ängstlich war – auch wenn er Letzteres nie zugegeben hätte.

»Wozu bist du überhaupt noch nütze?«, knurrte Gljómall prompt und richtete sich vor ihm auf.

Was auf dem Pferderücken nicht weiter auffiel, war jetzt umso augenscheinlicher: Der Krieger überragte ihn um gut einen Kopf und schien fast doppelt so breit. Verzweifelt suchte Faolán nach den richtigen Worten, um den anderen versöhnlich zu stimmen, doch sein Kopf war so leer, als hätte Gljómall ihn schon am Hals gepackt und zugedrückt.

»Still!«, rief Cú Caille plötzlich.

Gljómall drehte sich um und lauschte angespannt. Nein, das Hämmern und das Sägen waren nicht näher gekommen, dafür ein anderes Geräusch – erst ein Knacken von Ästen, schließlich ein Würgen, das menschlich klang.

Faolán wusste, dass es ein äußerst selbstsüchtiger Gedanke war, aber als Gljómall von ihm abließ und entschlossen auf einen Schwarzdornstrauch zuschritt, hoffte er, dass es ein weizenblondes Mädchen war – ob tot oder lebendig, war ihm egal, Hauptsache, Gljómall war eine Weile abgelenkt.

Wen Gljómall hingegen wenig später aus dem Gestrüpp hervorzerrte, war kein Mädchen, sondern ein Knabe. Nun gut, aus der Ferne konnte man ihn für ein Mädchen halten, war er doch sehr schmal und klein, er trug das Haar allerdings geschoren – so kurz wie man es hier in Irland nur bei den Sklaven sah – und war mit einer engen Hose aus einem dunkleren Stoff bekleidet, als Faolán je einen gesehen hatte. Darüber trug er ein fein gearbeitetes Kettenhemd, das jedoch von Kotze beschmutzt war. Ob der würgenden Laute hätte man sich denken können, dass er sich seines Mageninhalts schon entledigt hatte, aber nachdem sein Blick erst angstvoll zu Gljómall, dann zu Dúngal fuhr, schoss ihm eine neue Fontäne bräunlich grünen Breies aus dem Mund.

Gljómall hatte ihn gerade noch rechtzeitig losgelassen, um nicht getroffen zu werden, Dúngal hingegen kannte keinen Ekel. Während der Knabe weiter würgte, trat er auf ihn zu, riss ihm seinen Beutel vom Gürtel und öffnete ihn – nur um ihn nach einem kurzen Blick enttäuscht fallen zu lassen.

»Kein Proviant.«

Verärgert trat er auf den Beutel und zog danach das Schwert, damit wenigstens dieses seine Morgenmahlzeit erhielt, und da der Junge beim Würgen vornübergebeugt stand, wäre es ein Leichtes gewesen, ihm den Kopf abzuschlagen.

»Nicht!«, schrie Faolán jedoch entsetzt.

Dúngal fuhr herum und richtete das Schwert prompt auf Faolán. »Er ist einer von diesen verfluchten Normannen!«

»Eben! Ihr habt doch gerade verkündet, dass ihr gegen sie kämpfen wollt. Also ist es wichtig zu erfahren, was sie planen.«

Dúngal zögerte lange genug, sodass Faolán zwischen ihn und den Knaben treten konnte. Aus dem Mund des Jungen floss nur mehr gelblicher Speichel, und er schlotterte am ganzen Leib, als er verstohlen ein paar vertrocknete Blätter über das Erbrochene schob und sich übers Kettenhemd rieb – womit er allerdings nichts anderes bewirkte, als dass die Kotze noch tiefer zwischen die engmaschig verwobenen Stahlglieder drang.

Fieberhaft suchte Faolán nach den wenigen normannischen Worten, die er je gelernt hatte, aber ehe sie ihm einfielen, sagte der Junge auf Irisch: »Tut mir nichts! O bitte, tut mir nichts!«

»Du sprichst Irisch?«

»Meine Mutter ... sie stammt aus Limerick ...«

»Und dein Vater?«

»Er ist Normanne. Jordan FitzPhilip ist mein Name. Fitz heißt in unserer Sprache Sohn, also dasselbe, was bei euch Mac bedeutet ...«

Wieder wischte er verzweifelt über das Kettenhemd. Faolán tastete nach seinem Umhang, ehe ihm einfiel, dass er den ja verloren hatte, hob deshalb nur die Tunika und säuberte den Jungen mit einem Zipfel. Kurz verzogen sich Jordans Lippen zu einem dankbaren Lächeln, doch als sein Blick zu Gljómall und Dúngal ging, begann er gleich wieder zu würgen.

»Warum hast du eigentlich schon gekotzt, bevor du meine Männer überhaupt gesehen hast?«, fragte Faolán verwirrt.

Das Schlottern ließ nicht nach, aber es floss kein Speichel mehr über das Kinn des Jungen. »Als wir einen Baum fällten, ist der auf zwei unserer Ritter gefallen«, erzählte Jordan. »Einem drang ein Ast durchs Auge, der auf der anderen Seite wieder herauskam. Den Kopf des anderen hat der Stamm plattgedrückt, bis das Gehirn herausspritzte. Als ich das sah, bin ich … bin ich … bin ich davongelaufen.«

»Und von so einem willst du Nützliches erfahren?«, wütete Gljómall erbost. »Von einem Bürschchen mit feinem Näschen, das zum ersten Mal merkt, wie der Krieg stinkt?«

Jordan FitzPhilip scharrte noch mehr Blätter über das Erbrochene.

So säuerlich riecht nicht der Krieg, sondern die Angst … die Angst des Jungen … und meine Angst um ihn.

»Wir könnten Lösegeld für ihn bekommen«, schlug Faolán hastig vor.

»Mit wem willst du denn darüber verhandeln?«, gab Gljómall zurück.

»Bevor wir verhandeln können, müssen wir die Sprache erlernen, und das können wir nun durch ihn.«

»Ich will keine Sprache von Männern erlernen, die ich töten werde.«

»Eben! Du tötest Männer, keine Kinder. Bevor dein Schwert sein Blut kosten könnte, würde es doch von Kotze beschmutzt werden.«

»Ich habe auch nicht vor, das Schwert gegen ihn zu erheben«, sage Gljómall, und bevor Faolán erleichtert sein konnte, rief er: »Leih mir deinen Hammer, Schmied.«

Cú Caille hatte nichts gegen den Mord an einem Knaben einzuwenden, der ein paar Jährchen älter als sein toter Éamonn war, aber er war sehr eigen, was das Verleihen seines Werkzeugs anbelangte.

»Meinen Hammer gebe ich nicht her«, knurrte der Schmied.

»Tust du das nicht?«, zischte Gljómall. »Dann hole ich ihn mir eben.«

»Versuch es doch!«

»Du drohst mir?«

Faolán blickte verzweifelt von einem zum anderen. »Still!«, rief er. »Wenn ihr noch lauter streitet, kommen die Normannen mit ihren Sägen.«

»Sägen, Hämmer, Feilen, Meißel!« Dúngal spuckte verächtlich auf den Boden. »Wo ist denn hier ein echter Mann, der noch kämpfen kann?«

Jordan schluckte, doch anstatt sich noch einmal zu übergeben, kamen erstaunlich vernünftige Worte aus seinem Mund. »Hier im Wald wird bestimmt nicht gekämpft. Wenn die Leitern fertig sind, werden unsere Ritter sie zur Mauer schaffen. Zugleich sollen die Schiffe der Wexforder, die im Hafen liegen, von kleinen Booten aus attackiert werden.«

Gut gemacht, Junge, gut gemacht, dachte Faolán. »Na also«, sagte er rasch, »und ob er uns nützlich ist. Lasst ihn in Ruhe!«

Zu seiner Erleichterung ließ Dúngal sein Schwert sinken, und Gljómall machte keine Anstalten mehr, Cú Caille den Hammer zu entwenden.

»Er kann uns noch mehr verraten, er kann …«, setzte Faolán eifrig an.

Doch da fiel Gljómall ihm eisig ins Wort: »Alles, was ich wissen will, habe ich erfahren. Wenn die Normannen auf die Leiter klettern, werden sie in der Ferne einen der ihren von einem Baum hängen sehen.«

»Du wirst ihn doch nicht hängen wollen!«, rief Faolán verzweifelt.

»Nein, das werde ich nicht«, sagte Gljómall und machte einen drohenden Schritt auf ihn zu. »Aber du wirst es tun! Und wenn du dich weigerst, Barde, bist du nicht länger mein Herr, sondern baumelst bald neben ihm.«

Irgendwann war kein Sägen und Hämmern mehr zu vernehmen. Mit Leitern bestückt zog das feindliche Heer auf die Stadt zu, während Faolán und die anderen sich tief im Gestrüpp versteckten. Jordan FitzPhilip machte keine Anstalten, um Hilfe zu schreien, was nicht nur daran lag, dass Cú Caille mit erhobenem Hammer hinter ihm hockte, sondern auch weil er vor Schreck wie erstarrt war. Er würgte nicht mal mehr, schien kaum zu atmen.

Wehr dich doch, Junge, dachte Faolán verzweifelt, oder fall meinetwegen vor Schreck tot um ... nur tu mir das nicht an ... tu mir das nicht an ... tu mir das nicht an ...

Doch der andere starb nicht, und so wie Jordan nicht laut um sein Leben flehte, flehte er nicht darum, ihn nicht töten zu müssen. Stattdessen erhob er sich entschlossen, als das Heer den Wald verlassen hatte, und winkte die anderen, ihm zu folgen – erst aus dem Wald hinaus, dann auf eine kleine, baumbewachsene Anhöhe, von der aus sich die Stadt überschauen ließ.

Es ist ja auch nicht wirklich töten, versuchte er sich einzureden. Er musste den Strick nicht selbst knoten, das tat Gljómall für ihn, er musste ihn Jordan nicht um den Hals legen, das machte Dúngal. Weil Cú Caille größer war, warf er das Seil über einen kräftigen Ast, und dafür, dass Tuiren ruhig hielt, als der Schmied Jordan auf ihren Rücken wuchtete, sorgte Sitriuc.

Das Einzige, was ihm oblag, war, dem Pferd einen Schlag auf das Hinterteil zu versetzen, sodass es loslief, der Junge keinen Halt mehr finden und der Strick sich so eng um seinen Hals ziehen würde, dass er erstickte.

Nein, ich bin es gar nicht, der ihn tötet ... es ist der Strick ... der Ast ... das Pferd ...

Kein Blutstropfen würde fließen und seine Hände beschmutzen. Nur weil er auf einen Pferdearsch schlug, würden aus diesen keine gefühllosen Pranken werden. Wenn er nach Hause zurückkehrte, würde er die Saiten seiner Harfe immer noch liebkosen und streicheln können, und die Saiten würden es ihm mit ihren hellsten und klarsten Tönen danken und nicht wissen, was er getan hatte ... So war es doch ... so musste es sein ...

Allerdings schien er schon jetzt kein Gefühl mehr in den Händen zu haben, als er den Jungen betrachtete, der mit bleichem Gesicht, den Strick um den Hals und mit hinter dem Rücken zusammengebundenen Händen auf dem Pferd saß.

Jetzt fängst du doch zu töten an, glaubte Faolán Riacáns Stimme ganz deutlich zu hören. Was du bei Ascall nicht geschafft hast, tust du jetzt einem Kind an.

Seine Harfe würde nicht wissen, was er getan hatte, doch er ... er würde es nie vergessen.

»Nun mach schon!«, knurrte Gljómall. »Wir müssen den Normannen doch zeigen, dass wir uns wehren.«

Faolán folgte seinem Blick. Nicht nur Wexford war von hier aus gut zu sehen, auch das Meer. Die Sonne schien heute so warm wie am vorangegangenen Tag, doch während gestern Pfeile den Himmel verdunkelt hatten, tat es heute die Rauchsäule, die vom Hafen aufstieg. Von ihren kleinen Booten aus hatten die Normannen mindestens eines der ankernden Schiffe in Brand gesetzt. Die rötlichen Flammen züngelten so gierig auf dem dunklen Wasser, als wüssten sie, dass sie bald mitsamt dem verkohlten Holz ersaufen würden, ihnen also nicht viel Zeit blieb, ihre Macht zu entfalten.

»Nun mach schon!« Gljómall brüllte jetzt.

»Kein Grund zur Eile«, sagte Faolán, »er soll sehen, weshalb er stirbt.«

Was für eine erbärmliche Lüge ...

Er stirbt doch nicht, weil in Wexfords Hafen ein Schiff brennt, weil die Ritter auf den Pferden und das Fußvolk mit den Leitern nunmehr die Mauern erreichen. Er stirbt, weil ich zu feige war, Ascall von Toora zu töten. Weil ich, anstatt die Harfe zu nehmen und als Barde durchs Land zu ziehen, bei Éilís geblieben bin. Weil ich ihr zeigen wollte, dass ich ein guter Herr bin, ein guter Mann, ein guter Vater.

Zögerlich drehte er sich um. Jordan murmelte mit geschlossenen Augen ein Gebet, die von Tuiren waren röter denn je. Faolán kraulte sie zwischen den Ohren, bis seine Hand nicht mehr zitterte, umrundete das Tier, schlug auf das Hinterteil, viel zu zaghaft noch, als dass es sich rührte. Die Beine des Jungen umklammerten den Pferdeleib. Hoffentlich war er sofort tot, weil sein Genick brach, hoffentlich würden seine Beine keinen letzten verzweifelten Todestanz vollführen, während sein Gesicht erst rot, dann blau, dann schwarz wurde. Wieder schlug Faolán zu, wieder rührte Tuiren sich nicht. Erst als er sich nach einem Dornbusch bückte, eine Ranke abriss und sie ihr mitsamt der Dornen in den Arsch trieb, schnaubte sie, wieherte, schoss davon.

Jetzt war es Faolán, der die Augen schloss, im Stillen ein Lied summte. Ganz langsam erst, dann immer schneller. Schon war es zu Ende, und da war kein Röcheln zu hören, kein Ächzen, kein Stöhnen ... Gewiss baumelte der Junge reglos am Baum.

Doch als Faolán die Augen aufschlug, blickte er auf einen blauen Himmel. Nicht nur, dass der Junge seine Beine fest an den Pferdeleib gepresst hatte. Obendrein musste er sich an der Mähne festgebissen haben. Und ob nun seine Zähne so stark waren, das Pferdehaar so reißfest oder der Baum so morsch war – der Ast, an dem der Strick hing, war abgebrochen, und Jordan saß noch auf Tuiren und zog das Holz mit sich.

Richtig ... die Bäume wuchsen ja in der Nähe des Meeres ... das Holz war vermodert ... Gljómall hatte ja auch gehofft, dass die Leitern sofort zusammenbrechen würden.

Während das Pferd mitsamt dem Jungen verwirrt hin und her galoppierte, überkam Faolán ein unbändiger Lachreiz. Er wusste, wenn er jetzt zu prusten begänne, könnte er nie wieder aufhören, und Gljómall würde ihn mit einem der morschen Äste erschlagen.

Doch es gelang ihm, das Lachen zu unterdrücken, und Gljómall machte keine Anstalten, irgendwen zu erschlagen. Mit weit geöffnetem Mund und aufgerissenen Augen starrte er in Richtung Stadt und schien ebenso wenig wie Dúngal und Cú Caille bemerkt zu haben, dass der Junge nicht an dem Ast hing, sondern der Ast an dem Jungen.

Fassungslos beobachteten sie alle, wie sich eben das Stadttor öffnete. Kurz glich es einem blinden Auge, ehe mehrere Reiter hervorkamen und auf das feindliche Heer zuritten. Anstelle von Schwertern trugen sie Krummstäbe, anstelle von Kettenhemden und Schilden graue Umhänge.

»Bischöfe ...«, stammelte Dúngal, »das müssen Bischöfe sein.«

Vielleicht war der Bischof von Ferns darunter, der schon oft für Diarmait einen Waffenstillstand verhandelt hatte. Seit er einmal beinahe an einem Brocken Schweinefleisch erstickt wäre, glaubte er, dass man ihn vergiften wollte. Stets begleitete ihn ein Mönch, um ihn mit eigenem Essen zu versorgen, von einer eigenen Platte, und er gab ihm aus einem eigenen Kelch zu trinken. So musste der Bischof niemals hungern – was man von jenen, die an diesem Tag vom Gastgeber Tod ein reiches Mahl erwartet hatten, nicht sagen konnte.

»Das ist doch nicht möglich!«, brüllte Dúngal, als die Bischöfe sich den Anführern der Feinde näherten.

Sitriuc stieß ein Pfeifen aus, woraufhin Tuiren endlich stehen blieb und zu Faolán trabte. Jordan biss immer noch in die Mähne – wahrscheinlich würde es eine Weile dauern, bis er alle Haare ausgekotzt hatte.

»Das ist doch nicht möglich!«, wiederholte Dúngal.

Faolán ließ vernehmbar seinen Atem entweichen. Ihm war, als hätte sich auch um seinen Hals langsam ein Strick zugezogen, dessen Knoten nun jäh platzte.

»Was sagtest du über die Wexforder?«, rief er spöttisch. »Sie sind so stolz, dass sie sich lieber gegenseitig auffressen würden, als die Stadt aufzugeben? Ihr Blut ist so alt, dass es schwarz fließt, nicht rot? Mir scheint, dass sie die ganze Nacht das Sägen und Hämmern gehört haben, hat sie mürber gestimmt, als das morsche Holz es jemals sein könnte. Sie ergeben sich.«

Keiner der Normannen machte Anstalten, mit Waffen auf die Bischöfe loszugehen, stattdessen stiegen ihre Anführer vom Pferd.

»Die Stadt ... sie liefern die Stadt den Feinden aus ...«, stammelte Gljómall. »Wexford in Normannenhand ...«

»Was nun wohl mit den Leitern geschieht?«, sinnierte Faolán. »Vielleicht sollten wir eine mitnehmen. Wenn es wieder einmal gilt, ein Scheunendach zu reparieren, können wir sie gewiss gut gebrauchen.«

Faolán ließ sich nicht länger von den finsteren Blicken seiner

Männer einschüchtern. Er ging auf Tuiren zu, zerrte so lange an Jordans Fuß, bis der Junge vom Pferd fiel, löste zwar den Ast vom Strick, nicht jedoch den Strick von Jordans Hals. Mehrmals wand er das andere Ende um seinen Arm.

»Auch wenn wir vor allem mit Dublin Handel treiben – die O'Bjólans haben immer auch mit Wexford Geschäfte gemacht«, wandte er sich an Gljómall. »Siehst du jetzt ein, dass wir den Jungen brauchen, um die Sprache der Normannen zu erlernen?«

Er wartete die Zustimmung des Kriegers nicht ab, sondern stieg aufs Pferd und zog am Strick, bis Jordan aufstand. Während des Ritts würde sich der Strick schmerzhaft um seinen Hals zusammenziehen, doch Jordan würde leben, und er, Faolán, auch. Als Barde, nicht als Mörder.

In der Ferne sahen sie, wie sich einer der fremden Ritter und ein Bischof umarmten.

»Feiglinge! Diese verfluchten Feiglinge!«, brüllte Dúngal, stampfte auf den Boden, und so sumpfig, wie der war, sank sein Fuß knöcheltief ein.

»Los jetzt!«, befahl Faolán knapp.

Die anderen waren zu erschüttert, um sich ihm zu widersetzen. Faolán warf keinen Blick mehr auf Wexford, als sie losritten, sondern überlegte, welche Wörter Jordan ihm als Erstes beibringen sollte.

Angst oder Mut? Sieg oder Niederlage? Leben oder Tod?

Krieg auf jeden Fall, während er das Wort für Frieden wohl nicht lernen musste.

AOIFE

Selbst im Frühling fror Aoife fast jede Nacht, denn anders als an Eleonores Hof wurde in Ferns an Feuerholz gespart. Die Leinendecken waren zwar sauber und bestickt, aber ungleich dünner, die Polster nicht mit Seide, sondern mit Rehhaut bezogen, die Matratze nicht mit Federn gestopft, sondern mit Stroh. Aoife schlief deshalb nie ohne ein Geschenk, das ihr die Königin zum Abschied gemacht hatte – eine verzierte, zu öffnende Metallkugel, in deren Mitte ein Stück Holzkohle glomm. Eigentlich sollte diese verhindern, dass die Priester im Winter die Hostie aus ihren steifen Fingern fallen ließen, doch Eleonore hatte auch im Sommer kalte Hände, und Aoife presste die Kugel gern nachts an die Brust.

Eines Morgens erwachte sie von einem klirrenden Geräusch, die kleine Kugel war auf den Boden gefallen. Schlaftrunken bückte Aoife sich danach, und da erst vernahm sie ein anderes Geräusch, ungleich lauter als das Klirren, und dieses weckte sie endgültig auf.

»Nicht nur Wexford ist unser!«, schrie Maurice Regan, der Schreiber und Berater ihres Vaters. »Wir haben auch die Schlacht gegen MacGiolla Padraic, den König von Osraige, gewonnen!«

Gedankenverloren strich Aoife über die Metallkugel, die sich nunmehr eisig anfühlte, und dachte an Gwalchgwyns Worte, die er ihr bei ihrem letzten heimlichen Treffen zugeraunt hatte: Ich kann es nur tun, wenn Wexford fällt, nicht, wenn ich dort kämpfen muss ...

Sie ließ die Kugel sinken und erhob sich. Nicht nur, dass sie hier ständig fror, auch der Hunger war ein steter Begleiter. Er weckte unliebsame Erinnerungen an die Wochen, als sie sich als vermeintliche Pilger in Aquitanien die Füße wundgelaufen hatten. Wie sehr sie sich nach den Omeletts und Pasteten am

Hof von Poitiers verzehrte, den kleinen Küchlein, über die der süße Sirup von Veilchen troff, und dem weichen Weizenbrot, das im Mund wie Butter schmolz. Hier gab es morgens nur Getreidebrei, und es war ein besonderes Glück, wenn er aus frischer, nicht saurer Schafsmilch zubereitet und mit ein wenig Honig vermischt worden war. Wenigstens hatte sie etliche Kleider mitnehmen können, und eines der prächtigen würde sie an diesem Tag tragen. Sie musste schön sein.

Eine Magd brachte ihr kurze Zeit später Wasser, in dem sie sich die Hände wusch, und half ihr, sich anzukleiden. Wie immer dauerte es eine Weile, bis die Schnüre an den Seiten verknotet waren, das Atmen fiel ihr danach etwas schwerer. Dennoch blickte Aoife wohlwollend auf den hellgrünen Stoff des Überkleides, der gut zu ihrem roten Haar passte, gleichwohl dieses im fahlen Licht grau wirkte. Die Frauengemächer, die *grianan* hießen, hatten keine Fenster, nur einen winzigen Rauchabzug in der Decke, durch den sich kaum Licht verirrte. Der blasse Schein genügte allerdings, die Magd in Begeisterungsstürme zu versetzen.

»Ihr seht so hübsch aus!« Aoife nickte. »Und jetzt, da Wexford gefallen und die Männer von Osraige besiegt sind, wird Énna endlich freikommen.«

Aoife nickte wieder und ließ sich das Haar zu einem Knoten am Hinterkopf aufstecken, aus dem ein paar Strähnen gelöst und zum Zopf geflochten wurden. In Poitiers hatte sie solch eine Frisur nicht getragen, aber in Irland war das jetzt modern. Aus der Halle gegenüber den Frauengemächern kam Stimmengewirr, sie drängte die Magd dennoch nicht zur Eile. Selbst als die das *grianan* verlassen hatte, um die Bettwäsche ins Freie zu tragen und in der Sonne auszubreiten, folgte Aoife ihr nicht, sondern beugte sich über die Schüssel mit dem Wasser, dessen glatte Oberfläche ihr Gesicht spiegelte.

Ja, sie sah schön aus, schöner denn je, aber noch nicht schön genug!

Bedächtig begann sie sich zu schminken. In Poitiers hatte sie ihr Gesicht mit Rosenwasser gewaschen – aus Blumen gemacht, deren Blütenblätter fein wie Seide waren. Hier besaß sie zumindest ein kleines Döschen mit einem Pulver aus Narzissenblüten. Wie pures Gold wirkte es, als sie sich damit die Augenbrauen betupfte. Auf die Augenlider gab sie die gleichfalls goldenen Pollen der Schlüsselblume, während sie auf die Wangen ein Puder aus Veilchenblättern und der Wurzel der Iris auftrug. In Irland hatte ihre Art, sich zu schminken, zunächst für Befremden gesorgt, färbten sich hier die Frauen doch die Augenbrauen dunkel und die Lider blau. Die Wangen rieben sie mit einem Pulver aus *ruma* ein – der Rinde der Erle und dem Saft der Holunderbeeren. Doch mittlerweile bettelten ihre Schwestern Derbforgaill und Orlaith sie regelrecht um ihren Goldstaub an, wenn sie zu Gast waren, und Aoife, die ihnen diesen hartnäckig verweigerte, trug die Döschen fortan stets am Gürtel, damit man sie ihr nicht heimlich stehlen konnte.

Wieder betrachtete sie sich im Spiegel. Schön ... jetzt war sie schön genug.

In ihrem Mund schmeckte es noch bitter vom Schlaf, sie sammelte den Speichel, spuckte ihn aus, und als sich die Wasseroberfläche kräuselte, konnte sie nicht länger ihr Spiegelbild betrachten.

Langsam und hoheitsvoll, wie sie es von Eleonore gelernt hatte, verließ sie das Schlafgemach und schritt in Richtung Halle. Noch bevor sie sie betrat, vernahm sie einen Schrei, der dieses Mal nicht von Maurice Regan ausgestoßen wurde und auch nicht triumphierend, sondern ärgerlich klang. »Ich will endlich auch kämpfen!«

»Wir haben doch eben erfahren, dass die Schlacht gewonnen wurde«, vernahm Aoife die nörgelnde Stimme der Mutter. »Es gibt also keinen Grund mehr zu kämpfen.«

»Dann will ich eben feiern«, bekräftigte Connor, der jüngste von König Diarmaits Söhnen. »Es heißt, dass nach dem Fall von Wexford drei Wochen lang gefeiert wurde. Barden spielten die Harfe, bis ihre Finger bluteten, ein Gaukler spuckte so lange Feuer, bis all seine Barthaare verbrannt waren, und es wurden so viele Rinder geschlachtet, dass der Berg, zu dem sich ihre Knochen türmten, höher als die Stadtmauer war.«

Aoife schüttelte den Kopf. Connor war ein Dummkopf, der alles glaubte, was man ihm erzählte.

»Man darf aber nicht feiern, ohne vorher gekämpft zu haben«, sagte die Mutter streng.

»Eben! Deshalb will ich ja ...«

»Lasst Regan doch endlich erzählen«, mischte sich Aedh MacCriffan, der Gelehrte ihres Vaters, ein. Er wurde vom blinden Aedh O'Caellighe bestärkt, der für ihren Vater wie ein Bruder war, nachdem die O'Caellighes ihn einst als Ziehsohn erzogen hatten. Diarmait hatte das später nie davon abgehalten, gegen seine Brüder Krieg zu führen, wahrscheinlich auch jetzt, da die O'Caellighes meist auf der Seite von Osraige standen. Aedh O'Caellighe wiederum hatte das nie davon abgehalten, dem König von Leinster die Treue zu halten.

Aoife huschte in die Halle. Im königlichen Palast aus Stein, den sie früher bewohnt hatten, war die Halle doppelt so lang gewesen. Sobald man sie durch ein großes Tor betreten hatte, war der Blick auf einen frei stehenden Pfahl gefallen, auf dem ein in Stein gehauener Kopf mit drei Gesichtern thronte, der die Versammelten daran erinnerte, dass nicht nur die Götter in der Lage waren, alles zugleich zu sehen, sondern auch der König von Leinster. Nachdem Diarmait vor seiner Flucht aus Ferns seinen Besitz hatte niederbrennen lassen, lebten sie jedoch in schlichteren Holzhäusern. Den Steinkopf gab es nicht mehr, und die Halle war kaum größer als einst ihr Schlafgemach. Immerhin waren die Wände so dicht wie das Dach und ebenso mit Holzschnitzereien verziert wie die Beine der Tische. Diese waren allerdings ungleich niedriger als in Poitiers und an den Boden genagelt, damit sie nicht verrutschen konnten, und auf den Stühlen lagen keine farbenprächtigen Seidenkissen, sondern die Häute von Kühen oder Seehunden. Als Connor wütend auf den Boden stampfte, traf er Binsen und grünblättrige Birkenzweige statt kostbare Teppiche. Sie knackten, als er unruhig auf und ab zu gehen begann.

Ach Connor, dachte Aoife, als sie ihn halb überdrüssig, halb verächtlich musterte. Du dummer Junge ...

Aoifes jüngster Bruder war zwar groß gewachsen, aber

schlaksig und ungelenk. Bei seinem Anblick musste sie immer an ein junges Kalb denken, das zwar schon lange Beine hatte und doch noch nicht fähig war, sicher damit zu gehen. Von ihren Brüdern kannte sie ihn am besten und mochte ihn am wenigsten. Domhnall, der Bastard des Vaters, war immer schon gewissenhaft und ernst gewesen und hatte all sein Trachten stets darauf ausgerichtet, dem Vater zu gefallen. Er hatte sich nie um sie geschert, was den Vorteil hatte, dass er sie auch nie drangsalierte. Énna wiederum, der schon auf dem Pferd zu reiten und mit dem Schwert zu kämpfen gelernt hatte, als sie geboren wurde, hatte sie oft zum Lachen gebracht – meist damit, dass er dem ungeschickten Connor Streiche spielte.

Während Connor eben unruhige Kreise zog, plusterte Regan sich auf. Seine Stimme klang künstlich hoch, als würde er eher singen denn sprechen.

»Nachdem Wexford sich ergeben hat, marschierte König Diarmait mit dem normannischen Heer in Richtung Osraige«, berichtete er. »Weiß Gott, der Sieg über MacGiolla Padraic ist ihm nicht in die Hände gefallen wie ein reifer Apfel. Nein, noch grün war dieser und hing ganz oben am Baum. Um ihn zu greifen, musste man sich durch dichtes Geäst kämpfen, bis die Hände klebrig vom Harz und rau von der harten Rinde wurden.«

»Na, hoffentlich waren die Äste stark genug, um das Gewicht unserer Männer zu tragen«, warf Aedh MacCriffan spöttisch ein.

»Nun, ein paar Krieger sind mitsamt ihrer Rüstungen in den gefährlichen Mooren von Belach Gabráin versunken, andere in die Schluchten der Berge von Sliabh Bladhma gestürzt«, behauptete Regan.

»Schluchten, also wirklich!«, rief O'Caellighe. »Als ich noch sehen konnte, waren die Berge von Sliabh Bladhma so flach wie die Brust eines Knaben.«

»Nun lass ihn doch«, sagte MacCriffan, »lieber soll man mir von Schluchten erzählen als von sauren Äpfeln.«

»Spottet nur!«, gab Regan stolz zurück. »Ihr seid nicht dabei gewesen. Selbst wenn es keine Moore oder Berge gegeben hätte, hat das Heer doch eine Wildnis durchschreiten müssen, die als verflucht gilt. Einst sind hier unzählige Krieger gefallen, und wenn der Mond scheint, stehen sie aus ihren Gräbern auf und fangen wieder zu kämpfen an.«

Aoifes Mutter machte ein Kreuzzeichen, Aoife selbst trat mit eingezogenem Kopf zum Tisch und setzte sich unauffällig.

»Und mit welchen Waffen kämpfen die Toten?«, fragte MacCriffan angelegentlich. »Ihre Schwerter sind doch längst verrottet.«

»Nun, sie nutzen die Knochen abgeschlagener Gliedmaßen und werfen ihre eigenen Köpfe auf die Feinde«, antwortete Regan ernsthaft.

»Genug von diesen Schauergeschichten!«, bellte Connor. »Erzähl uns nicht, wie die Geister, sondern wie die Männer kämpften.«

Regan war während seiner Erzählung rot angelaufen, und als er nun fortfuhr, schien sein Kopf zu platzen. »Die Schlacht war grausam. König Diarmait hat sich mit einem Teil seiner Krieger in den Wäldern verschanzt. MacGiolla Padraic glaubte tatsächlich, er hätte gewonnen, sobald er sie auf ein freies Feld getrieben und dort eingekreist hatte. In Wahrheit wurde er überlistet, denn nun kamen von hinten die normannischen Reitertruppen. Ich weiß nicht, wie sie das machen, aber ihre Pferde reiten so dicht nebeneinander, dass sie einem einzigen riesigen Leib gleichen. Das Pferd eines der normannischen Ritter, Maurice de Prendergast, heißt Blanchard, und sein Fell ist immer weiß, egal, wie viel Blut und Schlamm spritzt. Offenbar schützt der heilige David, den Prendergast vor jeder Schlacht anruft, das Ross vor dem Dreck, denn dieser Heilige hat Tiere geliebt. Den eigenen Mönchen hat er befohlen, den Pflug ohne die Hilfe eines Rindes zu ziehen, unter seinen Händen ist noch der wildeste Stier zahm geworden.«

Connor war erstmals stehen geblieben. »Ach, wie gern würde ich auch so ein Ross haben!«, rief er sehnsüchtig. »Destriers nennen die Normannen diese Pferde, weil sie mit der rechten Hand, *dextra*, geführt werden.«

»Der heilige David ist aber nur der Schutzpatron von Wales«, gab O'Caellighe zu bedenken, »was bedeutet, dass du wahrscheinlich sofort vom Pferd fallen würdest.«

Connor beugte sich dicht über ihn. »Du bist doch nur wütend, weil deine Familie meinen Vater verraten, mit MacGiolla Padraic gekämpft ... und verloren hat.«

Connors spöttisches Grinsen währte nicht lange. Als er sich abwenden und wieder voller Zorn seine Runden drehen wollte, stellte O'Caellighe ihm blitzschnell ein Bein, und Connor fiel der Länge nach hin.

Aoife gelang es, ein Grinsen zu unterdrücken, während Maurice Regan losprustete.

Mór hingegen seufzte nur der Streitereien überdrüssig. »Hättest du ein Schwert in der Hand gehalten, wärest du jetzt tot.«

Connor rappelte sich auf und stürzte so hastig auf O'Caellighe los, dass er beinahe über die eigenen Füße gestolpert und erneut gefallen wäre.

»Nicht!«, befahl Mór, ehe er auf den Alten einprügeln konnte. »Man wird nicht zum Helden, wenn man einen blinden Mann schlägt. Dein Vater würde dir das nicht verzeihen. Er mag gegen alle O'Caellighes kämpfen, aber niemals gegen den Mann, der ihm noch näher als ein Bruder steht.«

Connor ließ die Fäuste sinken und stürmte wutentbrannt aus der Halle, um sich ein anderes Ziel für seinen Zorn zu suchen, woraufhin Aedh MacCriffan rasch Connors noch halb volle Schüssel an sich zog und den restlichen Brei verschlang. Auch Aoife begann zu essen, während Mór der Appetit vergangen zu sein schien. Sie rieb sich die Schläfen, als litte sie einmal mehr an Kopfschmerzen, ließ sie aber sinken, als die Tür abrupt aufgestoßen wurde. Auch Aoife, die gerade einmal drei Bissen genommen hatte, hob erstaunt den Kopf. War Connors Wut etwa so schnell verraucht?

Doch als ihre Mutter entsetzt aufschrie, erkannte Aoife, dass im Eingang der Halle nicht Connor stand, sondern die alte Wenwiu.

Und dass deren Kittel voller Blut war.

Viele Jahre zuvor hatte Aoife Wenwiu schon einmal bluten sehen. Sie war Énnas Amme, und man erzählte sich, dass ihr ältester Bruder manchmal noch an ihren Brüsten gehangen hatte, als dieser schon sieben Jahre alt gewesen war. Connors Amme hatte Wenwiu deswegen verspottet, gar behauptet, dass sie Énna solcherart zu einem verwöhnten Bengel erzog. Nicht einmal zum Mönch würde er dereinst taugen, schon gar nicht zum Krieger. Aoife selbst war erst drei Jahre alt gewesen, als die beiden Frauen vor ihren Augen aufeinander losgegangen waren und sich geprügelt hatten. Wenwiu hätte die andere beinahe mit ihrem Haar erdrosselt – woraufhin die daran riss, bis sich ganze Büschel lösten und die Kopfhaut an etlichen Stellen blutete.

Später hatte Connors Amme einen Mann geheiratet und sich nicht länger um ihr Stillkind gekümmert. Wenwiu aber lebte weiterhin an Énnas Seite, und immer wenn ihr Haar an den Stellen, die einst geblutet hatten, nachgewachsen war, riss sie es aus – als sichtbaren Beweis dafür, wie sehr sie Énna liebte und dass sie ihm jedes Opfer bringen würde.

»Tut das nicht weh?«, hatte Aoife einmal gefragt. Da hatte Wenwiu ihr erzählt, dass sie aus Wales stamme und dass die Waliserinnen keine Schmerzen kennen würden. Ihre Haut sei aus Leder, ihre Knochen aus Stahl und ihre Muttermilch das stärkste Gesöff, das man sich vorstellen könne.

Aoife wusste seitdem, dass Wenwiu Énna nicht bis zum siebten Lebensjahr an den Brüsten hatte saugen lassen, um ihn zu verzärteln, sie wollte ihn stark für die Welt machen.

Und dein Blut, dachte Aoife jetzt, aus was besteht dein Blut, Wenwiu? Macht es auch stark?

Wie alle anderen war sie nämlich überzeugt, dass sich Wenwius Kittel mit dem eigenen Blut vollgesogen hatte. Doch da ertönte von draußen her ein zweiter Schrei, dieses Mal aus Connors Mund. Mór, die eben zu Wenwiu geeilt und sie gefragt hatte, was ihr zugestoßen sei, hastete ins Freie. Maurice Regan folgte ihr ebenso wie MacCriffan und der blinde O'Caellighe, obwohl es bei ihm am längsten dauerte. Erst als auch er die Halle verlassen hatte, erhob sich Aoife, lief zu Wenwiu und streichelte tröstend über ihre Schultern.

»Zumindest lebt er noch«, murmelte sie.

In ihrer Verzweiflung entging Wenwiu, dass Aoife gar nicht nach draußen gelugt hatte und deshalb nicht wissen konnte, was dort vor sich ging.

Sie schrie nicht mehr, sondern schluchzte – und ihre Tränen waren einfach nur Tränen, kein Leder, kein Stahl, kein kräftiges Gesöff, sondern vergeudetes salziges Wasser, das zwischen den Binsen und Birkenblättern versickerte.

Énna, der draußen im Hof kauerte, würde nie wieder weinen, denn er hatte keine Augen mehr. Als Aoife zu ihm trat, sank er auf seine Knie, umklammerte den Oberkörper und schlug nach jedem, der ihm zu nahe kam, ohne ihn zu treffen. Dort, wo sich früher seine Augen befunden hatten, klebte eine dunkle Masse aus gestocktem Blut, zerfetzter Haut und die Reste der Augäpfel.

Connors Schreie verstummten. Hin- und hergerissen von Ekel, Grauen und Faszination starrte er auf den älteren Bruder. Mór hingegen rief nach der alten Samthann, die in einem Grubenhäuschen voller duftender Kräuter lebte und Wunden und Krankheiten behandelte, wenn der Leibarzt der Familie mit ihrem Vater im Krieg war. Erst danach wandte sie sich an Connor.

»Geh hinein, ich will nicht, dass du das siehst.«

Aoife war zunächst überzeugt, dass die Mutter ihrem Sohn den grauenhaften Anblick ersparen wollte, dann ging ihr allerdings auf, dass sie etwas anderes vor Connor zu verbergen suchte: das Lächeln, zu dem sich ihre Lippen verzerrten. Zwar murmelte sie tröstende Worte in Énnas Richtung, ihr Ausdruck zeugte jedoch nicht von Mitleid. Énna war nicht Mórs Sohn, sondern der von Sabd, der Zweitfrau ihres Vaters, die dieser nach ihr geheiratet, die hingegen vor ihr einen Sohn geboren hatte. Zeit ihres Lebens war das für Mór eine Schmach gewesen, doch jetzt zählte es nicht mehr. Ohne Augen konnte Énna den König nicht beerben, was bedeutete, dass Connor der *tanaiste* war.

Aoife blickte sich unauffällig um und stellte fest, dass Mór nicht die Einzige war, die lächelte, Maurice Regan wirkte ebenfalls erfreut. Énna hatte Männer wie ihn, die etliche Sprachen beherrschten, dagegen noch nie den gefürchteten Schrei der Leinster-Krieger ausgestoßen hatten, immer verachtet – oder mehr noch, er hatte ihn gar nicht wirklich gesehen. Künftig würde er ihn erst recht nicht sehen, aber nun, weil er es nicht mehr konnte, nicht, weil er es nicht wollte. Und der alte O'Caellighe, dem jemand zugeraunt hatte, was passiert war, lächelte, weil er nun nicht mehr der einzige Blinde war, zudem geschickter. Wie oft würde Énna wohl künftig über sein Bein stolpern?

Nur MacCriffan lächelte nicht, sondern stellte die Frage, wie Énna, ohne etwas sehen zu können, nach Hause gekommen war. Seine Stimme klang durchaus anerkennend – zumindest bis er bemerkte, dass da noch ein Mann im Hof stand.

Gwalchgwyn, der bis jetzt Distanz gewahrt hatte, trat zu Mór und senkte als Zeichen seiner Ehrerbietung seinen Kopf. Er redete ganz leise zu ihr, wollte er sich doch offenbar nicht einer Tat rühmen, die auf dem Unglück eines anderen gründete. Den wenigen Worten, die zu ihr drangen, entnahm Aoife, dass Gwalchgwyn auf dem Weg nach Ferns gewesen war, um die Nachricht von Diarmaits Sieg zu übermitteln, und dabei auf Énna gestoßen war.

»Was für ein Zufall«, sagte Mór.

Aoife trat zu ihr und wich Gwalchgwyns Blick aus. »Ein sehr glücklicher Zufall«, sagte sie leise.

Mór runzelte zweifelnd die Stirn, doch als Aoife schon die Angst packte, sie könnte die Wahrheit erahnen, begriff sie, dass Énna in den Augen ihrer Mutter glücklicher gewesen wäre, wenn niemand ihn sicher nach Hause geleitet, sondern er sich verirrt und in einem Sumpf ertrunken wäre.

Das sagte Mór allerdings nicht laut. Sie verkniff sich sogar ihr Lächeln, während MacCriffan sich an Énna wandte und von ihm wissen wollte, was passiert war.

Anders als Gwalchgwyn sprach er mit lauter Stimme, aber brachte nur jedes zweite Wort verständlich hervor. »Zwei Krieger von MacGiolla Padraic ... nach Angriff auf Wexford ... in den Norden bringen ... gerade unterwegs ... Rast gemacht ... ans Feuer gesetzt ... plötzlich Schlag auf Hinterkopf ... als erwacht ... als erwacht ... finster ... finster ... finster ...«

Gwalchgwyn starrte auf den Boden. »Leider kam ich zu spät. Wenige Augenblicke zuvor, und ich hätte die Krieger davon abhalten können, ihn im Auftrag von MacGiolla Padraic von Osraige zu blenden. So blieb mir nichts anderes zu tun, als die beiden zu töten.«

Er deutete auf sein prächtiges Schlachtross. Zwei Leichname lagen dahinter, deren Füße mit dicken Stricken an den Sattel gebunden waren. Ob das Blut, mit dem sie besudelt waren, von den tödlichen Wunden stammte, die Gwalchgwyn ihnen zugefügt hatte, oder davon, dass er sie über den steinigen Boden hergeschleift hatte, ließ sich nicht erkennen.

»Ich werde die Toten zu König Diarmait bringen, zuvor wollte ich Énna sicher heim nach Ferns geleiten.«

Eben kam schnaufend die Kräuterfrau gelaufen, an deren Gürtel etliche Ledersäckchen hingen. Eines hatte sich geöffnet, und es staubte ein schwarzes Pulver heraus.

Wenwiu war ihr gefolgt. »Was soll ich tun?«, jammerte sie und raufte sich das Haar. »Was soll ich nur tun?«

Mór wandte sich an Aoife. »Geh hinein. Du solltest das auch nicht sehen.«

Aoife wollte sich aber nicht in der Halle verkriechen, sie lief zu Samthann. »Kann ich dir helfen?«, fragte sie.

»Ich brauche warmes Wasser und Wein, um die Wunden auszuwaschen.«

»Ich hole beides«, sagte sie, ehe sie sich an Mór wandte, die ihre Tochter befremdet ansah, »ich ertrage das, Mutter, wirklich.«

Mór zögerte kurz. »Nun gut«, sagte sie schließlich. »Ich war die einzige Tochter meiner Eltern und hatte viele Brüder. Etliche wurden geblendet, zwei von deinem Vater. Vielleicht ist es gut, sich als Frau beizeiten an diesen Anblick zu gewöhnen.«

Aoife hatte Pferde immer gefürchtet, und Gwalchgwyns Schlachtross, zu dem sie nun ging, war größer als alle, die sie kannte. Doch als sie in dessen sanfte dunkle Augen blickte, musste sie plötzlich an Eirwen denken. Das Hermelinchen hätte sie niemals gebissen, und jetzt fühlte sie, dass auch dieses

Pferd ihr kein Leid zufügen würde. Sie hob die Hand und streichelte vorsichtig die weiche Schnauze. Das Tier stieß ein dunkles Schnauben aus, seine Augen waren unverwandt auf sie gerichtet. Es schien alles zu wissen, aber über nichts zu urteilen.

»Du musstest eine schwere Last tragen, nicht?«, murmelte Aoife. »Gwalchgwyn nämlich und meinen Bruder. Und zudem musstest du zwei Tote mit dir zerren.«

Der Rappe wirkte nicht müde, eher traurig, und sie streichelte ihn noch zärtlicher.

»Was machst du hier?«

Aoife fuhr herum. Sie hatte geholfen, Énnas Wunden notdürftig zu versorgen, und war dann in den Stall gegangen, um einen Augenblick allein zu sein. Nun trat allerdings Gwalchgwyn auf sie zu.

»Dein Pferd ist wunderschön …«, sagte Aoife.

Sie zog die Hand zurück und betrachtete Gwalchgwyn eingehender. Vorher hatte er seinen Helm getragen, nunmehr saß nur noch die gepolsterte Bundhaube, deren Schnürbänder unter dem Kinn verknotet waren, auf seinem Kopf. Die Füße und Unterschenkel steckten in Eisenstümpfen mit Ledersohlen, die wiederum an seinem Gürtel befestigt waren, um nicht zu verrutschen, und anstelle des Kettenhemdes trug er eine blaugraue Tunika, die fast den gleichen Farbton wie seine Augen hatte.

»Reitest du gern?«, fragte er.

Eigentlich hasse ich es, dachte sie, aber das wollte sie ihm nicht sagen. »Es fühlt sich an, als wäre man der Wind.«

»Ich habe gehört, dass in Irland die Frauen wie die Männer reiten«, murmelte er.

Nur töten und blenden können sie nicht, das überlassen wir euch.

»Was frisst dein Pferd? Soll ich ihm einen Apfel geben?«

»Calatin braucht nur Hafer. Er ist genügsam.«

Gwalchgwyn machte den Eindruck, als hätte er in seinem Leben auch nur Hafer gegessen. Er war einer, der Kälte wohl nicht spürte, selbst wenn Hagelkörner auf ihn prasselten, und der durchs Feuer gehen konnte, ohne dass die Flammen schmerzten. Vor allem spürte er keine Schuld … Warum auch?

Dass in Wahrheit er Énna geblendet und die Männer von Osraige zuvor getötet hatte, nicht danach, war in seinen Augen keine böse Tat, sondern eine zutiefst gerechte. Als ehrenwerter Ritter hatte er keine andere Wahl gehabt – nicht nach dem, was Aoife ihm erzählt hatte, als sie sich das letzte Mal hier in Ferns unter vier Augen begegnet waren. Damals hatten sie sich in der Kapelle getroffen, und ihre Sünde war ihr noch größer erschienen, weil Gott sie ja hatte hören können. Wie viel leichter war es, die dunklen Augen von Calatin auf sich ruhen zu fühlen als die unsichtbaren des Allmächtigen.

Aoife streichelte das Pferd wieder, während Gwalchgwyn eine Bürste nahm und das ohnehin schon glänzende schwarze Fell striegelte. Die Luft im Stall war feucht und warm, in der Kapelle dagegen hing stets eine modrige Kälte. Gezittert, ja, geschluchzt hatte sie, als sie Gwalchgwyn anvertraut hatte, dass einst nicht die Feinde, nein, Énna selbst Fychan ap Rhys getötet hatte. Natürlich hatte sie es nicht mit eigenen Augen gesehen, aber später von einem anderen Krieger gehört, dass er sich der Tat rühmte.

Énna hatte Angst vor dem Mann gehabt, der so stark und mutig gewesen war, der ihm Irland nehmen und es mit Wales hätte vereinen können. Sie selbst wiederum, so hatte sie Gwalchgwyn weiter angelogen, hatte immer Angst vor ihrem Bruder gehabt. Der hatte sich auch für stark und mutig gehalten, das war er jedoch nie gewesen. Stark war keiner, der in der Schlacht einen der seinen hinterrücks erschlug. Und mutig durfte sich niemand heißen, der einst seine kleine Schwester gequält, ihr ständig das Essen weggenommen hatte, auch wenn er selbst nicht hungrig war, und wegen dem sie beinahe im Ententeich ertrunken wäre.

Nicht alles war eine Lüge gewesen, doch es war Connor, der ihr stets das Essen nahm, und es war auch Connor gewesen, der in den Ententeich gefallen war – nicht wegen der Bösartigkeit seiner Geschwister, sondern wegen der eigenen Ungeschicklichkeit.

Geglaubt hatte ihr Gwalchgwyn gleichwohl.

Als er jetzt die Bürste sinken ließ, suchte sie seinen Blick. »Danke«, sagte sie leise.

»Du musst mir nicht danken.«

»Das Pferd darf keinen Apfel haben und du kein freundliches Wort?«

»Nein, aber es wäre falsch, wenn du mir dankst. Ich ... ich habe es für Fychan getan.«

Und von einem Toten bekommt man nicht einmal Hafer ...

Aoife trat noch dichter an das Pferd heran. Es hätte mit seinem Huf auf ihren schmalen Fuß treten können, mit dem Hinterbein ausschlagen und sie treffen, hätte sie an die Stallwand pressen und zerquetschen können. Doch das Pferd stand ganz ruhig da, während sie ihre Hand auf Gwalchgwyns Brust legte.

»Aber das hier wirst du für mich tun.«

»Was denn?« In seinen grauen Augen war Verwirrung zu erkennen.

»Mich küssen«, murmelte sie.

Sie hob ihre Hand, umschlang seinen Nacken, zog sein Gesicht zu ihrem herunter und küsste ihn. Der große Mann, der immer breitbeinig dastand, geriet ins Schwanken.

Vielleicht wird er auf meinen Fuß treten, vielleicht wird er nach mir ausschlagen, vielleicht wird er mich zerquetschen.

Aber sie hatte keine Angst vor ihm, sog immer heftiger an seinen Lippen, bis er sie kurz öffnete und ihre Zunge in die warme Mundhöhle vordringen konnte. Sein Schaudern verriet, dass er zwar ein Mann war, dem Kälte und Feuer nichts anzuhaben vermochten, umso mehr dagegen ein zartes Mädchen.

»Aoife ...« Als er sich von ihr löste, war sein Gesicht rot und seine Stimme nicht dunkel wie das Meeresdonnern, sondern gedämpft. »Es ist nicht schicklich ...«

Es ist viel schöner, als ich es mir je ausgemalt habe.

»Warum nicht?«, fragte sie leise.

Er ließ den Sattel los und wich zurück. »Du bist eine Dame, und als ich den Rittereid leistete, musste ich gleichsam bekunden, dass ich für Damen wie dich kämpfen werde – für ihre Tugend ebenso wie für ihr Leben.«

Das Pferd begann unruhig zu werden. Es warf den Kopf hin und her und verdrehte die Augen, bis weiße Halbmonde aufblitzten. Eben hatte Aoife überlegt, Gwalchgwyn noch einmal zu küssen – nicht, damit er Wachs in ihren Händen blieb, nein, weil es sich so köstlich anfühlte, selbst zu schmelzen. Doch jetzt trat sie zurück.

»Ich reite nun los, um die Toten zu deinem Vater zu bringen – und zu berichten, was sie getan haben.«

Auch ihm schien ein Kuss zu wenig, denn er verharrte unschlüssig. Sie nahm seine Hand und presste ihre Lippen darauf.

»Tu das nicht«, sagte er verlegen, »meine Hände sind schmutzig.«

Nicht schmutziger als meine, dachte sie, ließ ihn aber los.

In den ersten Stunden nach seiner Rückkehr hatte er wie erstarrt im Hof gehockt – nun, da der Abend nahte, begann Énna zu schreien, und niemand konnte ihn beruhigen. Die Kräuterfrau hatte nicht nur seine Wunden behandelt, sondern auch einen Sud zubereitet, der ihn schlafen lassen sollte. Er weigerte sich, ihn zu trinken, weil er die Finsternis nicht ertrug, und als Mór einwandte, es sei noch finsterer, wenn er wach sei, schleuderte er Samthann den Sud ins Gesicht und drehte brüllend seine Kreise im Hof.

Wenwiu stellte sich ihm in den Weg, doch er schlug ihre tröstende Hand weg. Weinend setzte sie sich in die Ecke und begann erneut, sich das Haar auszureißen. Da die einstmals kräftigen Strähnen nur ein grauer Flaum waren, blutete sie heute nicht.

Maurice Regan schlug vor, Énna ein Weib zu bringen, zumal man ihn ja nur geblendet, nicht entmannt hatte. »Ich kenne eine Sklavin, deren Haut schwarz wie die Nacht ist. Nur ihre Lippen sind rosig und geben ein schmatzendes Geräusch von sich, wenn …«

»Schweig!«, rief Mór ungehalten.

»Lasst ihn doch«, wandte O'Caellighe ein, »wenn er lange genug umherläuft, fällt er irgendwann in den Brunnen und ersäuft. Es wäre ein Segen für ihn.«

Das hingegen wollte Mór nicht zulassen. Sie verjagte Connor, der den Kopf neugierig nach draußen steckte, wieder in die Halle und rief ein paar Männer zusammen, die Énna in jenes Gebäude sperren sollten, das früher die Geiseln des Vaters beherbergt hatte – ein niedriges Haus in der Form einer Bienenwabe. Aoife war nicht sicher, ob die Wände halten würden, wenn Énna dagegenschlug, waren die Steine doch ohne Mörtel übereinandergeschichtet worden. Aber obwohl Énna, sobald man hinter ihm die Tür verschlossen hatte, eine Weile weiterschrie, blieben die Wände unversehrt. Die anderen waren in die Halle zurückgekehrt, Aoife wartete jedoch, bis sein Brüllen zu einem verzweifelten Schluchzen verkam, und als selbst das verstummte, trat sie ein.

Énna war in der Mitte des Hauses niedergesunken. Es gab kein Mobiliar, an das er sich stoßen konnte, nur ein paar Strohsäcke, der lehmige Boden war mit Reisig bedeckt.

»Wer ist da? Wer ist da?«, rief er panisch und schlug mit den Händen um sich.

Aoife, die Schwester, die dich blenden ließ, dachte sie. Doch als sie den Mund öffnete, sagte sie nichts, sondern begann zu singen – ein Lied, das sie schon als Kind gesungen, das Énna immer gefallen hatte und das von einer bösen Königin erzählte, die sich, sobald sie sich einem König unterworfen hatte, zum gefügigen, sanften, wunderschönen Wesen wandelte.

Als sie verstummte, schlug Énna nicht mehr um sich, er verschränkte die Arme vor seiner Brust.

»Du singst schöner als früher«, sagte er leise. »Hast du das in Aquitanien gelernt?«

Aoife setzte sich auf den Boden. »Schon in England«, murmelte sie. »Dort habe ich eine Weile auf einer Burg in Winchester gelebt, und gleich neben der Mauer befand sich ein Garten. Man erreichte ihn durch eine kleine Tür, die in der äußeren Mauer versteckt war. Von dort führte eine schmale Brücke über den Graben, und an deren Ende wartete ein von Eichen umsäumtes Fleckchen Erde, das über und über mit betörend duftenden Blumen bedeckt war – mit Geißblatt, Ginster, wildem Lavendel und einigen seltenen Pflanzen, die man Orchideen nennt.« Sie hielt kurz inne und fuhr dann fort: »Vom Taubenschlag ertönte ein sanftes Gurren und vom Käfig gleich daneben der Singsang der Elstern und Papageien, der Lerchen und Nachtigallen. Einige behaupteten, König Henry habe die Papageien einst mitgebracht, andere sagten, sie stammten aus dem Heiligen Land, das wiederum nur Königin Eleonore bereist hatte. Es hieß auch, König Henry beiße einem Vogel den Kopf ab, wenn ihm sein Lied nicht gefalle, während Königin Eleonore einen jeden erwürge, wenn er schöner sänge als sie.«

Énna hatte seinen Kopf auf die Knie sinken lassen, hob ihn nun aber.

»Dich hat sie nicht erwürgt«, sagte er.

Nein, sie hat mir nur geraten, ein bestimmtes Stäbchen zu ziehen, damit alle anderen durcheinandergeraten und auf den Boden rollen.

Auf Knien rutschte sie in seine Nähe, und obwohl er sie nicht sehen konnte, musste er sie spüren, denn er streckte seine Hände nach ihr aus.

»Kannst du dich an das Spiel erinnern, das wir als Kinder manchmal gespielt haben? Es ging darum, den anderen mit verbundenen Augen zu erhaschen.«

»Ja, ich erinnere mich«, sage Aoife.

Wenn sie es recht im Kopf hatte, hatte O'Caellighe dieses Spiel vorgeschlagen – als Vorbereitung auf das Schicksal, das so vielen Königssöhnen bevorstand. Etliche von ihnen starben ohne Augen, denn schließlich konnte man durch das Blenden einen Feind loswerden, ohne sich einer Todsünde, des Mordes, schuldig zu machen.

»Ich habe dich nie erwischt«, sagte Énna.

Wieder streckte er die Hände nach ihr aus, und dieses Mal rutschte sie ganz nah an ihn heran. Zunächst berührten sich nur ihre Fingerkuppen, dann die Handflächen. Énna schluchzte auf.

»Mein Leben ... es ist vorbei ... Künftig werde ich bei den Alten und Kranken hocken, und selbst Kinder werden mich verspotten. Die Blicke, die sich auf mich richten, werden entweder verächtlich oder mitleidig sein. Ich werde sie nicht sehen, aber spüren ...«

»Es tut mir leid.«

»Deine Hände sind so warm ... so viel wärmer als meine ...«

Aoife zog aus der Ledertasche an ihrem Gürtel jene Metallkugel, die Eleonore ihr geschenkt hatte, und gab sie ihm.

»Das hier habe ich aus Aquitanien mitgebracht«, erklärte sie. »Es ist ein kugelförmiges Gefäß, das man mit Holzkohle füllt. Du kannst deine Hände daran wärmen, ohne dich zu verbrennen.«

Samthann hatte Énna ein Stück Leinen um den Kopf gebunden, um die blutigen Löcher zu schützen, die einst seine Augen gewesen waren, und Aoife sah, dass es sich rot verfärbt hatte.

Man kann auch als Geblendeter weinen, aber Tränen aus Blut versickern so nutzlos wie solche aus salzigem Wasser.

»Ach Aoife ...« Er seufzte, beugte sich vor und lehnte seinen Kopf an ihre Schulter. »Hast du eigentlich noch dein kleines Hermelinchen? Wie hieß es noch einmal Irwo ... Arwen?«

»Eirwen«, sagte sie. Sie schüttelte den Kopf, und als ihr aufging, dass er das nicht sehen konnte, erklärte sie mit erstickter Stimme: »Eirwen ist schon vor langer Zeit gestorben.«

»Ich kann mich erinnern, dass sie mich einmal gebissen hat.« Énna lächelte flüchtig.

»Das stimmt nicht«, sagte sie schnell, »nicht Eirwen hat dich gebissen, sondern ich habe es getan, nachdem du sie am Schwanz gezogen hattest.«

Sein Lächeln wurde breiter. »Stimmt, jetzt weiß ich es wieder, du hast mich tatsächlich gebissen.«

Sie strich über sein Haar, das ob des gestockten Blutes hart war, beugte sich vor und küsste ihn sanft auf die Stirn.

»Keine Angst«, sagte sie, »heute würde ich das nicht mehr tun.«

PÓL

Sommerlicht fiel auf die Birken und ließ deren feine Blätter so heftig flimmern, als würde ein silbernes Feuer den Baum verzehren. In das Licht zu schauen schmerzte, und doch waren die Augen der zweihundert Krieger weit aufgerissen. Keiner blinzelte, keiner hob schützend die Hand, keinem liefen Tränen über die Wangen.

Denn den Augen fehlte das Leben und dem Kopf, in dem sie sich befanden, der Leib. Die Rümpfe waren zu einem großen Haufen aufgeschichtet worden, die Köpfe lagen in langen Reihen nebeneinander. Eben schritt König Diarmait diese Reihen ab.

Aus weiter Ferne war Stöhnen und Ächzen zu vernehmen. Ärzte stopften Moos in Wunden, die Schwerter, Speere und Äxte geschlagen hatten, entfernten Knochensplitter und nähten Risse. Die Verwundeten waren sämtlich Normannen oder Diarmaits Männer, alle Feinde aus Osraige hatte man getötet. Kein Einziger sah, dass die Birkenblätter nicht mehr silbrig, sondern rötlich leuchteten, als die Sonne unterging.

Plötzlich ertönte ein durchdringender Schrei.

Sieh an, sieh an, dachte Pól, der dem König von Leinster mit ausreichendem Abstand gefolgt war, er hat ja doch noch eine Stimme.

Diarmait hatte keinen Ton von sich gegeben, als die Wexforder sich ergeben hatten, auch nicht, als sie MacGiolla Padraic von Osraige besiegten. Der König von Leinster war ebenfalls ruhig geblieben, als Gwalchgwyn wenige Stunden zuvor mit zwei toten Männern und der Nachricht gekommen war, dass Énna zwar noch lebe, aber keine Augen mehr habe. Erst jetzt, als er vor den Köpfen der beiden Männer stand, die Énna geblendet hatten, schrie Diarmait, wie er es einst als junger Mann getan hatte. Er hatte erst dem einen, dann dem anderen eigenhändig den Kopf abgeschlagen, nun bückte er sich, nahm einen an den Ohren hoch, starrte eine Weile in die leblosen Augen, ehe er ihm Nase und Lippen abbiss. Dann ließ er den Kopf fallen und machte sich über den zweiten her. Nachdem er fertig war, glichen die beiden Köpfe fleischigen Bällen, und sein eigenes Gesicht war blutverschmiert.

Pól überwand die letzte Distanz. »Wenn ich es mir recht überlege, bin ich auch ziemlich hungrig«, sagte er. »Könnte ich etwas anderes bekommen als einen toten Kopf?«

Diarmait sah ihn nur schweigend an. Auch seine Augen schienen leer wie die eines Toten, sodass Pól entschied, lieber auf Scherze zu verzichten und sich zurückzuziehen, solange er den eigenen Kopf noch sicher auf den Schultern trug.

Er stieg über etliche Enthauptete hinweg und hatte bald einen der großen Pavillons erreicht, in dem die Anführer der Normannen nächtigten. Diese hatten sich davor versammelt und starrten misstrauisch auf Diarmait.

»Möchtet ihr auch mal kosten?«, fragte Pól heiter. »Bedient euch, bedient euch! Es sind genug Köpfe für alle da.«

»Was ist das für eine barbarische …«, setzte Robert FitzStephen an, und in seinem Gesicht stand ähnliche Empörung wie damals, als Pól ihm auf den nackten Arsch geschlagen hatte und FitzStephen bemerken musste, dass es nicht Essylt, sondern ein dicklicher Händler war.

Pól hob entschuldigend die Arme. Nun mischte sich Hervey de Montemarisco ein, ein Onkel von Strongbow, der in dessen Namen nach Irland aufgebrochen war, da Strongbow selbst sich ohne König Henrys Zustimmung noch nicht auf den Weg zu machen gewagt hatte. Er war kaum größer als Pól, weswegen der ihn mochte, und außerdem einer, der statt abgeschlagenen Köpfen als Trophäen Wissen sammelte, was Pól erst recht zu schätzen wusste.

»Die Iren betrachten ihre Toten nicht als tot, bis man ihnen die Kehle durchschneidet oder ihr Herz herausgerissen hat«, erklärte er. »Letzteres wurde in der Vergangenheit oft gegessen.«

»Und wieso frisst er dann Nase und Ohren?«, knurrte FitzStephen.

Hervey zuckte mit den Schultern. »Das weiß ich auch nicht. In jedem Fall glauben die Iren, dass man das Blut des Besiegten kosten muss, um nicht von dessen Geist gejagt zu werden.«

»Dann würde es doch reichen, darüberzulecken«, sagte FitzStephen kopfschüttelnd.

»Ich habe auch gehört, dass die Iren gern Trophäen machen. Früher haben sie den Toten die Ohren abgeschnitten und diese am Gürtel getragen. Und der Körper von besonders bösen Menschen wurde zu Asche verbrannt.«

»Aber die haben sie doch nicht gegessen!«

»Nein, lediglich ins Wasser gestreut.«

FitzStephen verdrehte angewidert die Augen.

»Nun«, mischte sich Pól ein. »König Diarmait verhält sich nicht anders als Macha. Das war eine Göttin, die genauso verrückt wie ihre beiden Schwestern Anann und Badb war. Alle drei liebten es, Männer in den Krieg zu hetzen, und Machas Lieblingsspeise waren die Köpfe derer, die in der Schlacht gefallen waren. Über die Jahre ist sie kugelrund geworden.«

Der Mann, der eben zu ihnen trat, war weit davon entfernt, dick zu sein. Er war hager und hatte seltsam spitze Zähne. Pól fragte sich schon seit geraumer Zeit, ob er mit diesen Zähnen geboren worden war oder ob man sie mit einer Feile in diese Form gebracht hatte. Miles FitzDavid, wie der Ritter hieß, würde es ziemlich leichtfallen, jemandem die Nase abzubeißen, doch er hatte offenbar nicht vor, sich über einen der Köpfe herzumachen. »Diarmait muss wahnsinnig geworden sein«, murrte er.

Das sagt der Richtige, dachte Pól. Nach allem, was er gehört hatte, wütete kaum einer in der Schlacht so grausam wie FitzDavid. Gerüchten zufolge kämpfte er mit zwei Schwertern. Er schlug den Verwundeten zunächst alle Glieder ab und nahm sich dann erst den Kopf vor.

Pól wollte ihm gerade vorschlagen, statt Ohren abgeschlagene Hände als Trophäen zu sammeln, als Meilyr FitzHenry zu ihnen trat – ein Verwandter von Miles FitzDavid, der ebenso hager war wie dieser. Man sah die beiden immer zusammen, ähnlich wie die Göttin Macha nie ohne Anann und Badb die Welt heimsuchte. FitzHenry war zwar nicht ganz so grausam, aber wiederholte ständig FitzDavids Worte, als wäre er die Wand, von der dessen Stimme widerhallte.

»Wahnsinnig geworden ...«, murmelte er jetzt.

»Und wir sollen diesem Verrückten dienen?«, rief FitzDavid.

»Ja, wir sollen ihm dienen?«, wiederholte FitzHenry.

Obwohl Robert FitzStephen bis jetzt mit gleichem Ekel wie sie auf Diarmait gestarrt hatte, wurde sein Gesichtsausdruck streng. »Wir haben ihm unsere Hilfe versprochen, und daran werden wir uns halten.«

»Er wiederum hat uns Land versprochen, aber wird er sich daran auch halten? Oder wird er das Land nur mit Blut düngen?«

»Darauf wächst Getreide doch besonders gut«, warf Pól ein, woraufhin man ihm wütende Blicke zuwarf.

Ehe ein Faustschlag folgte, sagte FitzStephen jedoch: »Wir haben gerade eine Schlacht gewonnen, was wollt ihr denn noch?«

»Vielleicht dasselbe wie du?« FitzDavid leckte sich mit der Zunge über die Zähne.

Ein Wunder, dass er sie sich nicht aufschlitzt.

»Ja, dasselbe wie du«, bekräftigte FitzHenry. »Wir wissen, dass Diarmait dir Wexford zugesichert hat – dir und deinem Bruder, obwohl der noch nicht einmal mitgekämpft hat. Und was bleibt für uns? Etwa einer dieser dichten Wälder, in denen man die eigene Hand nicht vor Augen sieht und ständig über dorniges Gestrüpp stolpert?«

Robert FitzStephen hob abwehrend die Hände und blickte hilfesuchend zu Montemarisco, doch so, wie dieser sich gern aus dem Kampfgetümmel heraushielt, verlegte er sich auch jetzt lieber aufs Zuhören.

»Wir sind erst seit wenigen Wochen hier«, sagte FitzStephen, »wir brauchen ein wenig Geduld.«

»Du hast leicht reden, immerhin gehört dir eine Stadt.«

»Nun, in Irland gibt es noch viele andere Städte.«

»Ja, aber Diarmait will nicht dorthin ziehen, sondern MacGiolla Padraic weiter jagen, um ihm nicht nur eine neue Niederlage zuzufügen, sondern ihn endgültig zu vernichten.«

Immer wütender klangen die Stimmen durcheinander.

Ihr hättet auch einen Kopf fressen sollen, dann wäret ihr jetzt nicht hungrig und hättet bessere Laune.

Als FitzStephen Montemarisco wieder einen flehentlichen Blick zuwarf, trat Pól vor.

»Aber, aber, meine Lieben«, rief er beschwichtigend. »Der Krieg ist kein knausriger Gastgeber, er tischt gern mehrere Gänge auf. Wexford und Osraige sind doch nur die Vorspeise, die euren Appetit anregen soll. Wenn erst ...«

FitzDavid hob wütend die Faust. »Du wagst es, wie ein Hofnarr vor Ritter zu treten, gar mit ihnen zu reden?«

Was hat er nur, ich bin doch hübsch gekleidet.

Anders als die Ritter trug Pól kein Kettenhemd, sondern eine blaue Hose und einen scharlachroten Mantel. Statt des kegelförmigen Eisenhelms, der Nacken, Kehle und Nase schützte, saß eine gelbe Mütze auf seinem Kopf.

»Nun, ich feiere einen Sieg gern mit prächtigen Farben«, erklärte er, »ihr hingegen feiert ihn gewiss gern mit Weibern und Wein.«

FitzDavid bleckte seine spitzen Zähne, während sein Anhängsel FitzHenry den Mund öffnete, um ihn wohl auch als Hofnarr zu beschimpfen. Doch FitzStephen kam ihm zuvor.

»Und das kannst du uns bieten?«, fragte er.

»Nun, bis jetzt habe ich euer Heer vor allem mit Waffen und Ausrüstung beliefert. Nicht nur Schwerter und Speere, Streitäxte und Pfeile habe ich ins Land geschafft, auch Hufeisen, Steigbügel, Zaumzeug und Wagenteile. Heute allerdings habe ich etwas ganz Besonderes im Gepäck.«

Er klatschte, und hinter dem Pavillon traten Labrás und Néde hervor, die beide ein Fass rollten. »Eure Kehle ist gewiss ausgedörrt nach der langen Schlacht, und dem soll Abhilfe verschafft werden.«

FitzDavid leckte sich wieder über die Zähne.

»Und die Weiber?«, fragte Hervey de Montemarisco eifrig.

Nicht richtig kämpfen, aber richtig ficken wollen ...

Pól mochte ihn immer mehr.

»Meine Männer haben ein paar Frauen aus den umliegenden Dörfern zusammengetrieben«, sagte er schnell. »Sie sind ganz hübsch anzusehen, ich fürchte nur, sie werden sich wehren. Irische Frauen können recht zäh sein …«

»Ach was!« FitzDavid grinste breit. »Die wildesten, ungezähmtesten Pferde reiten am stürmischsten.«

»Reiten am stürmischsten …«, echote FitzHenry.

Und dann lachte er, lachte wie ein Krieger, für den nur zählt, dass man stark ist, und der nicht weiß, dass Stärke allein einen Mann nicht groß, sondern nur grausam macht.

Selbst FitzStephen entspannte sich. Als Pól einen Diener machte, trat er ganz dicht an ihn heran. »Das bist du mir auch schuldig, nachdem du mir Essylt genommen hast.«

»Nun, ich kann dir hoch und heilig versprechen, dass ich von diesen Frauen keine hatte. Sie sind mir eindeutig zu störrisch.«

Die Ritter beschleunigten ihren Schritt, als Pól sie zu dem Zelt führte, vor dem Beollán und Ímar Wache hielten.

»Nun denn«, sagte Pól und schob den ledernen Vorhang zur Seite. »Habt Spaß.«

Die Ritter stürzten ins Zelt, nur Montemarisco, der höflichste von ihnen, nickte Pól grinsend zu, bevor er an seiner Hose zu nesteln begann. Als er das Zelt betrat, fiel Póls Blick auf die Frauen: Einige hockten wie erstarrt und mit weit aufgerissene Augen da, zwei klammerten sich weinend aneinander, und eine begann ohrenbetäubend laut zu kreischen, noch ehe einer der Ritter sie überhaupt berührt hatte.

Pól schloss den Ledervorhang wieder und sah in der Nähe einen weiteren normannischen Ritter stehen, der ihn misstrauisch anstarrte. Selbst wenn er die Frauen nicht gesehen hatte – ihr panisches Kreischen war nicht zu überhören.

Pól trat auf ihn zu. Wenn er es richtig im Kopf hatte, stammte dieser Mann von jenen Flamen ab, die sich einst auf Einladung von König William in Wales niedergelassen hatten. Sein rotblondes Haar war kurz geschoren, die Brauen über den blassblauen Augen waren dicht und dunkel. Er hatte einige Wochen zuvor gemeinsam mit Robert FitzStephen den Strand von Bannow erreicht, wo sich das normannische Heer mit Diarmaits Truppen vereint hatte, um über Wexford herzufallen.

»Nun, Maurice de Prendergast«, sagte Pól. »Kann ich Euch vielleicht auch ein Weib anbieten?« Der Ritter schüttelte nur den Kopf. »Dann vielleicht einen Knaben?« Die Brauen schienen regelrecht zusammenzuwachsen, und die wasserblauen Augen wurden stahlgrau. »Gut, gut«, sagte Pól schnell, »aber dann genehmigt Euch wenigstens einen Humpen Wein.«

Ein Ruck ging durch den gestählten Mann, als er den Rücken straffte. »Händler wie Ihr mögen trinken, Ritter nicht.«

Ja, ja, rede du nur. Wenn all die Kotze, die besoffene Ritter gespuckt haben, zusammenflösse, käme ein Fluss heraus, breiter als das Meer zwischen Wales und Irland.

»Wie schade«, sagte er laut. Wie wunderbar, dachte er still.

Er hatte gehört, dass Maurice de Prendergast nicht nur schweigsam und diszipliniert war, sondern auch sehr fromm, dass er sich nie betrank und noch nie ein Weib gehabt hatte. Auf Gerüchte allein hatte Pól nicht setzen wollen, aber nun wurde zur Gewissheit, dass Prendergast tatsächlich der Mann war, den er für seine Pläne brauchte.

Das Geschrei, das aus dem Zelt drang, wurde lauter, indes Diarmait den letzten Kopf erreicht hatte und wieder wie ein Stier brüllte.

Prendergast schüttelte angewidert den Kopf. »Ich bin hierhergekommen, um eigenes Land zu haben, nicht zum Schlachten und zum Töten. Wir sind doch Ritter, keine Barbaren!«

Pól zuckte mit den Schultern. »Für gewöhnlich schreit Diarmait nicht ganz so laut. Eigentlich ist er für seine heisere Stimme bekannt. Und irgendwann werden auch die Weiber heiser sein.«

Prendergasts Augen wurden ganz schmal. Er spuckte verächtlich auf den Boden, ehe er sich abwandte und ging.

Einige Tage später war das Heer in Richtung Achadh Úr vorgerückt, wo die Ritter ihre Zelte um ein altes verfallenes Dún aufschlagen wollten, in dem schon lange vor Christi Geburt irische Könige residiert hatten. Deren Knochen waren längst zu Staub verfallen, und auch das, was vom Gemäuer übrig war, begann zu bröckeln. Als ein Knappe versuchte, ein Stück Zeltleinen daran zu befestigen, fiel ihm ein dicker Stein auf den Fuß, woraufhin sein jämmerliches Schreien überall zu hören war. Die anderen Zelte errichtete man lieber weit genug vom Gemäuer entfernt. Die Männer rammten Holzstämme in den Boden, an denen sie das Leinen befestigten, doch den Regenmassen, die bald vom Himmel stürzten, hielten sie kaum stand. Der helle Stein, von dem die Tropfen perlten, als würde er weinen wie der Druidenstein bei Fáel, färbte sich ob der Nässe dunkelgrau.

Regen und Kälte ertrugen die Krieger – was sie jedoch erzittern ließen, waren die Geschichten von den Geistern, die angeblich in diesem verwunschenen Gemäuer lebten. Als Pól eines Nachts mit geducktem Kopf durchs Lager schlich, hörte er sowohl Normannen als auch Iren davon reden.

»In Osraige gibt es Männer, die die Gestalt von Wölfen annehmen«, sagte einer, als in der Ferne ein Heulen ertönte. Es klang zwar eher nach dem Jungen, dem der Stein auf den Fuß gefallen war, aber das hielt ihn nicht davon ab fortzufahren: »Sie laufen durch die Wälder, jagen Tiere und manchmal auch Jungfrauen. Erst wenn sie satt sind, nehmen sie wieder den menschlichen Körper an.«

Narren, dachte Pól. Ihr glaubt, manche Wölfe wären in Wahrheit Männer, stattdessen sind fast alle Männer in Wahrheit Wölfe.

Ein walisischer Langbogenschütze traute den Worten seines irischen Kampfgefährten hingegen sofort, und er erzählte, wie er einen Pfeil auf einen Mann hatte abschießen wollen, sich der jedoch auf einmal in einen wilden Stier verwandelt habe. Und die zwei anderen, die hinzutraten, schimpften ihn nicht als Dummkopf, sondern berichteten von einem Geisterheer, das in der vergangenen Nacht plötzlich in der Nähe des Lagers aufgetaucht sei. Randolf FitzRalph habe daraufhin so panisch zu den Waffen gerufen, dass sich etliche Ritter vor Schreck gegenseitig die Köpfe abgeschlagen hätten. Weil keiner zugeben wollte, wie sinnlos diese Tode waren, schworen etliche Zeugen, dass nicht Schwerter die Häupter getroffen, nein, unsichtbare Hände sie vom Rumpf gerissen hätten.

»Und was, wenn diese Toten wiederkehren und dieses Mal gegen uns kämpfen statt mit uns?«, fragte der Ire bang.

Das war eine gute Frage. Schließlich hatte Diarmait ihre Gesichter noch nicht gefressen, was bedeutete, dass sie noch schreien und sehen konnten. Pól schüttelte den Kopf. Ach, diese dumme, abergläubische Schar. Seit wann musste man vor den Toten mehr Angst haben als vor den Lebenden?

Anstatt sich einzumischen, zog er aber nur seinen Kopf ein und schlich an den Männern vorbei. Der Wald, der nicht weit von den Mauern entfernt aufragte, glich einem schwarzen Meer, und obwohl nichts sie verriet, wusste Pól, dass sich dort die Männer von Osraige versteckten – im Schein der letzten Sonnenstrahlen hatten sie einen tiefen Graben gezogen und eine Palisade aus Holzpfählen errichtet, doch Diarmait hatte sich davon unbeeindruckt gezeigt und beschlossen, am kommenden Morgen anzugreifen.

Das gibt wieder ein nettes Köpferollen und -fressen ...

Pól achtete darauf, auf dem nassen Stein nicht auszurutschen. Wenig später hatte er das letzte Zelt erreicht, das nicht von normannischen Rittern, sondern von seinen eigenen Männern bewacht wurde. Beollán zog das Leder zur Seite, sodass Pól seinen Kopf hineinstrecken konnte.

»Kommt jetzt!«, befahl er. »So nass und kalt, wie es heute ist, bietet sich keine bessere Gelegenheit zur Flucht.«

Eine der Frauen schlief, doch als eine andere – mit eigentlich hübschen Locken, die nun aber wirr vom Kopf abstanden und schmutzig waren – sie am Haar zog, fuhr sie hoch. Zwei Hohlwangige, deren Lippen sehr schmal waren und die die vielen Kratzer und blauen Flecken nicht eben hübscher machten, waren als Erste im Freien. So dürr, wie sie waren, setzte der Regen ihnen gewiss am meisten zu, zumal ihnen die Kleider wie Fetzen vom Leib hingen, doch sie hatten es so eilig fortzukommen, dass sie die Kälte nicht zu spüren schienen. Die mit den Locken sammelte hingegen mit den Händen Regenwasser und wusch sich das Gesicht.

Das kannst du dir sparen. Noch mehr Schmutz klebt schließlich zwischen deinen Beinen.

Die Letzte, die das Zelt verließ – jene Frau, die eben noch geschlafen hatte –, war am vernünftigsten. Sie zog so lange am Zelt, bis es einstürzte, nahm ein Stück Leinen und hüllte sich ein. So fror sie nicht – was allerdings nichts daran änderte, dass sie hinkte.

»In welche Richtung sollen wir gehen?«, fragte sie Pól.

Pól hatte sich von Beollán eine Fackel geben lassen. »Ich begleite euch ein Stückchen.«

Das Feuer duckte und wand sich unter dem Regen und machte Geräusche, als wollte es ihn anspucken. Damit die Flamme nicht erlosch, hielt Pól seine Hand schützend darüber, wobei er sich die Haut versengte. Wieder achtete er darauf, auf den glitschigen Steinen nicht auszurutschen, und derart auf den Weg konzentriert, bemerkte er den Mann, der jäh vor ihnen stand, zu spät. Auch er hielt eine Fackel in der Hand, deren Flamme nicht minder unruhig flackerte.

»Wer ist da?«

Pól wich einen Schritt zurück und stieß prompt mit einer der Frauen zusammen, die dicht hinter ihm gegangen waren.

»Ich fürchte, Ihr habt uns erwischt«, gestand er kleinlaut.

Eine der Frauen stieß ein Heulen aus, doch es klang eher wie ein Schluchzen. Maurice de Prendergast, der tugendhafte Ritter, trat noch näher und hielt die Fackel dicht an die Gesichter der zitternden Schar. Eine der Frauen schlug die Hände vors Gesicht, eine andere presste die Augen zusammen, wieder eine andere starrte ihn aus weit aufgerissenen an.

»Wohin ... wohin wollt Ihr denn mit ihnen? Und das mitten in der Nacht?«

Prendergasts Rüstung schien grau wie der Stein zu sein.

»Falls Ihr doch noch eine haben wollt, wäre jetzt die letzte Gelegenheit«, erklärte Pól, um, als Prendergast angewidert das Gesicht verzog, schnell fortzufahren: »Ich finde, die Weiber haben unter den rohen Männern genug gelitten. Ich will ihnen zur Flucht verhelfen und sie zu ihrem Dorf begleiten, das sich nicht weit von hier befindet – vorausgesetzt natürlich, Ihr schlagt nicht Alarm.«

Eben noch hatte sich sämtliche Verachtung darin gespiegelt,

nun wirkte Prendergast zunehmend verwirrt. Eine Weile gaffte er Pól nur an, ehe er unvermittelt die Hand hob – nicht, um ihn zu schlagen, wie Pól kurz befürchtete, sondern um ihm auch die eigene Fackel zu geben, damit er den Weg noch besser beleuchten konnte.

»Beeilt euch! Falls euch jemand folgt, halte ich ihn auf.«

Pól lächelte dankbar und winkte die Frauen mit sich. Als sie das Dún immer weiter hinter sich ließen, versanken sie im matschigen Boden, doch das Triumphgefühl verlieh Pól Kraft, und bald hatten sie die kleine Anhöhe verlassen und eine der endlosen Wiesen erreicht, an deren Ende ein Birkenhain stand.

Pól reichte der blond gelockten Frau eine der beiden Fackeln. »Geht dorthin, vielleicht komme ich später nach.«

Als er zum Dún zurückkehrte, konnte er Maurice de Prendergast schon von Weitem sehen. Zwar hielt der keine Fackel mehr, aber es nieselte nur noch, und die Wolken glichen löchrigem Gewebe, durch das das Mondlicht sickerte.

Nun gut, dachte Pól. Der erste Schritt ist getan, jetzt kann der nächste Zug im Spiel erfolgen.

Eigentlich war es ein langweiliges Spiel, war ein edler Ritter doch so viel leichter zu durchschauen als ein grausamer. Gleichwohl bereitete es ihm ein gewisses Vergnügen, mit eingezogenem Kopf auf Prendergast zuzuschleichen und ihm die Fackel zurückzugeben.

»Habt Dank, dass Ihr mich und die Frauen nicht verraten habt.«

Wieder schienen Prendergasts Brauen über den Augen zusammenzuwachsen. »Ihr habt diese Frauen den Männern doch erst zugeführt ...«

Pól hob entschuldigend die Hände. »Die Frauen waren nicht zu retten, aber ich wollte zumindest dafür sorgen, dass sie so kurz wie möglich leiden.«

»Warum bloß?«, fragte Prendergast verwirrt.

Pól wischte sich den Regen aus dem Gesicht. »Ich bin ein Händler, müsst Ihr wissen, und ich mag es, wenn sich die beiden Schalen die Waage halten. Ich bin keiner, der seine Silbermünzen mit Blei streckt, seinen Wein mit Wasser verdünnt und den Pelz eines Eichhörnchens für den eines Luchses anpreist. Ich verkaufe, ich betrüge nicht.«

»Ich dachte, Ihr würdet mit Waffen handeln – nicht mit Pelzen und Wein.«

»Gewiss. Aber ich dachte, die Waffen fänden in einem Krieg Einsatz, der das Gleichgewicht auf dieser Insel wiederherstellen sollte. Seine Feinde haben Diarmait schmählich vertrieben und ihm sein Land gestohlen, und deswegen wollte ich ihm zur Rückkehr verhelfen und dazu, wieder König von Leinster zu sein. Nun fürchte ich allerdings, dass es ihm nicht länger nur um sein Land geht. Ihr habt doch selbst gesehen, wie er kürzlich wütete. Nachdem sein Sohn geblendet wurde, will er seine Feinde nicht mehr nur besiegen, er will in ihrem Blut baden. Und denkt nicht, dieser Blutdurst wäre gestillt, wenn er erst Osraige unter seine Herrschaft gebracht hätte. Er hat so viele Feinde, an denen er Rache üben will – die O'Faeláins und O'Failghes im Norden, die O'Thuatahils in Glendalough, die O'Lorcains an der Küste.«

Prendergast sah ihn nachdenklich an. Obwohl die Fackel beinahe Póls weniges Haar versengte, trat er ganz dicht auf ihn zu.

»Diarmait wird nicht ewig wüten können«, fuhr Pól fort. »Die Allianz wird wieder gegen ihn ziehen – Ruari O'Connor, Tigernán O'Rourke, Asculf von Dublin, auch Máel Sechlainn von Meath. Ich frage mich allerdings, ob Ihr diesen Krieg wirklich mit ihm ausfechten wollt. Wenn er ihn verliert, wird Euer Kopf auf dem Schlachtfeld liegen. Wenn er gewinnt, müsst Ihr zusehen, wie er andere Köpfe frisst. Eure Gefährten scheinen einen guten Magen zu haben – Ihr habt einen solchen nicht.«

Prendergast zog die Fackel so abrupt zurück, dass die Flamme fast erloschen wäre. »Wollt Ihr sagen, dass ich ein Feigling bin?«

Pól hob beschwichtigend die Hände. »Im Gegenteil! Ihr seid gekommen, um für Gerechtigkeit zu sorgen und um eigenes Land zu erlangen. FitzStephen hat das geschafft, er kann Wexford sein Eigen nennen. Ich fürchte nur, dass es ihn nicht weiter bekümmert, ob auch die anderen zu ihrem Recht kommen.

Wenn der Krieg ihm zu blutig wird, wird er sich einfach in die Stadt zurückziehen, aber was bleibt Euch? Diarmait erobert das Land nicht, er verwüstet es, und das bedeutet, dass Ihr in seiner Gefolgschaft vom Ritter zum Söldner werdet. Nun, als Söldner kann man reich werden, denn an all den abgeschlagenen Köpfen hingen Leiber und an etlichen Leibern Schmuck, Rüstungen, Waffen und Gold. Ich denke dennoch nicht, dass Ihr ein Söldner seid, Maurice de Prendergast. Ihr sauft nicht, und Ihr hurt nicht, wofür also braucht Ihr Geld?«

Prendergast hielt die Fackel wieder so tief, dass Pól nicht länger in seiner Miene lesen konnte. Er war sich dennoch sicher, dass sie sich verfinsterte.

»Was wollt Ihr mir mit alldem sagen? Dass ich Diarmait verraten soll? Ich habe ihm das Versprechen gegeben, für ihn zu kämpfen!«

Pól zuckte mit den Schultern. »Ihr habt dieses Versprechen einem Hütehund gegeben, der die Schafherde zusammentreiben wollte, auf dass jedes Tier an seinem rechten Platz grast. Keinem tollwütigen Wolf, der, wenn Ihr lange genug an seiner Seite verharrt, aus Euch einen kläffenden Köter macht.«

»Ich soll mich wirklich gegen ihn stellen?«

»Nein, es genügt, nicht länger *für* ihn zu sein. Kehrt mit Eurer Truppe heim nach Wales.«

Eine Weile war nur das Rauschen des Regens zu hören, der wieder stärker geworden war. Der Himmel schien kein Hort zu sein, wo Gott und die Engel wohnten, nur ein riesiges Meer, in dem sie am Ende alle ersaufen würden.

»Die Schiffe, mit denen wir gekommen sind, liegen alle im Hafen von Wexford«, sagte Prendergast nachdenklich. »Keines würde mich und meine Truppe mitnehmen.«

Gott sei Dank, dass es so schnell geht. Man will ja auch irgendwann wieder trocken werden.

Pól tat dennoch, als würde auch er lange nachdenken, während die Regentropfen über Prendergasts Gesicht perlten.

»Nun ... dann braucht Ihr einen Verbündeten, der Euch die Heimreise ermöglicht.«

»Und wer soll das sein?«, fragte der Ritter zögerlich.

»MacGiolla Padraic. Der König von Osraige.«

»Der Mann, der Diarmaits Sohn geblendet hat?« Prendergasts Stimme übertönte mühelos den Regen.

»Psst«, machte Pól, um schnell hinzuzufügen: »Nach allem, was ich gehört habe, steckt Padraic nicht dahinter. Er wollte Énna freilassen, doch seine Männer stellten sich gegen ihn.«

»Dennoch kann ich nicht …«

»MacGiolla Padraic ist ein ehrenwerter König, das kann ich Euch versichern«, fiel Pól ihm ins Wort. »Ein frommer übrigens auch. In Osraige gibt es eine Kirche, die dem heiligen Molin geweiht ist und die man auch die Kirche der Kühe nennt. Einst hat der König von Leinster nämlich eine ganze Herde gestohlen, doch die Tiere gaben saure Milch, zertrampelten das Land und brüllten, dass einem das Trommelfell platzte. Daraufhin ließen die Männer von Leinster sie wieder frei. Die Kühe fanden ganz allein den Weg nach Sankt Molin zurück. Wenn selbst so tumbe Tiere erkennen, wo ihr Platz ist, dann erkennt doch auch Ihr das.«

Prendergast stampfte auf den Boden. »Vergleicht Ihr mich etwa mit einer Kuh?«, rief er erbost.

Pól schüttelte den Kopf. »Natürlich seid Ihr keine Kuh. Ihr seid ein Ritter mit flämischem, normannischem und walisischem Blut – nur irisches habt Ihr nicht. Was also macht Ihr hier?« Damit wandte er sich ab.

»Wohin geht Ihr denn?«, rief Prendergast verdutzt.

»Ich will mich vergewissern, dass es den Frauen auch wirklich gut geht. Ich fürchte nur, dass andere unschuldige Weiber Euren Rittern in die Hände fallen, wenn sie erst mal Osraige unterworfen haben. Und diese werde ich wohl nicht so leicht befreien können.«

Pól nahm Prendergast die Fackel weg, und der war kurz so perplex, dass er sie ihm widerstandslos überließ.

Pól hielt seine Hand wieder über die Flamme. »Das Feuer des Krieges ist kalt, müsst Ihr wissen. Das Menschenfleisch, das darüber brät, wird mit der Zeit immer blutiger und roher. Seht zu, dass die blauen Flammen nicht auch an Eurer Seele hochzüngeln.«

Obwohl der Regen nachließ und die Wolken vor dem Mond noch lichter wurden, hatte die Welt nicht viele Farben zu bieten – nur ein dunkles Grün, ein silbriges Grau und ein kaltes Braun. Nun gut, auch tagsüber wurde dieses Land, das vor allem aus Sümpfen und Wäldern bestand, Dubhtir genannt – Schwarzes Land. Kein Wunder also, dass selbst die Birken, die Pól bald erreichte, von einer Schicht Schimmel überzogen zu sein schienen. Jetzt musste er nur noch über einen Bach springen, um die Frauen zu erreichen, und während es denen wohl mühelos gelungen war, landete er mit dem linken Fuß im schlickigen Wasser. Pól fluchte. Wenn das Leder seiner Stiefel trocknete, würde es sich wohl schmerzhaft um Zehen und Ferse zusammenziehen. Der einzige Trost war ihm, dass er sich am Feuer wärmen konnte, das die Frauen entfacht hatten.

Die älteste trat zu ihm – Rónnat mit Namen und die einzige, die nicht im Lager gewesen war, sondern hier auf die Frauen gewartet hatte. Im Lichtschein war deutlich der Bart zu erkennen, der ihr Kinn bedeckte. Obwohl er Rónnat seit Jahren kannte, wusste Pól bis heute nicht, ob ihr wirklich ein Bart wuchs oder ob sie sich Schweineborsten mit Harz ins Gesicht klebte.

»Ist Prendergast darauf reingefallen?«, fragte sie.

Pól erwiderte ihr schäbiges Grinsen. »Er hält mich für einen ehrenwerten Mann, dessen Rat man vertrauen kann … und euch halten er und die anderen Krieger für arme geschändete Frauen. Ihr habt eure Rolle ganz wunderbar gespielt. Keiner kam auf die Idee, dass ihr Huren seid.«

Die Frauen, die am Feuer hockten, kicherten, und als Pól seine Lederbörse öffnete und Rónnat etliche Münzen gab, wurde ein triumphierendes Lachen daraus.

Rónnat zählte das Geld zwei Mal, ehe sie es in ihrem Beutel verschwinden ließ. »Eigentlich ist das zu viel, so wund sind meine Mädchen nun auch wieder nicht. Die Normannen sind nicht grober als die Norweger von Wexford.«

»Nehmt die Münzen, aber befriedigt noch meine Neugier. Wie habt ihr bloß gelernt, so jämmerlich zu schreien?«

Die Hure, die lauter gekreischt hatte, als Diarmait brüllen konnte, und die zudem hinkte, erhob sich. Sie nannte sich selbst Schweinchen, denn wenn sie in Wexford Männer empfing, grunzte sie wie ein Ferkel, das sich im Schlamm wälzt.

»Als ich jung war, haben Männer aus Thomond unser Dorf überfallen«, erzählte sie. »Sie stahlen die Rinder, schändeten die Frauen und schlossen Wetten ab, wer lauter schreien könnte: die Rinder oder die Frauen. Der, der auf die Rinder setzte, hat mich genommen, und weil ich ihm den Sieg nicht gönnte, schrie ich lauter als die Kuh, der man den Euter abhackte, es tat.«

Pól wandte sich an die mit den struppigen Locken. »Und wie hast du gelernt, wie Espenlaub zu zittern?«

Diese Hure nannte sich Henne. Gerüchteweise schaffte sie es, sich ein rohes Ei zwischen die Beine zu schieben und später wieder hervorzupressen, ohne dass es zerbrach. Man sagte auch, dass es keinen Mann gebe, der bei diesem Anblick nicht hart wurde.

»Das war nicht schwer zu lernen«, meinte sie schulterzuckend. »Als meinem Vater einst das Geld fehlte, verkaufte er mich als Sklavin. Mein Herr wollte, dass ich mich ausziehe, und als ich mich weigerte, riss er mir das Kleid vom Leib. Mein Haar reichte damals bis zum Boden, und ich versteckte mich darunter. Daraufhin hat mir mein Herr das Haar ganz kurz scheren lassen und mich stundenlang betrachtet. Ich zitterte so sehr, dass ich kaum noch aufhören konnte.«

Pól blickte zu den beiden, die sich aneinandergeklammert hatten. »Und wie habt ihr gelernt, die Augen so angstvoll aufzureißen und so bleich zu werden, dass man denkt, der Tod stünde vor der Tür?«

Die zwei Frauen waren Schwestern und nannten sich Blath und Naid – nach Blathnaid, einer Geliebten von Cú Chulainn –, und so, wie sie sich den Namen teilten, hielten sie es auch bei den Männern, denen sie von vorne und hinten gleichzeitig Vergnügen verschafften.

»Unser Vater hat in seiner Wut einmal unseren kleinen Bruder geschlagen. Leider hielt er dabei die Sense in der Hand und spaltete ihm somit den Kopf. Danach war er untröstlich, er wollte, dass wir ihn wieder zusammennähen. Und weil wir es nicht schafften, verjagte er uns. Nun ja, aus den zwei Hälften unseres Bruders konnten wir kein Ganzes mehr machen, aber wir schworen uns, immer zusammenzubleiben.«

Nun hatte Pól keine Fragen mehr, doch die Frauen lachten noch immer, und es klang, als würde ein Schwert einen Holzschild zersplittern.

»Und wie habt ihr nur gelernt, so scheußlich zu lachen?«, fragte Pól leise. Mitleid und Bestürzung klangen in seiner Stimme mit, und alle verstummten jäh. In den Augen der Frauen glänzten plötzlich Tränen. Pól kramte wieder in seiner Börse und zog noch mehr Münzen hervor. »Vorhin habe ich euch fürs Kreischen und Angsthaben und Zittern bezahlt ... das hier ist dafür, dass ihr nicht nur lachen, sondern auch noch weinen könnt.«

Später machten sich die Frauen hungrig über den Proviant her, den Rónnat aus Wexford mitgebracht hatte – getrocknete Makrelen, ein Stück Käse und Brotfladen. Pól aß nur wenig, und während die jungen Huren nach dem Mahl sofort einschliefen, blieb er wach. Auch Rónnat schien keine Ruhe zu finden, denn sie suchte trockenes Holz, um das Feuer zu nähren, fand aber nur ein paar feuchte Blätter, die zu einer klebrigen schwarzen Masse verklumpten.

»Ich weiß, für welchen Zweck du meine Mädchen gebraucht hast«, sagte Rónnat. »Ich weiß hingegen immer noch nicht, warum du diesen Prendergast unbedingt zum Verrat anstiften wolltest.«

Wütend warf sie einen Ast fort, der zu feucht war, doch Pól nahm ihn nachdenklich in die Hände und rieb ihn so lange, bis sich die Rinde löste.

»Diarmait wird es empfindlich treffen, wenn Prendergast sich von ihm lossagt. Die bisherigen Schlachten waren eher ein Scharmützel. Wenn erst die Allianz des Hochkönigs gegen ihn zieht, wird er ohne Prendergasts Truppen in Bedrängnis kommen, zumal dessen Verrat Zweifel bei den anderen Normannen säen wird.«

»Aber du hast Diarmait zur Flucht verholfen und ihn zu König Henry gebracht! Warum willst ausgerechnet du ihn schwächen?«

Pól warf das nackte Holzstück in die Flammen und rieb die Rinde so lange, bis nur mehr feuchte Krumen blieben. »Weil ich erreichen will, dass Diarmait mit dem Hochkönig einmal mehr Frieden schließt.«

»Frieden?« Rónnat lachte so heftig, dass sie husten musste. »Frieden ist für dich dasselbe wie für uns kastrierte Männer – nämlich ein schlechtes Geschäft.«

Pól zuckte mit den Schultern. »Kastrierten Männern wachsen keine Eier mehr nach. Aber beim Frieden verhält es sich anders. Krieg und Frieden sind nicht die zwei Seiten einer Münze. Nein, der Krieg allein ist die Währung dieser Welt. Frieden ist bloß das geschmolzene Silber, das im kalten Wind, der hier weht, alsbald doch wieder hart wird – zumal an Männern, die ihm ihre Form einprägen wollen, nie Mangel herrscht.«

Gleichwohl von seiner feuchten Rinde entledigt, brannte das Holz immer noch nicht, weshalb Pól es aus den Flammen zog und darin stocherte, bis die Glut neu auflodert.

»Diarmait ist mir zu erfolgreich«, fuhr er fort. »Er hat Leinster schneller zurückerobert, als ich dachte, desgleichen Robert FitzStephen mühelos sein Ziel erreicht hat, als Wexford fiel. Die Waliser wiederum haben genug Iren getötet, um ihren Prinzen Fychan als gerächt anzusehen. Wer hat denn nun ein Interesse, noch mehr Normannen ins Land zu locken? Diarmait braucht sie nicht, weil sich ihm genügend Iren unterwerfen werden. Ritter wie FitzStephen wollen sie erst recht nicht, weil sie auf den wenigen Städten lieber selbst hocken bleiben. Und die Waliser haben schon ihre Heimat mit zu vielen Normannen teilen müssen. Wenn Diarmait aber mit dem Hochkönig Frieden schließt, wird der zur Bedingung machen, die Normannen und Waliser heimzuschicken, und das werden sich diese nicht bieten lassen, sie werden Verstärkung holen.« Er blickte hoch. »Weißt du, die Iren und Normannen sind grundverschieden. Für Iren gleicht der Krieg einem Pferderennen. Wenn ihr eigenes Pferd gewonnen hat, sind sie zufrieden, führen es heim in den Stall und geben ihm Hafer. Den Normannen geht es weniger darum, welches Pferd am schnellsten läuft, sondern wem die Wiese gehört, auf dem es grast. Diese Wiese wollen sie erobern, und sobald sie das getan haben, locken sie noch mehr Pferde herbei.«

»Und dann erst wird die Insel richtig brennen«, sagte Rónnat.

Wieder stocherte Pól mit dem Holzstab im Feuer. »Der Frieden ist grau wie Asche, doch wenn man lange genug hineinbläst, züngeln die Flammen erneut hoch.«

»Aber wenn man zu stark in die Asche bläst, hat man hinterher ein graues Gesicht.«

»Ach, mit einem grauen Gesicht kann ich gut leben. Man vergleicht mich gern mit einem Tier, das auf dem Boden kriecht, einem Wurm oder einer Schlange. Dabei bin ich nichts von beidem, nur ein Igel auf der Suche nach fetten Schnecken. Wer ihm zu nahe kommt, den sticht er mit seinen Stacheln, und wer ihm Lügen erzählen will, muss zusehen, wie sie einer Schweinsblase gleich zerplatzen. Der Frieden ist die größte Lüge von allen.«

Rónnat starrte eine Weile nachdenklich in die Flammen. »Ich weiß nicht, wer du bist, Pól. Der schlauste oder der überdrüssigste Mensch, den ich kenne.«

»Vielleicht bin ich beides«, murmelte er, um nach längerem Schweigen hinzuzufügen: »Als deine Huren vorhin erzählten, woher sie ihre Fähigkeiten haben, hast du als Einzige nichts gesagt. Warum rasierst du deinen Bart nicht? Einst bist du doch eine schöne Frau gewesen.«

Rónnat zuckte mit den Schultern. »Die Schönheit ist wie der Frieden eine Lüge. Wenn der Frieden weiches Silber ist, dem die Krieger seine Form geben, dann ist die Schönheit das Holz, das im Feuer der Gier verbrennt.«

Pól rückte etwas näher an Rónnat. Sie war dürr, gleichwohl war ihr Leib warm.

»Wollen wir kurz vergessen, dass ich Igelstachel habe und du Borsten im Gesicht? Wollen wir uns nicht stechen, sondern küssen?«

Eine Weile hockte Rónnat ganz steif da, ehe sie sich vorbeugte und ihre Lippen auf seine presste. Obwohl sie als Einzige nicht blechern gelacht hatte, fühlte sich ihr Mund wie ein kalter, leerer Kelch an.

»Du bist fetter als ich«, sagte sie, »leg du dich auf den Rücken, dann hab ich's wenigstens einmal weich.«

Hinterher blieb sie dicht an ihn gepresst liegen. Sie starrten beide in den Himmel. Die schwarze Tinte der Nacht vermischte sich mit dem Blei des Morgens.

»Wie willst du eigentlich den Hochkönig dazu bringen, Frieden zu schließen? Oder gar Tigernán?«

Pól legte den Arm um ihre Schultern. »Ruari hat schon versucht, mit Robert FitzStephen zu verhandeln und ihn dazu zu bewegen, Irland zu verlassen. Es schwelt an so vielen Stellen im Land, dass er froh sein wird, wenn er wenigstens ein Feuer löschen kann. Thomond rebelliert gegen ihn, weil der dortige König die Hälfte von Munster will. Und in Meath gibt es Probleme, weil der König eine Geisel getötet hat, als Wiedergutmachung achthundert Kühe zahlen muss, aber das Volk ihm die nicht geben will.«

»Und was, wenn Diarmait sich weigert? Wenn ihn Prendergasts Verrat nicht so schwächt, wie du denkst?«

»Oh, ich weiß schon, womit ich ihn locken kann … Mit der Hochkönigswürde.«

»Du willst, dass er Hochkönig wird?«

»Nein, sein Sohn Connor. Zumindest soll Diarmait das glauben.«

»Ach Igelchen …«, Rónnat seufzte und legte ihren Kopf an seine Halsbeuge, »wie verhinderst du eigentlich, dass deine eigenen Lügen nicht platzen?«

»Ich kann es nicht verhindern«, sagte er gleichgültig. »Wenn sie zerplatzen, stinken sie aber zum Himmel, während ich weiterhin auf dem Boden krabble und die Fäulnis nicht riechen muss.«

RÓISÍN

»Gib mir deine Hand!« Róisín unterdrückte ein Seufzen, widersetzte sich dem Befehl der Nonne dennoch nicht. Diese nahm eine Nadel, stach in Róisíns Finger und drückte so lange, bis ein Tropfen Blut herausquoll. »Schade«, sagte Schwester Gráinne, aber ihr Mund verzog sich zu einem schadenfrohen Lächeln. »Ich fürchte, du musst noch mehr fasten.«

Und anstatt ihr das Essen zu reichen, das sie mit in den Turm gebracht hatte, machte sich Gráinne selbst darüber her und ließ nur einen winzigen Bissen übrig. Wenn es wenigstens Brot, Käse oder Fleisch gewesen wäre! Stattdessen musste Róisín sich seit nunmehr Monaten mit einem bitteren Brei aus Gänsefingerkraut begnügen, der für gewöhnlich nur in der Fastenzeit verzehrt wurde.

Róisín wandte sich ab und leckte verstohlen an ihrem blutenden Finger. Der Hunger war unerträglich, aber der Schmerz ob des Nadelstichs eine gewisse Wohltat. Und es war tröstlich, dass sie Blut schmeckte, nicht nur grauen Stein, von dem sie so lange umgeben war, dass sie manchmal dachte, sich selbst dazu verwandelt zu haben.

Schwester Gráinne indes stemmte ihre Hände in die Hüften und setzte zu einer langen Rede an. »Da noch kräftiges Blut in deinen Adern fließt, ist deine Buße nicht vorbei. Du musst mindestens so abmagern wie Finnian von Clonard, durch dessen Kleider hindurch man die Rippen sehen konnte. Oder wie die heilige Íta, die so lange fastete, bis ihr Körper dem eines Mannes glich. Der heilige Ciarán von Clonmacnoise wiederum vermischte sein Brot mit Sand und ließ das Fleisch, das er bekam, von wilden Tieren verschlingen.«

Róisín wandte sich ihr wieder zu, und nunmehr war es sie, die lächelte. »Die einzigen Tiere, die mich besuchen kommen, sind Nonnen, wie du eine bist. Aber ihr seid keine wilden Tiere, sondern dumme Lämmer, die sich in der Gegenwart einer Sünderin so viel größer vorkommen.«

Gráinne hob abwehrend die Hände. »Aus dir spricht der Teufel!«, rief sie mit funkelnden Augen und begann hastig zu beten.

»Ja, ja, bete nur!«

»Du solltest auch beten.«

»Gewiss, und wenn ich die hundertfünfzig Psalmen ohne Fehler aufsage und nach jedem Psalm eine Kniebeuge mache, dann muss ich drei Tage lang nicht fasten. Ich kann die Psalmen leider nicht auswendig.«

»Du könntest auch dreihundertfünfundsechzig Vaterunser sprechen und dabei beide Arme zum Himmel strecken, so, dass die Ellbogen den Körper nicht berühren.«

»Und woher soll die Kraft in meinen Händen kommen, wenn ich doch seit Monaten kaum etwas gegessen habe?«

»Es gibt Heilige, die fasteten und trotzdem dreihundert Kniebeugen bei Nacht und dreihundert bei Tag machten. Von einem Eremiten des Klosters Clonard wird erzählt, dass er sogar siebenhundert machte.«

»Dann müssen seine Beine kräftiger als die eines Kriegers gewesen sein.«

»Spötterin!«, zischte Gráinne.

Sie wandte sich ab, stieg die Leiter hinunter und zog diese mit sich, sodass Róisín wieder in dem runden Raum gefangen war. Bedauernd blickte sie ihr nach. Das Geschwätz von Gráinne war nur schwer auszuhalten, aber noch schlimmer war die Stille. Gern hätte sie sich öfter in den Finger stechen lassen, um Blut zu lecken und sich lebendig zu fühlen, doch Gráinne hatte die Nadel mitgenommen, und ihr blieb nichts anderes übrig, als ihre Runden zu drehen und hartnäckig zu lauschen, ob irgendjemand kam, um sie zu belehren, mit ihr zu beten oder ihr die schlimmsten Höllenstrafen anzudrohen, die sie im riesigen Feuersee, worin die Verdammten baden mussten, erwarteten.

Ich bade nur in grauem Stein, dachte Róisín, und das ist die schlimmste Hölle.

Als man sie damals in den Turm gesperrt hatte, hatte sie

noch gehofft, bis unters Dach hochsteigen und dort einen Blick ins Umland erhaschen zu können, aber die alte Holztreppe war morsch, und schon beim ersten Schritt war sie hindurchgebrochen und hatte sich Schiefersplitter in die nackten Füße getrieben.

Schieferscherben sind fast so spitz wie Nadeln, überlegte sie jetzt. Sie könnte sich einen in den Finger treiben, bis Blut floss ... Sie könnte sich nicht nur an dessen Geschmack, sondern auch an seiner Wärme laben ... sie könnte ...

Doch plötzlich vernahm sie von unten wieder Schritte. Bitte nicht noch einmal Gráinne ... dann lieber Áine ... Obwohl diese am enttäuschtesten von ihr war, weil sie nicht verstand, dass Róisín Ascalls Nähe auch dann noch gesucht hatte, als der längst genesen war.

Wer nun indes über die Leiter in den runden Raum hochstieg, war nicht Áine, nicht die Äbtissin, auch keine der schwatzhaften oder schadenfrohen Nonnen, nein, es war eine, die Róisín bislang noch nie hier besucht hatte.

»Du?«, entfuhr es Róisín. Die andere schwieg – was nicht sonderlich erstaunlich war, hatte sie früher doch auch fast immer geschwiegen. Nur an jenem einen Tag hatte sie freiwillig den Mund aufgemacht ... hatte geredet ... hatte sie verraten. »Was willst du hier, Ceara? Und warum bist du überhaupt noch im Kloster? Du hast Ascall doch verraten, um heimkehren zu können.« Ceara brachte keinen Ton über die Lippen. »Herrgott, schweigen kann ich auch allein!«, sagte Róisín schließlich.

»Die Männer haben Ascall nicht gefunden ... Sie hielten mich für eine Lügnerin ...«

Róisín ließ hörbar den Atem entweichen.

Wenn sie nicht gerade aus Einsamkeit verrückt zu werden drohte oder die Sehnsucht unerträglich wurde, wieder mit einem Wolf zu kämpfen, hatte sie sich ängstlich gefragt, wie es Ascall ergangen war und ob er noch lebte. Sie hatte sich nicht vorstellen wollen, wie er hatte sterben müssen, und sich deshalb auch nicht die Erinnerung gestattet, wie sie ihn geküsst hatte. Nun vermeinte sie kurz zu fühlen, wie sich seine Lippen auf ihre pressten, wie sich ihr Körper an seinen schmiegte, sehnig, hart, kraftvoll, wie ihr Herzschlag sich seinem anpasste – seinem und dem einer Welt, in der nur starke Menschen bestehen konnten, Menschen wie er, aber auch Menschen wie sie. Sie hatte schließlich einen Wolf getötet ... und jetzt stürzte sie sich auf Ceara und schüttelte sie.

»Wenn du hierhergekommen bist, damit ich dir verzeihe, so sei dir gewiss, dass ich das niemals tue.«

Cearas Blick blieb erstaunlich fest auf sie gerichtet. »Ich suche keine Vergebung. Ich bereue nicht, was ich getan habe. Aber ... aber es gibt eine Möglichkeit, aus dem Kloster zu fliehen. Ich werde sie nutzen, um zu Cian heimzukehren. Und ich ... ich wollte dich nicht zurücklassen.«

Róisín zog etliche unruhige Runden. »Wie?«, fragte sie dann.

»Kraka hat versprochen, uns zu helfen. Sie ... sie war es auch, die Ascall warnte, und deswegen denkt sie, dass sie mir etwas schuldig ist.«

Róisín berührte die steinerne Wand.

Wieder die Rinde von Bäumen fühlen, wieder auf weichem Waldboden gehen, wieder den Wind spüren, der durch das Haar fährt.

»Wie?«, wiederholte sie mit erstickter Stimme.

»Ich weiß es nicht. Aber halte dich bereit.«

Róisín versuchte nicht zu zeigen, wie sehr ihr die Hoffnung zusetzte und dass sie nun, da sie schneller atmete als je zuvor, kaum Luft zu bekommen schien – das hieß durchaus genug von der modrigen, staubigen, hingegen viel zu wenig von der kalten, frischen.

»Ich soll mich bereithalten?«, fragte sie spöttisch. »Es kann sein, dass ich mitten in hundertfünfzig Psalmen stecke oder mitten in dreihundert Kniebeugen, wenn du wiederkommst. Doch nun gut, vielleicht werde ich dann mit beidem vorzeitig aufhören.«

Die Tage vergingen, und Róisín wartete vergebens. Anstelle von Ceara ließ sich nur Gráinne blicken, und die kam, um dafür zu sorgen, dass Róisín nicht den ganzen Tag verschlief, wie sie es gern tat. In der Nacht war sie dann zu müde, um zu träumen, sie wäre frei, doch immerhin war der Schlaf so tief, dass sie beim Erwachen kurz nicht wusste, wo sie war, und das war ebenso eine willkommene Labsal. Auch in jener Nacht, da sie plötzlich von Geschrei geweckt wurde, brauchte sie eine Weile, sich im Hier und Jetzt zurechtzufinden. Woher kam bloß dieser Lärm? Die Äbtissin gestattete doch keine unnützen Worte, schon gar keine so lauten!

Aber es schrie nicht nur eine Schwester, sondern deren viele, und das so durchdringend, dass Róisín entging, wie sich Schritte näherten. Umso überraschter war sie, als sie jemanden ungeduldig rufen hörte.

»Bei den drei Töchtern der Göttin Flidais! Jetzt hilf mir schon!« Róisín lugte nach unten, erkannte Kraka und auch, dass diese ein Stück Leinen hochhielt. »Bist du endlich wach? Ich reiche dir das Leinen, du musst es schon ergreifen«, schimpfte sie. Róisín streckte ihr die Hände entgegen, die waren immer noch so steif, dass ihr das Leinen entglitt, sobald sie es zu fassen bekam. »Bei den sieben Töchtern der See, jetzt stell dich nicht so ungeschickt an!«

Róisín rieb sich die Hände, und als das nichts nutzte, hauchte sie darauf. »Warum ... warum schreien die Nonnen so?«

Es war zu finster, um zu erkennen, dass Kraka lächelte, aber Róisín war plötzlich sicher, dass sie es tat.

»Das Osterfeuer ist erloschen«, sagte die Alte.

»Das Osterfeuer?«, rief Róisín überrascht. Es wurde einmal im Jahr entfacht, und wie das Feuer der heiligen Brigid in Kildare durfte es nicht zu brennen aufhören. Geschah es dennoch, zog die Gemeinschaft Unheil auf sich. »Hast du etwa einen Eimer Wasser darübergeschüttet?«

»Wo denkst du hin? Dann hätte doch jeder bemerkt, dass ein böser Wille dahintersteckt. Nein, ich habe es einfach ausgetreten.«

Wieder reichte sie Róisín das Leinen an, und jetzt erkannte diese auch, womit – mit einem jener Haken an einem langen Holzstiel, die man benutzte, um im Skriptorium die ledernen Büchertaschen aufzuhängen. In diesen wiederum wurden Manuskripte aufbewahrt, um sie vor Mäusen und Ratten zu schützen.

Róisín schaffte es, das Leinen zu packen, indes das Geschrei leiser wurde und einzelne Stimmen zu hören waren – die von Gráinne im Übrigen beängstigend nah.

»Die Flut der Finsternis ertränkt das Kloster, es scheint, als gewännen die Scharen Satans die Oberhand ...«

»Und jetzt?«, fragte Róisín.

Zu ihrem Erstaunen war es nicht Kraka, die antwortete, sondern Ceara, die aus der Dunkelheit zur anderen trat. Ihr silbrig schimmerndes Haar war unter einer Kapuze verborgen.

»Lass das Leinen herunter und halt es fest. Kraka wird sich daran hochziehen, und später kletterst du an ihrer statt hinunter.«

Róisín hauchte sich wieder auf die Hände. Sie war nicht sicher, dass sie genügend Kraft hatte, dem Gewicht der anderen standzuhalten. Wenn ihr das Leinen entglitt ... wenn Kraka in die Tiefe stürzte ...

Doch sie musste es schaffen! Sie hatte es ja auch geschafft, den Wolf zu töten!

Kraka kletterte höher und höher, tastete nach dem Stein, fand nichts, um sich daran festzuklammern, außer dem Leinen, konnte sich aber oben angekommen aufstützen.

Róisín zog sie das letzte Stückchen hoch. »Wenn man dich morgen hier findet ...«

Das dunkle Haar fiel Kraka wie ein Schleier vors Gesicht. »Ich bin schon neugierig, wen ich als Erstes erschrecken werde.«

»Alle werden wissen, dass du mir zur Flucht verholfen hast! Du wirst an meiner statt büßen.«

»Ja und? Glaubst du, in mir flösse kein Blut? Ich werde es überleben, wenn Gráinne mich sticht, und irgendwann werde ich als geläutert gelten und mich wieder im Kreis der Schwestern einreihen dürfen. Ich werde noch frommer sein als sie – weniger reden, mehr arbeiten, kaum etwas essen und unendlich viel beten.«

»Aber ... aber warum nimmst du das alles auf dich?«

»Nun mach schon, klettere nach unten!«

Róisín zögerte. »Ich verstehe es einfach nicht ... dass du dieses Opfer bringst ... dass du überhaupt ins Kloster gegangen bist ... dass du hierbleibst und auf die Freiheit verzichtest.«

»Freiheit?«, spottete Kraka. »Was soll ich mit Freiheit, wenn ich Macht haben kann?«

Kraka packte sie an den Schultern und zwang sie, sie anzusehen. »Ich habe dir und Ascall nicht um euretwillen geholfen. Ihr seid nur zwei Tropfen in einem Sturzbach. Ich hingegen bin diejenige, die einen Sturm am Leben erhält.«

»Welchen ... welchen Sturm?«

Kraka zuckte vielsagend mit den Schultern. »Für das, was ich plane, will ich dich und Ceara nicht im Kloster haben.«

»Aber warum nicht?«

»Weil du viel zu viele Fragen stellst. Bis alle beantwortet sind, werden die anderen das erloschene Feuer nicht länger beklagen. Beeil dich, und nimm das hier mit ...«

Sie kramte in der Tasche ihres Umhangs und zog zwei kleine Bronzeglocken aus der Kapelle hervor.

»Was soll ich damit?«

»Nun, im Augenblick nicht damit läuten, sonst weiß ja jeder, wo du steckst. Wenn du später allein unterwegs bist, kannst du dich für eine Leprakranke ausgeben und die Menschen von dir fernhalten. Ich weiß zwar nicht, ob auch die Normannen, die unsere Insel heimsuchen, Leprakranke meiden, aber man munkelt, dass Diarmait Frieden mit dem Hochkönig schließen und diese wieder verjagen will. Wie auch immer. Wenn du in eine Stadt kommst, kannst du die Glocken auch verkaufen. Und nun geh.«

Als sie wenig später Ceara in die Finsternis folgte, hielt Róisín die Glocken fest an sich gepresst. Sie gingen nicht über die Brücke, sondern wateten durch den See, in dem sie hüfthoch versanken und auf dessen schlammigem Untergrund sie immer wieder auszurutschen drohten. Doch die beißende Kälte war Róisín ebenso willkommen wie der Dreck, der danach an ihr haftete.

Ich lebe, ich lebe, ich lebe.

Róisín tanzte durch die Finsternis, lief gegen einen Baum, schrammte sich die Stirn an der Rinde blutig, frohlockte.

Ich lebe, ich lebe, ich lebe.
Aus der Ferne ertönten das Kreischen einer Eule, ein gurrender Ruf, ein dunkles Heulen und Rascheln.
Ja, Wölfe, kommt nur, versucht mich zu beißen, ich werde euch mit bloßen Händen erwürgen. Denn ich lebe, ich lebe, ich lebe.
Ihre Fußsohlen brannten, die Brust schmerzte, die Zähne klapperten, aber sie hörte erst zu laufen auf, als aus dem schwarzen Wald ein grauer wurde und Ceara innehielt. Nachdem sie zuerst die Führung übernommen hatte, war sie Róisín zuletzt fast lautlos gefolgt.
»Hier trennen sich unsere Wege«, sagte sie.
Róisín fuhr herum. Die Freiheit hatte sie wie süßer Wein berauscht und keinen Platz für den nüchternen Gedanken gelassen, was sie nun tun sollte.
»Was sagst du da?«, fragte sie verwirrt.
»Ich weiß nicht, was du vorhast. Ich aber will heimkehren und meinen Sohn holen.«
»Ich … ich könnte dir helfen …«
Ceara schüttelte den Kopf. »Man ist stärker, wenn man sich nur auf sich selbst verlässt.«
Eine Weile standen sie sich schweigend gegenüber. Ob ihre eigenen Wangenknochen so spitz waren wie die Cearas? Hungrig war Róisín auf jeden Fall, und sie wusste nicht, wie sie diesen Hunger stillen sollte. Unsicher reichte sie Ceara eine der zwei Glocken.
»Willst du eine haben?«
Ceara schüttelte den Kopf. »Ich habe selbst zwei, Kraka hat insgesamt vier gestohlen.« Und damit Róisín ihr glaubte, zog sie eines der Glöckchen hervor.
Welch sanftes Geräusch dieses von sich gab! Welch leises verglichen mit dem Rauschen der Bäume im Wind! Und wie winzig klein sie beide gemessen an den riesigen Stämmen waren!
Róisín war sich sicher, dass sie Ceara nicht mehr losgelassen hätte, wenn diese sie umarmt hätte. Doch die andere machte keine Anstalten dazu, sondern ging grußlos davon. Bei jedem ihrer Schritte ertönte das Glöckchen, selbst dann noch, als sie

im Dickicht verschwunden war. Erst nach langer Zeit verklang das letzte Echo.

Ja, Róisín lebte und war frei. Aber zugleich war sie einsam wie nie zuvor.

Manchmal ging sie, manchmal lief sie. Falls ihre Brust zu sehr schmerzte, hielt Róisín kurz inne, nur selten setzte sie sich. Solange ihr Herz dröhnte und ihre Füße nicht stillstanden, herrschte Leben im Wald. Sobald sie sich ausruhte, schien alles wie tot zu sein – und das verwirrte sie. Selbst damals in der Winternacht hatte sie vermeint, dass jeder Baum ein verzauberter Mensch wäre, der sie aus unsichtbaren Augen wohlwollend betrachtete. Nun war es einfach nur Holz, von einer rauen Rinde bedeckt. Sie hatte den Hunger inmitten grauen Steins ertragen und deshalb gedacht, dass sie ihm inmitten sattgrüner Blätter umso leichter standhalten konnte. Doch im Kloster hatte man sie zwar fasten, aber nicht sterben lassen. Dem Wald hingegen wäre es gleich, ob sie lebte oder nicht. Nirgends wuchsen hier rote Beeren oder sprießten aus dunkler Erde gelbe Pilze. Der Wald nährte nur die Tiere, die sie mit ihrem Krächzen und Schreien auszulachen schienen.

Irgendwann gehorchten ihr die Füße nicht mehr, und ihr blieb nichts anderes übrig, als eine Rast einzulegen. Sie hatte Angst, nicht mehr zu erwachen, wenn sie schlief, stand deshalb an einen Baum gelehnt und umklammerte ihn. Dennoch konnte sie nicht verhindern, nach einigen Stunden auf die Knie zu sinken. In der Morgendämmerung nickte sie ein, und als sie, auf Moos liegend, zu sich kam, wusste sie nicht, ob schon die nächste Nacht angebrochen war oder ob hinter dem dichten Blätterdach die Sonne schien. Der Hunger war ein knurrendes Tier, der sich fest in ihrem Bauch verbissen hatte, er trieb sie weiter, immer weiter, zur Grenze des Waldes. Zumindest hoffte sie, dass sie vorankam und nicht einfach nur im Kreis ging.

War sie an dieser Buche nicht schon einmal vorbeigekommen? Hatte sie die Trauerweide nicht vergebens nach Früchten abgesucht? Und hatte sie nicht schon zuvor in der widersinnigen Hoffnung, Engelwurz zu finden, den man gegen den

Hunger kauen konnte, auf den Boden gestarrt und dort Spuren wahrgenommen? Von Füßen oder von Pfoten … den Pfoten von Wölfen … von Bären …

Ach was, dachte sie. Die Zähne des Waldungeheuers können nicht schmerzhafter zubeißen als Hunger und Erschöpfung.

Anstatt in die entgegengesetzte Richtung zu fliehen, folgte Róisín den Spuren. In die Erde hatten sie sich tief eingegraben, auf Wurzeln und Nadeln waren sie kaum zu erkennen, und auf dem Moos waren es nur kaum sichtbare Abdrücke, die nicht an Raubtiere, noch nicht einmal an Menschen denken ließen, sondern an die wundersamen Wesen des Waldes – Elfen, Trolle und Zwerge. Allen war gemein, dass sie die Menschen gern in die Irre führten oder ihnen etwas vorgaukelten, das es nicht gab. Nun gut, sie hörte ohnehin kaum einen Laut, als wären ihre Ohren mit Moos verstopft, und auch ihre Augen offen zu halten wurde immer schwerer. Ein paar Schritte lang schloss sie sie, und als sie sie wieder öffnete, sah sie keine Spuren mehr auf dem Waldboden.

Sie suchte überall, suchte unter frischen Blättern, die der Wind von den Ästen gerissen hatte, und unter vermoderten, die von kranken Bäumen gefallen waren, sie verfluchte die Trolle, die Elfen, die Zwerge.

»Ich habe keine Angst vor euch! Hört ihr? Ich habe keine Angst.«

Nachdem sie eine Weile im Kreis gelaufen war, hielt Róisín plötzlich inne. Aus den Augenwinkeln hatte sie ein Wesen erblickt. Es war kein Tier, denn es knurrte nicht. Auch keine Elfe, dafür schien es zu schwerfällig. Und es war größer als ein Zwerg. Für einen Troll sprach die dunkle Hautfarbe, schließlich lebten Trolle unter der Erde, aber als sie den Kopf ein wenig drehte, sah sie, dass nicht Erde dieses Wesen bedeckte, sondern grauer Staub.

Stein … vor ihr stand ein Mensch aus Stein. Oder starrte sie etwa in ihr Spiegelbild, weil sie ob der langen Gefangenschaft im Kloster selbst einer geworden war?

Sie holte die Glocken hervor und läutete sie heftig. Der Klang schmerzte in ihren Ohren, und das Rascheln im Gebüsch war ein Zeichen dafür, dass auch die Tiere darob erschraken. Ein Vogel stob hoch, schwirrte um ihren Kopf, sie duckte sich, und als sie sich wieder aufrichtete, war die steinerne Figur nicht mehr zu sehen – stattdessen spürte sie plötzlich einen warmen Atem an ihrem Ohr und kaltes Metall an ihrer Kehle.

»Kann es sein, dass du das hier brauchst?«

Ihr schwindelte, und das Bild vor ihren Augen zerbrach. Unmöglich, dass sie aus den Scherben jemals wieder etwas Ganzes machen konnte. Doch als sie herumfuhr, erkannte sie deutlich, dass die Gestalt nicht aus Stein war, sondern nur über und über mit Schlamm bedeckt.

»Du?«, entfuhr es ihr. »Kraka hat dich doch gewarnt und du bist ...«

»Psst!«, unterbrach Ascall sie. »Du vertreibst noch alle Tiere, auf die ich Jagd mache.«

»Die sind doch schon weg, nachdem ich geläutet habe.«

»Warum nimmst du auch Glocken mit in den Wald?«

»Und warum bist du noch im Wald? Warum nicht längst in Toora? Warum bist du in die Nähe des Klosters zurückgekehrt? Die Männer der O'Bjólans ...«

»Die sind längst fort. Und die Leprosenhütte habe ich ja gemieden.«

Mit jedem Wort, das er sagte, rieselte Staub von seinem Gesicht. Mit jedem Wort, das sie sagte, rieselte Staub von ihrer Seele. Sie lebte noch, sie würde nicht des Hungers sterben, sie war nicht mehr allein und der Wald kein verwunschener Ort.

»Aber ich verstehe nicht ...«

Ascall löste die Klinge von ihrer Kehle und steckte den Dolch an seinen Gürtel. Irgendein totes Tier hing dort, so winzig klein, dass sich nicht einmal sagen ließ, ob es von Federn oder Fell bedeckt war.

»Es ... es war nicht möglich, nach Toora heimzukehren«, sagte er leise.

»Warum nicht?«

Als er mit den Schultern zuckte, bekam die graue Masse Sprünge. Nicht nur seine Haut hatte er mit Schlamm eingerieben, sondern auch die Kleidung – eine andere, die er getragen hatte, als sie ihn gepflegt hatte. Mit Zweigen oder Fasern der Brennnessel hatte er mehrere Stücke Fell und Leder zusammengenäht, und jene Tracht erwies sich als erstaunlich reißfest. Zumindest konnte er schnellen Schrittes davongehen, ohne dass sie ihm vom Leib rutschte.

Sie eilte ihm nach. »Wohin gehst du?«
»Was soll ich noch hier? Du hast ja alle Tiere vertrieben.«
»Wolltest du mir nicht den Dolch geben?«
Erst jetzt blieb er stehen, wandte sich um und sah sie verwundert an. »Ich habe gesagt, dass du einen brauchst, nicht, dass ich ihn dir gebe, sonst hab ich ja selbst keinen mehr.«
»Aber ... aber ... was soll ich dann tun?«
Ratlos starrte er sie an. »Vielleicht hat es ein Gutes, dass du da bist, dann kann ich zwischendurch etwas länger schlafen.«

Schlafen ... schlafen ... sie wollte auch schlafen ... wenn sie erst einmal von dem Tier gegessen hatte, das an seinem Gürtel hing. Vielleicht hatte sie dann wieder genug Kraft, um sich zu wundern, dass er noch hier im Wald war. Vielleicht auch Kraft, Fragen zu stellen. Jetzt reichte sie nur mehr, sich nach einem zu erkundigen.

»Wo ... wo lebst du?«
Wenig später erreichten sie ein Gebilde aus Holz. Zwischen zwei Bäumen hatte Ascall Äste und Buschwerk so ineinander verflochten, dass eine Art Dach entstanden war – wenn auch kein besonders großes. Ein Mensch konnte allerdings darunter liegen, ohne nass zu werden. Zusammengestückeltes löchriges Leder, das an den Seiten befestigt war, schützte vor dem Wind. Moos und Reisig lagen auf dem Waldboden, und darüber war das Fell des Wolfes ausgebreitet, den sie getötet hatte. Einige rundum aufeinandergeschichtete Steine gaben zusätzlichen Schutz.

Róisín sank auf das Fell, ohne zu fragen, ob sie es durfte. Sie bat ihn auch nicht, ihr das tote Tier zu überlassen, denn sie vermochte nicht mehr zu reden. Was sie noch konnte, war, nach jener gelblichen Wurzel zu tasten, die da lag, und hineinzubeißen. Sie war so hart, dass sie nicht sicher war, ob sie auf der Wurzel kaute oder auf den eigenen Zähnen, die sie sich an ihr ausgebissen hatte.

Nun, selbst die wollte sie gern schlucken, um irgendetwas in den Magen zu bekommen. Bald füllte bitterer Geschmack ihren Mund aus. Er brannte auf der Zunge, in ihrer Kehle. Jetzt endlich schien die Wurzel etwas weicher zu werden, doch Róisín schaffte es nicht, sie endgültig zu Brei zu zerkauen. Mit der Wurzel im Mund schlief sie augenblicklich ein.

Als Róisín erwachte, war die Wurzel aus ihrem Mund gefallen. Sie richtete sich auf und zuckte zusammen, als Ascall ihr einen Brocken Fleisch in den Schoß warf.

»So lange schläfst du nie mehr«, fuhr er sie an. »Hier im Wald ist das zu gefährlich.«

Gedankenverloren griff sie nach dem Fleisch. Sie wollte fragen, wie lange sie geschlafen hatte, aber als sie erst einmal zugebissen hatte, vergaß sie es. Ihre Zähne schmerzten, bis sie endlich den ersten Bissen schlucken konnte, und prompt rumorte es in ihrem Magen. Das hielt sie allerdings nicht davon ab, wieder und wieder hineinzubeißen, bis alles aufgegessen war.

»Warum … warum bist du nicht nach Toora zurückgekehrt?«, fragte sie.

Er gab keine Antwort, erklärte nur, dass er wieder jagen müsse, und brach auf, ehe sie etwas einwenden konnte. Als er später zurückkam, dieses Mal mit einem toten Eichhörnchen am Gürtel, wiederholte sie ihre Frage. Er sagte nichts, zog dem Tier den Pelz ab und warf ihr auch diesen in den Schoß.

»Soll ich mich damit wärmen?«

»Nein, damit deckst du die Lücken in der Lederwand ab. Zu irgendetwas musst du schließlich nützlich sein.«

Sie stellte ihre Frage wieder, als er Feuerholz nachlegte und das Fleisch darüber briet. Nur beim Essen schwieg sie, aber gleich danach bedrängte sie ihn aufs Neue.

»Ich schlafe jetzt«, erklärte er nur, »und du bewachst das Feuer. Es muss die ganze Nacht brennen, sonst kommen Tiere.«

Sie überlegte, ob sie an den Dolch gelangen könnte, wenn

er schlief, doch er schob ihn sich unter seinen Rücken, und sie sah ein, dass sie ihn niemals zur Seite würde schieben können, ohne ihn zu wecken, zumal er immer wieder hochschreckte oder sich hin und her wälzte. Manchmal gab er ein Knurren von sich, das dunkel und tief wie das eines Raubtiers klang, dann ächzte er, als litte er unter Schmerzen. Sie fragte sich, wie gut die Wunden mittlerweile verheilt waren, konnte das unter der dicken Schlammschicht aber nicht erkennen.

Im Morgengrauen wurden ihre eigenen Augenlider wieder schwerer. Sie wollte ihn rütteln, um ihn zu wecken, doch als sie die Hand nur vorsichtig auf seine Schulter legte, fuhr er bereits hoch und ging ihr an die Kehle. Ehe er sie erwürgte, kam er zu sich und ließ sie los.

»Warum bist du nicht nach Toora zurückgekehrt?«, fragte sie wieder.

Kurz schien er nicht zu begreifen, wer da vor ihm hockte und warum, und sie hoffte, dass dies seine Zunge löste. Anstatt etwas zu sagen, sprang er jedoch auf und ging unruhig hin und her. Sie ließ sich ihrerseits auf die Schlafstatt sinken, die noch warm von seinem Körper war. Anstatt der Müdigkeit nachzugeben, hielt sie die Augen offen und sah zu, wie er Kreise um das Feuer zog.

»Du ... du schnitzt ja gar nicht mehr.«

Er starrte in die Flammen, als würde er in ihnen etwas erkennen, für das alle anderen Menschen – auch sie – blind waren. Der rötliche Schein spiegelte sich in seinen Augen, die ganz schwarz wirkten.

»Eigentlich habe ich vor allem für ... *ihn* geschnitzt.«

»Für ihn?«

»Für meinen Bruder.«

Plötzlich ahnte sie die Wahrheit. »Und das hier ... das machst du auch für ihn, nicht wahr?«

Sie war sicher, dass er wieder verstummen würde, sobald er den Kopf hob und sie musterte, doch solange er in die zuckenden Flammen sah, fielen ihm die Worte regelrecht aus dem Mund.

»Ailillán ... er war schwach ... als Kind ... immer schwach ...

später ... als er mich auf den Kriegszügen begleitete ... hat er so viele getötet.«

»Dann war er also nicht mehr schwach.«

»Er war grausam, aber Grausamkeit ist etwas anderes als Stärke.«

Plötzlich hob er die Hand und hielt sie über die Flammen, und obwohl diese an seiner Haut leckten, zuckte er nicht zurück. Vielleicht schützte ihn die graue Schicht auf der Haut vor Schmerz. Die graue Schicht auf der Seele hingegen schützte ihn nicht. Sie konnte förmlich spüren, wie diese Risse bekam, wie Wehmut ihn überwältigte.

»Caitlín ... er ... er mochte sie«, brach es aus ihm heraus.

Róisín stützte ihren Kopf auf der Hand ab. »Caitlín O'Bjólan ist deine Frau. Es heißt, sie sei wunderschön.«

Er blickte hoch. »Ja?«, fragte er verwundert. »Ist sie das?«

»Du weißt es nicht?« Róisín entfuhr ein Lachen. »Du bist doch mit ihr verheiratet.«

Er zuckte mit den Schultern. »Ich weiß nur, dass sie ziemlich zäh ist. Wäre sie ein Mann, würde sie einen guten Krieger abgeben, einen, der seine Gefühle nicht zeigt und sich schon gar nicht von ihnen zu vorschnellem Handeln hinreißen lässt. Ich weiß allerdings nicht, ob sie fähig ist zu töten.«

»Das Leben ist nicht nur Krieg. Und Menschen sind nicht nur schwach oder stark.«

Die Flammen loderten nicht mehr. Als er feuchte Äste hineinwarf, fauchten sie wie eine Wildkatze. »Ailillán ... dieser Narr ... er wollte bei ihr bleiben, als ich nach Osraige aufbrach ... Doch anstatt mich zu bitten, provozierte er den Streit mit Cormac. Und dann hat er ihn nicht einmal besiegt. Er hat sich damals immer noch feige verhalten ... immer noch schwach.«

Róisín hatte keine Ahnung, wovon Ascall sprach. »Warum bist du nicht nach Toora heimgekehrt?«, fragte sie einmal mehr.

Selbst die Flammen zuckten zusammen, als er plötzlich brüllte: »Weil Toora einen neuen Herrn hat! Und weil der neue Herr Caitlín geheiratet hat!« Er atmete tief durch, und die nächsten Worte flüsterte er nur: »In einem Fischerdorf an der

Küste bin ich einem Händler begegnet ... Sénan ... Er lag im Sterben, doch er hatte gerade noch so viel Kraft, mir das zu erzählen. Offenbar hat der neue Herr von Toora keinen Augenblick gezögert, meine vermeintliche Witwe zu heiraten. Ich ... ich hätte Ailillán nicht zugetraut, dass er so schnell entscheidet ... so schnell handelt ... Dass er sich nimmt, was er will ... dass er ... dass er nicht um mich trauert oder sich zumindest von der Trauer nicht gefangen nehmen lässt.«

»Du bleibst Toora fern, damit dein Bruder mit deiner Frau glücklich wird?«, fragte Róisín fassungslos. »Du musst ihn sehr lieben.«

Ascall schüttelte den Kopf. »Glück! Schönheit! Liebe! Was ist das schon? Ich will, dass er nicht mehr schwach ist, und das ist offenbar nur möglich, wenn er mich tot weiß.«

»Aber ... aber deswegen kannst du doch nicht im Wald bleiben. Du bist kein Einsiedler, sondern ein Krieger! Du bist gewohnt zu kämpfen!«

»Ich habe immer nur für ihn gekämpft.«

»Nein, du hast auch für den Hochkönig gekämpft! Und selbst im Kloster weiß man, dass er in Bedrängnis geraten ist, weil die Normannen ...«

»Ruari O'Connor hat das Verhandeln der Schlacht immer vorgezogen«, fiel er ihr hastig ins Wort. »Diesen Fehler hat er bei Cill Osna gemacht – und er wird ihn jetzt wiederholen.«

»Wenn du es für einen Fehler hältst, kannst du es doch nicht einfach hinnehmen und dich hier verkriechen!«

Er zuckte mit den Schultern. »Kann ich nicht?«, fragte er. Und da erkannte sie, dass er trotz mehrerer Stunden Schlaf immer noch müde war ... todmüde ... ratlos ... und von Schmerzen gepeinigt. Noch deutlicher als zuvor fiel ihr auf, dass sein einer Arm immer noch tiefer hing und steifer wirkte als der andere.

Ascall warf, sobald die Nacht endgültig verblasst war, feuchte Blätter auf das Feuer, bis es darunter erstickte, und blickte starr auf die Asche, während er seine Hände unruhig knetete. Nun, da seine Augen keine Flammen mehr widerspiegelten, wurden sie wieder so grau wie sein Gesicht. Seine Hände hingegen erschienen ihr zart wie nie, obwohl sie wusste, wie viel Kraft in ihnen wohnte.

Róisín legte sich nieder, aber sie hatte dem Schlaf zu lange getrotzt, sodass er jetzt nicht mehr kommen wollte. Sie begann zu frieren, und als sie sich aufrichtete, sah sie, dass auch Ascalls Hände zitterten.

»Leg dich zu mir«, sagte sie leise, »dann können wir uns aneinander wärmen.«

»Es ist nicht kalt genug, um zu erfrieren.«

»Nein, es ist nicht heiß genug, um zu brennen.«

Er erhob sich zögerlich und setzte sich zu ihr. Als sie zu ihm rückte, rutschte er weg, doch als sie die Hand hob und sein Gesicht berührte, ließ er es zu.

»Wie es sich wohl anfühlt, selbst das Feuer zu sein ... nie wieder frieren zu müssen ... nie wieder zu hungern ... weil man so viel Holz frisst, kräftiges, trockenes Holz«, murmelte sie.

Als sie ihm den Schlamm vom Gesicht rieb, kam Haut zum Vorschein, und diese Haut war rot und warm.

»Wie viele Frauen hast du geschändet?«, fragte sie unwillkürlich.

»Keine. Sie kamen immer freiwillig.«

»Wie sahen sie aus?«

Er schüttelte den Kopf. »Ich weiß es nicht mehr.«

»Wie hießen sie?«

»Danach hab ich nie gefragt.«

»Weißt du noch, wie ich heiße?«

Er überlegte eine Weile. »Rós?«, fragte er.

Abrupt ließ sie die Hand sinken. »So hieß meine Mutter!«, rief sie wütend.

Nun war sie es, die abrückte, doch er zog sie an der Kutte zurück, und dann lag sie rücklings auf dem Wolfsfell und er auf ihr. Sie hatte ihm nicht sämtlichen Schlamm vom Gesicht gekratzt, ein wenig rieselte in ihren leicht geöffneten Mund, und sie hustete.

»Ich kannte deine Mutter nicht«, sagte er leise, »ich kenne nur dich. Und deine Mutter ist tot, aber du lebst.«

Nur dich, nur dich, nur dich ... du lebst, du lebst, du lebst.
 Die Worte hüllten sie ein, zwar nicht heiß wie ein Feuer, doch mild wie warmes, weiches Wasser, das nach Ölen und Kräutern duftet, jeden Schmutz sanft löst und glatte Haut zurücklässt – weiche, empfindliche Haut, die alles spürt und die unter jeder Berührung erschaudert. Mit seinen dunklen Fingerkuppen fuhr Ascall über ihre Augenbrauen, über ihre Wangen und die Nase, über ihre Narbe und den Mund. Er fuhr weiter über ihr Kinn, über ihren Hals, fuhr unter den Stoff und zur Brust. Nicht zuletzt wegen der schwarzen Farbe, in die er sie einst getaucht hatte, sahen sie rau aus, aber sie fühlten sich nicht rau an, nur wie lieblich plätscherndes Wasser. Es stieg höher, bedeckte den ganzen Körper. Die verkrampften Glieder wurden ganz weich, das Zittern ließ nach.
Nur dich, nur dich, nur dich ... du lebst, du lebst, du lebst.
 Sie wollte den Kopf heben und ihn küssen, konnte es nicht, weil ihr Kopf zu schwer war. Also schloss sie nur die Augen, spürte seine Berührung noch intensiver – wie er über den Nabel fuhr, über die Hüften, die Innenseite ihrer Oberschenkel hinauf. Wo war plötzlich ihre Kleidung, wo seine? Sie fühlte sie nicht, fühlte nur seine Haut. Am Bauch war sie nicht von Schlamm bedeckt, nur von gekräuseltem Haar. Es stach sie ein wenig, schmerzte nicht, sondern kitzelte nur.
 Und noch mehr süße Wellen liefen über ihren Körper. Aus dem warmen Wasser wurde nun doch ein Feuer, aber kein hungrig prasselndes, nein, das sanfte, stille Licht einer Kerze ... Oder war sie selbst die Kerze? Ehe diese allerdings endgültig heruntergebrannte, ehe sie begriff, was Menschen wie ihr Vater suchten, wenn sie der Wollust nachgaben, ehe von ihrem Körper, der so oft gefroren und gehungert hatte, nichts blieb als jene köstliche Flamme, durchzuckte sie ein grässlicher Schmerz.
 Ascall hatte ihre Beine gespreizt, sich tiefer über sie gebeugt, schob etwas Hartes in ihren Körper. Der Dolch ... so brutal wie er diese Waffe in sie hineinrammte, musste es der Dolch sein! Ruckartig fuhr sie hoch, öffnete die Augen, erblickte zwischen ihren Beinen keine stahlgraue Klinge, nur rotes Fleisch. Gleichwohl schien es sie bei jedem neuen Stoß zu zerreißen.

»Nein!«, schrie sie. »Hör auf, das tut weh.« Sie stemmte ihre Hände gegen seine Schultern, doch er rührte sich nicht, rammte stattdessen die Waffe aus Fleisch immer tiefer in ihren Leib, keuchte nun sogar. »Nein!«, fuhr sie ihn erneut an. »Es tut weh! Wie kann es wehtun? Warum machen es Menschen freiwillig, wenn es wehtut? Warum sehnen sie sich sogar danach?«

Warum stehen sie nachts vor der Tür ihres Kindes ... betrachten die schlafende Tochter ... stellen sich vor, sich auf sie zu legen ...

»Hör auf! Hör auf! Hör auf!«, rief sie schrill.

Endlich versteifte er sich, zog jenen Dolch aus ihrem Leib, starrte verdrossen auf sie hinunter.

»Was schreist du denn so? Du hast gewiss schon schlimmere Schmerzen ertragen!«

»Aber das ...«, ein Zittern stieg in ihr hoch, weil sie plötzlich fror, so sehr fror, wie sie selbst in ihrem steinernen Gefängnis nie gefroren hatte, »... das ... das soll doch nicht schmerzen ... Es darf nicht schmerzen, sonst wäre es ja noch verrückter, dass mein Vater ... mein Vater ...«

Sie bebte immer heftiger, schluchzte nunmehr so stark, dass sie sich auf die Zunge biss, litt längst nicht nur an dem Schmerz, sondern an Enttäuschung, Ekel, Verwirrung.

Ascall packte ihr Kinn und zwang sie, ihn anzuschauen. »Nun stell dich nicht so an! Es war doch deine Idee, dass wir es tun.«

Und erst da ging ihr auf, dass er keine Schmerzen litt, dass er weitermachen wollte, dass er das fühlte, was sie erhofft hatte und um das sie betrogen worden war. Wie ungerecht das war! Warum sollten Männer wie er, Männer wie ihr Vater, dieses Vergnügen verdient haben und Frauen nicht?

»Ich soll mich nicht so anstellen?«, empörte sie sich. Erst schlug sie seine Hand weg, dann drückte sie gegen seine Brust, damit er endlich aufstand, und als er das nicht tat, ballte sie die Hände zu Fäusten und trommelte gegen die Stelle, wo die einstige Verletzung zu einem Berg roter Würmer zusammengewachsen war. Ascall heulte vor Schmerz auf. Als er aufsprang, glich sein Geschlecht gleichfalls einem roten Wurm, wenngleich es nicht schlaff wie ein solcher vom Leib hing, sondern waagerecht abstand. Er griff sich an die Narbe, krümmte sich, jaulte immer noch. Vielleicht hatte sie ein wenig zu fest zugeschlagen. »Jetzt weißt du zumindest, was ich meinte …«, murmelte sie.

Er biss sich auf die Lippen, um keinen Ton mehr von sich zu geben, doch das änderte nichts daran, dass er leichenblass geworden war und sich ein dünner Schweißfilm auf seiner Stirn gebildet hatte. Verzweifelt ließ er die Schultern kreisen, doch jede Bewegung schien den Schmerz nur noch zu vergrößern.

Róisín schlüpfte wieder in ihre Kutte und zog die Beine an sich. Da ihr eigener Schmerz längst zu einem Pochen verkommen war, sie nur mehr fühlte, wie etwas Warmes über ihre Schenkel lief – wahrscheinlich Blut –, überkam sie bei seinem Anblick ein schlechtes Gewissen.

»Es tut mir leid«, sagte sie kleinlaut. »Du hättest eben sofort aufhören sollen.«

Ascall krümmte sich immer noch. »Du bist verrückt!«, stieß er zwischen zusammengepressten Lippen hervor. »Einfach nur verrückt.«

Es verging geraume Zeit, bis wieder Farbe in sein Gesicht zurückkehrte. Einmal mehr zog er unruhige Kreise um die Feuerstelle. So steif, wie er ging, schien ihn nicht nur der Schmerz in der Brust zu plagen, sondern auch der rote Wurm zwischen den Beinen, obwohl der immer schlaffer und kleiner wurde.

Irgendwann bückte er sich, um den Dolch zu nehmen, doch anstatt auf sie loszugehen, wie sie erwartete, setzte er sich auf den Boden und begann zu schnitzen.

»Was schnitzt du?«, fragte sie.

»Einen Hasen«, erwiderte er grimmig. »Morgen früh bringe ich dir bei, wie man einen jagt. Wenn du dich ungeschickt anstellst, ziehe ich nicht nur dem Tier das Fell über die Ohren, sondern auch dir die Haut.«

CAITLÍN

Sie war schöner als früher. Das Haar mochte stumpfer sein, der Blick leerer wirken, aber Caitlín trug prächtige Kleidung – eine mehrfach gefärbte Tunika über einem langen Rock und einen Mantel, an dem eine spitz zulaufende Kapuze angebracht war. Und sie hatte Schmuck angelegt, viel Schmuck, sehr kostbaren Schmuck – eine Fibel, auf der ein Smaragd prangte, und eine Brosche mit einem Amethyst, außerdem eine Goldkette, mit Perlen geschmückte Ringe und einen breiten Reif, den man gewöhnlich um den Hals trug, den sie sich hingegen auf den Kopf gesetzt hatte.

So mitleidig die Blicke sich zunächst auf sie richteten – die arme Caitlín O'Bjólan, von Ascall entführt und später gezwungen, ihn zu heiraten –, so anerkennend wurden sie, wenn die Menschen den Schmuck betrachteten. Nein, sie musste sich nicht beschämt ducken, sie konnte die Blicke stolz und mit hochgerecktem Kinn erwidern, obwohl sich der unbeholfene Cormac an ihrer Seite befand und sie ihn ständig maßregeln musste.

»Jetzt doch noch nicht«, tadelte sie ihn und hielt ihn davon ab, die Halle zu betreten.

Er sah sie stirnrunzelnd an und hob die Hand. Manchmal schlug er sie, wenn sie ihm Befehle erteilte, doch fast immer gelang es ihr, seiner Hand auszuweichen, und er probierte es nie ein zweites Mal. Ein Pferd verschwendete schließlich auch keine Gedanken an die Fliege, die es kitzelte.

»Wir sind zum Festmahl geladen, warum sollen wir nicht eintreten?«, fragte er und ließ die Hand sinken.

Die Tür zur großen Halle in Ferns war tatsächlich weit geöffnet und gewährte ihnen einen Blick auf die zwei langen Tischreihen. Dennoch schüttelte Caitlín den Kopf.

»Bei einem Festmahl wie diesem gelten feste Regeln«, erklärte sie, obwohl sie sicher war, dass er sich die Worte ohnehin nicht merken konnte. »Als Erstes betreten nur drei Menschen die Halle: ein bedeutender Krieger des Königs, ein Mann, der seine Familiengeschichte bestens kennt, und ein Musiker, der die Trompete bläst. Drei Mal im Übrigen.«

»Warum drei Mal?«

»Warum denn nicht drei Mal?«, entfuhr es ihr ungeduldig. »Wäre es ein Dutzend Mal, stünden wir doch Ewigkeiten hier!« Der Gedanke schien Cormac einzuleuchten. »Sobald die Trompete verklungen ist, betreten die Könige die Halle und nehmen am Ende der Tafel Platz«, fuhr sie fort. »Dann folgen jene, die an ihrem Hof wichtige Ämter innehaben, und die Gelehrten. Erst danach sind die Krieger an der Reihe, entsprechend ihres Ranges. Bevor sie sich setzen, hängen sie ihre Schilde an den Wandhaken auf.«

»Mein Schild hängt noch im Schlafsaal.«

Caitlín unterdrückte ein Seufzen. »Dann hol ihn!«

Wieder musterte er sie befremdet und überlegte wohl, ob er sich zum Narren machte, wenn er sich von seinem Weib wie ein Sklave umherscheuchen ließ. Dann aber kam er zu dem Schluss, dass er selbst gehen musste, weil niemand anderer seinen Schild berühren durfte.

Sobald Cormac fort war, reckte Caitlín wieder stolz das Kinn und hielt den Blicken jener stand, die mit ihr vor der Halle warteten.

Ich bin schön, ich trage kostbaren Schmuck.

Alle irischen Familien von Rang und Namen waren nach Ferns gekommen, um gemeinsam den Frieden zu feiern, den König Diarmait und der Hochkönig geschlossen hatten. Die meisten von ihnen kannte Caitlín, gleichwohl sie das Gefühl hatte, nur in fremde Gesichter zu starren. Keines erweckte schöne Erinnerungen, von keinem halben Dutzend fiel ihr überhaupt der Name ein. Aber das machte nichts, sie trug ja kostbaren Schmuck, und jener Schmuck war gleichsam ein Schild, an dem Mitleid und Herablassung abprallten. Alsbald kehrte Cormac mit seinem Schild zurück, und schon wurde die Trompete geblasen.

Der Hochkönig Ruari O'Connor nahm, sobald er die Halle betreten hatte, auf einem Stuhl aus Esche Platz, demselben Material, aus dem auch sein Thron errichtet war. Ihm folgte Diarmait, der Gastgeber, und sogleich Tigernán O'Rourke, der sich nicht anmerken ließ, wie viel Überwindung es ihn kostete, sich vom einstigen Erzfeind bewirten zu lassen. Wahrscheinlich war er erleichtert, dass zwischen den Königen eine Schwertlänge Platz bleiben musste. Am anderen Ende der Tafel würden die Gäste deutlich enger nebeneinandersitzen, die Frauen im Übrigen neben ihren Männern, was ungewöhnlich für ein Bankett, an diesem Abend jedoch notwendig war, damit kein Mann einem anderen gegenübersaß, den er eben noch bekriegt hatte, und ihn mit Blicken reizen konnte.

»Warte!«, rief Caitlín, als Cormac sich setzen wollte.

»Was ist denn jetzt schon wieder?«

»Deine Schuhe!«

»Was ist mit meinen Schuhen?«

»Du musst sie ausziehen – als Zeichen des Respekts vor dem Gastgeber.«

Er sah sie wieder an, als wollte er sie schlagen, gehorchte ihr schließlich aber, als er sah, dass auch die anderen aus den Schuhen schlüpften.

»Und dieses Stück Leinen«, sagte sie, »wird *lámbrat* genannt. Du musst es auf deinen Schoß legen.«

»Warum?«

Damit deine Kleidung nicht schmutzig wird.

»Tu es einfach.«

Sie selbst starrte angestrengt auf das Leinen, sobald sie Platz genommen hatten, und beinahe entging es ihr darob, dass ein Dienstbote ihnen ein wassergefülltes Bronzebecken reichte.

»Soll ich das etwa trinken?«, knurrte Cormac.

»Nein«, sagte Caitlín schnell, ehe ihr Mann dem Dienstboten das Bassin entreißen und den Inhalt über seinem Kopf ausgießen konnte. »Du musst dir damit die Hände waschen.«

Sie bekam etliche Spritzer ab, als Cormac seine Pranken ins Wasser tauchte.

»Ach herrje!«, stöhnte er. »Krieg zu führen ist so viel leichter, als Frieden zu schließen.«

Erneut richteten sich die Blicke auf sie, aber Caitlín trotzte ihnen – sie war schön, sie trug Schmuck –, und dann wurden schon Platten mit gebratenem Fleisch serviert, und Cormac griff nach einer Lammkeule.

»Warte!«, rief Caitlín wieder.

»Warum denn?«

Sie deutete auf das silberne Messer neben den Platten. »Man benutzt die linke Hand, um das Fleisch festzuhalten, und man schneidet es mit der rechten.«

»Wenn du nicht endlich schweigst, werde ich gleich die linke Hand benutzen, um dich festzuhalten, und die rechte, um dir das Fleisch in den geschwätzigen Mund zu stopfen.«

Caitlín lehnte sich zurück.

Dann friss eben wie ein Schwein.

Immerhin, sein Schmatzen klang nicht viel lauter als das der anderen. Gierig machten sich alle über das Mahl her. Es gab nicht nur Lammkeule, auch Suppe mit Rüben und Pastinaken, mit Zimt und Nelken gekochte Lerchen, mit Knoblauch gebratene Gans sowie Steinbutt, Lachs und Aal, die in einem Zwiebelsud serviert wurden. Aus den Innereien und dem Blut von Schaf, Schwein und Kuh waren Würste gemacht worden – noch dickere als die Gedärme der Tiere und so reinlich weiß wie die Wolken am Julihimmel. Caitlín kannte das Rezept, aber fragte sich unvermittelt, wie man aus rotem Blut und Innereien etwas bereiten konnte, das derart weiß war. Und sie fragte sich auch, warum man einen Frieden, der ein so bleiches, mageres Geschöpf war, ausgerechnet mit Völlerei feierte. Wenn dieser Frieden ein Mensch wäre, würde niemand seine leise Stimme vernehmen, und wenn er versuchen würde, den Schild zu heben, um das Schwert des Gegners abzuwehren, würde das Holz allein ob dessen lautem Gelächter zersplittern. Nein, unmöglich konnte das, was Tigernán, Diarmait und der Hochkönig im Beisein der Mönche von Ferns ausgehandelt hatten, lange Bestand haben …

Ruari hatte Diarmait als Sieger der letzten Schlachten und als König von Leinster anerkannt, jedoch unter der Bedingung, dass er sämtliche normannischen Ritter fortschickte. Als Beweis dafür, dass er dieses Bündnis einzuhalten gedachte, hatte Diarmait sich verpflichtet, seinen Sohn Connor Ruaris Obhut anzuvertrauen. Und damit ihn nicht jeder als das ansah, was er zweifellos war – eine Geisel –, hatte Ruari ihm die Ehe mit seiner Tochter Rós versprochen, weswegen Connor dereinst die Hochkönigswürde einfordern könnte, falls Ruaris Söhne starben oder sich als Schwächlinge erwiesen.

Von den Mönchen des Augustinerklosters von Ferns, die diesen Friedensschluss bezeugt hatten, waren etliche zugegen – und fast alle waren sie betrunken. Einer von ihnen hatte nach einem alten Rezept Bier gebraut, dabei aber etwas durcheinandergebracht, sodass schon ein Schluck genügte, um zu taumeln. Zumindest tat das jener Bruder, der vom Bier gekostet und früher am Abend mit dem Kopf voran in den Fischteich gefallen war. Zum Glück hatte man ihn rechtzeitig an den Füßen packen und aus dem eiskalten Wasser ziehen können.

Diese Geschichte hielt Caitlín nicht davon ab, sich einen Humpen Bier reichen zu lassen und sogar mehr als einen Schluck zu nehmen. Betrunken wurde sie nicht so schnell, sie konnte ihren Blick weiter über die Versammelten schweifen lassen – über Männer mit roten Gesichtern, über Frauen, die auch Schmuck trugen, aber nicht so edlen wie sie, über Großkönige und Provinzkönige, von denen etliche die *mind* auf ihren Kopf gesetzt hatten – eine Krone in der Form eines Hutes, der entweder auf eine große Spitze oder viele kleine Stacheln am Hinterkopf zulief.

Wer sich mit solcher Krone an den Tisch setzt, feiert doch keinen Frieden, sondern zeigt dem Feind, dass er bereit ist, ihn notfalls aufzuspießen oder ihm die Augen auszustechen.

Und der blasse Frieden würde auch niemals so durchdringend funkeln wie die kreisförmige Brosche des Hochkönigs, die noch aus den Zeiten des großen Aedh Mac Ainmirech stammte und Gerüchten nach aus einem Tropfen seines Blutes bestand. Doch Blut war nicht so hart wie Stein, und selbst wenn es dazu gefroren wäre, würde es in der schweren, stickigen Luft schmelzen.

Eben wurde es noch heißer. Nachdem sich fast alle satt gegessen hatten – nur Cormac machte sich noch schmatzend über ein Stück Wildschwein her –, gab ein Geschichtenerzähler eine alte Legende zum Besten, und ein Gaukler spuckte Feuer. Caitlín konnte die Hitze der Flammen deutlich spüren, während Cormac selbst dann nicht zurückzuckte, als der Gaukler unmittelbar vor ihrem Tisch stand. Das Leinentuch war, wie Caitlín jetzt bemerkte, längst von seinem Schoß auf den Boden gerutscht, und sie bückte sich, um es aufzuheben. Dann aber verharrte sie in der Bewegung und stieg stattdessen mit den Füßen darauf. Was scherte es sie, ob es schmutzig wurde. Was scherte es sie, ob Cormac schmutzig war.

Just als sie sich aufrichtete, gewahrte sie verspätet, dass das Gemurmel abgerissen war, der Geschichtenerzähler verstummte und der Feuerspucker hustete.

»Nun los, Barde, zier dich nicht länger!«, ertönte eine laute Stimme.

Caitlín blickte sich um, konnte aber nicht erkennen, wer da mit einem Barden schimpfte. So verkniffen, wie sie beide dreinsahen, hätte es sowohl Diarmait als auch Tigernán sein können.

Sie haben auch vom Bier probiert, und es hat sie genauso wenig berauscht wie mich.

Im nächsten Augenblick wurde Caitlín allerdings blind für die Könige. Nicht länger zählte, wer den Barden gemaßregelt hatte, sondern dass sie dessen Stimme, als er antwortete, sofort erkannte.

»Jetzt ist nicht der rechte Moment«, erklärte Faolán O'Bjólan, ihr jüngerer Bruder, den sie zuletzt an dem Tag gesehen hatte, als sie sich Ascall freiwillig ausgeliefert hatte. Er saß nicht weit von Diarmait entfernt und hob abwehrend die Hände. »Nein, wirklich nicht!«, befand er.

Oh, Faolán ... Faolán ... Ich bin ja doch nicht der einzige Mensch in diesem Schweinestall. Ich bin ja doch nicht ganz allein auf der Welt ... Es gibt noch Menschen, die zu mir gehören, Menschen, die Caitlín O'Bjólan kennen ...

Sie stand so abrupt auf, dass das eigene Leinentuch vom Schoß rutschte, doch ehe sie zu ihrem Bruder stürzen und ihn umarmen konnte, entgegnete Diarmait ungeduldig: »Aber warum denn nicht? Du wirst allseits für deine schönen Lieder gerühmt und ebenso dafür, dass du Ascall von Toora getötet hast. Hast du je darüber gesungen? Ich denke, es gibt keine bessere Gelegenheit als dieses Fest.«

Noch stiller schien es im Raum zu werden, als Diarmaits Blick von Faolán zu Tigernán ging, ebenso verächtlich und herausfordernd, sodass nicht einmal dem betrunkensten aller Mönche entgehen konnte, dass er weniger ein Lied hören als den alten Rivalen demütigen wollte.

Und das mit einer Lüge?, fragte Caitlín sich verwirrt. Schließlich hatte Faolán Ascall gar nicht getötet ... zumindest hatte Cormac das behauptet.

Doch im Saal regte sich kein Widerspruch – selbst Tigernán zeihte Faolán nicht der Lüge. »Ich denke nicht, dass es am heutigen Abend angemessen ist ...«, erklärte er nur und presste seine bläulichen Lippen zusammen.

»Das verstehe ich nicht«, sagte Diarmait mit seiner heiseren Stimme. Sein Blick ging aufreizend zu Tigernáns Ehefrau Derbforgaill, und seine Augen funkelten wie schon lange nicht mehr. »Der Hochkönig liebt doch die Musik, und ich will ihn nicht um das Vergnügen bringen, einem Barden aus Leinster zu lauschen.«

Faolán hob wieder seine Hände. »Ich könnte ein anderes Lied ...«

»Nichts da! Nichts da!«, fiel Diarmait ihm ins Wort. »Du singst uns von Ascall von Toora und wie er unter deiner Hand fiel.«

Faolán sprang auf und floh. Sehr weit kam er nicht, bald nämlich rannte er in Gljómall hinein, der ihm die Harfe brachte und ihn so fordernd anstarrte, wie zuvor noch Diarmait es getan hatte.

»Nun sing schon!«, raunte auch er. »Mach die O'Bjólans nicht zum Gespött.«

Hilflos strich Faolán über die Saiten. Die Töne klangen schief, aber das schien niemand zu hören. Der Hochkönig zwang sich sogar zu einem Lächeln und nickte ihm aufmunternd zu, ein Beweis dafür, dass auch er nicht wusste, dass Faolán log.

Doch als Faolán zur ersten Strophe ansetzte, sprang einer auf und brüllte mit fettglänzenden Lippen: »Dieser Barde hat Ascall von Toora ganz gewiss nicht erschlagen!«

Die Platte vor ihr bebte, der Fettrand am Fleisch, das noch am Knochen hing, auch. Ein Raunen erhob sich, als die Blicke sich erst auf Cormac richteten, dann auf Caitlín, schließlich auf Faolán.

Ehe sie verächtlich wurden, schlug Diarmait mit der Faust auf den Tisch. »Man erzählt es sich in ganz Leinster!«, rief er. »Wer soll es denn sonst gewesen sein?«

Faolán ließ die Harfe singen und hob entschuldigend die Schultern. »Nun ja, genau betrachtet war es ein Krieger meiner Leibgarde ... Doch er handelte auf meinen Befehl, also habe gleichsam ich ...«

»In jedem Fall war es also ein Krieger von Leinster«, fiel Diarmait ihm zufrieden ins Wort.

»Aber diesen Krieger von Leinster habe ich erschlagen!«, fuhr Cormac auf. »Niemand soll mir nachsagen, ich hätte Ascalls Tod nicht gerächt.«

Tigernáns bläuliche Lippen verzogen sich zu einem Lächeln. »Kein Wunder, dass ihm das gelungen ist!«, sagte er für alle vernehmlich. »Ein Krieger aus Toora ist nun mal stärker als ein Krieger aus Leinster.«

Wieder schlug Diarmait mit der Faust auf den Tisch. Seine Frau Mór zog die Stirn in Falten, als hätte er ihren Kopf getroffen. »Wenn das so ist, weshalb ist Ascall dann tot?«, wütete er.

Caitlín zupfte an Cormacs Tunika, damit er sich setzte, doch er schüttelte ihre Hand ab, ja fegte die Platte mit dem fettigen Fleisch auf den Boden.

»Weil er in einen Hinterhalt gelockt wurde!«, dröhnte er, »und weil Männer, die solch schäbiger List bedürfen, keine Krieger sind, sondern Feiglinge.«

»Sag das noch einmal!«, rief Gljómall nicht minder laut.

Er sah sich auch nach einer Platte um, die er zu Boden schleudern konnte, doch weil der Tisch vor ihm schon abgeräumt war, warf er einfach diesen um.

»Oho!«, höhnte Cormac, als das Poltern verklungen war.

»Ich sage noch etwas: dass Ascall nämlich, bevor er selbst hinterrücks getötet wurde, euren Herrn bezwungen hat. Eigentlich ist es eine Ehre, wenn ich euch Feiglinge nenne, denn Männer, die Schwächlingen dienen – solchen, die nicht kämpfen, und solchen, die nur singen können –, sind nicht einmal das. Ein greinendes Kind würde ich schließlich auch nicht als Feigling beschimpfen.«

Bevor Gljómall über den umgestoßenen Tisch gesprungen war, kam Dúngal ihm zuvor. Vergebens versuchte Faolán ihn zu beschwichtigen, und erst recht hatte ihr Bruder keine Kontrolle über so viele andere Leinster-Krieger. Caitlín kannte nicht einen von ihnen, und wahrscheinlich kannten auch Gljómall und Dúngal sie nicht. Aber ein gemeinsam bekämpfter Feind einte mehr als ein gemeinsam genossenes Friedensmahl. Schon stürzten sie mit den Händen am Schwertknauf auf Cormac zu, der seinerseits Verstärkung von allen anwesenden Kriegern aus Breifne und Connacht bekam. Das Holz des umgestoßenen Tisches knirschte, als Nächstes würde sie wohl Knochen knacken hören.

Doch noch lauter als ein Schwerthieb war Ruari O'Connors Stimme, als er donnerte: »Schluss jetzt!«

Selbst Tigernán zuckte zusammen, und Diarmait senkte den Kopf – zumindest ganz kurz, ehe er sich erhob, um seinen Männern einen Befehl zuzuzischen. Eine Weile standen sie ganz starr, als wäre die Luft gefroren, dann traten sie zurück. Irgendjemand stellte auch den Tisch wieder auf, der zwar nun reichlich schief stand, aber immerhin noch drei heile Beine hatte. Sogar Cormacs Stuhl blieb heil, obwohl er sich so schwer darauf plumpsen ließ, als hätten ihn die Fäuste der Beleidigten getroffen. Sein Gesicht war hochrot, sein Mund glänzte dagegen nicht mehr vom Fett, weil er beim Reden so viel gespuckt hatte.

Caitlín atmete erleichtert aus, als alle wieder auf ihre Plätze zurückgekehrt waren. Auch Faolán schlich zu seinem Stuhl, doch ehe er ihn erreichte, traf ihn die Stimme des Hochkönigs.

»Damit Gerüchte nicht weiter wuchern können wie der Schimmel in den Ecken feuchter Räume, sagst du uns jetzt ein für alle Mal die Wahrheit.«

Ruari O'Connor hatte etwas leiser gesprochen, wenngleich immer noch schneidend. Faolán klammerte sich an seine Harfe, entging ihm doch wohl nicht, wie Dúngal und Gljómall wütend mit den Zähnen knirschten und wie auch Éilís, die sich bis jetzt hinter einem beleibten Krieger verkrochen hatte, zwar ein wenig besorgt, vor allem aber abschätzend auf Faolán starrte.

Armer, armer Bruder, dachte Caitlín, und sie hoffte inständig, dass ihm ein Ausweg einfiel, damit er nicht nur vor Diarmait und dem Hochkönig das Gesicht wahren, sondern auch als würdiger Herr zu den eigenen Männern und Éilís zurücktreten konnte.

»Nun, es stimmt, was ich eben schon sagte«, begann Faolán schließlich. »Nicht ich habe Ascall getötet, sondern einer meiner Männer. Und der wiederum wurde von Cormac erschlagen, womit diese Blutschuld getilgt ist.« Sein Blick ging zu ihrem Mann, doch dem ihren wich er aus. »Eine andere Blutschuld hingegen ist noch offen. Bevor er selbst starb, hat Ascall nämlich Riacán O'Bjólan getötet, und für diesen Mord steht uns Genugtuung zu.«

Der Hochkönig hatte geduldig zugehört, runzelte nun aber die Stirn. »Meines Wissens haben Ascall und Riacán einen Zweikampf ausgefochten. Von Mord kann nicht die Rede sein.«

Faolán hob voller Unbehagen die Schultern. »Das heißt nicht, dass Toora uns nichts schuldet«, befand er. »Ascall hat meine Schwester geheiratet, doch weder die *coibche* bezahlt noch die *tinnscra*. Und ihr zweiter Mann hat das erst recht nicht getan.«

Caitlín erstarrte. Die *coibche* war der Brautpreis, der eigentlich ihr zustand, damit sie über eigenen Besitz verfügte, falls die Ehe vorzeitig endete. Die *tinnscra* wiederum war jene Zahlung, die ein Bräutigam der Familie der Braut zu leisten hatte. »Uns stünden mindestens zwei Dutzend Kühe zu«, fügte Faolán nachdrücklich hinzu.

Jetzt wich er ihrem Blick nicht länger aus, aber als sie sich ansahen, war er nicht mehr ihr Bruder, den zu sehen sie sich eben noch so gefreut hatte.

Und ich bin doch ganz allein auf der Welt. Nur dass die Welt kein Schweinestall ist, sondern ein Gehege voller hungriger Wölfe.

»Ascall wäre gewiss bereit gewesen, die *tinnscra* nachträglich zu zahlen, wenn ihr ihn nicht in einen Hinterhalt gelockt hättet!«, rief Tigernán empört.

»Warum war er aber auch so dumm, darauf hereinzufallen?«, hielt Diarmait entgegen. »Und warum hat ausgerechnet Ascall von Toora meinen Sohn in den Süden gebracht?«

»Weil er damals noch eine wertvolle Geisel war«, sagte Tigernán spöttisch. »Blind, wie er mittlerweile ist, ist er natürlich nicht länger zu etwas zu gebrauchen.«

»Ich steche dir das Auge aus, das dir noch verblieben ist, wenn dein Krieger nicht die Blutschuld zahlt.«

»Probier es doch!« Wieder begann es in der Halle gefährlich zu brodeln, wieder duckte sich der Frieden wie ein Flämmchen vor dem Wind. Ehe ein Sturm daraus erwuchs, erhob sich der Hochkönig abrupt. »Genug!«, rief er. »Die O'Bjólans bekommen die Kühe, und dann möchte ich nie wieder von dieser Angelegenheit hören.«

Kühe … sie wollten Kühe … Dabei gab es in Toora doch vor allem Schafe. Und noch dümmer als ein Schaf war ihr Ehemann. Der fraß mit gutem Appetit weiter und hätte wahrscheinlich auch drei Dutzend Kühe hergegeben, solange niemand glaubte, dass Ascall von einem Barden getötet worden war.

Diarmait hingegen konnte es nicht lassen zu widersprechen. »Bis die Kühe durch dieses steinerne, hügelige Land getrieben worden sind, bestehen sie nur mehr aus Haut und Knochen. Nein, ich verlange hier und heute Genugtuung für die O'Bjólans.«

Der Frieden besteht auch nur mehr aus Haut und Knochen. Und doch tut jeder so, als ob er gut genährt wäre.

Eben kämpfte der Hochkönig um diesen Frieden, indem er ein Seufzen unterdrückte und fragte: »Was schlägst du vor?«

Cormac fraß und fraß. Als die Platte leer war, bückte er sich, um das Fleisch vom Boden aufzuheben, das er zuvor dorthin geschleudert hatte. Caitlín starrte auf den zitternden Fettrand, weil sie nicht wusste, wohin mit ihrem Blick. Zu spät erkannte sie, dass sich der von Éilís auf sie richtete.

»Die Frau des Großkönigs von Toora trägt kostbaren Schmuck«, mischte sie sich mit jener vertrauten Stimme, die immer etwas nörgelnd und beleidigt klang, ein. »Er ist mindestens so wertvoll wie ein Dutzend Kühe. Wir wollen auf den Rest verzichten, wenn sie ihn uns sogleich aushändigt.«

Caitlín sog scharf den Atem ein. So musste Riacán sich gefühlt haben, als Ascalls Schwert sich in seinen Leib gebohrt hatte. So musste Ascall sich gefühlt haben, als ihn das von Fiacc getroffen hatte. Die beiden waren durch den Tod vom Schmerz erlöst worden. Caitlín hingegen musste ihn ertragen, als sie wieder zu Faolán blickte.

Lass es nicht zu, Bruder, dass ich vor aller Welt beschämt werde, lass es nicht zu ...

Aber ihr Bruder wandte nichts gegen den Vorschlag ein, sondern schien einfach nur zutiefst erleichtert, weil er Éilís und die Männer mit dem Schmuck zufriedenstellen konnte. Éilís würde den Schmuck mit jenem spöttischen Lächeln, das nicht nur ihre Zähne, sondern auch das dunkle Zahnfleisch zeigte, tragen, und die Männer würden ihren Anteil versaufen und später lauter rülpsen, als man über Faolán lachen konnte.

Der Hochkönig nickte nicht einmal Caitlín, sondern nur Cormac zu. »Bringen wir es hinter uns«, sagte er, und Cormac fraß und fraß, während Caitlín mit zitternden Händen an ihrem Schmuck nestelte.

Ascall hätte diese Demütigung niemals hingenommen, ging ihr auf, und dass sie sich nicht länger nach ihrer Familie sehnte, die sie eben verraten hatte, nicht länger nach Riacán, der sie erst in diese Lage gebracht hatte, sondern nach dem Ehemann, den sie anfangs doch gehasst und gefürchtet hatte, jagte ihr bittere Tränen in die Augen. Sie weinte vor Scham, und sie weinte auch um Ascall, als sie den Schmuck abnahm, ihn zornig auf den Boden warf und aus der Halle stürmte.

»Caitlín, warte!«

Sie hielt inne. Neben dem Eingang zur Halle war eine Kerze aufgestellt worden, so groß wie ein Kleinkind und mit einem buschigen Docht, der einem abgebrochenen Ast glich – ein

Zeichen dafür, dass der Hochkönig hier in Ferns weilte. Eine Kerze wie diese stand auch neben den drei Residenzen Ruaris in Connacht. Doch so dick der Docht auch war – das Feuer flackerte erbärmlich. Und mit ihrem Hass verhielt es sich ähnlich.

Anstatt auf Faolán, der ihr gefolgt war, loszugehen und ihn zu schlagen, wie es ihre erste Regung war, stieß Caitlín lediglich aus: »An jenem Tag habe ich auch dir das Leben gerettet. Wenn ich mich nicht freiwillig ausgeliefert hätte, hätte Ascall alles niedergemacht. Und nun ziehen du und Éilís Nutzen aus meinem Opfer!«

»Es tut mir leid …«

Er hielt den Kopf gesenkt, sodass ihm die blonden Locken ins Gesicht fielen. Die Harfe trug er nicht mehr bei sich, als wollte er sie nicht mit seinem Verrat an ihr beschmutzen. »Es tut mir wirklich leid …«

Sie erinnerte sich an die Muscheln, die er ihr einst geschenkt und aus denen sie eine Kette gefertigt hatte. Was sollte sie bloß mit dem traurigen Lächeln machen, das er ihr nun schenkte? Verhieß es nur falsches Mitleid oder echten Trost?

»Éilís hat mich nie gemocht«, sagte sie leise. »Es hat sie immer verbittert, dass Riacán und ich uns so nahestanden. Hast du nicht gesehen, wie hämisch sie grinste, als ich den Schmuck abnahm?«

»Éilís wollte so wenig wie ich …«

»Verteidige sie nicht!«, fiel Caitlín ihm scharf ins Wort. »Ich weiß, dass du sie liebst, aber sie wird deine Gefühle nie erwidern.«

»Weil ich kein Krieger bin.«

»Nein«, sagte Caitlín, »nicht, weil du kein Krieger bist, sondern weil sie herzlos ist.«

»Du hast sie nicht mit Cian gesehen.«

»Warum zieht sie ihn groß? Warum nicht seine leibliche Mutter?«

Faolán zuckte nur mit den Schultern, und sie ahnte die Wahrheit. »Ich weiß«, sagte er leise, »du verachtest mich für das, was ich getan habe. Vater hat mich auch immer verachtet – weit mehr als jemals Riacán. Als ich seinerzeit lieber zur Harfe als zum Holzschwert griff, wollte er mich in einen Brunnen werfen. Mutter hielt ihn davon ab, weil sie meinte, das Brunnenwasser werde davon faulig. Daraufhin wollte er mich in den Fluss werfen, aber Mutter sagte, dass er damit nur die Fische vertreibe. So spielte er mit den Gedanken, mich ins Meer zu werfen. Von der Siedlung der O'Bjólans aus ist es jedoch weit bis zum Meer, und er hatte keine Lust, mich so lange zu tragen, also warf er am Ende nur die Harfe in den Brunnen. Mutter hat ihn angelächelt und mir später eine neue geschenkt.«

»Sie hörte dich immer gern spielen«, sagte Caitlín mit erstickter Stimme. »Éilís nicht.«

»Mittlerweile doch. Ich singe Cian oft in den Schlaf ...«

Caitlín verschränkte die Arme vor der Brust. Obwohl sie aus Angst vor der Trauer nicht zu wagen fragte, ob Cian Riacáns rotbraune Locken hatte, glaubte sie den Kleinen ganz deutlich vor sich zu sehen und ebenso, wie ihm Éilís liebevoll über den Kopf streichelte und Faolán auf seiner Harfe spielte.

»Ach Caitlín ... ich konnte nicht anders handeln ... ich musste der Leibgarde und Éilís doch etwas geben ... Und der Schmuck ... Ach, dir war doch nie an Schmuck gelegen.«

Das Bild von der vermeintlich glücklichen Familie verblasste. Ein anderes stieg umso deutlicher vor ihr auf, und ihr schossen wieder Tränen aus den Augen.

»An diesem schon«, brachte sie erstickt hervor, ehe sie davonhastete.

Obwohl es längst finster war, ging es im Hof geschäftig zu. Dienstboten liefen auf und ab, die Mönche kehrten zum Kloster von Ferns zurück. Die meisten Gäste folgten, waren sie doch im großen Refektorium untergebracht. Ein steinerner Kamin spendete dort Wärme, zwischen den Bettstätten waren hölzerne Abtrennungen angebracht, die bis zur Decke reichten. An einem großen Haken konnte man Kleider und Waffen aufhängen – wobei Cormac immer nur seinen Umhang ablegte, aber auf seinem Schwert schlief.

Caitlín versteckte sich in der Nähe der Latrinen. Wenn sie Glück hatte, hatte Cormac so viel gegessen, dass er später, wenn sie zu ihm schlich, laut schnarchen würde und nicht auf die Idee käme, sich auf sie zu legen.

Das erste Mal hatte er das getan, nachdem er aus dem Wald zurückgekehrt war, wo er zwei Tage und zwei Nächte nach Ailillán gesucht hatte. Er hatte behauptet, ihn am Ende der zweiten Nacht aufgespürt zu haben, ihn wie einen Hasen am Genick gepackt und so lange geschüttelt zu haben, bis er sich nicht mehr rührte. Und Caitlín, die zwei Tage und zwei Nächte nicht hatte schlafen können, hatte gleichgültig gefragt, wo sein Leichnam jetzt sei. Dort, wo er hingehöre, war Cormacs Antwort gewesen, auf dem Grund eines Moors, das noch übler stinke als sein verrottender Leib.

Danach, so erinnerte sie sich nun deutlich an die erste Zeit an Cormacs Seite, hatte er zunächst sich selbst ausgekleidet, dann sie. Anders als Ascall war es ihm gleich, ob sie die Augen offen hielt oder nicht, wenn er sie nahm. Überhaupt schien ihm immer gleich zu sein, wer da unter ihm lag, Hauptsache, es war eine Frau. Sein Ausdruck war derselbe wie beim Essen, und sein Schnaufen klang denn auch wie ein Rülpsen. Ailillán ist nicht tot, dachte sie bei jedem Stoß, Cormac sagt nicht die Wahrheit. Er hätte den Leichnam nie in einem Moor versenkt, sondern an die Burgmauer von Dún Fionn gehängt. Ailillán muss entkommen sein.

Und diese Hoffnung machte sie stark.

In der kommenden Nacht wälzte sich Cormac wieder auf sie, und wieder dachte sie: Ailillán ist nicht tot, er darf nicht tot sein, Cormac hat gelogen. Aber das machte nicht stark wie in der Nacht zuvor, sondern verzweifelt. Selbst wenn Ailillán lebte, musste sie sich doch selbst tot stellen, um Cormacs Berührungen zu ertragen, denn jener Triumph, dass sie Cormac damals in der Hütte überlistet und deshalb überlebt hatte, wich längst der Einsicht, dass das Überleben womöglich kein Sieg, sondern ständige Qual blieb, solange sie an diesen tumben Tor gebunden war.

In der dritten Nacht nahm er sie wieder, in der vierten ebenfalls – schließlich aß er auch mehr als Ascall –, und je länger sie alle Gefühle tot stellte, desto blasser wurde der Glaube, dass

Ailillán noch lebte. Jeder Stoß trieb ihn ihr ein wenig mehr aus, und wenn ihr Cormacs säuerlicher Atem in die Nase stieg, glaubte sie daran zu ersticken.

Doch ... doch ... vielleicht ist er doch tot ... und ich habe ihn umgebracht ...

Am Morgen der fünften Nacht betrat sie zum ersten Mal die Kammer, in der Ailillán gehaust hatte. Früher hatte sie gedacht, dass er mit den anderen Kriegern in der Halle schlief, dann aber herausgefunden, dass er in einem niedrigen Raum lebte, der sich in der Burgmauer befand und jenem glich, in dem Énna damals gefangen gehalten worden war. Der Raum war eiskalt, die Halterung für die Fackel, die sich an der Wand befand, leer, auf dem Boden lagen ein Strohsack und etliche Felle. Auch diese waren kalt, doch als sie eines an ihr Gesicht presste, glaubte sie, Aililláns Geruch wahrzunehmen.

Caitlín hängte sich alle Felle um, öffnete schließlich eine kunstvoll geschnitzte Truhe, fand hier noch mehr Felle, die sie sich um die Schultern legte, aber auch Aililláns Schmuck. Die Fibel und Broschen, die er so oft getragen hatte, außerdem Ringe, Ketten und Ohrringe. Woher er die Geschmeide wohl hatte? Ob er sie noch lebenden Opfern gestohlen hatte oder bereits toten?

Als sie den Schmuck an sich nahm, glaubte sie wieder daran, dass Ailillán noch lebte. Er musste einfach leben, sonst würde der Schmuck nicht so warm auf ihrer Haut liegen, gleich so, als würde er von Blut durchströmt werden und als pochte ein Herz in ihm!

Doch jetzt trug sie keinen Schmuck mehr. Jetzt dachte sie: Ailillán ist tot.

Als der Hof sich leerte, die große Kerze erlosch und sie zu frieren begann, ging Caitlín immer noch nicht zum Kloster, sondern in die kleine Kapelle in der Nähe. Gotteshäuser wie diese gab es in Irland zu Hunderten. Nur die Grundfesten bestanden aus Bruchstein, die Wände darüber waren ebenso aus Holz und Flechtwerk wie der oft schiefe Turm. Auf das Strohdach fielen tagsüber die Schatten von Eiben, Eichen und Eschen, doch jetzt glichen die Bäume einer schwarzen Wand.

Der Eingang befand sich hier wie überall im Westen, der Altar – ein schlichter Holztisch, über dem ein Kreuz mit dem Erlöser hing – im Osten. Auf die Wand dahinter hatte jemand vier Bäume gemalt, die in den Evangelien wurzelten und von ihnen genährt wurden. Im Licht der unruhig flackernden Kerzen, die auf dem Altar standen, glichen die Wurzeln sich windenden Schlangen. Das vierte Evangeliar war kaum zu sehen, weil davor ein Schrein stand, in dem Buchstaben eingeritzt waren – entweder der Name des Heiligen, dessen Reliquien sich darin befanden, oder der Name dessen, der diesen Schrein gestiftet hatte. Caitlín konnte die Buchstaben nicht entziffern, denn schon wieder begann sie zu weinen, gleichwohl sie sich auf die Fingerknöchel biss, um keinen Laut von sich zu geben. Kraftlos sank sie gleich neben der Eingangstür auf die Knie.

Wahrscheinlich hätte sie bis zum Morgengrauen geweint, wenn sie nicht plötzlich das Quietschen von Holz und Schritte vernommen hätte. Sie verharrte weiterhin auf ihren Knien, aber hob den Kopf weit genug, um zu sehen, dass eine Frau die Kirche betreten hatte. Ihr Gesicht war unter einer dunklen Kapuze verborgen, doch diese schob sie jetzt zurück, woraufhin feuerrotes Haar sichtbar wurde. Auch der Mann, der ihr in die Kirche gefolgt war, nahm seine Mütze ab, doch darunter kam nur schütteres Haar zum Vorschein, das an den Rändern einer kreisrunden Glatze wuchs. Es war nicht nur dieses, sondern vor allem sein Watscheln, das Caitlín verriet, wer dieser Mann war.

Pól ... der Händler aus Dublin, dem sie es verdankte, dass Ascall sie zur Ehefrau, nicht zur Sklavin gemacht und über den sie mit Faolán und Riacán so oft gespottet hatte. Die Erinnerungen beschworen ebenso viel Wehmut wie Bitterkeit, und während sie ihnen nachhing, verpasste sie den Zeitpunkt, sich den beiden zu erkennen zu geben und wieder aus der Kirche zu huschen.

Schon wandte sich die Frau mit dem roten Haar an Pól. »Ihr hättet mir helfen sollen, Königin zu werden. Stattdessen habt Ihr Connor gleichsam zum Hochkönig gemacht«, rief sie anklagend. Dass die Stimme, so dunkel und rau, nicht zu dem glänzenden Haar passte, hatte sich Caitlín schon gedacht, als sie am Morgen der jungen Frau vorgestellt worden war. Es war Aoife – Diarmaits jüngste Tochter. »Und obendrein«, fuhr diese vorwurfsvoll fort, »lebt er nun in Connacht. Gwalchgwyn wird also keine Gelegenheit bekommen, um …«

»Sei froh!«, fiel Pól ihr ins Wort. »Ich kann mir nicht vorstellen, dass es ihm ein zweites Mal glückt, den Sohn eines Königs ungestraft zu blenden.«

»Sprecht es nicht aus!«

»Aber dass ich schweige, willst du doch auch nicht, sonst hättest du mich nicht hergebeten.«

»Ich will, dass Ihr mir erklärt, warum Ihr für Frieden gesorgt habt!«

Pól zuckte mit den Schultern. »Was gibt's da zu erklären, was dir nicht selbst aufgehen würde, wenn du lange genug darüber nachdächtest? Connor wird nun in Ruaris Obhut leben, und dass der ihn seinen Schwiegersohn heißt, hat wenig zu bedeuten. Man kann auch einem Schaf viele Namen geben, es bleibt ja doch ein Schaf. Und Connor bleibt eine Geisel … eine, die nicht lange leben wird, wenn dein Vater wieder losschlägt.«

»Aber Ihr habt meinem Vater doch erfolgreich eingeredet, er habe genug erreicht.«

»Er vielleicht schon, die Normannen nicht. Glaubst du wirklich, sie lassen sich so einfach vertreiben? Nun gut, es stimmt – Prendergast hat mit MacGiolla Padraics Hilfe über Waterford die Insel verlassen. Doch FitzStephen hat nicht die Absicht, nach Wales heimzukehren, um dort erneut in Rhys ap Gruffydds Kerker zu schmoren – im Gegenteil. Eben hat er seinem Halbbruder Maurice FitzGerald eine Botschaft zukommen lassen, damit ihm der so schnell wie möglich nach Irland folgt. Sie wollen gemeinsam Dublin einnehmen.«

»Das wird mein Vater nie gestatten!«

»Warum denn nicht?«, gab Pól gleichmütig zurück. »Diarmait hasst die Dubliner. Er war ein Kind, als sein Vater von diesen getötet und mit einem Hund begraben wurde. Ich glaube, es war nicht einmal eine Dogge mit glänzendem Fell, sondern ein kleiner Köter, dem ein Ohr fehlte. Und nicht nur, dass sie ihn mit einem Hund begraben haben, nein, obendrein unter dem Wohnsitz des Königs von Dublin, sodass der so lange auf den Knochen trampelte, bis sie zu Staub zerfielen.«

Aoife starrte den Händler nachdenklich an. »Aber mein Vater wird Connors Leben nicht in Gefahr bringen. Nicht nach dem, was mit Énna geschehen ist ...«

»Dein Vater weiß so gut wie ich, dass er mit einem Angriff auf Dublin Connors Leben nicht gefährdet. Der Hochkönig und Tigernán hassen die Dubliner doch auch. Für sie setzen sie gewiss nicht den Frieden aufs Spiel. Im Übrigen bin ich mir nicht einmal sicher, ob die Normannen die Stadt einnehmen wie Wexford. Es genügt, das Umland zu verwüsten, um die Dubliner einzuschüchtern und sie zu horrenden Zahlungen zu zwingen.«

Aoife ging unruhig auf und ab, blickte dabei aber fortwährend auf Pól, sodass sie blind für Caitlín blieb. Der pochte das Herz bis zum Hals.

Dublins Umland verwüsten ...

»Ich verstehe ...«, murmelte Aoife.

»Wegen Dublin wird Ruari Connor also nicht hinrichten oder blenden lassen«, fuhr Pól fort. »Um ihn loszuwerden, musst du wohl ein wenig nachhelfen. Eigentlich ist es eine Schande, dass ich dir das erst sagen muss. Man sollte meinen, dass du nun, da du eine Angel hast, den Fisch selbst fangen kannst – selbst wenn er glitschig ist.«

»Oh, ich weiß genau, was ich tun muss«, sagte Aoife stolz. »Ich werde Hervey de Montemarisco zu Strongbow schicken und dafür sorgen, dass endlich auch er nach Irland kommt, um nicht nur Städte zu erobern, sondern ganze Landstriche. Spätestens dann muss der Hochkönig Connor töten lassen.«

»Na also!«

Aoife presste die Lippen aufeinander. »Ich fürchte nur, Strongbow ist kein glitschiger Fisch, sondern ein Hündchen«, murmelte sie dann kleinlaut, »und zwar ein noch winzigeres als das, welches mit meinem Großvater begraben wurde. Was, wenn er sich unter König Henrys Rock versteckt und sich zu kommen weigert?«

Pól zuckte mit den Schultern. »Dann kannst du immer noch FitzStephen heiraten. Ich bin sicher, dass es dir gelänge, auch ihn zu umgarnen. FitzStephen hat eine Vorliebe für dumme Frauen, musst du wissen. Gewiss kannst du ihn mühelos glauben machen, dass du eine bist.«

Aoife starrte Pól vernichtend an, doch der lachte nur, ehe er die Kapelle verließ. Bald zog sich auch Aoife die Kapuze über den Kopf und folgte ihm.

Caitlín erhob sich mit pochendem Herzen. Der Frieden von Ferns war ja noch erbärmlicher, als sie gedacht hatte. Ihn zu vernichten brauchte man nicht einmal Könige und Krieger, es bedurfte nur eines intriganten Mädchens und eines fetten Händlers.

Was die beiden dazu bewog, wusste Caitlín nicht, konnte sie doch etliches von dem Gesagten nicht recht deuten. Sie wusste nur, dass Dublins Umland bald von den Normannen heimgesucht werden würde und dass folglich auch die Siedlung der O'Bjólans in Gefahr war.

Caitlín sah auf das Bild hinter dem Altar. Die Kerzen flackerten nicht mehr so unruhig, die Wurzeln glichen nicht mehr Schlangen. Nein, die Bäume schienen von den Evangelien nicht genährt, sondern vielmehr in Ketten gelegt zu werden.

So vieles auf der Welt ist eine Täuschung. Was satt zu machen verspricht, lässt uns oft noch hungriger zurück, und was Reichtum verheißt, ist nutzlose Last, wenn wir vor dem Tod davonlaufen.

Ihr selbst fiel das schwer genug, und wenn sie nicht nur dem Tod, sondern auch Cormac entkommen wollte, war das neue Aufflackern des Krieges lauter und heißer als das Flimmern der Friedenskerze – ihre einzige Hoffnung. Schließlich wurden Krieger wie er von den Flammen des Krieges wie Wachs verzehrt, und seinen Tod wünschte sie sich in diesem Augenblick mehr als Faoláns und Éilís' Überleben.

Nein, sie würde niemandem anvertrauen, was sie hier in der Kapelle belauscht hatte. Es sollte nicht ihre Sorge sein, wie lange sich ihr Bruder und ihre Schwägerin an Aililláns Schmuck erfreuen konnten.

FAOLÁN

Sitriuc wollte die Kuh nicht töten. Was er genau in dem Tier sah, wusste Faolán nicht, denn es graste nicht schneller als die anderen, muhte nicht lauter und schlug, wenn Fliegen es umschwirrten, mit dem Schwanz danach. Doch Sitriuc war der Meinung, dass diese Kuh eine ganz besondere war.

»Auch besondere Wesen sterben irgendwann, das ist der Lauf der Welt«, erklärte Sitriucs Mutter, die Faolán herbeigerufen hatte. »Das Land schweigt, wenn der Schnee fällt, die Blumen ertragen es, wenn sie unter dem Eis frieren, und die Blätter brausen nicht auf, wenn der Wind sie von den Ästen reißt.«

Sitriuc hörte in Ruhe zu, deutete dann aber auf den Himmel, der an diesem Tag strahlend blau wie selten war. Der ferne Himmelsvater schob keine einzige Wolke zwischen sich und die Menschenkinder, was er manchmal tat, damit er sie nicht sehen musste, und ließ keine beißenden Winde wehen, um sie nicht zu riechen. Bald mochte der Herbst beginnen, heute hingegen war ein Sommertag und, so sah es Sitriuc, nicht die richtige Zeit, eine Kuh zu töten.

Faolán fiel nichts mehr ein, um ihn zu überreden, und seine Mutter gesellte sich zu einer anderen Sklavin, die gerade Butter mit Salz verrührte. Eine weitere Frau glättete mit einem Stück Eisen, an dem ein Griff aus Walknochen angebracht war, Leinenkleider, und nicht weit von ihr kochte eine die Äste der Erle, um später Stoffe rötlich braun zu färben. Ihre Lieder mischten sich mit den Gesängen jener Frau, die mit einem schweren Hammer auf Flachs einschlug, bis die weiche Faser von der spröden Rinde befreit war. Nur eine sang nicht, sie fluchte. Sie hatte den schon fertigen Flachsfaden in einem Sud aus Pottasche und Wasser ausgewaschen und wollte ihn auf einem Stück Weide neben dem Langhaus ausbreiten und trocknen lassen, rutschte dabei aber aus und fiel der Länge nach hin. Alsbald wurde ihr Fluchen wieder von süßen Lauten übertönt, dieses Mal von keinem Lied, sondern einem Lachen.

Éilís stieß es aus, als Cian sich an seinen ersten Schritten versuchte. Er war mittlerweile ein Jahr alt und so dick, dass die abergläubische Muirne, die ihn einst für einen Wechselbalg gehalten hatte, behauptete, sie habe damals recht gehabt: In seiner Brust lebten wohl zwei Seelen, die entsprechend viel Platz bräuchten. Wann immer Éilís Muirne sah, fauchte sie sie an, sie solle ihrem Sohn fernbleiben. Jetzt saß die alte Sklavin draußen und spann, während Éilís Cian über die Wiese lockte. Der Kleine schnaufte, fiel und weinte, rappelte sich auf, schnaufte wieder und weinte wieder. So zornrot das Gesicht heute auch anlief – für gewöhnlich war er ein glückliches und sattes Kind. Und glücklich war auch Faolán, wenn er auf die strammen Beinchen sah, die ihn nie an die zarte Ceara denken ließen und die der beste Beweis dafür waren, dass nicht nur Mutter-, sondern auch Ziegenmilch ein Kind dick machen konnte.

Mit Mühe riss er sich von dem Anblick los, trat wieder zu Sitriuc und hielt ihm den Speer vors Gesicht. »Wir … wir können ihn auch gemeinsam führen. Es ist nur wichtig, dass du es lernst …«

Sitriuc blickte starr zu Boden, während die Kuh Faolán vorwurfsvoll anglotzte.

»Sie hatte ein gutes Leben, litt nie an einer Krankheit, konnte immer auf satten Wiesen grasen. Jetzt hat sie einen guten Tod verdient – und ein guter Tod ist immer ein schneller.«

Sitriuc hob den Kopf, sah ihn zweifelnd an und deutete wieder auf den sauberen Himmel.

»Ach Sitriuc«, seufzte Faolán. »Ich verstehe dich ja, aber sie ist nur eine Kuh.«

Sitriuc schüttelte störrisch den Kopf, formte lautlos ein Wort, und Faolán erinnerte sich vage daran, dass Sitriuc Kühen Namen gab. Vielleicht könnte er den Jungen eher überzeugen, wenn er den Namen wiederholte. Doch just, als er den Mund öffnete, zeigte sich, dass der Tod grelles Sonnenlicht doch nicht fürchtete.

Etwas schoss auf sie zu, schneller, größer, lautloser als ein

Vogel, und ehe Faolán zur Seite springen konnte, ergoss sich eine warme Flüssigkeit über seinem Gesicht – das Blut der Kuh, die eben auf den Boden sackte und deren Kehle von einem ungleich größeren Speer zerfetzt worden war als dem, den er in den Händen hielt. Und Sitriuc, der stille Sitriuc, schrie und schrie und schrie. Er beugte sich über die Kuh, schrie weiter, umarmte sie, schrie immer noch. Eines der Augen des Viehs war weit aufgerissen, das andere geschlossen.

Während Faolán wie erstarrt dastand, stürzte Sitriucs Mutter auf ihren Sohn zu und schlug ihm die Hand vor den Mund. Er jammerte nunmehr gedämpft, als er anklagend in Richtung Tor deutete, und auch Faoláns Blick richtete sich auf den Mann, der dort stand, der den Speer geworfen haben musste und der überdies mit einem Schwert bewaffnet war. Er hielt den kunstvollen Griff umklammert, zog es noch nicht aus der Scheide, aber nickte dem Dutzend kampfbereiter Männer hinter sich zu. Wieder schossen Speere an Faoláns Kopf vorbei, und wieder spritzte warmes Blut auf ihn. Eine weitere Kuh sackte zu Boden, das Grunzen eines Schweines erstarb, Hühner liefen umher, erst gackernd, dann, nachdem sie geköpft wurden, noch eine Weile stumm. Federn stoben hoch, und eine kitzelte in Faoláns Nase. Erst als er niesen musste, vermochte er sich aus der Starre zu lösen und zum Anführer der Männer zu laufen. Nahezu bedauernd blickte dieser Faolán entgegen, der ihn seinerseits nicht lange musterte. Auf den Wiesen, den satten grünen Wiesen, lagen weitere Kühe.

Tot ... tot ... fast die ganze Herde war tot.

Wer noch lebte und schreiend auf ihn zurannte, waren Gljómall und Dúngal. Sie kamen vom Wald, wo sie häufig jagten – Faolán war nicht sicher, ob Mensch oder Tier. Er war erleichtert über ihre Rückkehr und sogar darüber, dass sie ihre Schwerter schwangen, um, wenn auch nicht mehr die Tiere, so doch die Menschen der Siedlung zu beschützen. Ehe sie aber damit auf einen der feindlichen Ritter losgehen konnten, flog auch auf sie ein Speer und blieb vor ihnen im Boden stecken. Die beiden erstarrten, während der Anführer, der am Tor verharrt hatte, auf Faolán zutrat.

»Wir werden keine Menschen töten«, erklärte er, »zumindest nicht, wenn es nicht notwendig ist.«

Faolán hörte die Worte kaum, denn die Frauen schrien viel zu laut. Die eine, die mit dem Hammer auf den Flachs gehauen hatte, hatte ihn auf die eigene Zehe fallen lassen und schrie vor Schmerz. Die andere hatte das heiße Eisen so lange auf dem Leinen liegen lassen, dass es verbrannt war, und schrie vor Panik. Sitriucs Mutter schrie auch, als sie vergebens versuchte, den Sohn von der toten Kuh fortzuziehen. Ihre Tunika blieb an einem Horn hängen, und obwohl das Reißen leiser war als das Schreien, glaubte Faolán, auch das zu hören.

Einer schrie nicht, sondern lachte. Der kleine Cian hielt das Wüten der fremden Krieger für einen großen Spaß. Während Éilís ihn an sich zog und versuchte, seine Augen mit ihren Händen abzuschirmen, klatschte er begeistert, als ein weiteres kopfloses Huhn seine letzten Kreise zog. Éilís war leichenblass geworden, starrte eine Weile auf das Huhn, das endlich leblos zu Boden fiel, dann zu Faolán – hilfesuchend, aber auch vorwurfsvoll. So tu doch etwas!, schien sie ihm lautlos zuzurufen.

Er öffnete den Mund, brachte keinen Ton hervor. Stattdessen geriet etwas von dem Blut des toten Rindes in seinen Mund.

So schmeckt also Angst – nach Blut. Auch ein schneller Tod ist kein schöner, auch an einem sonnigen Tag stirbt man.

Faolán schluckte das Blut und wandte sich an den Anführer. »Wer ... wer seid Ihr?«

Der Blick des Mannes glitt über ihn und drückte Anerkennung aus, als Faolán die Frage auf Normannisch wiederholte, der Sprache, die ihm Jordan in den letzten Wochen beigebracht hatte.

»Maurice FitzGerald«, sagte er knapp. »Der Halbbruder von Robert FitzStephen.«

Normannen ... Normannen ... sie waren immer noch oder schon wieder auf der Insel ... Diarmait hatte bei den Friedensverhandlungen in Ferns gelogen. Oder er hatte die Wahrheit gesagt, aber sein Versprechen wieder zurückgenommen.

»Warum habt ihr es ausgerechnet auf uns abgesehen?«

»Den O'Faeláins ergeht es gerade nicht besser.«

Die O'Faeláins hatten einst ihre Kühe gestohlen – zumindest hatte das Riacán so ausschauen lassen.

»Aber ...«, setzte Faolán an und verstummte wieder. Alle Tiere im Hof waren mittlerweile tot, doch auf der Wiese hatte noch ein Stier überlebt. Er senkte den Kopf und richtete seine Hörner drohend auf seinen Angreifer, dessen Speer ihn eben verfehlt hatte. Doch schon traf ihn ein anderer in den Hinterleib, und der Stier brüllte ein letztes Mal durchdringend, ehe seine Hinterbeine nachgaben.»... aber die O'Bjólans standen stets treu zu Diarmait!«, rief Faolán.

»Ich weiß«, gab Maurice FitzGerald zurück. »Deswegen sagte ich ja, dass wir es nur auf die Tiere, nicht auf die Menschen abgesehen haben ... zumindest solange ihr stillhaltet.«

Gljómall schien dazu nicht bereit. Eben nahm er den Speer, der vor ihm im Boden steckte, und hob ihn drohend. Welch ein Narr, dachte Faolán, welch ein Narr!

Doch die Männer waren nicht so dumm, um es mit dieser Übermacht aufzunehmen. Anstatt den Speer zu werfen, zerbrach Gljómall ihn nur, warf die beiden Teile zu Boden und spuckte darauf.

Faolán suchte wieder Éilís' Blick, die war indes ins Langhaus geflohen. FitzGeralds Männer betraten dieses nicht, sie stürmten nun die Vorratskammern, und als sie zurückkamen, waren ihre Gesichter mehlüberzogen. Die Säcke mit dem noch nicht gemahlenen Getreide stachen sie erst im Freien auf, und die Körner rieselten in die großen Blutlachen.

»Ihr sagt, ihr tötet nur Tiere«, rief Faolán. »Ohne Vorräte werden wir verhungern.«

Wieder stand dieses Bedauern in FitzGeralds Blick. »Eigentlich wollen wir nicht euch verhungern lassen, sondern die Dubliner. Leider kommt es aufs Gleiche raus ...«

Faolán begriff. Sie hatten es gar nicht auf ihre Rinder abgesehen, sondern auf Dublin ... Diarmait würde die Stadt entweder erobern oder ihr zumindest ein Vermögen abringen, falls er sie verschone ... Die Verwüstung des Hinterlands war nichts anderes als eine Botschaft: Erstickt an euren Gewürzen, ersauft in eurem Wein, aber Getreide und Fleisch kriegt ihr keines mehr, wenn ihr nicht vor Diarmait und den Normannen buckelt.

Einer der Männer trat zu FitzGerald. »Sollen wir die Häuser anzünden?«

FitzGerald schüttelte den Kopf. »Nein, hier nicht.«

»Wie edel«, entfuhr es Faolán.

»Das habt ihr Diarmait zu verdanken.«

Ein Windstoß erfasste die Mehlschicht, die das Gesicht des Mannes bedeckte, und prompt stob eine weiße Wolke hoch. Immer noch stand der Himmel in strahlendem Blau.

Zeit ...

Wie damals, nach Riacáns Tod, hatte er auch an diesem Tag nicht viel Zeit. Sobald Maurice FitzGerald und sein Trupp das Land verlassen hatten, bückte sich Gljómall nach den zwei Teilen des Speeres und zerbrach sie noch weitere Male, bis nur mehr Holzsplitter übrig waren. Diese trat er in die dunkle Erde, und Faolán war sicher, dass als Nächstes die Knochen des Mannes an der Reihe waren, der zufällig in seiner Nähe stand.

Dúngal zerbrach keinen Speer, aber sein Blick war starr auf Faolán gerichtet – wie so oft seit dem Tag, da sie von Wexford heimgekehrt waren, und erst recht nach den Friedensverhandlungen in Ferns. Damals hatte er sich noch von Caitlíns Schmuck ruhig stellen lassen, nun würden die Ketten und Ringe und Fibeln die vielen toten Rinder nicht aufwiegen.

»Kommt mit, wir müssen uns beeilen!«, rief Faolán. »Sie haben die Kühe getötet, aber das Fleisch können wir noch verwenden.«

Bald hatte er das erste tote Tier erreicht. Die Kuh lag auf der Seite, ihr riesiger Euter war prall und rosig. Der Gestank, der ihm in die Nase stieg, passte nicht zu diesem Anblick ... der Gestank nach Rauch ... so bitter ... so beißend. Er blickte hoch, sah erst jetzt, dass die Männer sich nicht damit begnügt hatten, die Tiere zu töten, sondern etliche von ihnen mit Pech überschüttet und angezündet hatten. Es war kein rotes, kräftiges Feuer, das da prasselte, die Flammen schienen müde, fast schwarz. Ihr Werk war jedoch so oder so zerstörerisch.

Auf das Fleisch der Rinder konnte er nicht setzen, doch umso mehr auf einen anderen. Dieser hatte sich vor den Normannen versteckt, anstatt sie zu Hilfe zu rufen, und kam nun wie betäubt auf die Wiese getrottet, um Faoláns Befehl, zu retten, was man retten konnte, als einer der Ersten zu befolgen – Jordan.

»Du kommst mit mir!«, donnerte Faolán und hoffte, dass seine Stimme dunkel und gefährlich genug klang.

»Was willst du denn mit ihm machen?«, fragte Dúngal misstrauisch.

»Das, was ich schon in Wexford hätte tun sollen«, erklärte Faolán entschlossen. »Ich werde ihn am höchsten Baum aufhängen, damit die Normannen sehen, dass heute nicht nur unsere Tiere gestorben sind. Ihr versucht indes so viele Häute und Fleisch wie möglich vor dem Feuer zu bewahren.«

Er war erleichtert, dass die beiden nicht widersprachen, sondern zufrieden nickten, erleichtert auch, dass Jordan sich nicht wehrte, sondern sich von ihm in Richtung Wald zerren ließ, erst dort zu heulen begann und sich schließlich vorbeugte, um sich zu übergeben. Während der andere würgte, schnürte Trauer Faolán die Kehle zu. Ein letztes Mal sah er in Richtung Siedlung. Er fühlte sich schäbig, weil er Éilís und Cian im Stich ließ, wusste aber, dass er ihnen tot erst recht nichts nützte. Gljómall und Dúngal, da war er sich sicher, würden ihr nichts antun – eher darum kämpfen, wer sie heiraten dürfte, und Éilís hatte sehr deutlich gemacht, dass sie lieber einen Mann hatte, der seine Gegner totschlug, als einen, der vor ihnen davonlief.

Leb wohl, Éilís, leb wohl, Cian. Manchmal, an warmen, sonnigen Tagen, wenn euer Lachen in meinen Ohren klang, habe ich geglaubt, dass ihr meine Familie seid, ohne dass ich dafür töten müsste. Genauso wie ich glaubte, dass das, was ich Caitlín antat, nicht annähernd so schlimm wie ein Mord ist und ich nicht dafür bestraft werden würde ...

Der Junge kotzte immer noch, doch Faolán wartete nicht ab, bis sich sein Magen endgültig geleert hatte, er packte ihn am Nacken und zog ihn mit sich ins Dickicht.

»Schau mich an, Junge!«, rief er. »Habe ich etwa einen Strick bei mir?«

Jordan hob seinen Kopf. Über sein Kinn lief Spucke. Er wischte sie nicht ab, schüttelte aber den Kopf.

»Und selbst wenn ich einen Strick hätte ... Sehe ich stark genug aus, dich gleichzeitig festzuhalten und ihn um deinen Hals zu ziehen?«

»Nein ...«

Faolán trat ganz dicht an ihn heran und wischte ihm über das Kinn. Nach dem Gestank von Blut und Rauch erschien ihm der säuerliche nach Kotze fast als Wohltat.

»Der Tod ist niemals schön, auch wenn er schnell kommt ... Kämpfe gegen ihn, so wie ich kämpfe.«

»Wie ... wie denn?«

»Nun ja, mit meinen Händen tue ich das selten. Meist setze ich den Kopf ein, und manchmal helfen mir auch die Beine.«

Jordan riss die Augen auf. »Du kannst mit deinen Beinen ein Schwert halten?«

»Nein, Dummkopf, aber davonlaufen, das kann ich. Und du solltest mit mir fliehen. Wenn wir zur Siedlung zurückkehren würden, würdest du als Erster sterben, und ich würde dir bald folgen.«

Jordan starrte ihn begriffsstutzig an.

Wenn er wieder zu kotzen beginnt, erwürge ich ihn mit meinen bloßen Händen.

Jordan übergab sich nicht mehr, sondern senkte den Kopf und folgte ihm noch tiefer in den Wald hinein. Faolán drängte nicht zur Eile. Mit jedem Schritt wurde ihm das Herz schwerer, denn er hatte nicht nur Éilís und Cian zurückgelassen, sondern seine Geliebte, seine Harfe ... Gerade noch schien sie der Preis zu sein, den er für sein Leben zahlte, jetzt fragte er sich, welches Leben er denn noch hatte, wenn er nicht mehr auf ihr spielen konnte. Singen ... singen könnte er zwar auch ohne sie, doch dunkel wie der Wald war seine Seele, und die Schwärze schluckte alle lichten Töne. Wahrscheinlich käme aus seinem Mund nur das dumpfe Brüllen, das der Stier von sich gegeben hatte, ehe er tödlich getroffen auf den Boden gesackt war.

Eben fiel auch er selbst, nachdem er an einer dornigen Ranke hängen geblieben war. Und kaum richtete er sich wieder auf, gab das andere Bein nach. Dieses Mal blieb er auf der kalten Erde liegen.

Jordan reichte ihm die Hand. »Ich ... ich helfe dir auf ...«

»Warum?« Verständnislos starrte der Junge ihn an. »Herrgott!«, schrie Faolán. »Hast du nur Stroh im Kopf? Was kümmere ich dich? Warum folgst du nicht dem normannischen Heer? Es sind doch deine Leute.«

Jordan zuckte mit den Schultern und setzte sich neben den Barden. »Du hast mir das Leben gerettet.« Du dummer, dummer Junge, dachte Faolán, und plötzlich stiegen ihm Tränen in die Augen. »Weinst du?«, fragte Jordan.

»Nein, ich kotze.«

Ich kotze um Éilís und Cian und um meine Harfe.

Als seine Kleidung durch und durch klamm war und er zu frieren begann, erhob sich Faolán wieder. Weiter ging es durchs Dickicht, aber nicht noch tiefer in den Wald hinein. Er war den Wölfen in Menschengestalt nicht entkommen, um denen mit Fell zu begegnen, und folgte deshalb der Ahnung von Sonnenstrahlen, bis die Bäume lichter standen.

Als sein Blick endlich wieder auf freien Himmel fiel, war der nicht mehr blau, sondern violett, und Wolken begannen sich zu türmen, wenn auch noch weiß: Die Rauchsäule, die von den verbrannten Rindern hochstieg, hatte sie nicht beschmutzen können. Vage erinnerte sich Faolán an eine Geschichte, die Kraka einmal erzählt hatte – von den Untertanen der Göttin Danu, der Túatha Dé Danann, die einst auf Wolken reitend auf der Insel gestrandet war und den finsteren Fomorians das Land gestohlen hatte. Doch später wurden sie und die ihren selbst von den Söhnen des Mil vertrieben, und sie zogen sich von dem Land der Lebenden unter die Erde zurück.

Weil immer Krieg ist ... und weil der, der nicht töten will, am Ende selbst getötet wird ...

Nun, die Wolken wussten nichts von Krieg und Tod. Kurz schloss Faolán die Augen und stellte sich vor, auf ihnen zu reiten oder auf ihnen zu liegen ... sich auszuruhen ... zu genießen, wie weich sie waren ... Natürlich waren sie auch kalt, aber nicht so kalt, wie ihnen bald werden würde, wenn die

Nacht hereinbrach. Als er die Augen wieder aufschlug, sich umsah und überlegte, wie sie aus Astwerk und Blättern ein Dach flechten könnten, hörte er jäh ein Knacken im Unterholz, gefolgt von einem Rascheln und von ... Stimmen.

Jordan wurde kalkweiß, in Faoláns Adern schien ohnehin kein Blut mehr zu fließen.

Wer war ihnen gefolgt? Normannen ... Gljómall und Dúngal ... Und was davon war schlimmer?

»Lauf davon, Junge, ich halte sie auf!«, raunte Faolán Jordan zu.

Doch Jordan lief nicht davon – ob deshalb, weil er feige oder mutig war, konnte Faolán nicht sagen. Er selbst war ohne Zweifel feige, denn als die Schritte und Stimmen näher kamen, schlug er sich unwillkürlich die Hände vors Gesicht. Du Narr, schimpfte er sich. Du Narr! Nur weil du deine Feinde nicht sehen kannst, bist du nicht unsichtbar. Er lugte zwischen den Fingern hindurch, ließ die Hände wieder sinken.

»Éilís!« Sie schnaufte schwer, hatte sie doch die ganze Wegstrecke über Cian geschleppt. Mit einem Fluch auf den Lippen setzte sie das Kind ins Gras. »Éilís ...«

Ganz deutlich war Wut in ihrem geröteten, verzerrten Gesicht zu sehen, als sie mit Fäusten auf ihn zustürzte und ihn schlug.

»Du verdammter, verdammter, verdammter ...«

»Erbarmen!«, rief er, als sie ihm noch eine Ohrfeige versetzte. »Du ... du hast es doch immer gewusst ... Ich tauge nicht als Herr ... also tauge ich auch nicht als dein Mann ... als Cians Vater ... In den letzten Monaten habe ich mir etwas vorgemacht. Ich kann nicht mal ein einziges Rind beschützen – erst recht nicht dich und Cian.«

Sie schlug ihn nicht noch einmal, funkelte ihn jedoch an. »Und deswegen lässt du mich einfach im Stich?«, giftete sie.

Er rang hilflos die Hände. »Gljómall und Dúngal ... sie hätten dir nichts getan. Anders als ich bist du ihnen von Nutzen. Schließlich ... schließlich kann niemand so gut kochen wie du.«

»Die Vorräte sind vernichtet. Was hätte ich denn kochen sollen?«

Obwohl sie immer noch schnaufte, hob sie Cian wieder hoch.

»Ich fürchte, hier gibt es erst recht nichts, was man kochen kann«, murmelte er kleinlaut.

»Und deshalb musst du es für uns verdienen«, sagte sie.

»Aber ...«

Er brach ab, als er sah, wie Éilís einen Lederbeutel von ihrem Rücken nahm, so lange an seinem Band zerrte, bis es sich löste, und seine Harfe herauszog. Kein Wort konnte er nunmehr hervorbringen, denn alles in ihm war Musik, helle, fröhliche, beschwingte Musik. Erst presste er die Harfe an seine Brust, dann Cian, zuletzt Éilís. Sie erwiderte die Umarmung zwar, versteifte sich dann rasch und löste sich von ihm.

»Was nutzt es einem Mann, dass er kämpfen kann, wenn er allein einem Heer gegenübersteht? Was nutzt es einem Mann, dass er melken kann, wenn nur tote Rinder vor ihm liegen? Aber wenn man auf der Suche nach Menschen durchs Land zieht, die von den Feinden verschont geblieben sind, bringt einer, der singen kann, diese mit seinen Liedern vielleicht dazu, ihr Essen mit ihm zu teilen.«

Behutsam strich Faolán über die Saiten, als müsste er die Geliebte nach der Trennung erst wieder mit Streicheln und Liebkosungen gnädig stimmen. Ungleich lauter als die Töne, die er erzeugte, war Cians Lachen.

Die Wolkentürme färbten sich dunkler, Wind zog auf und brachte die Nacht, doch Faolán musste keinen blauen Himmel mehr sehen und keine wärmenden Sonnenstrahlen mehr spüren, um sich vorzustellen, dass Éilís und Cian seine Familie waren und er doch fähig war, für sie zu sorgen.

Der Tod zog eine breite Schneise durch das Land. Fast überall erwartete sie derselbe Anblick: tote Tiere, Leichen, verbrannte Häuser und Rauchsäulen, die in den Himmel stiegen. Viele waren davongelaufen, die, die überlebt hatten, sahen ihnen mit leeren Augen entgegen. Faolán ließ die Harfe in seinem Lederbeutel, bat die Menschen um Essen, aber bekam nie eine Antwort. Während er noch in erstarrte Mienen blickte, suchte Éilís schon unter dem glosenden Holz der abgebrannten Häuser nach Vorräten. Meist fand sie nichts. Die größte Ausbeute war einmal ein Holzeimer mit Äpfeln, deren Schale schwarz, deren Fruchtfleisch hingegen noch weiß war. Sobald sie einen Bissen machten, ging eine Frau schreiend auf sie los, entriss ihnen den Eimer und begann, die Äpfel auf sie zu werfen. Cian kreischte vor Lachen, während Éilís dem wütenden Weib noch drei Äpfel abluchste und Faolán den Beutel mit der Harfe an sich presste. Wenn er sie in diesem verwüsteten Land spielen würde, würde wohl nur ein einziger dunkler Ton erklingen ...

Erst nach etlichen Tagen erreichten sie zwei einfache Behausungen, die nicht abgebrannt waren. Es stank nicht nach Rauch, sondern nach Pisse, und hier lachte nicht nur Cian, sondern ebenso ein altes, runzliges Weiblein, das aus einer der Hütten trat.

»Kommt nur, kommt nur, hier ist alles heil geblieben. Es stinkt so, dass die Unholde dachten, sie wären schon hier gewesen«, sagte die Alte.

Es stellte sich heraus, dass ihr Mann ein Gerber und wenige Wochen zuvor gestorben war. »Und er war selbst schuld«, erklärte das runzlige Weiblein. »Er hat immer schon viel getrunken, und eines Tages hat er den Kopf tief wie nie in das Fass gesteckt. Erst als er das Gleichgewicht verlor, merkte er, dass es kein Fass, sondern der Brunnen war, der schließlich mit Tannenholz verschalt ist. Ob er sich nun das Genick brach oder ertrank, weiß ich nicht. Als ich ihn wieder hochzerrte, war er tot.« Das Weiblein grinste.

»Und seitdem machst du selbst das Leder?«, fragte Faolán.

»Warum denn nicht? Dafür muss man schließlich kein Mann sein.«

Faolán war nicht sicher, wie er ihr Grinsen deuten sollte, doch Éilís ging auf die Frau zu. »Leder kann man nicht essen. Kannst du uns vielleicht etwas anderes geben?«

»Ihr habt Glück«, sagte das Weiblein, »eben habe ich mir ein Süppchen gekocht. Der Junge da«, sie deutete auf Jordan, »erinnert mich an meinen ersten Sohn. Er war genauso alt, als er starb. Und der da«, sie deutete auf Cian, »der erinnert mich an meinen zweiten Sohn. Er hat gerade laufen gelernt, als er starb.«

Sie grinste immer noch.

»Es tut mir leid«, sagte Éilís, »dass du Mann und Söhne verloren hast.«

»Das muss dir doch nicht leidtun. Jetzt gibt es wenigstens keinen mehr, um den ich mir Sorgen machen muss.«

Wenig später betraten sie die Hütte, die niedrig, finster, aber warm war, und das Weiblein stellte eine Holzschüssel mit einem Eintopf aus Graupen, etwas Schaffleisch und Lauch vor sie, der so dick war, dass der Löffel darin stecken blieb. Sie alle aßen gierig, sodass sie sich die Zunge verbrannten, nur das Weiblein nahm fast nichts, gleichwohl es hinterher am lautesten rülpste.

»Seit Wochen habe ich nichts Anständiges mehr gegessen, gestern hingegen habe ich Leder verkauft.«

»Leder verkauft? An wen?«

»Na, an einen Dubliner Händler. Jetzt wagen sie sich endlich wieder aus der Stadt.«

Éilís und Faolán warfen sich erstaunte Blicke zu. »Aber die Normannen ...«

Das Weiblein lachte in einem fort. »Die Normannen und Diarmait haben mit Dublins König Ascuí MacTorkil verhandelt, und der hat ihnen etliche Kühe angeboten, damit sie die Stadt verschonen, desgleichen ein paar Geiseln. Es hieß, dass die Lieblingssklavin von MacTorkil darunter war, die sich allerdings, sobald sie den Normannen übergeben wurde, als dürrer Knabe erwies. Jetzt weiß niemand, ob MacTorkil die Normannen betrogen hat oder immer schon Knaben liebte und womöglich die Locken von einem solchen in seiner Dosenfibel trägt. Wie auch immer. Nur weil sie einen kümmerlichen Schwanz statt einer reifen Pflaume bekommen haben, haben die Normannen die Stadt nicht gestürmt. Schließlich hat sich MacTorkil vor Diarmait besonders tief verneigt. MacTorkil ist ein kluger Mann. Wenn er den Rücken krumm macht, dann nur, weil er Nutzen davonträgt, nicht weil er sich zu tief über einen Brunnen beugt und darin ersäuft.« Sie wandte sich an Jordan. »Iss nur, iss, Junge, und lass dir von deinem Brüderchen nicht alles wegnehmen.«

Sie hält Cian für Jordans Bruder und mich und Éilís für ihre Eltern.

Faolán war nicht sicher, was lächerlicher war ... und schöner. Er hoffte bloß, dass Jordan den Mund hielt, und tatsächlich war der noch mit seinem Essen beschäftigt, während er selbst seine Harfe hervorzog.

»Als Dank für deine Gaben will ich dir ein Lied singen.«

Dass das Weiblein schon wieder lachte, deutete er als Zustimmung, und als sie, sobald er die erste Strophe gesungen hatte, zu lachen aufhörte und zu weinen begann, als Zeichen dafür, dass ihm das Lied gefiel. Er hätte am liebsten auch geweint, als er gedankenverloren spielte und sang, die Musik kurz Tod und Zerstörung übertönte, weil sie deren dunklem Grollen eine Fülle an Tönen entgegensetzen konnte.

Als er verstummte, heulte die Alte immer noch. »Geht jetzt!«, sagte sie unter Schluchzern, die ihren schmächtigen Körper zu zerreißen schienen. »Bitte geht jetzt.«

Als sie die Siedlung verließen, kamen sie an einem Trog vorbei, in dem sich eine übel riechende Masse aus Eichenrinde, Tierscheiße und Pisse befand. Trotz des Gestanks wollte Cian hier ein paar Schritte machen, und er schaffte tatsächlich zum ersten Mal drei hintereinander. Éilís fing ihn auf.

»Wir sollten nach Dublin«, sagte sie leise und presste ihr Gesicht auf das Köpfchen des Kleinen. »Fast alle irischen Könige haben dort ein Stadthaus. Mein Vater war zwar kein König, hat aber auch eines sein Eigen genannt. Wir könnten dort leben ... du kannst in Tavernen singen und ich ... ich könnte kochen. Entweder wir verdienen gemeinsam genug zum Leben, oder wir verhungern gemeinsam.«

Sie setzte den Knaben wieder auf den Boden. Sofort zog er sich an dem Trog mit der stinkenden Brühe hoch und schaffte nun sogar fünf Schritte zu laufen, bevor er hinplumpste. Er gluckste vor Stolz.

Das Glück ist so einfallslos wie der Tod, ging es Faolán durch den Kopf. So wie dessen Lied besteht auch seines nur aus einem Ton. Doch in jenem Augenblick war dieser alles, was Faolán hören wollte.

1170

ASCALL

Sie schwiegen fast immer, und das war gut so. Hätten sie zu viel miteinander geredet, wäre ihm vielleicht aufgegangen, dass Róisín ihm lästig fiel. Solange sie aber den Mund hielt, sah er vor allem das Gute in ihrer Gesellschaft. Sie hatte sich zur tüchtigen Jägerin gemausert, die zwar nicht immer traf, aber auch nicht immer daneben schoss – für eine Frau war das mehr, als man erwarten konnte. Und mit einem Holzspeer, dessen Spitze sie selbst geschnitzt hatte, hatte sie kürzlich einen Fisch gefangen. Nun gut, der Fisch hatte aufgebläht im Wasser getrieben, und das Fleisch war nicht weiß, sondern bläulich gewesen und hatte wie ein verschimmeltes Stück Brot geschmeckt, das in einer schlammigen Pfütze gelegen hatte. Doch keiner von ihnen übergab sich nach dem Mahl, und wenn sie einmal keine Beute machten, beklagte sie sich nicht über den Hunger.

Die Kälte setzte Róisín deutlich mehr zu. In einer Nacht, als der Boden von einer silbrigen Eisschicht überzogen war und selbst vom Wolfsfell, das ihr als Decke diente, nadeldünne Eiszapfen hingen, war sie zu ihm gekrochen und hatte sich an ihn geschmiegt.

»Ich will nicht erfrieren«, erklärte sie.

Ascall rückte von ihr ab. »Solange das Feuer brennt, erfrierst du nicht, und damit das Feuer weiterhin brennt, dürfen wir nicht gemeinsam schlafen.«

Sie hatte nicht widersprochen. Das tat sie nur – und dann sehr ärgerlich –, wenn er sie nicht Róisín, sondern Rós nannte. Noch öfter rief er sie »Narbengesicht«, und das ärgerte sie wohl auch, aber sie gab es nicht zu. Ihn wiederum ärgerte es, wenn sie nach Ailillán fragte und warum er den Bruder nicht wenigstens wissen lassen wollte, dass er noch lebte. Immerhin deutete sie sein Schweigen richtig – dass nämlich von seiner Seite alles zu diesem Thema gesagt war.

Ein Tag reihte sich an den nächsten, die Frage, was sie zusammenhielt – Worte und Berührungen waren es ja nicht –, blieb stumm wie die winterliche Welt. Auch als die silbrige Eisschicht längst geschmolzen war, der Boden feucht, die Erde schwarz und die Triebe von einem so hellen Grün waren, dass, hätten sie einen Ton von sich gegeben, dieser wie ein schrilles Lachen geklungen hätte, kämpften sie zwar miteinander, aber nur um das eigene Überleben. Und als der Frühling langsam in den Sommer überging, begegneten sie nach all den Monaten wieder einem Menschen.

Der Mann ritt auf einem Esel, um den Hals hing ein Hanfstrick, und an dem baumelten ein Horn und ein Lederbeutel. Ascall erkannte auf einem Blick, dass jener Lederbeutel zu klein war, um etwas Brauchbares zu beinhalten – Essen oder Waffen –, aber da war Róisín, die wie er ihre Haut mit Schlamm eingerieben hatte, um nicht zu frieren, schon auf den Mann losgestürzt, hatte ihn vom Esel gezerrt und den Dolch an seine Kehle gesetzt.

»Bitte, bitte, tut mir nichts!«, rief er flehend.

Ascall nahm Róisín den Dolch weg. Wenn sie das erste Mal einen Menschen tötete, sollte das eine echte Herausforderung sein und keinen Mann treffen, der nun auf seine Knie sackte und bald wie ein Käfer rücklings auf dem Boden lag. Er griff allerdings nicht ein, als sie an dem Lederbeutel zu zerren begann und den Armen dabei fast erwürgt hätte – zumal der Strick riss, ehe das Gesicht blau anlief. Etwas enttäuscht betrachtete sie wenig später den Inhalt des Beutels.

»Was ... was machst du damit?«, fragte sie.

»Ich bin ein Flickennäher und ziehe durch das Land. Die Leute hören mich, wenn ich in das Horn blase, und bringen die Kleidung herbei, die ausgebessert werden muss.«

Róisín zog einen Wollfaden aus dem Beutel, der über einen kleinen hölzernen Ball gewickelt worden war, damit sich keine Knoten bildeten, außerdem mehrere Nadeln, etliche davon nicht aus dem billigen Blei, sondern aus Bronze. Sie waren schwer herzustellen und deshalb von hohem Wert.

»Gib mir den Dolch zurück«, verlangte sie von Ascall.

»Ich will nicht, dass du ihn tötest«, erklärte er.
»Ich will ihn auch nicht töten, ihn nur dazu bringen, unsere Kleidung zu nähen.«
Er gab ihr den Dolch, und wieder setzte sie dem Mann die Klinge an die Kehle und gab ihm den Befehl dazu. Da seine Hand fortwährend zitterte, brauchte er lange, um den Faden um die Nadel zu wickeln, und noch länger, um aus den Fetzen, die ihnen vom Leib hingen, ein ganzes Stück zu machen. Róisíns Hand zitterte nicht. Sie erbebte erst, als sie sich die Kleidung auszog und der kühle Luftzug ihre nackte Haut traf, woraufhin Ascall schnell wegsah und den Esel musterte, der sie ausdruckslos anglotzte. Er überlegte, wie viel Fleisch sich wohl zwischen dem grauen Fell und den Knochen, die spitz aus dem Rücken ragten, befand, kam dann aber zu dem Schluss, dass Róisín ruhig weiterhin lernen sollte, auf ein Tier zu zielen, das vor ihr floh, anstatt auf eines, das seelenruhig dastand. Mit einem leeren Magen lernte man das zudem schneller.

»Kann ich … kann ich jetzt gehen?«, fragte der Flickennäher, nachdem er den letzten Riss geflickt hatte.

»Erst wenn du uns alles berichtet hast, was du in den letzten Monaten erlebt hast«, sagte Róisín. »Stimmt es, dass der Hochkönig Frieden mit Diarmait geschlossen hat? Und dass die Normannen die Insel verlassen haben?«

Der Flickennäher wiegte nachdenklich den Kopf. »Ich habe etliche getroffen, die behaupteten, es sei so. Andere sagten, dass die Normannen die Insel nicht wirklich verlassen, sondern sich wie die Túatha Dé Danann, die Ureinwohner Irlands, in den Hügeln versteckt hätten. Wieder andere bestanden darauf, dass die Túatha Dé Danann die Normannen nie in den Hügeln dulden würden, weil diese so hässlich und grausam wie ihre Erzfeinde seien, die Formorians. Die Formorians haben von den Menschen einmal im Jahr ihre Kinder verlangt, und ich habe eine Frau getroffen, die meinte, die Normannen hätten auch ihr kleines Mädchen gestohlen. Aber was sollen die Normannen mit einem kleinen Mädchen anfangen? Wenig später hieß es an einem Ort, dass sie eine ganze Rinderherde gestohlen hätten, was ich mir eher vorstellen kann, allerdings habe ich nirgendwo die Knochen der toten Tieren gesehen. Und die fressen sie doch nicht, oder? Nicht einmal die Formorians haben Rinderknochen gefressen.«

Er sagte noch mehr, aber da seine Stimme mittlerweile so heftig wie seine Hand zitterte, waren seine Worte nicht länger zu verstehen.

Ascall nickte Róisín flüchtig zu, doch sie steckte den Dolch immer noch nicht weg. »Jetzt lass ihn endlich gehen«, befahl er und packte sie so heftig am Handgelenk, dass ihr Körper den seinen berührte.

»Erst wenn er mir eine Nadel und den Faden gegeben hat«, beharrte sie. Das tat der Flickennäher bereitwillig, ehe er davonlief. Den Esel hatte er vergessen, doch das Tier trottete ihm auch ohne entsprechenden Befehl nach. Sobald es im Dickicht verschwunden war, begannen sie zu streiten. Róisín wollte noch mehr Menschen treffen, deshalb in Richtung Küste aufbrechen. Sie behauptete, weder Angst vor den Formorians noch vor den Normannen zu haben. »Was immer der Mann sagt – sie haben Zähne wie wir und können keine Knochen zerbeißen.«

»Aber sie haben bessere Waffen, und die können Knochen zerhacken«, hielt Ascall ihr entgegen. »Außerdem ist es dumm, keine Angst vor den Normannen zu haben. Angst zu haben, ist nicht dasselbe, wie feige zu sein.«

»Du bist jedenfalls feige, wenn du dich ewig im Wald verkriechst. Ich will endlich das Meer sehen, endlich wieder den Seewind riechen! Man fühlt sich nie freier, als wenn man auf die weiten Fluten blickt.«

»Kannst du schwimmen?«

»Nein.«

»Dann solltest du beim Anblick des Meeres nicht an Freiheit denken, vielmehr, wie du erbärmlich darin ersäufst.«

»Bring mir doch das Schwimmen bei.«

Ascall zuckte mit den Schultern, und wie immer tat selbst diese flüchtige Bewegung weh. Rasch wandte er sich ab, damit sie nicht sah, wie sich sein Gesicht verzerrte – zu spät.

»Es ist nicht nur wegen deines Bruders«, stellte sie fest.

»Was?«

»Du willst nicht nur, dass Ailillán stark ist. Du willst vor allem vermeiden, dass jemand sieht, wie schwach du geworden bist.«

»Halt den Mund!«

»Ich lerne Eichhörnchen zu jagen, damit ich irgendwann auch Menschen töten kann, du bist schon froh, wenn du wenigstens die Eichhörnchen noch erwischst.«

»Halt den Mund!«, wiederholte er.

»Du hast mir gar nichts zu befehlen – ich habe den Dolch.«

»Wollen wir wetten, wie lange noch?«

Eine Weile standen sie sich starr gegenüber und blickten sich an. Unwillkürlich hob Róisín die Hand, als wollte sie ihm den Dolch reichen, doch bevor er den Knauf umfasste, drehte sie sich blitzschnell um und lief davon.

»Wenn du mir den Dolch abnehmen willst, musst du mich erst fangen!«, rief sie ihm über die Schulter zu.

Ascall fluchte – zumindest im Stillen. Laut wollte er nicht bekunden, wie zornig er war. Einfach davonzulaufen! Einfach die Kräfte zu verschwenden! Kräfte, die sie für etwas anderes gebrauchen könnte! Er im Übrigen auch, obwohl er sich nicht eingestehen wollte, dass seine Brust beim Rennen früher schmerzte als einst und die Schulter erst recht. Am bittersten war, dass er Róisín nicht einholte. Sie war kleiner als er, was bedeutete, dass sie nicht so oft an Ästen hängen blieb und ihr nicht so oft die Blätter von solchen ins Gesicht klatschten. Einmal, als das Blattwerk ganz dicht war, lief er direkt in einen Baum. Ascall konnte sich einen wütenden Aufschrei nicht verkneifen, doch sobald der verklungen war, vernahm er ein Geräusch. Kein spöttisches Gelächter, kein Knacksen im Unterholz, sondern … das Muhen einer Kuh.

Er sah, dass Róisín nicht weit von ihm wie angewurzelt stehen geblieben war. »Hast du das auch gehört?«, fragte sie.

Kurz war ihm völlig gleich, warum im Wald eine Kuh muhte. Er hätte sie am liebsten gepackt und geschüttelt, bis sie den Dolch fallen ließ. Doch zugleich gefiel ihm, dass sie nicht – wie sie es wohl noch einige Wochen zuvor getan hätte – einfach in die Richtung stürzte, aus der das Geräusch kam, nein, sie duckte sich erst und schlich sich kurz darauf vorsichtig an. Ihre Schritte waren fast lautlos, brachen die grünen Triebe doch weniger schnell als das morsche Holz im Herbst. Und dann sahen sie auch schon die Kuh, deren Hufe tief im sumpfigen Boden steckten. Zwei Alte zerrten an dem Strick, den das Vieh um den Hals trug. Anstatt sich helfen zu lassen, wich die Kuh immer weiter zurück und versank noch tiefer im Schlamm. Schon waren die Spitzen ihres Euters verdreckt. Wenn erst einmal der ganze Euter im Schlamm steckte, war das Tier wohl unweigerlich verloren.

Róisín ging offenbar dasselbe durch den Kopf, denn sie wollte auf die beiden Menschen zueilen, um ihnen zu helfen, doch Ascall hielt sie zurück.

»Was ist?«, fuhr sie ihn an. »Willst du einfach zusehen, wie das Fleisch im Sumpf versinkt?«

Dass sie vom Fleisch sprach, nicht von einer Kuh, fand er gut. Weitaus ärgerlicher stimmte ihn, dass sie nichts zu sagen vermochte, als er fragte: »Wer sind die beiden, die am Strick der Kuh zerren?« Sie zuckte nur mit den Schultern. »Dummes Mädchen!«, schimpfte er. »Irgendwann wird es dich das Leben kosten, dass du zu wenig nachdenkst.«

»Du weißt doch auch nicht, wer die beiden sind.«

»O doch!«, bestand er. »Ich weiß zwar nicht, wie sie heißen, aber ansonsten alles, was ich wissen muss. Sieh dir den Hanfstrick um den Hals der Kuh an. Er ist sehr dick, was bedeutet, dass er nicht aus Hanf allein gemacht worden ist, sondern auch aus Brennnesseln oder Binsen. Um dergleichen zu pflücken, braucht man ein Messer oder eine Schere – was sie beides mit sich tragen könnten. Und schau dir die Frau an – ihr Gürtel ist breit genug, um eine weitere Waffe zu tragen.«

»Woher willst du das wissen?«

»Man kann keine erkennen, weil ihre Tunika in Falten gelegt ist, aber ein Schlüssel ist deutlich zu sehen. Und was sagt uns wiederum der Schlüssel über sie? Dass sie nicht nur in einer armseligen Hütte haust, sondern in einem Gebäude mit stabilen Wänden und einer hölzernen Tür mit einem Schloss lebt. Wie sie um diese Kuh kämpft! Sie ist vielleicht nicht stark genug, um sie aus dem Sumpf zu ziehen, aber so stur, wie sie sich gibt, wird sie es bis zum letzten Brüllen des Tieres versuchen. Mir scheint, sie würde lieber selbst im Sumpf ersaufen, als die Kuh aufzugeben, und solche Menschen sind nicht ungefährlich. Allerdings scheinen mir die beiden recht alt zu sein. Die Hände der Frau sind von der Gicht verkrüppelt, der Mann wiederum hat einen Buckel und zieht den rechten Fuß nach. Ist ihm womöglich mal eine Kuh auf den Fuß gestiegen? Oder haben ihn jene Menschen verletzt, vor denen die Kuh davongelaufen ist? Und wenn ja, womit könnten sie ihn verletzt haben? Nur mit Fäusten oder mit Schwertern? Gefolgt sind sie ihnen wohl nicht, denn die Kuh brüllt nun schon eine Weile, ohne dass jemand hier auftaucht.«

Róisíns Lippen wurden bei jedem Wort schmaler. »Na also«, sagte sie, nachdem er geendet hatte. »Es sind bloß zwei alte Menschen, die ganz allein durch den Wald laufen. Mit denen können wir leicht fertigwerden.«

»Natürlich! Aber das hast du eben nicht wissen können, da du ja nur auf die Kuh geschaut hast, anstatt ihre Besitzer eingehend zu mustern.«

»Das hätte ich schon noch getan«, sagte Róisín trotzig.

Ascall ließ sie stehen und ging auf die beiden Alten zu, die immer noch so verbissen um die Kuh kämpften, dass sie ihn erst gar nicht bemerkten. Als sie es doch taten, waren sie zu erschöpft, um zu erschrecken.

»Wer ... wer bist du?«, fragte die Frau mit leerem Blick.

»Was macht die Kuh im Wald?«, gab Ascall zurück.

Er bekam keine Antwort. Die Hände der Frau, die den Strick umklammerten, waren rot, doch anstatt die Kuh auch nur ein Jota in ihre Richtung zu bewegen, riss der Strick, und die Frau fiel auf den matschigen Boden. Sie stieß ein lautes Schluchzen aus, während ihr der Mann seufzend aufhalf.

»Ach Liadan ... Liadan ...«

»Liadan ... Heißt so die Frau oder die Kuh?«, fragte Róisín, die Ascall nachgelaufen war.

Dummes, blindes Mädchen. Hatte sie nicht bemerkt, dass der Mann nur Augen für seine Frau, nicht für die Kuh, hatte, und dass sie diejenige war, nicht er, die nicht hatte aufgeben können?

»Liadan«, wandte sich Ascall an das Weib, »was macht die Kuh hier im Wald?«

Von der Frau kam immer noch keine Antwort, aber der Mann stammelte: »Die ... die einzige Kuh, die sich forttreiben ließ ... die ... die anderen wollten nicht fliehen ... fielen in ihre Hände ...«

»In wessen Hände?«

»In die Hände wilder Horden ... Sie ... sie töten alle ... Sie rauben alles ... Das schon geräucherte Fleisch, die Fische, die Kühe ...«

»Horden?«, fragte Ascall, obwohl er längst die Wahrheit ahnte.

Als der Alte fortfuhr, erwartete er, dass er Dämonen aus der Hölle schildern würde, doch der andere berichtete erstaunlich nüchtern. »Vor einigen Wochen sind bei Dundonnell zwei Schiffe angelandet. Nicht weit davon, in Baginbun, entspringt eine Quelle. Die Tiere lieben ihr Wasser, sie trinken es so gierig, als schmeckte es wie Honig. Wenn allerdings Menschen davon kosten, finden sie es salzig. Es heißt, einst sei hier eine Göttin gestorben, und die Quelle habe sich aus ihren Tränen gebildet, die sie um ihr Leben weinte.«

»Die Götter sind doch unsterblich.«

Der Alte schüttelte den Kopf. »Das glaube ich nicht. Weder sind die Götter unsterblich noch ist es Gott. Man hat ihn schließlich ans Kreuz genagelt. Man wird uns alle ans Kreuz nageln.«

»Aber noch lebt ihr«, stellte Ascall fest, »weil ihr rechtzeitig vor den Horden geflohen seid.«

»Wir sind nicht geflohen. Ihr Anführer verschonte uns, weil wir schon so alt sind. Er wollte nur unsere Kühe und brachte sie in die kleine Einfriedung aus Torf und Zweigen, die sie auf der Landzunge errichtet haben. Sie haben dafür das Holz von Eschen benutzt, obwohl jeder weiß, dass die Esche der Baum des Teufels ist. Ein paar junge Männer aus dem Nachbardorf mussten ihnen beim Baumfällen helfen, ehe sie sie töteten. Sie haben auch einen Damm aus Lehm und Steinen gebaut.«

Die Kuh brüllte herzerweichend, als verstünde sie seine Worte.

Ascall sah sich nach einem großen Ast um, fand einen und bückte sich danach. Der Alte dachte wohl, er wollte auf ihn einschlagen, denn er hob schützend seine Hand, während Liadan, sein Weib, Ascall unverwandt anstarrte.

»Diese Horden waren Normannen, oder?«, fragte Ascall.

Liadan zuckte mit den Schultern. »Sie sprachen jedenfalls nicht unsere Sprache. Diese Kuh hier war die klügste von allen, sie hat das sofort erkannt. Als einzige ist sie rechtzeitig davongelaufen, doch nun ist auch sie verloren.« Sie stand wieder auf, watete in den Sumpf, steckte nun selbst fast knietief im Schlamm.

»Liadan!«, flehte ihr Mann. »Gib endlich auf, sonst ersäufst auch du.«

Aber da hatte Ascall bereits mit dem Ast zugedroschen – nicht auf den Alten, sondern auf das Hinterteil der Kuh. Erst wedelte sie nur mit dem Schwanz, und kleine Krumen ihrer getrockneten Scheiße fielen wie ein Schwarm toter Fliegen in den Sumpf. Doch als er ein zweites Mal zuschlug, dieses Mal auf den schlammverkrusteten Euter, brüllte sie wie ein Stier und lief los – nicht noch tiefer in den Sumpf, dagegen zurück auf festen Boden. Kurz schien es, als würden ihre Hufe Liadan treffen, die vor Schreck ausgerutscht und hingefallen war, doch die Kuh stieg über sie hinweg, und so blieb die Alte unverletzt. Erstaunlich wendig kam sie auf die Beine und lief dem Vieh nach, während der Mann wiederum ihr folgte.

»Himmel, warum hast du ihnen die Kuh überlassen?«, herrschte Róisín Ascall an.

»Wäre es dir lieber, ich hätte auf deinen Arsch gedroschen? Was nutzt uns beiden denn die Kuh? Gewiss, wir hätten sie schlachten können, aber das Fleisch wäre schlecht geworden, ehe wir alles hätten essen können, weil wir kein Salz haben. Was wiederum ihre Milch anbelangt ... Hast du je eine Kuh gemolken?«

Róisín schüttelte verstört den Kopf, gab dann aber trotzig Antwort. »Irgendwie hätte ich es geschafft, dass sie Milch gibt, und wenn ich dafür ihren Euter hätte abschneiden müssen.«

Ascall sah sie zweifelnd an. Sie hat recht, dachte er, wir dürfen nicht mehr im Wald bleiben, wir müssen ans Meer gehen. Selbst wenn dort die Normannen warten ... Róisín muss lernen, echte Feinde zu töten, keine Wesen zu quälen, die schwächer sind als sie.

»Nun«, sagte er, »Liadan weiß, wie man die Kuh melkt. Wenn wir den beiden folgen, bekommen wir nicht nur Milch, sondern können endlich wieder unter einem Dach schlafen.«

»Aber die Normannen ...«

»Sie haben das Dorf doch schon ausgeraubt, also werden sie keine Zeit verschwenden, noch einmal dorthin zurückzukehren.« Ascall warf den Ast zu Boden und trat darauf, dass es knackte. »Was keineswegs bedeutet, dass wir nicht vorsichtig sein müssen. Ich gehe voran, du folgst mir, und du tust, was ich sage.«

Er sah ihr deutlich an, wie gern sie widersprochen hätte, doch sie verkniff sich jedes Wort, als sie die Richtung einschlugen, in die die Kuh und die Alten geflohen waren.

Der einzige Bewohner, der sie wenig später im Dorf empfing, war ein Hahn. Stolz stakte er über die Beete eines kleinen Gemüsegartens, die vollends zertrampelt waren, und stieß mehrmals ein Kikeriki aus, von dem Ascall nicht recht sagen konnte, ob es feindselig oder spöttisch klang. Die Kuh, die Liadan mittlerweile wieder am Strick zog, während ihr Mann sie mit Schlägen antrieb, muhte jedenfalls zurück.

Während Ascall sich noch umblickte, erkannte, dass alle Vorratshäuser zerstört und geplündert worden, aber die drei Hütten noch ebenso heil waren wie ein Teil des Zaunes, ging Róisín auf den Hahn zu und schnitt ihm kurz entschlossen mit dem Dolch den Kopf ab.

»Er legt schließlich keine Eier«, sagte sie, »das Fleisch hingegen wird uns für ein, zwei Tage satt machen.«

Ascall nickte anerkennend, weil sie das Tier so blitzschnell getötet hatte, Liadan hingegen sank schluchzend auf die Knie.

»Aber der Kuh tut ihr nichts«, flehte sie. »Sie ist das Einzige, was uns geblieben ist. All unsere Kinder sind gestorben.«
Sie umklammerte die Beine des Tieres, woraufhin die Kuh wieder muhte.
»Wie viele Kühe habt ihr besessen?«, fragte Ascall.
»Drei Familien lebten im Dorf, gemeinsam hatten wir sieben Kühe. Auch sieben Schweine. Die alte Nola sagte immer, sieben sei eine Unglückszahl, und sie hat recht behalten.«
»Die alte Nola sagte aber auch, es sei ein böses Omen, wenn der Fischadler übers Haus kreist und die Mäuse verschwinden«, warf Dabíd ein. »Doch als die Horden kamen, flogen die Vögel weg, die Mäuse sind immer noch da.«
Der Mann hatte gute Ohren, denn das Rascheln in den Vorratshäusern war kaum hörbar.
»Kann man die Mäuse essen?«, fragte Róisín, die den Kopf des Hahns in der einen und den Leib in der anderen Hand hielt.
»Erst werden wir den hier rösten«, erklärte Ascall, ehe er sich an die Alten wandte. »Welches Haus ist eures?«
Liadan schluchzte noch eine Weile, doch ihr Mann zog sie hoch, deutete auf eines der Häuser und erklärte: »Mein Name ist Dabíd. Nachdem ihr unsere Kuh gerettet habt, werden wir euch die Gastfreundschaft nicht verwehren.«
Na, ob ihr das könntet, wenn ihr wolltet ...
Als sie die Kuh hineintreiben wollten, waren wieder ein paar Schläge notwendig, war das Tier im Frühsommer doch nicht daran gewöhnt, in einem geschlossenen Raum auszuharren.
Das Haus war aus Holz und aus Torf errichtet worden, das seinen eigentümlichen Geruch verbreitete. »Wenn man Häuser aus Torf gerade erst gebaut hat, duften sie wie junge Mädchen«, hatte Ascalls Tante Mugain einst gesagt. »Nach einer Weile riechen sie wie die Pisse eines alten Weibes, und nach spätestens einem Jahr stinken sie wie dieses alte Weib selbst ... und zwar nachdem es gestorben ist.«
Alsbald ignorierte er den süßlichen Gestank ebenso wie die Erinnerungen an seine Tante, die vor seinem Vater geflohen war, als er selbst noch klein und wehrlos gewesen war, und

sah sich im Haus um. Die Feuerstelle befand sich in der Mitte, ein Rauchabzug direkt darüber. Das fahle Licht fiel von dort auf ein paar verkohlte Töpfe, erreichte aber nicht den hinteren Teil des Raumes. Wahrscheinlich war das auch gut so, erwartete sie dort doch nur noch mehr Ruß, Staub, Dreck und eine armselige Bettstatt aus fauligem Stroh, morschen Zweigen und löchrigem Leder.

Gut, dass er sich am Morgen den Wolfspelz um die Schultern geworfen hatte.

Allerdings war schon im nächsten Augenblick nicht sicher, ob sie hier überhaupt würden schlafen können ... und falls doch, ob es ein Schlaf wäre, aus dem sie wieder erwachten. Liadan hatte sich gerade über die Feuerstelle gebeugt und ein wenig Zunder zusammengekratzt, als ein Geräusch sie alle zusammenschrecken ließ. Erst klang es wie das Rascheln der Mäuse, dann wie das großer Ratten, zuletzt erklangen Schritte – nicht von Tieren, sondern von Menschen –, und ehe Ascall feststellen konnte, ob es einen Hintereingang gab, der ihnen die Flucht erlaubte, ertönte schon eine Stimme vom Eingang her.

»Wer da?«

Róisín, die Närrin, zückte ihren Dolch, und als Ascall ihn ihr entriss, wehrte sich das dumme Ding auch noch. »Bist du irre?«, schnaubte er. »Da draußen steht mehr als nur einer. Nie und nimmer kannst du mit einem Dolch zwei Männer gleichzeitig töten.«

Er hatte lauter gesprochen als beabsichtigt, was sie ihm prompt vorhielt. »Und da draußen stehen jetzt zwei, die wissen, dass wir hier sind.«

Ascall ärgerte sich, die Stimme erhoben zu haben, obwohl er sie knapp beschied: »So laut, wie die Kuh brüllt, wäre es ohnehin nicht verborgen geblieben.«

Das Vieh muhte tatsächlich, und Liadan begann wieder zu schluchzen. »Nicht auch noch sie, nicht auch noch sie ...«

Dann wurde die Tür schon aufgestoßen, und Ascall blieb gerade noch Zeit genug, den Dolch hinter seinem Rücken zu verstecken. Ob Liadan weiter schluchzte und die Kuh weiter muhte, wusste er nicht. Er wurde taub für alle Geräusche – nur nicht für jene, die die zwei Männer von sich gaben, der eine ein Schnauben, der andere ein trockenes Husten. Und er wurde blind für alle – nur nicht für die beiden. Groß gewachsen und breitschultrig waren sie, wobei der eine dürr war und sich deshalb wohl als wendiger erweisen würde. Den Dickbäuchigen könnte man dagegen zwar schwerer zu Fall bringen, er käme aber auch schwerer wieder hoch. Sein Hüsteln klang kränklich, wobei die Gesichtsfarbe, soweit sie unter der Dreckschicht erkennbar war, einen gesunden Eindruck machte. Der Dürre wiederum war gelb wie Käse, und zwar wie einer, der etliche Löcher aufwies. Ascall zählte fünf Narben und vermutete, dass er mindestens ebenso viele Schlachten überlebt hatte. Auf der einen Seite trug er das Haar lang, auf der anderen kurz geschoren, während sich beim Dicken nicht sagen ließ, ob sich unter der eisenverstärkten Lederkappe bloß eine Glatze oder plattgedrückte Strähnen befanden.

Lederkappen wie diese trugen Iren, kurze Schwerter, wie sie an ihren Gürteln steckten, auch ... Und anders als die Normannen in ihren Kettenhemden waren die beiden nur mit ledernen Wämsern bekleidet.

Trotz dieser Gewissheit fuhr er sie an: »Wer seid ihr? Und woher kommt ihr?«

Unwillkürlich hielt Ascall den Atem an und ließ ihn erst wieder entweichen, als der Dickere sagte: »Wir sind Norweger aus Waterford.«

Erst jetzt hörte Ascall Liadan wieder schluchzen und Dabíd wieder auf sie einreden. Nur die Kuh muhte nicht mehr, schien sich eher unter den Blicken der beiden Norweger zu ducken. Alsbald richteten sich diese auf Liadan, zunächst begehrlich, dann enttäuscht, erkannten sie doch schnell, dass sie ein altes Weib war. Wer einen solch zähen Happen genießen wollte, brauchte sehr kräftige Zähne und musste sehr lange kauen, worauf sie keine Lust zu haben schienen. Auch auf Róisín verweilten die Blicke nicht sehr lange, hielten sie sie ob der Schlammschicht, die auf ihrer Haut haftete, wohl ebenso für ein altes Weib. Schließlich musterten sie mit großem Misstrauen Ascall. Als sie allerdings feststellten, dass er wie ein Bauer, und zwar ein sehr armer, gekleidet und vermeintlich unbewaffnet war, lächelten sie herablassend.

»Keine Sorge«, sagte der Dürre, dem auf der einen Seite die Haare lang wuchsen. »Wir tun euch nichts. Gebt uns bloß alles, was ihr an Essen habt – vor allem die Kuh.«

Ascall betrachtete ihn nachdenklich. »Zwei Männer allein können keine ganze Kuh essen, und wenn sie noch so hungrig sind. Zwei Männer allein können aber auch nicht ihr Fleisch wegschleppen.«

»Oh, wir sind mehr als zwei, das könnt ihr mir glauben. Unser Heer zählt dreitausend Mann.«

Ascalls Blick weitete sich. »Dreitausend?«, entfuhr es ihm. »So viele Bewohner hat Waterford nicht.«

»Aber zu diesen kommen die Krieger, die MacGiolla Padraic aus Osraige geschickt hat, außerdem die Truppen der O'Faeláins und schließlich jene, die der Hochkönig in den Süden geführt hat, nachdem er von der Ankunft weiterer Normannen erfuhr.«

Dreitausend ... dreitausend ... das war bestimmt übertrieben ... Wäre es nur ein Drittel, wäre es schon eine stattliche Zahl.

»Nun, für dreitausend Mann wird die eine Kuh nicht reichen«, sagte Ascall.

»Dann schlachten wir eben auch die Kühe, die die Normannen gestohlen und in die Nähe von Baginbun getrieben haben.«

»Dafür müsst ihr aber als Erstes die Normannen schlachten.«

»Was uns leichter fällt, wenn wir nicht mehr hungrig sind.« Der Dicke deutete auf Róisín. »Gib mir den Hahn, Junge.«

Was für ein Narr.

Nicht nur, dass er Róisín für einen Knaben hielt. Er dachte doch wirklich, dass man mit vollem Magen eher siegte. In Wahrheit war niemand gefährlicher als ein hungriger Mann. Und Ascall war hungrig. Unauffällig ließ er seinen Blick durch den Raum schweifen, sah zu, wie Róisín den beiden nicht den Leib des Hahns vor die Füße schleuderte, sondern nur seinen Kopf.

Der mit dem schief geschnittenen Haar grinste, ehe er darauftrat. Als er den Kamm zerquetschte, ertönte ein grässliches Geräusch.

»Wehrt euch nicht!«, sagte er. »Wir sind doch hier, um euch zu beschützen und euch vor den Normannen zu befreien. Und ihr kennt die Gesetze.«

Róisín umklammerte den Hahn, doch Ascall ging zu ihr und entriss ihn ihr, sodass es Federn regnete. Es gelang ihm nicht gleich, er musste kurz mit ihr ringen – was gut war, konnte er sich doch auf diese Weise unauffällig den beiden Kriegern nähern … auch der Tür … Und vor allem dem, was gleich daneben stand.

»Nun lass den Hahn endlich los!«, fuhr er Róisín an. »Der Mann hat recht. Das Gesetz schreibt vor, dass man einem irischen Krieger, der sich auf den Kampf vorbereitet, sämtliche Vorräte zu überlassen hat. Die Milch einer Kuh ist allein für ihn bestimmt – man darf sie nicht einmal einem Kind oder einem Kranken geben.«

Endlich hatte er ihr den Hahn entrissen, und noch mehr Federn tanzten in der Luft. Ehe er ihn den Männern zuwarf, machte er noch einen Schritt in Richtung Tür.

»Aber unsere Kuh gibt keine Milch«, jammerte Liadan.

»Oh, wir trinken gern auch warmes Blut.«

»Nein!«, rief Liadan. »Nein!« Erst stellte sich die Alte schützend vor das Tier, dann fiel sie vor den beiden Männern auf die Knie. »Lasst mir die Kuh, bitte, lasst mir die Kuh! Wir haben all unsere Kinder verloren.«

Der Dürre grinste wieder herablassend und beugte sich so weit vor, dass seine Haarsträhnen ihre runzeligen Wangen kitzelten.

»Sieh dir mein Haar an«, sagte er leise. »Weißt du, warum es auf einer Seite kurz geschoren ist? Weil ich ein Schwert habe, das so scharf ist, dass es einem das Haar abschneidet, wenn ein Windstoß es auf seine Klinge weht. Schwimmt es wiederum im Wasser, schneidet es sämtliche Fische entzwei.«

Róisín, die bis jetzt auf den Hahn gestarrt hatte, hob den Blick. »Ein Schwert schwimmt aber nicht im Wasser. Es geht unter wie ein Stein.«

Der Krieger trat ganz dicht auf sie zu. »Für einen Knaben hast du aber eine recht hohe Stimme.«

Ganz langsam spuckte er sich auf die Fingerspitzen, streckte den Arm aus, berührte Róisíns Wangen, um sachte die Schlammschicht abzureiben, bis darunter rosige Haut durchschimmerte.

Halt still, halt still, halt still ... sei bloß nicht so dumm, dich zu wehren!

Obwohl Ascall sie nur mit Blicken beschwören konnte und sie für diese so häufig blind war, blieb Róisín tatsächlich steif stehen. Auch die Narbe war nun von der Schmutzkruste befreit. Indes versetzte der Dickere Liadan einen Tritt und stieg über sie hinweg, um auch nach Róisín zu fassen – wofür er genauso lange brauchte wie Ascall, um zwei weitere Schritte zur Tür zu machen. Um den Spaten zu ergreifen, der dort lehnte. Und um kurz über das Blatt zu fahren und festzustellen, dass es scharfkantig war.

Als der Dürre ob der Geräusche, die Ascall dabei verursachte, von Róisín abließ und herumfuhr, hatte Ascall ihm schon die Spitze des Spatens ins Auge gestochen ... Nein, genau genommen hatte er nicht das Auge getroffen, sondern die Stelle über der Nase. Aber das genügte, um ihn zu Fall zu bringen, und im nächsten Moment rammte er dem Dicken, der seinem Gefährten zu Hilfe kommen wollte, den Stiel des Spatens gegen den Adamsapfel. Die Luft blieb diesem darob weg, und bevor er wieder Atem schöpfen konnte, hatte Ascall den Dolch gezogen, auf ihn geschleudert und seine Brust getroffen. Er sackte zu Boden, während der Dürre sich aufrappeln wollte. Schon trat Ascall ihm in den Bauch, zog zugleich sein Kriegsschwert aus der Scheide und durchschnitt ihm die Kehle.

Beide starben nicht geräuschlos, doch schon nach kurzem Gurgeln, Keuchen und Ächzen war es vorbei. Bis dahin hatte Ascall auch das zweite Schwert an sich gebracht und hob nun die Waffen prüfend, um zu sehen, welche davon besser in der Hand lag. Beide hatten zweischneidige Klingen. Der Knauf des einen war mit Silber verbrämt, in die Klinge des anderen waren Drahtfiguren eingeschweißt. Eine davon sollte wohl einen

Drachen darstellen, glich aber eher einer Eidechse. So oder so schien kurz dessen Feuer anstelle von Blut durch Ascalls Adern zu fließen, kurz war sogar der Schmerz in der Schulter vergessen. Beide Schwerter gleichzeitig zu halten, wurde ihm dennoch bald zu schwer, und er ließ das mit dem Silberknauf auf den Boden fallen.

Erst jetzt gewahrte er, dass Róisín bereits die Lederbeutel von den Gürteln der Toten gezerrt und den Inhalt auf den Boden geschüttet hatte. Was aus dem einen herauskullerte, war erst auf den zweiten Blick als ein Stück getrocknetes Fleisch zu erkennen – wobei es gut möglich war, dass es auch nur der abgeschlagene Daumen eines Opfers war. Róisín verzog angewidert das Gesicht, als sie hineinbiss, spuckte aber nicht aus.

»Willst du auch etwas?«, fragte sie.

Nein, nur hungrige Krieger sind gefährlich …

Ascall beugte sich ebenfalls über die Toten, zog einem das Lederwams aus und schüttelte den Wolfspelz ab, um es sich selbst anzulegen, band sich sodann den Gürtel samt der Scheide um und steckte das Schwert hinein.

»Was soll das? Was … was tust du denn da?«

Das Leder fühlte sich kalt und irgendwie glitschig an. Dennoch warf Ascall Róisín den Pelz vor die Füße. Sollte sie warm darauf schlafen – er würde seine Augen wohl für lange Zeit nicht schließen.

»Ich werde mit dem Heer aus Waterford kämpfen.«

Was immer Róisín geschluckt hatte, es schien auf dem Weg in den Magen irgendwo stecken zu bleiben. Sie würgte, rang nach Atem, wahrscheinlich auch nach Worten.

Ehe sie welche hervorbringen konnte, rief Dabíd, der sich bis jetzt ängstlich an die Wand gepresst hatte: »Du willst ausgerechnet mit dem Heer aus Waterford kämpfen? Nachdem du zwei der Krieger getötet hast?«

Ascall zuckte mit den Schultern. »Ich brauchte ein Schwert, und die beiden taugten nicht. Ich kann dreimal so viele Normannen töten wie einer von ihnen allein. Wenn nur wenigen Männern, die angetreten sind, die Feinde zu vertreiben, dasselbe gelingt, haben wir die Möglichkeit zu siegen.«

Liadan hörte zu schluchzen auf, bevor er ihr androhen musste, dass sie gleich neben den beiden verrotten werde, wenn sie es nicht endlich ließ. »Aber die Kuh nimmst du nicht mit, oder?«, bettelte sie lediglich.

Ascall schüttelte den Kopf, ehe er sich abwandte.

Róisín stellte sich ihm in den Weg. »Du ... du lässt mich zurück?«

Er sah sie kurz schweigend an, dann deutete er mit dem Fuß auf den kopflosen Hahn. »Um unter einem Dach zu schlafen und dich satt zu essen, brauchst du mich nicht.«

Rasch senkte er den Blick, drängte sich ohne Abschiedsgruß durch die Tür und wischte sich erst im verwüsteten Gemüsebeet das Blut der Toten von den Schuhen.

Nichts ... nichts ... nichts ...

Er durfte an nichts denken, sich an nichts erinnern, nichts fühlen. Nur Schritt vor Schritt setzen, die Hand am Knauf, den Blick jeweils einen Atemzug lang vor sich auf den Weg gerichtet, um ihn nach einem Hindernis abzusuchen, ihn dann wieder schweifen lassen, um die Umgebung zu betrachten. Das Dorf hatte er lange hinter sich gelassen, den Wald ebenso. Immer näher kam er dem Ende der schmalen, felsigen Landzunge, die tief ins Meer ragte, heute nicht nur so grau wie Blei, auch so glatt, als wäre dieses geschmolzen. Von dem friedlichen, Anblick wollte er sich jedoch ebenso wenig täuschen lassen, wie die Möwen es taten, die hektisch an seinem Kopf vorbeischossen und den Krieg zu riechen schienen – ganz anders als die Herde träger Kühe, die auf einer Wiese am Wegrand weideten. Sie rochen keinen Krieg, nur Gras, das hier hoch stand und hart vom Seewind war und an dem es länger zu kauen galt als auf den weichen Halmen im Landesinneren. Dem Vieh war egal, dass die Männer, die es bewachte, keine Bauern waren, sondern Krieger ... oder vielmehr Ritter, wie sich die normannischen Kämpfer nannten. Das Licht war zu trübe, als dass die Kettenhemden funkelten, dennoch musste Ascall gegen den Drang kämpfen, unwillkürlich die Augen zu schließen und sich vor diesem Anblick zu schützen.

Nichts ... nichts ... nichts ...
Er durfte an nichts denken, sich an nichts erinnern, nichts fühlen. Noch vorsichtiger galt es, Schritt vor Schritt zu setzen, noch eindringlicher seine Umgebung zu mustern.

Eben begannen die bewaffneten Männer die Rinder von der Wiese wegzutreiben, direkt auf jene Einfriedung zu, die auf einer besonders schroffen Klippe errichtet worden war. Die Rinder blieben träge, die Männer wurden hingegen ungeduldig. Es gab niemanden, der an ihrer statt das erbeutete Vieh hüten konnte, also mussten sie es selbst tun, doch Ascall spürte, wie sehr sie jene Pflicht hassten.

Er hasste in diesem Augenblick nichts, noch nicht einmal diese Feinde, die von jenseits des Meeres gekommen waren und die die Insel, auf der er geboren war, heimsuchten, hasste nicht einmal Diarmait, diesen Verräter, der sie alle belogen hatte.

Nichts denken, nichts fühlen, nur schauen ... auf die Palisaden, die die Männer aus Baumstümpfen errichtet hatten, manche noch voller Äste und tief in eine Erde gerammt, die hier feucht vom Meer war. Wenn man sich lange genug mit seinem ganzen Gewicht gegen die Palisaden warf, würden sie vielleicht nachgeben. Und das Tor, durch das eben die Rinder getrieben wurden, war breit. Vier, fünf, nein, ein halbes Dutzend Männer könnten gleichzeitig in die Befestigung eindringen.

Ascall duckte sich hinter einem Felsen, auf dem gelbliches Moos wuchs, blickte in Richtung Meer, das der Wind nun etwas kräuselte. Er blähte auch die Segel der Schiffe, die nicht weit entfernt von der Landzunge ankerten, ansonsten tat sich aber dort nichts – was man von der Baumgruppe nahe der Befestigung nicht sagen konnte. Kaum Buchen, Eichen oder Erlen wuchsen dort, nur Tannen und Fichten, deren Nadeln jäh knackten. War es auch hier bloß der Wind, der die Äste bog? Oder waren es nicht vielmehr Schritte, die sich ihren Weg durchs Unterholz bahnten?

Nun, der Wind stöhnte nicht lauter, nur das Kreischen der Möwen schien panischer zu werden, obwohl dort hinten bei den Bäumen noch keine Menschen zu sehen waren.

Ascall schloss die Augen, öffnete sie wieder. Hatten die überreizten Sinne ihm einen Streich gespielt? Die Nadelbäume hatten nämlich keine Wurzeln, sondern Füße, und wenn sie stachen, so nicht mit Nadeln, sondern mit Schwertern. Die irische Vorhut hatte sich Zweige umgebunden, machte sich das Land, das sie kannte und liebte, zum Verbündeten gegen einen Feind, der es nicht kannte und nur besitzen wollte.

Der spitze Stein stach in Ascalls Hand, als er sich daran abstützte, doch er spürte es kaum, spürte auch keinen Schmerz in der Schulter, spürte nur den Drang aufzuspringen, zu den Bäumen zu laufen, ein Teil vom Wald zu werden, ein Teil vom Heer, ein Teil vom Krieg, der nicht länger salzig wie das Meer roch, aber süß wie die Erde.

Doch er beherrschte sich, wartete … wartete, wie auch die Bäume warteten, ehe sie plötzlich zu Menschen wurden und ehe das leise Knacken von Schreien übertönt wurde. Es waren Kriegsschreie, die die Iren und Norweger aus Waterford ausstießen – wie aus einem Mund und dennoch ganz unterschiedliche, hatte doch jeder Stamm einen eigenen Laut. Mühelos übertönte das Getöse die Wellen, die an diesem Tag nur sanft an den Klippen leckten, und selbst als der Schrei abriss, dröhnte es laut in Ascalls Kopf. Die Krieger droschen mit Steinen gegen ihre Schilde, und das dumpfe Trommeln vermischte sich mit dem Tröten jener bronzenen Kriegstrompeten, die aus uralten Zeiten stammten, als man ihre Musik noch für das Lied der Götter gehalten hatte.

Die Kühe, die durch das Tor getrieben worden waren, begannen, unruhig zu werden, und die normannischen Ritter waren so beschäftigt, sie im Zaum zu halten, dass es eine Weile dauerte, bis sie sich umdrehen konnten und feststellten, dass eine undurchdringliche Wand aus Schilden sie umgab.

Norweger … es waren tatsächlich Norweger aus Waterford. Niemand war so diszipliniert wie sie, wenn es darum ging, mit dem eigenen Schild auch noch den halben Leib des Nebenmannes zu schützen. Zuvor hatten sie sich für jeden Schritt drei Atemzüge Zeit gelassen, nun machten sie bei jedem Atemzug drei Schritte. Die normannischen Ritter lösten sich aus der Starre, drängten sich an den Rindern vorbei. Einige gerieten unter ihre Hufe, doch es hielten sich genügend aufrecht, die nun die Wand aus Schilden erreichten, ihre Schwerter zogen, darauf einschlugen. Und wenn das Holz der Schilde auch nicht so morsch und feucht war wie das der Palisaden – es war eben doch nur Holz, kein Stein wie der, an den sich Ascall unwillkürlich klammerte. Hier und da riss die Wand auf, hier und da war ein Gesicht zu sehen, wenn ein Kopf auf den Boden rollte.

Bleibt zusammen, bleibt zusammen, lasst euch nicht trennen!, hätte Ascall am liebsten gebrüllt.

Auch wenn er es sich verkniff, schienen die Krieger seinem Befehl zu folgen. Nicht nur irische Köpfe rollten nunmehr auf den Boden, auch normannische, und die Ritter, die so mutig losgeschlagen hatten, wichen zurück, erreichten das Tor der Befestigung, stürmten hinein und verschlossen es schnell. Schon waren aus Kämpfenden wieder Viehtreiber geworden, und erneut spürte Ascall, dass sie es hassten.

Gut so ... gut so ... jetzt saßen die Normannen in der Falle! Jetzt würden sie alle sterben!

Doch der Erfolg machte die Iren leichtsinnig. Die Schilde, eben noch verschmolzen wie Mann und Weib bei der nächtlichen Vereinigung, lösten sich voneinander. Einzelne Kämpfer preschten vor, stießen wieder ihren Kriegsschrei aus, doch nun kam das Brüllen nicht aus einer Kehle. Die Laute jener, die auf Angriff setzten, die mit Speeren, lang wie Menschen, mit Äxten, noch schärfer als Schwerter, und mit Schleudern, die Wurfgeschosse aus Sand und Bärenblut katapultierten, auf das Tor zudrängten, klangen anders als die, die zur Geduld und zur Zurückhaltung gemahnten – klangen zorniger, gefährlicher ... und dümmer.

Ja, das Tor knirschte unter ihren Fußtritten, aber nicht die Normannen saßen in der Falle, sondern die törichten, weil viel zu ungeduldigen Krieger. Die Palisade gab nicht nach, zudem wurden von oben Pfeile heruntergeschossen – längere, als Ascall je gesehen hatte. Keinen schwarzen Regen aus Unmengen an Tropfen bildeten sie, nein, sie glichen Blitzen, die genau wussten, wo sie einschlagen mussten, um größtmöglichen Schaden anzurichten.

Schon sackten etliche der größten, stärksten Krieger getroffen zu Boden, während andere fielen, weil sie über sie stolperten. Noch kam genug Nachschub aus dem Wald, noch war das Kriegsgebrüll der Iren laut, desgleichen jenes Knirschen, als das Tor endgültig nachgab. Doch als die Krieger ihre Speere, Äxte und Steinschleudern hoben, mussten sie diese nicht gegen die Feinde, sondern gegen die Rinder richten ... irre gewordene, ängstliche Rinder, die ihre Augen ins Weiße verdrehten und brüllten, als sie aus der Befestigung stürmten und alles niedertrampelten, was sich ihnen in den Weg stellte.

Die hölzerne Wand aus Schilden, die längst erbärmlich geschrumpft war, gab endgültig nach. Waffen fielen neben den Toten auf den sandigen Boden und wurden von den Rindern ebenso zertrampelt wie die Leiber. Verzweifelt kämpften die Iren gegen ihren Gegner, verwundeten ihn, töteten ihn, droschen auf ihn ein, bis noch mehr Blut floss. Doch es war das Blut der Rinder, nicht das der Normannen. Diese konnten seelenruhig abwarten, bis die Angreifer ihre Kräfte an der wilden Herde verbraucht hatten. Und erst als kein Kriegsgebrüll mehr zu hören war, nur das Keuchen der letzten Kämpfenden und das Stöhnen der Sterbenden, wurde aus dem Tor ein Höllenschlund und warf ein Getier aus, wie Ascall es nie gesehen hatte.

Halb Pferd, halb Mensch schienen diese Wesen zu sein, die dicht nebeneinanderritten, eine Wand wie die Iren sie bildeten, nur nicht aus Holz, sondern aus Stahl. Mühelos fällte diese Wand den Wald aus Menschen, trafen Lanzen mit immenser Wucht die Leiber.

Ein normannisches Pferd mochte nicht viel stärker als ein irisches sein und ein normannischer Ritter nicht viel stärker als ein irischer, doch wenn feindliches Pferd und feindlicher Reiter eins wurden, waren sie unbesiegbar.

Nicht, dass das Heer der Iren und Norweger das einsehen wollte. Von allen Seiten strömten immer mehr herbei, und dass Ascall jäh einer von ihnen wurde, gewahrte er erst, als er längst die sichere Position hinter dem Felsen aufgegeben hatte und mit dem Schwert in der Hand auf die Palisaden zustürmte.

Nichts ... nichts ... nichts ...

Er fühlte keine Angst, wusste nicht, dass die Schlacht längst verloren war, dachte nicht daran, wie dumm er war. Er hielt das Schwert nicht nur, er *war* sein Schwert, und dieses Schwert wollte Blut.

Erst als er die Stätte des wüsten Kampfes erreichte, vermochte er es wieder zu bändigen. Anstatt danach zu trachten, einen der Reiter vom Pferd zu ziehen und zu töten, packte er einen irischen Krieger am Arm.

»Zurück! Ihr müsst euch in den Wald zurückziehen!«

Der Mann glotzte ihn noch dümmer an als eine Kuh, als hätte er in der letzten Stunde nicht Blut geschluckt, sondern Gras gefressen.

»In den Wald!«, brüllte Ascall. »Zwischen den Bäumen können sich die Pferde nicht so schnell bewegen, dort haben wir einen Vorteil. Den direkten Zweikampf gewinnen wir nie.«

Seine Stimme war laut, lauter als das Klirren, lauter als das Hufgetrappel, lauter als das Stöhnen, nur nicht lauter als das Misstrauen dieses Mannes, der nur glotzte und glotzte, anstatt sich endlich zu bewegen.

Ascall ließ den Mann los, hastete zum nächsten, wiederholte seinen Befehl, doch auch dieses Mal gehorchte man ihm nicht. Als er es beim dritten versuchte, wurde er angefahren.

»Wer bist du, uns Befehle zu erteilen?«

Sobald der andere die Frage gestellt hatte, wurde er von einem Pfeil getroffen und sackte auf den Boden. Ascall ließ sich neben den Leichnam fallen, kroch auf allen vieren weiter, über ein totes Rind, über ein totes Pferd, über einen toten Mann. Dann hatte er einen Baum erreicht, versteckte sich dahinter, sah sich um. Einige Iren hatten es ihm gleichgetan.

»Wir müssen uns tiefer ins Dickicht zurückziehen. Nur dort können wir die Normannen überwältigen!«, brüllte Ascall, und als er wieder nur in leere Augen starrte, fügte er hinzu: »Ich bin Ascall von Toora.«

»Ascall von Toora?«, fragte einer, trat auf ihn zu, musterte ihn genauer. Sein Gesicht kam Ascall vage vertraut vor, doch bevor der andere auch ihn erkannte, wurde er von einem Speer getroffen. Die Spitze bohrte sich durch die Schulterblätter, kam an der Brust wieder heraus, hätte beinahe Ascall selbst getroffen. Gerade noch rechtzeitig duckte er sich, konnte dagegen nicht verhindern, dass der Tote auf ihn fiel. Es dauerte eine Weile, bis er ihn von sich gewälzt und wieder sein Schwert gefunden hatte, das ihm entglitten war. Kaum hatte er sich erhoben, rutschte er auf dem feuchten Laub aus, fiel, kämpfte sich hoch, aber rutschte wieder, dieses Mal über eine kleine Anhöhe, immer weiter von den Bäumen fort in Richtung Meer, stieß schließlich auf einen Felsen ähnlich jenem, hinter dem er sich zuvor versteckt hatte, nur dass der nicht von gelblichem Moos überzogen war, sondern von grünlichen Algen.

Dort wurde er von zwei Händen gepackt.

»Ich bin Ascall von Toora!«, polterte er, doch als er den Befehl wiederholen wollte, sich zurück in den Wald zu ziehen, traf eine Faust sein Gesicht.

»Halt dein Maul, wenn du leben willst. Wir müssen uns hier verstecken, die Normannen dürfen uns nicht hören.«

»Aber ...«

»Du bist nicht Ascall von Toora. Alle Welt weiß, dass der ebenso mausetot ist wie sein Bruder. Cormac ist jetzt der Herr von Toora.«

Ascall wehrte sich gegen die Hände des Mannes, er wehrte sich gegen die Bedeutung der Worte. Zumindest der Hände konnte er Herr werden, indem er den Mann, der ihn festzuhalten versuchte – ein rotgesichtiger, aufgedunsener Krieger –, mit dem Kopf gegen den Stein schlug, bis er still und reglos vor ihm lag. Ob er nur ohnmächtig oder tot war, wusste Ascall nicht.

Er wähnte jedenfalls sich selbst tot, als er neben ihm niedersank.

Nichts ... nichts ... nichts ...

Nichts denken, nichts fühlen, sich an nichts erinnern.

Nicht an Ailillán, nicht an Cormac ... an nichts. Mein Bruder ist tot ... mein Bruder ist tot ... tot ... tot ...

Nein ...
Nein.
Nein!

Die untergehende Sonne schien ins Wasser zu fallen, und obwohl dieses schwarz und kalt war, schmolz sie sofort. Die Wellen begannen zu tanzen, sangen mit allen Stimmen, die sie hatten – der jauchzenden, der dumpfen, der brausenden und der grollenden. Vielleicht sangen nicht nur die Wellen, auch die Flüsse Suir, Nore und Barrow, die sich nicht weit von hier trafen, und vielleicht mischte sich auch die Stimme des Dämons dazu, der auf dem Carnsore, einem Felsen vor der Südspitze Irlands, hauste und sich nicht von dort vertreiben ließ, weder von den Druiden noch von den Mönchen.

Ascall hatte nie verstanden, warum sich der Dämon an einen Felsen klammerte, nun tat er es selbst, und er sah aus der Ferne zu, wie die normannischen Ritter die Iren, die sie gefangen genommen hatten, auf eine Klippe führten, wie sie ihnen die Glieder brachen, wie sie sie ins Meer warfen und wie dort einer nach dem anderen kläglich ersoff. Es waren sechs Dutzend, Ascall zählte sie alle, und bei jedem Einzelnen dachte er, dass es nicht möglich war, was dort geschah. Kein irischer König würde seine Gefangenen einfach töten. Sie zu blenden, das war denkbar, doch bereits sie zu versklaven hieße, gegen das brehonische Recht zu verstoßen. Fesseln durfte man sie, aber nicht schlagen.

Noch einer ... noch einer ... noch einer ...

Doch, es war möglich. Es war ja auch möglich gewesen, dass Mann und Pferd zu einem Leib verschmolzen und dass das irisch-norwegische Heer schmählich gescheitert war. Die Abendsonne weinte, und das Meer sang, und dort, wo die Toten trieben, die auf die aus dem Meer ragenden Felsen geprallt waren, färbten sich die Schaumkronen dunkelrot. Nicht nur ganze Leiber gingen langsam unter, auch einzelne Köpfe. Ehe das sechste Dutzend voll war, erschien droben auf den Klippen nämlich eine Frau. Zumindest ließ ihr langes rotes Haar, das im Wind wehte, an eine Frau denken. Ihre Größe tat es auch, ebenso die etwas zartere Statur, nicht aber das Schwert, das sie in der Hand hielt und mit dem sie den verbleibenden Gefangenen die Köpfe abschlug, ehe auch sie ins Meer gestoßen wurden.

Wenn selbst ihre Weiber so entschlossen zuschlagen, können wir nicht gegen sie gewinnen.

Wobei auch Róisín so töten könnte ...

Róisín, Róisín, Róisín.

Als der letzte Gefangene über die Klippen gestürzt und der letzte Schrei vom Tosen des Meeres übertönt worden war, erhob sich Ascall und ging so steif in Richtung Norden, als hätte man auch seine Beine gebrochen. Längst hatte er das Schwert in die Scheide gesteckt. Hätte er es in der Hand gehalten, es wäre ihm entglitten. Nur langsam kam er voran, drehte sich immer wieder um, aber niemand verfolgte ihn, und auf den glatten Steinen hinterließ er keine Spuren.

Es war finster, als er das Dorf erreichte, den süßlichen Torfgeruch einsog, der schreienden Kuh lauschte. Sie hatte Glück, dass sie noch lebte. Er hatte Pech, dass er noch lebte. Als er vor der Feuerstelle niedersackte und der rötliche Schein des glosenden Holzes auf sein Gesicht fiel, wünschte er jedenfalls, er wäre tot. Es tat so weh. Mehr als seine Schulter, mehr als zerbrochene Glieder, mehr, als auf einem Felsen aufzuprallen und Meerwasser zu schlucken.

»Du bist zurückgekommen?«, frage Róisín schlaftrunken. Sie lag mit dem Wolfspelz zugedeckt in einem Winkel der Hütte, während Liadan und Dabíd aneinandergeschmiegt in einem anderen schliefen. Die beiden waren nicht erwacht, Róisín dagegen richtete sich nun auf.

Ascall trat zu ihr. »Nur um Abschied zu nehmen«, sagte er leise.

Von Ailillán hatte er sich nicht verabschiedet, als er damals Dún Fionn verlassen hatte. Er war zu wütend gewesen, weil sein Bruder Cormac unterlegen war. Und offenbar hatte er nichts aus dieser Niederlage gelernt, wenn so bald darauf schon eine zweite gefolgt war.

Jetzt war Ascall nicht wütend, nur traurig, unendlich traurig. Er fühlte, wie Tränen in ihm hochstiegen, wie er sie nicht mehr geweint hatte, seit er ein Kätzchen mit bloßen Händen erwürgt hatte. Unwillkürlich hob er diese Hände, legte sie um Róisíns Hals, drückte zu.

»Was tust du da?«, fragte sie erstaunt, aber nicht ängstlich.

Das Kätzchen hatte sich auch nicht gefürchtet. Das Kätzchen, das er viel lieber gestreichelt als erwürgt hätte.

Er ließ sie los, fuhr die Form ihrer Narbe nach, fuhr tiefer, fühlte nackte, warme Haut. Bis er die Brüste erreichte, ließ sie ihn gewähren, dann schlug sie ihm die Hand weg.

»Nicht«, sagte sie, »es tut doch weh …«

»Sei froh«, murmelte er, »es ist der Schmerz, der uns zu Menschen macht. Wenn wir ihn nicht mehr fühlen, sind wir so gut wie tot.«

Wieder packte er ihren Hals und drückte sie auf den Wolfspelz, und wie damals im Wald wehrte sie sich und schlug auf seine alte Verletzung ein. Die Pein war gleißend wie die Mittagssonne, seine Haut schien zu platzen, doch was immer hervorquoll – es war kein Blut, es konnte kein Blut sein, er bestand ja nur aus Tränen, Tränen, die so überreich aus den Augen rannen, als er sich auf sie legte, ihre Schenkel spreizte und sie nicht länger würgte – desgleichen sie plötzlich nicht länger auf ihn einschlug, stattdessen ihrerseits ihre Hände um seinen Hals legte. Der Schmerz wuchs, die Lust wuchs. Immer knapper wurde ihm die Luft, das Bild vor seinen Augen zerbrach, die Hände, die er neben ihrem Kopf aufstützte, wurden taub und knickten ein. Doch da hatte er sich schon auf den Rücken gewälzt, und Róisín saß auf ihm. Ihre Hände lagen immer noch um seinen Hals, als sie bestimmte, wie tief und wie schnell er in sie eindringen konnte. Erst bewegte sie sich vorsichtiger, dann hektischer, schließlich schienen sie zu verschmelzen wie die Normannen mit ihren Pferden – diese, um Tod zu bringen, sie beide, um das Leben zu fühlen und auszukosten. Nur dass dieses Leben kein Strom war, der ihn mit sich ins Vergessen riss, es waren lodernde Flammen, die viel zu schnell erloschen und nichts als schwarze Asche zurückließen.

Seine Tränen versiegten, als er sich in ihr ergoss. Ihre Hände lösten sich von seinem Hals.

»Es ... es war nicht sonderlich angenehm«, murmelte sie, »aber es hat auch nicht mehr so wehgetan wie beim ersten Mal.«

»Sei froh«, sagte er leise, »es ist der Wille, den Schmerz zu überwinden, der uns zu Menschen macht. Wenn wir nicht daran festhalten, sind wir so gut wie tot.«

Er erhob sich, spürte den Abdruck ihrer Hände auf seinem Hals. Es würden ein paar Tage vergehen, bis die roten Male vollends verblassten.

Ailillán ist tot. Ailillán ist tot. Ailillán ist tot.

»Flieh«, sagte er, ohne sie noch einmal anzusehen, »flieh, so schnell du kannst. Die Normannen werfen ihre Gefangenen ins Meer, und ich habe dir noch nicht das Schwimmen beigebracht ... Du solltest besser nicht in ihre Hände fallen.«

Er hörte nicht mehr, was sie ihm nachrief. Als er hinaus in die Nacht trat, schluckte die Schwärze sämtliche Wärme.

Ailillán ist tot. Ailillán ist tot. Ailillán ist tot.

Ich werde ihn rächen.

RÓISÍN

Róisín hatte keine Angst vor den Normannen. Róisín wollte jemanden töten.

In den ersten Tagen, nachdem er sie ohne weitere Erklärungen zurückgelassen hatte, war sie sehr wütend gewesen. Sie hätte es Ascall am liebsten möglichst langsam, möglichst qualvoll heimgezahlt. Doch Ascall war fort, und aus der Wut wurde Trotz. Sie brauchte ihn nicht, um zu überleben. Und sie brauchte ihn nicht, um jemanden zu töten. Schließlich hatte sie auch den Wolf ohne seine Hilfe besiegt – erst recht würde sie mit möglichen menschlichen Feinden fertigwerden.

Doch diese Feinde kamen nicht in das Dorf, nur ein halb Sterbender, der von einer großen Schlacht berichtete, die die Iren verloren hätten und mit ihnen gleichsam die ganze Insel. Ehe er noch mehr sagen konnte, brach er zusammen, und ehe ihm weitere folgten, drängte Dabíd zum Aufbruch.

»Wir können unmöglich hierbleiben!«, rief er. »Erst kommen die Besiegten, dann die Sieger selbst.«

»Sollen wir nicht auf Ascall warten?«, fragte Liadan zweifelnd. »Er könnte uns beschützen, wenn wir ins Ungewisse aufbrechen.«

Trotzig reckte Róisín ihr Kinn. »Ascall kehrt nicht zurück. Und beschützen kann ich euch auch.«

Dabíd sah sie stirnrunzelnd an. »Aber wie denn?«

»Das werde ich euch schon noch zeigen«, sagte Róisín entschlossen und umklammerte den Dolch so fest, dass der Knauf rote Spuren in ihrer Handfläche hinterließ.

Am nächsten Tag verließen sie das Dorf im Morgengrauen, stießen aber zunächst auf niemanden. So entschlossen Róisín auch war, fremde Krieger zu bezwingen – ihrem Hunger wurde sie nicht Herr, und er war nicht leichter zu ertragen, solange sie die störrische Kuh bei jedem Schritt antreiben mussten.

Mehr als einmal bereute es Róisín, dass sie damals nicht im Sumpf ersoffen war.

Wenn das Vieh wenigstens Milch gegeben hätte! Doch schon seit Jahren, so erzählte Liadan, bekam sie keinen Tropfen mehr aus dem Euter – was die Alte nicht davon abhielt, ein hölzernes Gefäß, an dem eine Schlinge befestigt war, auf dem Rücken zu tragen.

»Man kann es beim Melken an die Beine binden«, erklärte sie.

»Warum hast du es denn mitgenommen, wenn die Kuh ja doch keine Milch gibt?«, fragte Róisín ungehalten.

»Irgendwann wird sie es vielleicht doch noch tun ...«

Liadan mochte alt sein, aber die Hoffnung, dass alles irgendwann besser wurde, hatte sie noch nicht aufgegeben. Róisín hingegen war jung, hatte aber keine Hoffnung mehr, nur diese Gier nach Zerstörung. Mehr als einmal hätte sie am liebsten die bronzene Kugel genommen, die die Kuh um den Hals trug und die das Tier, wie Dabíd behauptete, vor sämtlichen Krankheiten beschützte, um sie entweder auf das nutzlose Vieh zu werfen, auf die hoffnungsvolle Alte oder – was ihr am liebsten gewesen wäre – auf Ascall.

Doch der war fort, hatte nicht gesagt, warum er ging und wohin, und sie brauchte ihn ja nicht, sie konnte allein überleben, sie konnte allein töten, wenn sie doch endlich jemandem begegnen würden, der die Kuh zu rauben versuchte!

Niemand aber trachtete der Kuh nach dem Leben. Seelenruhig kaute sie an Farnen, während Liadan Brennnesseln pflückte und daraus eine dünne Suppe machte. Sie hatte, bevor sie aufgebrochen waren, ein kleines Fass mit Butter aus dem Brunnen gezogen, wo sie es vor der Sonne und möglichen Dieben versteckt hatte. Schon nach kurzer Zeit begann die Butter zu schmelzen, und sie kamen kaum mit dem Lecken nach, wollten sie doch keinen Tropfen verschwenden. Hinterher war Róisín nicht satt, fühlte sich nur übel, und sie pflückte und kaute wilden Knoblauch, um den ranzigen Geschmack aus dem Mund zu vertreiben. Viel angenehmer war dessen Schärfe allerdings nicht, und nachdem sie einen Tag kaum etwas anderes gegessen hatte, wusste sie nicht, was mehr brannte: die Kehle, der Magen oder die Gedärme.

Nach fast gar nichts schmeckten die Käsewürfel, die Liadan ebenfalls im kühlen Brunnen in einem Körbchen aus Binsen aufbewahrt hatte. Sie schmolzen selbst in der Julihitze nicht, und sie zu zerbeißen war ähnlich schwer, als wollte man einen Knochen zerkauen. Während sie es versuchte, musste Róisín an Síbeals Geschichte von einem gewissen Furbaide denken, den Königin Maeve mit einem Stück Käse erschlagen hatte. Bis jetzt hatte sie das für eine Legende gehalten, nun wusste sie, dass es tatsächlich Käse gab, der härter war als Stein, härter auch als die Bronzekugel, die um den Hals der Kuh hing. Ach, wenn sie bloß diesen Käse auf Ascall werfen könnte, wieder und wieder, bis er vor Schmerzen schrie und endlich erklärte, warum er sie verlassen hatte! Aber nein! Sie wollte nicht an Ascall denken, töten wollte sie, und wenn schon keinen Menschen, dann wenigstens ein Tier!

Als sie noch mit Ascall im Wald gelebt hatte, war es ihr manchmal gelungen, eines zu erbeuten. Nun blieb die Klinge nie in einem Tierleib, sondern fast immer in der Rinde eines Baumes stecken. Sie fluchte, wenn das geschah, fluchte immer noch, wenn sie den Dolch aus dem Baum zog, nur wenn sie auf die Kerbe starrte, die die Klinge hinterlassen hatte, verstummte sie. Sie musste daran denken, wie sehr sie sich einst gefreut hätte, einen Baum zu treffen, und das Herz wurde ihr schwer.

Einmal fand Róisín ein Eichhörnchen, das war jedoch schon tot, und es hing kaum Fleisch an seinen Knochen. Ein anderes Mal stieß sie auf einen Frischling, der seine Mutter verloren hatte, und ihn zu töten war keine Herausforderung, es war Gnade. So jung, wie das Tier war, erwartete Róisín, dass das Fleisch süß und zart wäre, doch es stellte sich als fast so hart wie der Käse heraus. Liadan konnte nichts davon essen, weil sie nicht mehr genügend Zähne hatte, doch Dabíd kaute ihr die Bissen vor, und als er sie ihr reichte und sie sie gierig schluckte, vermeinte Róisín kurz, dass das Fleisch doch köstlich schmeckte.

Einige Tage später hing der Nebel so dick über ihnen, dass sie kaum die eigene Hand sahen, geschweige denn die Blätter der Bäume, die nicht mehr im hellen Grün des Frühlings, sondern mittlerweile im satten, dunklen des Sommers standen. Während sie durch das graue Niemandsland stapften, konnte Róisín an niemandem ihre Kräfte erproben, lediglich Liadan lauschen, die plötzlich zu singen begann. Ihre Stimme klang rau wie ihr gefurchtes Gesicht.

»Wenn ich nur schöner singen könnte«, seufzte sie nach dem Lied, »dann würde die Kuh gewiss Milch geben.«

»Wie kommst du darauf?«

»Als einst die Ritter des Roten Zweiges, einer Kriegerbande aus Ulster, die Insel Man überfielen, stahlen sie nicht nur alle Juwelen, die sie dort fanden, auch die schöne Tochter des Königs mitsamt ihrer drei Kühe und drei Vögel. Die Kühe gaben nur Milch, wenn die Vögel sangen, die Vögel wiederum sangen nur, solange die Königstochter lächelte, und die Königstochter lächelte nur, solange man sie nicht schändete und schlug. Deshalb wurde sie gut behandelt.«

Róisín lauschte schweigend und traute der Geschichte nicht. Ritter gierten doch wohl mehr nach einer sich windenden weinenden Königstochter als nach süßer Milch. Wenn solche Männer mich ergreifen wollten, würde ich ihnen die Kehle durchschneiden, die Finger abhacken oder die Zunge abbeißen, schwor sie sich, und allein bei der Vorstellung umklammerte sie den Dolch – umso mehr, als Dabíd plötzlich innehielt, weil er ein Geräusch gehört hatte.

Róisín schloss zu ihm auf. »Wer immer es ist, ich schütze euch vor ihm!«, zischte sie entschlossen.

Als sich wenig später der Nebel etwas lichtete und sie eine Lichtung erreichten, sahen sie aber nur reglose Menschen mit verdrehten Gliedern dort liegen. Róisín ging von einem zum anderen, erkannte, dass sie alle tot waren. Fliegen umsurrten die Leichname, ließen kurz von ihnen ab und scharten sich um den Schwanz der Kuh. Erst als diese damit wedelte, flogen sie ärgerlich brummend zu den aufgeblähten Toten zurück.

Róisín atmete den süßlichen Gestank ein. »Sie müssen schon

seit mehreren Tagen tot sein«, stellte sie enttäuscht fest, »wer immer sie getötet hat, hat längst das Weite gesucht ...«

Dabíd stand dennoch starr vor Schreck. »Wer weiß, von wem sie getötet wurden! Man erzählt sich hierzulande Geschichten von Männern, die während einer Schlacht verrückt wurden, sich in Wäldern verkrochen und erst nach hundert Jahren wieder ins Sonnenlicht traten. Ihre Haare reichten bis zum Boden, und außerdem waren ihnen Federn gewachsen, sodass sie fliegen konnten.«

»Konnten sie auch singen wie die Vögel, um die Kühe zum Milchgeben zu bringen?«, fragte Róisín, trat ärgerlich gegen die verwesenden Leiber und war kurz versucht, auf diese einzustechen, bis sie bewiesen hatte, dass sie vor nichts zurückschreckte und sich vor nichts ekelte. Am Ende bezwang sie den Drang – wenn auch nicht ihre Wut. Als sich die Kuh einmal mehr als störrisch erwies und sich trotz einiger Stockschläge weigerte, einen Schritt zu tun, zückte sie den Dolch und kreischte erbost: »Himmel! Ich werde dieses Vieh noch töten!«

»Tu das nicht«, jammerte Liadan erneut, »ich habe all meine Kinder verloren, nur die Kuh ist mir geblieben.«

»Das weiß ich längst. Aber den einzigen Nutzen, den die Kuh noch hat, ist, uns mit ihrem Fleisch satt zu machen.«

»Lass sie dennoch in Ruhe«, sagte Dabíd ungewohnt streng. »Ein König von Connacht hielt sich einst eine weiße Sau, die ihm Glück brachte. Ein König von Leinster wiederum einen zahmen Fuchs, dem er ebenso viel verdankte. Wenn wir unsere Tiere nicht achten, sind wird zum Untergang verdammt.«

»Nein, zum Untergang sind wir verdammt, wenn wir zögern, unsere Waffen zu benutzen«, sagte Róisín und fuchtelte mit dem Dolch.

»Aber du hast versprochen, uns zu beschützen, und uns gibt es nicht ohne die Kuh.«

Róisín ließ den Dolch sinken, und endlich ging die Kuh weiter. Als sie in dieser Nacht unter den breiten Ästen eines Ahornbaumes schliefen, war Róisíns Wut versiegt, und sie rückte ganz dicht an das Tier heran. Sie umklammerte die Bronzekugel, bis diese warm war, schmiegte sich an den Leib der Kuh, bis ihrer warm war, und stellte sich im Halbschlaf vor, es wäre Ascall, dessen Nähe sie suchte und fand. Sie war zu müde, um sich den verräterischen Gedanken zu verbieten, dass sie ihn vielleicht nicht zum Töten brauchte, durchaus aber, um glücklich zu leben.

Im Morgengrauen erwachte Róisín, und nur die Kuh glotzte sie an. Ihre Enttäuschung war groß, währte allerdings nicht lange. Schon wich sie freudiger Erregung, als sie nicht weit von der Kuh entfernt zwei Füße wahrnahm und, sobald sie den Blick hob, den Mann, dem diese gehörten.

Das war der Feind, vor dem sie Liadan und Dabíd schützen würde! Das war der erste Mensch, den sie töten würde!

Just als sie den Dolch schleudern wollte, erkannte sie jedoch, dass der Mann unbewaffnet war, außerdem zutiefst erschrocken, hier im Wald auf andere Menschen zu stoßen. Er hob abwehrend die Hände.

»Nicht!«, rief er. »Tut mir nichts! Ich bin doch nur ein fahrender Händler ...«

Es klang, als wäre das der niederste Beruf von allen, obwohl ihr Vater immer gesagt hatte, es sei der höchste, wichtigste und der, mit dem man am meisten Reichtum und Macht erlangen könne.

Dieser Mann sah aber wahrlich nicht aus, als wäre er je reich oder mächtig gewesen. Seine knielange hellblaue Tunika war schmutzig und voller Flicken, die Haut, die darunter hervorschimmerte, so grau wie das schüttere Haar. Derart faltig, wie sie vom Leibe hing, schien sie viel zu groß und weit für die dünnen Knochen darunter zu sein.

Róisín ließ den Dolch sinken. »Verschwinde einfach!«, zischte sie.

Der Mann zitterte zu sehr, um einen geraden Schritt machen zu können, und mittlerweile waren auch Dabíd und Liadan erwacht.

»Wohin bist du unterwegs?«, fragte Dabíd.

»Nach ... nach Waterford«, stammelte der Alte. »Wo sonst ist man vor den Normannen sicher?«

Waterford ... die mächtige Stadt an der Südküste ... mit Schutzwällen aus Stein und Lehm, auf denen sich an strategischen Punkten runde Steintürme befanden. Das ganze Land könnte man von dort überblicken und Pfeile auf herannahende Feinde abschießen, hieß es, und auch, dass Waterford deshalb uneinnehmbar sei.

In Waterford gab es niemanden, den sie töten könnte.

»Verschwinde!«, sagte Róisín wieder.

Der Mann regte sich nicht, stand weiter zitternd vor ihnen, und Liadan fragte neugierig: »Womit handelst du?«

Der Händler besaß weder einen Esel noch einen Wagen, nur zwei große Ledertaschen, die ihm rechts und links von den Schultern hingen. »Ich will in Waterford Tierhäute und Vögel gegen Wein tauschen und diesen Wein später in Limerick gegen Geld.«

»Vögel?«, fragte Róisín verwirrt.

»Vögel?«, rief Liadan frohlockend. »Sie könnten der Kuh etwas vorsingen, dann gäbe sie vielleicht endlich Milch!«

Der Händler starrte sie verwirrt an. »Aber die Vögel sind doch schon tot. Ich fange sie in Fallen und reiße ihnen die bunten Federn aus. Die Frauen von Waterford flechten sich diese gern ins Haar oder nähen sie an den Saum ihrer Kleider.«

Róisín lag ein drittes »Verschwinde!« auf den Lippen, da begann Liadan jäh bitterlich zu schluchzen.

»Die Kuh wird niemals Milch geben, ich bin zu alt, um noch ein Kind zu bekommen, kein Vogel singt so schöne Lieder, um das zu vergessen. Und wir ... wir werden alle sterben.«

Róisín steckte den Dolch an ihren Gürtel, zog sich den Wolfspelz um die Schultern und trat zu Liadan, um sie in die Arme zu nehmen. Die heißen Tränen benetzten das eigene Gesicht, die gefurchte Haut lag auf ihrer glatten, das Zittern des schmächtigen Leibes ging auf ihren über.

»Ihr werdet nicht sterben, ich beschütze euch doch.«

Dabíd blickte sie nachdenklich an. »Nein«, sagte er, »die Mauern werden uns beschützen – die Mauern von Waterford. Wir gehen mit dem Händler.«

Bei der Erwähnung der Mauern musste Róisín an das Kloster denken, und sie ließ Liadan abrupt los. Die aber griff nach ihrer Hand. »Bis Waterford begleitest du uns noch, ja?«

Róisín dachte nach. Die Stadt selbst war vielleicht uneinnehmbar, doch das würde die Normannen nicht davon abhalten, sich vor ihren Toren zusammenzurotten und nach einem Weg zu finden, es doch zu versuchen.

»Natürlich begleite ich euch«, sagte sie schnell. »Der Weg dorthin ist schließlich sehr gefährlich.«

Der Händler, der in seinen Taschen tote Vögel trug, hieß Martan, und obwohl er eine ganz eigene Art zu gehen hatte – indem er nämlich die Füße kaum hob, sondern sie über den Boden schleifte –, kam er erstaunlich schnell voran. Auf dem Moos blieben seine Schritte lautlos, doch wenn er auf das Laub trat, das der kühle Wind jetzt im Spätsommer schon von den Bäumen fegte, raschelte es.

Bisher waren sie ziellos im Kreis gegangen, und der Wald war Róisín endlos erschienen. Nun, da Martan eine bestimmte Richtung vorgab, standen die Bäume bald lichter, und man sah deutlich das Grün der Wiesen zwischen den Stämmen durchschimmern. Das Gras stand kniehoch und raschelte noch lauter als das Laub, wenn Róisín hindurchging. Die Kuh blieb häufig stehen, um zu fressen, und auch Róisín war so hungrig, dass sie an einigen Halmen kaute.

Liadan stimmte eines ihrer Lieder an.

»Ich dachte, du hättest eingesehen, dass die Kuh keine Milch geben wird«, sagte Róisín und spuckte den Grashalm aus.

»Ich singe nicht für die Kuh, ich singe für den heiligen Bartholomäus, an den am Ende des Sommers gedacht wird. Vielleicht bringt er uns heil ans Ziel.«

Róisín legte sich neben Liadan und starrte in den blutleeren Himmel. Der Bartholomäus-Tag wurde auch in Dublin im August gefeiert, und wenn sie es recht im Kopf hatte, war er ein Märtyrer gewesen, dem man bei lebendigem Leib die Haut abgezogen hatte. Gleiches würde sie mit einem Feind machen, zumindest, sobald sich einer blicken ließ. Noch tat das keiner, es war nur das wogende Gras zu hören und ein Käfer, der ihr übers Gesicht krabbelte. Sie überlegte, ihn zu zerquetschen, schlug ihn aber dann nur mit der Hand weg. Er brummte empört, als er davonflog, und als das Brummen wieder verstummte, war etwas anderes zu hören ... etwas, das wie Schritte klang.

Liadan sang vor sich hin, die Kuh graste, Martan zählte seine toten Vögel, und Dabíd schnarchte, weil er eingenickt war. Róisín fuhr auf und sah sich hektisch um. Drei Männer kamen aus dem Wald. Sie trugen Lederwämser und breite Gürtel, und an den Gürteln hingen Schwerter ... Schwerter, die sie noch nicht gezogen hatten, während Róisín sich nicht nur langsam aufrichtete, sondern schon den Dolch umklammert hielt. Ihre größte ... ihre einzige Chance war, sie zu überraschen. Sie müsste den Dolch auf einen der Männer schleudern, zugleich dem anderen ins Gesicht treten oder zumindest in den Bauch. Bis der dritte herbeigeeilt war, müsste sie den Dolch aus der Brust des ersten gezogen und dem zweiten die Kehle durchschnitten haben, um ihn erneut zu schleudern. Es könnte gelingen ... es musste gelingen.

Róisín hielt ihren Atem an, Liadan ließ den ihren hörbar entweichen.

»Nicht!«, rief die Alte. »Bitte tut meinem Tier nichts!« Abrupt blieben die Männer stehen, blickten sich wachsam um, zählten wohl ihrerseits stumm die Menschen, denen sie da unerwartet begegneten. »Tut meiner Kuh nichts!«

Verdammt, verdammt, verdammt!

Róisín ließ den Dolch sinken. »Halt dein Maul, du dumme Frau«, fuhr sie Liadan an. »Sie werden der Kuh schon nichts zuleide tun, dafür sorge ich.«

Keiner der drei achtete auf sie – stattdessen traten sie auf die Kuh zu und musterten sie.

»Wie fett das Vieh ist«, murmelten sie.

Fett, aber ohne Milch.

Róisín pirschte sich an sie heran. Sie würde den als Ersten töten, der seine Hand an die Kuh legte – jedoch nicht, indem sie den Dolch auf ihn schleuderte, sondern ihn von hinten anfiel und seine Kehle durchschnitt. Mit etwas Glück würde sie auch den zweiten auf diese Weise niedermachen und mit ganz viel Glück sogar den dritten.

Doch ehe einer der Männer die Kuh berührte, stellte sich Dabíd zwischen sie und das Tier.

»Wer ... wer seid ihr?«, fragte er mit bebender Stimme.

Warum hast du nicht weitergeschnarcht, Alter?

»Krieger ... aus Connacht ... der Hochkönig schickt uns.«

Keine Normannen, keine Normannen, keine Normannen, hämmerte es Róisín durch den Kopf. Enttäuscht war sie gleichwohl nicht lange. Auch die Männer, die Ascall getötet hatte, waren keine Normannen und dennoch gefährlich gewesen.

Wenn ihr bloß Dabíd, dieser Narr, aus dem Weg ginge! Wenn er nicht auch noch auf die Knie fallen würde und flehen: »Oh, könnt ihr uns sicher nach Waterford bringen?«

Lieber Himmel! Er erhoffte sich von den Männern Schutz, obwohl doch sie es war, die sie beschützte, obwohl sie es war, die nun näher schritt und sich drohend vor den Männern aufrichtete.

»Lasst die Kuh in Ruhe.«

Erst jetzt studierte sie die Gesichter der drei, las keine Gier darin, weder auf Rinder- noch auf Menschenfleisch, sah nur Müdigkeit und ... Angst. Die Kuh schien diese Angst zu wittern, denn sie muhte, Liadan schrie, und plötzlich war da noch ein anderes Geräusch, nicht minder bedrohlich, und dieses machte Róisín selbst Angst.

Der Himmel war so bleich wie zuvor, dennoch war jäh ein Donnern zu hören, als kündigten dunkle Wolkenberge ein Gewitter an. Róisín zuckte zusammen, lauschte, zu dem Donnern gesellte sich ein Brausen. Während sie noch wie starr dastand, begannen die drei Männer zu rennen, geradewegs in die Richtung, aus der das Brausen kam. Nur den letzten konnte sie einholen.

»Flieht!«, schrie er ihr über seine Schultern zu. »Flieht zurück in den Wald.«

Róisín achtete nicht auf ihre schmerzende Brust, als sie ihnen entgegen seines Befehls nachhastete. Bald verschwanden die Männer hinter der nächsten Hügelkuppe, aber das Brausen war immer noch zu hören, die Angst, die in ihrem Bauch rumorte, immer noch schmerzhaft, die Einsicht, dass sie Dabíd, Liadan und die Kuh vielleicht gegen die drei hätte schützen können, jedoch gewiss nicht gegen das Brausen, immer noch bitter.

»Es sind die Wellen, die so rauschen«, sagte Martan, der ihr keuchend gefolgt war. »Das Meer ist nicht mehr weit, was bedeutet, dass wir auch Waterford bald erreichen.«

Trotz seiner Worte presste er hilfesuchend seine beiden Lederbeutel fest an sich, während Róisín mit jedem Schritt deutlicher fühlte: Brausen und Donnern verhießen nicht das Lied des Meeres ... sie verhießen das Lied des Krieges. Und wer immer es angestimmt hatte, begnügte sich nicht mit einer Strophe.

Nur mehr wenige Schritte, dann hatte sie die höchste Erhebung eines Hügels erreicht. Róisín beugte sich vor, hielt sich am kniehohen Gras fest, um nicht auszurutschen, merkte erst jetzt, dass nicht nur Martan ihr gefolgt war, sondern auch die beiden Alten. Dabíd hielt den Wolfspelz in der Hand, den sie achtlos auf der Wiese hatte liegen lassen, und erst als sie ihn gedankenlos ergriff und fühlte, wie weich er war, ging ihr auf, dass sie sich am harten Gras die Hände geschnitten hatte. Etliche Tropfen Blut perlten über den grauen Pelz.

Grau waren auch die mächtigen Stadtmauern, die Waterford umgaben, und rot waren die vielen Banner des Heeres, die diese eingekreist hatten. Einem riesigen Untier glich es, das sich aus dem Meer erhoben hatte, einer Schlange gar, die sich in den eigenen Schwanz verbiss, während sie sich um den Körper ihres Opfers wand.

»Gütiger Gott!«, stieß Dabíd aus.

Nein, nein, nein ... eine Schlange kann keinen Stein erwürgen ... die Mauer wird nicht nachgeben ... die Stadt wird nicht fallen. Gleichwohl fühlte Róisín ein Brennen im Magen, als hätte sie zu viel und zu heiß gegessen. Wie gebannt starrte sie auf die Schlange, die silbrig wie ein Fluss im Sonnenlicht glitzerte.

»Ich habe noch nie ein so großes Heer gesehen«, stieß Martan aus. »Heiliger Bartholomäus, bitte für uns!«

Aber er kann doch nicht für uns bitten, man hat ihm doch die Haut vom Leib gezogen.

Die Haut der Schlange schien glatt – zumindest zunächst. Je länger Róisín sie ansah, desto mehr glich sie einer Raupe, deren Glieder man deutlich voneinander unterscheiden konnte. Da waren Reiter und Fußsoldaten, Bogenschützen und Lastenträger und schließlich jene, die die Banner hielten, nicht nur rote, auch gelbe, blaue, violette. Einem Blumenmeer glich das Heer, nur dass es nicht süß roch, es roch nach Schweiß und Blut und Tod.

»Ich habe noch nie ein so großes Heer gesehen«, sagte Martan wieder, und derart gebannt, wie Róisín auf die eingekreiste Stadt starrte, brauchte sie eine Weile, um zu begreifen, dass er die Worte nicht zu ihr gesprochen hatte, sondern zu den drei Kriegern, die wie sie auf der Spitze des Hügels verharrt hatten.

»Warum seid nur ihr hier und nicht der Hochkönig?«, fuhr Róisín sie an. »Warum hilft er Waterford nicht?«

Erneut las sie in den Blicken, die sie trafen, nur Müdigkeit und Entsetzen. »Domhnall von Thomond ... gegen ihn erhoben ... Hälfte von Munster im Aufstand ... dort zu beschäftigt ...«, stammelte einer.

Kluge, kluge Schlange. Du musst nichts weiter tun, als dich in deinen eigenen Schwanz zu verbeißen ... Von keiner Seite kommt man dir dann bei, zumal die Iren wie Mäuse sind, die sich gegenseitig den Käse wegfressen.

»Ich habe noch nie ein so großes Heer gesehen«, sagte Martan ein drittes Mal, als könnte etwas, das er als weit gereister alter Mann nicht kannte, nur eine Sinnestäuschung sein.

»Nicht nur ein Heer ...«, flüsterte einer der Männer, »derer zwei ... in Duncannon vereint ... Die Normannen, die hier warteten, trafen auf jene, die erst kürzlich kamen ... und auch auf Diarmaits Truppen ...«

Die nächsten Worte waren nicht verständlich, weil er sie nur mehr mit den Lippen formte, aber keine Stimme mehr hatte.

Róisín packte ihn am Arm. »Was hockt ihr hier? Warum schaut ihr nur zu? Kämpft! Ihr müsst doch kämpfen!«

Sie selbst umklammerte wieder den Dolch, zerschnitt damit die Luft. Die Blicke blieben leer, gleichwohl sich die Münder zu einem mitleidigen Lächeln verzogen.

»Gegen diese Übermacht sollen wir kämpfen? Das wäre nicht mutig, es wäre dumm.«

Róisín fühlte sich selbst dumm, wie sie da mit dem Dolch die Luft zerschnitt, wie sie plötzlich Ascalls Stimme zu hören wähnte.

Sie haben recht, lass endlich den Dolch sinken.

Das tat sie tatsächlich, aber nicht, weil sie es wollte, sondern weil sie jäh vermeinte, dass die Schlange sich um ihren Leib wand. Sie hatte keine Kraft mehr, die Waffe zu halten, keine Kraft mehr zu schwören, dass sie Dabíd und Liadan beschützen werde, keine Kraft mehr, den schmerzvollen Gedanken zu verbannen: Ascall ist fort ... er hat mich zurückgelassen ... ich bin ganz allein.

Nur um weiterhin in Richtung Waterford zu starren – dafür reichte die Kraft.

Von der Stadtmauer ging eben ein Regen von Pfeilen und Steinen auf die Schlange hinunter. Die schuppige Haut schien an manchen Stellen zu platzen, doch sie wuchs wieder zusammen, zog sich noch enger um die Stadt ... wenn auch nicht eng genug, um den Stein bersten zu lassen.

»Unmöglich kann man die Mauer zu Fall bringen«, murmelte Martan. »Ich habe gesehen, wie sie einst gebaut wurde ... ich war noch jung damals.« Er ließ sich aufs Gras sacken wie die drei Krieger aus Connacht, zog plötzlich aus seinem Beutel die toten Vögel und klammerte sich ebenso daran, wie Róisín sich an den Wolfspelz klammerte. Kurz zehrten sie beide von der Erinnerung, getötet zu haben, doch der Triumph darüber blieb fahl wie der Himmel, als ihnen aufging, dass die Schlange Martans Vögel längst gefressen hätte und selbst einen Wolf würde erwürgen können. Eine Kuh auch, weswegen die ihre, wie Róisín dem lauten Brüllen entnahm, zurück in Richtung Wald rennen wollte, und Liadan und Dabíd sie beide mit all ihrer Kraft festhalten mussten, um sie davon abzuhalten.

Die Kuh brüllte lauter, wenn auch nicht so laut, wie die Schlange zischte ... und nicht so ärgerlich. Die Mauer hielt dem Angriff immer noch stand, die Angreifer wichen gar vor den Pfeilen zurück. Ihre Leitern, die sie an die Mauer lehnten, wurden in den Graben gestoßen, etliche ersoffen dort oder wurden von denen zerquetscht, die auf ihnen zu liegen kamen.

Vielleicht bist du doch keine giftige Schlange, vielleicht nur ein Wurm, den man zertreten kann.

Doch plötzlich wurde die Schlange an einer Stelle ganz dick, als hätte sie einen großen Brocken verschlungen, und ehe Róisíns Hoffnung, sie würde an diesem ersticken, erfüllt wurde, erkannte sie, worum sich so viele der Normannen scharten. Etwas außerhalb der Mauer standen vier hölzerne Pfosten, und auf diesen Pfosten stand ein kleines Haus. Wahrscheinlich war es schon zu einer Zeit errichtet worden, als es noch keine Mauer, nur hölzerne Palisaden gab, und man hatte später vergessen, es niederzureißen. Die Normannen schlugen auf die hölzernen Pfosten ein, und wenn Róisín auch nicht sehen konnte, womit – ob mit ihren Schwertern, ihren Schilden, ihren Fäusten oder gar Rammböcken –, ließ sich doch deutlich erkennen, dass die Pfosten nachgaben, gleichzeitig mit ihnen das Haus einstürzte und mit diesem wiederum ein Teil der Mauer zerstört wurde. Etliche Steinbrocken rollten auf die Schlange zu, rissen sie kurz entzwei, doch auch wenn die Schlange nie wieder zusammenwachsen würde – ihr Biss war dennoch tödlich. Überdies hatte sie plötzlich tausend Füße, sie alle liefen auf das Loch zu, und jenes Loch wurde immer größer.

Martan ließ die toten Vögel fallen und lief davon. Rot und gelb und blau und violett wie die Banner der Normannen schimmerten die Federn der Tierchen. Die stolzen Frauen von Waterford würden sie sich nicht ins Haar flechten. Die stolzen Frauen von Waterford würden geschändet und getötet werden.

Und sie hatten keine Hilfe zu erwarten, zumindest nicht von den drei Kriegern, die eben noch im Gras gekauert hatten, die nun aber aufsprangen, um auch zu rennen – nicht etwa in Richtung von Waterford, sondern wie Martan zurück in den Wald, aus dem sie gekommen waren.

»He!«, rief Róisín ihnen empört nach. »Ihr Feiglinge! Könnt doch nicht auch noch davonlaufen!«

Nicht einmal einen letzten Blick warfen sie ihr oder der belagerten Stadt zu, und erst recht blieben sie nicht stehen. Róisín hatte nicht übel Lust, ihnen nachzulaufen, zumindest einen aufzuhalten und auf den Boden zu zerren. Einprügeln würde sie auf ihn, bis sie ihm die Feigheit ausgetrieben hatte oder zumindest den eigenen Mut bewiesen. Doch schon wurden ihre Schritte von Hufgetrappel übertönt. Aus Richtung Stadt kam ein Pferd geritten, und ehe sie den Kopf weit genug heben konnte, um zu erkennen, wer darauf saß, peitschte ihr der Schwanz des Tieres ins Gesicht. Sie wankte, fiel, rappelte sich wieder auf, war dennoch tränenblind.

Bis sie die Tränen weggewischt hatte, konnte Róisín sich nur auf ihre Ohren verlassen. Auf diese prasselten allerdings so viele Geräusche gleichzeitig ein, dass sie Mühe hatte, sie zu deuten. Da war immer noch das ferne Tosen, da war das Hufgetrappel, da waren das Brüllen der Kuh und Liadans verzweifelter Schrei. Bis jetzt war es den beiden Alten gelungen, ihr Vieh festzuhalten, doch nun wurde es endgültig verrückt. Das Erste, was Róisín sah, als ihre Augen nicht mehr tränten, war das Pferd, das scheute und sich tänzelnd im Kreis drehte, das Zweite war die Kuh, die wild auf den Boden trampelte, bis Erdkrümchen hochstoben. Und nicht nur Erde, auch Blut spritzte, denn die Kuh trat auf Dabíd, der unbeirrt den Strick gehalten hatte, von dem Tier mitgerissen worden und gestolpert war, und der, ehe er sich wieder aufzurichten vermochte, schon von einem Huf getroffen wurde. Sein Ächzen verklang, doch er hielt immer noch den Strick – genauso wie Liadan, obwohl das bedeutete, dass auch sie nun auf den geschundenen Leib des Mannes trat.

»Lasst sie los!«, brüllte Róisín. »Lasst die Kuh doch endlich los.«

Allerdings konnte sie selbst auch nicht lassen – nicht von der Wut, nicht von der Ohnmacht, nicht von der Gier nach Zerstörung.

Das Pferd tänzelte immer noch, und der Reiter – kein bewaffneter Krieger, sondern ein schmächtiger Mann – musste sich mit beiden Händen an der weizengoldenen Mähne festhalten, um nicht zu fallen. Langsam bekam er das Tier wieder unter Kontrolle, aber nun hatte Róisín ihn erreicht und ihn am Fußgelenk gepackt. Sie zerrte daran, zerrte so stur wie Liadan am Strick der Kuh. Liadan hatte nicht mehr genug Kraft in den Händen, weswegen die Kuh entkam, doch Róisín ließ so lange nicht locker, bis der Mann auf dem Boden lag. Schon stieg sie auf seine Brust, schon hob sie den Dolch.

»Du bist schuld!«, schrie sie. »Du hast den Alten getötet.«

Zumindest war sie sich in diesem Augenblick sicher, dass Dabíd tot war. Es gab doch nur tot sein oder töten und nichts dazwischen.

Ehe sie allerdings mit dem Dolch die Kehle des Reiters durchschneiden konnte, hob der flehentlich die Hände. »Das war nicht ich, das war die Kuh. Und ich bin ein Bote ... ich muss zum Hochkönig ... muss ihm berichten, dass Waterford gefallen ist.«

Sie presste die Klinge an seine Kehle, schnitt tief genug, dass Blut perlte, aber schnitt nicht tief genug, um ihn zu töten. Das konnte sie plötzlich nicht, nicht mit diesen zitternden Händen, nicht mit den zitternden Knien. Sie ließ sich neben dem Boten ins Gras fallen.

»Der ... der Hochkönig ...«, stammelte der, »vielleicht kann er zumindest Dublin schützen ...«

Dublin ... Dublin ... ihre Heimat ... nein, ihr Gefängnis ... nein, eine Stadt, in der das Haus stand, das ihr Vater zu ihrem Gefängnis gemacht hatte, ehe er sie in ein noch schlimmeres geschickt hatte – das Kloster mit den hohen Mauern.

»Bitte!«, flehte der Bote, obwohl sie den Dolch längst zurückgezogen hatte. »Bitte lass mich gehen.«

Und Róisín nickte. Nicht nur, dass sie nicht hatte töten können. Plötzlich war sie sich auch nicht sicher, ob sie hohe Mauern noch fürchtete oder nicht vielmehr ein solches Loch wie jenes, das in die Mauer von Waterford gebrochen worden war. Es war so groß, dass ein Dutzend Ritter zugleich hindurchstürmen konnte. An etlichen Stellen stiegen Rauchsäulen zum Himmel – weil die Menschen von Waterford selbst ihre Häuser verbrannten oder weil die Normannen damit begannen. Ob der grauen Schwaden schien jedenfalls nicht nur ein Teil von ihr, sondern die ganze Mauer zu erbeben, als wäre sie aus Nebel erbaut worden.

Der Bote schwang sich aufs Pferd und ritt davon, indes Róisín zu Liadan trat, die den blutüberströmten Leib von Dabíd auf ihren Schoß gezogen hatte. Seine Brust hob und senkte sich, ein Zeichen, dass er doch nicht tot war und dass es noch etwas Drittes zwischen Töten und Getötetwerden gab – diesen peinvollen, mühseligen, verzweifelten Kampf ums Überleben nämlich.

Róisín versuchte zu erkennen, welche Wunde am tiefsten war und als Erstes versorgt werden musste. Doch ihre Augen tränten wieder, ihre Hände zitterten immer noch, und Dabíd spuckte Blut.

»Die Kuh ist fort«, murmelte Liadan.

»Wir müssen deinen Mann retten.«

»Niemand kann ihm helfen«

»Doch, doch, es gibt jemanden, der es vermag.«

Liadan hob den Kopf und starrte sie müde an. »Etwa du?«, fragte sie. »Du hast auch versprochen, uns zu beschützen, und das ist dir nicht gelungen.«

Róisín steckte den Dolch an den Gürtel und legte sich den Wolfspelz um die Schultern. Als sie tief den Atem einsog, glaubte sie, flüchtig Ascalls Geruch wahrzunehmen.

Ascall ... Ascall ... Er wäre heute auch geflohen ... er hätte auch nicht getötet ... Ascall ... Ascall ... Wie sie ihn vermisste ... wie sie sich nach ihm sehnte ...

Und sie sehnte sich auch nach etwas anderem – nach einem Leben, in dem sie noch nicht das Töten, sondern das Heilen gelernt hatte.

»Wir ... wir müssen die Kuh finden«, murmelte sie, »wir müssen sie dazu bringen, Dabíd zu tragen. Allein schaffen wir es nie, ihn zu schleppen.«

»Wohin schleppen?«, fragte Liadan.

Róisín warf einen letzten Blick auf Waterford, aber sah nichts weiter als eine dicke, dunkle Wolke aus Rauch. Sie wischte Dabíd das Blut mit dem Wolfspelz vom Gesicht.

»Zu Schwester Áine«, sagte sie. »Zum Kloster Sankt Brigid.«

AOIFE

Aoife trug ein prächtiges Kleid, als sie in der zerstörten Stadt ankam. Der Stoff war so rot wie das frische Blut, das aus den Wunden der Sterbenden floss, der Umhang so dunkel wie das, was an den Leibern der Toten gestockt war. Mehrfach rollte der reich verzierte Wagen, in dem sie saß, über Leichname, doch meist waren diese so weich, dass sie nur ein Ruckeln ertragen musste. Viel schwieriger war es, die vielen Steine, die die Straßen übersäten, zu umrunden – einmal musste sie sogar das Gefährt verlassen und über etliche steigen. Ein normannischer Ritter reichte ihr die Hand, sie nahm sie aber nicht, sondern ging allein und spürte, wie sich die Spitzen der Steine in ihre Füße bohrten, trug sie doch nur Sandalen mit einer Sohle aus Ziegenleder, die mit goldschimmernden Bändern festgebunden waren. Zurück im Wagen beugte sie sich hinaus, um weiterhin alles zu sehen.

Unter ihrem Kleid trug Aoife ein weißes Leinenhemd, das mit Goldfäden durchwirkt war, während man einer Frau die Tunika vom Leib gerissen hatte. Nackt und teilnahmslos hockte sie neben zwei Männern, die darum würfelten, wer sie als Erster haben konnte. Aoifes Hände steckten in Handschuhen aus Leder, deren Farbe ähnlich blass war wie die Haut einer Hand, die am Straßenrand lag. Wem immer man sie vom Leib geschlagen hatte, hatte wohl bis zuletzt versucht, seinen Besitz oder sein Leben zu schützen. Um ihren Nacken hing eine Kette aus polierten goldenen Plättchen – um die Hälse der Norweger von Waterford, die die Normannen dort hinten eben aufhängten, zogen sich Stricke aus Hanf. Sie wunderte sich, dass sie sich nicht wehrten, bis sie gewahrte, dass sie schon tot waren.

»Warum werden sie denn dann noch aufgehängt?«, fragte sie ihren Vater, der sie vor Waterfords zerstörten Mauern in Empfang genommen hatte, neben dem Wagen ritt und jetzt ihrem Blick folgte.

»Sieh nicht hin!«, befahl er. Aoife gehorchte nicht. Wieder blieb der Wagen stehen, denn man musste erst einen Mann beiseiteschaffen, der den Weg versperrte. Er lebte noch und brüllte aus Leibeskräften, denn sein Bein war gebrochen, und ein Teil des Knochens stach spitz aus dem Oberschenkel. Aoife griff sich unwillkürlich ans Haar, das von Nadeln aus Tierknochen, an deren Spitzen Perlen steckten, zusammengehalten wurde. Nur ein paar Strähnen hatte sie nicht aufgesteckt, sondern Zöpfe daraus geflochten, an deren Enden kleine Goldkugeln baumelten, die bei einer raschen Bewegung leise klirrten. »Sieh nicht hin!«, befahl der Vater wieder, als ein normannischer Ritter genug vom Gebrüll hatte, dem Mann erst das gebrochene Bein, dann den Kopf abschlug.

Aoife beugte sich noch weiter vor und deutete auf die Überreste von zwei Befestigungstürmen.

»Das sind der Ragnall- und der Turgesius-Turm«, sagte sie leise. »Sie wurden bis zuletzt verteidigt, aber am Ende konnten sie nicht gegen die Normannen gehalten werden.«

Ihr Vater runzelte wie so oft in den letzten Monaten, da er das normannische Heer nicht mehr zu bändigen wusste, die Stirn, während der Wagen über den Leichnam eines blondlockigen Kindes rollte – Aoife war nicht sicher, ob es ein Mädchen oder ein Junge war.

»Gut, dass Mutter nicht hier ist«, sagte sie, »sie würde den Anblick von Waterford nicht ertragen. Nicht nach dem, was Énna passiert ist ... und vor allem nicht, nachdem Connor Ferns verlassen hat und nach Connacht aufgebrochen ist.«

Die Falte auf der Stirn des Vaters wurde tiefer, sobald der Name des jüngsten Sohnes fiel. Aoife hatte ihre Mutter häufig klagen hören, dass er in jüngster Zeit keine Nacht mehr durchschlief und wenn er träumte wild um sich schlug.

»Wie es Connor wohl eben ergeht, wenn den Hochkönig Nachrichten aus Waterford erreichen?«

Ganz leise jagte sie dem Vater eine Spitze ins Herz, während sich nicht weit entfernt ein Verletzter stöhnend einen Pfeil aus der Wunde zog.

»Still!«

»Aber der Hochkönig ist doch ein Mann von Ehre. Obwohl du dein Versprechen nicht halten konntest und die Normannen Irland nicht verlassen haben, sogar weitere gekommen sind, wird er Connor gewiss weiterhin als Gast behandeln, nicht als Geisel, und gewiss wird er nicht ...«

»Still!«, rief ihr Vater wieder.

Aoife lächelte sanft. »Es tut mir leid, Vater, dass du dir solche Sorgen machen musst.«

Wieder blieb der Wagen stehen, dieses Mal nicht wegen einer Leiche oder eines Bruchsteins, sondern weil sie ihr Ziel erreicht hatten – eines der wenigen Häuser, die noch heil geblieben waren und das bis zum Vortag einem norwegischen Händler gehört hatte. Anstatt seiner Tochter aus dem Wagen zu helfen, blieb Diarmait starr auf seinem Pferd sitzen. Aoife kletterte auch ohne seine Hilfe hinaus, doch stieg geradewegs in eine Pfütze. Dem Geruch nach war es nicht Blut, sondern vergorene Milch. Jemand musste sie ausgeschüttet haben, als die Mauer fiel, damit die Normannen sie nicht trinken konnten.

Nun, diese hatten sich wohl nur allzu gern mit dem Wein begnügt, den sie im Haus des Händlers gefunden hatten, denn die Gesichter derer, die Aoife und ihren Vater in Empfang nahmen, waren hochrot. Die Halbbrüder Robert FitzStephen und Maurice FitzGerald, die Aoife beide kannte, konnten kaum noch gerade Schritte machen, während ein anderer, sehr korpulenter Ritter die Nachwirkungen des Weingenusses besser wegzustecken schien. Sein Haar war fast so gelb wie Sonnenblumen, die grauen Augen ungewöhnlich groß für einen Mann. Noch größer war seine Nase, von der sich die Haut zu schälen begann, vertrug er doch offenbar die Sonne nicht. Aoife vermutete, dass es Raymond le Gros war, ein Neffe von Robert FitzStephen, wenngleich nicht viel jünger als dieser. Er hatte einige Wochen vor Strongbow Irland erreicht, hier eine Befestigung errichtet und das irische Heer – gerüchteweise mit der Hilfe einer Rinderherde – besiegt. Die siebzig Gefangenen, die er gemacht hatte, hatte er, weniger auf eigenen Wunsch als auf den von Hervey de Montemarisco, der erst *nach* dem Krieg Gnade zeigen wollte, über die Klippe werfen lassen, aber da war es schon Abend gewesen und die Sonne gewiss nicht mehr kräftig genug, um ihm das Gesicht zu verbrennen.

Raymond le Gros verbeugte sich tief vor Aoife. Wenn er nicht gerade Gefangene von der Klippe warf oder seinen gefürchteten Kriegsschrei ausstieß, galt er als ehrenwerter Mann, der sich – mehr Diener als Herr – so sehr um seine Truppe sorgte, dass er ganze Nächte schlaflos blieb.

Aoife lächelte ihn an, und ihre Lippen wurden noch breiter, als ein weiterer normannischer Ritter aus dem Haus kam. Richard de Clare, Strongbow genannt, war ihr bei ihrer ersten Begegnung während des Turniers in Winchester als alter Mann erschienen. Nun mochte man ob seines federnden Schrittes denken, er wäre noch jünger als der blonde Girard de Montfort, dessen Mutter Olivenöl herstellte, das sie mit Tränen vermischte, damit der Sohn unverwundet blieb.

Strongbow hatte wohl ebenso einen großen Krug Wein genossen. Er blieb nicht vor ihr stehen, als er sie erreichte, er umrundete sie, wurde mit jedem Schritt schneller und deutete aufgeregt auf die zerstörte Stadt und auf die toten Menschen.

»Wir haben das mächtige Waterford eingenommen!«

Er sagte es wieder und wieder, als könnte er es selbst nicht glauben – schließlich war er einer, der noch nie eine Schlacht gewonnen, ja, der jahrelang nicht einmal eine ausgefochten hatte –, und als er endlich stehen blieb und Aoife begrüßte, begriff sie, dass er nicht vom Wein betrunken war, sondern vom Krieg.

Und keinen Tropfen habt ihr meinem Vater übrig gelassen, dachte sie, während Diarmait steif vom Pferd stieg und Strongbow wütend anfunkelte. Die Empörung darüber, dass der ohne sein Wissen nach Irland aufgebrochen war und ohne seine Zustimmung Waterford eingenommen hatte, wollte er gleichwohl nicht zeigen. Er hatte ja auch zähneknirschend akzeptiert, als Hervey de Montemarisco, Strongbows Onkel, in Ferns um Aoifes Hand angehalten und gefordert hatte, dass die Hochzeit so bald wie möglich stattfinden sollte, am besten in Waterford selbst.

Hervey hatte im Übrigen auch behauptet, dass Diarmait schon damals auf Burg Chepstow Strongbow die Hand seiner

653

Tochter versprochen habe, was Aoife verwirrte, war sie doch stets überzeugt gewesen, dass es ihr oder vielmehr Eleonores Plan gewesen war, sich mit ihm zu verbinden. So oder so – ihr Vater hatte seine Zustimmung zu dieser Ehe nicht verweigern können und auch nicht abgelehnt, dass das eroberte Waterford als Ort der Eheschließung festgelegt wurde.

Eben trat Hervey auf sie zu. »Komm mit, komm mit, wunderschöne Dame«, säuselte er Aoife ins Ohr, derweil Strongbow weiterhin seine verrückten Runden zog. »Du sollst den Anblick der zerstörten Stadt nicht länger ertragen.«

Aoife versteifte sich, als er ihre Hand nahm, drehte sich um und sah sich alles genau an – die Toten, die Geschändeten, die Verwundeten, zuletzt einen Mann, dessen halbes Gesicht von einer bronzenen Maske verdeckt war.

»Wer ist das?«, entfuhr es ihr.

Hervey folgte ihrem Blick. »Dieser Anblick sollte dir keine Angst machen.«

»Ich habe keine Angst.«

»William Ferrand ist ein Ritter, dem die Lepra das Gesicht zerfressen hat. Bald werden ihm auch die Hände abfallen, sodass er kein Schwert mehr halten kann. Er ist nach Irland gekommen, um in einer Schlacht den würdigen Tod zu finden, doch in welches Scharmützel er sich bislang auch stürzte – niemand hat ihm den Gefallen getan, der Lepra zuvorzukommen. Hier in Waterford will er ein Hospital für Leprose gründen.«

Und wie viele Menschen aus Waterford werden wohl diesen Tag überleben, um an Lepra zu erkranken?, fragte sich Aoife.

Gerade wurden es noch ein paar weniger. Während sie sich hartnäckig weigerte, Hervey ins Innere des Hauses zu folgen, wurden etliche Männer von normannischen Rittern auf die Straße geführt und auf die Knie gestoßen. Schon ertönte ein dumpfes Poltern, als dem ersten der Kopf abgeschlagen wurde.

»Wer sind diese Männer?«

Hervey sah sie nachdenklich an. Anstatt weiterhin danach zu trachten, sie fortzubringen, erklärte er ruhig: »Das ist die Truppe, die den Ragnall-Turm bis zuletzt verbissen verteidigt hat – zwei Norweger, die beide Sitric heißen, außerdem Máel

Sechlainn, O'Faeláin und sein Sohn. Der Kopf des einen Sitric ist gerade gerollt, nun kommt der andere dran. Wie es scheint, teilen sie sich nicht nur den Namen, sondern auch das Schicksal.«

Als wenig später ein dritter auf die Knie gezwungen wurde, stieß Aoifes Vater einen heiseren Schrei aus. »Nicht!«, rief er empört. »Auf solch schäbige Art sollen die irischen Krieger nicht sterben. Die O'Faeláins haben mich oft verraten, aber das haben sie nicht verdient.«

Robert FitzStephen grinste schief. »Ich dachte, du hättest eine ganz besondere Vorliebe für die Köpfe von Gefallenen.«

Ihr Vater stierte ihn wütend an, antwortete ihm aber nicht, sondern richtete sich an Strongbow. »Du bist doch ein Ritter von Ehre, nicht wahr? Du kannst nicht zulassen, dass Iren wie Rinder geschlachtet werden.«

Strongbow lief immer noch so hektisch umher, dass er gar nicht bemerkt zu haben schien, was sich um ihn herum zutrug. Nun blickte er in Richtung der Männer, die ihrer Hinrichtung harrten.

»Würde König Henry das wollen?«, fragte Diarmait. »Der König, der dir gestattet hat, nach Irland zu kommen und meine Tochter zu heiraten? Ich meine ... das hat er doch, oder?«

Erstmals blieb Strongbow stehen und glich nun doch wieder dem alten Mann, der als Verlierer aus dem Turnier hervorgegangen war. Aoife wusste, dass er jahrelang vergebens auf die Zustimmung von Henry gewartet hatte, nach Irland zu ziehen. Nun hatte der König ihn zwar beschieden, er könne so weit gehen, wie ihn seine Füße tragen würden, doch was Strongbow vorschnell als Zeichen dafür gewertet hatte, endlich losschlagen zu dürfen, legte Hervey de Montemarisco so aus, dass ihm nur Reisen auf dem Festland gestattet waren, nicht über die Irische See. Das hatte Hervey allerdings nur Diarmait, nicht dem Neffen selbst anvertraut, und auch jetzt mischte er sich nicht ein, sondern überließ diesem die Entscheidung, was mit den Gefangenen zu tun war.

Aoife trat vor und legte ihre Hand auf den Arm ihres Bräutigams. »Ich bitte dich um das Leben dieser Männer. Es ... es soll mein Hochzeitsgeschenk sein.«

Strongbow zuckte zusammen. So lange hatte er keine Schlacht geschlagen und Menschen getötet. So lange war er nicht von einem jungen Mädchen berührt worden. Röte schoss ihm ins Gesicht, ehe er Hervey zunickte und der sich wiederum an William Ferrand, den Mann mit der bronzenen Maske, wandte.

Wenig später brachte Ferrand die O'Faeláins zurück in ihr Gefängnis, die Köpfe der beiden Sitrics blieben auf dem Boden liegen.

Aoife lächelte erst Strongbow, dann ihrem Vater zu, ehe sie sich endlich von Hervey ins Haus geleiten ließ.

»Die Frauen, die ich kenne, lassen sich zur Hochzeit Schmuck und Kleider schenken«, murmelte dieser.

Aoife lächelte auch ihn an. »Aber ich trage doch schon ein prächtiges Kleid und wunderschönen Schmuck.«

Aoife wusste nicht, woher das Essen stammte, das nach der Hochzeit auf einer langen Tafel serviert wurde, ob bloß aus Waterford oder auch von den Schiffen der Normannen. Jedenfalls war es viel, wenn es auch nur für diesen einen Abend reichen würde, nicht für die drei Tage, die normalerweise in Irland für eine Hochzeitsfeier festgesetzt wurden. Den Schlund eines Ochsen hatte man gefüllt und wie eine Wurst gekocht, Kutteln in Schmalz gebraten, Forellen mit Pastinaken und Karotten gedünstet, außerdem ein Schwein gegrillt. Dieses, so hieß es, sei nicht geschlachtet worden, indem man ihm die Kehle aufgeschlitzt hatte – es war vor Schreck gestorben, als die Stadtmauer fiel, was bedeutete, dass kein Tropfen Blut seinen Leib verlassen hatte. Der norwegische Händler, dem das Haus gehörte und den man am Leben gelassen hatte, um das Mahl ausrichten zu können, beteuerte mehrfach, dass das Fleisch deshalb saftiger und nährreicher sei als das jedes anderen Tieres.

Aoife kaute lustlos, ihr hatte Schweinefleisch nie sonderlich geschmeckt.

Wenn nicht von draußen dann und wann Schreie, das Bersten von Holz oder das Rumpeln von Steinen, die aus der verbleibenden Mauer geschlagen wurden, zu hören gewesen wären, hätte sie vergessen, dass sie inmitten einer Stadt voller Toter das Hochzeitsmahl hielten. Nun gut, auch eine halb nackte Frau, die am späten Abend, als vom Schwein nur mehr abgenagte Rippen geblieben waren, kreischend in die Halle floh und hier Zuflucht suchte, erinnerte die Versammelten daran. Sie fiel erst vor Strongbow auf die Knie, dann vor Diarmait. Schließlich gab Hervey de Montemarisco zwei Rittern ein Zeichen, damit diese das Weib hinaustrugen, und obwohl es sich heftig wehrte, packte der eine es an den Schultern, der andere an den Beinen.

Warum hältst du es nicht wie das Schwein und fällst vor Schreck tot um?

»Ich hoffe, dein Weib erweist sich als williger«, spottete Hervey in Strongbows Richtung.

Fast alle lachten – am lautesten Miles FitzDavid mit seinen spitzen Zähnen, aber auch Strongbow selbst, der mittlerweile die Ritterrüstung abgelegt hatte und nun ein kurzes Cape sowie eine Tunika mit kunstvollen Stickereien trug. Sie reichte bis zu den Knien, war dunkelrot, und bald nahm sein Kopf die gleiche Farbe an. Nur Aoifes Vater lachte nicht und einer der anderen Ritter, ein gewisser Maurice de Prendergast, ebenso wenig. Wenn sie es recht im Kopf hatte, war er einst schon mit Robert FitzStephen nach Irland gekommen, doch von dort geflohen, nachdem ihr Vater in den Blutrausch geraten war. Nun floss Diarmaits Blut bestenfalls grau, und Strongbow hatte Prendergast überzeugen können, ihn zu begleiten und hier allein unter seinem Kommando zu kämpfen.

Als alle genügend gelacht hatten, erhob Hervey den Kelch und pries die Liebe, jenes schärfste und süßeste aller Gesöffe. Doch Strongbow machte keine Anstalten, sich zu erheben und Aoife ins Brautgemach über der Halle zu geleiten – einem der wenigen Räume in Waterford, die noch ein Dach und alle Wände hatten. Er wollte über den Krieg sprechen.

»Waterford ist eine schöne Stadt«, sagte er, »aber es heißt, Dublin sei noch schöner.«

Dummer, dummer Ehemann. Falls Waterford jemals schön war, so ist es das von diesem Tag an nicht mehr. Und Dublin war noch nie schön, sondern immer nur ein stinkendes Loch.

»Dublin ist vor allem reicher«, fügte Hervey hinzu. »Händler aus aller Herren Länder leben dort, der Erzbischof hat eine prächtige Residenz, und einst haben die Könige von Leinster dort gelebt, weil sie das fruchtbare Hinterland ebenso in ihrer Gewalt hatten wie die Straßen nach Meath und Kildare.«

»Aber wir haben mit Dublin letzten Herbst einen Frieden ausgehandelt«, erklärte ihr Vater. Er öffnete kaum die Lippen, und jedes Wort klang so, als würde er sich beim Reden auf die Zunge beißen.

»Das hast du getan … nicht ich«, erklärte Strongbow stolz.

»Der Hochkönig hat meinen Sohn in seiner Gewalt!« Diarmait öffnete den Mund nun etwas weiter, seine Zähne waren blau vom Wein.

Hervey beugte sich vor, und Aoife erkannte, dass sein Kelch noch voll war, obwohl er die ganze Zeit über so getan hatte, als tränke er am meisten. »Der Hochkönig ist geschwächt, und das nicht nur wegen des Falls von Waterford, sondern auch wegen des Aufstands in Thomond. Er wird die Heirat seiner Tochter und deines Sohnes vorantreiben, um seine Macht zu sichern.«

Diarmait blickte zweifelnd, aber Domhnall, sein Bastard und Aoifes ältester Bruder, der, sobald der Bischof von Ferns sie und Strongbow getraut hatte, die Schwester mit kalten Lippen auf die Wange geküsst hatte, nickte grimmig.

»Die Dubliner haben den Frieden nicht verdient. Denk daran, was sie deinem Vater, meinem Großvater, angetan haben.«

Sie haben ihn ermordet und mit einem Hund vergraben, während du, Vater, nun inmitten eines Wolfsrudels sitzt und so tust, als fletschten sie nur ob deines Befehls die Zähne. In Wahrheit würden die Normannen auch ohne dich nach Dublin marschieren.

Schließlich nickte Diarmait widerwillig, derweil Aoife ein Gähnen unterdrückte und sich den beiden jungen Mädchen zuwandte, die rechts von ihr saßen. Sie hatten anscheinend sehr viel vom Schwein gegessen, das vor seinem Tod keinen Tropfen Blut verloren hatte, denn ihre Lippen glänzten fettig, und ihre Wangen waren rosig wie die Haut des Tieres.

Als sie sie kennengelernt hatten, hatten die beiden Aoifes Schönheit gerühmt, ihr ovales Gesicht, ihr rotes Haar, die weißen Hände und die weiße Haut, doch weder war ihr Blick freundlich gewesen noch ihr Lächeln, und Aoife hatte es angewidert, dass sie sie auch noch berührten. Jetzt wagten sie das gottlob nicht mehr, machten allerdings auch keine Anstalten, sie in ihr Gespräch einzubeziehen.

Basilia und Adeline hießen sie und waren die Bastardtöchter von Strongbow. Ihre farblosen Gesichter vergaß man bald wieder, ihr Wesen erinnerte Aoife an die jungen Damen, die sie in Poitiers kennengelernt hatte. Diese glaubten, was immer man ihnen sagte, und waren zu eitel, um in einer Frau etwas anderes zu sehen als eine Rivalin, aber auch zu schlicht, um böse zu sein. Offenbar hatten sie auf einem der Schiffe gewartet, bis Waterford eingenommen worden war, um heute wie Aoife in die zerstörte Stadt gebracht zu werden.

»Grobschlächtige Barbaren sind sie!«, rief Adeline. »Sie können weder schreiben noch lesen, und wenn sie singen, klingt es wie das Heulen eines Wolfes ... Ach, eigentlich nicht einmal danach, eher wie das Gekreisch eines Kauzes. Und ihre Köpfe, die auf viel zu kurzen Hälsen sitzen, sind breit und rot.«

»Ein abscheuliches Volk«, stimmte Basilia zu. »Sie zeigen keinerlei Trachten, sich kultivierten Menschen anzupassen. Erstaunlich, dass sie überhaupt in Häusern leben und nicht in Höhlen.«

Aoife unterdrückte ein Seufzen. Schon vorher hatten sich die beiden abfällig über die Iren geäußert, doch sie hatte den rechten Augenblick versäumt, daran zu gemahnen, dass nicht Iren, sondern Normannen über Waterford hergefallen waren. Nur als Adeline behauptet hatte, dass ein Ire mehrere Frauen haben und eine die andere töten dürfe, hatte sie erklärt, dass das nicht stimme, dass diese sich bloß schlagen und beschimpfen, die Zweitfrau die Erstfrau gar nur kratzen und an den Haaren ziehen dürfe.

Nicht, dass das Urteil der beiden deswegen gnädiger ausfiel. »An Schlachtrössern haben sie keinen Mangel, umso mehr aber an Goldmünzen«, ereiferte sich Basilia eben. »Sie kleiden sich nur in Leder, nicht in Seide, und ihre Ritter haben keine Rüstungen, nur den Pelz von Maulwürfen, den sie sich ...«

Aoife straffte ihren Rücken. »Hier trägt niemand Maulwurfpelz«, erklärte sie scharf.

Und ich werde bald Hermelinpelz tragen.

Adelines Blick blieb nur flüchtig an ihr hängen. »Nun, heute Abend ist ja auch keiner dieser Barbaren anwesend.«

»Ich dachte ...«, entfuhr es Aoife.

Basilia beugte sich so dicht zu ihr, dass ihre Locken sie kitzelten und ihr heißer Atem sie streifte. »Wir reden doch nicht von Iren, sondern von Walisern.«

In Aoife flammte Wut auf. »Walisische Truppen haben eurem Vater geholfen, die Stadt zu erobern!«

»Ja, aber denk dir«, kreischte Adeline, »einer von ihnen hat kurz vor der Hochzeitszeremonie doch tatsächlich gewagt, unseren Vater herauszufordern. Er hat sich vor ihn gestellt und erklärt, dass du in Wahrheit seine Braut seiest. Man stelle sich das vor! Einen Waliser zu heiraten, wenn man einen Normannen haben kann!«

Aoife hatte sich unwillkürlich erhoben, setzte sich aber rasch wieder, weil ihr schwindelte. »Was redet ihr denn da?«

Basilia nahm ihre Hand. Sie war warm und feucht, die eigene kalt. »Mach dir keine Sorgen! Der Mann muss irre geworden sein. Er ist dort, wohin er gehört – nämlich im Kerker. Auf dem Weg dorthin hat er sich heftig gewehrt und zwei Männer erschlagen.«

»Das ist eine Übertreibung«, mischte sich Adeline ein. »Der eine hat jetzt nur ein blaues Auge, und der andere war schon vorher tot und lag nur zufällig in der Nähe. Wie auch immer, du kannst froh sein, dass du meinen Vater und nicht ihn ...«

»Ihr redet von Gwalchgwyn?«, unterbrach Aoife sie schrill.

Ihr Gesicht erglühte, als sie an eine ihrer letzten Begegnungen dachte und wie sie sich – den Geruch des Pferdes in der Nase und die Schreie des geblendeten Énna im Ohr – geküsst hatten. Im Winter hatte sie ihn manchmal gesehen, aber immer nur aus der Ferne und nie allein. Mit ihren Blicken hatte sie ihre Liebe bekräftigt und den festen Willen, ihn zu heiraten, während sie heimlich Briefe an Strongbow geschrieben hatte, um ihn ins Land zu locken.

»Seinen Namen kenne ich nicht«, sagte Basilia, »wenn Waliser sprechen, klingt es so, als würden sie sich die Zunge abbeißen. Robert FitzStephen hat ihn jedenfalls selbst in den Kerker gebracht und sein Mütchen an ihm gekühlt. Er ist so lange von Rhys ap Gruffydd gefangen gehalten worden, dass ihm die Möglichkeit, sich an einem von dessen Rittern zu rächen, gerade recht kam.«

Aoife lehnte sich schwer an den Stuhl. Wie von weit her kam das Gekicher der beiden jungen Mädchen, wie von weit her auch eine Stimme aus ihren Erinnerungen ... Póls Stimme. Bei einem Besuch in Ferns hatte er sie zur Seite genommen und erklärt, dass Gwalchgwyn keinen Nutzen mehr für sie habe und sie Connor nur mit anderer Hilfe loswerden könne.

Aoife schnappte nach Luft, aber bekam keine. Auf der Brust lastete ein Druck, als würde Gwalchgwyns Pferd sie zerquetschen, mehr noch, einen Huf auf sie stellen. Dabei war es doch nur Hervey de Montemarisco, der sich zu ihr beugte, ihre Blässe falsch deutete und sie tröstete.

»Gräm dich nicht, falls die dummen Mädchen dich beleidigt haben. Sie müssen noch viel lernen.«

Aoife leckte sich über die Lippen, fühlte sie hingegen kaum, war ihre Zungenspitze doch wie taub. »Königin Eleonore hat einst gesagt, dass ein dummer Mensch nicht mehr lernen muss als ein kluger, sondern weniger, weil es sich bei ihm ohnehin nicht lohnt«, murmelte sie leise. »Genauso wie eine hässliche Frau nicht mehr Zeit darauf verwenden sollte, ihr Haar zu kämmen, als eine schöne, weil es bei ihr kaum einen Unterschied macht, ob sie frisiert ist oder nicht.«

Hervey trank nun doch einen Schluck aus seinem Kelch. »Ein weiser Satz«, stellte er fest. »Die Königin ist sehr klug. Du bist es im Übrigen auch.«

Klug und böse.

»Ohne dich wäre mein Neffe nicht nach Irland gekommen. Du scheinst zu wissen, was du willst und warum.«

Wieder erhob sich Aoife abrupt, wieder fiel ihr das Atmen schwer. Die rauchgeschwängerte und nach Schweiß stinkende Luft lastete wie Blei auf ihren Schultern.

»Ich weiß aber nicht, wohin man die Gefangenen gebracht hat. Sag es mir.«

»Warum willst du dorthin? Ein lichtes Mädchen sollte nicht in die Hölle lugen.«

Aoife trotzte seinem Blick, bis er nicht mehr lächelte. »Ich bin doch schon in der Hölle.«

Es war William Ferrand, der Ritter, der die Hälfte seines Gesichtes unter eine Bronzemaske und die Hände in schweren Eisenhandschuhen verbarg, der sie später in den Kerker brachte. Aoife hatte ihm weisgemacht, dass sie den O'Faeláins etwas Brot von der Hochzeitstafel bringen wollte, und ob er nun Mitleid mit den Gefangenen hatte oder mit ihr – er hatte sie mit einem Nicken aufgefordert, ihm zu folgen.

Jeder seiner Schritte fiel schwerfällig aus, und mehrmals stolperte er, sodass sie sich fragte, ob er durch jene Löcher, die in die Bronzemaske gestanzt waren, überhaupt noch etwas sah. Und wie wohl die Haut darunter aussah? Ob sie vernarbt war wie die Stelle, wo sich einst Énnas Augen befunden hatten, oder ob die Lepra sämtliche Haut zerfressen hatte, sodass nun das nackte Fleisch und die Knochen zu sehen waren? So oder so umgab den Ritter eine Wolke süßlichen Geruchs, und das nicht etwa, weil der Körper schon zu verwesen begann, sondern weil er diesen mit einem ähnlichen Duftwasser eingerieben hatte, wie es auch Eleonore benutzte. Sie betraten jenes Haus, das vor der Eroberung der Stadt als Vorratskammer gedient hatte, kamen an Fässern, in denen entweder Wein oder Schweineblut aufbewahrt wurde, vorbei, an Wandschränken, in denen sich grünliche Schüsseln und Krüge befanden, und an Haken, von denen getrocknete Kräuter hingen. William Ferrand streifte eines, und prompt regneten schwarze Samen auf ihn. An der Bronzemaske blieben sie nicht haften, umso mehr in Aoifes Haar. Und dann stiegen sie schon drei schiefe Stufen nach unten und erreichten einen Raum, wo es selbst im Sommer kühl genug war, um frisches Fleisch zu lagern.

Das Menschenfleisch, das sie jetzt dort ausmachte, war allerdings nicht mehr frisch. Gwalchgwyn, dessen Augen so zugeschwollen waren, dass er wohl noch weniger sah als William Ferrand durch seine Maske, lag in einer der hinteren Ecken. Anders als die O'Faeláins, die in der gegenüberliegenden schnarchten, gab er keinen Ton von sich. Direkt neben dem Eingang hockte überdies eine Frau. Sie war aufgesprungen, musterte Ferrand und Aoife aber nur kurz, ehe sie sich wieder auf den Boden fallen ließ, um weiter an dem zu nagen, was auf einer Holzplatte neben ihr lag. Der salzige Geruch des krossen Hühnchens war kurz stärker als der süße von Ferrands Duftwasser.

»Warum zählt denn eine Frau zu den Gefangenen?«, fragte Aoife leise.

»Sie ist keine Gefangene, sie hat hier lediglich vor den Rittern, die zu betrunken sind, um sie von den Irinnen zu unterscheiden, Zuflucht gesucht.«

»Aber ...«

Die Frau schmatzte laut, hob wieder den Blick. Die Augen waren schwarz, das wirre, dichte Haar rot.

»Das ist Alice von Abergavenny«, erklärte Ferrand knapp.

Vage erinnerte Aoife sich, dass Basilia und Adeline ihr von der Waliserin erzählt hatten, die heimlich ihrem Liebsten gefolgt war, als der mit Raymond le Gros nach Irland aufbrach. Er war in der ersten Schlacht gefallen – vielleicht unter dem Schwert eines Iren, vielleicht unter dem Huf eines der verrückt gewordenen Rinder, die letztlich den Kampf entschieden hatten. Alice jedenfalls, so hieß es, sei auch verrückt geworden. Um sich zu rächen, hatte sie später den gefangenen Iren mit einer riesigen Axt die Köpfe abgeschlagen. Ihre Schreie, die von Schmerz, Rache und Triumph zugleich kündeten, hatten mühelos die Gischt übertönt, die gegen die Klippen gedonnert war. Soeben gab Alice von Abergavenny aber keinen anderen Laut als dieses Schmatzen von sich, und als sie einen weiteren Knochen abnagte, musste Aoife daran denken, dass man den Gefangenen die Köpfe abgeschlagen und etlichen zudem die Glieder zertrümmert hatte.

Und wenn es doch kein Hühnchen war, das sie aß?

Aoife unterdrückte ein Würgen und wandte sich wieder an Ferrand. »Lasst mich allein.«

Entschlossen schritt sie auf die schlafenden O'Faeláins zu, ehe sie, sobald Ferrand den Raum verlassen hatte, zu Gwalchgwyn hastete. Dass Alice sie dabei beobachtete, versuchte sie zu ignorieren, umso mehr, als sie bemerkte, dass Gwalchgwyn nicht völlig reglos war. Zumindest eines seiner Augen konnte er einen Spaltbreit öffnen – gerade weit genug, um Aoife erkennen zu können. Diese wiederum sah, dass seine Augen im flackernden Licht der Fackel nicht grau wie das Meer, sondern schwarz wie jener Tümpel war, der Dublin seinen Namen gegeben hatte.

Er weiß es ... er weiß es ... er weiß es ...
Er weiß, was ich getan habe.

Auf dem Weg durch die zerstörte Stadt hatte sie es geschafft, ihr Kleid sauber zu halten, doch als sie jetzt auf die Knie sackte, fühlte sie etwas Klebriges, Feuchtes den Stoff durchdringen – Blut oder Pisse, jedenfalls etwas, das wie ihre Seele stank. Kein süßes Duftwasser würde diesen Gestank übertünchen, keine bronzene Maske war groß genug, die vielen Geschwüre und Narben zu verbergen. Nicht, dass sie eine solche tragen wollte. Sie war es ihm schuldig, ihm ihr wahres Gesicht zu zeigen.

»Ich habe dich in die Irre geführt, ich habe dich benutzt, ich habe dich belogen«, sagte sie unvermittelt, »aber dass du so endest, das wollte ich nicht.«

Er versuchte sich aufzurichten, ächzte, brach wieder zusammen. Erst jetzt erkannte sie, dass sein rechter Arm unnatürlich verrenkt war und am linken Ohr das Läppchen fehlte.

Wie heftig er sich gewehrt haben musste, als man ihn von Strongbow weggezerrt hatte! Und wie verbissen er jetzt trachtete, sich aufzurichten!

»Beweg dich nicht, sonst werden deine Schmerzen unerträglich.«

»Meine Schmerzen sind nicht unerträglich, weil ich mich bewege, sondern weil ich dich sehen muss.«

Aoife schüttelte unwillkürlich den Kopf. Die getrockneten Kräutersamen rieselten über ihr Gesicht und blieben dort haften.

»Damals am Strand ...«, presste er über seine geschundenen Lippen, »... habe ich dich gerettet ... Ich habe dein Hermelinchen gerettet ...«

Aoife versteifte sich. »Eirwen ist lange tot.«

»Wäre ich bei dir gewesen, wäre das nicht geschehen.«

»Nein«, sagte sie. »Es wäre nicht geschehen, wenn ich nicht so schwach gewesen wäre, so ängstlich, so unerfahren.«

Sie wollte sich erheben, aber ihr Kleid schien am Boden festzukleben. Verlegen nestelte sie an ihrem Gürtel. »Ich habe dir etwas zu essen mitgebracht ...«

»Ich will nichts essen«, stieß er mühsam aus. Es klang, als fehlten ihm etliche Zähne, »ich will, dass du weißt, was du mir angetan hast.« Das Schnarchen der O'Faeláins verstummte. Vielleicht waren sie im Schlaf erstickt, vielleicht war sie selbst jäh taub geworden. Allerdings hörte Aoife noch, was Gwalchgwyn zu sagen hatte. »Meine Familie ... sie stammt aus den Bergen von Eryri. Es sind sehr mächtige Berge. Als William von der Normandie, den man erst den Bastard, später den Eroberer nannte, England unterwarf, schickte er seine Ritter auch nach Wales. Zunächst hatten sie ein leichtes Spiel, denn die walisischen Stämme waren zerstritten, und große Teile des Landes fielen kampflos in ihre Hand. Aber die Berge von Eryri konnten sie nicht überwinden. Wenn es dort nicht gerade schneit, steht dick der Nebel, und wenn die Schwaden sich lichten, sieht man Hexen durch die Luft fliegen.«

»Bist du je einer begegnet?«

Das eine Auge öffnete sich etwas weiter. »Nein, nie«, sagte Gwalchgwyn leise. »Mein Vater Rhigfarch hingegen. Er hat mir oft von den Hexen erzählt, und er hat mir auch beigebracht, wie man gegen die Hexen kämpft – gegen schier unbesiegbare Wesen, die durch die Lüfte fliegen und dabei völlig lautlos sind. ›Es ist, als wollte man gegen den Nebel kämpfen‹, hat er mir erklärt, ›gegen einen Feind also, dem man nie offen ins Gesicht schauen kann. Kraft allein reicht nicht, denn besiegen kann man ihn nur, wenn man so lautlos wird wie er, wenn man sich heimlich anschleicht, ihn in die Irre führt, wenn man ihn langsam erstickt, nicht zügig ersticht.‹«

Das Stück Brot, das Aoife in den Händen hielt, schien schwer wie Stein. »Ich verstehe ...«

»Nein«, sagte er kalt, »nein, du verstehst es nicht. Anders

als mein Vater habe ich die Hexen nie gesehen. Und ich wollte nicht gegen sie und den Nebel kämpfen, sondern gegen echte Männer. Ich wollte meine Feinde nicht belügen, täuschen oder hinterrücks anfallen, ich wollte sie mit Kraft und Geschicklichkeit besiegen. Von meinem Vater habe ich solch ehrenvolle Art zu kämpfen nicht gelernt, aber von Rhys ap Gruffydd. Deshalb habe ich ihm treu gedient, deshalb habe ich Fychan nach Irland begleitet, deshalb musste ich seinen Tod rächen. Und deshalb habe ich dir, einem vermeintlich unschuldigen Mädchen, getraut. Nur du bist kein Mädchen, du bist eine Hexe von Eryri, so falsch, so gefährlich, so giftig wie sie. Und ich bin nun kein Ritter mehr, ich bin ein ... Schlächter.«

Aoife senkte den Blick.

Geh hinaus in die Stadt, dachte sie, dann würdest du sehen, dass alle Ritter Schlächter sind.

Aber das sagte sie nicht laut, weil Gwalchgwyn das nicht glauben würde und selbst wenn, sich nicht besser fühlen würde ... genauso wenig wie sie.

Er sackte wieder in sich zusammen, die O'Faeláins begannen wieder zu schnarchen, Alice von Abergavenny schmatzte.

»Ich werde Strongbow bitten, dich freizulassen, dann kannst du heimkehren nach Wales«, sagte Aoife. »Du hast mir einmal das Leben gerettet, jetzt rette ich deines.«

Sie sah nicht mehr, wie er die Worte aufnahm, denn er schloss nun beide Augen und wälzte sich auf den Bauch. Aoife erhob sich und trat zu Alice, die mittlerweile den ganze Knochen abgenagt hatte, ihn aber nicht auf den Boden fallen ließ, sondern ihn von der einen Hand in die andere warf und wieder zurück. Aoife erkannte, dass der Knochen der eines Huhns, nicht der eines Menschen war.

»Du ... du kehrst doch jetzt auch gewiss heim nach Wales«, richtete sich Aoife an Alice. »Sorge dafür, dass Gwalchgwyn sicher dort ankommt.«

Wieder nestelte Aoife an ihrem Gürtel, zog aus einer kleinen Ledertasche einige Silber-Pennys. »Nimm das!«, sagte sie.

Alice starrte sie nachdenklich an. »Ich habe euch zugehört«, murmelte sie.

Aoife warf ihr die Silber-Pennys in den Schoß. »Einem grausamen Weib, wie du eines bist, steht es nicht zu, über mich zu urteilen.«

Alice nahm einen Silber-Penny und betrachtete ihn von beiden Seiten. Auf einer war ein Drachenkopf abgebildet.

»Weißt du, warum ich dort oben auf der Klippe den Männern den Kopf abgeschlagen habe? Nicht, um den Tod meines Liebsten zu rächen, sondern aus Gnade. Es ist ein schnellerer Tod, den Kopf zu verlieren, als mit zerbrochenen Gliedmaßen zu ersaufen. Aber das ahnten die Ritter nicht. In einer Welt voller Ungeheuer muss man manchmal eines spielen, man muss es nicht sein.« Der Hühnerknochen entglitt ihren Händen und fiel Aoife vor die Füße. »Spielst du bloß eines oder bist du eines?«

Aoife blickte auf den Knochen. Sie war nicht sicher, ob es eine Beleidigung oder ein Versehen war, dass er vor ihr lag. Ganz langsam hob sie ihren Fuß und trat darauf, doch anders als einst das Stäbchen von Eleonores Spiel brach er nicht.

»Ich bin die Tochter eines Königs, und ich werde bald eine Königin sein«, sagte sie stolz.

Sie erwiderte Alice' Blick, ohne zu zwinkern, ohne zu erröten, ohne voller Unbehagen die Schultern hochzuziehen.

Schließlich stecke Alice den Silber-Penny ein. »Ich werde mich seiner annehmen.«

Aoife verließ den Kerker. Die Kälte und der Modergeruch hatten sich in sämtlichen Gliedern verbissen, und sie war sicher, dass auch Strongbows Körper sie nicht wärmte, wenn er später auf ihr liegen würde, rot vor Aufregung, zittrig vor Verlegenheit, steif ob seines Alters und in Gedanken schon in Dublin, das er erobern wollte. Die alte Wenwiu hatte gesagt, dass es wehtäte und dass eine Frau blute, wenn sie das erste Mal unter einem Mann liege. Aoife hoffte, dass es so sein würde. Sie wollte, dass es schmerzte, sie wollte, dass sie blutete. Erst später, wenn der Schmerz abgeklungen und das Blut getrocknet war, würde sie dafür sorgen, dass der Hochkönig Connor töten ließ.

CAITLÍN

Caitlín schwitzte unter dem Fell, zog es aber nicht von ihrem Gesicht. Obwohl die Sonne längst hoch am Himmel stand, wollte sie schlafen. Sie schlief viel, seit Cormac mit dem Heer des Hochkönigs nach Thomond aufgebrochen war, um dort einen Aufstand niederzuschlagen. Gerüchteweise war Thomond befriedet, Waterford dagegen an die Normannen gefallen, was bedeutete, dass Cormac noch länger im Süden bleiben würde und sie noch länger schlafen könnte, nicht nur nachts, sondern auch tagsüber, am allerliebsten sogar tagsüber.

»Herrin?« Sie hörte die Stimme kaum, die plötzlich erklang. Die Stimme war so dünn, das Fell so dick. »Herrin?«, erklang es noch einmal.

Sie musste die Frau nicht sehen, die sich über ihre Bettstatt beugte, um zu erahnen, dass es eine Sklavin war, die Hilfe oder einen Rat brauchte.

»Geh weg!«, schnaubte Caitlín, und etliche Haare des Fells gerieten ihr in den Mund. Es war das Fell eines Luchses, den Ailillán irgendwann erbeutet hatte.

»Aber Herrin, ich muss ...«

»Geh weg!«, wiederholte Caitlín. »Lass mich schlafen.«

Sie wollte schlafen, sie konnte schlafen, sie musste schlafen. Schließlich galt es, so viel Schlaf nachzuholen – aus der Zeit, als Ascall noch gelebt hatte, und aus der Zeit, als Cormac grunzend auf ihr oder schnarchend neben ihr gelegen hatte. Sie musste jeden Augenblick ausnutzen, da die Bettstatt, ihr Körper und ihr Leben ihr gehörten.

Gedämpft erklangen trippelnde Schritte, dann war die Sklavin verschwunden. Caitlín schloss die Augen, ignorierte den Schweißfilm, der sich auf ihrer Stirn gebildet hatte, nickte wieder ein.

»Herrin?«

Erneut war die Stimme nur leise, aber dieses Mal erkannte Caitlín sie sofort. Rún. »Herrin, die Binsen in der Halle sind vom Schimmelpilz befallen, und wir haben nicht genügend frische. Ich dachte, wir könnten Stroh nehmen, Paitín sagte allerdings, dass es im Stall gebraucht werde.«

»Entscheide du ...«, flüsterte Caitlín.

»Aber Herrin ... die Männer bringen so viel Schmutz in die Halle ... sie haben Läuse und weigern sich, Flohfallen zu tragen. Sie stinken schlimmer als Pferde, und ...«

... und sie machen Dún Fionn zu einem Drecksloch, ich weiß.

Caitlín schob das Fell zur Seite. Ihr Gesicht war schweißnass, das von Rún ob der Empörung rot.

»Es ist mir gleich, wie es in der Halle aussieht«, sagte Caitlín, »solange ich nur schlafen kann.« Rún presste die Lippen zusammen. Ihr blauschwarzes Haar war zu strammen Zöpfen geflochten, aus denen sich keine einzige Strähne gestohlen hatte. Ihr schlichtes graues Kleid war an mehreren Stellen geflickt. Auf der Brust befand sich ein kreisrunder Fleck, zwar etwas verblasst, doch deutlich zu sehen. Wahrscheinlich hatte Rún verzweifelt versucht, ihn zu beseitigen, aber die Lauge war nicht stark genug gewesen. Rún schaffte es nicht einmal, ihr Kleid sauber zu bekommen – erst recht würde sie scheitern, wenn sie Dún Fionn zu altem Glanz verhelfen wollte. »Es ist mir gleich«, wiederholte Caitlín mit Nachdruck.

Rún öffnete den Mund, die schmalen Lippen bebten nunmehr, doch sie sagte nichts, sondern ging mit hängenden Schultern hinaus.

Caitlín zog das Fell über das Gesicht, versuchte wieder einzuschlafen, aber wälzte sich nur unruhig hin und her. Wenn sie schlief, träumte sie meist von Riacán oder von Faolán. Jetzt, da sie wach auf der Bettstatt lag, sah sie plötzlich Éilís' Gesicht deutlich vor sich. Wie sie darüber spotten würde, dass sie Dún Fionn zu einem Schweinestall verkommen ließ ...

Schlafen und Nichtstun, ist das etwa alles, was du dem Leben entgegensetzt? Dem Leben, das dich in den Jahren deiner Kindheit und Jugend, als du von allen verwöhnt wurdest, belogen hat? Ja, es hat dir vorgegaukelt, dass es, wenn man hübsch

669

und lieb ist und es anlächelt, das Lächeln erwidert. Aber das Leben lächelt nicht, es kann nur grinsen.

Ach so, erwiderte Caitlín im Stillen und schnappte nach Luft. Jetzt verstehe ich es, warum du die Zähne zeigst, wenn du lächelst. Ich dachte bis jetzt, es läge daran, dass sie schief gewachsen sind.

Caitlín unterdrückte ein Seufzen. Eigentlich wollte sie nicht an Éilís denken und sich von ihr den Schlaf genauso stehlen lassen wie Aililláns Schmuck.

Sie nickte ein oder schaffte es zumindest, ihren Geist so leer zu machen, dass sie sich hinterher einreden konnte, wirklich geschlafen zu haben. Irgendwann ertönten wieder Schritte und wieder eine Stimme.

»Herrin!«

Welche Sklavin es auch war – als Caitlín das Fell zurückschob, war sie gewillt, sie zu schlagen. Doch als sie hochfuhr, blickte sie in Paitíns Gesicht, das so bleich war wie an dem Tag, da Ascall ihm für den Diebstahl von Äpfeln die Hand hatte abschlagen wollen.

»Die Männer ...«, setzte er an.

Caitlín seufzte. »Sie weigern sich, Flohfallen zu tragen, ich weiß.«

»Nein«, sagte Paitín, und erst jetzt merkte sie, dass er am ganzen Leib zitterte. »Die Männer, die Cormac zurückgelassen hat, um die Burg zu halten, haben beschlossen, ihn nicht länger als Herrn anzuerkennen. Einer von ihnen, Conan Maol, beansprucht Dún Fionn und das Umland für sich. Uallgarg und Fergal, Ascalls Leibgarde, sind ja mit Cormac aufgebrochen. Sie hätten sich ihm entgegengestellt ... sonst tut es anscheinend niemand.«

Conan Maol.

Caitlín überlegte eine Weile, ob ihr zu dem Namen ein Gesicht einfiel, doch das einzige, was vor ihrem inneren Auge aufstieg, war das von Cormac mit seinen schiefen Zähnen, seiner breiten Nase und den unterschiedlich großen Augen. Vielleicht hatte sie Conan Maol noch nie gesehen. Oder vielleicht sah er wie Cormac aus.

»Kann ich jetzt weiterschlafen?«

»Herrin!« Paitín trat ganz dicht an ihre Schlafstatt, und erst jetzt sah sie einen dünnen Blutfaden aus seiner Nase laufen. Offenbar hatte er einen Schlag abbekommen, war jedoch gerade noch rechtzeitig zurückgewichen, sodass ihm die Nase nicht zertrümmert worden war. »Herrin, du bist in Gefahr! Noch geben sich nicht alle überzeugt, sie streiten in der Halle ... Aber ... Conan Maol wird versuchen ... er ... er wird dich schänden ... und töten.«

Caitlín rieb sich die Augen. Sie brannten, weil Schweißtropfen hineingelaufen waren. »Gegen das Töten habe ich nichts«, murmelte sie. »Denkst du, Conan Maol wird sich dazu überreden lassen, das Schänden vorher auszulassen oder auf danach zu verlegen?«

»Herrin!«

Paitín packte sie am Arm. Und plötzlich fühlte sie es – fühlte sein heißes Blut, seine Erregung, seine Angst, fühlte die Gefahr, die von den Männern in der Halle ausging, fühlte das dumpfe Poltern, als Füße zustimmend auf den Boden trommelten, fühlte noch etwas anderes.

Ich habe doch etwas gegen das Getötetwerden.

Und dann hatte Paitín sie schon von der Bettstatt gezerrt, und das Fell fiel auf den Boden. Sie bückte sich, aber bekam es nicht mehr zu fassen, denn plötzlich waren nicht nur Getrappel und Gegröle zu hören, auch das Kreischen einer Sklavin. Rún war es nicht, denn deren Stimme hörte sie im nächsten Augenblick ganz dicht an ihrem Ohr.

»Wir müssen uns beeilen.«

Caitlín fuhr herum, sah, dass Rún durch den Hintereingang gekommen war. Nun hatte sich doch eine Strähne aus ihren Zöpfen gelöst.

»Komm! Komm schnell!«, rief Rún, und ehe sie sich's versah, wurde Caitlín von ihr und Paitín in den Hof gedrängt.

Die Luft war noch süß wie die des Sommers, aber bereits so kalt wie die des Herbstes. Die Ohrfeige, die ihr der Wind versetzte, machte sie gänzlich wach.

»Wo ... wohin?«, stammelte sie, den Blick auf drei Männer

gerichtet ... oder nein ... es waren nur Knaben, also keine, die Schwerter schwangen, sondern sie lediglich polierten.

Das Geschrei aus der Halle schwoll an, und es ließ sich nicht erkennen, ob es Zustimmung für den neuen Anführer verhieß oder Widerstand.

»Dorthin!«, sagte Rún und wählte das Haus, das am nächsten lag, jenes nämlich, in dem einst Muireann gesponnen und gewebt hatte. Seit Caitlín Ailillán verraten, für Muireanns Tod gesorgt und Cormac geheiratet hatte, hatte sie es nicht mehr betreten.

Ihr Blick fiel auf den halb fertigen Stoff, der in den Webstuhl gespannt war. Sie war nicht sicher, ob dieser Muireanns und ihr letztes unvollendetes Werk war.

Unwillkürlich verharrte sie auf der Schwelle, doch Rún versetzte ihr einen Stoß, und Caitlín stolperte in den lang gezogenen Raum. Als sie sich wieder aufgerafft hatte, hatte Paitín bereits die Tür zugeschlagen, aber sobald deren Knarren verklang, ertönte ein anderes Geräusch. Es kam von weiter her – offenbar von der Halle, vielleicht auch von der Schlafkammer dahinter – und klang dennoch bedrohlich.

Rún schob schnell den Balken vor die Tür und sperrte das Schloss mit einem bronzenen Schlüssel zu. Er hatte die Form eines Kleeblatts und war Caitlín bislang nie aufgefallen. Zu schwach, ging es ihr durch den Kopf, ob aus Bronze gemacht oder nicht, du bist wie ein welkes Pflänzchen. Ein Tritt, und du bist in den Boden gestampft.

Während Rún noch erleichtert seufzte, schien Paitín das Gleiche aufzugehen. »Das Schloss allein wird uns nicht schützen«, sagte er, »wir können nicht auf Dún Fionn bleiben.«

Caitlín lief unruhig im Kreis. »Aber es gibt keinen anderen Weg hinaus als den durch das Tor.«

»Es muss einen geben!«, fuhr Rún sie an. »Und du wirst ihn finden. Du bist Caitlín O'Bjólan.«

Nein, ich bin das Weib, das zu lange und zu viel geschlafen hat, dessen Gedanken so träge wie seine Beine sind, das nicht einmal mehr weben kann.

Kraftlos sackte sie neben dem Webstuhl auf den Boden.

»Es gibt keinen Weg hinaus«, wiederholte sie.

Paitíns Gedanken waren nicht träge, seine Beine auch nicht. Nun war er es, der im Kreis lief, Staubflocken aufwirbelte, so hoch, dass sie sich in seinem Haar verfingen.

»Doch!«, rief er. »Zu den Abgaben, die die Pächter jährlich leisten müssen, zählen mehrere Säcke Hafer. Sie sind für die Pferde bestimmt, werden deshalb nicht durchs Tor gebracht, sondern durch eine kleine Tür am Ende des Stalls. Von dort können wir ins Freie gelangen.«

Caitlín hatte unwillkürlich das Webschiffchen ergriffen. Dass sie es jetzt wieder losließ, geschah nicht, weil in ihr Hoffnung erwachte, es geschah, weil sie die von Paitín nicht zerstören wollte. Und dass sie aufstand, geschah nicht, weil sie selbst fliehen wollte, sie schien es Rún schuldig zu sein.

»Wir ... wir müssen irgendwie zum Stall gelangen«, sagte die Sklavin.

»Conan Maol wird nach mir Ausschau halten«, wandte Caitlín ein.

»Dann gib mir deinen Umhang! Ich lenke sie ab!«

Caitlín schüttelte den Kopf. »Das ... das ist zu gefährlich ...«

»Gefährlich ist es, noch länger zu warten.«

Schon zerrte Rún an Caitlíns Umhang und drehte wenig später den Kleeblattschlüssel einmal um. »Sobald wir im Stall sind, folgst du uns aber!«, befahl Caitlín.

Rún nickte flüchtig und stieß die Tür auf. Die Luft war noch kälter als zuvor, das Licht auch, denn es hatte sich eine Wolke über die Sonne geschoben. Gleichwohl schloss Caitlín die Augen.

Warum hatte sie nicht einfach weitergeschlafen ... warum war sie nicht im Schlaf getötet worden ... sie hätte nichts gespürt ... keine Angst, keine Trauer.

Auch jetzt spürte sie nichts, sondern stand wie erstarrt da.

»Los jetzt!«, rief Paitín.

Sie öffnete die Augen, das Bild vor ihr verschwamm. Willenlos ließ sie sich von Paitín in den Hof ziehen, ohne zu prüfen, welche Gefahr sie dort womöglich erwartete. Während die Augen schwächelten, entging den Ohren indes kein Laut.

Wieder waren da das Kreischen zu hören und jenes bedrohliche Knarren, außerdem befehlende Rufe. Namen fielen, die Caitlín noch nie gehört hatte und die offenbar zu den drei Knaben gehörten, die im Hof herumlungerten, sich nun aber erhoben und in Richtung Haupthaus trabten. Gottlob hatten sie keinen Blick für sie, und ehe Caitlín erkannte, wer sie zu sich befohlen hatte und warum, hatten sie schon den Stall erreicht. Der würzige Geruch jener Kräuter, die Paitín für die Pferde pflückte, da sie, wie er behauptete, vor den gefährlichen Koliken schützten, hing in der Luft. Fünf Rösser blickten ihnen entgegen, mit feuchten Augen und glänzenden Leibern. Mochte sich Dún Fionn auch in ein Drecksloch verwandelt haben – Paitín hatte nicht aufgehört, die Tiere zu striegeln. Eines wieherte bei Caitlíns Anblick, und in den überreizten Ohren klang es wie Gelächter.

Sie kriegen dich ... sie kriegen dich ... sie kriegen dich ja doch ...

»Schscht«, machte Paitín, doch das Pferd wieherte lauter, scharrte mit den Hufen, verdrehte die Augen, bis nur mehr weiße Halbmonde zu sehen waren. Nicht länger klang es spöttisch, sondern panisch.

Caitlín fuhr herum und erkannte erst jetzt, dass das Ross nicht ihretwegen wieherte, jemand war ihnen in den Stall gefolgt – es war keiner von Conan Maols Männern, keiner der Knaben, es war ein riesiger Hund, größer noch als ein Fohlen. Auch sein Fell glänzte, nur die Zähne waren nicht sauber, was sie erkannte, als er sie fletschte. Ein totes Tier ... er musste ein totes Tier gefressen haben ... und es hatte ihn nicht satt gemacht, denn sein Knurren wurde lauter, gefährlicher.

Paitín erstarrte. »Conan Maols Dogge ...«

Caitlín kannte den Hund. An ihrem ersten Abend auf Dún Fionn war ihr der Geruch seines feuchten Fells in die Nase gestiegen. Ascall hatte damals einem Mann die Fingerkuppe abgeschnitten, während die Dogge von einem Knebel im Mund in Schach gehalten worden war. Jetzt war das Fell des Hundes trocken und roch nicht, ihr Haar dagegen wurde immer feuchter, je mehr Angstschweiß sich in ihrem Nacken sammelte.

Das Knurren verstummte zwar endlich, doch nur, weil das

Höllentier einen Satz auf Caitlín zu machte, nach ihrem Kleid schnappte, daran zerrte, bis es riss.

Nun ja, dachte sie, eigentlich habe ich Glück. Dieses Vieh ist nur aufs Töten aus, nicht auch aufs Schänden.

Doch als sie instinktiv zurückwich, der Stoff noch weiter riss und ein Stück ihres Kleides aus dem Maul der Dogge hing, da wusste sie plötzlich, dass der Hund sie nicht töten würde. Nicht weil er, weil sie es nicht wollte.

Als er wieder nach ihr schnappte, wich sie nicht weiter zurück, sondern blieb ganz starr stehen, hob gebieterisch die Hand, fixierte die bläulichen Augen und sagte mit einer Stimme, durchdringender als das angstvolle Wiehern der Rösser, Paitíns hektischer Atem und das boshafte Knurren: »Du beißt mich nicht!«

Paitín hielt die Luft an, das Pferd senkte den Kopf und verstummte. Der Köter knurrte noch, doch als Caitlín die Hand noch höher hob, die Worte wiederholte, strenger und schärfer, war es die Dogge, die zurückwich. Die blauen Augen waren unverwandt auf Caitlín gerichtet, und sie wusste, wenn sie nur kurz zwinkerte, würde der Hund sie wieder anfallen. Doch sie zwinkerte nicht, blieb ruhig stehen, und schließlich machte die Dogge einen weiteren Schritt zurück.

»Komm!«, rief Paitín.

Caitlín wollte sich nicht als Erste abwenden, sondern warten, bis der Hund es tat, und tatsächlich drehte er sich um, als jemand seinen Namen rief.

»Oran!«

Es war kein Mann, wie Caitlín kurz befürchtete, nur Rún, die eben schnaufend den Stall erreichte. Auch ihr zweiter Zopf begann sich zu lösen, als sie flüchtig den Hund betrachtete, gedankenlos die Hand hob und ihm über den Kopf streichelte. Anstatt zu knurren, duckte er sich wohlig und begann mit dem Schwanz zu wedeln.

»Du kennst ihn?«, fragte Caitlín.

Rún nickte. »Ich habe ihm öfter einen Knochen zum Abnagen hingeworfen.«

»Das war gut.«

»Ich hätte es nicht getan, wenn der Boden nicht ohnehin verdreckt gewesen wäre. Jetzt aber los.«

Sie liefen zum anderen Ende des Stalls, wo mehrere Hafersäcke standen. Paitín schob sie zur Seite, bis eine kleine Öffnung sichtbar wurde. Eine Tür, wie er behauptet hatte, war das zwar nicht, trotzdem breit genug, dass sich erst er hindurchzwängen konnte, dann Rún, zuletzt Caitlín. Sie atmete etwas ein, das sich schwer auf die Lunge legte, vielleicht Spinnweben, vielleicht Staub, vielleicht die vertrockneten Federn eines Vogels, der sich hierher verirrt und erbärmlich flatternd verhungert war. Modrig roch auch die Dunkelheit, die sie umfing und ihr den Eindruck gab, ihre Schritte würden geradewegs ins Nichts führen. Doch es war fester, wenngleich unebener und feuchter Boden, auf den sie trat, und dann hielt sich ihr Blick schon an dem fahlen Lichtstreifen am Ende des Ganges fest.

Just als er breiter wurde, ertönte weit hinter ihnen Gebrüll. Die Dogge kläffte, die Pferde wieherten wieder. Caitlín ging schneller, verharrte dann ängstlich, weil es jäh steil bergab ging. Paitín versuchte, vorsichtig Schritt vor Schritt zu setzen, doch sie unterdrückte ihre Furcht, sank auf die Knie und ließ sich einfach nach unten rollen, über Moos und Gras und feuchte Erde, die ihr anstelle des Staubs in den Mund gerieten. Spitze Steine bohrten sich in Rücken und Gesicht, Wurzeln schrammten die Haut auf, doch der Stamm von dem Baum, an dem diese wuchsen, hielt ihren Sturz auf. Caitlín rappelte sich hoch, lief tiefer in den Wald, in dem sie sich nun befanden. Ihr Kleid war völlig zerrissen, aber ihre Knochen waren noch heil.

Sie verbrachten eine Nacht im Wald. Rún wollte Caitlín ihren Umhang zurückgeben, die weigerte sich jedoch, ihn zu nehmen. »Ohne dich und Paitín wäre ich tot. Du sollst nicht frieren.«

»Mein Kleid ist nicht zerrissen, und ich friere nicht so schnell«, sagte Rún. »Schließlich wurde ich in einem Land geboren, in dem es viel kälter ist als hier.«

»Du kommst aus Island … richtig … Ich kannte einst eine Frau, die ebenfalls von dort stammte, später gelähmt danie-

derlag und ständig von Bergen erzählte, die Feuer spuckten. Wenn es diese tatsächlich gibt, kann es dort nicht so kalt sein.«
Rún zuckte mit den Schultern. »Ich war ein kleines Mädchen, ehe wir verschleppt wurden, an Feuerberge kann ich mich nicht erinnern.«
Plötzlich fröstelte die Sklavin, und Caitlín zog den Umhang enger um ihren schmächtigen Leib. »Du behältst ihn«, beharrte sie.
In den nächsten Stunden sehnte sie sich mehr und mehr nach Feuerbergen. Sie konnten keine Flammen entzünden, weil sie weder Zunder noch einen Feuerstein hatten und weil sie niemanden auf sich aufmerksam machen wollten. Außerdem kam mit der Finsternis der Regen, der jede Glut ohnehin sofort ertränkt hätte. In solchen Massen stürzte das Wasser vom Himmel, dass selbst das dichte Blätterdach sie nicht davor schützen konnte. Caitlín presste sich an einen Baumstamm, legte den Kopf auf die Knie und biss die Zähne zusammen, damit sie nicht klapperten.
Nur gut, dass ich in der letzten Zeit so viel geschlafen habe ... jetzt kann ich von dem Vorrat zehren.
Der Regen und die Kälte waren leichter zu ertragen als der Gedanke an Ailillán, der irgendwo in diesem Wald gejagt hatte, als sie ihn verraten hatte, dessen Leichnam Cormac vielleicht gleich hier in der Nähe in einem Sumpf versenkt hatte ...
Doch als der Himmel nicht mehr auf sie spuckte, Morgenlicht durch die Blätter fiel und Caitlín sich mit steifen Gliedern erhob, erblickte sie keinen Sumpf, nur ein Bächlein. Obwohl das Wasser trüb und braun war, wusch sie sich ihr Gesicht damit und roch danach zwar nach Erde, aber nicht mehr nach Angstschweiß.
»Wohin?«, fragte sie ratlos.
Paitín zuckte mit den Schultern. »Ich muss zu meiner Mutter ... zu meinen Geschwistern ...«
»Sie leben doch nicht auf der Burg selbst«, erklärte Rún, »sondern in dem kleinen Dorf in der Nähe. Wir sollten alle dorthin gehen. Conan Maol fällt es gewiss nicht auf, wenn unter den Sklaven und Pächtern, die dort schuften, auch du

lebst – zumindest nicht, wenn du dich so kleidest wie sie und ihre Arbeit tust. Cormac wird nicht ewig im Süden bleiben. Sobald der Hochkönig den Aufstand in Thomond niedergeschlagen und die Normannen vertrieben hat, wird er zurückkehren nach Dún Fionn.«

Caitlín nickte nachdenklich, aber insgeheim ging ihr durch den Kopf: Töte Cormac, Conan Maol, und dann versenk seinen Leichnam in einem stinkenden Sumpf. Denn wenn es nach mir geht, will ich Dún Fionn niemals wieder betreten.

Sie folgten dem Bach bis zu der Stelle, wo er sich gabelte und fortan in zwei Richtungen weiterlief. Ein Arm führte aus dem Wald zu einer hohen Wiese, in deren Mitte er jäh versickerte. Der Boden war hier zu feucht, um Getreide anzubauen, das Gras zu faulig für die Schafe, es war dennoch ein Grunzen zu hören – von einem jener muskulösen Schweine mit den langen Schnauzen, wie sie hierzulande lebten. Es suhlte sich in einer der knöcheltiefen Pfützen.

Rún und Paitín zogen einen weiten Kreis um die Pfütze, doch Caitlín watete durch sie hindurch und stieg über das Schwein hinweg.

»Es ist doch gut, wenn ich noch schmutziger werde«, sagte sie zu Rún, »dann hält man mich erst recht für eine Bäuerin.«

Die Frau, die ihnen wenig später aus der umzäunten Siedlung entgegenstarrte, war nicht schmutzig. Ihre nackten Füße waren lediglich verhornt und die Zehennägel gelblich, die Haut von Beinen und Händen aber dunkelrot, weil sie eben in einem Trog Wäsche wusch und die besonders schmutzigen Teile nicht nur mit den Händen bearbeitete, sondern mit den Füßen darauf stampfte. Sie hielt inne und rief nach einer zweiten Frau, die gerade damit beschäftigt war, einen Besen aus erdig duftendem Heidekraut zu binden. Ein alter Mann, der auf der Burg dafür zuständig war, Wagen zu bauen und den Caitlín erst kürzlich dabei beobachtet hatte, als er aus Ästen der Stechpalme Achsen herstellte, hockte auf einem Stein und hielt das Gesicht in die Sonne. Während die Weiber stehen blieben, sprang er auf und lief auf Caitlín zu.

»Herrin!«

»Nenn mich nicht so! Hier bin ich nicht mehr eure Herrin!« Die gebieterische Stimme strafte ihre Worte Lügen.

Aus einem Haus, das wie die Vorratskammern auf der Burg in der Form einer Bienenwabe errichtet worden war, kam ihnen Paitíns Mutter Bronagh entgegen.

»Herrin!«, rief auch sie und fiel auf die Knie.

Caitlín zog sie hoch. »Nenn mich nicht so!«, wiederholte sie streng und folgte ihr ins Haus.

Es war so finster, dass sie nicht viel erkennen konnte, nur eine kalte Feuerstelle, in der sich Asche häufte, und ein paar Strohsäcke, auf denen nachts die Bewohner schliefen. Ein Mädchen lag, obwohl es helllichter Tag war, auf einem, es konnte das eine, viel kürzere und verkrümmte Bein wohl nicht benutzen und deshalb nur im Liegen seine Arbeit verrichten. Eben flocht es aus Binsen einen Korb und stützte sich dabei auf einem Holzklotz auf, der nachts ein Kissen ersetzte. Es ist gewiss nicht bequem, hier zu schlafen, dachte Caitlín, aber geschlafen habe ich ja jüngst genug.

Entschlossen klatschte sie in die Hände. »Ich brauche etwas, um mein Kleid zu flicken«, rief sie, »und hier im Haus ist lange nicht gekehrt worden. Bring mir einen der Heidebesen, damit wir zumindest die Asche beseitigen können. Und zeigt mir, wo der Brunnen steht, ich will mir die Füße waschen.«

Nicht nur diese, auch das Gesicht begann ob der erdigen Schicht, die darauf getrocknet war, zu jucken.

»Gewiss, Herrin«, rief Bronagh schnell.

»Nenn mich nicht so«, sagte Caitlín ein drittes Mal. »Ich bin niemandes Herrin, ich bin nur Caitlín O'Bjólan.«

FAOLÁN

»Versuch doch mal, sie zum Klingen zu bringen«, sagte Faolán zu Cian. Er hielt dem Kleinen eine Rassel vors Gesicht, die aus kleinen geschnitzten Knochen, goldenen Ringen und bronzenen Glöckchen gemacht worden war und die bei jeder Bewegung ein liebliches Geräusch von sich gab. Cian, der mittlerweile fast zwei Jahre alt war, warf nur einen kurzen Blick darauf, ehe er sich wieder abwandte. Faolán ließ die Rassel sinken. »Ein Barde wird er schon mal nicht werden.«

»Wart's ab«, sagte Éilís.

Als Nächstes hielt er ihm ein kleines hölzernes Schwert hin, danach ein Pferdchen, das die Zähne bleckte, doch Cians Interesse blieb mäßig.

»Nun, und als Krieger scheint er ebenfalls nicht zu taugen.«

Lächelnd reichte Éilís dem Kleinen etwas, das endlich seine Aufmerksamkeit fesseln konnte – Mühl- und Mahlsteine aus Speckstein und Glimmerschiefer nämlich, die dem Arbeitsgerät von Erwachsenen glichen, nur viel kleiner waren. Cian juchzte.

»Vielleicht wird er irgendwann das Mehl mahlen«, bemerkte Éilís, »und sich damit sein täglich Brot verdienen.«

»So wie du unser täglich Brot verdienst«, Faolán seufzte. »Während meine Lieder nutzlos sind.«

»Sag das nicht. Wenn ich arbeite, achtest du auf Cian.«

Éilís lächelte, aber Faolán entging nicht, dass die Kerben um ihren Mund etwas tiefer waren als früher und ihr Rücken etwas krummer. Seit einigen Wochen schuftete sie für die Priorei der Heiligen Dreifaltigkeit in Dublin, die ihre Ställe und die Scheune frisch decken ließ. Éilís und eine weitere Frau schleppten Stroh herbei und reichten die Bündel hoch zu den Männern, die diese mit Hanfstricken auf dem Dach befestigten. Sie klagte nie darüber, wie anstrengend die Arbeit war, und sie entschied selbst, wofür sie das hart verdiente Geld später ausgab – nicht nur für Essen nämlich, sondern für Spielzeug für Cian und viel mehr Kleidungsstücke, als er jemals tragen konnte. Heute hatte sie vom Markt eine Seidenmütze aus leuchtendem Purpur mitgebracht, die eigentlich zu klein für seinen riesigen Kopf war, am Tag zuvor Stiefel aus Kalbsleder, die man mit Kordeln um den Knöchel schnürte, vor einer Woche ein Armband, ebenfalls aus Kalbsleder und mit bronzenen Plättchen besetzt, die im Sonnenlicht leuchteten und Dämonen und Elfen blenden sollten, falls die dem Kind zu nahe kamen.

Wenig später folgte Faolán Éilís nach draußen, wo diese Wasser holen wollte. »Lass mich das machen«, sagte er, als sie den Brunnen erreichte und mit einer Seilwinde den Eimer in die Tiefe ließ.

Wie immer schüttelte Éilís den Kopf. »Geh zurück zu Cian, und sing ihm ein Lied vor.«

»Wenn er mich singen hört, schläft er immer ein, und es ist noch zu früh.«

»Ich schaffe das schon.«

Faolán gab nach, aber wich nicht vom Brunnen zurück. Wie immer roch das Wasser modrig, gab es in Dublin doch nichts, was nicht übel roch. Immerhin wehte hier in jener Straße zwischen der Liffey und der Kathedrale manchmal ein Ostwind und ersparte ihnen den Gestank vom Fisch- und Sklavenmarkt.

Éilís nahm den Eimer vom Haken. Einige Wochen zuvor hatte sie ihn noch mit beiden Händen schleppen müssen und bei jedem Schritt Wasser vergossen. Nun trug sie ihn mühelos mit einer Hand und verlor auf dem Weg zurück keinen Tropfen. Faolán folgte ihr zum Haus, das wie die meisten hier zweigeschossig war, wobei sie nur das Erdgeschoss nutzten, weil es durch die Ritzen oben ständig zog. Jordan schlief auf dem Boden, aber sie besaßen eine Bettstatt, die breit genug war, dass sie zu dritt darin Platz finden konnten, zudem zwei Stühle, von denen einer sogar eine Rückenlehne hatte, und etliche Truhen, in denen sich jenes Spielzeug befand, mit dem Cian niemals spielte, und jene Kleidung, die ihm nicht passte. Durch zwei Luken, vor die Schweinsblasen gespannt waren, sickerte etwas Licht, doch um wirklich etwas sehen zu können, mussten sie tagsüber die Tür offen lassen. Die Feuerstelle befand sich gleich daneben, und Éilís goss das Wasser in den Kessel, der darüber hing. Gleich danach wollte sie mit dem Eimer wieder nach draußen eilen.

»Wir haben doch genug Wasser zum Kochen!«, rief Faolán.

»Aber ich will Cian baden.«

Das tat sie jeden Tag, obwohl der Junge sich nur selten schmutzig machte.

»Lass dieses Mal mich das Wasser holen«, sagte Faolán.

»Ich bin schneller.«

»Vor allem bist du stärker ...«, gab er kleinlaut zu.

»Und das ist nichts, wofür du dich schämen musst. Bleib bei Cian, und ich ...«

Sie brach ab, und Faolán, der ihr eben noch den Eimer entwenden wollte, erstarrte wie sie. Die Stimmen, die jäh von draußen hereinschwappten, hoben sich deutlich vom üblichen Lärm – dem Schreien der Händler und Seeleute und dem Grölen der Betrunkenen – ab. Ein wütendes Gebrüll war es, das mehr nach dem Kläffen eines räudigen Hundes als nach den Lauten eines Menschen klang und das zunächst nur von einem gequälten Ächzen unterbrochen wurde, schließlich von einer erbärmlich hohen Stimme.

»Ich begleite Euch doch! Ich tue alles, was Ihr wollt. Nur lasst mich erst von meinem Vater Abschied nehmen.«

Faolán und Éilís sahen sich erschrocken an, als sie die Stimme erkannten. Für gewöhnlich arbeitete Jordan um diese Tageszeit in einer der Tavernen, wo Faolán kurz nach ihrer Ankunft in Dublin seine Gesangskünste angeboten hatte. Der Wirt hatte ihn wieder fortgeschickt, Jordan aber dabehalten, damit der den teuren Wein der Gascogne mit billigem Essig panschte. Falls der Betrug aufflog, so das Kalkül des Wirts, würden die erbosten Gäste nicht ihn, sondern den Jungen mit Austernschalen bewerfen.

Faolán ließ den Henkel des Eimers los und stürzte zur Tür, ehe Éilís ihm zuvorkommen konnte. Die Erleichterung, endlich zu mehr nütze zu sein, als mit Cian zu spielen, wich rasch der Furcht, als er sah, was sich auf der Straße zutrug.

Mehrere Krieger von Asculf MacTorkil, dem König von Dublin, die auch inmitten der hohen Häuser riesig wirkten, mit schweren Fellen bekleidet waren und noch schwerere Schwerter trugen, hatten sich hier versammelt. Einer hatte eine Narbe auf der Nase, die so aussah, als wüchse aus dem großen Riechkolben ein weiterer, kleinerer hervor, und eben packte er Jordan und schüttelte ihn.

Tu das nicht, wenn du nicht angekotzt werden willst, dachte Faolán, doch das Einzige, was aus Jordans Mund kam, war nur dieses Flehen: »Bitte! Lasst mich meinem Vater Bescheid geben!«

»Was willst du von meinem Sohn?«, rief Faolán und versuchte, jene Entschlossenheit in seine Stimme zu legen, die er geübt hatte, als es noch Gljómall und Dúngal zu bändigen galt.

Schon deren Respekt hatte er kaum erringen können – erst recht verweigerte ihm diesen der Mann mit den zwei Nasen. Der eine Mundwinkel zog sich nach oben, der andere zuckte nervös.

»Du willst sein Vater sein?«, fragte er. »Wie sah denn die Normannin aus, die du gefickt hast?«

Faolán unterdrückte ein Seufzen. Wie hatte Jordan es bloß angestellt, sich als Normanne zu verraten, wenn er ihm doch seit Monaten eingebläut hatte, das unbedingt zu vermeiden! Er rang noch nach einer Antwort, die nicht zu spöttisch, auch nicht zu kleinlaut klang, als Jordan ihn flehentlich ansah.

»Es tut mir leid, dass ich dich enttäuscht habe, aber ich musste ihnen doch helfen«, piepste er.

Faolán vergaß, was er eben noch über die festen Brüste und den breiten Arsch einer Normannin hatte sagen wollen, als er nun Jordans Blick folgte und ein erbärmliches Häufchen Männer entdeckte, die von MacTorkils Kriegern in Schach gehalten wurden. Die Hände des einen waren jeweils an die Beine des nächsten gebunden und die Stricke dabei so kurz gehalten, dass sie nur gebückt gehen konnten. Vor einem lag eine Schöpfkelle mit den Resten jenes Weins, den Jordan wohl einem Geschundenen hatte reichen wollen – ohne Zweifel eine gute Tat, aber auch eine, die ihn teuer zu stehen kam. Eben wurden nämlich auch ihm Stricke angelegt.

»Nun«, sagte der Zweinasige, »jetzt hast du ja von deinem Vater Abschied genommen. Wenn du tüchtig arbeitest, wirst du bald zu ihm zurückkehren.«

Faolán holte Atem und betete, dass seine Stimme nicht zitterte, als er die Frage wiederholte: »Was willst du von meinem Sohn?«

»Hab keine Angst. Wenn er endlich das Maul hält, wird er nicht von meiner Faust erschlagen, sondern höchstens von einem Ast.«

»Einem Ast?«

»Wir brechen in den Wald auf«, erklärte der Mann. »Das hier sind gefangene Normannen, die wir erwischt haben, als sie hier spionieren wollten. Nun werden sie Bäume fällen.«

Mit jeder Frage, die der Mann beantwortete, stellten sich Faolán zwei neue.

»Sie sollen Bäume fällen? Ihr Wikinger friert doch nie, warum wollt ihr denn ausgerechnet jetzt im warmen September ein Feuer machen?«

»Das Holz soll niemals brennen. Auf den Wegen und Straßen soll es liegen, die nach Dublin führen, und dort verrotten.«

»Ihr wollt sie unpassierbar machen«, begriff Faolán, »um die Stadt vor einem Angriff zu schützen.«

Der Zweinasige schwieg, aber Jordan nickte. »In den Tavernen erzählen sich alle davon ... Dass Diarmaits Heer unterwegs ist und mit ihm mehr als tausend Normannen kommen. Erst haben sie Waterford eingenommen, nun haben sie sich Dublin als Beute auserkoren.«

Längst hatte ihr Wortwechsel etliche Nachbarn herbeigelockt – den Bernsteinschnitzer und den Schmied, die hier ihre Werkstatt hatten, außerdem das junge Gör, das Cian einmal gekniffen hatte und das Faolán nicht erwischt hatte, als er es dafür bestrafen wollte. In ihrer aller Blicke stand Angst.

»Ruhe!«, brüllte MacTorkils Krieger, als die Menschen zu tuscheln begannen. »Und wenn du noch mehr Unsinn faselst«, wandte er sich streng an Jordan, »wirst du keine Äste, sondern ich werde dir deinen Arm abhacken.« Jordan schwieg, die Umstehenden nicht. In fast allen Wortfetzen war von den

Normannen die Rede – den Dämonen aus der Hölle, die entweder ein Auge hatten oder drei Augen, nur nicht zwei wie gewöhnliche Menschen. »Ruhe!«, brüllte der Zweinasige wieder. »Selbst wenn sie tatsächlich Dublin angreifen, die Stadtmauer wird uns schützen.«

»So wie die Menschen von Waterford von ihrer Mauer beschützt wurden?«, fragte der Bernsteinschnitzer zweifelnd.

»Der Hochkönig konnte Waterford nicht retten, weil er in Munster kämpfte. Aber jetzt steht seine Armee vor Dublin, außerdem sind da Truppen von Meath, Breifne und Oriel. Die meisten von ihnen kampieren in Clondalkin, von wo sie die Pässe im Westen und im Süden überblicken. Sie werden die Normannen zurückschlagen, falls sie sich auch nur in die Nähe von Dublin wagen. Geht wieder an die Arbeit!« Er drosch Jordan die Faust auf die Brust, sodass der auf sein Gesäß fiel. »Und ihr kommt nun mit!«

Jordan rappelte sich wieder hoch, stolperte nun aber fast über den Mann, der vor ihm entkräftet zu Boden gegangen war und dessen Gesicht bereits grün und blau geschlagen war.

»Himmel!«, entfuhr es Faolán. »Dieser Mann kann nicht einmal einen Grashalm ausreißen, geschweige denn Holz hacken.«

»Du kannst gern an seiner statt mitkommen.«

Herausfordernd starrte der Zweinasige ihn an, und kurz konnte Faolán seinen Blick stolz erwidern, kurz auch seine Angst bändigen, dass er vom Schwingen einer Axt Schwielen bekäme und nicht mehr auf der Harfe würde spielen können. Doch dann gewahrte er, dass Éilís ihm auf die Straße gefolgt war und ihn halb flehentlich, halb beschwörend ansah.

Faolán senkte den Kopf, während Jordan seinem Vormann aufhalf und ihn bei den nächsten Schritten stützte.

Du bist ein guter Junge, kehre heil wieder heim ...

Wie versteinert blieb er stehen, als sich die erbärmliche Schar in Bewegung setzte und Éilís einem der Normannen den Holzeimer hinhielt, in dem sich noch etwas Wasser befand. Er nahm ein paar Schluck, begann zu gurgeln ... nein, zu husten ... nein, zu lachen.

Faolán löste sich aus der Starre. »Warum lachst du denn so?«
Eine Fontäne Wasser traf ihn, gefolgt von etlichen normannischen Worten. Faolán war nicht sicher, ob er diese richtig verstanden hatte.
»Bist du sicher?«, fragte er entsetzt.
Der andere sagte nichts mehr, sondern lachte noch mehr, doch dieses Lachen verriet Faolán mehr als tausend Worte.
Wahr ... wahr ... was der Normanne sagt, ist wahr ...
»Still jetzt!«, rief der Mann mit den zwei Riechkolben und schlug dem Normannen den Holzeimer aus der Hand.
Der kullerte über die Straße und blieb vor dem Gör liegen. Jetzt hätte sich Faolán die Möglichkeit geboten, ihr eine Ohrfeige zu versetzen und sie dafür zu bestrafen, dass sie Cian gekniffen hatte, doch er hob still den Eimer hoch und ging mit hängenden Schultern und wie betäubt ins Haus.

Cian spielte immer noch mit den Mühlsteinen, das Holzschwert lag achtlos daneben. Stumpf und nutzlos ist es, dachte Faolán, genau wie ich. Ich kann nicht kämpfen ... ich kann Jordan nicht helfen ... ich kann ... ich kann nur davonlaufen.
Éilís rührte im Kessel über der Feuerstelle. Sie musste schon vor dem Wasserholen Kürbis und Schweinefleisch klein geschnitten haben, denn es hatte zu köcheln begonnen, und ein würziger Geruch stieg Faolán in die Nase. Ein lächerlich banaler Gedanke ging ihm durch den Kopf: Sollen wir warten, bis das Essen fertig ist?
Noch während er darüber nachsann, ging er bereits zu einer der Truhen und öffnete sie. Cian brauchte keine Spielsachen ... auch keine rote Seidenmütze ... etwas Warmes brauchte er und genug zu essen ... Eine Harfe wiederum brauchte Faolán. Er könnte sein Instrument und die warme Kleidung tragen und Éilís das Essen. Wobei Éilís Cian würde tragen wollen, was bedeutete, dass er auch noch das Essen schleppen musste. Was hatten sie noch vorrätig außer Rüben, Pastinaken und etwas Kohl?
»Jordan ... Jordan wird sicher zurückkommen«, tröstete Éilís. »Wenn er tut, was man ihm sagt, werden sie ihn nicht töten.«

Der Dampf war Éilís ins Gesicht gestiegen und hatte es erröten lassen. Doch als Faolán den Kopf hob und sie lange anstarrte, erblasste sie, und auch aus den Lippen schwand das Blut, als er seine Harfe an sich presste.

»Wir ... müssen fort von hier ... so schnell wie möglich«, stammelte er.

»Was hat denn der Normanne zu dir gesagt?«

»Dass niemand sie aufhalten wird ... dass sie nicht auf den breiten Straßen kommen werden, sondern über Schleichwege ... dass niemand die Wicklow-Berge so gut wie Diarmait kennt und der ihnen den Weg weisen wird.«

Faolán hastete zu Éilís, packte sie an den Schultern, zog sie mit. »Ich glaube, wir können nicht warten, bis der Eintopf fertig ist, wir müssen sofort los.«

»Aber wohin?«

»Ich weiß es nicht. Ich weiß es wirklich nicht.«

Nun war er es, der ganz steif dastand und auf den köchelnden Eintopf sah, während Éilís keine Fragen mehr stellte, stattdessen zu Cian eilte, ihn hochhob und einen Fellumhang aus der offenen Truhe zog. An Lebensmittel dachte sie gar nicht erst, noch nicht einmal daran, das Feuer auszumachen. Stattdessen stürzte sie zur Tür.

»Komm! Nun komm schon!«

Faolán überlegte noch, ein Stück Fleisch aus dem kochenden Wasser zu ziehen, aber ließ es bleiben. Er würde sich ja doch nur daran verbrennen, und er war auch nicht hungrig. Wenn er es irgendwann wieder sein würde, könnten sie sich von Muscheln ernähren, von Fisch ... Ja, sie sollten in Richtung Meer aufbrechen. Die Normannen kamen nicht von dort, würden sich vielmehr über das Tal von Glendalough nähern, sich womöglich unbemerkt zwischen die Mauern von Dublin und das Heer des Hochkönigs, das im Süden wartete, schieben.

Éilís lief ein paar Schritte vor ihm, und obwohl sie den wohlgenährten Cian trug, hatte Faolán Mühe, sie einzuholen.

»Wir müssen zum Misthaufen!«, rief er.

Den Misthaufen passierte man, wenn man die Stadt auf der Nordseite verließ. Wegen des Sklaven- und Fischmarkts roch es dort ohnehin schon so grässlich, dass die Menschen nicht zögerten, ihren Unrat wegzuwerfen, und obwohl Faolán diesen Ort ansonsten immer mied, sehnte er sich heute regelrecht nach dem Gestank. Noch ehe der ihm in die Nase stieg, hüllte ihn jedoch ein ganz anderer ein, der von ... Schafscheiße. Und tatsächlich – sie waren kaum zwei Gassen weit gekommen, als sich in den üblichen Lärm der Stadt ein lautes Mähen mischte.

Faolán blieb stehen.

»Was hast du?«, fragte Éilís. »Es ist doch nur ein Schaf.«

»Schaf! Schaf!«, rief Cian begeistert. »Will sehen, will sehen!«

Hier in Dublin sah man nicht oft Schafe, zumindest keine, die noch auf ihren vier Beinen gingen. Fast alle waren schon geschlachtet worden. Die Tiere, denen man die Wolle abgeschoren hatte, die in der Stadt verkauft wurde, grasten weit draußen auf den Wiesen im Süden.

Doch das Mähen kam näher, und dann sah Faolán bereits den Mann, der das Schaf in seinen Armen trug. Da es so riesig und der Mann so klein war, versank sein Kopf im Fell.

»Komm!«, rief Éilís, aber Faolán schüttelte ihre Hand ab und lief auf den Mann zu. »Was machst du mit dem Schaf?«, rief er.

Erst jetzt erkannte er ihn. Magnus hieß er und bewachte ein geheimes Tor, das jeder gewitzte Händler kannte – nur Asculf MacTorkil, Dublins König, nicht. An dem vorbei wurde heimlich Ware in die Stadt geschafft, um das Zahlen der Abgaben zu verhindern. Magnus, so wurde erzählt, lebte mit dem Schaf wie mit einem Weib zusammen. Manche behaupteten, er mähe wie das Tier, wenn er den Mund öffnete, andere, dass das Tier wie ein Mensch sprechen könne. Alle sagten sie, er treibe auch Unzucht mit ihm.

Jetzt mähte Magnus nicht, sondern keuchte nur: »Fort ... fort ... sie werden es sonst auffressen ...«

Faolán glotzte ihn verständnislos an. »Das Schaf?«, fragte er verwirrt.

»Natürlich!«, kreischte Éilís schrill. »Natürlich meint er das Schaf. Was denn sonst?«

Sie kreischte nicht nur, weil er so begriffsstutzig war, auch weil sie sich sonst nicht verständlich hätte machen können.

Lärm ertönte, von dem Faolán nicht sagen konnte, aus welcher Richtung er kam. Er hörte Stimmen, die alle das Gleiche riefen – nämlich, dass man die Tore schließen sollte –, Schritte von Menschenfüßen und auch Getrappel von Pferdehufen, die den Boden vibrieren ließen. Immer noch mähte das Schaf, immer noch schluchzte Magnus, und dann erklang ein Rauschen, als würde ein Sturm aufziehen und das Meer sich zurückziehen, um wenig später in einer riesigen Welle auf das Land zuzudonnern.

Aber zwischen Dublin und dem Meer steht doch das Sumpfland, dachte Faolán, ließ Éilís, Magnus und das Schaf stehen, stieg ein paar schiefe Stufen hoch zum Wehrgang auf der Stadtmauer.

Das Meer war tatsächlich nicht zu sehen, nur die Hügelkette, die sich von Munster ausgehend an der östlichen Küstenlinie entlangzog und in den prächtigen Höhen der Wicklow-Berge gipfelte. Gleichwohl kam die Welle von dort, war allerdings nicht aus Wasser, sondern aus Stahl, und als würde sich eine Schicht Eis über die grünen Wiesen legen, riss diese Welle jede Farbe mit sich.

»Schließt die Stadttore!«, ertönte es wieder. »Schließt die Stadttore!«

Das Quietschen, das sonst nur am Abend zu hören war, vernahm Faolán kaum mehr, aber das hatte nichts zu sagen. Er verstand ja auch nicht, was Éilís ihm zurief, was Cian brüllte, hörte nur wieder und wieder die Worte in sich echoen, die ihm der Normanne unter Prusten zugeraunt hatte: Wir kriegen euch ... wir kriegen euch alle ...

Er hatte geahnt, dass der Mann recht behalten würde, nun wusste er es. Wusste es, als er den Rauch aufsteigen sah, weil die Dörfer vor der Mauer niedergebrannt wurden, wusste es, als er sah, dass etliche Rinderherden noch vor der stahlgrauen Welle auf die Stadttore zuliefen, nur nicht mehr eingelassen wurden.

Die Welle rollte nun etwas langsamer heran, war aber umso zerstörerischer. Jeden Busch schien sie niederzuwalzen, jeden der kleinen Apfelbäume, an denen dunkelrote Früchte hingen.

Was würde wohl von Thingmount bleiben, der Siedlung um den alten Versammlungsplatz der Wikinger? Was von Hoggen Green, dem Friedhof vor den Stadttoren? Was von den Klöstern auf der Nordseite der Liffey, von denen Diarmait mindestens eines reich beschenkt hatte?

Bevor Faolán sah, wie die Welle die Mauer erreichte, rammte sich ein Ellbogen in seinen Bauch. »Aus dem Weg!«

Mehrere Krieger von MacTorkil liefen an ihm vorbei, vielleicht dieselben, die die Normannen gerade noch zum Holzfällen getrieben hatten. Nun stießen sie ihn fast vom Wehrgang, als sie ihre Position einnahmen, Pfeil und Bogen erhoben.

Sinnlos ... sinnlos ... die Welle ist doch viel zu groß ...

Er wankte und fiel – Éilís geradewegs in die Arme. Sie presste ihr Gesicht an seinen Hals, so inniglich wie noch nie, und er fühlte ihr Herz pochen, während seines zu schlagen aufgehört zu haben schien.

»MacTorkil ...«, stammelte er, »er wird die Stadt halten ... Unsere Mauer ist höher als die von Waterford ... Wir müssen zurück in unser Haus ...«

Magnus heulte, Cian weinte, Éilís aber sagte nichts mehr. Als sie sich von ihm löste, waren ihre Lippen fest aufeinandergepresst. Sie gingen stumm nach Hause, indes allerorts Menschen schrien oder beteten. Nicht minder laut waren das Surren von Pfeilen, das Knarren von Holz, das Rumpeln von Steinen, die man auf die Angreifer warf. Sie wichen nicht zurück. Noch mochte die Stadtmauer sie schützen, doch die Welle aus geschmolzenem Stahl hatte sich erhärtet und zog sich um sie alle wie eine Kette um den Hals.

Seit mehreren Tagen nun schon wurde Dublin belagert. Wie immer hatte Faolán auch an diesem Abend Harfe gespielt, bis Cian eingeschlafen war, während Éilís die Vorräte prüfte, die neben der Feuerstelle gelagert wurden. In einem Hanfsack befanden sich noch ein paar Erbsen, nicht prall und grün, sondern vertrocknet und gelblich. Eine ähnliche Farbe hatten die Möhren, und die verbliebenen Kohlblätter waren runzliger als die Haut eines alten Weibleins. Faolán knurrte der Magen, aber anstelle dieses Gemüses hätte er lieber einen Schluck fauliges Hafenwasser zu sich genommen.

»Das sollte für ein paar Tage reichen«, sagte Éilís.

Es reicht nicht einmal für ein paar Stunden.

»Vorausgesetzt natürlich, dass wir beide nichts essen«, fuhr sie fort. »Ich selbst brauche nichts, ich bin nicht hungrig.«

Der knurrende Magen strafte ihre Worte Lügen.

»Dennoch musst du etwas essen, um stark zu bleiben«, wandte Faolán ein.

Versunken starrte Éilís auf ein paar Erbsen, die sie in die Hand genommen hatte. »Warum greift der Hochkönig die Normannen nicht an und vertreibt sie?«

»Weil es zu viele sind.«

Wer immer über die Stadtmauer auf das umliegende Land blickte, sah hinter dem eisernen Heer kaum noch die Berge.

»Aber selbst wenn es so viele sind«, fuhr Faolán hastig fort, »die letzten Tage haben gezeigt, dass sie die Stadtmauer nicht überwinden können.«

Éilís seufzte. »Das müssen sie auch nicht. Es genügt, uns auszuhungern.«

Sie ließ die Erbsen wieder in den Sack kullern, trat zurück zur Bettstatt und betrachtete eine Weile den schlafenden Cian, ehe sie sich neben ihn legte. Faolán nahm die Harfe und strich vorsichtig darüber. Wunderschön klang es … wunderschön und zugleich so leise, dass man es kaum hören konnte. Die Töne glichen einem hellrosa Blütenblatt, das der Wind ins Lager der Feinde wehte, wo niemand es riechen, aber alle es zertreten würden.

Éilís stützte ihren Kopf auf die Hand. »Wir … wir werden sterben«, murmelte sie. »Gerade jetzt … da ich doch so glücklich bin wie nie …«

Faolán ließ die Harfe sinken. »Glücklich? Du hast noch nie in deinem Leben so hart schuften müssen.«

»Grade deswegen. In der Siedlung der O'Bjólans hat mich niemand gemocht. Die Sklavinnen wandten sich mit ihren Fragen an Caitlín, später an Ceara. Alle wussten doch, wie es um meine Ehe mit Riacán stand.«

Ein bitterer Tonfall stahl sich in ihre Stimme, aber blieb flüchtig wie eine süße Melodie. Wenn man von so viel Stahl umgeben war, der nach gar nichts roch, wurde Verbitterung so bedeutungslos wie das Glück. Faolán legte die Harfe zur Seite und legte sich neben Éilís. Für gewöhnlich schlief stets Cian zwischen ihnen, doch nun umfing er ihren Körper. Er fühlte jeden ihrer spitzen Knochen umso deutlicher, weil auf den eigenen kaum mehr Fleisch saß.

Ein halber Mann und eine halbe Frau sind wir, ging es ihm durch den Kopf. Aber wenn wir uns fest genug halten, vielleicht können wir dann ein Ganzes werden.

»Warum ... warum hast du Riacán eigentlich so gehasst?«, fragte er leise.

Die Bitterkeit schwand endgültig aus ihren Zügen, als sie seine Hand nahm, die eigenen Finger mit seinen verknotete. Weich wie nie war ihre Miene – weich und verloren.

»Ich habe ihn nicht gehasst«, sagte sie leise. »Das Schlimmste war ja, dass er es mir nicht erlaubt, ihn zu hassen.« Faolán sah sie fragend an. »Du weißt von meinem Vater und meinen Brüdern, nicht wahr?«, fuhr sie fort.

Faolán nickte. »Tadc O'Bjólan ließ sie töten, damit er euer Land bekam.«

»Das Land und die Kühe, ja. Die Kühe haben furchtbar geschrien, als sie zu den O'Bjólans getrieben wurden, meine Brüder hatten keine Zeit mehr, um zu schreien.«

»Und du?«

»Ich habe mich gefügt.«

»Aber du hast Riacán verachtet.«

Sie seufzte. »Das wollte ich zumindest. Doch er war so freundlich, so behutsam, so voller Mitleid. Er sprach mit gesenktem Blick und warmer Stimme zu mir, schnitt mir beim Hochzeitsmahl das Essen und legte mir einen Pelz um die Schultern, als ich zitterte. Es war der Pelz einer Wildkatze und wunderschön, er ahnte nicht, dass er mir in diesem Augenblick die Krallen zog und die spitzen Zähne ausschlug. Einen Teufel hatte ich erwartet, und es empfing mich ein Heiliger, nur viel schöner und stärker als all diese geschundenen Mönche und Märtyrer. O nein, ich konnte ihn nicht hassen, ich durfte es nicht, obwohl doch Hass das Einzige ist, was meiner Familie geblieben war.«

Faolán nickte wieder. »Der Hass und die Hoffnung auf Söhne, die einst das Land bewirtschaften würden, das man deiner Familie gestohlen hat.«

Éilís zuckte nur mit den Schultern. »Wenn ich ihn nicht hassen darf, soll eben er mich hassen müssen, dachte ich.«

Faolán grinste schief. »Und wie hast du das bei einem ehrenwerten Mann wie Riacán geschafft?«

Éilís' Züge wurden wieder hart, obwohl oder gerade weil sie lächelte. »In unserer Hochzeitsnacht habe ich ihn samt seiner Ehre ausgelacht. Schonen wollte er mich, schlug mir vor, die Ehe noch nicht zu vollziehen. Und obwohl ich erleichtert war, spottete ich: ›Willst du nicht oder kannst du nicht?‹ ›Natürlich kann ich‹, sagte er wütend, aber die Wut verrauchte schnell. Damit sein Hass richtig loderte, musste ich mehr Feuer in die Flammen werfen. Also lachte ich, lachte, wie Weiber nicht lachen sollten. Und dann sagte ich ihm, dass mir ein starker, grausamer Mann viel lieber ist als ein schwacher, gerechter.«

»Und er?«, frage Faolán leise.

»Stand erst ganz steif da. Ich lachte wieder, ich spuckte ihm ins Gesicht, und da legte er sich auf mich und nahm mich mit Gewalt. Das konnte er mir noch weniger verzeihen als später die Sache mit Caitlín.«

Eine Weile lagen sie dicht aneinandergeschmiegt, hörten nur den eigenen Atem und den von Cian. Cians wurde immer leiser und langsamer, der von Éilís rau, als würde ihr die Kehle eng werden.

»Und als Rache hat er dir den Sohn verwehrt, den du dir ersehnt hast«, murmelte Faolán.

Mit ihrem spitzen Kinn deutete sie auf das schlafende Kind. »Den habe ich doch jetzt«, sagte sie.

Wieder lagen sie eine Weile schweigend da, und sie umklammerte seine Hand so fest, dass es wehtat. Sei's drum, dachte er, und wenn meine Finger brechen … Er war überzeugt, auch dann noch Harfe spielen zu können, solange es Éilís war, die seine Musik hörte.

»Wenn die Normannen kommen«, sagte sie leise, und eine Träne bahnte sich den Weg über ihre graue Wange, »wenn die Normannen in die Stadt einfallen, werde ich Cian töten.«

»Nein«, sagte er, löste seine Hand aus ihrer und wischte ihr die Träne ab, »nein, das werde ich tun.«

»Für so etwas sind deine Hände nicht gemacht«, sagte sie, und dann lachte sie, lachte wie damals in der Hochzeitsnacht, lachte, wie kein Weib lachen sollte, kalt und spöttisch und gnadenlos. Doch Faolán hielt sie fest umschlungen, küsste ihre Wange, küsste ihren Nacken, küsste ihren Mund, und schließlich weinte sie, weinte, wie kein Weib weinen sollte, so verzweifelt, so unendlich traurig, so hoffnungslos. Er küsste sie wieder.

»Spiel!«, sagte sie unter Schluchzen. Er wich zurück, wollte sich erheben und seine Harfe nehmen. »Nein«, sage sie, »spiel auf mir.«

Ihr Körper spannte sich wie eine Saite. Es bedurfte nur einer zaghaften Berührung seiner Fingerspitzen, damit sie Töne von sich gab, die nicht mehr verzweifelt klangen. Er fuhr über ihren Hals, in die Mulde darunter, fuhr tiefer, zwischen die Brüste, tastete sich vor zur einen Brustwarze, umkreiste erst sie, dann die andere. Éilís erschauderte, wälzte sich auf den Rücken.

»Spiel das schönste Lied, das du jemals gespielt hast«, flüsterte sie.

Er nahm seine zweite Hand hinzu, massierte nun beide Brustwarzen, bis sie ganz hart wurden, schob den Stoff ihrer Tunika beiseite, um auch mit seinem Mund zu spielen, indem er erst die eine, dann die andere küsste.

Éilís lachte und weinte zugleich, so wie alle Frauen lachen und weinen sollten, sehnsüchtig und lustvoll und voller Gier auf das Leben. Er senkte seinen Kopf auf ihren Bauch, küsste den Nabel, streichelte mit den Händen jede Rippe, schließlich die Hüftknochen. So spitz stachen diese hervor, so weich hingegen war der Hügel über dem verborgenen Dreieck zwischen ihren Beinen. Zaghaft wurden seine Bewegungen, und sie wurde kurz ganz stumm. Und wenn ihre Haut so dünn wie ein Blütenblatt war? Wenn sie riss, weil die Saiten zu stark gespannt waren?

Anstatt sie zu berühren, blies Faolán seinen Atem auf sie, und das Blütenblatt riss nicht, sondern schien im warmen Wind zu erschaudern, und als er sie doch wieder küsste, als seine Finger sie erforschten, sang sie zu seinem Spiel, sang schöner, als alle Frauen singen konnten.

Nachdem die letzte Strophe beendet war, seufzte sie ermattet. Eine Weile blieb sie schweigend liegen, streichelte dann sein Gesicht, seine Brust, wollte tiefer fahren, zwischen seine Beine.

»Nicht!«, sagte er. »Nicht jetzt! Erst ... erst wenn es vorbei ist.«

»Aber wir werden sterben.«

»Nun, dann will ich als Mann sterben, der auf das Schönste in seinem Leben noch hoffen kann. Nicht als einer, der weiß, dass das, was er so sehr genossen hat, endgültig vorbei ist und nicht wiederkommen wird.«

Am nächsten Morgen erwachte Faolán lange vor Éilís. Er betrachtete sie, wie sie im Schlaf lächelte, lächelte selbst, dachte sich, dass Stille manchmal schöner war als Musik. Die Stille wurde allerdings von einem Klopfen abrupt beendet.

Cian erwachte und weinte, Éilís erwachte und schrie erschrocken auf. Auch Faolán war zusammengezuckt, stellte dann jedoch erleichtert fest, dass er die Stimme, die seinen Namen rief, kannte.

Er stürzte zur Tür, drehte den Schlüssel um, riss sie auf. »Jordan! Du lebst!«

In den letzten Tagen hatte er oft daran gezweifelt. Er konnte sich nicht vorstellen, dass MacTorkil auch nur einen gefangenen Normannen am Leben gelassen hatte, sobald die Stadt von ihresgleichen eingekreist worden war. Jordan aber war ganz offensichtlich kein Haar gekrümmt worden. Er sah zwar blass aus, doch in den Augen stand der gleiche Glanz wie an den Tagen, da er Wein mit Essig vermischt hatte, ohne dass es die Gäste der Taverne bemerkten.

»Wie bist du MacTorkil denn entkommen?«, rief Faolán und musterte ihn genauer. An den Hand- und Fußgelenken waren nur noch blasse Spuren der Stricke zu sehen.

»Sie wollten uns in die Liffey werfen und uns vorher die Glieder brechen. Schließlich haben die Normannen es so mit den irischen Gefangenen gehalten. Doch der Bischof hat es verhindert.«

»Lorcan O'Toole?«

Jordan nickte, doch Faolán fiel es schwer, das zu glauben. Lorcan O'Toole war für zwei Dinge bekannt – seine Vorliebe für Juwelen und seine Trinkfestigkeit. Dass er gnädig und barmherzig war, hatte er noch nie gehört.

»Der Bischof brauchte mich als Übersetzer für die Friedensverhandlungen«, erklärte Jordan.

Éilís trat näher. Sie wiegte Cian auf ihrem Arm, und der weinte nicht länger. Als er Jordan sah, gluckste er sogar vor Freude und streckte die Hände nach ihm aus. Faolán brauchte eine Weile, um zu begreifen, dass ihn weniger der junge Mann interessierte als das, was der eben aus seiner Tasche zog – zwei Laibe weißen, saftigen Brotes.

»Woher hast du das?«, fragte Faolán, weil Éilís selbst nicht mehr fragen konnte.

So oft hatte sie beteuert, keinen Hunger zu haben, doch jetzt riss sie Jordan einen Laib aus der Hand, brach zwei Stücke ab, stopfte sich eines selbst in den Mund und das andere in Cians. Es war so groß, dass Faolán schon Angst hatte, der Kleine würde ersticken, aber irgendwie schaffte er es zu kauen.

Jordan grinste stolz. »Maurice Regan hat es uns angeboten, als wir ihn trafen.«

»Maurice Regan ist der Schreiber von Diarmait. Du hast Dublin verlassen und warst im Lager der Feinde?«

»Mit dem Bischof, ja. MacTorkil und Lorcan kamen zu der Einsicht, dass der Hochkönig die Normannen nicht würde vertreiben können, und haben ihnen deswegen Friedensverhandlungen angeboten. Maurice Regan ließ noch viel mehr Brotlaibe herbeischaffen, um zu zeigen, dass sie genügend Proviant haben, um die Stadt bis in den Winter hinein zu belagern. Wobei ich mir nicht vorstellen kann, dass sie sie mit gutem Appetit essen, wenn sie vor sich eine Mauer haben und hinter sich das Heer des Hochkönigs.«

Jordan riss sich auch ein Stück Brot ab und schmatzte laut, als er es verzehrte. Faolán tat es ihm gleich, es war das weichste Brot, das er je gegessen hatte, schien im Mund zu schmelzen wie eine Schneeflocke.

»Und wie sind diese Friedensverhandlungen nun verlaufen?«, fragte Faolán.

»Bischof Lorcan hat in MacTorkils Namen geschworen, dass sich die Stadt den Normannen freiwillig unterwerfen werde und dass sie ihnen dreißig Männer als Geiseln anvertrauen würden – noch mehr als beim letzten Mal. Seit wir gestern aus dem Feldlager zurückgekommen sind, streiten sich der Bischof und der König von Dublin darum, wer diese dreißig Männer sein sollen. Lorcan will, dass MacTorkil seine Krieger anbietet, MacTorkil wiederum meint, es sollten Lorcans Mönche sein. Ihr wisst ja, er war einst Abt von Glendalough, und viele der Brüder haben ihn nach Dublin begleitet. Lorcan wandte ein, dass die Normannen niemals Mönche als Geiseln akzeptieren würden, woraufhin MacTorkil meinte, dass niemand wissen müsse, dass es Mönche seien. ›Drückt ihnen einfach ein Schwert in die Hand!‹, hat er gesagt hat. ›Wer gewohnt ist, so viele Edelsteine zu schleppen wie sie, kann auch eine Waffe tragen.‹« Jordan grinste ebenso schief wie Faolán. »Nun, worauf sie sich geeinigt haben, weiß ich nicht«, fuhr er fort, »denn zuvor habe ich mich unbemerkt davongeschlichen.«

Faolán aß noch mehr Brot. Wahrscheinlich wäre es klüger, es zu rationieren, dachte er. Doch einmal angefangen, konnte er nicht aufhören zu essen, selbst dann nicht, als sein Magen voll war, er gar vermeinte, dass der weiche Teig ihm aus den Ohren wieder herauskommen würde. Erstaunlicherweise hörten die Ohren immer noch gut … hörten zumindest das Geschrei, das jäh von draußen kam.

»Anscheinend streiten sie immer noch, wer nun die Geiseln sein sollen«, sagte Jordan.

»Nun ja«, scherzte Faolán, »ich bin weder Mönch noch Krieger, also habe ich schon mal Glück.«

Das Gebrüll schwoll an, während Éilís wieder einen Happen Brot in Cians Mund stopfte, obwohl der schon den letzten ausgespuckt hatte. Mitten in der Bewegung hielt sie inne.

»Es sind nicht nur Männer, die da schreien, auch Frauen ...« Jordan zuckte voller Unbehagen die Schultern. »Vielleicht sind es die Frauen der Krieger.«

»Oder die Frauen der Mönche«, scherzte Faolán.

Doch seine Stimme klang nicht spöttisch, eher verzagt, umso mehr, als das Gebrüll anschwoll und Laute hinzukamen, die ihn schon einige Tage zuvor in Angst und Schrecken versetzt hatten: dieses Rauschen ... dieses Trampeln ... dieses Knirschen und Knarren von Holz.

Éilís ließ das weiße Brot fallen. Nicht nur, dass es im Mund wie eine Schneeflocke geschmolzen war – es schien auch kalt wie eine solche im Magen zu liegen. Zumindest vermeinte Faolán, dass er einen Eisklumpen geschluckt hätte und dieser größer und größer wurde.

»Die Normannen können die Stadt doch nicht angreifen!«, rief er. »Nicht, nachdem sie eben den Frieden ausgehandelt haben.«

Éilís trat auf das Brot, als sie hinausstürmte. Da waren immer noch Geschrei, Getrappel, Knirschen und Knarren ... und da war jenes Klirren, wenn Stahl auf Stahl trifft.

»Maurice Regan hat doch im Namen von Diarmait gesprochen ...«, setzte Jordan an, brachte den Satz aber nicht zu Ende, ahnte er doch dasselbe wie Faolán.

»Eine Lüge!«, brach es aus ihm hervor. »Alles war eine Lüge ... eine Täuschung ... diente nur zur Ablenkung ...«

So laut der Lärm auch war, die Gasse vor ihnen war leer, und wer schließlich doch noch aus der Ferne gelaufen kam, war kein furchterregender Ritter mit Lanze und Schwert, sondern eine Frau, die einen großen Kessel mit Suppe trug.

Faolán stürzte auf sie zu. »Wohin willst du denn?«, rief er.

»Nun fliehen!«

»Mit der Suppe?«

»Ich kann sie doch nicht einfach zurücklassen, ich habe sie doch eben erst gekocht.«

Faolán starrte auf die helle, sämige Masse, die noch heiß sein musste, weil sie Blasen auf der Oberfläche warf. Wenn sie auf das Bein der Frau tropfte, würde sie sich verbrennen. Das hinderte sie nicht daran weiterzulaufen. Faolán folgte ihr, hielt sie fest. Ihre Hände waren rot wie das Gesicht, und nun fiel ihm ein, dass er sie kannte. Síbeal hieß sie und lebte in einem der prächtigsten Häuser Dublins, das dem Händler Pól gehörte.

»Der Hochkönig wird doch nicht zulassen, dass die Normannen über die Stadt herfallen!«, rief er.

»Der Hochkönig hat erfahren, dass die Dubliner mit den Feinden verhandelt haben. Er hat MacTorkil als Verräter beschimpft und sich zurückgezogen.«

»Die Normannen können doch niemals die Mauern überwinden!«

»Das tun sie schon! Sie haben Leitern herbeigeschafft!«

Leitern, die sie in Wexford nicht gebraucht haben …

»Aber Dublins Krieger … die Bogenschützen …«

»Die haben gestritten, wer die Geiseln sein sollten, und waren deswegen abgelenkt.«

Das Schreien kam näher, auch das Klirren von Stahl und das Knarren von Holz. Die Stadttore waren zu dick, um zerstört zu werden, aber falls es nur einer winzigen Vorhut gelang, die Mauer zu überwinden und diese eines der Tore öffnete, würde die Flut über die Stadt hereinbrechen, und sie alle würden in dieser Flut ersaufen.

Síbeal lief davon, kam hingegen nicht weit. Schon beim vierten Schritt stolperte sie, der Suppenkessel krachte auf den Boden, und die sämige Flüssigkeit lief über die Pflastersteine. Síbeal heulte auf und machte Anstalten, die heiße Suppe mit bloßen Händen zurück in den Kessel zu streichen. Doch dann gab sie auf, nahm, als sie weiterlief, nur den leeren Kessel mit, und vor Faolán stieg das lächerliche Bild auf, wie sie sich vor den Normannen unter diesem Kessel versteckte.

Dabei ist er doch viel zu klein, unmöglich, dass sich die dicke Frau darunter verkriechen kann ... zu klein ... zu klein ... zu klein ... diese Stadt ... unser Grab ... unser Grab ... unser Grab ...

Hilflos starrte er Síbeal nach. Éilís hastete mit Cian am Arm zu ihm und zog ihn mit sich. »Zur Liffey ... die Schiffe ...«

Faolán begriff kurz nicht, was sie meinte, und als ihm endlich aufging, dass sie auf einem der Schiffe, die im Hafen ankerten, fliehen könnten, schien es schon zu spät zu sein. Eine Meute Krieger näherte sich und stürmte geradewegs auf sie zu.

Normannen ... Normannen ... Normannen ...

Die Männer hingegen liefen an ihnen vorbei, und als er ihnen nachsah, ging ihm auf, dass es keine Normannen, sondern MacTorkils Krieger waren.

»Ihnen nach!«, schrie er.

»Bist du verrückt? Sie werden doch mit den Normannen kämpfen.«

»Hast du nicht gesehen, dass sie keine Schwerter tragen? Sie wollen ebenso fliehen wie wir.«

Éilís nickte und folgte ihm. Ob auch Síbeal in die gleiche Richtung lief, sah er nicht, nur dass Jordan zu ihnen aufschloss.

»Schließ dich den Normannen an!«, brüllte Faolán. »Es sind doch deine Leute.«

»Ich lasse euch nicht im Stich.«

»Verdammt ...« Faolán drehte sich um, um Jordan streng anzuschauen, achtete deshalb kurz nicht auf den Weg, stolperte und fiel. Als er sich wieder erhob, rammte sich ein Ellbogen in seinen Leib, und als der glühende Schmerz ein wenig nachließ, erkannte er, dass nun immer mehr Menschen von allen Seiten in Richtung Hafen drängten, ihn einkreisten, ihn mitrissen. »Jordan!«

Den Jungen sah er nirgendwo, doch Éilís kämpfte sich zu ihm durch. Da sie mit beiden Händen Cian hielt, konnte sie sich nicht an ihm festhalten, und sie wurden von der Menschentraube immer wieder auseinandergezerrt. Doch Faolán ließ sie nicht aus dem Blick und drosch mit seiner Faust auf jeden, der sich zwischen sie zu schieben drohte. Er traf auf Köpfe und in Bäuche, schlug Männer wie Frauen, vielleicht sogar

Kinder. Alles war ihm egal, Hauptsache, er gelangte mit Cian und Éilís heil zum Hafen.

Als sie das Tor im Norden erreichten, galt es, besonders viele Prügel zu verteilen. Es stand weit offen – ein Zeichen dafür, dass MacTorkil die Stadt aufgegeben hatte –, und obwohl es breit war, quollen zu viele Menschen zugleich hindurch, als dass sie es alle aufrecht schaffen konnten. Etliche fielen zu Boden, wurden totgetrampelt, ließen andere über sich stolpern. Auch Faolán ging einmal auf die Knie, konnte sich erst nach einer Weile wieder aufrappeln, zumindest weit genug, um die Schiffe im Hafen zu sehen, MacTorkils Krieger, die auf diesen geflohen waren, und das breite Stück Fluss zwischen dem steinernen Kai und dem Kiel der Schiffe.

Sie haben einfach abgelegt ...

»Verdammt! Verdammt! Verdammt!«

Er war nicht sicher, ob er selbst fluchte oder ob Éilís es dicht an seinem Ohr tat. Sie blieb nicht lange neben ihm stehen, sondern wollte zum Kai laufen, doch er holte sie ein und riss sie an den Haaren zurück.

»Zu spät ... zu spät ... MacTorkil ist geflohen ... hat uns im Stich gelassen ...«

Éilís schüttelte verzweifelt den Kopf. »Nicht im Stich gelassen ... Er will gewiss Hilfe holen ... von der Isle of Man ...«

»Bis er zurück ist, sind wir tot.«

Der Fluss vor ihnen glitzerte, die Rüstungen der Männer, die diesen Fluss entlang auf die Stadt zustürmten, auch. Jetzt kamen die Normannen also ebenso von der Nordseite. Kurz überlegte Faolán, Éilís und Cian in die Liffey zu stoßen, damit sie im brackigen Wasser ertranken, nicht im eigenen Blut, doch als er sich wieder bewegen konnte, zog er sie nicht in Richtung Wasser, sondern zurück zum Stadttor.

Wieder gerieten sie in eine Menschentraube, wieder verteilte er Faustschläge nach allen Seiten. Die Bewohner Dublins drängten zur Kathedrale, doch Faolán wollte nicht darauf setzen, dass diese den Normannen heilig war.

»Zurück zum Haus, vielleicht können wir uns irgendwo verstecken!«

Als ob es einen Suppenkessel gäbe, der groß genug wäre ...
Éilís wusste sicher, dass es ein schlechter Plan war, aber einen anderen hatten sie nicht. Sie liefen in die Richtung, aus der sie gekommen waren, erst durch volle Straßen, später durch nicht so volle Gassen. An einer Kreuzung kauerte Magnus, der Stadtwächter, hielt auf seinem Schoß das Schaf, dessen Wolle weiß wie das Brot war, hob ein Messer, um dem Schaf die Kehle durchzuschneiden. Blut spritzte, das Tier fiel auf ihn und begrub ihn mitsamt dem Messer. Gut so. Hätte es offen auf der Straße gelegen, wäre Éilís vielleicht auf die Idee gekommen, es zu nehmen und Cian zu töten. Er selbst würde es nicht können, das wusste Faolán jetzt, er konnte nur laufen, immer weiterlaufen, bis er ein paar Männer kämpfen sah. Ein halbes Dutzend waren es etwa, zu einem riesigen Leib verschmolzen, dem nach und nach Glied um Glied abgehackt wurde ... Arme, Beine, Köpfe.

Faolán wich zurück, drängte Éilís in eine andere Gasse, wäre hier beinahe über Síbeal gestolpert. Das rotgesichtige Weib lag reglos im Dreck, ein Pfeil ragte aus seinem Rücken, von dem Faolán nicht sagen konnte, ob er aus den Köchern der Normannen oder aus denen der Dubliner stammte.

»Schau nicht hin!«, ermahnte Éilís Cian, obwohl dem Knaben der Anblick nichts auszumachen schien.

In Faoláns Augen dagegen brannten jäh Tränen. Er sah alles verschwommen, nur Éilís' braunes Haar ganz deutlich, und er folgte ihm, folgte ihm nach Hause.

Hier waren sie in Sicherheit ... Nicht für sehr lange, aber wenigstens für ein Dutzend Atemzüge. Oder zumindest für ein halbes Dutzend. Vielleicht Zeit genug, um die Harfe zu nehmen, über die Saiten zu streichen, das Totenlied der Stadt anzustimmen.

Doch als sie durch die Tür taumelten, erkannte er, dass ihnen noch nicht einmal drei Atemzüge vergönnt waren und er diese wenigen nicht nutzen würde, um ein Lied zu singen. Er keuchte nur, als er den Ritter sah, der über den Hanfsack gebeugt dahockte, enttäuscht die vertrockneten Erbsen musterte, nun den Blick hob, Éilís sah und nicht länger enttäuscht war.

Faolán wollte sie wieder aus dem Haus zerren, doch die Gasse war keine Gasse mehr, sondern ein Fluss. Wie Treibholz riss er die Menschen mit sich, erst schreiende und heulende, dann tote und verstümmelte. Massen an Rittern bahnten sich ihren Weg, Stahl traf auf Holz und Fleisch, und der Stahl war stärker, der Tod war stärker, der Mann, der den Sack mit den Erbsen sinken ließ und sich erhob, war stärker.

Als Faolán sich schützend vor Éilís stellen wollte, versetzte er ihm einen Schlag, der ihn quer durch den Raum taumeln ließ. Er stieß an eine der Truhen, in denen sie das von Cian verschmähte Spielzeug aufbewahrten, und als Faolán sich wieder aufrichtete, sah er, dass auch Cian durch den Raum geschubst wurde – nicht von dem Ritter, sondern von Éilís, die schrie: »Halt ihm die Augen zu, halt ihm die Augen zu!«

Die Pranken des Ritters packten Éilís, Faoláns Hände Cian. Éilís wehrte sich nicht, aber Cian kreischte und tobte. So mühelos der Mann Éilís auf die Bettstatt werfen konnte, so schwer hatte es Faolán, den Kleinen zu bändigen. Der biss, kratzte, kniff ihn. Schließlich wusste Faolán keinen anderen Ausweg, als ihn zu packen, in die Truhe zu werfen, sie zu schließen und sich draufzusetzen. Ob Cian erstickte oder nicht, war ihm in diesem Augenblick gleich, Hauptsache, das Kind musste nicht sehen, wie der Ritter Éilís' Beine spreizte und sich auf sie legte. Faolán selbst schaute nicht weg. Wenn er ihr auch sonst nicht helfen konnte, war er ihr zumindest das schuldig – den Blick der glasigen Augen zu erwidern, sie stumm zu beschwören: Es ist nicht so schlimm, es wird wieder gut.

Kein Laut drang über ihre Lippen, und auch er schaffte es, sich jeglichen Schrei zu verkneifen. Wieder traten Tränen in seine Augen, wieder konnte er nichts mehr erkennen, nur Éilís' braunes Haar. Verspätet gewahrte er deshalb, dass hinter dem Ritter ein zweiter auftauchte, dieser nur mit einem Lederwams bekleidet, und auf den anderen einredete: »Lass sie! So lass sie doch!«

Ein Bogenschütze … es musste ein normannischer Bogenschütze sein …

Doch da sah Faolán, dass der Mann nicht Pfeil und Bogen in den Händen hielt, sondern einen Dolch, und diesen Dolch trieb er in den Hals des Mannes, der auf Éilís lag. Der Ritter starb so schnell, dass er nicht einmal mehr ächzen konnte. Éilís hingegen schrie gequält auf, als das Blut auf sie floss und der schwere Leib auf sie sackte. Kurz hatte Faolán Angst, er hätte sie zerquetscht, und als er auf sie zustürzte, den Mann zur Seite wälzte, erleichtert feststellte, dass sie noch atmete, hatte er Angst, dass Cian mittlerweile in der Truhe erstickt war, zumal von dort kein Laut mehr ertönte.

Ehe er sich erhob, um die Truhe zu öffnen, kam ihm der Bogenschütze zuvor. Nein, kein Bogenschütze, der Mann mit dem Dolch ... Und nein, es war kein Mann, es war eine Frau.

Sie öffnete die Truhe, zog das Kind hervor, Cian begann wieder zu kreischen und sich zu wehren, biss und kniff und kratzte die Frau.

Ceara.

Seine Mutter.

»Was machst du hier?« Ceara hörte Faolán nicht. Entweder hatte er zu leise gesprochen oder Cian zu laut gebrüllt. Der Kleine schlug immer noch um sich, traf ihre Wange, hinterließ einen roten Kratzer. Ceara war kräftig genug gewesen, einen Ritter zu töten, aber nicht, um Cian zu bändigen. Er kämpfte sich frei, stürzte auf Éilís zu, presste sein Gesicht an ihren nackten Bauch, klammerte sich an die Tunika, die prompt noch weiter aufriss, indes Éilís ihr blutüberströmtes Gesicht in seinem hellen Haar vergrub. Ceara starrte auf die beiden, als erwachte sie aus einem langen, düsteren Traum. »Was machst du hier?«, fragte Faolán wieder. »Wie bist du dem Kloster entkommen?«

»Kraka ... Schafe ...«

»Schafe?«

»Ich habe sie gehütet ... mein täglich Brot verdient ... das O'Bjólan-Land erreicht.«

Ceara sagte noch etwas, aber das hörte er nicht mehr, zu argwöhnisch lauschte er in Richtung Tür. Immer noch waren deutlich Schreie und Klirren zu vernehmen, wenn auch keine Schritte, die sich näherten, keine Fäuste, die gegen das Holz trommelten.

»Du hast dich dem normannischen Heer angeschlossen?«, fragte Éilís ungläubig. Die Worte klangen undeutlich, weil ihr Gesicht noch in Cians Haar verborgen war.

Ceara nickte. »Das Land der O'Bjólans war verwüstet. Gljómall wollte mich zwingen zu arbeiten, aber dann kamen ein paar normannische Ritter. Sie sagten, sie würden die englischen Sklaven befreien und ich sei eine der ersten.«

»Und was tat Gljómall?«

Ceara zuckte nur mit den Schultern. Mehr war der Tod eines grausamen Mannes an einem Tag wie diesem, da Dublin von Leichen gepflastert war, nicht wert.

»Und Dúngal?«

Wieder ein Schulterzucken. »Ich habe das Heer nach Dublin begleitet«, fuhr Ceara fort, »die Wäsche gewaschen…«

Faolán wusste, dass auch irische Truppen immer von ein paar Frauen begleitet wurden, die nicht nur Wäsche wuschen und flickten, sondern kochten und dem Wundarzt halfen. Die meisten waren alt und hässlich und hatten in den Nächten deshalb Ruhe vor den Männern. Ceara war weder alt noch hässlich, wenn auch nicht mehr schön wie früher. Ihr einstmals silbrig blondes Haar war struppig und stumpf, die Züge schienen verhärmt, die Augen leer, nun ja, fast leer. Als sich ihr Blick auf Cian richtete, standen Sehnsucht darin, Trauer, aber auch leises Befremden.

»Er … er ist so groß geworden«, murmelte sie, und in der Stille, die folgte, konnte sich Faolán alle Opfer ausmalen, die sie hatte bringen müssen, um zu ihrem Sohn zu gelangen.

Nein, es war nicht mehr ihr Sohn, es war der von Éilís. An sie klammerte er sich schluchzend, obwohl sie ihn nun sanft von sich wegschob, sich erhob, das Blut vom Gesicht wischte, es zumindest versuchte. Ihre Wangen blieben rot, während Cearas noch blasser als früher waren.

»Wie … wie hast du uns gefunden?«, fragte Éilís tonlos.

»Ich habe euch nicht gefunden, weil ich euch gar nicht erst gesucht habe. Nur zufällig gesehen habe ich euch, da ihr nicht wie die anderen in Richtung Kathedrale geflohen seid. Und dann …«

»Warum hast du diesen Mann getötet?«, wollte Éilís wissen.
»Warum hast du nicht einfach zugesehen, wie er mich schändete?«

Ceara wandte sich ab und ging zur Tür, öffnete sie und lugte hinaus. Faolán war nicht sicher, ob der Lärm tatsächlich nachgelassen hatte oder ob seine Ohren zu taub waren, um diesen noch zu hören. Jedenfalls erklärte Ceara wenig später: »Milo de Cogan hat die normannischen Ritter in den Kampf geführt. Er hat den Befehl erteilt, die Stadt nur einzunehmen, nicht vollends zu zerstören. Er wird wohl dafür sorgen, dass nicht zu viel geplündert, geschändet, getötet wird.«

Éilís deutete auf den Toten. »Was sollen wir mit ihm machen?«

»Besser es weiß niemand, dass er hier gestorben ist«, sagte Ceara.

Sie zerrten ihn auf die mittlerweile leere Straße – Faolán packte den Kopf, die beiden Frauen jeweils ein Bein – und ließen ihn vor der Tür liegen, ehe sie sie wieder verschlossen. Riegel und Schloss allein würden sie wohl nicht schützen, der Leichnam als zusätzliches Hindernis aber vielleicht schon.

»Also«, wiederholte Éilís, »warum hast du den Mann getötet?«

Ceara reckte stolz ihr Kinn, aber ihre Knie bebten und würden ihrem Gewicht wohl nicht mehr lange standhalten. Sie sah sich nach einem Platz um, um sich zu setzen, ließ sich schließlich auf einer Truhe nieder. Jetzt waren es nicht mehr ihre Knie, die bebten, sondern ihre Lippen. Sie begann gleichwohl, leise zu erzählen.

»Einst gab es einen Mann, der hieß Rúad. Er hatte ein Schiff und segelte damit über die See, und als er eines Tages in einem Sturm unterzugehen drohte, wurde er von neun Frauen aus Andernwelt gerettet, die ihn zu einer kleinen Insel lotsten. Er lag bei allen neun, aber nur eine empfing ein Kind von ihm, und bevor er fortsegelte, nahm sie ihm das Versprechen ab, dass er das Kind zu sich holte, wenn es geboren war, damit es unter Menschen lebte. Doch Rúad kehrte nicht zurück, er liebte es, sich den Seewind um die Nase blasen zu lassen, er wollte kein greinendes Kind auf seinem Schiff haben. Eines Tages zog wieder ein Sturm auf, das Meer öffnete sich vor ihm, die Frau aus Andernwelt tauchte auf, in ihren Armen den Sohn. Vorwurfsvoll hielt sie ihn hoch, und als Rúad verlegen den Blick senkte und sich immer noch weigerte, das Kind zu nehmen, riss sie dem Kind den Kopf ab und warf ihn auf Rúad, damit er wusste, wie sehr er sie verletzt hatte.«

Cian hatte zu weinen aufgehört. Er schmiegte sich an Éilís, sah dabei Ceara unverwandt an, ohne Furcht nunmehr, aber auch ohne Erkennen und schon gar nicht mit Liebe oder Vertrauen.

Wieder ruhte Cearas Blick lange auf ihm, wieder standen so viel Schmerz und Trauer darin, doch plötzlich lächelte sie.

»Was ... was willst du mit alldem sagen?«, frage Éilís.

»Dass ich keine Frau aus Andernwelt bin«, entgegnete Ceara. »Ich würde nie meinem Sohn den Kopf abreißen, um zu zeigen, wie sehr man mich verletzt hat. Ich würde nie einer Mutter ihr Kind wegnehmen und einem Kind nie die Mutter.« Éilís schwieg betroffen, auch Faolán wusste nichts zu sagen, doch Cian bückte sich, hob einen seiner kleinen Wetzsteine hoch und zeigte ihn Ceara. »Woher hast du den?«, fragte Ceara tonlos.

»Von meiner *muimme*«, sagte Cian.

Er lächelte sie zum ersten Mal an, und Ceara lächelte zurück.

PÓL

Dass Síbeal tot war, schmerzte Pól, wenngleich er nicht um sie weinte. Das tat nur Beollán, der größte seiner Leibwächter, nachdem er die Tote nach Hause getragen hatte. Pól hob erstaunt die Brauen. Er hatte nicht gewusst, dass dieser Hüne Síbeal gemocht hatte. Vielleicht hatte er auch gar nicht Síbeal, sondern nur das Essen gemocht, das sie zuzubereiten wusste. Im Übrigen war es nicht das erste Mal, dass er Beollán wie ein kleines Kind weinen sah. Schon einmal hatte er herzzerreißend geschluchzt, als er versehentlich ein Ei fallen ließ, jedoch kein gelber Dotter herausfloss, ein winziges Küken lugte unter den Eierschalen hervor. Beollán war überzeugt gewesen, dass er es getötet hatte. »Es wäre ohnehin gestorben«, hatte Pól erklärt, »nie und nimmer wäre es geschlüpft, da ihm doch die Wärme einer Henne fehlte.« Und der Leibwächter hatte geantwortet: »Ich hätte es mit meinen Händen wärmen können.«

Du hast keine Hände, sondern Pfoten, hatte Pól gedacht, und viel zu wenig Hirn, um zu begreifen, dass diese Welt ein grausamer Ort ist und das Küken Glück hatte, bereits im Ei gestorben zu sein.

Nach der Einnahme der Stadt war wohl keine einzige Eierschale Dublins heil geblieben. Mit der Mauer sah es deutlich besser aus, denn diese stand ebenso wie sein Haus und wie die Kathedrale.

Als Pól später Beollán bei der toten Síbeal zurückließ und sich wieder zu Diarmait gesellte, den er von Ferns nach Dublin begleitet und an dessen Seite er den Fall der Stadt beobachtet hatte, schien der König von Leinster darüber sehr erfreut.

»Gut, dass man in der Kathedrale noch beten kann«, erklärte er, »ich will Gott danken, dass ich endlich Rache für meinen Vater üben konnte.«

Pól biss sich auf die Lippen, um nicht aufzulachen.

Du hast deinen Vater nicht gerächt, alter Mann. Sein Staub ist immer noch Staub. Und dieser Staub hat sich mit dem des Köters vermischt, den man einst mit ihm begraben hat, um ihn über den Tod hinaus zu erniedrigen. Du magst dich noch so stolz geben und die Stadt betrachten, als gehörte sie dir – dein Gesicht ist ja doch so grau, als hättest du zu viel von diesem Staub eingeatmet.

Dass Milo de Cogan Dublin ohne Absprache angegriffen hatte, nicht nur hinter Diarmaits, sondern sogar hinter Strongbows Rücken, der eben noch mit Bischof Lorcan verhandelt hatte, hatte den König von Leinster tief verärgert. Doch wenn er mit diesem Ärger im Herzen oder – noch schlimmer – in seiner Miene die eroberte Stadt betreten hätte, hätte er offen bekannt, dass er auf einem Gaul ritt, dessen Zügel andere in der Hand hielten. Also schluckte er den Ärger, freute sich über seine Rache und ging mit stolzem Schritt auf die Kathedrale zu.

Pól folgte langsam und verdrossen. Nachdem Milo de Cogan die Stadt an Strongbow übergeben hatte, hatte der zwar erklärt, dass den Dublinern nicht noch mehr Leid geschehen sollte und kein Ritter plündern dürfe, was er nun als seinen Besitz ansah, doch die Spuren der Zerstörung waren allgegenwärtig.

Ach arme Hure Dublin, ich habe dich doch immer so geliebt.

Gewiss, diese Hure hatte schiefe Zähne gehabt, aus ihrem Maul gerochen und ein zerfetztes Kleid getragen, aber ihre Brüste waren prall, ihr Haar war glänzend und das Loch zwischen den Beinen war immer feucht gewesen. Nun glich die Stadt jenen geschändeten Weibern, die ihnen auf dem Weg zur Kathedrale entgegenliefen. Die einen hinkten, die anderen schluchzten leise, wieder andere klagten jämmerlich, zumindest jene dort hinten mit dem rostroten Haar, die auch des Königs Aufmerksamkeit auf sich zog.

Darüber, dass die Normannen taten, was sie wollten, konnte er sich nicht beschweren, er machte dennoch ein paar zornige Schritte auf die Frau zu und fuhr sie an: »Halt dein Maul!«

Die Augen der Frau weiteten sich, der Mund stand immer noch offen, aber es kam kein Ton mehr hervor. Stattdessen ertönte hinter ihnen Geschrei, und während sich Diarmait verwirrt umdrehte, raffte die Frau ihr Kleid und rannte davon. Das Geschrei indes, das von der Kathedrale kam, wurde lauter.

»Was geht dort vor?«, fragte der König von Leinster verwirrt.

Pól zuckte mit den Schultern. In der Kirche hing ein großes Holzkreuz, und darauf festgenagelt war eine steinerne Christusfigur, von der es hieß, sie sei aus einem alten Druidenstein gehauen worden. Es hieß auch, dass sie zu den Menschen spräche, weswegen jeder Dubliner, selbst die Händler, die den ganzen Tag lautstark ihre Waren feilboten, verstummten, sobald sie sich der Kathedrale näherten.

Die Normannen schienen davon aber nichts zu wissen, denn das kleine Grüppchen, das sich vor dem Portal versammelt hatte, stritt immer heftiger. Es übertönte nicht nur die Stimme des Allmächtigen, falls der denn wirklich eine hatte, auch Diarmaits heisere Fragen.

»Was ist denn passiert?«, brüllte Pól an seiner statt so laut, dass seine Kehle schmerzte. Gut, dass er kein Krieger war, der vor jeder Schlacht derartiges Gebrüll ausstoßen musste. Und gut, dass er sofort gehört wurde.

Ein Normanne, dessen Kleidung ihn als Bogenschützen auswies, hob anklagend einen Penny. »Wir sind allesamt verflucht«, rief er, woraufhin die einen schrien, er sei ein Lügner, andere ein Stoßgebet zum Himmel schickten und wieder andere behaupteten, nicht sie, sondern die Kirche sei verflucht, da dort ein alter Druidenstein hänge. Mit einem solchen sollte man Satans Gestalt formen, nicht die des Herrn. Der Bogenschütze hielt immer noch anklagend den Penny hoch. »Hat etwa der Satan den auf mich geworfen? Obwohl man weiß, wie gierig er ist?«

Als ob des Teufels Gier sich jemals auf Geld richtet, dachte Pól.

»Erzähl, was passiert ist!« Die Erregung hatte sich etwas gelegt, sodass Diarmait sich auch mit seiner heiseren Stimme Gehör verschaffen konnte.

»Ich bin in die Kirche gegangen, um zu beten«, berichtete der Bogenschütze, »für meine Mutter, müsst Ihr wissen.

Sie ist schon sehr alt, hat mich geboren, obwohl alle dachten, sie wäre unfruchtbar. Mittlerweile sind ihre Füße krumm und ...«

Diarmait hob drohend die Faust. »Bald sind auch deine krumm, wenn du nicht endlich erzählst, was geschehen ist.«

Trotzig presste der Mann die Lippen aufeinander, fuhr aber schließlich doch noch fort: »Nachdem ich gebetet habe, habe ich einen Penny genommen und vors Kreuz gelegt, und als ich die Kirche verlassen wollte, hat er mich am Rücken getroffen. Kein Mensch war dort, das schwöre ich bei den Knochen meiner Mutter.«

Na, wenn die so krumm sind, wie du sagst, kann man nicht viel auf diesen Schwur geben.

»Du denkst, Gott will dein Opfer nicht?«, fragte Diarmait.

»Bischof Lorcan hat das zumindest behauptet. Er meinte, dass Gott unsere Pennys erst annehmen würde, wenn wir alles, was wir geraubt hätten, wieder zurückgegeben haben. Bis dahin verweigere Gott nicht nur unsere Pennys, er sei auch taub für unsere Gebete.«

Pól verkniff sich nur mit Mühe ein Grinsen. Lorcan O'Toole war nicht nur Dublins Bischof, sondern Diarmaits Schwager, hatte das gleiche längliche Gesicht wie Mór und runzelte wie seine Schwester häufig die Stirn. Er tat es aber nicht, wenn sein Kopf schmerzte, eher, wenn er zu lange kein Weib gehabt hatte und ihm die Eier schwer wurden. Früher hatte Pól ihn deswegen gemocht, doch dann war der Tag gekommen, als ihm der Bischof ein Schwert mit einem prächtigen Juwelenknauf abgekauft, sich jedoch geweigert hatte, den vollen Preis zu zahlen. Schließlich, so sagte er, werde er das Schwert ja nicht schwingen, es nur an die Wand seines bischöflichen Palastes hängen – als Zeichen dafür, dass die wahre Macht auf Erden kein Krieger, sondern ein Gottesmann ausübe.

Was für ein Narr! Wahre Macht hatten nur Händler. Allerdings hatte Pól diese damals nicht auszuspielen gewagt, er hatte nachgegeben. Blieb nur zu hoffen, dass die Normannen mittlerweile das Schwert mitsamt den Juwelen von der Wand gerissen hatten. Leider hatte niemand erwähnt, dass sie damit dem Bischof den Kopf oder – was noch komischer gewesen wäre – die Eier abgeschlagen hätten.

»Ihr sollt den Worten von Bischof Lorcan nicht trauen«, sagte Diarmait eben. Er mochte seinen Schwager ebenso wenig wie Pól. Eigentlich mochte Diarmait keinen der O'Tooles, am allerwenigsten seine Ehefrau. »Er ist immerhin nicht euer Bischof, er ist nur der der Dubliner.«

»Na und?«, entgegnete der Bogenschütze. »Glauben die Dubliner etwa an einen anderen Gott als die Normannen?«

»Ich will nicht, dass du solche Geschichten herumerzählst«, schnaubte Diarmait. »Ihr habt keine Schuld auf euch geladen, als ihr die Stadt erobert habt. Ihr wart vielmehr Gottes Werkzeug.«

Der Bogenschütze sagte nichts mehr, hielt aber immer noch anklagend den Penny hoch. »Gib mir die Münze!«, befahl Diarmait. »Gott wird sie ganz sicher nicht auf den König von Leinster werfen, wenn der sie ihm schenkt.«

Als der andere zögerte, riss er sie ihm einfach aus der Hand und schritt in die finstere Kirche. Die Normannen folgten rasch, Pól etwas langsamer. Bis sich seine Augen an das trübe Licht gewöhnten, hatte Diarmait schon den Penny an das Kreuz geworfen. Er traf zwar nicht den Gekreuzigten aus Stein, aber das Holz darunter. Lauter als der dumpfe Aufprall war das Pling, als die Münze auf den Boden fiel, wo sie liegen blieb.

»Na also«, erklärte Diarmait. »Gott lehnt diese Gabe nicht ab.«

»Nun«, mischte sich ein anderer normannischer Ritter ein. »Aber das Kreuz verrücken könnt auch Ihr nicht. Das haben während der Eroberung der Stadt zwei Ritter versucht, und sie vermochten es kein Jota zu bewegen, gleich so, als wäre es mit dem Boden verwurzelt.«

Im Gesicht des Ritters stand keine Furcht mehr, verflucht zu sein, nur ein überhebliches Grinsen, das in Diarmait jenen Zorn anheizte, den zu zeigen er sich bis jetzt versagt hatte.

»Das werden wir schon sehen!«, rief er erzürnt und stürzte auf das Kreuz zu.

Das könnte heiter werden, dachte Pól. Man stelle sich vor,

der steinerne Gekreuzigte fällt auf ihn und erschlägt ihn. *So stelle ich mir den Beweis für Gottes Allmacht vor.*

Doch ehe Diarmait das Kreuz erreichte, ehe er es gepackt hatte, um es zu verrücken, ertönte vom Portal her eine Stimme.

»Mein König!« Diarmait hielt inne. Etwas lag in der Stimme, das ihn aufhorchen ließ – Pól im Übrigen auch. Es klang nach echter Furcht, und die zeigte der Mann, der nun auf den König zuging, ansonsten nie. Maurice Regan war derjenige gewesen, der mit Lorcan verhandelt, der dem Bischof nicht nur erklärt hatte, dass die Normannen dreißig Geiseln von den Dublinern wollten, sondern auch, dass er, wenn er darauf einginge, eine Sklavin mit schwarzer Haut, aber rosigen Lippen haben könne. Maurice Regans eigene Lippen waren blutleer. »Mein König …«

Diarmait fuhr herum. Das Kreuz hinter ihm wirkte so groß, er plötzlich so klein.

»Ruari O'Connor … der … der Hochkönig …«, stammelte Maurice Regan.

»Was ist mit ihm? Sobald die Dubliner mit uns verhandelt haben, ist er doch beleidigt in Richtung Norden abgezogen.«

Maurice Regan hatte ihn mittlerweile erreicht. »Aber er hat etwas zurückgelassen … oder vielmehr … *jemanden.*«

Diarmait stand eine Weile ganz starr da, ehe ein Beben seinen Körper durchlief. »Nein«, sagte er. Sagte es so trotzig, wie er zuvor den Penny geworfen hatte.

Nach dem bückte er sich im Übrigen nun jäh und ballte die Faust darum. *Der Penny möchte ich nicht sein,* dachte Pól. *Maurice Regan erst recht nicht, so wie der den Kopf voller Unbehagen duckt.*

»Connor …«, fuhr Regan fort, »er ist … er ist …«

»Nein«, sagte Diarmait wieder, und seine Kiefer mahlten, als er die Kirche durchquerte, den Ausgang erreichte.

So schnell, das ahnte Pól plötzlich, würde der König nie wieder gehen. So erbost der Welt nie wieder ein Nein entgegenbrüllen. Als er die Kirche verließ, sein Blick auf das fiel, was ihn dort draußen erwartete, schrie er kreischend wie ein Weib auf.

Ein Leib lag da, den mehrere Krieger gebracht hatten. Mittlerweile waren sie von ihm zurückgewichen, nur Aedh MacCriffan, Diarmaits Gelehrter, beugte sich über ihn und deutete auf eine Brosche.

»Das ist ohne Zweifel die von Connor.«

»Nein!«, schluchzte Diarmait, obwohl sein Blick verriet, dass auch ihm die Brosche vertraut war, desgleichen das Schwert, das am Leib des Toten hing.

Dessen Knauf war wie jenes, das Pól einst Lorcan O'Toole hatte verkaufen müssen, mit Juwelen besetzt. Zu Stein gewordene Tränen hübscher Frauen seien diese Juwelen, hatte Pól einmal behauptet. Die Tränen von Diarmait, die jetzt über dessen Wangen liefen, funkelten nicht annähernd wie sie.

Maurice Regan trat ganz dicht an den König heran. »Connor war offenbar dabei, als der Hochkönig vor Clondalkin sein Lager aufschlug. Und als die Normannen Dublin einnahmen …«

Erstmals brachte Diarmait andere Worte hervor als das stete Nein. »Doch nicht wegen Dublin … doch nicht wegen Dublin …«

Diarmait stieß Maurice Regan zur Seite und sackte vor dem Leichnam nieder, der bis jetzt halb von einem Umhang bedeckt war. Als Diarmait ihn zur Seite zog, wurde der blutige Stumpf sichtbar, auf dem vor Kurzem noch der Kopf gesessen haben musste. »Der Kopf …«, stieß der König von Leinster hervor, »… wo ist sein Kopf?«

Hast du etwa Hunger?, dachte Pól.

Domhnall trat zu ihm, der einzige seiner Söhne, der noch zum Kämpfen taugte. Er war bleich wie der Vater, wenngleich wohl nicht so unglücklich wie er. Seine beiden Brüder mochten ihm die eheliche Geburt voraushaben, aber er besaß anders als sie noch Augen und Kopf.

»Einer unserer Männer hat bezeugt, dass Ruari Connor enthaupten ließ«, berichtete Domhnall. »Ruari hat den Mann freigelassen, damit er dir den Leichnam bringt und alles erzählt. Er ist gern bereit, die Worte zu wiederholen.«

Jener Mann zitterte am ganzen Leib, als Diarmait auf ihn zutrat und die Faust, die immer noch den Penny hielt, erhob. Doch das hielt den anderen nicht davon ab, eifrig zu nicken.

»Es ist Connor ... ich schwöre es ... ich habe mit eigenen Augen gesehen, wie er starb. Er starb ... starb wie ein Mann. Ich schwöre es, ich schwöre es.«

Auf wen schwörst du es? Auf Gott oder auf Aoife?

Diarmait ließ seine Faust sinken, er brachte kein weiteres verzweifeltes Nein hervor.

Alle Achtung, die Kleine lernt schnell, dachte Pól.

Gewiss, einen Körper ohne Kopf fand man in diesen Tagen schnell, und da die Auswahl so groß war, war es ein Leichtes, einen zu nehmen, dessen Statur Connor glich. Die Brosche hatte sie ihm wohl schon in Ferns gestohlen – ungleich größer musste die Herausforderung gewesen sein, an sein Schwert zu kommen. Connor hatte es gewiss mit in den Norden genommen, wohin er als Gast des Hochkönigs und Bräutigam von Ruaris Tochter aufgebrochen war. Wann hatte es ihm wohl jener Mann, der sich so verlegen wand und der dem König von Leinster doch so geschickt und glaubhaft seine Lüge auftischte, abgenommen?

So oder so – Aoife hatte ihre Sache gut gemacht. Es war nicht schwer zu töten oder töten zu lassen. Schwer war es jedoch, jemanden leben zu lassen und alle Welt glauben zu machen, er wäre tot. Während die Hure Dublin im Krieg erbleichte und abmagerte, schien diese Königstochter regelrecht aufzublühen.

Diarmait löste seine Faust und ließ den Penny fallen. Mit langsamen und steifen Schritten wankte er zurück in die Kirche, trat auf das Kreuz zu, nicht, um daran zu rütteln, sondern um auf die Knie zu fallen. Kurz erwartete Pól, dass der König so laut schrie wie damals, als er von Énnas Blendung erfahren hatte, doch der König blieb stumm. Auch Gott gab keinen Ton von sich. Zumindest das überraschte Pól nicht.

Als Pól später den Heimweg antrat – sollten doch Maurice Regan, MacCriffan und Domhnall mit Diarmait vor dem Kreuz hocken –, senkte sich Dämmerung über die Stadt. Trotz des fahlen Lichts waren die Spuren der Zerstörung immer noch deutlich zu sehen. Die meisten Toten hatte man weggeschafft, doch einer verweste unter den Trümmern seines Hauses. Er versperrte den Weg, und Pól schnaufte, als er über ihn hinwegstieg. Als er es endlich geschafft hatte, bemerkte er, dass zwei Kinder, die vor dem zerstörten Haus herumlungerten, ihn beobachteten. Neben ihnen fletschte ein Hund die Zähne, knurrte jedoch nicht.

Wer wird wohl wen als Erstes auffressen? Die Kinder den Hund oder der Hund die Kinder?

Gut möglich natürlich, dass der sich zunächst am Leichnam ihres Vaters gütlich tat.

Pól blickte an sich hinunter. Er hatte an diesem Tag nicht die übliche farbenfrohe Kleidung angelegt, aber etlichen Schmuck: eine Fibel, eine Brosche, auch ein paar Ringe. Er zerrte einen mit einem grünlichen Stein vom Zeigefinger – was eine Weile dauerte, weil der Finger so dick war – und warf ihn den Kindern vor die Füße. Die Kinder regten sich nicht, der Hund schnüffelte misstrauisch.

»Wenn das Geld aufgebraucht ist, das der Ring einbringt, wendet euch an die Mönche. Sie werden das Wenige, was ihnen geblieben ist, gewiss mit euch teilen.«

Eigentlich war sich Pól dessen nicht so sicher. Er wusste noch nicht einmal, ob irgendjemand ihnen Geld oder Essen für den Ring geben oder ihn sich nicht einfach nehmen würde. Blieb nur zu hoffen, dass der Hund diesen Menschen anfiel und ihm die Kehle zerfetzte.

In der nächsten Straße stieg ihm statt des Verwesungsgestanks der Geruch von Suppe in die Nase, was ihn ebenso an seinen leeren Magen wie an den schmerzhaften Druck zwischen seinen Beinen erinnerte. Ach Síbeal ... sie würde nie mehr für ihn kochen ... sie würde seinen Schwanz nie mehr in sich versenken ...

Wie zuvor der Hund es getan hatte, hob er schnüffelnd die Nase und folgte dem Geruch, obwohl das bedeutete, dass er die breite Straße verlassen und eine schmale, dunkle Gasse betreten musste. Hier hatte es früher eine Taverne gegeben, wo die Tische zwar sauber waren, aber der Wein schmeckte, als wäre er schon mindestens einmal geschluckt und wieder ausgespien worden. Sei's drum. Heute wollte er auch sauren Wein nehmen,

Hauptsache, ein Tropfen benetzte seine Kehle. Später würde er auch ein zahnloses altes Weib nehmen, Hauptsache, es gab in dieser Stadt noch eines, das freiwillig die Beine spreizte.

Er beschleunigte den Schritt und stolperte in der Mitte der Gasse prompt über etwas. Ehe er erkennen konnte, ob es ein abgehacktes Bein oder nur ein umgefallenes Fass war, packten ihn wie aus dem Nichts Hände und umschlossen seinen Hals. Sie schienen aus Eisen zu sein – was man von Póls Leib nicht sagen konnte. Er erbebte, versuchte hektisch, um sich zu treten, doch die Hände zogen ihn gnadenlos höher, bis seine Zehenspitzen kaum noch den Boden berührten.

Pól unterdrückte die Panik. »Du musst dich entscheiden«, presste er mühsam hervor. »Entweder reißt du mir den Kopf ab oder du erwürgst mich. Bitte versuch nicht beides zugleich, das dauert mir zu lange.«

Die Hände ließen ihn so abrupt los, dass er schwer auf den Boden plumpste. Er stöhnte, drehte sich um und erkannte verspätet den Mann, der ihn angegriffen hatte.

Schau an, schau an, was hat denn der hier verloren? Ausgerechnet in der Nähe der Taverne, obwohl er nicht wie einer aussieht, der gern trinkt?

»Gwalchgwyn!«, rief er. Es gelang ihm, so zu klingen, als würde er einen alten Freund wiedersehen. »Fürst Rhys' treuer Ritter, der mir einst das Leben gerettet hat!«

Der seinen Prinzen hat sterben sehen, sich danach von Aoife zur Fliege hat machen und in ihrem Netz hat fangen und aussaugen lassen …

Obwohl Gwalchgwyn diese Gedanken nicht lesen konnte, machte er Anstalten, Pól noch einmal zu packen.

»Nicht doch, nicht doch!«, rief der schnell und wich ihm aus. »Du hast doch bereits bewiesen, dass du mein Gewicht mühelos stemmen kannst. Bei nächster Gelegenheit darfst du mir gern auf ein Pferd helfen. Aber dann nimm mich bitte an die Hand, und geh mir nicht an die Kehle.«

»Das nächste Mal nehme ich dich bei den Füßen und lass dich so lange hängen, bis dein Kopf zerplatzt«, knurrte Gwalchgwyn und ließ immerhin seine Hände sinken.

Pól rieb sich den schmerzenden Hals. »Und was hast du davon, wenn mein Gehirn an deinen Füßen klebt? Warum bist du so zornig auf mich?«

Gwalchgwyn trat auf den Boden, genauer gesagt auf das Hindernis, über das Pól gestolpert war. Es war doch kein abgehacktes Bein, nur eine Holztruhe. Welche Kostbarkeiten auch immer darin aufbewahrt worden waren – sie waren sämtlich von den Normannen geraubt worden.

»Du!«, rief Gwalchgwyn anklagend. »Du hast Aoife eingeredet, was sie tun soll. Du hast dafür gesorgt, dass sie jede Tugend ablegt. Sie wäre nie selbst auf die Idee gekommen, mich so schamlos zu hintergehen und zu benutzen, wenn du sie nicht davon überzeugt hättest!«

Pól seufzte, als ihm wieder der Duft von Suppe in die Nase stieg. Mit einem anderen Ritter hätte er jetzt gemütlich einkehren und essen können, Gwalchgwyn hungerte wohl nur nach Rache.

»Das Intrigieren hat sie von Königin Eleonore gelernt, nicht von mir«, sagte er.

»Der Hof in Poitiers ist ein Sündenpfuhl, ich weiß.« Gwalchgwyn spuckte zwischen jedem Wort aus. »Aber du bist um nichts besser. Du hast diesen Krieg doch erst angefacht, bist allerdings ein Koch, der seine eigenen Speisen nicht isst. Du hetzt junge Männer in den Kampf, ohne je selbst einen Blutspritzer abzubekommen.«

Wieder machte er Anstalten, ihn zu packen, doch dieses Mal konnte Pól geschickt ausweichen. »Nun ja«, sagte er, »zumindest blende ich keine unschuldigen Männer, weil ein hübsches Mädchen mich darum bittet.« Gwalchgwyn erstarrte, ehe er die Faust ballte. »Nicht auf den Kopf!«, rief Pól schnell. »Drisch mir bitte nicht auf den Kopf. Meinetwegen in den Bauch, dann spüre ich vielleicht den Hunger nicht mehr.«

Er war erstaunt, dass der Schlag ausblieb, Gwalchgwyn die Faust sinken ließ, wieder ganz steif dastand, ja, regelrecht zu schrumpfen schien. »Ich habe meine Ehre einmal mit Füßen getreten, als ich einen wehrlosen Mann blendete«, bekannte er tonlos. »Ich werde es nicht noch einmal tun, indem ich einen wehrlosen Mann schlage.«

Das hat sich vorhin aber anders angefühlt, dachte Pól, unterließ es jedoch, Gwalchgwyn das vorzuhalten, und ebenso, weiterhin den schmerzenden Hals zu reiben.

»Mit Ehre hat das nicht viel zu tun«, sagte er. »Eher damit, dass du deinen Verstand eingebüßt hast, als du dich von Aoife bezirzen ließest. Ein wenig allerdings scheint noch geblieben zu sein, sonst wärest du mir nicht gefolgt. Du willst dich an Aoife nämlich noch mehr als an mir rächen, und du hoffst, dass ich dir helfe, nicht wahr?« Gwalchgwyns Augen schienen im fahlen Licht noch grauer zu werden, nicht länger erinnerten sie Pól an Nebel, sondern an die stürmische See im Winter. Das gab ihm den Mut, vorzutreten und dem walisischen Ritter auf die Brust zu tippen, die hart wie Stahl war, obwohl er noch nicht mal ein Kettenhemd trug. »Es ist übrigens ganz praktisch, wenn man nicht mehr viel Ehre hat«, sagte er spöttisch, »dann kann man umso abgefeimter Rache nehmen. Und sind wir doch ehrlich: Besonders zimperlich warst du noch nie. Damals am Strand in der Nähe von Bristol hast du deine eigenen Männer in ihrem Blut ersaufen lassen.«

»Ich habe ihnen die Köpfe abgeschlagen!«

»Was Diarmait gut gefallen hat. Der hat's ja auch mit Köpfen. Aber meinen lässt du so lange in Ruhe, bis ich dir erklärt habe, was du machen wirst.«

»Warum soll ich dir trauen? Du bist kein Ritter!«

»Wenn ich mir anschaue, wie die Ritter hier in der Stadt gewütet haben, so muss ich wohl sagen: Gott sei Dank. Ich mag nicht stark sein wie du, der Wind, gleichwohl er keine Knochen hat, bricht dennoch den dicksten Ast.«

Gwalchgwyn lehnte sich an die Hauswand, die prompt wankte.

Pass bloß auf, Junge, die Wände in Dublin sind allesamt feucht. Früher wegen des Flusses, jetzt wegen des Blutes.

Doch die Wand gab nicht nach – zumindest nicht so schnell wie Gwalchgwyn. »Was ... was soll ich tun?«, fragte er erstaunlich kleinlaut.

Pól grinste, wurde aber schnell wieder ernst. »Du kannst es dir nicht leisten, Strongbows Frau zu töten. Das heißt allerdings nicht, dass du es ihr nicht heimzahlen und damit zugleich ein anderes Ziel erreichen kannst.«

»Welches Ziel?«

»Dein Fürst will doch die Normannen loswerden. Ein Teil von ihnen ist schon in Irland – aber bei Weitem sind es nicht alle. Du könntest dafür sorgen, dass Wales ein für alle Mal seine Ruhe vor ihnen hat – und der kleinen Aoife zugleich eine Lektion erteilen, die sie nicht so schnell vergisst.«

Pól trat zu Gwalchgwyn an die Hauswand, wenngleich er sich nicht daranlehnte. Seinem Gewicht hätte die nun wirklich nicht mehr standgehalten, zumal das unsichtbare, das auf Gwalchgwyn lastete, immer schwerer zu werden schien. Anstatt die Lösung, die Pól ihm mit seinen nächsten Worten präsentierte, begeistert aufzunehmen, ließ er die Mundwinkel ebenso hängen wie seine Schultern.

»Wie ... wie sollte mir das gelingen?«, fragte er zweifelnd. »Wie kann ich überhaupt zu ihm vordringen, ihn gar überzeugen? Ich bin doch nur ein walisischer Ritter.«

Pól unterdrückte ein Seufzen. »Man könnte glauben, Aoife hätte dir nicht nur die Ehre und den Verstand, sondern auch die Eier genommen.« Wütend fuhr Gwalchgwyn auf und schlug nach ihm. »Na immerhin«, Pól rieb sich die Stirn, wo er getroffen worden war. »Zumindest eins scheint dir noch geblieben zu sein. Aber kühl dein Mütchen nicht an mir. Weißt du, das Pferd ist zwar stärker als die Mücke, bevor es sie mit seinem Schwanz erschlagen kann, hat sie ihm jedoch längst in den Arsch gestochen.«

»Und du bist diese Mücke ...«

»Im Moment denkt Strongbow, du wärest es und es genügte, mit der Hand zu fuchteln, um dich zu vertreiben. Lass ihn das ruhig glauben. Flieg fort, lieber Gwalchgwyn, flieg fort ... und zwar zu einem großen und mächtigen Schlachtross, an dem gemessen Strongbow nur als dummer Esel erscheint. Und diesem Schlachtross surr nicht um den Arsch, stattdessen so lange ums Gesicht, bis es sich in die Richtung dreht, aus der du gekommen bist.« Gwalchgwyn glotzte ihn verständnislos an. »Ach, mein guter Ritter!«, rief Pól und schlug ihm auf die Schulter, wofür er sich auf die Zehenspitzen stellen musste. »Ich erklär dir gern noch einmal, was du tun musst. Aber zuerst will ich einen Teller Suppe haben. Und dafür, dass du mir den Hals gelassen hast, der diese vom Mund in den Bauch bringt, lade ich dich ein.«

Als Pól später sein Haus erreichte, begleitete ihn nicht nur Gwalchgwyn, sondern eine Frau, die ihm flennend vor die Füßen gefallen war, ihn um Essen und ein Dach über dem Kopf angebettelt und ihm dafür ihren Körper angeboten hatte.

Beolláns Tränen um Síbeal waren mittlerweile getrocknet, und er hatte etwas zu essen gefunden – Rehschinken und eingelegten Fisch, was zwar nicht zusammenpasste, aber den Magen füllte. Trotz der Suppe war Pól noch hungrig und aß mit gutem Appetit, Gwalchgwyn dagegen nahm keinen Bissen zu sich, worüber sich wiederum die Frau freute, die nicht nur die eigene Portion, sondern auch die des Walisers verschlang. Erst weinte sie, weil sie so glücklich war, endlich wieder satt zu sein, dann weinte sie, weil sie so viel Angst vor Pól hatte.

»Ich habe versprochen, alles zu tun, was du willst, aber ich weiß nicht … ich weiß nicht, ob ich es wirklich schaffe …«

»Still«, sagte Pól. »Ich werde dich nicht gegen deinen Willen nehmen. Kannst du wenigstens kochen?«

»Ich könnte es lernen.«

»Dann lern es schnell und mach das Haus sauber. Nur die Kammer ganz oben unter dem Dach, in der einst meine Tochter geschlafen hat, betrittst du nicht, verstanden?«

Die Frau nickte, wischte sich die fettigen Hände am fleckigen Kleid ab und sah sich nach einem Besen um, um die Küche zu kehren.

Pól wartete nicht, bis sie ihn gefunden hatte, er stieg selbst die Treppe nach oben und ging auf Róisíns Zimmer zu. Als die Normannen die Stadt eingenommen hatten, hatte er kurz befürchtet, dass das Haus mitsamt diesem Zimmer zerstört würde, und es zugleich inständig erhofft, damit er es nie wieder betreten müsste.

Noch wagte er es nicht, sondern verharrte auf der Schwelle

und sog tief den Atem ein. Leider roch es nicht nach Róisín – vielmehr war der salzige Geschmack vom Rehschinken und vom eingelegten Fisch übermächtig. Pól seufzte, hob endlich den Fuß, doch ehe er einen Schritt machen konnte, ertönte hinter ihm ein Klopfen. Obwohl ihm das Geräusch seit Jahren vertraut war, war er erstaunt, es hier und heute zu vernehmen.

»Was machst du denn hier?«, fragte er, noch bevor er sich zu Bruder Abél umgedreht hatte. Der Mönch antwortete nicht, er lehnte sich schwer auf seinen Stock. Er wirkte regelrecht greisenhaft und hatte nichts mit dem wütenden Mann gemein, der Pól wegen der Friedensverhandlungen von Ferns verflucht hatte. »Wie hast du die Eroberung der Stadt überlebt?«, fragte Pól neugierig.

»Ich habe mit vielen anderen in der Kathedrale gebetet«, erklärte der Mönch mürrisch. »Als die Normannen sie stürmten, haben sie die Frauen geschändet und die Männer getötet. Allerdings nur die jungen, nicht die blinden.«

»Ach, deswegen haben sie Jesus am Kreuz hängen lassen. Der ist schließlich auch blind für die Nöte der Menschen.«

Abél hätte ihn wohl finster angefunkelt, wenn er noch Augen gehabt hätte. So greisenhaft, dass er nicht zumindest drohend den Stock in Póls Richtung hob, war er allerdings nicht.

Du triffst mich ja doch nicht ...

Pól machte keine Anstalten auszuweichen, hätte das doch bedeutet, in Róisíns Kammer Zuflucht zu suchen.

Endlich ließ Bruder Abél den Stock wieder sinken.

»Was machst du hier?«, fragte Pól wieder.

»Eigentlich wollte ich dich noch einmal verfluchen, aber dann habe ich mit dem Waliser dort unten gesprochen.«

»Mit Gwalchgwyn?«

Bruder Abél nickte. »Du hast ihm eingeredet, zu König Henry aufzubrechen, ihm zu berichten, was sich auf der Insel zuträgt, dafür zu sorgen, dass er selbst nach Irland kommt. Und das bedeutet, dass du nie wirklich Frieden gewollt hast.«

Pól zuckte mit den Schultern. »Nicht nur du und Gott sind blind. Diarmait ist es auch. Er hat nicht gesehen, dass der kopflose Leichnam nicht der seines Sohns ist, sondern der eines

Fremden. Nun wird er sein Heer hinter sich versammeln, in Richtung Connacht ziehen und das tun, was ihm die Normannen hier und in Waterford vorgemacht haben: plündern, töten, brennen, schänden. Es wird nicht lange dauern, bis der Hochkönig ihm den echten Connor schickt, dieses Mal wohl mit Kopf, damit keine Verwechslung möglich ist, aber dennoch mausetot.« Pól grinste flüchtig. »Aoife ist im Übrigen auch blind. Sie denkt, dass, sobald ihr Vater entweder vor Wut oder Gram stirbt, Strongbow Irlands König wird und sie seine Königin. Aber Henry Plantagenet wird das niemals dulden. Er will den Hirsch selbst erlegen, und wenn er erst erfährt, wie gierig Strongbow mittlerweile in dessen Gedärmen wühlt, ja, gar das Geweih absägen will, um es sich an die eigene Wand zu hängen, wird er sich beeilen, mit einer Streitmacht überzusetzen. Nie und nimmer wird Henry ein Irland unter einem normannischen König, der nicht er selbst ist, dulden.«

»Und dann wird die Insel endgültig zerstört«, sagte Bruder Abél, dessen Augen, wenn er noch welche hätte, jetzt wohl freudig geglänzt hätten.

Pól trat langsam auf ihn zu. Róisín konnte er hier nicht mehr riechen, jenen alten Mann umso besser. Alles an ihm roch modrig, nur nicht sein Hass, denn der war jung und frisch.

»Du willst also wirklich, dass es so weit kommt?«, fragte Pól. »Ich habe munkeln hören, dass die irischen Bischöfe vor den Normannen buckeln wollen. Sie werden offenbar eine Synode abhalten, erklären, dass die Eroberung der Stadt eine Strafe für die Untaten ihres Volkes war, sich dafür aussprechen, dass alle englischen Sklaven freigelassen werden. Somit wird eine der Sünden, die du beklagt hast, nicht mehr zum Himmel stinken.«

Bruder Abél leckte sich über die bläulichen Lippen. Der Geruch aus seinem Mund war noch fauliger als der, der von seiner starren Kutte hochstieg.

Du solltest auch etwas vom Rehschinken kosten, Alter. Aber wie Gwalchgwyn hungerst du nur nach Rache.

»Eine Sünde allein auszumerzen, ist zu wenig. Wenn man einer Frau unzüchtige Blicke zuwirft, muss man sich beide Augen herausreißen und nicht nur eines.«

Nein, dachte Pól. Man muss sich nicht die Augen herausreißen, sondern die Frau aus ihrem gewohnten Leben, um sie in ein Kloster zu sperren ...

Doch dann ging ihm auf, dass Bruder Abél nicht von ihm und Róisín sprach, er sprach von sich selbst.

»Du hast dich damals selbst geblendet«, stellte Pól fest.

Bruder Abél stützte sich wieder schwer auf seinen Stock.

»Ich habe eine Nadel genommen und mir damit erst in das eine Auge gestochen, dann in das zweite. Beim zweiten fiel es mir schwerer, weil ich wusste, welcher Schmerz mich erwartete und auch, dass ich dann endgültig blind wäre. Aber ich habe nicht gezögert ... nicht so wie die Bischöfe, die sich weigern, die Sünde an der Wurzel auszureißen, weil sie glauben, es genügte, ein Ästchen vom morschen Baum abzuhacken.«

»Du hast dich geblendet, weil du einer Frau unzüchtige Blicke zugeworfen hast?«, fragte Pól erstaunt.

»Nein«, sagte der Mönch, »ich habe mich geblendet, weil ich etwas sah, das ich nicht hätte sehen dürfen.«

»Und weil du keine Augen mehr hattest, konntest du dir einreden, es wäre nicht geschehen?«

Bruder Abél schwieg.

Was für ein Narr du bist! Wir Menschen können immer nur unsere Zukunft verändern, nicht die Vergangenheit. Sie verfolgt uns, jagt uns, selbst wenn wir uns mutig geben, nicht vor ihr davonlaufen, ja uns nicht einmal bebend nach ihr umdrehen.

Pól nahm alle Willenskraft zusammen, um sich von dem Mönch abzuwenden und endlich die Schwelle von Róisíns Kammer zu überschreiten. Immer noch stieg ihm nicht ihr Geruch in die Nase, nur der stickige nach abgestandener Luft. Seine Lunge füllte sich mit dem Staub, der sich auf ihre Bettstatt gelegt hatte, über die kunstvoll gebogene Lampe daneben, über das Schmuckkästchen, das er ihr geschenkt hatte, über die Schachfiguren aus Elfenbein.

Er hatte Síbeal streng verboten, hier sauber zu machen, denn die Staubschicht sollte ihn stets daran gemahnen, dass gleichsam auch Róisín im Kloster zu Staub zerfiel. Erst jetzt ging ihm auf, dass schon vorher alles staubig gewesen war, weil Róisín nie Schach gespielt und nie Schmuck in das Kästchen gelegt hatte.

Unwillkürlich nahm er eine der Elfenbeinfiguren und schleuderte sie zu Boden, aber wie erwartet blieb sie heil. So leicht konnte man sie nicht zerstören, selbst wenn man darauf trat.

Bruder Abél hatte vor der Kammer verharrt.

»Hast du etwas von deiner Schwester Inghean gehört?«, fragte Pól leise. »Hat sie dir geschrieben, wie es Róisín geht?«

»Wieder gut«, murmelte Abél.

Pól war nicht sicher, ob er ihn richtig verstanden hatte. »Wieder?«

Bruder Abél zögerte kurz, doch er hatte ja keine Augen mehr, die verraten konnten, was ihm durch den Kopf ging. »Ich wollte nur sagen, dass Inghean mir *wieder* einmal geschrieben hat und dass es Róisín *immer noch* gut geht.«

Pól schüttelte den Kopf. »Es geht ihr gewiss nicht gut«, brummte er, »aber im Kloster ist es zumindest sicherer als in dieser verfluchten Stadt.«

Er drängte sich an Bruder Abél vorbei und hastete nach unten. Wie er Rós vermisste, wie er Róisín vermisste, wie er Síbeal vermisste. Und am meisten vermisste er einen Schluck schweren Weins. Wo nur konnte er welchen finden, den die Normannen ihm noch nicht weggesoffen hatten?

ASCALL

Es schneite nicht oft in Irland, und wenn, blieb der Schnee nicht lange liegen. Als Ascall aber der Schneise aus Asche und Leichnamen folgte, die König Diarmait und seine Truppen zogen, war es ein Leichtes, sich ein Land vorzustellen, das monatelang unter einer eiskalten Schicht vergraben lag und das der Frühling später nicht mehr wachrufen konnte.

Kaum ein Dorf, an dem er vorbeikam, war nicht heimgesucht worden, und überall gab es nur wenige Überlebende, die vom Grauen berichten konnten. Mit Worten taten sie es selten – entweder wehklagten die Menschen oder schwiegen mit toten Augen.

Etwas beredter waren jene, die vor dem Krieg flohen und manchmal seinen Weg, der dem Krieg folgte, kreuzten. Von ihnen erfuhr er, dass Diarmait auf seinem Feldzug als Erstes Kildare verwüstet und danach MacGiolla Padraic zur Flucht nach Connacht gezwungen hatte. Sehr lange war er nicht in Osraige geblieben. Das war immer schon ein karges Land gewesen, einem Weib gleich, das um seine fehlende Schönheit weiß. Ganz anders sah es in Meath aus, das man Irlands goldenes Vlies nannte, weil das Getreide wie pures Gold die Felder bedeckte. Nun wurden die Felder, gleichwohl ohnehin schon abgeerntet, zertrampelt, das Getreide war geraubt, verbrannt oder nutzlos auf dem Boden verstreut worden und dieser Boden mit Blut gedüngt. Selbst Tara, wo sich einst die Könige trafen, um den Beginn des Winters zu feiern, war von Diarmait nicht verschont worden. Nicht, dass es dort viel zu verwüsten gegeben hätte – seit viele Jahrhunderte zuvor ein König einen anderen getötet hatte, galt der Ort nicht länger als heilig, sondern als verflucht. Gleichwohl hieß es, dass man dort Ériu's Herz pochen hören könne.

Ascall stieg auf die grasbewachsene Anhöhe, starrte auf die

vielen Rauchsäulen, die von der Ebene Meath' hochstiegen, und hörte nichts. Érius Herz war wohl nur mehr ein schwarzer Klumpen, der erst recht nicht zum Leben erwachte, als er Meath verließ und nach Breifne kam.

Keiner der Orte stank nicht nach Leichen, über denen Fliegen brummten oder Aasvögel kreisten. Ascall verscheuchte die Fliegen mit der bloßen Hand, warf Steine auf die Vögel und beugte sich über die Toten. Manche waren schon verwest, andere aufgequollen und blau, wieder andere noch warm. Oft umklammerten ihre Hände noch etwas – eine Sichel, um sich zu verteidigen, einen Schlüssel, um sich einzusperren, oder eine bronzene Fibel, weil die der wertvollste Besitz gewesen war. Nur leider gab es fast nie etwas zu essen.

Als er wieder einmal nach Nahrung suchte, vernahm er hinter sich ein Wiehern. Ein Pferd stieß es aus, dessen Fell schwarz wie das Land war, aber dessen Ohren und Schwanz man purpurrot gefärbt hatte.

Wie ist das nur gelungen, rot ist doch niemals stärker als schwarz ...

Außerdem trug das Tier eine *dilla*, eine Art Sattel aus dickem Stoff, der fast den ganzen Rücken bedeckte und der Ascall, der morgens stets steif gefroren war, große Dienste erweisen könnte. Vorsichtig pirschte er sich an. Das Pferd machte erstaunlicherweise keine Anstalten zu fliehen, wieherte vielmehr, als wollte es mit ihm reden, und ließ sich sogar den Stoff vom Rücken ziehen. Ascall legte ihn sich um die Schultern, ehe er das Pferd mühelos bestieg und dieses loslief.

Auch in den nächsten Tagen erwies es sich als ebenso genügsames wie gehorsames Tier, das alles tat, was er wollte. Nur den Schatten von hohen Bäumen fürchtete es, und so lief es, sobald er sein Nachtlager am Rand eines Waldes oder in der Nähe einer Baumgruppe aufschlug, immer einige Schritte davon. Am nächsten Morgen, wenn er sich aufrichtete und prüfend das Schwert hob, auf dem er stets mit der Hand am Knauf schlief, war es aber noch da.

Das Pferd wartete auch dann vor dem Wald auf ihn, wenn er im Dickicht kleine Tiere jagte. Wie einst, als dieses alte schwarzhaarige Weib ihm zur Flucht vor seinen Feinden verholfen hatte, nahm er sich selten die Zeit, ein Feuer zu entfachen und die Beute darüber zu braten. Meist zog er ihr nur das Fell ab und aß sie roh, manchmal tat er nicht einmal das, sondern schluckte sie mitsamt der borstigen Haare. Später fühlte es sich an, als rumorten Scherben in seinem Magen, aber das war immer noch besser als die Leere des Hungers.

Nachdem Ascall gegessen hatte, was er immer nur abends tat, suchte er sich einen dürren Baum, stellte sich vor, er wäre ein groß gewachsener Mann, und begann mit seinem Schwert auf ihn einzudreschen. Die ersten Schläge fielen stets kraftvoll aus, doch alsbald begann seine Schulter zu schmerzen. Er missachtete den Schmerz, bis sein Arm zu zittern begann, und missachtete das Zittern, bis ihm das Schwert aus der Hand fiel. Dann fluchte er auf sich, fluchte auch auf Ailillán, und manchmal gelang es ihm, den Knauf wieder zu packen und erneut auf den Baum einzuschlagen.

»Warum hast du dich von Cormac besiegen lassen?«, schrie er den Baum an. »Ausgerechnet von ihm? Warum hast du nicht um Toora gekämpft, warum nicht um Caitlín? Du bist so dumm, so dumm, so dumm! Du bist so schwach, so schwach, so schwach! Hast du nichts von mir gelernt?«

Er wütete, bis der Baum umstürzte, und wenn der erst einmal im Gras lag, trat er so lange darauf, bis er halb ohnmächtig niedersank. Die Bäume, die er auf diese Weise fällte, wurden immer größer und dicker, und als er einmal fast von einem Ast aufgespießt worden wäre, wusste er, dass er nun stark genug war, um Aililláns Tod zu rächen.

Ascall wagte sich fortan näher als zuvor an die Kampforte heran, bekam nicht mehr so viele Tote zu sehen, aber umso mehr Menschen, denen die Flucht gelungen war. Sie alle fragte er, ob sie etwas über Cormac von Toora berichten konnten, doch keiner wusste ihm eine Antwort zu geben. Dann kam der Tag, als sich eine Frau mit zwei Knaben, die ihn an Ailillán und sich selbst erinnerten, nicht weit von ihm entfernt im Dickicht verkroch. Er stürzte auf die drei zu und packte den älteren der Knaben an der Kehle.

»Du bist alt genug, um zu kämpfen, und läufst davon?«

Der Knabe hockte wie erstarrt da, doch seine Mutter fauchte Ascall an: »Er ist vor allem nicht alt genug, um zu sterben. Und wenn du jemanden der Feigheit bezichtigen willst, dann sollte das ein irischer König wie Domhnall von Bregia sein.«

Es war das erste Mal seit Wochen, dass Ascall eine kräftige Stimme vernahm, und das erste Mal, dass er in Augen sah, die nicht nur von Grauen kündeten, sondern auch von Wut.

»Wovon redest du?«, fragte er und ließ den Knaben los.

»Domhnall von Bregia ist der Herrscher von Meath. Er hat sich Diarmait unterworfen und ihm Geiseln gegeben. Auch Oriel buckelte vor ihm, und die Norweger, die den Fall von Waterford überlebt haben und in den Norden gezogen sind, sind sich nicht länger sicher, ob sie gegen Diarmait kämpfen sollen. Schließlich hat der Hochkönig Diarmaits Sohn töten lassen, sagen sie, und es sei sein gutes Recht, diesen zu rächen.«

»Diarmaits Sohn ist also tot und jener Feldzug Diarmaits Rache?«

Die Frau nickte und zog ihre Söhne fest an sich. »Tigernán versucht verzweifelt, das feindliche Heer aus Breifne zurückzudrängen. Aber wie soll ihm das bloß gelingen, wenn nur wenige Männer so treu zu ihm stehen wie der Großkönig von Toora?«

»Cormac?«

Sie nickte wieder. »Im Tal vor dem Slieve Gullion, so heißt es, komme es gerade zu schrecklichen Kämpfen. Diarmait will es dem Erdboden gleichmachen. Wenn dir dein Leben lieb ist, flieh in Richtung Westen ... genau wie wir.«

Sie zerrte die Söhne mit sich, und der, den Ascall zuvor gepackt hatte, stolperte.

Mit diesem nutzlosen Bengel schaffst du es nie in den Westen. Er ist viel zu schwach, zu feige, zu dumm ...

»Warte!«, rief er ihr nach. »Du kommst schneller mit dem hier voran.«

Und schon zog er die Frau samt ihrer Söhne aus dem Wald hinaus auf eine Wiese, wo wie immer das Pferd wartete. In den letzten Tagen hatte es so oft geregnet, dass sein Schwanz und seine Ohren schwarz wie das übrige Fell waren.

»Ich ... ich kann nicht reiten«, stammelte die Frau.

»Dann lern es.« Ascall wandte sich an den schwächlichen Jungen. »Halt dich gut fest, denn wenn du fällst, wirst du dir das Genick brechen. Und pass auf deinen kleinen Bruder auf.«

Die Satteldecke behielt er, und als er sah, wie das Pferd mit der Frau und den beiden Jungen auf dem Rücken davontrabte, wickelte er sich einmal mehr darin ein, weil er plötzlich bitterlich fror.

Ohne das Pferd kam Ascall langsamer voran, doch er ging unbeirrt weiter in Richtung Norden. Nicht alle Dörfer, an denen er vorbeikam, waren hier zerstört, und auf den Wegen lagen nicht mehr nur Tote, auch Äste und Geröll. In Friedenszeiten wurden Unfreie eingeteilt, sie zu räumen, jetzt hatte dafür niemand Zeit. An einem breiten Fluss fand er ein Floß, jedoch keinen Mann, dem es gehörte. Er stieg darauf, ließ sich eine Weile treiben, sprang auf der anderen Seite des Ufers ab und blieb dort bis zu den Knien im Sumpf stecken. Es dauerte Stunden, bis er herausgekrochen war und endlich wieder auf festem Boden stand, und an diesem Abend war er zu müde, um einen Baum zu fällen. Er schlug nur einen Ast ab.

»Du bist so schwach, so dumm, so feige, Ailillán. Du bist selbst schuld, selbst schuld, selbst schuld.«

Der Slieve Gullion, ein Berg im Süden von Armagh, hatte früher brennende Steine gespuckt, und obwohl sein Schlund mittlerweile erloschen war, wuchsen überall dort, wo einst das Feuer gewütet hatte, die Wiesen noch grüner als anderswo in Irland. Eingebettet waren sie von Hügeln, die jetzt ob des dichten, blühenden Heidekrauts immer noch in Flammen zu stehen schienen. Wenn man auf die Spitze des Slieve Gullion stieg, so hieß es, stoße man auf eine Quelle, und wer daraus trinke, werde nicht nur weise wie die Götter, sondern bleibe ewig jung. Alle großen Helden Irlands wie Cú Chulainn hatten sich hier für den Kampf gestärkt, um später gegen böse Königinnen und noch bösere Hexen in die Schlacht zu ziehen und diese nicht nur mit Waffen, sondern ebenso mit List zu bekämpfen.

Als Ascall den Berg erreichte, wähnte er sich selbst von diesen hinterlistigen Wesen verzaubert. Wie war es anders möglich, da er im Tal vor dem Slieve Gullion, das doch umkämpft sein sollte, keinen Schlachtenlärm hörte und keine Toten erblickte, einzig dieses satte Land, so grün und so rot? Nun gut, von den hier gewöhnlich grasenden Rindern, deren Milch zwar nicht jung und weise, aber Greise wieder kräftig und alte Weiber wieder fruchtbar machte, war keines zu sehen. Nicht weit von ihm entfernt mähten nur ein paar Schafe. Eines der Muttertiere hatte zwei Lämmer geworfen. Ascall packte eines und schnitt ihm die Kehle durch. Danach machte er Anstalten, es roh zu essen, besann sich wieder anders und trug Holz zusammen. So feucht, wie es war, schaffte er es nicht, ein Feuer zu entfachen, blickte sich nach besserem um und entdeckte, als er einen Hügel überwand, ein Dorf, das nicht zerstört schien. Zumindest war der Zaun aus einzelnen Pfosten, die oben, unten und in der Mitte mit Stricken aus Korbweide aneinandergebunden waren und deren Spitzen man mit Schwarzdorn umwickelt hatte, um böse Geister abzuhalten, unbeschädigt.

Mit der Hand am Schwertknauf schlich er sich an, zählte vier Häuser, die aus Eichenholz gebaut waren und deren Dächer auf eine Spitze zuliefen, wo sich der Rauchabzug befand. Nur aus einem der Häuser stiegen graue Schwaden hoch – aus dem größten, neben dessen Tür ein steinerner, mit Runen beschriebener Obelisk stand.

Diese Zeichen werden euch so wenig helfen wie der Schwarzdorn.
Nicht wenn Diarmait kam. Nicht wenn er kam.

Ascall zog das Schwert, trat auf das Haus zu. Eschen warfen Schatten und rauschten im Wind, an die Wände gelehnt standen Werkzeuge – ein Pflug, den Ochsen zogen, außerdem ein Hammer, wie man ihn verwendete, um Lehmbrocken auf den Feldern zu zerkleinern. Der Hammer lag halb in einer Pfütze, und dass er nicht rostig war, bewies wie der Rauch, dass dieses Dorf kürzlich noch bewohnt gewesen war.

Ascall stieß mit dem Fuß die Tür auf, ließ das tote Lamm auf den Boden fallen, sah sich um. Über der Herdstelle, wo noch Holz und Kohle glosten, hing ein Kessel, auf dem Tisch standen mehrere hölzerne Schüsseln aus Buchenholz, sogar bronzene Gefäße mit einem Henkel und Trinkhörner aus Ochsenhorn. Ascall ließ das Schwert sinken. Von den Haken an der Wand hingen Lederbeutel, die jedoch allesamt leer waren. Das Holz war ebenso kunstvoll verziert wie die Lehne der Bank.

Wer hier gelebt hatte, hatte gewusst, mit dem Dolch umzugehen ... und wer hier gelebt hatte, war reich gewesen. Über kurz oder lang würde dieses Dorf Krieger anziehen, und wenn Cormac hier kämpfte, würde er womöglich unter diesen sein. Er musste nur warten.

Ascall vertrieb sich die Zeit, indem er das Lamm häutete, briet und einen Teil davon aß. Später suchte er den Dolch, mit dem der Besitzer dieses Hauses geschnitzt hatte, und fluchte, als er ihn nicht fand. Als er begann, müde zu werden, schwang er sein Schwert, zerschlug damit eine der Bänke und fluchte nunmehr wieder auf Ailillán.

Er schlief nicht in der ersten Nacht und am Tag erst recht nicht. In der zweiten setzte er sich auf die Bank, die heil geblieben war, und klemmte sich das Schwert zwischen die Knie. Er schloss die Augen, schlief ein, und wenn das Schwert auf den Boden fiel, erwachte er. So bekam er ein wenig, wenn auch nicht genug Schlaf. In der dritten Nacht fiel das Schwert auf den Boden, ohne dass er erwachte. Das tat er erst, als sein Kopf auf die Tischplatte krachte. Gegen Morgengrauen konnte ihn aber selbst das nicht wecken.

Ascall schlug erst die Augen auf, als die Sonne hoch am Himmel stand und Stimmen und Schritte das Haus erfüllten. Noch bevor er sich aufrichtete, griff er nach dem Schwert, doch just, als er den Knauf umfasste, stellte sich ein Fuß auf seine Hand. Jemand drehte ihm den Arm um, und er brüllte vor Schmerz, obwohl er sich dafür schämte.

Er konnte seinen Kopf nicht weit genug heben, um den Mann zu sehen, dessen Fuß auf seiner Hand stand, und erst recht konnte er sich nicht umdrehen und den zweiten ausmachen, der seinen Arm festhielt. Nur die Waffen, die die Männer trugen, erkannte er. Streitäxte waren es, auf deren metallener

Oberfläche ein Schmied Furchen gezogen und später Silberfäden eingeschweißt hatte, außerdem Schilde aus geflochtener Weide, oval und mit Leder verkleidet. Sie boten nicht so viel Schutz wie die kleineren runden aus Bronze mit einem Buckel in der Mitte, wurden aber mit Kalk und Kreide gehärtet.

Streitaxt oder Schild, Streitaxt oder Schild, Streitaxt oder Schild ...
»Wer bist du?«, brüllte einer der beiden Männer.

Seine Stimme war dunkel und verriet seine breite Brust, während der, der hinter ihm stand, bei jedem Atemzug ein Pfeifen ausstieß. Auch dass seine Hand schweißnass war, war ein Zeichen dafür, wie erschöpft er war.

»Zum Teufel, wer bist du?«

»Ascall von Toora.«

Das Pfeifen wurde lauter und der Griff etwas lockerer, dann umso fester. Der andere hingegen nahm den Fuß von seiner Hand, beugte sich vor, um Ascall am Haar zu packen und ihn daran hochzuzerren.

Streitaxt oder Schild, Streitaxt oder Schild, Streitaxt oder ...

Nicht sein Kopf traf die Entscheidung, sondern seine Hand. Nun, da sie frei war, fuhr sie blitzschnell hoch, packte den unteren Rand des Schildes, stieß es hoch und traf mit der oberen Kante das Kinn des Mannes. Als der zurückzuckte, schlug Ascall ein zweites Mal zu, dieses Mal direkt auf den Adamsapfel. Der Tisch knarrte bedrohlich, als der Mann ohnmächtig dagegen sank.

Noch bevor er lag, hatte Ascall den Schild fallen lassen, ihm die Streitaxt entrissen und, ohne etwas zu sehen, hinter sich geschlagen. Er war nicht sicher, ob und wo genau er den anderen traf, fühlte jedoch, wie sein Arm losgelassen wurde und warmes Blut auf seinen Nacken spritzte.

Sein Arm war wie taub, aber das war gut, denn so spürte er keinen Schmerz, als er den Schild wieder hob und auf den Kopf des Ohnmächtigen drosch, bis der nicht mehr atmete. Danach machte er einen Satz auf die beiden Männer zu, die auf der Türschwelle verharrt hatten. In der einen Hand hielt er noch den Schild, in der anderen die Streitaxt. Noch ehe er sie schwang, fielen die zwei auf die Knie.

»Allmächtiger, du bist es wirklich.«

Sie hatten ihn sofort erkannt, während sein Geist so leer war, dass er ein wenig länger dafür brauchte. Fergal und Brotchú ... die Männer, die ihm einst als Leibgarde gedient hatten. Brotchú hatte damals als Einziger Riacáns Überfall überlebt und Énna nach Osraige gebracht.

»Herr, Herr, Herr!«, rief er jetzt.

»Steht auf!«, schnaubte Ascall, indes seine eigenen Knie plötzlich zu beben begannen.

Die beiden gehorchten langsam, starrten ihn an. Auch er ließ sie nicht aus den Augen, derweil er zurück zu den Toten ging, den Schild fallen ließ und sein Schwert hob.

»Wo ist Cormac?«, fragte er barsch.

Brotchú rieb sich die Stelle am Kopf, wo früher sein Ohr gewesen war, das er später bei einer Prügelei verloren hatte. Das tat er immer, wenn er verwirrt war.

»Du lebst noch, Herr ... du lebst noch ...«

»Wo ist Cormac?«, fragte Ascall nun etwas leiser.

Brotchú schien auch das zweite Ohr zu fehlen, denn er verstand ihn nicht, stammelte nur Undeutliches.

Fergal hingegen presste etwas verständlicher hervor: »Diarmaits Krieger ... sie sind nicht weit von uns ... sind über unser Lager hergefallen ... nur wir vier konnten entkommen ...«

»Entkommen?«, bellte Ascall. »Ist es das, was ihr von Cormac gelernt habt? Zu fliehen, wenn die Lage schwierig wird?«

»Wir wollten ja nicht bloß unser Leben retten«, erklärte nunmehr Brotchú, »sondern Verstärkung holen ... Cormac und die anderen kämpfen wacker und ...«

Ascall betrachtete sie aus schmalen Augen. »In diesem Haus, das wusstet ihr, würdet ihr keine Verstärkung finden. In diesem Haus wolltet ihr euch verkriechen, bis alles vorbei ist.«

Als die beiden betroffen schwiegen, hätte er sie am liebsten sofort getötet, aber er wollte seine Kräfte nicht nutzlos verschwenden. Also befahl er ihnen, vor ihm das Haus zu verlassen, und folgte ihnen – die Streitaxt drohend auf den einen, das Schwert drohend auf den anderen gerichtet. Beinahe hätte er ihnen die Waffen in den Rücken gerammt, weil sie jäh stehen blieben, doch als er sie darob schon wütend beschimpfen wollte, versteinerte er selbst.

Auf den Wiesen weideten keine Schafe mehr. Das Gras wurde vielmehr von Männern zertrampelt, die einen hitzigen Kampf ausfochten. Bevor er sie gezählt hatte, hatte er ausgemacht, wie viele Waffen im Spiel waren. Drei Äxte, zwei Speere, fünf Schwerter, von denen mindestens drei länger als seines waren.

Nun betrachtete er auch die Kämpfenden selbst. Kettenhemden trugen die einen, Lederwämser die anderen. Wobei diese bei zweien aufgerissen waren, sodass nackte Haut hervorlugte. Blutüberströmt war sie noch nicht, aber schweißnass. Ascall konnte noch keine Gesichter ausmachen, doch was seine Augen ihm nicht verrieten, taten umso mehr die Ohren, als nämlich einer einen Kriegsschrei ausstieß ... Nicht irgendeinen, sondern den Kriegsschrei, den gerüchteweise alle Knaben von Toora gleich nach ihrer Geburt zu hören bekamen. Ehe die Mutter ihnen liebevolle Worte zuflüstern konnte, entriss der Vater sie ihren Armen, um den darob brüllenden Kleinen zu beweisen, dass er noch lauter brüllen konnte.

Ascall wusste nicht, ob sein Vater bei seiner Geburt den Kriegsschrei ausgestoßen hatte und ob seine Mutter ihm liebevolle Worte zugeflüstert hatte – er wusste nur, dass der, der mittlerweile mit vollends nacktem Oberkörper kämpfte, Cormac war. Die beiden, die zu ihm gehörten, waren ihm hingegen fremd.

»Ragnall und Gilla Dub haben sich uns angeschlossen«, erklärte Fergal schnaufend, »wir müssen ihnen helfen ... müssen ...«

Ascall packte ihn am Arm. »Warte!«

Cormac ... Ragnall und Gilla Dub gegen vier Normannen ... nein, vier Iren, die für Diarmait kämpften und sich von den Normannen Kettenhemden und Schwerter geliehen hatten ... Schwerter, mit denen sie nicht so gut umgehen konnten wie mit den vertrauten ... was bedeutete, dass Cormac sie besiegen könnte, vor allem, wenn er ihm half.

Brotchú rieb sich wieder sein fehlendes Ohr. »Herr, wir müssen ...«

Wie zuvor traf nicht Ascalls Kopf, sondern seine Hand die Entscheidung. Ehe er wusste, was er tun würde, hatte er die Streitaxt auf Brotchú geschleudert. Sie zerriss das dicke Narbengewebe, zertrümmerte den Schädel, blieb tief zwischen den Knochensplittern stecken. Er starb, noch bevor er über den jähen Angriff Erschrecken empfinden konnte.

Fergal hingegen starrte ihn mit aufgerissenen Augen an. »Was tust du denn da, Herr? Du kannst doch nicht ...«

Er beendete den Satz nicht mehr, Ascall stieß ihm sein Schwert in die Brust. Sein Todeskampf dauerte etwas länger, lange genug, dass Ascall sich über ihn beugen und ihm zuraunen konnte: »Von mir habt ihr nicht zu fliehen gelernt, jedoch, jedermann zu misstrauen. Warum habt ihr nicht mir misstraut? Warum habt ihr nicht gefragt, was ich von Cormac will?«

Er zog das Schwert aus dem Toten, was mühelos gelang. Bis er die Streitaxt aus dem Kopf befreit hatte, dauerte es etwas länger, und als er auf die Kämpfenden zulief, lag bereits einer von Cormacs Männern reglos auf dem Boden und war der Oberkörper des anderen so nackt wie der von Cormac.

Ascall beschleunigte den Schritt. Er musste sich beeilen, damit sein Plan aufging.

Als er den Ort des Kampfes erreichte, wurde Cormac gerade von drei Kriegern Diarmaits gleichzeitig zugesetzt, doch noch hatte keine Klinge ihn getroffen. Ascall drosch ihm den Knauf seines Schwertes auf den Hinterkopf, sodass der Hüne mit dem Gesicht voran ins Gras sank. Obwohl Cormac augenscheinlich ohnmächtig war, stellte Ascall rasch seinen Fuß auf dessen Rücken. Jener Krieger, der noch lebte – Gilla Dub oder Ragnall –, sah ein, dass der Kampf keinen Sinn mehr hatte, ließ sein Schwert fallen und flehte winselnd um sein Leben.

Ascall war so wütend auf ihn und noch mehr auf Cormac, der solche Männer für sich kämpfen ließ, dass er kurz unachtsam wurde und nicht bemerkte, dass der dritte, der vermeintlich tot am Boden lag, noch lebte, nach dem Schwert griff, das Cormac hatte fallen lassen, und damit auf Ascall zustürzte. Der musste den Fuß von Cormacs Rücken nehmen und dem anderen damit den Knauf aus der Hand treten. Der Krieger heulte kläglich auf, weswegen Ascall nicht übel Lust hatte, Diarmaits Männer gewähren zu lassen, als sie den feigen Kriegern den Kopf abschlagen wollten. Dennoch hob er schließlich die Hand.

»Wir sollten sie am Leben lassen«, erklärte er, »womöglich können sie uns verraten, wo sich dieser verfluchte Tigernán verkrochen hat. Oder gar der Hochkönig.«

Diarmaits Männer musterten ihn kurz zweifelnd, doch der Leib des ohnmächtigen Cormac vor ihren Füßen war ihnen ausreichend Beweis dafür, dass Ascall auf ihrer Seite stand.

»Wer bist du?«, fragte der Anführer von Diarmaits Kriegern lediglich und spuckte auf den Boden, wohl um den säuerlichen Geschmack des Kampfes aus dem Mund zu bekommen. Das Spucken allein nützte offenbar nichts, denn er riss einen Grashalm aus und kaute darauf herum.

Wenn du nicht nur Gras frisst wie ein Schaf, sondern so dumm bist wie ein solches, habe ich mit euch ein leichtes Spiel.

»Ich kämpfe für Domhnall, Diarmaits Bastard«, erklärte Ascall schnell.

Gewiss, er ging ein Risiko ein, könnten diese Männer doch aus Hy Kinsella stammen und Domhnall kennen. Echte Leinster-Krieger würden hingegen keine Kleidung von Normannen tragen. Wahrscheinlich waren sie Norweger aus Waterford, für die von jeher wichtiger war, den Feind zu bestehlen, als den Feind zu töten, und die auch ihre engsten Verbündeten oft hintergingen.

»Diarmait wird sich freuen, wenn er Nachricht von Domhnall bekommt«, erklärte einer der Männer. »Seine Truppen sind tief nach Breifne eingedrungen, doch seitdem haben wir keine Nachricht von ihm.«

»Und wo ist Diarmaits Lager?«

»Gleich hinter diesem Hügel.«

Ascall starrte auf die drei besiegten Männer. Cormacs Kopf lag reglos im Gras, der zweite Mann versteckte sein Gesicht zwischen seinen Knien, der dritte sah ihn flehentlich an, brachte aber keinen Ton mehr über die Lippen.

»Ich kümmere mich um sie und folge euch später«, sagte Ascall.

Der Anführer ließ den Grashalm fallen und grinste breit. »Immer nur den Schreien nach, dann kannst du das Lager nicht verfehlen.«

Ob er das Schreien geschändeter Frauen, gefolterter Feinde oder verletzter Krieger meinte, ließ er offen.

Ascall erwiderte gleichwohl das Grinsen, deutete aber auf den Ledergurt des Mannes. »Das hier könnte ich gut gebrauchen.«

Der Mann nickte und warf ihm ein Tau aus Walhaut und eines aus Seehundfell zu, was bestätigte, dass er wohl von Norwegern abstammte und einst am Meer gelebt hatte. Während er mit den anderen davonging – vom Kampf zu erschöpft, um Lust am Foltern zu finden –, fesselte Ascall Cormacs Hände auf dem Rücken. Jener, der zuvor um Gnade gewinselt hatte, hob seine freiwillig, indes der dritte seinen Kopf immer noch zwischen den Knien verbarg.

»Wer von euch ist Ragnall und wer Gilla Dub?«

Der eine ließ die Hände wieder sinken. »Ich bin Ragnall«, erklärte er, »und du kommst nie und nimmer aus Hy Kinsella. Kein Leinster-Krieger spricht wie du.«

Feige, aber nicht dumm.

Eben noch war Ascall entschlossen gewesen, die beiden zu töten, doch dass Ragnall – anders als die Norweger aus Waterford – die Wahrheit ahnte, stimmte ihn gnädig.

»Das ist richtig«, erklärte er, »ich komme aus Toora. Ich ... ich bin Ascall.«

Wenn er früher seinen Namen genannt hatte, hatte er nicht selten erlebt, dass erfahrene Krieger zu zittern begannen. Ragnalls Körper erbebte auch, aber nur, weil er so laut lachte. Lachte und lachte wie ein Irrer.

Der andere, Gilla Dub, hob den Kopf. »Still«, mahnte er.

Ragnall prustete weiter.

»Still!«, knurrte nun auch Ascall rau und presste die Klinge der Streitaxt auf Ragnalls Kinn. Das Lachen verstummte, nur die Schultern bebten noch. »Glaubst du mir etwa nicht?«, fragte Ascall.

»Die Welt ist verrückt geworden.« Ragnalls Lachen klang nun wie die gurgelnden Laute eines Ertrinkenden. »Wahrhaft verrückt! Die Toten leben, und die Lebenden sind tot!«

Erneut begann er zu lachen, so lange, bis Ascall ihm in den Bauch trat.

»Was meinst du damit?«, fragte er, als das Lachen in schmerzvolles Ächzen überging.

»Ach«, sagte Ragnall mit nunmehr rauer Stimme, »Ascall von Toora ist doch tot, und jetzt stehst du vor mir und behauptest, es sei anders. Connor, Diarmaits Sohn, ist wiederum noch am Leben – was Tigernán zwar nicht gefällt, Ruari aber nicht ändern will. Und doch fallen Krieger in unser Land ein und behaupten, sie würden Rache für ihn nehmen. Kann es sein, dass wir uns irren, wenn wir uns selbst für lebendig halten? Dass wir längst nicht mehr in Irland kämpfen, sondern in der Hölle?«

Ascalls Blick fiel auf zertrampeltes Gras, verschwitzte Leiber, Fetzen von Cormacs Kleidung.

»Vielleicht ...«, stieß er aus, riss sich aber sogleich wieder zusammen. »Wenn Connor noch lebt, muss Diarmait das erfahren, und wenn der einem Betrug aufgesessen ist, muss es wiederum der Hochkönig erfahren.« Er musterte die beiden Männer. »Könnt ihr zu Ruari O'Connor gelangen?«

»Du ... du lässt uns am Leben?«, stammelte Gilla Dub, und plötzlich begann auch er zu lachen, zumindest hatte es den Anschein. Vielleicht weinte er auch, wobei Ascall nicht sicher war, ob aus Erleichterung oder Enttäuschung.

»Sprecht ihr mit dem Hochkönig!«, befahl er. »Ich werde hingegen versuchen, zu Diarmait vorzudringen, um ihm die Wahrheit zu sagen. Dann ist dieser unselige Kriegszug bald zu Ende.«

Ragnall deutete auf Cormac. »Und er?«

»Er ist meine Sache.«

Kurz starrten sie ihn an, schließlich nickten sie. Sie zogen beide den Schädel ein, als er die Fesseln des einen durchschnitt. Dann liefen sie davon.

Bis Ascall Cormac ins Haus geschafft hatte, hatte sich Dämmerung über das Land gesenkt. Er zog ihn nur mit einer Hand, weil er in der anderen das Schwert trug, was bedeutete, dass er nur langsam vorankam. Immer wieder hielt er inne, um zu lauschen, ob Cormac noch atmete und auch, um seine Schulter zu entlasten, die nach den Anstrengungen dieses Tages mehr schmerzte als sonst. Als er Cormacs Leib an Fergal und Brotchú vorbei ins Haus gezerrt und auf den Rücken gewälzt hatte, war dessen Gesicht nicht rot, sondern grün und braun von Gras und Erde.

Ascall überlegte, ihn mit Schlägen ins Gesicht zu wecken, aber ging stattdessen zur Feuerstelle, nährte die Glut, bis Flammen aufflackerten, und aß das restliche Lamm, um darüber die Schmerzen zu vergessen. Danach nahm er einen Haken von der Wand, hielt ihn ins Feuer, und als er rot glühte, trat er zurück zu Cormac und rammte ihn in seine Brust. Erst verschmorte das gekräuselte Brusthaar, dann die Haut, und als das heiße Eisen zu nacktem Fleisch durchdrang, fuhr Cormac mit einem Schmerzensschrei hoch. Ascall zog den Haken zurück. Dem Schmerz wurde Cormac Herr, nicht jedoch der Wut darüber, dass seine Hände gefesselt waren. Verbittert kämpfte er eine Weile dagegen an, dann begann er erneut zu schreien, denn Ascall rammte seine Faust in die Brandwunde.

»Wie hast du Ailillán getötet?«, fragte er.

Cormacs Schrei riss abrupt ab. Kein Schmerz, keine Wut standen in seinen Augen, nur noch Verwirrung, als er den anderen erkannte.

»Ascall ...«

Etwas lag in Cormacs Stimme, das Ascall dazu brachte, seine Faust zurückzuziehen. Wieder zerrte Cormac an den Fesseln, nicht, um sich zu befreien, sondern weil er versuchte, sich aufzurappeln. Er schaffte es tatsächlich auf die Knie und deutete eine Verbeugung an.

»Du lebst ...«

Ascall musste an Ragnalls Worte denken und zuckte mit den Schultern.

Wer weiß das schon.

»Wie hast du Ailillán getötet?«, fragte er wieder. »Hinterrücks oder wie ein Mann? Hat er sich gewehrt? Hat er eine Chance gehabt und die wenigstens zu nutzen versucht? Rede! Nun rede schon!« Cormac glotzte ihn verständnislos an. »Rede!«, brüllte Ascall und hob drohend den Haken. Mittlerweile war der wieder kalt und schwarz, doch das Feuer würde ihn rasch glühen lassen. »Das nächste Mal ramme ich ihn dir ins Maul wie bei einem Gottesurteil – dann bist du gezwungen, die Wahrheit zu sagen.«

»Bei einem Gottesurteil muss man kein Eisen lecken, sondern über verbrannten Schwarzdorn gehen«, wandte Cormac kleinlaut ein.

Ascall ließ den Haken sinken. Eisen oder Schwarzdorn ... was machte das schon für einen Unterschied. Beides schmerzte, und der Schmerz, so hieß es, sei ein Freund der Wahrheit. Aber vielleicht war er auch ein Freund der Lüge, dann hatte ihm der Schmerz, der in seiner Schulter saß, all die Wochen nur vorgegaukelt, dass sich Rache lohnte und dass es ihm hinterher besser gehe.

»Rede!«, presste er tonlos hervor.

Cormac glotzte immer noch, wenngleich nicht mehr ganz so verständnislos. »Es macht doch keinen Unterschied«, murmelte er.

»Was?«

»Wenn ich gestehe, dass ich Ailillán getötet habe, wirst du mich umbringen, weil du mich dafür verachtest. Und wenn ich gestehe, dass es mir nicht gelungen ist, dass er nämlich fliehen konnte, wirst du mich auch umbringen, weil du mich dafür erst recht verachtest.«

Ascall beugte sich vor.

»Sag mir die Wahrheit!«

»Die kenne ich nicht. Da musst du schon Caitlín fragen.«

Caitlín, Caitlín, Caitlín ...

Ihr Name hatte sich nie in seine Gedanken geschlichen, wenn er auf die Bäume gedroschen und Ailillán verflucht hatte. Jetzt dachte er nicht nur an ihren Namen, sondern sah auch ihr Gesicht deutlich vor sich – ihr schwarzes Haar, ihre blauen

Augen, ihr stolz gerecktes Kinn. Schön sei sie, hatte es immer geheißen, und jetzt wusste er plötzlich, dass das stimmte. Und als er sich vorstellte, wie sie unter Cormac lag, diesem Vieh, ballte er erneut die Hand zur Faust und schlug sie ihm so oft ins Gesicht, bis seine Lippen platzten.

»Was hast du mit Ailillán gemacht?«, brüllte er.

Cormac schluckte das Blut. Jenes Auge, das immer kleiner als das andere gewesen war, schien in seiner Höhle zu versinken. Das andere blickte erstaunlich wach, nahezu weise.

»Als ... als ich ein Kind war«, begann Cormac stockend zu erzählen, »haben mich immer alle für dumm gehalten und mich verspottet, aber du hast gesagt, es sei nicht wichtig, ob man klug ist oder nicht. Man halte das Schwert mit der Hand, nicht mit dem Kopf, hast du behauptet. Weißt du das noch?«

Ascall wusste es nicht mehr. Er konnte sich auch nicht vorstellen, jemals solchen Unsinn von sich gegeben zu haben. Man hielt das Schwert zwar mit der Hand, um es zu führen und damit zu töten, brauchte man jedoch seinen Kopf.

»Nun«, sagte Cormac, »gewiss erinnerst du dich an etwas anderes. Daran, dass ich dich bei deinem toten Vater fand, nachdem du ihn besiegt hattest. Ich war der Erste, der dir die Treue schwor.«

Ascall presste die Lippen zusammen. »Das haben alle getan«, knurrte er. »Warum auch nicht, da Ultan doch tot war.«

»Aber ich war der Einzige, der sich darüber gefreut hat. Und ich habe dir im Stillen schon die Treue geschworen, als er noch lebte.«

Cormac konnte nicht das ganze Blut schlucken, etliches lief über sein Kinn. Der metallische Geruch stieg Ascall ebenso in die Nase wie der scharfe nach Schweiß. »Dann belüg mich nicht!«, rief er. »Was hast du mit meinem Bruder gemacht? Hast du ihn getötet oder nicht?«

Wären Cormacs Hände nicht gefesselt gewesen, hätte er sie wohl hilflos gerungen. So wandt er sie unwillkürlich auf dem Rücken. »Ich ... ich weiß es nicht. Ich habe ihn mit dem Schwert angegriffen, doch er ist mir ausgewichen. Ich habe einen Speer auf ihn geschleudert, doch er hat sich geduckt. Als er ins Unterholz floh, habe ich einen Pfeil auf ihn abgeschossen, und ich habe ihn schreien hören. Allerdings habe ich seinen Leichnam nicht gefunden – wobei man auch nicht jedes Reh findet, das man trifft.«

Während er sprach, hatte Ascall seinen Kopf gepackt. Kurz war er versucht, diesen mit bloßen Händen zu zerquetschen oder ihn auf den Boden zu schlagen, bis er zerplatzte. Stattdessen starrte er ihn nur reglos an, erinnerte sich nun doch an den Knaben, der Cormac einst gewesen war, erinnerte sich auch daran, wie er auf ihn eingeredet hatte. Es macht nichts, dass du dumm bist, ich zeige dir trotzdem, wie man kämpft, hatte er zu ihm gesagt. Es macht nichts, dass du feige bist, ich zeige dir trotzdem, wie man tötet, hatte er zu Ailillán gesagt. Ich mache euch zu Männern, wie ich einer bin … sein will … sein muss.

»Du wirst mich töten«, sagte Cormac.

»Ja«, gab Ascall zurück, aber anstatt den Kopf zu zerquetschen, ihn auf den Boden zu schleudern oder zu erwürgen, nahm er sein Schwert, durchschnitt die Fesseln und reichte Cormac die Waffe. Fragend blickte Cormac darauf.

»Nimm es!«, befahl Ascall, erhob sich und nahm selbst den Haken. »Ich werde dich nicht töten, solange du wehrlos bist. Kämpf … kämpf um dein Leben.«

»Ein Schwert gegen einen Haken …«

»Du bist erschöpft vom heutigen Kampf, hast eine blutende Lippe und eine Brandwunde auf der Brust. Ich nicht.«

Endlich ergriff Cormac das Schwert, und als Ascall ihn ansah, sah er nicht mehr den dummen Knaben von einst und nicht mehr den treuen Krieger. Er sah nicht mehr Caitlín, die schöne, schöne Caitlín, die unter Cormac lag, und er sah nicht mehr Ailillán, der mit einem Pfeil im Rücken auf der nassen Walderde starb.

Er sah nur einen Feind, der sich erhob, der das Schwert umklammerte. Er sah, wie dessen Augen ihn fixierten, wie ihm erneut der Schweiß über die Brust perlte und in dem schwarzen Loch, das der glühende Haken hinterlassen hatte, versickerte. Er war sicher, dass Cormac die Wunde nicht fühlte – er fühlte ja auch selbst seine schmerzende Schulter nicht, fühlte nur den

Haken in der Hand. Seine einzige Chance war, damit Cormacs Kopf zu treffen, am besten eines seiner Augen, ehe der das Schwert auf ihn niedersausen ließ. Doch dafür musste er warten, bis Cormac nahe genug an ihn herantrat und das Schwert hob. Er würde sich ducken, würde das Gewicht vom linken auf den rechten Fuß verlagern, würde sich drehen, würde ...

Er sah es schon vor sich, er fühlte es schon. Und tatsächlich, Cormac hob das Schwert. Doch anstatt damit auf Ascall loszugehen, richtete er es auf sich selbst, und schon fuhr die Spitze in die Brandwunde, schon rammte er sich die Klinge tief in den eigenen Leib.

Ascall schrie auf, Cormac nicht. Das Einzige, was er von sich gab, war ein Ächzen, dann fiel er mit dem Gesicht voran zu Boden und begrub das Schwert unter sich.

Als er den schweren Leib auf den Rücken wälzte, fuhr Ascall wieder der gleißende Schmerz in die Schultern. »Bist du verrückt?«, brüllte er. »Bist du verrückt? Warum hast du das getan?« Er brüllte und brüllte, wollte das Entsetzen aus sich herausbrüllen und den Schmerz. Beide blieben, zumal er sah, dass Cormac noch lebte. Seine Augen waren geschlossen, der Mund nicht.

»Ich ... habe dich nicht nur bei deinem toten Vater gefunden ...«, stieß Cormac keuchend hervor, »ich ... ich habe beobachtet, wie du ihn ... getötet hast. Ich weiß, dass du keine andere Wahl hattest, aber ... aber ich weiß auch ... du hast es nicht gern getan ... Du hättest ... du hättest auch mich nicht gern getötet. Das ... das wollte ich dir ersparen ... Herr.«

Ascalls Kehle wurde eng. »Dumm ... dumm ... wie dumm du bist«, stammelte er.

Rote Bläschen traten aus Cormacs Mundwinkel. »Ich ... hätte dir auch gern erspart, Ailillán zu töten.«

»Dumm ... dumm ... wie dumm du bist! Warum sollte ich meinen eigenen Bruder töten?«

Nun öffneten sich Cormacs Augen doch ein wenig, zumindest das eine. »Das ... das weißt du doch«, flüsterte er. »Ailillán ... er ist verrückt.«

»Dumm ... dumm ...«, presste Ascall hervor und verstummte.

Cormac verstummte auch. Drei rasselnde Atemzüge noch, und er war tot. Der Mund stand ihm immer noch weit offen, die Augen waren wieder geschlossen.

Dumm ... dumm ... dumm, hämmerte es in Ascalls Kopf. Wie dumm Cormac war ... wie dumm ich bin ...

Wie dumm es gewesen war, sich monatelang im Wald zu verkriechen. Wie dumm, dass er sich in all der Zeit nicht eingestanden hatte, warum er das getan hatte. Nicht weil er gedacht hatte, Ailillán wäre endlich stark, sondern weil er gehofft hatte, sein Bruder wäre nicht länger verrückt. Weil er selbst alles schlimmer gemacht hatte, als er den Bruder das Morden gelehrt hatte, und Caitlín vielleicht alles besser, als sie ihn das Lieben gelehrt hatte. Aber wenn Irland sich nicht von der Hölle unterschied und die Lebenden sich nicht von den Toten unterschieden – war Morden und Lieben denn dann nicht dasselbe?

Wieder legte Ascall seine Hände um Cormacs Kopf, zog ihn auf seinen Schoß, strich über sein Gesicht. Erst erkaltete der Schweiß, dann das Blut, das aus der aufgeplatzten Lippe gesickert war, am Ende der ganze Leib.

Er schlief über dem Toten ein, er wurde selbst kalt. Als er erwachte, war es Morgen und sein Körper steif. Zu steif, um sich zu wehren, als sie kamen. Ascall hörte ihre Schritte, aber er konnte nicht aufstehen, Cormacs Kopf lastete zu schwer auf seinem Schoß. Er hörte das irre Lachen, aber er konnte weder zum Schwert noch zum Haken greifen, beides lag zu weit von ihm entfernt. Er spürte die Hände des einen, wie sie ihn packten, und die Klinge vom Schwert des anderen, wie sie sich an seine Kehle presste. Sein Körper war nun nicht länger steif – im Gegenteil: Der Schmerz schien wie flüssiges Blei von seiner Schulter in alle Glieder zu fließen.

Ragnall und Gilla Dub. Die beiden Krieger, die er verschont hatte. Ohne Waffen hatte er sie gehen lassen, doch nun hatten sie wieder welche. Die Waffen des toten Fergal und des toten Brotchú.

Welch ein Fehler, sie bei ihnen liegen zu lassen ... Ich bin so dumm wie Cormac. Ich bin so verrückt wie Ailillán.

Die beiden waren auch verrückt und dumm, weil sie zurückgekommen waren.

»Warum seid ihr nicht zum Hochkönig geflohen?«, ächzte Ascall. »Er und Diarmait würden vielleicht Frieden schließen ...«

»Frieden, was soll das sein?«, rief Ragnall und lachte und lachte. »Soll Diarmait weiter wüten, soll er noch mehr Normannen ins Land holen, soll Connor doch sterben. Er hat es verdient nach allem, was Diarmait diesem Land angetan hat.«

Die Taue, mit denen Ascall am Tag zuvor Cormac gefesselt hatte, schnitten nun in seine Handgelenke. Was immer die beiden vorhatten – sie wollten ihn am Leben lassen. Oder er merkte den Unterschied zwischen Leben und Tod nur nicht mehr.

Als sie ihn über Cormacs Leichnam hinweg nach draußen zerrten, wurde er wieder vom Feuer des Schmerzes verzehrt. Alles, was er denken und fühlen konnte – Rachsucht, Wut, Verzweiflung, Sehnsucht –, loderte grell auf, ehe es zu Asche zerfiel. Nur ein Name blieb.

Róisín.

Sie wäre die Einzige, die ihm den Schmerz nehmen könnte.

CAITLÍN

Einmal mehr hatte sich das Rad vom Wagen gelöst. Die Habseligkeiten, die auf diesem transportiert wurden, kullerten auf den Boden, während das Rad über die Böschung des Weges rollte und im dornigen Gestrüpp liegen blieb. Als Rún Anstalten machte, es zu holen, hielt Caitlín sie fest.
»Ich habe ohnehin schon zerkratzte Beine, lass mich das machen.«
Wenig später kehrte sie mit dem Rad zurück und betrachtete es zweifelnd. Das Holz war längst morsch geworden, und wenn es sich das nächste Mal von der Radachse löste, würde es wohl entzweibrechen. Sie müssten den Wagen zurücklassen, die Habseligkeiten tragen und würden noch langsamer vorankommen.
Seufzend band Caitlín das Rad mit einem Strick aus Weidengeflecht an die Achse, und immer noch seufzend blickte sie auf den Weg vor ihnen, der von vielen kleinen Kieseln, aber auch riesigen Felsbrocken übersät war. Im vergangenen Winter hatte sich eine steinerne Lawine von den Bergen gelöst, die nicht nur Wiesen und Heidefelder verschüttet hatte, sondern große Teile der Straße.
Rún folgte ihrem Blick. »Wir sind schon so lange unterwegs. Wann ... wann kommen wir endlich an?«
Caitlín zuckte mit den Schultern. Man kann nur ankommen, wenn man ein Ziel hat, dachte sie. Ihres war es aber einzig gewesen, aus Toora zu fliehen und jenen Menschen zu folgen, die ebenfalls in den Westen aufbrachen und die, wenn sie an ihrer Siedlung vorbeigekommen waren, schreckliche Geschichten von den Normannen erzählt hatten.
Caitlín dachte an die Zeit, da sie alle von Zweifel zerrissen gewesen waren und nicht gewusst hatten, was sie nun tun sollten.

»Die Geschichten können doch auch alles Lügen sein, nicht wahr?«, hatte die alte Ealga, eine Bäuerin, gesagt, während Bronagh Caitlíns Befürchtungen teilte.

»Unheil droht«, erklärte sie. »Dafür gibt es viele Zeichen. Die Frösche sind größer als sonst, sie quaken laut wie nie. Und einer der Flüchtenden hat mir erzählt, dass man in Ulster einen Fisch gefangen hat, groß wie ein Pferd und mit schrecklich vielen Zähnen. Das ist ein Zeichen dafür, dass die Feinde die Insel verschlingen werden.«

Auf Frösche und Fische wollte die alte Ealga nichts geben, doch Bronagh wusste überdies zu berichten, dass Dún Fionn mittlerweile leer stand, weil Conan Maol und seine Männer von Tigernán zu den Waffen gerufen worden waren, um Breifne zu verteidigen. Ob sich seine und Cormacs Wege kreuzen würden? Ob der überhaupt noch am Leben war?

Caitlín wollte nicht warten, um das herauszufinden. »Wir fliehen in Richtung Connacht«, entschied sie eines Morgens, nachdem sie alle Bewohner des Dorfes hatte zusammenrufen lassen, und weil sie schon in den vergangenen Wochen so viele Entscheidungen getroffen hatte – wer den Weidezaun ausbessern könnte, wer die Schafe scheren, wer die Binsen schälen –, fügten sich die Menschen, wenn auch nicht leichten Herzens.

Bronagh fragte unter Schluchzen, was mit ihrer jüngsten Tochter geschehe, die ob ihres lahmen Fußes doch nicht gehen könne. »Die Männer werden sie abwechselnd tragen, und zwischendurch kann sie auf dem Wagen sitzen«, bestimmte Caitlín. Sie wusste nicht, dass die Räder des Wagens morsch waren.

Ealga schluchzte auch. Ehe sie gingen, küsste sie alles – jede Planke, jeden Pfosten, sogar den Boden, nur nicht die Weiderosen, die vor ihrem Haus auf der Wiese wuchsen. »Meine Lippen sind so rau, sie könnten zerreißen, und meine Tränen sind so salzig, sie könnten verwelken …«

Caitlín sagte nicht, dass, falls die Feinde über Toora einfielen, sie alle Blumen zertrampeln würden. »In Connacht sind wir in Sicherheit«, tröstete sie, »in Connacht wachsen noch mehr Blumen.«

Als jetzt die Wagenräder bedrohlich knirschten, war sie sich allerdings nicht sicher, ob sie Connacht erreichen würden, bevor der Herbst die Blätter von den Bäumen fegte und die Blumen verblühten. Schon jetzt waren die Blätter wie verrottet – an den Bäumen, die eine Steinlawine kürzlich mit sich gerissen hatte, deren Kronen vergraben waren und deren Wurzeln anklagend in den Himmel ragten, aber ebenso die des Waldes, der auf das Geröllfeld folgte. Sehr dicht wuchs er nicht, gewährte er ihnen doch den Blick auf die vielen kleinen Hügel, deren Form Caitlín an einen Korb Eier erinnerte.

Im Schatten einiger Bäume schlugen sie ihr Nachtlager auf. Sie froren und hungerten wie immer, doch Bronaghs gelähmte Tochter Radha tröstete sie mit ihren Liedern. Sie sang nicht so schön wie Faolán, doch die Melodien erweckten gleichwohl Erinnerungen an den Bruder – nur gute und nicht die an den Tag, als er Aililláns Schmuck gestohlen hatte. Caitlín unterdrückte die Tränen, solange sie wach war, weinte sich erst im Schlaf die Wangen nass, und als sie beim ersten Dämmerlicht die Augen wieder aufschlug, waren ihre Wangen weiß verkrustet. Anstelle von Radhas Liedern waren an diesem Morgen wütende Stimmen zu hören.

Um nach Connacht zu gelangen, müssten sie durch den Wald gehen, sagten die einen. Der Wald sei gefährlich, und wer sich zu tief hineinwage, finde nie wieder hinaus, entgegneten die anderen.

»Wir könnten die Slige Midluachra suchen«, sagte Ealga, »und dort entlanggehen.«

»Aber die Slige Midluachra führt in den Norden, nicht nach Westen!«

Caitlín wischte sich die salzigen Krusten von den Wangen und klatschte in die Hände. »Wir gehen am Waldrand entlang«, beschloss sie. »So finden wir im Schatten der Bäume Zuflucht, wenn es regnet, und müssen dennoch keine Angst haben, uns in deren Schatten zu verirren.«

Alle fügten sich, doch sie selbst verfluchte sich schon gegen Mittag für ihre Entscheidung. Die Luft war feucht und schwer und kräuselte ihr dunkles Haar, der Boden wurde immer schlammiger, und sie mussten über hartes Schilf laufen. Die Bäume – ob Erlen, Birken oder Ulmen – ließen ihre Äste so tief hängen, als hätten ihre Blätter nicht nur die Farbe von Bronze, sondern auch dessen Gewicht, und die Tümpel, die sie passierten, waren so schwarz, dass man noch schmutziger wurde, wenn man sich darin wusch. Erst als der Himmel sich violett zu färben begann, sie nunmehr bis zu den Knien im Morast wateten und sie den Wagen aufgegeben hatten, weil die Räder darin stecken geblieben waren, stießen sie auf einen tiefblauen See.

Caitlín mochte der Farbe kaum trauen. Trügerisch erschien sie ihr nach all den Braun- und Grautönen des Tages. Gleichwohl stürzte sie auf das Wasser zu, stellte fest, dass es tatsächlich klar war, und wusch sich die Hände. Nicht weit von ihr stob erschrocken ein Vogelschwarm hoch – Kraniche, Wildgänse oder Schwäne.

»Rún«, wandte sie sich an das Sklavenmädchen, »weißt du, wann Gänse Eier legen?«

Rún zuckte mit den Schultern, doch Ealga erklärte, dass sie das nur im Frühling täten. Im Herbst würden sie Irland verlassen und in ein fernes Land im Süden ziehen.

»Zurück bleiben nur Füchse, Bären und Wölfe«, schloss sie und sah misstrauisch in Richtung Wald.

»Nicht mehr lange, dann sind wir in Connacht«, tröstete Caitlín. »Dort werden wir in einer der drei Residenzen des Hochkönigs Zuflucht finden.«

»Der Hochkönig kann nicht allen Flüchtenden Obdach gewähren.«

»Mir schon. Ich bin Caitlín O'Bjólan. Als Ruari O'Connor einst Gast von Ascall war, bin ich ihm begegnet. Er kennt mich.«

Ealga wiegte zweifelnd den Kopf. »So wie du jetzt aussiehst, wird er dich für eine Fremde halten.«

Caitlín starrte auf den See, konnte auf der glatten Oberfläche aber nur Schemen erkennen. Erst als sie an sich hinuntersah, ging ihr auf, wie verschmutzt und zerrissen ihre Kleidung war, und als sie sich übers Gesicht fuhr, fühlte sie, wie gegerbt und rau ihre Haut war. Die Haare wiederum glichen Stroh – nicht dem goldenen, frischen, sondern dem verfaulten vom Vorjahr, das die Bauern im Herbst auf die Felder brachten, um den Boden damit zu düngen.

»Geht weiter«, befahl sie den anderen, »ich werde hierbleiben und mich waschen.«

Bestimmt würde sie schon am kommenden Tag wieder dreckig werden, wenn sie weiterhin diese morastigen Wiesen durchschritten. Doch Caitlín wollte nicht auf die Wohltat verzichten, wenig später in den See zu steigen und die Haut zu bearbeiten, bis die Schmutzschicht sich löste. Obwohl sich das kalte Wasser anfühlte, als würden tausend Nadelstiche sie treffen, ließ sie sich sogar kopfüber ins Wasser gleiten, und als sie wieder auftauchte, funkelten die Wellen, die sanft von ihr wegrollten, im bronzenen Abendlicht. Es traf ihre gerötete Haut, schien sie zu streicheln. Caitlín seufzte wohlig, schüttelte alsbald jedoch den Kopf, weil Wasser in ihre Ohren geraten war. Als es endlich herausgeflossen war, war das Wasser nicht mehr bronzen, sondern schwarz, und sie hörte vom Ufer her Schritte und Stimmen. Noch sah sie dort niemanden, aber sie beeilte sich, um ins Trockene zu kommen. Mehrmals rutschte sie auf den glitschigen Steinen aus, dann hatte sie schon die Stelle erreicht, an der sie ihr Kleid abgelegt hatte, und schlüpfte so hastig hinein, dass der Stoff bis zur Hüfte aufriss. Das Kleid blieb am nassen Körper haften, die Sonne verkroch sich noch tiefer hinter den Wolken. Caitlín verkroch sich auch, als die Stimmen und Schritte näher kamen, doch sie blieb nicht lange im Schilf hocken, denn sie erkannte, welch erbärmliches Menschenhäuflein da den See erreichte. Flüchtlinge ... Flüchtlinge wie sie. Mit schmutzigen Kleidern, wenig Besitz, stumpfem Blick und müdem Gang.

Noch mehr Vögel stoben kreischend hoch, als sich die Menschen am Flussufer niederließen. Ein Mann kam Caitlín vage bekannt vor. Wenn sie es recht im Kopf hatte, lebte er in einer Siedlung nicht weit von Dún Fionn entfernt. Über Paitín hatte sie deren Bewohner wissen lassen, dass sie fliehen würden, und wie es aussah, hatten sie es ihnen gleichgetan. Der Mann ließ sich auf einem der Steine nieder, nahm die Sichel, die er geschultert hatte, und begann, sie mit einem Wetzstein zu schleifen.

Wofür braucht er denn hier in der Wildnis eine Sichel? Will er anstelle von Getreide Schilf ernten und essen?

Doch die gleichmäßigen Bewegungen schienen dem Mann Ruhe und Kraft zu verleihen und jenes schleifende Geräusch den anderen Trost zu schenken. Ächzend streckten sie die wehen Beine, rieben sich die schmerzenden Rücken, indes Caitlín auszumachen versuchte, ob sie wohl mehr Proviant mit sich trugen als ihre Leute. Brot und Fleisch entdeckte sie zwar nicht, doch in den Händen einer Frau ein Werkzeug – kleiner als die Sense, aber in der Wildnis ungleich nützlicher. Es war eine Knochennadel, an der ein Faden hing, vielleicht aus Flachs, Schweinedarm oder aus den Fasern der Brennnessel gemacht, jedenfalls tauglich, um ein Kleid zu flicken. Die Frau nähte eben einen Riss an ihrem, und Caitlín, vom kalten Wind, der ihre nackte Haut traf, an den Zustand des eigenen gemahnt, zog sich nicht leise zurück, sondern trat auf die Frau zu. Sobald sie das Schilf hinter sich ließ, waren die Steine wieder glitschig, und sie musste den Blick senken, um sich auf jeden Schritt zu konzentrieren. Als sie ihn wieder hob, erstarrte sie. Der Bauer hatte aufgehört, die Sichel zu schleifen, und musterte sie verwirrt. Die Frau hatte aufgehört zu nähen und blickte sie ebenfalls an. Auch drei Kinder, die eben noch Wasser getrunken hatten, hielten inne, als sie Caitlíns ansichtig wurden, und ein Alter, den ein jüngerer Mann auf dem Rücken geschleppt hatte, wie Paitín es mit Radha tat, deutete auf sie und stellte eine Frage.

Auf niemanden von ihnen achtete sie jedoch, nur auf den Mann, der sie als Einziger noch nicht bemerkt hatte. Er zog drei Schafe hinter sich her, die wohl die glitschigen Steine scheuten. Sie weigerten sich mähend, noch einen Schritt zu machen.

»Ailillán ...«

Er fluchte auf die Schafe, hörte nicht, wie sie seinen Namen sagte, merkte aber jetzt, dass alle in eine bestimmte Richtung sahen, und ließ die Schafe los.

So wie du jetzt aussiehst, wird er dich für eine Fremde halten, hatte Ealga gesagt. Das mochte für den Hochkönig gelten, nicht aber für Ailillán.
Er erkannte sie sofort.

Die Schafe hatten mittlerweile gemerkt, dass er ihnen nichts Schlechtes wollte, und staksten freiwillig zum Wasser. Ailillán indes blieb wie erstarrt stehen.
Er lebt, er lebt, er lebt, dachte Caitlín, und Erleichterung durchflutete sie.
Er lebt, er lebt, er lebt, dachte Caitlín, und die Angst packte sie.
Ein wenig fühlte es sich an, wie im See zu baden. Es war eine Labsal, den Schmutz vom Körper zu spülen, aber eine Qual, wie sich die Kälte in die Glieder verbiss. Die Sonne hatte sie ein wenig gewärmt, sein Blick tat es nicht. Ausdruckslos war er, ließ nicht erkennen, was er fühlte und dachte. Etwas mehr darüber, wie er die letzten Jahre seines Lebens verbracht hatte, verriet sein übriges Erscheinungsbild. Der elegante Mann, der Seidentücher und Luchspelze geliebt hatte, trug nun einen rauen, kratzenden Kittel aus Schafwolle. Wo früher eine Fibel mit glänzenden Steinen gesteckt hatte, war jetzt der Stoff des fadenscheinigen Umhangs nur verknotet. Die Füße, einst von Stiefeln geschützt, waren nackt und verschorft. Eine Hose trug er immer noch, nur dass diese nicht aus feinem grauem Stoff war, sondern aus rissigem und verdrecktem.
Einzig die hängenden Schultern erinnerten an den alten Ailillán – früher von unsichtbarer Last niedergedrückt, waren sie es jetzt vom Gewicht eines Lederbeutels.
»Ailillán ...«, sagte sie wieder.
Die Augenbrauen wuchsen buschig wie einst, die Augen hingegen wurden schmal wie nie. Verachtung, Hass las sie immer noch nicht darin, aber ein Warum, erst stumm, dann laut ausgesprochen.
»Warum, warum, warum?«
Was genau wollte er wissen? Warum sie zugelassen hatte, dass Riacán Ascall tötete? Oder Cormac ihn? So wie er ging,

leicht hinkend nämlich und mit verzerrtem Gesicht, war Cormac das wohl fast gelungen.

»Warum bist du hier?«, gab sie zurück. Die Frau begann wieder mit ihrer Knochennadel zu nähen, der Bauer wieder die Sense zu schleifen. So schwielig, wie seine Hände waren, hatte wohl auch Ailillán manches Mal die Sense geschliffen, mehr noch, sie geschwungen. Unter den Fingernägeln hatte sich viel Dreck gesammelt, auch die Kuppen waren schmutzig. Sie ließen an Ascalls schwarze denken. »Warum bist du hier?«, wiederholte sie, und weil er nichts sagte, gab sie sich selbst die Antwort. »Du hast ja wie ein Bauer geschuftet.«

Genau wie ich.

»Du bist Cormac entkommen und hast in einem Dorf Unterschlupf gefunden.«

Genau wie ich.

»Du bist nicht weiter aufgefallen, weil du ihre Arbeit tatest und ihre Kleidung trugst.«

Genau wie ich.

Ailillán nickte zögernd. »Cormac ... sein Pfeil hat mich getroffen ... Im Dorf hat man meine Wunde versorgt ...«

Das war anders als bei ihr. Ihr Körper war heil geblieben, sie hinkte nicht, sie könnte laufen, könnte davonlaufen. Aber noch stand sie ruhig da. »Warum hast du nicht versucht, Cormac von Dún Fionn zu vertreiben?«, fragte sie.

»Mein Bruder ist doch tot«, sagte er leise.

Er machte einen Schritt auf sie zu, woraufhin sich sein Gesicht prompt vor Schmerz verzerrte, und endlich regte sie sich. Nicht, um davonzulaufen, sondern um ihn zu stützen, ehe sein Bein nachgab. Er versuchte, sie abzuschütteln, packte, als sie das nicht zuließ, ihre Hand, aber ließ sie alsbald wieder los, als hätte er sich verbrannt.

Sie wähnte sich auch zu verbrennen ... an der Wut, die plötzlich in seinem Gesicht stand, hitzige, zerstörerische Wut. Wut, die ihn blind machte. Wut, die ihn so oft dazu verleitet hatte zu töten. Wut, der sie keine Worte entgegensetzen konnte, keine Umarmung.

Mein Bruder ist tot.

»Ich wollte doch nicht ...«, setzte sie an.

Als sie zurückwich, sah sie den Dolch an seinem Gürtel. Einst hatte sie ihn von Ascall bekommen, später hatten Rún und Bronagh ihn auf ihre Bitte hin Ailillán gebracht. Ob er mit dem Wetzstein, über den nun der Bauer die Sichel fahren ließ, ebenfalls den Dolch geschliffen hatte?

Selbst wenn nicht ... gewiss war er auch so scharf genug, ihre Kehle durchzuschneiden. Ailillán folgte ihrem Blick, griff nach dem Knauf, und noch ehe er die Waffe zog, raffte sie ihr Kleid und lief davon.

Caitlín lief und lief. Lief erst vor dem schleifenden Geräusch der Sense davon, später vor den eigenen Leuten. Irgendjemand, vielleicht Paitín, rief ihren Namen, doch anstatt dem Ruf zu folgen, wählte sie die entgegengesetzte Richtung. Sie hatte dem Jungen einst nicht die Hand gerettet, um nun sein Leben zu gefährden. Immer weiter entfernte sie sich vom Ufer des Sees, durchquerte den Sumpf, der bei jedem Schritt schmatzte, erreichte den Wald, um nun im Schatten der Bäume zu rennen. Schritte folgten ihr, ob von Menschen oder von Tieren, wusste sie nicht. Irgendwann wurden sie leiser und das Licht wurde trüber. Bald war die Sonne ausgeblutet und überließ der Mondsichel, deren silbriges Licht Caitlín an die Sense und an den Dolch denken ließ, ihren Platz am Himmelszelt. Und sie lief weiter, lief und lief.

Der Tag graute, die Mondsichel verblasste, ganz deutlich hingegen tauchten Bilder vor ihr auf, an die sie früher nie hatte glauben wollen – von Ailillán, wie er Kinder und Frauen tötete, Lämmer und Gefangene. Als sie zunehmend erschöpft war, überlegte sie, ob sie nicht einfach stehen bleiben sollte, vor dem Rascheln nicht fliehen, sondern ihm entgegenlaufen, um es hinter sich zu bringen. Er würde sie ja doch einholen, er würde sie ja doch töten, nicht, weil er es wollte, sondern weil er es Ascall schuldig war.

Caitlín hingegen blieb nicht stehen, da sie wieder von Bildern eingeholt wurde, dieses Mal von Ailillán, wie er sie traurig lächelnd und sehnsüchtig angeschaut hatte, wie das Blut von seinem Kinn getropft war, nachdem Ascall ihn verprügelt und wie sie es ihm abgewischt hatte. Nein, er sollte sie nicht töten müssen, besser sie fiel einem Bären oder Wolf zur Beute, starb vor Hunger oder Erschöpfung. Allerdings stieß sie nicht auf wilde Tiere, und Hunger und Erschöpfung brachten nicht sofort den Tod. Als sich die scharfen Ränder der Mondsichel endgültig mit dem milchig weißen Himmel verschmolzen, gaben lediglich ihre Knie nach. Sie fiel auf eine Bettstatt aus Moos und Wurzeln, hörte eine Weile nur ihren rauen Atem, dann Stimmen, sehr viele und allesamt fremd.

Sie rappelte sich auf und folgte mit bebenden Füßen den Lauten, doch bevor sie die Menschen sah, denen sie gehörten, schnitt ihr Wasser den Weg ab. Kurz dachte sie, es wäre der See und sie die ganze Nacht im Kreis gelaufen, doch dann erkannte sie, dass ein träger grauer Fluss das Land teilte. Eben trieb er ein Boot mit sich, in dem zwei Männer und eine Frau saßen. Zumindest hielt sie den dritten zunächst für eine Frau, dann sah sie, dass er nur vermeintlich zarter und kleiner, in Wahrheit aber an den Händen gefesselt war und deshalb gekrümmt saß.

Als das Boot das Ufer erreichte, zerrte einer der beiden Männer den Gefangenen hoch und stieß ihn vom Boot, und obwohl es ein Leichtes gewesen wäre, auf die weißen Steine zu springen, stellte sich dieser so ungeschickt an, dass er knietief im Wasser landete. Er erschauderte nicht ob der Kälte, sondern blieb steif stehen. Erst als einer der Männer ... nein, es war ein Krieger, wie sein großes Schwert verriet, ihn hochzerrte, kam er auf festem Boden zu stehen, wo er prompt auf die Knie sackte.

»Ihr bringt mich zu meinem Vater ... Ihr bringt mich doch zu meinem Vater!«, rief er flehentlich.

Der eine Krieger hatte sein langes Haar am Hinterkopf zusammengebunden, und es fiel so struppig über seinen Rücken, dass Caitlín unwillkürlich an den Schweif eines Pferdes denken musste. Das Haar des anderen, der gleich ihm überdrüssig auf den Gefangenen herabstarrte, war nicht zu sehen. Er trug eine Lederhaube auf dem Kopf, die mit dem Nacken- und Kinnschutz verbunden war und nur ein Loch für die eng beisammenstehenden Augen, den Mund und die Nase freiließ.

»Steh auf!«, befahl er dem Gefangenen. »Stirb wie ein Mann.«
Caitlín bemerkte erst jetzt, dass sie sich an einen Baum gestützt hatte, dass Harz aus dessen Rinde getroffen war und ihre Hände klebten. Kurz blickte sie auf jene honiggelbe Schicht, dann auf die weißen Steine am Fluss. Es waren nicht sehr viele. Wenn die Männer ihren Kopf heben und in ihre Richtung schauen würden, würden sie sie sofort sehen. Sie duckte sich, versteckte sich hinter dem Baum, griff wieder in etwas Feuchtes, dieses Mal nicht in Harz, sondern in die verfaulten Blätter einer Birke, die vom Wind geknickt gegen den großen Baum gesunken war, als wollte sie ihn umarmen. Etwas stach in ihr Gesäß, wahrscheinlich Stechginster oder Sumpfmyrte ... wobei nicht nur dergleichen hier wuchs, auch ein Strauch mit grünen Stachelbeeren. Als sie sie sah, spürte sie jäh den Hunger. Nicht länger hatte sie Sinn für das Ross und den Lederkopf, wie sie die beiden Krieger nannte, und auch nicht für den Gefangenen, der nun verzweifelt aufbrüllte. Kurz entschlossen streckte sie die Hand aus, pflückte eine Beere und stopfte sie in den ausgetrockneten Mund. Eine Weile musste sie hartnäckig kauen, ehe die harte Schale zerplatzte, und als der saure Saft ihre Zunge traf, schien diese schmerzhaft zu schrumpfen. Am liebsten hätte sie die Stachelbeere wieder ausgespuckt, doch sie bezwang die erste Regung. Schlimm genug, dass sie dieses Knacken von sich gegeben hatte. Schlimm genug, dass das Ross plötzlich rief: »Hast du das gehört?«

Verdammt, verdammt, verdammt!

Lederkopf drehte sich um.

»Da ist niemand ... höchstens ein Vogel«, sagte er.

Das Ross schüttelte zweifelnd den Kopf. »Ich will nicht, dass uns jemand sieht.«

Während sie argwöhnisch in Richtung Wald spähten, sprang der Gefangene auf. »Ihr könnt mich nicht töten!«, rief er. »Ich bin Gast des Hochkönigs!«

Das Ross drehte sich zu ihm. »Du bist seine Geisel. Er hat dich nur als Gast behandelt, solange dein Vater am Frieden festhielt, aber das tut der nicht länger.«

»Ihr könnt mich trotzdem nicht töten. Ich bin mit Rós verlobt!«

»Der Hochkönig würde dich auch töten lassen, wenn du mit ihr verheiratet wärest und sie jede Nacht vögeln würdest. Tigernán liegt ihm seit Langem in den Ohren, es zu tun. Jetzt, da von Breifne nur ein Trümmerfeld geblieben ist, hat Ruari endlich nachgegeben.«

Die Stachelbeere in Caitlíns Magen schien zu einem riesigen, brennenden Klumpen anzuschwellen. Vielleicht war es aber auch gar nicht die Stachelbeere, sondern das Entsetzen über die Worte, denen sie gelauscht hatte.

Connor ... der junge Mann musste Diarmaits Sohn Connor sein ...

Eben sank er wieder auf einen Stein und schluchzte erbärmlich. »Bitte ... bitte tut das nicht! Verschont mich!«

»Steh auf!«, befahl das Ross wieder. »Stirb wie ein Mann.«

»Ist denn der Hochkönig ein Mann? Warum hat er mir nicht ins Gesicht gesagt, was er beschlossen hat? Und warum habt ihr mich über den Fluss gebracht? Etwa, damit auf Connachts Boden kein Blut vergossen wird? Unschuldiges Blut? Ruari hegt gewiss noch Zweifel. Bringt mich zu ihm, lasst mich mit ihm reden, ich werde gegen meinen Vater in den Krieg ziehen, ich werde Ruari O'Connor meine Treue schwören, ich werde ...«

»Halt endlich dein verfluchtes Maul.« Lederkopf hatte auch schwere lederne Handschuhe, und einen zog er nun aus, um Connor damit zu schlagen. Prompt fiel der mit dem Kopf auf einen der weißen Steine und lag kurz so still da, als wäre er tot.

Als das Ross ihn hochzerrte, begann er jedoch wieder zu jammern. »Nein, nein, nein! Tötet mich nicht! Verschont mich!«

»Flenn nicht wie ein Weib!«

Doch Connor flennte weiter, weswegen das, was er als Nächstes tat, umso überraschender kam. Abrupt stand er nämlich auf, stieß mit seiner Stirn so heftig gegen das Kinn des Rosses, dass der Mann taumelte, und lief geradewegs auf den Baum zu, hinter dem Caitlín sich verkrochen hatte. Kurz bevor er sie erreichte, hatte ihn der Lederkopf eingeholt und hielt ihn fest, und wenn Connors Augen darob auch glasig vor Furcht wurden – blind waren sie nicht. Schon fiel sein Blick auf Caitlín, schon schmeckte, fühlte, roch sie seine Angst.

Verrat mich nicht ... bitte verrat mich nicht!
Sie hob den Zeigefinger, führte ihn an die Lippen, und obwohl von Todesangst erfüllt, begriff Connor. Er leistete keinen Widerstand, ließ sich zurückzerren, flehte nicht länger um sein Leben. Nur seine Augen blieben unverwandt auf sie gerichtet, und sie konnte es ihm nicht antun, ihrerseits wegzuschauen. Sie hielt dem Blick stand, spürte heiße Tränen aufsteigen, zwinkerte dennoch nicht.

Vor zwei Männern hatte er sich wie ein Weib gebärdet. Im Angesicht eines Weibes riss er sich zusammen und zuckte nicht mit der Wimper, als das Ross ihn auf die Knie stieß und Lederkopf das Schwert zog, als dieses erst die Luft durchschnitt, um dann den Kopf mit einem einzigen Hieb vom Rumpf zu trennen.

Mit einem dumpfen Geräusch fiel er auf die weißen Steine ... nein, nunmehr die roten, und Caitlín entwich der Atem. Weil sie ihn so lange angehalten hatte, klang das lauter als gedacht. Ihr trockenes Schluchzen ließ die Männer zusammenzucken.

»Verflucht, was war das?«

Die Tränen wurden kalt, der Klumpen in ihrem Magen wurde es auch. Lederkopf stieg über den leblosen Rumpf und das Ross über den abgeschlagenen Kopf, beide kamen sie auf den Baum zu.

»Ein Vogel ... wie vorhin ...«, murmelte Lederkopf.

»Aber Vögel tragen Federn, kein Leinen«, sagte das Ross, bückte sich und hob etwas auf – einen Flicken von ihrem Kleid, der am Harz kleben geblieben war.

Als Caitlín aufsprang, trat sie auf eine Stachelbeere, die prompt zerplatzte. Mit der klebrigen Masse unter der Sohle lief sie wieder über Wurzeln, über Moos, über Blätter, über Nadeln, lief wie schon die ganze Nacht über, lief und wusste: Ihre Kräfte hatten gerade noch gereicht, Aillán zu entkommen, Connors Mörder würden sie unweigerlich einholen.

Anders als sie ahnten ihre Beine jedoch nicht, dass sie verloren hatte. Sie hielten einfach nicht still, liefen, liefen, liefen im Kreis ... Zumindest schien es Caitlín so, als sie wieder weiße Steine unter den Füßen spürte und den Fluss rauschen sah. Sie lief ins Wasser, bis es an die Knie reichte, dachte an Cú Chulainn, der einst in Bedrängnis geraten den Fluss Cronn um Hilfe angefleht hatte. Cronn hatte daraufhin seine Feinde verschlungen, diesem trüben Fluss war es sicher gleich, ob die Menschen, die in ihm wateten oder ersoffen, Mörder oder deren Opfer waren.

Schon war das Keuchen ihrer Verfolger lauter als das Plätschern des Wassers. Als sie sie fast erreicht hatten, drehte Caitlín sich um, kämpfte sich aus dem Wasser, trat ihnen am Ufer entgegen. Und dann sah sie sie an, wie sie Connor angeschaut hatte und Connor sie: ohne zu zwinkern, ohne Furcht im Blick.

Unwillkürlich wichen die beiden zurück. Lederkopf schien die Stirn zu runzeln, denn Augen, Nase und Mund wuchsen regelrecht zusammen. Der Pferdeschwanz von Ross baumelte indes im Wind, als er nachdenklich den Kopf wiegte.

Eine Weile blieb Caitlín mit kerzengeradem Rücken vor den Männern stehen, schließlich fiel sie auf die Knie und beugte den Kopf. Es hat doch auch sein Gutes, dachte sie. Wenigstens sterbe ich schnell und erspare es Ailillán, mich zu töten.

Doch anstatt ihr den Kopf abzuschlagen, fragte Ross verstört: »Was tust du denn da?«

»Ich sterbe wie ein Mann.«

Die Verwirrung der beiden wuchs und entlud sich sodann in lautem Gelächter.

»Soso«, sagte Lederkopf grinsend, »aber solange ich dich ficke, bist du noch ein Weib, oder?«

Er riss sie hoch, und sie wehrte sich nicht, fing vielmehr auch zu lachen an, nicht dümmlich wie die beiden, sondern wie irr. In ihrem Blick stand immer noch keine Furcht.

»Was lachst du?«, fuhr Lederkopf sie an.

Caitlín prustete und prustete. »Ich habe monatelang ein Stück Vieh auf mir ertragen. Denkt ihr, zwei Ochsen, wie ihr es seid, setzen mir noch zu?«

Sie lachte und lachte, als Lederkopf sie packte und schüttelte, lachte, als das Ross sie ihm wegzog und auf die Steine stieß, lachte noch, als ihr Kopf schmerzhaft aufprallte, als Lederkopf sich über sie beugte und an ihrem Kleid riss.

»Schade, es ist nicht mehr genug heiler Stoff da, den ihr kaputt machen könnt«, rief Caitlín lachend, schmeckte feuchten Staub, der sich zwischen den Steinen gesammelt hatte, und schmeckte plötzlich auch etwas anderes – Metall.

Kurz dachte sie, dass kein Schwanz in ihren Leib, sondern eine Schwertspitze in den lachenden Mund gerammt worden wäre, aber was immer zwischen ihre Lippen gedrungen war, konnte sie schlucken, ohne dass es ihr die Kehle zerfetzte. Nein, es steckte kein Schwert in ihrem Leib, jedoch ein Dolch im Rücken von Ross. Reglos sackte der zu Boden, während Lederkopf noch an seiner Hose nestelte. Erschrocken ließ er die Bänder los, was zur Folge hatte, dass ihm der Stoff bis zu den Knien herunterrutschte, und Caitlín lachte wieder, als er verzweifelt mit seinem Schwert fuchtelte.

Das von Ross lag auf dem Boden, und eben nahm es Ailillán, schlug dem ohnehin schon Toten den Kopf ab, packte ihn am langen Pferdeschwanz und schwang ihn wie eine Steinschleuder. Schon hatte er Lederkopf im Gesicht getroffen, schon taumelte dieser. Und wieder und wieder traf ihn der tote Kopf, bis er zu Boden ging und sich nicht mehr regte.

Ailillán ließ den Kopf immer noch nicht los, indes Caitlín sich aus der Starre löste, aufsprang und sich die Fetzen ihres Kleides vor den Leib zog. Nicht länger war ihr zum Lachen zumute, dagegen zum Weinen.

Als sie den Mund öffnete, kam allerdings kein Schluchzen heraus, nur die nüchternen Worte: »Du bist mir gefolgt, um mich zu töten.«

Ailillán drehte sich langsam zu ihr um. »Ich denke schon«, murmelte er und hatte nichts mehr gemein mit dem seelenlosen Mann, der eben wie ein Berserker gewütet hatte.

»Nun«, sagte Caitlín, »wenn du es tust, kannst du mich dann bitte mit dem Schwert erstechen, anstatt mich mit einem leblosen Kopf zu erschlagen?«

Verwirrt hob Ailillán jenen Kopf, als bemerkte er erst jetzt, dass er ihn noch hielt. Als er ihn wieder sinken ließ, sah er nicht aus, als wollte er sie töten, eher, als wollte er sie küssen.

Na, hoffentlich tut er es nicht mit dem Kopf in der Hand ...

Den ließ er nun tatsächlich fallen, er machte hingegen auch keine Anstalten, auf sie zuzutreten.

»Ich ... ich habe nicht damit gerechnet, dass du noch lebst«, stieß er aus. »Ich hatte solche Angst um dich, als ich hörte, dass Conan Maol Dún Fionn für sich beansprucht hat. Ich war sicher, dass er dich töten würde.«

»Wenn du solche Angst um mich hattest, warum hast du nicht versucht, mich zu retten?«

Seine Brauen schienen über der Nase zusammenzuwachsen. »Du hast Ascall ins Verderben geschickt. Also hättest du den Tod verdient.«

Sie atmete tief durch. »Muireann trägt die Schuld an Ascalls Tod. Ich habe meinen Bruder nicht auf ihn gehetzt – allerdings Cormac auf dich.«

Kurz wurden Aililláns Augen noch schmaler, dann weiteten sie sich, und sie vermeinte, Erleichterung aufblitzen zu sehen. Einen Verrat an Ascall hätte er ihr nie verzeihen können – den an ihm selbst durchaus.

Immer noch trat er nicht auf sie zu, er beugte sich über den Fluss, begann seine Hände zu waschen, und sie tat es ihm gleich, obwohl ihre nicht blutverschmiert waren. Als sie sich später mit steifen Fingern erhoben, war der richtige Zeitpunkt vergangen, um sie zu töten oder um sie zu küssen.

»Connor ... Diarmaits Sohn ...«, murmelte Caitlín, »... wir müssen ihn begraben, wir können ihn nicht einfach von wilden Tieren fressen lassen.«

Ailillán nickte. Als er damit begann, die weißen Steine zur Seite zu schieben, um ein Stück feuchter Erde freizulegen, glichen seine Bewegungen wieder denen eines Bauern, nicht mehr denen eines Kriegers.

1171

AOIFE

Diarmait MacMurchada verfaulte bei lebendigem Leib.
Nach seinem Kriegszug durch Meath und Breifne war er kurz vor Weihnachten zurückgekehrt nach Ferns. Dass er sich elend fühlte und noch elender aussah, schob man zunächst darauf, dass das Töten und Verwüsten nun mal anstrengend war, später auf die Trauer um Connor, die ihn dann erst richtig packte, schließlich auf die kalten Winde, die fauchend durch jede Ritze drangen. Doch als diese leiser und lauer wehten, der König von Leinster sich aber trotzdem nicht von der Bettstatt erheben wollte, wussten alle, dass sie nicht am Lager eines Kranken, sondern an dem eines Sterbenden standen. Die einstmals rosige Haut war bläulich angelaufen, das Weiß in den Augen hatte sich gelb gefärbt, und wenn Diarmait den Mund öffnete, troff ihm Speichel übers Kinn, und gleicher Gestank stieg in die Luft, wie er den vielen Wunden am Leib entströmte – erst knotenhaften Geschwüren, später blutenden und eiternden Beulen.
Adám, der Abt des Augustinerklosters von Ferns, meinte, dass Diarmait vom Kummer über das Schicksal seiner Söhne aufgefressen werde. Bruder Isaac hingegen – einer der Mönche, der den siechen Leib jeden Tag wusch und der stets halb entsetzt, halb befriedigt auf die Hautfetzen starrte, die hinterher am feuchten Tuch hafteten – flüsterte, dass der König verflucht sei und niemand anders als der heilige Columcille und der heilige Finnian ihn mit dieser Krankheit geschlagen hätten.
Als Mór davon hörte, war sie tief verärgert und verlangte, dass Bruder Isaac bis auf weiteres Strafdienst bei den Latrinen verrichten müsse, künftig solle ein anderer Mönch Diarmait waschen.
»Ha!«, rief Isaac. »Bei den Latrinen stinkt es nicht annähernd so grässlich wie am Totenbett des Königs von Leinster.«
Dagegen konnte Mór nichts einwenden. Mehr als einmal

hatte Aoife die Mutter würgen sehen, während sie sich über ihren Gemahl beugte.

Wer nicht würgte oder sich das Gefühl des Ekels zumindest nicht anmerken ließ, war Aoifes Schwester Orlaith, die mit ihrem Mann Domhnall Mór O'Brien, dem König von Thomond, nach Ferns gereist war, um dem Vater beizustehen, und nun anbot, ihn anstelle der Mönche zu waschen.

»Willst du dir das wirklich antun?«, fragte Mór.

»Gott wird es mir lohnen.«

Aoife war erstaunt, sie konnte sich nicht daran erinnern, dass Orlaith je fromm gewesen war. Allerdings hatte sie sie seit Jahren nicht mehr gesehen – ebenso wenig wie ihre andere Schwester Derbforgaill, die mit ihrem Ehemann MacGiolla Macholmog von Culala gekommen war. Ihr Lachen klang wie in Kinderzeiten – nämlich so, als hätte sie einen Frosch verschluckt –, doch in diesen Tagen gab es nicht viele Anlässe zum Lachen.

Derbforgaill versuchte, die Besuche am Sterbebett des Vaters zu vermeiden, musste aber mindestens einmal am Tag den Raum betreten – wenn nämlich der Segensspruch aus dem 119. Psalm aufgesagt wurde. Dazu hob ein Mönch das Evangelienbuch, um der Seele des Königs gleichsam den Befehl zu geben, sich aus dem siechen Leib zu erheben, einmal übernahm sogar Bruder Isaac diese Pflicht.

Ob er sich wohl nach dem Reinigen der Latrinen die Hände gewaschen hat? Und ob ein stinkendes Evangelienbuch eine stinkende Seele leichter dazu verleitet, endlich den Körper zu verlassen?

Aber vielleicht stanken ja Seelen gar nicht, nicht die von Diarmait MacMurchada, nicht ihre und schon gar nicht die von ihrer Schwester Derbforgaill, deren größte Sünde die Eitelkeit war.

»Wie trägt denn Eleonore von Aquitanien ihr Haar?«, fragte sie eines Tages, während der Psalm gebetet wurde.

Aoife hörte nicht zu beten auf, aber zeigte es ihr gleichwohl – was kein leichtes Unterfangen war, weil Derbforgaill seit der Geburt ihres letzten Kindes so viele Haare verloren hatte und durch die schütteren Strähnen die bleiche Kopfhaut schimmerte. Wahrscheinlich, dachte Aoife, ließe sie sich besser von Wenwiu zeigen, wie man das Haar frisiert, sodass es voller wirkt.

Die einstige Amme von Énna saß immer noch stundenlang im Hof und riss sich die ihren aus, indes der blinde Énna anders als Derbforgaill viel Zeit am Totenbett seines Vaters verbrachte. Wie immer saß er auch jetzt unauffällig in der Ecke, derweil Domhnall, Diarmaits Bastard, unruhig auf und ab ging.

»Kannst du nicht still sitzen?«, rief die neuerdings fromme Orlaith streng.

Derbforgaill lachte wie von Sinnen, und auch Aoife konnte sich ein Grinsen nicht verkneifen. Mit ähnlich scharfem Ton hatte Orlaith ihren Mann O'Brian am Tag zuvor gemaßregelt, als der einmal mehr wenig Eifer zeigte, dem Schwiegervater auf dem langen Weg von dieser in die jenseitige Welt beizustehen. Er hatte erklärt, dass das Warten auf den Tod genau wie das Warten auf die Geburt Weibersache sei, und war trotz Orlaith' Schimpfen zur Jagd geritten – nicht nur in Begleitung von Derbforgaills Mann, auch von dessen Jagdhund. Der hatte allerdings keine Beute gebracht, sondern O'Brians Hund fast zerfleischt, sodass dieser nun ähnlich nässende Wunden wie der König trug, wenngleich sie nicht so stanken.

Heute war dieser Gestank besonders schlimm. MacGiolla war der Erste, der floh, Derbforgaill folgte ihm rasch, Mór tat es erst, nachdem sie sich übergeben hatte, und selbst Énna zog sich leise zurück. Kurz setzte sich Maurice Regan an die Bettstatt des Königs, aber während der zehn Atemzüge, die er es hier aushielt, sah man ihm deutlich an, wie sehr er MacCriffan und den alten O'Caellighe, die einst zu den engsten Vertrauten Diarmaits zählten, dafür beneidete, vor dem König gestorben zu sein.

Am Ende verharrten nur Aoife, Orlaith und Abt Adám.

»Es heißt, der heilige Ciarán von Clonmacnoise ließ sich in der Stunde des Todes aus dem Klostergebäude tragen und schaute zum Himmel empor«, wandte sich Orlaith an Letzteren. »Er sagte: ›Schwer ist dieser Weg, aber er ist nötig.‹«

Draußen begann es laut prasselnd zu regnen – das Wetter erwies sich am 1. Mai genauso launisch, wie es den ganzen April über gewesen war. »Leider ist es heute nicht möglich, den

König ins Freie zu bringen«, murmelte Adám ratlos. Er hatte schon so viele Tage am Sterbebett ausgeharrt, dass er die Gebete durcheinanderbrachte und eben nicht einen neuen Psalm oder das *Credo in Deum* anstimmte, sondern das *Requiem aeternam*, obgleich in diesem nur über Tote gesprochen wurde. Danach reichte er dem König ein Stück Brot so weich wie Butter, auf dass es ihm als Wegzehrung für die Reise ins Jenseits diente, doch der Kranke erbrach es sofort wieder.

Orlaith, die zuvor das Erbrochene der Mutter weggewischt hatte, sprang entsetzt auf.

»Lieber Himmel!«, rief sie. »Er braucht doch Kraft für den Weg ins Jenseits!«

»Diese Kraft müssen wir ihm eben auf andere Weise schenken«, erklärte der Abt, ließ ein Reliquiar bringen, in dem man die Asche von Paulus und Petrus gesammelt hatte, und forderte den König auf, das silberne Kästchen zu küssen.

Aoife starrte auf das eingefallene Gesicht ihres Vaters. Mit welchen Lippen denn?, fragte sie sich. Orlaith hingegen nahm das Reliquiar und drückte es eigenhändig dem bewusstlosen Vater ins Gesicht, und Aoife war sicher, wie Derbforgaill zu lachen, als hätte sie einen Frosch verschluckt, wenn sie das Reliquiar öffnete und Asche auf den Sterbenden regnete.

Es geschah nicht. Orlaith betete – die Reliquie fest umklammert – bald wieder, während Adám den Raum verließ, um eine Messe zu feiern, und Aoife ans Fenster trat und im Hof ihren Gemahl und des Königs dritten Schwiegersohn erblickte, der eben mit einer kleinen Truppe normannischer Ritter Ferns erreicht hatte. Strongbow und seine Männer ernteten misstrauische Blicke. Nicht, dass man ihm, dem Fremden, je freundlich begegnet war, doch selbst der heftige Regen konnte die Feindseligkeit nicht wegwaschen, die ihm aus vielen Gesichtern entgegenschlug.

Orlaith hörte zu beten auf. »Dein Gemahl mag glauben, er wird der neue König von Leinster sein und du seine Königin«, zischte sie, »aber mein Mann hat ebenso ein Recht auf die Macht.« Orlaith' Mundwinkel zuckten, und erst jetzt ging Aoife auf, dass ihre Schwester nicht fromm, nur verbittert war.

Dir steht kein Hermelinpelz zu, und Derbforgaill würden noch mehr Haare ausgehen, wenn sie eine Krone trüge.
Laut sagte sie nur: »Die Männer von Leinster wissen, was Strongbow für unseren Vater ... für uns alle getan hat. Sie würden niemals deinem oder Derbforgaills Mann dienen.«
Orlaith' Mundwinkel zuckten wieder, verzogen sich zudem noch zu einem schiefen Lächeln. »Mag sein. Aber bedenke, dass Murtagh, der Neffe unseres Vaters, hier geherrscht hat, als Vater seinerzeit fliehen musste. Er kann sich des Vertrauens aller Leinster-Krieger sicher sein.«
»Murtagh ist nicht hier!«
»Er ist auf dem Weg! Vielleicht will Vater noch so lange leben, bis er Ferns erreicht hat und Leinster für sich beanspruchen kann.«
Orlaith' Lächeln schwand, während nun Aoife die Lippen verzog, um ihre wahren Gefühle zu verschleiern. »Damit er durchhält, solltest du noch einmal versuchen, ihm weiches Brot zu geben«, sagte sie mit freundlichem Lächeln. »Vielleicht schluckt er es eher, wenn du es zuvor in Honig tauchst.«
Orlaith sah sie zweifelnd an, aber Aoife lag richtig damit, dass es die Schwester nach Brot mit Honig gelüstete. Wenig später verließ diese den Raum, und Aoife blieb allein zurück. Sie entschied, die kurze Zeitspanne, ehe Strongbow erscheinen würde, um gleichfalls am Totenbett zu wachen, zu nutzen und sah sich nach einem spitzen Gegenstand um. Die Ecken des Reliquiars wären ihr von Nutzen gewesen, doch dieses hatte der Abt ebenso mitgenommen wie das Evangeliar. Nun, dann mussten eben ihre spitzen Fingernägel genügen. Sie zog die Decke vom Leib des Königs und die Tunika von der Brust und hieb ihm die Nägel in eines der Geschwüre, von denen niemand sagen konnte, was sie verursacht hatte..
Der König bäumte sich auf, und ihm entfuhr ein kläglicher Schrei – der lauteste, den er seit Jahren ausgestoßen hatte, und womöglich sein letzter. Schon erstarb er, und Diarmait fiel mit weit aufgerissenen Augen, in denen Angst vor neuem Schmerz stand, zurück in die Kissen. Aoife streichelte nunmehr liebevoll über die Wunde.

»Es war doch nicht so schlimm«, sagte sie. »Es wäre ungleich schmerzhafter gewesen, wenn Eirwen dich gebissen hätte.«

Die schmalen Lippen des Königs formten den Namen. »Eirwen?«

»Du kannst dich nicht an mein Hermelinchen erinnern?«, fragte Aoife enttäuscht. Diarmaits Blick flackerte. »Weißt du überhaupt, wer ich bin?« Der König rang um Atem, nicht um Worte. »Kannst du dich denn an die Menschen erinnern, die dich im Laufe deines Leben töten wollten?«, fragte sie. Er schüttelte zaghaft den Kopf. »Und an die, die du getötet hast?«

Kleine rosige Bläschen bildeten sich in den Mundwinkeln. »Nichts ...«, stieß er hervor, »da ist einfach nur ... nichts.«

Aoife lächelte. »Dann stirb endlich, alter Mann«, flüsterte sie. »Das Nichts ist freundlich, und der Tod ist das Nichts.«

Als sein Blick immer starrer und leerer wurde, der Atem immer schwächer und die Ausdünstungen nicht länger warm schienen, sondern kalt, kam ihm doch noch ihr Name in den Sinn.

»Aoife ...«, keuchte er.

»Ach Vater«, sie seufzte, während sie sich an seiner Seite niederließ und seine Hand nahm, die von Schwielen und dunklen Flecken übersät war und deren Nägel sich gelb verfärbt hatten. »Ach Vater«, wiederholte sie, sah ihm erst ins Gesicht und bettete dann ihren Kopf auf seiner Brust. Gottlob wuchs ihr Haar fülliger als das von Derbforgaill. Sie musste den gärenden Leib nur riechen, nicht spüren, gleichwohl ihr der holprige Herzschlag auch so durch und durch ging. »Ich hätte es dir gern erspart ... und mir auch.«

»Aoife ...«

Sie streichelte ihn weiter, derweil sie ihm zuraunte: »Du wirst ohne Erben sterben, Vater, und ich habe dafür gesorgt. Erinnerst du dich an den Tag, als du erfuhrst, dass Énna geblendet wurde? Du hast den Männern von Osraige die Schuld daran gegeben und ihnen den Kopf vom Leichnam geschlagen, um ihn zu fressen. Doch wisse: Ich steckte dahinter. Ich habe so viele Lügen in Gwalchgwyns Ohr geträufelt, bis er Énna die Augen ausgestochen hat. Was wiederum Connor anbelangt, so habe ich nicht Gwalchgwyn, sondern dich getäuscht. Als man dir in Dublin einen kopflosen Leichnam zeigte, hast du dich dank meiner List glauben machen lassen, er wäre dein Sohn. In Wahrheit lebte Connor damals noch. Erst als du in Meath und Breifne eingefallen bist, hat der Hochkönig ihn töten lassen. Ja, du wirst meinetwegen ohne Erben sterben. Ein Fremder wird künftig dein Königreich beherrschen, weil ich es so entschieden habe. Stirb endlich, alter Mann, stirb! Das Nichts ist freundlich, aber ich bin es nicht ... Ich war es wohl nie.«

Das Herz schlug immer noch, schlug schneller, lauter, holpriger. Oder vielleicht wohnte gar kein Herz in Diarmaits Brust, nur eine Faust, die wieder und wieder gegen seinen Brustkorb donnerte. Aoife hörte auf, den Vater zu streicheln, ballte ihre Hand nun auch zur Faust, drosch auf seine Brust ein. Er hatte nicht mehr genügend Kraft, um zu schreien, nur noch, um nach Luft zu schnappen. Als er sie röchelnd entweichen ließ, stand in seinem Blick noch ein entsetztes »Nein!«, ein empörtes »Du Verfluchte!«, ein verletztes »Wie konntest du nur!«. Danach stand in seinem Blick nichts mehr. Er hatte aufgehört zu atmen.

Das Nichts ist gar nicht freundlich, es ist gleichgültig, kalt und schwarz.

Aoife kreuzte Diarmaits Arme über der Brust, schloss seine Augen, begann zu beten und hörte auch dann nicht auf, als ihr *Requiem aeternam* von Orlaith' Kreischen übertönt wurde.

»Tagelang habe ich bei ihm ausgeharrt, und dann stirbt er ausgerechnet, wenn du bei ihm bist?«, rief die Schwester empört.

Erst als sie ihr Gebet beendet hatte, erhob sich Aoife vom Totenbett des Vaters und trat auf Orlaith zu, deren Geschrei in geräuschvolles Schluchzen überging.

Aoife umarmte sie. »Ruhig, ganz ruhig.«

»Lass mich los. Du ... du stinkst!«

Doch Aoife ließ sie nicht los, sie verschonte sie nicht mit dem Gestank, den Orlaith so viel leichter ertragen hatte, als er noch Diarmaits Leib entströmt war, nicht mit dem der Schwester, sie hielt sie so lange fest, bis Orlaith keinen Widerstand mehr leistete, sondern sich der Umarmung ergab.

Die Mönche der Augustinerpriorei von Ferns beteten am Tage von Diarmait MacMurchadas Grablegung für seine Seele und dankten ihm für die großzügigen Spenden zu Lebzeiten. Auch die Brüder anderer Abteien, die die Sprache der normannischen Ritter besser verstanden als die der Iren, kamen, doch sie betranken sich lieber, als beim Leichnam auszuharren. Zumindest behauptete das Bruder Isaac, wobei auch dieser nicht so viel betete, wie es ein Mönch eigentlich sollte. War es ansonsten üblich, mehrere Nächte beim Toten zu wachen, sorgte der Abt nämlich dafür, dass nach dem langen Warten auf den Tod zügig zur Grablegung geschritten wurde. Adám läutete die Totenglocke und führte die Prozession zur Abtei an, wo der Steinmetz noch an Diarmaits Grabstein arbeitete. Nicht nur sein Name, auch ein Gebet für seine Seele sollte auf diesem stehen.

»Warum ist der Grabstein noch nicht fertig?«, fragte Mór ärgerlich. »Der Steinmetz hatte doch Zeit genug.«

»Und eigentlich reicht doch sein großer Name«, murmelte Maurice Regan.

Die Portale der Kirche blieben für den Fall, dass es manch Seelenfetzen noch nicht gelungen war, die Flucht aus dem stinkenden Körper anzutreten, weit geöffnet, weshalb die Stimmen der Versammelten nach draußen drangen. Niemandem genügte es, besagten großen Namen nur auszusprechen. Nein, in vielen Geschichten wurde ausgeschmückt, wie Diarmait sechsundvierzig Jahre lang jenes Reich beherrscht hatte, das von Inber Colptha bis zum Fluss Suir reichte, wie er Feinde vertrieben, Widersacher geblendet und Kirchen und Klöster gestiftet hatte. Allerdings wurde weder erwähnt, dass er einst Tigernáns Frau entführt hatte und welche Folgen diese Tat zeitigte, noch wie grausam er Connors Tod gerächt hatte.

Aoife sah in den Augen der Mutter Tränen schimmern, doch sie rannen nicht über ihre Wangen, ganz anders als bei Orlaith, die lautstark heulte. Derbforgaill hingegen weinte, wie sie lachte, wobei es gut möglich war, dass sie in Wahrheit ja lachte oder, wenn sie früher gelacht hatte, in Wahrheit weinte.

Nachdem das Todesdatum in das dicke Pergamentregister eingetragen worden war, fand ein großes Mahl im Refektorium statt. Die Hunde von Diarmaits Schwiegersöhnen hatten sich von ihrer wüsten Rauferei während der Jagd ausreichend erholt, um sich um ein Stück Lammkeule zu balgen, die Aoife heimlich auf den Boden hatte fallen lassen.

»Wer war so dumm, ihnen das Fleisch hinzuwerfen?«, brüllte ihr Schwager MacGiolla Mocholmog von Cuala.

»Das war gewiss ein Missgeschick«, murmelte Aoife, die Hunde nie gemocht hatte. Als Eirwen noch lebte, hatte sie stets gebangt, einer dieser Köter könnte ihrem Tierchen etwas antun.

Nach dem wilden Scharmützel leckte der eine Hund an seinem blutig gebissenen Bein, indes der andere die Lammkeule abnagte. Nun wollte Aoife unauffällig ein wenig Schweinefleisch unter die Bank fallen lassen, fühlte aber prompt einen warmen Atem in ihrem Nacken. Sie wähnte sich ertappt, erkannte dann jedoch, dass nur der blinde Énna hinter ihr stand.

In den ersten Monaten, nachdem er seine Augen verloren hatte, hatte er gar keinen Schritt gemacht, später hatte er langsam das Gehen an einem Stock erlernt, mittlerweile kam er auch ohne einen solchen zurecht. Er trug eine Leinenbinde über den Narben und eine hölzerne Schüssel in seinen Händen, in der sich Rindereintopf befand, auch getrockneter Fisch, Quarkkäse und Haselnüsse.

Aoife starrte angewidert darauf. »Und das willst du essen?«

»Meine Schüssel wird immer reichlich gefüllt«, erklärte er, »aber keiner achtet darauf, dass die Speisen zusammenpassen.«

»Warum denn das?«

Er lächelte schief. »Nun, wer Mitleid mit einem Blinden hat, möchte diesem etwas Gutes tun und gibt ihm zu essen. Nie fallen Mahlzeiten wiederum reichlicher aus als nach Begräbnissen. Ein voller Magen macht schließlich müde und gemahnt nicht so lautstark an den eigenen Tod wie ein hungrig knurrender. Manche haben übrigens kein Mitleid, sondern wollen nur deutlich bekunden, dass ich kein echter Mann mehr bin.«

»Indem sie dir zu essen geben?«

Énnas Lächeln wurde traurig, als er sich unter der Leinenbinde kratzte. »Schau dich doch um, Schwester – anders als ich kannst du das ja noch. Wenn man beim Essen zusammensitzt, fallen nur höfliche Worte, nie die wirklich wichtigen. Die raunt man sich bei ganz anderen Gelegenheiten zu. Ist dir etwa entgangen, dass etliche Männer sich längst von der Tafel erhoben haben? Sie haben sich vor der Latrine versammelt, um sich dort auszusprechen und geheime Pläne zu schmieden. Es ist komisch, dass Politik selten dort gemacht wird, wo das Essen in den Körper wandert, sondern vielmehr dort, wo es diesen Körper wieder verlässt.«

»Politik?«, fragte Aoife voller Unbehagen. Sie hielt in den Händen immer noch das Stück Schweinefleisch, das sie den Hunden hatte vorwerfen wollen. Nun ließ sie es neben die Füße des blinden Énna fallen.»Was meinst du damit?«

Énna begann mit bloßen Händen das Essen in seiner Schüssel zu vermengen, aß aber nicht.

»Von meinen drei Schwestern warst du mir immer die liebste, Aoife«, flüsterte er ihr ins Ohr, »deshalb möchte ich, dass du Königin von Leinster wirst.«

»Wer sonst sollte es werden?«, fragte sie vermeintlich überrascht, obwohl seit Diarmaits Tod hartnäckig Orlaith' Worte in ihrem Ohr echoten. »Etwa Murtagh? Unseres Vaters Neffe? Er ist immer noch nicht nach Ferns gekommen.«

»Ja, aber nur, weil er sich auf den Weg zum Hochkönig gemacht hat. Er will sich dessen Unterstützung sicher sein, ehe er Leinster für sich einfordert. Schließlich besagt das irische Recht, dass Königreiche wie Landbesitz nur auf männliche Erben übergehen können – niemals auf weibliche.«

»Der Hochkönig darf doch nicht darüber bestimmen, wer in Leinster herrscht!«, rief Aoife, und ihre Stimme klang so schrill, dass nicht nur die Hunde den Kopf hoben, auch Orlaith und Mór.

»Der Hochkönig vielleicht nicht«, erwiderte Énna und beugte sich noch dichter an ihr Ohr, damit er seine Stimme weiter senken konnte, »sehr wohl aber wollen die tapferen Leinster-Krieger ein Wörtchen mitreden. Dein Mann sollte alles daransetzen, sie auf sich einzuschwören – und dabei darf er nicht unbedingt mit der Hilfe unseres Bruders Domhnall rechnen. Bis jetzt hat der nur geschworen, weiterhin an der Seite der

Normannen zu kämpfen – jedoch kein Wort über Leinsters Zukunft verloren.«

Énna tauchte wieder beide Hände in die Schüssel und führte nun doch einen Bissen an seinen Mund.

»Weißt du«, sagte er, »für gewöhnlich isst man Fleisch und Fisch nicht gleichzeitig. Das tut man nur, wenn man blind ist ... oder sehr hungrig. Und für gewöhnlich halten die irischen Stämme an den alten Feindschaften fest und bekriegen sich lieber gegenseitig, als die Fremden zu verjagen. Der Tod unseres Vaters könnte alles verändern. Womöglich gelangen sie zu der Erkenntnis, dass von den Normannen mehr Gefahr droht als von alten Fehden.«

Énna sprach mit vollem Mund. Fleischsaft troff über sein Kinn und befleckte seine Tunika. Obwohl Aoife selbst noch keinen Bissen genommen hatte, glaubte sie, das Fleisch und den Fisch zu schmecken. Sie schienen modrig und faulig wie Diarmaits sterbender Körper zu sein.

»Strongbow ist der neue König von Leinster ... und ich bin seine Königin«, erklärte sie mit zittriger Stimme. »Den nächsten Kampf wird mein Gemahl um die Krone des Hochkönigs führen.«

»So soll es sein, und genau deshalb, meine liebe Schwester, warne ich dich. Wie gesagt, du warst mir von allen immer die liebste. Du warst klüger als die dumme Derbforgaill und argloser als die hinterlistige Orlaith. Sei jedoch nicht *zu* arglos.«

Sie erhob sich. »Ich muss sofort mit meinem Gemahl reden.«

»Dann folge immer dem Gestank.«

Nein, dachte sie, wenn ich dem Gestank folgen würde, würde ich zu meines Vaters Sarg geführt. Oder vielleicht stinkt es hier in der Halle am meisten – nach meiner Falschheit nämlich. Erstaunlich eigentlich, dass Énna diese nicht riechen konnte, obwohl ihm doch nur die Augen fehlten, nicht die Nase.

Sie lief hinaus, roch nichts, aber spürte schlammigen Boden unter den Füßen, weil es eben wieder geregnet hatte. Aoife dachte an ihren steifen Gemahl, der – falls der Siegesrausch ihn nicht gerade beflügelte – häufig nicht Herr seiner Glieder war. Wenn er auf matschigem Boden ging, rutschte er manchmal aus, und wenn er auf ihr lag, gaben zuweilen die Ellbogen nach, auf die er sich stützte.

Als sie ihn erreichte, stand er jedoch wie versteinert da, während sein Onkel Hervey de Montemarisco auf ihn einredete. »Du darfst nicht länger warten, du musst sofort handeln! Sonst gnade uns Gott!«

Das rötliche Haar ihres Gemahls war grauer geworden und schütterer. Gedankenverloren strich er sich darüber. »Aber ich kann doch nicht ...«

»Du musst sogar, sonst verlierst du alles, worum du gekämpft hast!«

Wieder wollte Strongbow etwas einwenden, doch Aoife kam ihm zuvor. »Dein Onkel hat recht«, rief sie. »Du musst deine Macht in Leinster sichern und den Kriegern meines Vaters beweisen, dass du mit starker Hand regieren kannst. Jeden Ruf nach Murtagh musst du mit lautem Gebrüll übertönen, und Murtaghs Anspruch auf Leinster musst du mit spitzen Worten lächerlich machen, ehe er ihn überhaupt stellen kann!«

»Murtagh ...«, setzte Strongbow verwirrt an.

»Erwarte von Domhnall nicht gleiche Treue, wie er sie stets meinem Vater erwies. Für ihn wäre mein Bastardbruder gestorben, für dich wird er vielleicht nicht einmal kämpfen.«

»Domhnall ...«

Himmel, warum sprach er diese Namen aus, als hörte er sie zum ersten Mal?

Auch Hervey de Montemarisco wiegte nachdenklich seinen Kopf. »Ich fürchte, wer die Macht deines Mannes hier in Leinster am meisten bedroht, sind nicht die Iren, es ist ... Henry.«

»Henry?« Nun war Aoife es, die einen Namen begriffsstutzig wiederholte, als müsste sie sich erst mühsam darauf besinnen, wer gemeint war. »Was hat König Henry mit Leinster zu tun?«, fragte sie.

In Herveys Blick las sie Mitleid, aber auch Enttäuschung. Mitleid, weil er gewiss erkannte, wie sehr ihr diese Neuigkeit zusetzte. Enttäuschung, weil es – obwohl er sie doch für klug hielt – eine solche war und nicht etwas, das sie längst wusste.

»König Henry hat erfahren, wie viel Land und wie viele Städte dein Gemahl erobert hat«, erklärte er seufzend. »Und jetzt ist er zutiefst verärgert, behauptet er doch, es sei ohne seine Zustimmung geschehen. Zu Ostern hat er erklärt, dass weder weitere normannische Ritter nach Irland aufbrechen noch Waffen, Proviant und Pferde dorthin geschickt werden dürften. Und er verlangt von allen Rittern, die auf Érius Insel weilen, sofort die Rückkehr in sein Reich.«

»Rückkehr? Das würde bedeuten ...«

Die Enttäuschung schwand, das Mitleid blieb. Dieses Mal fuhr sich Strongbow nicht über das schüttere Haar, er raufte es sich.

Es würde bedeuten, dass ich niemals eine Königin sein, dass ich niemals den Pelz eines Hermelins tragen werde. Dass alles umsonst war ... das Blenden wie das Morden.

Aoife stand wie betäubt da, während Strongbow sich aus der Starre löste, einen Schritt auf sie zu machte, vorsichtig ihre Hand nahm. Wenn er sie nicht gerade unter seinem Körper begrub, fielen seine Berührungen immer zögerlich, nahezu schüchtern aus.

»Komm mit«, sagte er, »hier ist nicht der rechte Ort.«

Erst jetzt stieg ihr der Gestank der Latrinen in die Nase, doch sie machte sich unwirsch los.

Wo sonst?, dachte sie. Dort, wo gegessen, wo geschäkert, wo gebetet wird?

Kein Ort war ehrlich wie dieser, keiner erinnerte besser daran, dass zwei Dinge alle Menschen einte: ihre Ausscheidungen und die Tatsache, dass jeder Körper am Ende so verwesen würde wie der von Diarmait.

»Du ... du willst Henry gehorchen?«, rief sie. »Willst Irland verlassen und dich ihm unterwerfen?«

»Was soll ich sonst tun?«

»Du darfst es nicht!«, hielt sie ihm entgegen. »Du stimmst den König doch nicht gnädig, wenn du als besitzloser Mann vor ihn trittst! Er mag Hunde, die die Zähne zeigen, meinetwegen solche, die ihre Wunden lecken. Wälzen sie sich aber vor ihm auf den Rücken, tritt er nach ihnen.«

Strongbow seufzte. »Aoife ...«

»Das ist unsere einzige Chance, Irlands Krone zu erlangen!«

Strongbow sagte nichts, Hervey dagegen wiegte wieder nachdenklich den Kopf. »Dass dein Gemahl ein Reich schafft, das unabhängig von seinem ist, macht Henry doch am meisten Sorgen.«

Aoife wandte sich an ihn. »Dann sprich du mit dem König. Reise nach England, beteuere, dass, was immer mein Gemahl tat, er es nur für den König getan hat. Lass dich von Raymond le Gros begleiten, der als ehrenwerter Mann gilt. Und in der Zwischenzeit sichert sich dein Neffe die Macht.«

Herveys Blick wurde nunmehr abschätzend. Offenbar war er nicht sicher, ob sie klüger war, als er gedacht hatte, oder viel dümmer. Strongbow begann, im Kreis zu gehen, aber er fiel nicht in die Pfützen, wankte noch nicht einmal.

Und heute Nacht wird er auch nicht auf mich fallen. Bevor seine Arme nachgeben, winde ich mich unter ihm hervor und lege mich einfach auf ihn.

Sie hastete zu ihrem Gemahl, schmiegte sich an ihn, legte ihren Kopf an seine Brust, so wie sie es beim sterbenden Vater getan hatte, und auch jetzt wurde sie von ihrem weichen Haar geschützt, denn sie spürte nicht, wie hart und kalt sein Kettenhemd war.

»Ich bitte dich, bleib und kämpfe um Leinster ... kämpfe um Irland. Tu es für mich ... tu es für uns ...«

Eine Weile verharrten sie reglos. Erst als er in der Ferne ein paar Ritter wanken sah, die wohl zu betrunken waren, um es bis zu den Latrinen zu schaffen, und in die Regenpfützen kotzten, löste er sich von ihr und nickte.

»Versuch es!«, wandte er sich an Hervey. »Rede mit Engelszungen auf König Henry ein und stimm ihn mir gnädig.«

Falls Hervey schon wieder Mitleid oder Enttäuschung fühlte, galt beides wohl seinem Neffen. Schließlich aber nickte auch er. »Wenn nötig, werde ich nicht nur mit den Zungen der Engel, auch mit denen der Dämonen auf ihn einreden«, murmelte er. »Auf dieser Welt ist es lohnenswert, die Sprache der Hölle ebenso zu beherrschen wie die des Himmels.«

Aoife drückte ein letztes Mal Strongbows Hand. »Ich werde für die Seele meines Vaters beten … und für uns«, murmelte sie. Im Stillen dachte sie, dass man nicht zwei Sprachen lernen musste, um im Himmel und in der Hölle verstanden zu werden. Gewiss wurde an beiden Orten dieselbe gesprochen.

PÓL

Die Kutte scheuerte unangenehm an seinem Hals, und Pól konnte es nicht unterlassen, sich dort zu kratzen.
Bruder Abél entging das leider nicht. »Hör auf damit!«, fuhr er ihn streng an. »Wenn du wirklich beten willst, darfst du es nicht an der notwendigen Hingabe fehlen lassen.«
Pól unterdrückte ein Seufzen. Sie hatten den Wald in der Nähe von Dublin erst nach Anbruch der Dunkelheit erreicht, und ohne Fackel hätte er kaum die Hand vor Augen gesehen. Auch so fiel es ihm schwer, mehr zu erkennen als feuchte schwarze Bäume, doch Bruder Abél erklärte überzeugt, dass die Quelle nah sei.
Einst hatten, wie es hieß, Druiden an dieser Stelle ihre bösen Zaubersprüche gemurmelt, mit denen sie die Menschen in den Wahnsinn trieben, doch später war König MacNessa von Ulster hier aus Gram gestorben, als er die Nachricht vom Kreuzestod Jesu erhielt. Wie diese Nachricht ihn überhaupt erreicht hatte, warum ausgerechnet hier, obwohl Dublin damals noch ein stinkender Tümpel, keine stinkende Stadt gewesen war, und warum sie ihn so erschütterte, wusste Pól nicht so genau – nur dass der König offenbar vor seinem Tod geweint hatte und dass aus diesen Tränen eine heilige Quelle geworden war. Später, so hieß es weiter, sei überdies irgendein Heiliger fähig gewesen, das Wasser dieser Quelle zu Wein zu wandeln.
Pól hätte nichts gegen einen Schluck Wein einzuwenden gehabt, obwohl er auch ganz ohne solchen einen schmerzhaften Druck auf seiner Blase spürte. Als Bruder Abél stolz auf ein gluckerndes Bächlein deutete, bezweifelte er allerdings, dass der Mönch viel Nachsicht zeigen würde, wenn er sich an heiliger Stätte erleichterte. Bruder Abél hatte schließlich schon empört reagiert, als Pól darauf bestanden hatte, für ihr Unternehmen eine Kutte zu tragen.

»Du willst was?«, hatte er entsetzt gerufen, als Pól ihn am Morgen gedrängt hatte, ihm eine zu beschaffen.

»Du hast mich schon ganz richtig verstanden«, hatte Pól beteuert. »Ich will auf Pilgerreise gehen, um mir die Wollust auszutreiben, und zu diesem Zweck eine Kutte tragen.«

Bruder Abél hatte keine Augen mehr, um diese misstrauisch zusammenzukneifen, hatte aber dennoch ungehalten gefragt: »Und das kannst du nicht in gewöhnlicher Kleidung tun?«

»So bunt, wie diese ist, wäre sie zu auffällig – und es gibt hierzulande zu viele Menschen, die mich hassen, erst recht in diesen Tagen, da man alle irischen Händler aus Dublin vertrieben hat und nur mir zu bleiben gestattete. Mit einer Kutte erkennt mich niemand. Hat nicht auch König Diarmait seinerzeit eine getragen, als er vor seiner schmählichen Flucht aus Leinster um letzte Verbündete warb? Oder denkst du, ich sollte lieber nackt gehen?«

Gerüchteweise war Diarmait die Kutte viel zu kurz gewesen, während Pól über seine schon mehrmals gestolpert war und nicht umhinkam, Bruder Abél böse Absichten zu unterstellen.

Schließlich ist das auch ein probates Mittel, mich vor dem Allmächtigen knien zu lassen ...

Immerhin musste er dem Mönch zugutehalten, dass der seinen Wunsch nicht schlichtweg abgelehnt hatte, sich vielmehr von Póls frommer Anwandlung gerührt gezeigt hatte und es sich nicht hatte nehmen lassen, ihn zu begleiten. Als Pól einmal mehr am Kragen der Kutte zerrte, hob er gleichwohl mahnend den Stock.

»Hör auf damit!«, rief er wieder. »Wir wollen nun beten!«

»Ich fürchte, ich habe ein Problem«, murmelte Pól kleinlaut. »Mich drückt es gar zu schmerzhaft zwischen den Beinen. Und da doch so viele Heilige von Wehwehchen befreien – gibt es nicht auch einen, zu dem man beten kann, wenn man sich erleichtern muss, aber keine heilige Quelle beschmutzen will?«

»Die Heiligen haben etwas Besseres zu tun«, sagte Bruder Abél streng. »Geh hinter einen Baum, gib acht, dass die Kutte sauber bleibt – und bete hinterher zwei Psalmen.«

Zwei Psalmen für das bisschen Pisse?, dachte Pól, als er auf eine mächtige Buche zulief. Ist das nicht ein zu hoher Preis? Nun, da die ferne Himmelsmacht sie nicht in abendliches Bronze tauchte und auch der Mond zu geizig war, um sie mit seinem silbrigen Licht zu streicheln, klang das Rauschen der pechschwarzen Blätter nicht mehr lieblich, sondern bedrohlich. Pól ignorierte es, zog seinen Schwanz hervor und zielte auf den Stamm. Noch bevor er fertig war, ertönte im Gebüsch ein Knacken, und er grinste breit.

»Pól?«, fragte eine Männerstimme. Pól drehte sich zu dem anderen um, sodass sein Strahl dessen Füße traf, und grinste noch breiter, als der Mann zur Seite sprang. »Verflucht!«, zischte er.

»Wasch dir deinen Fuß in der Quelle«, entgegnete Pól gelassen.

Als er mit dem Mann an seiner Seite zu Bruder Abél zurückkehrte, ging der gerade murmelnd im Kreis, doch so versunken er auch beten mochte – seinen feinen Ohren entging nichts.

»Wen hast du an deiner Seite?«, entfuhr es ihm, und dass ein wenig Furcht in seiner Stimme mitschwang, gefiel Pól.

Ehe er eine Antwort geben konnte, schnalzte der Fremde mit der Zunge, und prompt trat ein weiterer aus dem Unterholz.

»Das sind Bruni und Dugfuss«, erklärte Pól vergnügt und hob seine Fackel, um die Gesichter der beiden zu beleuchten. »Wie ihre Namen schon sagen, sind sie Norweger und stammen aus Waterford, und da du sie nicht sehen kannst, will ich sie dir gern beschreiben. Das dauert nicht sonderlich lange, denn da sie zur gleichen Zeit aus dem Leib ihrer Mutter gekrochen gekommen sind, gleicht einer bis aufs Haar dem anderen. Sie sind etwas größer als ich, was bedeutet, dass sie nicht über diese verfluchte Kutte stolpern würden, allerdings auch etwas dicker, was bedeutet, dass sie in ihr ersticken müssten. Ihr Haar ist so feuerrot, dass man Angst haben muss, sich die Hand zu verbrennen, wenn man darüber streicht – wohl ein Zeichen dafür, dass auch irisches Blut in ihren Adern fließt. So viel, wie sie saufen, hat es sich längst mit doppelt so viel Wein vermischt, ach Gott, was gäbe ich darum, so viel wie sie zu vertragen!«

»Du … du kennst sie?«, fragte Bruder Abél fassungslos.

»Ich kenne sie nicht nur, ich habe sie gebeten, heute Abend hierherzukommen.«

»Und das aus einem bestimmten Grund«, mischte sich Bruni ein, ehe Bruder Abél eine Tirade an Flüchen über ihn ablassen konnte. Zwischen jedem Wort stieß Bruni ein eigentümliches Pfeifen aus, das Pól an ein Eichhörnchen denken ließ. Dugfuss hingegen mahlte so lautstark mit den Kiefern, als würde ein Eichhörnchen eine Nuss knacken. Nur wegen dieser Laute konnte er sie überhaupt auseinanderhalten. »Also«, drängte Bruni, »wo ist die Ware?«

Pól lächelte breit. »Ach, so lauschig, wie wir's hier im nächtlichen Wald haben und weil meine Blase gottlob wieder leer ist, können wir doch noch ein wenig warten.«

»Wir haben uns für den Einbruch der Dunkelheit verabredet!«, betonte Bruni.

»Wartet noch, bis sich diese große Wolke vor den Mond geschoben hat. Erst dann ist es wirklich finster.«

Dugfuss' Zähne mahlten, als hätte er eine besonders harte Nuss zu knacken, aber Pól lehnte sich seelenruhig an einen Baum.

»Du wolltest diese Männer hier treffen?«, rief Bruder Abél. »Was soll das heißen? Du hast mir erklärt, dass du zu dieser Quelle pilgern willst, um …«

»Um zu beten, um daraus zu trinken, meinetwegen sogar, um darin zu baden – ob nackt oder mit Kutte, überlasse ich dir«, unterbrach Pól ihn. »Aber das können wir doch auch morgen machen, nicht wahr? Oder zumindest erst dann, wenn ich dieses Geschäft abgeschlossen habe.«

»Geschäft?«, japste Bruder Abél.

Er kam nicht weiter, denn in das Knacksen von Dugfuss' Kiefer mischte sich das Quietschen von Rädern.

Pól hob seine Fackel in die Richtung, aus der das Geräusch kam, und erblickte wenig später Labrás, Néde und Beollán. Zwei von seinen Dienern schoben den Wagen, während der dritte am Strick des störrischen Esels zerrte, der diesen ziehen sollte, mittlerweile aber jeden Schritt verweigerte. Ach, wie schade, dass gute Pferde in diesen Tagen kaum zu bekommen waren.

Der Esel quiekte angstvoll, als die Fackel ihn blendete, und Néde wollte auf ihn einschlagen – was wiederum Beollán augenblicklich verhinderte. Ehe aus der Auseinandersetzung der beiden Männer ein Gerangel wurde, war Bruni jedoch schon auf den Wagen gesprungen, hatte die Lederplanke zurückgezogen und starrte neugierig auf die Ladung.

»Na! Was haben wir denn da?«

Pól nestelte an seiner Kutte, bis der raue Stoff etwas aufriss und er endlich wieder tief genug Atem schöpfen konnte, um seine Rede zu beginnen. Wenn nur der Esel nicht so laut schreien würde! Müsste er immer so laut sprechen, wäre er am Ende seiner Tage so heiser wie Diarmait.

Der Teufel hab ihn selig!

»Was wir hier haben, sind die besten Waffen, die man augenblicklich in Irland bekommen kann. Streitäxte, die schneller als Vögel fliegen, wenn man sie durch die Luft schleudert. Wurfspieße, deren Holz nicht schwerer ist als der Zopf eines blonden Mädchens, aber deren Enden aus Eisen noch spitzer sind als die Zunge einer bösen, alten Vettel. Die Lanzen wiederum sind etwas dicker als eines Mädchens Zopf und sogar dicker als eure Schwänze, was bedeutet, dass ihr die Feinde damit noch besser ficken könnt. Außerdem habe ich Langbögen zu bieten, so kunstvoll gebogen, wie es ansonsten nur Menschenleiber im Zustand größter Lust vermögen. Und natürlich Schwerter, sehr viele Schwerter, Schwerter jeder Art, kurze wie lange. Einst bin ich einem Waffenhändler begegnet, der Schwerter mit Frauen verglichen hat, und diese hier würde er die verdorbensten Huren heißen, die man sich vorstellen kann. Sie stillen noch das abartigste Verlangen und lachen dabei ununterbrochen.«

Dugfuss war eben Bruni auf den Wagen gefolgt und hob eines dieser Schwerter hoch, das noch in einem ledernen Wehrgehenk steckte. Bruni hatte indes ein weiteres schon aus der Scheide gezogen, um Klinge und Knauf zu studieren, ließ es aber alsbald enttäuscht wieder sinken.

»Du hast uns eine ganz besondere Waffe versprochen!«

»Habe ich das?«, fragte Pól spöttisch.

Die beiden Männer knurrten eine Verwünschung und Bruder Abél auch.

Ach, bete an meiner statt die beiden Psalmen fürs Pissen, Alter, und halt dich raus.

Pól riss die Kutte am Hals noch weiter auf und klatschte dann in die Hände. Beollán war zu beschäftigt, den Esel zu beruhigen, aber Néde trat vor, zog etwas vom Wagen, das dort ganz unten gelegen hatte, und reichte es Pól.

»Ich fasse doch keine Waffen an!«, rief er empört und wich zurück. »Schon gar nicht diese.«

Bruni blickte misstrauisch auf das Gebilde, das man am ehesten mit zwei Bögen vergleichen konnte, die miteinander verwachsen waren.

»Das?«, fragte er misstrauisch. »Das soll diese besondere Waffe sein?«

»Eine Armbrust, ja«, erklärte Pól zufrieden. »Es ist eine Art Wurfmaschine. Mit ihr kann man viel genauer zielen als mit einem Bogen. Die Pfeile sind schwer und aus Eisen, sie treffen den Gegner nicht einfach nur, wenn man sie abschießt, sie zerfetzen ihn regelrecht.«

Der Esel schnaufte nur mehr, Bruder Abél auch, während Bruni wieder etwas Unverständliches knurrte.

»Führ ihnen die Waffe vor!«, befahl Pól Néde, doch als der Anstalten dazu machte, hatte Dugfuss sie ihm schon entrissen.

Er betrachtete sie eine Weile von allen Seiten und richtete sie danach auf die Buche, gegen deren Stamm Pól gepisst hatte, doch als sich der Pfeil mit einem eigentümlichen Zischen löste, schoss er nicht in diese Richtung, sondern haarscharf an Bruni vorbei.

Der griff sich an die Schläfe, von der prompt Blut tropfte. »Bist du verrückt geworden, Bruder?«, schrie er empört.

»Nun hab dich nicht so«, erklärte Dugfuss und machte Anstalten, einen zweiten Pfeil abzuschießen.

Triff wenn möglich bitte den Esel oder Bruder Abél, aber nicht mich.

Ehe das Zischen allerdings erneut ertönte, hatte Bruni dem

Bruder schon die Waffe entrissen, ihn auf den Boden gestoßen und ihm den Fuß in den Bauch gestellt. So wehrlos, wie der den Angriff zunächst hingenommen hatte, so erbittert wehrte er sich danach. Er packte den Fuß, riss auch Bruni auf die feuchte Erde und donnerte ihm seine Faust so lange ins Gesicht, bis ihm das Blut in Strömen über das Gesicht lief. Erst als sie schnaufend nebeneinanderlagen, gab Pól Néde ein Zeichen, die Armbrust aufzuheben.

»Ihr solltet euch nicht *wegen* dieser Armbrust prügeln, sondern *für* sie. Im Wagen befindet sich im Übrigen noch ein Dutzend Armbrüste, die dazugehörigen Pfeile taugen allesamt, das dichteste Kettenhemd und den härtesten Schild zu durchdringen. Die Normannen behaupten, die Waffe sei schmutzig, denn wer mit ihr kämpfe, beflecke seine Ehre. Die Priester wiederum heißen sie teuflisch und sagen, dass, wer immer sie nutze, kein Ritter, sondern ein Mörder sei. Falls überhaupt, dürfe man damit die Heiden des Morgenlandes töten, keine Christen. Ich hingegen sage, dass Waffen weder böse noch gut sind und nur dann schmutzig, wenn man sie nicht ausreichend reinigt. Sie haben ja keine Seele, sondern sind tot. Wir Iren wiederum sind noch nicht tot, und damit das so bleibt, dürfen wir keine Waffe scheuen. Néde wird euch zeigen, wie man richtig mit ihr kämpft – genauso wie jene Söldner es tun, die König Henry manchmal für sich kämpfen lässt, um eine Revolte in seinem Reich niederzuschlagen. Männer sind das, die auf die Ehre pfeifen, die den Teufel lieber ficken wollen, als vor ihm Angst zu haben, die wie eine Mauer dastehen, wenn sie die Pfeile abschießen, und die all jene, die nicht sofort tot umfallen, grausam foltern. Man sagt ihnen nach, dass aus ihren Ärschen ein Pferdeschweif wächst, aber das halte ich für ein Gerücht. Ihr werdet, wenn ihr mit der Armbrust kämpft, nicht zu Pferden werden und erst recht nicht zu einem Esel wie diesem störrischen hier. Sieger werdet ihr sein ... Sieger über die Eindringlinge, die über Érius Insel hergefallen sind wie ein Wüstling über eine unschuldige Maid. Diese Armbrüste hingegen sind keine unschuldigen Mädchen. Durchtriebene Weiber sind sie, die das empfindlichste Körperteil der Feinde zwicken, es beißen und kratzen.«

Bruni und Dugfuss waren auf dem Waldboden liegen geblieben und hatten seinen Worten still gelauscht. Nun erhob sich Bruni und half dem Bruder auf. Das Blut, das aus der Nase und über das Kinn lief, war gestockt, das Misstrauen geschwunden. Erneut nahm Dugfuss eine Waffe, um sie von allen Seiten zu mustern, und Bruni tat es ihm gleich.

Es wäre recht komisch, wenn ihr euch gegenseitig damit erschießen würdet ... leider aber auch sehr bedauerlich für mich, weil mir dann ein wunderbares Geschäft entginge.

»Die Armbrust ist doppelt so viel wert wie ein Schwert«, erklärte Pól rasch.

Dugfuss und Bruni warfen sich einen kurzen Blick zu. »Das müssen wir mit unserem Anführer besprechen.«

Pól nickte. »Gewiss«, sagte er, »ich werde bis zum Morgengrauen hier warten, jedoch keinen Augenblick länger. Ich fürchte bloß, mein Mönchlein wird mir vorschlagen, mir die Zeit mit Beten zu vertreiben.«

Bruni und Dugfuss hoben zwei der Armbrüste. »Diese beiden nehmen wir mit.«

»Tut das, aber geht vorsichtig damit um. Mir wäre es lieb, wenn wenigstens einer von euch lebend zurückkäme und dann noch fähig ist, die Geldsäcke zu schleppen, die mir für meine Ware zustehen.«

Nachdem die Schritte der beiden Norweger verklungen waren, man das Wiehern des Esels nicht länger hörte, weil Beollán ihn ein Stück weggeführt hatte, und sich Labrás und Néde auf zwei Holzstümpfe gesetzt hatten, um auf einem Schild zu würfeln, wandte sich Pól an Bruder Abél.

»Also, die zwei Psalmen, die du mir vorhin aufgetragen hast ... ich kenne ja nicht viele und kann keinen einzigen zur Gänze auswendig. Aber wenn ich lange genug nachdenke, fallen mir doch ein paar Verse ein, zum Beispiel: *Alienati sunt peccatores a vulva; Deus ex cute dentes eorum ex ore eorum, quasi vermis tabefactus pertranseant.* Und da ich ein wenig Latein beherrsche, weiß ich auch, wie man diese übersetzt. *Die Gottlosen sind Sünder, sobald sie ihrer Mutter Leib entfliehen. Zerbrich ih-*

nen die Zähne in ihrem Maul, Gott, und lass sie wie eine Schnecke vertrocknen.«

Während er sprach, war Pól auf den Mönch zugetreten, und obwohl der zunächst ganz steif vor ihm stand, fuhren plötzlich seine Hände hoch, packten seinen Hals und drückten zu.

»He, he!«, schrie Pól. »Ich kriege ja gar keine Luft mehr! Da hätte ich gleich die Kutte anbehalten können.«

Genau genommen trug er sie immer noch, wennschon er sie am Hals so weit aufgerissen hatte, dass sie ihm über die Schultern gerutscht und lediglich an seinem dicken Bauch hängen geblieben war.

»Diese Norweger, mit denen du Geschäfte machen willst, kämpfen nicht für Strongbow!«, rief Bruder Abél anklagend.

Pól japste. »Natürlich nicht. Sie kämpfen für Irland.«

»Dann bist du also ein Verräter!«

»Als Ire Waffen an Iren zu verkaufen nennst du Verrat?«, fragte Pól vermeintlich verwirrt.

»Du hast seit Jahren keine Waffen mehr an Iren verkauft oder zumindest nicht an solche, die gegen die Normannen kämpften!«

Pól tat, als müsste er eine Weile über die Worte nachdenken. »Das stimmt«, sagte er schließlich. »Genau genommen seit jenem Tag, als Tigernán von Breifne mir das verbieten wollte. Ich denke allerdings nicht, dass er immer noch einen Wurm in mir sieht, den er am liebsten zertreten würde, und im Hochkönig einen Mann, der sich nach nichts so sehr sehnt wie nach Frieden.«

Die Luft wurde immer knapper, doch endlich lockerte Bruder Abél seinen Griff und ließ seine Hände kraftlos sinken.

»Du wolltest nur deshalb, dass ich dir eine Kutte beschaffe, damit du Dublin unbemerkt verlassen kannst und Milo de Cogan, der die Stadt für Strongbow hält, nicht misstrauisch wird, nicht wahr?«

»Hm«, machte Pól. »Wenn du auch das für eine Sünde hältst, werde ich wohl mehr als zwei Psalmen beten müssen. Lass mich überlegen, was mir noch einfällt. Wie wär's mit: *Intendet arcum suum donec conterantur? Die Sünder zielen mit ihren Pfeilen, aber die zerbrechen?* Das erscheint mir ein unpassender Psalm für einen Waffenhändler, oder? Etwas besser gefällt mir: *Quasi abortivum mulieris quod non vidit solem. Wie die Missgeburt eines Weibes sollen sie die Sonne nicht sehen.* Irgendwie erscheint mir der Satz auch widersinnig. Wer sieht schon gern die Sonne? Die Sonne ist nicht schön, sie ist heiß und tut in den Augen weh. Da ist mir die Nacht weitaus lieber – genauso wie dir, Mönchlein, sonst hättest du diese Nacht nie freiwillig erwählt.«

»Gott wird dich verfluchen!«

»Stimmt es, was der Psalm über ihn behauptet? *Pedes suos lavabit in sanguinem impii? Er badet seine Füße im Blut der Gottlosen?* Ich für meinen Teil bin schon so lange auf den Beinen, dass meinen Füßen eine kleine Abkühlung guttun würde. Wo war noch mal diese heilige Quelle?«

»Halt dein dreckiges Lügenmaul!«

»An mir mag vieles dreckig sein, aber meine Lügen sind es nicht. Sie gleichen einem Apfel, den man nicht nur von einer Seite betrachten kann. Aus der fauligen mögen schon Würmer kriechen, während er auf der anderen noch rot glänzt und saftig zu sein verspricht.«

»Was hat es mit einem Apfel zu tun, dass du von Anfang an treu zu Diarmait und den Normannen gestanden hast, sie aber nun aufs Schmählichste hintergehst?«

Pól zuckte mit den Schultern, schien wieder nachzudenken. »Wie kann ich Diarmait hintergehen, wenn er denn schon tot ist? Nach allem, was man hört, hat er am Ende noch mehr gestunken als ein faules Äpfelchen, und ich glaube, nicht einmal die Würmer finden rechten Geschmack an ihm. Fest steht, dass sein Tod alles verändert hat. Mit ihm haben viele irische Könige gern gegen den Hochkönig gekämpft. Ohne ihn sieht das ganz anders aus. Im Grunde sind die Iren Schafe. Sie hören nicht auf den Hütehund, solange grünes Gras lockt, und scheren sich nicht, wenn der Wolf ein Lämmchen frisst, solange genügend Viecher übrig bleiben, in die sie ihre Hörner stoßen können. Doch nun haben sie erkannt, wie hungrig der Wolf ist, und dass er sich nicht mit einem oder zweien begnügt, stellen sich darum in einen Kreis und schlagen mit den Hinterbeinen aus. Die Herren von Érius Insel haben sich erhoben. Leinster rebelliert unter Murtaghs Führung gegen Strongbow. MacCarthy von Desmond hat Waterford zurückerobert. Die Norweger von Wexford treiben Robert FitzStephen dort immer mehr in die Enge. Und eine Flotte unter der Führung von Asculf MacTorkil nähert sich der Liffey, um Dublin zurückzuerobern. Gar nicht erst auszudenken, was geschehen würde, falls König Henry selbst mit einem Heer übersetzt, was in diesen Tagen manch einer prophezeit. Oh, einen solchen Krieg hat Érius Insel nie gesehen. Denn dies ist nicht länger ein Krieg zwischen dem Hochkönig und Diarmait. Dies ist ein Krieg zwischen allen Iren und allen Fremden. Ob es der erste oder der letzte solcher Kriege ist, weiß ich nicht – ich weiß nur, dass ich die Iren unterstützen werde.«

In dem Schweigen, das folgte, war nur das Klackern der Würfel zu hören und Nédes Fluchen. Nicht, dass Letzteres viel zu bedeuten hatte – er fluchte immer, auch wenn er siegte. Bruder Abél fluchte nicht, obwohl den zuckenden bläulichen Lippen anzusehen war, dass er es gern täte. Er stieß lediglich ein tonloses »Warum?« aus.

Pól verzog seine Mundwinkel zur Andeutung eines Lächelns. »Weißt du, was sich Tigernán seinerzeit wünschte, als ich ihn traf? Frieden. Und weißt du, wie er die Nachricht von Diarmaits Tod gefeiert hat? Indem er Dutzende von Menschen in den Rundturm vom Kloster Tullyard getrieben und diesen niedergebrannt hat. Nicht einmal in Kirchen, so lautete seine Botschaft, finde jemand Schutz, der mit Diarmait kämpfe. Weißt du, als was er mich damals beschimpfte? Ich sagte es bereits – als Wurm. Und weißt du, wer jetzt vor mir kriecht? Der Hochkönig und Tigernán selbst, die Männer aus Wexford und Waterford. Ja, sie knien nieder und flehen um meine Waffen, denn wer hungrig auf Krieg ist, hat einen robusten Magen und schluckt selbst solch große Demütigung, ohne zu hüsteln. Ich denke, Tigernán und Ruari würden selbst vor dem Teufel buckeln, vorausgesetzt, dass der ihnen Waffen beschafft – gute Waffen, verfluchte Waffen, tödliche Waffen, Waffen, mit denen man selbst die vermeintlich unbezwingbaren Normannen schlagen kann.«

Das Klackern des Würfels war verstummt, stattdessen stieß

Bruder Abél seinen Stock wieder und wieder in den Waldboden. Er war so nass, dass es wie ein Gluckern klang.

»Du wolltest niemals Irlands Untergang«, stieß er hervor.

Póls Lächeln wurde breiter und spöttischer. »Warum hätte ich Irlands Untergang anstreben sollen? Ich liebe Érius Insel, liebe sie so sehr, dass ich ihr wahrer König sein will. Oh, versteh mich nicht falsch. Eine Weile darf die Insel ruhig brennen, schön rot und orange. Doch das Graue, das am Ende zurückbleibt, soll nicht Asche sein, sondern ... Eisen. Eisen, aus dem fortan die Waffen geformt werden, für die man die Insel in aller Welt rühmen wird. Nicht nur die Schmiede in Ulster oder Kildare sollen wie bisher auf den Amboss hauen – nein, an keinem Ort soll etwas größeren Reichtum versprechen als diese harte Arbeit über dem fauchenden Feuer. Bislang haben wir Leder und Wolle gekauft, um Schwerter zu bekommen, bald soll man uns mit Seide und Goldfäden überhäufen, um irische Waffen zu erhalten. Nein, ich wollte Irlands Untergang nicht. Wenn Irland endgültig an die Normannen fiele, würden nach den Rittern Heerscharen an Händlern hier einfallen. Besiegen wir sie hingegen, wird mein Name unsterblich sein wie der von Tigernán und Ruari. Und mit einer Waffe wie der Armbrust ist ein Sieg möglich.«

»Einer Waffe so gottlos wie dein Plan ...«, keuchte Bruder Abél.

Pól zuckte mit den Schultern. »Du wusstest doch stets, dass ich ein Sünder bin.«

»Ja, aber ich dachte, du würdest Irland in den Abgrund führen! Nur deshalb habe ich nicht ...«

Er stockte.

Nun war es Pól, der seine Hände hob, um den anderen zu berühren – nicht schmerzhaft am Hals, sondern indem er ihm nahezu zärtlich über die Wangen strich, beinahe die Narben über den leeren Augenlöchern berührte.

»Ach, gräm dich nicht, Mönchlein. Wenn du wirklich so inständig auf den Untergang hoffst, musst du einfach nur ein wenig länger warten. Diese Welt wird sich irgendwann selbst zerstören. Vorhin habe ich die Lüge mit einem Apfel verglichen, doch es gibt einen Gelehrten, der behauptete, die Erde sei rund wie ein solcher und dass das Firmament die Form eines Eis hätte. Nun, Eier brechen schnell, Beollán kann dir ein Lied davon singen, und was den Weltenapfel anbelangt, so besteht er aus dem, woraus Äpfel nun mal sind – aus einer dünnen Schale und saftigem Fruchtfleisch. Und wir Menschen, wir sind die Würmer, wir fressen den Apfel auf, bis nichts mehr übrig geblieben ist, noch nicht einmal Stiel und Kerne. Was können die Würmer danach anderes tun, als zu vertrocknen wie die Schnecken, mit denen die Sünder im Psalm verglichen werden?« Er hüstelte, lachte. »Nun ja, ich für meinen Teil will bis zum Vertrocknen noch etwas Spaß haben.«

Bruder Abél stieß seine Hand zurück, begnügte sich aber nicht mit jener rüden Bewegung, sondern packte ihn alsbald wieder am Handgelenk, dieses Mal, um seine Finger an sein Gesicht zu ziehen und auf seine Narben zu pressen.

»Ich habe mir einst die Augen ausgestochen, weil diese etwas Entsetzliches gesehen haben – etwas, das nie hätte geschehen dürfen. Von diesem Tag an hatte ich keine Vergangenheit mehr und für die Zukunft nur eine Hoffnung.«

Póls Unbehagen schnürte ihm kurz ähnlich die Kehle zu, wie zuvor der Kragen der Kutte es getan hatte. Aus den dunklen Löchern, die von Bruder Abéls Augen geblieben waren, schlug ihm nicht die übliche schlechte Laune entgegen oder jener brennende Hass, sondern einfach nur ... ein Nichts, ein kaltes schwarzes Nichts. Doch Pól entriss ihm seine Hand, und das Unbehagen verging.

»Was immer du damals gesehen hast und was du nicht sehen durftest – du warst ein Narr, als du dir deine Augen ausgestochen hast. Wenn du dem Schrecken und dem Elend dieser Welt entgehen willst, musst du dir eine Nadel ins Herz stechen.«

Er wandte sich ab, in der Ferne begannen Néde und Labrás wieder zu würfeln. Sie übertönten das Geräusch, das man hörte, als Bruder Abél seinen Stock in die nasse Erde hämmerte, nicht aber seine Stimme. Sie klang weder rau noch gepresst, sondern schneidend wie nie.

»Und du warst ein Narr, als du Róisín ins Kloster stecktest und dachtest, ihre Tugend sei dort sicher.«

Pól blieb stehen, und nicht länger erschreckte ihn das kalte schwarze Nichts, sondern jene eigentümliche Hitze, die allein bei der Erwähnung des Namens seiner Tochter in ihm hochstieg.

»Was redest du da?«, stieß er aus.

Nun war es Bruder Abél, der spöttisch grinste. Selbst die beiden Löcher schienen Pól auszulachen. »Von meiner Schwester Inghean weiß ich alles.«

»Was ... was weißt du?«

Bruder Abél ging langsam auf ihn zu, hieb wieder und wieder den Stock in die Walderde. Es fühlte sich für Pól an, als würde er schmerzhafte Hiebe einstecken.

»Dein kleines Töchterlein ist auch ein Apfel, sie ist faul und voller Würmer, aber nicht du warst der Wurm, der sich durch die Schale gegraben und schmatzend ihr saftiges Fleisch verzehrt hat. Es war der gefürchtetste Krieger von Irland, ein Mann, dem du in diesen Tagen gern eine Armbrust in die Hand drücken möchtest, ein Mann, der aus einer jener Provinzen kommt, in der sich die Heiden am längsten versteckt und ihrem gottlosen Kult am längsten gefrönt haben.«

»Von ... von wem redest du?«, fragte Pól tonlos.

»Hätte das barbarische, blutrünstige Irland, das ich so verachte und das du nun plötzlich stärken willst, ein Gesicht, gliche es seinem. Ich rede von Ascall von Toora. Er hat dein Töchterlein zu seiner Hure gemacht.«

Bruder Abél wiederholte alles, was ihm seine Schwester Inghean geschrieben hatte, drei Mal. Beim ersten Mal hörte Pól es, beim zweiten Mal verstand er es, beim dritten Mal schmerzte es. Schmerzte wie die Erinnerungen, die trotz finsterer Nacht so grell in ihm hochstiegen.

Erinnerungen an Rós, an ihren gewölbten Leib, an ihre Bootsfahrten auf der Liffey und wie sie über ihr Kind gesprochen hatten.

»Ich wünsche mir ein Mädchen«, hatte Pól gesagt.

»Warum?«, hatte sie wissen wollen.
»Weil kein Knabe schön sein könnte wie du.«
»Ich wünsche mir auch ein Mädchen«, hatte sie gesagt.
»Warum?«
»Weil Mädchen nicht töten.«
Das Wasser der Liffey hatte in der Sonne geglitzert, die Leiber der Fische, die es durchpflügten, auch. Wie sie über diese Lüge lachte, die Sonne, gleichwohl sie am Ende den Mond zusehen ließ, als die Lüge entlarvt wurde.

Rós war in einer Nacht gestorben, eine knappe Woche nach Róisíns Geburt und an einem Fieber, das am Abend zuvor lediglich die Wangen etwas glühen, nicht aber ihre Sinne hatte schwinden lassen. »Es geht mir bald wieder gut ...«

Dies war eine weitere Lüge gewesen, doch es war zu spät gewesen, sie einer solchen zu zeihen. Auch das Kind konnte Pól nicht anklagen, weil es die Mutter getötet hatte, obwohl es ein Mädchen war. Schließlich war es so winzig, so unwissend, so unschuldig. Und hatte nicht er dieses Kind in ihren Bauch gepflanzt und damit gleichsam das Versprechen gebrochen, ebenfalls nicht zu töten?

Nun, jetzt war Róisín kein Kind mehr, jetzt war sie nicht länger winzig, unwissend, unschuldig. Eine junge Frau war sie, die Unzucht getrieben hatte, wie Bruder Abél ihm wieder und wieder ins Ohr bellte.

»Genug!«, brüllte Pól, und sein gellender Schrei ließ nicht nur den eigenen Leib erbeben, sondern auch die pechschwarzen Blätter. Labrás und Néde entglitten die Würfel, indes Beollán den Esel zurück auf die Lichtung zerrte. Als Pól wieder atmen konnte, ohne schier daran zu ersticken, wandte er sich als Erstes an ihn: »Ich brauche ein schnelleres Tier, um nach Sankt Brigid zu kommen, am besten ein Pferd.«

Obwohl er nicht länger schrie, zitterte sein Leib immer noch, zitterten seine Hände, seine Lippen, die Knie. Er hasste sich dafür, er hasste vor allem Róisín dafür.

»Ich kann nicht zulassen, dass du sie für ihre Sünde bestrafst, indem du selbst eine begehst«, rief Bruder Abél.

Pól biss sich auf die Lippen, doch ob seine Zähne nun so

stumpf waren oder die Haut so dick war, sie platzten nicht, sie bluteten nicht. Sein Herz blutete.

Dummes, dummes Herz.

»Tu, was du nicht lassen kannst!«, fuhr er den Mönch an. »Begleite mich eben.«

Trotz bebender Knie und Lippen und Hände begann Pól wie irr im Kreis zu laufen. »Nun macht schon, macht schon! Ich brauche ein Pferd.«

»Was ... was hast du denn vor?«, fragte Bruder Abél, und seine Stimme klang nicht länger satt vor Genugtuung, sondern zweifelnd. »Du kannst doch nicht ... du kannst doch nicht ...«

»Du wirst schon noch sehen, was ich kann. Aber nein!« Pól schlug sich auf die Schenkel und lachte kreischend, bis er beinahe kotzte. »Du kannst ja nichts sehen! Du hast dir ja die Augen ausgestochen! Was für ein Narr du gewesen bist! Wie ich schon sagte, du hättest dir nicht in die Augen stechen sollen, sondern in dein Herz. Mit blindem Herzen stolpert man nämlich deutlich weniger als mit blinden Augen.« Und wieder lachte er, lachte dieses Mal, bis er weinte. Als er sich etwas beruhigt hatte, trat Néde auf ihn zu. »Was machst du noch hier?«, herrschte Pól ihn an. »Du sollst mir doch ein Pferd beschaffen.«

»Labrás ist schon aufgebrochen. Aber was sollen wir denn mit den Waffen machen?«

Waffen ... Waffen ... richtig ... die Waffen ... die tödlichen, gefährlichen, gottlosen Waffen. Gab es überhaupt eine Waffe, die es mit Worten aufnehmen konnte – Worten, wie Bruder Abél sie zu ihm gesagt hatte, Worten, die alles zerstörten?

»Versenkt sie im Meer oder in der Liffey«, befahl er mit rauer Stimme.

Sollen sich doch die Fische ihre glitzernden Leiber aufschneiden, soll sich die Sonne im blutigen Wasser spiegeln, bis ihr das Lachen vergeht, sollen die Normannen doch die Iren vernichten.

Ein neuerliches Lachen stieg in ihm hoch, doch er biss sich wieder auf die Lippen, und dieses Mal platzten sie wie Schnecken, die von der Mittagssonne aufgequollen waren, und er fühlte Blut. Schmecken konnte er es nicht.

RÓISÍN

Schwester Áine sah sich suchend nach dem richtigen Baum um. »Es muss mehr als nur ein Zweiglein sein«, erklärte sie, »ein kräftiger Ast eher, wenn auch kein zu dicker, sonst wird es mir nicht gelingen, ihn abzuschneiden. Ob es der Ast einer Erle, Eiche oder Buche sein soll, weiß ich leider nicht.«

Immer tiefer schritt sie in den Wald hinein. Anstatt wie früher den Blick beharrlich auf den Boden zu richten, auf dass ihr kein nützliches Pflänzchen entging, starrte sie an diesem Tag zu den Baumkronen hoch, während Róisín, die sich einst so sehr nach Sonnenlicht verzehrt hatte, den Kopf geduckt hielt. Sie misstraute der ungewohnten Freiheit. Und sie misstraute Schwester Áine.

»Was willst du denn mit diesem Ast?«, fragte sie. Áine gab keine Antwort. »Und warum durfte ausgerechnet ich dich in den Wald begleiten?«

Wieder sagte die andere nichts.

Seit Róisín mit Liadan, der Kuh und Dabíd das Kloster Sankt Brigid erreicht hatte, hatte sie dieses nicht wieder verlassen. Von den dreien, die sie hierhergebracht hatte, lebte nur noch Liadan. Die Alte sprach selten ein Wort, betete nie besonders inbrünstig, aber wenn ein Mönch vom Nachbarkloster kam, um mit den Ordensschwestern die Messe zu feiern, sang sie sehr laut. Dass es auch sehr falsch klang, sagte ihr niemand, selbst Róisín verzichtete darauf. Sie war froh, dass Liadan nach allem, was geschehen war, nicht völlig verstummt war.

In dem Augenblick, als sie angekommen waren, hatte der schwer verletzte Dabíd seinen letzten Atemzug getan, und die Nonnen hatten erschrocken aufgeschrien – die einen, weil sie Angst vor einem toten Mann hatten, die anderen, weil sie die Hörner der Kuh fürchteten, wieder andere, weil Róisíns Anblick sie entsetzte – oder vielmehr wütend machte wie Schwester Gráinne. »Du wagst es zurückzukommen?«, hatte sie sie angefahren.

Róisín war auf die Knie gefallen, hatte um Erbarmen gefleht, hatte von Horden aus der Hölle gefaselt, die Waterford belagert und eigenommen hätten und die es nun wohl auf weitere Städte absahen, jedoch nicht auf Klöster – zumindest nicht auf solche, in denen Ordensschwestern aus ihrer Heimat lebten.

Die schrien weiterhin, dieses Mal aus Angst vor den Normannen, doch die Äbtissin befahl ihnen zu schweigen, Dabíd zu begraben und die Kuh zu melken. Letzteres wurde zur Pflicht von Schwester Adaliz erklärt, doch noch ehe Róisín erklären konnte, dass die Kuh keine Milch gab, kam Liadan ihr zuvor. »Der einzige Nutzen, den dieses Vieh für euch hat«, sagte sie leise, »ist sein Fleisch. Ihr sollt es bekommen, wenn ich bleiben kann – vorausgesetzt, dass ich die Kuh selbst töten darf.«

Sie weinte keine Tränen um ihren verstorbenen Mann, keine Tränen mehr um ihre verlorenen Kinder. Ob sie um die Kuh weinte, wusste Róisín nicht, denn sie war nicht dabei, als Liadan sie schlachtete, sie zerlegte und aus ihrer Haut Pergament herstellte. Róisín kostete auch nicht vom Fleisch, sondern fastete wie nie, betete wie nie, schwieg wie nie. Dieses Mal wurde sie nicht im Rundturm gefangen gehalten und hätte deshalb jederzeit gehen können, aber sie wollte es nicht, fastete, betete, schwieg weiterhin und schuftete außerdem in der Mühle, am Webstuhl, in der Küche und in der Wärmestube. Sie stellte Tinte, Seifen und Salben her, und irgendwann, als sie etwas weniger fastete und etwas weniger schwieg, aber immer noch viel betete und noch härter schuftete, erhielt sie von der Äbtissin die Erlaubnis, Áine fortan beim Aderlass zu helfen. Schließlich gab es sonst keine, die ihr freiwillig beistand, wenn sie viermal im Jahr – im Februar, im April, rund um das Fest von Johannes dem Täufer und im September – daranging, das Blut der Schwestern zu reinigen. Von diesen Anlässen abgesehen war Róisín der Krankenstube in den vergangenen Monaten ebenso ferngeblieben wie dem Klostergarten, doch heute hatte Schwester Áine von ihr verlangt, sie in den Wald zu begleiten.

»Warum ausgerechnet ich?«, fragte Róisín eben wieder.
Áine blieb vor einem besonders kräftigen Baum stehen. Sein Stamm war so dick, dass ihn selbst drei Schwestern nicht hätten umfassen können, doch er ließ seine Äste ebenso müde hängen wie die Blätter.
Es ist doch Sommer, warum erfreut ihr Blätter euch nicht daran? Und ich bin im Wald – warum erfreue ich mich nicht daran?
»So sag es mir doch endlich! Warum hast du mich ausgewählt?«
»Weil du von allen Nonnen am stärksten bist.«
Róisín ließ die Hände hängen wie der Baum seine Äste und Blätter.
»Nun hilf mir schon!«, befahl Áine, zog an einem Ast, und prompt stieg Róisín der durchdringend süße Geruch nach Harz in die Nase. Der Baum konnte also noch weinen, während sie nicht wusste, ob tatsächlich noch die Kraft in ihr wohnte, von der Áine sprach. Immerhin gelang es ihr, ebenfalls den Ast zu packen und ihn so weit herunterzuziehen, dass Áine ihre Säge hervorholen und sie dicht am Stamm ansetzen konnte. Eine Weile war nur zu hören, wie sich die Säge immer tiefer in das Holz grub, dann begann Áine zu erzählen. »Vor vielen hundert Jahren wurde die Insel von einer schlimmen Krankheit geschlagen. Man nannte sie die gelbe Pest, weil die Beulen, die die Menschen am ganzen Leib bekamen, gelb waren. Eiter sammelte sich darunter. Bevor die Beulen aufplatzten und das Gift aus dem Körper fließen konnte, färbten sie sich schwarz, die Kranken starben. Nur der heilige Mochua konnte sie heilen. Wenn er mit dem Stab, den er stets bei sich trug, die Gequälten berührte, nahm der die gelbe Farbe der Beulen an, während sie auf den Leibern verschwanden. Deshalb habe ich mir überlegt, mir ebenfalls einen solchen Stab zu schnitzen und darauf zu hoffen, dass auch er die Farben der Kranken auf sich zieht – das Grün derjenigen, denen ständig übel ist, das Rot von denen, deren Herz viel zu schnell schlägt, und das Blau derer, die nur schwer Atem schöpfen können.«
Róisín starrte sie zweifelnd an, indes die Säge den Ast mittlerweile bis zur Hälfte durchdrungen hatte. Áine hielt kurz

inne. »Ach, wenn sich hier im Wald bloß auch eine schwarze Katze finden ließe!«, rief sie seufzend.

»Braucht man etwa obendrein eine schwarze Katze, um die gelbe Pest zu heilen?«

»Wenn man ihr Blut mit dem Saft vom Lauch vermischt und diesen Sud in heiße Bäder gießt, kann man die Kranken vom Rheuma befreien. Adaliz leidet schrecklich daran.«

»Und dieses Rezept hat auch schon der heilige Mochua erprobt?«

»Nein, es stammt von einem gewissen Dian Cecht. Er lebte lange vor dem heiligen Mochua, hat die Namen von dreihundertfünfundsechzig Kräutern aufgeschrieben und die Namen von ebenso vielen Krankheiten, die diese zu heilen vermögen. Leider war er sehr selbstsüchtig. Als sein Tod nahte, fasste er den Beschluss, der Nachwelt seine Rezepte vorzuenthalten, und so zerstörte er seine Schriften. Es heißt, er habe jedes einzelne Stück Pergament aufgegessen. Er muss verrückt gewesen sein.«

»Vor allem muss er einen guten Magen gehabt haben. Ich kann mir nicht vorstellen, dass irgendjemand über dreihundert Pergamentrollen essen kann!«

»Eben! Und deswegen sind ein paar übrig geblieben, und auf einem von diesen stand das Rezept mit der schwarzen Katze.«

»Hast du dieses Rezept mit eigenen Augen gesehen?«

»Nein, aber Kraka. Du weißt doch, dass sie seit Langem Dienst im Skriptorium tut. Sie hat es gefunden und mir ebenso davon erzählt wie vom Stab des heiligen Mochua.«

Kraka verhielt sich Róisín gegenüber wie eine Fremde. Weder warf sie ihr vorwurfsvolle Blicke wie Schwester Gráinne zu noch gnädige wie die Äbtissin oder verwirrte wie Schwester Adaliz, die wieder einmal nichts verstand, als man ihr zu erklären versuchte, warum Róisín erneut im Kloster lebte. Kraka tat meist so, als würde sie sie nicht einmal sehen, desgleichen stellte sie sich den anderen Schwestern gegenüber blind. Ihre Augen leuchteten nur, wenn sie sich in alte Schriften vertiefen konnte.

Róisín vermochte sich keinen Reim darauf zu machen, was die Alte insgeheim dachte, während sie hingegen langsam zu ahnen begann, warum Áine sie in den Wald mitgenommen hatte.

»Du denkst, dass ich lange genug für meine Flucht aus dem Kloster gebüßt habe«, stellte sie fest, »jetzt willst du wieder dein Wissen an mich weitergeben wie einst.«

Áine sah sie nicht an, sondern sägte weiter. »Manchmal leide ich nun mal auch an Rheuma«, gestand sie lediglich ein.

»Dann wäre es doch besser, wenn ich sägen würde, oder?«

Eine Weile ertönte nur weiter das ratschende Geräusch, doch dann hielt Áine unerwartet inne und reichte Róisín die Säge. So bereitwillig Róisín ihr eben die Hilfe angeboten hatte, so zögerlich griff sie nach dem Werkzeug, das sie an ihren Dolch erinnerte. Sie war nicht sicher, was es in ihr erweckte – Sehnsucht oder Grauen.

»Nun mach schon«, sagte Áine.

Róisín ließ die Säge fallen, packte den Ast aber fester und zerrte ihn noch tiefer in Richtung Boden. So weit, wie Áine ihn bereits durchgesägt hatte, würde er gewiss von allein brechen. Doch plötzlich hörte sie etwas, ein Rascheln und ... Schritte.

Áine hatte sich nach der Säge gebückt und ließ sie vor Schreck fallen. Róisín wiederum entglitt der Ast, der nunmehr so schlaff vom Baum hing, dass die Blätter den Boden berührten.

»Wer ... wer ...?«, setzte Áine an.

Róisín spitzte die Ohren. Es war nicht still im Wald, das war es nie, aber zumindest waren keine Schritte mehr zu hören.

»Vielleicht ist es eine schwarze Katze?«, versuchte sie zu scherzen, obwohl ihre Kehle eng wurde.

»Normannen ...«, stieß Áine hervor.

»Sie müssen doch die großen Städte schützen, die sie erobert haben.«

»Es heißt, ein großes irisches Heer sei in Richtung Dublin marschiert. Es will die Stadt zurückerobern, nun, da Diarmait tot ist.«

»Dieses Heer hätte sich von Breifne und Connacht aus aufgemacht, nicht vom Süden«, beschwichtigte Róisín die andere.

Sie versuchte sorglos zu klingen, aber das Sprechen fiel ihr schwer. Selbst hier im Kloster hatten sie davon erfahren, dass Leinster gegen Strongbow rebellierte, und auch wenn es nicht eine Schar Krieger von Murtagh war, die diesen Wald durchkreuzte – zwei Männer würden genügen, ihrer beider Herr zu werden, vielleicht sogar nur einer. Schließlich fühlte sie sich längst nicht mehr so stark, wie Áine glaubte.

Diese raffte die Kutte und machte ein paar hastige Schritte, während sich Róisín, ehe sie ihr folgte, bückte und die Säge an sich nahm. Sie hatte keine Angst mehr, sie zu halten, entfachte diese doch weder Sehnsucht noch Grauen, war einfach nur ein nützliches Werkzeug, das einer Waffe am nächsten kam, und eine Waffe brauchte sie – das erkannte sie, als sie sich wieder aufrichtete.

Nur wenige Schritte vor ihr war Áine wie angewurzelt stehen geblieben und starrte auf den Mann, der zwischen den Bäumen hervorkam. Der war kein normannischer Ritter und kein irischer Krieger, aber als Róisín in seinem Gesicht las, wusste sie, dass er nicht minder bedrohlich war.

Es war ihr Vater Pól.

Manchmal hatte sie in den letzten Jahren von ihm geträumt. Und manchmal hatte sie im Traum geschrien, aber sich noch schlafend auf die Lippen gebissen. Genau wie sie es früher getan hatte, wenn er in ihre Kammer gekommen und schwer atmend neben ihrer Bettstatt stehen geblieben war, sie betrachtet und sie mit der Mutter verglichen hatte.

Sich völlig reglos zu geben hatte sie wahrlich gut gelernt – und sie beherrschte es auch jetzt, als er langsam auf sie zutrat und sie erkannte, wie verändert er wirkte. Seine ansonsten so glatten Wangen waren von Bartstoppeln übersät, die Augen blutunterlaufen, als hätte er lange Zeit zu wenig geschlafen, zu viel getrunken oder beides, der Stoff seiner Tunika – nicht farbenprächtig wie sonst, sondern von einem dumpfen Grau – schlackerte an seinem Leib. Und am ungewohntesten war, dass er seinen Blick starr auf sie gerichtet hielt. Die meisten Menschen, mit denen er Handel trieb, waren größer als er, sodass er sie von unten her anblicken musste, und selbst wenn er in die Miene seines Gegenübers starren konnte, ohne einen steifen Nacken zu bekommen, erforschte er lieber, mit welchen Gesten der andere seine Gefühle und Gedanken verriet.

Róisín verriet sich nicht, denn es gab nichts zu verraten, kein Gefühl, kein Gedanke, nichts. Erst als Áine ein erschrockener Aufschrei entfuhr, ging ihr auf, dass Pól für diese ein Fremder war.

»Er ist nur mein Vater«, sagte sie. Áine beruhigte sich allerdings nicht – dieses Mal rief sie die Namen aller Heiligen Irlands. Und da erst erkannte Róisín, was Pól in den Händen hielt, einen Dolch ähnlich jenem nämlich, mit dem sie zu kämpfen gelernt, einen Wolf erstochen und den sie in der Erde am Ufer des Sees vergraben hatte, als es Zeit gewesen war, nicht länger Kriegerin zu sein, sondern wieder Heilerin zu werden.

»Er ist nur mein Vater«, wiederholte sie mit zitternder Stimme, obwohl sie ihn kaum wiedererkannte.

Auch seine Stimme war die eines Fremden, als er spöttisch sagte: »Na also, es hat sich wieder einmal gezeigt, dass es sich zu warten lohnt. Eigentlich dachte ich, ich müsste noch länger vor diesem verfluchten Kloster ausharren. Und nun genügt eine knappe Woche, und schon läufst du mir regelrecht in die Arme.«

Welch widersinnige Worte, wo sie doch immer weiter zurückwich!

Das tat im Übrigen auch Áine, und da deren Knie weit weniger bebten als die Róisíns, kam sie schneller voran und war bald im Unterholz verschwunden, ohne sich ein einziges Mal nach Róisín umzudrehen. Sie hatte sie einfach allein-, wenn auch nicht ohne Waffe zurückgelassen – denn immer noch hielt sie die Säge in der Hand.

Nicht, dass sie ihr in diesem Augenblick viel nützte. Ehe Róisín sie mit schweißnassen Händen heben konnte, machte Pól unvermittelt einen Satz auf sie zu, packte ihren Schleier und zerrte ihn ihr vom Kopf. Er warf ihn zu Boden, bekam nun ihr Haar zu fassen und zerrte auch daran, bis er ihr ein Büschel ausgerissen hatte und sie die Säge fallen ließ. Schmerz und Scham über diese Ungeschicklichkeit trieben ihr Tränen in die Augen, doch immerhin hatte sie so einen Vorwand, um auf die Knie zu sacken und nach der Säge zu tasten. Noch griff sie nur in faulige Blätter.

»Bist du wahnsinnig geworden, Vater?«, rief sie. »Was tust du denn?«

Leider wohnte nicht so viel Kraft in ihrer Stimme wie erhofft und schon gar nicht so viel wie in der ihres Vaters.

»Du Hure!«, brüllte er. »Du verfluchte Hure! Ich weiß alles ... Du hast Ascall von Toora das Leben gerettet! Du hast ihn im Wald versteckt! Du hast es mit ihm getrieben!«

Bruder Abél ... er musste es von Bruder Abél wissen, und der hatte es wiederum von der Äbtissin erfahren. Die Säge ... wo war nur diese gottverdammte Säge?

Ehe sie sie ertastete, griff Pól wieder in ihr Haar – dieses Mal noch fester. Sie schrie, wie sie nie in den Nächten geschrien hatte – weder wenn sie wach gelegen noch wenn sie von ihm einen Albtraum gehabt hatte, schrie nicht nur Unbehagen und Angst heraus, auch Abscheu und Wut und Ohnmacht, schrie und schämte sich ein wenig, denn im Wald, das hatte Ascall stets gesagt, dürfe man keinen Lärm machen.

Ascall ... Ascall ... was würde er an ihrer Stelle tun?

»Vater ... Vater ... lass mich ... bitte ...«

Nein, um Gnade winseln würde Ascall gewiss nicht, aber es zeigte Wirkung, denn endlich ließ Pól ihr Haar los, wenn auch nur, um sie auf den Waldboden zu stoßen. Kaum zu glauben, wie viel Kraft in seinen Händen wohnte! Und wie viel erst in seinem Fuß, mit dem er sie niederdrückte!

»Ja, ich weiß es«, sagte er nun etwas leiser, wenn auch nicht minder böse, »ich weiß, was du getan hast. Deine Mutter ... sie hat Männer wie Ascall von Toora verachtet. Für Tiere hat sie sie gehalten. Und nun bist du selbst eins geworden ... eine läufige Hündin nämlich.«

Sie konnte kaum atmen, aber wenn sie etwas gelernt hatte – nicht von Ascall, sondern von Pól –, so war das, wie man weiterlebte, selbst wenn man zu ersticken drohte.

»Ich bin keine Hündin, ich bin eine Wölfin«, stieß sie aus.

Er lachte, lachte ... lachte, bis ihm die Tränen kamen.

»Du fiepst kläglich wie eine Maus und willst eine Wölfin sein?«, höhnte er.

»Du glaubst mir nicht?«, rief sie, schlug erst mit der Hand auf den Fuß, der auf ihrer Brust stand, trat dann mit ihren Beinen gegen den zweiten. Tatsächlich wankte er lange genug, sodass sie sich blitzschnell auf den Bauch drehen und aufspringen konnte. Mühelos wäre sie ihm nun entkommen, doch sie lief nicht vor ihm davon, sie blieb stehen.

Wölfinnen fliehen nicht vor ihren Feinden. Sie zerfleischen sie.

»Du glaubst mir nicht?«, rief sie wieder und riss ihre Kutte gerade weit genug auf, damit er den Wolfspelz sehen konnte, den sie gleich einer zweiten Haut darunter trug, der sie in den vergangenen Monaten gewärmt und ihr Mut gegeben hatte.

Pól starrte sie verblüfft an, und erstmals klang seine Stimme menschlich. »Woher hast du den? Von Ascall von Toora?«

Sie blieb weiterhin stehen, obwohl er wieder auf sie zutrat, dieses Mal die Hand ausstreckte und den Wolfspelz nahezu sacht berührte. Keine zweite Haut schien er mehr zu sein, sondern die einzige, die sie hatte. Sie spürte seine Berührung, spürte sie durch und durch, ekelte sich, aber gab diesem Ekel nicht nach.

»Nein«, sagte sie, »ich habe den Wolf mit meinen eigenen Händen getötet.«

Und auch dich werde ich mit meinen Händen töten. Ich werde nicht zulassen, dass du mich schändest. Ich habe mich lange genug auf diese Stunde vorbereitet, um nicht wehrlos zu sein.

Immer noch stand sie ganz starr da, wartete, bis seine Hand etwas höher wanderte, nicht länger nur über den Wolfspelz streichelte, sondern über ihre nackte Haut. Selbst als sie sich auf ihre Brust legte, rührte sie sich nicht. Erst als auch sein Gesicht näher kam und sie seinen heißen Atem spüren konnte, hob sie blitzschnell das Knie und rammte es ihm in den Bauch. Und während er sich noch ächzend krümmte, hatte sie sich schon gebückt und blitzschnell die Säge ergriffen.

Pól richtete sich auf, wich zurück, wirkte, als sie mit der Säge auf ihn losging, noch verblüffter als zuvor, jedoch nicht entsetzt. Anders als erwartet ließ er auch seinen Dolch nicht fallen, noch nicht einmal, als sie mit der dumpfen Seite der Säge gegen seine Hand drosch. Er lächelte nur.

Nun, dann würde er eben lächelnd sterben. Róisín hob wieder die Säge, dieses Mal mit der scharfen Seite, zielte damit auf seinen Hals. Wahrscheinlich würde sie mehrmals zustechen müssen, aber sei's drum. Der Wolf war auch nicht sofort tot gewesen.

Sie glaubte in dessen gelbe, bösartige Augen zu sehen, als sie die Säge auf Póls Kehle niedersausen ließ, doch jene gelben Augen wurden grau und die bunte Welt fast schwarz, als ein grässlicher Schmerz ihre Hand durchzuckte. Kurz war sie überzeugt, er hätte sie mit dem Dolch getroffen, doch den hielt Pól ruhig in der Hand. Eigentlich bewegte er sich überhaupt nicht, während ein anderer erneut mit einem Stock auf sie eindrosch – und das so lange, bis sie die Säge fallen ließ. Ein weiterer Hieb traf sie in den Bauch, dann auf die Schulter. Sie ging zu Boden, schluckte Erde. Hustend und spuckend drehte sie sich um, doch zu mehr reichte ihre Kraft nicht. Schon ließ Pól sich auf sie fallen, den Dolch nur eine Handbreit von ihrem Gesicht entfernt, und seine Augen waren nicht mehr gelb, sondern nahezu schwarz ... schwarz wie die Augenbinde, die Bruder Abél an diesem Tag trug, um seine Narben zu verdecken.

Der blinde Mönch ... Er hatte sie nicht nur verraten, er hatte ihren Vater begleitet und mit seinem Stock auf sie eingeschlagen. Schwer atmend stützte er sich eben auf diesen, sah dann aber seelenruhig zu, als Pól sich etwas aufrichtete, um ihr den Wolfspelz vom Leib zu reißen.

»Wie kannst du nur?«, schrie Róisín. »Warum hilfst du ihm? All die Jahre hast du ihn doch davon abgehalten, mich zu schänden!«

»Nun, ich würde auch nicht zulassen, dass er dich schändet«, erwiderte Bruder Abél mit seiner rauen Stimme, die ihr immer etwas Angst eingeflößt hatte. »Aber er hat mir versprochen, dass er dich nicht schänden wird. Er wird dich töten.«

Róisín erstarrte. Bis zu diesem Augenblick war sie sicher gewesen, dass ihr Vater den Dolch nur nutzen würde, um sie gefügig zu machen, und auch, dass es ihr gelingen würde, den schweren Mann abzuwerfen, den Dolch an sich zu bringen und ihn anstelle der Säge in dessen Kehle zu rammen. Doch als sie nun in Póls Gesicht blickte, waren ihre Hände und Beine wie gelähmt. Ihr Herz schien sich zu verkrampfen, um jeden Atemzug musste sie kämpfen.

Keine Lust, keine Gier standen in seinem Gesicht – nur Verachtung, und auf diese war sie nicht vorbereitet gewesen.

»Töten?«, entfuhr es ihr.

Pól schnaufte schwer. »Du bist so dumm … genauso dumm wie Bruder Abél. Erst als ich sie ihm auf dem Weg hierher offen bekannte, hat er die Wahrheit erkannt. Auch er war überzeugt, dass er mich all die Jahre davon abgehalten hat, dich zu schänden. Und es stimmt ja, ich habe dich begehrt, ich begehre dich noch. Bis auf deine Narbe gleichst du deiner Mutter. Ich würde dir gern über das Haar streichen, über deine milchig weiche Haut lecken, deinen heißen Atem in meiner Halsbeuge spüren. Ich würde dich gern besitzen, wenn ich schon Rós verloren habe. Aber es war nicht das, wovor ich am meisten Angst hatte. Die größte Angst hatte ich davor, dass ich dich hinterher töten würde, weil Rós nur deinetwegen gestorben ist! Dies war die Sünde, vor der Bruder Abél mich bewahrt hat. Diese Gier galt es zu bezähmen. Und nicht nur um deinetwegen oder um des Mönches willen habe ich mich beherrscht, ich tat es vor allem für deine Mutter. Das Leben ihres Kindes zählte für sie mehr als das eigene. Ganz sicher aber hätte sie sich nicht für eine Hündin geopfert, die sich von einem groben Mann nehmen lässt.«

Anstatt seinen Blick über ihren nackten Körper gleiten zu lassen, sah er sie unverwandt an – mit Ohnmacht und Trauer im Blick, aber auch mit so viel Hass.

Immer noch war Róisín wie gelähmt. Nur ihren Mund aufmachen und schreien konnte sie noch. »Kein Wunder, dass Mutter gestorben ist!«, schrie sie. »Schließlich war sie schwach! Selbst ein Kind von dir hat sie zerrissen und getötet, nicht auszudenken, wie erbärmlich sie verreckt wäre, wenn ihr ein echter Mann eines gemacht hätte!«

Nicht länger war nur sie nackt, nun schien auch er es zu sein.

Seine Augen glichen zwei Wunden, die nässten und eiterten, solange er auf sie starrte ... solange er sie mit Rós verglich ... solange sie lebte ...

Er führte die Klinge des Dolches an ihre Kehle. »Wage es nicht, deine Mutter zu beleidigen!«, zischte er.

»Und wirf du mir nicht vor, mit einem groben Mann gehurt zu haben«, hielt sie ihm entgegen. »Was hast du denn all die Jahre getan, als du dein Geld mit Waffen verdient und vor den Kriegern gebuckelt hast? Wenn du den Krieg und das Töten so verachtest, wie meine Mutter es getan hat, warum hast du dann nicht nur mit Schmuck und Stoff gehandelt?«

Er leckte sich über die Lippen. »Du verstehst es nicht. Du verstehst es einfach nicht. Rós hat über die Männer gelacht, die sich für groß halten, nur weil sie groß gewachsen sind. Und ich habe all die Jahre wie sie gelacht. Ja, das Geklimper der Münzen, die ich mit Waffen verdiente, war Gelächter. Weil diese großen Krieger auf einen kleinen Mann wie mich angewiesen sind! Weil ich in Wahrheit größer bin als sie! Weil ich mit ihnen nicht bloß Geschäfte gemacht, sondern sie verhöhnt habe! Nicht ich bin die Hure, die vor ihnen buckelt. Sie sind es, die vor mir knien. Denn sie hätten keine Schwänze, wenn ich ihnen nicht welche aus Stahl geben würde. Ja, Rós und ich, wir haben über die Krieger gelacht, aber du hast unter einem gekeucht. Wir haben uns über den Dreck dieser Welt erhoben, aber du hast dich darin gesuhlt. Wir haben uns unseren Stolz bewahrt, aber du hast auf deinen gespuckt. Du hast kein Recht zu leben.«

Róisín musste alle Kraft zusammennehmen, um den Kopf ein wenig zur Seite zu drehen. Wieder schluckte sie Erde, doch dieses Mal spuckte sie sie ihrem Vater ins Gesicht.

»Worauf wartest du dann noch?«, fauchte sie. »Ist es möglich, dass du mich gar nicht töten kannst? Dass du wie Rós nur zum Sterben und nicht zum Töten taugst?«

Die Klinge schnitt ihr noch tiefer in die Haut. »Du bist doch genauso schwach wie deine Mutter. Du bist freiwillig ins Kloster zurückgekehrt, obwohl du graue Mauern verabscheust, hast vor dem Krieg den Schädel eingezogen, obwohl man mit dem Krieg tanzen sollte. Wenn dir Ascall ein Kind gemacht hätte, wärest du doch auch verblutet, hättest ihn mit jenem Würmchen, mit der Qual und der Trauer allein gelassen. Mit dem Tod kann man nämlich nicht tanzen. Er tritt dir auf die Füße, in den Bauch, in dein Herz.«

»Vater ...« Sie fühlte Blut über ihre Kehle laufen, sie fühlte ein schmerzendes Brennen, sie fühlte, dass ihr Vater ihre Mutter in diesem Augenblick genauso hasste wie sie und ihr ihren Tod noch weniger verzeihen konnte als der Tochter – nur Kraft, um sich zu wehren, fühlte sie keine. Als er wieder lachte, bis ihm die Tränen kamen, stiegen auch in ihr welche hoch, heißer noch als das Blut, und während diese ihr über die Wangen perlten, nahm Pól den Dolch von ihrer Kehle, um damit weit auszuholen und umso tödlicher damit zuzustechen. »Lass mich am Leben, Vater ... lass es nicht zu, Bruder Abél ...«, presste sie kläglich hervor und verachtete sich dafür.

Der Mönch sagte gar nichts. Ihr Vater befahl nur: »Halt dein Maul!« Er klang nicht einmal mehr hasserfüllt, sondern nur mehr kalt, so wie sein Gesicht jetzt nicht mehr voller Hass war, sondern voller Kälte.

Auch sie wurde von dieser Kälte erfüllt, als er zustach. Sie fühlte keine Trauer, keine Ohnmacht, keine Furcht. Fühlte vor allem nicht, wie die Klinge ihre weiße Haut traf. Denn bevor das geschah, wurde eine hölzerne Spitze in Póls Nacken getrieben.

Mit einem Aufschrei ließ ihr Vater den Dolch fallen und griff sich an den Hals. Was er hervorzog, war einer jener Stifte, mit denen die Schwestern im Skriptorium auf Wachstafeln schreiben lernten und den sie stets an einem Lederband um den Hals trugen.

Póls Haut war dicker als Wachs, weswegen der Stift kein Todesurteil daraufschreiben konnte, doch ihn wieder und wieder aufheulen lassen, das vermochte er, und bis der Schmerz verklungen war, hatte nicht Róisín, jedoch eine andere Póls Dolch gepackt und ihm in den Rücken gerammt.

Er sank auf Róisín nieder, begrub sie unter sich, und kurz war sie sicher, unter seinem Gewicht zu sterben. Doch wenn sie etwas gelernt hatte, war das ja zu überleben, auch wenn sie zu ersticken vermeinte.

Pól atmete röchelnd, sie auch, dann wälzte jemand den schweren Leib von ihr, und sie konnte sehen, wer auf ihren Vater eingestochen hatte – einmal mit Holz, einmal mit Stahl. Es war nicht Áine oder Kraka, deren Stimme sie wie von weit her hörte, es war die Äbtissin Inghean.

Póls Blick war starr, die Haut leichenblass, aus der Wunde troff Blut, aber noch war er nicht tot. Noch konnte er den Mund öffnen und ein paar Worte ausstoßen: »Bereue es nicht.« Róisín rappelte sich auf, wusste nicht, ob er den Verstand verloren hatte oder sie. Erst nach weiteren röchelnden Atemzügen erkannte sie, dass er diese Worte nicht an sie gerichtet hatte, sondern an die Frau, die auf ihn eingestochen hatte. Inghean war vor ihm auf die Knie gesunken, einen Ausdruck grimmiger Entschlossenheit im Gesicht. »Bereu nicht, dass du mich getötet hast«, wiederholte er. »Bereu es nicht, denn ich habe es verdient. Auch die Männer, die dir damals Gewalt angetan haben, hätten zu sterben verdient. Bereu nur, dass du nicht auch sie getötet hast.«

Während er sprach, hob er langsam seine Hand. Róisín war nicht sicher, ob er die Hand der Äbtissin ergreifen, ihr übers Gesicht streicheln oder ihr den Schleier herunterreißen wollte, um ihr durchs Haar zu fahren, wie er es bei ihr getan hatte. Sie wusste nur, dass er es nicht schaffen würde. Schon fiel seine Hand schlaff auf den Waldboden, wurde der Blick starrer, verzerrten sich die Lippen zu einem letzten Lächeln, höhnisch, traurig und sogar ein bisschen froh. Vielleicht tanzte er ja doch mit dem Tod.

Inghean tanzte nicht, sie war auf ihre Fersen gesunken und murmelte ein Gebet. Das dachte Róisín zumindest, doch dann erkannte sie, dass es kein Gebet war, sondern ein Fluch. Und dieser richtete sich nicht gegen den toten Vater, sondern gegen Bruder Abél, der sich immer noch schwer atmend auf seinen Stock stützte.

»Sei verflucht für den Rest deiner Tage«, sagte sie. »Wenn

du Brot isst, sollst du Asche schmecken, wenn du Wein trinkst, sollst du Essig schmecken, wenn du schläfst, sollen dich in deinen Träumen Dämonen heimsuchen ... Wie konntest du zulassen, dass ein Mann einem Mädchen Gewalt antut?«

Kraka kicherte, wobei nicht sicher war, was sie mehr belustigte – dass die fromme Äbtissin einen Mann getötet hatte oder dass sie nun einen Mönch verfluchte. Bald biss sie sich wieder auf die Lippen, doch an ihrer statt lachte Áine mit leiser Verachtung auf, wie sie es immer tat, wenn Kranke oder Tote vor ihr lagen und bewiesen, wie klein und vergänglich ein Menschenleben war.

Sie hat Kraka und Inghean geholt, ging es Róisín auf. Sie hat mich doch nicht allein gelassen.

Was sie hingegen nicht begriff, war, warum die Äbtissin sich nun erhob, auf Bruder Abél zuging, nicht mehr mit Grimm im Blick, sondern mit jenem Hass, der zuvor in Póls Miene gestanden hatte.

»Verflucht sollst du sein! Verflucht! Du hast es doch gesehen ... wurdest Zeuge davon, was mir zugestoßen ist ... damals, vor fünfzehn Jahren, als ich noch in deinem Nachbarkloster lebte! Ich wurde Äbtissin, was die Familie einer anderen Nonne, die sich übergangen wähnte, zutiefst empörte. Diese Familie hat sich ein Beispiel an König Diarmait genommen, der einst seine Krieger nach Kildare schickte, damit sie die Äbtissin schändeten. Auf diese Weise war sie nicht länger ihres Amtes würdig, und er konnte eine Verwandte einsetzen. Auch ich sollte auf diese Weise entmachtet werden. Mitten am Tag haben die Männer das Kloster gestürmt. Ich habe gerade Bier gebraut, und einer hat mich über seine Schulter geworfen, hat mich einfach davongetragen. Du warst der einzige Mönch des Nachbarklosters, der wagte, ihnen zu folgen, doch du bist zu spät gekommen, konntest nichts mehr dagegen tun, konntest nur mehr zuschauen. Sie haben mich auf den Boden gestoßen, haben mich festgehalten, sie haben meine Beine auseinandergerissen, haben erst den Knauf ihrer Schwerter in mich gestoßen und dann ihre Schwänze. Ja, du konntest nichts dagegen tun, aber du hast es gesehen! Du hast es doch gesehen!«

Als Bruder Abél hilflos die Hände rang, entglitt ihm sein Stock. Róisín wusste nicht, ob er Póls Tod überhaupt mitbekommen hatte, doch das nackte Entsetzen in seiner Miene verriet, dass er Ingheans Stimme sofort erkannt hatte.

»Nein!«, rief er. »Ich habe es nicht gesehen! Mit welchen Augen hätte ich es denn sehen sollen?«

»Die hast du dir doch erst hinterher ausgestochen. Du hast behauptet, dass die Männer nicht mich geschändet, sondern dich geblendet hätten. Und nur weil du das deinem Abt geschworen hast, galt ich weiterhin als Jungfrau und konnte Äbtissin bleiben, ja, ich wurde später sogar nach Sankt Brigid gesandt, um der Gemeinschaft dort vorzustehen. Aber das gründete auf einer Lüge, einer erbärmlichen, gottverdammten Lüge!«

»Ich habe es nicht gesehen«, hielt er ihr wieder entgegen. »Ich habe nicht gesehen, was man dir angetan hat!«

Wieder ertönte ein Kichern. Dieses Mal stieß es nicht Kraka aus und auch nicht Áine, sondern Róisín selbst. Es war nicht möglich, dass ihr Vater tot war, es war nicht möglich, dass Inghean erst auf Bruder Abél einschrie und dann auf ihn einschlug, es war nicht möglich, dass der aus Augen, die er nicht mehr hatte, zu weinen schien!

»Ich habe es nicht gesehen! Ich habe es nicht gesehen!«, brüllte er in einem fort. »Du hast meinen Worten niemals widersprochen. Du hast das Äbtissinnenamt nicht freiwillig aufgegeben. Du hast dir doch auch eingeredet, dass etwas, das ich nicht gesehen hatte, nicht geschehen sein konnte.«

Inghean atmete schwer. »Es stimmt«, gab sie etwas leiser zu. »Ich habe gesündigt. Du hast die Wahrheit geleugnet, und ich habe deine Lüge verschwiegen. Doch eine Sünde wiegt man nicht mit einer weiteren auf. Und eine Sünde wäre es gewesen, den Mord an einem unschuldigen Mädchen zuzulassen.«

»Ach, das Mädchen ist doch nur ein Tropfen in einem riesigen Fluss. Und dieser Fluss ist aus Feuer und wird diese gottlose Insel verbrennen.« Als Bruder Abéls Speichel Róisín traf, vermeinte sie, an dieser Stelle zu brennen. »Glaub mir«, fuhr er gehetzt fort, »ich habe Pól die Wahrheit über Róisín und Ascall doch nur erzählt, damit er keine Waffen an die Iren verkauft und diese die Normannen nicht besiegen. Und das habe ich nicht zuletzt deinetwegen getan. Denn mit dieser gottlosen Insel werden all jene Männer untergehen, die Äbtissinnen schänden. Pól hingegen wollte seine Tochter ja nicht schänden, er wollte sie nur töten.«

»Dann hast du damals also doch gesehen, was die Männer mir angetan haben – ganz gleich, welche Lügen du später erfunden hast. Sonst wüsstest du ja nicht, dass es schlimmer als der Tod ist.« Bruder Abél begann zu schluchzen, und wenn ihm auch die Tränen fehlten, so rann weiterhin überreich der Speichel aus seinem offenen Mund. Er brach auf die Knie, wollte die Äbtissin umarmen und an sich ziehen, doch seine Hände griffen ins Leere, denn Inghean trat immer weiter von ihm fort.

»Du wirst am eigenen Leib erfahren, dass zu leben die größere Prüfung ist als zu sterben«, verkündete sie erregt. »Für das, was du getan hast, wirst du den Rest deiner Tage büßen. Nie wieder wirst du diesen Wald verlassen, sondern in einem einstigen Leprosenhaus als Einsiedler leben. Ich werde dir Essen bringen lassen, damit du nicht verhungerst. Aber ich werde nie wieder auch nur ein Wort zu dir sprechen und dich in jedem meiner Gebete verfluchen.«

Bruder Abél machte keine Anstalten mehr, seine Schwester zu umarmen, sank nun auch mit dem Oberkörper auf die Erde, begann irgendwann, nach seinem Stock zu tasten. Ob er ihn fand, sah Róisín nicht mehr, denn nun wandte sich Inghean an sie. Erst jetzt ging Róisín auf, dass die Kutte bis zur Hüfte aufgerissen und sie somit nackt war. Anstatt den groben Stoff wieder hochzuziehen, um ihre Blöße zu bedecken, bückte sie sich hastig nach dem Wolfspelz und schlang ihn um den Leib.

Inghean starrte darauf, aber fragte nicht, woher sie ihn hatte. Ihre Hände begannen zu zittern, die Augen zu flackern, die Lippen zu beben. Schon war sie wieder das ängstliche Vögelchen, gleichwohl dessen Schnabel spitz genug blieb, um auf sie einzuhacken.

»Geh!«, sagte sie kalt. »Geh! Ich weiß, das alles ist nicht deine Schuld, und ich bin froh, dass dein Vater tot ist, nicht du.

Dennoch scheint es, als zögest du rohe Männer an. Solange du hier im Kloster lebst, werden uns wieder und wieder welche heimsuchen.«

»Du ... du schickst mich fort?«

»Geh mit Gottes Segen ... aber geh!«

Inghean sprach kein Wort mehr, wandte nun auch ihren Blick ab. Erst stieg sie über Póls Leichnam, dann über Bruder Abél, der immer noch auf dem Boden kauerte. Sobald sie im Dickicht verschwand, löste sich Áine aus ihrer Starre, warf Róisín einen letzten bedauernden Blick zu und folgte der Äbtissin rasch.

Róisín bückte sich und zog den Dolch aus dem Leib ihres Vaters. Es gelang ihr leicht, denn sein Fleisch war weich ... nicht gestählt wie das von Kriegern ... das von Wölfinnen. Wobei sie keine Wölfin mehr war, sonst hätte sie ihn schließlich selbst getötet. Vielleicht konnte sie einen anderen töten, wenn sie lange genug übte, den Dolch zu schleudern, doch sie wusste nicht, ob sie das wollte, und selbst wenn, würde sie nicht damit beginnen, solange Kraka zugegen war. Diese machte keine Anstalten, zum Kloster zurückzukehren. Sie bückte sich nun ebenfalls und begann, etwas zu pflücken.

Róisín richtete sich auf und erkannte die rosafarbenen Blütenblätter vom Fingerhut. »Wofür brauchst du denn die?«, fragte sie überrascht.

»Wusstest du, dass der Fingerhut die Lieblingspflanze der Elfen ist?«, gab Kraka zurück. »Sie stülpen die Blüten über ihre Finger, um unverletzbar zu werden. Und wenn eine Elfe an ihnen vorbeigeht, so verneigen sich die Blumen.«

»Wenn du an Elfen glaubst, solltest du bei mir bleiben und nicht ins Kloster zurückkehren.«

Doch Kraka schüttelte den Kopf und steckte die Blütenblätter ein. »Im Moment diene ich nicht nur den Elfen, sondern allen Göttern am besten, wenn ich im Kloster bleibe und dort meinen Plan weiterverfolge.«

Als auch Kraka im Dickicht verschwunden war und Bruder Abél fortwankte, starrte Róisín den toten Vater an. Wenn seine Augen nicht weit aufgerissen gewesen wären, hätte sie vermeint, dass er schlief. Sie riss zwei Blätter von der Eiche, bedeckte sein Gesicht damit.

Bist du bei Rós? Trittst du mit Liebe oder Hass im Herzen vor sie? Und empfängt sie dich mit Liebe oder Hass?

Jäh stieg ein Bild vor ihr auf – von einem jungen Mann, der noch schlank und sehnig war, einfallsreich, aber nicht gemein, listig, aber nicht hinterlistig, von Sehnsucht getrieben, nicht von verbotener Begierde. Mit einer Frau, die ihr bis auf die Narbe glich, saß er auf einem schaukelnden Boot, ruderte die Liffey entlang, und die Liffey war kein blutroter Strom, sondern glitzerte türkisfarben. Irgendwann warf er das Ruder in den Fluss, und nun bestimmten allein Wellen und Wind ihre Richtung. Die beiden trieben ins offene Meer, ließen sich von der Sonne kitzeln, lachten über die verrückte Welt, und das Boot tanzte auf den Wellen, und die beiden tanzten mit dem Leben.

Während das Bild langsam verblasste, trockneten die Tränen, die Róisín aus den Augen strömten. Sie schnürte den Wolfspelz fest zu, steckte den Dolch ein, zog die Kutte an und überlegte, wo hartes Gras wuchs, mit dem sie den Riss im Stoff flicken konnte. Sobald sie welches gefunden hätte, würde sie auch darüber nachdenken müssen, wie sie künftig ihr täglich Brot verdienen konnte.

ASCALL

Ragnall ist blind wie ein Maulwurf im Mittagslicht, dachte Ascall verächtlich. Gleich dort hinten wuchsen jede Menge Pilze mit weiß glänzenden Stielen und dicken braunen Kappen, doch Ragnall entdeckte sie nicht. Natürlich, er war ja einer dieser Männer, die dachten, man wäre nur dann ein echter Krieger, wenn man das Kinn hochgereckt hielt.

Ailillán hatte er etwas anderes beigebracht … wobei auch Ailillán seinerzeit über eine Wurzel gestolpert war … Absichtlich oder aus Zufall – nach all der Zeit wusste Ascall das nicht mehr, desgleichen wusste er nicht, ob er Ragnall und Gilla Dub überwältigen und sein Leben wieder in die Hand nehmen sollte oder sich lieber wie ein unbemanntes Boot durchs Leben treiben lassen sollte.

Gelegenheiten für Ersteres hätte er in letzter Zeit oft gehabt, so auch in diesem Moment, da Gilla Dub ihn an seinen Fesseln hochzerrte und ihn anblaffte: »Komm jetzt!«

Er könnte abrupt an dem Strick reißen, sich blitzschnell umdrehen, mit seiner Stirn auf Gilla Dubs Nase einschlagen, den Strick wie eine Peitsche schwingen. Mit etwas Glück würde er Ragnalls Augen treffen, und bis der wieder sehen konnte, hätte er ihn längst auf den Boden getreten wie Gilla Dub.

Gut möglich allerdings, dass der Schmerz in seiner Schulter diesen Plan vereiteln würde. Wenn seine Arme ob der Fesseln gefühllos wurden, dachte Ascall manchmal, er hätte ihn endgültig bezwungen, doch eine abrupte Bewegung genügte, dass sich eine glühende Nadel in sein Fleisch zu bohren schien. Dann verfluchte er den Schmerz und sehnte sich nach Róisín, die ihn vielleicht lindern könnte, und selbst wenn Sehnsucht und Schmerz wieder geschwunden waren, blieb der Zweifel, dass er die beiden Krieger überwältigen konnte … und erst recht, ob er es überhaupt wollte.

Die Gelegenheit dazu war für den Augenblick vertan. Gilla Dub zerrte ihn an den Pilzen vorbei, und Ascall zertrat einen besonders dicken, unter dessen Kappe prompt ein Wurm hervorkroch.

So blind, wie Ragnall ist, hätte der ihn mitgefressen. Und so hungrig, wie ich bin, hätte ich das ebenfalls getan.

Vielleicht waren die Pilze ja auch von jener Art, mit denen sich die Wikinger vor vermeintlich großen Schlachten in Blutrausch versetzten – wobei er nicht sicher war, ob Pilze allein das bewirkten und zudem, ob sich so ein Rausch überhaupt lohnte, wussten sie doch nicht, ob tatsächlich eine große Schlacht bevorstand.

Seit Monaten zerrten Gilla Dub und Ragnall ihn mittlerweile durchs Land, stießen aber nirgendwo auf den Hochkönig. Wie denn auch! Anstatt in den Dörfern, an denen sie vorbeikamen, die richtigen Fragen zu stellen, raubten sie den Menschen das Essen, verdroschen die Männer und schändeten die Frauen. Einmal traf es eine alte Bäuerin, doch die weinte nicht wie die anderen und verstummte auch nicht vor Schreck, sondern lachte kreischend. Als Ragnall und Gilla Dub von ihr abließen, wandte sie sich an Ascall und spreizte ihre Beine so weit, dass er ihre feuchte, blau geäderte Scham sehen konnte.

»Willst du auch mal?«

Ascall hatte nicht verhindern können, dass ihm leichte Röte ins Gesicht stieg, aber gottlob war Ragnall auch dafür blind gewesen.

»Er ist doch ein Verräter, der auf König Diarmaits Seite steht!«, hatte er lediglich gerufen.

»Ja und?«, hatte das Weib erwidert und erneut kreischend gelacht. »Der größte Verräter von allen ist doch der Schwanz, der an euch baumelt. Seine Gelüste machen aus jedem Helden einen Wüstling und aus jedem Wüstling einen Dummkopf.«

Ascall hatte keine Gelüste, während Ragnall und Gilla Dub sich das Weib in den nächsten Tagen, da es zu heftig regnete, um weiterzuziehen, noch mehrmals vornahmen. Ascall ließen sie in der Zeit bei einem Schwein schlafen, von dem das Weib behauptete, es habe kürzlich all seine Ferkel gefressen. In der ersten Nacht trotzte Ascall der Müdigkeit, weil er Angst hatte, ansonsten ohne Zehen oder Finger wieder zu erwachen, doch der Blick der Sau war gutmütig und ihr Grunzen klang wohlig. In der zweiten Nacht nickte er mehrmals ein, in der dritten schlief er an die Sau geschmiegt, und als Gilla Dub und Ragnall ihn am nächsten Morgen weckten, nannten sie ihn Schwein.

Wartet nur, irgendwann werde ich euch in der Nacht die Glieder abbeißen.

Doch das tat er nicht, machte sie auch nicht auf die Pilze aufmerksam, und dann hatten sie den weichen Waldboden schon hinter sich gelassen und traten auf jenes scharfe Dünengras, wie es nur in der Nähe der Küste wuchs. Oben waren die Halme gelb und trocken, unten braun und faulig, und es war fast unmöglich, nicht zu stolpern. Jedes Mal, wenn Gilla Dub oder er selbst es tat, schnitt sich die Fessel schmerzhaft in sein Handgelenk, doch er verkniff sich einen Fluch und sah sich aus den Augenwinkeln unauffällig um.

Ihr Narren!, schimpfte er still. Ihr habt nicht die Küste im Westen, sondern die im Osten erreicht.

Gut möglich natürlich, dass dies kein Irrtum gewesen war, sie vielmehr den Hochkönig hier vermuteten. Vielleicht hatte das Weib nicht nur kreischend gelacht, auch etwas Vernünftiges zu berichten gewusst, während er bei der Sau geschlafen hatte. Und mehr als jedes Weib konnte gewiss der Mann erzählen, der ihnen entgegenkam, als die Mittagssonne besonders hoch stand, das Land, statt es zu liebkosen, biss, und vom sumpfigen Boden Feuchtigkeit hochstieg wie Nebel.

Als sie ihn in der Ferne erblickten, blieben Gilla Dub und Ragnall stehen und überlegten, ob sie ihn töten sollten, derweil Ascall darüber nachsann, ihn zu retten. Nicht, dass der Mann so aussah, als bräuchte er seine Hilfe. Er schritt mühelos über die sumpfigen Wiesen, trug er doch nicht nur Stiefel, sondern unter die Sohle das Stück eines solchen Knochens gebunden, mit dem die Wikinger im hohen Norden über das Eis stakten und die Dubliner über den Dreck auf ihren Straßen.

»Er kommt aus Dublin«, sagte Ascall.

»Unsinn! Niemand kommt aus Dublin! Dublin ist in Normannenhand.«

»Er kommt aus Dublin«, bestand Ascall, woraufhin Ragnall drohend die Faust hob.

Ehe er auf ihn einzudreschen begann, hatte er jedoch erkannt, dass der Mann nicht nur einen Knochen an den Füßen, sondern auch ein Schwert am Gürtel trug, und er zog rasch das eigene.

Den Mann hielt das nicht davon ab, noch näher zu kommen, sie mit einem Kopfnicken zu begrüßen und gar zu fragen: »Wer seid denn ihr?«

Gilla Dub und Ragnall starrten sich eine Weile schweigend an. »Männer aus Connacht«, erklärten sie schließlich, woraufhin ein Ruck durch die Gestalt des Mannes ging.

»Wisst ihr, wo ich den Hochkönig finde?«, fragte er.

»Wir suchen selbst nach ihm.«

Die Mundwinkel des Mannes zuckten verdrossen. »Ich tue das schon seit Tagen. Anfangs bin ich auf einem Pferd geritten, doch das blöde Tier hat verdorbenes Gras gefressen und ist mit geblähtem Bauch verreckt.«

»Kommst du ... kommst du wirklich aus Dublin?«, fragte Ragnall misstrauisch.

»Das ist erstaunlich, nicht wahr? Schließlich zieht es in diesen Tagen jedermann in Richtung Dublin, nicht von dort fort.«

»Aber die Normannen ...«

Der Mann lachte spöttisch. »Die Normannen werden bald von Dublins Stadtmauer erschlagen werden, hinter der sie sich verkrochen haben, und wenn sie versuchen, dahinter hervorzulugen, werden ihre Köpfe rollen. Ein Heer ist im Anmarsch, wie man noch keines gesehen hat. Asculf MacTorkil, der vertriebene König von Dublin, hat mehr Männer von den Hebriden, von Schottland und der Isle of Man hinter sich versammelt, als Sterne am Himmel stehen.«

Sind Sterne tagsüber nicht blind wie ein Maulwurf?

Die Nachricht ließ Ascall seltsam kalt, Gilla Dubs und Ragnalls Augen dagegen glitzerten. »Und dieses Heer wird Dublin befreien?«, fragte Ragnall aufgeregt.

»Gewiss«, erklärte der Mann. »Es wird nicht nur der König von Man an MacTorkils Seite kämpfen, sondern auch John der Berserker, der gefährlicher ist als jedes Raubtier. Er hat Pranken wie ein Bär, Zähne wie ein Wolf, Hufe wie ein Auerochse. Vor jeder Schlacht schluckt er Pilze, um noch stärker zu werden, und wenn er später auf jemanden spuckt, verbrennt dessen Haut unter dem giftigen Speichel.«

Die Augen der beiden glitzerten noch mehr.

»Und du?«, fragte Ascall gleichmütig. »Was treibst du auf sumpfigen Wiesen, anstatt Pilze zu fressen und mit dem Berserker zu kämpfen?«

Der Mann musterte ihn flüchtig, fragte jedoch nicht, warum er Fesseln trug, sondern reckte nur stolz sein Kinn. »Ich bin ein Bote von Bischof Lorcan und soll den Hochkönig wissen lassen, dass er sich beeilen muss, wenn er endlich wieder einmal bei einer ruhmreichen Schlacht mitkämpfen und als einer ihrer Sieger hervorgehen will. Auch er, so heißt es, hat ein riesiges Heer hinter sich vereint, nun, da Diarmait tot ist und kein Ire mehr mit den Normannen kämpfen will. Ich fürchte allerdings, dass seine Krieger im Sumpf stecken geblieben sind.« Spöttisch fügte er hinzu: »Nur ein Dubliner ist klug genug, sich das richtige Schuhwerk anzulegen!«

Der Spott schien Gilla Dub und Ragnall nicht zu erreichen. Zu groß war der Brocken, den ihr Zwergenverstand zu verdauen hatte. Diarmait war tot ... MacTorkil auf dem Weg nach Dublin ... und der Hochkönig offenbar auch ...

Sie hielten den Mann nicht auf, als er sich an ihnen vorbeidrängte. Erst nach einer Weile wollte Gilla Dub ihm folgen, rutschte aber prompt aus, und bis er sich wieder aufgerappelt hatte, hatte Ragnall ihn am Kragen gepackt.

»Willst du etwa einem Boten nachrennen?«

»Er sucht den Hochkönig, und wir suchen ihn auch!«

»Warum sollen wir das noch länger tun? Wir können doch einfach in Dublin auf ihn warten und in Dublin für ihn kämpfen.«

Gilla Dub zögerte, und diese Gelegenheit hätte Ascall nutzen können, um an dem Strick zu zerren, ihn in die sumpfige

Wiese zu stoßen und ihn darin zu ertränken. Statt das zu tun, sagte er nur: »MacTorkil wird die Normannen niemals vertreiben.«

Die beiden fuhren zu ihm herum. »Bist du irre? Hast du nicht zugehört? Ein Heer, so mächtig wie die Nacht, ist auf dem Weg nach Dublin! Und der größte Berserker aller Zeiten zieht mit ihm!«

Ascall zuckte mit den Schultern. »Ist der Berserker nur stark oder auch geduldig? Geduldig genug, um auf den Hochkönig zu warten und sein Heer mit seinem zu vereinen? Und seid ihr wiederum klug genug, um einzusehen, dass ihr dem Hochkönig nicht helft, wenn ihr mit MacTorkil kämpft, sondern wenn ihr ihn gemahnt, besagte Geduld zu üben?«

Die beiden hätten eine Weile gebraucht, um zu begreifen, was er sagen wollte. Viel schneller kamen sie zum Schluss, dass sie ohnehin keine Ratschläge von ihm entgegennehmen würden. Schon begannen sie auf ihn einzudreschen, aufs Gesicht, in den Bauch, auf die schmerzende Schulter. Ascall ging auf die Knie, spürte das schneidend scharfe Gras, fiel mit dem Gesicht voran auf die Wiese und schluckte Schlamm.

Die beiden sind so dumm, weil sie ihre Kräfte verschwenden … und ich bin so dumm, weil ich meine Kräfte nicht nutze …

Doch er wehrte sich weiterhin nicht, und schon wurde aus der braunen, schlammigen Welt eine schwarze. Als nach langer Zeit ein Lichtstreifen ins Nichts drang und er mit schmerzenden Gliedern erwachte, schaukelte er. Oder vielmehr schaukelte das Boot, in dem er lag – eines jener Art, mit dem die Dubliner Fische fingen. Ascall fuhr so ruckartig hoch, dass es sich gefährlich zur Seite neigte und prompt sein Kopf im Wasser hing. Im nächsten Moment hatte Gilla Dub ihn wieder zurückgezogen. Das Wasser, das er geschluckt hatte, schmeckte süß, nicht salzig, was bedeutete, dass sie nicht auf dem offenen Meer fuhren, sondern auf einem Fluss … wahrscheinlich auf der Liffey.

Ascall kämpfte gegen Gilla Dubs Griff an und beugte sich wieder über den Rand des Bootes, um seinen Kopf tief ins Wasser zu halten.

»He, bist du irre geworden? Willst du nun ein Fisch anstelle eines Schweines sein?«

Das frische Wasser perlte von seinem Bart, von seinem Haar und von seiner Nase, als Ascall wieder auftauchte. Es wusch das Blut ab, belebte seine Sinne, kühlte die geschwollenen Augen – zumindest so weit, dass er sie nun vollends öffnen konnte und sehen, dass Gilla Dub Anstalten machte, wieder auf ihn einzuschlagen, jedoch jäh innehielt, weil Ragnall immerfort brüllte:

»Bei Érius Titten! Bei Érius Titten!«

Ascall kniff die Augen zusammen, öffnete sie wieder. Das rechte schmerzte, das linke erkannte, dass ihr Boot nicht das einzige auf dem Fluss war – wenn auch das kleinste. Aus Richtung des Meeres kamen weitere, gefolgt von Schiffen mit langen, schlanken Leibern, aus deren Seiten Ruder ragten und deren Buge mit Drachenköpfen geschmückt waren. Die Krieger auf diesen Schiffen schienen, so steif, wie sie standen, gleichfalls aus Holz und obendrein aus Eisen zu sein. Aus beidem bestanden die mannshohen Schilde, auf die sie nun schlugen – allesamt rot bemalt, als wollten sie bekunden, wie oft sie schon im Blut ihrer Feinde gebadet hatten.

Zahlreich wie die Sterne in der Nacht seien die Krieger, die MacTorkil aus dem Norden mitgebracht habe, hatte Bischof Lorcans Bote gesagt, doch ihre Schwerter, ihre Streitäxte, ihre Lanzen spiegelten das grelle Sonnenlicht und machten Ascall kurz blind.

Vielleicht war ich der Maulwurf, als ich dachte, sie könnten gegen die Normannen nicht siegen.

»Bei Érius Titten, bei Érius Titten!«, rief nun auch Gilla Dub.

Anstatt Ascall zu schlagen, packte er das Ruder, hieb es wieder und wieder in den Fluss. Sehr schnell kamen sie nicht voran, wenn auch schneller, als es Ragnall lieb war.

»Was tust du denn da? Wollten wir nicht abwarten und alles beobachten?«

»Bei Érius Titten, sie schlagen los! Wir müssen mit ihnen kämpfen!«

»Und wenn sie uns als Erstes töten, um ihre steifen Glieder aufzuwärmen?«

Gilla Dub hörte nicht auf ihn, drosch mit dem Ruder nun regelrecht aufs Wasser. Immerhin war er klug genug, keines der Schiffe, sondern das Ufer anzusteuern.

»Zu Fuß sind wir schneller!«, donnerte er, sprang vom Boot auf die sumpfige Wiese, versank dort knöcheltief. Als Ragnall ihm folgte, wackelte das Boot so stark, dass Ascalls Kopf wieder im Wasser landete, nur dass dieses, statt frisch und süß zu schmecken, ob des hier verrottenden Schilfes wie eine Kloake stank.

»Steh auf, Fisch!«, brüllte Gilla Dub und zog am Strick.

»Wie wär's, wenn wir ihn als Erstes töten, um unsere steifen Glieder aufzuwärmen?«, fragte Ragnall und hob, wenn auch nicht sein Schwert, so doch das Ruder. Ascall war mit einem Fuß schon im Schlamm des Ufers versunken, während sein anderer noch Halt auf dem Boot suchte. Selbst wenn es ihm gelänge, dem Ruder auszuweichen, würde er in den Fluss fallen und ob der Fesseln unweigerlich ersaufen.

Doch plötzlich ertönte hinter ihnen ein Brausen, und Ragnall fuhr herum. »Bei Érius Titten!«

Nun, lasst endlich die Brüste der Inselgöttin aus dem Spiel!

Ascall setzte den zweiten Fuß auf das glitschige Land und schaffte es, sich die Uferböschung hochzukämpfen, indes der Wind ihm die nassen Strähnen ins Gesicht blies. Auch so konnte er nun deutlich Dublins Stadtmauern sehen, wenn auch nicht lange. Schon verschwanden sie hinter Unmengen von Kriegern aus Eisen und Holz, die von den Schiffen ausgespuckt wurden. Manch einer fiel ins Wasser und ersoff, doch die nächsten zwei stiegen über diesen hinweg und erreichten die Mauern, um nunmehr auf sie, nicht auf ihre blutroten Schilde zu trommeln.

Gilla Dub und Ragnall verschlug es die Sprache. Was sollten sie denn auch sagen, nun, da die Göttin Ériu sich duckte, die Hände schützend über die weichen Brüste hob, Platz machte für Taranis, den Gott des Donners, aus dessen Mund stets ein hungriges Brüllen kam und der mit seinen Fäusten ganze Berge zertrümmern konnte? Das Heer selbst nahm die Form dieser Fäuste an, donnerte wieder und wieder auf die Mauern – oder vielmehr auf das Osttor. Nicht länger glitzerten nur

Streitäxte, Schwerter und Lanzen in der Sonne, sondern Wurfspieße und Äxte, Beile und Messer, und nicht länger waren nur rote Schilde zu sehen, auch schwarz-gelb gestreifte, als machte sich ein Schwarm Wespen laut surrend auf, um auf ihr Opfer einzustechen.

Das Getöse war ohrenbetäubend laut, wenn auch nicht laut genug, um Gilla Dubs Geschrei zu übertönen. »Wir kämpfen mit ihnen! Wir kämpfen mit ihnen!« Schon ließ er den Strick los, an dem er Ascall quer durchs Land gezerrt hatte.

»Aber was machen wir denn nun mit ihm?«

»Dein Schwert ist doch neu. Soll sein Blut es taufen.«

Gilla Dub rannte davon, während Ragnall abwartend stehen blieb, schließlich Ascall auf den Boden stieß, das Schwert hob.

Welches Blut meint er?, ging es Ascall durch den Kopf. Das Blut eines Schweines, das Blut eines Fisches oder doch das Blut von Ascall von Toora, einem Krieger, der es mit einem Berserker oder gemeinsam mit diesem Berserker mit den Normannen aufnehmen könnte, die Dublin besetzt hielten?

Er kniete ganz starr da, als hätte er sich in sein Schicksal ergeben, wartete, bis Ragnall sein Schwert hoch erhoben hatte. Seine Augen wurden kalt wie die eines Fisches, die Gier, die in ihm erwachte, war hemmungslos wie die der Sau, die ihre eigenen Ferkel gefressen hatte, und die Brutalität, mit der er dem anderen jäh das Kinn gegen die empfindsame Stelle zwischen den Beinen rammte, sodann seine Zähne durch das Leder biss, war eines Ascalls von Toora würdig. Er glaubte daran zu ersticken, aber biss weiter, bis er Fleisch schmeckte. Ob es weich war oder hart, spürte er nicht, er hörte nur ein dumpfes Klirren, als das Schwert zu Boden fiel, zog seinen Kopf zurück, ließ nunmehr seine Stirn in den Bauch des anderen krachen, sodass der hinterrücks ins Wasser fiel.

Er versank selbst knietief darin, als er mit dem Fuß auf Ragnall eintrat, sich schließlich auf ihn stellte und seinen Kopf unter Wasser gedrückt hielt, bis er sich nicht mehr wehrte. Entweder war Ragnall nun auch ein Fisch oder ohnmächtig geworden.

Erst als Ascall zurück zum Schwert kroch und die Fesseln so

lange an der Klinge rieb, bis sie sich lösten, spürte er Schmerzen in seiner Schulter, aber ob er nun vom Wasser des Flusses oder vom Töten berauscht war – er gab ihm nicht nach, packte das Schwert am Knauf, stand auf.

Nicht länger dachte er darüber nach, warum MacTorkil lange vor Ruaris Eintreffen den Kampf eröffnet hatte. Rasch folgte er Gilla Dub, der auf die Stadtmauer zurannte, ohne sich ein einziges Mal nach seinem Gefährten umzusehen.

Die ersten Schritte lief er wieder wie im Traum. Erst nach einer Weile zeigte sich, dass der Weg bis zu den Mauern weiter und das Schwert weniger hungrig auf Blut war als gedacht. Den Schmerz in der Schulter konnte er bezwingen, doch ob der Fesseln waren seine Hände so taub geworden, dass er die Waffe kaum halten konnte.

Ascall drosselte das Tempo und blieb endgültig stehen, als er eine ganze Gruppe Krieger auf dem Boden herumlungern sah. Anders als die silbrige Welle, die auf die Mauer zuschwappte, wirkten sie träge wie ein schwarzer, öliger Tümpel.

»Worauf wartet ihr?«, rief Ascall ihnen zu.

Ein Mann hob langsam seinen Kopf. »Wir kämpfen nicht für MacTorkil, sondern für MacGiolla Mocholmog von Cuala, Diarmaits Schwiegersohn.«

»Und worauf wartet der?«

»Er will wissen, wer die heutige Schlacht gewinnt. Falls es MacTorkil ist, wird er für ihn kämpfen, falls es die Normannen sind, bleibt er deren Verbündeter.«

Feiglinge, Feiglinge, Feiglinge, hämmerte es Ascall durch den Kopf, und er hätte gerne mindestens einen der Krieger getötet. Allerdings verdiente dieses Schwert, das Blut echter Männer zu kosten, nicht in einen öligen Tümpel getaucht zu werden. So ließ er diesen Tümpel hinter sich, wurde wieder Teil einer Welle, ließ sich von ihr mitreißen, zumindest für einige wenige Schritte, dann holten ihn Gedanken ein.

MacGiolla Mocholmog mochte vielleicht feige sein, aber nicht unbedingt dumm. Er wartete ab, wartete, wie MacTorkil hätte auf Ruari warten sollen, denn gemeinsam hätten sie den Teufelstieren, die da plötzlich durch das Osttor preschten, mehr entgegensetzen können!

Wie beim letzten Mal, als Ascall diesen Kreaturen begegnet war, waren Pferd und Mensch zu einem Wesen verschmolzen, und dieses versuchte, eine breite Schneise durch das Heer der Angreifer zu schlagen. Ascall hielt die Luft an. Sie hätten warten sollen ... warten ... warten ... Sie hätten ... Aber warum eigentlich? MacTorkils Krieger waren ja nicht nur zahlreich wie Sterne in der Nacht, sie schienen auch aus spitzen Zacken zu bestehen, denn sie boten nichts Weiches, das man treffen und zum Bluten bringen konnte, gingen stattdessen zum Gegenangriff über. Streitäxte trafen die normannischen Reiter wie ein silbriger Regen. Schon wurde ein Pferd an der Brust getroffen, sackte zusammen, schon wurde seinem Reiter trotz Rüstung ein Bein abgeschlagen, während eine Wurfaxt zwischen Helm und Nackenschutz stecken blieb. Das Pferd, gleichwohl blutüberströmt, erhob sich wieder, galoppierte weiter, trampelte etliche von MacTorkils Kriegern tot, aber bei Weitem nicht genug. Die, die sich aufrecht hielten, brachten noch mehr Pferde zu Fall, zerstückelten noch mehr Ritter und drängten die Überlebenden zurück zum Stadttor, hinter dem sich diese rasch wieder verkrochen.

Nicht länger lag Taranis' Donner in der Luft, nicht länger war das Surren von Wespen zu hören, denn lautes, höhnisches Gelächter erscholl.

»Sieg, Sieg, Sieg!«, lachten die Krieger.

Ascall lachte nicht. Er hatte sich ein wenig von dem Heer entfernt, blickte sich um. MacGiolla Mocholmogs Männer lagen noch immer träge im Gras, von den Schiffen quollen hingegen neue Krieger, nicht aus Eisen und Holz diese, sondern nur aus Holz, schleppten sie doch Leitern zur Stadtmauer.

Wie sollten sie sich mit ihren leinenen Tuniken und ihren Wurfschlingen gegen den Pfeilregen zur Wehr setzen? Und Pfeile würden die Normannen doch abschießen, nun, da immer mehr Leitern an die Mauer gelehnt wurden? Warum aber geschah das nicht? Waren die Normannen auch feige? Oder klug genug zu warten?

MacTorkils Krieger lachten und lachten, als sie die Leitern bestiegen. Als der Erste fast oben angekommen war, schien auch die Erde zu lachen, denn sie erzitterte jäh. Wieder näherten sich Pferde – nein, diese Wesen aus Mensch und Tier –, nur dieses Mal nicht vom Osttor, sondern vom Südtor her. Die Kirche, die dort stand, war dem heiligen Nikolaus geweiht, doch der, der ansonsten Frauen mit Mitgift ausstattete, schien den Normannen mehr Kraft zu verleihen, als je der Patron der Kämpfer, Erzengel Michael, es gekonnt hatte. Schon fielen sie nämlich MacTorkils Krieger von hinten an, einem Raubtier gleich, das die Beute vermeintlich preisgibt, auf dass diese ihm den Rücken zuwendet. Und am Rücken hatte die Beute keine Augen, war vielmehr blind, wie die Sterne in der Nacht es waren.

Das erste Dutzend von MacTorkils Männern war bereits niedergemetzelt, als die anderen sich endlich umdrehten, doch auch wenn sie die Angreifer nun sehen konnten – sich gegen sie zu wehren war nicht so leicht. Eine Leiter kippte um, und mindestens drei der Umstehenden wurden erschlagen, während ein vierter vom Holz aufgespießt wurde. Was für ein schmählicher Tod ... und was für ein schmähliches Ächzen jäh anstelle des Gelächters zu hören war! Die nächsten Leitern fielen und MacTorkils Männer mit ihnen. Aus der mächtigen Welle wurde nun auch ein Tümpel, und weder konnte das faulige Wasser abfließen noch brachte ein Bächlein frisches. Nein, von allen Seiten eingekreist war MacTorkils Heer nun! Noch ächzten nicht alle, manche der nordischen Krieger brüllten auch, so wie der Riese dort hinten, der eben einen normannischen Ritter vom Pferd zog, ihn wie eine Wurfschlinge davonschleuderte und mindestens zwei seiner eigenen Leute traf. Vielleicht war das John der Berserker, vielleicht hatte er sich tatsächlich mit giftigen Pilzen vollgestopft, vielleicht berauschte ihn eine Niederlage wie ein Sieg – Hauptsache, es floss Blut.

Ascall war nicht berauscht.

Sie hätten warten sollen, warten sollen, warten sollen.

Er selbst wartete nicht, sondern kämpfte erbittert, schlichtweg, weil ihm nichts anderes übrig blieb, da von allen Seiten noch mehr Normannen kamen. Sein Schwert färbte sich rot, die Erde färbte sich rot, der Himmel färbte sich rot – zumindest erschien ihm das so, als er plötzlich auf dem Rücken zu liegen kam und überzeugt war, tödlich getroffen worden zu sein. Erst verspätet nahm er wahr, dass nicht er selbst Blut spuckte, der Normanne, der gegen ihn gesunken war, hatte ihn zu Fall gebracht und blieb nun sterbend auf ihm liegen. Ascall versuchte, ihn zur Seite zu wälzen, erreichte aber nur, dass ihn der gräuliche Bart des anderen stach.

Wenn es weiter nichts ist ...

Er sammelte Kräfte, versuchte erneut, den anderen abzuwerfen. Bis es tatsächlich gelang, war der Himmel nicht mehr rot, sondern blass. John der Berserker kämpfte immer noch, aber MacTorkils übrige Recken zerstreuten sich. Wo immer zwischen kämpfenden Normannen ein Schlupfloch entstand, zwängten sie sich hindurch und liefen davon. Einige hasteten in Richtung Schiffe, wo sie bereits von den Normannen erwartet und abgeschlachtet wurden, andere rannten zu den Wäldern, wohin die Normannen ihnen nachsetzten. Selbst MacGiolla Mocholmogs Krieger lungerten nicht mehr träge herum, sie flohen vor dem Getümmel.

Ihr hättet verdient zu sterben.

Die Normannen waren wiederum der Meinung, dass das vor allem MacTorkils Krieger verdienten. »Tötet sie alle!«, ertönte ein Ruf. »Tötet sie alle!«

Einer, der diesen Befehl befolgte, zählte lautstark jeden, den er schlug. »Einer ... zwei ... drei ... vier ...«

Bis Ascall aufging, dass es kein Normanne war, sondern John der Berserker, war der bei neun angekommen, doch ehe er den zehnten tötete, schlug man ihm den Kopf ab. Ascall wartete nicht, bis dieser auf den Boden fiel, er begann nun auch zu laufen.

Bei jedem Schritt war er erstaunt, dass er noch lebte, dass er nicht längst von einer Lanze, einem Pfeil oder einem Schwert getroffen worden war. Die Wiese war hier nicht sumpfig, sie war voller duftender Blumen, und auf jede einzelne schien mittlerweile ein Leichnam gesackt zu sein.

MacTorkils Krieger sind keine Sterne in der Nacht, sie sind Blumen. Zertreten werden sie, zertreten, zertreten.

Im Schatten der Bäume wuchsen keine Blumen mehr, hier waren auch keine Normannen zu sehen. Ehe Ascall allerdings den Wald erreichte und aus der roten Welt eine grüne und braune wurde, hörte er Hufgetrappel hinter sich. Er fuhr herum, sah einen Normannen auf sich zureiten, eine Lanze in der Hand, deren Spitze auf seine Brust gerichtet war. Er wurde blind für die Welt, nahm nichts anderes wahr als die Lanzenspitze, nein, nicht einmal diese sah er noch, sah nur dem Tod ins Gesicht. Allerdings, der Tod würde doch nicht lachen, während der Reiter jäh zu zittern begann und die Lanze mit ihm. Sie verfehlte ihr Ziel, blieb nicht weit von Ascall entfernt in der Erde stecken ... Walderde ... richtig, er musste in den Schatten der Bäume flüchten! Ascall rührte sich nicht, der Körper des Reiters, der die Lanze auf ihn geworfen hatte, zuckte dagegen im Todeskampf. Erst als er vom Pferd fiel, nahm Ascall den Speer wahr, der – ungleich dünner als die Lanze, aber mit genauso tödlicher Spitze versehen – im Hals des Kriegers steckte. Ein Mann zog den Speer heraus, lief damit auf Ascall zu, und wieder sah er dem Tod ins Gesicht, wenngleich der, wie sich zeigte, doch lachen konnte und sich einen Spaß aus ihm machte. Denn der Speer durchbohrte alsbald nicht ihn, sondern die zwei normannischen Ritter, die sich ihm von hinten genähert hatten. Es mussten Bogenschützen oder Pagen sein, denn sie trugen keine Rüstung und klammerten sich mit nackten Händen aneinander, während sie verbluteten. Selbst als der Krieger den Speer aus ihren Leibern gezogen hatte, blieben sie eng umschlungen liegen.

Ascall wollte dem Tod kein drittes Mal begegnen und lief davon, wenn er auch nicht so schnell wie der Mann mit dem Speer war, dessen Körper, lang und dünn, seiner Waffe glich und der, wohl um diesen Eindruck zu verstärken, eine Ledermütze, an deren höchster Stelle eine Eisenspitze befestigt war, trug.

»Zwei auf einmal«, rief Ascall ihm keuchend nach, »alle Achtung!«

Der Lange hielt inne. »Pah!«, prahlte er. »Das ist noch gar nichts. Letztens hab ich drei auf einmal geschafft.«

Sie liefen weiter, wenn auch langsamer, da die Bäume nun immer dichter standen und ihre Blätter die Kampflaute ebenso schluckten wie die Erde das Blut der Verwundeten, die sich hierher hatten retten können. Die meisten, denen sie begegneten, würden den Tag nicht überleben, und Ascall schenkte manchem die Gnade eines schnellen Todes, indem er ihm das Schwert in die Brust rammte. Der Lange hingegen warf seinen Speer kein weiteres Mal. Als sie eine Lichtung erreichten, wischte er die Spitze am Moos ab und betrachtete die Waffe so liebevoll wie andere ihre Weiber. Auch Ascall musterte den Speer genauer, sah eine Schlinge aus blutroter Seide am Griff und dass der Holzschaft mit Ornamenten verziert war. Eben nahm der Mann von seiner Kette einen spitzen Zahn – von einem Bären oder einem Wolf –, um einen Kreis ins Holz zu ritzen.

»Für jeden Toten mache ich einen Kreis«, erklärte er. »Wenn ich zwei getroffen habe, ist der Kreis größer, und wenn das Holz vollständig verziert ist, verbrenne ich es und mache mir einen neuen Speer.« Er hob den Kopf. »Wer bist du?«, fragte er.

Ascall blickte von dem spitzen Zahn in sein Gesicht und wieder zurück. »Warum willst du das wissen? Bekommen die, deren Leben du gerettet hast, einen eigenen Kreis?«

Der Lange zuckte mit den Schultern. »Wenn es Dummköpfe sind, bekommen sie nur einen Faustschlag. Dich aber habe ich tapfer kämpfen sehen, was mir gefiel, und zur rechten Zeit fliehen, was mir noch mehr imponierte. Also, wer bist du?«

Je länger Ascall ihn betrachtete, desto weniger musste er an einen Speer denken. Vielmehr kam ihm ein Wurm in den Sinn.

»Ascall von Toora«, sagte er.

Der andere kicherte. »Das ist nicht möglich, der ist doch tot.«

»Andere würden sagen, dass es auch nicht möglich ist, drei Männer gleichzeitig mit einem Speer zu durchbohren.«

»Würde es ein Ascall von Toora schaffen?«

»Ich würde jedenfalls den Baum dort hinten treffen.« Ascall deutete auf eine kümmerliche Birke, deren Rinde mehr grau als weiß war und deren Blätter gelblich glänzten. Inmitten der mächtigen Ahornbäume wirkte ihr Stamm noch schmaler.

Der Wurm kniff seine Augen zusammen. »Nun gut«, sagte er, »wenn du die Birke triffst, glaube ich dir.«

Was geschehen würde, wenn er nicht traf, ließ er offen, doch Ascall ahnte, dass der Tod sich kein drittes Mal mit einem Lachen begnügen würde, wenn er ihm an diesem Tag begegnete.

Er nahm den Speer, fühlte die vielen Ornamente, dachte an die Figuren, die er einst geschnitzt hatte, und dachte auch an Róisín. Zum ersten Mal seit Langem tat der Gedanke an sie nicht weh. Nicht der Tod, *sie* würde lachen, wenn sie ihm dabei zuschauen würde, wie er die Birke fixierte, den Speer hob, beim Zielen das Stechen in der Schulter ignorierte. Ha, glaubte er ihre Stimme zu hören, jetzt weißt du, wie es mir ergangen ist, als ich unter deinen strengen Augen zielen übte!

Anfangs hatte er ihr nicht zugetraut, jemals einen Baum zu treffen, aber dank ihres Trotzes hatte sie es geschafft. Und dank seines Trotzes würde auch er es schaffen.

Seine Augen wurden ganz schmal, seine Hand wurde nahezu gefühllos, er hielt den Atem an und … warf.

Der Baum erzitterte, als die Speerspitze in seinem Stamm stecken blieb, das Rascheln der Blätter klang wie ein Gekicher. Auch der Wurm kicherte, zumindest kurz. Als er zur Birke gehen wollte, um den Speer herauszuziehen, folgte Ascall ihm lautlos, packte ihn am Nacken und führte ihm sein Schwert an die Kehle.

»Und wer bist du?«, knurrte er.

Der andere zuckte nicht mit der Wimper, vielleicht hatte er gar keine. Schließlich war er auch unter der Ledermütze, die nun verrutschte, kahl.

»Keiner, der Angst vor dir hat, Ascall von Toora«, gab er gelassen zurück. »Aber einer, der dich brauchen könnte.«

»Brauchen wofür?«

»Ruari O'Connor … unser Hochkönig … er kennt dich, er vertraut dir, zumindest mehr als mir.«

»Wer bist du?«, wiederholte Ascall.

»Mein Name ist Ivarr, und ich diene Bischof Lorcan. Von ihm soll ich Ruari eine Nachricht überbringen.«

Ascall runzelte misstrauisch die Stirn. »Ich bin vor Kurzem bereits einem Boten von Bischof Lorcan begegnet, der den Hochkönig suchte«, sagte er.

»Was es dir leichter machen sollte, meinen Worten zu trauen, nicht schwerer.« Ivarr hielt immer noch still, nur seine Hände begannen unmerklich zu zittern, wohl weil er seinen Speer so lange nicht halten konnte. »Der Bischof ließ, als er noch Abt von Glendalough war, all seine Mönche zu Gott beten, nicht nur einen. Und letztens hat er seine ganze Leibwache ausgeschickt, um den Hochkönig zu benachrichtigen, und nicht nur einen von dieser.«

»Vor Kurzem hieß die Botschaft, Ruari solle so rasch wie möglich nach Dublin ziehen und sein Heer mit dem von MacTorkil vereinen. Aber nach dem heutigen Tag bliebe Ruari nichts anderes übrig, als die Toten zu bestatten.«

Ascall lockerte seinen Griff etwas, und prompt machte sich Ivarr frei, klopfte Staub und kleine Holzspäne von seinem Gewand. »Pah!«, rief er und spuckte aus. »Die Würmer, Krähen und Füchse sollen sich die Toten holen. Ruari hingegen soll die Normannen besiegen. Die Schlacht um Dublin ist noch lange nicht zu Ende und der Kampf um Érius Insel erst recht nicht. Warum, denkst du, können wir hier ruhig stehen und miteinander plaudern? Weil die Normannen sich wieder hinter die Mauern zurückgezogen und die Stadttore geschlossen haben! Vielleicht haben sie den ein oder anderen Leichnam gefleddert, erfreuen sich jetzt an Schwertern und Juwelen. Beides wird schließlich nicht ranzig … ganz anders als der erbeutete Proviant. Er wird nicht lange reichen, um die Bewohner von Dublin zu ernähren, und vom Festland, so heißt es, kommen schon lange keine neuen Lieferungen mehr. Von Wexford auch nicht, denn das haben die Iren eben zurückerobert, genauso übrigens wie Waterford. Und solange sie aus Dublin keine Verstärkung bekommen, werden die normannischen Truppen im Süden nichts dagegen tun können.«

Ascall begriff und ließ sein Schwert sinken. »Wenn Dublin

an die Iren fällt, haben die Normannen auch im übrigen Land keine Chance gegen uns«, stellte er fest. »Doch um die Stadt zu bekommen, muss Ruari sie gar nicht erst einnehmen wie MacTorkil. Er muss sie nur belagern ... und die Bewohner aushungern.«

Ivarr zwinkerte, wodurch seine Augen noch kleiner wirkten. »So ist es. Und du sollst ihn und die Könige, die er unter seiner Führung vereint hat, genau davon überzeugen. Sag ihnen, was du heute erlebt hast! Sag ihnen, dass man die Normannen nicht mit dem Schwert besiegen kann, jedoch, indem man sie dazu bringt, sich gegenseitig aufzufressen!«

Ascall trat zurück, indes Ivarr grinsend den Speer aus der Birke zu ziehen versuchte. Das Grinsen verging ihm, als ihm das nicht gelang. Nun war es Ascall, der lächelte. Die Blätter raschelten, aber es klang nicht mehr wie ein Kichern, seine Schulter schmerzte, aber er verbat sich jeden Gedanken an Róisín.

»Worauf wartest du?«, fragte Ascall, packte den Speer mit beiden Händen, zog ihn heraus und warf ihn Ivarr vor die Füße. »Wir müssen den Hochkönig finden.«

FAOLÁN

Faolán duckte sich, als er an einer Horde sich prügelnder Knaben vorbeischlich. Hoffentlich waren sie so darauf versessen, ihre Fäuste spielen zu lassen, dass sie ihn nicht eingehender musterten und bemerkten, dass er etwas in den Händen trug, das man essen konnte. Zuvor hatte er es noch unter seiner Achsel eingeklemmt, jedoch stark zu schwitzen begonnen, und da das Seegras ohnehin salzig schmeckte, wollte er es nicht vollends verderben.

Die Knaben setzten sich mit ihren Fäusten und mit ihren Zähnen zu – wobei nicht mal alle welche hatten. Selbst ein Greis mischte tüchtig im Kampf mit, und wenn er auch mit seinen müden Knochen nicht viel ausrichten konnte – ein Hieb mit seinem Stock war gewiss schmerzhaft. Außerdem stürzte sich nun ein kleiner Junge ins Getümmel, der sich aufs Kratzen und Zwicken verlegt hatte.

Ein geschickter Junge. Hoffentlich gewinnt er.

Aus den Augenwinkeln versuchte Faolán zu erkennen, worum die Schar kämpfte, und als er es sah, sank ihm das Herz. Einige Wochen zuvor hatten die Dubliner sich noch um den letzten Sack Getreide gebalgt – nun war es eine Ratte, die nicht viel größer als eine Maus war.

Faolán beschleunigte seinen Schritt, hörte alsbald wieder Geschrei – dieses Mal aus dem Mund eines Händlers, dessen vornehme rote Tunika ihm viel zu weit war.

»Beste Ware! Beste Ware!«, rief er eher verzweifelt als werbend. »Kommt nur und seht! Brokate aus Byzanz, Walrosszähne aus Grönland, Daunen aus Sizilien!«

Während Faolán nur mitleidig lächelte – bot er doch auch seine eigene Ware, seine Gesangskünste, seit Wochen vergeblich an –, fiel ihm ein anderer Händler wütend ins Wort: »Steck dir deinen Walrosszahn in den Arsch, bis er vorne wieder rauskommt und du einen zweiten Schwanz hast! Das alles hat keinen Wert mehr. Hast du das immer noch nicht kapiert?«

Der Händler machte keine Anstalten, sich den Walrosszahn in den Arsch zu stecken, er hob ihn drohend. Das hielt den anderen nicht davon ab, seine Faust zu erheben, und in Windeseile war eine weitere Prügelei im Gange.

Faolán war nicht überrascht darüber. Er hatte selbst schon zwei Mal Schläge einstecken müssen, als er in einer Taverne seine Harfe anstatt Wein ausgepackt hatte, um nur die Sehnsucht nach Schönem, nicht den Durst zu stillen. Jetzt duckte er sich, konnte aber nicht verhindern, dass eine der Daunen aus Sizilien, die wie Schneeflocken im Wind trieb, in sein Auge geriet. Als er nicht mehr blinzeln musste, sah er, dass noch mehr Händler ihre Waren feilboten – nicht Kapaune, Austern und Lachs, Walöl, Pasteten und Pferdefleisch wie einst, sondern Eisenerz aus Nordspanien, feine Kleidung aus Flandern, Salz aus England und Gewürze aus Asien. Zumindest Salz und Gewürze zählten zu den Dingen, die man sich in den Mund stopfen konnte, und prompt kamen zwei Frauen, warfen ihre Münzen auf einen der Händler wie Waffen, schnappten sich einen Sack und machten sich über den Inhalt her.

Davon werdet ihr nicht satt, nur durstig, und das Wasser ist ohnehin schon knapp und faulig.

Der Gestank, der ihm entgegenwehte, als er weiterging, kam allerdings nicht nur vom fauligen Wasser, sondern von Asculf MacTorkils Kopf. Den hatte man über einem der Stadttore aufgespießt, auf dass er dort langsam verrottete, und obwohl er in den letzten Wochen deutlich geschrumpft war, behaupteten die Menschen, er rede immer noch.

Der König von Dublin hatte auch viel geredet, als man ihn nach der verlorenen Schlacht durch die Straßen und Gassen der Stadt gezerrt hatte. Wüste Schmähungen hatte er ausgestoßen, den Normannen Unheil angedroht und sogar den Henker, der ihm den Kopf abschlagen sollte, verwünscht. Obwohl er diesen Fluch nicht zu Ende hatte bringen können, entfaltete er, wie die Dubliner behaupteten, dennoch seine Wirkung. War nicht die Tatsache, dass die Stadt seit Wochen vom Heer des Hochkönigs belagert wurde und keine Lieferung sie mehr erreichte, weder zu Wasser noch zu Land, nicht ein Beweis dafür? Dass der Hochkönig nicht nur die Krieger von Diarmaits Neffen Murtagh hinter sich vereint hatte, sondern auch die der O'Faeláins, die von MacGiolla Mocholmog von Cuala und MacGiolla Padraic von Osraige, natürlich die von Tigernán von Breifne und der Könige von Oriel und Thomond? Außerdem hatten bei Clontarf Männer aus Ulster ihr Lager aufgeschlagen und bei Deilginis die aus Munster.

Am Anfang hatte Faolán noch gespottet, dass die Iren in wenigen Tagen gegeneinander kämpfen würden, nicht um Dublin. Doch Ruari gelang es offenbar, die Front zu einen, und wer begann, sich gegenseitig aufzufressen, waren nicht die Iren, sondern die Menschen, die in Dublin gefangen waren. Selbst der Gestank nach MacTorkils verwesendem Kopf mochte ihren Hunger nicht vertreiben, nicht zuletzt, weil sich in diesen Gestank die Gerüche von den gebratenen Rindern mischten, die der Hochkönig jeden Tag schlachten und über dem Feuer garen ließ.

Was ihm soeben allerdings in die Nase stieg, war nicht der Geruch von gebratenem Fleisch, es war … Rauch. Kurz überkam ihn die Panik, dass in der ungewohnt sengenden Hitze des Sommers ein Haus Feuer gefangen hatte und man den Brand nicht mehr rechtzeitig würde eindämmen können, doch als er einen Mann fragte, der vor einem Häuschen kauerte, erklärte der nur: »Tigernán lässt sämtliche Getreidefelder rund um die Stadt niederbrennen, damit wir sie nachts nicht heimlich abernten.«

Der Mann hielt etwas in den Händen, das wie Getreidekörner aussah, doch als Faolán schon überlegte, ob er stark genug war, sie ihm zu stehlen, erkannte er, dass es Perlen waren.

Der Mann hob eine. »Willst du sie mir abkaufen?«

»Was soll ich mit einer Perle?«

Ein tiefes Seufzen war zunächst die einzige Antwort. »Ich bin der beste Perlenmacher der Stadt«, erklärte der Mann eine Weile später traurig, »ich habe so viele Kleider damit verziert und sie auf so vielen Ketten aufgefädelt.«

»Leider habe ich nichts, womit ich sie dir abkaufen könnte. Das Einzige, was ich zu bieten habe, ist ein Lied.«

»Sing lieber nicht«, der Mann seufzte wieder, »ein trauriges Lied könnte ich in diesen Tagen nicht ertragen. Und ein fröhliches erst recht nicht.«

Faolán nickte betroffen. »Dann geht es dir wie allen Menschen hier. Sie brauchen etwas zu essen, aber keinen Barden.«

»Und keine Perlen«, ergänzte der Mann. »Komm, nimm eine. Du kannst sie mit einem Lächeln bezahlen. In diesen Zeiten ist ein Lächeln ein so knappes Gut wie das Essen.« Er reichte Faolán die Perle. »Schenk sie deiner Liebsten, und versprich mir, dass du auch ihr ein Lächeln schenkst.«

»Das werde ich tun«, sagte Faolán und erhob sich, um schnell weiterzulaufen.

Als er wenig später nach Hause kam, hielt er sein Versprechen, doch Éilís kam ihm mit geducktem Kopf entgegen und sah sein Lächeln nicht. In der einen Hand hielt sie einen Eimer, in der anderen einen Krug, und beides war randvoll mit Wasser, für das sie sich, wie er vermutete, stundenlang am Brunnen hatte anstellen müssen. Noch gab es einige wenige, die von kleinen Wasserläufen auf der Nordseite der Stadt genährt wurden, und das Wasser war sogar halbwegs frisch. Blieb nur zu hoffen, dass Tigernán nicht auf die Idee kam, die Bäche mit der Asche des verbrannten Getreides trockenzulegen.

»Ich helfe dir!«, rief er, doch Éilís ignorierte seine ausgestreckte Hand, sie trug Krug und Eimer allein ins Haus. Nachdem sie beides abgestellt hatte, hob sie doch noch ihren Blick, aber sein Lächeln schwand, als ihm bewusst wurde, wie erschöpft, verhärmt und erschreckend mager sie mittlerweile aussah.

»Hast du etwas zu essen gefunden?«, fragte sie.

Faolán versteckte die Perle und zeigte die magere Ausbeute an Seegras, das er von einem Stück Mauer in der Nähe der Liffey gerupft hatte.

»Und du, Ceara?«

Faolán merkte erst jetzt, dass auch die einstige Sklavin der O'Bjólans soeben das Haus erreichte. Selbst nachdem die Tür ins Schloss gefallen war, blickte sie mehrmals misstrauisch über ihre Schulter, hatte sie doch Angst, dass jemand ihr die

Ausbeute dieses Tages streitig machen könnte. Erst nach einer Weile trat sie zum Tisch und stellte ein kleines Fässchen dort ab, in dem sich eine gräuliche, wabblige Masse befand.

»Was ist denn das?«, fragte Faolán.

»Fett von einem Walross. Es schmeckt scheußlich, ist aber nahrhaft.«

»Und woher hast du es?«

Ceara zuckte nur mit den Schultern. Sie brachte immer mehr heim als er und Éilís, verriet hingegen nie ihre Quellen. Auch in der Zeit nach Dublins Eroberung hatten sie ihr Überleben vor allem ihr zu verdanken gehabt. Ob es an ihrer englischen Abstammung oder an Gründen lag, die Faolán erahnte, aber über die er niemals sprach – Ceara hatte ihnen Brot, Gemüse, manchmal sogar Fleisch beschafft. Und ob es an ihrer Dankbarkeit oder ihrem schlechten Gewissen lag – Éilís hatte Ceara in ihrer kleinen Familie aufgenommen und nie den Anschein gegeben, dass sie gern wieder ohne sie leben würde.

Eben nahm Éilís etwas vom Seegras, tunkte es ins Walrossfett und versuchte, es dem mittlerweile dreijährigen Cian, der mit einem kleinen Holzhund spielte, in den Mund zu schieben. Aus Stroh und Pferdehaar hatte er dem Hund eine Hütte gebaut, aus einem Fetzen Stoff einen Knebel. Der Hund müsse geknebelt werden, behauptete Cian, weil er so wild sei und ihnen ansonsten die Kehle durchbeißen würde – was, wie Faolán insgeheim dachte, ein gnädigerer Tod wäre, als zu verhungern.

Sobald Cian den ersten Bissen geschluckt hatte, riss er den Mund wieder auf und verschlang so gierig Bissen um Bissen.

»Du musst etwas für dich übrig lassen«, mahnte Faolán.

»Ich ertrage den Hunger.«

»Das sagst du andauernd, genauso wie Ceara und ich selbst es tun. Aber wenn wir drei verhungern, kann keiner für Cian sorgen.«

Éilís hob ihren Kopf weit genug, um ihm in die Augen zu sehen. »Du musst noch mehr Essen suchen.«

»Aber ...«

»Es muss doch etwas zu finden sein. Geh!«

Faolán hielt die nutzlose Perle fest umklammert, als er zur

Tür ging. Er warf einen letzten Blick zurück, sah, dass Cian wieder den Holzhund knebelte und sich Éilís und Ceara zu ihm hockten und ihm mit glänzenden Augen zusahen.

Wenn diese beiden Frauen gemeinsam für das geliebte Kind sorgen, wird es doch einem Barden möglich sein, sie in einer belagerten Stadt satt zu machen ...

Seine Zuversicht währte zwölf Schritte lang. Dann kam der Junge auf ihn zugelaufen, der sich zuvor mit den anderen um die Ratte geprügelt hatte und aus dem Kampf offenbar siegreich hervorgegangen war, hielt er doch zumindest eine Hälfte des Viehs in der Hand.

»He!«, rief Faolán. »Gibst du mir wenigstens den Schwanz?«

Der Junge sah ihn nur böse an und lief weiter.

Dabei habe ich doch zu dir gehalten ...

Mit hängenden Schultern ging Faolán weiter. Längst war es zu dämmrig, um die Mauer nach Seegras abzusuchen. Deutlich zu sehen waren lediglich die zwei normannischen Ritter oben auf dem Wehrgang, die auf etwas kauten. Gut möglich, dass es nur ein Stück Leder war, aber vielleicht aßen sie auch Fisch oder Brot, und wenn er lange genug hier stehen würde, fiel vielleicht eine Krume herunter.

Erst hörte er sie nur schmatzen, dann auch reden.

»Gibt es Neuigkeiten aus Wexford? Ist Robert FitzStephen von den Iren wirklich in Ketten gelegt worden? Wie konnte sich dieser Narr bloß überwältigen lassen!«

»Bevor MacTorkil uns angriff, hat FitzStephen drei Dutzend Männer zu uns nach Dublin geschickt. Die fehlten ihm später, als die Iren Wexford zurückeroberten, während wir sie nicht brauchen können, weil sie uns die letzten Reste wegfressen.«

»Und die Dublinerinnen nehmen sie uns auch weg.«

»Solange man die nicht essen kann, können sie mir gestohlen bleiben.«

»Oh, vielleicht würden sie gut schmecken. Ihr Fleisch ist gewiss zart.«

»Die Dublinerinnen, die ich kenne, wären zäh wie Leder.«

Das, was er im Mund hatte, war kein Leder, sonst würde er es jetzt nicht schlucken, den nächsten Bissen nehmen, wieder kurz kauen, wieder schlucken. In seiner Gier trat Faolán noch dichter an die Mauer heran.

»He, du da!«, hörte er eine Stimme von oben.

Keine Krumen, nur Speicheltröpfchen regneten auf ihn, und ehe er den Kopf einziehen und weitergehen konnte, rief der andere: »Du da! Bleib stehen! Sofort!«

Vielleicht wäre er ihnen entkommen, wenn er einfach losgerannt wäre, aber Faolán bezweifelte, dass seine Kräfte reichten, und schon stieg einer der beiden Ritter vom Wehrgang herunter – größer als er, bewaffnet und ... gesättigt.

»Was hast du hier verloren? Wir haben doch die Männer aus Dublin vertrieben! Nur die Knaben, Greise und einige Händler durften bleiben!«

»Du hältst mich für einen Mann?«, fragte Faolán und wäre beinahe vor Prusten erstickt.

»Lachst du etwa?«

Faolán rang mühsam um seine Beherrschung. »Darüber, dass mich jemand für einen Mann hält, sollte ich eher weinen«, sagte er. »Es ist ein Zeichen dafür, dass die Stadt wirklich dem Untergang geweiht ist.«

Der Ritter war leider nicht empfänglich für Scherze. Er trat auf ihn zu und packte ihn am Schlafittchen, woraufhin prompt seine Tunika riss. Schade, es war die letzte, die noch nicht geflickt war. Doch wenn es etwas gab, was man in einer belagerten Stadt nicht fürchten musste, so war das in diesem Sommer die Kälte.

»Du hast keine Titten und keine Spalte zwischen den Beinen. Was bist du sonst, wenn kein Mann?«

»Oh«, sagte Faolán, »da gibt es viele Möglichkeiten. Ich bin ein Barde, den niemand singen hören will. Ein Dummkopf, der zu lange glaubte, dass Liebe genügte, um die Angebetete satt zu machen. Ein Vater, der nicht für seinen Sohn sorgen kann – nicht einmal für seinen eigenen übrigens, sondern für einen gestohlenen. Gestohlen wiederum hat er ihn einer Frau, die weit mehr Mann ist, als er es jemals sein könnte.«

Dies nun waren keine Scherze, aber ausgerechnet dafür hielt der Mann die Worte. Er packte ihn am Nacken und schüttelte ihn wie einen Hund. »Du wagst es, mich zu verspotten?«

Nun meldete sich der andere Ritter zu Wort. »Hast du nicht vorgeschlagen, Dublinerinnen zu fressen? Wir könnten auch mit dem hier anfangen.«

O ja, bitte! Beißt euch an mir die Zähne aus.

»Vorher will ich wissen, wer er ist. Sprich!«

Nichts bin ich ... gar nichts ... zumindest nichts, was in dieser Welt einen Nutzen hat.

Doch ehe er etwas sagen konnte und ehe der andere ihn weiterhin schüttelte, bis ihm das Genick brach, ertönte eine Stimme. »Einer meiner Mönche ist er und mein Übersetzer. Lasst ihn sofort los.«

Als Faolán auf den Boden fiel, war er kurz überzeugt, dass alle Knochen, an denen sich die Ritter die Zähne ausbeißen sollten, zerbrochen waren. Bis der Schmerz etwas verklungen war und er sich wieder aufrichten konnte, waren diese immerhin zum Wehrgang hochgestiegen, während sein Retter vor ihm stehen blieb.

Das letzte Mal hatte er diesen Mann gesehen, als er Gottesdienst gefeiert hatte. Den Gläubigen war deutlich der Neid auf den Messwein anzusehen gewesen, und Faolán hatte später gedacht, dass man ihm am nächsten Sonntag den Kelch sicher aus den Händen reißen würde.

»Bischof Lorcan ...«

»Steh auf! Ich kann dich brauchen!«

»Mich?«, fragte er und stieß wieder ein Prusten aus.

Ich kann nichts, ich bin nichts, ich tauge zu nichts. Wenn du Lieder hören willst, lausch den Engeln!

»Du beherrschst doch die normannische Sprache, oder?«, fragte Bischof Lorcan.

»Woher ... woher weißt du das?«

Erst jetzt fiel ihm auf, dass der Bischof von drei Mönchen begleitet wurde, die unter den Kutten erstaunlich gut genährt aussahen. Entweder verfügte ein Dubliner noch über heimliche Vorräte, von denen er dem Bischof abgab, oder einer der normannischen Ritter. Schließlich hatte Lorcan es verstanden, sich mit beiden Parteien gutzustellen, ja gar von ihnen respektiert zu werden.

»Ein junger Normanne hat mir das gesagt, ein gewisser Jordan FitzPhilip«, erklärte der Bischof. »Bis jetzt hat er für mich übersetzt, wenn ich mit Strongbow verhandelt habe, denn er ist halb Ire, halb Normanne. Aber seit dem Tag, da MacTorkil die Stadt angriff, ist er verschwunden. Kannst du für mich übersetzen?«

Faoláns Kopf war genauso leer wie sein Magen. Jordan ... Jordan ... Jordan ... tot? Aber vielleicht war er nur kotzend ins Gebüsch geflohen. Wie war es möglich, dass sie sich in all den Monaten nicht gesehen hatten und er erst jetzt von ihm hörte? Oh, hoffentlich hat er sich nicht nur ins Gebüsch gerettet, sondern irgendwohin, wo er in Sicherheit ist, dachte Faolán. Er wünschte ihm das von Herzen, zumal sich eben einmal mehr zeigte, wie hilfreich es gewesen war, dass Jordan ihm die normannische Sprache beigebracht hatte.

»Nun sag schon!«, drängte Lorcan. »Kannst du es?«

»Bekomme ich etwas zu essen dafür?«, gab Faolán zurück.

Der Bischof musterte ihn verdrossen. »Wenn die Verhandlungen zufriedenstellend verlaufen, dann ja. Sie werden morgen früh stattfinden.«

»Aber ... aber es heißt doch, dass du in England deine Ausbildung erhalten hast. Du beherrschst das Normannische gewiss besser als ich.«

In dem eben noch mürrischen Blick stand jäh der Schalk. »Natürlich verstehe ich jedes Wort«, erklärte Bischof Lorcan stolz. »Wenn ich so tue, als wäre das nicht der Fall, kann ich allerdings länger über die Antworten nachdenken.«

»Und diese Verhandlungen ...«

Der Bischof rieb sich die Hände. »Ich hoffe, Strongbow wird die Stadt aufgeben. Nachdem er es nicht geschafft hat, Leinster unter seine Kontrolle zu bekommen, wollte er wenigstens Dublin halten, aber dafür braucht er Ritter, die aus mehr bestehen als nur ihren Rüstungen und Knochen. Komm morgen bei Sonnenaufgang ins Bischofshaus.«

Als Lorcan mit seinen drei Mönchen davonging und er ihnen nachdenklich nachsah, bemerkte Faolán, dass er immer noch die Perle in der Hand hielt. Ob Éilís das Versprechen, am kommenden Tag etwas zu essen mit heimzubringen, ebenso nutzlos halten würde wie diese?

Anders als der Bischof angekündigt hatte, fanden die Verhandlungen nicht in seinem Haus statt, sondern in dem daneben, wo sich einst mehrere Handwerker eine Werkstatt geteilt hatten. Faolán vermutete, dass ein Weber, ein Spinner und ein Bernsteinarbeiter darunter gewesen waren, war der Boden doch noch mit Holzflocken, winzigen Nadeln und Weberschiffchen bedeckt und hingen an den Haken Garne und ein Plätteisen. Es wirkte matt, die Kettenhemden der Ritter dagegen glänzten ebenso wie ihre Schwerter. Die Knappen hatten in diesen Tagen Zeit genug, sie zu polieren. Bischof Lorcan war von ihrer Sauberkeit allerdings wenig beeindruckt und verlangte von den Männern, sie erst abzulegen, bevor sie über einen möglichen Waffenstillstand reden könnten.

Ein Mann mit spitzen Zähnen, der Miles FitzDavid hieß, wie Lorcan Faolán zuraunte, begehrte auf. »Mein Schwert ist nicht minder mit meinem Leib verwachsen als mein Schwanz.«

Faolán konnte sich das Grinsen kaum verkneifen, als er an Lorcan gerichtet diese Worte übersetzte, doch der ließ den anderen ungerührt entgegnen: »Wenn du an Hunger stirbst, rostet das eine und vertrocknet das andere.«

»Oh, ich kann noch mehr Hunger ertragen als deine Mönche, die regelmäßig vierzig Tage fasten.«

Keiner von Lorcans Mönchen, die ihn seinerzeit aus Glendalough nach Dublin begleiteten, sahen so aus, als hätten sie jemals vierzig Tage gefastet. Strongbow hingegen schon. Seine Wangenknochen standen spitz aus dem grauen Gesicht, und sein Blick war müde.

»Wir tun, was der Bischof verlangt«, erklärte er.

FitzDavid riss sich ungehalten das Schwert vom Gürtel und schleuderte es dem anderen vor die Füße. Strongbow blickte eine Weile darauf hinunter, bückte sich schließlich, was lange dauerte, hob es auf, was noch länger dauerte, und stellte es neben die anderen Waffen an die Wand, wo sie zwar außer Reich –, nicht aber außer Blickweite waren.

»Dies sollte als Zeichen unseres Entgegenkommens doch genügen«, sagte er mit Nachdruck.

Lorcan zuckte mit den Schultern. Die Nadeln knirschten unter seinen Füßen, als er an einem Ende der langen Tafel Platz nahm, wohin Faolán ihm mit geducktem Kopf folgte, während sich Strongbow dem Bischof gegenüber auf einen Stuhl setzte.

Schade, dass hier einst kein Geweihmacher gearbeitet hat, ansonsten würden hier vielleicht Knochen herumliegen.

Éilís behauptete, dass es Kraft verlieh, wenn man lange genug an einem Knochen nagte, und dieser Miles FitzDavid sah gar so aus, als würde er liebend gern in einen Knochen beißen. Strongbow wiederum vermittelte den Eindruck, als hätte er keinen Knochen, der ihm nicht wehtat.

Nach König Diarmaits Tod hatte er wohl gehofft, erst König von Leinster und bald Hochkönig von Irland zu werden, doch jetzt war er nichts weiter als ein Gefangener. Faolán sah ihn zum ersten Mal aus nächster Nähe, den Mann, der neben Strongbow Platz nahm, kannte er bereits. Maurice FitzGerald war das – jener normannische Ritter, der einst mit seinen Leuten das O'Bjólan-Land heimgesucht, die Kühe verbrannt und ihn aus seinem Zuhause vertrieben hatte. Sein Gesicht hatte ihn oft in seinen Träumen heimgesucht. Maurice stierte ihn lediglich an, als wäre Faolán nur eine von tausend Fliegen, die er erschlagen würde, wenn sie ihm lästig wären. Noch schien er allerdings zu müde, um auch nur die Hand zu heben – während die jungen Männer an seiner Seite, die ihr Schwert so widerwillig wie FitzDavid abgegeben hatten, kaum still stehen konnten.

»Soso«, sagte einer von ihnen. »Wir tun, was der Bischof verlangt? Ist das etwa der Plan? Unser Schicksal in seine Hände zu legen?«

»Halt den Mund, Junge«, fuhr Maurice ihn an. »Du hast noch nicht genügend Schlachten überlebt, um mitreden zu können.«

»Oh, ich möchte nicht reden, ich möchte kämpfen! Warum stellen wir die Schwerter an die Wand, anstatt sie zu schleifen?«

Die Empörung in seinem Gesicht spiegelte sich in dem des anderen jungen Mannes. Nicht nur, dass die beiden einander wie Zwillingsbrüder glichen – Faolán stellte auch Ähnlichkeiten mit Maurice FitzGerald fest. Es mussten seine Söhne sein.

»Still!«, mahnte der. »Wir reden nicht, wir kämpfen nicht, wir hören uns in Ruhe an, was der Bischof zu sagen hat.«

Schnaubend ließen sich die beiden auf die Stühle fallen. Auf zwei weiteren hatten Maurice de Prendergast und Raymond le Gros Platz genommen.

Prendergast, so erzählte man sich in ganz Dublin, sei ein Mann von Ehre, der weder trank noch Weiber schändete. Allerdings war es in diesen Tagen nicht schwer, enthaltsam zu leben – Wein gab es längst keinen mehr, und die Weiber waren nur mehr ein Schatten ihrer selbst. Raymond wiederum hatte zwar nicht so viel Ehre, schließlich hatte er nach der Schlacht in der Nähe von Baginbun einst die irischen Gefangenen mit zerbrochenen Gliedern von einer Klippe gestürzt. Aber immerhin hatte er alle kräftigen Männer Dublins schon lange vor der Belagerung aus der Stadt vertrieben, anstatt sie zu töten, während Miles FitzDavid keinen Zweifel daran ließ, was er mit den verbliebenen Mönchen und halben Männern gern machen würde. Eben hob er eine Nadel vom Boden auf und stach sich vor Wut in den eigenen Finger. Zu Faoláns Erstaunen kam allerdings kein Blut hervor. Ob er keines hatte?

»Nun gut«, sagte Strongbow müde, und Faolán fragte sich, ob er seinen Namen wirklich erhalten hatte, weil er so gut mit Pfeil und Bogen treffen konnte, oder vielmehr, weil sein Rücken die Form von Letzterem hatte. »Rede, Bischof!«

Lorcan lächelte freundlich.

»Was soll ich viele Worte machen?«, übersetzte Faolán für ihn. »Ich kann euch nichts sagen, was ihr nicht längst selbst wisst. Vor den Toren Dublins hat sich eine Übermacht versammelt, die ihr nicht wie MacTorkils Heer bezwingen könnt, und eure Vorräte neigen sich dem Ende zu.«

»Sie reichen noch zwei Wochen!«, begehrte Miles FitzDavid auf.

»Höchstens zwei Tage, ehe halb Dublin verhungert ist«, hielt der Bischof dagegen.

»Vor unseren Rittern werden deine Mönche sterben!«

»Mag sein«, erwiderte der Bischof. »Aber was nutzt es dir, wenn in deinem Grab schon einer liegt und du weich gebettet wirst? Lasst aus Dublin keinen Friedhof werden! Lasst lieber wieder die blühende Stadt von einst auferstehen! Diese Stadt lebte nie vom Getreide, also nützt es nichts, den Boden mit Blut zu düngen. Diese Stadt lebte stets vom Handel, und Handel funktioniert so, dass einer eine Ware bietet, für die ein anderer einen Preis zu zahlen bereit ist.«

Miles stach sich erneut in den Daumen, während Maurice FitzGerald Lorcan fragte: »Und welche Ware bietest du?«

»Messwein wäre schon mal nicht schlecht«, murmelte einer seiner beiden Söhne.

Der Bischof ignorierte ihn. »Ich biete gar nichts, ich bin höchstens der Karren, auf dem die Ware transportiert wird. Will sagen, ich könnte in eurem Namen mit dem Hochkönig reden und ihm anbieten, dass ihr die Belagerung aufgebt und euch kampflos zurückzieht.«

Er lächelte noch breiter, ein Zeichen dafür, dass diese Aufgabe keine Last war, an der der Bischof schwer zu tragen hatte. Die Jüngeren heulten prompt empört auf.

Strongbow beugte sich indes vor oder krümmte sich nur tiefer. »Und was ist der Preis dafür? Etwa, dass ich Leinster aufgebe?«

»Nun«, übersetzte Faolán für den Bischof, »ob *du* in Leinster herrschst, Murtagh oder irgendein anderer – ich denke, der Hochkönig wäre damit zufrieden, dass ihn der dortige König als solchen anerkennt.«

Die beiden jungen Männer ließen sich erstaunlicherweise von Maurice' strengem Blick bezwingen, aber Raymond le Gros' Faust krachte so laut auf den Tisch, dass Faolán sich gut vorstellen konnte, wie er eigenhändig Glieder zerbrochen hatte.

»Strongbow soll ein Lehnsmann des Hochkönigs werden?«

Der Bischof hob die Schultern. »Wenn ihr es so nennen wollt, widerspreche ich euch nicht. Ich erinnere euch nur daran, dass Diarmait ein Lehnsmann von König Henry wurde – warum also nicht auch einer von euch der des Hochkönigs? Gewiss, es mag euch besser gefallen, wenn ein Ire seine Knie vor einem Normannen beugt, nicht umgekehrt. Aber macht es für dich,

845

Richard de Clare«, er sah Strongbow an, »wirklich einen Unterschied, ob du es vor Ruari O'Connor anstatt vor Henry tust? Es heißt, dass du vor ihm oft gebuckelt hast, um Pembroke zurückzubekommen, doch er hat sich als rachsüchtig erwiesen und dir einen Großteil der Ländereien verweigert. Ich könnte mir vorstellen, dass Ruari großzügiger wäre.«

Strongbow schwieg.

»Und was wird mit den Städten werden?«, wollte Maurice FitzGerald wissen. »Was mit Dublin?«

Der Bischof wiegte nachdenklich den Kopf. »Waterford und Wexford befinden sich mittlerweile ohnehin wieder in der Hand der Norweger. Was wiederum Dublin anbelangt, so waren der Hochkönig und Asculf MacTorkil niemals gute Freunde. Vielleicht würde er verlangen, dass ihr MacTorkils Kopf vom Stadttor nehmt, bevor er endgültig verwest ist. Aber ob ihr den Kopf in die Liffey werft oder dort verscharrt, wo bereits sein restlicher Körper liegt, ist ihm gewiss nicht wichtig. Ich denke, auch mit Dublin könnt ihr machen, was ihr wollt, vorausgesetzt, ihr gebt Wexford und Waterford endgültig auf und zahlt genügend Abgaben. Um diese aufzubringen, werdet ihr natürlich einfallsreich sein müssen. Dublin scheint mir noch schneller zu verwesen als MacTorkils Kopf.«

»Es hieß, dass der Hochkönig einst plante, Dublin zur Hauptstadt seines Reichs zu machen«, sagte Strongbow. »Und nun willst du mich glauben machen, die Stadt hätte kaum Wert für ihn?«

»Nun, in jedem Fall hat sie Wert für euch Normannen. Die Eroberung Dublins war bis jetzt euer größter Triumph. Von hier gewaltsam vertrieben zu werden, würde gleichsam ein Zeichen dafür sein, dass ihr den Kampf um Irland verloren habt.«

»Wenn wir vor dem Hochkönig buckeln, haben wir ihn erst recht verloren!«, fuhr Miles FitzDavid wütend auf.

»Ein Waffenstillstand ist etwas anderes als eine Niederlage«, erklärte der Bischof. »Gewiss, wenn ihr das Heer, das Dublin belagert, besiegen könntet, würde das die Kampfmoral der Iren entscheidend schwächen. Doch im Moment erscheint mir der Hunger größer als *eure* Kampfmoral.«

Ein Knurren erklang, von dem Faolán nicht sagen konnte, ob es aus den Mündern oder Mägen kam. Einige murmelten miteinander, andere mahlten mit den Kiefern, Strongbow kaute auf den Lippen, während Prendergast den Bischof unverwandt anstarrte.

»Du hast von einer Ware gesprochen und vom Preis, der dafür bezahlt wird, aber wie soll die Ware den Käufer erreichen, und wie kann sich der Händler sicher sein, dass er sein Gold bekommt? Die Straßen in Irland, so heißt es, sind sehr unsicher, überall lauern Wegelagerer und Räuber. Und am gefährlichsten erscheint mir jene Straße zu sein, die von Dublin wegführt. An deren Ende warten anstelle des Hochkönigs womöglich Krieger mit Pfeil und Bogen. Um aber mit Ruari einen Frieden auszuhandeln, müssen wir noch am Leben sein.«

»Als sich Wexford einst ergab«, erwiderte der Bischof, »waren es Männer Gottes, die euch Normannen entgegengeritten sind. Schon von Weitem konnte man sie als solche erkennen, weil sie keine Schwerter, sondern Krummstäbe trugen.«

»Das heißt, du selbst bist bereit, uns zu Ruari zu begleiten.«

Der Bischof nickte. »Wir könnten die Stadt durch das Nordtor verlassen und die Brücke über die Liffey nehmen. Dort schließt ein schmaler Pfad an, der den Fluss entlangführt. Meines Wissens wächst dort nur Schilf, es gibt keine Bäume, sodass man meinen Stab nicht mit einem Ast verwechseln kann. Im Übrigen reicht es, dass einer von euch mich begleitet und beteuert, dass euch wirklich am Frieden liegt.«

»Und derjenige«, höhnte Miles FitzDavid, »muss sein Schwert erneut abgeben und etwa auch einen Krummstab tragen?«

»Du musst es ja nicht tun«, sagte Prendergast. »Ich hingegen wäre dazu bereit, wenn es sein muss. Und wenn du …«, er wandte sich an Strongbow, »… wenn du es so willst.«

Strongbow stützte seine Ellbogen schwer auf den Tisch. »Was meinst du?«, wandte er sich an Raymond le Gros.

Kein weiteres Mal ließ der seine Faust niedersausen, er zuckte nur hilflos mit den Schultern. »Jeden Tag, den wir warten, wird unser Hunger größer und das Gebiet in Leinster, das unsere Ritter noch unter Kontrolle haben, kleiner. Allerdings lagern auch Murtaghs Truppen vor der Stadt. Er könnte die Gelegenheit nutzen, einen Rivalen um die Macht in Leinster loszuwerden.«

»Der Hochkönig würde das nicht zulassen«, mischte sich Prendergast ein, »nach allem, was man weiß, ist er ein Mann von Ehre.«

»Etwa so wie du?«, höhnte Miles. »Du hast Diarmait MacMurchada einst verraten und bist zu MacGiolla Padraic von Osraige übergelaufen, um dich am Ende doch wieder unter Strongbows Rock zu verkriechen.«

Prendergast starrte ihn verächtlich an. »Ich habe genug Zeit in Osraige verbracht, um zu wissen, dass die Iren keine Barbaren sind, denen man nicht trauen kann. Sie verstehen es zu feilschen, aber wenn man sich auf einen Preis geeinigt hat, liefern sie die versprochene Ware. Sie mischen kein Blei ins Silber, keinen Sand ins Mehl, kein Wachs in den Honig. Der Frieden wird ähnlich rein sein.«

»Frieden ist niemals rein!«, rief Miles FitzDavid, sprang auf und ließ die Nadel fallen. »Er ist immer von Feigheit beschmutzt!«

»So ist es!«, gab einer von Maurice' Söhnen ihm recht. »Es kann doch nicht dein Ernst sein, mit Ruari verhandeln zu wollen!«

Wieder warf Maurice ihm einen strengen Blick zu, doch zumindest den zweiten seiner Söhne brachte das nicht zum Schweigen. »Milo de Cogan hat diese Stadt einst eingenommen! Was würde er dazu sagen, dass ihr nun kampflos aufgebt?«

Er machte einen wütenden Satz zur Tür hin und packte ein Schwert. Im Eifer des Gefechts war es allerdings das falsche – nämlich nicht seines, sondern ausgerechnet das von Miles FitzDavid, der prompt auf ihn zustürzte und es ihm zu entreißen versuchte. So schnell gab der junge Ritter aber nicht nach. Er hielt die Scheide trotzig umklammert und ließ sie erst los, als Maurice nun ebenfalls aufstand und ihm eine schallende Ohrfeige versetzte.

»Wir geben nicht kampflos auf!«, brüllte er. »Wir sehen lediglich ein, dass es hier niemanden gibt, gegen den wir kämpfen können. Wenn du den Mönchen den Magen aufschlitzt, wirst du nicht siegen, nur erkennen, dass dieser Magen genauso leer wie deiner ist. Und siehst du irgendwo Milo de Cogan? Ich nicht, obwohl ich ihn ausdrücklich hierhergebeten habe, weil sein Wort Gewicht hat. Aber so abgemagert, wie er mittlerweile ist, hat wohl nichts an ihm Gewicht. Vielleicht hat er sich einmal mehr mit einer Dublinerin vergnügt, wie er es seit Wochen tut, und ist hinterher eingeschlafen. Die Entscheidung, was geschehen wird, treffen die, die anwesend sind, sonst niemand.« Er atmete tief durch. »Was ihr denkt, wissen wir bereits. Ich hingegen sage, wir verhandeln.«

»Ich auch«, erklärte Prendergast laut vernehmlich.

»Ich auch«, erklärte Raymond le Gros kaum hörbar.

Strongbow schwieg, doch seine Miene verriet alles.

Der Bischof erhob sich mit einem Lächeln und war so zufrieden über den Verlauf der Verhandlungen, dass er kurz vergaß, dass er vorgeblich kein Normannisch beherrschte.

»Wir müssen nicht sofort losreiten«, erklärte er. »Überdenkt eure Entscheidung heute und meinetwegen auch in der kommenden Nacht. Wenn der Morgen graut, lasst mich wissen, ob ihr bei eurem Entschluss bleibt, und falls ihr immer noch mit Ruari verhandeln wollt, werden wir losreiten, sobald es hell genug ist, um den Krummstab von einem Schwert zu unterscheiden.«

Faolán beeilte sich heimzukommen. In der Mittagshitze trieb es nur wenige Menschen auf die Straße, kaum einer schaute ihm nach und versuchte auszumachen, was er da unter seinem Umhang versteckte. Viel war es nicht. Bischof Lorcan hatte ihm gesalzenen Fisch überreicht, doch der bestand aus nichts anderem als nackten Gräten. Immerhin konnten sie daran kauen oder einen Sud kochen, der schmackhafter als fauliges Wasser war und länger ihre Mägen füllte. Zudem hatte Lorcan ihm für morgen, wenn er aus Ruaris Lager zurückkehren würde, noch mehr Lohn versprochen, und vielleicht wurden dann schon die Stadtmauern geöffnet, was bedeutete, dass er selbst zum Meer oder zur Liffey gehen und Fische würde fangen können.

Ja, bald wäre er satt wie seit Langem nicht mehr, schon jetzt fühlte er sich beschwingt. Als Faolán ein Lachen hörte, beschleunigte er den Schritt, war es doch Cian, der es ausstieß. Er spielte mit Ceara auf der Straße und nahm eben seinem Holzhund den Knebel ab, auf dass der unsichtbare Mäuse und Ratten jagen konnte.

»Siehst du sie nicht?«, rief er. »Zu Dutzenden treiben sie ihr Unwesen.«

Ceara tat so, als würde sie die Ratten zählen. »Hast du dem Hund eigentlich schon einen Namen gegeben?«, fragte sie.

Cian sah sie nachdenklich an. Er hatte sich daran gewöhnt, dass die fremde Frau hier lebte, für ihn sorgte, ihn von Herzen liebte. Manchmal schenkte er ihr ein Lächeln, manchmal ließ er sich sogar von ihr umarmen, ohne zu strampeln, doch fast nie gab er eine Antwort auf ihre Fragen.

Jetzt aber entgegnete er: »Fällt dir einer ein?«

Als sie lächelte, glich sie der Ceara von einst – der jungen Frau, zu der das Leben noch nicht so hart gewesen war und die deshalb weich sein konnte. »Dein Hund ist mutig, furchtlos und stark«, sagte sie, »deswegen würde ich ihn Cú Chulainn nennen – das war ein großer Held Irlands. Dein Vater hat oft von ihm gesprochen.«

Ihre Stimme klang bedrückt, obwohl ihr Lächeln breiter wurde. Cian indes erblickte Faolán. »Stimmt das?«

Kurz dachte Faolán, er wäre es Cian und vor allem Ceara schuldig, dem Knaben endlich zu erklären, dass er nicht sein Vater, sondern nur sein Onkel war. Aber wenn er zwei Mütter haben konnte, warum nicht auch zwei Väter? An diesem Tag schien so vieles möglich, ja auch, dass Iren und Normannen einträchtig miteinander lebten!

»Schau, was ich mitgebracht habe!«, rief er, zog seinen Lederbeutel hervor und zeigte die Fischgräten. Cian lugte neugierig hinein, Ceara dagegen hatte kein Interesse am Inhalt des Beutels. Ihr Lächeln war geschwunden, die Lippen wirkten noch schmaler als sonst. »Ich weiß«, sagte Faolán schnell,

»es hängt kaum Fleisch an den Gräten, aber wenn wir sie kochen …«

»Warum bist du schon wieder zurück?«, fragte sie, und erst jetzt ging ihm auf, dass sie beharrlich seinem Blick auswich.

»Und … und warum spielt ihr auf der Straße?«, gab er zurück. »Warum seid ihr nicht im Haus? Éilís sieht es doch nicht gern, wenn Cian …«

Er brach ab, hatte er doch plötzlich das Gefühl, eine der Gräten geschluckt zu haben, und dass sich diese nun bei jedem Atemzug schmerzhaft in die Kehle bohrte.

»Dort ist noch eine Ratte!«, johlte Cian und lief mit seinem Hund über die Straße, indes Ceara bloß mit den Schultern zuckte, Cian folgte und Faolán dadurch den Weg zur Tür freigab.

Es gibt keine Ratten mehr in Dublin, nur Wölfe.

Zumindest hörten sich die Laute des Mannes da drinnen wie das Heulen eines solchen an, und käsig gelb wie der Mond war denn auch Éilís' Gesicht. Ihr Kinn stützte sie auf die Hände, die Hände lagen auf der Tischplatte. Hinter ihr stand ein Mann, der ein Kettenhemd trug, seine Hosen waren heruntergerutscht. Sie rutschten immer tiefer, während er sein Geschlecht in sie stieß, weiter heulte, knurrte, heulte, knurrte, schließlich über ihr zusammenbrach, als wollte er ihr in den Nacken beißen, obwohl er dann doch nur ihre Wangen tätschelte, als wäre sie das Vieh, nicht er.

Vielleicht hatte er recht, denn Éilís' Blick war leer wie der einer Kuh – selbst noch, als sie Faolán erkannte.

Der Mann bemerkte ihn nun auch, doch anstatt ob seines Anblicks von Éilís abzulassen, schien sein erschlafftes Geschlecht wieder hart zu werden, denn er stieß erneut zu.

»Na, Bübchen, willst du zuschauen?«

Éilís hatte sich halb aufgerichtet, aber als sie gewahrte, dass der Mann weitermachen wollte, legte sie ihre Hände wieder auf den Tisch und das Kinn wieder auf die Hände. Ausdruckslos nahm sie hin, wie die Eier des Mannes gegen ihre Hinterbacken klatschten.

Kurz konnte Faolán wirklich nichts anderes tun, als reglos

zuzuschauen. Was in ihm hochstieg – Ohnmacht, Wut, Ekel, Abscheu, Verzweiflung und zugleich eine kranke Lust –, war so übermächtig und außerdem so widersprüchlich, dass er eine Weile nichts davon fühlte. Als die Stöße des Mannes schneller wurden, senkte Faolán den Kopf, und sein Blick fiel auf den Fisch, der am Rand des Tisches lag und ihn aus kalten Augen anstarrte. Es war ein dicker, wabbeliger Fisch. Sein Fleisch war zwar schon grünlich, nicht mehr weiß, seine Haut glänzte ölig, und ein fauliger Geruch stieg von ihm auf, doch anders als die Gräten, die er mitgebracht hatte, konnte man ihn essen ... vorausgesetzt natürlich, der Ekel ließ sich bezwingen.

Zumindest Éilís schien das zu gelingen, in Faolán stieg ein Würgen hoch.

Er bezahlt sie mit fauligem Fisch ... und das vielleicht nicht zum ersten Mal ... Éilís hat immer mehr zu essen beschafft als ich, nur nicht so viel wie Ceara, von der ich schon die ganze Zeit ahne, dass sie ihren Körper verkauft ...

Mühevoll unterdrückte er ein Würgen, mühevoll setzte er seinen übermächtigen Gefühlen nüchterne Gedanken entgegen.

Jedenfalls hat sie sich den rechten Freier ausgesucht ...

Der Mann war nämlich nicht irgendein normannischer Ritter, sondern ein besonders mächtiger: Milo de Cogan, den er schon mehrmals durch die Straßen hatte reiten sehen und der heute bei den Verhandlungen gefehlt hatte.

»Na, Bübchen«, rief Cogan wieder röchelnd, »gefällt es dir?«

Faolán schluckte schwer. »Weitaus besser würde es mir gefallen, wenn du vor Ruari O'Connor knietest«, stieß er hervor.

»Knien?«, spottete er, ohne von Éilís abzulassen. »Meine Knie sind so steif, wie mein Schwanz es ist.«

Faolán zuckte mit den Schultern. »Von Strongbows Knochen könnte man dasselbe sagen, so ungelenk, wie er sich bewegt. Doch das wird ihn nicht davon abhalten, morgen vor dem Hochkönig zu buckeln. Er geht zwar nicht selbst, aber er schickt Prendergast, und der wiederum, so kann ich mir vorstellen, wird nicht einfach nur buckeln, sondern vor Ruari liegen, wie dieses Weib vor dir liegt.«

Milo de Cogan erstarrte, kniff die Augen zu, schien die Worte nicht gehört, dagegen erneut den Gipfel der Lust erklommen zu haben. Doch als er sein Geschlecht aus Éilís herauszog – das schmatzende Geräusch würde Faolán niemals aus den Ohren bekommen –, war er rot vor Zorn, nicht rot vor Begierde.

»Das ist nicht wahr!«, brüllte er. »Strongbow würde nie so weit gehen!«

»Gehen nicht, aber wie gesagt auf Knien rutschen. Und falls deine so steif sind, wie du meintest, musst du ihm wohl auf deinem Arsch folgen.«

Milo de Cogan machte einen drohenden Schritt auf Faolán zu und hätte ihn wohl totgeschlagen, seine Hosen hingen jedoch noch in den Kniekehlen und hinderten ihn. Er bückte sich, um sie hochzuziehen, und bis das geschehen war, war er wohl zu dem Schluss gekommen, dass es Faolán nicht wert war, seinetwegen einen Augenblick länger als nötig in diesem Haus zu bleiben. Schon stürzte er fluchend nach draußen, ohne sich ein letztes Mal nach Éilís umzudrehen.

Die richtete sich eben auf. So hastig, wie Milo sich angezogen hatte, so langsam schob sie ihre Tunika über ihre Schenkel, fuhr sich durchs zerraufte Haar. Ihr Blick war so leer wie der des verfaulten Fisches.

»Ist es wahr?«, fragte sie gleichgültig. »Die Belagerung wird zu Ende gehen? Es wird Frieden geben?«

Faolán sah sie wie betäubt an. Frieden ... Frieden ... Frieden, richtig, den hatte Lorcan versprochen. Allerdings hatte der ihm ja auch gesalzenen Fisch versprochen und nur Gräten gegeben.

Und man kann Gräten doch nicht kochen zumindest nicht so gut wie stinkenden Fisch.

Laut sagte er das nicht, dafür hätte seine Stimme nicht gereicht. Schon das knappe »Warum?« brachte er kaum über die Lippen.

»Warum?«, wiederholte Éilís, und in ihrer Stimme lagen jene Härte und Kälte, vor denen er sich früher immer gefürchtet hatte. »Was denkst du, weshalb Ceara und ich immer mehr zu essen nach Hause gebracht haben als du? Hast du es tatsächlich nicht gewusst?«

»Seit wann?«, brachte er erstickt hervor. »Seit wann verkaufst du deinen Körper?«

Wenn du es erst seit der Belagerung tust, könnte ich es vielleicht verstehen. Die Belagerung hat aus allen Menschen hungrige Tiere gemacht.

Doch Éilís erklärte mit dieser harten, kalten Stimme: »Seit letztem Winter, als wir keinen Torf und kein Holz mehr hatten, um zu heizen.«

Faolán ertrug ihren Anblick nicht länger. Er wandte sich ab, sah seine Harfe und spürte, wie Tränen in ihm aufstiegen. Aus den Saiten schienen nun auch Gräten zu werden, aber Gräten machten nicht satt … seine Musik machte nicht satt … machte auch nicht glücklich. Er selbst hatte Éilís vielleicht glücklich machen können, in jenen Nächten zumindest, da er ihr Lust verschafft hatte so wie damals während der ersten Belagerung. Aber er hatte es ihr nicht umgekehrt gestattet, vielmehr wohl immer geahnt, dass sie ihm nicht wirklich gehörte … und er nicht ihr. Sonst würde er diesen Moment nicht überleben, sich nicht aufrecht halten können, langsam zur Harfe gehen, darüberstreichen, den Klängen lauschen und spüren, dass die Saiten keine Gräten waren, sondern aus Schweinedarm gemacht.

»Versteh es doch …«, murmelte sie. »In einer anderen Zeit … in einer anderen Welt … wenn wirklich Frieden herrschen würde … wenn wir genug zu essen hätten … wenn …«

»Wenn Perlen nicht nur schön, auch nützlich wären«, murmelte er.

Sie sah ihn fragend an, ergründete seine Worte jedoch nicht. »Nun, wenn es so wäre, dann wärest du der rechte Mann für mich. In Zeiten des Krieges aber hilft mir kein Barde, nur ein Krieger …« Éilís seufzte, es klang jedoch eher überdrüssig als traurig.

»Du sprichst wie Riacán«, sagte Faolán leise. »Auch er dachte, ein Barde wäre nur in Zeiten des Friedens nützlich. Dabei ist es im Krieg um so viel wichtiger, dass er singt.«

Wieder seufzte sie. »Mag sein. Gut möglich auch, dass deine Lieder und deine Liebe mich hätten satt machen können. Aber Cian nicht.«

»Cian ist nur meinetwegen dein Sohn!«

»Nein, er ist mein Sohn, weil ich ihn Ceara gestohlen habe. Du hast es lediglich zugelassen. Und wir sind nicht verhungert, weil ich für Essen gesorgt habe. Du hast nur dann und wann auf deine Ration verzichtet.«

Faoláns Magen knurrte empört, seine Kehle hingegen hatte die Kraft dazu verloren. »Selbst Ceara, die du einst so gehasst hast, ist dir eine größere Hilfe als ich, nicht wahr?«

»Ich hasse Ceara nicht … nicht mehr.«

»Und du liebst mich nicht … nicht mehr.«

Erst jetzt wagte er es wieder, ihren Blick zu suchen. In ihren Augen glänzten zwar plötzlich Tränen, doch sie spiegelten nur seinen Kummer, Éilís selbst schien nichts zu fühlen. Ob sie es nicht konnte oder nicht wollte, war einerlei.

»Doch«, sagte sie kalt. »Doch.«

Von all den Worten, die sie zu ihm gesagt hatte, war dieses am schwersten zu ertragen.

Er zog seine Harfe an sich, wandte sich ab, ging zur Tür.

»Ach Faolán«, rief sie ihm nach. »Vergiss doch einfach, was geschehen ist! Lass uns weiterleben wie bisher! Es macht keinen Unterschied, dass du es nun weißt.«

»Doch«, sagte er. »Doch.« Nun war er es, der seufzte. »Wenn ich bliebe und auf dir spielen würde, würden deine Laute nicht länger das Gebrüll der Welt übertönen. Und wenn ich bliebe und auf der Harfe spielen würde, wäre die Musik erst recht zu leise dafür. Ich … ich kann nicht damit leben, dass du meine Musik für nutzlos hältst.«

Er spürte ihren Blick in seinem Rücken, aber sie sagte nichts mehr, und auch er brachte nicht einmal mehr ein knappes Lebewohl über seine Lippen.

Faolán schlief in jener Nacht nicht, ging unruhig durch die Gassen, wartete auf das erste Tageslicht, und dass sich mit ihm das Nordtor öffnen würde. Kurz bevor Bischof Lorcan und die normannischen Ritter dort eintrafen, sah er Ceara nicht weit entfernt davon aus einem Haus huschen. Er wusste nicht, wer hier wohnte, es war auch nicht wichtig.

»Ach Faolán«, sagte sie müde, nachdem sie ihn erblickt hatte und zu ihm getreten war.

»Du warst es«, stellte er ruhig fest. »Du hast Éilís dazu gebracht, eine Hure zu werden. Du hast sie den Männern zugeführt.«

Sie zuckte mit den Schultern, und ihre ausdruckslose Miene strafte seinen Verdacht, sie hätte es aus Rache getan, Lügen. »Zwei Huren verdienen mehr als eine. Wir brauchen alles, was wir bekommen können. Würdest du nicht auch jedes Opfer bringen, damit Cian satt wird?«

Faolán schüttelte den Kopf. »Nein«, murmelte er. »Nein, das würde ich nicht. Ich bin zu schwach dafür. Ihr beide verkauft eure Körper, ohne zugrunde zu gehen. Ich hingegen könnte nicht einmal meine Seele verkaufen, ohne dass es mich zerstören würde. Und deshalb muss ich gehen.«

Sie sagte nichts mehr und er auch nicht. Er hob nur die Harfe und begann zu spielen. Die Nacht schien ob der Klänge zu erschaudern, denn über ihre schwarzen Wangen liefen graue Tränen, und bis er das Lied von Cú Chulainn, dem größten Helden Irlands, der es mit allen Mächten dieser Welt und der anderen aufgenommen hatte, beendet hatte, war es endgültig Tag geworden.

»Sing Cian das Lied vor«, sagte er mit erstickter Stimme, »bring ihm bei, dass man mehr zum Überleben braucht als nur das tägliche Brot. Erzähl ihm von mir, erzähl ihm von Riacán, erzähl ihm von Cú Chulainn.«

»Das tue ich doch schon längst.«

Faolán wandte sich ab. Der Himmel war nicht länger grau, sondern rot, als würde er brennen, doch vor dem Haus des Bischofs ging es so geschäftig zu, dass keiner Zeit hatte, ihn zu beobachten und darin ein böses Omen zu sehen.

»Bald brechen wir auf«, rief Lorcan erfreut.

Faolán war nicht blind für den Himmel, nicht gleichgültig genug, um vages Unbehagen zu fühlen, das langsam in ihm hochkroch, nicht taub für den Lärm, der jäh losbrach.

Diesen Lärm verursachten nicht die wenigen Pferde, die vor dem Haus des Bischofs warteten. Nein, das Hufgetrappel kam von jenen Dutzenden, die plötzlich an ihnen vorbeiritten. Fußsoldaten liefen vor den Pferden, auf ihnen saßen Ritter in Rüstungen, und hinter ihnen folgten Bogenschützen. Angeführt wurde die Truppe von Milo de Cogan, der eben einen Kriegsschrei ausstieß, und wie sein Lustschrei glich er dem Heulen und Knurren eines Wolfes.

Bischof Lorcan zuckte zusammen. »Milo de Cogan!«, brüllte er entsetzt. »Dieser Verräter! Er ... er muss hinter Strongbows Rücken handeln und ...«

Der Bischof ließ sich auf sein Pferd helfen, ritt der Truppe nach, erreichte kurz nach ihr das Stadttor.

Du hast deinen Krummstab vergessen, dachte Faolán, der ihm zu Fuß gefolgt war.

Der Bischof bemerkte das nicht – umso mehr aber, dass nicht Milo de Cogan Strongbow verraten hatte, sondern Strongbow ihn. Schon folgten nämlich zwei weitere Einheiten – eine wurde von Raymond le Gros angeführt, eine weitere von Strongbow selbst, und beide schrien wie Milo de Cogan.

Wölfe heulen den Mond vergebens an, aber der letzte verzweifelte Versuch der Normannen, das Kriegsglück zu wenden, könnte Erfolg haben – zumindest nach dieser Nacht, da die Nachrichten des Bischofs die irischen Krieger gewiss eingelullt haben und sie jetzt am Morgen schlaftrunken wie der Tag sind.

»Verräter! Verräter!«, brüllte Lorcan, und weil er keinen Krummstab mit sich trug, ballte er die Faust.

Faolán machte auch Fäuste, allerdings nur, um die Harfe fest zu umklammern und an sich zu pressen, als er losrannte. Er wusste nicht, welche Richtung er nehmen sollte, ertönte doch bald von allen Seiten Schlachtenlärm, aber er lief weiter und hielt beharrlich seinen Blick auf den Boden gerichtet, um nicht zu stolpern. Nur einmal hob er ihn kurz. Der Himmel war nicht länger rot, die eben noch matten Wiesen rund um Dublin würden es dagegen bald sein. Und wenn sich all das Blut schwarz gefärbt hatte und der Himmel mit ihm, würde die Schlacht um Dublin und gleichsam um Érius Insel entschieden sein.

RÓISÍN

Der Krieger krümmte sich bereits, als sie ihn nur ansah, und erst recht, als sie vorsichtig seinen Leib betastete, der aufgequollen und hart zugleich war.

»Ich würde ihm nicht zu nahe kommen«, sagte jemand hinter ihr. »Gleich wird er sich wieder entleeren.«

Die nörgelnde Stimme war Róisín mittlerweile allzu vertraut. Anstatt sich umzudrehen, betrachtete sie das Gesicht des Kranken aufmerksam. Seine Nase wirkte spitz, nicht nur die Ringe unter den Augen hatten eine bläuliche Farbe angenommen, und die Haut war merkwürdig gewellt.

»Es ist nicht mehr genug in seinem Darm geblieben, als dass er sich noch einmal entleeren könnte«, sagte sie.

»Wie auch immer. Bei dieser Krankheit kommt als Erstes die Scheiße, dann das Blut, dann der Tod.«

»Das muss nicht sein«, hielt Róisín energisch dagegen. »Ich bräuchte nur etwas Beifuß und Bier oder Wein. Wobei ich auf Bier oder Wein verzichten könnte, wenn ich nur Beifuß hätte.«

»Selbst wenn ich den bei mir trüge – ganz sicher würde ich ihn nicht an den da verschwenden.«

Gottlob musste Róisín das Nörgeln nicht lange ertragen, denn endlich wandte sich der andere ab und ging davon. Wie immer war der Rücken vom Leibarzt des Hochkönigs, der diesen wie all die anderen Gelehrten bis vor die Tore Dublins begleitet hatte, etwas gebeugt, trug er doch um den Hals ein schweres Horn. Dieses benutzte er zum Schröpfen – die einzige Behandlungsmethode, die er in Róisíns Augen wirklich beherrschte. Er behauptete, dass es von jenen hundertfünfzig weißen Kühen stammte, die einst in Irland gelebt hatten, und deren Milch selbst einen tödlich verwundeten Krieger gesund werden ließ, wenn er nur lange genug darin badete. Hier im Lager hatten alle Respekt vor diesem Horn und erst recht vor dem Leibarzt selbst. Róisín dagegen wusste von Áine, dass jene hundertfünfzig weißen Kühe keine Hörner gehabt hatten und ihre Milch Krieger nähren, aber nicht heilen konnte. Den kranken Mann vor ihr wiederum konnte nicht nur Beifuß heilen, sondern auch etwas anderes.

»Komm, hilf mir!«, rief sie einen Knaben herbei, der eben ein Stück Holz zurechtschnitt, aus dem Pfeile gemacht wurden.

»Ich brauche ein Stück Eisen.«

»Eisen?«

»Ja doch. Du hast gewiss etliche Pfeilspitzen bekommen, um sie später am Schaft der Pfeile anzubringen.«

»Aber ich kann doch nicht …«

»Aber ich kann! Den Mann damit heilen nämlich! Und dafür muss ich die Pfeilspitze in Milch auskochen.«

»Ich weiß nicht, ob wir Milch haben.«

»Notfalls genügt Wasser.« Und notfalls konnte sie auch auf die Rote Betonie und den Honig verzichten, die man eigentlich ebenfalls in diesen Sud mischen sollte.

Während sie darauf wartete, dass der Junge eine Pfeilspitze beschaffte, wandte sie sich den anderen Verletzten zu, die man hierher ans äußerste Ende des Lagers geschafft hatte. Ihre Wunden erschienen dem Leibarzt des Königs als zu harmlos, um nur einen Blick darauf zu werfen, aber das hieß nicht, dass sie nicht schmerzten. Zumindest verzerrte ein Krieger, der so alt war, dass er wohl schon das Gemetzel von Moin Mór erlebt hatte, eben sein Gesicht, und rasch trug Róisín eine Salbe aus Spitzwegerich auf den tiefen Schnitt an seinem Oberarm auf.

»Die Wunde wird bald heilen«, sagte sie zuversichtlich.

»Ach was«, entgegnete er, und kalter Schweiß tropfte von seiner Stirn. »Ich bin wie mein Vater. Als er einst in einer Schlacht kämpfte, wurde ihm die Hand abgeschlagen, doch er hat das Schwert in die andere genommen und weitergekämpft. Als man ihm auch diese abschlug, hat er mit dem Knauf zwischen den Lippen gekämpft und auf diese Weise noch mindestens zwei Krieger getötet.«

Hinter ihnen ertönte Gelächter. »Und wie hat er danach die Frauen seiner Feinde festgehalten, um sie zu nehmen?«, höhnte jener, dessen eiternde Wunde Róisín am Tag zuvor mit einem Sud aus Sauerampfer und Apfelsaft gereinigt hatte.

»Er musste sie doch nicht festhalten, solange er noch seine Zunge hatte.«

Róisín wandte sich dem Nächsten zu, dessen linker Knöchel gebrochen war. Aus Eibischwurzeln und Schweineschmalz machte sie ihm einen Umschlag, die Brandwunde eines weiteren, der diese beim Niederbrennen der umliegenden Felder erlitten hatte, behandelte sie mit Eiklar. Lilienöl, was für jenen Zweck noch besser gewesen wäre, hatte sie keines.

Der Kranke, zu dem Róisín nun ging, schlief tief und fest. Entweder hatte er zu viel Rauch geschluckt, zu viel Sonne abbekommen oder einfach zu viel Wasser aus der Liffey getrunken – jedenfalls hatte er am Vortag behauptet, er sei jener König von Munster, den einst die Maus seines Erzfeindes gebissen habe und dem daraufhin alle Haare ausgefallen seien. Und während dieser wirren Rede hatte er sich nicht nur am Kopf, sondern am ganzen Körper gekratzt, bis er blutete. Róisín hatte vergebens versucht, ihn zu beruhigen, und schließlich vom Leibarzt Bilsenkraut erbeten, das den Verrückten schlafen lassen würde. Einer der umstehenden Krieger hatte erklärt, dass man das auch einfacher bewerkstelligen könne, hatte sich vom Leibarzt das Kuhhorn ausgeliehen und damit einmal kräftig zugedroschen.

Róisín kam zu dem Schluss, dass es noch eine Weile dauern würde, bis der Unglückliche erwachte. Wenigstens blutete seine Kopfwunde nicht, was man von der eines weiteren Kriegers nicht sagen konnte. An seiner Stirn klaffte ein tiefer Schnitt, das Blut tropfte ihm über das Kinn.

»Nun näh die Wunde schon!«, herrschte er Róisín an. »Aber verwende einen Faden, der so golden ist wie mein Haar.«

»Woher soll ich denn einen goldenen Faden nehmen?«

»Ich bestehe darauf«, wütete er und hob drohend die Faust.

»Na gut«, sagte sie rasch, »ich suche einen.«

Sie beeilte sich fortzukommen, denn obwohl sie sich sicher war, im Lager keinen Goldfaden zu finden, wollte sie doch ein Gefäß beschaffen, in dem sie später die Pfeilspitze auskochen konnte, damit die Kraft des Eisens in den Sud gelangte. Mit geducktem Kopf und möglichst lautlos huschte sie an den Zelten vorbei, so wie sie es immer tat, seit sie sich Ruari O'Connors Heer angeschlossen hatte.

Nach dem Tod ihres Vaters war sie eine Weile im Wald geblieben. Mit dem Dolch hatte sie zwar keine Tiere getötet, jedoch das Fleisch jener klein schneiden können, die sie verwest am Boden gefunden hatte. Eigentlich hatte sie zum Meer gehen wollen wie einst, als sie mit Ascall Dabíd und Liadan gefolgt war, doch ehe sie es erreicht hatte, war sie auf einen breiten Fluss gestoßen und so lange an seinem Ufer entlanggegangen, bis sie eine Furt gefunden hatte, wo sie ihn durchqueren konnte. Von dort war sie weiter in Richtung Norden gewandert. Als sie immer öfter in der Ferne Stimmen gehört hatte, hatte sie sich mit dem Dolch, obwohl der nach mehreren Regentagen rostig geworden war, ihr Haar raspelkurz geschnitten – nie wieder sollte ein Mann schmerzhaft daran ziehen wie ihr Vater –, sich das Gesicht mit Dreck eingerieben und die Hose vom verwesenden Leib eines Toten gezerrt, der am Wegrand gelegen hatte, um sie fortan selbst zu tragen.

Wenig später hatte sie einen weiteren Fluss erreicht, an dem etliche Frauen die Wäsche jener Truppe Krieger wuschen, für die sie auch kochten und nachts die Schenkel spreizten.

»So, wie du stinkst, wird dich keiner haben wollen«, hatte eine der Frauen, der trotz des kurzen Haars und der Hose nicht entging, dass Róisín eine junge Frau war, gehöhnt, »und wenn du mit deinen Händen die Wäsche anfasst, wird die noch dreckiger, als sie zuvor war.«

»Nun, ich will keine Wäsche waschen«, hatte Róisín gesagt und erst in diesem Augenblick die endgültige Entscheidung getroffen, dass sie lieber vom Heilen als vom Töten leben wollte. »Aber ich könnte Wunden säubern und sie überdies ausbrennen und nähen.«

So hatte sie die Truppe in den Norden begleitet, und als diese mit dem Heer des Hochkönigs zusammentraf, hatte sich bereits herumgesprochen, welch kundige Heilerin sie war. Nicht, dass der Leibarzt des Hochkönigs zugab, Hilfe gebrauchen zu können, aber immerhin hatte der auch nichts dagegen einzuwenden, dass sie dann und wann kranke und verletzte Krieger versorgte.

Als sie nun durchs Lager huschte, zog Róisín fröstelnd die Schultern hoch. Gleichwohl schon rege Geschäftigkeit herrschte, war es noch zeitig am Morgen und der Himmel rostig wie ihr Dolch. Der Pavillon des Hochkönigs war auf einem kleinen Hügel errichtet worden und darum herum die Zelte seiner wichtigsten Krieger – Gebilde aus Speeren, die man in den Boden gestampft hatte, um ein kreisrundes Stück Leinen oder Leder daran zu befestigen, das man wiederum mit Harz oder Pech wasserdicht machte. Außerdem waren aus den Baumstämmen und Ästen der Wälder und den Binsen der Sumpfgebiete kleine Hütten errichtet worden, und eben hämmerte einer an einer weiteren.

»Was brauchen wir Hütten?«, fragte ein anderer und nahm ihm einen großen Ast weg, um seinen Helm daran aufzuhängen. »Die Belagerung kann doch nicht ewig dauern!«

»Stimmt«, mischte sich ein dritter ein. »Es heißt, die Normannen werden sich noch heute ergeben. Bischof Lorcan ist schon auf dem Weg, um Frieden auszuhandeln.«

»Pah! Kurz nachdem die Normannen damals mit den eingeschlossenen Dublinern verhandelt haben, haben sie die Stadt angegriffen.«

»Jetzt wagen sie nicht, diese auch nur zu verlassen. Das Heer des Hochkönigs zählt so viele Krieger, und falls die Normannen sich doch nicht ergeben, brauchen diese Krieger ein Dach über dem Kopf.«

»Ein Krieger braucht ein Schwert und sonst gar nichts.«

»Diese Schlacht können wir auch mit sauberen Schwertern gewinnen, wir müssen nur Geduld haben. Entweder buckeln die Normannen oder sie verhungern, und dann ist nicht nur Dublin wieder unser, es gibt auch niemanden mehr, der uns den Rest von Érius Insel streitig machen kann.«

Róisín ging weiter, erreichte einen mit längs halbierten Baumstämmen ausgelegten Weg, der nicht nur zum Pavillon des Hochkönigs führte, sondern auch zu einem Platz, an dem am Abend die Barden Lieder sangen und wo sich die Kochplätze befanden. Über einem Feuer brutzelte ein Huhn.

»Kann ich das haben?«, fragte Róisín eine der Wäscherinnen, die davor saß und den Spieß drehte.

»Du kannst froh sein, wenn man dich Gras kauen lässt«, erklärte die Frau grimmig. »Fleisch verdient man sich mit Fleisch.« Unverhohlen neidisch starrte sie Róisín an, weil diese in den Nächten von den rohen Kriegern verschont blieb.

Oh, ich verdiene Fleisch mit Fleisch, mit blutigem und eiterndem, dachte sie. Laut sagte sie nur: »Ich habe doch erzählt, dass ein Druide mich einst mit der Krätze geschlagen hat und dass diese jeder bekommt, der mich anrührt.«

Das Weib lachte verbittert. »Du gibst ja noch bessere Legenden zum Besten als der Geschichtenerzähler des Königs! Du solltest abends mit ihm auftreten.«

Róisín umklammerte unwillkürlich den Knauf des rostigen Dolches, den sie an ihrem Gürtel trug. »Und du solltest deinen Mund halten und mir das hier geben. Nein, ich meine nicht dein dünnes Hühnchen, sondern das Kochgeschirr.«

Die Frau nahm einen Topf und warf ihn ihr ungehalten vor die Füße. Es schepperte, doch das Klirren, das jäh von weit her ertönte, war lauter. So klang es nur, wenn zwei Schwertklingen aufeinandertrafen.

Nicht nur Róisín spitzte die Ohren – auch die Männer, die in der Nähe der Kochplätze herumlungerten, fuhren hoch und griffen unwillkürlich zu ihren Waffen. Das Waschweib hingegen drehte beharrlich den Spieß.

»Hast du das gehört?«, rief Róisín.

»Natürlich habe ich das«, sagte die Frau. Sie wandte sich an die Krieger. »Macht euch keine Hoffnungen. Noch greift uns kein Feind an. Vorhin ist zwischen zwei Männern ein Streit ausgebrochen, offenbar haben sie beschlossen, ihn mit ihren Schwertern fortzuführen.«

»Es findet ein Zweikampf statt?«, fragte einer der Krieger neugierig und gab die Botschaft rasch weiter. »Gewiss ist noch Zeit, um Wetten abzuschließen.«

Das Waschweib lachte hämisch. »Ich kann mir nicht vorstellen, dass irgendeiner so dumm ist, auf Gilla Dub zu setzen«, rief sie.

»Wer ist denn Gilla Dub?«, fragte Róisín.

»Ein Krieger im Dienste des Hochkönigs. Als er heute Morgen mit den anderen in der Liffey ein Bad nehmen wollte, ist er Ascall von Toora begegnet. Er behauptete, dass der ein Verräter sei und seine eigenen Männer umbringe. Ascall von Toora hat daraufhin entgegnet, dass er kein Verräter, Gilla Dub aber ein Dummkopf ist.«

Róisín wollte sich eben bücken, um den Topf aufzuheben. Als sie Ascalls Namen vernahm, verharrte sie. Eine Weile echote sein Name in ihrem Kopf, war lauter als die Stimmen der Männer, die Wetten abschlossen, lauter als das Klirren der Schwerter, lauter auch als das Grölen der Umstehenden, die den Kampf befeuerten.

Ascall ... Ascall ... Ascall ... er lebt ... er ist hier ...

»Eine Weile haben sie miteinander gestritten«, fuhr das Waschweib fort, »und wahrscheinlich hätten sie sich mittlerweile mit den Fäusten erschlagen, wenn sich nicht der Hochkönig eingemischt hätte. Erst hat er Gilla Dubs Vorwürfen gelauscht, danach Ascalls Verteidigung, und schließlich hat er erklärt, dass er nicht wisse, wer die Wahrheit sage, die Sprache der Schwerter würden allerdings keine Lügen kennen. Deshalb sollten diese das letzte Wort haben.«

»Ascall ...«, murmelte Róisín tonlos.

»Nimm den Topf, oder lass ihn stehen«, bellte das Waschweib sie an, »Hauptsache, du gehst jetzt. Ich will mir das Hühnchen schmecken lassen, und dein Gestank verdirbt mir den Appetit.«

Róisín nahm geistesabwesend den Topf, ließ ihn aber fallen, als das Klirren der Schwerter wieder zu ihr drang. Endlich löste sie sich aus der Starre und rannte in Richtung Fluss. Sie war nicht die Einzige, die von dem Zweikampf angelockt worden war. Etliche Krieger drängten sich so ungestüm an ihr vorbei, dass sie über ihre eigenen Füße stolperten. Zumindest dachte Róisín das zunächst, wenig später erkannte sie, dass sie nicht von ihrer Ungeduld zu Fall gebracht wurden, sondern von der Kleidung, die am Flussufer ausgebreitet lag.

Richtig, dieser Gilla Dub hatte Ascall beim Baden erkannt, und die beiden waren nicht die Einzigen gewesen, die sich im klaren kalten Wasser des Flusses hatten erfrischen wollen. Auch die Leibgarde des Königs hatte ihre Gewänder abgelegt, desgleichen etliche Krieger aus Leinster, die gern lange Westen in leuchtenden Farben trugen, Krieger aus Ulster, die man an ihren lederbesetzten Waffenröcken erkannte, und Krieger aus Osraige, die – vorausgesetzt, sie zählten zu den wohlhabenderen – Kettenhemden trugen. Nicht nur auf die Kleidung trampelten die Krieger, ein Fuß trat auf einen Schild, den ein Junge eben mit einer weißen Schicht einrieb, auf dass er hart werde.

»Aua!«, jammerte er.

Róisín versuchte vergebens einen Blick auf die beiden Kämpfenden zu erhaschen, konnte aber nicht einmal den Fluss sehen.

»Ist es wahr?«, fragte sie den Jungen. »Ascall von Toora ist hier im Lager?«

»Das weiß doch jeder«, entgegnete der Junge und rieb sich seine schmerzende Hand. »Er war es schließlich, der den Hochkönig davon überzeugt hat, Dublin zu belagern.«

Was nun schon seit Wochen geschah … und dennoch hatte sie Ascall kein einziges Mal gesehen … Wie denn auch, wenn sie den ganzen Tag mit Kranken und Verletzten verbrachte? Eine Heilerin war sie, keine Kriegerin mehr. Zumindest bis jetzt … jetzt schien der rostige Dolch im Takt des fernen Klirrens zu erbeben und sie mit ihm.

»Gib mir den Schild!«, herrschte sie den Knaben an, und als der sie nur verständnislos anglotzte, riss sie ihn einfach aus seinen Händen.

»He!«, rief er empört und versuchte, ihn sich wieder zu schnappen.

»Gib mir den Schild, oder ich töte dich!«, fuhr sie ihn an und zückte ihren Dolch, sodass der Knabe zurückwich.

Hätte er es nicht getan, hätte sie ihre Drohung wahrgemacht, dessen war sie sich sicher. Bei ihrem Vater hatte sie versagt, aber jetzt wäre sie fähig zu töten – nicht nur den Knaben, auch die Krieger, auf die sie mit dem Schild eindrosch, damit sie ihr

Platz machten, auch diesen Gilla Dub, falls er Ascall ein Leid zufügte. Endlich sah sie das graue Wasser der Liffey vor sich, endlich auch die Beine der Kämpfenden. Beide schienen Mühe zu haben, festen Stand zu finden, denn der Boden unter ihren Füßen war schlammig, einer rutschte gar aus und drohte zu stürzen. Obwohl sie nicht erkannte, wer es war, schrie sie auf.

Der Krieger hielt sich aufrecht – was nicht bedeutete, dass er im Vorteil war. Eben drängte ihn sein Gegner tiefer in den Fluss hinein, und das Klirren der Schwerter, als er sich dagegen wehrte, klang noch zorniger als zuvor.

Róisín schlug mit dem Schild auf einen Mann ein, dessen Rücken die Gesichter der Kämpfenden verdeckte, und während er sich umdrehte und drohend die Faust hob, war sie schon an ihm vorbeigeschlüpft und hatte nun endlich ungehinderte Sicht. Obwohl er ihr den Rücken zuwandte, erkannte sie Ascall sofort.

Sein Haar war zwar deutlich kürzer, und die enge Lederhose hatte er früher nicht getragen. Doch sein Oberkörper war nackt, sodass sie die Narbe auf seinem Rücken sehen konnte. Noch nie war ihr aufgefallen, dass ihre Form einem Drachen glich, und dieser Drache schien sich bei jedem Schlag, den er entweder austeilte oder parierte, drohend aufzurichten.

Nun spei schon Feuer, Drache ...

Eben drängte ihn dieser Gilla Dub allerdings noch tiefer in den Fluss. Hüfthoch stand ihm nun das Wasser, und das Klirren seines Schwertes klang leiser, weil er so viel Kraft daran verschwenden musste, der Strömung zu trotzen. Gilla Dub schien, so schweißüberströmt, wie sein Gesicht war, sein Schwert kaum mehr halten zu können, doch wenn er seine Taktik fortsetzte, Ascall immer tiefer ins Wasser zu drängen, würde der Fluss vollenden, was er aus eigenem Vermögen nicht schaffte.

Nein, nein, nein! Das Wasser durfte nicht stärker als Feuer sein! Ascall durfte nicht verlieren!

Kämpfe, wehr dich, töte!

Ihre stummen Befehle schienen ihn tatsächlich zu erreichen. Kurz sah es zwar aus, als würde Gilla Dub endgültig die Oberhand gewinnen, dann entschied Ascall, nicht länger gegen das

Wasser zu kämpfen, sondern die kalten Fluten für seine Zwecke zu nutzen. Er löste die zweite Hand vom Knauf, holte aus und spritzte Gilla Dub Wasser ins Gesicht, sodass sich der unweigerlich duckte. Schon stand Ascall nur mehr bis zu den Knien im Wasser, doch ehe er ans Ufer gelangte, wurde Róisín auf den Boden gestoßen – von jenem Mann, an dem sie sich zuvor höchst unsanft vorbeigekämpft hatte. Bis sie sich im Gewühl wieder hochgekämpft hatte, drängten sich noch mehr Schaulustige am Ufer.

»Lasst mich vorbei!«, brüllte Róisín.

Niemand achtete auf sie. Sie erhaschte lediglich einen kurzen Blick vom gleichfalls halb nackten Ruari O'Connor. Nie war sie dem Hochkönig so nahe gekommen, doch auch aus der Ferne betrachtet hatte sein Gesichtsausdruck immer etwas nachdenklich, gar verdrossen gewirkt.

Man sagte ihm nach, an jeder Entscheidung schwer zu tragen, auch die, ob er die Kämpfenden weiterhin gewähren lassen sollte oder nicht, schien ihm dem Stirnrunzeln nach schwerzufallen. Warten war zwar das, was er am besten konnte, was ihn gegenüber den Normannen erst geschwächt, beim Aushungern von Dublin hingegen zum Vorteil gereicht hatte. In diesem Moment hingegen, in dem das Johlen weiter anschwoll, zweifelte er wohl mehr und mehr, ob sich die Iren wirklich gegenseitig niedermetzeln sollten.

Schon hob er die Hand, schon öffnete er den Mund. Ehe er aber einen Laut hervorbrachte, ertönte ein lauter Schrei. Und diesen stießen nicht etwa die Kämpfenden oder die Gaffenden aus, sondern der einäugige Spion des Königs, der eben das Ufer der Liffey entlanggeritten kam.

»Sie kommen!«, brüllte er. »Die Normannen! Sie greifen an! Sie …«

Die Hufe des Pferdes verfingen sich in einem Kleidungsstück, das ausgebreitet am Ufer lag, und als es strauchelte, fiel der Bote kopfüber in den Fluss.

Das laute Platschen blieb kurz das einzige Geräusch, verstummten doch alle Versammelten augenblicklich. Die meisten erstarrten auch – nur Róisín und die beiden Kämpfenden nicht.

Sie drängte sich durch die Reihen, indes Gilla Dub herumfuhr und auf jene Stelle des Flusses sah, wo der Bote untergegangen war. Und als der prustend wieder auftauchte, hatte Ascall schon sein Schwert erhoben und seinem Gegner mit einem gezielten Hieb den Kopf vom Leib geschlagen.

Zum ersten Mal konnte Róisín Ascalls Gesicht sehen, konnte in der Miene Genugtuung, gar Befriedigung lesen, hatte der andere doch allein für diese Unachtsamkeit zu sterben verdient.

»Sie kommen! Die Normannen greifen an!«, rief der Bote wieder, als er zu Atem gekommen war.

Nun stand keiner mehr still. Alle setzten sich gleichzeitig in Bewegung. Das Pferd des Boten trampelte auf Kleidungsstücke und auf Schwerter, die am Ufer lagen, ja gar auf die Krieger, die zu Fall kamen.

»Ascall!«, brüllte Róisín, doch in dem Getöse ging ihre Stimme unter. »Ascall!«, brüllte sie wieder.

Sie konnte ihn nirgendwo entdecken, auch dort nicht, wo Ruari O'Connor eben noch gestanden hatte, und als sie sich einmal mehr auf die Zehenspitzen stellte, traf sie ein schmerzhafter Stoß in die Seite und ließ sie zum zweiten Mal zu Boden gehen. Geistesgegenwärtig hielt sie den Schild über sich, doch auch wenn dieser sie vor den Tritten bewahrte, versank ihr Körper immer tiefer im schlammigen Boden, und nun brach auch noch das Holz.

Welcher Tod ist schöner – von Holzsplittern aufgespießt zu werden oder im Schlamm zu ersaufen?

Ehe es zu einem von beidem kam, riss ihr jedoch jemand den Schild weg – der Knabe nämlich, dem sie ihn zuvor gestohlen hatte. Róisín kämpfte nicht länger darum, sondern rappelte sich auf und blickte zum Fluss.

Einer der Krieger hatte dort einen Lachs aufgespießt, der noch zappelte. Als nun die Reiterhorde angriff, war es jedoch er, der aufgespießt wurde und zappelte, während der Fisch wieder ins nunmehr rote statt graue Wasser fiel.

Der Junge mit dem Schild stand noch neben Róisín, jetzt verkroch er sich dahinter.

»Wenn du hierbleibst, wirst du sterben! Der Schild wird dich nicht schützen!«, brüllte sie und wollte ihn mit sich ziehen, doch er glaubte, dass sie ihm erneut den Schild rauben wollte, und wehrte sich erbittert.

Dann eben nicht, dachte sie und beeilte sich, selbst fortzukommen. Es fiel nicht leicht, war doch der ohnehin schon feuchte Boden von so vielen Schritten aufgewühlt. Immer wieder blieb sie knöcheltief im Schlamm stecken, drohte zu fallen wie etliche von Ruaris Kriegern. Einer war gänzlich nackt, doch anstatt sich auf die Hände aufzustützen und sich zu erheben, bedeckte er mit diesen seine Blöße.

»Mein Mantel ... mein Mantel ... der Hochkönig hat einfach meinen Mantel genommen ...«

Róisín sah nirgendwo Ruari mit Mantel, sah auch nirgendwo Ascall, sah nur immer mehr der normannischen Ritter, die die Liffey entlang auf das Lager des Hochkönigs zuritten.

»Beim Kreuze Jesu! Beim Kreuze Jesu!«, schrie einer, ehe er zustach.

Róisín wandte sich ab, lief weiter, spürte nun festeren Boden unter sich. Sie erreichte die Kochplätze, wo das Hühnchen mittlerweile verkohlt war, weil die Wäscherin längst das Weite gesucht hatte. Ratlos blickte sie sich um, als sie sich von allen Seiten eingekreist wähnte, nicht nur von normannischen Rittern, auch von ihren Bannerträgern. Auf einem dieser Banner waren ein Schwert und ein goldenes Kreuz abgebildet, auf einem andern ein Löwe, der seine Krallen ausfuhr, wieder ein anderes zeigte einen blutroten Adler auf weißem Hintergrund und das letzte, das sie ausmachte, eine Natter, die sich um einen Speer schlängelte. All dieses Höllengetier stürmte auf das Lager ein, schien mit giftigen Zähnen, spitzen Schnäbeln und grässlichen Klauen zu zerfetzen, was immer sich ihm in den Weg stellte.

Nun, Róisín machte nicht den Fehler, das zu tun. Sie suchte einen Fluchtweg, lief weiter, umkreiste jedes Scharmützel, folgte schließlich den Nackten, die nicht länger ihre Waffen und Kleider suchten, sondern einfach nur davonrannten. Dem Kriegsgebrüll zu entkommen, vermochten sie gleichwohl nicht. Einer der Normannen beschwor den heiligen David, ein anderer den Erzengel Michael, die Iren wiederum flehten Brendan, Kevin und Patrick um Hilfe an.

So viele Heilige, wie es gibt, wird der Kampf ja ewig dauern.

Róisín kam an einem eingestürzten Zelt vorbei und versteckte sich unter einem Stück Leinen. Nicht, dass sie hier sicher war – aber zumindest konnte sie kurz Atem schöpfen, ehe etwas Schweres auf sie fiel. Sie war überzeugt, dass es ein Leichnam war, und blieb eine Weile darunter liegen, dann stemmte sie sich gegen das Gewicht und stellte fest, dass es kein Toter war, sondern ein Sack Mehl. Während sie noch auf ihn starrte, wurde der Sack von einem Pfeil getroffen, und das Mehl stäubte ihr ins Gesicht. Sie hustete, sah kurz nur Weiß, danach aber, dass sich ein weiterer Pfeil auf sie richtete.

Haarscharf schoss er an ihr vorbei, als sie sich duckte. Auf allen vieren kroch sie weiter, erhob sich wieder, rannte und rechnete bei jedem Schritt, dass der dritte Pfeil in ihrem Rücken stecken bleiben würde. Doch der Bogenschütze zielte nicht noch einmal auf sie, wurde er doch von einer Horde Schweine, die im Lager gehalten wurden und nach und nach geschlachtet hätten werden sollen, umgerissen.

Gute, gute Schweine.

Róisín zog ihren Kopf ein, lief einigen der Tiere nach. Ihr Grunzen war ohrenbetäubend laut, schwoll noch weiter an, riss plötzlich ab.

Die Schweine waren geradewegs auf eine Baumgruppe zugelaufen, doch hinter dieser Baumgruppe hatten sich normannische Ritter verschanzt, kamen nun mit den Schwertern hervor und hieben den Schweinen den Kopf ab. Nur mehr das, hinter dem Róisín sich duckte, lebte noch, doch schon entwand es sich schnaubend ihrem Griff, lief geradewegs auf die Ritter zu und fiel alsbald auch kopflos in den Dreck.

Dumme, dumme Schweine.

Sie hingegen … sie war nicht dumm, sie würde nicht sterben. Leben würde sie … töten, denn heute konnte sie es, umso mehr, als das feiste Gesicht des Ritters, der nun auf sie zukam, sie an ihren Vater erinnerte.

Unter dir werde ich nicht hilflos liegen, dachte sie, zückte den Dolch, suchte nach einer Stelle, auf die sie zielen konnte. Dort, wo das Kettenhemd am Helm befestigt war, waren die Krieger am verwundbarsten. Sie musste den Dolch nur mit aller Kraft werfen – und diese Kraft hatte sie, war sie für kurze Zeit doch selbst der Löwe, die Schlange, der Adler.

Der Ritter schwang das Schwert, sie schleuderte den Dolch. Das Schwert traf nur Luft – der Dolch auch. Haarscharf schoss er am Nacken des Mannes vorbei, jedoch nicht, weil sie ihn verfehlt hatte, sondern weil er plötzlich auf die Knie sank, sein Oberkörper bald auf den Rumpf des Schweines fiel und sein Schwert neben einen der Schweinsköpfe. Nun gut, diesen hier hatte ein anderer getötet, aber wenn es an diesem Tag an etwas keinen Mangel gab, dann waren das feindliche Ritter. Schon kamen zwei weitere auf sie zu, und mindestens einen würde sie töten, bevor der andere sie erstach. Róisín stürzte auf ihren Dolch zu, wollte ihn aufheben, doch da packte ein dritter sie von hinten und hielt sie so schmerzhaft fest, dass ihr der Dolch entglitt.

»Verflucht ...«

Schon bückte sich jemand ... hob den Dolch wieder auf ... Leider nicht sie, sondern ihr Angreifer. Er stieß den Dolch allerdings nicht in ihre Kehle, er schleuderte ihn auf einen der beiden Ritter, während er dem anderen einen jener Äste ins Gesicht rammte, mit denen zuvor Hütten errichtet worden waren. Auch wenn er nur das Eisen des Nasenschutzes traf, nicht nackte Haut, wich der Mann zurück, und schon traf die Spitze eines Schwertes seine Kehle.

Dolch ... Holz ... Schwert ... der Mann musste drei Hände haben ... musste ein Fabelwesen sein, wie es etliche Banner zeigten ... Aber nein, er war kein Tier ... war auch nicht irgendein Mann ... er war Ascall.

Das Holzstück hatte er fallen lassen, den Dolch dagegen wieder an sich gebracht. Er hielt ihn in der einen, das Schwert in der anderen Hand. Wieder wurde Róisín zum Löwen, zur Schlange, zum Adler, als sie um den Dolch kämpfte. Sie biss mit giftigen Zähnen, kratzte mit Klauen, hatte zwar keinen Schnabel, aber eine spitze Zunge.

»Du Verfluchter, du Verfluchter!«, schimpfte sie auf ihn ein. »Ich hätte es geschafft! Ich hätte ihn töten können!« Sie schrie und kratzte und biss ihn weiterhin, doch Ascall gab den Dolch nicht her, legte nur den Arm um sie, zerrte sie über tote Ritter, tote Schweine, durch die Baumgruppe hindurch zu einem Pferd. Ihre Kräfte schwanden, sie war kein Löwe, keine Schlange, kein Adler mehr, aber immer noch Róisín, die laut schreien konnte. »Ich hätte es gekonnt, ich kann es noch, ich werde es dir beweisen! Ich werde töten!«

Sie versuchte, ihm zu entkommen, zurückzulaufen zur Stätte des Kampfes, doch er ließ den Dolch fallen, um sie bäuchlings auf das Pferd zu werfen, und als sie den Kopf heben wollte, traf sie die Klinge seines Schwertes. Zumindest fühlte sich der Schlag so an. Als ihr aufging, dass er sie nur mit der Faust niedergeschlagen hatte, wurde es bereits schwarz um sie.

Als Róisín das erste Mal die Augen aufschlug, lag sie noch auf dem Pferd. Nicht weit von ihr stand eine Eibe, in deren Krone sich etliche Iren geflohen hatten. Schon wurde der Baum von Normannen umstellt, die erst über die Feiglinge spotteten, dann den Baum umzuhauen begannen. Ob die Unglücklichen sich das Genick brachen, als sie fielen, oder von den Schwertern der Feinde aufgespießt wurden, sah sie nicht mehr, denn wieder wurde es schwarz um sie.

Als sie das zweite Mal zu sich kam, war es Nacht. Nicht weit von ihr prasselte ein Feuer, und sie lag auf dem Boden. Das Pferd war tot, wie sie nun erkannte. Ascall häutete es und schnitt ein paar Stücke Fleisch ab, um sie über dem Feuer zu braten.

»Du hast das Pferd getötet?«, fragte sie entsetzt.

Er blickte kaum hoch. »Es war verwundet«, sagte er, »und hätte nicht mehr lange durchgehalten. Wir müssen so viel Fleisch wie möglich essen, und so viel wie möglich tragen. Den Rest müssen wir leider hierlassen.«

Unzählige Fragen schwirrten ihr durch den Kopf, doch nur eine schaffte es über ihre trockenen Lippen. »Womit?«

»Womit ich das Pferd getötet habe?«, fragte er. »Nun, damit.« Er deutete auf sein Schwert. »Den Dolch habe ich nicht mehr.«

Ihr war, als hätte er ihr gesagt, sie habe ihre rechte Hand verloren. Immerhin konnte sie mit dieser hektisch ihren Körper abtasten, um verstört zu erkennen, dass sie auch den Wolfspelz verloren hatte.

Obwohl ihr Kopf zu zerplatzen schien, sprang sie auf, stürzte auf Ascall zu, schlug mit ihren Fäusten auf ihn ein.

»Ich hätte töten können! Ich hätte töten können!«

Eine Weile ließ er ihre Schläge über sich ergehen, schließlich packte er sie am Handgelenk und hielt sie fest. Seine Hände waren voller Blut ... Normannenblut ... Pferdeblut.

»Ich weiß, dass du es gekonnt hättest, ich habe es in deinen Augen gesehen.« In seine Augen hatte sie bis jetzt nicht gesehen, nun tat sie es. Sein Blick, der sich ansonsten immer unruhig auf die Umgebung richtete, bohrte sich nun regelrecht in ihren. Sein Gesicht war verdreckt und von Schürfwunden übersät, gewiss hatte auch sein restlicher Körper etliche Blessuren, wenn auch nicht genug, um ihn zu schwächen. Noch nicht einmal seine schmerzende Schulter schien er zu spüren, als er sie ganz dicht an sich heranzog und, die Augen immer noch auf sie gerichtet, laut und bestimmt erklärte: »Ja, du hättest es gekonnt. Aber man tötet nicht, weil man es kann, man tötet nicht, weil man es soll, man tötet erst recht nicht, weil man es will. Man tötet nur, weil man es muss. Und du musstest es nicht! Ich war doch da!« In ihrem Kopf pochte ein dumpfer Schmerz, als er seinen Griff lockerte und den Blick senkte. »Man tötet nur, weil man es muss«, wiederholte er mit rauer Stimme. »Das musst du verstehen, damit dein Körper und deine Seele gesund bleiben. Du verstehst das doch, oder? Du verstehst es?«

Sie verstand gar nichts, sie fühlte sich nur unendlich erschöpft.

»Die Schlacht ...«

»Verloren«, sagte er düster.

»Aber wie war das möglich? Das Heer des Hochkönigs war doch so groß ...«

»Die Normannen haben uns überrascht ... Sie haben die besseren Taktiken ... die besseren Waffen ... Vielleicht haben sie sogar mehr Mut. Zumindest jetzt wird dieser Mut den Iren fehlen. Über kurz oder lang wird ihr Widerstand an allen Orten brechen, wo sie sich kürzlich noch erhoben haben ... Wexford ... Waterford ... Osraige ... Leinster ...«

Bei der Erwähnung von Waterford stieg das grässliche Bild von der zerstörten Stadtmauer vor Róisín auf, und mit dieser Erinnerung erwachten weitere.

»Du hast mich damals einfach zurückgelassen«, sagte sie. »Du bist gegangen, ohne dich nach mir umzudrehen.« Sie klang nicht vorwurfsvoll, nur traurig. Und als er antwortete, klang auch er traurig.

»Mein Bruder ... er ... er ist anscheinend tot. Ich dachte, ich müsste ihn rächen.«

»Und hast du ihn gerächt?«

»Nein«, sagte er schlicht, klang nun nicht mehr nur traurig, sondern unendlich verloren.

Unwillkürlich beugte sie sich vor und legte ihre Hand auf seine.

»Es tut mir leid, dass du deinen Bruder verloren hast.«

Kurz schien ihn der Schmerz ganz und gar auszuhöhlen, ehe er sagen konnte: »Seine Seele war nicht gesund. Ailillán hat nicht verstanden, was ich dir eben sagte, er hat getötet, obwohl er es nicht musste. Ich hätte es schließlich für ihn getan.«

In seinem Blick spiegelten sich die roten Flammen, wurden jedoch von den Tränen gelöscht, die jäh in ihm aufstiegen. Eine perlte über seine Wange, und da verstand sie es ... verstand zumindest vieles, wenn auch nicht alles.

»Aber der Wolf damals ... du hast nur zugesehen ... Du hast mich ihn töten lassen.«

Er wandte sich ab, hockte sich ans Feuer, drehte an dem Holzspieß. Das Fett tropfte zischend in die Flammen, doch deren Lichtschein erreichte sein Gesicht nicht mehr.

»Damals habe ich noch gehofft, dass Ailillán lebt. Damals habe ich noch gehofft, seine Seele könnte gesund werden. Ich ... ich hätte doch nicht für euch beide töten können.«

»Was meinst du damit?«

»Er war mein kleiner Bruder. Es war meine Pflicht, für ihn zu sorgen.«

Sie begriff. »Und an dieser Pflicht allein hattest du schwer genug zu tragen«, fuhr sie an seiner statt fort. »Du wolltest dir keine weitere aufbürden. Schon gar nicht, da deine Schulter doch so schmerzte.«

Er nickte. »Sie schmerzt immer noch.«

»Und dennoch willst du für mich töten ... für mich sorgen?«

Er nickte wieder. Die Träne war getrocknet, hatte nur eine weiße Schliere hinterlassen. »Ich denke, dafür reicht es«, murmelte er und lächelte schief.

Sie aßen Fleisch, bis sie satt waren, aßen noch mehr, bis ihnen übel wurde, aßen danach immer noch weiter, bis Róisín das Gefühl hatte, erbrechen zu müssen.

Sie unterdrückte das Würgen und fragte: »Wohin sollen wir gehen?«

Ascall zuckte mit den Schultern. »Wenn Ruari die Schlacht überlebt hat, wird er wie alle anderen in Richtung Connacht fliehen.«

Ein heftiger Wind zog auf. Ob es der Nordwind war, von dem man sagte, dass er schwarze Wolken brachte, der Ostwind, der bläuliche vor sich hertrieb, der Südwind, der die sauberen weißen über den Himmel blies, oder der Westwind, der die Wolken schwefelgelb färbte? Aber war nach diesem Tag nicht jeder Wind blutrot?

»Wir sollten auch in Richtung Westen gehen«, murmelte sie, »am besten sofort. Schlafen können wir später immer noch.«

Wenn wir in Sicherheit sind. Wenn es niemanden mehr gibt, den du für mich töten musst.

Der Wind pfiff noch eisiger, als sie aufbrachen. Róisín presste sich an Ascall, fröstelte zwar immer noch, aber konnte endlich verschmerzen, dass sie den Dolch und den Wolfspelz verloren hatte.

AOIFE

»Du hast es einfach entwischen lassen?«, fuhr Aoife den Mann an.

Er hob anklagend seinen blutenden Zeigefinger. »Von einfach kann nicht die Rede sein.«

Aoife hätte ihm von Herzen gegönnt, dass das Vieh ihm nicht nur diese kleine Wunde zugefügt, sondern ihm mindestens einen Finger abgebissen hätte.

»Warum stehst du noch herum? Such es!«

»Damit es mir auch noch in die zweite Hand beißen kann?«

»Du bist doch selbst schuld. Ich habe Hermelinpelz gefordert ... kein noch lebendes Tier!«

»Die lebenden Tiere sind nun mal billiger als die toten, und der Pelz ist ratzfatz abgezogen.«

Aoife lag auf den Lippen zu sagen, dass sie jeden Preis zahlen würde. Ob sie allerdings hätte zulassen können, dass einem Hermelin der Pelz abgezogen wurde, wusste sie nicht.

Sie starrte missmutig auf den leeren Käfig, verfluchte den Mann und sehnte sich gar nach Pól, der sie gewiss nicht enttäuscht hätte. Schließlich fügte sie sich dem Unvermeidlichen und begann zu suchen. Leider gab es in der länglichen Halle der ehemaligen Bischofsresidenz, die sie nach ihrer Ankunft in Dublin bezogen hatte, viele Orte, wo sich ein scheues Hermelin verstecken könnte.

»Nun helft mir schon«, fuhr sie Strongbows Töchter Adeline und Basilia, die bis jetzt nur kichernd zugesehen hatten, an. »Wir müssen das Hermelin finden!«

»Aber ich habe Angst vor Ratten«, wehrte Basilia ab.

»Glaubt mir«, sagte Aoife und hob einige der Teppiche und Felle, die sie auf dem Boden aus gestampftem Lehm hatte ausbreiten lassen, »in Dublin gibt es schon seit Langem keine Ratten mehr.«

Diese waren während der langen Belagerung aufgefressen worden. Vielleicht waren die Normannen deswegen selbst zu Ratten geworden, sagte man diesen schlauen Tieren doch nach, aus jeder Falle zu entkommen. Ähnlich viel List hatte es bedurft, Dublin nicht nur zu halten, sondern dem Hochkönig, der nackt vor der Schlacht davongelaufen war, eine vernichtende Niederlage zuzufügen.

Die größte Ratte von allen war ohne Zweifel Milo de Cogan. Nicht nur, dass er Strongbow zu diesem letzten verzweifelten Ausbruchsversuch überredet hatte – man erzählte sich, dass er die Feinde im Blutrausch vor dem Abschlachten gebissen hätte. Als er sie wenige Tage zuvor anstelle ihres Gemahls hier begrüßt hatte, hatte er allerdings alles Blut abgewaschen und den Ruhm über den Sieg, statt ihn für sich zu beanspruchen, Strongbow überlassen.

»Schaut unter der Truhe nach!«, rief Aoife den jungen Mädchen zu. Die Truhe war wie alle anderen auch mit Schnitzereien verziert, ihr Inhalt war nicht annähernd so prächtig. Die Kleider darin hatten zwar kunstvoll bestickte Borten, aber Adeline und Basilia trugen deutlich edlere. Und der Schmuck bestand größtenteils aus Perlenketten, es war keine aus Gold gemachte *mínn*, wie man die Krone nannte, dabei.

Eine solche hatte auch Strongbow nicht getragen, als er – schon einige Wochen zuvor und noch vor ihrer Ankunft in Dublin – in den Süden aufgebrochen war. Doch wenn er, wie er es geplant hatte, erst einmal Wexford zurückerobert und Fitz-Stephen befreit hatte, Waterford wieder in Normannenhand und Osraige, wo es zu Unruhen gekommen, befriedet war, ja, wenn er Murtagh endlich das letzte Fleckchen von Leinster abgerungen hatte, hätte er jedes Recht auf diese Krone, desgleichen sie endlich Hermelinpelz tragen würde – als Zeichen dafür, dass Strongbow Irlands wahrer Hochkönig war und sie seine Königin.

»Vielleicht ist das Hermelinchen auf den Dachbalken geflohen«, sagte Adeline. »Dort erwischen wir es nie.«

»Wir könnten es mit Essen herbeilocken«, meinte Aoife.

Nahezu panisch griff Adeline an die Blumen, die sie sich

ins Haar geflochten hatte. »Aber es frisst doch keine Blütenblätter, oder?«

»Nein, Würmer!«, sagte Basilia und verzog angeekelt das Gesicht.

Aoife war sich nicht sicher, ob es in Dublin noch Würmer gab. Allerdings war ihr eben eine andere Möglichkeit eingefallen, das Hermelinchen zu erwischen. Als eine Dienstmagd in der Halle erschien, befahl sie ungeduldig: »Bring ein Werkzeug! Eine Sense, eine Mistgabel oder dergleichen! Und einen großen Mann!«

»Herrin ...«

»Was stehst du noch herum?«

»Herrin ...«

»Himmel, hast du nicht gehört, was ich sagte?«

»Der Lord ... er ist zurück ...«

Aoife starrte sie ungläubig an. Seit nunmehr Monaten hatte sie ihren Mann nicht gesehen.

»So bald?«, entfuhr es ihr gleichwohl.

Sie stürzte zum Fenster, erblickte im Hof aber nur Strongbows Pferd, obwohl er es sich nach langen Ritten meist nicht nehmen ließ, das Tier höchstpersönlich in den Stall zu bringen.

»Er ... er blutet ...«, stammelte die Dienstmagd.

»Vielleicht hat ihn auch ein Hermelinchen gebissen?«, scherzte Basilia.

Dummes Gör.

Aoife war leichenblass geworden. Sie ließ den Händler, die beiden Mädchen und die Dienstmagd stehen und lief über die schmale Treppe ins obere Stockwerk. Das Schlafgemach war so niedrig, dass ein groß gewachsener Mann den Kopf einziehen musste, aber Strongbow stand ohnehin nicht, sondern war auf die Bettstatt gesunken. Er hatte den Waffenrock abgelegt, sodass Aoife einen Schnitt am rechten Oberarm erkennen konnte, der eben von einem Fremden behandelt wurde.

»Du bist verletzt?«, rief sie erschrocken.

Strongbow hob den Kopf. Er war noch blasser als sie, obwohl aus der Wunde kein frisches Blut lief.

»Nur ein Pfeil«, murmelte er.

»Und er hat ihn lediglich gestreift«, sagte der Mann, der offenbar sein Leibarzt war. »Die Wunde muss nicht genäht, nur gereinigt werden.«

»Das kann ich tun«, erklärte Aoife, und ehe sich's der Mann versah, hatte sie ihn aus dem Schlafgemach gedrängt. Danach machte sie allerdings keine Anstalten, das Stück Leinen zu nehmen, das dieser hatte fallen lassen, und die Wunde damit zu betupfen. »Was ... was ist geschehen?«, fragte sie.

Strongbow sah aus, als würde er sich gleich übergeben, doch als er den Mund öffnete, kamen nur Worte heraus. »Wir wurden in der Nähe von Wexford angegriffen ... von Barbaren, die mit Speeren und Pfeilen kämpften, nicht mit Lanzen und Schwertern. Auf offenem Feld hätten wir sie niedergemetzelt, im Wald wurden sie uns kurz gefährlich. Gottlob begleitete uns Bruder Nicholas, ein Mönch aus Bristol. Er hat einen Psalm gebetet.«

»Und das hat euch gerettet?«, fragte Aoife ungläubig.

»Nein, plötzlich brach sein Gebet ab. Er hat Pfeil und Bogen des Schützen genommen, der neben ihm tot auf die Walderde gesunken war, gezielt und den Anführer der Bande getroffen. Die Barbaren mögen wild sein, gottlos aber sind sie nicht. Sie sahen darin ein Zeichen: dass sie nämlich dem Untergang geweiht waren, während uns der Sieg bestimmt ist.«

Dass ein Mönch einen Krieger zu töten imstande war, hätte Königin Eleonore gefallen. Ihr selbst hätte es auch gefallen, wenn Strongbow bloß nicht so ausgesehen hätte, als hätte ihn nicht nur ein Pfeil, sondern der Tod geküsst. Als Aoife seine Hand nahm, war diese eiskalt.

»Habt ihr Wexford zurückerobert?«, fragte sie besorgt.

Zu ihrem Erstaunen nickte ihr Mann, gleichwohl weiterhin kein Feuer des Triumphes in seinen Augen loderte. »Wir haben alle Vorräte dort verbrannt und die Norweger auf eine kleine Insel vor der Stadt getrieben. Nur weil sie FitzStephen mitgenommen hatten, konnten wir ihnen nicht nachsetzen und sie allesamt niedermachen.«

Aoife hatte kaum Mitleid mit jenem normannischen Ritter, der Irland am liebsten für sich allein beansprucht hätte, und sie konnte sich nicht vorstellen, dass das ihres Gemahls sonderlich größer war. Schon gar nicht würde er seinetwegen schlaflose Nächte verbringen – gleichwohl er jetzt so aussah, als würde ein halbes Dutzend von diesen hinter ihm liegen.

»Und Waterford?«, fragte sie.

Strongbow seufzte, obwohl er nur Erfreuliches berichten konnte. »Maurice FitzGerald hat die Stadt wieder unter seine Kontrolle gebracht und danach MacGiolla Padraic eine vernichtende Niederlage zugefügt«, murmelte er. »Meine Männer haben Osraige daraufhin geplündert, hätten am liebsten MacGiolla an einen Stier gebunden, ihn über den Boden geschleift und, falls er davon noch nicht gestorben wäre, an einem Strick aufgehängt. Prendergast hat es verhindert.«

Lieber Himmel, was scherte sie der ehrenwerte Prendergast?

»Dann ist Leinster verloren!«, rief sie entsetzt. »Murtagh hat dort gesiegt!«

Strongbow schüttelte den Kopf. »Murtagh konnte nicht schnell genug buckeln, als ich ihm einem Teil von Leinster – Hy Kinsella – als Lehen anbot. Dein Halbbruder Domhnall hat mir wiederum nach der Schlacht um Dublin seine Treue geschworen und den Aufstand niedergeschlagen. Wer ihn nicht wie Murtagh freiwillig einzog, hat den Kopf verloren, und der wurde den Hunden ebenso vorgeworfen wie der Rumpf.«

Was hat den Hunden wohl besser geschmeckt?, fragte sich Aoife wie betäubt. Aus Strongbows Wunde perlte nun doch ein Tropfen Blut, und als sie ihn abtupfte, glaubte sie einen kopflosen Leichnam vor sich zu sehen ... den von Connor oder vielmehr den vom falschen Connor, der ihren Vater einst dazu veranlasst hatte, Meath und Breifne zu plündern ...

»Du hast triumphiert«, sagte sie. »Du hast doch triumphiert. Es ist alles so gekommen, wie du es erhofft hast. Dass ihr Dublin gehalten habt und den Hochkönig vertreiben konntet, hat die Iren überall geschwächt. Warum bist du dennoch so blass und mutlos?«

»Ein Bote ...«, stieß er aus, »... ein Bote kam soeben. Er ... er brachte eine Nachricht von König Henry ...« Sein Blut stockte, die Worte auch.

»Welcher Bote?«, rief Aoife verständnislos. »Welche Nachricht?«

Strongbow sah sie eine Weile an oder vielmehr durch sie hindurch. »Es ist alles aus«, sagte er schließlich, »ich habe den Kampf um Irland gewonnen, aber wahrscheinlich mein Leben verwirkt.«

Er wollte den Arm um sie legen und den Kopf an ihre Schulter betten, doch er griff ins Leere, und sein Körper sank zurück auf die Bettstatt. Schon war Aoife nämlich aufgesprungen und hinuntergelaufen. Der Händler mit dem blutenden Zeigefinger war nicht mehr in der Halle, Strongbows Töchter auch nicht, das Hermelinchen vielleicht schon, aber es war weiterhin nicht zu sehen. Die Dienstmagd war allerdings noch zugegen und servierte dem Mann, der am Kopf der Tafel Platz genommen hatte, eben eine Mahlzeit. Aoife wäre beinahe über einen Teppich gestolpert, den man noch nicht ausgerollt hatte, und als sie das Gleichgewicht wiederfand, war die Dienstmagd zur Seite getreten, und sie konnte den Boten erkennen.

Es war Gwalchgwyn.

Er blickte nicht hoch, sondern aß mit gutem Appetit, aß das Essen der Reichen von Dublin, das Fleisch von Seerobben, aß auch das Essen der Hungernden von Dublin, gedünstetes Seegras, aß schließlich das Essen aller Iren – Hammelkeule. Erst tunkte er weißes Brot in ein Silbertöpfchen mit Butter, danach in Honig, der in der Wabe serviert worden war. Ein goldgelber Tropfen perlte auf die Tischplatte.

Könnte man das Hermelinchen mit Honig herbeilocken? Hätte Eirwen Honig geschmeckt?

Aoife vermochte sich nicht daran zu erinnern, sah nur deutlich vor sich, wie sie Gwalchgwyn das letzte Mal begegnet war – im Kerker von Waterford, nachdem er von FitzStephen geschunden worden war. Mittlerweile waren die Blessuren verheilt, doch als er nun doch den Blick hob, erinnerten seine Augen, hässlich und gefühllos, wie sie ihr erschienen, an Narben.

Er hob seinen Kelch, in dem sich *brocoit* befand – blutrotes

Ale, vermischt mit Honig und Gewürzen. »Willst du nicht mit mir trinken?«, fragte er spöttisch.

Sie löste sich aus der Starre, trat langsam auf ihn zu.

Jetzt, du dummes Hermelinchen, wäre der Zeitpunkt, aus deinem Versteck zu kommen und erneut zuzubeißen.

Aber nicht einmal Eirwen hatte Gwalchgwyn seinerzeit gebissen ... sie selbst war diejenige gewesen, die ihn hatte bluten lassen.

»Was hast du getan?«, fragte sie tonlos.

Er nahm ein Stück Leinen und wischte sich den Mund ab. »Ich habe soeben ein vorzügliches Mahl genossen, würde ich sagen.«

»Was hast du getan?«, wiederholte sie.

Er hob entschuldigend die Hände. »Zählt nicht vielmehr, was Henry tun wird?«

Henry ... Henry ... richtig ... der König von England ... der am vergangenen Osterfest seinen Rittern verboten hatte, nach Irland zu gehen, der nicht zuließ, dass neuer Proviant und neue Waffen die Insel erreichten. An dem Tag, als man ihren Vater zu Grabe getragen hatte, war Strongbow deswegen so besorgt gewesen ...

»Mein ... mein Gemahl«, stammelte sie, »er hat doch Hervey von Montemarisco zum König geschickt ... Und dieser hat ihn in Argentan getroffen. Er hat ihm in Strongbows Namen alle irischen Besitzungen anvertraut, ihm den Lehnseid geschworen ... Und ... und Henry gab sich damit doch zufrieden!«

Gwalchgwyn lehnte sich zurück. »Weißt du noch, was ich dir von den walisischen Hexen erzählt habe?«, fragte er mit einem sanften Lächeln.

Sie starrte ihn an, seine Augen waren wieder grau wie Nebel ... jener Nebel, den sich die Hexen als ihre wichtigste Waffe auserkoren hatten. Lautlos, unscheinbar und erstickend war er. Wenn er erst mal einen Krieger eingehüllt hatte, nutzte dem das Schwert nicht mehr, denn wenn er versuchte, die Hexen zu treffen, schlug er sich womöglich den eigenen Arm ab.

»Es gab einen walisischen Helden, Peredur genannt«, fuhr Gwalchgwyn fort. »Er hat gar nicht erst versucht, gegen die

Hexen zu kämpfen, sondern hat sich als ihr Freund ausgegeben, von ihnen gelernt, sich geduldig und willfährig erwiesen, um die Hexen, sobald sie ihm vertrauten, mit ihrem eigenen Wissen zu vernichten.«

»Wie?«, fragte sie. »Wie?«

»Wie Peredur die Hexen besiegte?«

Sie drosch mit der Faust auf den Tisch. »Wie ist es dir gelungen, meinen Mann bei König Henry anzuschwärzen?«

Gwalchgwyn lachte, wie Hexen im Nebel lachen würden – dunkel und hämisch. »Der Nebel kommt nie nur von einer Seite, musst du wissen. Und die Hexen können ihn zwar für ihre eigenen Zwecke nutzen, aber das heißt nicht, dass sie die Macht haben, ihn wabern zu lassen.« Er lachte wieder. »Eigentlich war es Hervey de Montemarisco, der das, was in Irland geschah, hinter Nebelschwaden zu verbergen versuchte. Ich hingegen war der stürmische Wind, der diesen fortblies, sodass Henry die Wahrheit sehen konnte: dass Strongbow die Insel statt für ihn für sich erobern wollte, dass Irland keine Provinz von Henrys Reich bleiben, sondern ein eigenständiges werden würde. Ich musste nicht viele Worte machen, um ihn zu überzeugen, selbst nach dem Rechten zu sehen. Zugute kam mir schließlich auch Thomas Beckets Ermordung.«

Als Gwalchgwyn sich unvermittelt erhob, war Aoife überrascht, wie groß er war.

Er würde keine Mistgabel brauchen, um das Hermelin vom Dachbalken zu jagen ...

»Wer ist Thomas Becket?«, fragte sie verständnislos.

»Ein Bischof, ein Erzbischof sogar. Von Canterbury, einer mächtigen Diözese. Er ist ermordet worden, und weil er mit König Henry im Streit lag, heißt es, dass der seine Hände im Spiel gehabt habe. Ob es stimmt, weiß ich nicht. Ich weiß auch nicht, wer den Nebel zeugt und ob es Hexen wirklich gibt. Ich weiß nur, dass es listige Krieger gibt, die sich selbst im dichtesten Nebel nicht den eigenen Arm abschlagen, sie treffen den Feind.«

»Was ... was hast du nur getan?«

Er zuckte mit den Schultern. »Was Henry im Falle von Thomas Becket getan hat, soll ein päpstlicher Legat prüfen. Und weil der König keine Lust hat, diesem zu begegnen, ist er eilig in Richtung Irland aufgebrochen. Er hat erst die Normandie durchquert, ist dann von Portsmouth nach Gloucestershire geritten, weilt eben noch in Pembroke und wartet auf den richtigen Wind, um nach Irland überzusetzen. Im Übrigen ist er nicht allein unterwegs, er wird von einem riesigen Heer begleitet.«

»Wofür braucht er denn ein Heer?«, rief Aoife. »Die Iren sind doch schon besiegt! Mein Gemahl hat sie besiegt! Dass er Dublin gehalten hat, war für viele ein Zeichen dafür, dass man einem Feind wie Henry nur unterliegen kann. Wo immer sich noch Widerstand regte, in Wexford, Waterford, Osraige oder Leinster, hat er diesen niedergeschlagen. Der König muss das doch anerkennen und ...«

»Oh, ich denke, er ist deinem Mann insgeheim sogar sehr dankbar«, unterbrach Gwalchgwyn sie. »Falls wirklich Thomas Beckets Blut an Henrys Fingern klebt, wird er froh sein, sie nicht noch schmutziger machen zu müssen. Er kann sich einfach zurücklehnen und Ale trinken. Es schmeckt wirklich gut.« Gwalchgwyn setzte sich wieder und trank selbst aus dem Kelch. »Natürlich«, fuhr er fort, »wird Henry seine Dankbarkeit nicht zeigen. Aus all diesen Triumphen wird er sich einen eigenen Lorbeerkranz flechten und darauf achten, dass kein Blättchen für Strongbow übrig bleibt.« Er nahm einen weiteren Schluck. »Peredur hat übrigens nichts weiter getan, als abzuwarten, bis die Hexen sich gegenseitig töteten«, murmelte er, als er den Kelch wieder sinken ließ.

Nur mehr ein paar Tropfen befanden sich noch im Kelch. Wie betäubt starrte Aoife darauf. »Und Henry hat einfach abgewartet, bis die Normannen unter der Führung meines Mannes die Iren besiegten«, murmelte sie. »Henry gleicht Peredur – du tust es nicht!«

»Natürlich nicht«, sagte er gelassen. »Ich bin kein Held und werde keiner mehr werden. Und du bist keine Königin und wirst keine mehr werden. Die Frau eines Mannes, den Henry Verräter nennt, damit niemand auf die Idee kommt, dass er an des Königs statt der Sieger über die Iren ist – das bist du. Aber tröste dich: In England werden Verräter nicht geblendet und nicht immer verlieren sie ihren Kopf. Manche müssen ihr Leben einfach nur im Kerker fristen. Du bist dir ja zum Glück nicht zu schade, einen Kerker zu betreten und einem Gefangenen weiches Brot zu bringen, nicht wahr?«

Aoife warf das weiche Brot, das auf dem Tisch lag, ebenso zu Boden wie die Honigwabe und die abgenagte Hammelkeule, und indes sie Gwalchgwyn den Kelch aus der Hand schlug, ließ dieser auch das zu. Als sie allerdings die Hand hob, um ihm eine Ohrfeige zu versetzen, packte er sie und hielt sie schmerzhaft fest. Sie erwartete, dass er sie nun seinerseits schlagen würde, doch stattdessen zog er sie an sich, umfasste ihren Nacken, zog ihr Gesicht an seines und küsste sie – küsste sie lange und zärtlich und gierig und sehnsüchtig.

Der Kuss schmeckte nicht nach Nebel. Er schmeckte nach Hammel und Seehund und Ale, und vor allem schmeckte er nach Honig.

Ihre Lippen waren wie taub, als sie das Gemach wieder betrat.

Das Leinen, mit dem sie Strongbows Wunde abgetupft hatte, lag auf dem Boden – ihr Gemahl hingegen nicht länger auf der Bettstatt. Er hatte sein Kettenhemd angelegt, ging unruhig im Kreis, während die anderen Männer ganz steif dastanden. Hervey de Montemarisco zählte zu ihnen, Raymond le Gros und ein weiterer Ritter, Gilbert de Boisrohard, von dem es hieß, er sei ein Berater ihres Gemahls, gleichwohl sie diesen noch nie hatte reden hören.

Auch jetzt schwieg er, indes Strongbow sich an Hervey wandte. »Du hast dem König doch versichert, dass ich alle Gebiete und Städte nur für ihn erobert habe!«

Obwohl Aoife Hervey nicht ins Gesicht sehen konnte, war sie sicher, dass er nicht wie üblich lächelte. Ein Mann, dessen Stimme so kleinlaut klang, als er antwortete, lächelte nicht. »Ich habe zwar sehr lange vor ihm gekniet, aber ich fürchte, nicht lange genug für uns beide«, sagte Hervey. »Gewiss habe ich ihm beteuert, dass du dich als sein Lehnsmann betrachtest, später hat er sich allerdings daran erinnert, dass er dir dieses Lehen niemals gegeben hat.«

»Was bedeutet, dass er mich tatsächlich für einen Verräter hält, wie der Bote, den er schickte, sagte!«, rief Strongbow und rang die Hände.

»Der Zorn von Henry gleicht einem Gewitter«, mischte sich Raymond le Gros ein, »es ist heftig, aber es zieht vorbei, und nicht jeder Blitz schlägt ein.«

Strongbow schien wenig getröstet, und auch Hervey blieb bedrückt. »Ein Gewitter könnten wir gut gebrauchen, damit der König sein Schiff nicht besteigt«, murmelte er, »oder wenigstens einen bedrohlichen Sturm. Doch wenn es in diesen Tagen donnert, dann ist es im fernen Rom, wo der Papst Henry des Mordes anklagt. Wenn Thomas Becket noch lebte, würde Henry nie nach Irland aufbrechen. So aber denke ich, dass er lieber als Christ in der Irischen See ersäuft denn als Exkommunizierter. Er muss sich beeilen, um dem Legaten zu entgehen, und du musst dich beeilen, wenn du ihm noch in Wales und nicht erst hier begegnen willst.«

»Ich soll ihm entgegenreisen?«, fragte Strongbow.

Boisrohard hüstelte und bewies nun doch, dass er eine Stimme hatte. »Wenn Henry dich in Irland trifft, gleichst du einem Dieb, der das Diebesgut in den Händen hält. Wenn du mit leeren Händen nach Wales kommst, kannst du ihn vielleicht glauben machen, dass du ihn nicht bestohlen hast, ihn vielmehr mit der Insel beschenken willst.«

»Und wer weiß«, sagte Hervey schnell und versuchte frohgemut zu klingen. »Vielleicht vergibt er dir nicht nur dein eigenmächtiges Handeln, sondern überlässt dir wenigstens eine der Städte.«

Als die Männer den Raum verließen, hatte keiner einen Blick für Aoife übrig. Nur Strongbow blieb kurz vor ihr stehen, sah sie traurig an und küsste sie auf die Stirn. Aoife spürte seine Lippen nicht, die eigenen dagegen, obwohl sie eben noch so taub gewesen waren, begannen zu brennen.

Vom Fenster aus beobachtete sie später das rege Treiben im Hof. Das Pferd war immer noch oder schon wieder gesattelt,

Basilia und Adeline nahmen schluchzend Abschied von ihrem Vater, und auch sie küsste er auf die Stirn. Nach Strongbow trat Gwalchgwyn in den Hof, blickte hoch, erkannte sie. In seinen Augen las sie nur Verachtung, in ihren, das konnte sie nicht verhindern, stand so viel Sehnsucht.

Es war so schön gewesen, ihn zu küssen. Es war so schön gewesen, seinen festen Griff zu fühlen. Es war so schön gewesen, lebendig zu sein.

Noch während sie ihn anstarrte, kam der Händler die Treppe hochgeschnauft, den Käfig in der Hand, in den er wieder das Hermelinchen eingesperrt hatte, ohne dass es ihm die zweite Hand blutig gebissen hatte.

»Es hat sich unter dem Tisch verkrochen, ich selbst habe es dort gefunden. Was soll mit ihm geschehen?«

Das Hermelinchen hatte winzige Augen. Ob sie ängstlich oder bösartig blickten, wusste Aoife nicht, nur dass es nichts mit Eirwen gemein hatte.

Ich könnte es töten lassen. Ich könnte mich von ihm beißen lassen.

Beides vermochte sie nicht zu tun, solange ihre Lippen noch nach Honig schmeckten.

»Lass es frei …«, befahl sie. »Lass es so schnell wie möglich frei.«

CAITLÍN

Das Sieb war verklebt. In den kleinen Löchern, die man in das Stück Blei gestanzt hatte, war zu viel Kleie stecken geblieben, weswegen kein Mehl mehr durchrieseln konnte. Paitíns Schwester Radha hatte zwar versucht, es auszuspülen, doch die aufgequollenen Fasern verstopften die Löcher erst recht.

»Versuch es damit«, sagte Caitlín und gab dem Mädchen eine Nadel, um mit dieser die Löcher zu durchstoßen.

Radha nickte dankbar, und wenig später erklang der Singsang, der stets ihre Arbeit begleitete. Sie hatten lange nach einer gesucht, die die Gelähmte auch im Sitzen auszuführen imstande war, wollte sich diese doch unbedingt nützlich machen, und seit Radha es zu ihrer Pflicht erklärt hatte, das Mehl zu sieben, klangen ihre Lieder fröhlich wie nie.

Caitlín konnte dem Gesang nicht lange lauschen, denn eben trat Rún zu ihr.

»Es gibt ein Problem mit der Mühle«, erklärte sie, »der obere Mühlstein will sich einfach nicht drehen.«

Caitlín nickte und blickte wie Rún auf den Fluss, über den einst die beiden Krieger gekommen waren, um Connor MacMurchada zu töten. Nachdem Ailillán und sie ihn begraben hatten, hatten sie in der Nähe eine Furt gefunden, doch anstatt den Fluss zu überqueren, hatten sie sich dort angesiedelt.

»Der König von Connacht kann uns nicht alle aufnehmen«, hatte sie später den Menschen, die sie begleitet hatten, ebenso erklärt wie jenen, in deren Gefolge Ailillán geflohen war. »Und erst recht kann er uns nicht alle ernähren. Das müssen wir schon selbst tun.«

»Aber wie?«, hatte die alte Ealga gefragt. »Der Boden ist zu sumpfig. Wenn die Schafe das feuchte Gras fressen, quellen ihre Bäuche auf, und wenn wir versuchen, die Reste des Saatguts zu säen, wird dieses verfaulen.«

»Der Fluss könnte uns ernähren.«

»Bisher wusste ich nur, dass Wasser den Durst löscht, nicht, dass es den Hunger stillt.«

»Oh, Wasser hat sehr viel Kraft. Es vermag Radschaufeln drehen zu lassen. Und diese Radschaufeln könnte man an Mühlsteinen befestigen. Wir brauchen zwei von ihnen, die wir auf einem Schaft befestigen, und zwar so, dass sich nur das eine bewegt – das untere nämlich –, das obere hingegen nicht.«

Ealga hatte Caitlín verständnislos angestarrt, Paitíns Mutter Bronagh aber hatte gerufen: »Sie will eine Mühle errichten! Damit die Menschen aus Connacht und Breifne hier ihr Getreide mahlen und uns dafür einen Teil überlassen!«

Nicht alle hatte sie mit ihrem Plan überzeugt. Etliche der Flüchtlinge hatten ihre Schafe durch die Furt getrieben. Doch Ealga war ebenso bei ihr geblieben wie Rún und Bronagh mit ihren Kindern, außerdem jener Bauer, der einst am See die Sense geschliffen hatte, die Frau, die das Nähzeug besessen hatte, und zwei weitere Familien. Und natürlich war Ailillán nicht von Caitlíns Seite gewichen.

»Eine Mühle zu errichten, ist eine gute Idee«, hatte er erklärt und nie laut ausgesprochen, dass er wusste, warum sie unbedingt in der Nähe des Flusses bleiben wollte. Nicht aus Angst davor, dass Ruari O'Connor sie nicht aufnehmen und ernähren könnte, sondern davor, dass der Hochkönig Ailillán ein Schwert in die Hand drücken würde. Ohne dieses blieb er ein Bauer. Oder nein, er wurde zum Müller, der so gewissenhaft seine Arbeit verrichtete, dass alle, die kamen, nichts anderes in ihm sahen – Pächter der namhaften Familien Connachts nämlich, deren Söhne Ruari einige Monate zuvor in den Osten gefolgt waren, um die Normannen zu vertreiben.

Caitlín versank bis zu den Knien im schlammigen Wasser, als sie prüfend die Mühlsteine betastete. Tatsächlich drehte sich der eine nicht mehr, und sie bückte sich, griff ins Wasser und zog etwas heraus, das zwischen die Radschaufeln geraten war – eine kleine hölzerne Figur, die keine Nase und keinen Mund hatte, aber riesige Augen und einen langen Bart.

»Es werden immer mehr«, murmelte Rún.

Caitlín nickte. Die hölzernen Figuren wurden nach einem alten Brauch in den Fluss geworfen, auf dass sich die Göttin, die dort wohnte, gnädig erwies. Nachdem der Hochkönig die Schlacht um Dublin verloren hatte, hatten die Menschen ihr Vertrauen in Gott verloren.

Kraka hätte sich darüber gefreut, doch Caitlín sorgte sich. *Was soll eine Flussgöttin schon mit Holzfiguren anfangen, wenn sie selbst doch aus Wasser besteht? Und was sollen wir mit einer Mühle anfangen, wenn kein Getreide mehr geerntet wird?*

Den ganzen Sommer über hatten sie Vorräte gesammelt – Beeren, Äpfel und Pilze, die sie wie die im Fluss gefangenen Fische in einem kleinen Räucherhaus trockneten –, aber Caitlín war nicht sicher, ob diese reichen würden. Ihre kleine Gruppe würde vielleicht satt werden, allerdings nicht jene, die sie um Hilfe anflehten und die auch ihr nichts anderes anzubieten hatten als Holzfiguren und ein dankbares Lächeln. Als sie sich hier niedergelassen hatten, hatte Caitlín zu wenig bedacht, dass fast alle Flüchtlinge diese Furt hier suchten und dass sie nach und nach zu einem Strom anwuchsen, der den breiten Fluss wie ein Bächlein anmuten ließ.

»Brauchst du Hilfe?«, hörte sie eine Stimme.

Sie reichte Rún die Figur, auf dass sie sie zu den anderen stellte, und wandte sich an Ailillán, der wie so oft lautlos näher getreten war.

»Nein«, sagte sie, »sieh doch, die Mühlsteine drehen sich wieder.«

Er lächelte schüchtern, sah ihr aber nicht in die Augen. Das schaffte er nur, wenn er nicht lächelte. Manchmal sehnte sie sich nach dem Tag, da er beides gleichzeitig können und sein Lächeln zudem ein strahlendes sein würde. Manchmal wünschte sie dagegen, dass dieser Tag noch lange nicht kommen würde, damit das Morgen etwas bieten konnte, worauf man sich freute, nicht nur etwas, das man fürchtete. Und ja, sie freute sich auf den Augenblick, da zwischen den Mahlsteinen des Lebens jeglicher Panzer um sein Herz zersprang wie die Getreideschalen und das, was zurückblieb, weich und nahrhaft sein würde.

Ailillán streckte ihr die Hand hin, um ihr aus dem Wasser

zu helfen, doch sie war zu stolz, um seine Hilfe anzunehmen. Als sie allerdings auf dem Stein ausrutschte und er sie packte, war sie ihm dankbar, wenngleich auch ihr Lächeln schüchtern blieb und sie seinem Blick auswich wie er dem ihren.

Wenig später wandte er sich wieder seinem Tagwerk zu. Er bestrich die Wände ihrer Hütte mit Schlamm, weil sie keinen Lehm hatten, schor ein paar Schafe, die noch ihr Fell trugen, und stach etwas Torf, den Paitín in der Nähe ihrer Siedlung gefunden hatte.

Wenigstens werden wir im Winter nur hungern, nicht frieren, dachte Caitlín und fröstelte gleichwohl. Das Wasser war jetzt, Anfang November, deutlich kälter als noch wenige Wochen zuvor. Nur Radha schien das nichts auszumachen, denn sie hielt ihre gelähmten Beine immer noch singend in die Fluten. Als jedoch ein wimmernder, klagender Tonfall ertönte, verstummte sie.

»Wie viele es wohl dieses Mal sind?«, fragte Rún zweifelnd.

Caitlín seufzte, als sie lauschte. »Ich fürchte, mehr als ein Dutzend«, sagte sie, noch bevor hinter den Bäumen die ersten Flüchtlinge zu sehen waren. Sie schämte sich, weil sie kurz die Hoffnung hegte, dass ein paar Kinder, die von ihren Müttern getragen wurden, bereits tot waren, und sie schämte sich noch mehr, weil ihr erster Befehl lautete, die Vorräte zu verstecken. Hastig wandte sie sich danach an Bronagh, um ihr aufzutragen, die Gerstensuppe mit Wasser und ein wenig Laub zu strecken. »Wer weiß, vielleicht reicht sie dann für alle.«

»Paitín hat heute einen Fisch gefangen«, sagte Bronagh stolz. »Er hat viele Zähne und ist sehr dick.«

»Meine Tante Kraka meinte stets, dass man keinen Fisch essen dürfe, der viele Zähne habe, weil das Unglück bringe. Und meine Mutter sagte immer, dass man nur Fleisch in die Gerstensuppe geben dürfe, keinen Fisch.« Caitlín seufzte wieder. »Aber nun gut. Schneide den Fisch klein und gib ihn in die Brühe.«

Wenig später fütterte sie eine Frau, die es zwar bis zum Fluss geschafft hatte, sich dort aber auf die weißen Steine hatte fallen lassen, alle Glieder von sich gestreckt. Sie konnte den Kopf gerade noch heben, um etwas zu essen zu erflehen, nur nicht die Hände, um es entgegenzunehmen.

Caitlín setzte sich mit einer Suppenschüssel, aus der sie eigentlich selbst gerade hatte essen wollen, neben sie.

Wenn ich nicht schufte, sondern mit ihr plaudere, verschwende ich schließlich weniger Kräfte und brauche auch nicht so viel zu essen.

Nicht, dass die Frau sofort zu reden imstande war. Fünf Löffel lohnte sie nur mit einem Ächzen, den sechsten mit einem Würgen.

»Dein Magen ist Suppe nicht gewohnt«, sagte Caitlín, »er verträgt sie nicht.«

»Und ich bin Mitleid nicht gewohnt, das ertrage ich noch weniger.« Nun konnte die Frau erst recht nicht reden, weil sie so bitterlich weinen musste. Caitlín strich ihr behutsam über den Rücken.

»Dublin, so heißt es, sei immer noch in Normannenhand, und Ruari, so heißt es auch, sei nackt vom Schlachtfeld geflohen«, sagte sie. »Weißt du, ob er wieder nach Connacht zurückgekehrt ist?«

Die Frau schnaufte und röchelte eine Weile, nahm noch einen Löffel und stieß endlich ein paar mehr Worte aus. »Ich weiß nur, dass alle anderen Könige Irlands vor Henry knien.«

»Dem König von England?«, fragte Caitlín erstaunt.

»Er behauptet, er sei nun – nach Diarmaits Tod, dessen Lehnsherr er letztlich war – auch der König von Irland. Mit vierhundert Schiffen ist er eingetroffen, man konnte hinter den Segeln kaum mehr das Meer ausmachen.«

»Und diese Schiffe waren voller Ritter?«

»Auch. Aber als Erstes haben sie nicht ihre Waffen an Land gebracht – die brauchten sie ja nicht mehr, weil niemand gegen sie zu kämpfen versuchte –, sondern Äxte und Spaten, Schaufeln und Bretter, Hämmer und Nägel, um damit Burgen zu errichten.«

Nun nahm Caitlín einen Löffel Suppe. »Ach, all das könnte ich auch gut gebrauchen, da der Winter naht.«

»Oh, ich hoffe, der Winter wird kalt, dann bleibt König Henry in Wexford oder Dublin und kommt nicht auch nach Connacht.«

»Das hoffe ich ebenso«, sagte Caitlín und fütterte die Frau weiter. Diese weinte eine Weile aus Dankbarkeit, erbrach sich schließlich und weinte nun aus Scham. Caitlín beklagte im Stillen die Verschwendung, aber als sie sich über eine zweite Frau beugte, die kraftlos auf den Steinen hockte, war ihr Mitgefühl wieder größer als die Vernunft.

Die Frau öffnete ihren zahnlosen Mund. »Ich kann die Gerste nicht kauen, ich brauche etwas Weiches.«

Dann ist ein Fisch, der viele Zähne hat, genau das Richtige, dachte Caitlín, doch solange sie auch in der Schüssel rührte – sämtliche Brocken vom Fisch waren bereits verzehrt.

Sie erhob sich, um zu sehen, ob noch etwas im Topf war, und auf dem Weg zur Feuerstelle zählte sie die Menschen, die weiterhin herbeiströmten. Es waren mehr als ein Dutzend, sie würden höchstens noch zwei oder drei satt bekommen. Gut nur, dass nicht alle verweilten und um eine Stärkung flehten, sondern etliche gleich den Fluss überquerten. Letztens war ein Greis dabei ertrunken, und Caitlín hoffte, dass dies nicht wieder geschehen würde. Der Knabe, der eben ins Wasser stieg, sah nicht so aus, als könnte ihn dieses mit sich reißen. Er war stark ... und unglaublich verdreckt. Kaum dass er ins Wasser trat, färbten sich die Fluten grau, und als sie ihm bis zur Hüfte stiegen, wurden sie gar schwarz. Er wird noch alle Fische vertreiben, selbst die mit den Zähnen, dachte Caitlín verdrossen.

Der Knabe ließ sich indes ganz ins Wasser gleiten, und als er wieder auftauchte, sah Caitlín, dass das vermeintlich schwarze Haar rotbraun war und die Gesichtshaut rosig, wenn auch eine Wange vernarbt war. Und die nasse Tunika haftete am Körper, sodass sich deutlich Brüste abzeichneten.

Der Knabe war also eine Frau, was gut war. Schließlich aßen Frauen weniger. Wobei diese hier ja gar nichts gegessen hatte. Caitlín hatte sich abgewandt, als jäh eine Stimme sie innehalten ließ – die Stimme des Mannes, der der Frau gefolgt war. Er war ebenfalls sehr schmutzig, wusch sich aber nicht.

»Du solltest deinen Kopf nicht unter Wasser tauchen. Die Strömung könnte dich erfassen, und du kannst ja immer noch nicht schwimmen.«

Die junge Frau spritzte ihn nass. »Dann bring es mir doch endlich bei.«

»Bis jetzt hab ich dir noch nicht einmal beibringen können, einen Fisch zu fangen, weil du viel zu ungeschickt bist. Wie soll ich darauf hoffen, dass du ein solcher werden könntest?«

Die Frau bespritzte ihn wieder. »Dir selbst ist doch ein Fisch entglitten, weil er so glitschig war.«

»Nun, dich fangen und ins Wasser tauchen, könnte ich schon.«

»Versuch's doch.«

Und wieder wühlte die junge Frau das Wasser auf, und wieder dachte Caitlín, sie wird noch die Fische vertreiben. Es war das Einzige, was sie dachte, ansonsten war ihr Kopf leer, und ihre Hände fühlten sich wie betäubt an. Auch ihre Beine bewegten sich nicht ... flohen nicht.

»Etwas Weiches«, sagte sie leise zu Paitín. »Die Frau dort hinten braucht etwas Weiches zu essen. Sie hat keine Zähne.«

Paitín sah sie fragend an, doch als sie bekräftigend nickte, fügte er sich und ging davon. Ihre Gedanken schienen indes zwischen zwei Mühlsteine geraten zu sein, die klemmten und sich deshalb nur ganz langsam bewegten.

Wie widersinnig ... wie widersinnig die Welt ist ... Ein Fisch hat Zähne, während sie einer Frau fehlen. Ein Knabe ist in Wahrheit eine junge Frau ... Und Ascall, Ascall, den alle für tot hielten, lebt. Ja, Ascall lebt, Ascall lebt, Ascall lebt!

Erst als er und die junge Frau das andere Ufer des Flusses erreichten, dort ihre Kleidung auswrangen und sich umblickten, konnte sie sich aus der Starre lösen.

Gütiger Gott! Hatte Ascall sie schon gesehen? Erkannte er sie nun, da sich ihre Blicke trafen? Nur kurz, denn endlich duckte Caitlín sich, drehte sich um, entfernte sich rasch vom Fluss. Irgendjemand fragte sie etwas, vielleicht Paitín, vielleicht Rún. Sie erkannte die Stimme nicht, war sich nicht einmal sicher, die von Ascall zu erkennen. War er es etwa, der laut ihren Namen rief? Sie wollte sich nicht umdrehen, um es herauszufinden.

»Ich bin gleich zurück«, sagte sie, ohne den Kopf zu heben, und rannte davon.

Es scheint wohl mein Schicksal zu sein, dann und wann vor einem der beiden Brüder davonzulaufen.

Vor Ailillán war sie damals geflohen, weil der sie tot hatte sehen wollen.

Vor Ascall floh sie, weil der sie für tot halten sollte.

Caitlín lief an den Hütten vorbei, ließ den Fluss hinter sich, eilte weiter, bis sie auf ein großes Moor stieß und darin stecken blieb. Sie zog den Fuß aus dem Morast, um den nächsten Schritt zu tun, aber hielt inne, als ein gefährliches Gluckern ertönte. In der Luft hing der Geruch nach Schwefel. Mit schlammverschmierten Füßen kehrte sie zurück zum Fluss, um die Siedlung machte sie einen großen Bogen. Immer weiter ging sie am Ufer entlang, kämpfte sich durch Bäume und dorniges Gebüsch. Unter einer Trauerweide blieb sie erstmals stehen und fasste wieder einen klaren Gedanken.

Ich hätte vorhin etwas mehr Gerstensuppe essen sollen, dann wäre ich jetzt nicht so hungrig, dachte sie. Ich hätte wenigstens nicht von der Siedlung weggehen sollen ohne etwas, womit ich mir Essen beschaffen kann – vielleicht ein Messer.

Allerdings konnte sie keine Tiere jagen, wie Ailillán es manchmal tat. Sie konnte noch nicht einmal ein Tier schnitzen. Ascall hatte es ihr einmal gezeigt, aber am Ende hatte er die Holzfigur verbrannt.

Caitlín glaubte die Hitze des Feuers noch zu spüren, obwohl es immer kälter wurde und es bald nicht nur unter der Trauerweide finster sein würde, auch unter freiem Himmel. Wuchsen an der Trauerweide nicht weiße Beeren, die bitter schmeckten? War es möglich, ohne ein Messer zu überleben?

Sie tastete die Äste ab, fand keine Beeren, weder bittere noch saure, auch keine scharfen oder salzigen ... Nein, sie würde nicht überleben, wenn sie nicht zurückkehrte, nicht so, wie Ascall überlebt hatte ... Wussten die Götter, warum ... Und trotzdem drehte sie sich nicht um, sondern ging weiter und weiter. Sie erkannte kaum mehr die Hand vor den eigenen Augen, was sein Gutes hatte. So musste sie nicht die Dornen sehen, in die sie trat, folglich keine Angst vor dem Schmerz haben, ihn einfach nur ertragen. Bald hatte sie Kratzer an den Oberarmen, an den Beinen und auf der Stirn.

Nun ja, falls sie kaum mehr ein Fleckchen heile Haut hätte, würde Ascall sie nicht erkennen. Wobei eigentlich gar nicht zählte, ob Ascall sie erkannte, eher, ob Ailillán ihm begegnen würde. Vielleicht war das längst geschehen, und sie ... sie hatte nichts getan, um es zu verhindern!

Schilfhalme knackten unter ihren Füßen. Caitlín blieb stehen, drehte sich unschlüssig um. Machte etwas entschlossener einen Schritt. Blieb wieder stehen, weil es raschelte, obwohl sie auf schlammigem Boden stand. Und nicht nur ein Rascheln war zu hören, auch ein Fluch.

»Diese verdammten Dornen!«, stieß jemand aus. Das Blut, das über ihre Beine lief, weil sie ebenfalls von diesen Dornen gestochen worden war, war längst erkaltet. Die Erkenntnis, wer ihr gefolgt war, durchzuckte sie hingegen siedend heiß.

»Verdammt!«, wetterte er. Sie erkannte seine Stimme sofort. Sie war ihr sogar sehr vertraut, weil sie sie einst so gefürchtet hatte. Jetzt war kein Platz für Furcht. Als sie sah, wie Ascall erneut an einer dornigen Ranke hängen blieb, musste sie schallend lachen. Er trat die Ranke auf den Boden, musterte sie mit dem unruhigen Blick, der nirgendwo lange verharrte. Im ersten Moment las sie Misstrauen darin – schien er bis jetzt doch nicht gänzlich sicher zu sein, dass er wirklich seiner Ehefrau nachgerannt war. Doch dieses schwand, und zurück blieb nur Ärger über ihren Leichtsinn. »Bist du verrückt, dich ohne Dolch in der Wildnis herumzutreiben?«, fuhr er sie wütend an.

Caitlín hörte zu lachen auf. »Ich wäre erst recht verrückt, wenn ich einen Dolch hätte und diesen gegen dich erheben würde. Und du bist der Einzige, der mich hier in der Wildnis bedroht.«

Ehe er seinen Blick senkte, las sie etwas darin, das sie an ihm nicht kannte: Verlegenheit. »Ich bedrohe dich doch nicht. Ich bin lediglich überrascht, dass du noch lebst.«

»Ganz meinerseits«, sagte sie, und ihr Atem beruhigte sich etwas, während auch sie ihn eingehender betrachtete.

Sein Haar und sein Bart waren verfilzt, die Haut ledriger als früher, die Haltung etwas gebeugter. Er sah aus, als hätte ihn der Tod mehr als nur einmal zwischen den Zähnen gehabt und wieder ausgespuckt ... so wie sie selbst.

Der Tod mag uns nicht. Oder wir beide mögen den Tod nicht. So oder so, es kommt aufs Gleiche raus.

Unvermittelt hob er seinen Kopf, machte einen Satz auf sie zu und packte sie an den Schultern, und obwohl sie sich genau dagegen gewappnet hatte, überlief es sie kalt.

»Sagtest du nicht eben, dass du mich nicht bedrohen willst?«, fragte sie und hoffte, der Spott würde ihre Angst übertönen.

Er schien für beides taub zu sein, denn sein Griff wurde fester. »Ailillán! Weißt du etwas von ihm?«

Sie schluckte. »Nur dass Cormac ihn getötet hat.«

Dass er sie im Schmerz nicht gleich erwürgte, zeigte ihr, dass diese Nachricht nicht überraschend kam. Sein Griff lockerte sich sogar ein wenig.

»Hast du seinen Leichnam gesehen?«

Sie atmete tief durch. Jetzt klangen weder Spott noch Angst durch ihre Stimme, nur Entschlossenheit. »Ja«, sagte sie leise. »Ja.«

Ascall sog scharf den Atem ein und hielt ihn an. Als er wieder nach Luft schnappte, fühlte es sich wohl an, als würde er Feuer schlucken, und der nächste Atemzug schien seine Kehle mit Asche zu füllen. Beim dritten wurde seine Miene jedoch schon ausdruckslos. Er ließ sie los, trat zurück, schien zu betäubt, um auf die dornigen Ranken zu achten, und blieb einmal mehr daran hängen. Dieses Mal fluchte er nicht.

»Wer ist die Frau, die dich begleitet?«, fragte sie.

Die Dornen schnitten sich tief in sein Fleisch, doch er ließ sich den Schmerz nicht anmerken. »Das geht dich nichts an«, knurrte er verdrossen.

»Ich bin deine Ehefrau.«

»Wir haben diese Ehe doch beide nicht gewollt.«

Nun, aber entführen wolltest du mich. Schänden, demütigen, mich für den Fehler meines Vaters strafen.

Als sie ihn allerdings ansah, fühlte sie, dass kein Hader mehr in ihr wohnte, keine Furcht, auch kein Hass, weil Ascall Riacán getötet hatte. Was ihn genau für sie zu einem Fremden machte, wusste sie nicht – nur dass sie nicht dem Ascall von einst gegenüberstand.

»Aber Tigernán wollte sie«, sagte sie ruhig.

»Tigernán hat, wenn er überhaupt noch lebt, im Moment andere Sorgen. Und in Irland ist es erlaubt, Ehen aufzulösen.«

Caitlín zuckte mit den Schultern. Colum, der Rechtsgelehrte der O'Bjólans, würde mehr darüber wissen. Was wohl aus ihm geworden war? Ob er irgendwo noch in Ruhe seine Nickerchen machen durfte oder für ewig eingeschlafen war?

Sie verdrängte die Erinnerungen. »Was schlägst du vor?«, fragte sie.

Eine Weile ging Ascall unruhig im Kreis. »Es … es genügt doch gewiss, wenn wir einfach bekunden, dass wir einander nicht länger Mann und Frau sein wollen.«

Sie nickte, blieb aber stumm – genau wie er. So oft wie sie während ihrer Ehe geschwiegen hatten, erschien es ihr passender, diese Ehe mit einem Schweigen zu beenden, und ihm wohl auch. Ihr lag lediglich auf den Lippen, spöttisch zu fragen: Na, soll ich lieber die Augen schließen wie in den Stunden, da ich unter dir lag?

Aber im trüben Licht des sterbenden Tages war sie ohnehin fast blind. Ascall drehte sich unvermittelt um und ging davon – wie immer mit diesem gehetzten Schritt und den etwas hängenden Schultern, wobei ein Arm, wie sie feststellte, tiefer als der andere hing. Ob der ihm Schmerzen bereitete oder die Dornen, auf die er nun wieder trat, konnte sie nicht erkennen, nur dass er, ehe er mit der Dunkelheit verschmolz, noch einmal stehen blieb.

»Der Winter naht«, sagte er, ohne sich umzuwenden, »und das ist eine harte Zeit. Wirst du … wirst du überleben?«

Sie folgte ihm drei Schritte. »Ich habe unsere Ehe heil überstanden, das ist schon mal eine gute Voraussetzung, oder nicht?«

»Ich hätte dich nie getötet.«

Na, mir fiele einiges ein, was deine Meinung ändern würde.

Laut sagte sie aber nur: »Ich werde es schaffen. Auch ohne Dolch.«

»Ich habe dir doch damals einen gegeben! Wie dumm musst du gewesen sein, ihn zu verlieren!«

Sie deutete auf seinen Gürtel. »Du trägst auch nur ein Schwert und keinen Dolch.«

Nun drehte er sich doch um, und seine Lippen verzogen sich zur Andeutung eines Lächelns. »Deshalb hat es vielleicht doch sein Gutes, dass du keinen bei dir trägst. Sonst müsste ich ihn dir wegnehmen.«

Ohne dass sie es wollte, lächelte auch sie. »Um damit zu schnitzen?«, fragte sie.

»Nein. Um wie du den Winter zu überleben.«

Sie lächelten nicht mehr, starrten sich nur schweigend an, dann ging Ascall endgültig davon.

Zunächst waren seine Schritte lauter als ihr dröhnendes Herz, wenig später leiser, zuletzt hörte sie gar nichts mehr, zumindest wenige Atemzüge lang. Dann waren unvermittelt neue Schritte zu vernehmen, nur dass sich diese nicht entfernten, sondern auf sie zukamen, aus fast derselben Richtung wie der, in die Ascall verschwunden war.

Es waren schnelle Schritte, viel schnellere als die, die Ailillán für gewöhnlich machte, schmerzte doch die einstige Wunde immer noch. Und doch war er es, der sie wenig später erreichte.

»Ailillán ...«

»Caitlín! Was machst du hier?« Anstatt etwas zu sagen, eilte sie zu ihm und umarmte ihn. Nicht, dass sie ihn würde festhalten können, wenn er Ascall nacheilen wollte. Doch weder kam der zurück noch schien Ailillán zu wissen, wie nah der totgeglaubte Bruder war. Als er sich von ihr löste, tat er das nur, um ihr ins Gesicht zu schauen, und seine Miene war besorgt wie nie. »Caitlín!«, sagte er und rang nach Atem. »Ich suche dich seit Stunden. Als ich deinen Spuren folgte, musste ich fürchten, du wärest im Moor ertrunken.«

Auch der nächtliche Himmel glich einem schwarzen Moor. Nicht nur alle Sterne hatte er verschluckt, sogar den Mond. Allerdings gab er Letzteren bald wieder frei. Sobald eine besonders dicke Wolke an ihm vorbeigewandert war, fiel sein fahles Licht auf die Erde.

Keine Sorge stand nun in Aililláns Blick, nur Erleichterung, und diese war so groß, dass er sie zugleich ansah und anlächelte. Brach etwa der Panzer um sein Herz zwischen den Mühlsteinen des Lebens, und war das, was herauskam, reinlich weiß wie das Mehl und nicht beschmutzt vom Wissen, was er und sie getan hatten?

Aber wie soll man denn sauber bleiben, wenn doch der Nachthimmel einem Moor gleicht und man schon vom Hochschauen schmutzig wird?

Caitlín fürchtete allerdings nicht den Schmutz, sie fürchtete nicht die nächtliche Kälte, sie fürchtete nur, dass Ailillán Ascall begegnete. Hastig umschlang sie seinen Körper, wie sie ihn nie umschlungen hatte, hob den Kopf und küsste ihn, wie sie ihn noch nie geküsst hatte.

Als sie auf den Boden sanken, hatte sie kurz Angst vor den Dornen, doch sie kam weder auf diesen noch im Schlamm zu liegen, sondern auf weicher Erde. Ein Glucksen kam aus ihrem Mund, verriet jedoch nicht, ob sie lachte oder weinte. Sie wusste es selbst nicht.

Ailillán weinte oder lachte nicht, er lächelte auch nicht länger. Seine Züge wurden vom gleichen Hunger verzerrt, wie sie ihn fühlte, von Lust und Pein zugleich.

So sieht er aus, wenn er tötet.

So sieht er aus, wenn er liebt.

Sie schob ihr Kleid hoch, was leicht gelang, weil es aufgerissen war. Etwas länger dauerte es, Ailillán aus seinem Gewand zu helfen. Danach fehlte ihm die Geduld, behutsam in sie einzudringen. Kurz tat es so weh, als wollte er sie töten. Doch als er sich zurückzog, erneut in sie eindrang, dieses Mal etwas behutsamer, da fühlte es sich so köstlich an, als liebte er sie.

Eine Weile blieb sie reglos unter ihm liegen und genoss seine Nähe, aber nach einer Weile schob sie ihn von sich, wälzte ihn auf den Rücken und kam auf ihm zu sitzen, allerdings nicht, um zu töten und zu lieben, sondern einfach nur, um zu vergessen, wer sie war. Sie blickte zum Mond, während sie ihn tiefer und tiefer in sich aufnahm – in ihren Körper wie in ihrer

Seele –, bis plötzlich kein Platz mehr für sie blieb, sie mit einem lauten Stöhnen ihren Leib zu verlassen schien.

Kann ich fliegen, oder ertrinke ich nur?

Als sie sich auf Ailillán sinken ließ, war seine Haut weich und sein Lächeln warm.

»Ailillán«, sagte sie.

Eng umschlungen blieben sie liegen. Solange sie in den Himmel starrten, schwiegen sie. Doch als sie sich ansahen, schwand sein Lächeln, und er öffnete den Mund.

Sie war sicher, er würde nun ihren Namen aussprechen wie sie den seinen. Doch der, der über seine Lippen kam, war ein anderer.

»Ascall«, sagte er schlicht, »Ascall.«

Ruckartig fuhr sie hoch, löste sich gänzlich von ihm. Ihr Körper gehörte wieder ihr ganz allein ... genau wie ihre Seele.

»Ascall?«, entfuhr es ihr.

Anders als sie blieb er noch liegen, gönnte sich noch ein paar mehr dieser gestohlenen Augenblicke.

»Er weiß nicht, dass ich noch lebe, aber dich hat er erkannt, nicht wahr?«, bemerkte er ruhig. »Du bist vor ihm davongelaufen, und er hat dich eingeholt. Allerdings nur, um dich freizugeben so wie du ihn.«

»Du ... du hast ihn gesehen?«

»Du hättest mir verschwiegen, dass er noch lebt, oder?«, gab er zurück.

Caitlín sagte nichts, es war nicht notwendig. Eigentlich war es auch für ihn nicht notwendig, etwas zu sagen, aber er tat es trotzdem, als er sich erhob und sich wieder ankleidete. »Ich muss zu ihm.«

Ihr Rücken schmerzte, als auch sie aufstand. Vielleicht hatte sie doch auf Dornen gelegen und es nicht gemerkt. Vielleicht hatte sie auch Dornen geschluckt, sonst täte es nicht so weh zu sagen: »Ich weiß.«

»Er ist mein Bruder.«

»Ich weiß.«

Ailillán band sich seine Hose zu und zog sie sodann unvermittelt an sich, um ihr mit dieser Umarmung noch ein wenig

Wärme zu schenken, wenn auch nicht länger die Gewissheit, dass ihm die letzten Monate, da sie wie das einfache Volk geschuftet hatten, so teuer waren wie ihr.

Mehl sind sie, weißes, reinliches Mehl, und der Nachtwind ist scharf und kalt.

»Ich weiß«, wiederholte sie, »er kommt immer zuerst.«

Er schüttelte den Kopf. »Damals auf Dún Fionn habe ich dich vor ihn gestellt, und danach hätte dein Bruder ihn beinahe getötet. Und du hättest beinahe mich getötet. Jetzt ... jetzt habe ich eine neue Chance bekommen. Ich habe ihn als Kind so oft im Stich gelassen, so oft verraten ... Ich habe ihn allein unseren Vater töten lassen, ich habe ...«

»Du hast genug dafür gebüßt! Genug getötet!«

»Aber ich habe Ascall nicht genug gezeigt, wie sehr ich ihn liebe.«

»Mir hast du das auch nicht gezeigt«, rief sie. »Warum bist du mir überhaupt gefolgt, nachdem du ihn erkannt hast? Warum hast du bei mir gelegen?«

Er fuhr ihr durchs Haar, küsste sie ein letztes Mal. »Ich wollte sicher sein, dass es dir gut geht, ehe ich dich verlasse. Ich wollte mich davon überzeugen, dass du nicht länger Ascalls Frau sein musst, weil das niemals deine Wahl war. Und ich wollte, dass du mir einmal ganz gehörst.«

»Ich könnte dir für immer gehören. Ich wäre gern die Frau eines Bauern ... eines Müllers ... eines Schafzüchters ...«

Er ließ sie abrupt los, ging davon, die Schwärze verschluckte ihn. Die letzten Worte, die er ihr über die Schultern zurief, klangen hilflos wie die eines Ertrinkenden.

»Aber das alles bin ich nicht«, sagte er. »Ich bin Ascalls Bruder.«

Als sie ihm nachstarrte, fühlte es sich nicht mehr an, als hätte sie Dornen geschluckt. Die Trauer glich zwei dunklen Händen, die an ihren Hals fuhren, ihn umklammerten, ihr die Luft nahmen. Wieder schien ihre Seele aus dem Körper zu fliehen, und die Seele konnte weder fliegen noch schwimmen.

Überleben aber, wie sie es auch Ascall beteuert hatte, konnte sie gleichwohl.

Nein, die schwarzen Hände der Trauer erwürgten sie nicht. Auf den Boden stießen sie sie nunmehr, wenn auch nicht für lange. Sie würde sich wieder hochkämpfen. Sie würde die Dornen zertreten. Sie würde sich von den Mühlsteinen des Lebens nicht zermalmen lassen.

Caitlín beschloss zu warten, bis der Morgen graute. Als es so weit war, wartete sie, bis der Tag vorbei war und sich Dämmerung über das Land senkte. Der Hunger wuchs, sie starrte auf den Fluss.

Ich sollte lernen zu fischen.

Paitín könnte es ihr beibringen, doch als sie zurück zur Siedlung ging, traf sie dort nicht ihn als Erstes, sondern Rún.

»Gottlob, Herrin, du bist zurück!«, rief sie erleichtert, um schon im nächsten Augenblick erschrocken aufzuschreien, als sie die blutigen Kratzer sah.

»Es ist nicht so schlimm«, sagte diese, »und ich bin niemandes Herrin.«

»Und Ailillán? Er … er ist wie du einfach verschwunden. Ist er bei dir?«

»Nein …«, sagte Caitlín.

Rún stellte die Frage nicht, die in ihrem Blick stand.

»Und die Flüchtlinge?«, wollte Caitlín ihrerseits wissen.

»Sie sind alle weitergezogen. Alle bis auf einen. Er hat sich in einer der Hüten versteckt und weigert sich, wieder herauszukommen.«

»Warum denn das?«

»Das wollte er niemandem sagen.«

»Bring mich zu ihm.«

Der Mann, der mit den Flüchtlingen aus dem Osten gekommen war, war nicht allein. Radha saß bei ihm und hielt eine kleine Rassel mit vielen Glocken in der Hand, die süß klingelten, wenn man sie schüttelte. Der Ton lief wie weiche, warme Wellen über Caitlíns Körper.

»Er sagt, er sei ein Barde!«, rief Radha freudestrahlend. »Er hat eine Harfe, ich kann zu seinem Spiel singen! Wir können alle gemeinsam singen!«

Warum nicht?, dachte Caitlín. Niemand singt schöner als jemand mit gebrochenem Herzen ...

Zumindest hatte das Faolán einst zu ihr gesagt, ihr Bruder. Dieser Mann hier hatte nicht viel mit ihm gemein, obwohl sie ihn sogleich erkannte. Seine blonden Locken strotzten vor Dreck, sein Gesicht war grau vor Kummer, die Wangen eingefallen. Wenigstens waren all seine Glieder noch heil – in diesen Tagen war das bereits viel.

Faolán ... o Faolán ...

Noch am Tag zuvor hätte ihr Herz einen freudigen Sprung gemacht, doch für heute schienen all ihre heftigen Gefühle verbraucht zu sein. Sie schrie nicht, sie juchzte nicht, sie lachte oder weinte nicht. Sie ließ sich nur neben ihn sinken, sodass er seinerseits hochblickte und sie erkannte.

Auch er schien zu müde zu sein, um Freude zu fühlen.

»Du ... du lebst noch?«, fragte er lediglich fassungslos.

Sie zuckte mit den Schultern. »Du singst noch?«, gab sie zurück.

Er gab keine Antwort, hielt nur seine Harfe fest umklammert, während Radha erneut die Rassel schüttelte. Warum ihn begrüßen ... warum ihn fragen, wie er es hierhergeschafft hatte ... wie er die letzten Jahre überlebt hatte ... wo Éilís war und wo Cian ... Die Rassel klang doch gar so süß.

Eines aber wollte sie doch noch wissen. »Warum versteckst du dich hier?«

Seine Füße waren voller Blasen, und der kleine Zeh war merkwürdig blau, als hätte er sich ihn mehr als nur einmal gebrochen. »Als ich gestern den Fluss erreichte, glaubte ich, Ascall gesehen zu haben. Und ... und ich habe ihn doch getötet.«

Caitlín lachte schrill auf. »Das warst doch nicht du, der ihn angegriffen hat, sondern Fiacc. Und Ascall ist gar nicht tot.«

Faolán zuckte mit den Schultern. »Nur weil ich ihn zweimal nicht zu töten vermochte – weder mit Händen noch mit Worten –, lässt mich einer wie er noch lange nicht leben. Ich fürchte, er würde mich umbringen, wenn er mich fände.«

Caitlíns Lachen erstarb. »Ascall ist fort«, sagte sie leise. »Du kannst also wieder gehen. Wolltest du früher nicht immer durch die Lande ziehen, von Königshof zu Königshof, um die Menschen mit deinem Gesang zu erfreuen? Ich kann mir denken, dass man deine Lieder heute mehr braucht als jemals zuvor – Lieder von Helden und Siegern und listigen Frauen.«

Faolán setzte mehrmals zu reden an, und sie konnte förmlich hören, welche Worte ihm durch den Kopf gingen.

Vergib mir, Schwester, dass ich dich damals in Ferns vor aller Welt erniedrigt und dir deinen Schmuck geraubt habe.

Aber er brachte kein Wort hervor, genauso wie sie nicht sagte, dass es nichts zu vergeben gab. Sie hatte nicht nur den Schmuck, auch Ailillán verloren – und zumindest Letzteres war nicht Faoláns Schuld.

Schließlich mischte sich Radha ein. »Schick den Barden nicht weg, er darf nicht gehen! Er hat mir versprochen, dass wir gemeinsam ein Lied singen!«

Caitlín nickte weder noch schüttelte sie den Kopf, sie schwieg. Doch als Faolán die Harfe anschlug, schüttelte Caitlín die Rassel, und Radha, die zwar kein gebrochenes Herz, aber gelähmte Beine hatte, begann zu singen. Aus ihrer aller Schmerz wurde eine wunderschöne Musik. Sie erfüllte die kleine Hütte, erfüllte den Platz, erfüllte die feuchte Luft über dem Fluss. Selbst mit der moorschwarzen Nacht könnte es diese Musik aufnehmen – umso mehr mit der Dunkelheit in ihrer aller Seelen.

Am Ende weinten sie alle drei, und als Caitlín nach draußen trat, sah sie, dass die Bewohner der Siedlung innegehalten und gelauscht hatten. Rún und Paitín und Bronagh und Ealga und alle anderen blickten sie aus tränennassen Augen an.

Caitlín wischte sich die eigenen Tränen ab und klatschte in die Hände. »Ailillán ist fort, aber mein Bruder Faolán wird künftig hier leben. Was steht ihr noch herum? Immer mehr Menschen kommen aus dem Osten, und der Winter naht. Wir müssen hart arbeiten, um die nächsten Monate zu überstehen.«

ASCALL

Der Storch stakte durchs Wasser, doch als er ein verräterisches Knacken hörte, blieb er stehen, hob sein rechtes Bein und verharrte misstrauisch. Wie alle Störche Irlands war sein Gefieder schwarz und er liebte kaltes Wasser, und dass er sich deshalb jenen Tümpel erwählt hatte, in dem sie einige Tage zuvor noch gebadet hatten, war ein Zeichen dafür, dass der Winter das Land nicht länger nur mit seinen kalten Lippen küsste, sondern es bald eng umklammern würde.

Als Ascall jedoch einen Seitenblick auf Róisín warf, sah er, dass sie mitnichten fröstelte, stattdessen den selbst geschnitzten Speer aufgeregt umklammerte.

»Kann man Störche essen?«, fragte sie.

»Du erwischst ihn nie.«

»Natürlich erwische ich ihn!«

»Du hast gestern auch den Schwan nicht erwischt.« Und das, obwohl sie einem ganzen Schwarm begegnet waren. Eine Weile hatten die Tiere nur laut geschnattert – erst nach Róisíns drittem erfolglosen Versuch, einen zu treffen, waren sie empört davongeflattert.

»Es heißt, die Schwäne sängen, wenn sie sterben«, sagte sie.

»Was wiederum heißt, dass sie den Tod nicht fürchten«, gab er zurück.

»Ich fürchte ihn auch nicht.«

»Aber verhungern willst du gleichwohl nicht, und deswegen würde ich gar nicht erst versuchen, den Storch zu treffen, sondern endlich das Fischen erlernen.«

Róisín ignorierte Ascall, hielt den Speer weiterhin fest umklammert und fixierte den Storch.

»Wenn der Speer im Tümpel versinkt, musst du allein danach tauchen«, erklärte er, »ich werde das gewiss nicht tun.«

Um seinen Worten Nachdruck zu verleihen, stampfte er auf,

und prompt breitete der Storch seine Flügel aus und flog davon.

Róisín ließ den Speer sinken und funkelte ihn wütend an. »Ich hätte ihn doch getroffen!«

Er zuckte nur mit den Schultern, während sie noch näher ans Ufer des Tümpels herantrat, wo Haken und eine Schnur bereitlagen, außerdem ein Speer in Form einer Gabel, mit der man Aale und Lachse aufspießen konnte. Nicht, dass es diese hier gab. Man konnte von Glück sprechen, wenn man eine Forelle erbeutete.

»Bis du zurückkommst, werde ich mindestens zwei Fische gefangen haben«, erklärte sie.

»Zurückkommen?«

»Ja, du wirst mich hier allein lassen. Die Fische fürchten sich, wenn sich dein Gesicht im Wasser spiegelt.«

Ascall grinste. »Gut, dann gehe ich eben auf die Jagd, damit wir heute Bär, Wildschwein oder Hirsch essen können.«

»Wohl eher Igel, Maulwurf oder Eichhörnchen«, höhnte Róisín.

»Sei froh, dass du dich nachts mit der Haut des Dachses, den ich kürzlich erlegt habe, zudecken kannst.«

»Das Fell des Wolfes wäre noch wärmer.« Ein Ausdruck des Schmerzes huschte über ihr Gesicht. Sie sprachen nie über die verlorene Schlacht um Dublin, wohin sich der Hochkönig danach wohl zurückgezogen hatte, ob Tigernán von Breifne noch lebte und dass ein Mann wie Ascall, zumal er noch sein Schwert besaß, lieber Normannen jagen sollte als Tiere. Nur den Verlust des Pelzes betrauerte sie manchmal, und jedes Mal streifte Ascall die Ahnung, dass das vermeintlich friedliche Leben, das sie hier in Connacht führten, so trügerisch war wie die letzten warmen Tage des Jahres.

Nicht, dass jetzt noch Wärme bis ins Unterholz vordrang. Als Ascall Róisín beim Tümpel zurückließ und tiefer in den Wald hineinging, war das Licht fahl wie das der Morgendämmerung. Die Wälder Connachts, hieß es, seien noch undurchdringlicher als die im übrigen Irland, und wer dort verloren ginge, fände niemals wieder heraus. Allerdings bedeutete das wohl auch, dass weder normannische Ritter noch irische Krieger hineinfanden.

Ascall schlich durch das herbstliche Laub, doch es war so trocken, dass er nicht verhindern konnte, Geräusche zu machen. Vermeiden ließ sich das nur, wenn Wurzeln aus dem Laub ragten und er von einer zur anderen springen konnte. Bald hatte er sein Ziel erreicht – und dort lag noch mehr Laub als anderswo. Er betrachtete das Fleckchen von allen Seiten und fluchte.

Wieder nichts gefangen.

Beinahe vermeinte er, Róisín lachen zu hören, und war froh, ihr nicht erzählt zu haben, dass er sich seit ein paar Tagen als Fallensteller versuchte. Er hatte spitze Holzstücke gesucht und diese in ein Loch gesteckt, das er mit Ästen und Laub abgedeckt hatte. Nun ging er in die Hocke, überlegte, was er tun könnte, damit ihm endlich ein Tier in diese Falle ging. Sollte er das Loch noch größer machen? Etwas weniger Laub auf die Äste legen? Oder ein Tier suchen und es in Richtung der Falle treiben?

Wieder hörte er Róisíns Gelächter ... Oder nein, das, was da ertönte, klang wie der Ruf eines Eichhörnchens. Es saß auf einem Baum und begnügte sich nicht damit, ihn zu verspotten, es warf auch noch eine Nuss oder eine Eichel auf ihn. Zumindest hielt Ascall das, was ihn jäh an der Schläfe traf, für eins von beidem. Als er jedoch auf das blickte, was vor ihm ins Herbstlaub gefallen war, stellte er fest, dass es ein Stein war. Nicht irgendein Stein, sondern einer, der rund wie die Sonne war. Solch eine Form erschufen nicht die Wasserfluten, das taten ... Menschenhände.

Ebenso misstrauisch wie voller Unbehagen starrte er darauf, gab sich kurz dem Trug hin, dass – wenn er den Stein einfach liegen ließ und so tat, als wäre er nicht getroffen worden – dieser nur eine Sinnestäuschung gewesen wäre. Doch als er sich erhob, traf ihn ein zweiter Stein – dieses Mal an der Brust. Einen Fluch konnte er sich gerade noch verkneifen, nicht aber, dass seine Hand an die schmerzende Stelle fuhr. Zugleich drehte er sich hektisch um, versuchte auszumachen, aus welcher Richtung die Steine gekommen waren. Wenn er sich nicht täuschte, dann von einem Gebüsch nicht weit von ihm. Sollte er einen Satz darauf zumachen, den Mann mit der Steinschleuder herauszerren und ihn in die Falle werfen? Oder einfach davonlaufen und darauf setzen, dass der Mann ihm folgte, in das Loch stürzte und von den Holzpfählen aufgespießt wurde?

Er entschied sich für Letzteres, obwohl es ihm nicht leichtfiel, dem Gebüsch feige den Rücken zuzuwenden. Immerhin, schon nach drei Schritten vernahm er ein Rascheln hinter sich, und drei weitere Schritte lang war er überzeugt, dass sein Plan aufging. Doch ehe er sich umdrehen konnte, sehen, wer ihn verfolgte und ob dieser wirklich in die Falle stürzte, zischte etwas an seinem Kopf vorbei.

Es war kein Stein, sondern ein Speer, der knapp vor ihm im Boden stecken blieb, ein Speer, wie er ihn kannte. Es befanden sich etliche Kreise darauf, die für all jene Menschen standen, die dieser Speer schon getroffen hatte.

Ivarr ... der Mann, der wie ein Wurm aussieht ...

Ascall hatte keine Ahnung, wie er hierhergelangt war und warum er den Speer nach ihm warf, wusste nur, dass Ivarr nie eine Steinschleuder in die Hand nehmen würde, was bedeutete, dass er es mit zwei Angreifern zu tun hatte. Und noch nicht einmal einer war ihm in die Falle gegangen!

Ascall starrte auf den Speer. Wenn er ihn an sich nahm, blitzschnell herumfuhr und ihn warf, könnte er den einen aufspießen und gleich darauf den anderen mit seinem Schwert attackieren. Als er allerdings einen Schritt auf den Speer zu machte und seine Hand zum Knauf seines Schwertes fuhr, flog plötzlich wieder etwas auf seinen Kopf zu. Es war kein Speer und kein Stein, sondern eine Faust, die Angreifer waren also zu dritt. Er duckte sich, wich der Faust aus, doch da traf ihn schon ein weiterer Stein an der Stirn. Der Kopf schien ihm zu zerplatzen, roter Schmerz durchzuckte ihn, aber als er auf den Waldboden fiel, schmeckte er kein Blut, nur modriges Laub.

Ascall erwachte von einem kratzenden Geräusch, das so schmerzhaft war, als würde ihm jemand die Haut vom Schädel schaben. Mit Mühe gelang es ihm, den Schmerz zu bezwingen, desgleichen, seine Augen geschlossen zu halten und so zu tun, als wäre er noch in tiefer Ohnmacht versunken. Erst nach einer Weile öffnete er sie einen Spaltbreit, versuchte, etwas wahrzunehmen. Gottlob war es kein grelles Licht, das in den Augen brannte, nur sanftes rotes. Vielleicht Abendlicht, das durch die Baumkronen drang ... Wobei dieses jetzt im Herbst nicht so warm war und auch nicht knistern würde. Nein, das Licht kam von einer Herdstelle, und dass die Flammen nur an Holz und Torf, nicht auch an ihm fraßen, gab ihm den Mut, die Augen etwas weiter zu öffnen, den Speer zu erkennen und auch, dass Ivarr eben einen weiteren Kreis ins Holz schnitzte.

Ascall richtete sich auf, und das Bild vor ihm verschwamm kurz in Dunkelrot, ehe es sich klärte.

»Du hast mich doch gar nicht getötet«, sagte er. »Also steht es dir nicht zu, einen Kreis zu schnitzen.«

Ivarr grinste flüchtig, blickte allerdings nicht hoch, was Ascall die Chance gab, sich umzusehen. Er lag in einer niedrigen Hütte, deren Boden aus gestampfter Erde bestand, deren Wände undicht, aber stabil wirkten und deren Dach aus Grassoden, Erde oder aus beidem errichtet worden war. Zum Knistern des Herdfeuers und dem Schaben des Schnitzmessers kam ein dumpfes Pochen. Wähnte Ascall zunächst das Echo des eigenen Herzschlags im schmerzenden Kopf zu hören, bemerkte er wenig später, dass nicht weit von Ivarr entfernt ein weiterer Mann saß, der in den Händen runde Steine hielt und sie hin und her warf. Einer entglitt ihm, rollte auf Ascall zu, und der ergriff ihn blitzschnell, warf ihm dem anderen ins Gesicht. Nicht, dass auch er in Ohnmacht versank, aber immerhin stieß er einen Schmerzensschrei aus, und aus der Nase tropfte Blut. Mit geballten Fäusten stürzte er auf Ascall zu, Ivarr hingegen hielt ihm seinen Speer vor die Füße, sodass der Mann darüber fiel und vor dem Feuer liegen blieb. Ehe er sich wieder aufrappeln konnte, war Ascall bereits aufgesprungen. Er fuhr sich an den Gürtel, doch sein Schwert hing nicht mehr dort. Rasch bückte er sich, packte einen noch glühenden Torfziegel und hielt ihn drohend hoch.

Ivarr lachte, lehnte sich wieder zurück und schnitzte unbeeindruckt weiter, während der andere seine Steinkugeln aufsammelte und Ascall lediglich einen finsteren Blick zuwarf. »Die Ritter des Roten Zweiges formten die Steine ihrer Schleudern aus dem Gehirn ihrer Feinde, das sie mit Erde vermischten«, knurrte er. »Ich finde, wir sollten diese Sitte wieder aufnehmen.«

Ascall ließ das Torfscheit fallen.

Die Ritter des Roten Zweiges waren eine legendäre Kriegerbande von König Connor MacNessa gewesen. Der berühmteste von ihnen war Cú Chulainn gewesen, ein Halbgott, wenn auch nicht unsterblich. Er war seit Jahrhunderten tot, und die Befestigung von MacNessa in Emain war verfallen, der tiefe Graben davor längst vertrocknet.

»Die Ritter des Roten Zweiges gibt es nicht mehr«, wütete Ascall, »du taugst höchstens zum Ritter der roten Nase.«

Wieder wollte der andere wütend auf Ascall losgehen, wieder hielt Ivarr ihn davon ab – dieses Mal, indem er die Speerspitze auf seinen Bauch richtete.

»Begnüg dich damit, dass du die Steinschleuder nutzen durftest, damit wir Ascall von Toora hierherschaffen konnten. Das haben wir getan, damit wir uns in Ruhe mit ihm unterhalten können, und das hat nur Sinn, wenn er wachen Verstandes ist. Untersteh dich also, ihn zu schlagen.« Ivarr stach nun mit dem Speer in ein Stück Leinen, das Ascall erst jetzt entdeckte. Er hob es hoch, sodass es deutlich als Banner zu erkennen war, das einen roten Zweig auf weißem Hintergrund zeigte. »Es stimmt nicht, was du sagst«, fuhr Ivarr fort. »Die Ritter des Roten Zweiges gibt es sehr wohl ... zumindest gibt es sie *wieder*. Mir wäre es ohnehin am liebsten, sie hießen ›Ritter des Roten Astes‹, denn mit einem solchen kann man Menschen leichter erschlagen als mit einem Zweig.«

»Du kämpfst doch mit dem Speer«, stieß Ascall aus.

»Oh, wir kämpfen mit allem, was wir haben. Bei mir ist es ein Speer, bei Mac Con hier eine Steinschleuder, ein anderer unserer Krieger kämpft mit seinen Zähnen.

»Dann gleicht ihr wohl eher den *fíana*, von denen es heißt, dass sie wie Tiere auf Bäume und Berge klettern und wie diese kämpfen konnten.«

»Nun, mit den *fiana* wurden einst auch du und deine Krieger verglichen, obwohl du kein Bär, kein Wolf und kein anderes Tier bist, vielmehr ein geschickter Taktiker, ein gnadenloser Mörder, ein aufmerksamer Beobachter und ein willensstarker Anführer. Du kämpfst nicht nur mit *einer* Waffe, sondern mit vielen, nicht wahr?«

Ascall unterdrückte den Drang, sich die Schläfen zu massieren. »Und gegen wen soll ich jetzt kämpfen?«

»Frag dich lieber, *für* wen. Wie wär's mit Érius Insel?«

Ivarr hielt das Banner dicht vor sein Gesicht, sodass Ascall nichts weiter sehen konnte als den riesigen roten Zweig. Unwillig riss er das Leinen vom Speer, stieß diesen zurück und drängte sich erst an Ivarr vorbei, dann an Mac Con. Beide machten keine Anstalten, ihn festzuhalten, und dann war er schon aus der Hütte gestürmt und … stutzte. Die beiden hatten ihn nicht wie vermutet in ein einsames Haus gebracht, sondern in ein Dorf, das aus stabileren Gebäuden bestand als jene wackligen Unterkünfte, die er mit Róisín errichtet hatte. Er zählte ein Dutzend Hütten und noch mehr Männer. Die Hälfte von ihnen war jung, und er war überzeugt, sie in der Dauer eines Wimpernschlags niederstrecken zu können. Bei den anderen war er sich nicht so sicher. Zwei trugen auf ihren Glatzköpfen rote Wunden, zumindest sahen diese Male auf den ersten Blick so aus. In Wahrheit, das erkannte er später, hatten sie sich einen roten Zweig in ihre Haut gebrannt.

»Wer sind diese Männer?«, entfuhr es ihm.

Nicht nur Ivarr, auch Mac Con war ihm nach draußen gefolgt.

»Wie ich schon sagte«, antwortete Ivarr, »die Ritter des Roten Zweiges kämpfen wieder.«

»Jene Ritter lebten in Ulster!«

»Nun, ein paar der Männer, die du hier siehst, stammen tatsächlich von dort – schließlich hat König Henry West-Ulster nicht unterworfen. Die anderen stehen ihnen aber an Mut und Kraft in nichts nach. Auch sie kommen aus Reichen, in denen sich Widerstand regt. Der König von Thomond hat Henry zwar die Treue geschworen, sinnt aber auf Rache. Andere dieser Krieger haben sich von ihren Königen losgesagt, die allzu bereitwillig vor Henry ihr Knie gehoben haben – wie man bei uns seine Unterwerfung zeigt – oder gar vor ihm auf die Knie gegangen sind – wie man bei den Normannen seine Niederlage eingesteht. Außerdem haben die Könige ihm einen Eid geleistet und Geiseln angeboten, wenngleich er zumindest Letztere nicht angenommen hat. Henry will keine Geiseln, er will jährliche Tributzahlungen, sind in den Burgen, die er bauen lässt, Rinder und Korn doch willkommener als solche, die sie seinen Rittern wegfressen.«

Ascall lauschte betroffen. »Welche Könige haben sich ihm unterworfen?«

»MacGiolla Padraic von Osraige, Murchada O'Carroll von Oriel, McCarthy von Desmond.«

»Und Tigernán O'Rourke?«

»Der auch. Als sein Sohn fiel, ist die Allianz der Iren endgültig zerbrochen.«

Ascall erstarrte und ballte seine Hand unwillkürlich zur Faust. Er hatte Tigernán nie sonderlich gemocht, denn in dem einen Auge, das der König von Breifne noch hatte, hatte er nie ausreichend lesen können, was er wirklich dachte. Aber er war immer überzeugt gewesen, dass er kein Feigling war und sein Knie nur hob, um es jemandem ins Gesicht zu rammen.

»Und Ruari O'Connor?«, fragte er heiser.

»Nach der Schlacht um Dublin hat er nach Connacht fliehen können. Zwei Ritter von König Henry sind ihm dorthin gefolgt und haben ihm mitgeteilt, er dürfe König dieser Provinz bleiben, wenn denn auch er sich Henry unterwerfe und diesen als Irlands wahren Hochkönig anerkenne. Ruari hat ungerührt zugehört und erwidert, dass Henry seinetwegen gern König von Dublin bleiben dürfe, wenn er sich denn seinerseits ihm unterwerfe und ihm zwei seiner Söhne als Geiseln ausliefere.« Ivarr lächelte flüchtig. »Wenn es ums Reden ging, war Ruari immer ein starker König. Aus fünf Wörtern wird schließlich schnell ein Satz. Ich frage mich bloß, ob aus seinen fünf Fingern ebenso schnell eine Faust wird.«

Ascall blickte sich um, sah noch mehr Männer aus den Hütten kommen und zwei Frauen. Eine rupfte ein Huhn, eine andere zupfte am Bart eines Mannes, wohl um ihn von Ungeziefer zu befreien, woraufhin der ein wohliges Grunzen ausstieß. Die anderen waren deutlich angespannter. Zwar gab sich ein jeder beschäftigt – entweder polierte er Waffen oder schnitzte Holz –, doch die Blicke gingen immer wieder misstrauisch zu Ascall.

»Mir scheint, im Moment seid ihr auch nur eine Hand, die bestenfalls kneifen kann, keine Faust, die verdrischt«, sagte er.

Anstatt sich vom beißenden Spott in seiner Stimme herausfordern zu lassen, nickte Ivarr mit ernster Miene. »Du hast recht«, sagte er. »Um eine Faust zu werden, fehlen uns zwei Dinge: ein Ort, an den wir uns zwischen den Kämpfen zurückziehen können, was nur möglich ist, wenn der aus Stein errichtet wurde, nicht aus Holz, und ein Anführer, dem es gelingt, diese wilde Horde zu bändigen.«

»So ist es«, pflichtete Mac Con bei und stieß zwar etwas widerwillig, gleichwohl verständlich aus: »Das heißt, wir brauchen Dún Fionn und Ascall von Toora.«

Ascall hoffte, dass man ihm nicht ansah, wie sehr ihm die Kopfschmerzen zu schaffen machten ... und wie sehr diese Worte. »Warum nicht Dún Fionn und Conan Maol, der die Macht in Toora an sich gerissen hat, als Cormac in den Krieg zog?«, fragte er und versuchte, gleichgültig zu klingen.

Ivarr zwinkerte mit seinen wimpernlosen Augen, als er seinen Blick erwiderte. »Conan Maol liegt in der Liffey, weil ihm beim Angriff des normannischen Heeres der Bauch aufgeschlitzt wurde oder weil er von Pferdehufen ins Wasser getreten wurde und dort ersoffen ist. Ihn musst du also schon mal nicht töten, um deine Burg zurückzubekommen. Die Normannen wiederum wollen deine Burg nicht, sie bauen sich eigene Burgen, und das so rasend schnell wie wir hier unsere Hütten. Sie feiern ihre Siege mit Stein statt mit Weibern und Wein, reiten den Flüchtlingen nach, schleppen sie zurück und befehlen ihnen, für sie die Felder im Umland zu beackern.«

»Was bedeutet, dass man, wenn man die Normannen angreifen würde, auch die eigenen Leute zu töten hätte«, sagte Ascall nachdenklich.

»Wer in diesen Tagen kein Rückgrat beweist, ist kein Ire, sondern eine Schlange«, erklärte Ivarr, »und der heilige Patrick hat doch alle giftigen Schlangen vertrieben, als er einst auf dem Croagh Patrick seine Glocke läutete.«

Ascall betrachtete Ivarr zweifelnd. »Du könntest viel eher ein zweiter Patrick werden als ich. Du hast bist jetzt immerhin einem Bischof gedient.«

Ivarr spuckte aus. »Ach, die Bischöfe sind doch die größten Schlangen von allen. Sie konnten Henry gar nicht schnell genug ihren Treueid leisten – Lorcan von Dublin hat es übrigens auch getan – und laut erklären, dass Gott der Allmächtige selbst ihm die Herrschaft auf der Insel zugebilligt habe.«

Während Ivarr sprach, malte er mit seinem Speer ein Muster auf den Boden, das ähnlich kunstvoll war wie das, das er mit seinem Messer in den Schaft geschnitzt hatte.

Ich habe so lange nicht mehr geschnitzt … so lange nicht mehr gesiegt …

Ascall hob den Fuß und trat in das Muster. »Meinetwegen denke ich über euren Vorschlag nach.«

Ihm entging nicht, dass Mac Con hinter ihm wieder unruhig die Kugeln von einer Hand in die andere warf, desgleichen nicht, wie die Anspannung der Männer, auch derer, die vermeintlich nur herumlungerten, wuchs.

Ein falsches Wort, und sie töten mich, ein richtiges Wort, und sie töten für mich.

»Aber natürlich!«, rief Ivarr. »Natürlich sollst du nachdenken! Und während du nachdenkst, solltest du dich etwas stärken. Deine Falle im Wald ist ja leider leer geblieben.«

Ascall erstarrte. Wenn sie von den Fallen wussten, dann wussten sie auch von Róisín …

»Na los, Blinne!«, rief Ivarr und klatschte in die Hände. »Lass dem alten Muirgius seine Zottel! Es ist nutzlos, ihn vom Ungeziefer zu befreien, zwischen seinen Beinen krabbelt doch noch viel mehr. Wenn du dort danach suchst, entdeckst du vielleicht sogar einen kleinen Wurm, aber selbst wenn du noch so lange daran ziehst – er wird nicht länger. Bring lieber Ascall von Toora Wein und Fleisch.«

Der Mann mit dem langen Bart stieß die Frau von sich und schritt wütend auf Ivarr zu, doch Mac Con stellte sich schützend vor diesen und hob drohend seine Steinkugeln.

Jetzt ... jetzt wäre der Moment gewesen, um sich vorbeizudrängen, zu fliehen, alle, die ihm nachsetzten, zu töten, doch Ascall blieb stehen und betrat wenig später wieder die Hütte.

Blinne folgte ihm. Falls der Alte mit dem langen Bart tatsächlich von Ungeziefer gequält wurde, hatte er es gewiss von ihr. Verfilzte Strähnen fielen ihr über den Rücken und die nackten Brüste und ließen ihn an Schlingpflanzen denken, die – wenn man ihnen zu nahe kam – jemanden erwürgen könnten.

Wir kämpfen mit allem, was wir haben ...
Ascall blickte auf ihre leeren Hände. »Ich dachte, du würdest mir Fleisch und Wein bringen.«

»Und ich dachte, Ascall von Toora, Irlands größter Krieger, zieht gern hungrig in die Schlacht.«

»Was machst du dann hier?«

Unauffällig sah er sich nach einer Luke um, durch die er unbemerkt nach draußen klettern, Róisín warnen und sie in Sicherheit bringen könnte – vorausgesetzt natürlich, die Männer hatten sie nicht längst schon in ihrer Gewalt.

Blinne trat dicht an ihn heran und streifte die Strähnen zur Seite, sodass er ihre Brüste sehen konnte. Das weiße Fleisch war voller Grind, nur die harten Spitzen von hellem Rosa.

»Nun, ein wenig Fleisch kannst du schon haben ... nämlich meines. Ein wenig Wein auch. Es gibt keinen Mann, der nicht betrunken wurde, wenn er mich leckte.«

Sie trat so dicht an ihn heran, dass die Spitzen ihrer Brüste ihn streiften. Obwohl er nicht nackt wie sie war, war ihm der sanfte Druck unangenehm.

»Lass mich in Ruhe!«

»Aber, aber ...« Als sie lachte, wurde eine Reihe gelber Zähne sichtbar. »Ich verstehe, wenn du lieber nüchtern bleibst. Du brauchst deinen Kopf ja zum Denken. Der Kopf jedoch wird schwer, wenn nicht dann und wann jemand am Schwanz saugt.«

Schon ließ sie sich auf die Knie sinken, schon begann sie an dem zu nesteln, was irgendwann einmal eine Hose gewesen war, von dem nun aber nichts weiter geblieben war als mehrfach geflickter und mit etlichen Schnüren festgebundener Stoff, den er in den letzten Wochen von Leichnamen gezerrt hatte. Nicht lange, und er würde nackt vor ihr stehen. Unwillig packte Ascall sie an einer der dicken Strähnen, die sich klebrig anfühlten, zerrte sie daran hoch und stieß sie zurück.

»Lass mich!«, wiederholte er.

Sie lachte schrill, erhob sich unbeeindruckt. »Soll ich hinausgehen und allen sagen, dass Ascall von Toora Angst vor einem Weib hat?« Wieder trat sie zu ihm, hob ihren Rock und gab ihre nackten Schenkel preis, dreckig wie ihre Brüste und außerdem voller Schrunden. Manche waren verkrustet, andere eiterten. »Was denn?«, kreischte sie, als sie seinem angewiderten Blick folgte. »Die Männer da draußen sind stolz, das Zeichen des Roten Zweiges auf ihrem Banner zu tragen, warum soll ich nicht stolz auf die Spuren sein, die ihre Hände auf meiner Haut hinterlassen haben? Titten und eine Spalte haben doch alle Frauen – es sind die Narben, die uns einzigartig machen.«

Ascall konnte nur an eine Narbe denken – an die von Róisín.

»Geh weg!«, donnerte er. Blinne grinste und ließ ihre Hüften kreisen. »Geh weg!«, rief er wieder.

Sie spielte mit ihrem Haar und kniff sich in die Brustwarzen, bis diese nicht mehr rosig, sondern rot waren.

Er wollte sie ein drittes Mal anbrüllen, aber dazu kam er nicht mehr. Jäh spürte er einen Luftzug, jäh fiel Tageslicht auf Blinnes struppiges Haar und ließ es glänzen. Doch nicht nur Sonnenstrahlen trafen sie, auch etwas Dunkles … Spitzes … Scharfes … Es drehte sich in der Luft, durchschnitt ihr Haar, ließ eine der Strähnen zu Boden fallen. Ascall starrte darauf, und erst als Blut heruntertropfte, gewahrte er, dass der Dolch nicht nur ihr Haar durchschnitten hatte, auch ihre Kehle. Blinne schnappte nach Luft, und es klang noch so kreischend wie ihr Lachen, doch als sie anstatt auszuatmen Blut spuckte, kam nur mehr ein Gurgeln über ihre Lippen. Sie fiel auf den Boden, und die restlichen Strähnen bedeckten ihre Brüste, aber nicht die klaffende Wunde, in der noch der Dolch steckte.

»Bist du verrückt geworden, du ...«, setzte Ascall an und brach unvermittelt ab. Er bückte sich, um die kleine tödliche Waffe aus Blinnes Kehle zu ziehen, doch der, der sie geworfen hatte, war schneller. Schon hielt der andere den Dolch in der Hand, schon richtete er ihn auf Ascall – allerdings nicht mit der Spitze, sondern mit dem Knauf.

Er will mich nicht erstechen ... er will nur, dass ich mich nicht bücken muss.

»Hier, bitte ... Bruder.«

Erst da erkannte er Ailillán.

Ascall starrte Ailillán an, starrte auf den Knauf des Dolches und wusste nicht, welcher Anblick ihn mehr befremdete – der des Bruders oder der der blutigen Klinge.

»Nun nimm ihn schon«, sagte Ailillán. Zumindest seine Stimme klang vertraut, wie immer nämlich ein wenig bedrückt. »Nimm ihn, du kannst ihn gut gebrauchen. Mit einem Schwert kann man Menschen töten, Tiere weniger gut. In den letzten Tagen war dir das Jagdglück nicht sonderlich hold.«

»Du ... du hast mich beobachtet?«, stieß Ascall hervor.

Ailillán zuckte nur mit den Schultern.

Ascall nahm den kleinen Dolch, hielt ihn prüfend hoch. Er lag gut in der Hand ... er könnte damit schnitzen ... er könnte ihn werfen, würde damit bestimmt Eichhörnchen treffen ... Aber niemals würde er auf eine Frau wie Blinne zielen. Die blutige Lache, die sich um sie ausgebreitet hatte, lief schon auf seine Füße zu.

»Warum, zum Teufel, hast du sie getötet?«

Wieder folgte nur ein Schulterzucken. »Du hast sie wegschicken wollen, aber sie ist nicht gegangen. Auf Dún Fionn hast du jeden Ungehorsam, jedes Aufbegehren hart geahndet. So musst du es auch mit den Rittern des Roten Zweiges halten. Du darfst uns nichts durchgehen lassen, wenn du uns führen willst.«

»Du bist einer der ihren?«, fragte Ascall fassungslos.

»So ist es. Ich habe mich ihnen angeschlossen, nachdem ich erfuhr, dass du noch lebst.«

»Warum gibst du dich erst jetzt zu erkennen?«

Und warum tötest du eine Frau? Kaum auszumalen, es wäre Róisín gewesen ...
»Nun, ich wollte es nicht mit leeren Händen tun.«
Richtig, er hatte ihm diesen Dolch gegeben. Wie gern hätte Ascall Ailillán an die Wand gedrückt, ihn an seine Kehle geführt, ihn Blutstropfen für Blutstropfen belehrt, dass man nicht aus Laune und Spaß tötete, nicht, weil man es wollte, sollte oder konnte, sondern nur, weil man es musste.
Aber da zog Ailillán schon ein Schwert – Ascalls Schwert, das er ihm zuvor wohl abgenommen hatte, als er ohnmächtig auf den Waldboden gesunken war.
»Keine Angst«, sagte Ailillán und reichte ihm nun auch diese Waffe, »ich habe ein eigenes Schwert. Um eines zu bekommen, musste ich zwar drei Ritter des Roten Zweiges töten, aber es war nicht schade um sie. Keiner hätte es verdient, dir zu dienen.«
Ascall trug plötzlich schwer an dem Dolch – er wollte nicht auch noch das Schwert halten, woraufhin Ailillán es neben der Blutlache in den Boden rammte.
»Wir werden gemeinsam kämpfen«, sagte der Bruder mit gequälter Stimme, mit gekrümmtem Rücken, aber einem Glanz in den Augen, von dem mehr Hitze ausging als vom glosenden Feuer.
»Gemeinsam kämpfen ...«, echote Ascall.
»Du musst die Katze nicht allein töten.«
»Die Katze ...«
»Jetzt, da du einen Dolch hast, kannst du wieder Katzen schnitzen. Und noch besser gefielen mir Wölfe.«
Warum zum Teufel sprach er von Katzen und Wölfen, wenn jetzt doch ein Schwarm fetter schwarzer Fliegen kam, um den Leichnam zu umsurren?
»Du lebst ...«, sagte er, und erst jetzt begriff er es. Sein Kopf begann zu schmerzen, die Schulter begann zu schmerzen, die Brust begann zu schmerzen. »Du bist Cormac entkommen ... du lebst ...«
Genauso wie Caitlín lebte ... ebenfalls nicht weit von hier ... und ihm beteuert hatte, Aililláns Leichnam gesehen zu haben.

Allerdings wollte er nicht an Caitlín und ihre Lüge denken, solange er nicht fassen konnte, dass Ailillán vor ihm stand.

»Ich ... ich bin nicht mehr der Alte«, stammelte Ascall. »Nach dem Zweikampf mit Riacán O'Bjólan bin ich ... bin ich an der Schulter schwer verwundet worden ...«

»Na und?«, gab Ailillán leichtfertig zurück. »Als wir früher gemeinsam in den Krieg gezogen sind, bin ich stets hinter dir gegangen. Du hast immer gesagt, dass ich jene zwei Augen wäre, die dir am Hinterkopf fehlten. Nun werde ich eben dein zweiter Arm sein.«

Du bist nicht nur hinter mir gegangen ... hast nicht nur hinter mir gekämpft. Du hast hinter mir auch gewütet, und wenn du das getan hast, war ich froh, keine Augen am Hinterkopf zu haben.

»Nun nimm endlich das Schwert!«, rief Ailillán. »Oder willst du etwa mit dem narbigen Mädchen ein ruhiges Leben führen?«, fügte sein Bruder zu.

Ascall starrte ihn schweigend an, atmete tief ein, und die Luft schien nicht nur nach Feuer und Asche, ebenso nach Blut zu schmecken. Als er wieder ausatmete, stürzte er auf Ailillán zu, drängte ihn an die Wand, hob den Dolch und setzte ihn, wenn auch nicht an die Kehle, an eines seiner Augen.

»Wenn du Róisín etwas antust, steche ich dir erst das eine Auge aus, dann das zweite, dann schneide ich dir die Nase ab, den Mund und die Ohren und zuletzt alle Glieder. Wenn du danach immer noch lebst, lasse ich den Dolch neben dir fallen und gehe davon. Und da du dann keine Hand mehr hast, um dich selbst zu töten, musst du qualvoll langsam verrecken.«

Ailillán zuckte nicht mit der Wimper, sondern lächelte, wie er immer gelächelt hatte – nur mit einem Mundwinkel nämlich, während der andere reglos blieb.

»So gefällst du mir schon besser«, sagte er. »Endlich erkenne ich dich wieder.«

Ascall zog den Dolch zurück, doch nur, um dem Bruder einen Faustschlag ins Gesicht zu versetzen, der eins seiner Augen traf. Ailillán schloss es, rührte sich ansonsten aber nicht, spannte sich noch nicht einmal an, um sich vor dem nächsten Schlag zu wappnen.

»Wehr dich, wenn dich jemand schlägt!«, brüllte Ascall.

Das Lächeln schwand, Aililláns Lippen wurden schmal und ausdruckslos, doch er sagte nichts.

Ascall ließ die Faust ebenso sinken wie den Dolch, konnte ihm nicht länger mit Schlägen zusetzen, nur mit Worten. »Ich dachte, du wärest tot … manchmal habe ich es mir sogar gewünscht …«

Ailillán löste sich von der Wand, klopfte sich den Staub von seinem Umhang. Erst jetzt sah Ascall, dass der aus feinem Stoff gemacht war und pelzverbrämt. Wahrscheinlich hatte er einem der drei Krieger gehört, die er für das Schwert hatte töten müssen.

»Ich dachte auch, du wärest tot«, erwiderte Ailillán, »und manchmal habe ich es mir auch gewünscht. Aber wir leben, wir werden gemeinsam kämpfen, wir werden die Normannen von der Insel verjagen und die Burgen niederbrennen, die sie errichtet haben. Wir werden mit den verkohlten Steinen jene erschlagen, die vor ihnen gebuckelt haben, und wir werden die Weiber schänden, die für sie die Beine gespreizt haben.«

Er hielt das eine Auge immer noch geschlossen, da es anzuschwellen begann, doch in dem anderen stand wieder jener Glanz.

Ascall wandte sich ab, nahm nun das Schwert an sich. Er kam nicht umhin, noch einen Blick auf die schwarzen Fliegen zu werfen und auf die tote Blinne.

Ich muss Mädchen wie sie vor ihm beschützen … Ich muss den Mann mit dem langen Bart beschützen, denn sobald der die Tote sieht, wird er Ailillán zur Rede stellen. Ich muss Ivarr und Mac Con beschützen, falls die es wagen, mir den Gehorsam zu verweigern. Vor allem muss ich Ailillán vor Ailillán beschützen …

Nur sich konnte er nicht beschützen – zumindest nicht für immer, nur für ein paar wenige gestohlene Stunden.

»Wo gehst du hin?«, frage Ailillán, als Ascall über Blinne stieg und die Hütte verließ.

»Der Kampf beginnt erst morgen. Die kommende Nacht gehört noch mir.«

RÓISÍN

Róisín fing zwei Fische, was leichter war als gedacht, und briet sie über dem Feuer, was viel schwieriger war. Als sie sie auf einen Zweig aufzuspießen versuchte, fielen sie in die Flammen, und einen Topf hatte sie nicht. Schließlich ließ sie die Fische auf zwei heißen Steinen, die sie ins Feuer legte, gar werden.

Ihre Ungeduld wuchs, der Hunger auch. Eigentlich hatte sie Ascall stolz beide Fische zeigen wollen, aber jetzt aß sie einen. Die Nacht kam, mit ihr jene Kälte, die in den Knochen schmerzte, und sie zog sich in ihre kleine Hütte zurück, in der man nicht sitzen, sondern nur liegen konnte. Sie hatten sie gebaut, indem sie Äste in den Boden gerammt, an der Spitze mit Schilf zusammengebunden und die Ritzen mit Moos zugestopft hatten.

Ihr Magen knurrte immer noch, die Ungeduld wich Wut.

Wenn er nicht zurückkommt, geht er eben leer aus und bekommt nicht einmal den zweiten Fisch.

Bevor sie sich aufraffen konnte, diesen zu essen, und aus der Wut Sorge wurde, schlief sie jedoch ein. Es war mitten in der Nacht, als sie von einem Geräusch erwachte. Róisín lugte nach draußen und sah Ascall vor dem Feuer hocken, das er neu entfacht hatte. Anstatt den Fisch zu essen, hielt er in der einen Hand einen Stein und in der anderen Holz und schlug beides aufeinander.

Eben noch hatte sie mit ihrer Beute prahlen wollen, doch bei diesem Anblick entfuhr ihr: »Vermisst du es manchmal zu schnitzen?« Er zuckte mit den Schultern. »Schade, dass wir keinen Dolch mehr haben«, fügte sie hinzu.

Er zuckte wieder mit den Schultern und ließ Holz wie Stein ins Feuer fallen.

»Ich habe einen Fisch für dich aufgehoben ...«, murmelte sie.

Endlich erhob er sich, aber nur, um sie zurück in die Hütte zu drängen.

In all den Nächten seit der verlorenen Schlacht um Dublin hatten sie eng umschlungen geschlafen, um sich zu wärmen, aber einander immer erst losgelassen, wenn sie erwachten. Solange sie nicht wusste, was sie fühlen würde, wenn er wieder in sie eindrang – Schmerz oder Lust oder gar nichts –, hatten sie sich nicht einmal geküsst.

Nun beugte er sich vor, küsste sie, wie er sie nie geküsst hatte, auf die Stirn und die Nase und die Wangen, auf das Kinn und die Ohrläppchen und die Halsbeuge, auf den Ansatz ihrer Brüste und auf ihre Knospen. Sie spürte keine Kälte mehr, nur ein eigentümliches Kribbeln und ... Verwirrung.

»Ascall ...«

Er küsste jede einzelne ihrer Rippen, küsste den Bauchnabel und ihre Scham, küsste die Innenseite ihrer Oberschenkel. Sie genoss es mit wohligem Seufzen, schloss die Augen.

»Nein«, sagte er und richtete sich wieder auf, »öffne deine Augen! Sieh mich an!«

Sie gehorchte, wenngleich sie nicht seinen Blick suchte, ihr eigener vielmehr seinen Händen folgte, die langsam über ihren Körper glitten und ihn überall dort berührten, wo eben noch seine Lippen einen feuchten Abdruck hinterlassen hatten. Seine Fingerspitzen waren nicht mehr schwarz wie einst. In den letzten Monaten war die Farbe, in die er sie einst getaucht hatte, verblasst. Und auch sein Gesichtsausdruck war nicht mehr der des Ascall von einst. Jener Krieger, der immer ein wenig auf der Hut schien, der spöttische und harte Worte leichter austeilte als freundliche und der niemals einen Zweifel daran gelassen hatte, dass es ein Fehler war, weich zu sein, schien ebenfalls verblasst.

Jetzt wurden seine Züge nicht nur weich, sein Gesicht schien geradezu zu schmelzen wie eine Wachsmaske, und darunter entdeckte sie den Knaben, der er gewesen war, bevor sein Vater nach langen Kriegsjahren nach Dún Fionn zurückkehrte. Sie sah den kindlichen Stolz, weil er sich als Herr der Burg gefühlt hatte, sah, mit wie viel Gewissenhaftigkeit er die Verantwortung für seine Mutter, seine Tante und vor allem für seinen kleinen Bruder getragen hatte. Sah schließlich auch Neugier auf die große weite Welt, die er bald erforschen würde, zumal er von der Burg doch mittlerweile jede Ritze, jede Ecke kannte.

Kurz war sie so versunken in seinen Anblick, dass sie nicht bemerkte, wie er anstelle der Welt ihren Körper erforschte. Und so, wie sein Gesicht dem des Knaben glich, wurde ihr Körper der eines Mädchens – eines unschuldigen Mädchens, das nachts noch schlief und nicht mit geschlossenen Augen wach lag, um neben der Bettstatt den Vater schnaufen zu hören. Es trug auch keine Narbe mehr, denn das tote Gewebe würde nicht fühlen, was nun ihr ganzer Körper fühlte, Schaudern und Hitze, jene Sehnsucht, noch mehr davon zu bekommen, jene Angst, es möge nicht genug sein, um ihren Hunger zu stillen.

Aber warum sollte sie zu wenig bekommen, sie bekam ihn ja ganz und gar, und sie gab sich selbst ganz und gar, wobei das nicht viel war, schien doch von ihrem Körper nichts weiter übrig geblieben zu sein als das pochende Fleisch zwischen ihren Beinen. Sie fühlte Schmerz, sie fühlte Lust, sie fühlte nichts, und dieses Nichts war alles.

Wieder wollte sie die Augen schließen, wieder sagte er: »Öffne die Augen, schau mich an!«

Seine Gefühle waren so stark, während er selbst so schwach schien, aber er schämte sich nicht dafür, er fürchtete weder den Tod noch das Leben. Dann war er es, der die Augen schloss und ermattet auf sie sank. Sie hielt ihn fest umschlugen, als er noch wach war, und hielt ihn immer noch umschlugen, als er längst eingeschlafen war. Erst im Morgengrauen schloss sie selbst die Augen, und als sie sie wieder aufschlug, war ihr Körper kalt und die Hütte leer.

Róisín bedeckte ihre Blöße, was eine Weile dauerte, musste sie die Kleidung doch stets notdürftig am Körper festbinden. Dass jedes Fleckchen Haut, das Ascall gestreichelt hatte, erneut erschauderte, als sie darüberstrich, machte die Sache nicht leichter.

Als sie endlich auf allen vieren nach draußen kroch, hockte Ascall wieder vor dem Feuer, nur dass dieses erloschen war. Der Fisch war unberührt, in der einen Hand hielt er wieder ein Stück Holz, doch in der anderen keinen Stein, sondern ... einen Dolch.

»Woher hast du denn den?«, fragte sie überrascht.

Er gab keine Antwort, machte auch keine Anstalten, die Klinge in das Holz zu stoßen, er reichte ihn ihr lediglich.

»Er gehört dir«, sagte er und ließ das Holz fallen.

»Was soll ich damit? An deiner statt Wölfe schnitzen?«

»Nein, an meiner statt Wölfe töten. Du kannst es. Und du musst es.«

Er erhob sich und ging grußlos davon. Nachdem er sechs Schritte gemacht hatte, konnte sie sich aus der Starre lösen und ihm nachlaufen, nach weiteren sechs Schritten hatte sie ihn eingeholt. Sie wollte ihn packen, aber tat es nicht, denn eben erblickte sie – an einem Baumstamm gelehnt, den der letzte Sturm geknickt hatte – einen Mann. Er hatte dichtes Haar und noch dichtere Brauen, unter denen seine Augen schmal wirkten, und ein markantes Kinn, über dem die Lippen schmal erschienen. Er war wohl etwas größer als Ascall, aber wie er da am Baumstamm lehnte, fiel es nicht auf. Tautropfen schimmerten auf dem dunklen Umhang, vielleicht waren es auch Schneeflocken.

Obwohl sie ihn nie gesehen und Ascall ihn ihr nie beschrieben hatte, wusste sie, nein, fühlte sie, wer dieser Mann war.

»Das ist Aililláin ...«, stieß sie aus, hielt Ascall doch noch fest, las in seiner Miene Schmerz und Trauer, konnte kurz den Knaben erkennen, ehe er etwas wurde, das er in der vergangenen Nacht nicht gewesen war: der Bruder.

»Leb wohl«, sagte er tonlos.

Ihre Hände krallten sich in seine Schultern. »Du lässt mich zurück? Wie damals bei Dabíd und Liadan? Du gehst einfach so?«

Sein Blick wurde unruhig wie früher, glitt suchend durch die Welt, ohne etwas zu finden, an dem er sich festhalten konnte.

»Nicht einfach so. Dieses Mal gebe ich dir das Versprechen, dass ich wiederkomme. Ja, ich komme zu dir zurück, wenn Irland frei ist.«

Später wusste Róisín nicht, ob sie ihn losgelassen oder ob er sich aus ihrem Griff befreit hatte. Ihre Finger schmerzten, ihre Handgelenke schmerzten, eigentlich schmerzte jedes Fleckchen ihrer Haut, als sie sah, wie er mit dem Bruder davonging und sich kein einziges Mal mehr nach ihr umdrehte.

Wenn Irland frei ist ... wenn Irland frei ist ... wenn Irland frei ist ... kreisten seine Worte in ihrem Kopf, als sie zurück zur Hütte lief und den Dolch aufhob.

Sie fuhr mit den Fingern an der Klinge entlang, bis sie einen brennenden Schmerz fühlte.

»Aber ich will nicht frei sein, ich will einfach nur leben!«, rief sie in die Stille des Waldes. Er antwortete mit seinem rauen Lied, aus dem sie weder Verständnis noch Spott heraushörte, nur Gleichgültigkeit. Erst jetzt gewahrte sie, dass eine Stelle ihres Körpers nicht schmerzte. Sie ließ den Dolch fallen und hielt die Hände schützend über ihren Bauch. »Und ich will, dass mein Kind lebt«, sagte sie dieses Mal so leise, dass es der Wald nicht hören konnte. »Anders als meine Mutter werde ich es gebären können, ohne zugrunde zu gehen. Und anders als mein Vater werde ich ihm niemals nach dem Leben trachten, was immer es auch tut.«

Sie wusste, dass sie dieses Kind in der Nacht empfangen hatte, von Ascall und gleichsam von Ériu, der Göttin der Insel, von der es hieß, dass sie war, was kein Mensch zugleich sein konnte: uralt und dennoch fruchtbar. Ein Spielball der Männer, die sie beherrschten, und trotzdem nicht ihr Opfer, weil sie sie aus Rache täuschte. Weich und feucht gab sie sich und ließ niemanden je wissen, ob die Saat, die er auswarf, reiche Frucht bringen oder verfaulen würde, ob man auf dem Boden Halt fand oder darin versank. So oder so prägte sich keine Fußspur auf ewig in diesen Boden ein.

Du willst auch nicht frei sein, Ériu, du willst einfach nur, dass du und deine Kinder leben.

AOIFE

»Willst du vom Hasen probieren?«, fragte König Henry Plantagenet. Er deutete auf eine Platte inmitten vieler anderer, unter denen sich an diesem Tag, da der König in Dublin Weihnachten feierte, der Tisch zu biegen schien. Etliche irische Könige waren zugegen, und ihnen allen hatte der König Hase angeboten, dessen Fleisch die meisten Iren nicht aßen. Die Normannen dagegen schätzten es, weil es weich und süß wie kein anderes war. Nachdem die Könige zögerten, hatte sich Henry an Aoife gewandt, lächelte sie gar an, während er an Strongbow wie immer vorbeistarrte. »Nur zu! Koste davon!«

Aoife war übel geworden, als sie die vielen Gerichte gesehen hatte – gebratenes Schwein und gesottenes Rind, außerdem Schwan, Kranich und Fischreiher, die mit Koriander, Kümmel und Kerbel gewürzt worden waren, Makrelen, Seehecht und Lachs, die man mit Pfeffer, Minze oder Apfel zubereitet hatte, Brot, das mit Zimt gefüllt, Reis, der in Mandelmilch gekocht worden war – und eben Hasenbraten. Dennoch erwiderte sie das Lächeln des Königs.

»Würdet Ihr mir ein Stück abschneiden?«

Sie fühlte, wie sich Strongbow neben ihr anspannte, hatte er doch Angst, dass Henry diese Bitte als Anmaßung, gar als Beleidigung auffassen würde. Strongbow hatte ständig Angst, Aoife dagegen fühlte Wut – genau wie Henry wütend gewesen war, als er Strongbow in Wales empfangen hatte. Jetzt aber lachte der König, schnitt ihr ein Stück Fleisch ab und legte es auf das Brot, das vor ihr lag.

Sein Lachen war sehr laut, klang eher wie ein Brüllen, und wie bei diesem quollen die rötlichen Augen etwas hervor. Immerhin blieb der Blick, der auf Aoife gerichtet war, freundlich, und immerhin sprang der König nicht einmal mehr unvermittelt von der Tafel auf, sondern blieb sitzen. Die Ritter seines

Haushalts waren darob verwundert. Schon seit Tagen rechneten sie damit, dass der König jederzeit Dublin verlassen würde, hielt er es doch nie lange an einem Ort aus und trug er auch hier ständig die Reisekleidung – hohe Stiefel, einen kurze Mantel und eine Filzkappe. Es zog ihn hingegen nichts nach England zurück – am allerwenigsten der päpstliche Legat –, und er hatte mehrmals bekundet, dass Dublin ihm von allen irischen Städten am besten gefiel.

Nicht, dass er nur ein einziges Mal durch die engen Gassen geschritten war. Lieber hielt er sich in dem Langhaus auf, das etwas außerhalb der Stadt – dort, wo die Wikinger früher ihr Thing abgehalten hatten – hastig errichtet worden war. Die Wände aus Flechtwerk hatte man mit Teppichen verhangen, den Boden aus Lehm mit Leder bedeckt. Es zog dennoch, aber da stets so viele Gäste hier weilten, war es stickig und warm.

»Nun«, frage Henry und führte seinerseits einen Kelch Wein an den Mund. »Mundet dir der Hase?«

Aoife kaute und fand, dass er nach gar nichts schmeckte.

»Das Fleisch ist so süß, wie alle sagen«, erklärte sie gleichwohl.

»Nun, süß ist auch der Wein«, sagte er und reichte ihr einen Pokal.

»Und süß ist die Musik.«

Henry nickte und klatschte in die Hände, doch wer in die Mitte der Halle trat, war kein Barde, sondern ein Jongleur, der erst neun Bälle aus Gold und danach neun Messer in der Luft zu halten vermochte. Am Ende fing er vier von Letzteren mit der einen Hand, vier mit der anderen Hand und das neunte mit dem Mund auf.

Strongbow entspannte sich. »Der Jongleur ist ein Meister seiner Kunst.«

»Nein«, sage Aoife so leise, dass Henry es nicht hören konnte. »Der König ist ein Meister der Demütigung.« Er sah sie fragend an. »Wenn sich in Irland ein Mann seinem König unterwirft, weil er eine Schlacht verloren hat und auf des anderen Gnade angewiesen ist, muss er sich vor ihm auf den Rücken legen«, erklärte sie. »Der König schiebt ihm eine Schwertspitze zwischen die Zähne und lässt ihn stundenlang so verharren, um seinen Triumph auszukosten. Der Auftritt des Jongleurs bekundet folglich, dass Henry die irischen Könige nicht nur mit Hasenfleisch füttert, sondern ihnen gleichsam die Spitze eines Dolches in den Mund schiebt.«

Strongbow zuckte mit den Schultern, während die irischen Könige zwar kein Hasenfleisch, aber alles andere mit gutem Appetit aßen und begeistert grölten, als der Jongleur nunmehr mit neun Fackeln jonglierte. Unter ihnen befanden sich auch MacGiolla Padraic von Osraige und die O'Faeláins von Nord-Leinster, die – als sie vor Henry auf die Knie gegangen waren, um ihm als neuen Hochkönig zu huldigen – nicht nur sich selbst, auch Strongbow demütigten, galt er doch nun als Statthalter von Leinster und sollte diese Geste der Unterwerfung eigentlich ihm gelten. Strongbow aber war so erleichtert, dass der König ihm nicht nur das Leben und die Freiheit, sondern auch diese Provinz überlassen hatte, dass er sich davon ebenso wenig bekümmert zeigte wie vom Verlust der Städte.

Der Jongleur fing die Fackeln wieder auf und steckte eine nach der anderen in den Mund, um das Feuer zu löschen. Die irischen Könige trommelten begeistert mit ihren abgenagten Knochen auf den Tisch, während einige fremd anmutende Männer dem Jongleur derart schnell Münzen zuwarfen, dass er sie nicht alle auffangen konnte. Es waren jene Kaufleute aus Bristol, die sich auf Einladung von König Henry in Dublin niedergelassen hatten, nachdem die meisten Iren von dort vertrieben worden waren, um den Handel neu zu beleben. Fortan würden sie Waffen, Wein und Gewürze verkaufen – nur keine Sklaven mehr, was Henry ausdrücklich verlangt hatte.

Der blieb immer noch seelenruhig sitzen. »Wenn dir der Hase so gut schmeckt, liebe Aoife, sollst du noch mehr davon bekommen«, sagte er, schnitt ein weiteres Stück ab und legte es wieder auf ihr Brot. Es war größer als das erste, schien auch saftiger zu sein, doch als Aoife hineinbiss, stießen ihre Zähne auf Widerstand, da noch ein Stück Knochen darin steckte.

Der König lachte, vielleicht brüllte er auch nur.

Seltsam, dass du mir einen Knochen vorwirfst, während du meinem Mann doch das Rückgrat genommen hast.

Als Strongbow damals von Henry empfangen worden war, hatte er sich nicht einfach nur vor ihn gekniet, wie es hieß, sondern auf den Bauch gelegt, und der König hatte ihm zwar keine Schwertspitze in den Mund gesteckt, jedoch den Fuß auf seinen Nacken gestellt. Strongbow hatte das Toben und Schimpfen des Königs reglos hingenommen, Aoife ertrug nicht einmal sein Lachen und überlegte kurz, ihm Fleisch wie Knochen vor die Füße zu spucken. Statt dem Drang nachzugeben, spülte sie beides mit einem Schluck Wein hinunter.

»Auch dieser Bissen war köstlich«, erklärte sie. »Aber Ihr sollt wissen, mein König, dass ich nicht zum ersten Mal Hasenfleisch koste. Ich habe schon davon gegessen, als ich bei Eurer Gemahlin in Poitiers lebte.«

Das Lachen verstummte. Jeder wusste, dass Eleonore das letzte Mal zwei Jahre zuvor mit ihrem Gemahl zusammengetroffen war und ihn seitdem eisern mied, um nicht auch nur den geringsten Anschein zu erwecken, sie regiere ihr Herzogtum in seinem Namen.

»Allerdings«, fuhr Aoife mit sanfter Stimme fort, »mit all den Gewürzen Aquitaniens hat mir der Hase besser geschmeckt. Auch die Lieder dort sind süßer, gleichwohl ich nicht weiß, ob einer der Jongleure in englischen Landen vermag, neun Dolche zugleich in der Luft zu halten. Eure Gemahlin hätte gewiss Gefallen an diesem Auftritt gefunden. Wie schade, dass sie Euch nicht nach Irland begleitet hat, wenngleich ich verstehe, dass sie in Poitiers unentbehrlich ist. Es heißt, sie regiere das Land weiser, als ein Mann es könnte.«

Der Jongleur hatte sich zurückgezogen, nun trat ein Barde in die Mitte des Saales. Als das Gesicht von Henry rot anlief, wagte er nicht zu spielen, und auch die Ritter des Königs hielten die Luft an, wussten sie doch, was ebenso Aoife wusste: Man sprach nicht über Eleonore, ohne einen Wutanfall des Königs zu riskieren, in dessen Verlauf er nicht selten seine Kleidung zerriss oder sie gar auffraß.

Verschon deine Kleidung! Stopf dir lieber einen Hasenknochen ins Maul.

Aoife lächelte, beugte sich vor, schnitt sich selbst ein Stück

Fleisch ab, in dem sich wieder ein Knochen befand. Wie zuvor schluckte sie ihn, nachdem sie eine Weile darauf gekaut hatte. Lauter als das Mahlen ihres Kiefers war das Brüllen von Henry. Wobei er genau genommen nicht brüllte, sondern wieder lachte.

Die Ritter ließen erleichtert ihren Atem entweichen, während Aoife zusammenzuckte.

»Wie gut, dass du mich daran erinnerst!«, rief Henry. »Selbstverständlich weiß ich, dass du eine Weile bei meiner Gemahlin gelebt hast. Einer ihrer Boten hat mir ein Geschenk überbracht, das ich an dich weitergeben soll, ein überaus passendes Geschenk, wie mir scheint.«

Erneut klatschte er in die Hände, und kurz entstand Unruhe im Saal. Die Ritter wandten sich an ihre Knappen, die Knappen an die Pagen, doch keiner schien von dem Geschenk zu wissen. Schließlich kam jedoch ein Mönch herbeigeeilt, mit einem Kästchen in den Händen, das ein wenig zu groß war, um auf dem überladenen Tisch Platz zu finden. Kurzerhand stellte er es auf Aoifes Schoß ab.

Mit zitternden Händen öffnete sie es einen Spaltbreit und sah ein Stück Fell. Kein schneeweißes Fell wie das eines Hermelins, sondern ein glanzloses graues.

»Das Fell eines Hasen!«, rief König Henry. »Es wird dich gewiss gut wärmen. Die Winter in Irland sind zwar eher feucht als kalt, doch du wirst bald zur Burg deines Mannes in Chepstow aufbrechen, und in Wales fällt öfter Schnee als hierzulande.« Aoife verschloss das Kästchen, die Knochen lagen ihr wie Steine im Magen. Der König lachte indes in einem fort. »Ich hoffe, das Hasenfell ist groß genug, um deine Schultern zu bedecken. Gut möglich, dass einer von Eleonores Falken das Tier halb zerfetzt hat, ehe man ihm das Fell abzog. Die Vögel meiner Gemahlin sind wild und ungezähmt, musst du wissen.«

»Welch ... welch ein großzügiges Geschenk«, stammelte Aoife.

Diese Worte konnte sie gerade noch hervorbringen – zu lächeln schaffte sie nicht mehr. Auch der König hörte zu lachen auf und wandte sich jemand anderem zu.

Aoife dachte nicht an Hasen oder Falken ... sie dachte an einen Adler, einen goldenen Adler, wie Eleonore einer war, wunderschön, aber mit spitzem Schnabel und tödlichen Krallen. Ein solcher Adler riss nicht nur Hasen, sondern auch Hermeline, und er zerbrach liebend gern Holzstäbchen. Aoife selbst war ein solches Holzstäbchen gewesen, erkannte sie nun, und Eleonore hatte es aus dem Haufen gezogen, damit alle anderen ins Rollen gerieten.

Sie hatte dafür gesorgt, dass Aoife Strongbow heiratete, dass sie ihm einredete, für ihren Vater um Irland zu kämpfen, hatte aber gewusst, dass Henry es nicht dulden würde, wenn er dort ein eigenes Königreich eroberte ... dass er dieses Land für sich beanspruchen würde, was bedeutete, dass er ihm auf eine Insel im Westen folgen würde, die weit genug von Aquitanien entfernt war. Dort nämlich wollte Eleonore nicht wie ein Mann herrschen, sie wollte es vor allem ohne ihren Mann tun.

Sie hat in mir nie eine Königin gesehen, die es verdient, Hermelin zu tragen, nur einen Hasen ...

Der Barde stimmte ein Lied an, Aoife erhob sich.

»Ich brauche etwas frische Luft.«

»Draußen ist es kalt«, sagte Strongbow.

»Ich werde nicht frieren«, gab Aoife zurück und legte sich das Hasenfell um die Schultern.

Obwohl es längst dunkel war, herrschte im Freien rege Geschäftigkeit. So eilig wie die große Halle hatte man auch einen Wall aus Holzpalisaden errichtet und davor einen Graben, der – so oft wie es in Irland regnete – bald mit Wasser gefüllt sein würde. Eben aber spuckte der Himmel keine Tränen, sondern Schneeflocken. Die Flammen etlicher Fackeln krümmten sich, als diese auf sie fielen, während die Schneeflocken aufrecht ins Feuer tanzten. Sie schienen nicht zu ahnen, dass die Kälte ihre Mutter war und die Hitze deshalb ihr Tod. Oder vielleicht wussten sie es und tanzten deshalb so vergnügt, bevor sie schmolzen.

Ebenso viele wilde Drehungen wie sie vollführte eine Gruppe von Knappen, die sich weder vom Schnee noch von der

Finsternis abhalten ließen, Wettbewerbe auszufechten. Die einen schleuderten kleine Speere auf einen Schild, und Sieger war, wer die meisten Speere zerbrach, indes andere einen Ball aus Wollgarn und Leder mit einem Stück Eschenholz über den Hof jagten.

Was sie damit bezweckten, erkannte Aoife nicht, denn sie verweilte nicht lange in der Nähe der grölenden Meute, sondern ging in Richtung der Latrinen.

Das Paar, das Aoife dort antraf, spann keine Intrigen, es tauschte Küsse.

»Und du wirst Irland wirklich verlassen?«, fragte die Frau, als sie sich atemlos von dem Mann löste.

»Nicht nur ich«, erklärte der, »auch Raymond le Gros. Wir werden den König fortan wie der Rest seines Hofstaats begleiten, um sein Leben zu schützen.«

Aoife erkannte Milo de Cogans Stimme. Die Normannen rühmten ihn für zwei Dinge – dass er Dublin einmal erobert und einmal gehalten und dass er jede schöne Frau der Stadt genommen hatte. Die Iren wiederum meinten, dass ihm das nur gelungen sei, weil er sowohl die Männer als auch die Frauen Dublins betrogen habe, die einen mit vorgetäuschten Friedensverhandlungen, die anderen mit vorgetäuschten Liebesschwüren.

»Ich werde dich vermissen, Éilís«, sagte er eben, was gewiss eine Lüge war.

»Ich dich auch«, erwiderte die Frau, und so kalt, wie ihre Stimme klang, sagte auch sie nicht die Wahrheit.

Schon kurz nachdem er in der Halle verschwunden war, sah sie sich suchend um. Die spielenden Knappen waren ihr wohl zu jung, die zwei Ritter, die nun den Hof betraten – Robert FitzStephen und Maurice FitzGerald –, waren ihr wohl zu machtlos. Anders als Milo und Raymond würden diese zwar in Irland bleiben, hatten jedoch keine eigenen Ländereien oder Städte bekommen, sondern mussten Hugh de Lacy dienen, einem Ritter des Königs, den der zum Statthalter von Dublin ernannt hatte.

Manche prophezeiten, dass Hugh sich noch mehr Frauen

nehmen würde als Milo, doch Hugh saß noch an der Tafel des Königs, während Philippe de Briouze, der künftige Statthalter von Wexford, und Humphrey de Bohun, der künftige Statthalter von Waterford, diese eben verließen. Jene Éilís zerrte an ihrer Tunika, sodass die Schneeflocken auf dem Ansatz ihrer Brüste schmolzen, ehe sie mit schwingenden Hüften auf die Männer zutrat.

An Humphrey würde sie sich wohl die Zähne ausbeißen. Sein schlichtes Kettenhemd glich in der Dunkelheit einer Mönchskutte, und keusch wie ein solcher, so hieß es, war er auch. Philippe wiederum hatte gar nichts mit einem Mönch zu tun, er erinnerte sie mit seiner bunten Kleidung an den Jongleur oder an Pól. Das Wappen, das er trug – ein Drache, der in Aoifes Augen eher einer Eidechse glich –, war gerüchteweise nicht das seiner Familie, sondern Philippes eigener Fantasie entsprungen.

Éilís sagte etwas mit gurrender Stimme zu Philippe, doch was er darauf erwiderte, hörte Aoife nicht mehr. Sie ließ die Latrinen hinter sich und erreichte die Vorratskammern, von wo ein Lied erklang. Die hohe Stimme ließ eine Frau vermuten, doch wer da auf einem Mehlsack hockte, war ein kleiner, dicklicher Junge.

Aoife hielt inne und lauschte. Das Lied erzählte von Cú Chulainn, dem größten Held Irlands, der Connor MacNessa, dem König von Ulster, als einer der Ritter des Roten Zweiges gedient hatte. Vage erinnerte sich Aoife, dieses Lied schon einmal gehört zu haben – vielleicht von Wenwiu, vielleicht von der eigenen Mutter. Als sie sich in Ferns von Mór verabschiedet hatte, um sie wohl nie wiederzusehen, hatte diese geweint, ihr selbst dagegen war keine einzige Träne über die Wangen gerollt.

Auch als Aoife jetzt zu dem Jungen trat, glänzten nur geschmolzene Schneeflocken auf ihren Wangen. Sie wollte ihn eigentlich fragen, woher er dieses Lied kannte, sah dann aber, was er um die Schultern trug – ein Stück Fell nämlich, verdreckt und zerrissen und außerdem grau wie das eines Hasen, wenngleich es von einem ganz anderen Tier stammte.

»Woher hast du das?«, fragte sie.
Der Junge schien erschrocken, eine Fremde zu erblicken, hob schließlich dennoch stolz das Fell. »Milo de Cogan hat es meiner Mutter geschenkt. Es ist ein Wolfspelz, den er nach dem Kampf um Dublin auf dem Schlachtfeld gefunden hat.«
»Aber es haben doch keine Wölfe mitgekämpft!«
»Doch!«, beharrte der Knabe. »Viele Iren haben sich in Wölfe verwandelt. Genau wie damals Cú Chulainn.«
»Dennoch sind sie gefallen.«
Der Knabe zuckte mit den Schultern. »Meine zweite Mutter hat gesagt, dass ich irgendwann auch ein Ritter wie Cú Chulainn werde. Ich muss nur den Wolfspelz tragen.«
Aoife setzte sich vorsichtig neben ihn auf den Mehlsack. »Du hast zwei Mütter?«
Er nickte. »Aber keinen Vater.«
»Ich habe auch keinen mehr«, murmelte sie, dachte plötzlich an Diarmaits stinkenden Leib und an seine letzten Worte, wonach er sich an nichts mehr erinnern konnte. Woran würde sie sich erinnern, wenn sie auf Burg Chepstow lebte?
»Wer bist du?«, fragte der Junge.
Statt die Frage des Jungen zu beantworten, zog Aoife den Hasenpelz von ihren Schultern. »Ich wünsche dir, dass du ein großer Krieger wirst«, sagte sie, »aber das Fell, das du trägst, ist zerrissen, blutig und schmutzig. Willst du es nicht gegen meines tauschen?« Kurz umklammerte der Junge besitzergreifend sein Fell, doch das hielt ihn nicht davon ab, ihres neugierig zu betrachten. »Sieh doch«, lockte sie ihn, »mein Fell ist viel weicher.«
»Und es ist auch ein Wolfspelz?«, fragte er zweifelnd.
»Natürlich! Es wird dich stark machen! So stark!«
Immer noch umklammerte der Junge den Wolfspelz, so beugte sie sich vor, streichelte über seine Finger, und als sich sein Griff nicht lockerte, packte sie ihn so schmerzhaft am Handgelenk, dass er aufschrie. Als sie überdies ihren Daumennagel tief in seinen Handballen drückte, ließ er den Pelz endlich fallen, und sie nahm ihn schnell an sich.
»Cian!«, rief aus der Ferne eine Frau.

Er machte keine Anstalten aufzustehen, aber kämpfte auch nicht länger um den Pelz.

»Wer bist du?«, fragte er wieder.

Aoife erhob sich, legte sich den verdreckten Wolfspelz um die Schultern und schmiegte sich an ihn, während sie nachdachte.

Keine Königstochter mehr.

Und keine Königin.

Vielleicht eine Hexe, aber die will ich nicht sein, ebenso wenig wie eine Normannin, die Gattin eines Verlierers oder ein Holzstäbchen in den Krallen eines goldenen Adlers. Ob dieser Pelz allein mich aber schon zu einer Wölfin macht?

»Wer bist du?«, fragte er ein drittes Mal.

»Eine Irin«, sagte sie schließlich und ging zurück in Richtung Halle. »Ich bin eine Irin, und ich werde für immer eine bleiben.«

Epilog

1172

Kraka betrachtete zufrieden die Tigerin, die sie eben gemalt hatte. Sie war von einem durchdringenden Blau – eine Farbe, die nicht nur schön anzusehen, sondern auch so kostbar wie Gold war, wurde sie doch aus der seltenen Indigopflanze gewonnen.

In den letzten Jahren hatte Kraka viele Bilder angefertigt – Zierbalken mit Flechtbandfeldern, kunstvolle Spiralen, geometrische Figuren oder Blumen, die in Schriftzügen zu wurzeln schienen. Am allerliebsten aber mochte sie es, Tiergestalten zu malen – ob Katzen, die Mäuse und Fische verzehrten, nimmersatte Raupen, die sich erst verpuppten und dann in einen prächtigen Schmetterling verwandelten, ähnlich wie sich der Gekreuzigte zum Auferstandenen gewandelt hatte, oder Esel und Ochsen, die das göttliche Kind bestaunten. Noch mehr lagen ihr Bestien wie schlangenartige Vögel, die hoch in den Lüften flogen, dämonische Zwitter, die sich nicht nur miteinander paarten, sondern sowohl mit Männlein als auch Weiblein jeglicher anderer Rasse, Basilisken und Windhunde schließlich, die meist zusammen auf einem Bild zu sehen waren – wenn sich nämlich der Basilisk in den Hundekopf verbiss, während sein eigener Schwanz aus dessen Maul hing. Natürlich durfte auch der Mantikor nicht fehlen – eines der gefürchtetsten Wesen überhaupt, besaß dieses doch einen Menschenkopf und einen Löwenleib.

»Vom Löwen hat er die Grausamkeit«, erklärte die Äbtissin oft, »und durch den Menschenkopf werden aus den Taten, zu denen ihn die Grausamkeit verleitet, Sünden. Ein Löwe kann nun mal nicht entscheiden, was er tut, ein Mensch hingegen schon.«

Die blaue Tigerin wiederum, die Kraka für eines der Bestiarien – Bücher über Ungeheuer aller Art – gemalt hatte, war nicht nur grausam, sie war ... dumm. Auf dem Bild hielt ihr ein Mönch nämlich einen Spiegel vor, und sie erschrak so sehr über das fremde Ungeheuer, das in Wahrheit doch sie selbst war, dass sie gleich die Flucht ergreifen würde.

Um das Bild zu vollenden, galt es darum, die blaue Tigerin ein zweites Mal zu malen, dieses Mal in etwas verzerrter Form und mit dunkleren Farben. Kraka blickte auf alle, die vor ihr auf dem Schreibpult standen, hatte ihr doch nicht nur die Tatsache, dass sie des Schreibens kundig war, die Tür zum Skriptorium geöffnet, sondern vor allem ihr Wissen, wie man aus Pflanzen Farben herstellen konnte. Natürlich war auch ihre Frömmigkeit ein wesentlicher Grund gewesen. Seit Jahren betete sie mehr, schwieg mehr und aß weniger als die anderen.

Kraka studierte das Zinnober aus Quecksilber und Schwefel, das Grün aus Eichenholz und Kupfer, das Schwarz aus Ruß und das Blau aus Holunderbeeren. Außerdem gab es eine Paste aus Gummi arabicum, um die Farben aufzutragen, und Blattgold, das man vorsichtig mit einem Wolfszahn abschabte.

»Das ist wunderschön«, ertönte eine Stimme. Kraka blickte hoch. In der letzten Stunden, da das Sonnenlicht immer matter geworden war, hatte eine Schwester nach der anderen das Skriptorium verlassen, sodass sie allein zurückgeblieben war, doch wie so oft in den Abendstunden leistete die Äbtissin ihr Gesellschaft. »Und wie fleißig du bist«, lobte Inghean sie. »Von allen anderen höre ich stets Klagen, dass das Schreiben mühsam sei, dass es die Augen trübe, die Nieren quetsche und dass, obwohl man nur drei Finger dazu braucht, der ganze Körper gequält werde. Dir kommt nie eine Beschwerde über die Lippen.«

Gewiss nicht, dachte Kraka. Ich habe schließlich auch noch nie ein Wort darüber verloren, was du getan hast – einen Händler getötet und einen Mönch verflucht.

Wahrscheinlich war tatsächlich ebendas und nicht ihr Fleiß der Grund, aus dem die Äbtissin sie so oft im Skriptorium besuchte. Auf diese Weise konnte sie sich ihres Schweigens vergewissern und über die Schönheit ihrer Bilder vergessen, wie hässlich die Welt war. Wobei allerdings gerade die Bestiarien ein Beweis dafür zu sein schienen, dass das Schöne und Hässliche oft eins waren.

Während die Äbtissin die blaue Tigerin betrachtete, streckte Kraka ihren Rücken. Nur weil sie nicht darüber klagte, hieß es nicht, dass auch ihr die Glieder oft steif wurden. Immerhin waren ihre Füße heute nicht kalt wie sonst, hatte sie sie doch in jenem mit Sand gefüllten und erhitzten Tonkrug vergraben, in dem für gewöhnlich die Federkiele gehärtet wurden. Nur ihre Hände konnte sie solcherart nicht wärmen.

»Setz dich doch zu mir.«

Kraka schob die hölzernen Zirkel, die Lineale und die Schablonen zur Seite, um Inghean einen Bucheinband zu zeigen, der aus Holz und mit Leder überzogen sowie mit Messingbeschlägen und Nägeln verziert war.

»Die Bücher, die du anfertigst, werden eines Tages so gerühmt werden wie das Buch von Kells«, sagte die Äbtissin ergriffen. »Ich bin so froh, dass Gott dich erleuchtet hat, dass du zurück auf den rechten Weg fandest und dein größtes Talent nun in Seinen Dienst stellst.«

Kraka tauchte eine Feder in das Kuhhorn, das am Schreibpult befestigt war, und malte mit schwarzer Tinte eine Skizze vom Spiegelbild der Tigerin.

»Sie sieht so lebendig aus«, sagte Inghean.

»Ich habe es auf einer Wachstafel geübt, ehe ich es auf Pergament versuchte.«

»Ach, dieses Buch ist so wichtig«, erklärte Inghean mit Nachdruck, »schließlich berichtet es von den dunklen Vorzeiten, als Irland noch ein heidnisches Land war – bewohnt von monströsen Kreaturen mit Stacheln und Klauen und Krallen, die aus See und Erde stiegen und durch die Lüfte flogen. Wer die Bilder dieses Buches betrachten wird, wird Gott danken, dass diese Zeiten lange vorbei sind.«

Kraka lächelte und malte eine Weile weiter, ehe sie zu dem Schluss kam, dass ihre Finger zu steif geworden waren, um die blaue Farbe aufzutragen.

»Begleite mich in die Wärmestube, um dich dort ein wenig auszuruhen«, schlug die Äbtissin vor.

Kraka legte die Feder dankbar zur Seite und erhob sich. Als sie im Wärmehaus ankamen, bereitete die Äbtissin aus einigen der Kräuter einen durchdringend riechenden Sud zu, dessen

Duft sich mit dem von Schweineschmalz vermischte. Erst wenige Tage zuvor hatten sie eine Sau geschlachtet, um den Armen Schinken zu spenden, das Schmalz hingegen benutzten sie, um ihre wunden Hände einzufetten. Zumindest taten das die anderen Schwestern, Kraka nahm nur von dem Kräutersud. Sie genoss den starken, bitteren Geschmack und noch mehr die Wärme, die sich in ihrem Körper ausbreitete.

»Hast du ... hast du Neuigkeiten vernommen, ehrwürdige Mutter?«

Inghean nickte. »König Henry hat Irland verlassen. Schon im Februar ist er in Dublin aufgebrochen, um in Wexford ein Schiff zu besteigen, doch der Wind blieb aus. Gott verwehrte ihm diesen wohl, solange er nicht ausreichend Buße für den Mord an Erzbischof Thomas Becket getan hat. Henry verweigerte sich also nicht länger, sondern betete unermüdlich in der Kirche von Selskar und schwor die Bischöfe einmal mehr darauf ein, dass in Irland künftig nur Ehen römischen Rechts geschlossen werden. Danach war der Wind ihm gnädig.«

Kraka nahm schnell wieder einen Schluck, um nicht laut aufzulachen.

Soso, Gott befiehlt also, ob der Wind weht oder nicht. Wenn es so wäre, würden niemals Stürme über diese Insel toben, würde selbst der warme, stinkende Furz eines Alten ewig in der Luft hängen.

»Wollte König Henry nicht bleiben, um Ruari O'Connor endgültig in die Knie zu zwingen?«, fragte sie.

Inghean nickte. »Der Winter hielt ihn davon ab. Außerdem haben sich in England etliche Barone gegen ihn erhoben. Er muss diese Rebellion niederschlagen.«

»Nun, dann wollen wir darauf hoffen, dass aus dieser Rebellion kein Sturm erwächst, sondern auch sie nur dem warmen, stinkenden ...«

Kraka brach ab, woraufhin die Äbtissin sie fragend ansah.

»Was meinst du?«

Kraka hüstelte. »Ach nichts. Trink doch auch etwas von dem Kräutersud.«

Sie reichte der anderen den Becher, und Inghean nahm ihn dankbar entgegen.

»Selbst wenn König Henry nicht länger in Irland weilt, die normannischen Ritter werden für unseren Schutz sorgen«, erklärte sie. »Schon nach dem Fall von Waterford erreichte schließlich eine Truppe unser Kloster und versprach genau diesen.«

»Wie schön.«

»Und bevor König Henry die Insel verließ, erklärten alle Bischöfe, dass diese Insel gesegnet sei, solange er ihr wahrer Herrscher ist.«

Krakas Lächeln wurde breiter. »Wie schön.«

»Bald schon werden wir uns an die zurückliegenden Jahre erinnern wie an die dunklen Vorzeiten, da Dämonen durch die Lüfte flogen – erschaudernd und dankbar dafür, dass die Prüfung vorbei ist.«

»Wie schön«, sagte Kraka ein drittes Mal und begnügte sich nicht länger damit, nur zu lächeln. Nein, sie prustete los, und einmal begonnen, konnte sie nicht wieder aufhören zu lachen, bis Tränen aus ihren Augen spritzten.

Inghean starrte sie verwirrt an. »So sehr freust du dich darüber?«

Kraka wurde wieder ernst. »Darüber, dass die Iren vor den Normannen und die Bischöfe vor deren König buckeln – nein, darüber freue ich mich ganz und gar nicht.«

Ingheans Verwirrung wuchs. Sie runzelte die Stirn, versuchte es zumindest, konnte es aber nicht, weil ihre Gesichtsmuskulatur jäh wie gelähmt war.

»Kraka ...«

Kraka beugte sich vor, zog die Äbtissin an sich, obwohl diese sich versteifte, und nahm ihr den Becher mit dem Kräutersud aus der Hand. »Nein, ich freue mich, weil du gleich sterben wirst ...«

Wenn Inghean den Becher jetzt noch gehalten hätte, wäre er ihr wohl entglitten. Wenn sie noch ihres Körpers Herr gewesen wäre, hätte sie gegen ihre Umarmung gekämpft, und wenn die Worte sofort ihren müden Geist erreicht hätten, hätte sie geschrien. So konnte sie Kraka nur mit großen Augen anstarren und lediglich hervorstoßen: »Kraka ...«

Kraka schüttete den letzten Rest des Suds auf den Boden, wo er versickerte. Niemand würde nun noch daran riechen können und das Gift erschnüffeln, das sie heimlich hineingegeben hatte.

»Es ist wie bei der blauen Tigerin, die ich gemalt habe«, sagte sie seelenruhig. »Der Mönch bezwingt sie mit dem eigenen Spiegelbild, und auch ich habe gleichsam einen Spiegel hochgehalten, indem ich dein Abbild wurde – eine fromme, ernsthafte, verlässliche Frau. Du hast dich in mir selbst gesehen, und auf diese Weise habe ich dich besiegt.«

Aus Ingheans keuchendem Atem wurde ein rasselnder. Sie ballte ihre Hand zur Faust, wollte sie erheben und sich auf die Brust schlagen, doch sie schaffte es nicht mehr.

Kraka hielt sie fester. »Keine Angst, es ist doch gleich vorbei. Das Gift wirkt schnell, es bringt dein Herz dazu stillzustehen.«

»Wie ...«

»Wie ich an das Gift gekommen bin? Oh, an dem Tag, an dem Áine uns um Hilfe angerufen hat, du diesen Händler getötet und den Mönch verflucht hast, habe ich die Gelegenheit genutzt, ein paar Blumen zu pflücken. Wenn man Fingerhut mit etwas Bilsenkraut und Mohn vermischt, wirkt er wahre Wunder.« Inghean japste nach Luft, während Kraka über ihre gelblichen Wangen streichelte. »Sag nichts mehr, streng dich nicht an! Ich rede gern für dich. Dein plötzlicher Tod wird die Schwestern tief erschüttern, und sie werden sich fragen, wer dir nachfolgen könnte. Älter als ich ist nur Adaliz, aber die ist ja taub. Frommer als ich ist nur Gráinne, aber die ist zu dumm. Bleibt nur noch Áine, die weder zu dumm noch zu taub für dieses Amt ist. Doch die Pflänzchen, die sie gern hegt und pflegt, wachsen in der Sonne und duften. Es sind keine bleichen Nonnen, die nach ungelebtem Leben stinken. Ich kann also darauf setzen, dass Áine lieber die Schwester von Kranken als die Mutter von Toten ist. Ich meine natürlich nur von vermeintlich Toten. Die Einzige, die wirklich stirbt, bist du.« Sie ließ die Äbtissin los, die wie ein schwerer Sack auf den Boden fiel. »Ich werde also die neue Äbtissin werden«, erklärte Kraka, während Inghean von jener Erde schmeckte, in die das

Gift gesickert war. »Ich, deren Familie das Kloster nicht nur oft beschenkt hat, die auch treu zu Diarmait MacMurchada stand. Ich, die ich den anderen zum Vorbild wurde, weil ich das Heidentum abgelegt und zum wahren Glauben gefunden habe. Ich, die ich so geschickt und geübt in der Kunst bin, Bilder zu malen und Bücher herzustellen.«

»Du ... du ... verflu...«

Kraka erhob sich. »Spar dir deinen Atem für ein letztes Gebet. Du kannst blinde Männer verfluchen, aber nicht sehende Frauen. Und ich habe immer gesehen, was passieren wird, wenn Fremde auf die Insel kommen. Nicht Fremde aus dem Norden, wo der Papst fern ist und die Götter noch stark sind, sondern Fremde aus dem Westen, wo man die Götter vergessen hat und dem Papst unter den Rock kriecht. Ja, ich habe es gesehen, habe mich dagegen gewappnet, habe einen Plan geschmiedet.« Sie beugte sich über die Äbtissin, die kein Wort mehr hervorbrachte, und starrte auf das bleiche Gesicht. Es waren Spuren bläulicher Farbe zu sehen, da sie sie gestreichelt hatte, und sie gab noch etwas mehr darauf. »Ich finde, dass jemand wie du, eine Frau, die einmal unter mehreren Männern gelegen hat und von ihnen genommen wurde und die einmal über einem Mann gekniet und ihn getötet hat, nicht mit bleichen Wangen sterben sollte. Ich gebe ihnen Farbe und deinem Leben auch. In der Klosterchronik werde ich neben dem Eintrag, dass du gestorben bist, eine blaue Tigerin malen. Das ist dir doch recht, oder? Ich denke nur, dass es die letzte blaue Tigerin sein wird, die ich male – eine Schlange, einen Mantikor und einen Dämon werde ich erst gar nicht mehr anfertigen.« Die Lippen der Äbtissin öffneten sich und schlossen sich sogleich wieder. Sie waren längst bläulich wie die Wangen. »Künftig werde ich stattdessen die großen Frauen dieser Insel malen – mächtige Göttinnen, bösartige Königinnen, blutrünstige Kriegerinnen. Ich werde dafür sorgen, dass ihre Geschichten aufgeschrieben werden und kein Detail ausgelassen wird. Natürlich sollen die Legenden der namhaften Männer ebenso wenig vergessen werden. Ich werde die Erinnerung an sie wachhalten – an die legendären *fiana*, an die Kinder Lirs, an die Söhne von Usna, schließlich an Cú Chulainn, der nicht nur ein großer

Krieger, sondern gar ein Halbgott war, und zwar ein echter und kein solch schwächliches Bübchen wie euer Jesus. So viele Iren sind durch Normannenhand gefallen, aber das Tor zu Andernwelt ist nicht aus dickem Holz oder kaltem Stein. Es ist nur ein zarter Schleier, und ich werde alles dafür tun, dass er durchsichtig bleibt, dass die Menschen dahinter Irlands Größe sehen – die unbezwingbaren Helden, die mutigen Frauen, die weisen Druiden. Nein, niemals soll vergessen sein, wer sie waren, was sie taten, was sie glaubten. Und die Erinnerung an diese Menschen wird jene stark machen, die sich den Normannen nicht unterworfen haben, die das Joch der Fremden abzuschütteln gedenken, die in den nächsten Jahren um Érius Freiheit kämpfen und das alte Irland wiederauferstehen lassen werden.« Kraka ließ die Äbtissin los, sobald diese ihren letzten röchelnden Atemzug getan hatte. »Ich fürchte, wer du warst, was du tatest und was du glaubtest, wird hingegen bald vergessen sein«, spottete sie. »Und die Erinnerung an dich wird niemandem Kraft für einen Kampf auf Leben und Tod verleihen.«

Sie stieg über die Tote hinweg, lauschte nach draußen, überlegte, was sie tun sollte. Sie könnte sofort nach Schwester Áine rufen und ihr erzählen, dass sie die Äbtissin hier reglos gefunden hatte. Sie könnte mit den anderen Schwestern die Vesper feiern und sich so verhalten, als hätte sie nichts gehört und nichts gesehen. Sie könnte aber auch, und dafür entschied sie sich schließlich, ins Skriptorium gehen und das Bild vollenden, das Bild von der blauen Tigerin, die sich von ihrem Spiegelbild täuschen ließ, wenn auch nur kurz, und die sich von ihm verjagen ließ, wenn auch nicht für immer.

Denn in Wahrheit würde die Tigerin zurückkommen, würde auf den Spiegel springen und würde ihn umstoßen, sodass er in tausend Scherben zerbrach. Und in diese Scherben würde sie den Mönch, der den Spiegel hielt, stoßen, ehe sie ihm mit ihren Krallen und Klauen die Kehle zerfetzte. Die Tigerin würde ihn vernichten, genau wie die Iren in den nächsten Jahren die Normannen vernichten würden – mithilfe der Götter nämlich, die Kraka täglich mit einem Opfer gnädig zu stimmen gedachte.

Anhang

PERSONENVERZEICHNIS

Die historischen Persönlichkeiten sind mit einem * versehen. In eckigen Klammern steht, wie man die Namen korrekt ausspricht, sofern die Aussprache stark vom geschriebenen Wort abweicht

Irische Könige und ihre Familien
Ruari [Rori] O'Connor *, Hochkönig von Irland
Tigernán [Tiernohn] O'Rourke *, König von Breifne
Derbforgaill [Derval] *, seine Frau
Diarmait MacMurchada [Dirmat MacMurcha] *, König von
  Leinster
Mór O'Toole *, seine Frau
Domhnall [Dohnal], Énna und Connor *, seine Söhne
Aoife [Iifa] *, *Derbforgaill [Derval]* * und *Orlaith [Orla]* *, seine
  Töchter
Domhnall [Dohnal] O'Brian von Thomond *, Orlaith'
  Ehemann
MacGiolla [MacGilla] Mocholmog von Cuala *, Derbforgaills
  Ehemann
Wenwiu, Énnas einstige Amme
Murtagh [Murta] *, Diarmaits Neffe
Maurice Regun *, Diarmaits Schreiber
Aedh [Äid] MacCriffan *, Diarmaits Rechtsgelehrter
Aedh [Äid] O'Caellighe *, Diarmaits blinder Kanzler
MacGiolla Padraic [MacGilla Parick] *, König von Osraige
Die O'Faeláins [O'Fäilan] *, mächtige Familie in Nord-Leinster

Die O'Bjólans
Riacán [Rickan] O'Bjólan, reicher Grundbesitzer im Umland
  von Dublin
Tadc [Tihg] und Íde, seine Eltern

Cináed [Kined], sein *aite* (Ziehvater)
Éilís [Eilisch], seine Frau
Caitlín [Kätlin], seine Schwester
Faolán [Fäilan], sein Bruder, ein Barde
Colum, sein Rechtsgelehrter
Kraka, seine Tante
Gljómall [Gliomall], *Dúngal* und *Fiacc*, seine Leibgarde
Ceara [Kiara], Sklavin
Cian, Cearas und Riacáns Sohn
Cú Caille [Ku Kaili], Schmied
Éamonn [Jamonn], Sohn des Schmieds
Aodh [Ohd], Bote von Ascall von Toora
Nuallán, Späher
Sitriuc, Sohn eines Bauern
Muirne, Magd

In Toora
Ultan, Großkönig von Toora
Ascall, sein ältester Sohn
Ailillán [Alalohn], sein zweiter Sohn
Almaith [Awla], seine Frau
Mugain [Mugan], Almaith' Schwester
Bran, Wachmann
Úna, alte Dienerin
Muireann [Murenn], Magd
Cormac, Krieger
Fergal, *Brotchú [Brutcho]* und *Uallgarg [Wallgarg]*, Ascalls Leibgarde
Paitín [Potin], Sklave
Bronagh [Brona], seine Mutter
Radha [Rawa], seine Schwester
Rún, Sklavin
Ealga [Elga], eine Bäuerin

In Dublin
Pól, Händler
Rós [Ros], seine verstorbene Frau

Róisín [Roschihn], seine Tochter
Síbeal [Schibal], Póls Dienerin
Beollán [Bjolan], Cathal, Mongán, Néde, Ímar und Labrás, Diener, Leibwächter und Boten von Pól
Bruder Abél, Mönch in Póls Diensten
Asculf MacTorkil*, König von Dublin
Lorcan O'Toole*, Bischof von Dublin
Ivarr, einer von Lorcans Kriegern
Magnus, Stadtwächter

Normannen und Waliser
Robert FitzHarding*, Vogt von Bristol
Rhys ap Gruffydd [Ries ap Griffith]*, Fürst von Deheubarth, der südwestlichen Provinz von Wales
Fychan ap Rhys [Fichan ap Ries]*, (historisch belegt, aber wahrer Name unbekannt), Sohn von Rhys ap Gruffydd
Gwalchgwyn [Gwalkgwin], walisischer Ritter
Robert FitzStephen*, Gefangener von Fürst Rhys
Maurice FitzGerald*, Roberts Halbbruder
David*, Bischof von Sankt Davids
Milo de Cogan*, Davids Bastard
Richard de Clare, Lord von Strigoil, genannt Strongbow*, normannischer Ritter
Hervey de Montemarisco*, Strongbows Onkel
Adeline und Basilia*, Strongbows uneheliche Töchter
Gilbert de Boisrohard*, Strongbows Berater
Miles FitzDavid*, Meilyr FitzHenry*, Maurice de Prendergast*, Raymond le Gros*, William Ferrand*, normannische Ritter
Jordan FitzPhilip, Knappe
Alice von Abergavenny*, walisische Kriegerin

In Aquitanien und England
Henry*, König des angevinischen Reiches
Eleonore*, seine Frau, Herzogin von Aquitanien
Mathilde*, Henrys und Eleonores Tochter
Yolanthe, Dame an Eleonores Hof

Hugh de Lacy *, Getreuer von König Henry, später Statthalter von Dublin
Girard de Montford, junger Ritter

Im Kloster Sankt Brigid
Inghean [Nijen], Äbtissin
Áine [Onja], Krankenpflegerin
Fainche [Faincha], Deirdriu [Dirdre], Gráinne [Granja] und Adaliz, weitere Ordensschwestern

Sonstige
Amlaib O'Cináed [Amläb O'Kinned] *, Schiffsmann
Bruder Alfred, Mönch der Augustinerpriorei Sankt Peter
Pernelle, die Wirtin einer Herberge
Arwen und Essylt, Huren von Cilgerran
Nickel, Waffenhändler aus Stade
Sénan, Fischer
Rónnat, Hure aus Wexford
Dabíd und Liadan, irische Bauern
Martan, Vogelhändler
Ragnall [Raynall] und Gilla Dub [Gula Duv], zwei irische Krieger
Adám, Abt des Klosters von Ferns
Bruder Isaac, Mönch
Bruni und Dugfuss, Waffenhändler aus Waterford
John the Wood *, legendärer Wikingerkrieger
Mac Con, Ritter des Roten Zweiges
Blinne, eine Frau im Gefolge der Ritter des Roten Zweiges

ZEITTAFEL

1122: Tigernán O'Rourke wird König von Breifne.
1126: Diarmait MacMurchada wird König von Leinster.
1132: Diarmait attackiert die Abtei von Kildare; die Äbtissin verliert nach einer Vergewaltigung ihr Amt.
1151: In Móin Mór wird zwischen etlichen irischen Königreichen die bis dahin blutigste Schlacht auf irischem Boden ausgefochten.
1152: Diarmait, der in Móin Mór zu den Siegern zählte, entführt Tigernáns Frau Derbforgaill. Nach kurzer Zeit kehrt sie wieder zu ihrem Mann zurück, doch die Feindschaft der beiden ist besiegelt.
1155: Nach Veröffentlichung der Bulle *Laudabiliter*, in der Irland dem englischen König zugesprochen wird, überlegt Henry II. Plantagenet, die Insel zu erobern, verwirft diesen Plan aber wieder.
1166: Hochkönig Muirchertach MacLochlainn, ein enger Verbündeter Diarmaits, stirbt – neuer Hochkönig wird Ruari O'Connor. Gemeinsam mit Tigernán, der sich nach Rache sehnt, besiegt er Diarmait und vertreibt ihn aus Leinster. Im August flieht Diarmait zu Robert FitzHarding nach Bristol und begibt sich von dort aus auf die Suche nach König Henry, um ihn um Unterstützung bei der Rückeroberung seines Königreichs zu bitten.
1167: Rund um Ostern trifft Diarmait Henry auf der Burg Saumur und schwört ihm den Lehnseid. Anschließend wirbt er in Wales mit einem Schreiben des Königs um Ritter, die für seine Sache kämpfen sollen. Er besucht Richard de Clare, genannt Strongbow, auf Burg Chepstow und verspricht ihm die Hand seiner Tochter Aoife, doch der muss vorerst die Königstochter Mathilde zu ihrem Bräutigam nach Sachsen begleiten. Dafür setzt sich Diarmait bei Rhys ap Gruf-

fydd erfolgreich für die Freilassung von Robert FitzStephen ein. Mit einer ersten normannischen Truppe kehrt er nach Irland zurück.

1168: Bei Cill Osna kommt es zur Schlacht zwischen Diarmaits Truppen und der Allianz des Hochkönigs. Diarmait kapituliert vor der Übermacht, verhandelt mit dem Hochkönig und zeigt sich bereit, verspätet einen Ehrenpreis an Tigernán zu zahlen.

1169: Robert FitzStephen, Maurice de Prendergast und Hervey de Montemarisco erreichen Anfang Mai mit ihren Truppen Irland. Die reiche Hafenstadt Wexford ergibt sich nach kurzer Belagerung freiwillig. Nach der Blendung seines Sohnes Énna will Diarmait sich an MacGiolla Padraic von Osraige rächen – Maurice de Prendergast läuft jedoch zu diesem über und verlässt später Irland. Davon geschwächt handelt Diarmait mit dem Hochkönig den Frieden von Ferns aus. Er übergibt Ruari O'Connor seinen Sohn Connor und weitere Verwandte als Geiseln und verspricht, die Normannen fortzuschicken. Kurze Zeit später erreicht jedoch Robert FitzStephens Halbbruder Maurice FitzGerald die Insel. Seine Truppen verwüsten das Umland von Dublin und verschonen die Stadt nur wegen hoher Zahlungen.

1170: Raymond le Gros kommt – zunächst stellvertretend für Strongbow – nach Irland, errichtet bei Baginbun eine Befestigung und besiegt dort wenig später das irische Heer. Am 23. August erreicht Strongbow selbst die Insel. Nachdem sich seine und Diarmaits Truppen vereinigt haben, wird die Stadt Waterford eingenommen. Hier findet zwei Tage später die Heirat von Strongbow und Diarmaits Tochter Aoife statt. Am 21. September wird Dublin nach einem Überraschungsangriff eingenommen, obwohl noch Friedensverhandlungen im Gange sind. Nach dem Fall der Stadt verwüstet Diarmait mit seinem Heer weite Teile von Meath und Breifne, woraufhin der Hochkönig Diarmaits Sohn Connor hinrichten lässt.

1171: Nach Diarmaits Tod am 1. Mai stehen fast alle Iren geschlossen hinter dem Hochkönig. Asculf MacTorkil, der König von Dublin, versucht seine Stadt zurückzuerobern, scheitert dabei aber und wird hingerichtet. Schon wenig später belagert der Hochkönig Dublin. Ein überraschender Ausbruchsversuch der normannischen Truppen ist allerdings erfolgreich und führt zur vernichtenden Niederlage von Ruari O'Connor. Am 17. Oktober erreicht Henry II. Irland und residiert ab dem 11. November in Dublin, wo sich ihm fast alle irischen Könige unterwerfen. Er verteilt die eroberten Gebiete neu und entmachtet Strongbow. Diesem bleibt nur Leinster, während die Städte an Henrys Vertraute übergeben werden – so Dublin an Hugh de Lacy.

1172: Am 17. April verlässt Henry Irland, nachdem die ursprünglich geplante Strafexpedition gegen Ruari O'Connor aufgeschoben wurde.

HISTORISCHE ANMERKUNG

Die anglonormannische Invasion Irlands war ein einschneidendes Ereignis, das die Geschicke der Insel über Jahrhunderte geprägt hat. Wer sich wie ich, die ich eine begeisterte Irland-Reisende bin, mit seiner Geschichte beschäftigt, stößt immer wieder darauf – und so reifte der Entschluss, darüber einen Roman zu schreiben.

Die entscheidende Frage war zunächst, aus welcher Perspektive ich das tun würde. Angesichts der vielen schillernden Persönlichkeiten, die an der Eroberung beteiligt waren – ob nun Diarmait, Strongbow oder König Henry –, hätte es sich durchaus angeboten, diese zu den Hauptfiguren zu machen. Ich habe mich jedoch dagegen entschieden. Ob es nun um politische Verstrickungen, Schlachten oder Belagerungen ging – mein Ziel war stets zu zeigen, was die große Politik aus dem Leben des kleinen Menschen macht. Überdies wollte ich bewusst die Perspektive derer einnehmen, die in den Geschichtsbüchern entweder nur eine Fußnote wert sind – wie zum Beispiel Aoife – oder die in selbigen ohne Namen und Gesicht fungieren als die »Krieger«, die »Händler«, die »Geistlichen«, die »Sklaven« etc.

Meine Protagonisten sind übrigens ausschließlich Iren, erschien es mir doch konsequenter, allein aus deren Sicht zu erzählen und nicht auch die der Normannen einfließen zu lassen.

Bevor ich diese Geschichten hinter der Geschichte schreiben konnte, war eine gründliche Recherche notwendig. Obwohl ich manches anders gewichtet, Details ausgelassen oder Abläufe etwas gerafft habe, entsprechen die von mir geschilderten Ereignisse den historischen Fakten – so man denn das, was man aus den Quellen erfährt, überhaupt als Fakten bezeichnen will.

Die normannische Invasion wird in zeitgenössischen Chroniken zwar sehr ausführlich beschrieben, doch nur wenige Quellen – wie die Annalen von Loch, von Tigernach oder die der vier Meister – stammen von irischen Autoren. Das meiste Wissen beziehen wir aus dem Werk von Gerald von Wales, einem cambronormannischen Adligen, der über die Invasion unter anderem in *Expugnatio Hibernica* berichtet, oder aus der normannischen Chronik im Versmaß *The Song of Dermot and the Earl*.

Diese Texte gehen zwar ausführlich auf die Ereignisse ein, sind aber sehr tendenziös, da ihre Autoren manchem Vorurteil aufsaßen, sich den Iren überlegen wähnten und ihr Wissen nur dem Hörensagen verdankten. Vieles wird darin übertrieben oder gar verfälscht, einiges bleibt auch unklar.

Um ein Beispiel für Letzteres zu nennen: Es ist bis heute strittig, ob Diarmait nach dem Fall von Dublin im September 1170 den Rachefeldzug nach Meath und Breifne unternahm, um seinen toten Sohn Connor zu rächen, oder ob dieser Feldzug nicht überhaupt erst Anlass für dessen Ermordung war. In so einem Fall und natürlich auch wenn wie bei Énnas Blendung widersprüchliche Daten angegeben werden, habe ich jeweils die Variante gewählt, die der Dramaturgie meines Buches am besten entspricht.

Entscheiden musste ich mich ebenso, welche Namen ich benutze. Richard de Clare wird zum Beispiel erst in einer Quelle des 13. Jahrhunderts Strongbow genannt, und es gibt keinen Beweis dafür, dass der Name schon früher gebräuchlich war. Da allerdings auch nicht das Gegenteil behauptet wird, entschied ich mich für letzteren. Vermieden habe ich es jedoch, vom angevinischen Reich zu sprechen – einem Konstrukt der Neuzeit –, während ich die Anglonormannen beziehungsweise Cambronormannen, da der Anteil walisischer Ritter ja sehr groß war, der Einfachheit halber nur Normannen genannt habe, wohl wissend, dass dies ein extrem vager und dehnbarer Begriff ist.

Trotz aller Skepsis hinsichtlich historischer Wahrheiten scheinen politische Ereignisse zunächst leichter zu rekonstruieren zu sein als das Alltagsleben und die Mentalität der Menschen. Das hat Chronisten nämlich immer weniger interessiert – insbesondere, wenn es die einfache Bevölkerung betraf.

Allerdings gibt es auch hier zwei Arten von Quellen, die durchaus Rückschlüsse erlauben – zum einen die Heiligenviten, zum anderen Legenden berühmter Krieger wie Cú Chulainn. Darin werden häufig Lebenssituationen beschrieben und folglich auch, wie sich die Menschen verhalten haben, was sie gegessen, wie sie sich gekleidet oder wie sie den Tag strukturiert haben. Abgerundet werden die Erkenntnisse, die man daraus gewinnt, von archäologischen Funden.

Um der Authentizität willen habe ich versucht, viele Details in mein Buch einzuarbeiten – ob es nun die rot gefärbten Fingernägel mancher Krieger waren, die Zusammensetzung der Schönheitsmittel, die die Frauen benutzten, die Flohfallen, die die Dubliner an ihrer Kleidung trugen, oder diverse Mahlzeiten, wobei hier nicht nur interessant ist, was gegessen wurde, sondern in welchem zeremoniellen Rahmen.

Wer sein Wissen über das Alltagsleben im Irland des Mittelalters darüber hinaus vertiefen will, sei auf das hervorragende zweibändige Werk von P.W. Joyce *A Social History of Ancient Ireland* verwiesen – eine wahre Fundgrube für Informationen dieser Art.

Apropos Alltagsgeschichte ... Wie bei der Bewertung von politischen Ereignissen kommen Historiker hier oft auf widersprüchliche Ergebnisse wie zum Beispiel bei der sogenannten Steigbügelkontroverse. Schon bei der Eroberung von England durch William the Conquerer wird oft hervorgehoben, dass er in Hastings nur dank der Benutzung von Steigbügeln und der daraus resultierenden größeren Körperkraft beim Einsatz von Lanzen siegen konnte. Erst recht wurde angenommen, dass nicht zuletzt deswegen die Normannen in Irland ein leichtes Spiel hatten, zumal Gerald von Wales behauptet, dass die Iren keine Steigbügel gekannt haben. Dem widersprechen allerdings archäologische Funde aus Dublin, wonach die Wikinger den Steigbügel nach Irland gebracht und dieser dort schon im

10. Jahrhundert verbreitet war. Anzunehmen ist natürlich, dass die irischen Krieger im Kampf zu Pferde weitaus weniger geübt waren als die Normannen.

Wie das Ende meines Romans andeutet, ist 1172 der Kampf um Irland bei Weitem noch nicht abgeschlossen. Viele Historiker bezeichnen als wahre Tragöde der Insel auch nicht deren Eroberung, sondern deren Halberoberung, also die Tatsache, dass nur ein kleiner Teil der Insel unter normannische Herrschaft fiel und der Hochkönig zwar geschlagen, aber nicht vollends entmachtet war. Dies war der Anlass für lange, blutige Kämpfe, doch das ist eine andere Geschichte, die ich Ihnen ein anderes Mal erzähle …

KÖNIG DER PROVINZEN

HOCHKÖNIG

 DIE FREIEN MÄNN